開巻驚奇俠客伝　上

オリジナル本を二分冊としております。

新日本古典文学大系 87

開巻驚奇侠客伝

横山邦治
大高洋司 校注

岩波書店刊行

題字　今井凌雪

目次

凡例

一　底本

1　成城大学図書館蔵本を使用。第五集の表紙および見返しの写真版は東京都立中央図書館特別買上文庫蔵本を使用した。

2　中村幸彦氏蔵本(瀧澤文庫の印記あり)によって馬琴の書込みを参照、注記(中村本と略称)した。

二　本文は可能なかぎり底本の形を復元するよう努めたが、通読の便を考慮して、翻刻は次のような方針で行った。

1　改行・句読点等

(イ)　場面の転換に応じて適宜改行し、段落を設けた。

(ロ)　底本は白丸「。」点を句読点に用いているが、これを通常の句読点に改めた。校訂者において補った箇所もある。

(ハ)　会話や心中思惟に相当する部分などを適宜「　」『　』でくくった。

2　振り仮名

(イ)　底本の振り仮名が本行の送り返名や捨て仮名などと重複している場合は、その該当する振り仮名を削った。

(ロ)　漢文訓読などの場合は、校訂者の判断で振り返名を施した。

3 字体

（イ） 漢字は原則として現在通行の字体に改め、常用漢字表にある文字は新字体を用いた。底本に通行の字体と一致しないいわゆる異体字が使われている場合には、歹(悪)、无(無)、另(別)などいくつかの語を除き、通行の字体に改めた。

（ロ） 反復記号は原則として底本のままとし、適宜濁点等を補った。

4 漢字の字遣い 当時の慣用的な字遣いや当て字は、現在と異なる場合もそのまま残し、適宜注を施した。

（例） 礙碍(正しくは擬議)、宝輦(鳳輦)

5 仮名遣い・清濁

（イ） 仮名遣いは底本の通りとした。ただし校訂者による振り仮名は歴史的仮名遣いに従った。

（ロ） 語の清濁は、校訂者の見解で区別・補正した。

（ハ） 明らかな誤刻・脱字等は適宜訂正し、必要な場合にはその旨注記した。

三 巻末注

1 当時の批評とそれに対する馬琴の答評を適宜引用・紹介した。評者は、殿村篠斎(第一集、『初集篠斎評』と注記)、小津桂窓(第二集、『二集桂窓評』と注記)、石川畳翠(第四集、『畳翠評』と注記)、淀屋新太郎(第一―四集)。

2 校注者が施した振り仮名は（ ）でくくり、引用文献の振り仮名と区別した。

四 校訂は、横山邦治・大高洋司の共同作業で行ったが、本文校訂は主として横山が担当し、巻末注は主として大高が担当した。また、次のかたがたの協力を抑いだ。

西村秀人（京都女子大学助教授）　中国文学関係。解説執筆。

服部　仁（同朋大学教授）　挿絵関係、解説執筆。

藤沢　毅（広島文教女子大学講師）　各集解題執筆。書誌解説執筆。

開《かい》巻《かん》驚《きよう》奇《き》俠《きよう》客《かく》伝《でん》

開巻驚奇俠客伝　第一集

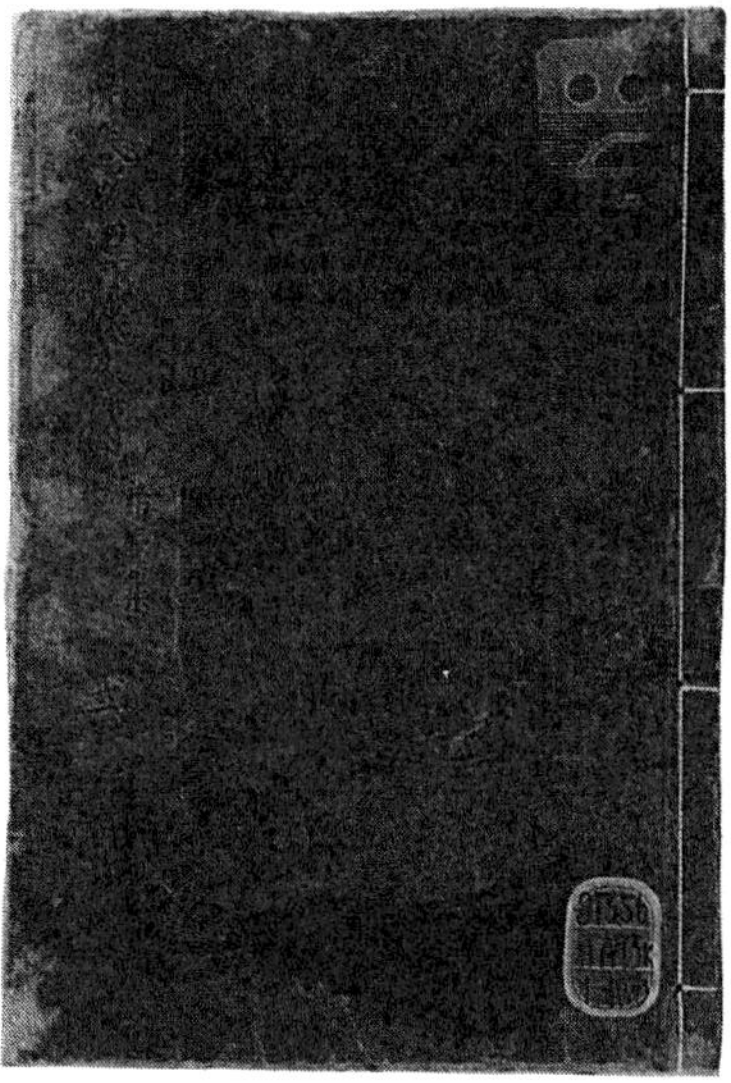

底本略書誌　天保三年(一八三二)春刊。早印。半紙本五巻五冊(大坂売り初印本には五巻八冊のものもある。多くは五巻五冊で出されている)。以下、色を中心に表紙、見返し、蔵書印の情報を記す。

　表紙は白地に、上部縹色で丸に引き両、下部緑で菊流水、濃縹で飾紐、柑子色ちらし。紫の角包あり。題簽は淡柿色に陰刻で八重桜模様の地紙、各巻字体を変えて墨印「開巻驚奇俠客伝　第壱集　弍(一―五)」。見返しは、周囲の文様を縹色で、書名は濃墨、「群玉」の印は朱。蔵書印は朱色長方印で「越後南魚／木村家蔵書／石打大沢」。

梗概　応永年間の頃、相模の国に野上史著演という義俠心に厚い郷士がいた。南朝の遺臣脇屋義隆は一子小六丸を大館英直と母屋の夫婦に託し、南朝再興の同志を捜すが、底倉にて藤白安同に殺される。英直も病に倒れるが、母屋と小六丸を著演に託す。著演は、由井が浜に晒された義隆主従の首を盗み出し葬る。安同は著演を疑い脅しをかけるが逆にやりこめられる。小六丸は著演の養子となり、館小六と名乗る。その後すぐに著演に実子が出来るが、あくまでも小六を立て、実子は奴婢之助と名付けられる。

　一方、同じく南朝の遺臣新田貞方は、畑時種と共に諸国遍歴中、妙算という女僧の庵に休む。妙算は二人を騙し、毒酒を飲ませ、灘蔵、船蔵という二人の息子に捕らえさせる。もとよりこれは土地の領主千葉兼胤の謀計であった。捕縛された二人は七里が浜に連れ出されるが、刑死寸前に大津波に攫われ行方不明となる。同じく津波に攫われた妙算、灘蔵、船蔵は、後日嚙み千切られた首が打ち上げられる。

　貞方主従刑死の噂を聞いた母屋は心痛に倒れ死ぬが、その遺書により小六は自分の素性を知る。藤白安同は客屋目四郎を使って野上著演を罪に陥れようとするが、著演の誠心に感じた目四郎は全てを白状する。この話を立ち聞きした小六は、自分が居れば著演夫婦に迷惑がかかると思い、物狂いを装って野上家を出奔し、藤白主従殲滅を狙う。

侠客伝 第一集 自序

老氏ノ曰、大道廃レテ有リ二仁義一。仁義者道之異称也。而レドモ有リ二似テ而非ナル者一。故ニ韓非ハ比ナラベテ二儒侠ヲ一擯二斥ス之ヲ一。曰、儒ハ以レ文ヲ乱ルレ法ヲ。〔讖ハ読テ如シレ非ノ〕侠ハ以レ武ヲ犯スレ禁ヲ。二ツノ者皆讖ヒナリ。而ルニ学士多クハ称ラル、ト二於世ニ一云フ。夫レ侠之為タルレ言、彊也持也。軽クシレ生ヲ高ウシテレ気ヲ、排キレ難ヲ解クレ紛ヲ。孔子ノ所謂ル、殺シテレ身ヲ成スレ仁ヲ者是已ノミ。司馬遷及テレ伝スルニ二游侠ヲ一、其ノ序ニ援リ二韓子ヲ一。且ツ曰、季次原憲ハ閭巷ノ人也。読ミレ書ヲ懐テ二独行君子之徳ヲ一、不三苟モ合ハ二当世ニ一。当世モ亦笑フトレ之ヲ。又曰、今ノ游侠ハ、其ノ行ヒ雖レ不トレ軌ナラ二於正義ニ一、然レドモ其言必信アリ。其行ヒ必果ス。已ニ諾シテ必誠アリ。不シテレ愛セ二其躯ヲ一、赴ク二士之阨困ニ一。既ニ已ニ存亡死生ス矣。而レドモ不レ矜ラ二其能ニ一、羞ヅレ伐ランコトヲ二其徳ヲ一。蓋亦有リ二足ルレ多トスルニ者一。此レ有テ二憤激スルコト一而言ヘリ之。是ヲ以其語厚クシテ、而シテ意深シ也。班固不レ原ネ二此意ヲ一、以三其進ルヲ二奸雄ヲ一譏ルレ之ヲ。可シレ謂ツレ誤レリト矣。今于テ二彼書ニ一検レバレ之ヲ、則有リ二延陵孟嘗春申平原信陵之徒一。皆卿相富厚之侠也。至テレ如キニ二閭巷之侠ノ一、又有リ二朱家田仲王公劇孟郭解ノ数人一。自リレ漢而シテ後、迨テレ唐ニ有リ二剣侠一、有リ二女侠一。小説ノ所レ載スル、不レ遑アラ二毛挙ニ一也。

老氏*の曰く、「大道廃《たいだうすた》れて仁義有り。」仁義は道の異称なり。而《しか》れども似て非なる者有り。故*に韓非は儒侠を比《なら》べて之を擯斥《ひんせき》す。曰く、「儒は文を以て法を乱る。侠は武を以て禁を犯す。」二つの者皆讖《ひ》なり。而《しか》るに学士多くは世に称《たた》へらるゝと云ふ。夫《そ》れ侠の言為《た》る、彊《きやう》なり持なり。生を軽くし気を高うして、難《かた》きを排《ひら》き紛《もつ》れを解く。孔子の所謂《いはゆる》、身を殺して仁を成す者是《こ》れのみ。司馬遷游侠を伝するに及んで、其の序に韓子を援《ひけ》り。且《か》つ曰く、「季次・原憲は閭巷《りよかう》の人なり。書を読み独行君子の徳を懐《いだ》いて、苟《いやし》くも当世に合はず。当世も亦《また》之を笑ふ」と。又曰く、「今の游侠は、其の行ひ正義に軌《みち》ならずと雖《いへど》も、然《しか》れども其の言必ず信あり。其の行ひ必ず果す。已《すで》に諾《だく》して必ず誠あり。その躯《み》を愛せずして、士の阨困《やくこん》に赴《おもむ》く。既《すで》に已《すで》に存亡死生す。而《しか》れども其の能に矜《ほこ》らず、其の徳に伐《ほこ》らんことを羞《は》づ。蓋《けだ》し亦《また》多しとするに足る者有り」

と。此れ憤激すること有りて言へり。是《ここ》を以て其の語厚くして、而《しか》して意深し。班固此の意を原《たづ》ねず、其の奸雄を進むるを以て之を譏《そし》る。誤れりと謂《い》ひつ可《べ》し。今彼《か》の書に于《おい》て之を検《しら》ぶれば、則《すなは》ち延陵《えんりやう》・孟嘗《もうしやう》・春申《しゆんしん》・平原《へいげん》・信陵《しんりやう》の徒有り。皆卿相富厚の侠なり。閭巷《りよかう》の侠の如《ごと》きに至つて、又朱家《しゆか》・田仲《でんちゆう》・王公《おうこう》・劇孟《げきもう》・郭解《かくかい》の数人有り。漢よりして後、唐に迨《およ》んで剣侠有り、女侠有り。小説の載《の》する所、毛挙に遑《いとま》あらざるなり。

国朝自レ古必有ン二其人ノ在ル一焉。但無シ下論ジテ二記伝ニ一載スルコトヲ上之。以スレバ二余カ所ヲレ聞ク、近世有リ乙大鳥居逸平、関東小六、幡随長兵、及マタ号スル二茨城草裤、白柄大小ノ神祇ト一者甲。皆是閭巷之侠ナリ。而シテ其所レ為ル、或ハ未ハ三必合二於義ニ一。啻立テレ気ヲ斉クナシ作二威福ヲ一、結テ二私交ヲ一以立ル二彊ヲ於世ニ一者也。較レバ乙諸ヲイニシヘ古者道徳之士ノ、不シテレ動カ二声色ニ一、消スル二宇内之大変ヲ一者ニ甲、相去ルコト非ズ二唯宵壌而已ニ一。然レドモ気豪以レ此至ルレ捍ゲニ二当世之兇暴ヲ一。此戦国之余習未レ改メ、其私義廉潔以有リレ然ルコト也。使メバ三当時ヲシテ無ラ二此人一、則士風自リレ是衰ヘン。侠客之義、曷ソン可レ少カクヤ哉。余有テレ感焉、而無シレ所二憤激スル一。不レ激セ不レ憤ラ、猶且伝ス二侠客ヲ一。所二以ンノ然ル一者何ハゾヤ也。蓋以レバ、仁人抱テレ道ヲ、猶不レ免レレ菑ヲ。是故ニ、新田殂ハシ二于足羽ニ一、楠氏陣ハ二歿ス湊河ニ一。大凡此ノ二公ハ、誠忠与二日月一争フレ光ヲ。徳義流芳シテ而不レ既ツキ。惜イカナ乎枝葉不二再振ハ一、栄枯得喪、与二南朝一終始セリ矣。是以ヲ世人不平、以為ス二遺憾ト一。余之固陋カナル、不二敢テ自ラ料ラ一、寧思下欲ス排キ二其難ヲ一、解キ二其紛ヲ一、叨ニ補ヒ二旧記之闕文ヲ一、慢ニ載セテ二野乗ノ所ヲ一レ未レ言ハ、演ベレ義ヲ立レ伝ヲ、以テ快クセント中人之心ヲ上。若シ夫興レシ絶タルヲ顕スニレ隠レタルヲ、非レバ二游侠ニ一、則其事不レ潔ラ。使ルニ二人心ヲシテ愉快ナラ一、非レバ二寓言ニ一、乃其談不レ博ラ。無シテレ財而能シテク侠ナレバ、其侠此レ益〱奇ナリ也。用モテ二滑稽ヲ一善談クスレバ、罔シレ不ルコトレ出二人意表ニ一。宜ナリ。名不二虚クタ立一、書不二虚クレ行一。窃ニ有リレ頼ルコト二于此ニ一。又悪ゾン問ニ虚之ト与ヲヒ実哉ヤ。是書数十巻ノ、然ニシテ後シテ可ニシ以結ブヲヒ局。今茲所レ著スニ才五巻、是ヲ為ス二第一集ト一。其第二集以下、応ニベシト陸続刊行ス一云フ。浪華ノ書賈群玉堂、与二江戸ノ書賈文渓堂一相謀テ、乞フコトガ二余之著ヲ一、三四年矣。此塞レク二其責ヲ一者。及テ二刻成ルニ一、聊亦識ス二歳月ヲ一。

天保二年端午前一日　曲亭蟫史撰

国朝古《いにし》へより必ず其の人の在る有らん。但《た》だ記伝に論じて之《の》を載すること無し。余が聞く所を以てすれば、近世*大鳥居逸平・関東小六・幡随長兵、及《ま》た茨城草袴・白柄大小の神祇と号する者有《あ》り。皆是《こ》れ閭巷の俠なり。而《しか》して其の為《な》せる所、或は未《いま》だ必ずしも義に合はず。啻《た》だ気を立て斉《ひと》しく威福を作《な》し、私交を結びて以て彊《きやう》を世に立つる者なり。諸《これ》を古者《いにしへ》道徳の士の、声色に動かずして、宇《う》内《だい》の大変を消する者に較《くら》ぶれば、相《あひ》去ること唯《た》だ霄壌《しようじやう》のみに非《あら》ず。然《しか》れども気豪此れを以て当世の兇暴《きようばう》を捍《ふせ》ぐに至る。此れ戦国の余習未《いま》だ改めず、其の私義廉潔以て然ること有り。当時をして此の人無からしめば、則ち士風是《こ》れより衰へん。俠客の義、曷《なん》ぞ少《か》く可《べ》けんや。余は感有りて、而《しか》して憤激する所無し。激せず、憤《いきどほ》らず、猶《な》ほ且《か》つ俠客を伝す。然《しか》る所以《ゆゑん》の者は何ぞや。蓋《けだ》し以《おも》んみれば、仁人道を抱きて、猶《な》ほ菑《わざはひ》を免れず。是《こ》の故《ゆゑ》に、*新田《につた》は足羽《あすは》に殂《し》し楠氏《なんし》は湊河《みなとがは》に陣歿《ちんぼつ》す。大凡《おほよそ》此の二公は、誠忠日月《じつげつ》と光を争ふ。徳義流芳して既《つ》きず。惜《を》しいかな枝葉再び振はず、栄枯得喪、南朝と終始せり。是《ここ》を以て世人不平、以て遺憾と為《な》す。余が固陋《ころう》なる、敢《あへ》て自《みづか》ら料《はか》らず、寧《むし》ろ其の難《かた》きを排《ひら》き、其の紛《もつ》れを解き、叨《みだ》りに旧記の闕文《けつぶん》を補ひ、慢《みだ》りに野乗の未《いま》だ言はざる所を載《の》せて、義を演《の》べ伝を立《た》て、以て人の心を快《こころよ》くせんと思欲す。若《も》し夫《そ》れ絶《たえ》たるを興《おこ》し隠れたるを顕《あらは》すに、游俠に非《あら》ざれば、則ち其の事潔《いさぎよ》からず。人心をして愉快ならしむるに、寓言《ぐうげん》に非《あら》ざれば、乃《すなは》ち其の談博《ひろ》からず。財《ざい》無くして而《しか》して能《よ》く俠なれば、其の俠此れ益《ます》ます奇なり。滑稽《こつけい》を用《も》て善《よ》く談ずれば、人の意表に出ざることなし。宜《むべ》なり。名虚《むな》しく立たず、書虚《むな》しく行なはれず。窃《ひそ》かに此れに頼ること有り。又悪《いづ》くんぞ虚と実とを問はんや。是《こ》の書数十巻にして、然《しか》して後に以て局を結ぶ可《べ》し。今兹《ことし》、著《あらは》す所才《わづ》かに五巻、是《こ》れを第一集と為《な》す。其の第二集以下、応《まさ》に陸続《りくぞく》刊行すべしと云ふ。*浪華《なには》の書賈《しよこ》群玉堂、*江戸の書《しよ》賈《こ》文渓堂と相謀《あひはか》りて、余が著を乞《こ》ふこと、三四年。此れ其の責《せめ》を塞《ふさ》ぐ者。刻《こく》成るに及《およ》んで、聊《いささか》亦《また》歳月を識《しる》す。

開巻驚奇俠客伝

天保二年端午《たんご》前一日　曲亭蟫史《たんし》*撰

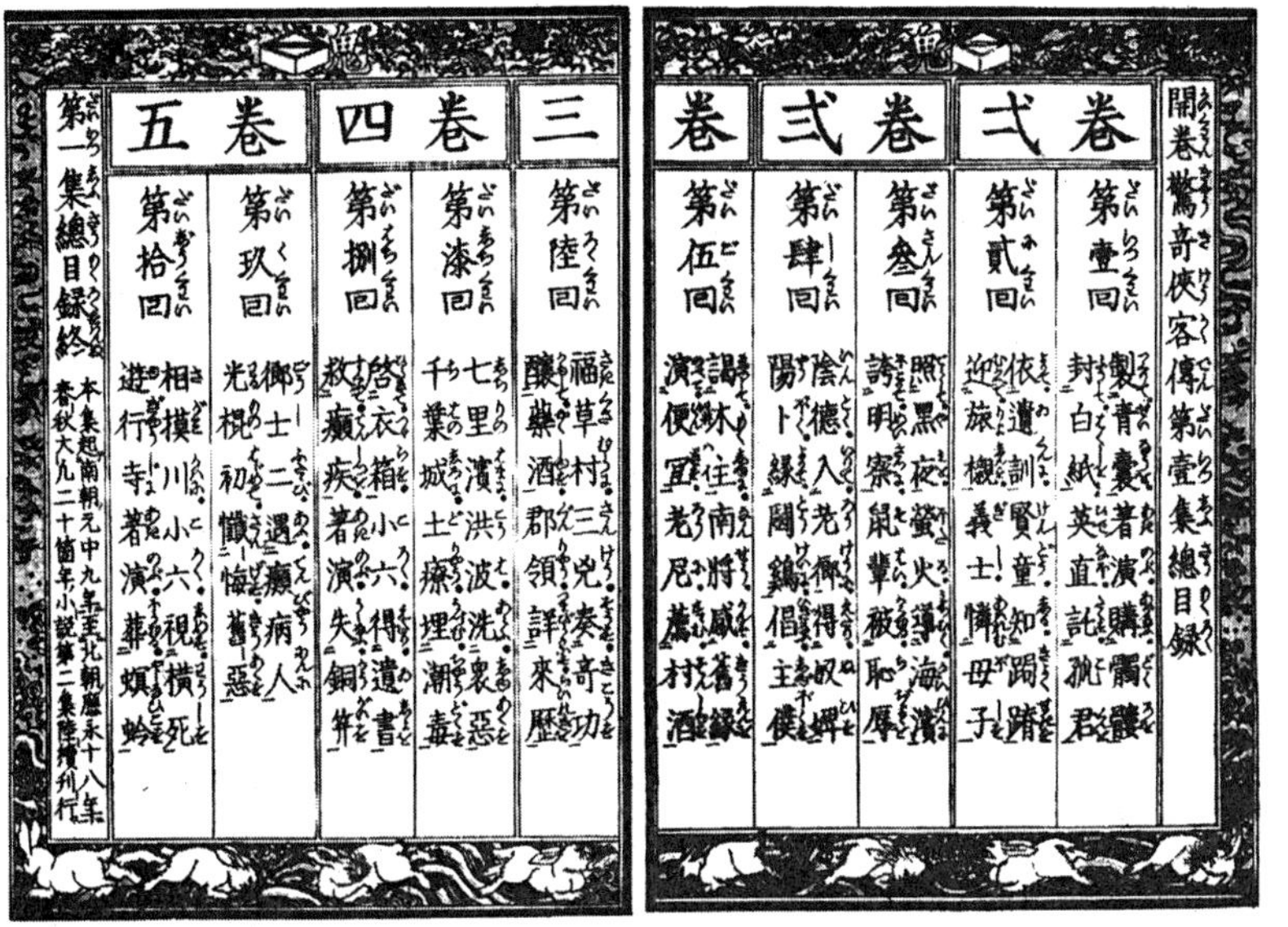
開巻驚奇俠客傳第壹集總目録

巻弌
第壹回　製青嚢著演購髑髏　封白紙英直託孤君
第貳回　依遺訓賢童知蹈蹟　迎旅櫬義士憐母子

巻弍
第叁回　照黒夜螢火導海濱　誇明察鼠輩被恥辱
第肆回　陰徳入光卿得奴婢　陽卜縁鬪鶏倡主僕

巻三
第伍回　謁木主南將感舊縁　演便宜老尼薦村酒
第陸回　福草村三兇奏奇功　醸藥酒郡領詳來歴

巻四
第漆回　七里濱洪波洗衆惡　千葉城土寮埋潮毒
第捌回　啓衣箱小六得遺書　救癩疾著演失銅弁

巻五
第玖回　御士二遇癩病人　光梲初懺悔舊惡
第拾回　相摸川小六視横死　遊行寺著演葬蜻蛉

第一集總目録終　本集起南朝元中九年至北朝應永十八年春秋大凡二十箇年小説第二集陸續刊行

開巻驚奇侠客伝《かいくわんきやうきけうかくでん》　第壱集《だいいつしふ》　総目録《さうもくろく》

第一集総目録　終《だいいつしふそうもくろくをはんぬ》

本集起テ二南朝ノ元中九年ニ一至ル二北朝ノ応永十八年ニ一。
春秋大凡二十箇年ノ小説第二集陸続刊行ス。

像賛第壱

野上史著演《のがみのふひとあきのぶ》　藤沢晩稲《ふぢさはのおしね》

豪俠気節、その名雷《らい》のごとし、
己《おのれ》を虚《むな》しくして博《ひろ》く愛し、義に仗《よ》りて財を散《ち》らす。
寡欲《かよく》自ら守りて禍胎《くわたい》を容《い》れず、
至信患《わづら》ひを共にして、旅櫬回《めぐ》ることを得たり。
一堆《たい》の枯骨初めて夜台に睡《ねぶ》り、
空緘《くうかん》届けるところ、よく嬰孩《えいがい》を保《やす》んず。

著演《あきのぶ》を賛《さん》す

像賛第弐

たのみやるそらには
鳥の迹《あと》もなし
ふみまき川の
春の鴈がね

英直を賛す

館大六英直《たてのだいろくひでなほ》　客店目《はたごやのめ》四《し》郎《らう》

像賛第三

精忠三世《さんぜ》、
伝《つた》へてこの君に迄《いた》る。
南史絶《たえ》たりといへども、
なほ遺文あり。

脇屋少将を賛す

脇屋《わきや》右少将《うしやうく》義隆《よしたか》　藤白《ふぢしろ》隼人正《はいとのせう》安同《やすとも》

像賛第四

草ふかみひかりを
つゝむ月の露の
海にや入らむ
すゑは流れて

新田主僕を賛す

畑《はた》六郎二《ろくらうじ》時種《ときたね》　新田《につた》左少将《さしやうく》貞方《さだかた》

像賛第五

順逆なきがごとく、人多ければ天に捷《か》つ。
巧《たく》みに権詐《けんさ》を恣《ほしいまま》にして、薬鴆《やくちん》仙を仆《たふ》す。
勢利桀《けつ》を資《たす》けて、悪当年に冠《くわん》たるも、
皇天すでに定まりて、冥罰あに愆《あやま》らんや。

千葉介兼胤《ちばのすけかねたね》　銭卜妙算《ぜにうらのみやうさん》

像賛第六

たらちめはおもやつれたり
あげまきのころくし
かりしすぐれものゝふ

小六並《なら》びに母屋を賛す

嬭姆母屋《めのとおもや》　舘小六助則《たてのころくすけのり》

俠客伝《けうかくでん》 第一集《だいいつしふ》 列伝姓名目録《れつでんせいめいもくろく》

将相　新田《につた》貞方《さだかた》　脇屋《わきや》義隆《よしたか》　足利《あしかゞ》満兼《みつかね》　足利《あしかゞ》持氏《もちうぢ》
上杉《うへすぎ》憲定《のりさだ》　千葉介《ちばのすけ》兼胤《かねたね》

武士　野上史《のがみのふひと》著演《あきのぶ》　館大六《たてのだいろく》英直《ひでなほ》　畑六郎二《はたろくらうじ》時種《ときたね》
上泉《うはいづみ》秀武《ひでたけ》　鳥山《とりやま》七郎《しちらう》　船田《ふなだ》小二郎《こじらう》　堀口《ほりぐち》五郎《ごらう》　江田《えだ》蔵人《くらんど》
高柳《たかやなぎ》兵庫《ひやうご》　藤白《ふぢしろ》安同《やすとも》　田子勇《たこのゆ》伝二《でんじ》　荒海《あらみ》灘蔵《なだざう》　荒海《あらみ》船蔵《ふなざう》
野上奴婢之助《のがみぬひのすけ》　館小六《たてのころく》助則《すけのり》

婦人　晩稲《おしね》　母屋《おもや》　信夫《しのぶ》　女僧《あま》妙算《みやうさん》

市人　逆旅主人《はたごやのあるじ》肝八《かんぱち》　姿鏡屋《すがたみや》甲《なにがし》 名字佚ス　紅粉阪小《けはひざかのこ》正二《せうじ》
台町猪三太《だいまちのゐさんた》　相模川篙師《さがみがはのふなひと》 名字佚ス　客店目四郎《はたごやのめしらう》

奴隷　字六《じろく》　画七《ゑしち》　畑平《はたへい》　畔蔵《くろざう》

通計三十有五名第一集姓名目録《つがふさんじふうごにんだいいつしふせいめいもくろく》　終《をはんぬ》

開巻驚奇俠客伝《かいくわんきやうきけうかくでん》　第壱集《だいいつしふ》　巻之一

東都　曲亭主人　編次

第一回《だいくわい》

青嚢《せいなう》《○アヲキフクロ》を製《つく》りて著演《あきのぶ》髑髏《どくろ》を購《あがな》ふ
白紙《はくし》を封《ふう》じて英直《ひでなほ》孤君《こくん》《○ミナシゴノキミ》を託《たく》《○タノム》す

*鹿苑院足利義満相国《ろくおんいんあしかゞよしみつしようこく》の将軍《せうぐん》たりし、応永《おうゑい》の年歟《としか》とよ。相模州高座郡《さがみのくにたかくらのこふり》、*藤沢道場《ふぢさはどうじやう》の左尽頭《かたほとり》に、*野上史著演《のがみのふひとあきのぶ》と喚做《よびな》したる、一個《ひとり》の*郷士《ごうし》ありけり。*そが祖貫《せんぞ》を尋《たづ》ぬるに、美濃《みの》の野上《のがみ》の人氏《ちゆうにん》なりける、荘司著実《せうじあきざね》と喚《よば》れしもの、*源平寿永《げんぺいじゆゑい》の闘戦《たゝかひ》に、東軍《とうぐん》に従《したが》ひて兵粮運送《ひやうらううんそう》の事《こと》を掌《つかさど》り、始終《しじう》その功《こう》ありしかば、源氏一統《げんじいつとう》の後《のち》、鎌倉《かまくら》に召措《めしおか》れ、*藤沢南郷《ふぢさはなんご》の辺《ほとり》にて、荘園《せうゑん》三千余貫《よくわん》を賜《たまは》り、藤沢東西八ケ邨《ふぢさはとうざいはつかむら》の、目代《もくだい》にぞなされける。

是《これ》より数世《かずのよ》を累《かさね》て、今《いま》の著演《あきのぶ》が大父《おほぢ》なりける、野上目《のがみのさくわん》著佐《あきすけ》といひしもの、後醍醐天皇《ごだいごてんわう》のおん時《とき》、*元弘三年閏六月《げんこうさんねんうるふみなづき》の鎌倉攻戦《かまくらぜめ》に、新田義貞朝臣《につたよしさだあそん》に従《したが》ひて、又兵粮運送《またひやうらううんそう》の事《こと》をうけ給はり、その功《こう》なきにあらねども、新田《につた》・足利《あしかゞ》の確《くわく》執《しつ》より、いく程《ほど》もなく世《よ》は又乱《またみだ》れて、恩賞《おんしやう》の沙汰《さた》までもなく、剰《あまさへ》南北両朝《なんぼくふたみかど》に、立《たち》わかれ給ひつゝ、義貞朝臣《よしさだあそん》は足羽《あすは》にて、陣歿《うちじに》のよし聞《きこ》えしかば、著佐《あきすけ》これをいと惜《をし》み、世《よ》を憤《いきどほ》り退隠《たいいん》して、遂《つひ》に亦足利家《またあしかゞけ》の、催促《さいそく》に従《したが》はず。さばれ鎌倉将軍《かまくらせうぐん》の時《とき》よりして、所帯不易《しよたいふゑき》の御教書《みぎやうしよ》を、賜《たまはり》たる郷士《ごうし》なるをもて、恪《かく》ても祟《たゝ》りなかりしかば、世《よ》をいと安《やす》く送《おく》りけり。

その子《こ》村主著種《すぐりあきたね》は、生涯多病《しやうがいたびやう》なりければ、いよ〳〵官《つかへの》途《みち》を絶《たち》て、只読書《たゞどくしよ》をのみ事《こと》としつ、戦国《せんごく》には稀《まれ》なるべき、博士《はかせ》にてありけれども、好《このみ》て人《ひと》の師《し》とならず、素《もと》よりその名《な》を貪《むさぼ》らねば、人《ひと》に知《し》らるゝよしもあらで、年六十《としむそぢ》にして身《み》まかりつ。

その子《こ》は史著演《ふひとあきのぶ》なり。著演《あきのぶ》は総角《あげまき》より、文《ぶん》を学《まな》び武《ぶ》を嗜《たしみ》て、心《こゝろ》ざま父祖《ふそ》に劣《おと》らず。既《すで》に壮年《さうねん》に及《およ》びし比《ころ》、二親《ふたおや》の喪《も》に在《を》ること、三年《みとせ》にしてなほ倦《あか》ず、常《つね》にその妻晩稲《つまおしね》にいふやう、「忠臣《ちうしん》*は革命《かくめい》の時《とき》なく、孝子《こうし》は終身《しうしん》の喪《も》あり。二尊《ふたおや》今《いま》は在《いま》さずとも、豈《あに》一チ日《にち》も忘《わす》れんや。且俺大父《かつわがおほぢ》は当初《そのはじめ》、新田殿《にったどの》に従《したが》ひまつりて、南朝《なんちやう》のおん為《ため》に、一臂《いつぴ》の力《ちから》を尽《つく》し給ひき。今《いま》は足利一統《あしかゞいつとう》の、世《よ》になりにきといふといへども、媚《こび》て栄利《ゑのり》を求《もと》むべからず。俺《われ》は只《たゞ》わが分《ぶん》を守《まも》りて、法度《はつと》を犯《をか》さず、不義《ふぎ》に与《くみ》せず、名利《みやうり》の奴《やつこ》とならずもあらば、世《よ》に恥《はづ》ることなかるべし」、と諭《さと》して鎌倉《かまくら》*の管領《くわんれい》当時《たうじ》足利氏《あしかゞうぢ》満《みつ》の世《よ》也。には、年始《ねんし》の嘉儀《かぎ》を稟《まう》すのみ、参仕《まゐりつかふ》ることを欲《ほり》せず。況《まいて》その方《かた》ざまなる権家《きりもの》に、交《まじは》ることはなけれども、素《もと》より饒裕《ゆたか》なるをもて、常《つね》に施《ほどこ》しを好《この》みたる、性《さが》として俠気《をとこぎ》あり。倘凶年《もしけうねん》に値《あ》ふことあれば、倉廩《くら》を尽《つく》し粟《あは》《○クロゴメ》を散《ちら》して、里人《さとびと》の饑《うゑ》たるを、賑《にぎは》し救《すくは》ざる事なく、豊年《ほうねん》には亦路《またみち》を造《つく》り、橋《はし》の朽《くち》たるを修《しゆ》復《ふく》して、衆人《もろびと》の資《たすけ》とす。只《たゞ》これのみにあらずして、大約隣《おほよそりん》郷近邨《がうきんそん》の、兵燹《いくさび》に家《いへ》を焼《やか》れたる、或《ある》は世《よ》に落魄《おちぶれ》て、饑渇《きかつ》に逼《せま》り、或《ある》は久《ひさ》しく病臥《やみふし》て、妻子《やから》を養《やしな》ふ便着《たつき》なきもの、然《さ》らでも尩弱不具《わうじやくふぐ》のもの、孀孤《やもめみなしご》などのよるべなきには、親疎《したしきうと》きの差別《さべつ》なく、米《こめ》を贈《おく》り銭《ぜに》を取《と》らせて、必《かならず》厚《あつ》く恵《めぐ》むこと、幾人《いくたり》といふことを知《し》らず。これにより、境《さかひ》を隔《へだて》しものまでも、その名《な》を伝聞《つたへきか》ざることなく、不幸《ふこう》にして世《よ》を渡《わた》り難《かね》たるものゝ折々《をり〱》に、野上許尋《のがみがりたづ》ね来《き》て、よしを告乞《つげこ》ふことあれば、その居所《ゐどころ》と姓名《せいめい》を、質《たゞ》しも問《と》はでその人別《ひとごと》に、永楽銭《ゑいらくせん》三百文《もん》と、米五升《こめいつます》を取《と》らせけり。

恪《かく》てもそのもの足《た》らずとて、両三回来《ふたゝびみたびく》ることありとも、その折毎《をりごと》に推辞《いな》む事なく、形《かた》のごとくに与《あた》へしかば、ある人窃《ひとひそか》にこれを諫《いさ》めて、「千仞《ちひろ》の海《うみ》は測《はか》るとも、人《ひと》の心《こゝろ》の好《よし》歹《あし》は、量《はか》り知《し》られぬものなるに、名《な》を聞徳《きゝとく》を慕《した》へばとて、来《き》つゝ救《すくひ》を乞《こ》ふものゝ、名《な》をも宿所《しゆくしよ》も問糾《とひたゞ》さで、東西《もの》を取《と》らせ給ふこと、人《ひと》の及《およ》ばぬ所行《わざ》なれども、そが中《なか》には搗鬼《そらごと》ありて、然《さ》までに困窮《こんきう》せざるものも、恪々《しかぐ》といひ誘《こしら》へて、貪《むさぼ》ることのなからずやは。そこらに斟酌《しんしやく》あらまほし」、といふを著演《あきのぶ》うち聞《きゝ》て、「和殿《わどの》の意見寔《いけんまこと》によしあり。俺《われ》も亦《また》初《はじめ》より、そを思《おも》はぬにあらねども、君子《くんし》は嗟来《さらい》*の食《しよく》を受《うけ》ず。もし疑《うたが》ふて名《な》を諮《たづ》ね、その居所《ゐどころ》を質《たゞ》しも問《とは》ば、そはわが施《せ》行《ぎやう》の義《ぎ》に違《たが》ひて、人《ひと》を辱《はづかしむ》るものに似《に》たり。乞食非人《こつじきひにん》は素《もと》より論《ろん》なし。その人由緒《ひとよし》あるものなれども、世《よ》に幸《さち》あらで飢渇《きかつ》に得《え》勝《たへ》ず、些《ちと》の救《すくひ》を俺《われ》に乞《こ》ふとき、根穿《ねほ》り葉《は》を欲《ほ》り素《す》生《じやう》を問《と》はゞ、その人《ひと》いかでか羞《はぢ》ざるべき。さればこの義《ぎ》を思ふをもて、東西《もの》を与《あた》へてその名《な》を問《と》はず。又乞《またこ》ふものゝ虚実《きよじつ》には、些《ちつと》も掛念《けねん》することなし。縦《よしや》その人告《ひとつぐ》るがごとき、困窮者《こんきうびと》にあらずとも、その方《みち》をもて庇《めぐみ》を受《うけ》なば、窃偸《ぬすみ》するにはなほ優《ま》すべし。俺《われ》は質素《しつそ》を旨《むね》として、奴婢《ぬび》などを多《おほ》く使《つか》はず、妻子《やから》には麁布《そふく》を被《き》せて、身《み》も亦疎食《またそしい》を啖《くら》へども、義《ぎ》の為《ため》には財《たから》を惜《をしま》ず。親《おや》の箕裘《ききう》を承《うけ》しより、只施《たゞほどこし》を事《こと》として、一ト日《ひ》も疎略《そりやく》にせしことなけれど、幸《さいはひ》にして荘園《せうゑん》《○タハタ》に、水旱《すいかん》《○スイソンヒソン》の患《うれひ》なく、又年来俺郷《またとしごろわがさと》の、戦場《せんぢやう》になりにたる、事しもあらねば軍兵《ぐんぴやう》の、乱妨《らんばう》にあへる禍《わざはひ》なし。こゝをもて施《ほどこ》すことの、年来《としごろ》を歴《へ》たれども、然《さり》とて東西《もの》の竭《つき》もせず、陽報《やうほう》あれとは願《ねが》はねども、*天鑑《てんかん》なしといふべからず。然《さ》もおもはずや」、と説諭《ときさと》せば、諫《いさめ》しものは感嘆《かんたん》しつゝ、恥《はぢ》て悔《くや》しく思ひけり。

恪《かく》ても野上著演《のがみあきのぶ》は、なほ飽《あか》ぬ心地《こゝち》やしけん、有一日《あるひ》里《さと》の壮佼《わかうど》を、これ彼《かれ》となく召聚《よびつど》へて、酒《さけ》うち飲《のま》して示《しめ》すやう、

「往《いぬ》る元弘《げんこう》の擾乱《みだれ》より、近《ちか》き比《ころ》まで五六十年《ねん》、都《みやこ》も鄙《ひな》も闘戦《たゝかひ》絶《たえ》ねば、そが戦場《せんぢやう》に尸《かばね》を曝《さら》して、野径《やけい》の茅萱《ちがや》を肥《こや》すものゝ、抑《そも〳〵》幾億万名《いくおくまんにん》なりけん、僂《かゞなぶ》るに遑《いとま》なかるべし。就中不便《なかんづくふびん》なるは、名《な》もなき葉武者雑兵《はむしやざふひやう》也。矢石《しせき》に命《いのち》を隕《おと》しても、頸《かうべ》を捕《とら》るゝまでもなく、その亡骸《なきがら》を扛《かき》もて還《かへ》る、身方《みかた》も亦《また》罕《まれ》なれば、その白骨《はくこつ》は路傍《みちのべ》なる、沙石《しやせき》と倶《とも》に朽《くち》ずもあらん。汝達今《なんたちいま》より爾《さ》る髑髏《どくろ》《○サレカウベ》を、もし見ることのあるならば、取《とり》あげてもて来《こ》よかし。髑髏《どくろ》一个《ひとつ》を銭百文《ぜにひやくもん》と、価《あたひ》を定《さだ》めて買《かひ》とらん。等閑《なほざり》にな思ひそ」、といはれて衆皆《みなみな》一議《いちぎ》に及《およ》ばず、言語斉《ことばひとし》く答《こたふ》るやう、「そはいと易《やす》きことにこそ候へ。這郷《このさと》にこそあることなけれ、鎌倉近郷《かまくらきんごう》、箱根以東《はこねわたり》、這首《ここ》の溝壑《みぞほり》、那首《かしこ》の野辺《のべ》にて、見たる髑髏《どくろ》は*病坊《にひまち》なる、犬糞《ゑぬのまり》より多《おほ》かるを、価《あたひ》よろしく買《かは》れなば、駅路遠《うまやぢとほ》く小荷駄《こにだ》の尻《しり》を、赶《お》ふて畑肥《はたごえ》を攫《さらは》んより、遥《はるか》に贏《まし》て挊甲斐《かせぎがひ》ある、生活《なりはひ》にこそなるべけれ。そはこゝろ得《え》て候」、と承引《うけひき》つ歓《よろこ》びて、僉共侶《みなもろとも》に退《まか》りけり。

是《これ》よりして後彼此《のちをちこち》より、髑髏《どくろ》をもて来《く》るものあれば、著《あき》演《のぶ》必《かならず》直鈔《あたひ》を取《とら》せて、且褒《かつほめ》て、青布《あをぬの》の嚢《ふくろ》を養《くれ》けり。こは復《また》那《かの》髑髏《どくろ》を掊《ひら》ひしとき、件《くだん》の嚢《ふくろ》に装《いれ》よとて也。これにより那《かの》壮佼們《わかうどら》は、著演《あきのぶ》を相称《あひたゝ》へて、福老長者《ふくろちやうじや》と喚做《よびな》しつ、その前《ぜん》約《やく》に違《たが》ふことなく、多《おほ》きを厭《いと》はぬ作善《さぜん》を感《かん》じて、*をさ〱需《もとめ》に応《おう》ずるもの、日毎《ひごと》に間断《かんだん》なかりけり。

かくてその髑髏《どくろ》の数《かず》、一百級《いつぴやくきう》に及《およ》ぶ毎《ごと》に、著演《あきのぶ》これを瓶《かめ》に斂《おさめ》て、遊行寺《ゆぎやうじ》へ送《おく》り遣《つかは》し、予《かね》て寺僧《じそう》と相謀《あひはかり》て、寺内《じない》の岡《おか》を伐《きり》ひらき、最大《いとおほ》きなる穸《あな》を穿《ほら》して、その髑髏《どくろ》を瘞《うづむ》ること、大凡《およそ》一稔可《ひとゝせばか》りの程《ほど》に、一万余級《いちまんよきう》に及《およ》びしかば、著演則《あきのぶすなはち》その岡《おか》に、万人塔《まんにんたう》と勒做《ゑりなし》たる、石塔婆《せきたうば》を建《たて》て墓表《はかじるし》としつ、ふたゝび住持《ぢゆうぢ》に請《こひ》まうして、大衆《だいしゆ》を聚合《つどへ》、経《きやう》を読《よま》して、水陸《すいりく》の施餓饑《せがき》を修行《しゆぎやう》し、且墓所料《かつむしよりやう》を寄進《きしん》して、後々《のち〱》までの菩提《ぼだい》を弔《と》ひけり。恁《かゝ》れば藤沢《ふぢさは》より十里《り》四《し》方《はう》に、ありとある戦死《せんし》の髑髏《どくろ》は、このとき渉猟尽《あさりつく》しけん、この後《のち》は然《さ》る東西《もの》を、誰《たれ》もて来《こ》ずなりしかど、既《すで》にして著演《あきのぶ》が、義名《ぎめい》は江湖上《よのなか》に高《たか》く聞《きこ》えて、遠《とほ》きは景慕《けいぼ》《○アホギシタフ》の懐《おも》ひあり、近《ちか》きは愛敬《あいけい》せざるものなし。

現戦世《げにみだれよ》に多《おほ》く得《え》がたき、俊傑《すぐれもの》なりけれども、*天道《てんどう》は盈《みつ》るを虧《かく》といふ、理《ことわ》りに漏《もれ》ずやありけん、著演齢四十《あきのぶよはひよそぢ》になるまで、嗣育一個《こそだてひとり》もなかりしかば、妻《つま》の晩稲《おしね》はこのことをのみ、世《よ》に憂《うれ》はしく思《おも》ひつゝ、折《をり》に触《ふ》れ良人《をつと》に薦《すゝ》めて、「子《し》孫《そん》の為《ため》に侍《はべ》るなる、側室《そばめ》を娶《めと》り給へかし」、といふを著演《あきのぶ》は応《いらへ》せず、然《さ》りとて已《やむ》べきことならねば、なほもしば〱薦《すゝ》めしとき、著演頭《あきのぶかうべ》をうち掉《ふり》て、「いかでかは然《さ》ることをせん。渾家《そなた》に妬《ねたみ》のこゝろなくとも、その妾《せふ》たるもの賢女《けんぢよ》ならずば、是《これ》より口舌起《くぜちおこ》るべし。聞《きか》ずや*七去《しちきよ》《○オンナメ》の箇条《かでふ》にも、子《こ》なきは去《さ》るといふめれど、そも一向《ひとむき》には信《う》べからず。世《よ》に石婦《うまずめ》のあるのみならで、男子《をとこ》にも亦子胤《またこだね》なきを、*黄門《くわうもん》といふぞかし。恁《かゝ》る人《ひと》には必鬚髭《かならずひげ》なく、足《あし》にも脛毛《すねげ》あること稀《まれ》也。縦百婦《よしやひやくふ》を娶得《めとりえ》て、夜毎《よごと》に子種《こだね》を蒔《おろ》すとも、生涯嗣育《しようがいこそだて》なしといふ。さるにより唐山《からくに》にて、内官《おくやく》になるものは、その陰《いん》を割去《たちすつ》るにより、こも黄門《くわうもん》と喚做《よびな》したり。那男子《かのをとこ》にして子《こ》なきよしは、鍼経《しんきやう》に明弁《めいべん》あり。又仏経《またぶつきやう》にもそを説《とか》れて、五種《いつくさ》の黄門《くわうもん》あり。凡《すべ》てはかゝる類《たぐひ》を名《な》づけて、扇揣半釈迦《せんせきはんしやか》といへるよし、載《のせ》て大般若経《だいはんにやきやう》に在《あ》りと聞《きゝ》にき。顧《おも》ふに俺身《わがみ》も黄門《くわうもん》にて、嗣《こ》のなき過世《すくせ》ならんには、独渾家《ひとりそなた》を石婦《うまずめ》として、七去《しちきよ》の罪《つみ》を負《おは》せがたかり。俺們夫婦《われ〳〵ふうふ》の宿願《しゆくぐわん》空《むな》しく、この儘《まゝ》にして後《のち》《○シソン》なくば、天《てん》わが家《いへ》を亡《ほろぼ》す也。歎《なげ》くといふとも甲斐《かひ》やはある。益《やく》なきことを」、と推禁《おしとゞ》めて、従《したが》ふべくもあらざりけり。

話分両頭《ものがたりふたつにわかる》。この時《とき》*陸奥州信夫郡《むつのくにしのぶのこふり》、関《せき》と渡瀬《わたるせ》の間里《あはひのさと》に、*館大六郎英直《たてのだいろくらうひでなほ》と喚《よば》れたる、南朝余類《なんちやうよるい》の浪人《らうにん》あり。妻《つま》の名《な》を母屋《おもや》といひけり。原是新田《もとこれにつた》の親族《しんぞく》なりける、*大館氏《おほだちうぢ》の支《わかれ》流《すぢ》にて、父祖《ふそ》の時《とき》より*義助《よしすけ》 従三位《じやうさんゐ》刑部卿《ぎやうぶけう》、義治《よしはる》 従四位下《じやうしゐのげ》式部大輔《しきぶのたいふ》 父子《ふし》に従《したがひ》て軍功《ぐんこう》あり。然《さ》ばれその功全《こうまつた》からで、大父《おほち》は北国《ほつこく》にて戦歿《うちじに》し、父《ちゝ》は四国《しこく》にて身《み》まかりけり。是《これ》より以降《このかた》英直《ひでなほ》は、義治《よしはる》の嫡子《ちやくし》なりける、*脇屋《わきや》右少将義《うしやう〳〵よし》隆朝臣《たかあそん》に仕《つか》へたる、累世忠義《るいせいちうぎ》の老党《らうだう》なりき。爾《しか》るに脇屋義隆《わきやよしたか》ぬしは、南朝《なんちやう》の建徳二年《けんとくにねん》に、正五位下《じやうごゐのげ》、相模守《さがみのかみ》に任《にん》ぜられ、その後天授《のちてんじゆ》三年《ねん》に、従四位下《じやうしゐのげ》右少将《うしやう〳〵》、陸奥守《むつのかみ》に拝任《はいにん》せられて、陸奥《むつ》の国《こく》司《し》なりければ、当時《たうじ》這地《このち》に在任《ざいにん》して、再従父兄弟《またいとこ》なる左少《さしやう》将《〳〵》、*貞方朝臣《さだかたあそん》 新田少将義宗《につたしやう〳〵よしむね》朝臣《あそん》の嫡男《ちやくなん》。 と共侶《もろとも》に、足利方《あしかゞがた》の大敵《たいてき》と、しば〳〵挑戦《いどみたゝか》ひつゝ、はや年来《としごろ》を歴《ふ》る程《ほど》に、*後亀山天皇《ごかめやまてんわう》の、元中九年《げんちうくねん》の秋《あき》の比《ころ》、武家《ぶけ》 足利氏《あしかゞうぢ》をいふ。 より只管《ひたすら》おん和睦《わぼく》を、請《こひ》勧《すゝ》め奉《たてまつ》り、時《とき》の将軍足利義満《せうぐんあしかゞよしみつ》、その冬《ふゆ》*大内義弘《おほうちよしひろ》を、吉野《よしの》の行宮《かりみや》へ参《まゐ》らせて、北朝《ほくちやう》の当今帝《たうぎんてい》 後小松《ごこまつの》院《いん》 を、南帝後亀山天皇《なんていごかめやまてんわう》の、御猶子《ごゆうし》に做《な》しまゐらせ、「且《かつ》この次《つぎ》の日嗣《ひつぎ》には、南帝《なんてい》の皇子《みこ》をもて、御位《みくらゐ》に即奉《つけたてまつ》らん」、と頻《しき》りに奏《そう》しまつりしかば、南帝《なんてい》やうやく御許容《ごきよよう》あり、この年閏十月《としうるふかみなつき》に、吉野《よしの》の皇居《くわうきよ》を出《いで》させ給ひて、嵯峨《さが》の大覚寺《だいかくじ》に渡御《とぎよ》まし〳〵つ、なほ北朝《ほくちやう》と後々《のち〳〵》の、御契約《ごけいやく》を定《さだ》められ、*おなじ月《つき》の初《はじめ》の五《いつ》日《か》に、御譲位《みくらゐゆづり》の義《ぎ》をもつて、三種《みくさ》の神器《かんだから》を北朝《ほくちやう》へ、おん譲《ゆづり》渡《わた》しありしかば、是《これ》より後亀山天皇《ごかめやまてんわう》を、新院《しんいん》とぞ称《まう》しける。恪《かく》てより、中間《なか》一稔《ひとゝせ》を歴《へ》たりける、*応永元年《おうゑいぐわんねん》の春《はる》、二月《きさらぎ》の廿三日に、新院《しんいん》には先規《せんき》の如《ごと》く、太上天皇《だじようてんわう》の尊号《そんごう》を、上《たてまつ》り給ひしかども、猶且嵯峨《なほかつさが》の大覚寺《だいかくじ》を、仙居《せんきよ》に定《さだ》め給

義隆《ヨシタカ》、鎌倉管領九代記に義則《ヨシノリ》に作る。又義陸《ヨシミチ》に作るものの多くあり。そは伝写《デンシヤ》のあやまりなり。

ひけり。往《いぬ》る延元元年《えんげんぐわんねん》*の冬《ふゆ》、十二月《しはす》廿三日に、後醍醐天皇《ごだいごてんわう》御《み》こゝろならずも、武臣足利尊氏《ぶしんあしかゞたかうぢ》が、暴逆《あらび》を避《さけ》させ給はんとて、吉野《よしの》へ臨幸《りんかう》ましませしより、後村上《ごむらかみ》、後亀山《ごかめやま》まで、爰《こゝ》に御三世《みみよ》を累《かさ》ね給ひて、五十《いそぢ》あまり七稔《なゝとせ》の、春秋《はるあき》を歴《へ》たる今《いま》この時《とき》に、南朝《なんちやう》北朝《ほくちやう》、両《ふたはしらの》天皇《すべらみこと》、稍《やゝ》御合体《ごがつたい》まし〳〵ければ「麻《あさ》の如《ごと》くに紊《みだ》れたる、世《よ》の是《これ》よりや風波《なみかぜ》の、たゝで長閑《のどけ》くなるべからん」、と万民歓《ばんみんよろこ》び思ひしには似《に》ず、武家《ぶけ》足利氏《あしかゞうぢ》をいふ。にてはなほ南朝《なんちやう》の、公卿武臣《くげうぶしん》を執念《しうね》深く憎《にく》みて、剰《あまさへ》太上天皇《だじやうてんわう》後亀山院《ごかめやまゐん》の、皇子《みこ》を春宮《とうぐう》に立奉《たてたてまつ》らず、綷《こと》ひとつとして前約《ぜんやく》に、叛《そむか》ざることなかりしかば、南朝忠義《なんちやうちうぎ》の卿《けい》相雲客《しやううんかく》、累世義烈《るいせいぎれつ》の武臣們《ぶしんら》は、斉一《ひとしく》怨《うらみ》憤《いきどほ》りて、或《ある》は山林《さんりん》に隠遁《いんとん》し、或《ある》はなほも孤城《こぜう》を戍《まも》りて、戦歿《うちじに》するも多《おほ》かりけり。

恁《かゝ》れば新田《につた》・楠《くすのき》の、世々《よゝ》に撓《たゆま》ぬ忠魂義胆《ちうこんぎたん》、武勇智略《ぶようちりやく》も今さらに、施《ほどこ》す甲斐《かひ》のなきまでに、自方《みかた》は漸々《しだい》に落亡《おちうせ》て、有繫《さすが》に憑《たの》む樹下《このもと》に、漏《も》る雨繁《あめしげ》くなりにたる、新田貞方《につたさだかた》*・義《よし》隆《たか》の、両大将《りやうたいせう》はせん術《すべ》なさに、一円這地《ひとまどこのち》を退《しりぞ》きて、且《しばら》く時《じ》運《うん》を俟《また》んとて、貞方朝臣《さだかたあそん》は残兵《ざんぺい》を、百名《もゝたり》あまり従《したが》へて、越《こし》路《ぢ》を投《さし》て落《おち》給へば、義隆《よしたか》ぬしも残《のこ》れる士卒《しそつ》を、二三十名《にん》可将《ばかりい》て、武蔵相模《むさしさがみ》に隠《かく》れをる、自方《みかた》の勇士《ゆうし》を聚《つど》へんとて、姿《すがた》を窶《やつ》す旅衣《たびごろも》、五名七名主従《ごにんしちにんしゆう〴〵》が、引《ひき》わかれゆく弓張《ゆみはり》の、月《つき》も笠暈《かさめ》す首途起《かどでたち》、光《ひかり》を包《つゝ》む玉鉾《たまぼこ》の、みちの奥《おく》すらすみがたき、濁《にご》れる世《よ》にも田字草《はなかつみ》*、安積《あさか》の沼《ぬま》にあらねども、外視《ひとめ》鬱悒《いぶせ》くたつ鳥《とり》と、身《み》を做《な》すまでに嫋竹《なよたけ》の、しのぶの里《さと》を夜《よ》をこめて、潜《しの》び出《いで》させ給ひけり。時《とき》に応永《おうえい》六年《ねん》の、秋九月《あきながつき》のことになん。

この時《とき》にしも右少将《うしやう〳〵》*義隆《よしたか》をいふ。の、郎君《わかぎみ》五才《いつゝ》になり給ふを、なほ陸奥《みちのく》に遺《のこ》されたり。這郎君《このわかぎみ》の母上《はゝうへ》は、亦是新田《またこれにつた》の氏族《うから》なる、大館左馬頭氏義《おほだちさまのかみうぢよし》*ぬしの女弟《いもと》也。然《さ》れば、郎君《わかぎみ》の外祖《ぐわいそ》なりける大館左馬頭兼伊予守氏明《おほだちさまのかみけんいよのかみうぢあき》*ぬしは、当初《そのかみ》新田《につた》贈中納《ぞうちうな》言義貞卿《ごんよしさだけう》の隊《て》に属《つき》て、特《こと》に武勇《ぶよう》の誉《ほまれ》ありしを、惜《をし》むべし、興国《こうこく》二年《ねん》北朝《ほくちやう》にては暦応《りやくおう》三年《ねん》。の夏六月《なつみなづき》、年《とし》二十八にして、任国《にんごく》伊予《いよ》にて陣歿《うちじに》してけり。その嫡子《ちやくし》上総権介氏宗《かづさごんのすけうぢむね》*ぬしは、正平《せうへい》七年《ねん》北朝《ほくちやう》は文和元年《ぶんわぐわんねん》。の秋九月《あきながつき》、年《とし》二十七にして、本国《ほんごく》上野《かみつけ》にて卒《みまか》りつ。

二男大館左馬頭氏義主《じなんおほだちさまのかみうぢよしぬし》は、初名《はじめのな》を弥三郎《やさぶらう》といひけり。爾後《そのゝち》叙爵《じよしやく》して従五位下《しようごゐのげ》、右馬介《うまのすけ》に補任《ぶにん》せられ、＊天授《てんじゆ》二年《ねん》北朝《ほくちやう》は永和《えいわ》三《さん》年《ねん》。の秋九月《あきながつき》、軍功《ぐんこう》の賞《しやう》として、従五位上《しようごゐのじやう》に昇進《しようしん》し、左馬《さまの》頭《かみ》になされたる。尤《けやけ》き武略《ぶりやく》の達人《たつじん》にて、義隆朝臣《よしたかあそん》と共侶《もろとも》に、陸奥《みちのく》に在《あ》りて武家《ぶけ》の大敵《たいてき》と、戦《たゝか》ふこと屢《しば〳〵》なりしに、天授《てんじゆ》六年《ねん》北朝《ほくちやう》は康暦《こうれき》二年《ねん》。の冬《ふゆ》の比《ころ》、流矢《ながれや》の為《ため》に傷《やぶ》られたる、金瘡《きんさう》竟《つひ》に愈《いえ》ずして、年《とし》三十九にて卒《みまか》りけり。然《さ》れば氏宗《うぢむね》・氏義《うぢよし》、胞兄弟《はらから》の大父《おほぢ》なりける、＊大館《おほだち》二郎宗氏主《らうむねうぢぬし》、元弘三年《げんこうさんねん》北朝《ほくちやう》は正慶《せうけい》二年《ねん》。夏《なつ》五月、新田殿《につたどの》義貞《よしさだ》の隊《て》に属《つき》て、鎌倉《かまくら》にて陣歿《うちじに》せしより、父祖《ふそ》三世《さんぜ》、忠義撓《ちゆうぎたゆ》まず、南朝《なんちやう》のおん為《ため》に、始終死力《しじうしりよく》を尽《つく》したる、勇将《ゆうせう》なりしも夢《ゆめ》の世《よ》や、皆是画餅《みなこれぐわべい》○アダコトとなり果《はて》て、郎君《わかぎみ》の為《ため》にしも、後見《うしろみ》をせん者《ひと》もあらず。贋《あまさへ》郎君《わかぎみ》の母上《はゝうへ》は、産後《さんご》の病着《いたづき》肥立《ひだゝ》ずして、五稔前《いつとせさき》に世《よ》を逝《さり》給ひ、今亦《いままた》おん父少将《ちゝしやう〳〵》は、

左　嗛《うゑ》たるを賑《にぎ》はし古骨《ここつ》を瘞《うづ》めて豪侠《がうきやう》言《こと》に仁《じん》を倣《な》す　有像第弍

右　あけくる丶日もかさねきつ旅ごろも箱根のおくにいつか入らまし
おしね　野上あきのぶ

小六丸　おも屋　ひで直

弓折《ゆみを》れ勢究《いきほひきわま》りて、往方《ゆくへ》も定《さだ》めず落亡《おちうせ》給ふを、縡訪《ことゝ》ふものは軒端《のきば》の松風《まつかぜ》、*簀子《すこ》の下《もと》に鳴《な》く虫《むし》より、外《ほか》には絶《たえ》てなきものから、独大六英直《ひとりだいろくひでなほ》は、大館《おほだち》氏の庶流《わかれすぢ》にて、忠臣無弐《ちうしんむに》のものなりければ、郎君生《わかぎみうま》れ給ひし比《ころ》より、英直《ひでなほ》を傅《つけ》られて、妻《つま》の母屋《おもや》を郎君《わかぎみ》の、嬭母《めのと》にぞせられける。只是《たゞこれ》のみにあらずして、義隆《よしたか》四十一の歳《とし》に、郎君生《わかぎみうま》れ給ひしかば、俗《よ》にいふ*四十二の二歳児《ふたつご》也。恁《かゝ》る子《こ》は二親《ふたおや》に、幸《さち》あらずとて俗《よ》に忌《きら》へば、義隆朝臣《よしたかあそん》もその義《ぎ》に拠《よ》りて、郎君《わかぎみ》には襁褓《むつき》の中《うち》より、大館《おほだち》氏を冒《なの》らして、英直《ひでなほ》が児《こ》とも見よとて、乳名《をさな》さへに英直《ひでなほ》の、俗称《よびな》に因《ちな》みて*小六丸《ころくまろ》と、名《な》づけさせ給ひけり。

恁《かく》まで由緒《よし》ある主従《しゆう〴〵》なれば、義隆武蔵《よしたかむさし》へ落《おち》給ふ折《をり》、英直《ひでなほ》夫婦《ふうふ》を召近《よびちか》づけて、「俺今自方《われいまみかた》を鳩《あつめ》ん為《ため》に、武蔵《むさし》を投《さし》て赴《おもむ》けども、那首《かしこ》とても敵地《てきち》にあなれば、安危《あんき》を越《とゝ》に料《はか》りがたかり。そを憖《なまじい》に稚児《をさなご》を、携《たづさへ》んは便《びん》なき所為《わざ》也。然《さ》らでも武《ぶ》運発《うんひら》くに由《よし》なく、父子一所《おやこいつしよ》に撃《うた》れなば、いよ〳〵遺恨《ゐこん》の事なるべし。汝《なんぢ》は這地《このち》に留《とゞま》りて、迹《あと》を埋《うづ》め貌《かたち》を変《かえ》て、小六丸《ころくまろ》を守育《もりそだて》よ。しからんには今番《こたび》の伴《とも》に、立《たち》て先途《せんど》を看《み》たらんより、遥《はるか》に優《まし》て第一《だいゝち》の、忠臣《ちうしん》とおもはなん。よくせよかし」、と宣示《のりしめ》して、家《いへ》の系図《けいづ》と重代《ちゆうだい》の、菊一文字《きくいちもんじ》の名刀《めいたう》を、英直《ひでなほ》に預《あづ》け給ひけり。是《これ》により英直《ひでなほ》は、妻《つま》の母屋《おもや》共侶《もろとも》に、小六丸《ころくまろ》に冊《かしづ》きて、姓名《せいめい》を変形貌《かえすがた》を窶《やつ》し、関《せき》と渡瀬《わたるせ》の間《あはひ》なる、字《あざな》を*楫鎖《かざし》といふ冷邑《やせむら》にて、褊小《さゝやか》なる白屋《くさのや》を購求《あがなひもと》め、僅《わづか》に膝《ひざ》を容《いれ》たれども、鄙語《ことわざ》にいふ坐《ざ》して食《くら》へば、山《やま》も空《むな》しき譬諭《たとへ》に漏《も》れず、貯禄《たくはえ》とても多《おほ》からねば、英直《ひでなほ》は箭竹《やたけ》を磨《みが》き、母屋《おもや》は糸《いと》を繰《と》りなどしつゝ、細《ほそ》き烟《けむり》を立《たつ》れども、なほ東西足《ものた》らぬそがうへに、英直《ひでなほ》に一個《ひとり》の女児《むすめ》あり。そが名《な》を信夫《しのぶ》と喚做《よびな》したるが、小六丸《ころくまろ》と同庚《おなじとし》にて、今茲五才《ことしいつゝ》になりにたり。母屋《おもや》が乳傅《ちづけ》に召《め》されし比《ころ》より、乳母《めのと》して字《はぐゝま》せしに、英直《ひでなほ》が小六丸《ころくまろ》に、倶《ぐ》して府城《ふのしろ》を落《おつ》るとき、女児信夫《むすめしのぶ》が乳母《めのと》には、身《み》の暇《いとま》を取《とら》せたり。今《いま》は主従親子《しゆう〴〵おやこ》のみ、左《と》も右《かく》もして育《そだて》つゝ、年稍七才《としやゝなゝつ》になりし秋《あき》、城隍祭《うぶすなまつり》の試楽《よみや》の日《ひ》に、信夫《しのぶ》はひとり外《と》に出《いで》しを、歹人《わるもの》などにや拐《かどはか》されけん、往方《ゆくへ》もしらずになりしかば、英直《ひでなほ》・母屋《おもや》は驚憂《おどろきうれ》ひて、日《ひ》を歴《ふ》るまでに彼此《あちこち》と、遺《のこ》る隈《くま》なく索《たづね》しかども、竟《つひ》に拠《よすが》もなかりしを、忠義《ちうぎ》の為《ため》に思ひ捨《すて》て、なほ郎君《わかぎみ》に恙《つゝが》もなきを、幸《さいは》ひ也と思ひつゝ、深《ふか》くも潜《しの》ぶ世《よ》にしあれば、小六丸《ころくまろ》を英直《ひでなほ》が、冢子《うひご》也と人《ひと》には告《つげ》て、苟《かり》にも主従《しゆう〳〵》のごとくにせず、「小六丸《ころくまろ》にも成長《せいちやう》の、後《のち》に至《いたり》て恁々《しか〳〵》と、素生《すぜう》を知《し》らしまゐらせん」、と思ひにければ何事《なにごと》も、いはで歳月《としつき》を歴《ふ》る随《まゝ》に、小六丸《ころくまろ》は英直親子《ひでなほおやこ》を、「実《まこと》の親《おや》也、女弟《いもと》ぞ」、と思ひとりつゝ時々《をり〳〵》に、信夫《しのぶ》が事をいひ出《いで》て、陜《せま》き袂《たもと》を濡《ぬら》したる。稚《をさな》き身《み》にも孝友《こうゆう》に、賢《さか》しきを見つ聞《きゝ》もせし、英直《ひでなほ》・母屋《おもや》は辱《かたじけな》さに、泣《なか》じとすれど島通鳥《しまつどり》、うきを遣《や》る瀬《せ》はなかりける。

艱苦《かんく》の中《うち》に年闌《としたけ》て、応永《おうゑい》も既《すで》にはや、十年《ねん》になりしかば、小六丸《ころくまろ》は年《とし》も稍《やゝ》、九才《こゝのつ》にぞなり給ふ。去歳《こぞ》の春《はる》より英直《ひでなほ》は、生活《なりはひ》の暇《いとま》ある毎《ごと》に、手習読書《てならひどくしよ》を教《をしえ》まゐらせ、行儀正《ぎやうぎたゞ》しくものせしに、その性怜利《さがさかし》かりければ、一《いち》を聞《きゝ》て二三《にさん》を知《し》る、*子《し》貢《こう》が賢才《けんさい》あるのみならで、人権《ひとをど》せども駭《おどろ》かず、又《また》これ子《し》路《ろ》が武勇《ぶよう》あるべき、久後憑《ゆくすゑたのも》しかりければ、英直夫婦《ひでなほふうふ》は歓《よろこば》しく、思ふにつきて心《こゝろ》にかゝるは、主君少将《しゆくんしよう〳〵》のうへなりけり。「はや五稔《いつとせ》になるまでに、なほ御本意《ごほんい》を遂《とげ》給はねば、いづれの里《さと》にか蟄伏《ふしかく》れて、をはしますらん」、と思へども、然《さり》とて訪《とは》んよすがもあらず、其方《そなた》の空《そら》を左《と》もすれば、眺《なが》めくらしつ不楽《わび》つゝ在《あ》りしに、今茲《ことし》三月《やよひ》の下浣《すゑつかた》、微吹《そよ》との風《かぜ》の音信《たより》あり。義隆朝臣《よしたかあそん》はこの年来《としごろ》、武蔵相模路《むさしさがみぢ》に世《よ》を潜《しの》びて、旧恩《きうおん》ある武士《ぶし》勇卒《ゆうそつ》を、招集《まねきあつめ》んとし給へども、世《よ》につれ勢《いきほひ》に従《したが》ひて、義《ぎ》に仗《よ》り道《みち》を守《まも》るは稀《まれ》也。慭《なまじい》にいひ出《いで》て、*毛《け》を吹《ふ》き疵《きず》を求《もとむ》ることの、なからずやは、と遠慮《ゑんりよ》して、旅宿《たびね》ながらに立《たつ》ことはやき、光陰《つきひ》を送り給ひつゝ、去歳《こぞ》より*相模《さがみ》の厚朴《あつぎ》なる、某甲許《なにがしがり》御座《をはしま》せしに、猛可《にはか》に腰痛《えうつう》の病痾《やまひ》発《おこ》りて、起居《おきふし》自由《じゆう》ならざりけり。「こは六七年《ねん》さきつ比《ころ》、陸奥《みちのく》の戦場《せんぢやう》にて、落馬《らくば》せしことありけるが、今《いま》その撲傷《うちみ》の発《おこ》りしならん。湯治《とうぢ》せば宜《よ》からん」とて、年来《としごろ》左《さ》右《ゆう》に従《したが》ひまつりし、*船田《ふなだ》・鳥山《とりやま》・高柳《たかやなぎ》、江田《えだ》・堀口《ほりぐち》なンど喚《よば》れたる、近臣《きんしん》纔《わづか》に五名《にん》を将《い》て、窃《ひそか》に貌姑峯《はこね》の麓路《ふもとぢ》なる、底倉《そこくら》に赴《おもむ》き給ひて、姑《しばら》く湯治《とうぢ》し給ふよし、その方《かた》ざまより消息《せうそこ》して、綷《こと》詳《つまびらか》に聞《きこ》えけり。

然程《さるほど》に英直《ひでなほ》は、この音耗《おとづれ》を得《え》てしより、左《と》さま右《かう》さま思ふやう、「右少将《うしやう〳〵》のおん病着《いたづき》の、撲傷《うちみ》のみにてましまさば、程《ほど》なく瘥《おこた》り給はなん。然《さり》とも老少不定《ろうせうふぢやう》の世《よ》也。倘《もし》その温泉《いでゆ》の相応《ふさは》しからで、余病発《よびやうおこ》らせ給ひなば、臍《ほぞ》を噬《か》むことなからずやは。這首《こゝ》にてものを思はんより、予《かね》て仰置《おふせおか》れたる、御諚《ごぢやう》には違《たが》ふとも、郎君《わかぎみ》に倶《ぐ》し奉《たてまつ》り、いかで相模《さがみ》に赴《おもむ》きて、御容体《ごようだい》をも伺《うかゞ》ふべく、今《いま》は大《おほ》きうなり給ひたる、郎君《わかぎみ》を外《よそ》ながら、見せ奉《たてまつ》るに優《ます》ことあらじ」、と尋思《しあん》をしつゝ母屋《おもや》にのみ、思ふこゝろを聶《さゝや》き示《しめ》して、猛可《にはか》に逆旅《たび》の准備《ようゐ》を整《とゝの》へ、小六丸《ころくまろ》には「この里《さと》の、住《すみ》わびしさに皆共侶《みなもろとも》に、相模《さがみ》なる親族許《しんぞくがり》、赴《おもむ》く也」、といひ誘《こしらへ》て、却里人《さてさとびと》にも恁々《しか〳〵》と、よしを述別《のべわかれ》を告《つげ》て、家具雑具《かぐざふぐ》いへばさら也、家《いへ》をも售《うり》て盤纏《ろよう》としつ、主従夫婦《しゆう〴〵ふうふ》纔《わづか》に三名《みたり》、最慌忙《いとあはたゞ》しく首途《かどいで》しつゝ、相模《さがみ》を投《さし》ていそぎけり。

みちのくにては今も三十六町一里を大みちといふ。又六町一里を小みちといふなり。

却説《かくて》館大六郎英直《たてのだいろくらうひでなほ》は、妻《つま》の母屋《おもや》と共侶《もろとも》に、小六丸《ころくまろ》を扶掖《たすけひき》て、その日《ひ》は*大路《おほみち》三十六町一里七八里《り》を、走《はし》りて軈《やが》て宿《やど》りを投《もと》め、稍三四日《やゝみかよか》とゆく程《ほど》に、折《をり》しも肆月《うづき》の初旬《はじめ》にあなれば、天寒《そらさむ》からず暑《あつ》からず、馬《うま》の尾箒《をづゝ》に追《おは》るゝ蠅《はへ》も、千里《ちさと》ゆくらん俺《われ》もかも、去向《ゆくて》はいとゞ長《なが》き日《ひ》に、睡癖《ねむりぐせ》つく早百合《わさゆり》の、花珍《はなめづら》しく開初《さきそめ》し、野田《のだ》に注連結《しめゆ》ふ種卸《たねおろ》し、翌《あす》こそ踰《こ》さめ厚薄《こきうす》き、山《やま》は新樹《わかば》に朝曇《あさぐもり》、降《ふ》らねばよしや蘆鶴《あしたづ》の、集《ゐ》る方遠《かたとほ》く見かへれば、快過《とくすぎ》よとてや*喚子鳥《よぶこどり》、おぼつかなしといへばえに、いはで夫婦《ふうふ》が慰《なぐさむ》る、尚総角《まだあげまき》の初旅路《うひたびぢ》、日数累《ひかずかさ》ねて武蔵《むさし》なる、渋谷《しぶや》の郷《さと》を過《よぎ》りし比《ころ》より、英直猛《ひでなほにはか》に胸膈疼《むねいた》みて、心地死《こゝちし》ぬべく思ひしを、なほ然《さ》らぬ面色《おもゝち》して、この夜《よ》は*仮名川《かながは》なる、客店《はたごや》に宿投《やどと》りつ、初《はじめ》て母屋《おもや》に箇様々々《かやう〳〵》と、恙《つゝが》あるよしを知《しら》して、貯蔵《たくはえもて》る丸薬《ぐわんやく》を、飲下《のみくだ》しなどせしかども、些《ちと》の効験《しるし》もあらざりければ、母屋《おもや》はさら也小六丸《ころくまろ》も、驚憂《おどろきうれひ》てわくよしもなく、枕辺《まくらべ》にをり足方《あとべ》に侍《はべ》りて、背《そびら》を捺《さす》りなどする程《ほど》に、夏《なつ》の夜《よ》なればとく明《あけ》けり。

登時母屋《そのときおもや》は逆旅主人《やどのあるじ》に、良人《をつと》の病着恁々《いたづきしか〳〵》、と告《つげ》て医師《くすし》を徴《もと》めしかば、主人《あるじ》は軈《やが》てこゝろ得《え》て、這駅《このうまやぢ》なる医師許《くすしがり》、人《ひと》を遣《つかは》し召来《よびき》たして、よしを述《のべ》て療治《りやうぢ》を請《こひ》けり。是《これ》により件《くだん》の医師《くすし》は、且英直《まづひでなほ》の脈《みやく》を診《うかゞ》ひ、容体《ようだい》を巨細《つばら》に諮《たづね》て、却《さて》退《しりぞ》きて母屋《おもや》にいふやう、「丈夫《つれあひ》はこの月比《つきごろ》、大《いた》く心労《しんろう》し給ひたる、ことなどや有《あり》つらん。病症《びやうせう》は心痛《しんつう》にて、霜露《かりそめ》の恙《つゝが》にあらねば、一ト町《まち》也とも歩行《ほこう》を忌《いむ》べし。瘥《おこた》る日《ひ》まで逗留《とうりう》して、等閑《なほざり》にな看《み》とり給ひそ」、と聶《さゝや》きつ方薬《くすり》を㕮咀《あは》して、「復《また》こそ来《こ》め」とて出《いで》てゆきけり。然程《さるほど》に、母屋《おもや》は宿《やど》の泥炉《ひぢろ》○ヒチリンを借《か》りて、薬《くすり》を煎《せん》じ良人《をつと》に薦《すゝ》め、小六丸《ころくまろ》も心《こゝろ》ばかりは、側《かたへ》を去《さ》らで慰《なぐさ》めつゝ、六七日《にち》を歴《ふ》る程《ほど》に、英直《ひでなほ》は絶《たえ》なんとせし、病苦聊《びやうくいさゝか》退《しりぞ》きて、夜《よ》も日《ひ》も呻吟《うめ》かずなりしかど、なほ一チ日《にち》に半碗《はんわん》の、粥《かゆ》を啜《すゝ》れるのみ也けり。

然《さ》らぬだに、旅《たび》は悲《かな》しきものなるに、瘻児《あしなえ》の杖《つゑ》、箭向《いむけ》の盾《たて》と、憑《たの》みし人《ひと》は草枕《くさまくら》、恁《かゝ》る旅宿《たびね》に病臥《やみふし》たりし、瘵瘦《やせ》と気《き》力《りよく》の衰《おとろ》へを、見るに就《つ》き思ふにつきて、妻《つま》さへ子《こ》さへ心《こゝろ》の憂《うれ》ひは、遣《や》る方絶《かたたえ》てなきまでに、もの思ふ身は目睡《まどろみ》もせぬ、暁毎《あかつきごと》に聞《き》く杜鵑《ほとゝぎす》も、不如帰《かへるにしかじ》と鳴《な》くとかいへど、適《ゆき》もゆかれず陸奥《みちのく》より、遠《とほ》く来《き》にける悔《くや》しさを、神《かみ》に告仏《つげほとけ》に喞《かこ》つ、願甲斐《ねぎがひ》ありや夏樹立《なつこだち》、鎮守《ちんじゆ》の神社《もり》へ両個《ふたり》して、迭代《かたみがはり》に幾回《いくたび》か、かよひ熟《なれ》たる朝《あさ》な夕《ゆふ》な、籬笆《かきね》の雪《ゆき》と見し花《はな》も、長《なが》き日影《ひかげ》に斑消《むらぎえ》て、立《たつ》ことはやき兎月《うづき》も既《すで》に、晦邇《つごもりちか》くなりし比《ころ》、鎌倉《かまくら》より来《き》つといふ、旅客們《たびゞとら》がうち譚《かたら》ふを、重紙戸隔《ふすまごし》なる這方《こなた》の夫婦《ふうふ》は、心《こゝろ》ともなく聞《き》く程《ほど》に、那旅客《かのたびびと》がいひけるやう、

「脇屋少将義隆主《わきやしよう〱よしたかぬし》は、年来相模《としごろさがみ》なる所親許《しよしんがり》、深《ふか》く潜《しの》びてをはしけん、そを知《し》るものゝなかりしに、近曾恙《ちかごろつゝが》あればにや、従者《ずさ》○トモビト纔《わづか》に四五名《にん》を、倶《ぐ》して貌姑峯《はこね》の麓路《ふもとぢ》なる、底倉《そこくら》に赴《おもむき》給ひて、且《しばら》く湯治《とうぢ》し給ふ程《ほど》に、隣郷《りんごう》の人氏《ちゆうにん》なりける、*藤白《ふぢしろ》棚九郎安同《たなくらうやすとも》と喚《よば》るゝ武士《ぶし》が、いかにして聞知《きゝし》りけん、「快《とく》推寄《おしよせ》て討捕《うちと》れ」とて、窃《ひそか》に夜撃《ようち》の准備《ようゐ》をしつゝ、その身の隊兵《てのもの》のみならぬ、土　兵《ところのつわもの》野武士們《のぶしら》さへ、招聚《まねきつど》へて百四五十名《にん》、迎梅雨降《うのはなくだちふり》そゝぐ、夜《よ》に紛《まぎ》れ暗号《あひづ》を定《さだ》めて、犇々《ひし〱》と推寄来《おしよせき》つ、義隆主《よしたかぬし》のをはします、浴室《ふろや》の四下《あたり》を捕籠《とりこめ》て、「咄《どつ》」と揚《あげ》たる鬨《とき》の声《こゑ》、姑《しば》く鳴《なり》を静《しづ》ませて、馬乗抜《うまのりすゝ》めし棚《たな》九郎《くらう》、四下《あたり》に響《ひゞ》く声苛《こゑいか》めしく、「宮方《みやがた》の落人《おちうど》なる、脇屋義《わきやよし》隆快出《たかとくいで》よ。鎌倉管領家《かまくらくわんれいけ》の御諚《ごじやう》に依《よつ》て、隣郷気賀《りんごうきが》の人氏《ちゆうにん》なる、藤白棚九郎安同《ふぢしろたなくらうやすとも》が、多勢《たせい》を以向《もつてむか》ふたり。遣《やる》な逃《のが》すな兵們《ものども》」

と、呼《よば》はる声《こゑ》と共侶《もろとも》に、斉一《ひとしく》競《きほ》ふ寄隊《よせて》の軍兵《ぐんびやう》、笆《かき》を倒《たふ》し戸《と》を打破《うちやぶ》りて、先《さき》を争《あらそ》ふ二三十名《にん》、不管三七二十一《むにむざんに》稠入《こみいつ》たり。

思ひがけなきことながら、義隆主《よしたかぬし》の近習《きんじゆ》の侍《さむらひ》、船田小二郎《ふなだこじらう》、鳥山七郎《とりやましちらう》、堀口五郎《ほりぐちごらう》、江田《えだ》・高柳《たかやなぎ》、これ彼《かれ》五名《にん》に過《すぎ》ざれども、孰劣《いづれおとら》ぬ忠臣勇士《ちうしんゆうし》の、必死《ひつし》の覚期《かくご》に些《ちつと》も騒《さわ》がず、「こゝろ得《え》たり」、といふ随《まゝ》に、手《て》に〳〵大刀《たち》を抜翳《ぬきかざ》し、稠入《こみい》る敵《てき》を砍仆《きりたふ》し駆散《かけちら》し撃靡《うちなび》けて、此《こゝ》を先途《せんど》と戦《たゝか》ふたる、烈《はげ》しき修煉《しゆれん》の刀尖《きつさき》に、向《むか》ひしものゝ誰《たれ》か免《のが》れん、真額《まつかう》・梨劊《なしわり》・車斫《くるまぎり》、鎌《かま》もて蔓《かつら》を芟《か》るごとく、瞬間《またゝくひま》に二三十人《にん》、鮮血《ちしほ》に塗《まみ》れて輾《まろ》ぶもあり、両個《ふたつ》に成《なり》て伏《ふす》もあり、枕《まくら》を並《なら》べ撃《うた》れけり。さばれ寄手《よせて》は視《め》に余《あま》る、大勢《たいせい》なれば物《もの》ともせず、自方《みかた》の尸骸《しがい》を踏踰《ふみこえ》々々《〳〵》、嚧叫《おめきさけん》で直攻《ひたぜめ》に、前《すゝ》みし自方《みかた》に遮《さへぎ》られて、後《おく》れしは皆弓《みなゆみ》に箭刺《やつがひ》て、透間《すきま》々々《〳〵》を射《い》たりける、矢《や》

有像第弐

底倉藤白撃右少将《そこくらふぢしろうしよう〳〵をうつ》

箱根山きみをおもへば今もかもなげきのきりのたゝぬ日ぞなき

藤白安とも　堀口五郎　わき屋よしたか　鳥山七郎

江田蔵人　田子ノゆでん次　高柳兵庫　船田小次郎

柄《がら》は今降《いまふ》る雨《あめ》より繁《しげ》く、烏夜《やみ》に晃《きら》めく鎗長刀《やりなぎなた》は、雲間《くもま》を洩《も》る丶月《つき》よりも、隈《くま》なかりける奮撃突戦《ふんげきとつせん》、何時《いつ》果《はつ》べしとも見《み》えざりけり。しかはあれども衆寡《しゆうくわ》の勢《いきほ》ひ、人鉄石《ひとてつせき》にあらざれば、然《さ》しも一人ン当千《たうせん》の、船田《ふなだ》・鳥山《とりやま》、江田《えだ》・堀口《ほりぐち》、高《たか》柳們《やなぎら》は一個《ひとり》として、数个所深痍《すかしよふかで》を負《おは》ぬもなければ、是《これ》まで也と思ひけん、近《ちか》づく敵《てき》と引組《ひきく》んで、刺違《さしちがへ》々々、雨夜《あまよ》の星《ほし》となごりなく、一歩《いつぽ》も去《さ》らで戦歿《うちじに》しけん、多《おほ》く得《え》がたき勇士等《ゆうしら》也。

有恁程《かゝりしほど》に義隆主《よしたかぬし》は、出居《いでゐ》の杉戸《すぎと》を盾《たて》にしつ、用心《ようじん》の為《ため》枕《まくら》に建《たて》たる、角弓拿《はんきうとつ》て差詰鸞詰《さしつめひきつめ》、敵《てき》十四五名《にん》射《い》て仆《たふ》したる、箭種《やだね》も竭《つき》んとせし折《をり》に、近臣們《きんしんら》の皆撃《みなうた》れしかば、「誘然《いざさ》らば退《しりぞ》きて、腹《はら》を切《き》らん」、と独語《ひとりごち》て、臥房《ふしど》を投《さし》て入《い》り給ふを、藤白《ふぢしろ》が昆弟《いとこ》也ける、田子勇伝次《たこのゆでんじ》佶《きつ》と見《み》て、鎗《やり》を拈《ひねつ》て跟《つけ》て来《き》つ、「耶《や》」と声被《こゑかけ》て刺《つか》んとせしを、義隆閃《よしたかひら》りと身《み》を反《かは》し、蛭巻左手《ひるまきゆんで》に冊《からま》へ留《と》めて、透《すか》さず右手《めて》に抜拿《ぬきと》る刃頭《ほさき》を、見《み》かへりながら擲《なげう》ち給へば、寃違《ねらひたが》はず勇伝次《ゆでんじ》は、胸前丁《むなさかちやう》と撃串《うちつらぬか》れて、「苦《あつ》」と叫《さけ》びし声《こゑ》と共《とも》に、仰反仆《のけぞりたふ》れて息絶《いきたえ》たり。その間《ひま》に義隆主《よしたかぬし》は、奥《おく》なる一室《ひとま》に退《しりぞ》きて、腹掻切《はらかききつ》てぞ俯《ふし》給ふ。最期《さいご》は*本月《このつき》廿四日応永《おうあい》十年《ねん》夏《なつ》四月の、真夜中比《まよなかごろ》の事にして、享年《きやうねん》四十九歳《さい》と聞《きこ》えし。痛《いたま》しいかな三世《さんぜ》の名将《めいせう》、南朝股肱《なんちやうこかう》の武臣《ぶしん》なりしも、多年《たねん》の大義時至《たいぎときいた》らで、命運其処《めいうんそこ》に竭《つき》給へば、藤白連《ふぢしろづれ》が鈍《おぞ》き軍慮《ぐんりよ》に、攻悩《せめなやま》されておん腹《はら》を、斫《め》されたるこそ無慙《むざん》なれ。

然程《さるほど》に、藤白棚九郎安同《ふぢしろたなくらうやすとも》は、隊勢《てぜい》に下知《げぢ》して脇屋殿《わきやどの》の、おん首級《くび》を賜《たまは》らせ、この余《よ》近臣《きんしん》五名《にん》の首級《ぐび》も、知《し》れるものにその名《な》を尋《たづ》ねて、一箇《ひとり》々々に牌《ふだ》を付《つけ》、首函《くびをけ》に斂《おさ》め相携《あひたづさへ》て、次《つぎ》の日《ひ》管領《くわんれい》の御館《みたち》へまゐりて、恁々《しかじか》と聞《きこ》えあげしかば、当主鎌倉《たうしゆかまくら》の管領《くわんれい》*足利満兼朝臣《あしかゞみつかねあそん》氏満《うぢみつ》の子《こ》。基氏《もとうぢ》の孫《まご》。斜《なゝめ》ならず歓《よろこ》び給ひて、軈《やが》て首級実検《くびじつけん》あり。却棚九郎《さてたなくらう》に宣《のたま》ふやう、「義隆《よしたか》は朝敵《ちやうてき》にて、且当家《かつたうけ》累世《るいせい》《○ダイ〳〵》の讐《あた》なれば、曩《さき》に他《かれ》が陸奥《みちのく》を、没落《ぼつらく》しつと聞《きこ》えし比《ころ》より、をさ〳〵往方《ゆくへ》を索《たづ》ねしかども、久《ひさ》しく知《し》るよしなかりしに、安同輒《やすともたやす》く討捕《うちとつ》て、まゐらせし事神妙《しんみやう》也。この義《ぎ》京師《みやこ》へ注進《ちゆうしん》に及《およ》ぶの日《ひ》、室町殿《むろまちどの》も大《おほ》かたならず、満足《まんぞく》にこそ思召《おぼしめす》らめ。迺 這回《すなはちこたび》の功賞《ほうび》として、安同《やすとも》には気賀《きが》底倉《そこくらに》二个《か》荘《せう》を賜《たま》ふもの也。又隊兵《またてのもの》にも功《こう》あるには、感状《かんでう》を取《と》らすべし。今《いま》より本府《たうしよ》に在住《ざいぢゆう》して、なほ忠勤《ちうきん》を励《はげ》むべし」、とみづから仰下《おふせくだ》されければ、棚九郎《たなくらう》は身《み》に余《あま》る、恩《おん》を拝《はい》して退出《まかで》けり。

恁而又《かくてまた》その次《つぎ》の日《ひ》に、義隆主従《よしたかしゆう〴〵》の首級共《くびども》を、由比《ゆひ》の浜辺《はまべ》に梟《かけ》られしを、咱目前《われまのあたり》に見て来《き》たり。その為体《ていたらく》は恁々《しか〴〵》なり。むかし野《の》間《ま》*の内海《うつみ》にて、義朝主《よしともぬし》の撃《うた》れしも、又《また》そのおん孫《まご》頼家卿《よりいへけう》の、伊豆《いづ》の修善寺《しゆぜんじ》にて絞《くび》られしも、這回底倉《こたびそこくら》にて義《よし》隆主《たかぬし》の、撃《うた》れしも皆浴室《みなふろや》也。恁《かゝ》れば源氏《げんじ》の大将達《たいせうたち》の、三箇《みはしら》ながら浴室《ふろや》をのみ、死所《しにどころ》にし給ひしは、不思議《ふしぎ》の事にあらずや」、
と寝《ね》ながら説話《はな》す相宿《あひやど》の、外《よそ》の哀《あは》れを知《し》らず皃《がほ》に、一調高《ひとふしたか》き訛声《だみごゑ》は、霎時旅宿《しばしたびね》の憂遣《うさばら》し、人僉《ひとみな》「然《さ》なり」、と応《いらへ》つゝ、嘆息《たんそく》の外《ほか》なかりしを、洩聞《もれき》く母屋《おもや》は初《はじめ》より、頭顱擡《まくらもたげ》し良人《をつと》と倶《とも》に、敧《そばだつ》る耳轟《みゝとゞろ》く胸《むね》の、内《うち》や苦《くる》しき泣声《なきごゑ》を、立《たて》じとて楚《しか》と嚙締《かみしむ》る、袖《そで》に涙《なみだ》の玉霰《たまあられ》、ふりにしことをまだ知《し》らぬ、小《こ》六丸《ろくまろ》さへ義《ぎ》に聡《さと》ければ、快《こゝろよか》らぬ世《よ》の転変《てんぺん》に、拳《こぶし》を擦《さす》る憾《うら》みより、英直《ひでなほ》は堪《たへ》がたき、愁歎遺恨《しうたんいこん》に腸断《はらわたちぎ》れ、忽地《たちまち》に胸《むね》塞《ふさが》りて、一ト声高《こゑたか》く叫《さけ》びつゝ、血《ち》を吐《は》くこと夥《おびたゞ》しく、仰《のけ》ざまに撞《だう》と倒《たふ》れしかば、母屋《おもや》はさら也小六丸《ころくまろ》も、「こは什麼《そも》いかに」、
と驚騒《おどろきさわ》ぎて、抱起《いだきおこ》しつ呼活《よびいく》る、声《こゑ》に主人《あるじ》も走《はし》り来《き》つ、共侶《もろとも》に勦《いたは》りて、人を医師《くすし》の宿所《しゆくしよ》へ走《はし》らせ、召来《よびき》たし薬《くすり》を徴《もと》めし、術攬《てあて》に由断《ゆだん》なければや、英直《ひでなほ》はやうやくに、われにかへりて主人《あるじ》と医師《くすし》に、歓《よろこ》びを述《のべ》てさり気《げ》なく、ふたゝび枕《まくら》に就《つき》たれども、左《と》ても右《かく》ても本復《ほんぶく》は、心《こゝろ》もとなく思ひしかば、睡《ね》られぬ随《まゝ》にその通宵《よもすがら》、ひとり久後《ゆくすゑ》の深念《しあん》をするに「右少将《うしようせう》義隆《よしたか》をいふ。の御武運《ごぶうん》微《つたな》く、撃《うた》れ給ひしと聞《きこ》えしに、俺亦《われまた》こゝに命終《いのちをは》らば、誰《たれ》か又郎君《またわかぎみ》に、守冊《もりかしづ》きて養育《やういく》せん。新田《につた》の余類《よるい》と知《し》るならば、僉撃捕《みなうちとら》んとおもふのみにて、一ト日《ひ》もお宿《やど》を致《いたさ》んものゝ、なき世《よ》になりしをいかゞはせん。伝聞《つたへきゝ》にき藤沢《ふぢさは》には、野上史著演《のがみのふひとあきのぶ》と喚《よば》れたる、最饒裕《いとゆたか》なる郷士《ごうし》あり。世《よ》に有《あり》がたき豪傑《がうけつ》にて、義《ぎ》を守《まも》ること城《しろ》の如《ごと》く、悪《あく》を癉《や》むこと仇《あた》の若《ごと》く、弱《よわ》きを資《たす》け衰《おとろへ》たるを憐《あはれ》み、生平《つね》に施《ほどこし》を好《この》みて財貨《たから》を惜《をし》まず。その性《さが》をさ〳〵俠気《をとこぎ》あり

て、勢利《いきほひ》に隷《つ》かず、権家《きりもの》に媚《こ》びず、嚮《さき》に隣郡近郷《りんぐんきんごう》なる、戦《せん》死《し》の髑髏《どくろ》一万余級《いちまんよきう》を、集《あつ》めて塚《つか》を築《きづ》き好事《はうじ》を修行《しゆぎやう》し、慈善《ちぜん》の誉《ほまれ》を得《え》たりとぞ、知《し》るも知《し》らぬも人《ひと》はいふなる。今《いま》の世《よ》にして小六殿《ころくどの》を、託《たの》まんものは那人《かのひと》ならで、亦《また》あるべしと思はねども、俺《われ》この年来縁《としごろえん》なければ、まだ一面《いちめん》の交《まじは》りあらず。よしや俺身《わがみ》の死後《しご》に至《いた》りて、書《しよ》を寄《よ》せ毫《ふで》にいはするとも、何《なに》といふべき術《すべ》もなし。いかにすべき」、と思ひ難《かね》て、左《と》さま右《かう》さま尋思《しあん》をしつゝ、僅《わづか》に便点《てだて》を得《え》たりしかば、その詰旦《あけのあさ》小六丸《ころくまろ》と、母屋《おもや》も側《かたへ》にをらぬ折《をり》、辛《からく》して身《み》を起《おこ》し、*いと長《なが》やかなる白紙《しらかみ》を、書状《しよでう》のごとく巻籠《まきこめ》て、手づから固《かた》く封皮《ふうじ》をしつゝ、墨斗《やたて》の筆《ふで》を抜拿《ぬきとり》て、「野上史殿《のがみふひとどの》まゐらする。新田《につた》の余類《よるい》、館大六郎英直《たてのだいろくらうひでなほ》」、とやうやくに標写《うはがき》し果《はて》て、息吻《いきつぎ》あへずその封状《ふうでう》を、枕《まくら》の下《した》へ布《しか》んとて、思はずも撲地《はた》と臥《ふし》たりける。恁《かく》まで危《あやう》き病痾《やまひ》より、苦《くる》しき世《よ》とてあはれ也。

第《だい》二回《くわい》

遺訓《ゐくん》に依《より》て賢童《けんどう》跼蹐《きよくせき》を知《し》る　○ヨヲシノブコト

旅櫬《りよしん》を迎《むかへ》て義士《ぎし》母子《ぼし》を憐《あはれ》む　○タビノヒツギ

却説《かくて》この朝《あした》、小六丸《ころくまろ》は、又只親《またたゞおや》の病着《いたづき》の、平愈《へいゆ》をけふも祈《いの》らんとて、鎮守《ちんじゆ》の神社《もり》へまゐりしかば、英直《ひでなほ》は母屋《おもや》を呼《よび》て、扶起《たすけおこ》させそが儘《まゝ》に、枕《まくら》に靠《もた》れて権《しばら》くは、四下《あたり》にこゝろをつけさせて、再《ふたゝび》側《かたへ》に招《まね》き近《ちか》づけ、然《さ》らでも細《ほそ》りし声《こゑ》を低《ひく》めて、「渾家《そなた》は何《なに》と思ふらん。右少将《うしやう》〳〵主従《しゆう》〳〵の、底倉《そこくら》にて撃《うた》れ給ひし、その事既《すで》に分明《ふんみやう》なれば、宿念六日《しゆくねんむいか》の菖蒲《あやめ》になりたり。それのみならで俺露命《わがろめい》、はや旦夕《たんせき》に逼《せま》りたり。恁《かく》てむなしくなるならば、何人《たれ》か亦郎君《またわかぎみ》を、一ト日《ひ》も舎蔵《かくまひ》まゐらすべき。今《いま》の世《よ》の人心《ひとごゝろ》、新田《につた》の余類《よるい》は樹《き》を伐殫《きりつく》し、草《くさ》を芟竭《かりつく》しても、索出《たづねいだ》さんとのみ思ふらめ。よしや隠形五遁《いんぎやうごとん》*の幻術《げんじゆつ》、隠簑笠《かくれみのかさ》*ありとても、あめの下《した》には小六殿《ころくどの》を、潜《しのば》せまゐらせんよすがもなきを、なほ幸《さいはひ》に一個《ひとり》の知己《ちき》あり。そは這仮名川《このかながは》の駅《うまやぢ》より、路程遠《みちのほどとほ》くもあらぬ、相模州《さがみのくに》藤沢《ふぢさは》の郷《ごう》士《し》にて、野上史著演《のがみのふひとあきのぶ》と喚做《よびな》すものなり。曩歳《むかし》俺少《わがわか》かりし時《とき》、鎌倉近《かまくらちか》く潜《しのび》ゆきて、敵地《てきち》の虚実《きよじつ》を探《さぐ》れとある、主君《しゆくん》の密諚《みつじやう》を稟奉《うけたてまつ》りて、藤沢《ふぢさは》に旅宿《たびね》しつ、且《しばら》く逗留《とうりう》したりし比《ころ》、那著演《かのあきのぶ》と邂逅《たまさかあふ》《○カイコウシ》て、交浅《まじはりあさ》からずなる随《まゝ》に、迭《かたみ》に意中《いちう》を諦《あか》せしより、遂《つひ》に捨《すて》がたき思ひあり。よりて窃《ひそか》に義《ぎ》を結《むす》びて、異姓《ゐせい》の兄弟《きやうだい》になりたりき。これらのよしは昨《きのふ》までも、益《やく》なしと思ふて渾家《そなた》に知《しら》せず、二十稔《はたとせ》あまり歴《へ》し事なれども、他《かれ》は義《ぎ》に叛《そむ》くものにあらず。俺死《われし》なば柩《ひつぎ》と共《とも》に、小六殿《ころくどの》に倶《ぐ》しまゐらせて、はやく那首《かしこ》へ赴《おもむ》き給へ。この故《ゆへ》に病苦《びやうく》を忍《しの》びて、著演《あきのぶ》へ与《おく》るべき、書翰一通写《しよかんいつゝうした》め措《おき》たり。那宿所《かのしゆくしよ》に到《いた》らん日《ひ》、これを主人《あるじ》に逓与《わた》しなば、留《とゞめ》られんこと疑《うたが》ひなし。しかりとも小六殿《ころくどの》の、主君《しゆくん》のおん子《こ》なるよしは、著演《あきのぶ》にもなほ匿《つゝ》みて、是《これ》までのごとく俺們《われ〱》が、児《こ》也といはんこと勿論《もちろん》也。又小六殿《またころくどの》にもしかぞかし。襁褓《むつき》の中《うち》より手入《てしほ》に被《かけ》て、育《そだて》まゐらせたりければ、只俺們《たゞわれ〱》を実《まこと》の父《ちゝ》、実《まこと》の母《はゝ》ぞとのみ思ふて、おん二親《ふたおや》のうへはさら也、新田《にった》の余類《よるい》なることだにも、まだ告《つげ》ざれば知《しろ》し召《めさ》れず、痛《いたま》しき事限《かぎ》りもなきを、はや九歳《こゝのつ》になり給へば、世《よ》を潜《しの》ぶ身《み》の情由《わけ》をのみ、知《しら》せまつりて後々《のち〱》の、用心《ようじん》に備《そな》へずば、不覚《ふかく》を攬《とら》せ給ふことあらん。この義《ぎ》をこゝろ得《え》給へかし。却爾後《さてそののち》は小六殿《ころくどの》の、年《とし》十五六になり給はゞ、窃《ひそか》に素生《すぜう》を告《つげ》まうして、嚮《さき》に大殿《おほとの》右少将《うしやう〱》の、遺《のこ》し給ひし系図《けいづ》の一巻《ひとまき》、菊一文字《きくいちもんじ》太刀《たち》の名《な》なり。上《かみ》に見えたり。この余《よ》の東西《もの》も、遺《おち》なく逓与《わた》しまゐらしね。然《さ》るときは渾家《そなた》の功績《いさをし》、良人《をっと》に代《かは》る忠《ちう》也貞《てい》なり。久後憑《ゆくすゑたのも》しかりぬべし。いはれしことを方寸《はうすん》《○ムネ》に、収《おさ》めて洩《もら》し給ふな」、とくり返《かへ》したる今般《いまは》の遺言《ゆいげん》、一句毎《ひとことごと》に息迫《いききれ》ても、病苦《びやうく》に屈《くつ》せぬ忠義《ちうぎ》の魂《たましひ》、枕辺近《まくらべちか》く措《おか》せたる、行裹《たびづゝみ》の裡《うち》よりして、件《くだん》の三種《みくさ》をとり出《いだ》さして、封書《ふうしよ》と共《とも》に逓与《わた》すにぞ、母屋《おもや》は涙《なみだ》にかきくれて、慰《なぐさ》め難《かね》し後《のち》の事《こと》、いはれし事を云云《かにかく》と、汲見《くみみ》ていとゞ胆向《きもむか》ふ、心細輪《こゝろぼそわ》の田井《たゐ》の水《みづ》、すみ易《やす》からぬ世《よ》にながらへて、いかになるべき身《み》の往方《ゆくへ》、別《わか》れ悲《かな》しき生死《いきじに》の、海《うみ》によるべの岸《きし》をなみ、底量《そこはか》りなく千《ち》仞成《ひろなる》、ふかき歎《なげ》きに俯淪《ふししづ》みしを、思ひかへしつ頭《かうべ》を擡《もたげ》て、「宣《のたま》ふよしは悉《こと〲く》、皆是忠義《みなこれちうぎ》の為《ため》にして、理《ことわ》りならぬ事もなきを、よくこゝろ得《え》て侍《はべ》れども、然《さ》しも覚期《かくご》はなほはやかり。仮染《かりそめ》ならぬ病着《いたづき》に、搗《かて》て加《くは》えて底倉《そこくら》の、凶訃《あしきたより》の洩聞《もれきこ》えしより、薬餌《やくじ》もすゝみ給はぬから、世《よ》に長《なが》からじと思《おも》ひ給ふは、みづから棄《すつ》るに侍《はべ》らずや。果敢《はか》なき浮世《うきよ》の口順《くちずさみ》にも、死《し》して千年《ちとせ》を歴《へ》たらんより、生《いき》て一ト日《ひ》ぞ勝《まさ》れる、といふものあるをいかにぞや、及《およ》ばぬまでも将息《やうじやう》して、養育《やしなひ》君《ぎみ》のおん為《ため》に、年《とし》を延《のべ》んと思はずに、心《こゝろ》よわきは年来《としごろ》の、気質《きしつ》に似《に》げなく侍《はべ》るめり。返《かへ》らぬ事を思ひ出《いで》て、いはんは愚痴《ぐち》に侍《はべ》れども、信夫《しのぶ》がうへに事もなく、在《あ》らば今茲《ことし》は九歳《こゝのつ》也。かゝる折《をり》には慰《なぐさ》めて、親《おや》の為《ため》にしなるべきに、世《よ》にありなしもしらぬ火《ひ》の、築石《つくし》の尽処《はてか》歟、京師《みやこ》のそら歟《か》、憂事《うきこと》ばかりかさねきて、あふよし絶《たえ》てなつ衣《ごろも》、薄《うす》き親子《おやこ》の縁《えに》しにこそ」、
と喞《かこ》つを英直推禁《ひでなほおしとゞ》めて、「益《やく》なき諄言人《くりごとひと》にや聞《きか》れん。信夫《しのぶ》が事は不便《ふびん》也、と思はぬにあらねども、*忠臣《ちうしん》は親《おや》をも忘《わす》る。況《まいて》幼稚《をさな》き女《め》の子《こ》の事を、今《いま》さら思ふ暇《いとま》はあらず。哀別離《あいべつり》苦《く》は悟道《ごどう》の捷径《ちかみち》、しかりとて後世《ごせ》のみを念《ねん》じて、俺《われ》楽《たのし》んで死《し》を俟《また》んや。主君《しゆくん》の讐《あた》たる藤白奴《ふぢしろめ》を、撃《う》たでこの儘黄泉《まゝよみち》の客《たびと》と、なりなんことは朽《くち》をしく、*九《こゝのつ》の世《よ》をかゆるとも、忘《わす》るゝよしなき怨《うら》みなれども、定業《ぢやうごう》ならばいかゞはせん。丸《まろ》のかへらせ給はぬ間《ひま》に、快《とく》その三種《みくさ》を取蔵《とりをさ》めずや」、と励《はげま》されてもちからなき、妻《つま》はやうやく引寄《ひきよ》する、行袱《たびふろしき》へ旧《もと》の如《ごと》く、東西《もの》とり斂《い》れて引結《ひきむす》び、*中帯被《なかゆひかく》る韓組紐《からくみひも》の、断《き》れて短《みじか》くなりぬれど、長《なが》き別《わか》れを後《のち》に知《し》る、言《こと》の端《はし》さへ表《あらは》れて、灯火滅《ともしびきえ》んとするときに、光《ひか》りを増《ま》せし例《ためし》に似《に》たる、英直《ひでなほ》が病痾間《やまひひま》ありて、尽《つく》せし遺訓《ゐくん》ぞ健気《けなげ》なる。

然程《さるほど》に英直《ひでなほ》は、その夜艾《よさり》より胸痛《きやうつう》の、病苦《びやうく》ふたゝび劇《はげ》しくなりて、又血《またち》を多《おほ》く吐《は》きしかば、母屋《おもや》・小六丸《ころくまろ》も共侶《もろとも》に、胸《むね》を苦《くる》しめ憂悶《うれひもだへ》て、湯薬《くすり》をしば〳〵薦《すゝめ》しかども、英直《ひでなほ》は衰果《おとろへはて》て、水粒共《すいりうとも》に吭《のんど》に下《くだ》らず、次《つぎ》の日《ひ》の曛昏《ゆふぐれ》に、一ト声《こゑ》叫《さけん》で呼吸《いき》絶《たえ》けり。恪《かく》あるべしとは予《かねて》より、思はざりしにあらねども、又今《またいま》さらの事に覚《おぼえ》し、母屋《おもや》・小六丸《ころくまろ》の哀傷悲泣《あいじやうひきう》は、譬《たとふ》るに物《もの》なかるべし。泡沫夢幻《はうまつむげん》の浮世《うきよ》を陜《せば》みて、生死《しやうじ》流転《るてん》の苦海《くがい》に漂《たゞよ》ひ、まだ来《き》も果《はて》ぬ旅衣《たびぎぬ》を、経字衫《きやうかたびら》に脱更《ぬぎかへ》て、往《ゆき》て返《かへ》らぬ人《ひと》の数《かず》に、入《い》りにし人《ひと》を留《とゞ》め難《かね》し、妻《つま》は孤雁《こがん》の

伴侶《とも》に後《おく》れ、子《こ》は亦狙猴《またましら》の林木《はやし》に離《はな》れし、至悲断腸《しひだんちやう》の血《ち》の涙《なみだ》、呼《よ》*べど答《こたへ》もくちなし《山梔子》の、花塗椀《はなぬりわん》に白粥《しらがゆ》の、枕《まくら》に遺《のこ》る*一弁《ひとかき》も、さめて果敢《はか》なき夢《ゆめ》の跡《あと》、見れば思へば身ひとつに、かゝる歎《なげ》きを知《し》らず皃《がほ》に、綷訪《ことと》ふ者《ひと》はなきものから、亦只《またたゞ》逆旅主人《やどのあるじ》のみ、正首《まめやか》に慰《なぐさ》めて、「不慮《ふりよ》にお宿《やど》を致《いた》せし夜《よ》より、おん夫子《つれあひ》の長《なが》き病着《いたづき》、竟《つひ》に瘥《おこた》り給はずして、這間《こゝら》で身まかり給ひしかば、御後悔《ごこうくわい》も推量《おしはか》られて、不便《ふべん》いふべうも候はず。亡骸《なきがら》を本駅《このしゆく》に、葬《はうむ》らんとならば地方《ところ》の法《はう》あり。私《わたくし》には執措《とりおき》がたかり。駅長《しゆくをさ》の指揮《さしづ》を稟《うけ》て、左《と》も右《かく》もつかまつらん。或《あるひ》はこゝより近《ちか》きわたりに、由縁《ゆかり》の方《かた》ざまなどありて、その人許亡骸《ひとがりなきがら》を、引《ひき》とらせんと思ひ給はゞ、駅長《しゆくをさ》に報《つぐ》るに及《およ》ばず。御《み》こゝろ任《まか》せならんのみ」、といふに母《おも》屋《や》は涙《なみだ》をとゞめて、「いはるゝ趣《おもむき》こゝろ得《え》侍《はべ》り。一河《いちが》の流《ながれ》を汲《く》むことも、一樹《いちじゆ》の蔭《かげ》に寄《よ》るものも、皆是他生《みなこれたせう》の縁《えに》しぞ、と世《よ》にはいへども殊《こと》さらに、なき人《ひと》の病中《びやうちう》より、大《おほ》かたならぬ厄会《やくくわい》に、なり侍《はべ》りたる甲斐《かひ》もなく、這首《ここ》にて身《み》まかり侍《はべ》りしは、過世《すくせ》ありてのことにこそあらめ。知《しら》るゝごとく女《をんな》の身《み》ひとつ、十才《とを》にも足《た》らぬ子《こ》ひとりなるに、隣知《となりし》らずの旅宿《たびね》にて、恷《かゝ》る不幸《ふこう》にあひ侍《はべ》りぬる、心細《こゝろぼそ》さを察《さつ》し給はゞ、この後《のち》とてもなほ且《しばら》く、商量敵手《だんかふあひて》になりて給ひね。葬《はうむ》りの事はしも、亡夫《なきつま》の遺言《ゆいげん》あり。這首《ここ》よりして遠《とほ》くもあらぬ、藤沢《ふぢさは》には亡夫《なきつま》の、旧由縁《ふるきゆかり》の侍《はべ》るかし。その名《な》ばかりは這間《こゝら》にも、伝聞《つたへきか》れしこともあらん、野上史《のがみのふひと》と喚《よば》れたる、地方《ところ》に世《よ》を歴《へ》し郷士《ごうし》に侍《はべ》り。年来《としごろ》疎遠《そゑん》なりしかど、適《ゆき》て頼《たの》まば身《み》に引請《ひきうけ》て、葬《はうむり》の事母子《ことおやこ》のうへさへ、等閑《なほざり》にはせらるべからじ。翌《あす》は夙《つと》めて亡骸《なきがら》を、行轎《たびのりもの》にうち乗《の》して、藤沢《ふぢさは》へ倶《ぐ》してゆかまほし。この義《ぎ》を憑《たの》み侍《はべ》るなり」、といふに主人《あるじ》はこゝろ得《え》て、「野上大人《のがみうし》の高名《こうめい》なる、這間《こゝら》でしらぬものはなし。那人《かのひと》さまは大《おほ》かたならぬ、慈善《ちぜん》にして侠気《をとこぎ》あり。戦死《せんし》の髑髏《どくろ》一万余級《いちまんよきう》を、葬《はうむ》り給ひし仁者《じんしや》にをはせば、これに優《まし》たる由縁《ゆかり》あらんや。然《さ》る人《ひと》さまの近郷《きんごう》に、在《あ》りと知《し》りつゝ病中《びやうちう》に、などて告遣《つげや》り給はざりけん。憂苦《ゆうく》に他事《たじ》を遺《わす》れ給ひし、女儀《によぎ》の脱落歟《ぬかりか》。是非《ぜひ》に及《およ》ばず。然《さ》らば恷《かう》つかまつらん。箇様《かやう》々々《〳〵》にし給へ」、と翌《あす》の准備《ようゐ》を助言《ぢよごん》しつ、

*快桶《はやをけ》とかいふ柩《ひつぎ》を、その曛昏《ゆふぐれ》に買《かひ》とらして、その身《み》も軈《やが》て手伝《てつだ》ふて、英直《ひでなほ》の亡骸《なきがら》を、件《くだん》の柩《ひつぎ》に斂《おさ》めけり。

愡而《かくて》母屋《おもや》はその通宵《よもすがら》、良人《をつと》の柩《ひつぎ》をうち戌《まも》りたる、その甲夜間《よひのま》に小六丸《ころくまろ》に、密《しの》びやかに示《しめ》すやう、「阿児《あこ》はいまだ知《しら》ざるべし。爹々公《ててご》は新田《にった》の余類《よるい》にて、脇屋殿《わきやどの》の御家臣《ごかしん》なりき。爾《しか》るに御主君少将《ごしゆくんしよう〱》さまの、陸奥《みちのく》を落《おち》給ひし折《をり》、憖《なまじい》に執遺《とりのこ》されて、おん在処《ありか》だも知《し》らでありしに、今茲《ことし》は相模《さがみ》の底倉《そこくら》に、御座《をはしま》すよし聞《きこ》えしかば、実《まこと》は那処《かしこ》へまゐらんとて、起行《たびだち》給ひし甲斐《かひ》もなく、二日路《ふつかぢ》に足《た》らぬ程《ほど》にして、病痾《やまひ》の為《ため》に推留《おしとめ》られ、本意《ほい》を得遂《えとげ》ず、御主君《ごしゆくん》は、底倉《そこくら》にて撃《うた》れ給ひ、爹々公《ててご》も遂《つひ》に世《よ》を逝《さ》り給ひて、緈《こと》のこゝに及《およ》べる也。嚮《さき》に你《そなた》に報《つげ》たりし、野上《のがみ》ぬしの事はしも、吾儕《わなみ》もいまだ対《たい》面《め》せず、名《な》を聞《き》くも這回《こたび》はじめてなれども、昔歳《むかし》爹々公《ててご》と義《ぎ》を結《むす》びて、弟《おとゝ》となり兄《あに》となられし、好《よしみ》あれば骨肉《こつにく》の、親《しん》類《ぞく》にも優《ま》して憑《たのも》しからん。「那処《かしこ》へゆきて身《み》を寓《よ》せよ」、といひ遺《のこ》し給ひにき。しかはあれども世《よ》に憚《はゞか》る、親子《おやこ》のうへを人《ひと》に知《し》られて、緈《こと》の難義《なんぎ》に及《およば》ん日《ひ》の、あらじとは思ひ決《さだ》めがたかり。「小六《ころく》は年尚十《としなほとを》にも足《た》らぬ、総角《あげまき》なればこれらのよしを、いまだ知《しら》さで過《すぐ》せしかども、『窃《ひそか》に示《しめ》して覚《かく》期《ご》をさせよ』、といはれしこともはべりたり」。外《よそ》に洩《もら》し給ひそ」、と告《つぐ》るをうち聞《き》く小六丸《ころくまろ》は、落《おつ》る涙《なみだ》を振絞《ふりしぼ》る、頭《かうべ》を擡《もたげ》て貌《かたち》を更《あらた》め、「仰《おふせ》うけばり候ひぬ。脇屋殿《わきやどの》の陸奥《みちのく》を、落《おち》させ給ひし比《ころ》はしも、俺四五才許《わがよついつゝばかり》なる、時《とき》にもや有《あり》つらん。見果《みはて》ぬ夢《ゆめ》の心地《こゝち》して、人《ひと》の噂《うはさ》に聞《きゝ》たるのみ。親《おや》の故主《こしゆう》でをはせしを、知《しら》ざりしこそ悔《くや》しけれ。今《いま》さらいふかひなきことながら、爹々公《ててご》のうへに恙《つゝが》もなく、はやく那処《かしこ》へまゐり着《つき》て、倶《とも》に戦歿《うちじに》し給はゞ、左《と》ても右《かく》ても存命《ながらへ》がたき、本意《ほい》に惬《かなは》せ給はんに、憖《なまじい》に生遺《いきのこ》りたる、俺身《わがみ》もおなじ恨《うらみ》なれ。いかで故主《こしゆう》の讐敵《あたかたき》、那藤白《かのふぢしろ》を討捕《うちとり》て、神霊《みたま》を慰《なぐさ》め奉《たてまつ》らん。且《しばら》く俟《また》せ給ひね」、といひつゝ*腕《かひな》を扼《とりしば》れば、母屋《おもや》は「吐嗟《あなや》」と推禁《おしとゞ》めて、「やよ声高《こゑたか》し人《ひと》もや聞《き》かん。獅子《しし》は生《うま》れしその日《ひ》より、百獣威伏《ひやくじふゐふく》の勢《いきほ》ひあり、蛇蝎《へみ》は僅《わづか》に一寸《いつすん》なるも、物《もの》を呑《のま》んと欲《ほり》する気《き》あり、といふは你《そなた》のうへにも似《に》たり。年《とし》には倍《まし》て逞《たくまし》く、讐《あた》を撃《うた》んといはるゝを、叱《しか》るにはあらねども、潜《しのば》れぬ世《よ》を潜《しの》ぶ身《み》に、祟《たゝり》なくば幸《さいはひ》ならん。及《およ》ばぬ事を思ひ起《おこ》して、気色《けしき》を人に悟《さと》られなば、親《おや》さへ身《み》さへ亡《うしな》ふべし。不覚《そゞろ》にものをいふことかは」、と儆《いましめ》られて小六丸《ころくまろ》は、過言《くわごん》なりき、と思ひけん、「誠《まこと》に然《さ》なり」、と応《いらへ》つゝ、はやくも口《くち》を鉗《つぐ》みたり。

然程《さるほど》にその夜《よ》さり、母屋《おもや》は主人《あるじ》に僦賃《しゆくちん》と、医師《くすし》の謝銀《やくれい》柩《ひつぎ》の価《あたひ》、行轎《たびのりもの》の損料《そんりやう》まで、いはるゝ随《まゝ》に遺《おち》なく還《わた》して、後《うしろ》やすしと思ひつゝ、俟《まつ》とはなしに夏《なつ》の夜《よ》の、向明《あけなん》とする比《ころ》に、予《かね》て宿《やど》より誂《あつらへ》たる、両個《ふたり》の轎夫們《かごかきら》は時《とき》を違《たが》へず、无《む》*常箯輿《じやうかご》をうち肩掛《かたげ》て、来《き》つゝ恷々《しか〴〵》と呼門《おとなふ》にぞ、主人《あるじ》は軈《やが》て指揮《さしづ》して、柩《ひつぎ》を擡起《もたげおこ》させて、件《くだん》の箯輿《かご》に乗《の》せなどす。是《これ》より先《さき》に母屋《おもや》・小六《ころく》は、早飯《あさいひ》を薦《すゝめ》られて、斉一膳《ひとしくぜん》に向《むか》ひしかども、恷《かゝ》る折《をり》には箸《はし》も進《すゝ》まず、身装《みごしらへ》しつゝ、行裹《たびづゝみ》は、箯輿《かご》にも附《つ》け、親子《おやこ》も駝《せお》ひて、草鞋《わらじ》を引提《ひさげ》て出《いづ》るとき、主人《あるじ》幷《ならび》に家《いへ》の内《うち》なる、女婢們《をんなども》にも別《わか》れを告《つげ》たる、口誼《こうぎ》も胸《むね》のみ塞《ふたが》りて、辞寡《ことばすくな》く哀情《あいじやう》多《おほ》かり。

とかくする程《ほど》に天《よ》は明《あけ》て、茂林《もり》をはなるゝ烏《からす》の声《こゑ》も、常《つね》にかはりて心裏《うら》哀《がな》しく、涙《なみだ》に路《みち》のわかねども、去向《ゆくて》は僅《わづか》に*坂東路《ばんどうみち》六町《ちやう》一里《り》三十里《り》に足《た》らざるに、最《いと》も日《ひ》長《なが》き比《ころ》なれば、いまだ亭午《まひる》にならぬ間《ま》に、件《くだん》の箯輿《かご》に引添《ひきそ》ふて、はや藤沢《ふぢさは》の郷《さと》に来《き》にけり。世《よ》に知《し》られたる野上《のがみ》の宿所《しゆくしよ》の、隠《かく》れあるべうもあらざれば、母屋《おもや》は箯輿《かご》をうち卸《おろ》さして、故意《わざと》後門《うらもん》より找《すゝ》み入《い》り、両三声《ふたこゑみこゑ》呼門《おとなふ》程《ほど》に、執次《とりつぎ》の若党《わかたう》なるべし、「応《おふ》」と答《こたへ》て立出《たちいで》けり。登時《そのとき》母屋《おもや》は小腰《こごし》を折《かゞ》めて、「奴家《わらは》は這里《ここ》の御主人《ごしゆじん》の、親類某甲《しんるいなにがし》が妻子《やから》に侍《はべ》り。密《みそか》に憑《たの》み奉《たてまつ》るべきよしありて、尚総角《まだあげまき》なる拙郎《せがれ》を倶《ぐ》して、はる〴〵と来《き》つるもの也。此《この》よし稟《まう》し給へかし」、といふに件《くだん》の執次人《とりつぎびと》は、こゝろ得果《えはて》て退《しりぞ》きつ、且《しばらく》して又出《またいで》て来《き》つ、「誘《いざ》こなたへ」とて先《さき》に立《たち》て、客房《きやくのま》へ案内《しるべ》をしけり。当下《そのとき》母屋《おもや》は小六《ころく》丸《まろ》を、後門《うらもん》前《ぜん》に遺《のこ》し措《お》きて、英直《ひでなほ》の柩《ひつぎ》を戍《まも》らせ、その身《み》は引《ひか》れてそが儘《まゝ》に、客房《きやくのま》に赴《おもむ》けば、養娘《こしもと》なるべし少《わか》き女子《をなご》の、茶《ちや》を看《すゝ》めなどしけり。

有恷《かゝり》し程《ほど》に著演《あきのぶ》は、執次《とりつぎ》の若党《わかたう》の、恷々《しか〴〵》と告《つげ》しとき、独《ひとり》こゝろに訝《いぶか》りて、「俺《われ》は他郷《たけう》に親類《しんるい》なし。什麼《そも》何人《なにびと》の妻《つま》なりけん。こゝろ得《え》がたき客《きやく》にこそ」、と思ふものから然気《さりげ》なく、且客房《まづきやくのま》に案内《しるべ》をさせて、茶《ちや》を看《す》ゝめさせなどする程《ほど》に、遽《いそがは》しく袴《はかま》を穿《き》つゝ、一刀《いつたう》を腰《こし》にして、出《いで》て遇《あは》んとしつる折《をり》、隔亮《ふすま》の隙《ひま》より間窺《かいまみ》るに、いまだ認《みし》らぬ婦人《をんな》也。「今対《いまたい》面《め》して詳《つまびらか》に、問《と》ふにあらずはいかにして、俺疑《わがうたが》ひを解《と》くよしあらん」、と思ひにければ咳《しはぶ》きながら、客房《きやくのま》に找《す》ゝみ入《い》りて、扠母屋《さておもや》に対《むか》ひていふやう、「某 則野上史著演《それがしすなはちのがみのふひとあきのぶ》で候也。よくこそ訪《とは》せ給ひたれ。親類《しんるい》の妻子《やから》ぞ、と報《つげ》られたりしを当面《うちつけ》に、問《と》ふは無礼《ぶれい》に似《に》たれども、今《いま》まで対面《たいめ》せしことなければ、何処《いづこ》の人《ひと》にてをはすらん、聊《いさゝか》疑《ぎ》惑《わく》なきにあらず。願《ねが》ふは名告《なの》らせ給へかし」、といはれて母屋《おもや》は四下《あたり》を見かへり、「おん疑《うたが》ひは理《ことわ》りなり。人伝《ひとづて》には告《つげ》がたき、世《よ》に憚《はゞか》りのよしも侍《はべ》れば、いと无礼《なめ》也とは思ひながら、いまだ名《な》告《の》らで侍《はべ》りにき。この義《ぎ》を察《さつ》し給ひてよ」、といふに著演《あきのぶ》頷《うなづ》きて、「そは然《さ》ることもあるべからん。俺家《わがいへ》の奴婢們《ぬびども》は、僉腹心《みなふくしん》のものなれば、洩聞《もれきく》とても歹《あし》からず。況《まいて》四下《あたり》に人《ひと》はなし。とく〱示《しめ》し給ひね」、とふたゝび問《とは》れて今《いま》さらに、匿《つゝ》むべくもあらざれば、「しからば允《ゆる》させ給へ」とて、膝《ひざ》を找《すゝめ》て聶《さゝや》くやう、「奴家《わらは》は年来陸奥《としごろみちのく》なる、楫鎖《かざし》の里《さと》に僑居《わびずまひ》せし、館大六郎英直《たてのだいろくらうひでなほ》が妻《つま》にして、母屋《おもや》と喚《よば》るゝものに侍《はべ》り。那地《かのち》の闘戦《たゝかひ》敗《やぶ》れし折《をり》、良人英直《をつとひでなほ》は故《ゆゑ》ありて、主君《しゆくん》に別《わか》れ奉《たてまつ》り、それより以来《このかた》おん在処《ありか》を、知《し》るよしなければ思ひ不楽《わび》て、五稔《いつとせ》あまりを過《すぐ》せしに、今茲《ことし》は相模《さがみ》の片山里《かたやまざと》に、御座《をはしま》すよし聞《きこ》えしかば、いかで主君《しゆくん》の見参《げんざん》に、入《い》らばやと思い起《おこ》しつゝ、奴家《わらは》と今茲《ことし》九才《こゝのつ》なる、独子小六《ひとりごころく》を携《たづさへ》て、猛可《にはか》に逆旅《たび》の准備《ようゐ》を整《とゝの》へ、相模路《さがみち》を投《さし》て急《いそ》ぐ程《ほど》に、武蔵《むさし》の仮名川《かながは》まで来《き》つるその夜《よ》より、うたてや良人《をつと》は胸痛《きやうつう》の、病着《いたづき》にうち臥《ふし》て、意《こゝろ》ならずも仮名川《かながは》なる、客店《はたごや》に逗留《とうりう》の、日数《ひかず》を其首《そこ》に累《かさ》ねつゝ、晦《つごもり》近《ちか》くなりし比《ころ》、世《よ》の風声《ふうぶん》に隠《かく》れもなく、主君《しゆくん》のうへに事《こと》ありけり、と聞《きこ》えにければ良人《をつと》の仰天《ぎやうてん》、是《これ》より病苦《びやうく》も初《はじめ》に倍《ま》して、遺恨《ゐこん》やる方《かた》なかりけん、血《ち》を吐《は》くこと夥《おびたゞ》しく、この後僅《のちわづか》に三日《みつか》にして、竟《つひ》に息絶侍《いきたえはべ》りにき。その終焉《しうゑん》の前一日《まへいちにち》、聊《いさゝか》病痾《やまひ》の間《ひま》ありし折《をり》、いひ遺《のこ》されしことはべり。二十稔《はたとせ》ばかり前つ比《さきつころ》、良人《をつと》は主君《しゆくん》の仰《おふせ》を稟《うけ》て、這地《このち》に来《き》つゝ逗留《とうりう》せし折《をり》、恁々《しかぐ》の事《こと》により、窃《ひそか》におん身と義《ぎ》を結《むす》びて、弟《おとゝ》となり兄《あに》となられし、その綷《こと》の趣《おもむき》を、初《はじめ》て奴家《わらは》に説示《ときしめ》して、「俺《われ》と那人《かのひと》とはかくの如《ごと》く、素《もと》より異姓《ゐせい》の兄弟《きやうだい》なれども、相別《あひわか》れしより天《てん》の一方《いつぱう》、山河千里《やまかはせんり》を隔《へだて》たる、わが身《み》年来《としごろ》多事《たじ》也ければ、胡越《こゑつ》のごとく過《すぐ》したり。然《さ》ればとて野上生《のがみうぢ》は、義《ぎ》に背《そむ》くべくもあらず。俺死《われし》なば柩《ひつぎ》を擡《もたげ》て、那里《かしこ》に到《いた》りてよしを報《つげ》よ。契《ちぎ》りしことを忘《わす》れずして、汝們《なんぢら》母子《おやこ》を憐《あはれま》れんず。那人《かのひと》は戦死《せんし》の髑髏《どくろ》、一万余級《いちまんよきう》を購集《あがなひあつ》めて、葬《はうむ》りにきと聞《きこ》えたる、信実慈善《しんじつぢぜん》、二人《ふたり》と得《え》がたき、海内一《だいいち》の侠者《をとこ》也。今《いま》の世《よ》にして英直《ひでなほ》が、妻《つま》と子共《こども》を憑《たのま》んもの、那人《かのひと》ならで誰《たれ》やはある。這義《このぎ》をこゝろ得《え》候へ」、と叮寧《ねんごろ》に遺言《ゆいげん》しつゝ、病苦《びやうく》を忍《しの》びて写措《したゝめおき》たる、書翰《しよかん》をその折《をりわ》逓与《た》されたり。こを欄《みそなは》さば漏《もれ》たることも、具《つぶさ》に知《し》られ侍《はべ》りてん。いかで御庇《みかげ》を仰《あほ》ぐのみ」、といふ声曇《こゑくも》る袖《そで》の雨《あめ》、*蓑代衣《みのしろぎぬ》にあらねども、照《て》る日《ひ》に疎《うと》き世《よ》を*陜布《せばぬの》の、行袱《たびふろしき》をうち披《ひら》きて、英直《ひでなほ》が遺《のこ》したる、那一封《かのいつぷう》を逓与《わた》すにぞ、著演《あきのぶ》はいはれしよしの、綷《こと》ひとつとして記憶《おぼえ》はあらず、素《もと》よりしらぬ情由《わけ》なれども、且《まづ》その書翰《しよかん》を受《うけ》とりて、見れば正《まさ》しく標識《うはがき》に、「野上史殿《のがみのふひとどの》まゐらする。新田余類《につたのよるい》、館大六郎英直《たてのだいろくらうひでなほ》」とあり。軈《やが》て封皮《ふうじ》を推折《おしくぢ》きて、披《ひら》きて見れば白紙《しらかみ》也。訝《いぶか》しき事限《かぎ》りもなきを、然《さ》らぬ貌《さま》にてさや〳〵と、そが儘《まゝ》はやく巻籠《まきこめ》て、肚裏《はらのうち》におもふやう、「英直俺《ひでなほわれ》と一面《いちめん》の、交《まじは》りあるにあらねども、俺行状《わがぎやうでう》を伝《つたへ》聞《きゝ》て、妻子《やから》を託《よ》せんと欲《ほり》するに、書記《かきしる》すべきよしのなければ、標書《うはがき》にのみ姓名《せいめい》を、写《しる》して白紙《しらかみ》を封《ふう》ぜしは、いはぬはいふに優《まさ》るといふ、苦《くる》しき意中《いちう》を示《しめ》せしならん。然《さ》るを其《その》身《み》の姓名《せいめい》に、新田余類《につたのよるい》と題書《だいしよ》したるは、忌憚《いみはゞか》るべき素生《すじやう》を隠《かく》さず、悔《くひ》あらせじとの赤心《まごゝろ》なれども、その本心《ほんしん》を妻子《やから》にすら、明々地《あからさま》には知《し》らせずして、異姓《ゐせい》の兄弟《きやうだい》なるよしに、いひ瞞《くろ》めつゝ恁々《しかぐ》と、俺《われ》に対《たい》して告《つげ》させしは、白紙《はくし》の状《でう》の自注《じちゆう》にて、世《よ》に憚《はゞか》りある人《ひと》の妻子《やから》と、知《し》るといふとも義《ぎ》の為《ため》には、後難《こうなん》を辞《ぢ》せずして、必《かならず》よく扶持《ふち》すべき、著演《あきのぶ》也と思はれけん。倘爾《もししか》らずばいかにして、是等《これら》の事に及《およば》んや。

聞《き》くがごときは英直《ひでなほ》は、脇屋少将義隆朝臣《わきやしやうくよしたかあそん》の、家隷《いへのこ》なること疑《うたが》ひなし。俺大父著佐大人《わがおほぢあきすけうし》は、新田左中将《につたさちうじやう》に従《したが》ひて、元《げん》弘《こう》に功《こう》ありといへども、義貞亡《よしさだうせ》させ給ひしかば、世《よ》を憤《いきどほ》り退隠《たいいん》せしより、不肖《ふせう》の俺身《わがみ》に至《いた》るまで、出《いで》て足利家《あしかゞけ》に仕《つか》へざりき。那英直《かのひでなほ》はこれらのよしを、知《し》りたるや知《しら》ざるや、そは左《と》まれ右《かく》もあれ、今《いま》この母子《おやこ》を家《いへ》に留《とゞ》めて、羈旅《きりよ》の難《なん》義《ぎ》を拯《すくは》ずば、未見《みけん》の知己《とも》○チキに背《そむ》くべく、父祖《ふそ》の遺念《ゐねん》に違《たが》ふに

有像第三

*陰徳は一理を総《す》べ、禍福は唯れ自《と》ら求む。天公遠しと道《い》ふ莫《なか》れ、方寸悠々たるに任す。

秋またでかたみになりぬうつせみのからなでし子にかゝる世やうき

（逆さ屏風）

*斐相を称《たた》へ、千秋范君を慕ふ。奇人屢《しばしば》見ること難し。義に仗《よ》るを将《もつ》て朝紳を望むを休《や》めよ。

*空緘《くうかん》記載する所の　宋の劉元普の*陰悳を賛する詩

*虎関老衲書

おしね　小六　あきのぶ　おも屋

似《に》たり。嗚呼爾《ああしか》なり」、と立地《たちどころ》に、尋思《しあん》をしつゝ母屋《おもや》に対《むか》ひて、「目今示談《たゞいまじだん》せられたる、縡《こと》の趣実《おもむきまこと》に由《よし》あり。館生《たてうち》とは少《わか》かりし時《とき》、天地《てんち》に誓《ちか》ひ義《ぎ》を結《むす》びて、窃《ひそか》に異姓《ゐせい》の兄弟《きやうだい》に、なりけるものを這郷《このさと》へ、程遠《ほどとほ》からぬ仮名川《かながは》の、旅亭《りよてい》に病《やみ》て身《み》まかるまで、などてや告《つげ》も来《こ》さゞりけん。只一《たゞ》トたびも訪《と》はずして、長《なが》き別《わか》れになりにたる、遺憾《のこりをし》さを猜《すい》し給ひね。非如自筆《よしやじひつ》の書翰《しよかん》なくとも、その妻《つま》その子《こ》に訪《とは》るゝを、いかでか強面《つれな》くものすべき。況《まいて》その終《をはり》に臨《のぞ》みて、恁叮寧《かうねもごろ》なる一通《いつう》を、遺《のこ》されたれば今《いま》さらに、疑《うたが》ふべくもあらずかし。些《ちつと》も介意《かいい》《○エンリヨ》し給ふな。けふよりおん身母子《おやこ》のうへは、著演《あきのぶ》が身《み》に引受《ひきうけ》て、生涯疎略《しようがいそりやく》にすべからず。扠《さて》も柩《ひつぎ》と子息《しそく》をば、何処《いづこ》に遺《のこ》し給ひたる。詣来《まうき》給ひし初《はじめ》より、側《かたへ》に引著措《ひきつけお》きはせで、俺等《われら》に隔《へだて》あるべきや」、と世《よ》に憑《たのも》しく承引《うけひか》れたる、人《ひと》の誠《まこと》に又袖濡《またそでぬ》らす、母屋《おもや》は鼻《はな》をうちかみて、「年来良人《としごろをつと》の疎遠《そゑん》なりしを、旧契《ふるきちぎ》りに違《たが》はせ給はで、いと美《うるは》しきおん応《いらへ》は、歎《なげ》きの中《うち》の歓《よろこ》びにて、なき人《ひと》の為《ため》にしも、是《これ》に優《まし》たる追薦《ついぜん》は、亦《また》あるべうもあらずかし。小六《ころく》は柩《ひつぎ》を戍《まも》らして、後門前《うらもんぜん》に遺《のこ》し措《お》きにき。縡恁《ことしか》恁《じか》と報知《つげしら》せなば、さぞ辱《かたじけな》く思ひ侍《はべ》らん。快歓《とくよろこば》し侍《はべ》るべし」、といひつゝ立《たつ》を推禁《おしとゞ》めて、「やよなほ霎時《しばし》這首《こゝ》に坐《をは》せよ。俺等《われら》は礼服《れいふく》に更《あらた》めて、倶《とも》に柩《ひつぎ》を迎《むか》ふべし」、と辞《ことば》せわしく説示《ときしめ》して、掌《たなそこ》をうち鳴《な》らせば、一個《ひとり》の若党応《わかたういらへ》をしつゝ、遽《いそがは》しく来《き》にけるを、側《かたへ》に招《まね》き近《ちか》づけて、「汝等《なんぢら》もこゝろ得《え》よ。後門前《うらもんぜん》にも来客《らいきやく》あり。総角《あげまき》なるは俺姪《わがおひ》也。そがうち戍《まも》る旅櫬《たびひつぎ》は、いぬる日仮名川《ひかながは》なる、客店《はたごや》にて身《み》まかりたる、俺親類《わがしんるい》の亡骸《なきがら》なるぞ。今俺出《いまわれいで》て迎《むか》ふべければ、汝《なんぢ》は老僕《おとな》と共侶《もろとも》に、荘客四名許《のうにんよたりばかり》将《い》て、俺姪《わがおひ》に恁々《しかじか》と、報《つげ》て柩《ひつぎ》を戍《まも》れかし。快々《とくとく》せよ」、と急《いそが》して、追立遣《おつたてや》りつゝ母屋《おもや》に対《むか》ひて、「目今聞《たゞいまきか》れたる如《ごと》く、某《それがし》は奥《おく》へ退《まか》りて、御母子来意《ごぼしらいい》の趣《おもむき》を、荊妻《わがつま》にも知《しら》すべく、はやく衣裳《いしよう》を更《あらた》めて、柩《ひつぎ》を這首《こゝ》へ迎入《むかへい》れてん。且《しばら》く允《ゆる》し給ひね」、と辞《ち》して奥《おく》へぞ退《しりぞ》きたる。

登時著演《そのときあきのぶ》は、妻《つま》の晩稲《おしね》に母屋親子《おもやおやこ》の、縁由《ことのよし》を説示《ときしめ》すに、件《くだん》の機密《きみつ》をあらはさず、英直《ひでなほ》を年来《としごろ》の、義兄弟《きやうだいぽん》ぞとのみいひ知《しら》して、猛《にはか》に凶服《もふく》に衣更《きかえ》させ、その身も衣裳《いせう》を更《あらた》めて、復客房《またきやくのま》に出《いで》て来《き》つ、「誘《いざ》」とばかりに母屋《おもや》と倶《とも》に、後門前《うらもんぜん》へ赴《おもむ》く程《ほど》に、母屋《おもや》は先《さき》へ走《はし》りつゝ、小六丸《ころくまろ》に著演《あきのぶ》が、承引《うけひき》て今柩《いまひつぎ》を迎《むかふ》る、綷《こと》の首尾《しゆび》を告《つげ》しかば、小六丸《ころくまろ》は感涙《かんるい》の、進《すゝ》むを覚《おぼえ》ず柩《ひつぎ》を離《はな》れて、はや著演《あきのぶ》をぞ迎《むか》へける。著演遥《あきのぶはるか》にこれを見て、遽《いそがは》しく找《すゝ》み近《ちか》づき、「和殿《わどの》は小六《ころく》歟《か》。俺《われ》こそは、和殿《わどの》の小父《をぢ》なれ。著演《あきのぶ》也。旅亭《りよてい》に父《ちゝ》を喪《うしな》ひたる、哀傷艱苦《あいじやうかんく》を推量《おしはか》れば、痛《いた》ましきことといふべうもあらず。然《さ》ればとてうち歎《なげ》くとも、死《し》したる親《おや》の甦《かへ》るにあらねば、みづから愛《あい》して後栄《こうゑい》を、揣《はか》るも亦是孝《またこれこう》ぞかし。*姪《おひ》は猶子《なほこ》のごとし、と礼記《らいき》に本文見《ほんもんみ》えたれば、けふよりして著演《あきのぶ》を、父《ちゝ》とおもひね。俺《われ》も亦《また》、子《こ》也と思ふて養育《やういく》せん。よろづに後《うしろ》やすかるべし」、と慰《なぐさ》められて小六丸《ころくまろ》は、恭《うや〱》しく拝《はい》し見《まみ》えて、時《とき》の不祥《ふせう》にゆくりなく、蔭《かげ》によるべの歓《よろこ》びを、述《のぶ》る言葉《ことば》の露《つゆ》よりも、脆《もろ》き涙《なみだ》は孝子《こうし》の情状《じやうでう》、年才《とし》には倍《ま》して大人《おとな》しき、進止《たちふるまひ》に著演《あきのぶ》は、且感《かつかん》じ且促《かつうなが》して、荘客們《のうにんばら》に指揮《さしづ》しつ、柩《ひつぎ》を乗《の》したる行篌輿《たびかご》を、受取《うけとら》してぞ門内《もんない》へ、除《しづか》に擡入《もたげいれ》させける。

是《これ》よりの下《しも》著演《あきのぶ》が、謨《はから》ふ趣《おもむき》甚麼《いかに》ぞや。そはこの次《つぎ》の巻《まき》のはじめに、解分《ときわく》るを聴《きゝ》ねかし。

開巻驚奇俠客伝第一集巻之一　終

開巻驚奇俠客伝《かいくわんきやうきけうかくでん》 第壱集《だいいつしふ》 巻之二

東都 曲亭主人 編次

第三回《だいくわい》 黒夜《こくや》《○ヤミ》を照《てら》して蛍火海浜《ほたるかいひん》に導《みちび》く 明察《めいさつ》に誇《ほこ》りて*鼠《そ》輩恥辱《はいちぢよく》を被《かうむ》る

却説《かくて》野上史《のがみのふひと》著演《あきのぶ》は、後門前《うらもんぜん》に立出《たちいで》て、小六丸《ころくまろ》に対面《たいめ》しつ、荘客們《のうにんばら》を急《いそが》して、そが儘《まゝ》に英直《ひでなほ》が、柩《ひつぎ》を宿所《しゆくしよ》に迎容《むかへい》れて、且客房《まつきやくざしき》に処《すゑ》させたり。

登時《そのとき》母屋《おもや》・小六丸《ころくまろ》も、倶《とも》に柩《ひつぎ》の後方《あとべ》に跟《つ》きて、軈《やが》て客《きやく》房《ざしき》に赴《おもむ》く程《ほど》に、著演《あきのぶ》の妻晩稲《つまおしね》は、はやく凶服《もふく》に更《あらため》て、這所《このところ》に俟《まち》てをり。母屋《おもや》・小六丸《ころくまろ》に対面《たいめ》して、哀戚《あいせき》の涙《なみだ》を拭《ぬぐ》ひあへず、遠《とほ》く他郷《たけう》に旅宿《たびね》して、父《ちゝ》を喪《うしな》ひ良人《をつと》に後《おく》れし、悼《いた》みも、然《さ》こそと正首《まめやか》に、舒《のべ》て勦《いたは》り慰《なぐさむ》れば、母屋《おもや》はさら也小六丸《ころくまろ》も、思ふにましたる主人夫婦《あるじふうふ》の、恁丁寧《かくねんごろ》なる款待態《もてなしぶり》に、且《かつ》感《かん》じ、且《かつ》うち歎《なげ》きて、姑《しばら》くは応《いらへ》も得《え》せず、繋《つなが》ぬ舟《ふね》の楫《かぢ》を絶《たえ》て、こゝをよるべの磯鵆《いそちどり》、なく音《ね》と共《とも》に久後《ゆくすゑ》までの、親子《おやと》のうへをぞ憑《たの》みける。

恁《かゝり》し程《ほど》に、著演《あきのぶ》は、英直《ひでなほ》の柩《ひつぎ》を舁《かき》て、送《おく》り来《き》ぬる轎夫們《かごかきら》に、酒価《さかて》に銭《ぜに》を取《と》らせなどして、篼輿《かご》共侶《もろとも》に返《かへ》し遣《つかは》し、却《さて》出居《いでゐ》の北《きた》のかたなる、一室《ひとま》を猛可《にはか》に掻帚《かきはらは》して、机案《つくゑ》二脚《ふたつ》を上座《かみくら》に、推並《おしなら》べて凳《だい》にしつ、柩《ひつぎ》を這首《ここ》に移《うつ》さして、屏風《びやうぶ》をもて、亮槅子《あかりかうし》と、その余《よ》も三方《みところ》を隔遶《たてめぐ》らしたる、前案《まへづくゑ》には榺《はな》を立《たて》、香《かふ》を焼《たき》つゝ手向《たむけ》の飯《いひ》の、准備《ようゐ》ははやくも整《とゝの》ひしかば、「誘《いざ》」とて母屋《おもや》と小六丸《ころくまろ》を斉一立《ひとしくたゝ》して拝《はい》さしめ、次《つぎ》に著演《あきのぶ》立替《たちかは》り、找向《すゝみむか》ひて合掌《がつしやう》し、心《こゝろ》の中《うち》に念《ねん》ずるやう、「維俺《これわがみ》未見《けん》の兄弟《きやうだい》館生《たてうち》、尚霊《なほりやう》あらば著演《あきのぶ》が、只今《たゞいま》報《つぐ》るよしを聴《きゝ》ね。某《それがし》弱冠《じやくくわん》の昔《むかし》より、*惟兼愛《たゞけんあい》を旨《むね》として、人《ひと》の危窮《ききう》を救《すく》ふといへども、位高《くらゐたか》く富栄《とみさかえ》て、民《たみ》の父母《ふぼ》たるものならねば、そは九牛《きうぐ》の一毛《いちもう》のみ。普《あまね》く人《ひと》に施《ほどこ》すに由《よし》なく、虚名徒《きよめいいたづら》に年《とし》を歴《へ》て、徳《とく》の菲薄《ひはく》を羞《はぢ》たりしに、豈《あに》思はんや和殿《わどの》に知《し》られて、その妻《つま》と子《こ》を託《たく》せらるゝに、洒《すなはち》*空翰《そらふみ》を以《もつて》し、未亡《みぼう》の人《ひと》母屋《おもや》をいふ。にいはするに、異姓《ゐせい》の兄弟《きやうだい》なる義《ぎ》をもてせらる。

因《より》て窃《ひそか》に推量《おしはか》るに、紙《し》中《ちう》に一字《いちじ》も写《しる》されざりしは、千万言《せんまんげん》にもなほ優《まし》て、人《ひと》を知《し》りたる意味《いみ》深《ふか》かり。されば唐山《からくに》の常言《ことわざ》にも、女子《をなご》*は己《おのれ》を歓《よろこ》ぶもの丶、為《ため》に勉《つとめ》て貌《かたちつ》くり、男子《をとこ》は己《おのれ》を知《し》るもの丶、為《ため》に必《かならず》死《し》するといへり。某《それがし》既《すで》に和殿《わどの》に知《し》られて、かくの如《ごと》き遺《ゐ》託《たく》あり。いかでか死力《しりよく》を尽《つく》さゞるべき。只這《たゞこの》奇《き》偶《ぐう》のみならで、和殿《わどの》は則《すなはち》新田《にった》の類族《るいぞく》、脇屋《わきや》次《じ》将《せう》の家《か》臣《しん》なるべし。俺《わが》大父《おほち》野上《のがみの》目《さくわん》は、贈《ぞう》中《ちう》納言《なごん》義貞《よしさだ》卿《けう》の、鎌倉攻《かまくらぜめ》に従《したが》ひまつりて、元弘《げんこう》に功《こう》ありしもの也。料《はか》らず又這《またこの》旧縁《きうえん》あり。何《なん》でふ一時《いちじ》の値《ち》偶《ぐ》ならんや。陰鬼《いんき》*陽人《やうじん》異《こと》なれども、柩《ひつぎ》を留《とゞ》めて義《ぎ》を結《むす》びぬ。応《まさ》に異《ゐ》姓《せい》の兄弟《きやうだい》たるべく、けふより緦麻《しま》*九十日なり。の服《ふく》を稟《うけ》て、戚々《せき〳〵》の情《じやう》を尽《つく》すべし。恁《かゝ》れば内室《うちかた》令郎《むすこ》のうへは、万事《よろづ》に後《うしろ》やすかりてん。妹《いもと》と思ひ俺児《わがこ》とおもひて、教《をしゆ》るに師《し》を択《えら》み、禍《わざはひ》を避《さ》け、侮《あなど》りを禦《ふせ》ぎて人《ひと》となさまく欲《ほり》す。某《それがし》天性《てんせい》不幸《ふこう》にして、齢《よはひ》半白《はんばく》に近《ちか》かるまで、絶《たえ》て一個《ひとり》も嗣《こ》はあらず。いかで小六《ころく》が成長《せいちやう》を、俟《まち》て俺《わが》這《この》荘園《せうゑん》を、譲《ゆづ》りて倶《とも》に祀《まつり》を受《うけ》ん。是《これ》某《それがし》が情願《じやうぐわん》也。微言《びげん》誠《まこと》を示《しめ》すに足《た》らず、衷情《ちうじやう》述《のぶ》るに余《あま》りあり。即便《すなはち》香華《かふげ》の清奠《せいてん》を、薦《すゝ》めて旅魂《りよこん》を迎《むかふ》るもの也。尚《こひねがは》くは饗《うけ》給ひね。弥《み》陀仏《だぶつ》々々〳〵」と唱《となふ》れば、晩稲《おしね》も良人《をっと》の後方《あとべ》に侍《はべ》りて、念誦《ねんじゆ》に時《とき》を移《うつ》しけり。

　綷果《ことはて》て野上《のがみ》夫婦《ふうふ》は、母屋《おもや》・小六丸《ころくまろ》に飯《いひ》を羞《すゝ》めて、旅宿《たびね》の艱苦《かんく》を問慰《とひなぐさ》め、いと懇切《ねんごろ》に管待《もてな》す程《ほど》に、事多《わざおほ》ければ茎蕕《さねかづら》、長《なが》き日《ひ》ながら果《はか》敢なく暮《く》れて、又《また》夕饌《ゆふぜん》を薦《すゝ》めらる、羹菜《あはせもの》は一種《いっしゅ》にして、精進《せじみ》*にこゝろを用《もち》ひられたる。母屋《おもや》は今宵《こよひ》も柩《ひつぎ》を戍《まも》りて、明《あか》さんといひけるを、著演《あきのぶ》聞《きゝ》て頭《かうべ》をうち掉《ふ》り、

「おん身はなき人《ひと》の病中《びやうちう》より、睡《ねむら》ざりける疲労《つかれ》もあらん。俺們《われ〳〵》夫婦《ふうふ》にうち任《まか》して、息子《むすこ》と倶《とも》に這次《このつぎ》の間《ま》へ、快《とく》退《しりぞ》きて就寝《ねまり》給へ。臥簟《ふしど》も儲《まうけ》てあらんず」、といふを母屋《おもや》は推《おし》かへして、「そは辱《かたじけな》く侍《はべ》れども、非如《よしや》幾夜《いくよ》さ睡《ねむ》らずとても、一《いっ》生涯《せうがい》の別《わか》れに侍《はべ》れば、いかでか疲労《つかれ》を厭《いと》ふべき」、と固辞《いな》むを晩稲《おしね》も共《とも》に諫《いさ》めて、「御《み》こゝろざしは然《さ》ることながら、他人《たにん》に任《まか》し給ふにあらぬ、俺們《われ〳〵》夫婦《ふうふ》が恁《かく》て侍《はべ》れば、今宵《こよひ》ははやく睡《ねむ》らせ給へ。疲労《つかれ》を増《まし》て病発《やまひおこ》らば、後《のち》の憂《うれ》ひをいかゞはせん。又《また》よくみづから愛《あい》するも、その子《こ》の為《ため》に侍《はべ》ら

ずや。おん身の這首《ここ》にをはする程《ほど》は、小六刀禰《ころくどの》も就寝《ねまり》給はじ。快々《とく〳〵》休《やす》らひ給ひね」、と夫婦《ふうふ》斉一《ひとしく》諭《さと》したる、その言親《ことしん》切《せつ》なりければ、母屋《おもや》は竟《つひ》に推辞《いなみ》難《かね》て、小六丸《ころくまろ》と共侶《もろとも》に、告別《いとまごひ》しつ退《しりぞ》きて、やうやく枕《まくら》に就《つ》きにけり。

然程《さるほど》に小六丸《ころくまろ》は、睡《ねむ》らんとするにいもねられず、独《ひとり》熟《つら〳〵》思《おも》ふやう、「俺父《わがちゝ》の亡骸《なきがら》は、野上《のがみ》の翁《おぢ》の資《たすけ》を得《え》たれば、葬《ほうむり》の事心《こゝろ》やすかり。なほ朽《くち》をしくも悲《かな》しきは、親《おや》の主君《しゆくん》と聞《きこ》えたる、右少将《うしよう〳〵》の首級《しゆきう》也。由比《ゆひ》の浜辺《はまべ》に梟《かけ》られしより、終《つひ》には犬鳥《いぬからす》の腹《はら》を、肥《こや》しやすらん、痛《いた》ましけれ。俺仮名川《われかながは》の宿《やど》に在《あ》りし時《とき》、那旅客們《かのたびゞとら》の噂《うはさ》に聞《きゝ》しは、六日《むいか》已前《いぜん》の事なりければ、おん首級《しゆきう》は今《いま》もなほ、那浜辺《かのはまべ》にこそあらんずらめ。今宵《こよひ》那首《かしこ》に潜《しの》びゆきて、奪取《うばひと》り将《い》て還《かへ》りて、窃《ひそか》に大人《うし》の柩《ひつぎ》の内《うち》に、斂《おさ》めて葬《ほうむ》り奉《たてまつ》らば、便 是《すなはちこれ》主君《しゆくん》の為《ため》に、亦亡親《またなきおや》の志《こゝろざし》を、継《つ》ぎて做《なす》事ありといはまし。俺予《われかねて》より是等《これら》の所行《わざ》に、志《こゝろざし》あるをもて、けふ仮名川《かながは》より将《い》て来《き》つる、轎夫們《かごかきら》に問試《とひこゝろみ》て、*鎌倉路《かまくらみち》を粗《ほゞ》しれり。這首《ここ》を距《さ》ること遠《とほ》くもあらねば、烏夜《やみ》也とても迷《まよは》んや。嗚呼《ああ》爾《しか》なり」、と肚裏《はらのうち》に、おもひ決《さだ》めつ快《はや》れども、甲夜《よひ》の程《ほど》は外見《ひとめ》ありて、出《いづ》るに便《たよ》り宜《よろ》しからねば、且《しばら》く時《とき》を移《うつ》すにぞ、既《すで》にして人定《ひとしづま》り、母屋《おも》は疲労《つか》れて熟睡《うまい》やしけん、只上《たゞかみ》の間《ま》なる主人《あるじ》の妻《つま》の、咳《しはぶ》き罕《まれ》に聞《きこ》えけり。小六丸《ころくまろ》は「折《をり》こそよけれ」、と横搔遣《よぎかいや》りつ身《み》を起《おこ》して、枕辺《まくらべ》に措《おき》たりける、小刀《こだち》を拿《とり》て腰《こし》に跨《よこた》へ、灯火《ともしび》をうち滅《け》して、搔撈《かゝぐ》りながら潜《しの》び出《いで》て、縁頰《えんがは》なる遣戸《やりど》の末《しり》を、半開《なかばひら》きて庭口《にはぐち》より、後門《うらもん》のかたに赴《おもむ》くに、奴婢們《ぬびら》が甲夜《よひ》の遽《いそが》しさに、紛《まぎ》れてや忘《わす》れけん、幸《さいは》ひにして角門《くゞりど》の、いまだ鎖《とざ》さでありければ、密《そ》と推開《おしあけ》て走出《はしりいづ》るに、五月《さつき》の天《そら》の癖《くせ》なれば、降《ふり》みふらずみ定《さだ》めなき、*如法闇夜《によはうあんや》に辿《たど》る〳〵も、嚮《さき》に聞《きゝ》しを心当《こゝろあて》に、鎌倉《かまくら》を投《さし》て急《いそ》げども、人家《さと》離《はな》れては田《た》に畔《あぜ》に、枝道《えだみち》さへに多《おほ》かれば、去向《ゆくて》は右歟《みぎか》左歟《ひだりか》と、思ひ難《かね》つゝ停在《たゝずみ》て、せん術《すべ》もなき折《をり》から、叢蔭《くさむらかげ》より忽然《こちねん》と、許多《あまた》の蛍群飛《ほたるむれとび》て、小六丸《ころくまろ》の身辺《ほとり》に来《き》つゝ、路《みち》を照《て》らし先《さき》に進《すゝみ》て、這身《このみ》の為《ため》に郷導《みちしるべ》を、做《な》す歟《か》と見えて奇《き》なるかな。*車胤《しやいん》が夜学《やがく》の灯火《ともしび》に、易《かえ》にきといふ故事《ふるごと》は、人作《じんさく》にして自《し》然《ぜん》にあらず。此《こ》は是童子《これわらべ》の忠孝《ちうこう》を、神明仏陀《しんめいぶつだ》の相憐《あひあはれ》みて、係《かゝ》る冥助《みやうぢよ》を錫《たま》ひけん。小六丸《ころくまろ》は今《いま》この奇特《きどく》に、感歎《かんたん》しつゝ*些《ちつと》も礙碍《ぎゞ》せず、蛍《ほたる》の進《すゝ》むに従《したが》ひて、只管《ひたすら》に走《はし》る程《ほど》に、今《いま》ははや坂東路《ばんとうみち》六町一里、十五六里《り》にも及《およ》びぬらんと思ふ比《ころ》、果《はた》して由比《ゆひ》の浜《はま》に来《き》にけり。この時迨《ときまで》も許多《あまた》の蛍《ほたる》は、その四下《あたり》を去《さ》らずして、なほも隈《くま》なく照《てら》せしかば、小六丸《ころくまろ》は怡悦《いゑつ》に勝《たへ》ず、窃《ひそか》に四下《あたり》を見かへるに、義隆《よしたか》主従《しゆう〳〵》六個《むつ》の首級《しゆきう》は、梟《かけ》て小塘堤《こどて》の上《うへ》に在《あ》り。浅《あさ》ましきこといふべうもあらねど、猶予《ゆよ》せば遂《つひ》に戍卒《もるひと》に、知《し》られやすらん、と思ふばかりに、傍《かたへ》の楞樹《あふち》の枝《えだ》に携《すが》りて、走《はし》り陟《のぼ》りつ又《また》よく視《み》るに、主従《しゆう〳〵》の姓名《せいめい》は、掛《かけ》たる牌《ふだ》に云云《しか〳〵》と、紛《まぎ》れあるべうもあらざれば、今《いま》ぞ初《はじめ》て死顔《しにがほ》を、見るは実《まこと》の父《ちゝ》也とは、神《かみ》ならぬ身《み》の知《し》るよしなきも、自然《しぜん》と備《そなは》る孝子《こうし》の忠勇《ちうゆう》、義隆《よしたか》のおん首《くび》を、扛《かき》抱《いだ》きつゝ樹下《このもと》へ、そが儘撐《まゝだう》と降立《をりたつ》たり。

係《かゝ》りし程《ほど》に這浜《このはま》なる、苫屋《とまや》に夜《よ》を戍《も》る乞児們《かたゐら》が、件《くだん》の響《ひゞき》に駭覚《おどろきさめ》けん、「癖者《くせもの》あり」と呼《よば》ゝりて、垂《たれ》たる莚戸《むしろど》払《はら》ふがごとく、突《つき》ひらかしつ両三人《りやうさんにん》、手《て》に〳〵棒《ぼう》を引提《ひきさげ》て、走《はし》り出《いで》つゝ佶《き》と見れば、浦風《うらかぜ》和《なぎ》たる夏《なつ》の夜《よ》の、四下《あたり》に群飛《むれと》ぶ百千《ひやくせん》の、蛍火《ほたる》の光《ひか》りは薪樵《たきゞこ》る、鎌倉山《かまくらやま》の名《な》にしおふ、星月夜《ほしつきよ》より鮮明《あざやか》也。これすら今宵《こよひ》の一奇事《いつきじ》なるに、怪《あやし》むべし一個《ひとり》の童子《わらべ》が、義隆《よしたか》の首級《しゆきう》を奪《うば》ふて、走去《はしりさら》んとしてけるを、「他《あれ》逃《のが》すな」、と呼《よば》ゝりて、先《さき》に進《すゝ》みし一個《ひとり》の乞児《かたゐ》が、拿《もつ》たる棒《ぼう》を振閃《ふりひらめか》して、撃倒《うちたふ》さんとて走《はし》り蒐《かゝ》るを、小六丸《ころくまろ》は快《とく》見かへりて、脱《のが》れがたしとおもふにぞ、左手《ゆんで》に首級《しゆきう》を取《とり》なほし、右手《めて》に小刀《こだち》を引抜《ひきぬ》きて、受流《うけなが》し砍払《きりはら》ひて、防戦《ふせぎたゝか》ふ程《ほど》しもあらず、跡《あと》より進《すゝ》む両個《ふたり》の乞児《かたゐ》が、左右斉一《さゆうひとしく》捕籠《とりこめ》て、競《きそ》ひ蒐《かゝ》れる勢《いきほ》ひに、なほも怯《ひる》まぬ、小六丸《ころくまろ》、勇敢《たけし》といへども九才《こゝのつ》の、小腕《こうで》に拄得《さゝえう》べくもあらねば、最《いと》も危《あやう》く見えたりける。

浩処《かゝるところ》に一個《ひとり》の武士《ぶし》の、夜行衣裳《しのびいせう》に覆面《ふくめん》したるが、小塘堤《こどて》の蔭《かげ》より顕《あらは》れ出《いで》て、拿《もつ》たる*潜行蕉灯《しのびたいまつ》を、投棄《なげすて》つ走蒐《はしりかゝ》りて、小六丸《ころくまろ》の左右《さゆう》より、撃《うた》んと進《すゝ》む一個《ひとり》の乞児《かたゐ》の、項髪《えりがみ》抓《つか》み引《ひき》着《つけ》て、足《あし》を飛《とば》して磤《はた》と蹋《け》る。蹋《け》られて乞食《かたゐ》は身《み》を空《そら》ざまに、斤斗《とんぼがへ》りつ浜辺《はまべ》の石《いし》に、膅《あばら》を打《うた》して「吐嗟《あなや》」とばかり、叫《さけ》びもあへず仆《たふ》れけり。程《ほど》もあらせず又一人《またいちにん》の、利手《きゝて》を捕《とつ》て引《ひき》遶《めぐ》らして、肩《かた》に引掛《ひかけ》て投《なげ》しかば、三間許《さんげんばかり》怪飛《けしとん》で、己《おの》が拿《もつ》

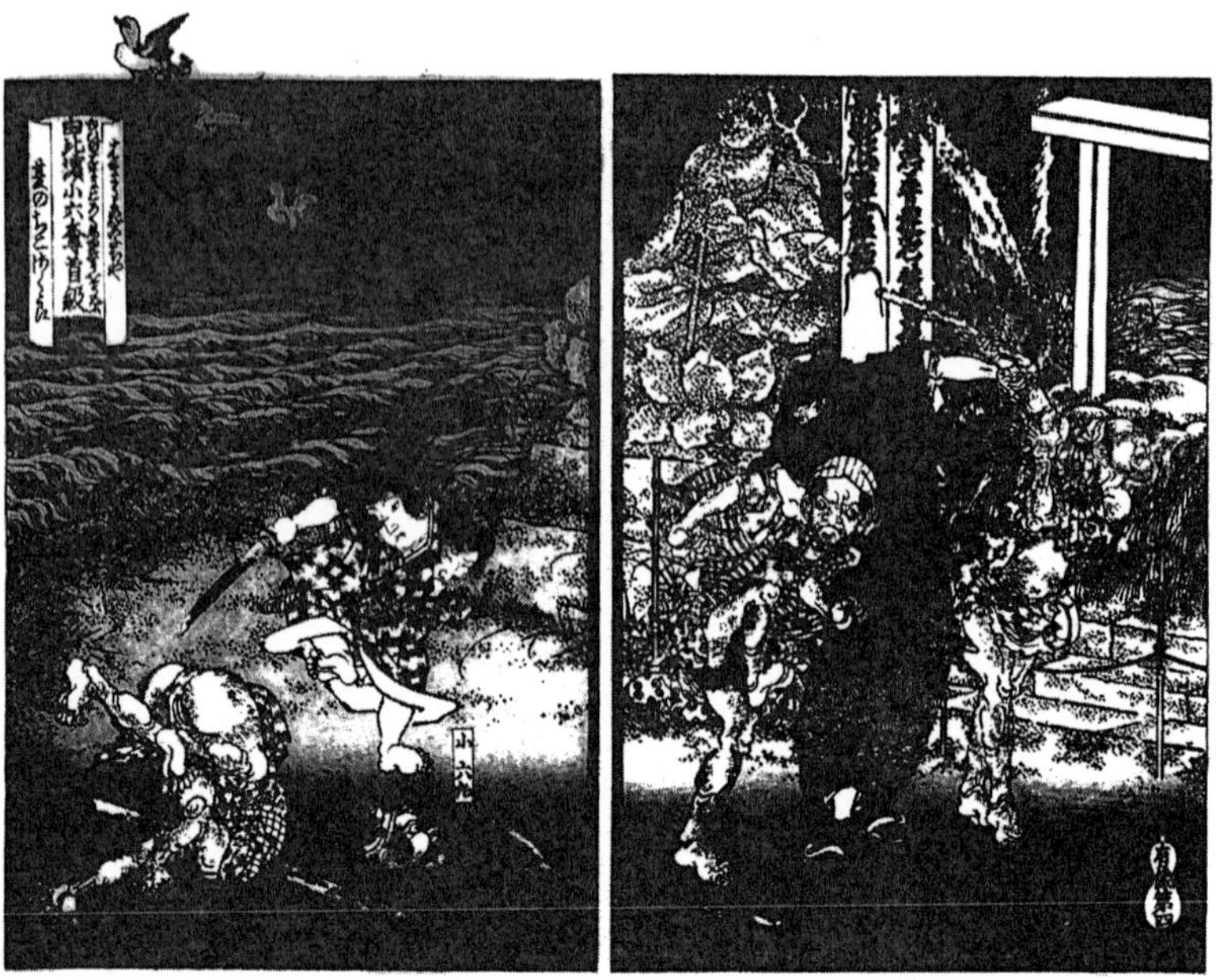

たる捍棒《よりぼう》にて、頤《あご》を払《はら》ひつ「苦《あ》」と叫《さけ》ぶ、声《こゑ》は汀渚《なぎさ》の友鵆《ともちどり》、立《たつ》たる儘《まゝ》に仰反《のけぞり》て、沙石《いさご》に塗《まみ》れて掙扎《もがき》たり。先《さき》に進《すゝ》みし一個《ひとり》の乞児《かたゐ》は、今《いま》この綷《こと》の光景《ありさま》に、駭怕《おどろきおそ》れ度《ど》を失《うしな》ひて、逃《にげ》んとするを小六丸《ころくまろ》は、得《え》たりと透《すか》さず跟入《つけいり》て、閃《ひら》めかしたる刃《やいば》の冴《さえ》に、乞児《かたゐ》は首《かうべ》を撃落《うちおと》されて、軀《むくろ》は後《のち》に倒《たふ》れけり。

恁《かゝ》り程《ほど》に件《くだん》の武士《ぶし》に、投悩《なげなやま》されし両個《ふたり》の乞児《かたゐ》は、苦痛《くつう》を忍《しの》び身《み》を起《おこ》して、組《くま》んと進《すゝ》むを件《くだん》の武士《ぶし》は、又推隔《またおしへだて》左《さ》右《う》の手《て》に、両個《ふたり》の手首捉禁《たなくびとりとめ》て、揉返《ねぢかへ》し復投居《またなげすえ》て、推累《おしかさ》ねたる背《そびら》の上《うへ》に、膝折布《ひざをりしき》て動《うご》かせず。思ひがけなき援《たすけ》を得《え》たる、小六丸《ころくまろ》は仡《き》と見かへりて、走《はし》りよらんとしてけるを、件《くだん》の武士《ぶし》は手《て》を抗《あげ》て、「這首《ここ》管《かま》はずに快《とく》ゆきね」、と推禁《おしとゞ》めたる好意《なさけ》の一言《ひとこと》、主《ぬし》を誰《たれ》とはしら浪《なみ》の、寄《よ》せては返《かへ》す真沙路《まさごぢ》に、迹《あと》を埋《うづ》めて歓《よろこ》びを、述《のぶ》る間《ひま》なき磯松原《いそまつばら》の、樹《こ》の際《ま》立潜《たちぐ》き故《もと》来《き》し方《かた》へ、かへさは皐月《さつき》の雨催《あまもよ》ひ、有《あり》つる蛍《ほたる》は見えずなりて、雲《くも》の絶間《たえま》に洩《も》る星《ほし》の、路《みち》の宿潦《ぬかり》に映《やど》りたる、景《かげ》を栞《しをり》に

由比浜小六奪首級《ゆひのはまにころくしゆきうをうばふ》

はまでよきこだちや夏のちござくら

有像第四

小六丸

急《いそ》ぎけり。

然程《さるほど》に小六丸《ころくまろ》は、好歹《あやめ》も別《わか》ぬ暗《くら》き夜《よ》を、足《あし》に信《まか》して走《はし》りつゝ、稍踰越《やゝこしごえ》まで来《き》にける時《とき》、暗号《あひづ》なるべし*箣篇《たけぼら》の、音猛《おとまう》然《ねん》と吹暢《ふきかよは》して、「首級窃児《くびぬすびと》を逃《にが》すな」、と罵《のゝし》る諸声騒《もろこゑさわが》しく、土兵《ところのつわもの》幾人歟《いくたりか》、手《て》に〳〵蕉火振照《たいまつふりてら》して、赶《お》ふこと既《すで》に火《くわ》急《きう》也。小六丸《ころくまろ》は這形勢《このありさま》を、見かへりながらおもふやう、「虎《とら》の腮《あぎと》を逃《のが》れても、蟒《おろち》の口《くち》をいかゞはせん。さりとてこゝにて狗死《いぬじに》せば、右少将《うしよう》〳〵のおん首級《しゆきう》を、とり復《かへ》さるゝのみならで、母御《はゝご》の歎《なげ》きも痛《いた》ましく、猶且恩人野上《なほかつおんじんのがみ》の翁《おぢ》を、連係《まきぞひ》せらるゝことあらば、そは仇《あた》をもて報《むく》ふに似《に》たり。今《いま》はや追兵《おつて》は近着《ちかづき》ぬとも、又只時《またたゞじ》運《うん》を天《てん》に任《まか》して、脱《のが》れんものを」、と尋思《しあん》をしつゝ、心《こゝろ》ばかりは急《いそ》げども、投《さし》て往方《ゆくへ》は野干玉《ぬばたま》の、烏夜《やみ》にしあれば瞽者《めしい》の杖《つゑ》に、離《はな》れたらんも恁《かく》やと覚《おぼえ》て、歩《あし》の運《はこ》びの果敢《はか》どらぬ、後《うしろ》に逼《せま》る雑兵們《ざふひやうら》が、晃《きら》めかしたる十手《じつて》の雷光《いなづま》、「御諚《ごじやう》ざふ」と呼《よばゝ》りて、撻《うつ》を撻《うた》せず身《み》を淪《しづま》して、閃《ひら》りと避《よけ》たる小六丸《ころくまろ》は、一期《いちご》の危窮《きゝう》に心迷《こゝろまよ》ひて、前面《むかひ》に小川《をがは》のあるを覚《おぼえ》ず。登時追捕《そのときおつて》の雑兵《ざふひやう》は、赶携《おひすが》り、「耶《や》」と声《こゑ》を被《かけ》て、復撻《またう》つ十手《じつて》を小六丸《ころくまろ》は、背《そびら》に受《うけ》て快走《とくはし》る、勢《いきほ》ひ臼《うす》を輾《まろば》す如《ごと》く、われにもあらで件《くだん》の小川《をがは》へ、忽地炎《たちまちざんぶ》と陥《おちい》りて、「吐嗟《あなや》」と叫《さけ》ぶ声《こゑ》と共《とも》に、愕然《がくねん》として驚《おどろ》き覚《さむ》れば、是《これ》なん*南柯《なんか》の夢《ゆめ》にぞありける。

小六丸《ころくまろ》は覚《さめ》ての後《のち》も、胸《むね》うち騒《さわぎ》て安《やす》からぬ、心《こゝろ》を鎮《しづ》め頭《かうべ》を擡《もたげ》て、彼此《あちこち》と見かへるに、身《み》はなほ甲夜《よひ》の儘《まゝ》にして、母《はゝ》の側《かたへ》に臥《ふし》て在《を》り。つく〴〵と思惟《おもひみ》るに、「俺予《われかねて》より右少将《うしよう》〳〵の、おん首級《しゆきう》の事心《こゝろ》にかゝりて、奪《うば》ひ取《とら》ばやと思ひしかば、それとはなしに轎夫們《かごかきら》に、鎌倉路《かまくらみち》を問《とひ》しことあり。そは這《この》事《こと》の為《ため》にして、比《ころ》は初旬《しよじゆん》の烏夜《やみ》なれば、潜《しの》ぶに便《たよ》りよきものから、不知案内《ふちあんない》の夜行《よみち》なるに、逆《かねて》その准備《ようゐ》もなく、不覚《そゞろ》に出《いで》て過失《あやまち》あらば、本意《ほい》を得遂《えとげ》ぬのみならで、這身《このみ》を其処《そこ》に喪《うしな》ふべし、と了得《さすが》に阽《あやぶ》むよしもあれば、いまだ果《はた》さで思ひ寝《ね》の、労頓《つかれ》によりて恁《かく》までに、奇《く》しき夢《ゆめ》さへ見しにやあらん。然《さ》るにても夢《ゆめ》の中《うち》に、俺《われ》を援《たす》けし那武士《かのぶし》を、誰《たれ》と知《し》るよしなかりしかども、語音《こはね》は野上《のがみ》の翁《おぢ》に似《に》たりき。件《くだん》の翁《おぢ》は往《いぬ》る年《とし》、戦死《せんし》の髑髏《どくろ》一万余級《いちまんよきう》を、聚合《つどへ》て葬《ほうむ》りにきといふ、義気《ぎき》任侠《じんけう》の趣《おもむき》を、伝聞《つたへきゝ》たる事しもあれば、右少将《うしやう〳〵》のおん首級《しゆきう》を、隠《かく》さんと欲《ほり》したる、同気同憂《どうきどうゆう》俺夢《わがゆめ》に、入《い》りて幻《まぼろし》に見えたる歟《か》。倘爾《もししか》らんには俺意中《わがいちう》を、告《つげ》て資《たすけ》に做《な》すならば、それに優《まし》たる後見《うしろみ》あらんや。然《さり》とて果敢《はか》なき夢《ゆめ》を憑《たの》みて、明々地《あからさま》には譚《かたら》ひがたかり。いかにすべき」、と思ひ難《かね》て、深念《しあん》に時《とき》を移《うつ》すにぞ、遊行寺《ゆぎやうじ》の鐘枕《かねまくら》に響《ひゞ》きて、窓《まど》よりしらむ夏《なつ》の夜《よ》の、明《あ》くとて烏《からす》の屢鳴《しばな》けば、母屋《おもや》はさら也小六丸《ころくまろ》も、起出《おきいで》つ漱《くちそゝ》ぎて、軈《やが》て柩《ひつぎ》の頭《ほとり》にゆきて、主人夫婦《あるじふうふ》に昨夕《よんべ》の通夜《つや》の、疲労《つかれ》さこそと問慰《とひなぐさむ》れば、夫婦《ふうふ》は且《しばら》くうち譚《かたら》ふて、辞《ぢ》して便室《ゐま》にぞ退《しりぞ》きける。

登時《そのとき》小六丸《ころくまろ》は、母親《はゝおや》と共侶《もろとも》に、香《かふ》を焼水《たきみづ》を手向《たむけ》て、柩《ひつぎ》を拝《はい》するこゝろの中《うち》に、昨夜《よんべ》夢《ゆめ》みし趣《おもむき》を、告《つげ》て冥助《みやうちよ》を黙禱《もくとう》し、頭《かうべ》を擡《もたげ》てつら〳〵視《み》れば、きのふまではありともおぼえぬ、柩《ひつぎ》の上《うへ》に置《おか》れしものあり。白布《しらぬの》の大袱《おほふろしき》もて、下垂《したた》るゝまで覆《おほは》れたれば、何《なに》にかあらんと訝《いぶか》るのみ。「人《ひと》もや来《く》る」と影護《うしろめた》さに、うちも披《ひら》かでありけるに、母屋《おもや》は浄手《ちやうづ》に立《たち》にけり。奴婢們《ぬびら》は亦朝《またあした》の炊《かし》きの、遽《いそがは》しきに紛《まぎ》れてや、まだ茶《ちや》を看《すゝむ》るものもなければ、小六丸《ころくまろ》は「這間《このひま》に」、と思ふ心《こゝろ》の慌《あはたゞ》しく、柩《ひつぎ》の後《うら》へ立遶《たちめぐ》りて、密《そ》と袱《ふろしき》を搔揚《かゝげ》て見れば、水《みづ》二三升装《せうもる》べかりける、六箇《むつ》の小瓶《こがめ》をうち累《かさ》ねて、柩《ひつぎ》の上《うへ》に措《おか》れし也。訝《いぶか》しきことといふべうもあらねば、上《うへ》なる一隻《ひとつ》を拿卸《とりおろ》し、手《て》ばやく蓋《ふた》を推開《おしひら》きて、見れば人《ひと》の斬首《きりくび》あり。その面《おも》影《かげ》は夢《ゆめ》に見たりし、脇屋右少将《わきやうしやう〳〵》に肖《に》たりけり。「こは什麼《そも》いかに」、とばかりに、駭嘆《おどろきたん》じてわくよしもなく、遺《のこ》れる五箇《いつつ》の瓶《かめ》もみな、一箇々々《ひとつ〳〵》にその内《うち》を、見れば亦是首級《またこれしゆきう》也。此彼《これかれ》夢《む》想《さう》と暗合《あんがふ》の、奇特《きどく》に感《かん》ずる多才《たさい》の神童《しんどう》、六箇《むつ》の小瓶《こがめ》を故《もと》のごとく、柩《ひつぎ》にのぼして、遽《いそがは》しく、又袱《またふろしき》をうち被《かけ》て、退《しりぞ》き坐《ざ》して手《て》を叉《こまぬ》き、事《こと》の情《こゝろ》を案《あん》ずるに、件《くだん》の小瓶《こがめ》の内《うち》なるは、脇屋少将主従《わきやしやう〳〵しゆう〳〵》の、首級《しゆきう》なること疑《うたが》ひなし。「おもふに昨夜《よんべ》あるじの翁《おち》は、みづから那処《かしこ》に赴《おもむ》きて、この陰徳《いんとく》を做《な》したる歟《か》、然《さ》らずは腹心《ふくしん》のものをもて、窃《ひそか》に奪取《うばひとら》せしならん。これも亦俺親《またわがおや》の、為《ため》にせられし忠信智略《ちうしんちりやく》。翁《おち》は得《え》がたき義士《ぎし》なるかな。倖《かう》と知《し》らば俺《われ》も亦《また》、共侶《もろとも》にこそゆくべかりしに、恨《うらむ》る所《ところ》は俺年《わがとし》才《し》の、まだ十《とを》にだも足《た》らざれば、狐疑《こぎ》して昨夜《よんべ》潜《しの》びも出《いで》ず、徒《あだ》に暁《あか》せし悔《くや》しさよ。しかはあれども魂《たましひ》の、あくがれ出《いで》てその期《ご》に遇《あ》ひしは、知《し》らでもしるき俺宿念《わがしゆくねん》の、虚《むな》しからずといふべきのみ。和漢《やまともろこし》おしなべて、儔罕《たぐひまれ》なる良善《りやうぜん》の、翁《おぢ》と微妙《いみじ》く義《ぎ》を結《むす》びて、兄弟《きやうだい》ともなり給ひたる、俺父《わがちゝ》も亦凡人《またたゞびと》ならず。身後《しご》まで余情《よせい》深《ふか》かるは、現有《げにあり》がたき交《まじは》りや」とて、過去《すぎこ》しかたさへ想像《おもひや》る、嘆賞《たんせう》あまりて胸《むね》ぞ苦《くる》しき、感涙《かんるい》の外《ほか》なかりけり。

浩処《かゝるところ》に著演《あきのぶ》は、走《はし》りて便室《ゐま》より出《いで》て来《き》つ、「やよ小六刀《ころくど》禰《の》允《ゆる》し給へ。忘《わす》れたる東西《もの》の候ひき」、といひつゝ聽《やが》て件《くだん》の小瓶《こがめ》を、見せじとその身《み》を牆《かき》にして、ひとつに寄《よ》せて那《かの》袱《ふろしき》の、被《かゝ》りし随《まゝ》に推裹《おしつゝ》み、はやくも肩《かた》に引掛《ひきかけ》て、走《はし》りて便室《ゐま》にぞ退《まか》りける。当下《そのとき》母屋《おもや》は浄手《ちやうづ》しはてて、衣《きぬ》の袺《つまと》り、縁頬《えんがは》より、来《き》つゝ障子《せうじ》の裡面《うち》に入《い》りしを、小六丸《ころくまろ》は等着《まちつけ》て、目今《たゞいま》ありし緈《こと》の趣《おもむき》、幷《ならび》に昨夜《よんべ》見し夢《ゆめ》の、為体《ていたらく》を聶示《さゝやきしめ》して、「憶《おも》ふに六箇《むつ》の小瓶《こがめ》に斂《い》れしは、主《あるじ》の翁《おぢ》が俺父《わがちゝ》の、為《ため》に窃《ひそか》に隠《かく》したる、右少将《うしやう〳〵》主従《しゆう〳〵》の、首級《しゆきう》にこそありつらめ。俺身《わがみ》も亦予《またかねて》より、その計校《もくろみ》はありながら、不知案内《ふちあんない》のくらき夜行《よみち》に、迷《まよ》ひやすらんと阽《あやぶ》みて、事《こと》に後《おく》れし悔《くや》しさよ、とばかりにして問《とは》ずもあらば、正《まさ》かに知《し》るよしなかるべし」、といふを母屋《おもや》はうち聞《きゝ》て、胆《きも》を潰《つぶ》しつ、且感《かつかん》じ、且沈吟《かつうちあん》じて四下《あたり》を見かへり、「今《いま》にはじめぬ野上《のがみ》の主《ぬし》の、恩義《おんぎ》は則《すなはち》神仏《かみほとけ》の、加護《かご》利益《りやく》にも捷《まさ》りたり。咸歓《みなよろこ》ぶべきすぢなれども、賢《さかしらだち》立て這方《こなた》より、問《と》ふは要《えう》なき事になん。そは又折《またをり》のあるべきに、只何事《たゞなにごと》も心《こゝろ》に秘《ひめ》て、那方《かなた》ざまより恁々《しか〴〵》と、報《つげ》らるゝ日《ひ》を等《まつ》こそよけれ。外《よそ》へな洩《もら》し給ひそ」、と密《しの》びやかにぞ警《いましむ》る、悝憁《さと》きはゝ《作》その言《こと》の葉《は》は、繁《しげ》からねども身《み》を掩《おほ》ふ、夏《なつ》の日蔭《ひかげ》の児《ちご》ざくら、快《はや》るこゝろをやうやくに、しづ枝《え》の露敷《つゆか》共侶《もろとも》に、霎時袖《しばしそで》をぞ濡《ぬら》しける。

悽而《かくて》早飯《あさいひ》も果《はて》し比《ころ》、著演《あきのぶ》は又出《またいで》て来《き》つ、母屋《おもや》と小六丸《ころくまろ》に対《むか》ひていふやう、「きのふ亡骸《なきがら》を迎《むか》へしより、棺槨《くわんくわく》の准備《ようゐ》をいそがしたれば、既《すで》にして整《とゝの》ふたり。因《より》てけふ黄昏《たそがれ》に、安葬《のべおくり》の義《ぎ》を行《おこな》ふべし。墓所《むしよ》は則俺香華院《すなはちわがぼだいしよ》にて、遊行寺《ゆぎやうじ》なれば最近《いとちか》かり。小六刀《ころくど》禰《の》は葬礼《さうれい》の、供《とも》に立《たゝ》んこと勿論《もちろん》也。為《ため》に喪服《もふく》も准備《ようゐ》したり。然《さり》とてそこらに華美《くわび》を尽《つく》して、外見《ひとめ》を旨《むね》とせんことは、俺好《わがこのま》ざる所《ところ》也。いにしへは、棺《くわん》*の厚三寸《あつささんずん》といへり。こは周《しう》の時《とき》の制度《さた》にして、曲礼《きよくらい》に詳《つばら》也。姫周《きしう》の時《とき》の三寸《さんずん》は、後世《こうせい》の二《に》寸弱《すんじやく》なるべし。我邦《わがくに》も亦往古《またいにしへ》は、士庶人《ししよじん》に墓碑《ぼひ》なし。後世士民僭上《こうせいしみんせんしよう》して、その礼《れい》に違《たが》ふを思はず、巨石《こせき》を累《かさ》ね碑銘《ひめい》を勒《ろく》して、人工《じんこう》を費《ついや》すも多《おほ》かり。人《ひと》は土《つち》より生出《なりいで》て、又土《またつち》に帰《かへ》らぬはなし。葬《そう》は朽《きう》也。その速《すみやか》に、朽《くつ》るをもてよしとす。然《さ》ばれ今《いま》の世《よ》に生《うま》れて、古《いにしへ》に返《かへ》すこと難《かた》かり。俗《よ》の宜《よろし》きに従《したが》ふて、みづから斟酌《しんしやく》すべきのみ」、といふに母屋《おもや》も小六丸《ころくまろ》も、耳《みゝ》を傾《かたむ》け感服《かんぷく》して、「苟且《かりそめ》ならぬ外艱《ぐわいかん》の、資助《たすけ》に徳義《とくぎ》を仰《あほ》ぐのみ。いかで宜《よろし》くよろしく」、といふより外《ほか》はなかりけり。

然程《さるほど》に、藤沢南郷《ふぢさはなんご》の里人們《さとびとら》は、福良長者《ふくろちやうじや》の親族《しんぞく》の、旅宿《たびね》に病《やみ》て身《み》まかりし、柩《ひつぎ》を迎《むか》へて遊行寺《ゆぎやうじ》へ、今宵《こよひ》安葬《のべおくり》すと伝《つたへ》聞《きゝ》て、咱《われ》も送《おく》らん、他《かれ》も亦《また》、吊送《ちやうそう》《○トムラヒオクリ》せんといはざるはなく、その黄昏《たそがれ》に聚《つど》ふもの、一千余人《よにん》に及《およ》びしかば、著演《あきのぶ》が家《いへ》の門前《もんぜん》より、陸続《りくぞく》として間断《かんだん》なく、人《ひと》の山做《やまな》し海《うみ》を做《な》して、観《み》んとて街頭《ちまた》に立《たつ》も多《おほ》かり。施主《せしゆ》は名《な》にあふ郷士《ごうし》にあなれば、寺僧《じそう》も准備等閑《ようゐなほざり》ならず、衆人《もろびと》送《おく》りて寺内《じない》に到《いた》れば、棺《ひつぎ》を本堂《ほんだう》に扛居《かきすゑ》させ、衆徒《しゆと》仏前《ぶつぜん》に羅列《ゐながれ》て、追薦《ついぜん》の読経《どきやう》丁寧《ねんごろ》なり。住持《ちゆうぢ》の引導偈《いんどうげ》句《く》果《はて》て、棺《ひつぎ》を穸《つかあな》に下《くだ》すとき、小六丸《ころくまろ》も相《あひ》随《したが》ひて、初《はじめ》て墓塋《はかどころ》にゆきて見るに、著演《あきのぶ》が又別《またべつ》に、穿《ほら》せたる穸《つかあな》あり。其処《そこ》にはこの日《ひ》従僕們《ともびとら》に、持《もた》し来《き》つる六個《むつ》の小《こ》瓶《がめ》を、「此彼一所《これかれいつしよ》に瘞《うづ》めよ」とて、道人們《てらをとこら》に指揮《さしづ》して、且《まづ》その一箇《ひとつ》を穸《つかあな》の、正面《まおもて》に下《おろ》させけり。こは義隆《よしたか》の首級《しゆきう》なるべし。却又《さてまた》遺《のこ》れる五箇《いつゝ》の小瓶《こがめ》を、その左右《さゆう》にぞ埋《うづ》めける。此《これ》は是問《これと》はでもしるき、船田《ふなだ》・鳥山《とりやま》・高柳《たかやなぎ》、堀口《ほりぐち》・江田《えだ》等《ら》五従臣《ごじゆうしん》の、首級《しゆきう》ならんと猜《すい》せらる。当下《そのとき》著演《あきのぶ》は、荼毘《だび》の寺《じ》僧《そう》と、従《したが》ひ来《き》つる、里人們《さとびとら》を見かへりて、「這瓶《このかめ》に斂《おさ》めしは、俺年八《わがとしや》才《つ》ばかりなりし春《はる》の比《ころ》、初《はじめ》て手習《てならひ》せし日《ひ》より、五十《いそぢ》に近《ちか》かる昨今《きのふけふ》まで、年来用敗《としごろつかひふる》したる、禿筆《ちびふで》にて候也。これ等《ら》が資《たすけ》を得《え》たればこそ、曲做《まがりなり》にも文字《もじ》をば写《うつ》せ、播遣《かいやり》棄《すつ》べきものにはあらず、と思ひにければ蔵《おさ》め置《おき》しを、酒《すなはち》今宵《こよひ》の便宜《びんぎ》に任《まか》して、こゝに瘞《うづ》めて筆塚《ふでづか》*を、遺《のこ》さんとての所為《わざ》になん。むかし唐《たう》の僧懐素《そうくわいそ》が、その年来《としごろ》の敗筆《ふるふで》を、瘞《うづ》めて塚《つか》を築《きづ》きしを、筆塚《ふでづか》といひしよし、載《のせ》て唐国史補《たうこくしほ》にあり。恁《かゝ》れば是筆塚《これふでづか》、といふこともいと旧《ふり》たり。要《えう》あるべしや」、と説示《ときしめ》せば、道俗斉一感佩《どうぞくひとしくかんぱい》して、「旧《ふる》きを疎《うと》みて、新《あたら》しきに親《したし》み、利《り》にのみ走《はし》る今《いま》の世《よ》に、敗《ふり》たる筆《ふで》だも棄《すて》給はで、本《もと》を忘《わす》れぬ御心操《みこゝろばへ》は、有《あり》がたくこそ候なれ」、と連《しき》りに称《たゝ》へて已《やま》ざりしを、小六丸《ころくまろ》のみ秘策《ひさく》を知《し》れば、傍《かたはら》痛《いた》く思ふものから、人《ひと》の及《およ》ばぬ著演《あきのぶ》が、陰徳情義《いんとくじやうぎ》に感激《かんげき》して、今《いま》より後《のち》、折《をり》をもて、是等《これら》の恩恵《めぐみ》を復《かへ》さずば、われ人《ひと》の子《こ》と生《うま》れたる、甲斐《かひ》あらじとぞ思ひける。既《すで》にして英直《ひでなほ》の、棺《ひつぎ》も這時《このとき》葬《はうむり》果《はて》つ。弔送《ちやうそう》《○トムラヒオクリ》の衆人《もろびと》は、はや先《さき》だちて退《まか》るもあり、後《おく》れて友《とも》を俟《まつ》もあり。小六丸《ころくまろ》は著演《あきのぶ》に、又倶《またぐ》せられて、更闌《こうたけ》《○ヨノフケ》し比《ころ》、野上《のがみ》の宿所《しゆくしよ》に還《かへ》りけり。是《これ》よりして小六丸《ころくまろ》は、母親《はゝおや》と共侶《もろとも》に、喪《も》に籠居《こもりゐ》て一室《ひとま》を出《いで》ず、只《たゞ》その過七々《なのか》々《〳〵》には、遊行寺《ゆぎやうじ》に詣《まうづ》るのみ。著演《あきのぶ》も亦務《またつとめ》を廃《はい》して、兄弟《きやうだい》の忌服《きぶく》を受《うけ》たり。

這時藤白棚九郎安同《このときふぢしろたなくらうやすとも》は、鎌倉《かまくら》に宅地《やしき》を賜《たまは》り、家作落成《かさくじやうじゆ》の日《ひ》をいそがして、移徙《わたまし》せんと思ふものから、いまだ幾日《いくばくひ》もあらねば、妻子《やから》は*気賀《きが》の宿所《しゆくしよ》にをり、その身《み》は管領《くわんれい》満《みつ》兼《かね》の館舎《やかた》に出仕《しゆつし》して、稍《やゝ》八九日《にち》を歴《ふ》る程《ほど》に、嚮《さき》に由比《ゆひ》の浜《はま》に梟《かけ》られたる、脇屋義隆主従《わきやよしたかしゆう〳〵》の首級《しゆきう》は、第六日《だいむいか》に及《およ》べる夜《よ》、一箇《ひとつ》も遺《のこ》らず紛失《ふんじつ》したり。由縁《ゆかり》のものゝ埋《うづ》めんとて、窃取《ぬすみとり》たる歟《か》といふ風声《ふうぶん》あり。安同《やすとも》これをうち聞《きゝ》て、肚裏《はらのうち》に思ふやう、「件《くだん》の義隆主従《よしたかしゆう〳〵》は、俺忠節《わがちうせつ》にて撃捕《うちとつ》て、まゐらせたるものなるに、その首故《くびゆゑ》なく紛失《ふんじつ》しては、人《ひと》の批評《ひひやう》も愉快《こゝろよか》らず。察《さつ》するにその偸児《ぬすびと》は、窃《ひそか》に新田《につた》を贔屓《ひく》奴歟《やつか》、然《さら》ずば那残党《かのざんたう》なるべし。智術《てだて》をもつて犯人《ぼんにん》を、搦捕《からめとつ》てまゐらせなば、いよ〳〵上《うへ》の御感《ぎよかん》に預《あづか》り、出頭《しゆつとう》すべき捷径《ちかみち》ならん。便《たよ》りもがな」、と密々《しのび〳〵》に、その物色《ものいろ》を探《さぐ》る程《ほど》に、人《ひと》ありて報《つぐ》るやう、「当国藤沢南郷《たうごくふぢさはなんご》の郷士《ごうし》に、野上史著演《のがみのふひとあきのぶ》と喚做《よびな》すものあり。他《かれ》は名《な》だゝる俠者《をとこ》にて、曩《さき》に陣歿《うちじに》の髑髏《どくろ》一万級《いちまんきう》を、購《あがなひ》集《あつ》めて葬《はうむ》りたり。只《たゞ》これ等《ら》の事《こと》のみならで、生平《つね》に好《このみ》て財《たから》を散《ちら》して、里人《さとびと》の貧窮《まづしき》を、救《すく》はずといふことなし。大父《おほぢ》は新田義貞《につたよしさだ》に従《したが》ひて、兵粮《ひやうらう》を掌《つかさど》り、義貞討《よしさだうた》れて世《よ》を憤《いきどほ》り、職《しよく》を辞《ち》し退隠《たいいん》して、鎌倉殿《かまくらどの》義詮《よしあき》基氏《もとうぢ》に出仕《しゆつし》せず、その子孫《しそん》相続《あひつぎ》て、今《いま》の著演《あきのぶ》に至《いた》れる也。最傲慢《いとおごり》たるものなれども、先代《せんだい》頼朝《よりとも》の時《とき》よりして、由緒《よし》ある旧家《きうか》なるをもて、斧鉞《ふゑつ》を加《くは》えられずとぞ。這誼《このぎ》をもて推量《おしはか》るに、脇屋義隆主従《わきやよしたかしゆう〲》の、首級《しゆきう》を窃取《ぬすみとり》たるは、那著演《かのあきのぶ》が所為《わざ》にあらずや。敲《たゝ》かば虚実《きよじつ》を知《し》るよしあらん」、と*属略《そくろ》を養《かは》れて安同《やすとも》は、歓《よろこ》ぶこと大《おほ》かたならず、退《しりぞ》きて尋思《しあん》を做《な》すに、「俺《われ》その職《しよく》にあらざれば、首級盗賊《くびぬすびと》は著演《あきのぶ》也とも、いまだその御沙汰《ごさた》なきに、恁々《しか〲》とは訴《うつた》へがたかり。然《され》ばとて時日《じじつ》を過《すぐ》さば、他人《たにん》に功《こう》を奪《うば》れて、後悔其処《こうくわいそこ》にたつよしなからん。所詮他《しよせんかれ》が宿所《しゆくしよ》に到《いた》りて、威《ゐ》をもて権《をど》さば実《じつ》を吐《は》くべし。その折矢庭《をりやには》に摘捕《からめとり》て、鎌倉《かまくら》へ牽《ひき》もてゆかば、是則《これすなはち》俺《わ》が功《こう》也。その職分《しよくぶん》にあらずとて、亦何人歟非《またなにびとかひ》とすべき。吁爾《あゝしか》なり」、と肚裏《はらのうち》に、計較《もくろみ》既《すで》に決《さだま》りければ、次《つぎ》の日《ひ》気賀《きが》へ休息《きうそく》の、暇《いとま》を霎時《しばし》稟請《まうしこふ》て、十四五名《にん》の従者《ともびと》を、前後《ぜんご》に立《たゝ》し馬《うま》をはやめて、直《たゞ》に気賀《きが》へはかへりもゆかず、且藤沢《まづふぢさは》の郷《さと》に赴《おもむ》き、著演《あきのぶ》の宿所《しゆくしよ》に呼門《おとなは》せて、「鎌倉殿《かまくらどの》満《みつ》兼《かね》の御内人《みうちびと》、藤白棚九郎安同《ふぢしろたなくらうやすとも》が、問試《とひこゝろ》むべきよしありて、みづから発向《はつこう》しつる也。主人《あるじ》に対面《たいめ》すべし」、とぞいはせける。且《しばらく》して著演《あきのぶ》は、老僕某甲《おとななにがし》をもて答《こたふ》るやう、「偶《たま〲》光臨《くわうりん》のよしを承《うけ給は》るといへども、著演《あきのぶ》はいぬる日《ひ》より、兄弟《きやうだい》の喪《も》に籠《こも》りて、いまだいく日《か》もあらざれば、已《やむ》ことを得《え》ず辞《じ》し奉《まつ》りぬ。服関《ぶくあく》るの日見参《ひげんざん》に、入《い》るべうもや候はん」、といはせも果《はて》ず安同《やすとも》は、眼《まなこ》を瞪《いか》らし声苛立《こゑいらだて》て、「そは*亦自《またじ》由《ゆう》の至《いた》り也。縦喪中《たとひもちう》に在《あ》らばあれ、俺私《わがわたくし》の事《こと》ならぬ、鎌倉殿《かまくらどの》の御用《ごよう》なるに、出《いで》て会《あは》ざることやはある。異議《ゐぎ》に及《およ》ばゞ推蒐《おしかけ》て、項髪抓《えりがみつかみ》て牽出《ひきいだ》さん。然《さ》でもあはずや、辞《ぢ》するや」、と敦圉暴《いきまきあら》く詈懲《のゝしりこら》せば、老僕《おとな》は怕《おそ》れて退《しりぞ》きつ、却著演《さてあきのぶ》に恁々《しか〲》と、ありつる随《まゝ》に報《つげ》しかば、著演阿容《あきのぶおめ》たる気色《けしき》もなく、「しからんには且客房《まづきやくのま》へ、案内《しるべ》をして茶《ちや》を薦《すゝ》めよ。俺《われ》今出《いまいで》て対面《たいめん》すべし」、といふに老僕《おとな》はこゝろ得《え》て、形《かた》のごとくに款待《もてな》せば、安同《やすとも》は「さもこそ」、といはぬばかりに客房《きやくのま》なる、上座《かみくら》に坐《ざ》を占《しめ》て、著演《あきのぶ》が出《いで》て来《く》るを、今《いま》か今歟《いまか》、と俟程《まつほど》に、著演《あきのぶ》は凶服《もふく》の儘《まゝ》に、とりも飾《かざ》らず立出《たちいで》て、寒暖《かんだん》を舒来意《のべらいい》を問《と》へば、安同《やすとも》は究竟《くつきやう》なる、従者《ともびと》四五名後方《にんあとべ》にをらして、権威《けんゐ》を示《しめ》す声高《こゑたか》やかに、「俺発向《わがはつこう》は別議《べつぎ》にあらず。

南方《なんばう》の落人《おちうど》たる、脇屋義隆主従《わきやよしたかしゆう〴〵》六名《にん》、前月《ぜんげつ》廿四日の夜《よ》、底倉《そこくら》にて誅《ちゆう》せられたる、首級《しゆきう》を由比《ゆひ》の浜《はま》に梟《かけ》られしに、第《だい》六日《むいか》に及《およ》べる夜《よ》、その首遺《くびのこ》らず紛失《ふんじつ》の聞《きこ》えあり。しかるに和殿《わどの》は虚名《きよめい》を好《この》みて、敵自方《てきみかた》の差別《さべつ》もなく、年来彼此《としごろあちこち》にて陣歿《うちじに》せしものゝ、髑髏《どくろ》を集《あつ》めてこれを葬《はうむ》り、且私恩《かつわたくしのおん》を施《ほどこ》して、故《ゆゑ》なく人《ひと》に東西《もの》を取《と》らせ、その身《み》と共《とも》に父祖三世《ふそさんぜ》、職《しよく》を辞《ち》し郷士《ごうし》と倡《とな》へて、官府《おほやけ》を蔑如《べつじよ》せり。加之《しかのみならず》祖父著佐《そふあきすけ》は、新田義貞《につたよしさだ》に従《したが》ひて、憖《なまじい》に微力《びりき》を尽《つく》せしといふ、旧縁《きうえん》を今《いま》に忘《わす》れず、武家《ぶけ》に臣《しん》たることを羞《はぢ》て、忌憚《いみはゞか》らざる進止《たちふるまひ》、既《すで》にして隠《かく》れなく、はや御聆《おんきゝ》に達《たつ》したり。これらを以推《もてお》すときは、那義隆主従《かのよしたかしゆう〴〵》の、首級《しゆきう》を当夜《そのよ》窃取《ぬすみとつ》て、葬《はうむ》りたる歟《か》隠《かく》せし歟《か》、おん疑《うたが》ひは和殿《わどの》にあり。討手《うつて》を向《むけ》らるべかりしを、前代鎌倉《ぜんだいかまくら》の幕下《ばくか》以降《このかた》、由緒《よし》ある郷士《ごうし》なるをもて、まだその御沙汰《ごさた》に及《およば》れず。嚮《さき》に義隆主従《よしたかしゆう〴〵》を、討捕《うちとつ》てまゐらせたる、安同《やすとも》をとて択出《えらみいだ》され、則《すなはち》密使《みつし》《○シノビノツカヒ》に立《たて》られて、穿鑿《せんさく》の為来《ためき》つる也。彼盗賊《かのとうぞく》は外《よそ》ならずといふ、世評《せいひやう》和殿《わどの》に極《きわま》りたるを、陳《ちん》ずればとて免《ゆる》されんや。逆徒《ぎやくと》の首級《しゆきう》を隠《かく》せしは、是則《これすなはち》逆罪《ぎやくざい》なり。兵們《ものども》はやく著演《あきのぶ》に、索《なは》を被《かけ》よ」、と呼《よばゝ》れば、従者們《ともびとら》は「阿《あ》」と答《こたへ》て、寄《よら》んとせしを、著演《あきのぶ》は、声《こゑ》をかけ、佗《き》と睨《にらま》へて、「人人《ひと〴〵》疎忽《そこつ》すべからず。某何等《それがしなにら》の罪《つみ》あらんや。且《まづ》いふよしを聞《きか》れよ」、と禁《とゞ》めて安同《やすとも》にうち対《むか》ひて、「いはるゝ趣《おもむき》その意《い》を得《え》がたし。何《なに》を証据《せうこ》に那首級《かのしゆきう》を、隠《かく》せしものを某《それがし》が、所為《わざ》也とせらるゝや。譬《たとへ》ば義隆主従《よしたかしゆう〴〵》の、首級《しゆきう》を某《それがし》が隠《かく》せしとても、今《いま》に至《いた》りておん咎《とが》めを、受《う》くべきすぢは候はず。況素《まいてもと》より知《し》らざることに、罪《つみ》なはれんは冤屈《むじつ》にこそ」、といはれて安同性起《やすともせきたち》て、「噫悍々《あなたけ〴〵》しき盗賊《ぬすびと》かな。逆徒《ぎやくと》の首《くび》を窃《ぬす》みしものに、何《なん》でふ罪《つみ》のなからんや。烏許《をこ》なることを」、と敦圉《いきま》けども、著演騒《あきのぶさわ》がず冷笑《あざわら》ひて、「原来御《さてはご》辺《へん》は武門《ぶもん》の故実《こじつ》を、得《え》しらで威《ゐ》をもて捷《かた》んとする歟《か》。知《しら》ずは詳《つばら》に説示《ときしめ》さん。這方《こなた》へ找《すゝ》みて聞《きゝ》給へ。大約敵《おほよそてき》の大将《たいせう》の、*首実検《くびじつけん》には故実《こじつ》あり。又《また》その首《くび》を軍門《ぐんもん》に、梟《かけ》らるゝに日限《にちげん》あり。既《すで》に三日《みつか》を過《すぐ》るときは、或《あるひ》は首級《しゆきう》を本国《ほんごく》に遣《つかは》し、或《あるひ》はその辺《ほとり》なる、寺《てら》に葬《はうむ》るを古例《これい》とす。然《さ》るにより、*南朝《なんちやう》の建武三年《けんむさんねん》北朝《ほくちやう》にては暦応元年《りやくおうぐわんねん》、夏《なつ》五月、摂津州《せつつのくに》湊河《みなとがは》の役《たゝかひ》に、楠《くすのき》贈《ぞう》

正三位近衛中将正成卿《しやうさんゐこんゑのちうじやうまさしげけう》、一家《いつけ》を尽《つく》して陣殁《うちじに》せし時《とき》、等持院《とうぢいん》尊氏卿《たかうぢけう》の沙汰《さた》として、酒《すなはち》梟首三日《きやうしゆみつか》の後《のち》、これを河内《かはち》へ遣《つかは》して、その子《こ》正行朝臣《まさつらあそん》に贈《おく》り給ひき。その後又*南朝《のちまたなんちやう》の興国《こうこく》元年《ぐわんねん》北朝《ほくちやう》にては、暦応二年《りやくおうにねん》閏《うるふ》七月二日の戦《たゝかひ》に、新田《につた》贈中納言義貞卿《ぞうちうなごんよしさだけう》、越前足羽《ゑちぜんあすは》の槙嶋《まきしま》の田畔《たのくろ》にて、流矢《ながれや》に中《あた》りて亡《うせ》給ひしとき、*足利尾張守高紀《あしかゞをはりのかみたかつね》ぬし、首級《しゆきう》を京師《みやこ》に上《のぼ》せしを、尊氏卿《たかうぢけう》の沙汰《さた》として、則《すなはち》梟首三日《きやうしゆみつか》の後《のち》、又《また》その首級《しゆきう》を齎《もたら》して、越路《こしぢ》へ遣《つかは》し玉ひしかば、高紀《たかつね》のぬし奉《うけ給は》りて、義貞卿《よしさだけう》の軀《むくろ》と共《とも》に、首級《しゆきう》を*同国長崎《どうこくながさき》の駅《うまやぢ》なる、称念寺《せうねんじ》に葬《はうむ》りて、墓《はか》を建松《たてまつ》を栽《うゑ》、薗阿《ゑんあ》白道和尚《びやくどうおせう》を導師《どうし》として、当時《たうじ》その法号《はうごう》を、源光院《げんくわういん》とぞまうしける。又《また》その本国上野《ほんごくかうづけ》にては、義貞卿《よしさだけう》の三男《さんなん》、左少将義宗朝臣《さしやう〳〵よしむねあそん》、峩山紹碩禅師《がさんせうせきぜんじ》を屈《くつ》請《しやう》して、葬礼《そうれい》を執行《とりおこな》ひ、更《さら》に又法名《またはうみやう》を、金竜《きんりう》寺殿真山良悟大禅定門《じどのしんざんりやうごだいぜんじやうもん》とまうしけり。依《より》て*金《かな》

*金竜寺は当初《ソノカミ》上州金山城内にありしを移《ウツ》されて、今は常陸《ノ》国河内《ノ》郡若柴にあり。

借虎威棚九郎脅野上《こゐをかりてたなくらうのがみをおびやかす》　隔紙門小六丸認冤家《ふすまをへだててころくまろあだをみしる》　有像第五

左　けがしても降りけす　右　雪や鍋のすみ

あきのぶ　藤白たな九郎　おも屋　小六丸

山《やま》の城中《ぜうちう》に、一个寺《いつかじ》を建立《こんりう》して、寺号《じごう》を金竜寺《きんりうじ》と呼做《よびな》したり。先蹤総《せんしようすべ》てかくの如《ごと》く、敵《てき》といへども名将《めいしよう》は、匹夫《ひつぷ》にひとしくせらるゝことなし。非如匹夫《よしやひつぷ》の罪《つみ》せらるゝも、梟首《きやうしゆ》して三日《みつか》の後《のち》は、亦《また》その首《くび》の有無《うむ》を問《とは》れず、律《りつ》に由《よ》られぬ事なければ、義隆《よしたか》ぬしの首級《しゆきう》也とも、梟首三日《きやうしゆみつか》の内《うち》ならば、その紛失《ふんじつ》の詮議《せんぎ》もあらめ、既《すで》に三日《みつか》を歴《へ》たらんには、有無《うむ》を問《とは》るゝよしあらんや。又同宗《またどうそう》《○オナジイヘスヂ》は敵《てき》といふとも、国賊《こくぞく》にあらざれば、必《かならず》これを梟首《きやうしゆ》せず。是《これ》その先祖《せんぞ》を辱《はづかしむ》ることを怕《おそ》るゝ故《ゆゑ》なりけり。然《さ》るを六日《むいか》に及《およ》ぶまで、那主従《かのしゆう〴〵》の首級《しゆきう》を梟《かけ》て、そが儘《まゝ》に措《おか》れしは、只是有司《たゞこれゆうし》の怠《おこた》り歟《か》。先例《せんれい》には違《たが》ひたり。愆《かゝ》れば首級《しゆきう》を隠《かく》せしものを、わが所為《わざ》なりとせらるゝとも、今《いま》に至《いた》りておん咎《とが》めを、被《かうむ》るべきにあらずといひにき。おもふに是等《これら》の穿鑿《せんさく》は、上《うへ》の密諚《みつじやう》にはあらで、必《かならずご》御辺《へん》の臆度《おくど》《○ムナサンヨウ》に出《いで》て、人《ひと》を誣《しへた》げて栄利《ゑのり》を謨《はか》りし、似非穿《ゑせせん》鑿《さく》にぞあらんずらん。倘然《もしさ》ならずば某《それがし》を、鎌倉《かまくら》へ召《めし》よせて、問《とは》せらるべき該《はづ》なるに、何人《なにびと》にか憚《はゞか》りて、密使《みつし》を這首《ここ》にたまはらんや。快《とく》わが意見《いけん》に従《したが》ひて、退《しりぞ》き去《さ》らば還《かへ》しもせん。異議《ゐぎ》に及《およ》ばゞ共侶《もろとも》に、鎌倉《かまくら》へ参上《さんじやう》して、訟《うつたへ》まうして虚実《きよじつ》を糾《たゞ》さん。快々《とく〳〵》返答《へんたう》せられよ」、と席《せき》を拍膝《うちひざ》を找《すゝ》めて、問《とひ》かへしたる義理明弁《ぎりめいべん》に、辱《はづか》しめらるゝ安同《やすとも》は、*黄檗《きはだ》を舐《なめ》たる唖児《おふし》の如《ごと》く、「それは」、とばかり面赧《つらあか》やかに、眼《まなこ》を睜《みは》れど一句《いつく》も出《いで》ず、怯《ひる》むを紛《まぎ》らす苦笑《にがわら》ひして、刀《かたな》を引提《ひさげ》て身《み》を起《おこ》し、「口功者《くちごうしや》なる長談多弁《ちやうだんたべん》、火《ひ》をもて水《みづ》にいひ做《な》すとも、縡《こと》の趣《おもむき》悉々《しか〴〵》と、聞《きこ》えあげて思ひしらせん。崇《たゝり》を俟《まち》ね。いざゆかん。兵們《ものども》来よ」、と呼立《よびたゝ》したる、席《たゝみ》障《ざわり》も暴《あら》やかに、外面《とのかた》さして出《いで》てゆくを、著演《あきのぶ》は送《おく》りもせず、冷笑《あざわら》ひつゝ袖《そで》うち払《はら》ふて、軈《やが》て奥《おく》にぞ退《まか》りける。

第四回《だいくわい》　陰徳老境《いんとくろうきやう》に入《いり》て奴婢《ぬび》を得《え》たり　陽卜闘鶏《やうぼくとうけい》に縁《より》て主僕《しゆぼく》を倡《いざな》ふ

愆《かゝ》りし程《ほど》に小六丸《ころくまろ》も、母親母屋《はゝおやおもや》も奥《おく》にをり、客房《きやくのま》のかたに当《あた》りて、猛《にはか》に騒《さわが》しかりけるを、訝《いぶか》りて奴婢《ぬび》に問《と》ひしより、那藤白安同《かのふぢしろやすとも》が、密使《みつし》と唱《とな》へて来《き》つるよしを、聞《きゝ》つゝ胸《むね》の安《やす》からねば、その次《つぎ》の間《ま》へ出近《いでちか》づきて、親子《おやこ》斉一窃聞《ひとしくたちぎゝ》せしかば、安同《やすとも》がいひつる事も、又著演《またあきのぶ》が答《こたへ》たる、一五一十《いちぶしゞう》の詳《つばら》に知《し》られて、いと愉快《こゝろよ》く思ふものから、「後《のち》に祟《たゝ》りのあらずや」、と有繫《さすが》に心《こゝろ》にかゝれども、著演《あきのぶ》は後々《のち〳〵》まで、母子《おやこ》に対《むか》ひて安同《やすとも》が、来《き》つることとすらいはざれば、言《こと》の便《たより》のなきゆゑに、母屋《おもや》はさら也小六丸《ころくまろ》も、亦著演《またあきのぶ》に件《くだん》のよしを、問《とひ》も果《はた》さで已《やみ》にけり。しかはあれども小六丸《ころくまろ》は、この日《ひ》藤《ふぢ》白安同《しろやすとも》が、面《おもて》を初《はじめ》て認《みし》りしかば、撃《うた》まくほしう思ひたる、心《こゝろ》ばかりは惴《はや》りしかども、「讐《あた》は主従多人数《しゆう〳〵たにんず》也。俺小腕《わがこうで》もて憖《なまじい》に、毛《け》を吹《ふ》き疵《きず》を求《もと》めなば、禍《わざはひ》主人《あるじ》に及《およ》ぶべし。けふ安同《やすとも》を撃《うた》ずとも、老饒《おいさらば》ひたるものならねば、なほ死《し》するには程《ほど》あるべし。且《しばら》く時《とき》を俟《まつ》には不如《しかじ》」、と思ひかへしつ胸《むね》を捺《さす》りて、母親母屋《はゝおやおもや》と共侶《もろとも》に、出《いで》てゆくまで間窺《かいまみ》て、そが儘奥《まゝおく》へ退《しりぞ》きたる、童子《わらべ》の思慮《しりよ》こそ逞《たくま》しけれ。

却説三伏《かくてさんぷく》の夏過《なつすぎ》て、秋《あき》の初風立《はつかぜたち》しより、俟《まつ》とはなしに英《ひで》直《なほ》が、卒哭忌《ひやくかにち》《○ソツコクキ》*を迎《むか》へけり。この日野上著演《ひのがみのあきのぶ》は、母屋《おもや》・小六丸《ころくまろ》を携《たづさえ》て、遊行寺《ゆぎやうじ》に詣《まうで》て、丁寧《ねんごろ》に、好事《はうじ》を執行《しゆぎやう》し衆徒《しゆと》に布施《ふせ》して、且英直《かつひでなほ》の墓碑《ぼひ》を建《たて》、及義隆主従《またよしたかしゆう〳〵》の、首級《しゆきう》を瘞《うづめ》たる所《ところ》にも、五層《ごそう》の石塔婆《せきたふば》を造立《つくりたて》て、羊毛阜塔《えうもうふたふ》の四个字《しかじ》を鐫《ゑり》たり。*羊阜《えうふ》の二字《にじ》は義隆《よしたか》の、字《じ》の半体《はんたい》にて有《あり》けるを、観《み》るものなべてこれを暁得《さと》らで、筆塚《ふでづか》なりと思ひけり。そが中《なか》に小六丸《ころくまろ》のみ、筆塚《ふでづか》ならぬよしを知《し》れども、羊阜《えうふ》の二字《にじ》をいまだ悟《さと》らず、後《のち》に至《いたり》て学問《がくもん》の、進《すゝ》む随意《まに〳〵》発明《はつめい》して、「*こは後漢《ごかん》の蔡邕《さいいう》が、曹娥《さうが》の古碑《こひ》《○フルキイシブミ》に題《だい》したる、黄絹幼婦《くわうけんえうふ》、外甥齏臼《ぐわいせいかいきう》の、隠語《かくしことば》に類《るい》せる也。俺楊脩《われやうしう》の才《さえ》なければ、知《し》ること遅《おそ》し」と思ひけり。是等《これら》は後話《のちのものがたり》なるを、事《こと》の次第《ついで》に識《しる》すのみ。

法莚果《はうゑんはて》しその夜艾《よさり》、著演《あきのぶ》は思ふよしを、晩稲《おしね》に示《しめ》して側《かたへ》に侍《はべ》らせ、そが儘母屋《まゝおもや》と小六丸《ころくまろ》を、招《まね》き近《ちか》づけて、扠《さて》いふやう、「知《し》*らるゝごとく俺們夫婦《われ〳〵ふうふ》は、過世《すくせ》歹《わろ》くてこの年来《としごろ》、子《こ》どもひとりもあらざれば、いと憂《うれ》はしく思ひたり。人《ひと》*として後《のち》なきを、第一《だいゝち》の不孝《ふかう》とす。祖先《そせん》の祀《まつり》を絶《たつ》所以《ゆゑ》なり。爾《しか》るに思ひがけなくも、個義姪《このおひぼん》を得《え》てしより、宿望《しゆくもう》やうや

*鎌倉大草紙には相模守入道法名行啓《ハウメウギヤウケイ》とあり。是則《コレスナハチ》義隆の事なり。

黄絹幼婦云云《シカ〴〵》の八字は絶妙《ゼツメウノ》好辞《ヨキコトバ》といふ隠語《カクシコトバ》なり。楊脩《ヤウシウ》が曹操《サウ〳〵》と共に是を見つるとき、はやくその義《ヨシ》を知りにきといふ故事《コジ》あり。

く成就《じやうじゆ》して、死《し》するといふとも後安《うしろやす》かり。この歓《よろこ》びを知《し》るべきのみ。今《いま》より小六《ころく》を養嗣《やうし》として、俺荘園《わがせうゑん》を譲《ゆづ》るべし。然《さ》ればとて野上氏《のがみうぢ》を、冒《をか》して実《まこと》の親《おや》の祀《まつり》を、絶《たゝ》せんといふにはあらず。縦俺養嗣《たとひわがやうし》になすとも、その本姓《ほんせい》たる館氏《たてうち》を、告《のり》て両家《りやうけ》をひとつに合《あは》せ、野上氏累世《のがみうぢるいせい》の、諸霊《しよりやう》を附祭《ふさい》《○ツケテマツル》せられなば、それは莫大《ばくだい》の幸《さいは》ひ也。この義《ぎ》を承引《うけひき》給へかし」、といへば晩稲《おしね》も共侶《もろとも》に、「世《よ》に人《ひと》の妻《つま》として、子《こ》なきは七去《しちきよ》のひとつといへば、十稔以来幾遍《とゝせこのかたいくたび》か、側室《そばめ》を薦《すゝ》め侍《はべ》りしに、色《いろ》を好《この》まぬ心《こゝろ》から、用《もち》ひられねば術《すべ》もなく、心苦《こゝろぐる》しく思ひしに、はからずも姪品《おひぼん》の、こゝに来《き》ましてこの家督《かとく》を、続《つが》せんとある俺伕《わがせ》の了簡《りやうけん》、これに優《まし》たることあらんや。俺身《わがみ》過世《すくせ》の罪障《ざいせう》も、是《これ》よりやうやく軽《かろ》うならば、後安《うしろやす》く侍《はべ》るべし。必《かならず》な推辞《いなみ》給ひそ」、といはれて驚《おどろ》く小六丸《ころくまろ》は、母《はゝ》の応《いらへ》のおぼつかなくも、且《しばら》く口《くち》を鉗《つぐみ》てをり。母屋《おもや》はこれをうち聞《きゝ》て、「見るよしもなき日蔭《ひかげ》の這児《このこ》を、然《さ》までに思はれまつれるは、願《ねが》ふても得《え》がたかるべき、洪福《さいはひ》で侍《はべ》れども、尚《まだ》老朽《おいくち》たる御夫婦《みふうふ》ならねば、この後《のち》とてもお子達《こたち》の、生《うま》れ給はぬことやはある。なほ又十稔《またとゝせ》も等《まち》給ひても、竟《つひ》におん嗣《こ》のなきならば、その折《をり》にこそともかくも、仰《おふせ》に随《したが》ひ侍《はべ》りてん。目今《たゞいま》は尚早《まだはや》かるに、且《しばら》く緩《ゆる》し給ひね」、と推辞《いな》むを著《あき》演聞《のぶきゝ》あへず、「謙退辞譲《けんたいぢじやう》は人《ひと》によるべし。この義《ぎ》は今宵《こよひ》思ひ起《おこ》して、云云《かにかく》といふにあらず。いぬる比俺既《ころわれすで》に、館生《たてうち》の柩《ひつぎ》に対《むか》ひて、誓《ちか》ひし事もあるぞかし。然《さり》とも俺嗣《わがこ》にせらるゝを、斁《いと》ひ給ふ歟《か》。いかにぞや」、と辞《ことば》せわしく怨《ゑん》ずれば、母屋《おもや》は困《こう》じて答難《こたへかね》しを、小六丸《ころくまろ》は「然《さ》もこそ」、と思ひ汲《く》みつゝ小膝《こひざ》を找《すゝ》めて、主人夫婦《あるじふうふ》に対《むか》ひていふやう、「尚総角《まだあげまき》なる身《み》を見かへらで、恷《かう》いはゞ*打出《うちで》の杭《くひ》に、似《に》たらんやうにて嗚呼《をこ》がましく、思はれ奉《たてまつ》るか知《し》らず侍《はべ》れど、言《こと》をわけたる重恩《ぢゆうおん》の、厚《あつ》きがうへになほ篤《あつ》かれば、縦《たとひ》火《ひ》を焼《た》き水《みづ》を汲《く》む、奴婢《ぬび》にせられて使《つかは》るゝとも、素《もと》より願《ねが》ふ所《ところ》に侍《はべ》るを、況《まいて》おん嗣《こ》にせんとある、這身《このみ》の福《さち》を思はずに、何《なに》をか斁《いと》ふて推辞《いな》むべき。然《さ》ばれ人《ひと》の子《こ》を挙《まうく》るに、いと遅《おそ》きもあるものを、五十《いそぢ》に足《た》らで人《ひと》の子《こ》を、養《やしな》ひ給ふは早《はや》からずや。且《かつ》俺們《われ〳〵》は世《よ》に憚《はゞか》る、よしさへあるを慭《なまじい》に、続《つ》がば名家《めいか》の瑕瑾《かきん》にならん。母《はゝ》の辞退《ちたい》はこの故《ゆゑ》のみ」、といひも果《はて》ぬに著演《あきのぶ》は、頭《かうべ》を左右《さゆう》にうち掉《ふり》て、「そは亦《また》愚意《ぐい》と齟齬《そご》《クヒチ》したり。*在昔《むかし》魯国《ろこく》の公冶長《こうやちやう》の、縲絏《ひとや》の中《うち》に在《あ》りけるを、孔《く》子《し》はそをしも斁《いと》ひ給はず、その罪《つみ》にあらずとて、その兄《いろね》の子《こ》を以《もつて》、妻《めあは》せ玉ひしといふ本文《ほんもん》あり。和殿母子《わどのおやこ》の世《よ》に憚《はゞか》るも、時運《じうん》のしからしむるのみ。その罪《つみ》にあらざるに、俺《われ》養《やしな》ふて嗣《こ》にせざらんや。然《さ》しもこの義《ぎ》を嫌《きらは》れずば、目今《たゞいま》応《いらへ》を聴《きか》まほし。推辞《いなむ》は要《えう》なきことならずや」、と連《しき》りに譴《せめ》て已《やま》ざりければ、母屋《おもや》はさら也、小六丸《ころくまろ》も、竟《つひ》に脱《のが》るゝことを得《え》ず、僅《わつか》にその意《い》に従《したが》ひしを、著演斜《あきのぶなゝめ》ならず歓《よろこ》びて、「爾《しから》んにはけふよりして、小六丸《ころくまろ》は俺嗣《わがこ》也。忌関《いみあけ》の日《ひ》に盃《さかづき》して、この歓《よろこ》びを表《ひやう》すべし。既《すで》に郷士《ごうし》の嗣《こ》になりては、丸《まろ》と喚《よ》ぶこと相応《ふさは》しからず。小六丸《ころくまろ》の丸《まろ》を除《のぞ》きて、館小六《たてのころく》といはんこそよけれ。*丸《まろ》は貴人《きにん》《アテビト》の謙称《けんせう》にて、みづから不才《ふさい》といへるがごとし。才《さえ》をかどと訓《よめ》るに対《むか》へて、却丸《さてまろ》といへる也。この義《ぎ》をこゝろ得《え》給へかし」、と諭《さと》せば母屋《おもや》も小六《ころく》丸《まろ》も、思ふに優《まし》たる著演《あきのぶ》の、博学多才《はくがくたさい》に感服《かんぷく》して、こも亦《また》その意《い》に随《したが》ひけり。

却説《かくて》その冬著演《ふゆあきのぶ》は、小六《ころく》が忌《いみ》の関《あけ》し比《ころ》、吉日《きちにち》を卜《えら》み盃《さかづき》して、小六《ころく》と父子《ふし》の義《ぎ》を結《むす》び、又親戚《またしんせき》と里人《さとびと》に、よしを告置《つげち》酒莚会《しゆゑんくわい》して、歓《よろこ》びを尽《つく》しけり。是《これ》よりして著演《あきのぶ》は、小六《ころく》が為《ため》に師《し》を択《えら》みて、文《ぶん》を学《まなば》し武《ぶ》を習《ならは》するに、著佐《あきすけ》の時《とき》よりして、家《いへ》に蔵書《ざうしよ》の多《おほ》かりければ、小六《ころく》は読書《どくしよ》の初《はじめ》より、日毎《ひごと》に数千言《すせんげん》を吟誦《ぎんじゆ》して、はやくその義理《ぎり》に通達《つうたつ》し、をさ〳〵切瑳琢磨《せつさたくま》して、蛍雪《けいせつ》の窓《まど》に小夜《さよ》の深《ふく》るを斁《いと》はず。武芸《ぶげい》は亦《また》世《よ》に名高《なだゝ》る、*上泉武者助金刺秀武《うはいづみむしやのすけかなざしのひでたけ》が、京師《みやこ》より来《き》て、鎌倉《かまくら》に、僑居《かりずまひ》せしに師《し》とし随《したが》ひ、この余《よ》、渉水拳法《すいれんやわら》、坐撃相撲《ゐあひすまひ》の技《わざ》までも、その師《し》に就《つき》て悉《こと〴〵く》、習得《ならひえ》ずといふことなければ、著演《あきのぶ》いよ〳〵歓《よろこ》びて、恩愛実子《おんあいうみのこ》に異《こと》ならず。又只著演《またたゞあきのぶ》のみならで、晩稲《おしね》も小六《ころく》を慈愛《いつくし》み、且母屋《かつおもや》にも隔《へだて》なく、相《あひ》親《したし》みて妹《いもと》のごとく、姉《あね》にも優《まし》て憑《たのも》しく、万事《よろづ》に心《こゝろ》づけられしを、母屋《おもや》はなほも謙遜《へりくだ》りて、日々《ひゞ》に女婢們《げぢよら》《ヲンナバラ》と共侶《もろとも》に、立《たち》働《はたらか》ずといふことなく、小六《ころく》も亦実母《またうみのおや》、養父母《やしちゝはゝ》の分別《わいだめ》《フンベツ》せず、こゝろを用《もち》ひ孝《かう》を尽《つく》して、稟《うけ》たる恩《おん》に答《こたへ》んと、思はざる日もなかりけり。看官《みるひと》こゝにこゝろせよ。小六《ころく》が文学武芸《ぶんがくぶげい》を習《なら》ひて、上達《じやうたつ》せしは年《とし》を累《かさ》ねて、是《これ》より後《のち》の事なれども、併《なら》べてこゝに識《しる》すのみ。

間話休題《あだしごとはさておきつ》。*現陰徳《げにいんとく》は陽報《やうほう》あり。*積善《せきぜん》の家余慶《いへよけい》なきにあらず。*その次《つぎ》の年《とし》の春《はる》より、晩稲《おしね》は月水《つきのさわり》を見ず、漸々《しだい〳〵》に身《み》おもくなりて、冬《ふゆ》に至《いた》りて安《やす》らかに、男児《をのこゞ》を産《うみ》にけり。時《とき》に著演《あきのぶ》は五十歳《さい》、晩稲《おしね》は四十三歳《さい》の、初産《うひざん》なるに恙《つゝが》もなく、母《はゝ》さへ子《こ》さへ快肥立《とくひだち》て、乳《ち》も亦匱《またとも》しからざりければ、闔宅《やうち》の歓《よろこ》びいふべうもあらず。伝聞《つたへきく》もの驚《おどろ》き称《たゝ》へて、年来作善陰《としごろさぜんいん》徳《とく》の、報《むく》ひならんといはぬもなく、当時《たうじ》の奇談《きだん》になりにけり。恁而《かくて》*五十日百日《いかもゝか》の、産室《うぶや》養《やしな》ひ果《はて》し比《ころ》、母屋《おもや》は小六《ころく》と商《だん》量《かふ》して、有一日《あるひ》野上夫婦《のがみふうふ》にいふやう、「嚮《さき》に小六《ころく》を「養嗣《やうし》にせん」、と宣《のたまは》せし折辞《をりいろ》ひまつりて、「世《よ》に人《ひと》の子《こ》を挙《まうく》るに、遅《おそ》きもあり、速《はや》きもあれば、姑《しばら》く等《また》せ給ひね」、とまうせしはけふの事になん。人《ひと》の及《およ》ばぬ善根《よきたね》を、年来植《としごろうゑ》させ給ひぬる、功徳《くどく》蘊《つも》りて八十万《やそよろづ》の、神《かみ》の恵《めぐ》ませ給ひけん、得《え》がたかりける男児《をのこゞ》を、安《やす》らに挙給《まうけ》ひにき。恁《かゝ》れば又《また》このおん家《か》督《とく》を、嗣《つが》し給ふが順《じゆん》に侍《はべ》り。願《ねが》ふは小六《ころく》を初《はじめ》のごとく、復《また》姪品《おひぼん》にかへしをらして、母子《おやこ》の心《こゝろ》を休《やす》らへ給へ。奴家《わらは》が心《こゝろ》ひとつにあらで、小六《ころく》も只顧願《ひたすらねが》ひ侍《はべ》り」、といふを著演聞《あきのぶきゝ》あへず、思はずも声《こゑ》をふり立《たて》て、「そは又沙汰《またさた》の限《かぎ》り也。俺年五十《わがとしいそぢ》に及《およ》びたる、今《いま》に至《いた》りて産《うま》したる子《こ》の、成長《せいちやう》を見る余命《よめい》あらんや。縦命《たとひいのち》の長《なが》くして、それ迄死《までし》なでありとても、既《すで》に「俺庄園《わがせうゑん》は、総《すべ》て小六《ころく》に譲《ゆづら》ん」、と約束《やくそく》せしを変《へん》易《がえ》て、今《いま》さら何人《たれ》にか与《あた》ふべき。生《うま》れし赤子《ちご》はいはでもしるき、小六《ころく》が弟《おとゝ》なるをもて、成長《ひとゝな》らば家僕《かぼく》にして、家事《かじ》の資助《たすけ》にせられんもの也。「因《より》てその乳名《をさなな》を、奴婢之助《ぬひのすけ》と喚《よ》ぶべし」、と思ひにけれどまだ告《つげ》ざれば、事情《ことのこゝろ》を知《し》られぬならん。要《えう》なき事を」、と敦圉《いきまけ》ば、晩稲《おしね》は「さこそ」、と慰《なぐさ》めて、「恁宣《しかのたま》ふは理《ことわ》り也。過去歹《すくせわろ》くて嗣《こ》なきものゝ、人《ひと》の子《こ》を養《やしな》へば、その気《き》を引《ひき》て邂逅《たまさか》に、子《こ》を生《う》むものもありといふ、世話《せわ》をおもへば是《これ》も亦《また》、拠《よりどころ》あることで侍《はべ》るめり。倘果《もしはた》して爾《しか》らんには、小六《ころく》を養嗣《やうし》にせしにより、這児《このこ》の生《うま》れたりけんを、然《さり》とは思はで約束《やくそく》を、易《かえ》て小六《ころく》を今《いま》さらに、又義姪《またおひばん》にせられんや。俗《よ》に嬰児《みどりご》は水《みづ》の上《うへ》なる、泡《あは》にひとしといふなるに、這児《このこ》がよくも育《そだゝ》ん歟《か》、そも亦料《またはか》りがたかるに、久後《ゆくすゑ》かけて憑《たの》みなば、悔《くや》しき事も侍《はべ》るべし。そを云云《かにかく》と辞《いろは》れんは、俺夫《わがせ》の意《こゝろ》にあらずかし」、といへば著演《あきのぶ》笑《ゑま》しげに、「彼聞給《あれきゝ》へ母屋《おもや》刀《ど》禰《の》。晩稲《おしね》が胸《むね》も俺《われ》と同《おな》じ。*俺心《わがこゝろ》は巌《いはほ》の如《ごと》し。左《と》ても右《かく》ても転《まろば》すべからず。これらのよしを小《こ》六《ろく》にも、おん身《み》詳《つばら》に伝《つたへ》示《しめ》して、然《さ》る妄念《もうねん》を絶《たゝ》せ給へ。復《また》いはれなば必怨《かならずうらみ》ん。こゝろ得《え》給へ」、と警《いまし》めて、承引《うけひく》べくもあらざれば、母屋《おもや》は回《かへ》す辞《ことば》もなく、言承《ことうけ》しつゝ退《しりぞ》きて、小六《ころく》によしを報知《つげし》らせ、「大人《うし》も亦母刀自《またはゝとじ》も、箇様《かやう》々々《〳〵》に宣《のたま》へば、今《いま》さらにせんかたなし」、といふに小六《ころく》は嗟嘆《さたん》して、「野上氏《のがみうぢ》を冒《なの》らずとても、身《み》に一介《いつかい》の功《こう》もなくて、人《ひと》の家督《かとく》を続《つが》ん事は、素《もと》より願《ねが》ふ所《ところ》に侍《はべ》らず。況《まい》て今《いま》は養父《やしちゝ》母《はゝ》に、正《まさ》しき実子《うみのこ》あるものを、猶且《なほかつ》その意《い》に従《したが》はゞ、後《のち》に至《いたり》て人《ひと》必《かならず》、奪《うば》ひにけり、と思ふべく、禍《わざはひ》も又是《またこれ》より発《おこ》らん。胸安《むねやす》からぬ事なれども、事情《ことのこゝろ》を按《あん》ずるに、目今《たゞいま》急《きう》に這《この》議《ぎ》に及《およ》ばゞ、怨《うらみ》を受《うけ》て洪恩《こうおん》を、空《あだ》に做《な》すことありもやせん。五年《ねん》十年俟《ねんまつ》とても、俺們《われ〳〵》が這志《このこゝろざし》の、果《はた》しがたかる事にはあらず。黙《もく》して折《をり》を俟《また》んのみ」、といふを母屋《おもや》は感嘆《かんたん》して、「親恥《おやはつか》しき儞《そなた》の了簡《りやうけん》、それに優《まし》たることはなし。然《され》ばとて養父母《やしちゝはゝ》を、隔《へだて》て疎略《そりやく》にし給ふな」、とこゝろ付《つく》れば頷《うなづ》きて、「そもこゝろ得《え》て侍《はべ》るかし。*須弥《しゆみ》より高《たか》き恩人《おんじん》を、親《おや》にせず子《こ》にならずとも、いかでか疎略《そりやく》に思ふべき。宍《しゝむら》を殺《そ》ぎ骨《ほね》を折《をり》ても、報《むくは》んとこそ思ひ侍《はべ》れ。その義《ぎ》は御《み》こゝろ安《やす》かるべし」、といふに母屋《おもや》はいよ〳〵感《かん》じて、聶《さゝや》き果《はて》つ爾後《そのゝち》は、又這一議《またこのいちぎ》をいはざれども、野上《のがみ》の赤子《ちご》に心《こゝろ》を尽《つく》して、介抱《かいほう》一ト日《ひ》も懈《おこた》らず、愛《あい》することの大《おほ》かたならぬを、著演《あきのぶ》は屢《しば〳〵》禁《とゞ》めて、総《すべ》て小六《ころく》と同《おな》うせず、*襁褓《むつき》も綿布《めんぷ》のみにして、奴婢之助《ぬひのすけ》とぞ名《な》づけける。

然程《さるほど》に、母屋《おもや》は曩《さき》に英直《ひでなほ》の、病中死後《びやうちうしご》の苦労患難《くろうくわんなん》、今《いま》は野上《のがみ》の資助《たすけ》によりて、世渡《よわた》りやすきに似《に》たれども、然《さり》とて人《ひと》に懸《かゝ》りてをれば、胸苦《むねくる》しき事なきにあらず。慿《かゝ》る所以《ゆゑ》にや月毎《つきごと》に、積《しやく》に痞《つかえ》に閉《とぢ》られて、遂《つひ》に多病《たびやう》になりしかば、血色《かほのいろ》も初《はじめ》に似《に》ず、全身《みのうち》いたく骨立《やせ》たるを、小六《ころく》は憂事《うきこと》に思ひつゝ、連《しき》りに諫《いさ》めて餌《じ》薬《やく》を薦《すゝ》め、野《の》上《がみ》夫婦《ふうふ》も幾遍《いくたび》となく、医師《くすし》に見せんといひしかど、病臥《やみふす》までにあらざれば、母屋《おもや》は辞《いろ》ひて従《したが》はず、独心《ひとりこゝろ》に思ふやう、「亡夫《なきつま》の遺言《ゆいげん》に、「郎君《わかぎみ》のおん年《とし》の、十五六になり給はん時《とき》、おん素生《すじやう》を告《つげ》まゐらせて、先君《せんくん》より預《あづか》りまつりし、三種《みくさ》を逓与《わた》しまゐらせよ」、といはれにければその折《をり》を、俟《まち》つゝ黙止《もだし》たりけれども、俺《わが》身箇様《みかやう》に多病《たびやう》になりては、猛《にはか》に病痾《やまひ》に閉《とぢ》られて、ものもいはれずそが儘《まゝ》に、息絶《いきたゆ》ることありもせば、何人《たれ》か亦俺身《またわがみ》に代《かは》りて、綷恪々《ことしか〲》と郎君《わかぎみ》に、報《つげ》まゐらするものあらんや。然《さ》る折《をり》の用心《ようじん》には、書《かき》つけ置《おく》に優《ます》ことなし。非如文辞《よしやぶんじ》に疎《うと》くとも、良人《をつと》にいはれし趣《おもむき》を、識《しる》さば後悔《こうくわい》なかるべし」、と尋思《しあん》をしつゝ密々《しのび〱》に、件《くだん》の事《こと》の顛末《もとすゑ》を、幾日《いくか》にかしるしつけて、重封皮《やへふうじ》しつ、英直《ひでなほ》が、遺《のこ》したる三種《みくさ》と共《とも》に、日《ひ》ごろ人手《ひとで》にかけざりし、衣櫃《きぬびつ》の底《そこ》に秘蔵《ひめおさ》めて、鍵《かぎ》さへ腰《こし》に放《はな》さねば、知《し》るものたえてなかりけり。恪《かく》まで用心《ようじん》したりしは、小六《ころく》が年尚《としなほ》十一二なる、比《ころ》なりけれど益《やく》にも立《た》たで、母屋《おもや》が病着初《いたづきはじめ》にかはらず、瘥《おこた》るとにはあらねども、二日《ふたひ》と病臥《やみふ》すことはなくて、又《また》四五年《ねん》を経《へ》にければ、小六《ころく》は既《すで》に十六歳《さい》、著演《あきのぶ》が実子《うみのこ》奴婢之助《ぬひのすけ》は、七才《なゝつ》にぞなりにける。時《とき》に応《おう》永《えい》十七年《ねん》、母屋《おもや》は久《ひさ》しく俟《まち》も不楽《わび》たる、稍《やゝ》その折《をり》になりしかば、いかで今茲《ことし》は小六殿《ころくどの》に、亡夫《なきつま》の遺言《ゆひげん》を、報《つげ》まゐらせん、と思ひつゝ、去歳《こぞ》より便宜《びんぎ》をこゝろがけしに、人《ひと》に聞《きか》せぬ秘言《ひめごと》なるを、小六《ころく》は文学武芸《ぶんがくぶげい》の為《ため》に、日《ひ》として師《し》の許《がり》ゆかざることなく、偶可宿所《たま〱しゆくしよ》に在《あ》る折《をり》は、左《と》にも右《かく》にも外見多《ひとめおほ》くて、秘事長談《ひじちやうだん》には便《たより》を得《え》ず。恪《かゝ》る障《さわり》にまだ果《はた》さで、今茲《ことし》も春過《はるす》ぎ夏去《なつさ》りて、秋漆月《あきふみづき》にぞなりにける。

　休題《そはさておきて》、復表肇話《こゝにまた》、新田《につた》左少将《さしよう〱》貞方主《さだかたぬし》は、曩《さき》に陸奥《みちのく》を落《おち》給ひしとき、義隆朝臣《よしたかあそん》と立別《たちわか》れて、越路《こしぢ》を投《さし》て起行《たびだち》つゝ、且《しばら》く北国《ほくこく》に世《よ》を潜《しの》びて、再《ふたゝび》時運《じうん》を揣《はか》り給ふに、越後《ゑちご》は新《につ》田《た》累世《るいせい》の由縁《ゆかり》ある地方《ところ》にて、且貞方主《かつさだかたぬし》の伯父《おぢ》なりける、＊従《しやう》四位下《しゐのげ》春宮亮《とうぐうのすけ》義顕朝臣《よしあきあそん》義貞卿《よしさだけう》の嫡子《ちやくし》。は、建武元年《けんむぐわんねん》に任《にん》ぜられて、当時《たうじ》○ソノトキ越後守《ゑちごのかみ》たりき。＊又貞方主《またさだかたぬし》も、南朝《なんちやう》の建徳《けんとく》二年《ねん》に、越後《ゑちごの》守《かみ》に任《にん》ぜられ、爾後《そのゝち》天授三年《てんじゆさんねん》に、従四位下《しやうしゐのげ》左近衛《さこんゑ》の少将《しよう〱》になされたり。此彼前後《これかれぜんご》の任国《にんとく》なりしに、「然《さら》でもこゝには

旧族《きうぞく》多《おほ》かり。這義《このぎ》によりて勇士《ゆうし》を募《つの》らば、更《さら》に又義旗《またはた》を揚《あぐ》る、よすがあらん」、と尋思《しあん》をしつゝ、聴《やが》て越後《ゑちご》に赴《おもむ》きて、且《しばら》く時《とき》を俟給《まち》ひしに、現乱世《げにみだれよ》の沿習《ならひ》にて、人僉仁義《ひとみなじんぎ》に疎《うと》ければ、何人《たれ》か旧縁《きうえん》を思ふべき、閑居《かんきよ》徒《いたづら》に年《とし》を累《かさ》ねて、発作《しいだし》たる事もなく、剰《あまさへ》自方《みかた》に反忠《かへりちう》のものありて、貞方当《さだかたたう》国《ごく》に在《いま》するよしを、*領主上杉憲定《りやうしゆうへすぎのりさだ》の執事《しつじ》なる、長尾《ながを》景賢《かげかた》に報《つげ》しかば、景賢聴《かげかたやが》て大軍《たいぐん》をもて、推寄《おしよせ》て攻《せめ》たりしを、霎時《しばし》は防戦《ふせぎたゝか》ふものから、自方《みかた》は士《し》卒多《そつおほ》くもあらねば、名《な》ある家《か》臣《しん》は戦没《うちじに》し、妻子《さいし》眷属《けんぞくち》四落《り》八散《ぢり》に、生死《しやうじ》も知《し》らず撃做《うちな》されて、残燼《ざんじん》ふたゝび燃《もゆ》るに由《よし》なし。然《さり》けれども貞方主《さだかたぬし》は、辛《から》く重囲《かこみ》を殺脱《きりぬけ》て、当国《たうごく》*弥彦山《いやひこやま》にわけ登《のぼ》り、且《しばら》く山居《やまごもり》し給ふ程《ほど》に、*料《はか》らず異人《ゐじん》に邂逅《かいこう》《○タマサカアフ》して、仙書一巻《せんしよいちくわん》を授《さづ》けられ、且隠《かついん》形《ぎやうご》五遁《とん》の内中《うち》、水火二遁《すいくわにとん》の仙術《せんじゆつ》を、この折伝授《をりでんじゆ》せられけ

今日休卜　　有像第六

銭卜庵前闘鶏凶吉《せんぼくあんぜんにたうけいけうきつをしめす》

かち鶏の羽たゝく軒や桐ひと葉

あま妙さん　左少将貞方　畑ときたね

り。是《これ》により貞方主《さだかたぬし》は、食《くらは》ざれども饑《うゑ》ずして、山《やま》に在《あ》ること一稔可《ひとゝせばかり》、爾後《そのゝち》越後《ゑちご》を立去《たちさり》て、本国《ほんごく》なれば、上野《かみつけ》に赴《おもむ》きつ、深《ふか》く潜《しの》びて御座《をはしま》せしに、応永《おうゑい》十年《ねん》の夏四月下旬《なつうづきげじゆん》、脇屋《わきや》右少将《うしやう》義隆《よしたか》の、相模《さがみ》なる底倉《そこくら》にて、撃《うた》れ給ひしより以下《このかた》、京鎌倉《きやうかまくら》の下知《げぢ》として、貞方《さだかた》の隠宅《かくれが》を、厳《おごそか》に索《たづ》ねよとて、州郡《くにぐ》に徇知《ふれしら》するに、骨相書《すがたゑ》をもてせられしかば、又上野《またかうづけ》にも落着《おちつき》がたくて、いと遽《あはたゞ》しく立去《たちさり》つ、信濃甲斐《しなのかひ》なる由縁許《ゆかりがり》、或《あるひ》は一年或《ねんあるひ》は半年《はんねん》、潜《しの》びて光陰《つきひ》を送《おく》り給ふに、其居《そこ》へも討兵《うつて》を蒐《かけ》られて、危《あやう》き事屢《しばく》なりしを、那仙術《かのせんじゆつ》の奇特《きどく》をもて、火《ひ》に値《あ》へば火《ひ》に隠《かく》れ、水《みづ》に遇《あ》へば水《みづ》に隠《かく》れて、虎口《こゝう》を脱《のが》れ給ひつゝ、是《これ》よりの後宿所《のちしゆくしよ》を定《さだ》めず、*東八ケ国《ひがしはつかこく》を遍歴《へんれき》して、なほ*会稽《くわいけい》の恥《はぢ》をしも、雪《きよ》めんと欲《ほ》りし給ふに、這時《このとき》までも従《したが》ひまつりて、忠義《ちうぎ》の志《こゝろざし》移《うつ》らざりける、譜第恩顧《ふだいおんこ》の勇臣《ゆうしん》に、畑六郎二《はたろくらうじ》時種《ときたね》といふもの有《あり》けり。他《かれ》は*新田《につた》の四天王《してんわう》、随一人《そのいちにん》と聞《きこ》えたる、*畑六郎左衛門尉時能《はたろくらうさゑもんのぜうときよし》が孫《まご》也。その武芸《ぶげい》勇敢《ゆうかん》は、大父時能《おほぢときよし》に劣《おと》ることなく、筋力飽《ちからあく》まで悍《たけ》くして、よく千鈞《せんきん》の鼎《かなゑ》を揚《あげ》けり。こゝをもて、貞方主《さだかたぬし》と共侶《もろとも》に、幾遍《いくたび》となく危難《きなん》を脱《のが》れて、主従二人《しゆうくふたり》になるまでも、影《かげ》の肢体《かたち》に従《したが》ふごとく、なほ正首《まめやか》に仕《つか》へたり。

然《され》ば陸奥《みちのく》を落《おち》給ひしより、十稔《とゝせ》あまりの光陰《つきひ》を経《へ》たる、応永《おうゑい》十七年《ねん》の夏《なつ》の比《ころ》より、下総《しもふさ》なる*千葉介兼胤《ちばのすけかねたね》が、鎌倉《かまくら》の管領《くわんれい》を、窃《ひそか》に怨《うらむ》るよしありて、隠謀《いんぼう》の企《くはだて》ありといふ世《よ》の風《ふう》声《ぶん》の、彼此《あちこち》に聞《きこ》えしかば、貞方主従相歓《さだかたしゆうくあひよろこ》びて、「*千葉《ちば》は下《しも》総《ふさ》の旧家《きうか》にして、千葉《ちば》・葛飾《かとしか》・印幡《いんば》数郡《すぐん》の領主《りやうしゆ》なり。只《たゞ》これのみにあらずして、*相馬《さうま》・武石《たけいし》、大須賀《おほすが》・国分《こくぶ》、原《はら》・馬加《まくはり》等の氏族多《うからおほ》かり。他今謀叛《かれいまむほん》の旗《はた》を揚《あげ》て、千葉《ちば》の城《しろ》に盾《たて》籠《こも》らば、一朝《いつちやう》には落《おつ》べからず。且《かつ》その先代《せんだい》、*千葉介宗胤《ちばのすけむねたね》は、俺先大父《わがせんたいふ》、贈中納言《ぞうちうなごん》義貞《よしさだ》卿《けう》に従《したが》ひまつりて、三井寺合戦《みゐでらかつせん》の折《をり》陣没《うちじに》してけり。*宗胤《むねたね》の弟貞胤《おとゝさだたね》は、北国落《ほつこくおち》まで自方《みかた》なりしに、先大父《せんたいふ》の亡《うせ》給ひし後《のち》、心《こゝろ》ならずも引返《ひきかへ》して、尊氏《たかうぢ》に従《したが》ひにき。然《さ》ばれ*宗胤《むねたね》の嫡子胤貞《ちやくしたねさだ》は、始終忠義《しじうちうぎ》の志《こゝろざし》撓《たゆ》まず、征《せい》西将軍《くせうぐん》の宮《みや》、筑紫《つくし》へ御下向《ごげこう》のとき供奉《ぐぶ》しまつりて、大隅守《おほすみのかみ》に任《にん》ぜられ、肥前国《ひぜんのくに》を領《りやう》したり。是等《これら》の旧《ふる》き由縁《ゆかり》もあなれば、窃《ひそか》に那地《かのち》へ赴《おもむ》きて、その為体《ていたらく》を覵《うかゞ》はゞ、世《よ》の風声《ふうぶん》の虚《きよ》実《じつ》を知《し》るべく、其処《そこ》に便宜《びんぎ》を得《う》ることあらん。然《さ》は」とて猛可《にはか》に思ひ起《おこ》しつ、行装《たびよそほひ》を整《とゝのへ》て、笠《かさ》ふかくして立出《たちいで》給へば、畑六郎二《はたろくらうじ》時種《ときたね》は、奴隷《しもべ》の姿《すがた》に打扮《いでたち》て、裳《もすそ》を引折《ひをり》脚絆《あゆび》○キヤハンを穿《つけ》、一刀《いつたう》を腰《こし》にして、行裏《たびづゝみ》を駝《せお》ひつゝ、外見《ひとめ》を潜《しの》ぶ主従《しゆう〳〵》二人《ふたり》、後《あと》に従《したが》ひ先《さき》に立《たち》て、下総《しもふさ》を投《さし》て急《いそ》ぐ程《ほど》に、この年《とし》漆月《ふみづき》の下浣《すゑつかた》に、千葉《ちば》の城下《ぜうか》に程遠《ほどとほ》からぬ、＊福草村《さきくさむら》まで来《き》給ひけり。畢竟《ひつきやう》貞方主《さだかたぬし》、這頭《こゝら》を過《よぎ》り給ふ折《をり》、又甚麼《またいか》なる話説《ものがたり》かある。そは次《つぎ》の巻《まき》に、解分《ときわく》るを聴《きゝ》ねかし。

開巻驚奇俠客伝第一集巻之二終

開巻驚奇俠客伝《かいくわんきやうきけうかくでん》 第壱集《だいいつしふ》 巻之二

東都 曲亭主人 編次

第《だい》五回《くわい》

木主《もくしゆ》に謁《ゑつ》して南将旧縁《なんせうきうえん》を感《かん》ず
○ヰハイ

便宜《びんぎ》を演《のべ》て老尼《ろうに》村酒《そんしゆ》を薦《すゝ》む

却説《かくて》新田《につた》貞方主《さだかたぬし》は、畑六郎《はたろくらうじ》二時種《ときたね》を従《したが》へて、千葉《ちば》の城下《ぜうか》に程遠《ほどとほか》らぬ、福草村《さきくさむら》を過《よぎ》り給ふに、と見れば這街尽頭《このみちのかたほとり》に、柴門《しばのと》旧《ふり》たる草《くさ》の庵《いほり》ありけり。*左右《まて》を樹牆《いけがき》に折環《をりめぐ》らしたる、柴門《しばのと》に小牌《こふだ》を掛《かけ》て、「今日休卜《こんにちきうぼく》」、としるしたり。「こは売卜《ばいぼく》をもて口《くち》を餬《もら》ふ、優婆塞歟《よすてびとか》」、と猜《すい》するのみ。時《とき》に這庵《このいほり》の豢《かひ》鶏《どり》なるべし、黒《くろ》きと赤《あか》きと二隻《には》の雄鶏《をとり》の、穿《ほり》もて出《いだ》せし一箇《ひとつ》の蚯蚓《みゝず》を、争《あらそ》ひつゝ堪《たへ》ずやありけん、項毛《えりげ》を怒起距《さかだてけづめ》を揚《あげ》て、闘《たゝか》ふこと半晌許《はんときばかり》、一箇《ひとつ》は是怒《これいか》れる獅子《しし》の、谷《たに》を落《おと》さんとする勢《いきほ》ひあり。一箇《ひとつ》は亦暴《またあれ》たる*黄熊《しぐま》の、樹《き》を抜《ぬか》んとするに異《こと》ならず。一来一往虚々実々《いちらいいちわうきよ〳〵じつ〳〵》、紛々《ふん〳〵》として散《ちら》せる羽《はね》は、*御室《みむろ》の山《やま》の秋風《あきかぜ》に、楓葉《もみぢ》を竜田《たつた》へ流《なが》すが像《ごと》く、霾《り》*々《り》として蹴颺《けあぐ》る沙《いさご》は、*野作《えぞ》に在《あ》りてふ高浜《たかはま》に、胡沙《こさ》起曇《たちくも》るに似《に》たるべし。此彼共《これかれとも》に血《ち》に塗《まみ》れて、片息《かたいき》になるまでも、なほ闘《たゝか》ふて已《やま》ざりしが、赤《あか》きは竟《つひ》に挑難《いどみかね》て、辛《から》くして引外《ひきはづ》し、走《はし》りて柴門《しばのと》の内《うち》に入《い》りしを、黒《くろ》きはなほも逃《のが》さじとて、驀地《まつしぐら》にぞ赶《お》ふたりける。登時《そのときう》裡面《ち》に老女《おうな》の声《こゑ》して、「這畜生等《このちくせうら》が、けふはなどや戦《たゝか》ひけん」、と独言《ひとりごち》つゝ沈吟《うちあん》じて、「然《さ》也。そよしもなや。生平《つね》には迭《かたみ》に睦《むつま》じく、争《あらそ》ふことのなかりしに、その所以《ゆゑ》なきにあらず。南北両朝《なんぼくりやうちやう》おん和睦《わぼく》の後《のち》、新田《につた》・楠《くすのき》自余《じよ》の人々《ひと〴〵》、忠臣義士《ちうしんぎし》も弓折《ゆみを》れて、絶果《たえはて》たるに似《に》たれども、*なほ西国《さいごく》には菊池《きくち》あり。東国《あづま》には新田《につた》もあらん。扠又伊勢《さてまたいせ》には北畠《きたばたけ》、大和《やまと》には越智《をち》、伯耆《はうき》に*那波《なは》、或《あるひ》は武家《ぶけ》足利氏《あしかゞうぢ》をいふ。に鉾《ほこ》を伏《ふ》せ、或《あるひ》は辺鄙《へんぴ》に世《よ》を潜《しの》びたる、そが中《なか》には*薪《たきゞ》に伏《ふ》し、炭《すみ》を呑貌《のみかたち》を窶《やつ》して、「再《ふたゝび》義兵《ぎへい》を起《おこ》さん」、と思はざるものなからんや。俺豢鶏《わがかひどり》の闘戦《たゝかひ》に、*赤《あか》きは則南方残燼《すなはちなんばうざんじん》、黒《くろ》きは則北方水徳《すなはちほくはうすいとく》、既《すで》に時運《じうん》を得《え》たりといふとも、後日《ごにち》の勝負《せうぶ》は料《はか》りがたかり。いかで那方《かのかた》ざまの、這地《このち》に来《き》ますことあらば、そは必俺大檀那《かならずわがだいだんな》の、商量敵《だんかふがたき》にせられんものを、*谷《たに》の狙猴《ましら》の水《みづ》の月《つき》、思ふのみにて撈《さぐ》れども、跡《あと》も得見《え》ず薄情《うたて》さよ」、とうち呟《つぶや》きてぞ鵠立《たゞずみ》たる、外面《とのかた》には貞方《さだかた》主従《しゆう〴〵》、那鶏《かのにはとり》の闘戦《たゝかひ》に、路去《みちさ》りあへず、柴門《しばのと》の、頭《ほとり》に立《たち》つゝ覹《みそなは》せしに、樹牆《いけがき》の内《うち》に人《ひと》ありて、独語《ひとりごち》たる事情《ことのこゝろ》に、うち驚《おどろ》きつ退《しりぞ》きて、畑時種《はたときたね》と共侶《もろとも》に、樹間《このま》を尋《たづね》て闚窺《かいまみ》給へば、庵主《あんじゆ》なるべし一個《ひとり》の女僧《あま》の、齢《よはひ》は五十《いそぢ》あまりなるが、両折戸《もろをりど》の蔭《かげ》にをり。貞方主《さだかたぬし》は時種《ときたね》に、目《め》を注《くは》し又退《またしりぞ》きて、然《さ》らぬさまにて宣《のたま》ふやう、「残《のこ》る暑《あつさ》の堪《たへ》がたかるに、這草《このさう》庵《あん》の檐下《のきば》を借《か》りて、憩《いこ》ふて霎時汗《しばしあせ》をもとるべく、且一碗《かついちわん》の水《みづ》を乞《こ》ふて、渇《かはき》を医《いや》さば愉《こゝろよ》からん。呼門《おとなひ》せよ」、と急《いそが》し給へば、時種《ときたね》はやくその意《い》を悟《さと》りて、「現宣《げにのたまは》するごとく、這頭《とゝら》は総《すべ》て野田《のら》なれば、憩《いこ》ふべき蔭《かげ》も候はず。他《あれ》覹《みそなは》せ掛《かけ》たる牌《ふだ》に、「休卜《きうぼく》」とあれば、売卜《ばいぼく》の、休日《やすみび》に候とも、請《こ》はゞ去向《ゆくて》の吉凶《きつけう》の、知《し》らるゝ拠《よすが》なからずやは。先々《いで〳〵》」といひつゝも、はや柴門《しばのと》に立《たち》よりて、「卒爾《そつじ》ながらものまうさん。俺們《われ〳〵》主従《しゆうじゆう》は旅客《たびゞと》なるが、亭午《まひる》の秋暑《しうしよ》に路去《みちさ》りあへず、且《しばら》く檐下《のきば》に憩《いこは》して、水一碗《みづいちわん》を給はらば、こよなき功徳《くどく》に候はん。「この義《ぎ》を憑《たの》め」、と主《しゆう》なる人《ひと》の、仰《おふせ》られて候は」、といはれて見かへる庵主《あんじゆ》の女僧《あま》は、「応《おう》」と答《こたへ》てそが儘《まゝ》に、徐《しづか》に門辺《かどべ》に出《いで》て来《き》つ、左見右見《とみかうみ》つゝ頷《うなづ》きて、「そはいと易《やす》き事に侍《はべ》り。けふは朝《あさ》より南風《みなみけ》なれば、這日盛《このひざかり》にいかにして、何処《いづこ》へかゆかるべき。主共侶《ぬしもろとも》に這方《こなた》へ入《い》りて、ゆたかに休《やすら》ひ給ひね」、といふを歓《よろこ》ぶ主従《しゆう〴〵》は、「爾《しか》らば允《ゆる》し給へ」とて、引《ひか》れて裡面《うち》に入《い》る程《ほど》に、貞方主《さだかたぬし》は、笠脱捨《かさぬぎすて》て、先《さき》に立《たち》つゝ正屋《おもや》なる、縁頬《えんがは》に尻《しり》を掛《かけ》給ふを、庵主《あんじゆ》の女僧《あま》は見かへりて、「其首《そこ》は日景《ひかげ》の近《ちか》かるに、霎時《しばし》なりとも草鞋《わらじ》を釈《とき》て、やよおん伴《とも》ものぼらせ給へ。這首《ここ》は背門《せど》より吹融《ふきとほ》せば、いと涼《すゞ》やかに侍《はべ》る也。やよ喃々《なう〳〵》」、と真実《まめ》だちて、管待《もてなし》親《しん》切《せつ》なりけるを、推辞《いな》むべくもあらざれば、軈《やが》てその意《い》に任《まか》したる、主従《しゆう〴〵》斉一《ひとしく》草鞋《わらじ》を解《とき》て、貞方主《さだかたぬし》は正屋《おもや》なる、簀戸《すど》の頭《ほとり》に坐《ざ》を占《しめ》給ふを、女僧《あま》は連《しき》りに請薦《こひすゝ》めて、上座《かみくら》に推《おし》のぼし、却《さて》その跡《あと》に時種《ときたね》を、処《を》らして炉《ろ》の火《ひ》を掻起《かきおこ》し、*鑵子《くわんす》をしば〳〵拊試《なでこゝろ》みて、沃《そゝ》ぐ茶碗《ちやわん》の皺焼《ひゞやき》と、共《とも》に旧《ふり》たる二荒盆《にくわうぼん》に、乗《の》せて温茶《ぬるちゃ》を汲《くみ》とりつ、「誘《いざ》」とて薦《すゝむ》るあるじ態《ぶり》に、主従《しゆう〴〵》は歓《よろこ》びを、演《のべ》つゝ乞《こ》ふこと三《み》たびにして、やうやく渇《かはき》を医《いや》しけり。

　且《しばら》くして女僧《あま》がいふやう、「刀禰們《とのばら》は何国《いづこ》より、何処《いづこ》へかとほらせ給ふ。千葉《ちば》さまの城内《ぜうない》に、相識《しるひと》ありて来《き》ませし歟《か》」、と問《とは》れて貞方《さだかた》さり気《げ》なく、「否《いな》千葉殿《ちばどの》の城内《ぜうない》に、由縁《ゆかり》とてはあらずかし。俺們《われ〴〵》は鎌倉《かまくら》より、主従二人《しゆう〴〵ふたり》で遊歴《ゆうれき》すなれば、*真間《まま》の古蹟《こせき》も見まほしく、且宿願《かつしゆくぐわん》も候へば、*鹿嶋《かしま》香取《かとり》の両社《ふたやしろ》へ、詣《まうで》んとての旅《たび》になん。おもふに庵主《あんじゆ》は売卜《ばいぼく》を、生活《なりはひ》にし給ふならん。けふは又甚《またいか》なる故《ゆゑ》に、「休卜《きうぼく》」といふ牌《ふだ》を、門《かど》の柱《はしら》に掛《かけ》られけん。某《それがし》は旅客《たびゞと》也。けふ吉凶《きつけう》を問《と》ふにあらずば、異日《ゐじつ》の再会料《さいくわいはか》り叵《がた》かり。俺宿望《わがしゆくまう》の成《じやう》就《じゆ》すべき歟《か》、又成就《またじやうじゆ》せざらん歟《か》、願《ねが》ふは枉《まげ》てわが為《ため》に、*一《いつ》算《さん》施《ほどこ》し給ひてよ」、と請《こは》れて女僧《あま》は眉根《まゆね》を顰《ひそ》め、「そはいと易《やす》きことながら、賤尼《わなみ》がすなるは銭卜《ぜにうら》にて、*蓍《めどき》を数《かぞ》へて八《はつ》卦《け》に由《よ》る、周易《しうゑき》にはあらずかし、とばかりにてはこゝろ得《え》がたくて、なほ訝《いぶか》しく思ひ給はん。縁故《ことのもと》を報《つげ》まうさんに、急《いそ》ぎ給はずは聞《きゝ》給へ。賤尼《わなみ》は少《わか》かりし時《とき》よりして、観世音《くわんぜおん》を念《ねん》じまつりて、*普門品《ふもんぼん》を読侍《よみはべ》るに、懈《おこた》る日《ひ》とてはなけれども、過世《すくせ》歹《わろ》くて良人《をつと》を喪《うしな》ひ、贈《あまさへ》独子《ひとりご》を先《さき》だてて、よるべなき身《み》になりしかば、遂《つひ》に頭髻《たぶさ》を剃捨《そりすて》て、這首《ここ》に庵《いほり》を締《むす》びつゝ、彼此人《をちこちびと》に託鉢《たくはつ》して、纔《わづか》に口《くち》を餬《もら》ひしかども、素《もと》より田舎《ゐなか》の事なれば、身《み》ひとつながら頤《やしな》ひがたさに、廻国《くわいこく》せばやと思ひし折《をり》、有一夕《あるよ》の夢《ゆめ》に観世音《くわんぜおん》の、示現《じげん》を被《かうむ》り奉《たてまつ》り、不思議《ふしぎ》に得《え》たる*銭卜《ぜにうら》の、奇特《きどく》によりて人《ひと》の為《ため》に、その吉凶《きつけう》を占《うらな》ひ侍《はべ》るに、*十二銭《せん》より外《ほか》を受《うけ》ねど、十《とを》にして十《とを》ながら、当《あた》らずといふことなければ、日毎《ひごと》に詣来《まうく》る人多《ひとおほ》かり。こゝをもて饑《うゑ》もせず、凍《こゞえ》もせねば倒《なか〳〵》に、世《よ》を安《やす》らかに渡《わた》ればとて、世《よ》の人賤尼《ひとわなみ》を「銭卜《ぜにうら》の、妙算比丘尼《みやうさんびくに》」と喚做《よびな》したり。*這銭卜《このぜにうら》の起原《ことのおこり》は、往昔支那漢《むかしもろこしかん》の時《とき》、京房《けいばう》とかいひし博士《はかせ》が、銭六文《ぜにろくもん》をもて吉凶禍福《きつけうくわふく》を、占《うらな》ひしことありとなん、一博識《あるものしり》のいはれしかども、今《いま》はその技伝《わざつたは》らねば、那土《かしこ》にもそを知《し》るものなし。況這大皇国《まいてこのおほみくに》には、聞《きゝ》も及《およ》ばぬ事なりしを、*菽《まめ》か麦《むぎ》かも得《え》ぞしらぬ、賤尼《わなみ》が自得《じとく》し侍《はべ》りしは、身《み》の才覚《さいかく》にはあらずして、菩薩《ぼさつ》の利益《りやく》に依《よ》るものなれば、当《あた》らぬことはなけれども、*但月毎《たゞつきごと》の酉《とり》の日《ひ》には、なべて占卜《うらかた》の合《あは》ぬもの也。そを甚麼《いかに》ぞと推《おす》ときは、「酉《とり》をもて離日《りじつ》とす。五離《ごり》は離別《りべつ》の象《かたち》あり。故《ゆゑ》に悲憂《ひゆう》を主《つかさど》る。世《よ》に占卜《うらかた》の合《あは》ぬよしも、この義《ぎ》による」、と観音薩埵《くわんおんさつた》の、逆示《かねてしめ》させ給ひしかば、酉《とり》の日《ひ》毎《ごと》に牌《ふだ》を掛《かけ》て、人《ひと》の需《もとめ》に応《おう》ぜねば、人《ひと》も亦来《またく》ることなし。けふは則酉《すなはちとり》の日《ひ》なれば、恁徒然《かうつれ〴〵》に侍《はべ》る也。然《され》ばおん身の何《いか》ばかりに、需《もとめ》させ給ふとも、けふは無益《むやく》に侍《はべ》らんを、時《とき》に取《と》るべきことこそ侍《はべ》れ」、といひつゝ外面瞻仰《とのかたあほぎみ》て、「今《いま》ははや日昼《にっちう》にて、午《うま》の時《とき》の初刻《しよこく》也。菩薩《ぼさつ》の示現《じげん》に承《うけ給は》りしに、物《もの》は相見《あひみ》るをもて喜《よろこび》とす。*易伝《ゑきでん》にいふ離《り》に相見《あひみ》ると。離《り》は南方《なんばう》の卦《け》也けり。五行《ごぎやう》には則火《すなはちひ》とす。十干《じつかん》には丙《ひのえ》とす。その丙《ひのえ》と艮《うしとら》と、相見《あひみ》るときは必喜《かならずよろこ》ぶ。*喜神《きじん》の臨《のぞ》む所《ところ》なり。*幸《さいはひ》にしてけふの九鼓《こゝのつ》は、丙午《ひのえうま》の時《とき》に当《あた》れり。恁《かゝ》れば艮《うしとら》の方《かた》に向《むか》ひて、占《うらな》ふときは合《あ》ふよしあり。只是《たゞこれ》のみにあらずして、丙午《ひのえうま》の離火《りくわ》をもて、庚酉《かのえとり》の兌金《だきん》を剋《こく》す、時《とき》を得《え》たるに侍《はべ》らずや。倘《もし》この時《とき》を過《すぐ》しなば、けふ一日《いちにち》は占《うらな》ひがたし」、と正首《まめやか》に説示《ときしめ》すを、主従《しゆう〴〵》つら〳〵うち聞《きゝ》て、「現這女僧《げにこのあま》の能弁《のうべん》なる、記憶《きおく》《〇モノオボエ》も亦《また》尋常《よのつね》ならねば、必做《かならずな》すことあるべし」、と感《かん》じて憑《たのも》しき心《こゝ》地《ち》したり。そが中《なか》に貞方主《さだかたぬし》は、思はずも膝《ひざ》を找《すゝ》めて、「いはるゝ趣《おもむき》こゝろ得《え》たり。そはよき折《をり》に来《き》つる也。願《ねが》ふは占《うらな》ひ給へかし。快々《とく〳〵》」と急《いそが》し給へば、妙算《みやうさん》しば〳〵頷《うなづ》きて、「しからば這方《こなた》へ来《き》ませ」とて、身《み》を起《おこ》しつゝ紙門《ふすま》を開《ひら》きて、はや仏前《ぶつぜん》へ誘引《いざなふ》にぞ、時種《ときたね》も*重紙門《むしぶすま》の、頭《ほとり》に找《すゝ》みて倶《とも》に見るに、家作《かさく》は纔《わづか》に三間《みま》に過《すぎ》ず、外面《とのかた》は、席薦《たゝみ》六枚《むひら》を布《しき》儲《まう》けて、方三尺《はうさんざく》の地炕《ゐろり》あり。上《かみ》なる一間《ひとま》は仏檀《ぶつだん》にて、御長《みたけ》一尺《いつさく》あまりなる、観世音《くわんぜおん》の木像《もくぞう》を、厨子《づし》の内《うち》に立《たゝ》せまつりし、左右《さゆう》には草花《くさばな》を、*磁製《せとやき》の花瓶《くわびん》に建《たて》て、箔置《はくおき》の土器《かわらけ》に、*粢餅《しとぎもちひ》を供物《くもつ》にしたり。*常香盤《じやうかふばん》より靉靆《あいたい》と、立升《たちのぼ》る香《かふ》の煙《けむり》は、*補陀落山《ふだらくさん》の雲《くも》かと疑《うたが》ひ、うち鳴《な》らす木魚《もくぎよ》の音《おと》は、蕭然《しやうねん》として*祇陀林《ぎだりん》に、降沃《ふりそゝ》ぐ雨《あめ》にも似《に》たるべし。登時妙算《そのときみやうさん》は、霎時《しばし》菩薩《ぼさつ》を祈念《きねん》しつ、御前《みまへ》に置《おき》たる銭六文《ぜにろくもん》を、取下《とりおろ》して擲《なげう》

喜《キ》神《ジン》は遁《トン》して丙を到《イタ》る所の方に見るなり。甲巳の時日《ジジツ》のごとき、遁《トン》して丙寅を得れば、寅は艮《ウシトラ》に隷《ツク》ゆゑに、艮を喜神とす。余はこれに倣《ナラ》ふて知るべし。

つに、既《すで》にして顕《あらは》れたる、その銭《ぜに》の面背《おもてうら》にて、吉凶《きつけう》を知《し》るよしやありけん。恁《しか》すること三《み》たびにして、銭《ぜに》を菩薩《ぼさつ》に返《かへ》しまゐらせ、貞方主《さだかたぬし》を見かへりて、「占兆《うらかた》はこのうへもなき、大吉《だいきち》にて侍《はべ》る也。且《まづ》この繂《こと》の歓《よろこ》びを、御仏《みほとけ》にまうしまつりて、爾後詳《そのゝちつばら》に報侍《つげはべ》らん。且《しばら》く等《また》せ給ひね」、とこゝろ得《え》さしつ恭《うや〳〵》しく、一巻《ひとまき》の経《きやう》を繙《ひもと》きて、普門品《ふもんぼん》をぞ読《よみ》たりける。貞方主《さだかたぬし》はそが儘《まゝ》に、妙算《みやうさん》の後辺《あとべ》に在《いま》して、なほよく仏《ぶつ》壇《だん》を見給ふに、本尊《ほんぞん》の左右《さゆう》には、建《たて》たる位牌多《ゐはいおほ》かる中《なか》に、「金竜寺殿贈正二位黄門真山良悟大禅定門《きんりうじどのぞうしようにゐくわうもんしんざんりやうごだいぜんじやうもん》、建武四年《けんむよねん》、丁丑秋閏《ひのとのうしのあきうるふ》七月二日」、と記《しる》せしは、義貞卿《よしさだけう》を祀《まつ》れる也。*そが左《ひだり》の方《かた》には、春宮亮義顕朝臣《とうぐうのすけよしあきあそん》、左兵衛督義興朝臣《さひやうゑのかみよしおきあそん》、及貞方主《またさだかたぬし》の先考《ちゝうへ》にてをはしませし、左少将義宗朝臣《さしよう〳〵よしむねあそん》の位牌《ゐはい》もありけり。又《また》その右《みぎ》の方《かた》には、刑部卿義助卿《ぎやうぶけうよしすけけう》、その子《こ》右衛門佐義治朝臣《ゑもんのすけよしはるあそん》、及近属《またちかごろ》、底倉《そこくら》にて亡《ほろ》び給ひし、右少将義隆朝臣《うしよう〳〵よしたかあそん》の、位牌《ゐはい》さへ措《おか》れたる、但是《たゞこれ》のみにあらずして、*額田《ぬかだ》・鳥山《とりやま》・江田《えだ》・桃井《もゝのゐ》、大館《おほだち》・堀口《ほりぐち》に至《いた》るまで、新田《にった》の氏族《うから》の先霊《せんれい》を、祀《まつ》らざるもなかりしかば、ふかく心《こゝろ》に訝《いぶか》りて、紙門《ふすま》の外面《とのかた》に侍《はべ》りたる、時種《ときたね》を見かへりて、窃《ひそか》に指《ゆび》ざし示《しめ》し給へば、時種《ときたね》も亦《また》これを見て、駭《おどろ》きつ又訝《またいぶか》りて、「嚮《さき》に柴門《しばのと》の頭《ほとり》にて、赤黒二《あかくろに》隻《は》の鶏《にはとり》の、大《いた》く闘《たゝか》ひたりし時《とき》、那庵主《あのあんじゆ》の尼法師《あまはうし》が、ひとりごちたることを思へば、自方《みかた》に由縁《ゆかり》あるものならん。問《とは》まほしさよ」、とおもふのみ、便《たよ》りなければ靴《くつ》を隔《へだ》て、癬《かゆき》を搔《かけ》る心地《こゝち》して、手《て》を叉《こまぬ》きつゝ黙《もく》してをり。

既《すで》にして妙算《みやうさん》は、経読果《きやうよみはて》つ巻収《まきおさ》めて、誘《いざ》とばかりに貞方《さだかた》主《ぬし》を、いそがし立《たて》て故《もと》の席《むしろ》に、還《かへ》れば時種《ときたね》も快退《とくしりぞ》きて、復《また》縁頬《えんがは》に侍《はべ》りたり。当下妙算《そのときみやうさん》は笑《ゑま》しげに、貞方主《さだかたぬし》にうち対《むか》ひて、「今《いま》も寿《ことぶ》き奉《たてまつ》りにき、占兆《うらかた》は大吉《だいきち》也。君《きみ》は*南方火徳《なんばうくわとく》にて、九紫《きうし》の陽数《やうすう》ありといへども、一白《いつぱく》の水《みづ》に剋《こく》せられて、久《ひさ》しく本意《ほい》を遂《とげ》給はず。然《さ》ばれ当国《たうごく》に来《き》ませしかば、思ふに優《まし》たる資助《たすけ》を得《え》て、宿望成就《しゆくまうじやうじゆ》し給はん。因《より》て熟《つら〳〵》考《かんが》へ侍るに、君《きみ》は寠々《やつ〳〵》しく見えさせ給へども、凡庸《よのつね》なる武士《ぶし》にはあらで、疑《うたが》ひもなき貴相《きさう》あり。恁《かゝ》れば必《かならず》南朝《なんちやう》なる、名将《めいせう》達《たち》にてをはするならん。他人《あだしびと》はとまれかくまれ、賤尼《わなみ》に諦《あか》させ給ひなば、祟《たゝり》はあらで幸《さいはひ》あらん。願《ねが》ふは名告《なの》らせ給へかし」、と問《とは》れて駭《おどろ》く貞方主《さだかたぬし》は、思はず後方《あとべ》を見かへりて、斉一《ひとしく》驚《おどろ》く時種《ときたね》と、面《おもて》を照《あは》して忙然《ばうぜん》と、応難《いらへかね》させ給ひしを、妙算《みやうさん》は「さもこそ」、とうち頷《うなづ》きつゝ声《こゑ》を低《ひそ》めて、「おん疑《うたが》ひは理《ことわ》り也。然《さ》らば且《まづ》、賤尼《わなみ》が素生《すぜう》を報《つげ》まつらん。烏《を》許《こ》がましくとも聞《きか》せ給へ」、といひつゝ四下《あたり》を見かへりて、「賤尼《わなみ》が大父《おほぢ》は鷹秤《たかばかり》権平当仲《ごんぺいまさなか》と喚《よば》れたる、千葉《ちば》家《け》譜第《ふだい》の老《ろう》党《だう》にて、主君宗胤《しゆくんむねたね》さまと共侶《もろとも》に、三井寺合戦《みゐでらかつせん》の時戦歿《をりうちじに》したり、と家《いへ》の口碑《こうひ》に伝《つた》へ侍《はべ》り。又賤尼《またわなみ》が父《ちゝ》にて侍《はべ》るなる、権《ごん》九郎直仲《くらうたゞなか》は、宗胤《むねたね》のおん子《こ》なる、胤貞主《たねさだぬし》に仕《つか》へまつりて、年来肥前州《としごろひぜんのくに》に在《を》り、嗣《つぐ》べき子《こ》どももなかりしかば、朋輩《ほうばい》の二《じ》男《なん》なりける、権七実仲《ごんしちさねなか》を養《やしな》ふて、俺身《わがみ》を妻《めあは》せ侍《はべ》りにき。爾《その》後主君胤貞《ゝちしゆくんたねさだ》さまも、俺二親《わがふたおや》も世《よ》を逝《さ》りつ。折《をり》から南北両《なんぼくふた》朝《みかど》の、御合体《ごがつたい》によりて、宮方《みやかた》なる、城《しろ》は遺《おち》なく攻落《せめおと》され、然《さ》しも累世《だい〳〵》《○ルイセイ》鎮西《ちんぜい》にて、勇将《ゆうせう》の聞《きこ》え高《たか》かりし、菊池殿《きくちどの》すら足《あし》利家《かゞけ》へ、兜《かぶと》を脱《ぬ》ぎ鋒《ほこ》を伏《ふ》せて、降参《こうさん》したる時宜《じぎ》なれば、主《しゆ》君《くん》の迹《あと》の立《たつ》よしもなく、肥前《ひぜん》の領地《りやうち》を削《けづ》られて、家臣等《かしんら》離《り》散《さん》してければ、賤尼《わなみ》が亡夫実仲《なきつまさねなか》は、父祖《ふそ》の故郷《こけう》で侍《はべ》るから、這下総《このしもふさ》なる千葉《ちば》に還《かへ》りて、幾程《いくほど》もなく世《よ》を逝《さ》りにき。一個《ひとり》の男児《をのこゞ》ありしかど、それすら十才《とを》にも足《た》らずして、*脾疳《ひかん》で亡《なく》なり侍《はべ》りしかば、緇衣《すみのころも》に貌《かたち》を変《かへ》て、這首《ここ》に庵《いほり》を締《むす》びしよしは、嚮《さき》にも聞《きか》せ給ふが如《ごと》し。しかるに大父当仲《おほぢまさなか》は、*陪臣《ばいしん》なれども名《な》だゝる猛者《もさ》にて、*筥根竹腰《はこねたけのこし》の戦《たゝか》ひに、義貞《よしさだ》さまより感状《かんでう》を、賜《たまは》りし事もあり。爾後三井寺《そのゝちみゐでら》にて戦歿《うちじに》せし折《をり》、総大将《さうだいせう》義貞卿《よしさだけう》をいふ。の惜《をし》ませ給ひて、その子《こ》直仲《たゞなか》を召《めし》よせて、いと辱《かたじけな》き仰《おふせ》あり、「主《しゆう》なる宗胤《むねたね》の亡骸《なきがら》と、共侶《もろとも》に葬《はうむ》れ」とて、厚《あつ》く恵《めぐ》ませ給ひしとぞ。恁《かゝ》る御恩《ごおん》を二親《ふたおや》の、時々《をり〳〵》にいひ出《いで》て、「俺們《われ〳〵》が世《よ》を逝《さ》るとも、那卿《かのけう》、幷《ならび》に新田殿《につたどの》の、御《ご》一族《いちぞく》のおん菩提《ぼだい》は、宗胤《むねたね》さまと異《こと》なることなく、よく吊《とむら》ひ奉《たてまつ》れ」、といはれし事の侍《はべ》りしかば、庵《いほり》を締《むす》びし初《はじめ》より、亡君宗胤《ばうくんむねたね》・胤貞《たねさだ》さま、そのおん筋《すぢ》の後世《ごせ》はさら也、大約新《おほよそにつ》田《た》の御一族《ごいちぞく》の、おん位牌《ゐはい》さへ本尊《ほんぞん》の、左右《さゆう》に安措奉《すゑおきたてまつ》りて、旦暮《たんぼ》の回向《ゑかう》を懈《おこた》らず、はや年来《としごろ》になりにたり。

恁而《かくて》賤尼《わなみ》の銭卜《ぜにうら》の、彼此《をちこち》に聞《きこ》えしより、今《いま》の城主千葉介《ぜうしゆちばのすけ》兼胤《かねたね》さまに悋々《しか〴〵》と、告奉《つげたてまつ》りしものやありけん、賤尼《わなみ》の素生《すぜう》を知《しろ》し召《めさ》れて、「他《かれ》が父祖《ふそ》は肥前《ひぜん》なる、同家《どうけ》に仕《つか》へしものとしいへば、召《めし》よするともけしうはあらず。西国《さいごく》にての緈《こと》の趣《おもむき》、口碑《こうひ》に伝《つた》へしこともあらんを、昔《むかし》がたりの聞《きか》まほし。快々《とく〳〵》参《まゐ》れ」、と懇《ねんごろ》に、仰下《おふせくだ》されたるにより、爾後《そのゝち》は城《ぜう》内《ない》に、まゐりて見参《げんざん》に入《い》ることも、はや数回《あまたゝび》になり侍《はべ》り。就《つき》て一箇《ひとつ》の秘事《ひめごと》あり。*故《もと》の鎌倉《かまくら》の管領《くわんれい》さま満兼《みつかね》をいふ。は、去歳《こぞ》の応永《おうえい》十六年《ねん》七月廿二日に、卒《かくれ》させ給ひしより、当管領持氏《たうくわんれいもちうぢ》さまの、おん年少《としわか》にましませば、執権上杉憲定入道《しつけんうへすぎのりさだにうどう》法名《はうめう》長基《ちやうき》己《おの》が随《まゝ》に政《まつり》ごちて、動《やゝも》すれば贔屓《ひいき》の沙汰《さた》あり。然程《さるほど》にこゝの城主《ぜうしゆ》兼《かね》胤《たね》をいふ。の、侍所《さむらひどころ》の別当《べつたう》を、年来《としごろ》望《のぞ》ませ給ふにより、当管領《たうくわんれい》には御許容《ごきよえう》ありて、仰《おふせ》つけらるべかりしを、那執権《かのしつけん》憲定《のりさだ》入道《にうどう》の扗《さゝえ》まうして、宿望《しゆくまう》空《むな》しくなりしかば、兼胤《かねたね》の主《ぬし》いたく怨《うら》みて、をさ〳〵隠謀《いんぼう》の企《くはだて》あり。御一族《ごいちぞく》に諜《てう》じ合《あは》せて、鏃《やじり》を磨《と》ぎ粮《かて》を取入《とりい》れ、籠城《ろうぜう》の准備整《ようゐとゝの》へども、無名《むめい》の軍《いくさ》なるをもて、いまだその機《き》を顕《あらは》し給はず。なほ又衆議《またしゆぎ》を凝《こら》しつゝ、「新田《につた》の余類《よるい》を取立《とりたて》て、総大将《さうだいせう》に做《な》すならば、是義兵《これぎへい》にして軍《いくさ》に名《な》あり。脇屋少将義隆《わきやしよう〳〵よしたか》は、底倉《そこくら》にて撃《うた》れしかども、貞方主《さだかたぬし》は存命《ながらへ》て、深《ふか》く潜《しの》びてあらんずらん。いかで這方《こなた》へ来《き》給へかし。共《とも》に大義《たいぎ》を伸《のべ》んずものを」、と宣《のたま》ひしよし、故《ゆゑ》ありて賤尼《わなみ》は伝聞《つたへきゝ》たりき。悋腹心《かうふくしん》をうち明《あけ》て、告奉《つげたてまつ》るは銭卜《ぜにうら》にて、既《すで》に知《し》るよしあれば也。然《さ》でも匿《つゝ》ませ給ふ歟《か》」、と旧《ふり》にし事と今《いま》の身《み》の、便宜《びんぎ》を告《つげ》て問《とは》るゝよしの、いと憑《たのも》しく聞《きこ》えしを、貞方主《さだかたぬし》はなほ阽《あやぶ》みて、心《こゝろ》に思ひ給ふやう、

「今這老尼《いまこのろうに》の長物《ながもの》がたりは、拠《よすが》なきにあらねども、乱《みだ》れたる世《よ》の人心《ひとごゝろ》、飯《いひ》の中《なか》にも鍼《はり》あれば、只一朝《たゞいつちやう》の奇遇《きぐう》に引《ひか》れて、思はざることなからんや。縦言皆忠告《たとひことみなちうこう》にて、俺《われ》に便宜《びんぎ》のよしありとても、出家《しゆつけ》にして且女流《かつぢよりう》《○ヲナゴ》也。果敢《はか》なき婦言《ふげん》を信容《うけいれ》て、名告《なの》らば悔《くや》しき事もあるべし。何《なに》とかいはん」、と思ひ難《かね》て、稍沈吟《やゝうちあん》じ給ひしを、時種《ときたね》は「いふがひなし」、と起《はや》る性《こゝろ》の色《いろ》見えて、找《すゝ》みよりつゝ後方《あとべ》より、主《しゆう》の袂《たもと》を掖動《ひきうごか》して、「などてやさのみ黙止《もだ》し給ふぞ。目今庵主《たゞいまあんじゆ》のいはれ

満兼の逝去を鎌倉大草紙に応永十七年と記《しる》せしは、あやまりならん。鎌倉管領九代記に、応永十六年とあるに従《シタガ》ふべし。

しよしは、皆御利運《みなごりうん》の前兆《もとつさが》にて、旧縁既《きうえんすで》に分明《ふんみやう》也。持仏《ちぶつ》に置《おか》れしおん位牌《ゐはい》は、言《こと》の証据《あかし》《○セウコ》に做《な》すに足《た》れり。倘這便宜《もしとのびんぎ》をとり失《うしな》はゞ、後悔《こうくわい》こゝに立《たち》がたし。*臣等《わくら》に任《まか》し給ひね」、と辞《ことば》せわしく諭《さと》し薦《すゝ》めて、制《とゞ》め給ふを些《ちつと》も聴《き》かず、はや妙《みやう》算《さん》にうち対《むか》ひて、「思ひがけなき旧縁実義《きうえんじつぎ》、既《すで》にその言《こと》を聞《きゝ》、その行《おこな》ひを見て知《し》りぬ。現一旦《げにいつたん》の奇遇《きぐう》にあらず。いと憑《たのも》しく覚《おぼゆ》れば、今《いま》さらに又何《またなに》をか隠《かくさ》ん。はやくも推量《すいりやう》せられし如《ごと》く、俺君《わがきみ》は是新田《これにつた》の嫡孫《ちやくそん》、前越後守左少将《さきのゑちごのかみさしやう〳〵》貞方朝臣《さだかたあそん》にてましますなり。従《したが》ひまつりし某《それがし》は、六郎左衛門時能《ろくらうざゑもんときよし》が為《ため》には孫《まご》、畑主馬介時実《はたしゆめのすけときざね》が独子《ひとりご》なる、畑六郎二時種是《はたろくらうじときたねこれ》なり。嚮《さき》に庵主《あんじゆ》もいはれしごとく、南北両朝御合体《なんぼくふたみかどごがつたい》の後《のち》、足利《あしかゞ》義満《よしみつ》盟《ちかひ》に叛《そむ》きて、その勢《いきほ》ひに乗《まか》したる、*変詐《へんそ》素《もと》より限《かぎ》りなく、新田《につた》・楠《くすのき》の余類《よるい》をば、なほも根《ね》を断葉《たちは》を枯《から》さん、とせ

時種酔弄巨石《ときたねえふてこせきをもてあそぶ》　有像第七

時を待てひそまるたつもあみに入らん魚のきぬ着てふちにあそばゞ

貞方・妙算　時たね

らるゝことの朽《くち》をしく、神《かみ》も怒《いか》り人《ひと》は怨《うら》めど、はや御和睦《おんわぼく》の今《いま》にして、主客《しゆかく》の勢《いきほ》ひ同《おな》じからねば、自方《みかた》の軍威《ぐんゐ》洊《ふたゝび》振《ふる》はず、曩《さき》には奥《おく》の孤城《こぜう》を落《おと》され、又越路《またこしぢ》にも上野《かうづけ》にも、潜《しの》びかねつゝ主従二人《しゆう〴〵ふたり》、投《さし》て往方《ゆくへ》も定《さだ》めなき、旅《たび》より旅《たび》に赴《おもむ》く折《をり》から、「当国《たうごく》の守兼胤主《かみかねたねぬし》が、鎌倉《かまくら》の管領《くわんれい》を、窃《ひそか》に怨《うらむ》るよしありて、絳恁々《ことしか〴〵》」、と世《よ》の風声《ふうぶん》を、信濃路《しなのぢ》にて伝聞《つたへきゝ》たれども、然《さり》とて虚実《きよじつ》は料《はか》りがたかり。千葉《ちば》の城下《ぜうか》に近《ちか》づきて、且《まづ》その虚実《きよじつ》を探《さぐ》るべく、その事果《ことはた》して実《じつ》ならば、俺君《わがきみ》大義《たいぎ》の資助《たすけ》にすべき、便点《てだて》もあらん、と主従《しゆう〴〵》が、其処《そこ》に計《けい》議《ぎ》を旋《めぐ》らして、這地《このち》へおん伴《とも》してけるに、豈《あに》おもはんや旧《きう》縁《えん》ある、尼公《にこう》の庵《いほり》に立《たち》よりて、這吉左右《このきつさう》を聞《きか》んとは。いはるゝよしに差《たがは》ずは、方便《はうべん》をもて千葉殿《ちばどの》へ、汲引《てびき》を做《なし》て給《たび》てんや」、と聶《さゝや》き諦《あか》す当坐《たうざ》の答《こたへ》に、妙算《みやうさん》は「さもこそ」、とうち頷《うなづ》きつ席《せき》を避《さけ》て、却主従《さてしゆう〴〵》に対《むか》ひていふやう、「鈍《おぞ》き賤尼《わなみ》が銭卜《ぜにうら》も、原是仏《もとこれほとけ》の授与《じゆよ》なれば、時《とき》にとりては奇特《きどく》あり。然《さ》るにより「南朝《なんちやう》の、残将達《ざんせうたち》にてをはするならん」、と猜《すい》せしことの違《たが》はずして、詳《つまびらか》なるおん答《こたへ》を、承《うけ給は》りぬる嬉《うれ》しさよ。俺身《わがみ》老女《おうな》の事なれば、大事《だいじ》に預《あづか》るべくもあらねど、幸《さいはひ》にして千葉殿《ちばどの》の、顧《ひいき》を年来《としごろかうむ》被り侍《はべ》れば、見参《げんざん》はいと易《やす》かり。折《をり》を揣《はか》りておんうへを、窃《ひそか》に伝《つた》へまゐらすべし。事《こと》做《な》るときは亡親《なきおや》に、いはれし義《よし》の始《はじめ》あり、終《をはり》もあれば忠孝《ちうこう》の、本意《ほい》に称《かな》ふて恪《かく》までに、歓《よろこば》しきことはあらずかし。且《しばら》くこゝに逗留《とうりう》なされて、吉左右《きつさう》を俟《また》せ給へ。吁愛《あなめで》たや」、と祝寿《ことほ》ぎて、又他事《またたじ》もなく見えしかば、貞方《さだかた》やうやく頷《うなづ》き給ひて、

「しからんにはおちゐたり。疑《うたが》ふとにはあらねども、言《こと》*一トたび口《くち》より出《いで》ては、駟《よつのうま》も赶《おひ》がたし、と思ふによりて時《とき》種《たね》に、先《さき》をせられていと恥《はづ》かし。懇意《こんい》に任《まか》して那一議《かのいちぎ》の、成否《なるかならぬ》か聞《き》くまでは、厄会《やつくわい》にこそなるべけれ。今《いま》よりして憑《たのも》しく、思ふものから心《こゝろ》にかゝるは、嚮《さき》に這門辺《このかどべ》にて、赤《あか》黒二隻《くろには》の鶏《にはとり》の、大《いた》く闘《たゝか》ひたりし時《とき》、赤《あか》きは負《まけ》て逃亡《にげうせ》にき。折《をり》から庵主《あんじゆ》のいはれしことを、洩聞《もれきゝ》てその意《い》を得《え》たり。那《かの》赤鶏《あかとり》を南方《なんばう》の、残将余類《ざんせうよるい》に譬《たとへ》られしは、然《さ》もありぬべき事ながら、傷《きず》を被《かうむ》り血《ち》に塗《まみ》れ、脆《もろ》くも負《まけ》て逃亡《にげう》せしは、愉快《こゝろよか》

らぬこと也けり。今《いま》さら思へば件《くだん》の一議《いちぎ》の、得整《えとゝの》はで俺身《わがみ》の仇《あた》に、なるべき祥《さが》にあらずや」、と潜《ひそ》めきて又問給《またとひ》へば、妙算頭《みやうさんかうべ》をうち掉《ふり》て、「いかでかはさる祥《さが》に侍《はべ》らん。足利方《あしかゞがた》に譬《たとへ》たる、那黒鶏《かのくろとり》の猛《たけ》くして、一旦勝《いつたんかつ》に乗《の》るといへども、窮所《きうしよ》を傷《やぶ》られたるを知《し》らで、逃去敵《にげゆくてき》を赶蒐《おひかけ》て、柴門《しばのと》の内《うち》に馳入《はせい》る程《ほど》に、那樹《あのき》の幹《みき》に突中《つきあた》りて、忽地《たちまち》に息《いき》は絶《たえ》にき。疑《うたがは》しくば死《し》したるを、他御覧《あれごらん》ぜよ」、と指《ゆびさ》せば、貞方主《さだかたぬし》も時種《ときたね》も、訝《いぶか》りながら睛《まなこ》を定《さだ》めて、遥《はるか》に庭《には》なる樹間《このま》を見るに、果《はた》して件《くだん》の黒鶏《くろとり》は、何《いつ》の程《ほど》にか斃《たふ》れてあり。当下妙算又《そのときみやうさんまた》いふやう、「那鶏共《あのとりども》は近辺《ちかきほとり》の、村人《むらびと》の養鶏《かひどり》なりしに、甲夜晨《よひなき》せしを忌嫌《いみきら》ひて、遺《おち》なく這首《ここ》へもて来《き》つゝ、理《わり》なく賤尼《わなみ》に預《あづ》け侍《はべ》りき。出家《しゆつけ》に要《えう》なき物《もの》ながら、暁《あかつき》を知《し》るに便《たよ》りよければ、折々《をり〱》に餌《ゑ》を与《あたふ》るのみ。そはとまれかくもあれ、既《すで》に勝《かち》たる黒鶏《くろとり》の、死《し》せしは是《これ》も自方《みかた》の吉兆《きつちやう》、何《なに》の不祥《ふせう》か侍《はべ》るべき。銭卜《ぜにうら》といひ那鶏《かのとり》の、勝負《せうぶ》もかくの如《ごと》くに侍《はべ》れば、時《とき》至《いた》れりといはまくのみ。願《ねが》ふは疑念《ぎねん》を袪《しりぞ》け給ひて、意見《いけん》につかせ給へかし。皆《みな》おん為《ため》に侍《はべ》り」といふ、婦人《ふじん》に似《に》げなき弁論《べんろん》に、主従斉一感嘆《しゆう〱ひとしくかんたん》して、「いはるゝ趣亦是理《おもむきまたこれり》あり。*現窮寇《げにきうこう》は赶《おふ》べからず。那黒鶏《かのくろとり》が勝《かつ》に乗《の》りたる、不覚《ふかく》によりて敗《やぶれ》を取《と》れり。人《ひと》の奇伏《きふく》も亦恁也《またしか》。もて警《いましめ》になさんのみ。判断甘心《はんだんかんしん》々々《〱》」、と称《たゝ》へて笑坪《ゑつぼ》に入《い》り給ふ。

主客《しゆかく》の問答時移《もんだうときうつ》りて、*下晡《なゝつさがり》になりしかば、妙算《みやうさん》日影《ひかげ》を瞻仰《あほぎみ》て、「噫俺《あなわれ》ながら鈍《おぞ》ましや。日《ひ》ははや大《いた》く傾《かたむ》きたるに、物欲《ものほ》しうこそをはすらめ。例《いつも》の豆腐《とうふ》はまだ来《こ》ずや。*那升沽《あのますうり》奴《め》も何《なに》してをるらん。道心者《どうしんじや》には得意《とくい》なし、と見貶《みおと》して疎《うと》くなりたる歟《か》。快来《とくこ》よかし」、と呟《つぶや》きて、既《すで》に立《たゝ》まくせし折《をり》から、「豆腐《とうふ》々々《〱》」、と呼声聞《よびごゑきこ》えて、漸々《しだい》に近《ちか》くなりもて来《き》ぬれば、妙算《みやうさん》は遽《いそがは》しく、盆《ぼん》を引提《ひさげ》て柴門《しばのと》に、走《はし》り出手《いでて》を抗《あげ》て、「こや喃々《なう〱》」と招《まね》くにぞ、時種《ときたね》はそが儘《まゝ》に、やをら障子《せうじ》を引闔《ひきたて》て、主従倶《しゆう〱とも》に隠《かく》れてをり。登時妙算《そのときみやうさん》は、豆腐一《とうふいつ》挺買《ちやうかひ》とりて、銭《ぜに》を遞与《わた》して裡面《うち》に入《い》る、程《ほど》しもあらず外面《とのかた》より、「升屋《ますや》にて候ぞ。阿庵《おあん》さま酒醤油《さけせうゆ》の、御用《ごよう》はをはしまさずや」、といふを妙算《みやうさん》見かへりて、「やよ等不楽《まちわび》たり。用《よう》なからずや、且《しばら》く等《まち》ね」、と留置《とゞめおき》て、棚《たな》より卸《おろ》す酔《すひ》篅《づゝ》を、左右《まて》に拿《と》り走《はし》り出《いで》て、「喃升屋《なうますや》。生平《つね》には一合二合《いちがふにがふ》より、外《ほか》に要《えう》なき竹葉《ささ》なれど、客人《きやくじん》あれば一ト升買《ますかは》ん。やよ美酒《よきさゝ》を這酔篅《このすひづゝ》へ、容《い》るべき限《かぎ》り篩《つぎ》ねかし。阿足《おあし》は翌《あす》でもよからんな」、といひつゝ遁与《わた》すを升屋《ますや》の販子《うりこ》は、受《うけ》とりつ微笑《ほうゑみ》て、「お庵《あん》さま這酔篅《このすひづゝ》は、一升近《ひとますちか》く入《い》りぬべし。壜《とくり》をもたせ給はずや」、といへば妙算《みやうさん》もうち笑《わら》ひて、「然《さ》也。壜《とくり》は両箇《ふたつ》ありしを、鼠《ねずみ》が棚《たな》よりうち落《おと》して、物《もの》の役《やく》には立《たゝ》ずなりたり。器択《うつわえら》みをしたらんより、快篩《とくつが》ずや」、と急《いそが》せば、販子《うりこ》は「呵々《かか》」とうち笑《わら》ひて、両箇《ふたつ》の桶《をけ》なる瓶《かめ》の蓋《ふた》を、此彼《これかれ》と搔取《かいとり》て、調合《ちやうがふ》しつゝ件《くだん》の篅《つゝ》へ、九合《くがふ》あまり量《はか》り入《い》れ、「醤油《せうゆ》は甚麼《いかゞ》」、と尋《たづぬ》れば、「否醤油《いなせうゆ》はきのふの朝《あさ》、買《か》ふたるがその儘《まゝ》あり。翌又来《あすまたき》ませ。その折《をり》に、けふの価《あたひ》を取《と》らせんず」、といへば販子《うりこ》は頷《うなづ》きて、「そは何時《いつ》也とも賜《たまは》りてん。なほ又御用《またごよう》を願《ねが》ふのみ」、と応《いらへ》て軈《やが》て両箇《ふたつ》の桶《をけ》の、荷《に》索操《なはあやつ》り朸《おふこ》へ掛《かけ》て、擡起《もたげおこ》しつ声高《こゑたか》やかに、「升屋《ますや》々々《〳〵》」、と呼《よ》びながら、走《はし》りて見えずなりにけり。

然程《さるほど》に妙算《みやうさん》は、又酔篅《またすひづゝ》を携《たづさへ》て、外面《とのかた》見つゝ柴門《しばのと》を、引闔《ひきたて》て足《あし》ばやに、故所《もとのところ》にかへり来《き》て、却主従《さてしゆう〴〵》に対《むか》ひていふやう、「見給ふごとく身《み》ひとつなれば、庖湢掙《くりやばたら》きし侍《はべ》る程《ほど》、あるじ態《ぶり》の疎《おろか》にならんを、且《しばら》く允《ゆる》し給へかし」、といふを時種《ときたね》推禁《おしとゞ》めて、「そはうち措《おか》し給へかし。俺今《われいま》ゆきて火《ひ》を焼《たか》ん。そこらの指揮《さしづ》を頼《たの》むのみ」、といへば妙算《みやうさん》うち笑《わら》ひて、「噫《あな》物体《もつたい》なやいかにして、賓客《まらうど》に火《ひ》を焼《たか》さるべき。益《やく》なきことを」、と精悍《かひ〴〵》しく、立《たつ》を貞方《さだかた》も禁難《とゞめかね》て、倶《とも》に労《ねぎら》ひ給ひけり。

恁而又主従《かくてまたしゆう〴〵》は、等《まつ》こと凡半晌《およそはんとき》ばかり、日景《ひかげ》いよ〳〵傾《かたむ》きて、門《かど》の槐《ゑんじゆ》に寒蟬《ひぐらし》の、頻鳴《しばな》くかたを向上《みあぐ》れば、残《のこ》る暑《あつさ》を忘《わすれ》水《みづ》、溜《したゝ》る筧音絶《かけひおとたえ》て、霎時端居《しばしはしゐ》の縁頬《えんがは》の、檐《のき》に営《いとな》む蟢《くも》の巣《す》に、掛《かゝ》る彪脚蟁《やぶか》に風戦《かぜそよ》ぐ、黄昏近《たそがれちか》くなりし比《ころ》、妙算《みやうさん》は手料理《てりやうり》に、只一種《たゞひとくさ》なる豆腐《とうふ》の羹《あつもの》、酒盪《さけあたゝ》めし酔篅《すひづゝ》に、盃《さかづき》をとり添《そえ》て、いと大《おほ》きなる*塗折敷《ぬりをしき》に、咸《みな》うち載《のせ》てもて出《いで》つ、且羹《まづあつもの》の椀《わん》を素木《しらき》の折敷《をしき》に、取《と》りて主従《しゆう〴〵》に羞《すゝ》めていふやう、「寔《まこと》に無下《むげ》の田舎《ゐなか》に侍《はべ》れば、管待《もてなし》まゐらすべき東西《もの》もなし。況《まいて》や早《とみ》の*烹炙《にやき》には、稿《わら》*で結《むす》びて提《さぐ》る可《ばかり》の、阿壁《おかべ》のみでは侍《はべ》れども、*旅《たび》にしあれば椎《しひ》の葉《は》に、盛《も》るとか詠《よま》れし歌《うた》のこゝろも、恁《かゝ》る時《とき》にてありけんかし。飯《いひ》も程《ほど》なくまゐらせん。且《まつ》おん箸《はし》を取《とり》あげ給へ。やよおん口《くち》には慊《かなは》ずとも、切《せめ》て竹葉《ささ》でも過《すぐ》し給はゞ、長途《ちやうど》の疲労《つかれ》の瘥《おこた》りて、今宵《こよひ》はやすく睡《ねぶ》らせ給はん。やよ喃々《なう〳〵》」、と他事《たじ》もなき、款待態《もてなしぶり》に主従《しゆう〳〵》は、歓《よろこ》びを述《のべ》て共侶《もろとも》に、*羹《あつもの》の蓋《ふた》を取《と》りて見る、田舎醤油《ゐなかせうゆ》の花《はな》もなく、香《か》もなき柳《やなぎ》の白箸《しらはし》を、染《そむ》るばかりに鹹《しほから》き、麤料理《つかみりやうり》も折《をり》にあふ、饑《うゑ》ては択《えら》まぬ人《ひと》ごゝろ、*轍鮒《わだちのふな》の一杓水《いつしやくすい》も、恪《かく》ありけん、と思ひたり。

登時又妙算《そのときまたみやうさん》は、盃《さかづき》をとて勧《すゝむ》るを、貞方《さだかた》の主推戻《ぬしおしもど》して、「且《まつ》あるじよりはじめてよ」、と辞《いろ》ひ給ふに果《はて》しなければ、妙算《みやうさん》みづから取《とり》あげて、「こは憚《はゞか》りで侍《はべ》れども、然《さ》らば阿醸《おかん》を試《こゝろみ》てん。允《ゆる》させ給へ」、と身《み》を退《しりぞか》して、手爵《てじやく》に酌《くみ》て*半盞許《はんさんばかり》、はや一吸《ひといき》に飲尽《のみつく》して、懐紙《ふところがみ》をとう出《で》つゝ、両《ふたゝび》三回盃《みたびさかづき》の、縁《ふち》を拭《ぬぐ》ひ膝《ひざ》を投《すゝ》めて、恭《うや〳〵》しくまゐらするを、貞方《さだかた》やをら受《うけ》とりて、酌《くま》して軈《やが》て傾《かたむ》けて、又妙算《またみやうさん》に返《かへ》し給ふを、「そは御家臣《ごかしん》へ」、と会釈《ゑしやく》をす。是《これ》より主客献酬《しゆかくけんしう》の、口誼《こうぎ》に盃《さかづき》は巡《めぐ》れども、貞方主《さだかたぬし》は沙量《げこ》なれば、一二度《いちにど》にして辞《いろ》ひ給ふを、妙算《みやうさん》しば〳〵請薦《こひすゝ》めて、思ひの随《まゝ》に酔《えは》したり。又時種《またときたね》にも浮《しひ》けるに、時種素《ときたねもと》より酒《さけ》を嗜《たし》めば、竟《つひ》には独引《ひとりひき》受《うけ》て、いと大《おほ》きなる酔篙《すひづゝ》の、酒遺《さけなご》りなく竭《つく》しけり。その間《あはひ》には妙算《みやうさん》に、献《さ》すことありても酌《しやく》を任《まか》せず、一合酒量《いちがふじやうご》なればとて、半盞《はんさん》ならでは喫《のま》ざりけり。既《すで》にして日《ひ》の暮《くれ》しかば、妙算《みやうさん》は行灯《あんどん》に、火《ひ》を点《とも》し蚊遣《かやり》を焼《たき》て、なほ四面八表《よもやも》の物《もの》がたらひに、主従《しゆう〳〵》を慰《なぐさ》めたる、語次《ことのついで》に問《とひ》けるやう、「実事《まこと》やらん京鎌倉《きやうかまくら》より、おん訪像簟《すがたゑ》をもて殿達《とのたち》を、索《たづね》させ給ふと聞《きゝ》しに、纔《わづか》に一個《ひとり》の従者《ともびと》を将《い》て、漫行《そゞろあるき》をし給ひしは、危《あやう》きことに侍《はべ》らずや」、といふを貞方《さだかた》うち聞《きゝ》て、「恁《しか》おもはるゝは理《ことわ》りながら、縦《たとひ》十名《にん》二十名《にん》、士卒《しそつ》を左右《さゆう》に従《したが》へたりとも、多勢《たせい》の敵《てき》に撞見《いであは》ば、そは九牛《きうぎう》の一毛《いちもう》にて、俺身《わがみ》を戍《まも》るに足《たら》ざるべし。且従者《かつともびと》の多《おほ》ければ、盤纏《ろよう》続《つゞ》かず、外見《ひとめ》に立《たち》て、進退不便《しんたいふべん》のみならで、亦殃危《またわざはひ》を招《まね》くに庶《ちか》かり。然《され》ば主従《しゆう〳〵》二人《ふたり》でも、俺《われ》よく敵《てき》を避《さく》るの術《じゆつ》あり。又時種《またときたね》が武勇勁捷《ぶようはやわざ》、墻《かき》を踰《こえ》屋《やね》に登《のぼ》るに、狙猴《ましら》の枝《えだ》を伝《つた》ふが如《ごと》く、堅《かたき》を破《やぶ》り鋭《とき》を摧《くだ》くに、石《いし》もて卵《かいこ》を圧《お》すより易《やす》かり。加旃《しかのみならず》時種《ときたね》は、千鈞《せんきん》の膂力《ちから》あり。*譬《たとへ》ば建保《けんぽ》の義秀《よしひで》・親衡《ちかひら》、又近世《またちかきよ》に聞《きこ》えたる、妻《め》鹿《が》孫三郎《まごさぶらう》なりとても、捷《まさ》るべうはあらずかし。こゝをもて幾番《いくたび》か、多勢《たせい》の討兵《うつて》を殺脱《きりぬけ》て、恙《つゝが》なきことを得《え》たり。いかでか用心《ようじん》せざらんや」、と密《ひそ》めきて説諭《ときさと》し給へば、妙算《みやうさん》は「有《げ》理《に》々々《〱》」、と答《こたへ》ながらもなほ疑《うたが》ふて、実語《まこと》と思はぬ面《おも》もちなりしを、時種《ときたね》ははやく猜《すい》して、酒《え》気《ひ》に乗《まか》しつ進《すゝ》み出《いで》て、「庵主目今俺君《あんじゆたゞいまわがきみ》の、宣《のたま》ひしことを疑《うたが》ふて、虚語《そらごと》なりとおもひ給ふ歟《か》。さらば本事《てなみ》を見せんず」、と勢《いきほ》ひ猛《たけ》く縁《えん》頬《がは》へ、立《たつ》を貞方呼禁《さだかたよびとゞめ》て、「已《やみ》ね〱」、宣《のたま》へども、酔《えふ》たる人《ひと》の癖《くせ》なれば、亦聴《またきく》べうもあらざりしを、妙算《みやうさん》は含笑《ほうゑみ》ながら、行灯《あんどん》の蓋掻取《ふたかいとり》て、灯《ひ》口《ぐち》を其方《そなた》へ推向《おしむけ》たり。時種《ときたね》これに便《たよ》りを得《え》て、彼此《あちこち》と看《み》廻《めぐ》らすに、脱履《くつぬぎ》にしたりける、最大《いとおほ》きやかなる青石《あをいし》あり。その長《ながさ》は四尺《ししやく》あまり、四面《しめん》は一尺四五寸ゝなるべし。恁《かゝ》れば這石《このいし》の重《おも》きこと、幾百斤《いくひやくきん》あるべからん。*多力雄《たぢからを》の神《かみ》ならざるもの、只《たゞ》一人ゝの力《ちから》をもて、動《うごか》すべうも見えざりしを、時種《ときたね》は物《もの》ともせず、是究竟《これくつきやう》と縁頬《えんがは》より、閃《ひら》りと下《を》りつゝ両肩《もろはだ》袒《ぬ》ぎて、件《くだん》の石《いし》に両手《りやうて》を掛《かけ》て、両三番《ふたゝびみたび》推動《おしうごか》し、矢声《やごゑ》もかけず軽《かろ》やかに、引起《ひきおこ》し肩《かた》にうち乗《の》せて、又取《またとり》なほして目《め》よりも高《たか》く、捧揚《さしあげ》て又彼此《またあちこち》と、態《ふり》を更《かえ》弄《もてあそ》びて、庭《には》の樹間《このま》の暗《くら》きを厭《いと》はず、那方這方《あなたこなた》ともて遶《めぐ》りて、旧所《もとのところ》へ卸措《おろしお》くまで、自若《じじやく》として面色《おもゝち》変《へん》ぜず、徐《しづか》に掌埃《てぼこり》うち払《はら》ひ、両袖《もろそで》斂《おさ》め衣《え》領《り》掻合《かきあは》して、故席《もとのむしろ》に着《つき》しかば、妙算《みやうさん》は直《ひた》と呆《あき》れて、眼《まなこ》を睜《みは》り舌《した》を吐《は》き、又《また》いふべくもあらざりしを、思ひかへして貌《かたち》を更《あらた》め、却時種《さてときたね》にうち対《むか》ひて、「鬼《き》神《しん》も及《およ》ばぬおん身《み》の力量《りきりやう》、世《よ》に又儔《またたぐひ》あるべからず。寔《まこと》に一人ゝ当千《たうせん》なる、勇士《ゆうし》にてをはせしを、阽《あやぶ》み思ひしおろかさよ。過言《くわごん》を允《ゆる》し給へかし。這為体《このていたらく》を介殿《すけどの》兼胤《かねたね》をいふ。に、報奉《つげたてまつ》らばいよゝます〱、憑《たのも》しく思ひ給はんず」、といへば時種《ときたね》領《うなづ》きて、「そはその該《はづ》の事にこそ。去年《きよねん》*応永《おうえい》十六年《ねん》義満《よしみつ》世《よ》を逝《さ》りて、将軍義持《せうぐんよしもち》狐《こ》疑《ぎ》深《ふか》く、骨肉《こつにく》をだも容《いれ》ざれば、郡国《ぐんこく》の大小《だいしよう》名《みやう》、鬼胎《おそれ》を抱《いだ》き解体《にくばなれ》して、上洛《しようらく》せぬもの多《おほ》しと聞《きゝ》ぬ。世間《よのなか》ふたゝび乱《みだ》るべし。恁《かゝ》る時節《じせつ》に千葉殿《ちばどの》の、俺君《わがきみ》と合体《がつたい》して、義兵《ぎへい》を起《おこ》し給ひなば、*虎《とら》に翅《つばさ》を添《そえ》たるごとく、向《むかふ》に前《まへ》なく百戦百勝《ひやくせんひやくせう》、且房総《まづぼうさう》を平均《へいきん》し、武蔵《むさし》を略《りやく》して、鎌倉《かまくら》に、攻《せめ》入《い》ることも易《やす》かるべし」、と勇《いさ》むを貞方推禁《さだかたおしとゞ》めて、「噫声高《あなこゑたか》し何《なに》をかいふや。壁《かべ》にも耳《みゝ》のありといふ、世《よ》の常言《ことわざ》を思はずに、慎《つゝし》み薄《うす》くば後悔《こうくわい》あらん。要《えう》なき多弁《たべん》は傍痛《かたはらいた》し」、と叱《しか》り給へば、時種《ときたね》は、頭《かうべ》を掻《か》きつゝ逡巡《あとじさり》して、そが儘口《まゝくち》を鉗《つぐ》めども、酒《さけ》の酔《えひ》はます〱升《のぼ》りて、頻《しき》りに睡眠《ねむり》を催《もよほ》したり。況貞方主《まいてさだかたぬし》は沙量《げこ》なりければ、漸漸《しだいしだい》に酩酊《めいてい》して、席《せき》にも勝《たへ》ず見え給へば、妙算《みやうさん》は含笑《ほうゑみ》ながら、且盃盤《まづはいばん》を片《かた》よせて、いそしく立《たち》て次《つぎ》の間《ま》に、臥簟《ふしど》を儲《まうけ》、蚊帳《かちやう》を垂《たれ》て、主従《しゆう〱》を揺《ゆり》覚《さま》し、「殿達夜食《とのたちやしよく》を召《めさ》れずや。臥簟《ふしど》は那首《あしこ》に儲《まうけ》てあり。就寝《ねまり》給ふ歟《か》いかにぞや」、と屢《しば〱》問《とは》れて貞方主《さだかたぬし》は、頭《かうべ》を擡《もた》げ、左見右見《とみかうみ》て、「否々夜食《いな〱やしよく》は欲《ほ》しからず。痛《いた》く酔《えふ》たり枕《まくら》に就《つか》ん。允《ゆる》し給へ」、と刀《かたな》を引提《ひさげ》て、倰僜《よろめ》きながら次《つぎ》の間《ま》なる、蚊帳《かちやう》の内《うち》に入《い》り給へば、時種《ときたね》も引続《ひきつゞ》きて、宿寝《とのい》も旅《たび》の無造《むぞう》作《さ》に、主《しゆう》の後方《あとべ》に臥《ふし》たりける。当下妙算《そのときみやうさん》は、幮《かや》の下折《すそを》りさし闚《のぞ》きて、「やよ殿《との》も畑主《はたぬし》も、浄手《ちやうず》にゆかせ給はぬ歟《か》。倘《もし》小夜深《さよふけ》て起出《おきいで》たまはゞ、手燭《てしよく》をもたせ給へかし。こゝに侍《はべ》り」、といはれても、生応《なまいらへ》する主従《しゆう〱》が、枕轔《まくらきし》らす夢《ゆめ》ごゝろ、又覚《またさむ》べうもあらざりけり。

然程《さるほど》に妙算《みやうさん》は、臥房《ふしど》の紙門《ふすま》を引闔《ひきたて》て、且盃盤《まづはいばん》を取納《とりおさ》め、洗《あら》ひ浄《きよ》めつ包湢《くりや》より、手《て》を拭《ふき》ながら出《いで》て来《き》て、那主従《かのしゆう〱》の臥房《ふしど》なる、隔亮《ふすま》に身《み》をよせ鵠立《たゞずみ》て、霎時《しばし》寝息《ねいき》を窺《うかゞ》ふて、莞爾《につこ》と笑《ゑみ》て抜足《ぬきあし》しつゝ、さらに仏間《ぶつま》に退《しりぞ》きて、時後《ときおく》れたる*夕勤《ゆふづとめ》、鳴《な》らす木魚《もくぎよ》の音寂《おとさび》て、夜《よ》ははや亥中《ゐなか》になりにけり。

第《だい》六回《くわい》

福草村《さきくさむら》に三兇奇《さんけうき》功《こう》を奏《そう》す
薬酒《やくしゆ》を醸《かも》して郡領来歴《ぐんりやうらいれき》を詳《つまびらか》にす

却説《かくて》その夜《よ》の子《ね》二刻比《ふたつごろ》、連立来《つれだちき》ぬる両個《ふたり》の壮佼《わかもの》、此彼《これかれ》打扮苛刻《いでたちいかめ》しき、*赤銅造《しやくどうづくり》の両刀《りやうたう》を、十字《じうのじ》の像《ごと》く腰《こし》にして、細鎜《こぐさり》の戦襲《きごみ》、擘手《こて》臑盾《すねあて》、鋲打《びやううつ》たる抹額《はちまき》に、戦鞋《むしやわらじ》を穿締《はきしめ》て、先《さき》に進《すゝ》みし一人ッが、火縄《ひなは》うち揮《ふ》る薄月夜《うすづきよ》、はや柴門《しばのと》に近《ちか》着《づき》て、*二丈《ふたつゑ》あまり這方《こなた》より、小石《こいし》を拾《ひろ》ふて磤《はた》と擲《うつ》、礫《つぶて》の音《おと》は暗号《あひづ》なりけん、裡面《うち》には木魚《もくぎよ》の音絶《おとたえ》て、仏間《ぶつま》を出《いづ》る妙算《みやうさん》は、紙燭《しそく》を秉《とり》つゝ両折戸《もろをりど》を、密《そ》と推開《おしひら》き透《すか》し見て、「そは灘蔵歟《なだざうか》。船蔵歟《ふなざうか》」、と問《と》へば両個《ふたり》の壮佼《わかもの》は、「然《さ》也」、と答《こたへ》て足《あし》ばやに、斉一䠝《ひとしくやが》て找《すゝみ》よりて、「母御《はゝご》*味美行《あぢようやら》れし歟《か》。今宵《こよひ》の首尾《しゆび》は甚麼《いかに》ぞや」、と問《とひ》かへされて笑《ゑま》しげに、「さればとよ聞《きゝ》ねかし。殿《との》より仰《おふせ》つけられし、予《かねて》の計較《もくろみ》一箇《ひとつ》も外《はづ》さず、終《つひ》には那陀《かのだ》*々《だ》花酒《くわしゅ》を、思ひの随《まゝ》に喫《のま》したる、貞方《さだかた》も時種《ときたね》も、酔《えふ》て臥房《ふしど》に入《い》りしより、二時《ふたとき》あまり経《へ》にければ、今《いま》は死人《しにん》に異《こと》ならで、宿鳥《ねとり》を捉《と》るより易《やす》かるべし。緈《こと》の始末《しまつ》を説示《ときしめ》さんに、快々《とく〳〵》入《い》りね」、と先《さき》に立《たつ》、親《おや》に引《ひか》るゝ胞兄弟《はらから》は、手《て》ばやく草鞋《わらじ》を脱捨《ぬぎすて》て、正屋《おもや》に入《い》りて坐《ざ》を占《しむ》る。灘蔵《なだざう》声《こゑ》を密《ひそま》して、「喃母御《なうはゝご》。嚮《さき》には咱們《われら》も一役承《ひとやくうけ》て、升屋《ますや》の販子《うりこ》に変着《なりすま》し、那陀《かのだ》々《だ》花酒《くわしゅ》と毒《どく》なき酒《さけ》を、篩分《つぎわけ》たりし*手通魔《てづま》はさら也、又売態《またうりぶり》も妙《みやう》ならずや」、と誇《ほこ》れば輸《まけ》じと弟《おとゝ》の船蔵《ふなざう》、おなじ調子《ちやうし》に声《こゑ》を低《ひく》めて、「那酒《かのさけ》には豆腐《とうふ》は*敵薬《てきやく》、啖合《くひあは》すれば殊《こと》さらに、その毒劇《どくはげ》しと聞《きこ》えしかば、咱們《われら》は豆腐賈人《とうふあきびと》に、なりて一役勤《ひとやくつと》めたり。そを那奴們《かやつら》は啖《くら》ひし歟《か》」、と問《と》へば妙算頷《みやうさんうなづ》きて、「そこらに脱落《ぬかり》あるべきや。*二荒椀《にくわうわん》に装着《もりつけ》て、露《つゆ》も遺《のこ》さず啖《くは》したる、その進退《かけひき》はかたくもあらねど、容易《たやす》からぬは那酒《かのさけ》也。いぬる日《ひ》殿《との》より賜《たまは》りたる、那《あの》酔筩《すいづゝ》には機関《からくり》あり。樋《ひ》をもて内《うち》を両箇《ふたつ》に隔《しきり》し、外面《とのかた》は漆《うるし》をもて、塗《ぬり》わけられしを目標《めじるし》にて、黒《くろ》き方《かた》には陀《だ》々《だ》花酒《くわしゅ》あり。黄《き》なる方《かた》には毒《どく》なき酒《さけ》あり。薬酒《やくしゅ》を薦《すゝめ》んとするときは、黒《くろ》き方《かた》を下《した》にして、上《うへ》なる竅《あな》を指《ゆび》もて塞《ふさ》げば、毒《どく》なき酒《さけ》は些《ちつと》も出《いで》ず、毒《どく》なき酒《さけ》を盛《もる》ときは、黄《き》なる方《かた》を下《した》にして、上《うへ》なる竅《あな》を指《ゆび》もて塞《ふさ》げば、薬酒《やくしゅ》は些《ちつと》も出《いで》ざるよし、殿《との》より伝授《でんじゅ》なされしかども、「俺身《わがみ》の喫《のむ》とき人《ひと》に任《まか》して、盛《もら》してはその手通魔《てづま》も得《え》ならず。酌《しやく》を人手《ひとで》に遁与《わた》さずして、その度毎《たびごと》に手爵《てじやく》に酌《くみ》て、喫《の》むすら骨《ほね》の折《をれ》たる所為《わざ》也。況《まいて》や既《すで》に乱酒《らんしゅ》になりては、倘《もし》とり錯《ちが》へて毒《どく》ある酒《さけ》を、手盛《てもり》に俺身《わがみ》の喫《の》むべき歟《か》」、と思へば霎時《しばし》も油断《ゆだん》はならず、苦労《くろう》は今又話《いまゝたはな》すが如《ごと》き、手軽《てがろ》き所行《わざ》ではなかりしを、然《さり》とて気色《けしき》に暁得《さと》られては、緈《こと》の破《やぶ》れになるのみならで、俺身《わがみ》は矢庭《やには》に殺《ころ》さるべし。命《いのち》がけなる大役《たいやく》を、左《と》やら右《かう》やら勤果《つとめはた》せし、親《おや》の心《こゝろ》を子《こ》は知《し》らず、僅《わづか》に豆腐賈人《とうふあきびと》と、酒肆《さかや》の販子《うりこ》に打扮《いでたち》たるを、今《いま》さら誇《ほこ》ることかは」、と窘《たしなめ》られても物《もの》とも思はぬ、胞兄弟倶《はらからとも》に膝立直《ひざたてなほ》して、「そはその該《はづ》でもあるべきが、お

ん身《み》は亦《また》いかにして、那奴們《かやつら》二名《ふたり》を這庵《このいほり》へ、輙《たやす》く引入《ひきい》れ給ひしぞ」、と問《と》へば妙算《みやうさん》、

「さればとよ。「那叛逆《かのほんぎやく》の風声《ふうぶん》の、世《よ》に隠《かく》れなからんには、貞方《さだかた》も亦伝聞《またつたへきゝ》て、必這地《かならずこのち》へ来《く》ることあらん。然《さ》るときは便点《てだて》をもて、留《とゞ》めて縡《こと》を行《おこな》へ」、と殿《との》より仰下《おふせくだ》されて、那《かの》主従《しゆう〴〵》の骨相書《にんさうがき》と、訪像《すがたゑ》さへに賜《たま》ひしかば、それより日毎《ひごと》に門《かど》に立《たち》て、這頭《このほとり》を過《よぎ》る旅客《たびゞと》に、間《ま》なくこゝろをつけたりしに、けふ亭午《まひる》の比柴門《ころしばのと》の、頭《ほとり》を過《よぎ》る旅客《たびゞと》あり。主従《しゆう〴〵》ならんとおぼしくて、一個《ひとり》は*縮羅《しゞら》の単衣《ひとへぎぬ》を被《き》て、深編笠《ふかあみがさ》に面《おもて》を罩《つゝ》み、白柄《しらつか》に鮫鞘《さめざや》の、両刀《りやうたう》を帯《おび》たれば、問《とは》でもしるきそは武《ぶ》士《し》也。又一個《またひとり》は従者《ともびと》にて、年紀《とし》は三十あまりなるべし、身《み》の長高《たけたか》く骨逞《ほねたくまし》く、長《なが》き一刀《いつたう》を腰《こし》にして、裳《もすそ》を引折《ひを》り脚絆《あゆび》を穿《つけ》て、行裹《たびづゝみ》を駝《せお》ひたり。主《ぬし》は笠《かさ》にて面《おもて》を見せねど、那従者《かのともびと》の面魂《つらだましひ》、その余《よ》の模様《もやう》も訪像《すがたゑ》に、合《あは》して見《み》れば新田貞方《にったさだかた》、主従《しゆう〴〵》に彷彿《さもに》たり。胸《むね》は忽地《たちまち》うち騒《さわ》ぎて、いかにせましと思ひし折《をり》、折《をり》もよく外面《とのかた》にて、豢鶏《かひどり》の黒《くろ》きと赤《あか》きが、大《いた》く爪戦《けあ》ふて已《やま》ざりければ、那主従《かのしゆう〴〵》はゆきも得《え》やらで、停在《たゞずみ》て、そを観《み》る程《ほど》に、赤鶏《あかとり》は竟《つひ》にうち負《まけ》て、逃《にぐ》るを透《すか》さず黒鶏《くろとり》の、赶《おひ》つゝ俺身《わがみ》のほとりに来《き》にけり。登時裡面《そのときうち》より箇様《かやう》々々《〳〵》に、独語《ひとりごち》つゝ*密引《すびき》て試《み》たるを、那主従《かのしゆう〴〵》の外面《とのかた》にて、洩聞《もれきゝ》てうち驚《おどろ》きけん、迭《かたみ》に霎時《しばし》聶《さゝや》きつ、俺這庵《わがこのいほり》を南朝《なんちやう》に、由縁《ゆかり》あるものなどの、隠宅《かくれが》なる歟《か》と思ひけん、那従者《かのともびと》に呼門《おとなは》して、秋《しう》暑《しよ》に堪《たへ》ぬを言種《ことぐさ》に、霎時《しばし》の宿《やど》りを請《こ》ひしより、はや圏套《かけわな》に入《い》りし也。当下俺又後々《そのときわれまたのち〴〵》の、為《ため》にと思ひしよしあれば、爪戦《けあひ》に勝《かち》たる黒鶏《くろとり》を、手《て》ばやく窃《ひそか》に絞殺《しめころ》して、樹杻《こだち》の間《あはひ》に棄措《すておき》つ、然《さ》らぬさまにて出迎《いでむかへ》て、正屋《おもや》に倡引茶《いざなひちや》を薦《すゝ》め、いと丁寧《ねんごろ》に款待《もてな》す程《ほど》に、件《くだん》の武士《ぶし》が「銭卜《ぜにうら》に、問《と》ふてその身《み》の宿望《しゆくまう》の、成果《なるならざる》を知《し》らまくほし」、といひしにいよ〳〵便《たよ》りを得《え》て、箇様《かやう》々々《〳〵》にいひ誘《こしら》へ、聽《やが》て仏間《ぶつま》に相伴《ともなふ》て、銭《ぜに》もて占《うらな》ふやうにして、「占象《うらかた》は大吉《だいきち》也」、と報知《つげしら》して歓《よろこば》せ、観《くわん》世音《ぜおん》に這歓《このよろこ》びを、まうさんとて稍久《やゝひさし》く、普門品《ふもんぼん》を読《よみ》たりき。仏間《ぶつま》で時《とき》を移《うつ》せしは、拵《こしらへ》置《おか》れし義貞以下《よしさだいか》の、位牌《ゐはい》をよくも見《み》せん為《ため》也。那們《かれら》は果《はた》して位牌《ゐはい》を見て、目《め》を照《あは》しつゝ愀《しう》然《ねん》《ウレハシキカタチ》たり。こゝに至《いたり》て問《と》はでもしるき、「件《くだん》の武士《ぶし》は新田貞《にったさだ》

方《かた》、又従者《またともびと》は畑六郎二時種《はたろくらうじときたね》にこそありけめ」、と猜《すい》することは猜《すい》しても、まだ名告《なの》らせねば人《ひと》たがへ、あらじとは思ひ決《さだ》めがたかり。「予《かねて》の計議《けいぎ》は今《いま》この時《とき》ぞ」、と思ひにければ正《まさ》しげに、俺身《わがみ》の素生《すじやう》を説示《ときしめ》し、新田《につた》に旧縁《きうえん》あるよしと、殿《との》の隠謀《いんぼう》恁々《しか〴〵》と、誠《まこと》しやかに聶《さゝや》き告《つげ》て、「いかで新田《につた》の嫡《ちやく》孫《そん》を、総大将《さうだいせう》にとり立《たて》て、共《とも》に義兵《ぎへい》を起《おこ》しなば、軍《いくさ》に名《な》あり」、と千葉城内《ちばぜうない》で、軍議《ぐんぎ》ありしを聞《きゝ》たりとて、旨《うま》く相譚《かたらひ》課《おほ》せしかども、貞方《さだかた》はなほ疑《うたが》ふて、早《とみ》には名告《なのり》かねたりしを、那時種《かのときたね》が焦燥《いらだち》て、主《しゆう》をもまたで恁々《しか〴〵》と、名告《なのり》て意中《いちう》を諦《あか》しにき。恁《かゝ》れば猶《なほ》も主従《しゆう〴〵》の、心《こゝろ》を緩《ゆる》させせん為《ため》に、けふ占《うらな》ひし銭卜《ぜにうら》の、大吉《だいきち》也といふよしも、予《かねて》の口伝《くでん》に弁《べん》を加《くはえ》て、最《いと》も愛《めで》たく説示《ときしめ》せしを、貞方主従《さだかたしゆう〴〵》うち聞《きゝ》て、歓《よろこば》ざるにあらねども、南北両朝《なんぼくりやうちやう》に譬《たとへ》たる、赤黒二隻《あかくろには》の鶏《にはとり》の、爪戦《けあひ》に赤《あか》

有像第九（八）

灘蔵船蔵夜来会銭卜庵《なだざうふなざうよるせんぼくあんにらいくわいす》

なほからぬものにはあれどはゝこ草ひなにもちひの折にこそあへ

妙さん　あらみなだ蔵　荒海船蔵

鶏《とり》の負《まけ》たりしを、心《こゝろ》に掛《かけ》て云云《かにかく》と、いはれし折《をり》にそを慰《なぐさ》めて、嚮《さき》に絞《しめ》たる黒鶏《くろとり》を、自滅《じめつ》したりといひもて瞞《くろ》めて、是《これ》もめでたき祥《さが》なりとて、寿《ことぶ》きたればうち解《とけ》て、遂《つひ》に止宿《ししゆく》の心《こゝろ》あり。恁《かゝ》る折《をり》から你達《そなたしゆ》〇ナンタチが、酒《さけ》と豆腐《とうふ》を売《うり》もて来《き》たれば、却《さて》貞方《さだかた》を留《とゞ》めしよしを、隠語《なぞことば》にて知《し》らせし也。爾《しか》るに胆《きも》の潰《つぶ》れしは、畑時種《はたときたね》が膂力《ちから》也。「万夫無当《ばんぶぶたう》の勇《ゆう》あり」、と予《かね》も伝聞《つたへきゝ》しかど、さまではあらじと思ふにより、言《こと》を設《まうけ》てそゝのかせしに、那奴《かやつ》は酔《えふ》たる折《をり》なれば、はや口車《くちぐるま》に乗《の》せられて、些《ちつと》も擬議《ぎぎ》せず下立《をりたち》て、*句見《よみきりみ》よ、那縁頬《あのえんがは》の頭《ほとり》なる、脱《くつ》履石《ぬぎいし》を引起《ひきおこ》し、肩《かた》にうち載《の》し捧揚《さしあげ》て、庭《には》の樹間《このま》を幾遍《いくたびか》歟、もて遶《めぐ》りつゝ又故《またもと》の、所《ところ》へやをら措《すゑ》たりき。抑幾百人力《そもいくひやくにんりき》あるやらん、最怕《いとおそ》るべき猛者《もさ》なれども、智慧《ちゑ》浅《あさ》ければ瞞《だま》すに易《やす》く、那陀々花酒《かのだだくわしゆ》を遺《など》りなく、飲《のま》せにければ中《あて》られて、主《ぬし》共侶《もろとも》に酔臥《えひふし》たり。皆是殿《みなこれとの》の方寸《はうすん》より、出《いで》たる計略《けいりやく》その図《づ》に当《あた》りて、大功《たいこう》こゝに成就《じやうじゆ》したれば、只這一挙《たゞこのいつきよ》に亡者《なきひと》の、悪《あく》名《めう》を雪《きよ》むべく、絶《たえ》たる家《いへ》を興《おこ》さんこと、はやけふ翌《あす》の程《ほど》にあらん。歓《よろこ》び給へ。愛《めで》たや」、と一五一十《いちぶしじう》の長物《ながもの》がたりに、

斉一《ひとしくいさ》勇む灘蔵《なだざう》・船蔵《ふなざう》。笑片向《ゑみかたまけ》てうち頷《うなづ》き、「是《これ》に就《つき》ても感《かん》じ入《いり》たる、介殿《すけどの》の御計略《ごけいりやく》。「貞方主従《さだかたしゆう〴〵》這地《このち》に来《き》たらば、必《かならず》その憩《いこ》ふべき、所《ところ》を儲《まうけ》て網《あみ》を張《は》れ」とて、彼此《あちこち》に下知《げぢ》ありし折《をり》、近曾《ちかごろ》おん身《み》の銭卜《ぜにうら》の、流行《はやる》によりて忠告《ちうこう》の、密《みつ》訴《そ》を聞食入《きこしめしいれ》られ、又俺們《またわれ〴〵》には日《ひ》ごろより、出買《であきびと》に打扮《いでたゝ》して、彼此《あちこち》となくうち巡《めぐ》らせ、この余《よ》も客店酒肆茶店《はたごやさかみせちやみせ》に、密計《みつけい》を徇示《ふれしめ》さして、骨相訪覽《すがたゑぶみ》を逓与《わた》させ給ひし、准備《ようゐ》は自他僉異《じたみなこと》ならざりしに、幸《さいは》ひにして母御《はゝご》の宿所《しゆくしよ》へ、那主従《かのしゆう〴〵》の立寄《たちよ》りしは、人力《じんりき》ならぬ天《てん》の錫《たまもの》。恁《かゝ》れば立身疑《りつしんうたが》ひなし。寔《まこと》に賀《が》すべし賀《が》すべし」、と辞《ことば》ひとしく答《こたへ》たる、兄《あに》も弟《おとゝ》も如意満足《によいまんぞく》の、歓《よろこ》び限《かぎ》りなかりしを、妙算《みやうさん》は「さもこそ」、と倶《とも》に笑《ゑみ》つゝ頷《うなづ》きて、

「「那陀々花酒《かのだだくわしゆ》を飲《のみ》たるものは、縦幻術《たとひげんじゆつ》ありとても、勇力《ゆうりき》儔《たぐひ》あらずとも、心神《しん〴〵》共《とも》に亡失《ばうしつ》して、*解薬《げやく》を用《もち》ひざる程《ほど》は、幾日《いくか》を経《へ》ても醒《さむ》ることなく、竟《つひ》にはそが儘死《まゝし》に至《いた》る」、と正《まさ》かに伝聞《つたへきゝ》たれども、寝《ね》さして措《おき》ては捕栄《とりばえ》なからん。快《とく》細《いまし》めて訴《うつたへ》ばや」、といふを船蔵聞《ふなざうきゝ》あへず、「そこらに女才《ちよさい》あ

るべき歟《か》。嚮《さき》におん身《み》が隠語《なぞことば》もて、「那貞方主従《かのさだかたしゆう〴〵》の、事《こと》恁々《しか〴〵》」と知《し》らせ給ひし、その折咱們《をりわれら》は飛《とぶ》が似《ごと》くに、城内《ぜうない》に走《はしり》まゐりて、はやくも訴稟《うつたへまう》せしかば、殿《との》のおん歓《よろこ》び大《おほ》かたならず、「爾《しか》らば孤《われ》は士卒《しそつ》を将《い》て、汝《なんぢ》が母《はゝ》の宿所《しゆくしよ》に赴《おもむ》き、実検《じつけん》して違《たが》はずば、那主従《かのしゆう〴〵》を牢轎《ろうごし》*に、乗《の》して鎌倉《かまくら》へまゐらせん。汝《なんぢ》ははやく走《はし》り還《かへ》りて、親同胞《おやはらから》と共侶《もろとも》に、守護《しゆご》して孤《われ》を福草村《さきくさむら》なる、母《はゝ》の宿所《しゆくしよ》に等《まて》かし」、と仰出《おふせいだ》されたるにより、軈《やが》て踵《きびす》を旋《めぐら》して、走《はし》りかへりつ件《くだん》のよしを、大哥《あにき》に報《つげ》て、夜《よ》を入《こめ》て、うちつれ立《だち》て来《き》つる也」、といへば又灘《またなだ》蔵《ざう》も、「目今母御《たゞいまはゝご》にいはれしごとく、最《いと》も緊《きび》しく緪《いまし》めて、殿《との》の恩臨《おいで》を俟《まつ》ならば、生拘《いけどり》たるに異《こと》ならで、いよ〳〵華《はな》やかなるべけれども、思ふにも似《に》ず快醒《とくさめ》て、姿《すがた》を隠《かく》す歟《か》、さなくとも、反撃《かへりうち》にせられなば、本直《もとね》*にしかぬる踏雲《あぶな》き仕《し》事《ごと》。且一覧《まづいちらん》して後《のち》に、楚《しか》と隊与《てぐみ》を定《さだ》むべし。船蔵立《ふなざうたち》ね」、と急《いそが》せば、「応《おう》」と答《こたへ》て行灯《あんどん》なる、紙燭《しそく》を秉《とり》て火《ひ》を移《うつ》し、胞兄弟《はらから》倶《とも》に立寄《たちよ》りて、紙門《ふすま》を半分推開《なかばおしひら》き、酔臥《えひふし》たりし主従《しゆう〴〵》を、瞬《またゝき》もせず得《とく》と見て、紙門《ふすま》を闔《たて》て退《しりぞ》きたる、灘蔵《なだざう》霎時《しばし》沈吟《うちあん》じて、「那陀《かのだ》々《だ》花酒《くわしゆ》の奇特《きどく》は目前《もくぜん》、主《しゆう》も家隷《けらい》も仰反《のけぞつ》て、死《し》したるものに異《こと》ならねども、然《さり》とて虚《うか》と手《て》は下《くだ》されず。殿《との》の恩臨《おいで》に程《ほど》なからんに、船蔵途《ふなざうみち》まで出迎《でむか》ふて、母御《はゝご》の甘《うま》く行《や》られたる、始末《しまつ》を具《つぶさ》に聞《きこ》えあげて、おん伴《とも》してかへり来《こ》よ。殿《との》のわたらせ給ひなば、多人数《たにんず》にして心《こゝろ》づよかり。その折《をり》に乞《こひ》まうして、俺們《われ〴〵》兄弟先《きやうだいさき》に進《すゝ》みて、那主従《かのしゆう〴〵》に索《なは》を掛《かけ》んに、倘醒《もしさめ》たりとも踏雲気《あぶなげ》なし。この議《ぎ》はいかゞ」、と聶《さゝや》き示《しめ》せば、船蔵連《ふなざうしき》りに頷《うなづ》きて、「そこらの用心尤《ようじんもつとも》よし。甲夜《よひ》より曇《くも》りし天霽《そらは》れて、月鮮明《つきさやか》也。蕉火《たいまつ》を、もたでも便《たよ》りあしからず。爾《しか》らば咱們《われら》は走一走《ひとはしり》に、隣村《となりむら》までいて見《み》て来《き》てん。臥房《ふしど》に心《こゝろ》をつけ給へ」、といひつゝ草鞋《わらじ》を穿着《はきしめ》て、東《ひがし》を投《さし》て走《はし》りけり。

恁而《かくて》妙算《みやうさん》・灘蔵《なだざう》等は、柴折焼《しばをりたき》て茶《ちや》を烹沸《たぎら》し、物片《ものかた》よせつ、箒《はゝき》を取《とり》て、賓客儲《まろどまうけ》の塵芥《ちりあくた》、掃除《そうぢ》し果《はて》て俟程《まつほど》に、庭《には》の草葉《くさば》に集《すだ》く虫《むし》の、露《つゆ》けき声《こゑ》に肌膚寒《はださむ》く、はや暁方《あけがた》になる随《まゝ》に、猛可《にはか》に聞《きこ》ゆる人馬《にんば》の足音《あしおと》、器械拿《うちものもつ》たる許多《あまた》の士卒《しそつ》を、前《まへ》に立《たゝ》し後《うしろ》に備《そなへ》て、馬《うま》の足掻《あがき》をはやめつゝ、いで来《く》るものは別《べつ》人《じん》ならず、当国《たうごく》の郡領《ぐんりやう》、千葉介兼胤《ちばのすけかねたね》也。*但見《たゞみ》る這日《このひ》の打扮《いでたち》は、萌葱威《もえぎをどし》の身甲《はらまき》に、古金襴《こきんらん》の戦袍《ぢんばをり》、輪鉄入《すぢがねいり》たる梨子《なし》打烏《うちゑ》帽子《ぼし》に、黄金製作《こがねづくり》の大刀《たち》を跨《はき》て、南部《なんぶ》栗毛《くりげ》の三歳駒《さんさいごま》に、雲《う》珠鞍措《づくらおか》して優《ゆたか》にうち乗《の》り、靮捌《たづなさば》きも意気揚々《いきやう〳〵》と、柴門近《しばのとちか》く来《く》る程《ほど》に、案内《しるべ》に立《たち》たる船蔵《ふなざう》は、一反《いつたん》ばかり那方《あなた》より、先《さき》へ走《はし》りて遽《いそがは》しく、折戸《をりど》を礑《はた》と推開《おしひら》き、「母御《はゝご》よ大哥《あにき》も快出《とくいで》給へ。殿《との》の渡《わた》らせ給ひしぞや」、と呼《よば》ゝる声《こゑ》に妙算《みやうさん》は、灘蔵《なだざう》と共侶《もろとも》に、慌忙《あはてふため》き出迎《いでむかへ》て、折戸《をりど》の左右《さゆう》に平伏《ひれふし》たり。登時兼胤《そのときかねたね》は、究竟《くつきやう》の士卒《しそつ》四五十名《にん》に、庵《いほり》の四方《しはう》を捕囲《とりかこま》せ、馬乗放《うまのりはな》ちて悠々《ゆう〳〵》と、正屋《おもや》に到《いた》りて上座《かみくら》なる、凳《せうぎ》に尻《しり》をうち掛《かく》れば、物具《ものゝぐ》したる老党近臣《らうだうきんしん》、斉一《ひとしく》左右《さゆう》に坐列《ゐながれ》たり。恁《かゝ》りし程《ほど》に妙算《みやうさん》も、跡《あと》に跟《つ》き裡面《うち》に入《いり》て、両個《ふたり》の児子共侶《こどももろとも》に、おそる〳〵拝謁《はいゑつ》す。

兼胤遥《かねたねはるか》にこれを見て、「当庵《たうあん》の女僧《あま》妙算等《みやうさんら》、近《ちか》う参《まゐ》れ」、と招《まね》きよせて、みづから褒美《ほめ》て却《さて》いふやう、「南方《なんばう》の残将《ざんせう》新田貞方《につたさだかた》は、曩《さき》に陸奥《みちのく》を没落《もつらく》せしより、追捕《ついぶ》しば〳〵也といへども、他《かれ》は幻術《げんじゆつ》あるをもて、水《みづ》を見れば水《みづ》に隠《かく》れ、火《ひ》に遇《あ》へば火《ひ》に隠《かく》れ、多勢《たせい》の討手《うつて》を殺脱《きりぬけ》て、出没定《しゆつぼつさだ》かならざれば、これを捕《とらふ》るものなかりき。又只貞方《またたゞさだかた》のみならで、相《あひ》従《したが》ふ一個《ひとり》の猛者《もさ》あり。畑六郎二時種是《はたろくらうじときたねこれ》なり。亦《また》その勇力世《ゆうりきよ》に捷《すぐ》れて、且剽姚《かつはやわざ》に長《たけ》たれば、是《これ》だに久《ひさ》しく手《て》に入《い》らず。然《さり》とてうち捨措《すておく》ときは、只是国家《たゞこれこくか》の患《うれひ》なり。こゝをもて、室町鎌倉両御所《むろまちかまくらりやうごしよ》の、大御心安《おほみこゝろやす》からず、「よく貞方等《さだかたら》を擒捕《からめとり》て、まゐらするものあらば、勧賞乞《けんせうこふ》に依《よ》るべし」、といと厳《おごそか》なるおん下知《げち》あり。兼胤苟《かねたねいやしく》もこの年来《としごろ》、鎌倉殿《かまくらどの》の御恩《ごおん》によりて、父祖《ふそ》の旧領《きうりやう》を相続《さうぞく》したるに、且宿願《かつしゆくぐわん》もあるをもて、日夜《にちや》肺肝《はいかん》を摧《くだ》きつゝ、稍計略《やゝけいりやく》を得《え》たりしかば、執権《しつけん》憲定入道《のりさだにうだう》に、よしを告免許《つげめんきよ》を稟《うけ》て、兼胤叛逆《かねたねほんぎやく》の企《くはだて》あるよしを、都鄙《とひ》遠近《ゑんきん》に流言《いひふら》せしは、那貞方《かのさだかた》を孤《わ》が城下《ぜうか》に、輙《たやす》く誑引《おびき》よせん為《ため》也。しかはあれども尋常《よのつね》なる、隊配《てくばり》をもて捕《とり》籠《こめ》て、そを生拘《いけどら》んと做《な》すならば、数百《すひやく》の逞兵《ていへい》ありとても、他又例《かれまたれい》の幻術《げんじゆつ》をもて、脱去《のがれさ》ることなからずやは。この故《ゆゑ》に左《と》さま右《かう》さま、なほ又思慮《またしりよ》を回《めぐ》らせしに、わが家《いへ》に旧《ふる》く伝《つたは》る、陀々《だだ》花酒《くわしゆ》の一方《いつばう》あり。*此《これ》は是《これ》、唐山宋《からくにさう》の商船《あきびと》なりける、宋晁呉《さうちやうご》と喚《よば》れしものが、小松《こまつ》の大臣重盛公《だいじんしげもりこう》に、献《たてまつ》りたる奇《き》方《はう》也。人《ひと》は勿論《もちろん》、狐狸毒蛇《こりどくじや》、神通不思議《じんつうふしぎ》のものといふとも、件《くだん》の薬酒《やくしゆ》を喫《のみ》て後《のち》、酔《えふ》て睡《ねむり》に就《つ》くときは、心神遂《しんぐつひ》に亡失《ぼうしつ》して、日《ひ》を累《かさ》ね月《つき》を歴《ふ》るまで、解薬《げやく》を用《もち》ひざるときは、醒《さめ》ずして死《し》するのみ。*譬《たとへ》ば那劉玄石《かのりうげんせき》が、中山千日《ちうざんせんにち》の酒《さけ》にも捷《まさ》りたり。然《さ》れば又宋《またさう》の時《とき》、歹人《わるもの》の、旅人《たびゞと》などに飲《のま》しめて、瞑《めん》眩《げん》したるその間《ひま》に、殺《ころ》して東西《もの》を略《と》りしといふ、蒙汗薬《もうかんやく》《〇シビレグスリ》は、その毒《どく》の、循《めぐ》ること速《すみやか》にて、飲《の》むもの卒《にはか》に倒《たふ》れしも、纔《わづか》に時《とき》を移《うつ》すときは、はや醒来《さめき》たつて恙《つゝが》なし。憶《おもふ》に陀々花酒《だだくわしゆ》のそれに似《に》たるも、睡《ねむ》らざればその毒循《どくめぐ》らず、一トたび毒《どく》の循《めぐ》りし後《のち》は、醒《さめ》ざること右《みぎ》の如《ごと》し。是《これ》その捷《すぐ》れたる所《ところ》、軍《ぐん》陣《ぢん》に要《えう》あるべきもの也。

そをわが家《いへ》に伝《つたふ》るよしは、*むかし近衛院《こんゑのいん》のおん時《とき》に、妖《えう》婦《ふ》玉藻《たまも》が事により、わが先祖千葉介平朝臣常胤主《せんぞちばのすけたひらのあそんつねたねぬし》と、三《み》浦介義明《うらのすけよしあきら》、上総介広常等《かづさのすけひろつねら》に勅命《みことのり》して、下野州奈須野《しもつけのくになすの》なる、狐《きつね》を射猟《から》せ給ひしとき、重盛窃《しげもりひそか》にわが先祖《せんぞ》を、側《かたへ》に招《まね》き近《ちか》づけて、「和殿奈須野《わどのなすの》に到《いた》る折《をり》、九尾《きうび》の狐《きつね》が人《ひと》に変《へん》じて、障导《せうげ》を做《な》すことありもやせん。その機《き》をはやく猜《すい》しなば、便点《てだて》をもつて這陀々花酒《このだだくわしゆ》を、飲《のま》しめて斃《たふ》せかし。這薬酒《このやくしゆ》は恁々《しか〴〵》也」とて、伝来効験解薬《でんらいこうげんげやく》の方《はう》まで、具《つぶさ》に伝授《でんじゆ》し給ひしより、今《いま》に至《いたり》てその奇方《きはう》を、家《いへ》の秘書《ひしよ》として相伝《さうでん》せり。こゝをもていぬる比《ころ》、禁獄《きんごく》の者《もの》一人ンに、件《くだん》の酒《さけ》を飲《のま》しめて、果否《はたすやいなや》を試《こゝろみ》たるに、伝聞《つたへきゝ》しに弥増《いやまし》て、経験《けいげん》尤神妙《もつともしんみやう》也。恁《かゝ》れば亦那貞方《またかのさだかた》に、這薬酒《このやくしゆ》を飲《のま》しなば、隠形五遁《いんぎやうごとん》の術《じゆつ》ありとも、そを施《ほどこ》すに由《よし》なくて、搦捕《からめとら》れんこと疑《うたが》ひなし。然《さ》れば旅客《たびゞと》の立《たち》よるべき、客店《はたごや》、酒茶《さけちや》の坊賈們《あきびとら》はさら也、神社仏閣《じんじやぶつかく》に至《いた》るまで、計策《はかりごと》を徇示《ふれしめ》し、よく訪像《すがたゑ》に引合《ひきあは》して、倘貞方等《もしさだかたら》と見るならば、便点《てだて》を以這薬酒《もつてこのやくしゆ》を、薦《すゝ》めて睡《ねむり》に就《つき》しとき、訴《うつたへ》まうせと下知《げち》しつゝ、件《くだん》の陀々花酒《だだくわしゆ》一ト升《ます》に、機関《からくり》ある酔箭《すひづゝ》と、解薬一貼《げやくいつてう》を相添《あひそへ》て、そのもの共《ども》に逓与置《わたしおき》にき。解薬《げやく》は要《えう》なき東西《もの》に似《に》たれど、倘愆《もしあやまつ》て自方《みかた》のものゝ、倶《とも》に飲《のむ》ことありもせば、そを速《すみやか》に救《すくは》ん為《ため》也。爾《しか》るに当庵《たうあん》の女僧《あま》妙算母子《みやうさんおやこ》は、原是刑余《もとこれけいよ》のものなれども、近属《ちかごろ》その銭卜《ぜにうら》を、問《と》ふもの日毎《ひごと》に多《おほ》かれば、その子《こ》灘蔵《なだざう》・船蔵《ふなざう》と共侶《もろとも》に、孤《わ》が密計《みつけい》に与《あづか》りて、功《こう》をもて先人《せんじん》の、罪《つみ》を贖《あがなは》んと願《ねが》ふにより、薬酒酔篇解薬《やくしゆすひづゝげやく》まで、預《あづ》けて縡《こと》を行《おこな》はせしに、孤《わ》が計《はか》りたる所《ところ》に違《たが》はず、新田《につた》貞方《さだかた》主従《しゆう〴〵》は、那風声《かのふうぶん》を実語《まこと》として、果《はた》して当所《たうしよ》に来《き》つる折《をり》、妙算《みやうさん》逸速《いちはや》く見出《みいだ》して、言《こと》を設《まうけ》て庵《いほり》に引入《ひきい》れ、遂《つひ》に件《くだん》の主従《しゆう〴〵》に、飽《あく》まで陀々《だだ》花酒《くわしゆ》を薦《すゝ》め酔臥《えひふさ》しめて、輒《たやすく》虜《とりこ》にせしよしは、船蔵《ふなざう》をもて聞《きこ》えあげたる、両度《りやうど》の口状《こうでう》によりて詳《つばら》に知《し》りぬ。その功莫大《こうばくだい》なるをもて、灘蔵《なだざう》・船蔵等《ふなざうら》が親《おや》也ける、荒海鰐九郎有基《あらみわにくらうありもと》が、身後《しご》の罪名《ざいめい》を削去《けづりさ》り、両個《ふたり》の児子《こども》を召出《めしいだ》して、本領《ほんりやう》を返《かへ》し与《あた》ふべし。勿論《もちろ》貞方《さだかた》・時種等《ときたねら》、その身《み》の意中《いちう》をうち諦《あけ》て、みづから名《な》告《の》りしよしなれば、失錯《ちがひ》あるべきことならねども、孤且目今実検《われまづたゞいまじつけん》せん。細《いまし》め置《おき》しか、いかにぞや」、と問《と》へば妙算頭《みやうさんかうべ》を擡《もたげ》て、「冥加《みやうが》に余《あま》る御《ご》恩沢《おんたく》、亡夫《なきつま》さへに面《おもて》を起《おこ》す、親子《おやこ》三人《みたり》が歓《よろこ》びは、皆殿《みなとの》さまの御武徳《ごぶとく》にて、然《さ》しも搦獲《からめえ》がたしと聞《きこ》えたる、那貞方等《かのさだかたら》主従《しゆう〴〵》を、老《おい》たる尼《あま》が口車《くちぐるま》に、乗《の》して虜《とりこ》にしはべりしは、骨《ほね》の折《を》れたる事ながら、既《すで》に酔臥《えひふ》せしより、死《し》したるものに異《こと》ならねば、細《いましむ》るはいと易《やす》かり。然《され》ばお下知《げち》をまたんとて、いまだ索《なは》をば被《かけ》させず、そが儘《まゝ》戍《も》りて侍《はべ》りにき」、といふに兼胤《かねたね》頷《うなづ》きて、「爾《しか》らば緊《きび》しく細《いまし》めよ。快々《とく〳〵》せずや」、と急《いそが》したる、下知《げち》に従《したが》ふ灘蔵《なだざう》・船蔵《ふなざう》、多勢《たせい》を憑《たの》む准備《ようゐ》の捕索《とりなは》、近習《きんじゆ》の壮武者共侶《わかむしやもろとも》に、軈《やが》て臥房《ふしど》に稠入《こみいり》て、黒白《あやめ》も知《し》らぬ貞方主《さだかたぬし》と、畑時種《はたときたね》を引起《ひきおこ》し、索《なは》を被《か》けても倶落々々《ぐら〳〵》と、綁縛栄《しばりばえ》なく倒《たふ》れけり。

既《すで》にして兼胤《かねたね》も、臥房《ふしど》の内《うち》に找《すゝ》み入《い》り、近習《きんじゆ》に手燭《てしよく》を揚《あげ》させて、再《ふたゝび》件《くだん》の主従《しゆう〴〵》を、引起《ひきおこ》させて得《とく》と見て、窶《やつ》れたれども人品骨柄《じんぴんこつがら》、現貞方《げにさだかた》に相違《さうゐ》なし。「薬酒《やくしゆ》の効験神妙《こうげんしんめう》にて、那幻術《かのげんじゆつ》も勇力《ゆうりき》も、怕《おそ》るゝに足《た》らざれども、心《こゝろ》を緩《ゆる》さば愆《あやまち》あらん。吊《つり》もて来《き》たせし網轎子《あみのりもの》を、這臥房《このふしど》まで舁入《かきいれ》させて、主従倶《しゆう〴〵とも》にうち乗《の》せよ。日《ひ》を経《ふ》るとても醒《さむ》ること、あらじとは思へども、一ト日《ひ》も留置《とゞめおか》んは要《えう》なし。孤《われ》は這首《ここ》より啓行《かしまだち》して、この生拘《いけどり》を鎌倉《かまくら》へ、牽《ひき》もてゆきて聞《きこ》えあげてん。灘蔵《なだざう》と船蔵《ふなざう》は、允《ゆる》して今番《こたび》の伴《とも》に立《たゝ》せん。就中《なかんづく》、妙算《みやうさん》が才《さい》覚《かく》は、感《かん》ずるにあまりあり。鎌倉《かまくら》に赴《おもむ》きて、縡《こと》の始末《しまつ》を聞《きこ》えあげなば、御沙汰《ごさた》あるべき事ながら、伝達《でんたつ》にては遺漏《ゐろう》もあらん。執権問《しつけんとは》せ給ふとき、汝《なんち》みづから演説《ゑんぜつ》せば、営中《ゑいちう》の首尾《しゆび》宜《よろ》しかるべし。愆《かゝ》れば汝《なんち》も推続《おしつゞ》きて、はやく那地《かのち》へまゐれかし。よりて雑兵一両名《ざふひやういちりやうにん》を、遺《のこ》して路《みち》の案内《しるべ》にせん。この義《ぎ》もこゝろ得《え》候へ」、と丁寧《ねんごろ》にとき示《しめ》さるゝ、賞感大《せうかんおほ》かたならざりければ、妙算《みやうさん》・灘蔵《なだざう》・船蔵等《ふなざうら》は、天《てん》にも升《のぼ》る心地《こゝち》して、異口同音《ゐくどうおん》に言受《ことうけ》しつゝ、歓《よろこ》び限《かぎ》りなかりけり。

然程《さるほど》に雑兵們《ざふひやうら》は、准備《ようゐ》の為《ため》に吊《つり》もて来《き》たりし、二挺《にちやう》の網《あみ》*轎子《のりもの》を舁入《かきい》るゝを、兼胤下知《かねたねげち》してそが儘《まゝ》に、貞方主《さだかたぬし》と時種《ときたね》を、這轎子《このりもの》にうち乗《の》せて、緊《きび》しく鎖《とざ》して擡出《もたげいだ》させ、許多《あまた》の士卒《しそつ》に戍《まも》らしつ、鑣奴《くちとり》がはや牽居《ひきすゆ》る、馬《うま》に閃《ひら》りとうち乗《の》れば、荒海灘蔵《あらみなだざう》・船蔵《ふなざう》も、近習《きんじゆ》の中《うち》に立雑《たちまじ》りて、馬《うま》の左右《さゆう》に隷添《つきそ》ふたり。隊伍《たいご》紊《みだ》さず斉々《せい〳〵》と、徐行《ねりゆ》く方《かた》の山峡《やまのは》に、横雲《よこぐも》かゝる朝出立《あさでたち》、彼誰時《かはたれどき》の風戦《かぜそよ》ぐ、庭《には》の小草《をぐさ》を折布《をりしき》て、霎時《しばし》目送《みおく》る妙算《みやうさん》は、その身もけふの起行《たびだち》に、心《こゝろ》いそしくなりにけり。

原《たづぬ》るに、這妙算《このみやうさん》が良人《をつと》なりける、荒海鰐九郎有基《あらみわにくらうありもと》は、亦《また》是千葉《これちば》の家臣《かしん》にて、千葉郡《ちばごふり》の眼代《がんだい》*なりき。邪智貪婪《じやちどんらん》の墨吏《ゑせつかさ》にて、年来私欲多《としごろしよくおほ》かりけるを、民《たみ》の為《ため》に嗷訴《どうそ》せられて、罪《ざい》戻脱《れいのが》るゝに辞《ことば》なく、久《ひさ》しく禁獄《きんごく》せられしに、獄舎《ひとや》の中《うち》にて身《み》まかりけり。この故《ゆゑ》に、その妻《つま》と両個《ふたり》の児子《こども》、荒海灘《あらみなだ》蔵《ざう》・船蔵《ふなざう》は、城下《ぜうか》を追放《ついほう》せられしかども、他郷《たけう》へ出《いづ》ることを允《ゆる》されず、放免《はなちめしうど》*のごとくにして、なほ封内《りやうぶん》《○ホウナイ》に置《おか》れけり。こは戦国《せんごく》の沿習《ならひ》にて、虚実《きよじつ》を外《よそ》へ洩《もら》さじとて也。是《これ》より以来母子三名《このかたおやこさんにん》、身《み》の便着《たつき》なかりしかば、灘蔵《なだざう》と船蔵《ふなざう》は、人《ひと》の為《ため》に馬《うま》を追《お》ひ、又川舟《またかはふね》を漕《こぎ》などしたれど、それすら傭《やと》ふ者稀《ものまれ》なれば、果《はて》は博徒《ばくと》に寓居《ぐうきよ》して、僅《わづか》に口《くち》を餬《もら》ひけり。又《また》その母親《はゝおや》は女僧《あま》になり、妙算《みやうさん》と法名《はうめう》して、福草村《さきくさむら》に褊小《さゝやか》なる、庵《いほり》を締《むす》び托鉢《たくはつ》して、饑《うゑ》に充《みて》んと欲《ほり》せしに、鰐九郎《わにくらう》が非《ひ》義《ぎ》多《おほ》かりしは、をさ〳〵妻《つま》の助言《ちよごん》によれり。愆《かゝ》れば新尼《にひあま》妙算《みやうさん》は、鰐九郎《わにくらう》より心《こゝろ》ざまの、いとおそろしきものなればとて、里人們《さとびとら》皆憎《みなにく》みて、いひ合《あは》さねど手《て》の内《うち》の、施《ほどこし》するもの多《おほ》からねば、妙算《みやうさん》いよ〳〵困窮《こんきう》して、いとゞせん術《すべ》なかりけり。爾《しか》るに這妙算《このみやうさん》は、原是似非《もとこれゑせ》巫《かんなぎ》の女児《むすめ》にて、婦女子《をなご》に罕《まれ》なる小文才《こもんさい》あり。こゝをもて幼稚《をさな》き時《とき》より、親《おや》の生活《なりはひ》

にしたりける、陰陽説相卜筮《いんやうせつさうぼくぜい》の趣《おもむき》を、見熟《みなれ》聞熟《きゝなれ》たりけるに、記憶《きおく》《○モノヲボエ》も人《ひと》に捷《すぐ》れにければ、今《いま》に至《いたり》てこれを忘《わす》れず、人《ひと》窮《きう》すれば邪念《じやねん》起《おこ》る、凡《すべて》浮世《うきよ》の習俗《ならひ》なれば、妙算《みやうさん》は苦《くる》しき随《まゝ》に、年来《としごろ》念《ねん》じ奉《たてまつ》る、観世音《くわんぜおん》より夢想《むさう》の示現《じげん》を、蒙《かうむ》りたりと詭倡《いつはりとなへ》て、思ひ起《おこ》せし銭卜《ぜにうら》を、生活《なりはひ》にせまく欲《ほり》して、初《はじめ》の程《ほど》は街衢《ちまた》に立《たち》、弁《べん》に任《まか》し人《ひと》の歩《あし》を駐《とゞ》めて、その吉凶《きつけう》を占《うらな》ひしに、信《しん》ずるものあり、信《しん》ぜぬもあり。信《しん》ずるものは魅《ばか》されて、当《あた》らざることなかりしかば、はじめ笑《わら》ひし里人《さとびと》も、新《しん》に走《はし》り奇《き》を好《この》む、見識《けんしき》やうやく立《たち》かはりて、世評《せいひやう》高《たか》くなる随《まゝ》に、妙算《みやうさん》は又街衢《またちまた》に立《たゝ》ず、日毎《ひごと》に庵《いほり》に在《あ》りながら、その占《うら》いよ〳〵行《おこな》はるゝにより、灘蔵《なだぞう》・船蔵《ふなざう》等も母《はゝ》の庇《かげ》にて、*身《み》の皮《かは》などのいで来《き》しなり。

愒《かゝ》りし程《ほど》に、当国《たうごく》の郡領《ぐんりやう》千葉介兼胤《ちばのすけかねたね》は、年来《としごろ》鎌倉《かまくら》に出仕《しゆつし》しつ、*侍所別当《さむらひどころのべつたう》に、補《ふ》せられんことを望《のぞみ》しかども、左《と》

護送生虜兼胤赴鎌倉《せいりよをごそうしてかねたねかまくらにおもむく》

有像第九

あはれ也屠所のひつじの声きけばゑになく籠の鳥はものかは

かねたね　なだ蔵　船蔵

に右《かく》に障《さわ》りありて、いまだ宿望《しゆくまう》を遂《とげ》ざりしに、貞方主《さだかたぬし》を追《つい》捕《ぶ》の事、京鎌倉《きやうかまくら》より下知《げぢ》せられて、「搦捕《からめとつ》てまゐらせなば、勧賞《けんせう》は乞《こふ》に依《よ》るべし」、といと厳《おごそか》に聞《きこ》えしかば、「いかで貞《さだ》方主従《かたしゆう〳〵》を、誑引《おびき》よせて虜《とりこ》にせば、その功《こう》をもて俺宿望《わがしゆくまう》の、成就《じやうじゆ》すべし」、と尋思《しあん》をしつゝ、却鎌倉《さてかまくら》へ密訴《みつそ》して、計策《はかりごと》を献《たてまつ》り、兼胤叛逆籠城《かねたねほんぎやくろうぜう》の、趣《おもむき》を詭倡《いつはりとなへ》て、近国《きんごく》にいひ流《ふら》し、窃《ひそか》に家伝《かでん》の薬酒《やくしゆ》を醸《かも》して、旅店《はたごや》その余《よ》も坊賈們《あきびとら》に、計策《はかりごと》をとき示《しめ》して、件《くだん》の薬酒《やくしゆ》を預措《あづけお》く折《をり》、妙算《みやうさん》もよしを洩聞《もれきゝ》て、忠節《ちうせつ》の密訴《みつそ》ありと倡《となへ》て、千葉《ちば》の城内《ぜうない》に推参《すいさん》し、「賤尼《わなみ》は亡夫《なきつま》の罪《つみ》によりて、城下《ぜうか》を追《おは》れしものなれども、殿《との》のおん為《ため》を思ふにより、身《み》の咎《とが》を見かへらず、推《おし》て忠告《ちうこう》し侍《はべ》る也。「その所以《ゆゑ》は箇様《かやう》〳〵」と、己《おの》が銭卜《ぜにうら》の行《おこなは》るゝ、為体《ていたらく》を演述《ゑんじゆつ》し、恁《かゝ》れば客店酒肆《はたごやさかや》にも、捷《まさ》りて賤尼《わなみ》が庵《いほり》の如《ごと》く、衆人《もろびと》聚合《つど》ふ所《ところ》はなし。いかで這回《こたび》の密策《みつさく》に、預《あづか》らせ給はらば、拙児《せがれ》灘蔵《なだざう》・船蔵等《ふなざうら》と共侶《もろとも》に、日毎《ひごと》の群集《くんじゆ》に心《こゝろ》をつけて、貞方《さだかた》這地《このち》に来《き》たらんには、術計《てだて》を旋《めぐ》らし薬酒《やくしゆ》を薦《すゝ》めて、虜《とりこ》にしてまゐらすべし。倘功成《もしこうな》らば児子等《こどもら》を、召還《めしかへ》させ給はんことを、只顧願《ひたすらねが》ひ奉《たてまつ》る」、と聞《きこ》えあげたる思慮口《しりよこう》才《さい》、女流《をんな》ながらも事《こと》を成《な》すべき、面魂《つらだましひ》に見えければ、兼胤《かねたね》則《すなはち》その乞《こ》ふ随《まゝ》に、貞方主従《さだかたしゆう〳〵》の訪像《すがたゑ》と、薬酒《やくしゆ》その余《よ》の東西《もの》までも、形《かた》のごとくに取《と》らせしに、妙算《みやうさん》は又《また》この外《ほか》に、新《にっ》田《た》義貞《よしさだ》以下《いか》の位牌《ゐはい》を、造《つく》りて仏間《ぶつま》に置《おか》んと請《こ》ひけり。その議《ぎ》も亦《また》よしあれば、兼胤又件《かねたねまたくだん》の位牌《ゐはい》に、古色《ふるび》を着《つけ》て造《つく》らしつ、窃《ひそか》に妙算《みやうさん》に取《と》らせけり。

恁而《かくて》兼胤《かねたね》と妙算《みやうさん》が、秘計不幸《ひけいふこう》にして行《おこなは》れ、然《さ》しも名将勇《めいせうゆう》臣《しん》の、運《うん》の窮《きはめ》といひながら、果敢《はか》なく虜《とりこ》にせられしは、薄情《うたて》かりける事になん。畢竟貞方主従《ひつきやうさだかたしゆう〳〵》の、鎌倉《かまくら》へ牽《ひき》もて去《ゆか》れて、後《のち》の話説《ものがたり》甚麼《いかに》ぞや。そは次《つぎ》の巻《まき》に解分《ときわく》るを聴《きゝ》ねかし。

開巻驚奇俠客伝第一集巻之三 終

開巻驚奇侠客伝《かいくわんきやうきけうかくでん》 第壱集《だいいつしふ》 巻之四

東都　曲亭主人　編次

第《だい》七回《くわい》　七里浜《しちりのはま》に洪波《こうは》衆悪《しゆあく》を洗《あら》ふ　千葉城《ちばのしろ》に土療潮毒《どりやうちやうどく》を埋《うづ》む

再説《ふたゝびとく》妙算《みやうさん》は、兼胤《かねたね》の啓行《かしまだち》を、折戸《をりど》の頭《ほとり》に目《み》送《おく》り果《はて》て、手《て》ばやく早朝《あした》の炊《かし》きをしつゝ、郷導《みちしるべ》の為《ため》に遺《のこ》されたる、両個《ふたり》の雑兵《ざふひやう》に飯《いひ》を薦《すゝ》めて、その身《み》も起行《たびだち》の准備《ようゐ》をしけり。当下雑兵們《そのときざふひやうら》がいふやう、「這回《こたび》おん身《み》の挊《はたら》きは、昨夜《よんべ》息子《むすこ》を走《はし》らして、殿《との》へ注進《ちゆうしん》し給ひしを、咱們《われら》も図《はか》らず側聞《かたへぎゝ》して、詳《つまびらか》に知《し》ることを得《え》たり。寔《まこと》におん身《み》は女丈夫《によぢやうふ》にて、智慧《ちゑ》才覚《さいかく》の逞《たくま》しきを、今《いま》さらにいふべくもあらねど、最愚《いとおろか》なる咱們《われら》には、こゝろ得《え》がたき条《すぢ》なきにしもあらず。そを試《こゝろみ》に問《とひ》まうさん歟《か》」、といへば妙算《みやうさん》うち笑《ゑみ》て、「そは何事《なにごと》にかありつらん。快々《とく〱》問《とは》せ給へかし」、といはれて雑兵《ざふひやう》、「さればとよ。那陀《かのだ》々《だ》花酒《くわしゆ》はいぬる比《ころ》、殿《との》よりおん身に賜《たまは》りたれば、這庵《このいほり》にこそあるべけれ。爾《しか》るにそれを用《もち》ひずして、別《べち》に息子《むすこ》に乞《こひ》まつらして、荷桶《にをけ》に容《い》れて担《にな》ひあるきし、薬酒《やくしゆ》を故意《わざと》酔箒《すひづゝ》へ、餝《つが》して那貞方《かのさだかた》等に、薦《すゝ》め給ひしは甚麼《いかに》ぞや。こゝの庵《いほり》に置《おか》れしも、息子《むすこ》の荷桶《にをけ》に容《いれ》たるも、此彼《これかれ》おなじ陀々《だだ》花酒《くわしゆ》なるに、邇《ちか》きを棄《すて》て遐《とほ》きを求《もと》めし、そこらの進退《かけひき》料《はか》り叵《がた》かり。そも後学《こうがく》の為《ため》なるを、願《ねが》ふは巨細《つばら》に聞《きか》まほし。ややよ説示《ときしめ》し給ひね」、と問《と》ふをさこそと妙算《みやうさん》は、微笑《ほうゑみ》ながら領《うなづ》きて、「お身《み》達《たち》よくも思はずや。那貞方《かのさだかた》等主従《しゆう〱》は、素《もと》より用心深《ようじんふか》きもの也。一旦《いつたん》うち解《とけ》たりといふとも、飲食《のみくらひ》は意《こゝろ》を附《つけ》て、薦《すゝむ》るとても件《くだん》の酒《さけ》を、飽《あく》までに飲《の》むべくも侍《はべ》らず。然《さ》れば老尼《わなみ》は初《はじめ》より、これらの所以《ゆゑ》を思ふをもて、殿《との》さまに乞《こ》ひまつりつ、両個《ふたり》の児子《こども》を買人《あきびと》に、打扮《いでたゝ》しつゝ灘蔵《なだざう》にも、件《くだん》の薬酒《やくしゆ》を担《になは》して、日毎《ひごと》に這里《ここ》へ立《たち》よらせしは、深《ふか》き思慮《しりよ》あることにして、且豆腐《まづとうふ》を買《か》ひ、酒《さけ》をも沽《か》ふて、這二種《このふたくさ》を貞方《さだかた》等に、薦《すゝむ》るときは疑《うたがは》れず。那主従《かのしゆう〱》の巨量《じやうご》にて、はや一升《ひとます》を竭《つく》すとも、尚貯蔵《なほたくはえ》の一升《ひとます》あれば、時《とき》に臨《のぞみ》て匱《とも》しからず。思ひの随《まゝ》に酔臥《えひふ》させずば、何《なに》によりてか虜《とりこ》にせられん。然《さ》るをそこらの思ひ浅《あさ》くて、酒《さけ》を外《よそ》より徴《もと》めずに、貯蔵《たくはえ》の酒《さけ》ありと倡《となへ》て、這里《ここ》に措《おか》れし陀々花酒《だだくわしゆ》を、薦《すゝめ》んと欲《ほり》するとも、独居《ひとりずみ》なる尼《あま》が庵《いほり》に、相応《ふさは》しからぬ升酒《ますざけ》の、あるべうもあらざれば、那奴們《かやつら》必《かならず》疑《うたが》ふて、飲《の》むといふとも飽《あく》までに、いかでか心《こゝろ》を緩《ゆる》すべき。倘《もし》飲《の》むことの多《おほ》からで、薬酒《やくしゆ》の効《しるし》《○コウ》の薄《うす》くもあらば、蛇《へみ》を殺《ころ》して頭《かうべ》を砕《くだ》かず、遂《つひ》に祟《たゝり》に遇《あ》へるが如《ごと》く、悔《くや》しき事のなからずやは。予《かねて》の深念《しあん》かくの如《ごと》く、後《のち》の後《のち》まで考《かんがへ》て、那貞方《かのさだかた》が這地《このち》へ来《き》つるを、俟《まち》てこゝろを着《つけ》たる也。豆腐《とうふ》も要《えう》あるものとし聞《き》けば、却船蔵《さてふなざう》には豆腐《とうふ》を売《う》らして、形《かた》のごとくに謀《はか》りしかども、那主《かのしゆう》従《〴》が折《をり》もよく、這頭《こゝら》を過《よぎ》るにあらざりせば、俺圏套《わがかけわな》も空《あだ》となりて、施《ほどこ》すによしなからんを、餌《ゑ》に聚《よ》る淵《ふち》に鉤《はり》を呑《の》む、魚《うを》よりもなほ浅《あさ》はかに、引入《ひきい》れられしはこよなき造化《しあはせ》、那《かれ》們《ら》が運《うん》の竭《つき》たる也」、と綷詳《ことつまびらか》に説諭《ときしめ》せば、初《はじめ》て暁得《さと》る雑《ざふ》兵們《ひやうら》は、「さても〳〵」とばかりに、舌《した》を巻《ま》きつゝ感嘆《かんたん》して、又《また》いふよしもなかりけり。

左右《とかく》する程《ほど》にはや、日《ひ》のいと高《たか》く昇《のぼ》りしかば、妙算《みやうさん》は遽《いそがは》しく、行装《たびよそほひ》を整《とゝの》へて、両個《ふたり》の雑兵《ざふひやう》に引《ひか》れつゝ、立出《たちいで》んとしつる折《をり》、忽地肚裏《たちまちはらのうち》におもふやう、「嚮《さき》に介殿《すけどの》より賜《たまは》りたる、陀々花酒《だだくわしゆ》の解薬一貼《げやくいつてう》あり。今《いま》は要《えう》なき東西《もの》ながら、倘返《もしかへ》せと仰《おふす》ることの、あるべき歟《か》、料《はか》り叵《がた》かり。そを今遠《いまとほ》く出《いで》てゆく、庵《いほり》に遺《のこ》し措《おか》んより、俺《わ》が懐《ふところ》にしたらんには、時《とき》に臨《のぞみ》て便利《べんり》なるべく、失《うしな》ふこともなかるべし。然《さ》は」とて旧《ふり》たる韋匣《かはご》を開《ひら》きて、取出《とりいだ》さんとしたれども、件《くだん》の解薬《げやく》はなかりけり。「正《まさ》しく這裡《ここ》に蔵《おさ》め措《お》きしに、なきはいと〳〵不思議《ふしぎ》にこそ」、と独語《ひとりごち》つゝ上下《うへした》を、引返《ひきかへ》しつゝ索《たづぬ》るに、竟《つひ》に又《また》あることなければ、倘置忘《もしおきわす》れたりけん歟《か》とて、その余《よ》の筥《はこ》をも、棚《たな》の隅《すみ》まで、隈《くま》もなく掻撈《かきさぐ》ること、既《すで》にして半晌《はんとき》ばかり、独心《ひとりこゝろ》の焦燥《いらだつ》のみ。去向《ゆくて》を急《いそ》ぐ首途《かどいで》なるに、何時《いつ》まで人《ひと》を等《また》し置《お》く、よしのなければ思ひ捨《すて》て、草鞋穿《わらじはき》締外《しめと》に出《いで》て、引《ひき》よする門《かど》の両折戸《もろをりど》、固《かた》く鎖《とざ》して、蘧篨笠《あじろがさ》、うち戴《いたゞ》きて衝《つ》く杖《つゑ》の、直《なほ》きに恥《はぢ》ぬ*横巷路《よここうぢ》、雑兵二名《ざふひやうふたり》と連立《つれだち》て、「今宵《こよひ》の宿《やど》は何処《いづこ》ぞ」、とうち相譚《かたらひ》つゝ薪樵《たきゞこ》る、鎌倉《かまくら》を投《さし》ていそぎけり。

案下某生再説《そはさておきてふたゝびとく》、千葉介兼胤《ちばのすけかねたね》は、新田貞方主従《につたさだかたしゆう〳〵》を、うち乗《の》したる網轎子《あみのりもの》を、許多《あまた》の士卒《しそつ》に戍《まも》らしつゝ、その身《み》は後陣《ごぢん》に馬《うま》を歩《あゆま》せ、夜《よ》を日《ひ》に続《つ》ぎて急《いそ》ぐ程《ほど》に、漆月《ふみつき》二十一日の末牌《ひつじ》の比《ころ》に、鎌倉《かまくら》にぞ着《つき》にける。いぬる日《ひ》福草村《さきくさむら》より首途《かどいで》せし折《をり》、走馬《そうば》の使者《ししや》を先《さき》だてて、管領家《くわんれいけ》へ注進《ちゆうしん》せしかば、鎌倉《かまくら》の執権憲定入道《しつけんのりさだにうどう》、歓《よろこ》ぶこと大《おほ》かたならず、よしを持氏《もちうぢ》に聞《きこ》えあげて、専《をさ〳〵》その到《いた》るを俟《まち》けるに、這日《このひ》兼胤来着《かねたねらいちやく》して、営《えい》中《ちう》に伺候《しこう》しつゝ、憲定且対面《のりさだまづたいめ》して、功《こう》を褒美《ほめ》てその始末《しまつ》を問《と》ふに、兼胤《かねたね》思はず膝《ひざ》を找《すゝ》めて、予《かねて》の計略《けいりやく》その図《づ》に中《あた》りて、貞方幷《さだかたならび》に時種《ときたね》を、虜《とりこ》にしたる首尾《はじめをはり》を、遺《おち》もなく演説《ゑんぜつ》しつゝ、女僧妙算《あまみやうさん》が綷《こと》の趣《おもむき》、その子《こ》灘蔵《なだざう》・船蔵《ふなざう》等《ら》と共侶《もろとも》に、深《ふか》く謨《はか》りて貞方《さだかた》を、他《かれ》が庵《いほり》へ引入《ひきい》れたる、手段《しゆだん》は箇様《かやう》に候ひしとて、その才覚《さいかく》の捷《すぐ》れしよしを、今見《いまみ》る如《ごと》く述《のべ》しかば、憲定《のりさだ》感心浅《かんしんあさ》からず、「御辺《ごへん》の大功《たいこう》いへばさら也。勧賞《けんせう》にはこの年来《としごろ》、宿望《しゆくまう》の聞《きこ》えある、侍所別当《さむらひどころのべつたう》に、補《ふ》せられんこと疑《うたが》ひなし。又件《またくだん》の妙算《みやうさん》とかいふ女僧《あま》も、その功賞《こうせう》すべきものの也。是亦宜《これまたよろし》く御沙汰《ごさた》あるべし。就《つき》て老禿《それがし》熟《つら〳〵》思《おも》ふに、那《かの》貞方《さだかた》は幻術《げんじゆつ》あり。又時種《またときたね》はその膂力《ちから》、世《よ》に敵《てき》なしと聞《きこ》えたり。一旦薬酒《いつたんやくしゆ》に酔《えは》しめて、輙《たやす》く虜《とりこ》にしたりとも、久《ひさ》しく獄舎《ひとや》に繋措《つなぎおか》ば、その薬毒《やくどく》のやうやく醒《さめ》て、逃亡《にげうす》ることもやせん。恁《かゝ》ればはやく頭《かうべ》を刎《はね》て、禍《わざはひ》の根《ね》を断《たゝ》んのみ。然《さ》ばれけふは日《ひ》も闌《たけ》たり。御辺《ごへん》も人馬《にんば》の疲労《つかれ》あるべし。今宵《こよひ》はそが儘《まゝ》よく戍《まも》らして、翌午《あすうま》の時《とき》ばかりに、七里《しちり》の浜《はま》にて誅戮《ちゆうりく》して、首《くび》を実検《じつけん》に入《い》れ給へ。さるときは謬《あやまつ》て、走《はし》らする患《うれ》ひなし。且《まづ》これらの趣《おもむき》を、老禿《それがし》宜《よろし》く披露《ひろう》に及《およ》ばゞ、軈《やが》て御前《ごぜん》へ召《めさ》るべし。その折見参《をりげんざん》し給へ」とて、丁寧《ねんごろ》に意中《いちう》を示《しめ》して、形《かた》のごとくに相計《はからひ》けり。

然程《さるほど》に、鎌倉《かまくら》の管領《くわんれい》、足利左馬頭持氏主《あしかゞさまのかみもちうぢぬし》は、憲定入道《のりさだにうどう》の披露《ひろう》により、よしを詳《つまびらか》に聞《きゝ》て喜悦《きゑつ》に堪《たへ》ず、はやく兼胤《かねたね》に対面《たいめ》すべしとて、末広《すゑひろ》の間《ま》に出坐《しゆつざ》ありしかば、執事《しつじ》上杉憲定入道長基《うへすぎのりさだにうどうちやうき》を首《はじめ》として、*冢臣《ちやうしん》右衛門佐氏憲《ゑもんのすけうぢのり》朝宗入道禅助《ともむねにうだうぜんじよ》の長子《ちやうし》。、安房守憲基《あはのかみのりもと》憲定《のりさだ》の子《こ》。等《ら》、自余《じよ》の近習《きんじゆ》も扈従《こしやう》して、整々《せい〳〵》として羅列《ゐなが》れたり。登時《そのとき》千葉介兼胤《ちばのすけかねたね》は、召《めさ》れて拝謁《はいゑつ》する程《ほど》に、持《もち》氏招《うぢまね》き近《ちか》づけて、「這回大功《こたびたいこう》の趣《おもむき》は、執事《しつじ》の披露《ひろう》によりて具《つぶさ》に聞《きゝ》にき。新田《につた》は世々《よゝ》の讐《あた》なれば、追捕《ついぶ》忽《ゆるがせ》ならざりしを、貞方隠形《さだかたいんぎやう》の術《じゆつ》ありと聞《きこ》えて、有司們《ゆうしら》搦捕《からめと》ることかたく、はや十余年《よねん》を過《すぐ》せしに、和殿一己《わどのいつこ》の才覚《さいかく》をもて、貞方《さだかた》并《ならび》に時種《ときたね》を、輒《たやす》く虜《とりこ》にしつる事、賞《せう》するにあまりあり。則《すなはち》這回《こたび》の忠賞《ちうせう》として、侍所別当《さむらひどころのべつたう》とす。けふよりしてその職《しよく》に就《つ》くべし。*抑《そも〳〵》件《くだん》の職役《しよくやく》は、むかし右大将頼朝《うだいせうよりとも》の時《とき》、和田左衛門尉義盛《わだのさゑもんのぜうよしもり》をもて、初《はじめ》てこれに補《ふ》せられたり。爾後《そのゝち》義盛《よしもり》、親族《しんぞく》の憂《うれひ》に丁《あた》りし折《をり》、且《しばら》くその職《しよく》を辞《ち》して籠居《こもりを》りし程《ほど》、梶原景時《かぢはらかげとき》これに代《かは》りて、仮《かり》に当職《たうしよく》たりしより、義盛《よしもり》の服闋《ぶくはつ》るといへども、景時押《かげときおさ》へて敢返《あへてかへ》さず、二世《にせ》将軍頼家《せうぐんよりいへ》の時《とき》、梶原一族滅亡《かぢはらいちぞくめつぼう》して、義盛稍《よしもりやゝ》その職《しよく》に復《かへ》りしとぞ。*異代《ゐだい》の先蹤《せんしよう》かくの如《ごと》く、容易《たやす》からざる重職《ぢゆうしよく》なれば、和殿《わどの》しば〳〵愁訴《しうそ》して、望《のぞ》みまうすと聞《きゝ》たれども、久《ひさ》しく允《ゆるさ》ざりし也。又那福草村《またかのさきくさむら》なる、妙算《みやうさん》とかいふ女僧《あま》も、和殿《わどの》を資助《たすけ》しその功多《こうおほ》かり。褒美《ほうび》は宜《よろし》く乞《こふ》に依《よ》るべし。并《ならび》に女僧《あま》が両個《ふたり》の児子《こども》、荒海《あらみ》灘蔵《なだざう》・船蔵等《ふなざうら》も、計議《けいぎ》に与《あづか》りたりとかいへば、親妙算《おやみやうさん》と共侶《もろとも》に、恩賞《おんせう》の沙汰《さた》あるべきに、この義《ぎ》は執事《しつじ》に談《だん》ぜらるべし。それよりもなほ速《すみやか》に、執行《とりおこな》ふべきものは、新田貞方主従《につたさだかたしゆう〳〵》を、誅罰《ちゆうばつ》の事也かし。他《かれ》は素《もと》より幻術《げんじゆつ》あり。薬酒《やくしゆ》に心気《しんき》を失《うしな》ふたりとも、時日《じじつ》を過《すぐ》さば由断《ゆだん》に似《に》たり。「明日刑戮《みやうにちけいりく》あるべし」、と執事《しつじ》のまうす旨《むね》に任《まか》して、和殿《わどの》この義《ぎ》を奉《うけ給は》り、畑時種共侶《はたときたねもろとも》に、七里《しちり》の浜《はま》にて頭《かうべ》を刎《はね》べし。専《をさ〳〵》非常《ひじやう》を警《いまし》めて、等閑《なほざり》にな執計《とりはから》ひそ」、と丁寧《ねんごろ》に宣示《のりしめ》して、氏憲《うぢのり》をもて*当職補任《たうしよくぶにん》と、貞方誅罰《さだかたちゆうばつ》の御教書《みぎやうしよ》と、此彼二《これかれに》通《つう》を逓与《わた》されければ、兼胤宿望《かねたねしゆくまう》一時《いちじ》に遂《とげ》て、欣然《きんぜん》として受戴《うけいたゞ》き、歓《よろこ》びを述言承《のべことうけ》して、軈《やが》て旅館《りよくわん》に退《まか》りけり。

怘而《かくて》千葉介兼胤《ちばのすけかねたね》は、這夜《このよ》もその身の士卒《しそつ》をもて、生虜貞《いけどりさだ》方主従《かたしゆう〳〵》を、最《いと》も緊《きび》しく戍《まも》らしつ、次《つぎ》の日《ひ》巳時《みのとき》の比《ころ》よりして、貞方主《さだかたぬし》と畑時種《はたときたね》を、網轎子《あみのりもの》に乗《のし》たる随《まゝ》に、許多《あまた》の士卒《しそつ》にうち囲《かこま》して、七里《しちり》の浜《はま》に舁《かき》もて居《すゑ》させ、その身は馬《うま》にうち乗《の》りて、法場《おきてのには》に赴《おもむ》く程《ほど》に、これを観《み》んとて彼此人《をちこちびと》の、各《おの〳〵》足《あし》を空《そら》にして、走《はし》りてその辺《ほとり》に聚《つど》ふもの、譬《たとへ》ば瓜《うり》の皮《かは》に附《つ》く、蟻《あり》よりも多《おほ》かりけり。そが中《なか》に、観《み》ん為《ため》ならで、思はずも来《き》かゝりて、路去《みちさ》りあへぬものにやありけん、建《たて》たる牓《ふだ》をつら〳〵見て、「噫無慚《あなむざん》や。貞方主《さだかたぬし》は、然《さ》しも新田《につた》の嫡流《ちやくりう》にて、南方武臣《なんばうぶしん》の棟梁《とうりやう》なれば、冠位《くらゐ》《○クワン井》は四位《しゐ》の少将《せう〳〵》たりしに、*扶揺《ふよう》に搏《はうち》て九万里《くまんり》に、逍遥《せうえう》といふ大鵬《たいぼう》も、既《すで》に羽翼《つばさ》を喪《うしな》ひては、蟻螂《ぎらう》の為《ため》に征《せい》せらる。*那白竜《かのはくりやう》の魚服《ぎよふく》たる、余且《よしよ》の網《あみ》をいかゞはせん。*項羽《こうう》が力山《ちからやま》を抜《ぬ》きしも、その勢《いきほ》ひ窮《きはま》りては、烏江《うこう》の舟渡《ふねわた》すに由《よし》なし。されば畑時種《はたときたね》が、忠《ちう》にして且勇《かつゆう》なるも、*現片糸《げにかたいと》は線《よりいと》に成《な》らず、孤掌《ひとつたなそこ》は鳴《なら》し叵《がた》かり。新田《につた》の族《うから》は今《いま》この時《とき》に、絶果《たえはて》ぬらん」、と呟《つぶや》きけり。

恁《かゝ》りし程《ほど》に妙算《みやうさん》は、那雑兵們《かのざふひやうら》とうち連立《つれだち》て、日《ひ》毎《ごと》に路《みち》を由断《ゆだん》なく、只管《ひたすら》に走《はし》りつゝ、這日《このひ》巳時《みのとき》の半比《なかばごろ》、鎌倉《かまくら》に着《つ》きしかば、軈《やが》て兼胤《かねたね》の旅館《りよくわん》に到《いた》るに、兼胤《かねたね》は既《すで》にはや、貞《さだ》方主従《かたしゆう〳〵》を誅戮《ちゆうりく》の為《ため》、七里《しちり》の浜辺《はまべ》に赴《おもむ》きたる、折《をり》からの事なれば、妙算恁《みやうさんかく》と伝聞《つたへきゝ》て、「爾《しか》らんには俺《われ》も亦《また》、はやく那里《かしこ》に赴《おもむ》きて、その為体《ていたらく》を観《み》るならば、後々《のち〳〵》までの話柄《かたりぐさ》に、なることも多《おほ》からんを、緈果《ことはつ》るまで這里《ここ》にをりて、殿《との》を俟《また》んは要《えう》なし」、とおもふこゝろを雑兵們《ざふひやうら》に、聶《さゝや》きつ又立出《またたちいで》て、走《はし》りて件《くだん》の浜《はま》に到《いた》るに、既《すで》に亭午《まひる》の比《ころ》なれば、群集《くんじゆ》は推《おし》も分《わけ》がたかり。然《さり》とも上《うへ》の威《ゐ》を仮《か》らば、間近《まちか》く進《すゝ》みよるとても、容易《たやす》かるべきことながら、了得《さすが》に出家《しゆつけ》の憚《はゞか》りもなく、刑罰《けいばつ》の場《には》に面《おもて》を露《さら》して、そを観《み》んことの相応《ふさは》しからねば、程《ほど》よき所《ところ》に鵠立《たゞずみ》て、瞬《またゝき》もせず闚窺《かいまみ》をり。

時《とき》に応永《おうゑい》十七年《ねん》、秋《あき》七月二十二日、この日《ひ》は朝《あさ》より天《そら》結陰《かきくもり》て、秋気《しうき》猛《にはか》に肌膚《はだ》寒《さむ》く、浜風《はまかぜ》大《いた》く吹暴《ふきあれ》たれば、岸打波《きしうつなみ》の音凄《おとすさま》じく、沙石《いさご》の空宙《くうちう》に吹颺《ふきあげ》られて、人《ひと》の面《おもて》を撲《うち》しかば、群集《くんじゆ》の衆人《もろびと》得堪《えたへ》ずして、咸退《みなしりぞ》きて磯馴松《そなれまつ》を、盾《たて》にしてなほ観《み》るもあり、心弱《こゝろよは》きは見果《みはて》ずして、家路《いへぢ》を投《さし》て還《かへ》るもあり。そが中《なか》に妙算《みやうさん》のみ、風《かぜ》にも撓《たゆ》まず、波《なみ》をも怕《おそ》れず、人《ひと》の扶疎《まばら》になりもてゆくを、倒々《なか〳〵》に身《み》の幸《さち》にして、思はずいよ〳〵進《すゝ》みけり。既《すで》に時刻《じこく》になりしかば、千葉介兼胤《ちばのすけかねたね》は、士《し》卒《そつ》に下知《げぢ》して、四下《あたり》に近《ちか》き、衆人《もろびと》を払《はらは》しつ、その身《み》は凳《せうぎ》に尻《しり》を掛《かけ》て、をさ〳〵非常《ひじやう》を警《いましむ》れば、雑兵無慮《ざふひやうすべて》五六十名《にん》、白《しら》樫《かし》の棒《ぼう》を遣錯《やりちがは》して、*埒《らち》して人《ひと》をよせ着《つけ》ず。登時兼胤《そのときかねたね》、洊《ふたゝび》下《げ》知《ぢ》して、貞方主《さだかたぬし》と時種《ときたね》を、網轎子《あみのりもの》より牽出《ひきいだ》さして、敷革《しきがは》の没奈何《モツダイカ》ハ長脚《コツ》盃《ブ》の類《タグヒ》にて、内に人形《ニンギヤウ》を造《ツク》り立《タチ》たるもの也。又明製《ミンセイ》に壜《トクリ》の没奈何《モツダイカ》あり。その製作《セイサク》酒盃《シユハイ》と異《コト》也。予《ヨ》没奈何《モツダイカ》考《コウ》一編《ヘン》あり今又こゝに贅《ゼイ》せず。

上《うへ》に坐《をら》するに、気《き》息《そく》○イキの暢《かよ》ふのみなれば、いかにして跪坐《ひざまづ》くべき、介錯《かいしやく》のもの手《て》を放《はな》せば、忽地《たちまち》に磤《はた》と倒《たふ》れて、酒《さけ》を盛《も》らざる没奈何《もつだいか》の、壜《とつくり》に異《こと》ならねば、兼胤《かねたね》見つゝ焦燥《いらだち》て、雑兵《ざふひやう》の突立《つきたて》たる、棒二条《ぼうふたすぢ》をとり寄《よ》せて、両三段《ふたきだみきだ》に伐《きら》せしを、貞方主《さだかたぬし》と時種《ときたね》の、胸《むね》と背《そびら》に推加《おしか》はして、俗《よ》に突張《つつぱり》とかいふものゝ、像《ごと》くに操《あやつ》りたりければ、やうやく倒《たふ》れずなりにけり。荒海《あらみ》灘蔵《なだざう》・船蔵《ふなざう》は、母妙算《はゝみやうさん》の功《こう》によりて、予《かねて》より主命《しゆうめい》あり、この日《ひ》の劊手《きりて》なりければ、細鐙《こぐさり》の甲手《こて》臑盾《すねあて》して、糾苧《よりを》の襷《たすき》精悍《かひ〳〵》しく、*斫《きり》柄衣《づかはめ》たる脩刀《ながかたな》を、明晃々《めいくわう〳〵》と抜放《ぬきはな》ちて、貞方主《さだかたぬし》の背《そびら》の*方《かた》へば、荒海《あらみ》灘蔵《なだざう》找《すゝ》みより、又時種《またときたね》の身辺《ほとり》へは、荒海《あらみ》船蔵《ふなざう》立《たち》よりたる、その綷《こと》の為体《ていたらく》、凄《すさま》じくも亦哀《またあは》れなりしを、観《み》る人各々《ひとおの〳〵》胸《むね》を冷《ひや》して、窃《ひそか》に「弥陀仏弥陀仏《みだぶつみだぶつ》」、とせわしく唱《となふ》るものもあり、或《あるひ》は涙《なみだ》さしぐみて、背向《そがひ》になるも多《おほ》かりけり。

然程《さるほど》に、灘蔵《なだざう》と船蔵《ふなざう》は、貞方主《さだかたぬし》と時種《ときたね》の、項《うなぢ》の後毛《おくれげ》搔揚《かきあげ》て、双方斉一《さうはうひとしく》拿直《とりなほ》す、刀《かたな》を閃《ひら》りと振揚《ふりあげ》て、既《すで》に撃《うた》んと晃《きら》めかす、刃《やいば》の光《ひかり》の疾電《いなづま》も、思へばこの時速《ときはや》からで、猛《にはか》に吹来《ふきく》る暴風《はやてかぜ》、天《そら》をかすめ地《ち》を動《うごか》して、小山《こやま》の像《ごと》き洪波《つなみ》あり。澳《おき》の方《かた》より突然《とつねん》と、七里《しちり》の浜《はま》へうち寄《よ》する、疾《とき》こと宛箭《さながらや》の如《ごと》く、一打洗《ひとうちあら》ふて引返《ひきかへ》す、激浪怒《げきらうど》風《ふう》の勢《いきほ》ひに、誰《たれ》か一個《ひとり》も脱《のが》るべき。斬《きら》るゝものも斬《き》るものも、貞方主従《さだかたしゆうじゆう》荒海兄弟《あらみきやうだい》、女僧《あま》妙算等《みやうさんら》いへばさら也、警固《けいご》の士卒幾《しそついく》十名《にん》、猶且《なほかつ》群集《くんじゆ》の衆人《もろびと》も、残忍《ざんにん》にして哀《あはれ》を知《し》らず、他《よそ》の患《うれひ》を楽《たのし》むものは、咸這洪波《みなこのつなみ》の為《ため》に捉《と》られて、澳《おき》の水屑《みくず》になりにけり。この故《ゆゑ》に兼胤《かねたね》も、亦脱《またのが》るべき路《みち》のなければ、斉一波《ひとしくなみ》の底《そこ》に淪《しづ》みて、士卒《しそつ》と倶《とも》に死《し》ぬべかりしを、洊《ふたゝび》よする暴浪《あらなみ》に、思はずもうち揚《あげ》られて、浜辺《はまべ》の松《まつ》に携留《すがりとゞま》り、死《しな》ざることを得《え》たれども、多《おほ》く潮水《うしほ》を飲《のみ》たれば、霎時《しばし》は息《いき》も絶《たえ》たる似《ごと》く、われにもあらでありけるを、地方《ところ》の民《たみ》に介抱《かいほう》せられて、稍人《やゝひと》心地《ごゝち》はつきにけり。那高濤《かのたかなみ》は只一度《たゞいちど》にて、浜辺《はまべ》一町《ひとまち》に過《すぎ》ざりければ、里人《さとびと》の屋《いへ》などを、損《そこな》ふことはなかりしを、兼胤《かねたね》のみぞなごりなく、人馬《にんば》を波《なみ》に搔攫《かきさらは》れて、身《み》に従《したが》ふものなくなりければ、浦辺《うらべ》の民《たみ》に送《おく》られて、独旅館《ひとりりよくわん》にかへり来《き》つ、

留《る》守《す》せし家臣《かしん》に悵々《しか〴〵》と、那水災《かのすいさい》を知《し》らすれば、衆皆《みな〳〵》聞《きゝ》つゝ胆《きも》を潰《つぶ》して、怕《おそ》れざるものなかりけり。

且《しばら》くして兼胤《かねたね》は、気力《きりよく》やうやく定《さだま》りて、左《と》さま右《かう》さま思惟《おもひみ》るに、「許多《あまた》の士卒《しそつ》を喪《うしな》ひしを、惜《をしめ》ばとても返《かへ》るにあらねど、緊要《きんえう》なる貞方《さだかた》と、時種《ときたね》さへに波濤《なみ》に捉《と》られて、首《くび》実検《じつけん》に入《い》るゝに由《よし》なし。顧《おも》ふに灘蔵《なだざう》・船蔵《ふなざう》は、那主従《かのしゆう〴〵》を馘《くびき》りたる歟《か》、いまだその誼《ぎ》に及《およ》ばずして、倶《とも》に波底《なみそこ》に淪《しづ》みし歟《か》、那高濤《かのたかなみ》のうち寄《よ》せしは、思ひがけなく速《すみやか》にて、瞬《またゝく》間《ひま》もなかりしかば、そを見も認《とめ》ず、俺《われ》も亦《また》、水《みづ》に溺《おぼ》れし事なるに、誰《たれ》かよくこれを知《し》るべき。然《さ》ばれ貞方《さだかた》も時種《ときたね》も、奇方《きはう》の酒毒醒《しゆどくさむ》ることなく、そがうへにいとも緊《きび》しく、細《いまし》めたりしことなれば、人《ひと》より先《さき》に息絶《いきたえ》にけん。その誼《ぎ》ばかりは疑《うたが》ふべからず。これらのよしをとり繕《つくら》ふて、聞《きこ》えあぐるに如《しく》ことあらじ」、と尋思《しあん》をしつゝ残《のこ》り寡《すくな》き、士卒《しそつ》五六名《にん》を将《い》て、病苦《びやうく》を忍《しの》びて、その曛昏《ゆふぐれ》に、執権憲定入道《しつけんのりさだにうどう》の、宿《しゆく》

有像第十

至柔之水征至剛人《しじゆうのみづしごうのひとをせいす》

雨涼したつのうろこもありそ貝

所《しよ》に赴《おもむ》き、那水災《かのすいさい》の綷《こと》の顚末《もとすゑ》、箇様《かやう》々々と告訴《こうそ》して、「貞《さだ》方《かた》をも時種《ときたね》をも、波《なみ》に捉《と》られし事なれば、況士卒《まいてしそつ》の一人《ひとり》として、脱《のが》るゝものは候はず。下官《やつがれ》さへに溺《おぼ》れしを、幸《さいは》ひにして九死《きうし》の中《うち》に、一生《いつせう》を得《え》て候ひき。なれども貞方《さだかた》・時種《ときたね》は、首《くび》を撃《うた》せし後《のち》なれば、誅戮《ちゆうりく》には障《さは》りなし。只《たゞ》その首《くび》を失《うしな》ひたれば、実検《じつけん》に入《い》れがたきのみ。いかで貴老《きろう》のおん執《とり》成《なし》を、仰《あほ》ぐの外《ほか》は候はず」、と実事虚事《まことそらごと》うち雑《まぜ》て、おそる〳〵演《のべ》しかば、憲定入道《のりさだにうどう》うち驚《おどろ》きて、思ひ難《かね》たる眉根《まゆね》を顰《ひそ》め、「昔《むかし》よりして七里《しちり》の浜《はま》へ、然《さ》る高濤《たかなみ》の寄《よ》せし事は、聞《きゝ》も及《およ》ばぬ椿事《ちんじ》也。然《さ》ばれ貞方《さだかた》・時種《ときたね》は、首《くび》を撃《うた》れし後《のち》ならば、亦怪《またあやし》むに足《た》らねども、悔《くや》しくも先例《せんれい》に、任《まか》して件《くだん》の主《しゆう》従《〳〵》を、那浜辺《かのはまべ》にて誅《ちゆう》せしこそ、愚老《ぐろう》が脱落《ぬかり》で候なれ。そをいかにぞと推《おし》ても見給へ。貞方《さだかた》は幻術《げんじゆつ》あり。火《ひ》に遇《あ》へば火《ひ》に隠《かく》れ、水《みづ》にあへば水《みづ》に隠《かく》る、と予《かね》も伝聞《つたへきゝ》たるに、そこらに心《こゝろ》づきなくて、海辺《うみべ》に牽《ひき》も出《いだ》させたれば、既《すで》にその身《み》は死《し》するといふとも、窃《ひそか》に祐《たすく》る邪神《じやじん》ありて、波《なみ》を起《おこ》して人馬《にんば》を損《そこな》ひ、為《ため》に怨《うらみ》を復《かへ》せし歟《か》、是《これ》も亦《また》知るべからず。旦近属《かつちかごろ》*小《こ》坪《つぼ》なる、漁者《すなどりびと》の説《ときごと》也とて、人《ひと》の噂《うはさ》に聞《きゝ》しことあり。昔《せき》*年正慶《ねんせうけい》の鎌倉攻《かまくらぜめ》に、新田義貞《につたよしさだ》進《すゝ》み難《かね》て、海神《わだつみ》に禱《いの》ることあり。黄金製作《こがねづくり》の大刀《たち》を解《とり》て、投《なげ》て波底《かいてい》に沈《しづ》めしかば、稲村《いなむら》が崎干潟《さきひがた》となりて、その隊《て》の軍兵《ぐんびやう》障《さわ》りなく、はや鎌倉《かまくら》に攻《せめ》入《いり》て、高時滅亡《たかときめつぼう》せしよしは、世挙《よこぞつ》て知《し》る所《ところ》也。爾《しか》るに後世《こうせい》件《くだん》の大刀《たち》は、化《け》して金竜《きんりう》となりて、稲村《いなむら》が崎《さき》の澳《おき》に在《あ》り。漁者《すなどりびと》知らずして、その所《ところ》を犯《をか》すときは、必祟《かならずたゝり》ありといへり。いまだ虚実《きよじつ》をしらねども、倘果《もしはた》してその事《こと》あらば、件《くだん》の海竜《かいりう》、旧縁《きうえん》を、感《かん》じて爰《こゝ》に倣《な》すことあり。他貞方主《かれさだかたしゆう》従《〳〵》の、為《ため》に祟《たゝり》を致《いた》せし歟《か》、凡慮《ぼんりよ》の及《およ》ぶ所《ところ》にあらず。然《され》ばとてこれらのよしを、世《よ》の人《ひと》に知《しら》せなば、新田《につた》の余類《よるい》をなほ憑《たのも》しく、思ふものゝありもやすらん。秘《ひめ》て努々《ゆめ〳〵》洩《もら》すべからず。因《より》て愚按《ぐあん》を旋《めぐら》すに、一時《いちじ》の水災《すいさい》なりとても、当家累代《たうけるいだい》の怨敵《おんてき》なりし、新田《につた》の首級《しゆきう》を暴濤《あらなみ》に、捉《と》られたりなンどいはゞ、京鎌倉《きやうかまくら》のおん威徳《いきほひ》の、薄《うす》きに似《に》たれば愉快《こゝろよか》らず。縦《たとひ》那首波濤《かのくびなみ》に引《ひか》れて、一旦海《いつたんうみ》に淪《しづ》むとも、日《ひ》を経《へ》ば必《かならず》いづれの浦《うら》にか、流《なが》れ寄《よ》ることなからずやは。そを取《とり》あげて梟首《きやうしゆ》せば、世評《せいひやう》も亦定《またさだま》りて、人《ひと》の疑念《ぎねん》を霽《はら》すに足《た》らん。這首《ここ》よりも近国《きんごく》なる、海辺漁村《かいへんぎよそん》へ下知《げち》すべし。御辺《ごへん》も亦《また》よく意《こゝろ》を着《つけ》て、そこらの穿鑿肝要《せんさくかんえう》ならん」、と意中《いちう》を尽《つく》して諭《さと》せしかば、兼胤僅《かねたねわづか》に心《こゝろ》おちゐて、歓《よろこ》びを述別《のべわかれ》を告《つげ》て、旅館《りよくわん》に還《かへ》りて又《また》おもふに、「貞方《さだかた》・時種《ときたね》の首級《しゆきう》の事、砍《き》られたる歟《か》、斫《き》られざりし歟《か》、今《いま》さら知《し》るよしなけれども、執権《しつけん》にいはれしよしを、等閑《なほざり》にすべくもあらず。倘《もし》や」と思へば次《つぎ》の日《ひ》より、士卒《しそつ》を近《ちか》き海辺《うみべ》に遣《つかは》し、「新田貞方《につたさだかた》・畑時種等《はたときたねら》が、首級《しゆきう》の流《なが》れよることあらば、快取揚《とくとりあげ》てもて来《こ》よ」とて、部《てわけ》を定《さだ》めて渉猟《あさら》せしに、第三日《だいみつか》の朝《あさ》、七里《しちり》の浜《はま》へ、赴《おもむ》きたる雑兵《ざふひやう》が、那浜《かのはま》にて拊《ひら》ひしとて、道俗三個《どうぞくみたり》の首《くび》をもて来《き》ぬ。兼胤歓《かねたねよろこ》び、そを労《ねぎら》ひて、一箇々々《ひとつ〳〵》にこれを見るに、悪魚《あくぎよ》にや傷《やぶ》られけん、いづれも面《おもて》に痍《きず》ありて、見定《みさだ》めがたきに似《に》たれども、こは疑《うたが》ふべくもあらぬ、両箇《ふたつ》の首《くび》は灘蔵《なだざう》・船蔵《ふなざう》、髪《かみ》なき首《くび》は妙算《みやうさん》也。這時《このとき》にこそ兼胤《かねたね》は、かの日《ひ》に妙算《みやうさん》が到《とう》着《ちやく》して、貞方主従《さだかたしゆう〳〵》の誅《ちゆう》せらるゝを、見んとて浜辺《はまべ》に来《き》つるにより、両個《ふたり》の児子《こども》とおなじ折《をり》、波濤《なみ》に捉《と》られて慿《かう》なりけるを、初《はじめ》て暁得《さとり》て驚《おどろ》くのみ。言《こと》に出《いだ》さば倒《なか〳〵》に、外聞歹《ひとぎゝわろ》しと搔遣《かいや》りて、肚裏《はらのうち》に思ふやう、「這親子《このおやこ》の軀《むくろ》の失《う》せて、首《くび》のみ故《もと》の浜辺《はまべ》に寄《よ》りしは、悪魚《あくぎよ》の為《ため》に噬断《かみき》られて、不具《ふぐ》になりたるものにこそあらめ。這後《こののち》も又流《またなが》れよるべき歟《か》、寄《よ》るべからぬ歟《か》、心《こゝろ》もとなき、貞方《さだかた》の首《くび》を索《たづ》ねんより、這灘蔵《このなだざう》・船《ふな》蔵等《ざうら》が、面《おもて》に傷《きず》つきたるこそ幸《さいは》ひなれ、この両個《ふたり》の首《くび》をもて、「貞方《さだかた》・時種《ときたね》の首級《しゆきう》也」、と稟《まう》して実検《じつけん》に備《そな》へなば、復俺《またわが》面《おもて》を起《おこ》すべし。吁爾《あゝしか》なり」、と尋思《しあん》をしつゝ、計校既《もくろみすで》に決《さだま》りければ、軈《やが》て件《くだん》の両個《ふたり》の首《くび》を、首函《くびをけ》に斂《おさ》め、士卒《しそつ》にもたして、又憲定《またのりさだ》の宿所《しゆくしよ》に赴《おもむ》き、「下官連日彼此《やつがれれんじつあちこち》なる、浦辺《うみべ》に士卒《しそつ》を出《いだ》し置《おき》て、お下知《げち》の旨《むね》に等閑《なほざり》なく、形《かた》のごとくに計《はから》はせしに、今朝《けさ》しも七里《しちり》の浜辺《はまべ》にて、這両箇《このふたつ》の首級《しゆきう》を獲《え》たり。悪魚《あくぎよ》などにや傷《やぶ》られけん、此彼共《これかれとも》に痍《きず》あれば、安定《さだか》ならぬに似《に》たれども、下官鑑定仕《やつがれかんていつかまつ》るに、こは疑《うたが》ふべくもあらぬ、貞方《さだかた》・時種《ときたね》の首《くび》にこそ候へ。よりて実検《じつけん》に入《い》れん為《ため》、携《たづさへ》て候也」、と実事《まこと》しやかにいひ誘《こしらへ》て、両箇《ふたつ》の首函《くびをけ》をさしよすれば、憲定入道感悦《のりさだにうどうかんえつ》して、「爾《しか》らば老拙内検《われらないけん》せん」とて、猛《にはか》に席《せき》を更《あらた》めて、老党《ろうだう》を召近《よびちか》づけ、一箇《ひとつ》々々《〳〵》に首函《くびをけ》の、蓋《ふた》を開《とら》して熟視《つら〳〵み》るに、「既《すで》に久《ひさ》しく潮水《うしほ》に漬《ひた》りし、そがうへ傷《きず》さへある首《くび》なれば、疑《うたが》ひなきにあらねども、兼胤《かねたね》認《みし》りたりといへば、今《いま》さら虚実《きよじつ》を糾《たゞ》すは要《えう》なし。こを梟首《きやうしゆ》せば世《よ》の人《ひと》の、疑念評論解散《ぎねんひやうろんかいさん》して、いよ〳〵泰平《たいへい》なるべし」、と思ふによりて詰《なじ》りも問《とは》ず、忽地莞爾《たちまちにつこ》とうち笑《ゑみ》て、「千葉《ちば》殿《どの》よくこそ手《て》に入《い》りたれ。御辺証人《ごへんせうにん》たるうへは、是《これ》を貞《さだ》方《かた》・時種《ときたね》の、首級《くび》ならずと誰《たれ》かいふべき。然《さ》ばれ潮水《うしほ》に毿毿《ふくだみ》て、傷《きず》さへあれば古例《これい》に任《まか》して、上《うへ》の実検《じつけん》に備《そな》ふべからず。はやく浜辺《はまべ》に梟《かけ》給へ」とて、偏《よ》らず障《さわ》らず鷹揚《おうやう》に、首級《しゆきう》を返《かへ》し与《あた》へしかば、兼胤《かねたね》はこゝろ得果《えはて》て、軈《やが》て七里《しちり》の浜辺《はまべ》に赴《おもむ》き、士卒《しそつ》に下知《げぢ》して、両箇《ふたつ》の首《くび》を、形《かた》のごとくに梟《かけ》させつ、且《しばら》くこれを戍《まも》れとて、雑兵両三名《ざふひやうりやうさんにん》を留置《とゞめおき》て、その身《み》は旅館《りよくわん》へ還《かへ》りけり。這日《このひ》よりして件《くだん》の梟首《きやうしゆ》を、観《み》るものなほも批評《ひひやう》して、半信半疑《はんしんはんぎ》せざるは稀《まれ》也。そが中《なか》に始《はじめ》よりの、情由《わけ》を知《し》りたるものありて、その友《とも》に聶《さゝや》くやう、「千葉殿《ちばどの》のさま〴〵に、蓬《きたな》き計策《はかりごと》を旋《めぐ》らして、新田主従《につたしゆう〳〵》を虜《とりこ》にしたる、陽《うへ》には忠義《ちうぎ》と聞《きこ》ゆれども、陰《した》にはをさ〳〵栄《ゑの》利《り》を思ふて、その身《み》の望《のぞみ》を遂《とげ》ん為《ため》也。この故《ゆゑ》に海神《わだつみ》の、祟《たゝり》に遇《あ》ふて幾《いく》十名《にん》の、士卒《しそつ》を洪波《つなみ》に喪《うしな》へども、なほ懲《こ》りずまに上《うへ》を欺《あざむ》き、帰参《きさん》の家隷灘蔵等《けらいなだざうら》が、首《くび》を拾《ひら》ひしを幸《さいはひ》にして、これを貞方主従《さだかたしゆう〳〵》の、首級《しゆきう》也と詐《いつは》り称《たゝ》へ、軈《やが》て浜辺《はまべ》に梟並《かけなら》べて、心《こゝろ》に羞《はづ》ることなきは、那人《かのひと》一個《ひとり》のみならぬ、今戦国《いませんごく》の常情《ならひ》なれども、就中甚《なかんづくはなはだ》しき、僻事《ひがごと》にあらざる歟《か》。又那《またかの》妙算《みやうさん》が奸智《かんち》に長《たけ》たる、既《すで》に仏門《ぶつもん》に入《い》りながら、夢想《むさう》に仮托《かこつけ》て人《ひと》を欺《あざむ》き、剰《あまさへ》兼胤主《かねたねぬし》を資《たすけ》て、那奸計《かのかんけい》を行《おこな》ひしは、領主《りやうしゆ》へ忠義《ちうぎ》の為《ため》にはあらで、両個《ふたり》の児子《こども》の帰参《きさん》の願《ねが》ひを、果《はた》さんとての所為《わざ》なれば、因果覿面《いんぐわてきめん》、陰慝《いんどく》の、報《むく》ひを越《こゝ》に脱《まぬか》れず、親子三名横死《おやこさんにんわうし》して、祀《まつ》られぬ鬼《おに》となるのみならず、その子《こ》灘蔵《なだざう》・船蔵《ふなざう》は、新田殿主従《につたどのしゆう〳〵》の、身代《みがはり》に立《たて》られて、梟首《きやうしゆ》せられしこそ無慙《むざん》なれ。這理《このり》によりて推《お》すときは、兼胤主《かねたねぬし》の終《をは》る所《ところ》、又是《またこれ》いかにかあるべからん。怕《おそ》るべし〳〵」、と爪弾《つまはぢき》をして歎《たん》ぜしとぞ。試《こゝろみ》に問《と》ふ世《よ》の看官《みるひと》、前巻《さきのまき》よりこゝに至《いたり》て、抑《そも〳〵》これを何《なに》とか見たる。

※鎌倉大草紙《かまくらおほざうし》

にいへることあり。応永《おうえい》十七年《ねん》七月廿二日云云《しかじか》、この節新田《せつにつた》どのゝ嫡孫《ちやくそん》謀反《むほん》を起《おこ》し、廻文《くわいぶん》をもつて便宜《びんぎ》の軍兵《ぐんびやう》を催《もよほ》されければ、鎌倉《かまくら》の侍所《さむらひどころ》千葉《ちばの》介兼胤《すけかねたね》が生捕《いけどり》にして、七里浜《しちりのはま》にて討之《これをうちぬ》。桜雲記《おううんき》にも亦云《またいはく》、応永《おうえい》十七年《ねん》七月廿二日、新田貞方《にったさだかた》 義宗の子、千葉介《ちばのすけ》是《これ》を捜《さが》し、七里《り》ノ浜《はま》に於《おい》て殺戮《さつりく》す。新《につ》田《た》の末流殆《まつりうほとんど》たえんとす。南朝武臣伝《なんちやうぶしんでん》に又《また》これを載《のせ》て、貞方《さだかた》は云云《しかじか》、応永《おうえい》九年《ねん》、没落奥州《おうしうをぼつらくす》。同《おなじき》十七年《ねん》七月、為千葉介被害《ちばのすけのためにがいせらる》。年《とし》五十五。今《いま》この策子《さうし》に説《と》くよしは、右《みぎ》の旧記《きうき》の演義《えんぎ》也。

間話休題《あだしごとはさておきつ》。千葉介兼胤《ちばのすけかねたね》は、多年《たねん》の宿望《しゆくまう》一時《いちじ》に遂《とげ》て、既《すで》にして侍所別当《さむらひどころのべつたう》になりしかば、是《これ》より鎌倉《かまくら》に在勤《ざいきん》して、出頭《しゆつとう》せんと思ふにも似《に》ず、この年《とし》八月の初旬《はじめ》より、顔色《がんしよく》漸々《しだい》に蒼染《あをざめ》て、身体総《みのうちすべ》て浮腫《ふくだみ》ければ、鎌倉《かまくら》に名高《なだゝ》る医師《くすし》を、此彼《これかれ》と招《まね》きよせて、その宜《よろし》きに就《つき》て服薬《ふくやく》す。医按《いあん》はいづれも同断《どうだん》にて、いぬる比入水《ころじゆすい》の折《をり》、海潮《うしほ》を多《おほ》く飲《のみ》たれば、*潮《ちやう》毒《どく》の致《いた》す所《ところ》、病症軽《びやうせうかろ》きにあらずといひけり。これにぞ初《はじめ》て駭怕《おどろきおそ》れて、療養由断《りやうやうゆだん》なかりしかども、聊《いさゝか》の効《かう》もあらねば、名僧験者《めいそうげんじや》に符《ふ》を徴《もと》め、這里《ここ》の護摩《ごま》、那里《かしこ》の加持《かち》とて、祈禱《きとう》にも術《て》を尽《つく》すものから、これすら些《ちと》の験《しるし》もあらで、起居《たちゐ》は人《ひと》に扶《たす》けられ、只煩悶《たゞはんもん》して沫《あは》を吐《は》くのみ。然《さり》とて死《し》なず生《いき》もせず、恁《かく》ては在勤《ざいきん》なりがたしとて、身《み》の暇《いとま》を賜《たまは》りつ、おなじ年《とし》の冬千葉《ふゆちば》に還《かへ》りて、をさ〳〵将息《やうぜう》したれども、病苦《びやうく》はなほも退《しりぞ》かず。左右《とかく》する程《ほど》に年《とし》は暮《くれ》て、春《はる》を迎《むか》へ夏《なつ》になりても、なほ恨《うらめ》しき病着《いたづき》の、疲労《つかれ》に勝《たへ》ずなりにけり。

爾《しか》るに今茲初秋《ことしはつあき》の比《ころ》、*板久《いたく》の浦《うら》に漂流《ひやうりう》の外国人《とつくにびと》あり。こは*安南国《あんなんこく》の医生《くすし》にて、恁《かゝ》る療治《りやうち》に長《たけ》たりと聞《きこ》えしかば、兼《かね》胤則《たねすなはち》老党某甲《らうだうなにがし》を遣《つかは》して、その身《み》の病症恁々《びやうせうしか〳〵》と、告《つげ》て治方《ちはう》を請問《こひとは》せしに、その人聞《ひときゝ》て答《こたへ》ていふやう、「潮毒《ちやうどく》は草根木《さうこんぼく》皮《ひ》の、よく治《ぢ》すべき病痾《やまひ》にあらず。その身《み》を土中《どちう》に穿埋《ほりうづ》めて、一夕《ひとよさ》を経《ふ》るときは、その毒《どく》おのづから掃除《そうぢ》せられて、恙《つゝが》なきに至《いた》るべし。譬《たとへ》ば塩魚《しほうを》の塩《しほ》を抜《ぬ》く、その方《はう》これと一《いつ》致《ち》也。なれどもはやく土療《どりやう》をせで、既《すで》に朞月《むかはりづき》に及《およ》びしかば、おそらくその効《かう》なかるべし。然《さり》とも見つゝ死《し》を等《また》んより、愚按《ぐあん》に拠《よら》んと思ひ給はゞ、その修方《しゆはう》は恁々《しか〳〵》也」とて、言《こと》詳《つまびらか》に伝授《でんじゆ》せしかば、老党悦《らうだうよろこび》て、夜《よ》も日《ひ》もわかず、馬《うま》を走《はし》らしてかへり来《き》つ、件《くだん》の医按《いあん》の趣《おもむき》を、箇様《かやう》〳〵と注進《ちゆうしん》して、形《かた》のごとくに執行《とりおこな》ふに、且方一間《まづいつけんしはう》なる大櫃《おほびつ》を作《つく》りて、この内《うち》へ兼胤《かねたね》を、扶容《たすけいれ》て安坐《あんざ》せしめ、清柔《きよくやわらか》き土《つち》をいくらともなく、櫃《ひつ》に容《い》れ主《ぬし》を埋《うづ》めて、只頭顱《たゞかうべ》をのみ露《あらは》したり。時《とき》に七月廿一日、けふ黄昏《たそがれ》に綷成《ことなり》て、男女《なんによ》の従類《じゆうるい》夜《よ》と共《とも》に、守護《しゆご》して明《あく》るを俟程《まつほど》に、廿二日の朝《あした》に至《いた》りて、兼胤《かねたね》の面《おもて》の浮腫《ふくだみ》○ハレ、大《おほ》かたならず退《しりぞ》きて、蒼《あを》かりし色《いろ》は白《しろ》くなりたり。原来《さては》はや潮毒《ちやうどく》の、解散《かいさん》し給ひたるならめとて、衆皆《みな〳〵》斉一《ひとしく》相《あひ》賀《が》して、扶《たす》けて土《つち》より出《いだ》さんとて、立蒐《たちかゝ》りてなほよく見るに、何《いつ》の程《ほど》にか息絶《いきたえ》て、いと冷《つめ》たうなり果《はて》たり。是《これ》にぞ人《ひと》僉駭騒《みなおどろきさわ》ぎて、そが儘土《まゝつち》より穿出《ほりいだ》し、又病牀《またびやうぜう》に臥《ふ》さしめて、「灸《やいと》よ鍼《はり》よ」、と術《て》を尽《つく》せども、三魂六魄《さんこんりくはく》既《すで》に去《さり》て、空蟬《うつせみ》の殻《から》となりにし人《ひと》の、甦生《よみがへ》るべきよしのなければ、果《はて》は悲《ひ》愁《しう》の諸声《もろごゑ》立《たて》て、泣《な》くより外《ほか》はなかりけり。是《これ》その奸詐《かんそ》の悪《あく》報敟《ほうか》、将偶然《はたぐうぜん》○タマ〳〵シカルか知《し》らねども、貞方主《さだかたぬし》を誅《ちゆう》したる、その月《つき》その日周《ひめぐ》り来《き》て、身《み》は生《いき》ながら土中《どちう》に埋《うづま》れ、そが儘《まゝ》に息絶《いきたえ》たるは、宛罪人《さながらつみびと》に異《こと》ならず。亦一奇事《またいつきじ》といはまくのみ。*夫《それ》天道《てんどう》は、善《ぜん》に福《さいは》ひし、又淫《またいん》に禍《わざは》ひす。淫《いん》は即陰慝《すなはちいんどく》也。これを悪《あく》といはずして、淫《いん》といへるに深意《しんい》あり。悪《あく》は素《もと》より王法《わうばう》の、免《ゆる》さゞる所《ところ》にして、天誅《てんちゆう》を俟《まつ》に及《およ》ばず。淫《いん》は窃《ひそか》に做《な》す所《ところ》、故《ゆゑ》に人《ひと》これを知《し》らず。所云隠慝《いはゆるいんどく》也、濫行《らんぎやう》也。僥幸《さいはひ》にして免《まぬか》れたるも、天《てん》かならず禍《わざはひ》を、降《くだ》すをもて箴《いましめ》とす。古人《こじん》の格言妙《かくげんみやう》なる哉《かな》。*むかし少納言入道信西《せうなごんにうどうしんぜい》の博学《はくがく》なるも、禍《わざはひ》を快避《とくさけ》んとて、生《いき》ながら身《み》を土中《どちう》に埋《うづ》めて、なほ禍《わざはひ》を脱《のが》れ得《え》ざりき。兼胤《かねたね》の事これに似《に》たり。

*この後千葉介入道常瑞《のちちばのすけにうどうじやうずい》の時《とき》に至《いたり》て、享徳《きやうとく》四年《ねん》八月中旬《ちうじゆん》、一族原越後守胤房《いちぞくはらゑちごのかみたねふさ》、馬加陸奥守光輝《まくはりむつのかみみつてる》等《ら》に攻撃《せめうた》れて、その子《こ》胤直《たねなほ》と倶《とも》に自殺《じさつ》せし折《をり》、家《いへ》の旧記《きうき》多《おほ》く焼《やけ》たり。那陀《かのだ》々《だ》花酒《くわしゆ》の方書《はうしよ》も、這兵燹《このいくさび》に焼亡《やきうしなは》れて、伝《つたは》らずなりにきといふ。これらは後《のち》の話説《ものがたり》なるを、因《ちなみ》にこゝに具《つぶさ》にす。こも勧懲《くわんちやう》に本《もと》づけばなり。

第《だい》八回《くわい》

衣箱《つゞら》を啓《ひら》きて小六遺書《ころくのこしぶみ》を得《え》たり
癲疾《てんしつ》を救《すく》ふて著演銅笄《あきのぶかうがい》を失《うしな》ふ

応永《おうゑい》十七年、秋《あき》七月下旬《げじゆん》、新田貞方主従《につたさだかたしゆう〳〵》の事《こと》、近郷《きんごう》に隠《かく》れなく、彼《かれ》に報此《つげこれ》に伝《つた》へて、世《よ》の人《ひと》喋々《てふ〳〵》しくいひもて罵《のゝし》る。

異聞評論区々《ゐもんひやうろんまち〳〵》なりけり。

恁《かゝ》りし程《ほど》に藤沢《ふぢさは》なる、野上史著演《のがみのふひとあきのぶ》が宿所《しゆくしよ》にも、はやくその事《こと》の聞《きこ》えしを、母屋《おもや》はいまだ知《し》らでありしに、這月《このつき》二十三日の朝《あした》より、例《いつも》の痞塞《つかえ》の又発《またおこ》りて、いと堪《たへ》がたかりければ、早飯《あさいひ》の箸《はし》も得《え》とらず、そが儘子舎《まゝへや》に退《しりぞ》きて、且《しばら》く将息《やうじよう》する程《ほど》に、はや午後《ひるすぎ》になりければ、女婢們《をんなども》《○ゲヂヨラ》の迭代《かたみがはり》に、湯液《くすり》を薦《すゝ》め白粥《しらがゆ》を、羞《すゝ》めて懇《ねんごろ》に問慰《とひなぐさ》めたる、そが中《なか》に一人《ひとり》がいふやう、「いまだ聞《きか》せ給はずや。きのふ鎌倉《かまくら》には、いと哀《あは》れなる事の侍《はべ》りしとぞ。其《そ》は義貞《よしさだ》さまのおん孫《まご》なる、新田左少将《につたさしやう〳〵》さまとやらん、喚《よば》れ給ふ主従二名《しゆう〳〵ふたり》が、千葉介兼胤主《ちばのすけかねたねぬし》に生拘《いけど》られて、七里《しちり》の浜《はま》にて斬《き》られ給ひき。始《はじめ》をいへば恁々《しか〳〵》也。終《をはり》は箇様《かやう》々々《〳〵》にこそ」、と畑時種《はたときたね》の事までも、聞《きけ》るまに〳〵先後《あとさき》の、揃《そろ》はで浮世雑談《うきよざふだん》と、思ひ做《な》しけん左《と》に右《かく》に、辞多《ことばおほ》きは都《みやこ》も鄙《ひな》も、凡婦女子《なべてをなご》の習俗《ならひ》にて、問《とは》ずがたりの長《なが》やかなるに、母屋《おもや》は耳《みゝ》を欹《そばだ》て、聞《き》くも苦《くる》しき胸《むね》に手《て》の、得《え》ぞ放《はな》されぬ心《こゝろ》の駭《おどろ》き、額《ひたひ》を枕《まくら》に推鴐《おしあて》て、俯《ふ》しつゝ窃《ひそか》に思ふやう、「貞方《さだかた》さまは新田《につた》の嫡流《ちやくりう》。曩《さき》には古殿《ことの》義隆《よしたか》をいふ。共侶《もろとも》に、陸奥《みちのく》にをはしましたれども、自方《みかた》の離散《りさん》にせん術《すべ》なくて、東《ひがし》と北《きた》に立別《たちわか》れ、落《おち》させ給ひて年如干《としあまた》、音信《おとづれ》聞《きこ》えずなり給へども、おなじ浮世《うきよ》に在《いま》しなば、小春《こはる》の天《そら》のかへり花《ばな》、復《ふたゝび》開《ひら》く御武運《ごぶうん》の、時《とき》しもありて俺《わ》が郎君《わかぎみ》の、資助《たすけ》にならせ給はんず、と憑《たのも》しかりしに思ひきや、*屠所《としよ》の羊《ひつじ》と做果《なりはて》て、七里《しちり》の浜《はま》の虚俯貝《うつせがひ》、名《な》をのみ遺《のこ》し給はんとは、痛《いた》ましさよ」、といへばえに、岩堰水《いはせくみづ》と涌《わき》かへる、千行《ちすぢ》の涙《なみだ》も涸《かれ》ぬべき、憂苦《ゆうく》病《びやう》悩極《なうきはま》りて、腸《はらわた》を断必死《たつひつし》の勢《いきほ》ひ、「云《うん》」とばかりに叫《さけ》びたる、声《こゑ》を這世《このよ》のなごりにて、そが儘息《まゝいき》は絶《たえ》にけり。是《これ》にぞ騒《さわ》ぐ女婢們《をんなども》は、「薬《くすり》よ水《みづ》よ」、と罵《のゝし》りたる、周章大《しうせうおほ》かたならざれば、主人夫婦《あるじふうふ》も走《はし》り来《き》て、且《かつ》驚《おどろ》き且勦《かついたは》り、抱起《いだきおこ》し喚活《よびいけ》て、さま〴〵に術《て》を尽《つく》せども、脈絡《みやくらく》既《すで》に絶果《たえはて》たれば、復生《またいく》べくもあらざりけり。

折《をり》から小六《ころく》は宿所《しゆくしよ》にをらず、這朝貞方主《このあささだかたぬし》の事、風声《ふうぶん》はやく聞《きこ》えしかば、独窃《ひとりひそか》に驚嘆《おどろきなげ》きて、なほ細《くは》しきを知《し》らんと思へば、例《いつも》の稽古《けいこ》に仮托《かこつけ》て、鎌倉《かまくら》なる武芸《ぶげい》の師範《しはん》、上泉秀武《うはいづみひでたけ》許《がり》赴《おもむ》きて、四面八表《よもやも》の晤譚《ものがたらひ》の次《ついで》に、貞方主従《さだかたしゆう〳〵》の事を聞《き》くに、執権憲定入道《しつけんのりさだにうだう》の家中《かちう》にも、秀武《ひでたけ》が武芸《ぶげい》の弟子多《をしえごおほ》かりければ、その事既《ことすで》に紛《まぎ》れもなく、兼胤《かねたね》・妙算《めうさん》が奸計《かんけい》の緈《こと》の趣《おもむき》、幷《ならび》に本日《そのひ》の高波《たかなみ》に、貞方主従《さだかたしゆう〴〵》の首級亡骸《しゆきうなきがら》はさら也、人馬《にんば》を遺《おち》なく亡《うしな》ひて、女僧妙算《あまみやうさん》とその児子《こども》、荒海灘蔵《あらみなだざう》・船《ふな》蔵《ざう》も、底《そこ》の水屑《みくず》になりし事、独兼胤《ひとりかねたね》は死《し》を脱《まぬか》れて、病《やみ》て旅《りよ》館《くわん》に在《あ》ることまで、いと詳《つまびらか》なりければ、慷慨《うれはし》き事限《かぎ》りもなきを、色《いろ》にも出《いだ》さず辞別《いとまごひ》して、還《かへ》る竟途《みちすがら》おもふやう、「貞方朝臣《さだかたあそん》は俺《わ》が親《おや》の、古主《こしゆう》と再従父兄弟《またいとこどち》にてをはするに、新田《につた》の嫡家《ちやくか》なりければ、勢《いきほ》ひ蹐《せぐま》*り給ふとも、旧恩遺徳《きうおんゐとく》を念《おも》ふもの、なほ此彼《これかれ》とあるべかりしに、いかなれば佻々《かろ〴〵》しく、時種《ときたね》一人《ひとり》を従《したが》へて、漫行《そゞろあるき》をし給ひけん。聞《き》くがごときは兼《かね》胤《たね》の、変詐《へんそ》尤《もつとも》怕《おそ》るべく、女僧妙算《あまみやうさん》が邪智《ぢやち》逞《たくま》しき、伎倆《たくみ》の程《ほど》こそいと憎《にく》けれ。その根《ね》を鋤《すか》れて、枝栄《えださかえ》ず。左《と》にも右《かく》にも新田《につた》の氏族《うから》は、忠孝節義《ちうこうせつぎ》も行《おこなは》れず、誠《まこと》を守《まも》る神《かみ》もなく、日月《つきひ》も照《てら》し給はぬ歟《か》」、と世《よ》を憤《いきどほ》る意中《いちう》の述懐《じゆつくわい》、憂《うき》に堪《たえ》ねば果敢《はか》どらぬ、去向《ゆくて》の路《みち》の枯木《かれき》の枝《えだ》に、屢鳴《しばな》く烏喃々《からすかは〴〵》と、無常《むじやう》を報《つぐ》る秋曇《あきぐも》り、天《そら》さへものをおもひ皃《がほ》に、下晡《なゝつさがり》の北《きた》山下風《おろし》、露《つゆ》けき袖《そで》を吹払《ふきはら》ふ、身《み》に染々《しみ〴〵》と冷《ひや》やかに、胸《むね》さへ連《しきり》にうち騒《さわ》げば、「こは平《たゞ》ならず」、と思ふにも、病痾多《やまひおほ》かる母《はゝ》のうへ、心《こゝろ》にかゝれば是《これ》よりして、歩《あし》の運《はこび》を急《いそが》す程《ほど》に、前面《むかひ》より来《く》るものありけり。と見れば是別人《これべつじん》ならず、野上《のがみ》が家《いへ》の小厮《こもの》也。走《はし》り近《ちか》づき声《こゑ》をかけて、「噫《あな》、令郎《わかだんな》。只今《たゞいま》還《かへ》らせ給へる歟《か》。咱們《われら》は家公《だんな》に吩咐《いひつけ》られて、おん迓《むかへ》にまゐりたり。実《うみ》の母御《はゝご》の痞発《つかえおこ》りて、既《すで》に緈絶《ことぎれ》給ひたり。快々《とく〴〵》還《かへ》らせ給へかし」、と報《つぐ》るに小六《ころく》は面色《おもゝち》の、変《かは》れるまでに駭《おどろ》きて、「そは実事《まこと》歟《か》」、とばかりに、又問答《またもんだう》の遑《いとま》もなく、なほ二十町《はたまち》に余《あま》れる路《みち》を、飛《とぶ》が似《ごと》くに走《はし》りしかば、件《くだん》の小厮《こもの》に先《さき》だちて、はやく宿所《しゆくしよ》にかへり来《き》つ、そが儘子舎《まゝへや》に赴《おもむ》きて、搔遣《かいや》る屏風《びやうぶ》のうらがなしさに、戍《も》る人《ひと》あるを見もかへらず、枕外《まくらはづ》して臥《ふさ》せし母《はゝ》の、空《むなし》き骸《から》を動《うごか》して、声《こゑ》を発《はな》ちて泣《なき》にけり。

この時著演《ときあきのぶ》・晩稲《おしね》等は、小六《ころく》を俟《まち》て這《こ》里《こ》にをり、共侶《もろとも》に諫《いさ》め奨《はげま》して、母屋《おもや》が持病《ぢびやう》の特《こと》に劇《はげ》しく、猛《にはか》に危窮《ききう》に及《およ》びしより、鍼灸薬餌《しんきうやくじ》も届《とゞか》ざりける、為体《ていたらく》を報知《つげしら》して、「遺憾《のこりを》しきは理《ことわ》りながら、女々《めゝ》しく歎《なげ》かば亡者《なきひと》の、迷《まよ》ひの種《たね》になりもやせん。名《な》*を揚家《あげいへ》を興《おこ》すをこそ、孝《かう》の終《をは》りといふなるに、みづから愛《あい》してなき跡《あと》の、菩提《ぼだい》をながく吊《とむらひ》ね」、といはれて小六《ころく》は涙《なみだ》を禁《とゞ》めて、「仰《おふせ》うけばり候ひぬ。親《おや》は先《さき》だち子《こ》の後《おく》るゝは、凡浮世《なべてうきよ》の順路《じゆんろ》にて、歎《なげ》くは愚痴《ぐち》に似《に》たれども、尚老朽《なほおいくち》たる身《み》にしもあらず。年来多病《としごろたびやう》に候ひしを、恷《かゝ》るべしとは思ひもかけず、漫《そゞろ》に出《いで》て臨終《りんじう》に、得遇《えあは》ざりける悔《くや》しさは、後々《のち〳〵》までもいかでか忘《わす》れん。這意《このい》を猜《すい》し給ひてよ」、といふに「然《さ》こそ」、と著演《あきのぶ》・晩稲《おしね》は、慰《なぐさ》め難《かね》て共侶《もろとも》に、露《つゆ》けき袖《そで》の一滴《ひとしづく》、玉《たま》*に串《ぬ》くべき誠心《まごゝろ》の、表裏《うらうへ》とてはなかりけり。

是《これ》より小六《ころく》は日《ひ》を経《ふ》るまでも、心《こゝろ》の哀《かなし》みやる方《かた》なきを、只養父母《たゞやうふぼ》の意《き》を介《かね》て、愼《つゝし》みぶかく言《こと》に出《いだ》さず、著演《あきのぶ》も亦《また》その意《い》を汲《くみ》て、襄事《のちのこと》は英直《ひでなほ》を、葬《はうむ》りし日《ひ》の為体《ていたらく》に異《こと》ならず、第三日《だいみつか》の黄昏《たそがれ》に、柩《ひつぎ》を遊行寺《ゆぎやうじ》へ送《おく》る程《ほど》に、里人們《さとびとら》の吊《ちやう》するもの、這回《こたび》も一千余《いつせんよ》名《にん》ありけり。墓塋《ぼゑい》《○ハカドコロ》は英直《ひでなほ》と合葬《がつそう》して、過七《なぬか〳〵》の追薦読経《ついぜんどきやう》、形《かた》の如《ごと》くに修行《しゆぎやう》しつ、心《こゝろ》を尽《つく》さぬ事もなければ、小六《ころく》は養家《やうか》の一方《ひとかた》ならぬ、洪恩篤義《こうおんとくぎ》を胆《きも》に銘《めい》じ、心《こゝろ》に刻《きざ》みて感涙《かんるい》の、夜分《よる》は枕《まくら》を濡《ぬら》すまで、独《ひとり》つら〳〵思ひつゞけて、「何《いつ》の時《とき》にか這大恩《このだいおん》を、報《むく》ひやすらん」、とわれながら、心《こゝろ》もとなき久後《ゆくすゑ》を、定《さだ》め難《かね》つゝ不楽《わび》にけり。

恷《かゝ》りし程《ほど》に小六《ころく》が師《し》なる、上泉武者助秀武《うはいづみむしやのすけひでたけ》も、八月の初旬《はじめ》より、風《かぜ》の心地《こゝち》とてうち臥《ふ》せしに、老人《ろうじん》の健《すこやか》なりしは、頼《たの》むに足《た》らぬものにしあれば、病《やむ》こと十日可《とをかばかり》にして、身《み》まかりにき、と聞《きこ》えしかば、小六《ころく》は驚《おどろ》き且悼《かついた》みて、失恃《しつじ》*《○ハヽヲウシナフ》の憂《うれ》ひいまだ除《のぞ》かず、又心喪《またしんそう》*を累《かさ》ねつゝ、折《をり》の歹《わろ》くて棺《ひつぎ》の縄《つな》を、得曳《えひか》ざるを恨《うらむ》るのみ。その子《こ》秀時《ひでとき》に消息《せうそこ》して、心《こゝろ》の誠《まこと》を表《ひやう》しけり。

然程《さるほど》に、天凜渡《そらさえわた》りて、吹風寒《ふくかぜさむ》く、夕露繁《ゆふつゆしげ》く、簀子《すのこ》の下《もと》に鳴《な》く虫《むし》も、やうやくに弱《よは》りゆく、玖月《きくづき》の中澣《なかばごろ》、小六《ころく》は母《はゝ》の中陰果《ちういんはて》ても、なほ垂籠《たれこめ》てをる程《ほど》に、有一日《あるひ》又《また》思ふやう、「母刀自《はゝとじ》の衣《きぬ》はしも、させる東西《もの》なしといふとも、年来親《としごろした》しう使《つかは》れたる、女婢們《をんなども》には像見《かたみ》として、取《と》らせずばあるべからず。什麼《そも》幾襲《いくかさね》あるやらん。今《いま》この暇《いとま》ある折《をり》に、取出《とりいで》て分《わか》ち置《おく》べけれ」、と尋思《しあん》をしつゝ身《み》を起《おこ》して、衣箱《つゞら》の鎖《じやう》を解抜《ときひら》き、衣類此彼《きぬどもこれかれ》と出《いだ》して見るに、いと固《かた》く封《ふう》じたる、袱包《ふろしきづゝみ》一箇《ひとつ》あり。取揚《とりあげ》て見るに重《おも》やかなれば、「何《なに》にかあらん」、と訝《いぶか》りて、封皮《ふうじ》を拆《くち》きて推披《おしひら》けば、一口《ひとふり》の短刀《たんたう》あり。小牌《ちひさきふだ》を結着《むすびつけ》て、「右少将《うしよう〱》のおん紀念《かたみ》、菊一文字《きくいちもんじ》」と書《しる》したる、そが下《しも》に分注《ぶんちゆう》して、「三位《さんゐ》の古殿《ことの》、四国下向《しこくげかう》の折《をり》、吉野《よしの》の朝廷《みかど》より、恩賜《おんし》の御剣是《ぎよけんこれ》なり」とあり。三位《さんゐ》の古殿《ことの》とは、脇屋刑部卿義助卿《わきやぎやうぶけうよしすけけう》をいへるならん。*こは興国元年《こうこくぐわんねん》に、那卿越《かのきみこし》の黒丸《くろまる》の城《しろ》を抜《せめおとし》て、吉野《よしの》の内裡《だいり》に参上《さんじよう》し、更《さら》に伊《い》予州《よのくに》へ出陣《しゆつぢん》し給ひし折《をり》、*後村上天皇《ごむらかみてんわう》より賜《たまは》りたる、おん物《もの》なるべし、と猜《すい》せらる。柄《つか》は玉成《たまな》す夏雹《なつのひさめ》を、推並《おしなら》べたらんやうなる白鮫《しらさめ》にて、鞆《めぬき》は黄金《こがね》の華菊《はなぎく》也。抜放《ぬきはな》ちて熟《つら〱》視《み》るに、刃《やいば》の長《ながさ》は一尺《いつさく》あまりなるべし。拿直《とりなほ》しつゝ鍔下《つばもと》より、刃頭《きつさき》まで又《また》よく視《み》るに、明《てれ》ること晃々《くわう〱》として、秋天《あきのそら》に新月《にひづき》の、雲《くも》を払《はら》ふて顕《あらは》れたる如《ごと》く、冷《ひやゝか》なること凛々《りん〱》として、冬《ふゆの》山《やま》なる積雪《ふかきゆき》に、昃斜《ひかげなゝめ》に映《さ》すに似《に》たり。*我大皇国《わがおほみくに》の鵜丸蒔鳩《うのまるまきはと》、又唐山《またからくに》なる竜泉《りうせん》・太阿《たいあ》も、是《これ》には優《まさ》じと思ふになん、数回《あまたゝび》歎賞《たんせう》して、鞚《さや》に収《おさ》めてそが儘《まゝ》に、やをら側《かたへ》に閣《さしお》きて、亦復《また〱》包《つゝみ》の内《うち》を見るに、二包《ふたつゝみ》の金子《きんす》あり。某《それ》の年某《としそれ》の月日《つきひ》、右少《うしよう》将《〱》より預《あづか》り奉《たてまつ》る所《ところ》の、要金《えうきん》三百両《りやう》と記着《しるしつけ》たり。思ひがけなき東西《もの》ながら、是《これ》をも拿《とり》て一所《ひとつ》に措《お》きつ、遺《のこ》れる一種《ひとくさ》を取揚《とりあげ》見るに、一巻《ひとまき》の書策《しよさく》也。軈《やが》て繙《ひもと》きて閲《けみ》するに、こは紛《まが》ふべくもあらぬ、*小新田《こにつた》の家譜《かふ》なるが、内中《うち》に巻籠《まきこめ》たる、一封《いつぷう》の書翰《ふみ》ありて、「小六《ころく》さまへたてまつる、母屋《おもや》」と標《うは》書《がき》せられしかば、驚《おどろ》きつ又訝《またいぶか》しさに、遽《いそがは》しく封皮《ふうじ》を披《ひら》きて、首《はじめ》より尾《をはり》まで、繰返《くりかへ》し又巻返《またまきかへ》して、読《よ》むに涙《なみだ》のはふり落《おち》て、事情《ことのこゝろ》を今《いま》ぞ知《し》る、小六《ころく》が生来細《しようらいこま》やかに、襁褓《むつき》の中《うち》より英《ひで》直夫婦《なほふうふ》を、傅《かしづき》にせられし事、義隆陸奥《よしたかみちのく》を没落《もつらく》の折《をり》、英直《ひでなほ》に密意《みつい》の事、是《これ》より以来世《このかたよ》を潜《しの》べば、小六《ころく》を俺児《わがこ》と詭唱《いつはりとな》へて、許多《あまた》の歳月《としつき》を過《すぐ》せし事、又仮名川《またかながは》の旅舎《たびやど》にて、英直《ひでなほ》が臨終《りんじう》に、遺言《ゆいげん》せられし縡《こと》の顛末《もとすゑ》、ひとつも漏《もら》さず、書《かき》つゞけて、「「おん身の二八になり給ふ比《ころ》、これらのよしを報《つげ》まうして、少将《しよう〱》さまより預《あづか》りまつりし、三種《みくさ》を逓与《わた》しまゐらせよ」、といはれしよしの理《ことわ》りなれば、その歳月《としつき》を僂《かゞな》べて、俟《まつ》に不楽《わび》しき俺身《わがみ》の病着《いたづき》、時《とき》なく発《おこ》り侍《はべ》るから、「もし又《また》猛《にはか》に閉塞《とりつめ》られて、そが儘《まゝ》にして陽炎《かぎろひ》の、息絶《いきたゆ》ることありもせば、思ひし事は浮潟《うたかた》の、泡《あは》とし消《きえ》て源《みなもと》の、氏《うぢ》も素生《すじやう》も後《のち》竟《つひ》に、知《し》らずなり果《はて》給はん歟《か》」、とおもへば翌《あす》も憑《たのま》れぬ、命《いのち》の内《うち》にこれらのよしを、記着《しるしつけ》て秘置《ひめお》き侍《はべ》り。人《ひと》に捷《すぐ》れて幼少《をさなき》より、最《いと》も怜利《さかし》くましませば、「二八の時《とき》を俟《また》ずとも、などてや早《はや》く報《つげ》ざりし」、と思食《おぼしめす》べきことながら、然《さ》では古殿《ことの》の仰《おほせ》にも、又亡夫《またなきつま》の遺言《ゆいげん》にも、違《たがは》んことを思へば也。才《さえ》ある者《ひと》も年長《としたけ》ざれば、その志《こゝろざし》定《さだま》らず、怒《いかり》に乗《まか》し、折《をり》に触《ふ》れて、不覚《そゞろ》に大事《だいじ》を愆《あやま》つこと、世《よ》に多《おほ》かるをいかゞはせん。人《ひと》の後《のち》としなり給ふべき、おん身にをはしまさねども、そをしも推辞《いな》むによしなかりける、主人《あるじ》の恩義《おんぎ》も亦重《またおも》かり。まうすまでは侍《はべ》らねども、是《これ》より後《のち》のおん進退《かけひき》は、恩《おん》に負《そむ》かず時宜《じぎ》による、賢慮《けんりよ》のみこそ願《ねがは》しけれ。あなかしこ」と書《かき》たりける。婦女子《をなご》に稀《まれ》なる忠貞節義《ちうていせつぎ》の、誠《まこと》は筆《ふで》に見《あらは》れしを、見れば思へばやる方《かた》もなき、哀歓《あいくわん》交《こも〱》胸《むね》ぞ苦《くる》しき。小六《ころく》は霎時《しばし》愀然《しうねん》たる、感涙《かんるい》坐《そゞろ》に進《すゝ》むを覚《おぼえ》ず、且《まづ》その書翰《ふみ》を巻納《まきおさ》め、菊一文字《きくいちもんじ》の短刀《たんたう》と、家譜《かふ》と金《かね》さへ一箇一箇《ひとつひとつ》に、又取揚《またとりあげ》て恭《うや〱》しく、数回《あまたゝび》受戴《うけいたゞ》きつ、書翰《ふみ》共侶《もろとも》に旧《もと》のごとく、袱《ふろしき》に包《つゝ》み重封皮《やへふうじ》して、洊《ふたゝび》衣箱《つゞら》の底《そこ》に蔵《おさ》め、上《うへ》には衣《きぬ》をうち累《かさ》ねて、鎖《じやう》を関《おろ》しつ退《しりぞ》きて、合掌《がつしやう》して念《ねん》ずるやう、「嗚《あ》呼《あ》忠《ちう》なる哉館夫妻《かなたてふさい》。託孤《たくこ》の命《めい》を受《うけ》しより、敵地《てきち》に遺留《のこりとゞま》ること、既《すで》にして五六年《ねん》、困窮《こんきう》殆《ほと〱》堪《たへ》ざる折《をり》も、遺金《ゐきん》を有《たも》ちて失《うしな》はず、主君《しゆくん》の在所《ありか》を知《し》るに及《およ》びて、逆旅《ぎやくりよ》に病《やみ》て起《たゝ》ずなれども、よくその妻《つま》に遺言《ゆいげん》して、俺身《わがみ》を野上《のがみ》に託《よせ》たりしは、*程《てい》嬰《あい》・杵臼《しよきう》も及《しか》ざるべき、遠謀遠慮《ゑんぼうゑんりよ》儔罕《たぐひまれ》也。況《まいて》母屋《おもや》が慎《つゝし》み深《ふか》く、始終《しじう》良人《をつと》の遺命《ゐめい》を守《まも》りて、忍《しの》びて馬脚《ばきやく》を露《あらは》さず、その身《み》の命長《いのちなが》からじと、予《かね》ての覚期《かくご》に書裒《かきつめ》し、這書翰《このふみ》なくばいかにして、俺身《わがみ》に実《うみ》の二親《ふたおや》の、在《いま》せしをよく知《し》るよしあらんや。恁《かゝ》れば這書《このしよ》は一字千金《いちじせんきん》、句毎《くごと》に錦繍《きんしう》ならぬはなし。俺《わが》生《うま》れし比《ころ》母御前《はゝごぜ》の、世《よ》を去《さ》り給ひしことはさら也、先君《せんくん》子《し》の陸奥《みちのく》を、落《おち》させ給ひし事すらおぼえず、襁褓《むつき》の中《うち》より館夫婦《たてふうふ》に、守字《もりはぐゝま》れたりけるに、大六《だいろく》・小六《ころく》の名《な》も相応《ふさは》しさに、主従《しゆう〱》なりしを思ひもかけず、*田舎《ゐなか》に育《そだ》つ鶯《うぐひす》の、旧巣《ふるす》

の中《なか》の杜鵑《ほとゝぎす》、親《おや》ならぬ親《おや》を親《おや》とし慕《した》ふて、成長《ひとゝな》りしは潜《しの》ぶ世《よ》の、起住《たゞずま》ひとはいひながら、礼《れい》には則《すなはち》*八母《はちぼ》あり、慈母《ちぼ》乳母《にうぼ》も亦母《またはゝ》也。養育《やういく》せられし年来《としごろ》の、劬労《くろう》を思へば恩高《おんたか》かり。なほ養父母《やうふぼ》と思はんのみ。何《なん》でふ貶《おと》して家隷《けらい》といはんや。只悔《たゞくや》しきは八《や》稔《とせ》已前《いぜん》、那藤白安同《かのふぢしろやすとも》が、這里《こゝ》へ来《き》つるを闚窺《かいまみ》し折《をり》、俺年甫《わがとしはじめ》の九ツにて、「親《おや》の古主《こしゆう》の冤家《かたき》ぞ」、と思ひにければ躊躇《たゆたひ》て、撃《うち》も果《はた》さで目免《みのが》しにき。今又《いまゝた》思へば他《かれ》のみならず、足利氏《あしかゞうぢ》は君父《くんぷ》の讐《あた》也。是《これ》より心《こゝろ》を尽《つく》すとも、討《うつ》ことかたくば腹搔斫《はらかききつ》て、いかで這身《このみ》を大日本《おほやまと》の、*予譲《よじやう》と做《な》して已《やま》んのみ。然《さ》ばれ養家《やうか》は恩人《おんじん》也。其洪恩《そのこうおん》をまだ報《むく》はで、身《み》をわが随《まゝ》になすならば、君父《くんぷ》に忠孝《ちうこう》ありとても、養《やう》家《か》の為《ため》には不義《ふぎ》にして、恩《おん》を仇《あた》もて復《かへ》すに似《に》たり。忍《しの》びがたきを忍《しの》びてこそ、術《すべ》よく志《こゝろざし》をも致《いたさ》め。なほ報恩《ほうおん》の時《とき》を

有像第十一

忠魂不滅遺墨如談《ちうこんほろびずゐぼくだんずるがごとし》

ふみ月や窓に影さす鳥の跡

（掛軸）芬芳復開旧年枝《ふんぱうとしてまたきうねんのえだをひらく》

おも屋　ひで直　小六

俟《まち》て、這大望《このたいまう》を果《はた》すべし。先考先妣《せんこうせんぴ》《○ナキチヽハヽウヘ》、孀母夫婦《めのとふうふ》、なほ霊《りやう》あらば某《それがし》が、憶念志願《おくねんしぐわん》を聴《きゝ》給へ。悲《かな》しきかな」、と身《み》を投俯《なげふ》して、言《こと》に出《だ》さねど忠孝節義《ちうこうせつぎ》の、智慧《ちゑ》も器量《きりやう》も世《よ》の人《ひと》に、ますら男子《をとこ》が*鳥屋出《とやで》の鷹《たか》の、悠《はや》るをみづから攬鎮《とりとめ》て、窃《ひそか》に胸《むね》をぞ定《さだ》めける。

恁而《かくて》今茲《ことし》もくれ竹《たけ》の、世《よ》の憂事《うきこと》すら限《かぎ》りあれば、十二月の初旬《はじめ》に至《いた》りて、小六《ころく》は母《はゝ》の忌《いみ》は闋《はて》けり。この時既《ときすで》に那上《かのうは》泉秀武《いづみひでたけ》の眷属《けんぞく》は、故郷《こけう》へ還《かへ》りにきと聞《きこ》えしかば、又鎌倉《またかまくら》へゆくこともなし。文学武芸《ぶんがくぶげい》も大《おほ》かたならず、学得《まなびえ》たるうへなれば、是《これ》より後《のち》も宿所《しゆくしよ》に在《あ》りて、読書《どくしよ》に古人《こじん》を友《とも》としつ、独鬱《ひとりうつきやう》胸を慰《なぐさ》めけり。明《あく》れば応永《おうゑい》十八年《ねん》、この年《とし》小六《ころく》は十七歳《さい》、奴婢之助《ぬひのすけ》は八才《やつ》になりければ、*小学《しようがく》に入《い》る例《ためし》に倣《なら》ひて、著演《あきのぶ》は春《はる》の比《ころ》より、奴婢之助《ぬひのすけ》に手習《てならは》せ、読書《どくしよ》は小六《ころく》誨《をし》えよとて、*実語童子《じつごどうじ》の二教《にきやう》より、学《まなび》の窓《まど》に倚《よ》らせにけり。然《さ》れば小六《ころく》は奴婢之助《ぬひのすけ》を、実《まこと》の弟《おとゝ》のごとくして、親愛尋常《しんあいよのつね》ならざりければ、奴婢之助《ぬひのすけ》も亦小六《またころく》を慕《した》ふて、骨肉《こつにく》に異《こと》ならず。是《これ》に就《つ》き彼《かれ》につきても、小六《ころく》は母屋《おもや》が在《あ》りし時《とき》、ともすればいひ出《いで》て、うち歎《なげ》きたる信夫《しのぶ》が事の、又今《またいま》さらに偲《しのば》れて、心《こゝろ》ひとつにおもふやう、「*男子《をのこ》は四方《しはう》の志《こゝろざし》あり、*女子《をなご》は封境《さかひ》を出《いで》ずといふに、時《とき》の不祥《ふせう》にあなれども、他《かれ》は年来往方《としごろゆくへ》をしらず、咱《われ》は還《かへつ》て家《いへ》にあり。異日《ゐじつ》もし志願《しぐわん》を遂《とげ》て、鳥《とり》の籠中《こちう》を放《はな》れしごとく、四方《よも》に遊歴《ゆうれき》することあらば、いかで信夫《しのぶ》が在処《ありか》を索《たづ》ねて、環《めぐ》りもあふ歟《か》、得遇《えあ》はずとも、そが存亡《いきしに》を知《し》ることあらば、只是他《たゞこれかれ》が二親《ふたおや》の、徳義《とくぎ》に報《むく》ふよすがとならん。然《さ》る折《をり》も欲得《がな》」、と念《ねん》ずるのみ。今《いま》の身《み》にして倣《な》すことかたき、俺幸《われさち》なしとぞ不楽《わび》にける。

休題《そはさておきて》、復説《こゝにまた》、藤白棚九郎安同《ふぢしろたなくらうやすとも》は、曩《さき》に義隆主《よしたかぬし》を撃捕《うちと》りしより、年来鎌倉《としごろかまくら》に在勤《ざいきん》する程《ほど》に、便佞利口《べんねいりこう》の小人《しようじん》なれば、生平《つね》にその君《きみ》の慾《よく》を知《し》りて、徴《もと》めざれども献《けん》ずることあり。又《また》よく執権《しつけん》に佞媚《へつらひこび》て、使《つかは》るゝこと奴僕《ぬび》に似《に》たり。こゝをもて、前代満兼《ぜんだいみつかね》の時《とき》よりして、漸々《しだい〳〵》に用《もち》ひられて、掌《つかさど》る所《ところ》あり。当主持氏《たうしゆもちうぢ》も亦《また》これを歓《よろこ》びて、去歳《こぞ》の秋《あき》九月の比《ころ》、相模《さがみ》の眼代《がんだい》にしてければ、軈《やが》て受領《じゆりやう》して、*隼人正《はいとのせう》になり升《のぼ》り、是《これ》より民《たみ》に威権《いきほひ》あり。折《をり》から*毛検《けみ》の為《ため》にとて、国中《こくぢう》をうち巡《めぐ》るに、そのゆく所《ところ》に毒《どく》を流《なが》して、民《たみ》の膏腴《あぶら》を絞《しぼ》りしかば、人命怕《ひとみなおそ》るゝこと虎狼《こらう》のごとく、その役《やく》に勝《たへ》ずして、罪《つみ》せらるゝも多《おほ》かりけり。

恬《かゝ》りし程《ほど》に安同《やすとも》は、おなじ年《とし》の冬《ふゆ》十月、藤沢《ふぢさは》を巡歴《じゆんれき》して、邑長《むらをさ》の宅《たく》を旅亭《りよてい》としつ、有一日《あるひ》件《くだん》の邑長《むらをさ》をもて、著演《あきのぶ》にいはするやう、「這回新眼代《こたびしんがんだい》、藤白隼人正《ふぢしろはいとのせう》、当郡《たうぐん》を巡歴《じゆんれき》せられて、今某《いまそれ》の村《むら》に在《いま》せり。宜《よろし》く*常例銭《じやうれいせん》を出《いだ》すべし。先例《せんれい》は所帯百　貫毎《しよたいひやくくわんごと》に、銭《ぜに》五貫《くわん》とか聞《きこ》えしかども、這回《こたび》は十貫《くわん》文《もん》を宛《あて》られたり。野上《のがみ》は則《すなはち》藤沢南郷《ふぢさはなんご》、三千貫《くわん》の所帯《しよたい》なれば、三百貫文《くわんもん》を出《いだ》すべし」、と債《はた》らせしを、著演聞《あきのぶきゝ》て従《したが》はず、面《おもて》を正《たゞ》しうして答《こたふ》るやう、「俺家《わがいへ》は鎌倉将軍《かまくらせうぐん》の始《はじめ》、右《う》大将頼朝卿《だいせうよりともけう》の時《とき》、諸役免許《しよやくめんきよ》、永代不易《ゑいだいふゑき》の御教書《みぎやうしよ》を、賜《たまは》りしより以来《このかた》、今《いま》の管領家《くわんれいけ》に至《いた》らせ給ふまで、常例銭《じやうれいせん》などいふ東西《もの》は、聞《きゝ》も伝《つた》へぬ事ぞかし。縦《たとひ》古例《これい》を蔑如《べつじよ》《○ナイガシロ》して、新法《しんばう》を建《たて》らるゝとも、基氏朝臣《もとうぢあそん》のおん時《とき》より、前代氏満《ぜんだいうぢみつ》・満兼《みつかね》両管領《りやうくわんれい》の、御家督《ごかとく》の最初毎《はじめごと》に、「宜《よろし》く古例《これい》に依《よ》るべし」、と定《さだ》めさせ給ひたる、*下知状《くだしぶみ》こゝにあり。藤白這義《ふぢしろこのぎ》を知《しら》れし歟《か》。知《し》りつゝ非法《ひはう》を行《おこな》はゞ、是則《これすなはち》墨吏《ぼくり》《○アシキヤクニン》*也。倘《もし》しらずして求《もとむ》るならば、只《たゞ》その慾《よく》に細《くはし》くて、職分《しよくぶん》にはいと疎《うと》かり。誰《たれ》か不直《ふちよく》といはざるべき。某《それがし》はしらるゝごとく、義《ぎ》の為《ため》に財《たから》を惜《をしま》ず。そは楽《たのしみ》て施《ほどこ》せども、勢利《せいり》の為《ため》に権《をど》されては、一《いつ》銭《せん》たりとも費《ついや》しがたかり。且這是非《まづこのぜひ》を正《たゞ》して後《のち》に、その理《り》あらばうけ給はらん。然《さ》なくば決《けつ》して従《したが》ふべからず。這義《このぎ》を以藤白主《もつてふぢしろぬし》へ、伝《つた》へ給へ」、と理《り》に強《つよ》き、辞《ことば》に返《かへ》すよしもなき、邑長《むらをさ》は阿容《おめ》〻〻と、摩掌《もみで》をしつゝ告別《いとまごひ》して、そが儘《まゝ》宿所《しゆくしよ》にかへり来《き》つ、却安同《さてやすとも》に恬《しか》〻〻、と著演《あきのぶ》が従《したがは》ざりける、答《こたへ》を聊斟酌《いさゝかしんしやく》して、その大略《たいりやく》を報《つげ》しかば、安同聞《やすともきゝ》つゝ大《いた》く怒《いか》りて、訛《だみ》たる声《こゑ》をふり発《おこ》し、「憎《にく》き野上奴《のがみめ》が過言《くわごん》かな。今《いま》より七八年前《ねんさき》つ比《ころ》、俺《われ》は些《ちと》の好意《こうい》をもて、那奴《かやつ》に問《と》ふべきことありて、みづから那処《かしこ》に赴《おもむ》きしに、その折《をり》もけふのごとく、強情張《どうじやうはり》て従《したがは》ず、理《り》もなき過言《くわごん》の聞捨《きゝすて》がたさに、搦《からめ》捕《とつ》て鎌倉《かまくら》へ、牽《ひき》もて去《ゆか》んと思ひしかども、折《をり》から那奴《かやつ》は親《しん》族《ぞく》の、喪中《もちう》なりとて勧解《わび》るにより、その義《ぎ》に及《およ》ばで免《ゆる》したりしに、先度《せんど》に懲《こり》ざる不敬《ふけい》の挙動《ふるまひ》、今《いま》はしも免《ゆる》すべからず。兵們《ものども》はやく俺為《わがため》に、著演《あきのぶ》が宿所《しゆくしよ》に赴《おもむ》きて、摘捕《からめとつ》て牽《ひき》もて来《こ》よ。快々《とく〳〵》せずや」、と敦圉《いきま》きしを、邑長《むらをさ》はおそる〳〵、一両個《ひとりふたり》の故老《ころう》と共《とも》に、やうやくに推鎮《おししづ》めて、「おん憤《いきどほ》りは然《さ》ることながら、当役初度《たうやくしよど》の御巡歴《ごじゆんれき》に、郷士《ごうし》を罪《つみ》なひ給はん事、上《うへ》の御沙汰《ごさた》もいかゞあるべき。且那史《かつかのふひと》は先祖《せんぞ》より、諸役免許《しよやくめんきよ》の旧家《きうか》なれば、そのいふ所《ところ》よしなきに候はず。無《ぶ》礼《れい》を免《ゆる》させ給へかし」、と辞斉一諫《ことばひとしくいさ》めしかば、安同《やすとも》僅《わづか》に怒《いか》りを治《おさ》めて、肚裏《はらのうち》に思ふやう、「那著演《かのあきのぶ》は旧家《きうか》といふとも、畎圃《けんぼ》《〇ヰナカ》に世《よ》を歴《へ》し郷士《ごうし》也。官事《おほやけごと》であるならば、那奴《かやつ》に口《くち》を利《きか》せんや。思ひの随《まゝ》にすべかるを、這回《こたび》の一議《いちぎ》はわが私《わたくし》の、意趣《いしゆ》なるものを憖《なまじい》に、権《けん》に乗《まか》して捷《かた》んとせば、現邑長們《げにむらをさら》がいふごとく、亦妙《またみやう》ならぬ事もあるべし。異日便宜《ゐじつびんぎ》の折《をり》をもて、二度《にど》の怨《うらみ》を復《かへ》すべし」、と尋思《しあん》をしつゝうち頷《うなづ》きて、「那郷士奴《かのごうしめ》が賢《さかしら》だちたる、答《こたへ》は上《うへ》を怕《おそれ》ざる、その罪免《つみゆる》しがたけれども、且《しばら》く故老《ころう》の願《ねが》ひに任《まか》して、目今《たゞいま》はその沙汰《さた》に及《およ》ばず。俺《わ》が帰府《きふ》の日《ひ》に聞《きこ》えあげて、その折《をり》思ひしらせんず」、といふを衆皆《みな〳〵》「理《わり》なし」、と思ひながらも連累《まきぞひ》の、祟《たゝり》を怕《おそ》れ辞《ことば》を尽《つく》して、著演《あきのぶ》が為《ため》に勧解《わび》にけり。

恁而藤白安同《かくてふぢしろやすとも》は、極月初旬《しはすはじめ》にその役果《やくはて》て、鎌倉《かまくら》にかへり来《き》つ、這回巡歴《こたびじゆんれき》の趣《おもむき》は、箇様《かやう》々々《〳〵》と聞《きこ》えあげて、相模《さがみ》の執権《しつけん》戸帳《こちやう》をまゐらするに、納貢《なうぐ》を増《ま》すこと多《おほ》かりければ、執権憲定入道《のりさだにふどう》これを褒美《ほめ》て、*聚斂《しゆうれん》の臣《しん》たるを悟《さと》らず、宜《よろし》く披露《ひろう》に及《およ》びしかば、管領家《くわんれいけ》氏《うぢ》持《もち》の寵遇《おぼえ》いよ〳〵浅《あさ》からず、「且《しばら》く休息《きうそく》すべし」とて、賞禄恩賜《ほうびのたまものおほ》多かりけり。安同《やすとも》はかくの如《ごと》く、民《たみ》に取《と》り又君《またきみ》に得《え》て、数千金《すせんきん》の資財《たから》あり。富《とみ》たる随《まゝ》に思ふやう、「俺今這金《われいまこのかね》ありといふとも、鎌倉《かまくら》の宿所《しゆくしよ》にて、酒色《しゆしよく》の為《ため》に用《つか》ひなば、その事はやく上《うへ》に聞《きこ》えて、私欲《しよく》ありと思はれん。*故郷《こけう》へは錦《にしき》を飾《かざ》るといふ、古語《ふるごと》もあるなれば、今茲《ことし》は妻子《やから》を携《たづさへ》て、気賀《きが》に赴《おもむ》きて逗留《とうりう》の程《ほど》、酒宴遊興《しゆゑんゆうきやう》に日《ひ》を弥《わた》らば、この年来《としごろ》の勤労《きんろう》を、忘《わす》るゝまでに楽《たの》しかるべし。さは」とて猛可《にはか》に思ひ起《おこ》しつ、応永《おうゑい》十八年《ねん》の春三月《はるやよひ》の中旬《なかば》に、願書《ねがひぶみ》をたてまつりて、腰痛《えうつう》の病痾《やまひ》あるにより、采邑気《りやうぶんき》賀《が》へ赴《おもむ》きて、*七温泉《ななゆ》に湯治《とうぢ》せまく欲《ほ》しとて、五十日《にち》の暇《いとま》を賜《たまは》り、妻子眷属《さいしけんぞく》いへばさら也、*大磯《おほいそ》小磯《こいそ》紅粉阪《けはひざか》なる、歌妓《うたひめ》幾名《いくたり》にか、多《おほ》く金《かね》を取《とら》せ相携《あひたづさへ》て、相模《さがみ》の気賀《きが》なる旧宅《きうたく》に赴《おもむ》き、是《これ》より日毎《ひごと》に山海《うみやま》なる、珍味《ちんみ》を集《あつむ》る庖厨《くりや》には、玉《たま》を炊《かし》き、桂《かつら》を薪《たきゞ》にしつれども、なほ飽《あく》ことをしらざれば、夜《よ》も日《ひ》も酒宴《しゆえん》を事《こと》としつ、那歌妓們《かのうたひめら》が歌儛《かぶ》艶曲《ゑんきよく》を、妻子《やから》と共《とも》に笑《わら》ひ興《きやう》じて、且《しばら》く這里《ここ》に在《を》る程《ほど》に、肆月初旬《うづきのはじめ》になりしかば、這里《ここ》にては三伏《さんぷく》の、夏《なつ》を銷《くら》すになほ足《た》らず、底倉《そこくら》も采邑《りやうぶん》なれば、「那里《かしこ》の温泉《いでゆ》に浴《い》るときは、上《うへ》に願《ねが》ひし義《よし》にも称《かな》へり。はやくそこらの准備《ようゐ》をせよ」とて、士卒《しそつ》を底倉《そこくら》へ遣《つかは》しつ、那里《かしこ》にて、第一番《だいいちばん》と聞《きこ》えたる、浴室某甲《ふろやなにがし》が坐席《ざしき》を借《から》して、そが家《いへ》の奴婢《ぬび》はさら也、主人《あるじ》をも他《た》へ移《うつ》らして、安同軈《やすともやが》て入替《いりかは》り、妻子《さいし》従類《じゆうるい》遺《おち》もなく、咸這浴室《みなこのふろや》に聚合《つどは》して、驕奢《きやうしや》《○ヲゴリ》いよ〳〵忌憚《いみはゞか》ることなく、快楽《けらく》に長《なが》き夏《なつ》の日《ひ》を、なほ短《みじか》しと思ひけり。

却説《かくて》この頃《ころ》、野上史著演《のがみのふひとあきのぶ》は、*梅沢《うめざは》なる通家許《えんじやがり》、仏事《ぶつじ》ありとて招《まねか》れしに、本日《そのひ》は朝《あさ》より所要《しよえう》ありて、出《いづ》ることを得《え》ざりしかば、時刻《じこく》は大《いた》く後《おく》れしかども、今宵《こよひ》は那里《かしこ》に止宿《ししゆく》せんとて、留守《るす》を晩稲《おしね》と小六等《ころくら》に、委《ゆだ》ねて従者一人《ともびとひとり》を将《い》て、遽《いそがは》しく宿所《しゆくしよ》を出《いで》て、梅沢《うめざは》を投《さし》て急《いそ》ぐ程《ほど》に、平塚《ひらつか》のあなたなる、*花水橋《はなみづばし》の頭《ほとり》にて、はや黄昏《たそがれ》になりにけり。既《すで》にして著演《あきのぶ》は、橋《はし》を渡《わた》りゆく折《をり》に、と見ればいと窶々《やつ〳〵》しき壮佼《わかうど》の、橋《はし》の上《うへ》に倒《たふ》れたるあり。立《たち》よりて熟視《つら〳〵み》るに、聊《いさゝか》気息《いき》のかよふのみ、呼《よ》べども応《いらへ》せざりしかば、「こは急病《きうびやう》に気《き》を喪《うしな》ふて、こゝに倒《たふ》れしものならん」、と思へば有繫《さすが》に見過《みすぐ》しがたくて、且従者《まづともびと》に抱起《いだきおこ》させ、懐《ふところ》なる丸薬《ぐわんやく》を、とう出《で》て飲《のま》せんとしつれども、歯《は》を楚《しか》と噬締《くひし》めたれば、左右《さう》なくは得《え》受《うけ》ざりしを、*刀《かたな》に挿《つけ》たる銅笄《かうがい》をもて、纔《わづか》に口《くち》を推開《おしひらか》して、件《くだん》の薬《くすり》を撮入《つまみい》れ、主従《しゆう〳〵》斉一《ひとしく》介抱《かいほう》して、連《しき》りに喚活《よびいけ》などする程《ほど》に、壮佼《わかうど》は稍《やゝ》われにかへりて、手《て》を動《うごか》し足《あし》を縮《ちゞ》め、這《この》主従《しゆう〳〵》を見るといへども、なほ且《しばら》くは忙然《ばうぜん》たり。登時著演《そのときあきのぶ》は声《こゑ》をかけて、「和主《わぬし》心地《こゝち》はいかにぞや。俺們《われ〳〵》は路《みち》ゆくもの也。和主《わぬし》の病臥《びやうぐわ》を見るに忍《しの》びず、且《しばら》く介抱《かいほう》したりしに、本《ほん》復《ぷく》せられて本意《ほい》に愜《かな》へり。宿所近《しゆくしよちか》くば送《おく》りも届《とゞ》けん。抑《そも〳〵》何裡《いづこ》の人《ひと》ぞや」、と問《とは》れて件《くだん》の壮佼《わかうど》は、遽《いそがは》しく身《み》を転《ひるがへ》して、恭《うや〳〵》しく額《ぬか》をつき、「原来《さては》おん身《み》は俺為《わがため》に、恩人《おんじん》にてをはしにけり。いと恥《はづか》しき事ながら、在下《それがし》は生得《うまれえ》て、癲癇《てんかん》の病痾《やまひ》あり。久《ひさ》しく水《みづ》を見るときは、持病忽地《ぢびやうたちまち》に発《おこ》るをもて、幼稚《をさな》き時《とき》より船《ふね》に乗《の》らず、水辺《すいへん》にだに立《たち》よらざりしに、この身《み》の不肖《ふせう》といひながら、做《な》す事毎《ことごと》に幸《さち》なくて、既《すで》に飢渇《きかつ》に迫《せま》りしかば、身《み》を投《なげ》ばやと思ふになん、水《みづ》を忌《い》むべき持《ぢ》病《びやう》を遺《わす》れて、先《さき》の程《ほど》よりこゝに来《き》つ、這橋《このはし》の欄干《らんかん》に、寄《よ》るとそが儘気絶《まゝきぜつ》して、われにもあらで倒《たふ》れけん。思ひがけなく刀禰達《とのたち》に、介抱《かいほう》せられて惜《をし》からぬ、命根《たまのを》のまだ竭《つき》ざりしは、面目《めんもく》もなき事にこそ」、と喞言《かごと》がましく答《こたふ》るを、著演《あきのぶ》聞《きゝ》て嗟嘆《さたん》に堪《たへ》ず、左見右見《とみかう》つゝ又《また》いふやう、「和主《わぬし》の讖悔《さんげ》不便《ふびん》也。縦《たとひ》その身《み》に難病《なんびやう》ありとも、何《なに》まれ彼《か》まれ挊《かせ》ぎなば、独《ひとり》の口《くち》は餬《もらは》るべきに、飢渇《きかつ》に迫《せま》りて「命《いのち》を捨《すて》ん」、と思ひしは最愚《いとおろか》ならずや。今《いま》より心《こゝろ》を改《あらた》めて、親《おや》あらば親《おや》に仕《つか》へて、孝行《こう〳〵》を尽《つく》しなば、必《かならず》天《てん》の恵《めぐみ》にあはん。同胞《はらから》あらば意見《いけん》に就《つ》きて、和睦《わぼく》して悖《もと》らずば、亦身《またみ》を立《たつ》るよすがもあらん。得《え》がたかるべき人《ひと》の身《み》を、禀《うけ》て生《うま》れし甲斐《かひ》もなく、みづから非命《ひめい》に終《をはり》を取《と》らば、永劫浮《えいごううか》む瀬《せ》なかるべき、冥府《みやうふ》の呵責《かしやく》をいかゞはせん。いはでもしるきことながら、こはわが老婆親切《ろうばしんせつ》也。用《もち》ひられなば幸《さいは》ひならん」、と丁寧《ねんごろ》に説諭《ときさと》しつゝ、懐《ふところ》を搔撈《かゝぐ》りて、円金一両《こばんいちりやう》取出《とりいだ》し、「是《これ》は些少《させう》の東西《もの》ながら、翌《あす》よりこれを本銭《もとで》にして、挊《かせ》がば飢渇《きかつ》を脱《まぬか》るべし」、といひつゝ聴《やが》て取《とら》すれば、壮佼《わかうど》は呆《あき》るゝまでに、歓《よろこ》び気色《けしき》にあらはれて、受戴《うけいたゞ》くこと数回《あまたゝび》、稍《やゝ》感涙《かんるい》を拭《ぬぐ》ひていふやう、「神《かみ》にも人《ひと》にも棄《すて》られし、死《し》を救《すくは》るゝのみならで、狎《なれ》も馴染《なじみ》もなき在下《それがし》に、本銭《もとで》にせよとて這金《このかね》を、賜《たまは》る御恩《ごおん》の有《あり》がたさよ。幸《さいは》ひにして人並《ひとなみ》に、世《よ》を渡《わた》る日《ひ》のあるならば、いかで貴宅《きたく》へ推参《すいさん》して、この歓《よろこ》びをまうすべし。願《ねが》ふは名告《なの》らせ給へかし」、といふを著演推禁《あきのぶおしとゞ》めて、「そは益《やく》もなき口誼《こうぎ》也。俺豈後《われあにのち》の報《むく》ひを思ふて、さばかりの金《かね》を贈《おく》らんや。料《はか》らず這里《ここ》で日《ひ》を消《くら》せしに、去向《ゆくて》を急《いそ》げば立別《たちわか》れん。さらば」、とばかりいひ捨《すて》て、宿所《しゆくしよ》も知《し》らせず、壮佼《わかうど》の、名《な》さへ里《さと》さへ問《と》ふことなく、些《すこ》し後《おく》るゝ従者《ともびと》を、見かへりながら実《み》の熟《い》る比《ころ》の、梅沢《うめざは》を投《さし》て走《はし》りけり。

然程《さるほど》に著演《あきのぶ》は、その夜《よ》通家《えんじや》の宿所《しゆくしよ》に到《いた》りて、*遠忌《ゑんき》の法莚《はうゑん》に列《つらな》る折《をり》、見れば俺《わ》が刀《かたな》に銅笄《かうがい》なし。「原来《さては》那壮佼《かのわかうど》に、薬《くすり》を飲《のま》せんとせし折《をり》に、取遺《とりのこ》せしをおぼえずして、そが儘《まゝ》這里《ここ》へ来《き》つるならん。那銅笄《かのかうがい》は親《おや》の遺愛《かたみ》にて、*紫金魶子《しやくどうなゝこ》に家《いへ》の紋《もん》、重扇《かさねあふぎ》を附《つけ》られたり。年来《としごろ》腰《こし》に放《はなさ》ざりしに、惜《をし》むべし惜《をし》むべし」、と思ふものから夜《よ》をこめて、「那首《かしこ》へ人《ひと》を遣《つかは》すとも、必《かならず》あるべき東西《もの》にもあらず。僅《わづか》に一箇《ひとつ》の銅笄《かうがい》でも、武士《ぶし》たるものがいかにぞや、武具《ぶぐ》を遺《おと》せしなどいはゞ、恥《はぢ》かゞやかしき所為《わざ》なるべし。翌《あす》かへるさに索《たづぬ》るとも、いまだ所蔵《しよざう》の数尽《すうつき》ずば、ふたゝび手《て》に入《い》ることもあらん」、と思ひかへして従者《ともびと》にも、その夜《よ》は慝《かく》といはずして、主従《しゆうゞ》倶《とも》に止宿《ししゆく》しつ、詰朝《あけのあさ》は未明《まだき》に起《おき》て、従者《ともびと》をいそがして、奴婢《ぬび》們《ら》が炊《かし》き果《はつ》るを俟《また》ず、「けふは宿所《しゆくしよ》に要事《えうじ》あれば、辞《ち》せずして退《まか》る也。このよし主人《あるじ》にまうしてよ」、と然気《さりげ》なくいひしらして、走《はし》り出路《いでみち》を急《いそ》ぎて、花水橋《はなみづばし》まで来《き》つる比《ころ》、天《よ》はほの〴〵と明《あけ》にけり。登時著演《そのときあきのぶ》は、よしを従者《ともびと》に説示《ときしめ》して、「俺《われ》より先《さき》に人《ひと》の渡《わた》るとも、尚暗《まだくら》ければ那銅笄《かのかうがい》を、拾《ひらは》るゝことはあらじ」とて、主従橋《しゆうゞはし》を彼此《あちこち》と、徘徊《はいくわい》すること半晌《はんとき》ばかり、漏《もら》す隈《くま》なく索《たづぬ》る程《ほど》に、近《ちか》き里人《さとびと》にもやあるらん、一夥《ひとむれ》大約《およそ》五六名《にん》、一個《ひとり》の壮佼《わかうど》を細《いましめ》て、這方《こなた》を投《さし》て牽《ひき》もて来《き》にけり。這壮佼《このわかうど》は甚麼《いか》なるものぞ。其《そ》は次《つぎ》の巻《まき》に、解《とき》分《わく》るを聴《きゝ》ねかし。

開巻驚奇俠客伝第一集巻之四 終

開巻驚奇俠客伝《かいくわんきやうきけうかくでん》 第壱集《だいいつしふ》 巻之五

東都　曲亭主人　編次

第九回《だいくわい》　郷士《がうし》二《ふた》たび癲病人《てんびやうにん》に遇《あ》ふ　光棍《わるもの》初《はじめ》て旧悪《きうあく》を懺悔《さんげ》す

再説《ふたゝびとく》著演《あきのぶ》は、那銅斧《かのかうがい》を索難《たづねかね》て、従者《ともびと》と共侶《もろとも》に、花水橋《はなみづばし》を彼此《あちこち》と、且《しばら》く徘徊《はいくわい》する程《ほど》に、*高麗寺村《こまでらむら》《○コウライジ》の方《かた》よりして、五六個《いつたりむたり》の里人《さとびと》が、一個《ひとり》の壮佼《わかうど》を緉《いましめ》て、這方《こなた》を投《さし》て牽《ひき》もて来《き》ぬるを、近《ちか》づく随《まゝ》によく見れば、這壮佼《このわかうど》は別人《べつじん》ならず、きのふこの橋《はし》の上《うへ》に、仆《たふ》れてありしを介抱《かいほう》して、金一両《かねいちりやう》を取《とら》せたる、癲癇病《てんかんやみ》でありければ、亦復《またまた》疑《うたがひいぶか》訝りて、肚裏《はらのうち》に思ふやう、「原来彼壮佼《さてはあのわかうど》は、旧悪《きうあく》ありて囚《とらは》れし歟《か》。然《さ》らずば窃疾《ぬすむくせ》ありて、綷《こと》のこゝに及《およ》べるならん。問《とは》ばや」と思ふ程《ほど》に、那里人《かのさとびと》のそが中《なか》に、相識《あひし》《○シルヒト》れるも一人《ひとり》ありけり。原是《もとこれ》藤沢《ふぢさは》に程遠《ほどとほ》からぬ、里人某乙《さとびとなにがし》が独子《ひとりご》にて、小正二《こせうじ》と喚《よば》るゝもの也。曩《さき》に他《かれ》が両親《ふたおや》の長《なが》き病着《いたづき》に、生活《なりはひ》の便《たよ》りを失《うしな》ひ、朝《あした》の烟《けぶり》も絶《たえ》んとせし折《をり》、著演他《あきのぶかれ》に米《こめ》を取《とら》せ、銭《ぜに》をとらせて両三回《ふたゝびみたび》、艱苦《かんく》を拯得《すくひえ》させしことあり。さて両親世《ふたおやよ》を去《さ》りて、いよゝその里《さと》に住《すみ》やわびけん、筆把《ふでと》る事《わざ》の人《ひと》なみなれば、或人《あるひと》に妁《なかだち》せられて、紅粉阪《けはひざか》なる柳巷《くるわ》に赴《おもむ》き、地方《ところ》の*書役《しよやく》とかいふものになりて、年来《としごろ》を経《へ》たる也。登時《そのときこ》小正二《せうじ》は、著演《あきのぶ》を見て、遽《いそがは》しく、走近《はしりちか》づき腰《こし》を折《かゞ》めて、「こは檀那《だんな》。久《ひさ》しくうち絶奉《たえたてまつ》りぬ。いよゝます〳〵おん健《すこやか》に、をはしますこそ歓《よろこ》びなれ。什麼今朝《そもけさ》は何処《いづこ》へとてか、早《はや》く出《いで》させ給ひしぞ」、と問《とは》れて著演《あきのぶ》は、「さればとよ。昨《きのふ》は梅沢《うめざは》なる、通家《えんじや》許《がり》赴《おもむ》きしに、小夜深《さよふけ》たれば留《とゞめ》られて、今朝未明《けさまだき》より還《かへ》る折《をり》、こゝらに索《たづぬ》るものありて、且《しばら》く徘徊《はいくわい》したる也。和主《わぬし》の事は俺《わ》が里長《さとをさ》の、噂《うはさ》に伝聞《つたへきゝ》たるが、恙《つゝが》もなくていと愛《めで》たし。就《つき》て詢《たづね》たき一議《いちぎ》あり。その壮佼《わかうど》は何等《なにら》の故《ゆゑ》に、緉《いまし》められて牽《ひか》るゝやらん。聊《いさゝか》思ふよしもあれば、情由《わけ》を具《つぶさ》に聞《きか》まほし。這里《ここ》にて多足《たそく》を駐《とゞむ》るは、心《こゝろ》づきなき所行《わざ》に似《に》たれど、その崖略《あらまし》を示《しめ》しねかし」、といはれて小正二《こせうじ》後方《あとべ》を見かへり、「問《とは》せ給ふ彼囚徒《あのとらはれ》は、目四郎《めしらう》と喚做《よびな》したる、宿所《しゆくしよ》不定《ふじやう》の破落戸《いたづらもの》也。いぬる比《ころ》より俺花柳《わがさと》なる、姿鏡屋《すがたみや》の紅毫《べにふで》といふ遊女《あそび》に馴染《なじみ》て、幾夜《いくよ》さとなくかよふ程《ほど》に、賒《かけ》になりたる遊女《あそび》の価《しろ》の、十四五金《きん》に及《およ》びしを、債《はた》りしかども賞《つぐの》はず、予宿所《かねてしゆくしよ》は恁々《しか〴〵》の、里《さと》也といひしは搗鬼《そらごと》にて、よからぬ噂《うはさ》も聞《きこ》えしかば、主人《あるじ》の堰《せき》て紅毫《べにふで》に、絶《たえ》てあはせずなりたりしに、昨夜《よんべ》那奴《かやつ》が推《おし》て来つ、「遊興《あそび》の古借《こしやく》を取《とら》せんに、快紅毫《とくべにふで》を出《いだ》せ」といひにき。「爾《しか》らば且《まづ》その金《かね》を、逓与《わたし》給へ」、と催促《さいそく》せられて、纔《わづか》に円金《こばん》一両《いちりやう》を、取出《とうで》て妓有《ぎう》《○ワカイモノ》に投《なげ》与《あた》へしを、左右《さう》なく受《うけ》ず推戻《おしもど》して、「賒《かけ》にせられし金多寡《かねたくわ》は、十四五両《りやう》であるものを、こはその十《とを》が一ッにも、足《た》らざるをいかゞはせん。残《のこ》らず逓与《わた》し給ひね」、といはせも果《はて》ず声《こゑ》ふり立《たて》て、「古借《こしやく》は翌《あす》のかへさに取《とら》せん。且《まづ》その金《かね》を受収《うけおさ》めて、快紅毫《とくべにふで》に逢《あは》せよ」、といひしを妓有《ぎう》のいかで か聴《き》くべき、なほ云云《かにかく》と論《ろう》ぜしかば、目四郎《めしらう》大《いた》く罵狂《のゝしりくる》ひて、矢庭《やには》に妓有《ぎう》を撻倒《うちたふ》し、障子《せうじ》隔亮《ふすま》を蹴破《けやぶ》りて、隣坐席《となりざしき》の盃盤《はいばん》さへに、踏催《ふみくだ》き擲《なげう》ちたる、狼藉《らうぜき》いふべうもあらざれば、人許多《ひとあまた》して前後《まへうしろ》より、組禁《くみとゞ》め縄《なは》を被《かけ》て、一夜《ひとよ》さ戍《まも》りて暁《あか》したり。然《され》ば昨夜《よんべ》は在下《やつがれ》も、これらの事に拘《かゝ》づらひて、目睡《まどろみ》もせず文書《もんじよ》を写《した》ゝめ、却鎌倉《さてかまくら》の*問注所《もんちゆうじよ》へ、牽《ひき》もてまゐりて恁《しか》々《〴〵》と、よしを訴《うつた》へまつらんとて、那姿鏡屋《かのすがたみや》の人々《ひと〴〵》と、うちつれ立《だち》て黎明《いなのめ》より、出《いで》て這里《ここ》まで来《き》つる也」、と辞《ことば》せわしく聶《さゝや》くを、著演《あきのぶ》聞《き》ゝつゝ思ふやう、「原来彼《さてはあの》、目四郎《めしらう》とやらん喚《よば》るゝ壮佼《わかうど》は、色《いろ》にその身《み》を持崩《もちくづ》して、人歹《ひとわろ》くなりしより、俺《わ》が取《とら》せたる金《かね》をもて、熟 妓《なじみのおやま》にあはんとて、その禍《わざはひ》を醸《かも》せしこそ、自業自得《じごうじとく》といひながら、世《よ》には恁《かゝ》る白物《しれもの》の、なきにしもあらざれば、亦怪《またあやし》むに足《た》らざる事歟《ことか》。盗賊密夫《とうぞくみつぷ》《○ヌスビトミソカヲ》の すぢならば、憐《あはれ》むべきものならねども、遊女《あそび》に惑《まよ》ふて債《おひめ》を思はず、漫《そゞろ》に綷《こと》を惹出《ひきいだ》して、細《いましめ》られて訟《うつたへ》の、場《には》に牽《ひか》るゝは不便《ふびん》也。俺《わ》が那金《かのかね》を取《とら》せずば、柳巷《くるわ》に赴《おもむ》くよすがもなくて、縲絏《なはめ》の恥《はち》はあるまじきに、*小人罪《しようじんつみ》なし玉《たま》を抱《いだ》きて、罪《つみ》ありといふ古語《こご》にも似《に》たる、他《かれ》がその夜《よ》の狼藉《らうぜき》を、思へばきのふのわが好意《なさけ》の、還《かへつ》て仇《あた》になりたる也。知《し》らずば悔《くや》しき事もあらじを、一旦拯《いつたんすく》ひしその人《ひと》に、ふたゝび這里《ここ》で遭《あひ》ながら、今《いま》その縲絏《なはめ》を見つゝ釈《とか》ずば、仁《じん》と不仁《ふじん》と地《ち》を易《かえ》て、本《ほ》意《い》に違《たがは》ん薄情《うたて》さよ。又只《またたゞ》その事のみならで、きのふ遣《おと》せしわが銅斧《かうがい》を、跡《あと》にて他《かれ》は拾《ひろ》はずや。這義《このぎ》も問《とは》まほしかるに、今一番拯《いまひとたびすく》ふに不如《しかじ》」、とはやく尋案《しあん》をしたりしかば、小正《こせう》二《じ》が云云《かにかく》と、告《つぐ》るを遺《おち》なく聞果《きゝはて》つゝ、眉根《まゆね》を顰《ひそ》め嘆息《たんそく》して、「そは忽《ゆるがせ》に閣《さしお》きがたき、大胆不敵《だいたんふてき》の白物《しれもの》也。恁《かう》いへば俺《われ》さへに、面正《おもたゞ》しくもなきことながら、*他《かれ》はわが妻《つま》に使《つかは》れたる、針妾《しんみやう》の独子《ひとりご》なりき。父《ちゝ》は既《すで》に世《よ》を去《さり》て、よるべあらずと聞《きこ》えしかば、一稔宿所《ひとゝせしゆくしよ》に召《よび》とりて、且《しばら》く使《つか》ひ試《こゝろみ》たりしに、素《もと》より行状宜《ぎやうでうよろ》しからねば、折々《をりをり》の教訓《きやうくん》を、その身《み》の為《ため》と思ふことなく、主《しゆう》を疎《うと》み親《おや》にも知《し》らさで、遂《つひ》に逐電《ちくでん》したりしを、他《かれ》が母《はゝ》は苦《く》に病《やみ》てや、幾程《いくほど》もなく身《み》まかりにき。爾後《そのゝち》他《かれ》は近郷《きんごう》に、在《あ》りと噂《うはさ》に聞《きゝ》たるのみ、相見《あひみ》ざること六七年《ねん》、こゝにて環《めぐ》りあふのみならず、做《な》せし事《こと》とはいひながら、緪《いましめ》られて訟《うつたへ》の、場《には》に牽《ひか》るゝ縁由《ことのよし》を、聞《きゝ》ては有繫《さすが》に不便《ふびん》也。他《かれ》はともあれその親《おや》の、末期《まつご》にいひつることしもあれば、拯《すく》ふて人《ひと》になさまく欲《ほり》す。枉《まげ》て俺們《われら》にたまへかし。債《おひめ》の金《かね》はこゝろ得《え》たり。後日《ごにち》に俺們《われら》償《つぐの》ふべし。この議《ぎ》を只管憑《ひたすらたの》むのみ。承引《うけひか》れなば幸《さいは》ひならん」、といひ誘《こしらゆ》る慈善《ちぜん》の辞《ことば》を、搗鬼《そらごと》也とは思ひもかけぬ、小正《こせう》二《じ》は頻《しき》りに感《かん》じて、先《さき》より斉一停立《ひとしくたゞずみ》たる、衆人《もろびと》を見かへりて、「各位《おのおのがた》もこの大人《うし》の、宣《のたま》はせしよしを聞《きか》れしならん。這方《このかた》ざまは藤沢《ふぢさは》なる、福良《ふくろ》長者《ちやうじや》でをはする也。俺們《われら》が為《ため》にも恩人《おんじん》にて、この年来《としごろ》の慈《ち》悲善根《ひぜんごん》、飢渇《きかつ》に逼《せま》りし彼此人《をちこちびと》を、拯《すく》ひ給ひしはいくばくなりけん。一万《いちまん》あまりの髑髏《どくろ》を裒《あつ》めて、そをしも葬《ほうむ》り給ひたる、功徳《くどく》を誰《たれ》とて知《し》らぬはなし。爾《しか》るにその目四郎《めしらう》は、恁《しか》恁《じか》の由縁《ゆかり》あるものなれば、債《おひめ》の金《かね》を引《ひき》うけて、拯《すく》ひとらんと宣《のたま》ふ也。這義《このぎ》を承引《うけひき》給はずや」、といふを衆皆《みなみな》うち聞《きゝ》て、且驚《かつおどろ》き且歓《かつよろこ》び、斉一進近《ひとしくすゝみちか》づきて、一箇々々《ひとりびとり》に名告《なのり》をしつゝ、「然《さ》る方《かた》ざまとは知《し》らずして、大《いた》く無礼《ぶれい》を仕《つかまつ》りぬ。允《ゆる》させ給へ」、とうち賠話《わび》たる、そが中《なか》に姿鏡屋《すがたみや》の、主人《あるじ》は又《また》恭《うやうや》しく、著演《あきのぶ》にうち対《むか》ひて、「既《すで》に聞《きか》せ給ふがごとく、昨夜這人《よんべこのひと》の理不尽《りふじん》なりしを、捨《すて》おくときは生活《なりはひ》の、妨《さまたげ》になり候へば、已《やむ》ことを得《え》ず鎌倉《かまくら》へ、牽《ひき》もてゆかんとしつる折《をり》、思はず大人《うし》の覿《みそなは》して、由縁《ゆかり》ありとて示《しめ》させ給ふ、和談《わだん》は只《たゞ》這人《このひと》の、幸《さいは》ひのみにあらずして、亦俺們《またわれ〳〵》が歓《よろこ》び也。訴《うつた》へまつれば綷果《ことはつ》るまで、雑費《ざつぴ》も多《おほ》く没《い》ることとなるに、名高《なだゝ》る大人《うし》にまゐらすれば、後産疼《あとばらや》まで心安《こゝろやす》かり。素《もと》より佳客《よききやく》ならねども、さればとて月来《つきごろ》の、所得《しよとく》なきに候はねば、債《おひめ》の金《かね》は後々《のち〳〵》までも、御《み》こゝろにな掛《かけ》給ひそ。且本人《まづほんにん》を遞与《わた》しまつらん。綁縛《いましめ》の縄《なは》を解《とか》ずや」、と縄《なは》とり男《をとこ》をいそがせば、「応《おう》」と答《こたへ》てあちこちと、から組《くみ》たるを緩《ゆるむ》る程《ほど》に、その余《よ》のものも手伝《てつだ》ふて、目四郎《めしらう》に被《かけ》たる縄《なは》を、そが儘《まゝ》はやく解《と》きにけり。

然程《さるほど》に目四郎《めしらう》は、きのふ著演《あきのぶ》が取《とら》せたる、那金《かのかね》をもて紅《べに》毫《ふで》に、会《あは》んと思ひし胸匠《むなだくみ》の、浅《あさ》はかなれば事成《ことな》らず、勢《いきほ》ひ遂《つひ》に已《やみ》がたさに、罵《のゝしりくる》狂ひて綑《いましめ》られ、牽《ひか》れてこゝまで来《く》る程《ほど》に、又著演《またあきのぶ》に撞見《いであふ》て、思はずも抑留《おしとめ》られ、昨夜《よんべ》の事を小《こ》正二《せうじ》が、告《つげ》たる折《をり》は悔《くや》しくも、熱湯《あつゆ》に舌《した》を焦《こが》せしうへに、猶且醋《なほかつす》を喫《の》む心地《こゝち》しつ、素《もと》より無頼《むらい》の癖者《くせもの》なれども、人《ひと》と生《うま》れて*本然《ほんねん》の、善《ぜん》なきにしもあらざれば、恥《はぢ》て頭《かうべ》を擡得《もたげえ》ず。既《すで》にして著演《あきのぶ》は、慈善《ちぜん》の心始終違《こゝろしじうたが》はず、今《いま》その悪事《あくじ》を聞《き》くといへども、きのふの事を露《あらは》さで、還《かへつ》て術《すべ》よくいひ誘《こしら》へて、又《また》その縲絏《なはめ》を拯《すく》ひしかば、呆《あき》るゝまでに慙愧《ざんぎ》《○ハヅル》して、且感《かつかん》じ且歓《かつよろこ》ぶのみ、いふよしもなくついゐたり。

登時著演《そのときあきのぶ》は、故意《わざと》目四郎《めしらう》を睨《にらま》へて、「這白物奴《このしれものめ》が年《とし》は長《たけ》ても、まだ悪心《あくしん》を改《あらた》めずや。縦途《たとひみち》にて遭《あ》ふたりとも、見かへるべき奴《やつ》ならねども、汝《なんぢ》が母《はゝ》の事をし思ふて、這回《こたび》は拯《すく》ひ得《え》さする也。胆魂《きもたましひ》を納易《いれかえ》て、人《ひと》にならずば後竟《のちつひ》に、可惜頭《あたらかうべ》を喪《うしなは》れん。応《いらへ》をせずや、いかにぞや」、といはれて僅《わづか》にその意《い》を悟《さと》りし、目四郎《めしらう》は稍頭《やゝかうべ》を擡《もたげ》て、「家公《だんな》允《ゆる》させ給へかし。重々《かさね〳〵》し洪恩《こうおん》を、忘《わす》るゝことなく身《み》を責《せめ》て、仡《き》と慎《つゝし》み候はん。悞入《あやまりいり》て候也」、といふにさこそと著演《あきのぶ》は、又《また》衆人《もろびと》にうち対《むか》ひて、「和議《わぎ》の一条《いちでふ》いひ甲斐《がひ》ありて、はやくも無異《ぶゐ》に治《おさま》りたる、歓《よろこ》びこれに優《ます》ことなし。前《さき》にも既《すで》にいひつるごとく、那奴《かやつ》が債《おひめ》の金《かね》はさら也、うち擢《くだ》きたる盃盤《はいばん》も、価《あたひ》を揣《はかり》て贖《つぐのは》ん。翌俺宿所《あすわがしゆくしよ》へ訪《とは》れよかし。その折金子《をりきんす》を遞与《わた》すべし」、といふを感《かん》ずる姿鏡屋《すがたみや》の、主人《あるじ》はこれを聞《きゝ》あへず、「いかでかその義《ぎ》に及《およ》ぶべき。色《いろ》を粥《ひさ》ぎ情《なさけ》を売《うら》して、生活《なりはひ》にする妓院《ぎゐん》《○ケイセイヤド》には、さばかりの事いくらもあり。況《まいて》世上《よのなか》に隠《かく》れもなき、大人《うし》の高義《かうぎ》に羞《はぢ》ずして、なでふ損益《そんゑき》を論《ろん》ずべき。贖《つぐのひ》の事は愚意《ぐい》ならねども、皆共侶《みなもろとも》におん宿所《しゆくしよ》まで、送《おく》り奉《たてまつ》らん、と思ふものから、娼売柄《せうばいがら》に憚《はゞか》りあれば、這里《ここ》にて別《わか》れ奉《たてまつ》らん。無礼《ぶれい》を允《ゆる》し給ひね」、と受《うけ》て答《こたへ》の美《うつく》しく、*綷《こと》に女才《ちよさい》もなよ竹《たけ》の、節《ふし》たゝでよき和談《わだん》の口誼《こうぎ》を、小正二《こせうじ》も及《また》その余《よ》のものも、共侶《もろとも》に嘆賞《たんせう》して、「姿鏡屋《すがたみや》の家公《だんな》、寔《まこと》に爾《しか》也。快罷《とくまか》らん」、といそがして、僉恭《みなうやうや》しく著演《あきのぶ》に、告別《いとまごひ》しつ従者《ともびと》を、辞《ことば》せわしく労《ねぎら》ふて、却目《さてめ》四郎《しらう》をそが儘《まゝ》に、わたして還《かへ》る花水橋《はなみづばし》の、華《はな》をもたせし*遊里雀《さとすゞめ》、うち連立《つれだち》てぞいそぎける。

著演《あきのぶ》これを目送《みおく》りて、既《すで》に遠《とほ》くなりしとき、又目《まため》四郎《しらう》にうち対《むか》ひて、「わが思ひしにも似《に》ざりける、汝《なんぢ》は烏許《をこ》の白物《しれもの》也。「その身《み》の飢渇《きかつ》に堪難《たへかね》て、身《み》を投《なげ》んと思ひき」、といひし虚言《そらごと》は、奸智《かんち》に長《たけ》たるごとくなるも、十四五金《きん》の債《おひめ》ある、妓楼《ぎろう》《○アソビノニカイ》に登《のぼ》りて、一両《いちりやう》の、金《かね》もて慾《よく》を遂《とげ》んとせしは、最愚《いとおろか》なる所行《わざ》ならずや。是《これ》より事《こと》を惹出《ひきいだ》して、竟《つひ》に縲絏《なはめ》に及《およ》びしは、きのふ俺《われ》を欺《あざむ》きたる、報《むく》ひと思はゞ恨《うら》みはあらじ。そをしも俺《われ》は憐《あはれ》みて、重《かさね》て汝《なんぢ》を拯《すくひ》得《え》させし、事情《ことのこゝろ》を知《し》りたる歟《か》。しらずは具《つぶさ》に説示《ときしめ》さん。俺料《われはか》らずも這里《ここ》にありて、汝《なんぢ》が昨夜《よんべ》の為体《ていたらく》を、聞《き》くに及《およ》びて悔《くひ》思ひしは、「一《いち》両《りやう》の金《かね》は惜《をし》むに足《た》らねど、他《かれ》が縲絏《なはめ》はわが愆《あやまち》て、件《くだん》の金《かね》を慭《なまじい》に、取《とら》せしによりて也。わが那金《かのかね》を取《とら》せずば、他《かれ》いかにして債《おひめ》ある、青楼《せいろう》《○アソビノニカイ》に登《のぼ》ることを得《え》ん。他《かれ》が妓院《ぎゐん》《○アソビヤド》を閙《さわが》して、縲《いましめ》られて牽《ひか》るゝは、わが愆《あやまち》より起《おこ》りしを、聞《きゝ》つゝ見つゝ拯《すく》はずば、わが非《ひ》を補《おぎな》ふ拠《よすが》はあらじ」、と思ひしよしのあれば也。只這一条《たゞこのいちでふ》のみならで、なほ諮《たづ》ぬべき事あれば、宿所《しよ》へ来《こ》よ」、といそがし立《たて》て、藤沢《ふぢさは》に還《かへ》りゆく程《ほど》に、目四郎《めしらう》は今《いま》さらに、初《はじめ》て夢《ゆめ》の覚《さめ》たるごとく、洪恩徳義《こうおんとくぎ》に感服《かんぷく》して、阿容《おめ》々〱として従《したが》ひけり。

却説《かくての》野上著演《がみあきのぶ》は、軈《やが》て宿所《しゆくしよ》に還着《かへりつき》て、且従者《まづともびと》を休《やすら》はせ、猛可《にはか》に奴婢們《ぬびら》に吩咐《いひつけ》て、目四郎《めしらう》を玄関《げんくわん》の、次《つぎ》の編室《こざしき》に召陟《よびのぼ》さして、早飯《あさいひ》を喫《くは》しなどする程《ほど》に、その身《み》は奥《おく》に退《しりぞ》きて、

頃之《しばらく》して又出《またいで》て来《き》つ、却目四郎《さてめしらう》に対《むか》ひていふやう、「嚮《さき》に汝《なんち》に諮《たつ》ぬべき、事ありといひしは別義《べつぎ》にあらず。きのふ汝《なんち》が倒《たふ》れし折《をり》、俺従者《われともびと》に介抱《かいほう》さして、薬《くすり》を飲《のま》せんとしてけるに、歯《は》を噛締《かみむすび》《○クヒシバリ》て受《うけ》ざりければ、刀《かたな》に挿《つけ》たる銅笄《かうがい》をもて、聊口《いさゝかくち》を開《ひら》かしたる、綷《こと》に紛《まぎ》れて取遺《とりおと》せし歟《か》、ゆくべき所《ところ》へゆき果《はて》て、刀《かたな》を見るに銅笄《かうがい》なかりき。抑《そも〳〵》件《くだん》の銅笄《かうがい》は、俺親《わがおや》の遺愛《かたみ》にて、家《いへ》の紋《もん》を附《つけ》られたれば、最惜《いとをし》とのみ思ふにより、今朝《けさ》は未明《まだき》に立出《たちいで》て、花水橋《はなみづばし》を徘徊《はいくわい》しつゝ、汝《なんち》に遭《あ》ひしも這所以《このゆゑ》也。那折汝《かのをりなんち》は跡《あと》に残《のこ》りて、なほ在《あ》りければ俺《わ》が銅笄《かうがい》を、拾《ひら》ひしことのなからずや。然《さ》る事あらば返《かへ》せかし」、といはれて目四郎些《めしらうちつと》も騒《さわ》がず、「現宣《げにのたま》はするごとく、那銅笄《かのかうがい》は俺手《わがて》にあり。そは拾《ひら》ひしにあらずして、詭計《たばかり》より て窃《ぬす》みし也。恷《かう》のみいはゞ憎《にく》みても、悪《にく》み飽《あか》なく思はれん。今《いま》は何《なに》をか慝《つゝ》むべき。在下《やつがれ》は君《きみ》の仇《あた》也。きのふまでは不測《ふしぎ》

有像第十二

花水橋悪木遇春《はなみづばしにあくぼくはるにあふ》

川上の遠山ざくらちりしより花水ばしの名こそながるれ

目四郎　姿見屋のあるじ　小正二　あきのぶ

の罪《つみ》に、陥《おとしいれ》んと謀《はか》りしかども、その人《ひと》を見《み》つその言《こと》を、聞《きゝ》ては高名虚《こうめいむな》しからぬ、大徳仁義《だいとくじんぎ》の長者《ちやうじや》に恥《はぢ》て、稍悪念《やゝあくねん》を転《ひるがへ》し、その大阨《だいやく》を告《つげ》ばや、と思ふものから今《いま》さらに、せん術《すべ》もなき難義《なんぎ》あり。これらの情由《わけ》は一朝《いつちやう》に、説果《ときはつ》べくもあらざるに、這里《ここ》はなほ端近《はしぢか》也。乾浄《かけはな》れたる所《ところ》にて、意中《いちう》を尽《つく》しまうさん歟《か》」、といふに著演《あきのぶ》頷《うなづ》きて、「爾《しか》らば俺《われ》と共侶《もろとも》に、這方《こなた》へ来《こ》よ」、と先《さき》に立《たち》て、庭《には》を隔《へだて》し離舎《はなれざしき》へ、伴《ともな》ひて坐《ざ》を占《しむ》れば、目四郎障子《めしらうせうじ》を引闔《ひきたて》て、衣領《えり》の間《あはひ》に隠《かく》したる、那銅笄《かのかうがい》を取出《とりいだ》しつゝ、膝《ひざ》を找《すゝ》め声《こゑ》を低《ひく》めて、「這銅笄《このかうがい》を窃《ぬす》みしにも、深《ふか》き意味《いみ》あることとなるを、そは次々《つぎ〳〵》にまうすべし。願《ねが》ふは収《おさ》め給へかし」、といひつゝ返《かへ》すを著演《あきのぶ》は、徐《しづか》に取《とり》て得《とく》と見て、故《もと》のごとくに刀《かたな》に挿《さし》て、却目四郎《さてめしらう》が告《つげ》んといひし、よしを甚麼《いかに》と訊《たづね》れば、目四郎《めしらう》思はず嗟嘆《たんそく》して、「且俺《まづわが》うへより告《つげ》まうさずば、こゝろ得《え》がたく思《おぼ》されん。言長《ことなが》くとも聞《きゝ》給へ。在下原《やつがれもと》は仮名川《かながは》なる、客店肝八《はたごやかんばち》と喚《よば》れしものゝ、独子《ひとりご》で候ひき。この故《ゆゑ》に世《よ》の人《ひと》の、今《いま》に至《いたり》て在下《やつがれ》を、*客店《はたごや》の目四《めし》と喚做《よびな》したり。年《とし》十五六なりし比《ころ》より、這身《このみ》の悪心稍萌《あくしんやゝきざ》して、良《よか》らぬ友《とも》に引入《ひきいれ》られ、賭博《かけ》に耽《ふけ》り遊女《あそび》に惑《まよ》ひて、親《おや》の東西《もの》を喪《うしな》ふこと、幾番《いくたび》といふ限《かぎ》りもなければ、勘当《かんだう》せられて一稔《ひとゝせ》あまり、賭鈔友人《かけともだち》を親品《おやぼん》に、頼《たのみ》て其処《そこ》に寓《かゝ》りてをり。父《ちゝ》の他行《たぎやう》を覘《うかゞ》ふて、母《はゝ》を賺《すか》して銭《ぜに》を借《か》り、衣《きぬ》をも借《か》りて皆賭博《みなかけ》に、失《うしな》ひしこともしば〳〵なりしを、竟《つひ》には父《ちゝ》に暁得《さと》られて、緊《きび》しく母《はゝ》を箴《いまし》めけん、後《のち》には母《はゝ》も中垣《なかがき》を、樹《すゑ》てつや〳〵よせ着《つけ》ざれば、日来《ひごろ》の悪心弥《あくしんいや》増《ま》して、「窃《ぬす》むに不如《しかじ》」、と尋思《しあん》をしつゝ、二親《ふたおや》の外《と》に出《いで》て、守者稀《もるひとまれ》なる折《をり》を張《うかゞ》ひ、背門《せど》より潜《しの》び入《い》る程《ほど》に、客房《きやくざしき》に逗留《とうりう》の、旅人《たびゞと》とおぼしきが、夫婦《ふうふ》と見えて二人《ふたり》をり。男子《をとこ》はいたく病饑《やみさらば》ひて、何事《なに》やらんうち譚《かたら》ふを、心《こゝろ》ともなく窃聞《たちぎゝ》せしに、その比底倉《ころそこくら》にて撃《うた》れたる、脇屋少将義隆《わきやしよう〳〵よしたか》の家臣《かしん》にて、他們《かれら》が子《こ》也とて携来《たづさへき》つる、小六《ころく》とかいふ総角《あげまき》は、主《しゆう》の義《よし》隆《たか》が子《こ》なりしよしを、この時具《ときつぶさ》に聞得《きゝえ》たり。恁而件《かくてくだん》の病《びやう》人《にん》は、なほ諄々《くど〳〵》と遺言《ゆいげん》して、袱《ふろしき》に包《つゝみ》たる、短刀《たんたう》と巻軸《まきもの》などを、両三種妻《ふたくさみくさつま》に示《しめ》して、「われ死《し》なば小六殿《ころくどの》に、倶《ぐ》して藤《ふぢ》沢《さは》に赴《おもむ》けかし。那郷《かのさと》に隠《かく》れもなき、野上史著演《のがみのふひとあきのぶ》は、わが少《わか》かりし時義《ときぎ》を結《むす》びたる、異姓《ゐせい》の兄弟《きやうだい》なるをもて、左《と》も右《かく》もして養《やしなは》れん。この余《よ》の事は恁々《しか〲》」、といふ声細《こゑほそ》りて苦《くる》しげに、写《したゝ》め措《おき》たる一封《いつぷう》の、手簡《てがみ》を取出《とうで》て逓与《わた》せしかば、妻《つま》は頻《しき》りにうち泣《なき》て、口説立《くどきたて》たる哀傷悲歎《あいしやうひたん》を、窃聞《たちぎ》く随《まゝ》に気《き》のみ滅入《めい》りて、窃心《ぬすむこゝろ》も且《しばら》くは、耗《うせ》て忙然《ばうぜん》たりし折《をり》、外面《とのかた》に人《ひと》の足音《あしおと》して、かへり来《き》ぬるは俺親《わがおや》也。「看着《みつけ》られじ」と思ふにぞ、東西《もの》も得《え》とらずそが儘《まゝ》に、鈍《おぞ》くも逃《にげ》て親品《おやぼん》の、宿《やど》に還《かへ》りし本意《ほい》なさに、那旅客《かのたびゞと》がいひつる事を、左《と》さま右《かう》さま思惟《おもひみ》るに、「巻軸《まきもの》は脇屋《わきや》の系図《けいづ》、又短刀《またたんたう》は菊一文字《きくいちもんじ》、と名《な》づけたる重宝《ちやうほう》也。又一種《またひとくさ》は何《なに》にかありけん、そは袱《ふろしき》に掩《おほは》れて、見えざりければ知《し》るよしなけれど、巻軸《まきもの》と短刀《たんたう》は、新田《につた》の余類《よるい》の証据《せうこ》也。那落人們《かのおちうどら》を鎌倉《かまくら》へ、訴稟《うつたへまう》さば手《て》も濡《ぬら》さで、許多《あまた》の賞銭《ほうび》を賜《たまは》るべし。しかはあれども俺親《わがおや》の、宿《やど》せし只今訴《たゞいまうつたへ》ては、わが親《おや》も亦落人《またおちうど》を、留措《とゞめお》きたる祟《たゝり》を受《うけ》ん。然《さ》では外聞妙《ひとぎゝみやう》ならず。且藤沢《まづふぢさは》へ遣《つかは》して、爾後訴《そのゝちうつたへ》まうすべし」、と尋思《しあん》をしつゝ日《ひ》を過《すぐ》して、縡《こと》の便宜《びんぎ》を覘《うかゞ》ひしに、那病人《かのびやうにん》は館大六英直《たてのだいろくひでなほ》と喚《よば》れしものにて、幾程《いくほど》もなく身《み》まかりければ、そが妻《つま》の母屋《おもや》とやらんが、小六《ころく》と倶《とも》に柩《ひつぎ》を戍《まも》りて、大人《うし》を憑《たの》みて這郷《このさと》へ、来《き》にける縡《こと》の趣《おもむき》も、又英直《またひでなほ》の柩《ひつぎ》をば、遊行寺《ゆぎやうじ》へとて丁寧《ねんごろ》に、葬《ほうむ》り給ひし為体《ていたらく》の、遺《おち》もなく聞《きこ》えしかば、「この時《とき》にこそものせん」、と思ふ心《こゝろ》を親品《おやぼん》に、告《つげ》て窃《ひそか》に相譚《かたら》ひしに、親品聞《おやぼんきゝ》て従《したが》はず、「和主《わぬし》はよくも思はずや。俺們《われ〱》は博徒《ばくと》でも、人《ひと》に俠者《をとこ》といはるゝを、這身《このみ》の栄《さかえ》にすべかるに、些《ちと》の賞銭《ほうび》を求《もとめ》んとて、海道一《かいどういち》の俠者《をとこ》なる、野上《のがみ》の翁《おぢ》を其落人們《そのおちうどら》と、斉一罪《ひとしくつみ》なひ害《そこ》なはゞ、世《よ》の豪俠《よきをとこ》に疎《うとま》るべし。然《さり》とも和主《わぬし》は賞銭《ほうび》の慾《ほ》しさに、訴《うつたへ》んとならば禁《とゞ》めはせねど、けふより夥計《なかま》を除《はぶ》く也。乾父乾児《おやぼんこぼん》の好《よし》みを離《はな》れて、六郷以西《ろくごうよりにし》、貌姑峯《はこね》より、東《ひがし》で飯《いひ》は喫《くは》せぬぞ。後悔《こうくわい》すな」、と窘《たしな》められて、その義《ぎ》を思ひ留《とゞま》りにき。這《この》親品《おやぼん》は*台町《だいまち》にて、猪三太《ゐさんだ》と喚《よば》れたる、豪傑《がうけつ》で候ひしに、惜《をし》むべし年来《としごろ》の、強飲《たいしゆ》に脾胃《ひゐ》を破《やぶ》られて、吐血《とけつ》して身《み》まかりたり。然程《さるほど》に親肝八《おやかんばち》は、その次《つぎ》の年《とし》の夏《なつ》五月、時疫《ときのけ》に犯《をか》されて、病《やむ》こと纔《わづか》に一旬《とをか》あまり、医師《くすし》も半分手伝《はんぶんてつだ》ひけん、只《たゞ》掌《たなそこ》を返《かへ》すが如《ごと》く、劇《はげ》しうなりて世《よ》を去《さ》りけり。その病中《びやうちう》に里人們《さとびとら》の、俺二親《わがふたおや》に勘当《かんだう》の、賠話《わび》して這身《このみ》を召《よび》かへされ、親《おや》の経営《しに》せし活業《なりはひ》を、嗣《つぎ》て主人《あるじ》になりたれども、持崩《もちくづ》せし身《み》をそが儘《まゝ》に、浮《うき》たる心《こゝろ》を改《あらた》めねば、僅《わづか》に二稔《ふたとせ》ばかりの程《ほど》に、宅《いへ》をも庫《くら》をも沽却《うりしろな》して、裏家住《うらやずま》ひのそが中《なか》にて、母親《はゝおや》も亦身《またみ》まかりけり。その初七日《しよなのか》に藻潮草《もしほぐさ》、搔集《かきあつ》めても数多《かずおほ》からぬ、家材《かざい》を遺《おち》なく敗鉄経紀《ふるかねかひ》に、售《うり》たる銭《ぜに》は月来《つきごろ》の、房銭《やちん》の債《おひめ》に屋主《いへぬし》に、推留《おしとめ》られて、*勘定《かんじやう》の、合《あは》ぬ字号《ふてう》の質牌《しちふだ》を、借屋《しやくや》の柱《はしら》に置土産《おきみやげ》、残《のこ》るは四十七文《もん》の、仮名川《かながは》を立退《たちの》きしより、鎌倉金沢《かまくらかなざは》、いへばさら也、大磯小田原《おほいそをだはら》貌姑峰《はこね》の湯本《ゆもと》、*這里《ここ》に半年《はんねん》、那里《かしこ》に三月《みつき》、同気同病相憐《どうきどうびやうあひあはれ》む、友《とも》をよるべに生活《なりはひ》もせず、闘鈔《かけ》に浮世《うきよ》を亘《わた》ること、五六稔《いつとせむとせ》になりにけり。恁而今茲《かくてことし》は相模《さがみ》なる、底倉人《そこくらびと》に身《み》を寓《よ》せて、両《ふた》月《つき》あまりをる程《ほど》に、いぬる日闘鈔《ひかけ》に利《り》を失《うしな》ひて、債《おひめ》を贖《つぐな》ふ術《すべ》なさに、窃心《ぬすみごゝろ》の復起《またおこ》りて、その進退《かけひき》を考《かんがへ》しに、折《をり》から相模《さがみ》の眼代《がんだい》なる、藤白隼人正安同主《ふぢしろはいとのせうやすともぬし》は、湯治《とうぢ》の暇《いとま》を賜《たまは》りて、底倉《そこくら》の浴室《ふろや》にをり。「をさ〳〵民《たみ》の膏腴《あぶら》を絞《しぼ》りて、富《とめ》るに任《まか》せし酒宴遊興《しゆえんゆうきやう》、采邑《りやうぶん》なれば由断多《ゆだんおほ》かり。いかで那里《かしこ》に潜《しのび》入《い》らば、宝《たから》の山猟《やまがり》、造化《しあはせ》も、宜《よろ》しからん」、と計校《もくろみ》たる、准備《ようゐ》をしつゝ夜《よ》に紛《まぎ》れて、件《くだん》の旅館《りよくわん》に潜近《しのびちか》づき、垣《かき》を踰《こえ》窓《まど》より入《い》りて、安同主《やすともぬし》の臥房《ふしど》に赴《おもむ》き、却彼此《さてあちこち》と搔撈《かいぐ》るに、窃偸《ぬすみ》に熟《なれ》ざる悲《かな》しさは、思はずも度《ど》を喪《うしな》ひて、傍《かたへ》に臥《ふし》たる嫛妾《おんなめ》の、足《あし》をしたゝかに踏《ふみ》しかば、忽地覚《たちまちさめ》て「吐嗟《あなや》」と叫《さけ》びし、声《こゑ》に驚《おどろ》く安同主《やすともぬし》、「偸児《ぬすびと》入《い》りぬ」、と呼《よば》りて、岸破《がば》と起《おき》て引組《ひきくん》だり。遮莫在下《さばれやつがれ》も、小膂力《こぢから》あり、相撲《すまひ》も聊嗜《いさゝかたし》みしかば、左右《さう》なく組《くみ》も伏《ふせ》られず、且《しばら》く挑争《いどみあらそ》ふ程《ほど》に、駭覚《おどろきさめ》たる近習《きんじゆ》の侍《さむらひ》、紙燭《しそく》を秉《とり》つゝ両三名《りやうさんにん》、はや次《つぎ》の間《ま》より走《はし》り来《き》て、主《しゆう》を援《たす》けて在下《やつがれ》を、撃倒《うちたふ》し圧累《おしかさな》りて、矢庭《やには》に縄《なは》をかけられたり。恁《かく》て柴薪場《しばごや》に繋《つなが》れて、戍卒二名《もるひとふたり》側《かたへ》を去《さ》らず、左右《とかく》する程《ほど》に天《よ》の明《あけ》しかば、「今《いま》ははや斬《き》られぬらん」、と思へば生《いき》たる心地《こゝち》せず、後悔《こうくわい》の外《ほか》なかりしに、果《はた》して庭《には》に牽出《ひきいだ》されて、*命俟間《いのちまつま》の厨下《くりや》の豕《ゐのこ》、烹《にら》るゝおもひなべて世《よ》の、憂《うき》を今俺身《いまわがみ》ひとつに、摘《つみ》て疼痛《いたさ》ぞ知《し》られける。

　浩処《かゝるところ》に安同主《やすともぬし》は、手《て》づから刀《かたな》を引提《ひきさげ》て、坐席《ざしき》の縁頰《えんがは》に出《いで》て来《き》つ。雑兵們《ざふひやうら》は是《これ》を見《み》て、在下《やつがれ》を又牽立《またひきたて》て、主《ぬし》の身辺《ほとり》に推居《おしすゑ》しを、安同主《やすともぬし》熟《つら〳〵》視《み》て、「汝《なんぢ》は原是《もとこれ》何里《いづこ》のものぞ。姓《せい》名宿所《めいしゆくしよ》を具《つぶさ》に稟《まう》せ。快々《とく〳〵》まうせ。いかにぞや」、と問《とは》れて在下《やつがれ》跪《ひざまづ》き、「さン候在下《やつがれ》は、目四郎《めしらう》と喚《よば》れたる、一所不住《いつしよふぢゆう》の博徒《ばくと》也。近曾《ちかごろ》はうちも続《つゞ》きて、造化歹《しあはせわろ》さに彼《かれ》にも此《これ》にも、多《おほ》かる債《おひめ》に苦《くる》しめられて、せん方《かた》のなき随《まゝ》に、初《はじめ》て発起《ほつき》の夜挊《よかせ》ぎに、熟《なれ》ぬ技《わざ》とて鐚一文《びたいちもん》、得《え》とらで忽地《たちまち》生拘《いけど》られ、後《こう》悔臍《くわいほぞ》を噬《か》むまでに、俺《われ》から俺身《わがみ》を恨《うらむ》るのみ。旧悪《きうあく》とては候はず。只《たゞ》おん慈悲《ぢひ》こそ願《ねがは》しけれ」、と喞言《かごと》がましく陳《ちん》ぜしかば、安同主《やすともぬし》領《うなづ》きて、「思ふに優《まし》たる汝《なんぢ》が力量《りきりやう》、武芸《ぶげい》も習得《ならひえ》たりとおぼしき、本事《てなみ》は昨夜《よんべ》われよく知《し》れり。領主《りやうしゆ》の旅館《りよくわん》へ憚《はゞか》りもなく、潜《しの》び入《い》りし大胆不敵《だいたんふてき》、免《ゆる》すべき奴《やつ》ならねども、胆魂《きもだましひ》に見《み》どころあり。今《いま》より俺《われ》に従《したが》ふて、一箇《ひとつ》の功《こう》を立《たて》んとならば、命《いのち》を助《たすく》るのみならで、必重《かならずおも》く用《もち》ふべし。胸《むね》を定《さだ》めて応《いらへ》をせよ」、といはれて在下怡悦《やつがれいゑつ》に堪《たへ》ず、「そは何事《なにごと》に候やらん。思ひがけなく候へども、今斬《いまき》らるべき這首《このくび》を、続《つが》るゝ御恩《ごおん》に預《あづか》らば、非如水火《よしやひみづ》の中《なか》也とも、辞《いろ》ふことなく命《いのち》を的《まと》に、勉《つとめ》て功《こう》を立《たて》ざらんや。快々仰付《とく〳〵おふせつけ》らるべし」、と辞《ことば》を放《はな》ちて諾《うけ》ひしかば、安同主含笑《やすともぬしほうゑみ》ながら、雑兵們《ざふひやうら》に云云《しか〴〵》と、下知《げぢ》して軈《やが》て在下《やつがれ》が、縄《なは》を解《とか》し召登《よびのぼ》して、飯《いひ》を賜《たまは》り酒《さけ》をも飲《のま》して、更《さら》に閑室《かんしつ》に召近《よびちか》づけて、密《しのび》やかにいはるゝやう、「俺《われ》に年来《としごろ》の怨敵《おんてき》あり。此《これ》は是藤沢《これふぢさは》なる、郷士《ごうし》野上著演《のがみのあきのぶ》也。縁故《ことのもと》は箇様々々《かやう〳〵》」、と那人《かのひと》二《に》度《ど》迄《まで》おん身《み》の為《ため》に、恥辱《ちぢよく》を攬《と》りし緈《こと》の趣《おもむき》を、遺《おち》もなく説示《ときしめ》して、「相模《さがみ》は今俺《いまわ》が配下《はいか》なれども、那奴《かやつ》は由緒《よし》ある旧家《きうか》にて、自由《じゆう》にしがたき所《ところ》あり。この故《ゆゑ》に怨《うらみ》を隠《かく》して、空《あだ》に光陰《つきひ》を過《すぐ》せしに、図《はか》らずも緈《こと》に用《よう》ある、汝《なんぢ》を得《え》つるこそ歓《よろこ》びなれ。汝那里《なんぢかしこ》に赴《おもむ》きて、手段《しゆだん》を以著演《もつてあきのぶ》が、寝首《ねくび》を捕《とり》て俺《われ》に見せなば、賞禄《ほうび》は望《のぞみ》に任《まか》すべし。わが腹心《ふくしん》の家隷《けらひ》なきにあらねど、某們《それら》に事《こと》を行《おこなは》せて、做損《しそん》ずることありもせば、俺《われ》も祟《たゝり》を免《まぬか》れがたかり。故《ゆゑ》に汝《なんぢ》に委《ゆだぬ》る也。いかに這義《このぎ》をよくせんや」、といはれて在下沈吟《やつがれうちあん》じて、「仰《おふせ》うけばり候へども、那《かの》著演《あきのぶ》は武芸《ぶげい》の達人《たつじん》、そがうへに従類多《じゆうるいおほ》かり。然《さ》るを在下《やつがれ》単身《みひとつ》にて、本意《ほい》を遂《とげ》んこと易《やす》かるべからず。それには優《まし》て手短《てみじか》なる、奇々妙々《ききめう〳〵》の一議《いちぎ》あり」、といふに安同主膝《やすともぬしひざ》を找《すゝ》めて、「そは亦甚麼《またいか》なる妙計《みやうけい》ぞ」、と問《とは》れて在下些《やつがれちつと》も擬議《ぎぎ》せず、「殿《との》は知《しら》せ給はずや。著演《あきのぶ》が養嗣《やうし》にして、小六《ころく》と呼做《よびな》す少年《しやうねん》は、曩《さき》に殿《との》の討捕《うちとり》給ひし、脇屋義隆《わきやよしたか》の実子《うみのこ》也。在下《やつがれ》故郷《こけう》に在《あ》りし時《とき》、故《ゆゑ》ありてこれを知《し》れり。その顚末《もとすゑ》は箇様《かやう》々《〳》々」、と今《いま》より九个年已前《くかねんさきつころ》、仮名川《かながは》なる親肝八《おやかんぱち》の宿所《しゆくしよ》にて、英直《ひでなほ》がその妻母屋《つまおもや》に、遺言《ゆいげん》したる綷《こと》の趣《おもむき》、系図《けいづ》の巻軸《まきもの》菊一文字《きくいちもんじ》の、短刀《たんたう》の事までも、詳《つまびらか》に聶《さゝや》き告《つげ》て、「その比《ころ》在下鎌倉《やつがれかまくら》へ、訴《うつたへ》まうさんと思ひしかども、猪三太《ゐさんだ》といひし親品《おやぼん》に、諫《いさ》められて黙止《もだし》たり。この義《ぎ》を以管領《もつてくわんれい》さまへ、告《こう》訴《そ》し給ふものならば、著演親子《あきのぶおやこ》は搦捕《からめと》られて、縛首《しばりくび》を刎《はね》らるべし。這義《このぎ》はいかゞ」、と真実《まめ》だちて、密談数《みつだんす》刻《こく》に及《およ》びしかば、安同主愛《やすともぬしめで》くつがへりて、歓《よろこ》ぶこと大《おほ》かたならず、「原来野上著演奴《さてはのがみのあきのぶめ》は、年来新田《としごろにつた》に荷担《かたん》して、上《うへ》を蔑《なみ》する野《や》心《しん》は顕然《けんぜん》。その義《ぎ》を告訴《こうそ》したらんには、罪《つみ》なはれん事疑《うたが》ひなし。雖然三《されどもみつ》の拒障《さわり》《○コセウ》あり。俺身《わがみ》今鎌倉《いまかまくら》に在《あら》ざれば、速《すみやか》に告《こう》訴《そ》しがたし。是《これ》一ッの拒障《さわり》也。前月湯治《せんげつとうぢ》の願《ねがひ》によりて、五十日《にち》の暇《いとま》を賜《たまは》りしに、まだ三十日《にち》にも迨《いた》らずして、鎌倉《かまくら》へは還《かへ》りがたかり。是《これ》二ッの拒障《さわり》也。持氏公《もちうぢこう》は近《ちか》き比《ころ》、京都《きやうと》将軍《せうぐん》と御不和《ごふわ》にて、窃《ひそか》に独立《どくりつ》《○ヒトリダチ》の御宿意《ごしゆくい》あるにより、新田《につた》・楠《くすのき》の余類《よるい》といふとも、先非《せんぴ》を改《あらた》めて従《したが》ひ奉《まつ》れば、恩免《おんめん》のもの往々《まま》これあり。恁《かゝ》れば今汝《いまなんぢ》をもて、鎌倉《かまくら》へ遣《つかは》して『藤《ふぢ》沢《さは》なる郷士《ごうし》野上著演《のがみのあきのぶ》は、窃《ひそか》に脇屋義隆《わきやよしたか》の子《こ》を舎蔵《かくまふ》て、養嗣《やうし》にして候』、と具《つぶさ》に訴稟《うつたへまう》すとも、正《まさ》しき証据《せうこ》あるにあらずば、なほ疑《うたがは》れて遅滞《ちたい》せん。是三《これみつ》の拒障《さわり》也。これらの障礙《さわり》を釈《とか》んとならば、汝那宅《なんぢかのたく》に潜《しの》び入《いり》て、小六《ころく》が所持做《しよぢな》す那巻軸《かのまきもの》と、短刀《たんたう》を奪取《うばひとり》て、そを証据《せうこ》にして訴《うつたへ》まつらば、著演親子《あきのぶおやこ》は立地《たちどころ》に、搦捕《からめと》らるべけれども、人《ひと》には見せぬ秘《ひ》書宝刀《しよほうたう》を、窃取《ぬすみと》ることかたかるべし。心《こゝろ》を尽《つく》しても手《て》に入《い》らずば、亦《また》復宜《〳よろし》く手段《しゆだん》を易《かへ》て、著演《あきのぶ》が弓箭《ゆみや》まれ、或《あるひ》は刀子刀笄《こがたなかうがい》まれ、窃取《ぬすみと》らば綷成《ことな》るべし。それ将他《はたかれ》が所蔵《しよざう》といふ、目識《めじるし》あらばいよ〳〵妙《みやう》也。その東西《もの》既《すで》に手《て》に入《い》らば、汝鎌倉《なんぢかまくら》へもてまゐりて、却訴稟《さてうつたへまうさ》んやうは、『野上史著演《のがみのふひとあきのぶ》は、年来逆《としごろぎやく》謀《ぼう》の企《くはだて》あり。然《さ》るにより九个年前《くかねんさき》より、脇屋義隆《わきやよしたか》の子《こ》を舎蔵《かくまふ》て、小六《ころく》と名《な》づけて養嗣《やうし》にしたり。某初《それがしはじめ》はこの義《ぎ》を知《し》らず、近曾那著演《ちかごろかのあきのぶ》と、象棋《せうぎ》の席《せき》にて面会《めんくわい》せしより、交《まじは》り浅《あさ》からずなりにたり。恁而《かくて》きのふ著演《あきのぶ》が、窃《ひそか》に某《それがし》を招《まね》きて譚《かた》ひしは、『俺管領家《われくわんれいけ》を討滅《うちほろぼ》して、義隆《よしたか》のおん子《こ》小六丸《ころくまろ》を、鎌倉《かまくら》の主《ぬし》にせまく欲《ほり》す。和殿《わどの》は射芸銑鋧《しやげいしゆりけん》の、達人《たつじん》でをはすれば、窃《ひそか》に鎌倉《かまくら》に赴《おもむ》きて、管領家《くわんれいけ》のおん外出《あるき》の、折《をり》を覘《うかゞ》ひ狙撃《ねらひうち》て、素懐《そくわい》を遂《とげ》させ給へかし。只一人《たゞひとり》の手《て》を以《もつて》、数百騎《すひやくき》の将《せう》を撃《う》つ事は、矢砲飛剣《とびどうぐ》に優《ます》ものなし。這弓箭《このゆみや》刀笄《かうがい》は、俺家《わがいへ》の重宝《ちやうほう》也。則《すなはち》和殿《わどの》にまゐらする。是《これ》をもて管領家《くわんれいけ》を、撃捕《うちとり》給へ』と聶《さゝや》きて、件《くだん》の武器《ぶき》を贈《おく》りたり。否《いな》といはゞその座《ざ》を去《さ》らせず、撃果《うちはた》すべき面魂《つらだましひ》の、勢《いきほひ》籠《こふ》で見えしかば、陽《うへ》には一味《いちみ》の如《ごと》く応《いらへ》て、那里《かしこ》を出《いづ》るとそが儘《まゝ》に、注進《ちゆうしん》の為《ため》参上《さんじよう》せり』、と実事《まこと》しやかに訴稟《うつたへまう》して、窃取《ぬすみとり》たる弓箭《ゆみや》まれ、或《あるひ》は刀子刀笄《こがたなかうがい》まれ、綷《こと》の証据《せうこ》としてたてまつらば、時《とき》を移《うつ》さず著演《あきのぶ》が、宿所《しゆくしよ》へ討手《うつて》を向《むけ》られて、那身《かのみ》はさら也闔宅《やうち》の奴們《やつばら》、一個《ひとり》も漏《もら》さず搦捕《からめとら》れて、必《かならず》獄舎《ひとや》に繋《つなが》れん。そが程《ほど》には俺《われ》も亦《また》、鎌倉《かまくら》に還《かへ》りまゐりて、詮議《せんぎ》の席《せき》に列《つらな》るべし。その折著演冤枉《をりあきのぶむじつ》なりとて、いかばかりに陳《ちん》ずるとも、俺亦《われまた》智略《ちりやく》を旋《めぐ》らして、那奴《かやつ》に頤《あご》を啗《たゝか》せず、思ひの随《まゝ》に稟倣《まうしな》して、叛逆《ほんぎやく》の罪《つみ》に定《さだま》らば、竟《つひ》に三族《さんぞく》を夷《たひら》げられて、宿怨《しゆくゑん》其処《そこ》に果《はた》すべし。いと愉快《こゝろよ》き事ならずや。勿論《もちろ》汝《なんぢ》は忠訴《ちうそ》の功《こう》もて、上《うへ》より賞銭《ほうび》を賜《たまは》るべく、俺《われ》も亦《また》銭帛《たから》を尽《つく》して、辛苦銭《ほねをりちん》を取《とら》すべし。駝馬《だば》に荷《に》の捷大役《かつたいやく》なれば、念《ねん》じて事《こと》を倣《し》損《そん》ずな。努《つとめ》よかし」、と聶《さゝや》き示《しめ》して、金《かね》十両《りやう》をとり出《いだ》し、「是《これ》は計議《けいぎ》の雑費《ざつぴ》ぞ」とて、紙《かみ》に拈《ひね》りて貺《たび》ければ、在下《やつがれ》歓《よろこ》び受戴《うけいたゞ》きて、「仰《おふせ》こゝろ得《え》候ひぬ。必《かならず》倣《し》課《おほ》せ候はん。吉左右《きつさう》を俟《また》せ給ひね」、と言承《ことうけ》しつゝ旅舎《やど》に退《まか》りて、且身皮《まづみのかは》をとり繕《つくろ》ひ、却《さて》平塚《ひらつか》なる相識許《しるひとがり》、赴《おもむ》きて逗留《とうりう》しつゝ、夜《よ》も日《ひ》も這頭《こゝら》を徘《はい》徊《くわい》して、大人《うし》の宿所《しゆくしよ》を張《うかゞ》ふこと、既《すで》にはや一旬許《とをかばかり》、潜《しの》び入《い》らんと欲《ほり》せしかども、内外《うちと》の用心堅固《ようじんけんご》にて、竟《つひ》に便《たよ》りを得《え》ざりしかば、他行《たぎやう》の折《をり》を覘《うかゞ》ひて、刀子《こがたな》まれ刀笄《かうがい》まれ、窃《ぬすま》んものを、と機《き》を易《かへ》たり。是《これ》より夜毎《よごと》に暇《いとま》あれば、闘鈔《かけ》に耽《ふけ》りて件《くだん》の金《かね》を、纔《わづか》三夜《みよ》さに失《うしな》ひにき。

然《さり》とて已《やむ》べき事ならねば、昨《きのふ》も朝《あさ》よりこゝに来《き》つ、大人《うし》の他行《たぎやう》をやうやくに、嗅着《かぎつけ》て花水橋《はなみづばし》に、倒《たふ》れて俟《まち》しは予《かね》ての計校《もくろみ》、病者《びやうしや》と見せて歯《は》を噬締《くひしば》り、介抱《かいほう》せらるゝ時《とき》に及《およ》びて、銅笄《かうがい》をもてわが口《くち》を、開《ひらか》れたるはこよなき造化《しあはせ》、手通魔使《てづまつか》ふてかの折《をり》に、はや銅笄《かうがい》を偸窃《ぬすみ》たり。恁而《かくて》癲癇《てんかん》なるよしも、飢渇《きかつ》に逼《せま》りて身《み》を投《なげ》ん、と欲《ほり》せしよしもいふこと毎《ごと》に、実事《まこと》にせられし長者《ちやうじや》の教訓《きやうくん》、金一両《かねいちりやう》を賜《たまは》りしは、噂《うはさ》に違《たが》はぬ慈悲善根《ぢひぜんごん》、天《そら》おそろしく思ひつゝ、受《うけ》て別《わか》れてつく〴〵と、尋思《しあん》に胸《むね》を定《さだ》め難《かね》て、ゆきも得《え》やらず又《また》思ふに、「只《たゞ》一トわたりの遭際《ゆきあひ》にて、銅笄《かうがい》をのみ窃《ぬす》みなば、そを鎌倉《かまくら》へもてゆきて、安同主《やすともぬし》にいはれしごとく、訴《うつたへ》んこと勿論《もちろん》なれども、野上《のがみ》の翁《おぢ》は仇《あた》とも知《し》らで、憐愍《あはれみ》深《ふか》く這金《このかね》を、本銭《もとで》にせよとて養《くれ》られし、恩《おん》に叛《そむ》かば猪三太《ゐさんだ》に、いはれしごとく、友人《ともだち》が、夥計《なかま》を除《はぶ》くといひもやせん。そを思はずに鎌倉《かまくら》へ、罪《つみ》なはせんとてゆかれんや。然《され》ばとて藤白殿《ふぢしろどの》にも、一旦《いつたん》命《いのち》を助《たす》けられ、雑費《ざつぴ》にせよとて十両《りやう》の、金《かね》さへ賜《たまは》りたりければ、今《いま》さら変易《へんがえ》すべうもあらず。いかにせまし」、と胸《むね》に手《て》を、当《あて》つゝふたゝび尋思《しあん》をせしに、又究竟《またくつきやう》の手段《しゆだん》あり。「俺造化《わがしあはせ》のよかりし時《とき》、紅粉坂《けはひざか》なる姿鏡屋《すがたみや》の、紅毫許《べにふでがり》屢《しば〳〵》かよひて、借《かり》たる洞房銭《あげだい》多《おほ》くあり。這一両《このいちりやう》の金《かね》をもて、那里《かしこ》にゆきて恁々《しか〴〵》と、いはゞ必《かならず》これ彼《かれ》と、論《ろん》じて古借《こしやく》を債《はた》られん。その折甚《をりいた》く罵狂《のゝしりくる》はゞ、那里《かしこ》の奴們《やつばら》已《やむ》ことを得《え》ず、必俺身《かならずわがみ》を綑《いましめ》て、将《い》て鎌倉《かまくら》へ赴《おもむ》きて、*憲断《けんだん》を乞《こ》ひまつるべし。恁《かく》て問注所《もんちゆうじよ》の詮議《せんぎ》に及《およ》びて、わが所持《しよぢ》したる一両《いちりやう》の、金《かね》の出処《しゆつしよ》を問《とは》れん時《とき》、『件《くだん》の金《かね》は藤沢《ふぢさは》なる、野上著演《のがみのあきのぶ》が養《くれ》たる也。那著演《かのあきのぶ》は箇様々々《かやう〳〵》』とこゝに至《いたつ》て藤白殿《ふぢしろどの》に、いはれしごとくならべ立《たて》て、誣《しひ》て叛逆《ほんぎやく》のよしを稟《まう》さば、言《こと》不用意《ふようい》に出《いづ》るに似《に》て、野上《のがみ》の翁《おぢ》の恩《おん》にも叛《そむ》かず、藤白殿《ふぢしろどの》に頼《たのま》れたる、密謀立地《みつぼうたちどころ》に成就《ぜうじゆ》せん。然《さる》ときは姿鏡屋《すがたみや》の、訴《うつたへ》は外《よそ》になりて、掛《かけ》て牽《ひか》れし俺《わ》が綑《いましめ》を、はやくも釈《とか》るゝのみならで、逆徒《ぎやくと》を告訴《こうそ》の抽賞《ちうせう》に、東西許多《ものあまた》賜《たまは》るべし。便是一《すなはちこれいち》事両全《じりやうぜん》、これに優《まし》たる手段《しゆだん》はあらじ」、と深念《しあん》の臍《ほぞ》を固《かた》めしより、紅粉阪《けはひざか》に赴《おもむ》きて、形《かた》のごとくに計《はから》ひしに、豈思《あにおもは》んや今朝《けさ》も亦《また》、花水橋《はなみづばし》の頭《ほとり》にて、仂《はし》なく大人《うし》に撞見《いであふ》て、ふたゝび恩義《おんぎ》を受《うけ》んとは。素《もと》より大人《うし》の俠気《をとこぎ》は、世《よ》の風声《ふうぶん》にて知《し》るといへども、飽《あく》まで仁義《じんぎ》に富《とみ》給ひたる、至善《しぜん》の長者《ちやうじや》に御座《をはしま》せしを、這身《このみ》の不肖《ふせう》といひながら、薄情《うたて》や貪吏《どんり》《○ムサボルヤクニン》に相譚《かたらは》れて、「無実《むじつ》の罪《つみ》に陥《おと》さん」、と伎倆《たくみ》し所行《わざ》こそ悔《くや》しけれ。今《いま》は俺身《わがみ》を恨《うら》むも甲斐《かひ》なし、「切《せめ》ては大人《うし》に懺悔《さんげ》して、左《と》も右《かく》もならばや」、と思ひにければ阿容《おめ》々々《〱》と、倶《ぐ》せられてこゝへまゐりたり。親《おや》には不孝《ふこう》、他《ひと》には不実《ふじつ》の、罪《つみ》を思はぬ放蕩無頼《ほうとうぶらい》、三十余年《よねん》の非《ひ》を知《し》るも、只是《たゞこれ》大人《うし》の高義大《こうぎだい》徳《とく》、人《ひと》の及《およ》ばぬ誠心《まごゝろ》に、感服《かんぷく》せしによりて也。恁《かゝ》れば大人《うし》はわが為《ため》に、善知識《ぜんちしき》にてをはすれども、恩義《おんぎ》に報《むくは》ん術《すべ》もなし。今面前《いままのあたり》に身《み》を殺《ころ》して、いひつるよしの詭譎《いつわり》ならぬを、知《しら》せまつらん。允《ゆる》させ給へ」、といひ果《はて》て遽《いそがは》しく、身《み》を起《おこ》し、柱《はしら》に触《ふ》れて、頭《かうべ》を砕《くだ》きて死《し》なんとせしを、著演《あきのぶ》透《すか》さず呼禁《よびとゞ》めて、「やよや等目四郎《まてめしらう》、短慮《たんりよ》は功《こう》なし。いふことあり。心《こゝろ》を鎮《しづ》めて坐《ざ》に返《かへ》れ。性急《はや》りなせそ」、と制《せい》すれば、目四郎僅《めしらうわづか》に見かへりて、「さては死《し》ぬにも死《し》なれずや」、といふ声口隠《こゑくも》る感激《かんげき》の、目《め》を屢瞬《しばたゝ》く一滴《ひとしづく》、誠《まこと》は袖《そで》に露《あらは》れて、找難《すゝみかね》つゝ平伏《ひれふし》たり。

著演《あきのぶしき》頻りに歎息《たんそく》して、又目四郎《まためしらう》を呼近《よびちか》づけ、四下《あたり》を見かへり声《こゑ》を潜《ひそ》めて、「やよ目四郎《めしらう》。思ふに優《まし》たる懺悔《さんげ》の趣《おもむき》、現蕙蘭《げにけいらん》を折《を》るものは、その身おのづから芳《かふば》しく、又韭葱《またきうそう》《○ニラキ》を採《と》るものは、その身おのづから臭《くさ》しといひけん、古語《こご》にも似《に》たる善悪反覆《ぜんあくはんぷく》、濁《にごり》を去《さつ》て清《きよき》に従《したが》ふ、汝《なんぢ》が忠告賞《ちうこうせう》すべし。那安同《かのやすとも》が邪智毒悪《じやちどくあく》、その奸計《かんけい》は今《いま》さらに、怕《おそ》るゝに足《た》らねども、驚《おどろ》き思ふは小六《ころく》がうへのみ。他《かれ》は脇屋少将《わきやせう〳〵》の、おん子《こ》なりしといふよしを、けふまで俺《われ》は知《し》らざりき。他《かれ》は則《すなはち》新田《にった》の余類《よるい》、館大六英直《たてのだいろくひでなほ》が、独子《ひとりご》也と聞《きこ》えしかば、養《やしな》ひ取《とり》てはや九个年《くかねん》、親《おや》と倣《な》り子《こ》となりたる、俺《われ》すら知《し》らぬ他《かれ》が素生《すぜう》を、はやく汝《なんぢ》に知《し》られしは、是禍《これわざはひ》の凴《よ》る所《ところ》、*那《かの》楊震《やうしん》が四智《しち》の誡《いましめ》、壁《かべ》に耳《みゝ》ある世《よ》也けり。遮莫汝《さばれなんぢ》が忠告《ちうこう》は、その甲斐《かひ》なきにあらねども、言《こと》一トたび口《くち》より出《いで》ては、駟《よつのうま》も追《おひ》がたかり。小六《ころく》が素生《すぜう》を安同《やすとも》に、知《し》られたるのみ今《いま》さらに、とり復《かへ》されぬ難義《なんぎ》也。縦汝《たとひなんぢ》が管領家《くわんれいけ》へ、よしを訴《うつたへ》まうさずとも、安同帰府《やすともきふ》せば告訴《こうそ》して、俺三族《わがさんぞく》を滅《ほろぼ》さん、と計《はから》ざることなからんや。そも亦時《またとき》なり命《めい》ならば、辞《ち》するによしもなきことながら、小六《ころく》を倶《とも》に罪《つみ》なはしては、年来尽《としごろつく》せし志《こゝろざし》の、空花《あだばな》となるをいかゞはせん。他《かれ》は則《すなはち》英《ひで》直《なほ》が、独子《ひとりご》ならば俺身《わがみ》と共《とも》に、死《し》するも時運《じうん》と諦《あきら》めて、思《おも》ひ絶《たえ》なば堪《たへ》もせん。脇屋殿《わきやどの》のおん子《こ》なりき、と聞《きゝ》てはいよ〳〵いと惜《をし》く、思ふによりて俺《われ》も亦《また》、汝《なんぢ》を用《もちふ》る所《ところ》あり。死《し》を禁《とゞ》めしはこの所以《ゆゑ》也。縡《こと》のいまだ起《おこ》らぬ間《ひま》に、便宜《びんぎ》に任《まか》し小六《ころく》を賺《すか》して、*伊勢《いせ》の神戸《かんべ》へ落《おと》し遣《や》るべし。伊勢《いせ》の国司《こくし》*北畠左中将親能卿《きたばたけさちうぜうちかよしけう》は、父祖《ふそ》の時南帝《ときなんてい》の、外戚《ぐわいせき》なれば人望重《よせおも》かり。南北両朝《なんぼくりやうちやう》おん和睦《わぼく》の後《のち》、足利家《あしかゞけ》に従《したが》ふて、名《な》を満《みつ》泰《やす》と改《あらた》め給ひき。然《さり》けれども南朝《なんちやう》の、聖恩《せいおん》を今更《いまさら》に、忘《わす》るべき人《ひと》にはあらず。恁《かゝ》れば小六《ころく》が世《よ》を潜《しの》ぶに、尤《もつとも》便宜《びんぎ》の所《ところ》也。小六《ころく》は既《すで》に武芸《ぶげい》に長《たけ》て、思慮《しりよ》あり勇敢《ゆうかん》ありといへども、尚《なほ》十七の少年《せうねん》也。那身《かのみ》一箇《ひとり》を手放《てばなち》て、落《おと》し遣《や》りなば長《なが》き旅宿《たびね》に、さこそ不便《ふべん》にあるべけれ。汝窃《なんぢひそか》に隷随《つきしたが》ひて、那地《かのち》に到《いたり》て仕《つか》へなば、死《し》するに捷《まさ》りし義士《ぎし》と思はん。甚麼《いかに》這誼《このぎ》をこゝろ得《え》たる歟《か》」、と胸《むね》の秘事《ひめごと》うち諦《あけ》て、いと丁寧《ねんごろ》に説示《ときしめ》せば、目四郎聞《めしらうきゝ》つゝ歓《よろこ》びて、「そはいと易《やす》き御用《ごよう》也。非如《よしや》異国《ゐこく》の尽処《はて》までも、令郎《わかだんな》のお伴《とも》して、苦楽《くらく》を分《わか》たば切《せめ》てもの、報恩謝徳《ほうおんしやとく》に候はん。首途《かどいで》の日《ひ》定《さだま》らば、なほおん指揮《さしづ》を願《ねが》ふのみ」、といふに著演頷《あきのぶうなづ》きて、「爾《しか》らば汝《なんぢ》は平塚《ひらつか》なる、宿《やど》に退《まか》りて便《たより》を等《まて》。小六《ころく》をいまだ認《みし》らずや」、と問《とふ》を目四郎聞《めしらうきゝ》あへず、「否《いな》。おん目《め》には被《かゝ》らねど、那藤白《かのふぢしろ》の密議《みつぎ》によりて、きのふまでも這里《ここ》の内外《うちと》を、張済《うかゞひすま》せし事なれば、おん容貌《かほばせ》さへ声音《こはね》さへ、いとよく認《みし》りて候也。烏夜《やみ》にも愆《あやまち》候はじ」、といふに著演又頷《あきのぶまたうなづ》きて、懐《ふところ》なる*鼻紙《はながみ》刺《さし》の、畳袋《たゝうぶくろ》をうち開《ひら》きて、有《あり》つる金《かね》三両《りやう》を、取出《とりいだ》しつゝ目《め》四郎《しらう》に、与《あた》へて又示《またしめ》すやう、「汝《なんぢ》は且這金《まづこのかね》をもて、笠脚絆《かさあゆひ》○キヤハン腰刀《こしがたな》、雨衣《あまぎぬ》までも買整《かひとゝのへ》て、旅装《たびよそほひ》して小六《ころく》を俟《まち》ね。時日《じじつ》はいまだ卜得《さだめえ》ず。そは又後《またのち》に知《し》らすべし。快々《とく〳〵》立《たち》ね」、と急《いそが》せば、目四郎《めしらう》は件《くだん》の金《かね》を、戴《いたゞ》き収《おさ》め後日《ごにち》を契《ちぎ》りて、告別《いとまごひ》しつ平塚《ひらつか》なる、旅舎《たびやど》を投《さし》て退《まか》りけり。

第《だい》十回《くわい》

相模川《さがみがは》に小六横死《ころくわうし》を示《しめ》す
遊行寺《ゆぎやうじ》に著演螟蛉《あきのぶやしなひご》○メイレイを葬《ほうむ》る

館小六《たてのころく》は這朝《このあした》、例《いつも》のごとく疾起《とくおき》て、奴婢之助《ぬひのすけ》に*大学《だいがく》の、句読《くとう》を授果《さづけはて》し比《ころ》、養父《やうふ》著演《あきのぶ》が梅沢《うめざは》より、いとはやく還《かへ》り来《き》にければ、遽《いそがは》しく出迎《いでむかへ》て、恙《つゝが》なきを祝《しゆく》し、路《みち》の疲労《つかれ》を問《とひ》慰《なぐさ》めて、倶《とも》に早飯《あさいひ》を食《たうべ》けるに、著演《あきのぶ》は客《きやく》ありとて、せわしく箸《はし》を閣《さしお》きて、又玄関《またげんくわん》のかたに出《いで》けり。小六《ころく》は親《おや》の生平《つね》にはあらで、慌《あはたゞ》しきを訝《いぶか》りて、「来《き》ぬる客《きやく》は誰《たれ》なるらん」、と思ふものからうち出《いで》て、よしを問《とは》んはさすがにて、そが儘《まゝ》書斎《しよさい》に退《しりぞ》きしに、猛可《にはか》に胸《むね》のうち騒《さわ》がれて、何《なに》となく鬱結《むすぼ》れし、気《き》を霽《はら》さんとおもひつゝ、徐《しづか》に庭《には》に立出《たちいで》て、ひとり彼此《あちこち》と見亘《みわた》すに、離舎《はなれざしき》の縁頬《えんがは》の、頭《ほとり》に開《さき》し兎花《うのはな》の、籬笆《かきね》も真白《ましろ》になるまでに、最盛《いとさか》りなりければ、且《しばら》く其処《そこ》に鵠立《たゞず》む程《ほど》に、那密談《かのみつだん》の絳《こと》の趣《おもむき》、目四郎《めしらう》が懺悔《さんげ》の忠告《ちうこう》、及著演《またあきのぶ》が答《こたへ》し言《こと》の、首《はじめ》より尾《をはり》まで、図《はか》らずも咸聞果《みなきゝはて》て、或《あるひ》は驚《おどろ》き或《あるひ》は憂《うれ》ひて、窃《ひそか》に書斎《しよさい》へ退《しりぞ》きつ、独熟《ひとりつらつら》思《おも》ふやう、「那目四郎《かのめしらう》とやらんは烏許《をこ》の癖者《くせもの》。*窮奇《きうき》檮杌《とうごつ》《○ツマモナクコモナクイヘモナキワルモノ》の取《と》るよしなきも、大人《うし》の慈善《ぢぜん》に感悟《かんご》して、*鴆毒還《ちんどくかへつ》て良薬《りやうやく》に、なりしも至誠《しせい》の致《いた》す所《ところ》、今《いま》にはじめぬことながら、大人《うし》の徳《とく》こそ有《あり》がたけれ。然《さ》るにても去歳《こぞ》の秋《あき》まで、俺《われ》すら知《し》るよしなかりける、俺身《わがみ》の素生《すぜう》を目四郎《めしらう》に、知《し》られたれども世《よ》に洩《もら》さで、こゝに九年《くねん》の光陰《つきひ》を歴《へ》て、親《おや》に仇《あた》なす安同《やすとも》に、告《つげ》られたるは鬼神《きしん》でも、前知《ぜんち》しがたき時節到来《じせつとうらい》、竟《つひ》に脱《のが》れぬ枉屈神《まがつみ》の、祟《たゝり》を今《いま》さらいかゞはせん。遮莫《さもあらばあれ》俺身《わがみ》の故《ゆゑ》に、大恩受《だいおんうけ》し養父母《やうふぼ》の、罪《つみ》なはれんを知《し》らず皃《がほ》に、亦何処《またいづこ》へか立退《たちの》くべき。然《さり》とて倶《とも》に手《て》を束《つか》ねて、討兵《うつて》の為《ため》に捕《とらは》れて、親子《おやこ》斉一《ひとしく》死《しな》んは益《えき》なし。所詮事《しよせんこと》の破《やぶ》れぬ先《さき》に、那底倉《かのそこくら》なる安同《やすとも》が、旅館《りよくわん》へ独潜入《ひとりしのびいり》て、鏖《みなごろし》に做《な》すならば、鎌倉武士《かまくらぶし》にも京家《きやうけ》にも、安同《やすとも》ならで俺《わ》が素生《すぜう》を、知《し》りたるものゝあることなければ、禍《わざはひ》頓《とみ》に消滅《せうめつ》して、養家《やうか》に恙《つゝが》なかるべし。然《さら》でも那奴《かやつ》は実父《じつぷ》の讐《あた》也。折《をり》を得《え》ば撃果《うちはた》して、先考亜将《せんこうあしよう》の尊霊《そんれい》を、いかで慰《なぐさ》め奉《たてまつ》らん、と思ひ決《さだ》めてありけるに、こも亦時《またじ》節到来《せつとうらい》の、本意《ほい》を遂《とげ》なん嬉《うれ》しさよ。しかはあれどもこの儘《まゝ》にて、那安同《かのやすとも》を撃《うつ》ならば、わが所為《わざ》なるを人《ひと》に知《し》られて、その科《とが》養家《やうか》に及《およ》ぶべし。俺《わ》が所行《わざ》なるをなべて世《よ》の、人《ひと》に知《し》らさぬせん術《すべ》の、なからずやは」、と腹《はら》に問《と》ひ、肚《はら》に答《こたへ》て時移《ときうつ》るまで、謀慮《しあん》を凝《こ》らす才子《さいし》の憶断《おくだん》、やうやくにしてしかるべき、計《はかりごと》を得《ゑ》たりしかば、その夜《よ》窃《ひそか》に起出《おきいで》て、牆《かき》を踰藪《こえやぶ》を潜《くゞ》りて、*相模川《さがみがは》の辺《ほとり》に赴《おもむ》き、彼此《あちこち》と見亘《みわた》すに、頃《ころ》は夏《なつ》の肇《はじめ》にて、月《つき》の中浣《なかば》の事なれば、若葉《わかば》に曇《くも》る遠《とほ》山《やま》の、迎梅雨《うのはなくだち》に水倍《みづま》して、流《なが》れは特《こと》にいと速《はや》かり。又只《またたゞ》這方《こなた》の岸辺《きしべ》には、竹藪《たけやぶ》幾町《いくまち》歟《か》繁立《しげりたち》て、陸《くが》とも水《みづ》とも分《わかち》がたきを、五六間《けん》伐啓《きりひら》きて、野渡《のわたし》の船場《ふなば》にしたり。

這頭《こゝら》は総《すべ》て人煙《ひとけ》稀《まれ》にて、路津篙師《わたしもり》の孤屋《ひとつや》あるのみ。そが檐下《のきば》にも河原《かはら》にも、重《おもさ》二三十斤可《きんばかり》なる、*葛石《かづらいし》幾箇《いくら》もあり。小六《ころく》は船俟人《ふねまつひと》の立疲《たちつか》るゝに、尻《しり》を掛《かけ》させん為《ため》なるべし。小六は其頭《そこら》を得《とく》と見て、軈《やが》て宿所《しゆくしよ》にかへり来《き》つ、旧所《もとのところ》より潜入《しのびいり》て、その身《み》の臥房《ふしど》に赴《おもむ》く程《ほど》に、遊行寺《ゆぎやうじ》の鐘音《かねおと》づるゝを、聞漏《きゝもら》さじとて儣《かゞなふ》れば、短夜《みじかよ》ながら尚四更《まだやつ》なり。小六《ころく》は恁《かく》ても枕《まくら》に就《つ》かで、甲夜《よひ》より准備《ようゐ》したりける、袱包《ふろしきづゝみ》を又庭《またには》へ、もて出《いで》て樹下《このもと》なる、石灯籠《いしどうろう》の内《うち》に隠《かく》して、灯籠《とうろう》の小障子《こせうじ》を、故《もと》のごとくに建《たて》たれば、これを知《し》るものなかりけり。看官《みるひと》這《この》袱包《ふろしきづゝみ》の内中《うち》なるは、何等《なにら》の東西《もの》ぞと尋《たづぬ》るに、菊一文字《きくいちもんじ》の短刀《たんたう》と、那系図《かのけいづ》の巻軸《まきもの》と、金《かね》五十両《りやう》にぞありける。這日《このひ》小《こ》六《ろく》が思ふやう、「英直夫婦《ひでなほふうふ》の正首《まめやか》に、守《も》りて俺身《わがみ》に伝《つた》へ授《さづ》けし、父《ちゝ》の遺金《ゐきん》はそが儘《まゝ》にて、二百両《りやう》あるなれば、今《いま》より後俺《のちわ》が盤纏《ろよう》に、匱《とも》しからぬに似《に》たれども、倘底倉《もしそこくら》にて戦歿《うちじに》せば、*那楊州《かのやうしう》を鶴《つる》に騎《のり》て、十万貫《じうまんぐわん》を腰《こし》にしたりとも、亦何《またなに》の益《ゑき》やはある。恁《かゝ》れば多《おほ》く遺《のこ》し留《とゞ》めて、これを養父母《やうふぼ》に贈《おく》りなば、この年来《としごろ》養育《やういく》の、雑費《ざつぴ》の十《じう》が二三《にさん》をも、贖《あがな》ふ寸志《すんし》となりなまし。多金《たきん》の盤纏《ろよう》は要《えう》なし」、と尋思《しあん》をしつゝ形《かた》のごとく、那二包《かのふたつゝみ》の金《かね》を三箇《みつ》に分《わか》ちて、百五十両《りやう》は字紙《ほぐ》に包《つゝ》み、旧《もと》の如《ごと》く衣箱《つゞら》の底《そこ》に、蔵《おさめ》て遺《のこ》し措《おき》たる也。

間話休題《あだしごとはさておきつ》。却説《かくて》小六《ころく》はその詰朝《あけのあさ》、生平《つね》にはあらで起《おき》ても出《いで》ず、聞《きゝ》も得知《えし》らぬ人《ひと》の名《な》を、声高《こゑたか》やかに呼《よ》び立《たて》て、或《あるひ》は罵《のゝし》りうち笑《わら》ひ、或《あるひ》は歌《うた》ひうち歎《なげ》く、千態万状《せんたいばんでう》限《かぎ》りもなく、立《たち》て見つ又《また》うち臥《ふ》して、連《しき》りに狂《くる》ふ騒《さわが》しさに、奴婢們《ぬびら》は駭《おどろ》き呆惑《あきれまよ》ふて、主人夫婦《あるじふうふ》に報《つげ》しかば、著演《あきのぶ》・晩稲《おしね》も亦驚《またおどろ》きて、共侶《もろとも》に走《はし》り来《き》つ、叱《しか》りても諭《さと》しても、小六《ころく》はいかでか鎮《しづま》るべき、親子《おやこ》の分別《ふんべつ》《○ワイダメ》なきごとく、著演《あきのぶ》・晩稲《おしね》を疾視《にらまへ》哮《たけ》りて、いよ〳〵罵《のゝし》り狂《くる》ふにぞ、傍痛《かたはらいた》き為体《ていたらく》、全《また》く乱心《らんしん》と見えしかば、晩稲《おしね》は怕《おそ》れて身辺《ほとり》へ寄《よ》らず、著演《あきのぶ》とてもせん術《すべ》なければ、猛可《にはか》に医師《くすし》を招《まね》きよせて、容体《ようだい》を告《つげ》て療治《りやうぢ》を請《こ》ひしに、小六《ころく》は医師《くすし》を寄《よ》せ着《つけ》ず、又甚《またはなはだ》しく罵《のゝし》りしを、和解《なだめ》て脈《みやく》を胗《み》んとすれども、いかにして手《て》を把《と》らすべき、矢庭《やには》に医師《くすし》を突倒《つきたふ》し、登《のぼ》り掛《かゝり》て剃立《そりたて》の、頭《かうべ》を三ッ四ッ撻《うち》しかば、医師《くすし》は「吐嗟《あなや》」と、叫《さけ》びつゝ、辛《からく》して逃退《にげの》きしを、著演別《あきのぶべつ》室《ま》に伴《ともな》ふて、賠話《わび》て薬剤《くすり》を請《こは》れたる、医師《くすし》は百会《ひやくゑ》*に唾《つ》を塗《ぬ》りて、衣領《えり》搔合《かきあは》し苦笑《にがわらひ》して、「賢息《けんそく》の病体《びやうたい》は、是乱心《これらんしん》に疑《うたが》ひなし。倘狐《もしきつね》*の憑《つき》たらば、樒《しきみ》をもて燻《いぶ》し給へ。爾《しか》らば狐妖《こえう》顕《あらは》るべし。総《すべ》て箇様《かやう》の難病《なんびやう》は、良医《りやうい》といふとも即効《そくこう》を、奏《そう》しがたきものなれど、然《さり》とて治《ぢ》せずといふにはあらず。只《たゞ》看病《かんびやう》こそ専要《せんえう》なれ。おもふに賢息《けんそく》は幼年《えうねん》より、手習読書《てならひどくしよ》に気《き》を屈《く》し給ひし、故《ゆゑ》にもや候はん。癇症《かんせう》の人年久《ひとゝしひさ》しく、心《こゝろ》を労《らう》すれば這病《このやまひ》あり。これを用《もち》ひて試《み》給へ」、と密《しのび》やかに医按《いあん》を演《のべ》て、湯液《くすりご》五貼調合《てうちやうがふ》せしを、逓与《わた》して軈《やが》て出《いで》てゆきけり。然《され》ども小六《ころく》は湯液《くすり》を飲《の》まず、強《しい》て薦《すゝめ》んと欲《ほり》すれば、払退《はらひの》け皆《みな》うち滾《こぼ》して、医療《いりやう》徒事《いたづらごと》になりしかば、著演深《あきのぶふか》くうち歎《なげ》きて、鎌倉《かまくら》なる名僧験者《めいそうげんじや》に、祈禱《きとう》を請《こ》ひ加持《かぢ》を求《もと》めて、心《こゝろ》を尽《つく》さぬ事もなけれど、小六《ころく》は夜《よ》も日《ひ》も罵狂《のゝしりくる》ひて、ともすれば外面《とのかた》へ、走《はし》り出《いで》んとしてけるを、看病《かんびやう》の僮僕們《をとこども》、辛《からう》じて捉禁《とりとゞ》め、横《よぎ》うち被《き》せて圧鎮《おししづ》めしも、幾番《いくたび》といふことをしらず。この故《ゆゑ》に著演《あきのぶ》は、日夜看病《にちやかんびやう》の人《ひと》を増《ま》して、その身《み》も務《つとめ》を廃《はい》する（○ウチヤル）迄《まで》に、間《ま》なく時《とき》なく看《み》とりけり。左右《とかく》する程《ほど》にはや、五六日《にち》を経《へ》にければ、小六《ころく》が狂乱稍鎮《きやうらんやゝしづま》りて、飯《いひ》を喰《くら》ふこと数椀《すわん》に及《およ》べり。著演《あきのぶ》・晩稲《おしね》はこの為体《ていたらく》に、聊《いさゝか》安堵《あんど》の思ひを做《な》して、病苦《びやうく》の可否《かひ》（○ヨキカアシキカ）を咨《たづぬ》るに、小六《ころく》は絶《たえ》て応《いらへ》をせず、そが儘箸《まゝはし》を投捨《なげすて》て、仰反《のけぞり》てはや臥《ふし》たるが、高鼾《たかいびき》して久《ひさ》しく覚《さめ》ず。

恁而《かくて》這日《このひ》も暮《くれ》しかど、小六《ころく》はなほも熟睡《うまい》して、快気《こゝろよげ》に見えしかば、是則《これすなはちか》加持《ぢ》祈禱《きとう》の、法験《はうげん》によるものならんとて、二親《ふたおや》の歓《よろこ》びいへばさら也、看病《かんびやう》の奴婢們《ぬびら》相賀《あひが》して、懈《おこた》るにはあらねども、この五六夜《いつよさむよさ》の程《ほど》は、睡《ねむ》ることを得《え》ざりしに、只今宵《たゞこよひ》のみ静《しづ》やかなれば、更《ふけ》ゆく随《まゝ》に思はずも、各々《おのおの》睡眠《ねむり》を催《もよほ》して、四睡《しすい》*の虎《とら》にあらねども、或《あるひ》は猫児《ねこ》を膝《ひざ》にのぼし、或《あるひ》は背《そびら》をうち合《あは》して、寂然《しゆくねん》として目睡《まどろみ》けり。小六《ころく》はこれを見済《みすま》して、窃《ひそか》に起《おき》て縁頬《えんがは》なる、戸尻《とじり》を開《ひら》き庭《には》に出《いで》て、いぬる夜《よ》石灯籠《いしどうろう》の内《うち》に隠措《かくしお》きたる、袱包《ふろしきづゝみ》をとり出《いだ》して、腰《こし》に附《つけ》つゝ足《あし》ばやに、後門《うらもん》に赴《おもむ》きて、鎖揉断《じやうねぢきつ》て戸《と》を蹴開《けひら》き、西《にし》を投《さし》てぞ走《はし》りける。登時看病《そのときかんびやう》に侍《はべ》りたる、奴婢《ぬびら》們は小六《ころく》が後門《うらもん》を、蹴開《けひら》く音《おと》に驚覚《おどろきさめ》て、臥簞《ふしど》を見るに小六《ころく》はをらず、「扠《さて》は脱出《ぬけいで》給ひにけり。赶《おへ》よ駐《とゞ》めよ」、と罵騒《のゝしりさわ》ぐ、諸《もろ》声《ごゑ》に著演《あきのぶ》も、晩稲《おしね》・奴婢之助《ぬひのすけ》も起《おき》て来《き》つ、よしを聞《きゝ》て看病《かんびやう》の、怠《おこた》りを咎《とが》むべき、暇《いとま》だになき周章《しうせう》を、著演《あきのぶ》急《きう》に推鎮《おししづ》めて、「益《やく》なき穿鑿時《せんさくとき》もや移《うつ》らん。俺《わ》が門前《もんぜん》より東西《とうざい》は、岐《えだ》路特《みちこと》に多《おほ》かるに、部《てわけ》を定《さだ》めて趕留《おひと》めよ。誰々《たれ〳〵》は西《にし》の方《かた》、又《また》誰々《たれ〳〵》は東《ひがし》の方《かた》、蕉火《たいまつ》にては走《はし》るに便《びん》なし。僉挑灯《みなちやうちん》を携《たづさへ》よ。誰《たれ》かこゝろ得《え》たる歟《か》。快《とく》ゆきね」、と最《いと》も烈《はげ》しき主命《しゆうめい》に、誰《たれ》か些《ちつと》も擬議《ぎぎ》すべき、「承《うけ給は》りぬ」と応《いらへ》も果《はて》ず、はやとり出《いだ》す挑《ちやう》灯《ちん》を、片手《かたて》に引提《ひさげ》て裳《もすそ》を引折《ひきを》り、草鞋《わらじ》を穿《はく》も穿《はか》ぬもあり、十名《とたり》あまりの家僕們《をとこども》、老僕小厮《おとなこもの》に至《いた》るまで、数《かず》を尽《つく》して後《うら》門《もん》より、走《はし》り出路《いでみち》を分《わか》ちて、喘々《あへぎ〳〵》ぞ趕《おふ》たりける。

然程《さるほど》にその夜艾《よさり》、小六《ころく》は故意《わざ》と後門《うらもん》を、暴《あら》やかに推開《おしひら》きて、西《にし》を投《さし》て走《はし》ること、既《すで》にして一里《いちり》あまり、相模川《さがみがは》の頭《ほとり》迨《まで》、今《いま》ははや二十町《はたまち》ばかりも、あるべからんと思ふ折《をり》から、忽地後方《たちまちあとべ》に人音《ひとおと》して、趕蒐来《おつかけき》つる両個《ふたり》の若党《わかとう》、字六《じろく》・画七《ゑしち》と喚做《よびなさ》るゝが、斉一声《ひとしくこゑ》をふり立《たて》て、「そは令郎《わかだんな》にをはさずや。留《とゞま》り給へ」、と呼《よば》ゝり呼掛《よびかけ》、透《すき》もあらせず趕近着《おひちかづく》を、小《こ》六《ろく》は佶《きつ》と見かへりて、「原来追人《さてはおつて》は迫《せま》りたり。俺《わ》が九才《こゝのつ》の時《とき》見し夢《ゆめ》に、辞《こと》の趣《おもむき》に似《に》たるかな。些懲《ちとこら》さずば倒《なか〳〵》に、足手《あして》纏《まとひ》縁にあらんずらん」、と思へば霎時《しばし》停在《たゞずみ》て、留《とめ》んと近《ちか》づく字六《じろく》が腕《かひな》を、右手《めて》に抓《つか》んで引肩被《ひきかつ》ぎ、斤斗《もどり》を打《うた》して投《なげ》たりける、修煉《しゆれん》の挙法《やわら》に魂滅《たまぎ》るごとく、「苦《あつ》」と叫《さけ》びし声《こゑ》にも怯《ひる》まで、進《すゝ》む画七《ゑしち》を左《ひだり》に受《うけ》て、足《あし》を飛《とば》して礑《はた》と蹴《け》る。蹴《け》られて画七《ゑしち》も「云《うん》」とばかりに、胸《むね》を反《そら》して倒《たふ》れたり。小《こ》六《ろく》はこれを見もかへらず、河原《かはら》を投《さし》て走《はし》りゆく、影《かげ》は隈《くま》なき夜中《よなか》の月《つき》に、見えても読《よめ》ぬ一文不通《いちもんふつう》の、字六《じろく》は膝《ひざ》に手《て》を掛《かけ》て、立《たゝ》まくすれど猶痛《なほいた》む、*あし手《で》歌画《うたゑ》の何曾《なぞ》々々《〳〵》に、似《に》たる画七《ゑしち》も夏山《なつやま》の、腰《こし》を抜《ぬか》して野辺《のべ》に跂《は》ふ、態《ふり》も両樹《ふたき》の

坐行松《ゐざりまつ》、跂《はひ》つゝもなほ「令郎《わかだんな》。こや喃々《なう〳〵》」、と呼被《よびかく》る、声《こゑ》を嗄《から》して掙扎《もが》きたり。

然程《さるほど》に館小六《たてのころく》は、又只管《またひたすら》に走《はし》る程《ほど》に、既《すで》にして相模川《さがみがは》の、頭《ほとり》まで来《き》にければ、這路津場《このわたしば》なる尻掛石《しりかけいし》の、重《おもさ》二三十斤《きん》もあるべきを、いとも軽《かろ》げに掻抱《かきいだ》きて、岸《きし》に繫《つな》ぎし渡船《わたしぶね》に、閃《ひら》りと乗《のり》て件《くだん》の石《いし》を、川《かは》へ𡙇《ざんぶ》と投捨《なげすて》て、又引《またひき》かへして河原《かはら》なる、竹藪《たかやぶ》へ密《そ》と走《はし》り入《い》りて、程《ほど》よき所《ところ》に身《み》を潜《ひそ》め、趕来《おひく》る人《ひと》の形迹《ありさま》を、且《しばら》く這里《ここ》に覘《うかゞ》ひけり。浩処《かゝるところ》に字六《じろく》・画七《ゑしち》は、後《おく》れて来《き》ぬる僮僕們《をとこども》と、うち連立《つれだち》て趕蒐来《おひかけき》つ、皆路津場《みなわたしば》に停立《たゝずみ》て、隈《くま》なかりける月影《つきかげ》に、見亘《みわた》す限《かぎ》り彼此《あちこち》と、霎時眺《しばしなが》めて却《さて》いふやう、「俺們《われ〳〵》が投《なげ》られたる、那里《あしこ》より這里《ここ》までに、岐路《えだみち》とてはなかりしに、何処《いづこ》へゆかせ給ひけん。見《み》よ渡船《わたしぶね》は這方《こなた》の岸《きし》に、繫《つな》がれたる儘《まゝ》あるなれば、波濤《なみ》を踏《ふみ》て流《ながれ》

狂人《きやうじん》不狂《きやうならず》不狂人《ふきやうじん》還《かへつて》狂惑《きやうわくす》　有像第十三

きもむかふこゝろの駒のくるはずば千さとのたびね思ひたゝめや

画七　くろ蔵　畑平　小六　字六

を渉《わた》す、仙人《せんにん》ならずばいかにして、前面《むかひ》へ赴《おもむ》き給はんや。不思議《ふしぎ》の事もあるものかな」、といふに衆皆《みな〳〵》諾《うべ》なひて、「いはるゝごとく寔《まこと》に爾《しか》なり。こゝにてものを思はんより、彼《あの》孤屋《ひとつや》を敲《たゝ》き起《おこ》して、路津篙師《わたしもり》に咨《たづね》なば、万《よろづ》に一ッ知《し》るよしあらん。然《さ》は」とて軈《やが》て僉共侶《みなもろとも》に、件《くだん》の門辺《かどべ》に立《たち》よりつゝ、連《しき》りに門《かど》をうち敲《たゝ》きて、「喃些《なうちと》ものを問《とひ》まうさん。俺們《われ〳〵》は狂人《きやうじん》を、趕蒐来《おつかけき》つるもの也かし。今這川《いまこのかは》を西《にし》のかたへ、渡《わた》せしものはあらざるや。やよ喃々《なう〳〵》」、と呼覚《よびさま》せば、裏面《うち》には一声《ひとこゑ》「応《おう》」と答《こたへ》て、頃之《しばらく》して起出《おきいで》て、戸《と》を推開《おしひら》くは別人《べつじん》ならず、這里《ここ》の路津《わたし》を戍《も》る翁《おぢ》也。衆人《もろびと》を左見右見《とみかうみ》て、「各《おの》〳〵問《とは》るゝことながら、夜河《よかは》は渡《わた》さぬ地方《ところ》の法度《はつと》を、犯《をか》して何人《たれ》か前面《むかひ》へゆくべき。日暮《ひくれ》てより目今《たゞいま》まで、然《さ》ることはなけれども、問《とは》れて思ひ合《あは》するよしあり。今《いま》より些《すこ》し先《さき》つかた、俺門辺《わがかどべ》を慌《あはたゞ》しげに、人《ひと》の走《はし》る足音《あしおと》したり。こゝろ得《え》がたく思ふ程《ほど》に、何《なに》にかありけん水音《みづおと》の、尖《ざんぶ》と聞《きこ》えて爾後《そのゝち》は、異《こと》なる事もあらざりき。おもふに各々《おの〳〵》に趕《おは》れたる、その狂人《きやうじん》はこゝまで来《き》て、身《み》を投《なげ》たるにあらずや」、といふに衆皆《みな〳〵》駭騒《おどろきさわ》ぎて、「そは大変《たいへん》になりにたり。什麼何処《そもいづこ》より身《み》を投《なげ》て、流《ながれ》に沈《しづ》み給ひけん。迹《あと》なからずや、皆来《みなき》て見《み》よ」、と罵《のゝし》る字六《じろく》・画七們《ゑしちら》と、共《とも》に路津篙師《わたしもり》さへ立出《たちいで》て、水際《みぎは》にゆきつゝ、月光《つきあかり》に、なほ挑灯《ちやうちん》を照《てら》し添《そえ》て、そこら隈《くま》なく索《たづぬ》るに、繋《つな》ぎたる船《ふね》の内《うち》に、庭草履片足《にはざうりかたし》あり。只《たゞ》これのみにあらずして、舷《ふなべり》より船底《ふなぞこ》まで、濡《ぬら》せし水《みづ》のいまだ乾《かは》かず。這光景《このありさま》に衆評斉一《しゆうひやうひとしく》、「こは這船《このふね》より河中《かはなか》へ、身《み》を跳《おど》らして遣《や》られし時《とき》、飛走水《とばしりみづ》のかゝりしならん。庭草屨《にはざうり》にも目《み》覚《おぼえ》あり。是則《これすなはち》那阿人《かのおひと》の、庭《には》より這里《ここ》まで穿《はき》もて来《き》て、脱《ぬぎ》捨《すて》られしに疑《うたが》ひなし。さても〳〵」、とばかりに、駭悼《おどろきいた》みてわくよしもなく、僉惘然《みなもうねん》と早河《はやかは》の、水《みづ》を眺《ながめ》て鵠立《たゞず》む程《ほど》に、著演《あきのぶ》は小六《ころく》が事の、心《こゝろ》もとなさ限《かぎ》りもなければ、小廝《こもの》に挑《ちやう》灯点《ちんとも》さして、晩稲《おしね》と共《とも》に這路筋《このみちすぢ》の、長《なが》き畛《なはて》を苧環《をだまき》の、くるとはなしに尋来《たづねき》つ、河原《かはら》に評議《ひやうぎ》を凝《こら》したる、衆人《もろびと》を見て声《こゑ》高《たか》やかに、

「そは字六《じろく》・画七們《ゑしちら》ならずや。俺《われ》は只顧《ひたすら》小六《ころく》がうへの、心《こゝろ》に掛《かゝ》りて堪《たへ》られねば、居《ゐ》つゝ便《たよ》りを俟《また》んより、出《いで》て見《み》ばや

と思ひぬる、歎《なげ》きはおなじ吾妹子《わがつま》《○ワギモコ》も、倶《とも》にといふを禁《とゞ》めかねて、出《いで》ても人《ひと》に遭《あは》ざれば、月明《つきあか》き夜《よ》も子《こ》ゆゑの闇《やみ》を、辿《たど》りてこゝまで来《き》つるぞや」、といへば晩稲《おしね》も目《め》を拭《ぬぐ》ひて、「やよや字六《じろく》よ、画七們《ゑしちら》よ。いまだ小六《ころく》に遭《あは》ざる歟《か》」、と問《とひ》つゝ夫婦共侶《ふうふもろとも》に、走《はし》りてはやく近着《ちかづけ》ば、衆人《もろびと》も皆応《みないらへ》をしつゝ、左右《さゆう》に別《わか》れて立迎《たちむか》へたる、そが中《なか》に字六《じろく》・画七《ゑしち》は、進《すゝ》み出腰《いでこし》を折《かゞ》めて、「こは家公《だんな》。暁《あかつき》かけて奥《おく》さまも、よくこそ遥々《はる〳〵》来《き》ましたれ。まうすも苦《くる》しき事ながら、令郎《わかだんな》は這《この》川《かは》の、水屑《みくず》とならせ給ひにき」、と報《つぐ》るを夫婦《ふうふ》は聞果《きゝはて》ず、胸《むね》を潰《つぶ》しつ声《こゑ》ふるはして、「そを汝等《なんぢら》は見つゝ知《し》りつゝ、放《はな》ちて死《し》なすることやはある。詳《つばら》に告《つげ》よいかにぞや」、と辞《ことば》せわしく問《とは》れたる、字六《じろく》・画七《ゑしち》は頭《かうべ》を掻《か》きて、「叱《しか》らせ給ふは路次《ろち》の始末《しまつ》を、知《し》らせ給はぬ故《ゆゑ》にこそ。俺們両名《われらふたり》はいちはやく、嚮《さき》に南郷《なんご》の頭《ほとり》にて、令郎《わかだんな》に趕着《おひつき》まつりて、推《おし》留《とゞめ》んとしてけるに、その悍《たけ》きこと夜叉《やしゃ》のごとく、搔抓《かいつか》み引《ひき》着《つけ》て、右《みぎ》と左《ひだり》へ三間《さんげん》あまり、斤斗《もどり》を拍《うた》して投《なげ》給ひしかば、此彼倶《これかれとも》に腰《こし》うち抜《ぬか》して、起《おき》んとせしに足立《あしたゝ》ず。その間《ひま》に令郎《わかだんな》は、這方《こなた》を投《さし》て直走《ひたはし》りに、走《はし》りて見えずなり給ひき。折《をり》から畑平《はたへい》・畔蔵們《くろざうら》も、後走《おくればせ》に来《き》にければ、よしを報苦痛《つげくつう》を忍《しの》びて、共《とも》に趕蒐奉《おつかけたてまつ》り、這河原《このかはら》まで来《き》て見たるに、寂寞《じやくまく》として人影《ひとけ》はあらず。因《より》て這路津戍《このわたしもり》る、翁《おち》を連《しき》りに呼起《よびおこ》して、箇様《かやう》々〳〵に咨《たづ》ねしに、「夜河《よかは》は渡《わた》さぬ制度《さだ》なれば、前面《むかひ》へ渡《わた》せし人《ひと》はなけれど、今《いま》より些《すこ》し先《さき》の程《ほど》、恁々《しか〳〵》の事ありけり」、と報《つげ》られたるに胸《むね》うち騒《さわ》ぎて、いよゝ疑念《ぎねん》の霽《はれ》ざれば、這翁《このおち》さへに相伴《ともな》ふて、洊 河原《ふたゝびかはら》を彼此《あちこち》と、索《たづ》ねまゐらせたりけるに、果《はた》して翁《おち》のいへるに違《たが》はず、是《これ》[illegible]《みそなは》せ船《ふね》の内《うち》に、令郎《わかだんな》の脱捨《ぬぎすて》給ひし、庭草履《にはざうり》半隻《かたし》あり。又舷《またふなべり》より船底《ふなぞこ》まで、濡《ぬ》れたるは是入水《これじゆすい》の時《とき》、飛走水《とばしりみづ》の掛《かゝ》りしならん。これらによりて「令郎《わかだんな》は、既《すで》に水屑《みくづ》になり給ひにき」、とおもひ決《さだ》めて候也」、と辞《ことば》ひとしく真実《まめ》だちて、報《つぐ》るを聞《き》けば六日《むいか》の菖蒲《あやめ》、十日《とをか》の菊《きく》になりにたる、晩稲《おしね》は「よゝ」と声立《こゑたて》て、泣《な》くを禁《とゞむ》る著演《あきのぶ》が、泣《なか》ぬは泣《な》くに弥増《いやまし》て、千万無量《せんまんむりやう》の心《こゝろ》の哀《かなし》み、亦《また》やる方《かた》もなかりしを、思ひかへして声高《こゑたか》やかに、

「証跡分明《せうせきふんめう》なるをもて、汝等《なんぢら》が推量《すいりやう》の、違《たが》ふべきにあらねども、然《され》ばとて手《て》を空《むなし》くして、うち眺《なが》めをることやはある。縦《たとひ》小六《ころく》は病痾《やまひ》によりて、不覚《そゞろ》に入水《じゆすい》したりとも、この年《とし》来習得《ごろならひえ》たる、泅水《すいれん》に技《おぼえ》〇ワザあるもの也。万《よろづ》に一ッ急流《きうりう》を、凌《しの》ぎて前面《むかひ》へ渡《わた》せし歟《か》、爾《しか》らずとても亡骸《なきがら》だに、渉猟《あさ》らで空《あだ》に已《やむ》べきや。這方《こなた》の岸《きし》こそ竹藪《たかやぶ》のみなれ、船《ふね》もて西《にし》の岸《きし》へ渡《わた》して、索《たづ》ねて見ずや」、と敦圉《いきまく》を、路津篙師《わたしもり》は推禁《おしとゞ》めて、

「そは宣《のたまは》することながら、這早川《このはやかは》は貌姑峯《はこね》より、這方《こなた》に類《たぐひ》多《おほ》からぬ、急流《きうりう》〇トキナガレで候に、いぬる比《ころ》の霖雨《ながあめ》にて、水嵩《みづかさ》毎《つね》に十《じう》倍《ばい》して、船尚自《ふねすらじ》由《ゆう》に遣《やり》がたかり。然《さ》るをいはんや申《まう》さんや、*佐々木《さゝき》・梶原《かぢはら》なりとても、馮渉《かちわたり》すべうもあらず。没《い》るよりはやく推流《おしなが》されて、瞬間《またゝくひま》に幾十里《いくじうり》か、流《なが》され給ひしに疑《うたが》ひなし」、といふを著演《あきのぶ》見かへりて、「爾《しか》りとも後々《のち〳〵》まで、遺《ゐ》恨《こん》なからん為《ため》なれば、這僮僕們《このをとこども》を船《ふね》に乗《の》して、前面《むかひ》へ渡《わた》し案内《しるべ》をして、索《たづね》られなば憑《たのも》しからん。央賃《やとひちん》は些《ちつと》も厭《いと》はず。俺《われ》は野上史《のがみふひと》也」、と名告《なの》るを聞《きゝ》て路津篙師《わたしもり》は、さらに又一《またいち》議《ぎ》に及《およ》ばず、「原来《さては》慈悲《ちひ》の聞《きこ》えある、藤沢《ふぢさは》の大人《うし》でをはせしよな。這河原《このかはら》へは遠《とほ》からぬ、南郷《なんご》の地頭《ちとう》でをはするに、央賃《やとひちん》を給はらんや。僉快《みなとく》乗《のら》せ給ひね」、といふに衆皆《みな〳〵》こゝろ得《え》て、主人夫婦《あるじふうふ》が将《い》て来《き》つる、小廝《こもの》も倶《とも》に散動《どよ》々《〳〵》、と斉一船《ひとしくふね》に乗《のり》しかば、路津篙師《わたしもり》は纜《ともづな》を、解《とき》つゝ棹《さを》を操《あやつ》りて、辛《から》くも前面《むかひ》へ渡《わた》しけり。著演《あきのぶ》これを目送《みおく》りて、晩稲《おしね》と共《とも》に身辺《ほとり》なる、葛石《かづらいし》に尻《しり》を掛《かけ》て、那們《かれら》が還《かへ》り来《く》るまでとて、立《たち》も得去《えさ》らで在《あ》りける程《ほど》に、晩稲《おしね》は今宵看病《こよひかんびやう》の、奴婢們《ぬびら》が由《ゆ》断《だん》をいひ出《いで》て、*復《かへ》らぬことを繰返《くりかへ》す、正木《まさき》の葛根《かづらね》は絶《たえ》て、長《なが》き別《わか》れになりける歟《か》とて、人《ひと》を恨《うら》みの悔吝愛惜《くわいりんあいじやく》、喞言《かごと》に果《はて》しなかりしを、著演《あきのぶ》禁《とゞ》め奨《はげま》して、

「そは又愚痴《またぐち》の諄言《くりごと》也。知《し》らずや小六《ころく》は総角《あげまき》より、その心操《こゝろばえ》泛々《なみ〳〵》ならず、才《さえ》も器量《きりやう》も千万人《せんまんにん》に、立捷《たちまさ》りたればこそ、文学武芸《ぶんがくぶげい》両《ふたつ》ながら、その妙奥《みやうおう》を極《きは》めしに、思ひがけなく狂《きやう》乱《らん》の、劇疾《はげしきやまひ》に犯《をか》されて、逝《ゆき》て返《かへ》らぬ這河水《このかはみづ》に、身《み》を淪《しづ》めしは前世《さきのよ》の、約束事《やくそくごと》でありけんかし。今《いま》こそ諦《あか》せ那英直《かのひでなほ》は、俺《わ》が年来《としごろ》の相識《しるひと》ならず。況迭《まいてかたみ》に義《ぎ》を結《むす》びて、倶《とも》に異姓《ゐせい》の兄《きやう》弟《だい》に、なりにしことは夢《ゆめ》にだも、身《み》におぼえなきことなる

を、英直《ひでなほ》が臨終《りんじう》に、その妻母屋《つまおもや》に箇様《かやう》々々《〳〵》、といひしは俺《われ》を頼《たのま》ん為《ため》のみ。この故《ゆゑ》に英直《ひでなほ》が、俺《われ》に与《おく》りし書簡《しよかん》には、一《いつ》*丁《てい》の字《じ》も写《しる》されず、咸素紙《みなしらかみ》にてありし也。事情《ことのこゝろ》を猜《すい》するに、英直《ひでなほ》年来《としごろ》俺《わ》が兼愛《けんあい》の、趣《おもむき》を伝聞《つたへきゝ》て、世《よ》に憑《たのも》しく思へども、素《もと》より俺《われ》と一面《いちめん》の、交《まじは》りなければ、恁々《しか〳〵》と、いひよるよしのなき故《ゆゑ》に、只妻《たゞつま》にのみ箇様《かやう》々々《〳〵》、といひ誘《こしら》へて妻《つま》と子《こ》を、俺《われ》に寄《よ》するに空緘《からふうじ》なる、素紙《しらかみ》をもてせしは、わが必《かならず》よくその意《い》を猜《すい》して、辞《いろ》はで需《もとめ》に応《おう》ずべき、義気《ぎき》あるよしを知《し》ればなり也。この故《ゆゑ》に俺《われ》も亦《また》、その仮言《そらごと》を真《まこと》として、渾家《そなた》にだにも機密《きみつ》を知《し》らせず、九ケ年《くかねん》心《こゝろ》を尽《つく》したる、意中《いちう》の情義《じやうぎ》のけふ一夜《ひとよ》艾《さ》に、皆画餅《みなあだこと》となりし憾《うらみ》は、渾家《そなた》が独悔々《ひとりくよ〳〵》と、歎《なげ》く喞言《かごと》に千万倍《せんまんばい》の、慷慨《うれは》しきこと限《かぎ》りもあらねど、死生《しせい》*は命《めい》あり今《いま》さらに、惜《をし》めばとても曁《およば》んや。那英直《かのひでなほ》は新田《につた》の余類《よるい》、脇屋《わきや》の家臣《かしん》なるよしは、俺初《われはじめ》よりこゝろ得《え》たれども、小六《ころく》は英直夫婦《ひでなほふうふ》の子《こ》ならず、是則《これすなはち》その亡君《ばうくん》、義隆朝臣《よしたかあそん》のおん子《こ》也。この義《ぎ》ばかりはいぬる日《ひ》まで、俺《われ》もつや〳〵知《し》らざりしに、いぬる日《ひ》花水橋《はなみづばし》より将《い》て来《き》つる、目四郎《めしらう》といふ破落戸《いたづらもの》が、懺悔《さんげ》によりて不憶《ゆくりなく》、這実説《このじつせつ》を得《え》たる也。那目《かのめ》四郎《しらう》は九ケ年前《くかねんぜん》、仮名川《かながは》の客店《はたごや》にて、英直《ひでなほ》が病中《びやうちう》に、母屋《おもや》に遺言《ゆいげん》せしよしを、料《はか》らず窃聞《たちぎゝ》したるにより、小六《ころく》が素生《すぜう》を知《し》りぬといひにき。爾《しか》るに当国《たうごく》の眼代《がんだい》なる、藤白隼人正安同《ふぢしろはいとのせうやすとも》は、箇様《かやう》々々《〳〵》の事によりて、年来俺《としごろわれ》と快《こゝろよか》らず、心《こゝろ》に刃《やいば》を磨《と》ぐものなるに、那目四郎《かのめしらう》が恁々《しか〳〵》の、事《こと》ありし時安同《ときやすとも》に、件《くだん》の機密《きみつ》を告《つげ》しとぞ。安同《やすとも》これに便《たよ》りを得《え》て、小六《ころく》はさら也俺《われ》も亦《また》、逆謀《ぎやくぼう》ありと讒訴《ざんそ》して、その宿怨《しゆくゑん》を復《かへ》さんと、謨《はか》ること既《すで》に急《きう》也。然《され》ばとて義《ぎ》に背《そむ》きて、俺焉《われいづくに》ぞ命《いのち》を惜《をしま》ん。素《もと》より野心《やしん》なきよしを、稟解《まうしとく》とも免《ゆるさ》れずば、そはそれまでの事ながら、「小六《ころく》は脇屋《わきや》の公達《きんだち》なりき」、と聞《きゝ》てはいよ〳〵いとをしく、英直《ひでなほ》・母屋《おもや》の孤忠節操《こちうせつさう》、感《かん》ずるにあまりあるものを、俺身《わがみ》と倶《とも》に非命《ひめい》に殺《ころ》さば、わが年来《としごろ》の博愛気《はくあいき》*節《せつ》も、只這一事《たゞこのいちじ》に虚名《きよめい》となりて、死《し》しては冥土黄泉《めいどくわうせん》にて、英直夫婦《ひでなほふうふ》に何《なに》とかいはん。「緈《こと》のいまだ起《おこ》らぬ先《さき》に、小六《ころく》を他郷《たけう》へ落《おと》し遣《や》らん」、と思ひしかどもその事《こと》を、告《つぐ》るにいまだ暇《いとま》もあらで、入水《じゆすい》の迹《あと》にたづね来《き》し、遺憾《のこりをし》さは言語《ことば》にも、筆《ふで》にもかきぞ尽《つく》されぬ、憂患悲歎《ゆうくわんひたん》、愛哀苦労《あいあいくろう》の、心《こゝろの》裏《うち》はいかならん。察《さつ》し給へ」、といひつゝも、目《め》を屢瞬《しばたゝ》く真実深意《しんじつしんい》、世《よ》に又類《またたぐひ》ありがたき、情由《わけ》を初《はじめ》て聞《き》く晩稲《おしね》は、「思ひがけなや」、とばかりに、慰《なぐさ》めかねていとゞなほ、夜《よ》川《かは》の水《みづ》と堰《せき》とめかねし、涙《なみだ》のやる瀬《せ》なかりける、身《み》の憂《うき》ふしや呉竹《くれたけ》の、藪《やぶ》に久《ひさ》しく躱《かくろ》ひたる、小《こ》六《ろく》は思はず養父《やうふ》母《ぼ》の、密談密意《みつだんみつい》を洩聞《もれきゝ》て、且驚《かつおどろ》き且歎《かつなげ》く、心《こゝろ》ひとつに思ふやう、

「俺《わ》が大人《うし》の侠気義節《きやうきぎせつ》は、人《ひと》の及《およ》ばぬ所《ところ》にて、今《いま》にはじめぬことながら、空緘《からふうじ》なる素紙《しらかみ》を、受《うけ》てその意《い》に悖《もと》ることなく、素《もと》より知己《ちき》のおもゝちして、俺身《わがみ》を養《やしな》ひとられしは、患《うれひ》を共《とも》にし、災《わざはひ》を、分《わか》つといひけん往古《いにしへ》の、游侠義士《ゆうきやうぎし》にも類《たぐひ》罕《まれ》也。これらのよしはわが嬭母《めのと》すら、知《し》らで只顧亡夫《ひたすらなきつま》の、義兄弟《ぎきやうだい》ぞと思ひしかば、況《まいて》や俺《われ》はけふまでも、知《し》るよし絶《たえ》てなかりしに、又遭《またあひ》がたき別《わかれ》に及《およ》びて、重《おも》きがうへになほ重《おも》き、恩《おん》と情《なさけ》の縁由《ことわけ》を、外《よそ》ながら聞《き》く這身《このみ》の薄命《はくめい》、実《うみ》の親《おや》にも異《こと》ならぬ、九个年以来養育《くかねんこのかたやういく》の、親《おや》に一ト日《ひ》も孝行《かう〳〵》らしく、仕《つか》へは得《え》せで詭《いつは》りの、横死《わうし》を示《しめ》すは親《おや》と養父《やうふ》の、仇《あた》を殺《ころ》して那禍鬼《かのまがつみ》を、うち禳《はらは》んと思へば也。允《ゆる》させ給へ」、といへばえに、いはで苦《くる》しき胸《むね》にのみ、思ふこゝろをかき口説《くどき》つゝ、掌《たなそこ》合《あは》して伏拝《ふしおが》めども、影《かげ》は隠《かく》れて叢竹《むらたけ》の、繁《しげ》きが下《もと》の物《もの》思ひ、届《とゞ》かぬ節《ふし》も短夜《みじかよ》の、はや暁《あけ》がたになるまでも、感涙《かんるい》の外《ほか》なかりけり。

浩処《かゝるところ》に字《じ》六《ろく》・画《ゑ》七《しち》は、衆人《もろびと》と共侶《もろとも》に、又船《またふね》にうち乗《の》りて、這方《こなた》の河原《かはら》に還《かへ》り来《き》つ、却《さて》著演《あきのぶ》に報《つぐ》るやう、「仰付《おふせつけ》られたるごとく、前面《むかひ》へ渡《わた》して部《てわけ》を定《さだ》め、陸《くが》をも水《みづ》をも渉猟《あさり》しかども、令郎《わかだんな》の亡骸《なきがら》も、生骸《いきがら》も見え候はず」、といへば、又路津篙師《またわたしもり》も、著演《あきのぶ》・晩稲《おしね》にうち対《むか》ひて、「嚮《さき》にも既《すで》にまうせし如《ごと》く、毎《つね》より水《みづ》の高《たか》ければ、石《いし》をも流《なが》す早河《はやかは》に、身《み》を投《なげ》し人《ひと》の亡骸《なきがら》を、索《たづ》ね給ふは無益《むやく》也。且々《まづ〳〵》還《かへ》らせ給へかし」、といはれて本意《ほい》なき野上夫婦《のがみふうふ》は、嘆息《たんそく》しつゝ労《ねぎら》ふて、やうやくにして身《み》を起《おこ》せば、明《あけ》はなれゆく横雲《よこぐも》の、間《ひま》より名告《なの》る杜鵑《ほとゝぎす》、冥土《めいど》の鳥《とり》と聞《きく》からに、わが児《こ》を頼《たの》む死天《しで》の旅《たび》、こゝろ残《のこん》の月影《つきかげ》も、共《とも》に流《なが》るゝ河水《かはみづ》に、霎時《しばし》廻向《ゑかう》の弥陀《みだ》唱《せう》

名《めう》、親《おや》*は棄《すて》ねど子《こ》は藪《やぶ》に、在《あ》りと知《し》らねば呉竹《くれたけ》の、世《よ》の憂事《うきこと》を身《み》ひとつに、思ひ比《くら》べて形《あぢ》きなき、夢路《ゆめぢ》を辿《たど》る心地《こゝち》して、覚《さめ》ぬ迷《まよ》ひは夢《ゆめ》ならぬ、涙《なみだ》に染《そめ》ん両袖《もろそで》の、朱《あけ》をば奪《うば》へ紫《むらさき》の、灰後《はへおく》れたる藤沢《ふぢさは》の、宿所《しゆくしよ》を投《さし》て、衆人《もろびと》を、倶《ぐ》して徐《しづか》に還《かへ》りけり。

然程《さるほど》に著演《あきのぶ》は、その次《つぎ》の日《ひ》もつぎの日《ひ》も、人《ひと》を相模川《さがみがは》の頭《ほとり》へ遣《つかは》して、小六《ころく》が亡骸《なきがら》を索《たづ》ねしかども、些《ちと》の便宜《びんぎ》もなかりしかば、纔《わづか》に思ひ絶《たえ》たれども、里人們《さとびとら》には亡骸《なきがら》を、索得《たづねえ》たりといひ知《しら》して、小六《ころく》が渡船《わたしぶね》に脱捨《ぬぎすて》たる、半隻《かたく》の庭草履《にはざうり》を、そが儘《まゝ》に柩《ひつぎ》に斂《おさ》めて、菩提達摩《ぼだいだるま》*の示寂《じじやく》の後《のち》、棺内《ひつぎのうち》には半隻履《はんせきり》《○クツカタシ》の、外《ほか》なかりきといふ故事《ふること》を、おもふもいとゞ不楽《わび》しかるべし。

夫妻趕到夜問津《ふさいおひいたつてよるわたりをとふ》　　有像第十四

河水のゆきてかへらぬわかれ路もあふ瀬はあらめながらへてこそ

おしね　あきのぶ　字六　畑平　画七　くろ蔵

像賛六套有像一十四頁　賛詠廿首作者所自題也

恁而《かくて》著演《あきのぶ》は、小六《ころく》が亡《う》せしその夜《よ》より、第五日《だいいつか》の黄昏《たそがれ》に、件《くだん》の空棺《からひつぎ》《○クウクワン》を擡出《もたげいだ》させて、遊行寺《ゆぎやうじ》へ送《おく》り遣《つかは》す程《ほど》に、藤沢南郷《ふぢさはなんど》の里人《さとびと》はさら也、五里《り》六里《り》四方《しはう》なる、遠《とほ》き村落《ゐなか》のものまでも、伝《つた》へ聞《きゝ》話《かたり》続《つ》ぎて、吊送《ちやうそう》《○トムラヒオクリ》せざるもなかりしかば、然《さ》しも広《ひろ》き遊行寺《ゆぎやうじ》の、本堂《ほんだう》にも客殿《きやくでん》にも、所陜《ところせき》まで聚合《つどひ》しを、二《に》千余《せんよ》名《にん》と記《しる》しけり。這日《このひ》の施主《せしゆ》は野上奴婢之助《のがみぬひのすけ》と、五《いつたり》六個《むたり》の所親《しよしん》なり。導師《どうし》幷《ならび》に大衆《だいしゆ》へ布施《ふせ》なども、英直《ひでなほ》・母屋《おもや》を安葬《はうむ》りし、時《とき》より一入心《ひとしほこゝろ》を用《もち》ひて、法筵《はうゑん》すべて丁寧《ねんごろ》也。著演《あきのぶ》は那日《かのひ》より、則《すなはち》嫡子《ちやくし》の忌服《きぶく》を受《うけ》て、喪《も》に籠《こも》りをる程《ほど》に、ひとり心《こゝろ》に思ふやう、「小六《ころく》は不慮《ふりよ》に世《よ》を去《さ》りたれども、安同《やすとも》はなほ飽《あか》ずして、鎌倉《かまくら》に還《かへ》るの後《のち》、たくみしごとく讒訴《ざんそ》して、俺《われ》を亡《ほろぼ》さんとこそ謀《はか》るらめ。遮莫《さばれ》小六《ころく》が在《あ》らずなりては、いよゝ怕《おそ》るゝに足《た》らねども、倘検宅《もしやさがし》などせられん折《をり》、いぬる日目四郎《ひめしらう》に聞《きゝ》たりし、脇屋《わきや》の家譜《かふ》と菊一文《きくいちもん》字《じ》の、短刀《たんたう》を他《かれ》に見られなば、綷《こと》むづかしくなりぬべし。とり隠《かく》さばや」、と尋思《しあん》をしつゝ、妻《つま》にも告《つ》げず只《たゞ》ひとり、小六《ころく》が子舎《へや》に赴《おもむ》きて、彼此《あちこち》と搔撈《かゝぐ》るに、然《さ》る東西《もの》絶《たえ》てなかりしかば、いよ〳〵疑《うたがひ》訝《いぶか》りて、鍵《かぎ》をたづね衣箱《つゞら》をひらきて、内中《うち》なる衣《きぬ》を出《いだ》して見るに、多《おほ》くは母屋《おもや》が像見《かたみ》の衣《きぬ》にて、那《かれ》は誰《たれ》へ、這《これ》は某《それ》へ、と小六《ころく》が手《て》にて写《しる》したる、紙牌《かみふだ》を附《つけ》たるあり。登時《そのとき》著演《あきのぶ》思ふやう、「是等《これら》の衣《きぬ》は小六《ころく》が母《はゝ》の、服闋《ぶくあけ》の折紀念《をりかたみ》にとて、奴婢們《ぬびら》にわかち取《とら》せんとて、予《かね》てより恁択做《かうえりな》して、措《おき》けんものを痛《いた》ましや。その服闋《ぶくあけ》にあふよしも、なき人《ひと》となりし夢《ゆめ》の跡《あと》、筆《ふで》の蹟《あと》さへ母《はゝ》も子《こ》も、歎《なげ》きを遺《のこ》す紀念《かたみ》こそ、今《いま》は空《あだ》なれこれなくば、忘《わす》るゝ隙《ひま》もあるべきに、忘《わす》れがたきは愛惜《あいじやく》の、迷《まよ》ひにこそ」、と胸《むね》にのみ、弱《よは》るこゝろを奨《はげま》して、なほこれ彼《かれ》と取出《とうで》て見れば、字紙《ほご》に包《つゝ》みし金《かね》さへありて、「金子《きんす》一百五十両《いつぴやくごじうりやう》、家尊《かぞ》・家母刀自《いろはのとじ》へ」、と記《しる》したり。訝《いぶか》りながら封皮《ふうじ》を折《くち》きて、僂《かゞな》べ見るに数《かず》も違《たが》はず、「什麼《そも》いかにして這金《このかね》を、小六《ころく》は蔵《おさめ》置《おき》たりけん」、と疑《うたが》ふのみにてこゝろ得《え》られず、なほつく〴〵と思惟《おもひみ》るに、「こは英直《ひでなほ》の遺金《ゐきん》にて、艱苦《かんく》の中《うち》に用《つか》ひも減《へら》さず、只幼君《たゞえうくん》の為《ため》にとて、その妻母屋《つまおもや》に逓与《わた》せし歟《か》。母屋《おもや》も年来秘措《としごろひめお》きしを、身後《しご》に小六《ころく》が見出《みいだ》して、俺《われ》と晩稲《おしね》へ亡母親《なきはゝおや》の、「紀念《かたみ》也とて贈《おくら》ん」、と思ふて記《しる》しおきにけん。是《これ》をおもひ彼《かれ》を思へば、忠臣義子《ちうしんぎし》の用意《ようい》は格別《かくべつ》、英直《ひでなほ》・母《おも》屋《や》は幼君《えうくん》の、為《ため》にと思ふてこれを用《つか》はず、小六《ころく》は恩《おん》と義《ぎ》の為《ため》に、亦這金《またこのかね》をみづから用《もち》ひず、前後《ぜんご》両度《りやうど》の安葬《はうむり》《○ノベオクリ》と、幷《ならび》にその身《み》を養育《やういく》の、恩《おん》に答《こたふ》る紀念金《かたみきん》、竟《つひ》にその身《み》に要《えう》なき東西《もの》と、なるべき事を予《かねて》より、覚期《かくご》の所為《わざ》にあらずといふとも、蚘《むし》が知《しら》せて写遺《かきのこ》しけん、十三言《げん》の遺墨《ゐぼく》は寸璧《すんぺき》*、年《とし》も纔《わづか》に十七歳《さい》の、しかも夏毛《なつげ》を一期《いちご》としたる、筆《ふで》の命毛短《いのちげみじか》さよ。嗚乎義《あゝぎ》なる哉《かな》、小六《ころく》が用心《ようじん》。噫嘻忠《あゝちう》なる哉《かな》、館氏夫妻《たてうぢふさい》。只是主従一対《たゞこれしゆう〴〵いつゝい》の、賢才英智《けんさいゑいち》の幸《さち》なきは、天乎命乎《てんかめいか》。造物《ざうぶつ》*者《しや》の、惜《をしみ》て年《とし》を奪《うば》ひし歟《か》。任《まか》せぬものは死喪《しそう》の憾《うらみ》、哀《かな》しきかな」、とうち出《いで》て、音《ね》にこそなかね夜鶴《よるのつる》の、子《こ》ゆゑに惑《まよ》ふ親心《おやごゝろ》、堪《たへ》ぬ歎《なげ》きをやうやくに、思ひかへしつ眼包《まぶた》を払《はら》ふて、金《かね》を包《つゝ》みし一枚《ひとひら》の、字紙《ほご》を徐《しづか》に引伸《ひきのば》して、見ればこも亦小六《またころく》が筆《ふで》也。只手習《たゞてならひ》のやうにして、「*われも見きやそ嶋《しま》蔭《かげ》よしほひがたかすみのひまのこしのあらいそ。助則《すけのり》」となん写《しる》したる。是将《これはた》こゝろの得《え》がたさに、意中《いちう》にしば〳〵うち吟《ぎん》じて、見れば則《すなはち》折句《をりく》にて、五七五七《ごしち〳〵》の句《く》の上下《かみしも》に、わきやよしたかのこぞ《脇屋義隆之子曾》といふ、一十言《とをもじ》を措《おき》たる也。こゝに至《いたり》て著演《あきのぶ》は、又《また》その才《さえ》に駭歎《おどろきたん》じて、且感《かつかん》ずること半响《はんとき》ばかり、思はずも手《て》を額《ひたひ》に加《くは》えて、「然也小六《さところく》は名将《めいせう》の、子孫《しそん》なりしを俺《わ》が養嗣《やうし》に、せられにければ窃《ひそか》に羞《はぢ》て、這筆遊《このふですさみ》に及《およ》べるならん。那目四郎《かのめしらう》がいひつることも、是《これ》にていよ〳〵疑《うたが》ふべからず。又這小六《またこのころく》が詠《ゑい》草《さう》に、名《な》を助則《すけのり》と写《しる》せしは、洒《すなはち》曾祖《ぞうそ》《○ヒオヂ》義助卿《よしすけけう》の、諱《いみな》の一字《いちじ》を取《とり》たる也。今茲《ことし》は必《かならず》額髪《ひたひがみ》を、剃《そら》して佳字《よきじ》をこれ彼《かれ》と、撰《えらみ》て名《な》をも花押《かきはん》《○クワアウ》をも、定得《さだめえ》させんと思ひしかども、初秋《はつあき》まで母親《はゝおや》の、服中《ぶくちう》なれば黙止《もだ》せしに、他《かれ》いちはやくみづから撰《えら》みて、恁名《かうな》告《の》りしはせめてもの、本意《ほい》に愜《かな》ふに似《に》たれども、名《な》のみ遺《のこ》りて返《かへ》すべき、人《ひと》しなければ何《なに》にせん。紀念《かたみ》の金《かね》こそ憾《うらみ》なれ、益《やく》なかりき」、と嘆息《たんそく》の、声《こゑ》は洩《もら》さぬ襖戸《ふすまど》の、板厨《とだな》をやをら又推開《またおしあけ》て、衣《きぬ》も金《かね》さへ旧《もと》の随《まゝ》に、衣箱《つゞら》に斂《おさ》めてなほ隈《くま》もなく、又那家譜《またかのかふ》の巻軸《まきもの》と、短刀《たんたう》を索《たづ》ねしに、似《に》たる東西《もの》だになかりしかば、これのみ疑念《ぎねん》弥増《いやま》して、「那目四郎《かのめしらう》が岻々《しかじか》と、いひつるは虚談歟《そらごとか》。然《さ》らずは見《み》たがへ聞䛇《きゝあやまち》し歟《か》。或《あるひ》は母屋《おもや》がはじめより、人《ひと》に見られん事を怕《おそ》れて、遠《とほ》からぬ山《やま》の石室《いはむろ》などに、秘措《ひめお》きたるにあらざる歟《か》。思ふのみにて緈問《こととは》ん、よすがなければ冬《ふゆ》の山《やま》に、杣木《そまき》を摧《くだ》きて花《はな》を求《もと》め、夏《なつ》の池《いけ》に水《みづ》を掬《むすび》て、氷《こふり》の厚《あつさ》を揣《はか》るに似《に》たり。こも益《やく》なし」、と呟《つぶや》きて、却晩稲《さておしね》にのみ箇様《かやう》々々《〳〵》と、是等《これら》の緈《こと》の趣《おもむき》を、具《つぶさ》に聶《さゝや》き示《しめ》せしかば、晩稲《おしね》は聞《きゝ》つゝうち歎《なげ》きて、連《しき》りに袖《そで》を濡《ぬら》したる、事情《ことのこゝろ》をまだ知《し》らぬ、奴婢之助《ぬひのすけ》すらともすれば、小六《ころく》が事を思ひつゞけて、鬱々《うつ〳〵》として楽《たのし》まず、過《すぎ》にし事をいひ出《いで》て、親《おや》を泣《なか》しつ泣《なき》もせし、童蒙心《わらべごゝろ》もあはれなり。

然程《さるほど》に、館小六助則《たてのころくすけのり》は、相模川原《さがみがはら》の竹藪蔭《たかやぶかげ》に、昼《ひる》は躱《かく》れ夜《よる》は出《いで》て、密々《しのび〳〵》に彼此人《をちこちびと》の、風声《ふうぶん》を探聞《さぐりき》くこと、五六夕《いつよさむよさ》に及《およ》ぶ程《ほど》に、著演《あきのぶ》は小六《ころく》が亡骸《なきがら》を、索得《たづねえ》たりといひ做《な》して、既《すで》遊行寺《ゆぎやうじ》へ安葬《はうむり》たる、その緈《こと》の為体《ていたらく》、巷談街説《こうだんがいせつ》《〇チマタノウハサ》異同《いどう》なく、正《まさ》かに聞《きこ》えしかば、心安《こゝろやす》しと思ひつゝ、窃《ひそか》に相模川《さがみがは》をうち渡《わた》して、小田原《をだはら》の里《さと》に赴《おもむ》くものから、嚮《さき》に宿所《しゆくしよ》を狂《くる》ひ出《いで》にし、その折《をり》の儘《まゝ》にして、臥被《ねまき》ひとつを着《き》たるのみ、夜討《ようち》の准備《ようゐ》あることなければ、朝市《あさいち》かけて骨董店《ふるてだな》なる、故衣《ふるぎぬ》を買《かは》んとて、彼此《あちこち》と渉猟《あさ》る程《ほど》に、*尚巳時可《まだみのときばかり》なる、*品革威《しなかはをどし》の身甲《はらまき》と、薄鎖《うすぐさり》の甲手《こて》臑盾《すねあて》と、長《ながさ》二尺二三寸《さくずん》なる、大刀《たち》さへ一口《ひとふり》ありければ、請取《こひとり》て抜《ぬき》て見るに、無銘《むめい》なれども夏《なつ》なほ寒《さむ》く、焼刃《やきば》の匂微妙《にほひみみやう》にして、露《つゆ》を含《ふくめ》る朝《あした》の桜《さくら》の、真盛《まさかり》なるに異《こと》ならず。「撃《うた》ば石《いし》をも劈《つんざ》くべき、良刀《きれもの》ならん」と思ひしかば、衣共倶《きぬもろとも》に件《くだん》の武器《ぶき》を、皆悉《みなこと〴〵く》買《かひ》とりつ、人《ひと》なき処《ところ》に赴《おもむ》きて、心《こゝろ》しづかに身《み》を固《かた》めたる、打扮《いでたち》さこそと想像《おもひや》るべし。菊一文字《きくいちもんじ》の短刀《たんたう》に、件《くだん》の大刀《たち》を佩添《はきそえ》て、那巻軸《かのまきもの》は袱《ふろしき》に、包《つゝみ》て腰《こし》に結着《むすびつけ》、その曛昏《ゆふぐれ》より潜《しのび》やかに、底倉《そこくら》を投《さし》ていそぐ程《ほど》に、樹下暗《このもとくら》き麓路《ふもとぢ》の、脊《うしろ》の方《かた》に人《ひと》ありて、「やよや野上《のがみ》の令郎《わかだんな》。等《また》せ給へ」、と呼《よび》かけけり。此《これ》は是甚麼《これいか》なる人《ひと》ぞ。其《そ》は編《へん》を続《つ》ぎ巻《まき》を易《かえ》て、第二《だいに》集《しふ》の簡端《ふみのはじめ》に、解分《ときわく》るを聴《きゝ》ねかし。

開巻驚奇俠客伝第一集巻之五　終

○曲亭翁新著侠客伝第一集画者筆工剛人目次

有像一十七頁　江戸　渓斎英泉 

浄書筆耕　江戸　谷　金川

繡像剞劂　江戸　朝倉伊八
　　　　　　　　原　喜知

全巻刊字　京都　井上治兵衛

侠客伝第二集　曲亭翁著　画工右ニ同　全五巻

本集《このしふ》は館小六助則《たてのころくすけのり》が復讐《ふくしう》の事《こと》に起《おこ》りて、楠《くすのき》姑摩媛《こまひめ》の列伝《れつでん》に至《いた》る。その間《あはひ》新奇《しんき》絶妙《ぜつめう》の趣向《しゆこう》最多《いとおほ》かり。第一集発販《だいいつしふはつはん》の後年内打続《のちねんないうちつゞき》て出板《しゆつはん》遅《ち》滞《たい》なし。

近世説美少年録　曲亭翁著　第一輯《だいいつしふ》　第二輯《だいにしふ》

共《とも》ニ十《と》巻《まき》は前年既《ぜんねんすで》ニ刊布《かんぶし》訖《をはんぬ》。這番再刷《このたびにどすりなり》。

同　第三輯　全五巻

今年《こんねん》の新版《しんぱん》にて製本既《せいほんすで》ニ出来《しゆつらい》、右侠客伝第一《みぎけうかくでんだいいつ》集《しふ》と同時《どうじ》に売出《うりいだ》し候《そろ》。

○家伝神女湯

第一婦人ちのみちの妙薬諸病によし。世にちのみちの売薬多しといへども、此くすりは多く高料のやくしゆを以す。症にしたがつて用るときは功あらずといふことなし。一包代百銅

○精製奇応丸

薬種をえらみせいはうをつまびらかにし、ぶんりやう家伝のかげんをもつてす。此ゆゑにその功百ばい、あたかも神ンのごとし。大包代金弐朱　中包代壱匁五分　小包五分　はしたうり不仕候。

○熊胆黒丸子

くまのい汁を以丸す。多くのりをまじへず、ここをもつてその功尤神妙なり。一包代五分

○婦人つぎ虫の妙薬

つぎ虫はさら也、さん後をり物の滞りに用ひてけつたいのうれひなし。一包代六十四文　半包代卅二文

製薬本家　江戸神田明神下同朋町東横町　滝沢氏

弘　所　元飯田町中坂下南側よもの向　たき沢氏

○古今無類御おしろい仙女香一包四十八文　○黒あぶら美玄香四十八文

江戸京橋南へ一丁目東側角　坂本氏

天保三年壬辰正月吉日印発

江戸小伝馬町三町目
丁子屋平兵衛
大阪心斎橋筋博労町
河内屋茂兵衛

開巻驚奇俠客伝　第二集

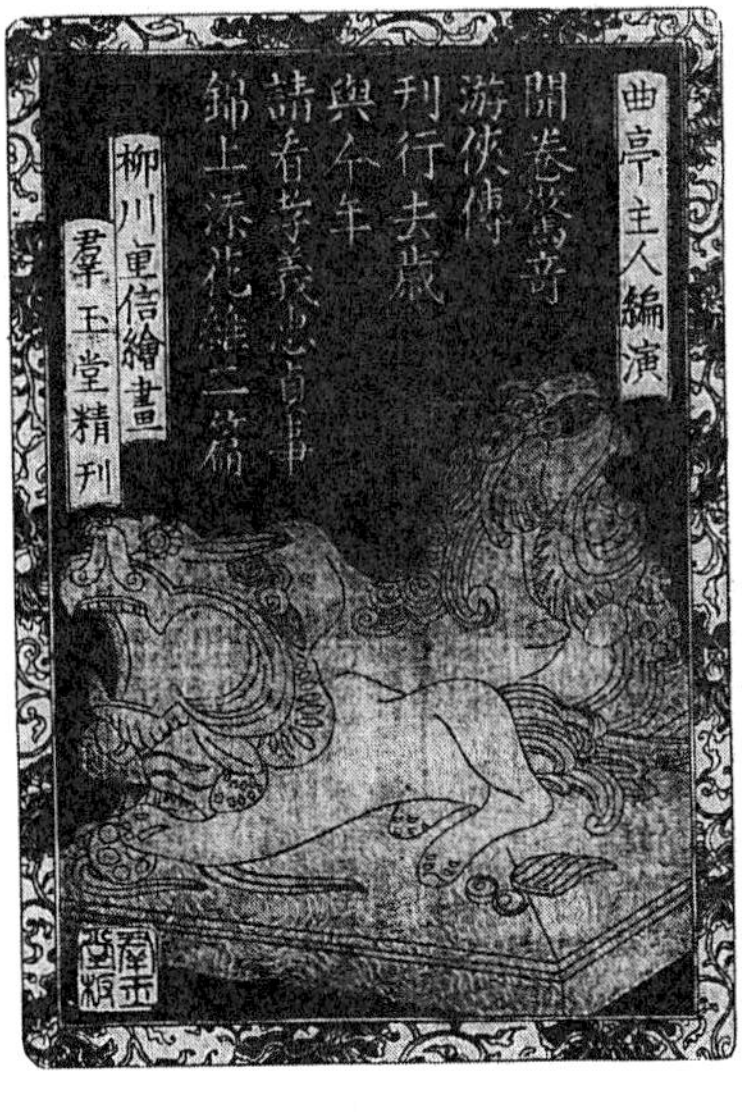

底本略書誌　天保四年(一八三三)春刊。初印あるいは早印。半紙本五巻五冊。

表紙は、白地に縹と淡明縹で花と流水、飾り紐は明柑子色、柑子色ちらし。鶯色の角包。題簽は淡柿色に陰刻で衡と蝶の地紙。各巻字体を変えて「開巻驚奇侠客伝第二集　弌(―五)」。見返しは、淡明縹(いわゆる青薄墨)に陰刻で「開巻驚奇／游侠伝／(以下略)」。作者・画師・書肆名などは墨印。薄墨で獅子。左下に朱方印「群玉堂板」。蔵書印は第一集に同じ。

梗概　小六は直前に協力を申し出た目四郎と共に安同主従を皆殺しにする。目四郎はその戦いに傷を負い、義侠心より自害するが、今はの際に偶然藤白家に囚われていた一子庶吉と出会い、小六に託す。小六は庶吉と京都に上り、その後吉野の後醍醐天皇の陵に詣でる。ある日小六は仙女のもとにに導かれ、過去と未来についての教えを受け、また、仙丹を貰い受ける。庶吉は病気で危篤となるが仙丹によって回復する。

伊勢の国司北畠満泰の重臣の子である木造泰勝は、稲城守延の娘信夫を見初め側室にしようとするが、守延に断られる。怒った泰勝は信夫を奪い、また守延を暗殺する。旅中の茶店でこの話を聞いた小六は義憤に駆られ、まず守延の妻老樹のもとを訪う。信夫は幼い頃悪人に攫われた大館英直の娘であり、守延に救われ養われていたのであった。小六と庶吉は、偶然泰勝の家の若党山勝杣内と下僕敵介の会話を聞き、泰勝が犯人である証拠をつかむ。小六は北畠満泰に訴え、泰勝の別荘へ向い、泰勝を捕らえ、自害を図り半死半生の信夫を仙丹で蘇らせる。満泰は泰勝の罪を弛めて敵介とともに追放に処するが、小六に糾弾される。小六は、老樹と信夫を、庶吉とともに船で野上著演のもとへと向わせる。

河内の国金剛山の麓に、楠正元の娘姑摩姫が傅きの隅屋惟盈夫婦とともに住んでいた。幼い頃から南朝の遺臣たる志を持ち、文学武芸を学ぶに良き師を求めていた。ある日、姑摩姫の前に葛城の神女九六媛が現れ、剣侠の仙書を与える。

俠客伝 第二集引

凡作《ル》二稗史《ヲ》一者、其才不二一《ニシテ》而足《ラ》一矣。夫《レ》才之為《ル》レ物、猶《ゴトシ》三水《ノ》有《ルガ》二浅深一也。浅《ケレバ》則易《シ》レ覘《ヒ》レ之《ヲ》。深《キハ》者不レ可《ラ》レ測《ル》。故《ニ》才《ハ》嘗《テ》為《ニ》二不《ル》レ知《ラ》レ己《ヲ》者《ノ》一屈《シテ》、而《シテ》為《ニ》二知《ル》レ己《ヲ》者《ノ》一伸《ブ》。既《ニ》已《ニ》屈《シテ》三於一時之無《キニ》二知己一、而終《ニ》当《ニ》《ベクハ》レ伸《ブ》二於数百年以後之知己《ニ》一、乃才之難易与《ト》二時之用捨一、可《ン》三挙《テ》不《ル》二浩嘆《セ》一乎哉《ヤ》。蓋今古稗史之作、唐山最《モ》為《ニ》二工緻《ト》一。然《レドモ》不《ル》レ得《レ》無《キコトヲ》二巧拙一也。奇奇怪怪、変幻無量《モ》、未レ足《ラ》三以為《スニ》二才子之筆《ト》一。統《ルニ》レ之《ヲ》以《シ》二勧懲《ヲ》一、写《スニ》レ之《ヲ》罄《ストキハ》二情態《ヲ》一、則文与《ト》レ情交〳〵至《ル》焉。文与《ト》レ情交〳〵至《ルトキハ》焉、則注《スル》レ意《ヲ》処如《ク》二自然《ノ》一、事物現《ス》二幻楮上《ニ》一。及《デ》三読《テ》而入《ルニ》二佳境《ニ》一、耳如《ク》レ聴《ク》二其言《ヲ》一、目如《シ》レ観《ルガ》二其人《ヲ》一。於《ニ》レ是乎、田夫山妻、漁父牧童《モ》、無《シ》レ不《ル》三嗚咽唏嘘《シテ》、而不《ンバアラ》二感歎《セ》一。是誠《ニ》才子之書也。非《ズ》乙啻有《ル》二斯《ノ》巧拙一耳《ニ》甲、看《ルモ》二其書《ヲ》一亦有《リ》二利鈍一。苟《モ》能《ク》読《ム》二稗史《ヲ》一者《ハ》、発《キ》二人《ノ》所《ヲ》一レ未《ザル》レ及《バ》レ発《クニ》、解《テ》二人《ノ》所《ヲ》一レ不《ル》レ能《ハ》レ解《クコト》、竟《ニ》令《ム》二看《ル》者《ヲシテ》先《ツ》已《ニ》了了《タラ》一。至《テハ》二於其尤《キニ》一、具眼如《ク》二車輪《ノ》一、以二奇才《ヲ》一批《ス》二奇才《ヲ》一。其才稀《ニ》有《リ》。看《ル》者随《テ》得《レバ》二南鍼《ヲ》一、到《ルニ》二彼《ノ》岸《ニ》一庶《シ》矣。其《レ》非《ズヤ》二異世之知己之資《ケニ》一耶。嗚乎知己《ハ》、当年尚難《シ》レ得。況《ヤ》于《テ》二異世《ニ》一、誰《カ》亦思《ン》レ之《ヲ》。

皇朝素《ヨリ》有《リ》二稗史一。是《ヲ》謂《フ》二策子物語《ト》一。竹採宇通保勢語源語者、所謂《ル》古之稗史也。後人玩《テ》レ之《ヲ》不レ措。但注二解《シテ》其詞《ヲ》一、不レ作《ラ》二批評《ヲ》一。知己之難《キコト》レ得可《シ》レ知《ル》也。唐山《ハ》也者、無《ク》二稗史《ト》一、無《ク》二伝奇《ト》一、于《テ》二其大筆《ニ》一、必有《リ》二批評一。雖三則有《リト》二批評一、然《レドモ》発二明《シテ》作者之隠微《ヲ》一、而論弁無《キ》レ謬《リ》者、幾《ンド》稀《ナリ》矣。以レ予《ヲ》観《レバ》レ之《ヲ》、若《キ》二羅貫中《ガ》三国演義、高東嘉《ガ》琵琶記《ノ》一、独有《リ》二声山毛氏一焉。標《シ》レ新《ヲ》領《シ》レ異《ヲ》、啓《キ》レ蒙《ヲ》解《ク》レ疑《ヒヲ》。評注大《ニ》得《タリ》レ趣《ヲ》。声山又於二琵琶記《ノ》総評中《ニ》一、録《シテ》二雪恨伝奇《ノ》、数種《ノ》題目《ヲ》一、以為《ス》二補天石《ト》一。因《テ》其一《ヲ》曰《フ》二汨羅江屈子還魂《ト》一。其二《ヲ》曰《フ》二博浪沙始皇中撃《ト》一。其三《ヲ》曰《フ》二太子丹蕩秦雪恥《ト》一。其四《ヲ》曰《フ》二丞相亮滅魏斑師《ト》一。其五《ヲ》曰《フ》二鄧伯通父子団円《ト》一。其六《ヲ》曰《フ》二荀奉倩夫妻諧老《ト》一。其七《ヲ》曰《フ》二李陵重帰故国《ト》一。其八《ヲ》曰《フ》二昭君復入漢関《ト》一。其九《ヲ》曰《フ》二南霽雲誅殺賀蘭《ト》一。其十《ヲ》曰《フ》二宋徳《ノ》昭勘問趙普《ト》一。諸〳〵如《キ》レ此《ノ》類、宜《ク》《ベシト》レ補《フ》二古来人事之欠陥《ヲ》一云《フ》。

今予《カ》所二編次《スル》一、俠客伝一書《ノ》、正《ニ》与二彼意《ノ》一暗合《ス》。前集自序已《ニ》二云《フ》、若《キ》二新田楠木二公《ノ》一、至忠至義、以レ順《ヲ》討レ逆《ヲ》。理必当《ニ》《ベシ》下誅二滅《シテ》足利氏《ヲ》一、奏《ス》中恢復之功《ヲ》上。哀《イ》哉、当《テ》二人勝《ツ》レ天《ニ》之時《ニ》一、籌策不レ行《レ》、百戦為《リヌ》二画餅《ト》一。古来人事《ノ》、大《ニ》可《キ》レ恨《ム》者、莫《シ》三復《タ》甚《キハ》二於此《ヨリ》一。毎《ニ》嘆《ズ》今昔才子之筆、本《ツキテ》二之《ヲ》于春秋心誅之文法《ニ》一、而《シテ》作《ル》二雪恨之稗史《ヲ》一者、未二之《レ》有《ラ》一也。是《レ》予《ガ》所三以有《ル》二此挙一、自《リシテ》レ今而後、看《ル》二是《ノ》書《ヲ》一者、不《ルトキハ》二以レ予《ヲ》為《セ》一レ謬《リト》、則知《ン》下古来人事之欠陥、銷《スル》二其恨《ヲ》一之為《ルヲ》中一大快編上。

天保壬辰仲冬之吉。甲子《ノ》日。題《ス》二于神田廟東、著作堂之南軒、山茶花開《ク》処《ニ》一。

蓑笠漁隠 

董斎盛義書 

凡《およ》そ稗史を作る者、其の才一《いつ》にして足らず。夫《そ》れ才の物為《た》る、猶《な》ほ水の浅深有るがごとし。浅ければ則《すなは》ち之を覘《うかが》ひ易し。深き者は測る可《べ》からず。故*に才は嘗《かつ》て己れを知らざる者の為に屈して、而《しか》して己れを知る者の為に伸ぶ。既《すで》に已《すで》に一時の知己無きに屈して、終《つひ》に当《まさ》に数百年以後の知己に伸ぶべくは、乃《すなは》ち才の難易と時の用捨と、挙げて浩嘆せざる可けんや。蓋《けだ》し今古稗史の作、唐山最も工緻と為《な》す。然れども巧拙無きことを得ず。奇奇怪怪、変幻無量も、未《いま》だ以て才子の筆と為すに足らず。之を統《す》ぶるに勧懲を以てし、之を写すに情態を罄《つく》すときは、則《すなは》ち文と情と交《こも》ごも至る。文と情と交《こも》ごも至るときは、則《すなは》ち意を注する処《ところ》自然の如《ごと》く、事物楮《ちよ》上に現幻す。読みて佳境に入《い》るに及《およ》んで、耳に其の言を聴《き》く如く、目に其の人を観《み》るが如し。是《ここ》に於てか、田夫山妻、漁父牧童も、嗚咽*唏嘘して、感歎せずんばあらざる無し。是《こ》れ誠に才子の書なり。啻《た》だ斯《こ》の巧拙有るのみに非《あら》ず、其の書を看《み》るも亦《また》利鈍有り。苟《いやし》くも能《よ》く稗史を読む者は、人*の未《いま》だ発《ひら》かざる所を発《ひら》き、人の解くこと能《あた》はざる所を解きて、竟《つひ》に看《み》る者をして先《ま》づ已《すで》に了了たらしむ。其の尤《けやけ》きに至つては、具眼車輪の如く、奇才を以て奇才を批《ただ》す。其の才稀《まれ》に有り。看《み》る者随《したが》ひて南鍼*《なんしん》を得れば、彼《か》の岸に到るに庶《ちか》し。其れ異世の知己の資《たす》けに非《あら》ずや。ああ知己は、当年尚《な》ほ得難し。況《いはん》や異世に于《おい》て、誰か亦《また》之を思はん。

皇朝素《もと》より稗史有り。是《こ》れを策子《さつし》物語と謂ふ。竹採《たけとり》・宇《う》通《つ》保《ほ》・勢語・源語は、所謂古《いはゆるいにしへ》の稗史なり。後人之を玩《もてあそ》びて措《お》かず。但《た》だ其の詞を注解して、批評を作らず。知己の得難きこと知る可し。唐山は、稗史と無く、伝奇と無く、其の大筆に于《おい》て、必ず批評有り。則《すなは》ち批評有りと雖《いへど》も、然《しか》れども*作者の隠微を発明して、論弁謬《あやま》り無きは、幾《ほと》んど稀《まれ》なり。予を以て之を観れば、羅貫中が三国演義、高東嘉が琵琶記の若《ごと》き、独《ひと》り*声山毛氏有り。新しきを標《しる》し異るを領し、蒙《くら》きを啓《ひら》き疑ひを解く。評注大《おほい》に趣を得たり。声山又琵琶記の総評中に於て、*雪恨の伝奇、数種の題目を録して、以て補天石と為す。因つて其の一を汨羅江屈子還魂と曰《い》ふ。其の二を博浪沙始皇中撃と曰ふ。其の三を太子丹蕩秦雪恥と曰ふ。其の四を丞相亮滅魏斑師と曰ふ。其の五を鄧伯通父子団円と曰ふ。其の六を荀奉倩夫妻諧老と曰ふ。其の七を李陵重帰故国と曰ふ。其の八を昭君復入漢関と曰ふ。其の九を南霽雲誅殺賀蘭と曰ふ。其の十を宋の徳昭勘問趙普と曰ふ。諸《もろ》もろ此《か》くの如き類、宜《よろ》しく古来人事の欠陥を補ふべしと云ふ。

今、予が編次する所、俠客伝の一書、正《まさ》に彼の意と暗合す。前集自序に已《すで》に云ふ、新田楠木二公の若《ごと》き、至忠至義、順を以て逆を討つ。理必ず当《まさ》に足利氏を誅滅して、恢復の功を奏すべし。哀《かな》しいかな、*人、天に勝つの時に当つて、*籌策《ちゆうさく》行なはれず、百戦画餅と為《な》りぬ。古来の人事、大《おほい》に恨む可きは、復《また》此れより甚《はなは》だしきは莫《な》し。毎《つね》に嘆ず今昔才子の筆、之を*春秋心誅の文法に本《もと》づきて、而《しか》して雪恨の稗史を作る者、未《いま》だ之れ有らざるなり。是《こ》れ予が此の挙有る所以《ゆゑん》、今よりして後《のち》、是《こ》の書を看《み》る者、予を以て謬《あやま》りと為《せ》ざるときは、則ち古来人事の欠陥、其の恨《うら》みを銷するの一大快編為《た》るを知らん。

天保壬辰仲冬《じふいちがつ》の吉《ついたち》。甲子の日。*神田廟東、著作堂の南軒、山茶花開く処《ところ》に題す。

蓑笠漁隠

*董斎盛義書

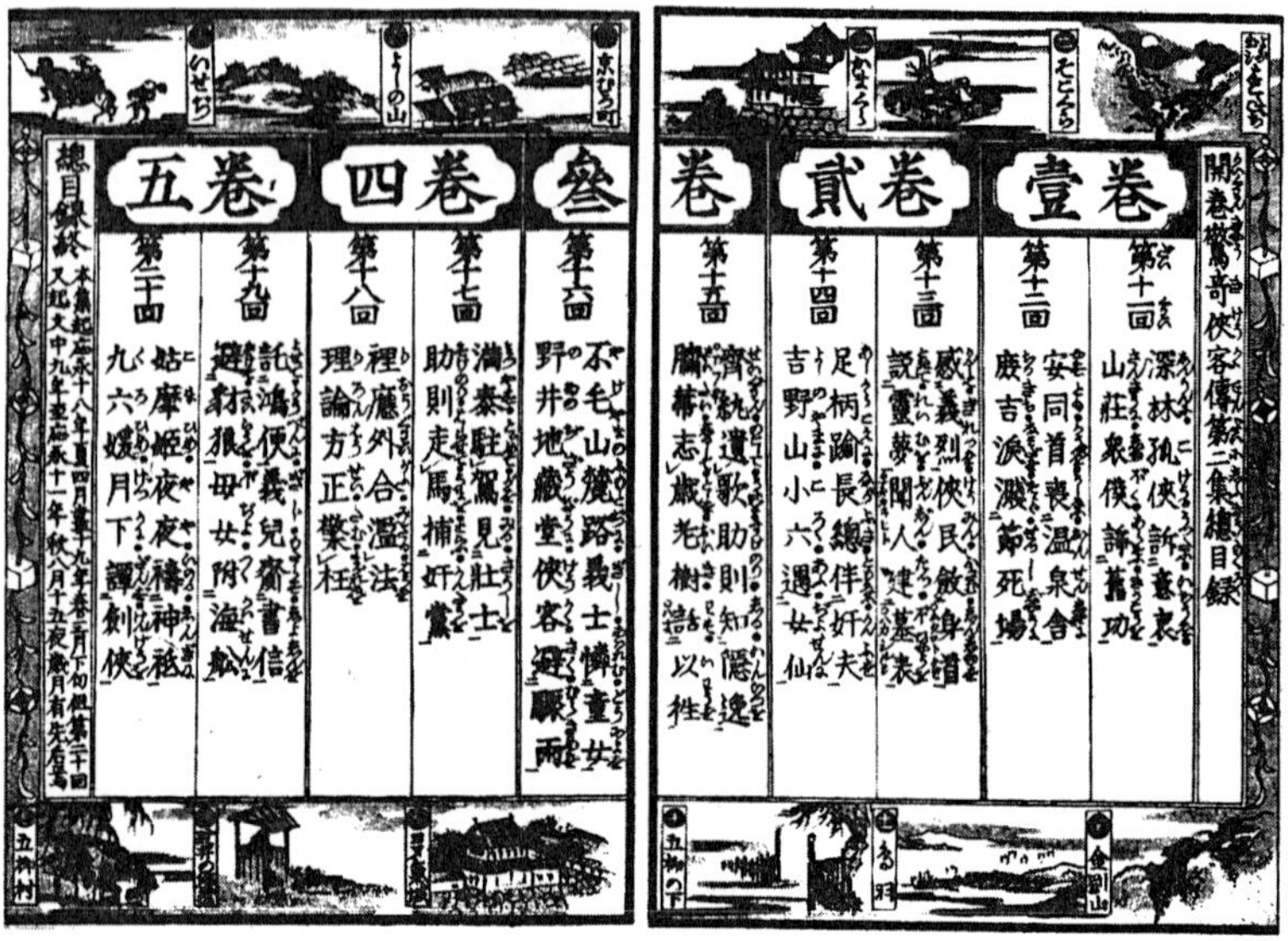
開巻驚奇侠客傳第二集總目録
巻壹
第十一回　深林孤侠訴意衷　山荘衆僕諍舊功
第十二回　安同首喪温泉舍　庶吉涙灑節死場
巻貳
第十三回　感義烈侠民斂身首　説靈夢聞人建墓表
第十四回　足柄踰長總伴奸夫　吉野山小六遇女仙
巻參
第十五回　齊紈遺歌助則知隱逸　臍蔕志歳老樹以往
第十六回　不毛山麓路義士憐童女　野井地藏堂侠客避驟雨
巻四
第十七回　滿泰駐駕見壯士　助則走馬捕奸黨
第十八回　理應外合濫法　理論方正檠枉
巻五
第十九回　託鴻便義兒齋書信　避豺狼母女附海舩
第二十回　姑摩姫夜禱神祇　九六媛月下譚劍侠
總目録終

開巻驚奇俠客伝《かいくわんきやうきけうかくでん》　第二集《だいにしふ》　総目録《さうもくろく》

巻壱　第《だい》十一回《くわい》　深林《しんりん》に孤《こ》俠意衷《けういちう》を訴《うつた》ふ
山荘《さんさう》に衆僕《しゆぼく》旧功《きうこう》を諍《あらそ》ふ
第十二回　安同首《やすともかうべ》を温泉舎《おんせんしや》に喪《うしな》ふ
庶吉涙《ちかきちなみだ》を節死場《せつしじやう》に濺《そゝ》ぐ

巻弐　第十三回　義烈《ぎれつ》を感《かん》じて俠民《けうみん》身首《しんしゆ》を斂《おさ》む　○ムクロトクビ
霊夢《れいむ》を説《と》きて聞人《ぶんじん》墓表《ぼひやう》を建《た》つ　○ナダカキヒト○ハカジルシ
第十四回　足柄踰《あしがらごえ》に長総《ながふさ》奸夫《かんぷ》を伴《ともな》ふ
吉野山《よしのやま》に小六《ころく》女仙《ぢよせん》に遇《あ》ふ

巻参　第十五回　斉紈《せいぐわん》○アフギ　歌《うた》を遺《のこ》して助則《すけのり》隠逸《いんいつ》を知《し》る
臍蔕歳《さいたいとし》を志《しる》して老樹《おいき》以往《いわう》を話《わ》す　○ハナス
第十六回　不毛山《やけやま》の麓路《ふもとぢ》に義士《ぎし》童女《どうによ》を憐《あはれ》む
野井《のゐ》の地蔵堂《ぢざうだう》に俠客《けうかく》驟雨《ひらさめ》を避《さ》く

巻四　第十七回　満泰《みつやす》駕《が》を駐《とゞ》めて壮士《さうし》を見《み》る
助則《すけのり》馬《うま》を走《はし》らせて奸党《かんたう》を捕《とら》ふ
第十八回　裡《り》応外合《おうぐわいがふ》法《はふ》を濫《みだ》る

本集起㆓応永十八年夏四月㆒、尽㆓十九年春三月下旬㆒。但、第二十回又起㆓元中九年㆒、至㆓応永十一年秋八月十五夜㆒。歳月有㆓先后㆒焉。

総目録終

出《よみ》しはこねぢ　㊁そこくら　㊂かまくら　㊃京むろ町
㊄よしの山　㊅いせぢ　㊆五柳村　㊇野井の地蔵　㊈多気城　㊉五柳の下　(十一)鳥羽　(十二)金剛山

像賛第七

離徳墓に入りて、南馬跌《つまづ》く。
老鼠何ぞ剋中の生を識らん。

北畠三位を賛す

玄同老人

引板屋方《ひたやのかた》　伊勢国司《いせのこくし》北畠満泰《きたばたけみつやす》

像賛第八

いと柳とけぬうらみは春さむき
軒の垂氷にとぢられしより

稲城守延を賛す

半間道人

稲城《いなぎ》丈作守延《ぢやうさくもりのぶ》　斧田《おのだ》与記右衛門《よきゑもん》　山勝杣内《やまがつそまない》

像賛第九

窮阨両番、才免るゝに足る。
小時了了、大時佳なり。
新酒霧を賛す

愚山人

新酒霧　木造《きつくり》木工介《むくのすけ》泰勝《やすかつ》

像賛第十

あだし軒のつまなしとのみ人はいへど
よすがはかねてありのみの花　蓑笠

長総《ながふさ》　衿笠《つまかさ》小《さ》夜《よ》二《じ》郎《らう》

像賛第十一

楫取庶吉《かちとりちかきち》　老樹《おいき》

勍風《けいふう》木を抜きて、乳猿悲しみ、
寒雨朋《とも》を喪ひて、雁独り呢《な》く。
凶吉去来、約束無からんや。
憂を分かつ游侠、天資に似たり。

庶吉幷びに老樹を賛す

著作堂

像賛第十二

英虞《あご》将曹《せうそう》　楠《くすのき》河内守正元《かはちのかみまさもと》

いたゞかじ世をしのぶともかくれ笠
仇と共なるあめの下には

楠正元を賛す

〓斎陳人

俠客伝《けうかくでん》　第二集《だいにしふ》　列伝追加姓名目録《れつでんついかせいめいもくろく》

将相　北畠満泰《きたばたけみつやす》＊　楠正勝《くすのきまさかつ》　楠正元《くすのきまさもと》　上杉氏憲《うへすぎうぢのり》　上杉憲基《うへすぎのりもと》　三浦介時高《みうらのすけときたか》

武士　稲城守延《いなぎもりのぶ》　木造親政《きづくりちかまさ》　木造泰勝《きづくりやすかつ》　英虞将曹《あごせうそう》　明星二郎《あかぼしじらう》　十布野左椀太《とふのさわんだ》　宮熨斗多太蔵《みやのしたゞざう》　足野井箏平《あしのゐつゝへい》　底倉喜我八《そこくらきがはち》　柚本再九郎《ゆもとさいくらう》　堂樫麻太郎《だうがしまたらう》　隅屋名湯面九郎《すやなゝゆのめんくらう》　人鷹鬼右衛門《ひとくちおにゑもん》　竜巻耳朶八《たつまきじだはち》　楫取庶吉《かぢとりちかきち》　隅屋維盈《すやこれみつ》　敵介《てきすけ》

＊満泰《ミツヤス》を北畠系図《キタバタケケイヅ》北畠記等に満雅《ミツマサ》に作る。南朝記伝及《マタ》伊勢の巻その它も多く満泰《ミツヤス》とす。いまだ孰《イヅレ》か是をしらず。

僕隷　山勝杣内《やまがつそまない》　斧田与記右衛門《おのだよきゑもん》

奴隷　廐介《まやすけ》

孺豎　庭鳥三女介《にはとりみめのすけ》　袷笠小夜二郎《つまかささよじらう》

農樵　底倉仁兵《そこくらのにひやう》　底倉義右衛《そこくらのぎゑ》　底倉礼作《そこくらのれいさく》　底倉智六《そこくらのちろく》　底倉信三《そこくらのしんざう》　底倉里長《そこくらのさとをさ》名字《みやうじ》佚《いつ》す　石畳屋甲《いしだゝみやなにがし》名字佚ス　五柳村長《いつやぎのむらをさ》名字佚ス

悪棍　拐児《かいじ》名字佚ス　かどはかしのわるもの

婦人　楠姑摩姫《くすのきこまひめ》　老樹引板屋《おいきひたや》　長総《ながふさ》　縫殿《ぬひ》

緇流　遊行上人《ゆぎやうしやうにん》　実証寺長老《じつせうじのちやうろう》　宝珠寺智正尼《ほうじゆじのちせうに》

女行者　音間《おとま》

神仙　葛城九六媛《かづらきのくろひめ》

通計《つがふ》四十七名《にん》、第一集姓名目録《だいいつしふせいめいもくろく》所載《にのするところ》二十五名《にん》、共《ともに》七十二名《にん》是ノ它《ほか》有リ下農戸ノ佚スル二名字ヲ一者上。不レ数ヘ焉。

開巻驚奇俠客伝《かいくわんきやうきけうかくでん》 第二集《だいにしふ》 巻之一

東都　曲亭主人　編次

第《だい》十一回《くわい》

深林《しんりん》に孤《こ》俠《けう》《○ヒトリモノ、ヲトコダテ》意《い》衷《ちう》を訴《うつた》ふ
山荘《さんしやう》に衆僕《しゆぼく》旧功《きうこう》を諍《あらそ》ふ

再説《ふたゝびとく》、館小六助則《たてのころくすけのり》は、「父義隆《ちゝよしたか》の讐敵《あたかたき》、藤白隼人安同《ふぢしろはいとやすとも》を、今宵《こよひ》必《かならず》撃捕《うちとり》て、義父著演《ぎふあきのぶ》の枉難《まがつみ》《○ワウナン》さへに、只這一挙《たゞこのいつきよ》に禳《はらは》んず」、と予《かね》て謀《はか》りし孝心義胆《こうしんぎたん》の、智慧《ちゑ》も武勇《ぶよう》も健雄《ますらを》の、夜《よ》撃《うち》の打扮《いでたち》精悍《かひぐ》しく、藐《は》姑《こ》峯投《ねちさし》て赴《おもむ》きたる、時《とき》に応永《おうゑい》十八年《ねん》、辛卯夏四月《かのとのうのなつうづき》、二十四日《か》の黄昏時《たそがれどき》に、不知《ふち》案内《あんない》なる山里蹊《やまざとこえ》て、羊腸《つゞらをり》なる樹《こ》の下蔭《したかげ》も、迷《まよは》ぬ武士《ぶし》の道直《みちなほ》き、胸《むね》に栞《しをり》の小《を》篠原《ざゝはら》、苔滑《こけなめらか》に薄曛《うすぐら》き、山路《やまぢ》を登《のぼ》りゆく程《ほど》に、忽地後方《たちまちあとべ》に人《ひと》ありて、「やよ喃《なう》、野上《のがみ》の小官人《わかだんな》。等《また》せ給へ」、と喚《よび》かけたり。是《これ》にぞ小六《ころく》は驚《おどろ》きながら、些《ちつと》も譟《さわ》ぐ気色《けしき》なく、厥方《そなた》を佶《きつ》と見かへれば、是則《これすなはち》別人《ことびと》《○ベッジン》ならず、いぬる日《ひ》藤沢《ふぢさは》なる宿所《しゆくしよ》の庭《には》にて、那密談《かのみつだん》を窃聞《たちぎゝ》せし折《をり》、面善《みしりごし》なる目四郎《めしらう》也。目四郎這日《めしらうこのひ》の打扮《いでたち》は、尚巳時許《まだみのときばかり》なる、*涅染《くろぞめ》なる小妻木綿《こつまもめん》の夾衣《あはせぎぬ》を、裾短《すそみじか》に結《つまばさ》みて、柿染《かきぞめ》なる三尺帯《さんざくおび》を、気海《きかい》の頭《ほとり》に締《むす》びたる。帯《おび》は萌葱《もえぎ》の太織絹《ふとおりぎぬ》に、紺《こん》の*裏脚《かふかけ》草鞋甲《わらじがけ》、脚袢《きやはん》も対《つひ》の染木綿《そめもめん》、黄銅箍《どうがねづくり》の円瑺脩刀《ながわきざし》を、瑺降《こじりさが》りに佩《おび》たるが、左手《ゆんで》に引提《ひさげ》し菅笠《すげがさ》を、遽《いそがは》しく搔遣捨《かいやりすて》て、うち含笑《ほうゑみ》つゝ手《て》を揉《もみ》つ、腰《こし》を屈《かゞ》めて快歩《あしばや》に、小六《ころく》が身辺《ほとり》に近《ちか》づきたり。小六《ころく》は厶《それ》ぞと知《し》るものから、思ひがけなき事なれば、故意得《わざとえ》しらぬ面色《おもゝち》して、「今喚被《いまよびか》けしは和郎《わろ》なる歟《か》。抑《そも〳〵》和主《わぬし》は何処《いづこ》の人《ひと》ぞ」、と問《と》へば目四郎声《めしらうこゑ》を密《ひそ》めて、

「否《いな》。気《き》づかはしきものにはあらず。小可《やつがれ》は這頭《こゝら》にて、客店《はたごや》の目四郎《めしらう》、と喚做《よびな》す無頼《ぶらい》の博徒《ばくと》なりしに、いぬる比故《ころゆゑ》ありて、大老爺《おやだんな》に教訓《きやうくん》せられ、魂胆《きもだましひ》を入《い》れ易《かへ》て、おん方人《かたうど》になりしより、密議《みつぎ》を憑《たのま》れ奉《たてまつ》り、「いかでおん身の先途《せんど》に立《たち》て、稟《うけ》たる洪恩徳沢《こうおんとくたく》に、答《こたへ》んものを」、と思ひし事の、空《あだ》となりたるおん身の落命《らくめい》、世《よ》になき人《ひと》の、思ひきや、恙《つゝが》もあらず在《いま》さんとは、とばかりにして事情《ことのこゝろ》を、詳《つまびらか》に告稟《つげまう》

さずば、なほ訝《いぶか》しく思《おぼ》されん。樹蔭《こかげ》へ立寄《たちより》給はずや」、といふに小六《ころく》は一議《いちぎ》に及《およ》ばず、「然《さ》は」とて軈《やが》て先《さき》に立《たち》て、小篠《をざゝ》踏《ふみ》わき細道《ほそみち》へ、一反《いつたん》あまり退《しりぞ》きて、株《くひぜ》に尻《しり》をうち掛《かく》れば、目四郎《めしらう》も亦跟《またつき》て来《き》つ、うち朝《むか》ひ跪《ひざまづ》きて、四下《あたり》を見かへり、「喃小官人《なうわかだんな》。嚮《さき》に小可《やつがれ》が大老爺《おやだんな》の、慈悲《ちひ》徳沢《とくたく》に悪《あく》を洗《あらは》れ、無明《むみやう》の酔《えひ》の醒《さめ》しより、善《ぜん》に与《くみ》して死《し》をだも辞《ち》せず、「おん身《み》の伴《とも》に立《たち》まつらん」、と誓《ちか》ひしよしは恁々《しか〴〵》也。箇《か》様《やう》々《〴〵》で候ひき」とて、初安同《はじめやすとも》に憑《たのま》れて、野上史《のがみのふひと》著演《あきのぶ》を、陥《おとしい》れんと計較《もくろみ》たる、その緈《こと》の趣《おもむき》より、花水橋《はなみづばし》にて著演《あきのぶ》の、銅笄《かうがい》を窃《ぬす》みし事、その折《をり》も又詰旦《またあけのあさ》も、世《よ》に有《あり》がたき著演《あきのぶ》の、義《ぎ》俠徳恩《けうとくおん》に先非《せんび》を悔《くひ》て、柱《はしら》に触《ふれ》て死《しな》まくせしを、又著演《またあきのぶ》に禁《とゞ》められ、小六《ころく》が伴《とも》に立《たて》といはれて、円金《こばん》三枚《みひら》を恵《めぐま》れたる、那日《かのひ》の密議《みつぎ》遺《おち》もなく、その身《み》の素生《すぜう》、九个年已前《くかねんいぜん》、旧里《ふるさと》也ける仮名川《かながは》にて、英直夫婦《ひでなほふうふ》の密談《みつだん》を、心《こゝろ》ともなく窃聞《たちぎゝ》て、小六《ころく》を脇屋《わきや》右《う》少将《せう〴〵》の、おん子《こ》なりきと知《し》りたるよしまで、告知《つげしら》すること半晌許《はんときばかり》、聶《さゝや》き果《はて》て又《また》いふやう、「恁《かゝ》る情由《わけ》さへ候へば、大老爺《おやだんな》は只顧《ひたすら》に、おん身を伊勢《いせ》の国司《こくし》北畠《きたばたけ》満泰《みつやす》許《がり》、落《おと》し遣《やら》んと思食《おぼしめし》たる、当坐《たうざ》の決断《けつだん》、神機妙算《しんきみやうさん》、世《よ》に憑《たのも》しく示《しめ》させ給ひて、「義《ぎ》を見て勇《いさ》む心《こゝろ》あらば、その折汝《をりなんぢ》は伴《とも》に立《たち》て、小六《ころく》が旅宿《たびね》に仕《つか》へよかし。去向《ゆくて》は思ひ得《え》たれども、時日《じじつ》はいまだ卜得《さだめえ》ず。窃《ひそか》に招寄《まねきよ》するまで、汝《なんぢ》は平塚《ひらつか》なる宿《やど》に退《まか》りて、便《たよ》りを等《まち》ね」、と叮寧《ねんごろ》に、宣《のたま》はせしに涙《なみだ》こぼれて、退《まか》りて便宜《びんぎ》を等《まち》たるに、幾程《いくほど》もなくおん身の狂乱《きやうらん》、いぬる夜臥房《よふしど》を脱出《ぬけいで》て馬入《まいり》、相模河《さがみがは》の一名《いちめう》。今《いまの》俗《ひと》バニウと云《いふ》。の早瀬《はやせ》に投《しづ》ませ給ひし、緈《こと》の顚末《もとすゑ》恁々《しか〴〵》と、風声《ふうぶん》はやく隠《かく》れもあらず。亡骸《なきがら》は辛《からく》して、渉猟《あさりえ》得られしよしさへ聞《きこ》えて、藤沢寺《ふぢさはでら》へ葬《はうむり》の、本日《そのひ》は窃《ひそか》に小可《やつがれ》も、柩《ひつぎ》を送《おく》りまゐらせたる、胸《むね》の憂《う》也《や》朦《も》也《や》人知《ひとし》らぬ、歎《なげ》きの霧《きり》の籬笆《まがき》にも、寓方《よるべ》はあらず、独立《ひとりた》つ、夏野《なつの》の芒本《すゝきほ》意《い》なさに、思ひ難《かね》つゝ思ふやう、万夫《ばんぷ》無当《ぶたう》の勇《ゆう》士《し》でも、病痾《やまひ》に捷《かつ》べき膂力《ちから》はなし。矧《まいて》や是《これ》は少年《しようねん》の、身《み》の病着《いたづき》に心《こゝろ》さへ、乱《みだ》れし横死《わうし》を歎《なげ》けばとて、惜《をし》めばとても返《かへ》らんや。小六《ころく》ぬしの事はしも、是非《ぜひ》に及《およば》ぬことながら、俺《わが》進退《しんたい》さへ谷《きわま》りぬ。曩《さき》に藤白《ふぢしろ》に憑《たのま》れたる、密議《みつぎ》を果《はた》さず、回報《いらへ》もせで、山《やま》より東《ひがし》に処《を》るならば、那人《かのひと》必《かならず》憎《にく》しと思ふて、闇撃《やみうち》にもやせらるべからん。それさへあるに野上《のがみ》の大人《うし》と、親《した》しうなりし機《き》を査《さつ》しなば、又奸計《またかんけい》を旋《めぐ》らして、大人《うし》を撃《うた》んとせらるべし。俺身《わがみ》は惜《をし》むに足《た》らねども、大人《うし》に危殃《わざはひ》あらせては、恩義《おんぎ》を稟《うけ》たる甲斐《かひ》もなし。所詮身《しよせんみ》ひとつ底倉《そこくら》なる、那浴館《かのふろやかた》に潜入《しのびいり》て、思ひの随《まゝ》に藤白《ふぢしろ》を、刺殺《さしころ》して俺死《われし》なば、徳《とく》に酬《むく》ひ恩《おん》に答《こたふ》る、是忠節《これちうせつ》の捷径《ちかみち》にて、後々《のち〳〵》までも野上《のがみ》の大人《うし》に、俺身《わがみ》を義士《ぎし》と思はれん。「*虎《とら》は死《し》して皮《かは》を留《とゞ》め、人《ひと》は死《し》して名《な》を遺《のこ》す。吁爾也《あゝしかり》」、と肚裏《はらのうち》に、念決《おもひさだ》めし俔児《しのび》の打扮《いでたち》、いぬる日大人《ひうし》の賜《たまは》りし、那三両《かのさんりやう》の金《かね》をもて、形《かた》の如《ごと》くに准備《ようい》しつ、這麓路《このふもとぢ》に立躱《たちかく》れて、暮果《くれはつ》る日《ひ》を等程《まつほど》に、思ひがけなきおん身も亦《また》、実好《さねよ》き身鎧《はらまき》、甲手《こて》臑盾《すねあて》、両刀腰《りやうたうこし》に跨《よこた》へて、おなじ山路《やまぢ》に赴《おもむ》き給ふを、樹杪《こだち》の間《ひま》より見てければ、訝《いぶか》しき事いふべうもあらず。「藐姑峯《はとね》の湖水《こすい》の頭《ほとり》には、*賽《さい》の河原《かはら》のあるなれば、其頭《そこら》へかよふ冤魂歟《ゆうれいか》。狐狸《きつねたぬき》の所為《わざ》なる歟《か》」、と怪《あや》しみ思へど去向《ゆくて》まで、よく見ざらんはさすがにて、窃《ひそか》に迹《あと》を跟《つけ》て来《き》つ、背影《うしろかげ》さへ半面《よこがほ》さへ、左《と》さま右《かう》さま覘相《うかゞひみ》たるに、腰《こし》より下《しも》も朦朧《おぼろげ》ならず、嶮《けわ》しき山路《やまぢ》をものともせで、急《いそが》せ給ふ歩《あし》の運《はこ》びも、陽《やう》気《き》自然《しぜん》と見《あらは》れて、冤魂変化《ゆうれいへんげ》に似《に》ざりけり。「原来入水《さてはじゆすい》は陽殁《そらじに》にて、窃《ひそか》におん父脇屋殿《ちゝわきやどの》の、冤家藤白安同《かたきふぢしろやすとも》を、撃果《うちはた》さんとて、今宵這《こよひこの》、山路《やまぢ》を投《さし》て潜寄《しのびより》、給ふにこそ」、と猜《すい》せしかば、*海鏡《くらげ》の骨《ほね》に遇《あ》ふ心地《こゝち》して、漫《そゞろ》に喚《よび》かけ奉《たてまつ》りぬ。人《ひと》をも親《おや》さへ欺《あざむ》き課《おほせ》て、なほ存命《ながらへ》てをはします、智慧才学《ちゑさいがく》の逞《たくま》しさよ。然《さり》とも另《べち》に故《ゆゑ》ある事歟《か》。願《ねが》ふは詳《つばら》にうち明《あけ》て、示《しめ》させ給へ」、と繰返《くりかへ》す、*舌《した》も輪《まは》るや小車《をぐるま》の、曳甲斐《ひくかひ》見えし侠者《けうしや》の赤心《まごゝろ》、おもふに優《まし》たる健気《けなげ》さに、小六《ころく》は連《しき》りに感《かん》嘆《たん》して、

「適徴妙《あはれいみじ》き和主《わぬし》の義侠《ぎけう》、只一旦《たゞいつたん》の恩《おん》を感《かん》じて、「死《し》をもて大人《うし》に答《こたへ》ん」、とせられし誠《まこと》は多《おほ》く得《え》がたし。俺《われ》いぬる比《ころ》宿所《しゆくしよ》の庭《には》にて、大人《うし》と和主《わぬし》の密談《みつだん》を、心《こゝろ》ともなく窃聞《たちぎゝ》て、その崖略《おほかた》《○アラマシ》を知《し》りたれども、聞漏《きゝもら》せしを今具《いまつぶさ》に、報知《つげしら》されしは意外《いぐわい》の歓《よろこ》び、現向上《げにみあげ》たる任侠《をとこ》也。然《され》ば那折闚覘《かのをりかいまみ》たる、和《わ》主《ぬし》の面影《おもかげ》忘《わす》れもせねど、和主《わぬし》は亦《また》いかにして、俺《われ》を正可《まさか》に認《みし》りたる、こも不審《いぶか》しきことにこそ」、といへば目四郎《めしらう》

ち微笑《ほうゑみ》て、「おん疑《うたが》ひは爾《さ》ることながら、小可《やつがれ》は藤白《ふぢしろ》の、間諜者《しのびのもの》になりし比《ころ》、藤沢《ふぢさは》なるおん宿所《しゆくしよ》の、外《と》さま内《うち》ざま張《うかゞ》ひて、万事《よろづ》に心《こゝろ》を属《つけ》たりければ、大人《うし》はさら也、おん身の面影《おもかげ》、声音《こはざま》さへに好《よく》知《し》りにき」、といふに小六《ころく》は黙頭《うなづき》て、「しからば隠《かく》すに由《よし》もなし。寔《まこと》に和主《わぬし》の猜《すい》せし如《ごと》く、親《おや》の仇《あた》たる安同《やすとも》を、撃《うた》んと思ひ決《さだ》めしは、只是実父《たゞこれじつぷ》の与《ため》のみならず、養育《やういく》の恩《おん》、年《とし》を累《かさ》ねし、義父《ぎふ》の与《ため》にも亦仇《またあた》なり。「唯速《たゞすみやか》に禍《わざはひ》の、根《ね》を断《たち》て、後《うしろ》を安《やす》くせばや」、と思ふものから安同《やすとも》は、鎌倉管領《かまくらくわんれい》持《もち》氏《うぢ》の寵臣《きりもの》にて、従類《じゆうるい》も亦多《またさは》也。そを白地《いさゝめ》に撃捕《うちと》らば、後難養父《こうなんやうふ》のうへに係《かゝ》りて、臍《ほぞ》を噬《かむ》とも及《およ》びがたけん。最《いと》も難義《なんぎ》の復讐《あたうち》なれば、「世《よ》にも人《ひと》にも俺《わ》が所為《わざ》なるを、知《しら》さで撃《うた》ん」、と尋思《しあん》をしつゝ、欺《あざむ》くまじき親《おや》をすら、詐謀《たばか》りしは是虚誕《これきよたん》に似《に》て、罪深《つみふか》かるべき所行《わざ》なれども、その詭《いつは》りは親《おや》の与《ため》を、思ふ誠《まこと》の外《ほか》あらず、是則《これすなはち》権謀《けんぼう》也。権《けん》は秤《はかり》の錘《おもり》の如《ごと》く、重《おも》きを掛《かく》れば、必重《かならずおも》く、軽《かろ》きを掛《かく》れば必軽《かならずかろ》し。人這権《ひとこのけん》を用《もち》ひざれば、*柱《ことぢ》に膠《にかは》するごとく、機《き》に臨《のぞ》み変《へん》に応《おう》じて、その宜《よろし》きを得《う》ることかたかり。「既《すで》に恪《かく》まで揣《はか》りしかば、俺《わ》が存命《ながらへ》てあるよしを、知《し》るものあらじ」、と思ひしに、天知《てんし》る地知《ちし》る、和郎《わろ》にさへ、知《し》られたりける便《びん》なさの、更《さら》に便宜《びんぎ》になりける歟《か》。*倚《き》伏《ふく》は糾《あざな》ふ纏《なは》の如《ごと》し、*世《よ》は塞翁《さいおう》の馬《うま》なるかな。俺身《わがみ》はちかき比《ころ》までも、得知《えし》らざりける俺素生《わがすぜう》を、はやく和主《わぬし》に窃聞《たちぎゝ》せられ、年歴《としへ》て今茲《ことし》、そが故《ゆゑ》に、殃危不慮《わざはひふりよ》に興《おこ》れるを、うち禳《はらは》んとて俺身先《わがみまづ》、横死《わうし》を示《しめ》して親疎《しんそ》の耳目《じもく》を、隈《くま》なく欺《あざむ》きたりけるを、亦是和《またこれわ》主《ぬし》に知《し》られにけり。奇《き》なり、過世《すくせ》の業《ごう》報《ほうか》歟。鬼神不測《きしんふしぎ》の事ながら、夜撃《ようち》の伴《とも》に立《たゝ》んは要《えう》なし。和《わ》主《ぬし》は這里《ここ》より京師《みやこ》のかたに、赴《おもむ》きて世《よ》を渡《わた》れかし。俺身《わがみ》の武運折《ぶうんをり》に称《かな》ふて、今宵実父《こよひじつぷ》の祥月忌日《せうつききにち》に、親《おや》の怨《うらみ》を雪《きよ》めなば、翌《あす》より命《いのち》は惜《をし》からず。然《さり》とてもなほ幸《さいは》ひに、恙《つゝが》もなくば俺《われ》も亦《また》、京路《みやこぢさし》投て立退《たちの》くべし。しからんには那首《かしこ》にて、環会《めぐりあ》ふ日《ひ》のなからずやは。只此《たゞこの》うへの好意《なさけ》には、小六《ころく》が死《し》なで有《あり》けるよしを、親弟兄《おやはらから》にも、世《よ》の人《ひと》にも、報《つぐ》ることなく過《すぐ》されなば、いよ〳〵義士《ぎし》と思はなん。今《いま》さら憑《たの》むは只《たゞ》これのみ。やよや這義《このぎ》をこゝろ得《え》てよ」、と口説《くど》くを目四《めし》

郎聞《らうき》ゝあへず、

「そは亦本意《またほい》なき事なるを、いかにして承引《うけひ》くべき。好思《よく》ふても見給へかし。大老爺《おやだんな》に誓《ちか》ひし折《をり》、今宵《こよひ》おん身《み》の夜撃《ようち》の伴《とも》に、立《たゝ》んといひしことはなけれど、おん身を落《おと》し遣《や》る折《をり》に、「倶《ぐ》して旅宿《たびね》に仕《つか》へよ」、とて、准備金《したくきん》《○ヨウイ》さへ賜《たまは》りしに、その事空《あだ》になりしかば、恩義《おんぎ》を復《かへ》す術《すべ》なさに、大人《うし》の仇《あた》なる那人《かのひと》を、撃《うた》んと思ひ決《さだ》めつゝ、今独《いまひとり》ゆく這山路《このやまぢ》にて、料《はか》らずおん身に遇《あひ》ながら、今宵《こよひ》の伴《とも》に立《たゝ》ずもあらば、大人《うし》に期《ご》したる誓言《ちかごと》も、今又《いまゝた》おん身に稟《まう》せしよしも、皆揣鬼《みなそらごと》にならんのみ。且小可《かつやつがれ》を那首《かしこ》まで、倶《ぐ》してゆき給はずば、必《かならず》三椿《みつ》の不便《ふべん》あり。その義《ぎ》を思ひ給はずや」、といふに小六《ころく》は眉《まゆ》を顰《ひそ》めて、「不便《ふべん》といふは、甚麼《いか》なる故《ゆゑ》ぞ」、と問《と》へば目四郎《めしらう》「さればとよ。小可《やつがれ》は那浴館《かのふろやかた》の、案内《あんない》《○シルベ》をよく知《しつ》たり。そを郷導《みちしるべ》にせられずば、是不便《これふべん》の一ッ也。又案内者《またしるべびと》を得《え》ずもあれ、武運《ぶうん》に称《かな》ふて思ひの随《まゝ》に、冤家《かたき》を撃捕《うちと》り給ふとも、那人《かのひと》は従類多《じゆうるいおほ》かり。其《そ》も鏖《みなごろし》にし給はずば、おん身《み》を認《みとむ》るものあらん。是不便《これふべん》の二ッ也。又那首《またかしこ》には非常《ひじやう》の与《ため》に、備《そなへ》措《おか》るゝ弓箭《ゆみや》も多《おほ》かり。一人先《いちにんさき》に潜《しの》び入《いり》て、弓《ゆみ》の弦《つる》を断《き》るものなくば、敵《てき》に射《い》らるゝことあらん。是《これ》その不便《ふべん》の三ッなりけり。今這三椿《いまこのみつ》の不便《ふべん》あり。然《さ》でも伴《とも》には允《ゆる》されずや。みづから思ひ給ひねかし」、と詞《ことば》せわしく怨《ゑん》ずれば、小六《ころく》は屢《しば〲》頷《うなづ》きて、

「いはるゝ趣《おもむき》寔《まこと》に所以《ゆゑ》あり。*匹夫《ひつぷ》も亦志《またこゝろざし》を、奪《うば》ひがたかるものなるに、俺謬《われあやま》てり、謬《あやま》てり。しからば和主《わぬし》の望《のぞみ》に儘《まか》して、案内《しるべ》《○アンナイ》の与《ため》に倶《ぐ》しもせん。なれども和主《わぬし》が那浴館《かのふろやかた》へ、潜入《しのびいり》て捉《とら》へられき、と聞《きこ》えしよりはや日属《ひごろ》を歴《へ》たり。今《いま》の容子《ようす》は什麼《いか》なるべき」、といふを目四郎聞《めしらうき》ゝあへず、「其頭《そこら》も脱落《ぬかり》候はず。昨宵小可潜《よんべやつがれしのび》ゆきて、那首《かしこ》の容《よう》を覘《うかゞ》ひしに、那《かの》人《ひと》は五十日《にち》の、湯治《とうぢ》の暇《いとま》を賜《たまは》りて、鎌倉《かまくら》を立出《たちいで》しは、三月《やよひ》十二日《にち》の事也とぞ。恁《かゝ》ればきのふはその日《ひ》より、四十五日《にち》になりにたり。是《これ》により藤白主《ふぢしろぬし》は、「明日《あす》先妻子《まづやから》を気《き》賀《が》へかへして、その身《み》は後日歟大後日《あさてかひあさつて》、倶《とも》に気賀《きが》まで退《しりぞ》きて、却鎌倉《さてかまくら》へ赴《おもむか》ん」、といはれしよしさへ听得《きゝえ》たり。なれども便《たよ》り歹《あし》かりければ、撃《うち》も果《はた》さでけふに及《およ》べり。然《され》ば

三月《やよひ》の中澣《なかば》より、遊興《ゆうきやう》の与《ため》に携《たづさへ》られたる、大磯紅粉坂《おほいそけはひざか》の歌妓們《うたひめら》も、翌《あす》は身《み》の暇《いとま》を賜《たまは》るとて、*還《かへ》り風起《かぜた》つ癖《くせ》なれば、陰《した》には歓《よろこ》ぶべけれども、「お名残惜《なごりを》し」、といはぬはなかりき。恁《かゝ》れば今宵《こよひ》は好潮合《よきしほあひ》にて、手脚纏縁《あしでまとひ》になりぬべき、女子《をなご》は総《すべ》て那首《かしこ》にあらず。奥方隷《おくがたづき》の甲乙《それかれ》も、皆轎子《みなのりもの》に従《したが》ふて、気賀《きが》の邸《やしき》へ退《まか》りなば、残《のこ》るは若党《わかたう》、雑色奴隷《ざふしきしもべ》、二十名《にん》には過《すぎ》ざるべし」、と報《つぐ》るに小六《ころく》は歓《よろこば》しさの、手《て》を憶《おもは》ずも額《ひたひ》に加《くは》えて、

「そは又得《またえ》がたき造化《しあはせ》也。霎時《しばし》の程《ほど》と思ひしに、密談《みつだん》に日《ひ》の暮《く》れしを覚《おぼえ》ず。夜《よ》ははや初更《しよこう》《○イツツ》になりぬらん。真夜半《まよなか》までは烏夜《やみ》なれば、潜《しの》ぶに便《たよ》り歹《あし》からず。卒《いざ》や那首《かしこ》へ急《いそが》んず」、と立《たつ》を目四郎《めしらう》推禁《おしとゞ》めて、「惴《はや》らせ給ふな。尚《まだ》はやかり。最初小可《はじめやつがれ》が那浴館《かのふろやかた》へ、潜入《しのびいり》たる折《をり》はしも、只脚頭《たゞあしもと》を相《み》つるのみにて、間毎《まごと》に心《こゝろ》を属《つけ》ざりければ、昨宵《よんべ》は八隅《やすみ》を漏《もら》すことなく、出口庭門《でぐちにはぐち》、間毎《まごと》の進退《かけひき》、方位《はうがく》さへに鑑定《みさだ》めたり。即《すなはち》そをうち忘《わす》れざる為《ため》に、宿《やど》に還《かへ》りて引《ひき》たる画図《ゑづ》あり。こゝに」、と懐《ふところ》を、掻撈《かゝぐ》りて取出《とりいだ》すにぞ、小六《ころく》は腰《こし》なる燧《ひうち》嚢《ぶくろ》を、解開《ときひら》きて火《ひ》を鑽《う》つ程《ほど》に、目四郎《めしらう》も亦腰《またこし》を探《さぐ》りて、三《さん》尺帯《ざくおび》の間《あはひ》より、抜《ぬき》とり出《いだ》す蠟燭《らうそく》の、准備《ようい》を小六《ころく》は誉《ほめ》ながら、火《ひ》を移《うつ》さすれば、目四郎《めしらう》は、左手《ゆんで》に小篠《をざゝ》を折採《をりとり》て、蠟燭《らうそく》を挿《さ》し地上《ちしやう》に植《たて》て、却平坦《さてひらめ》なる石《いし》の上《うへ》に、件《くだん》の画図《ゑづ》を推開《おしひら》けば、小六《ころく》も跪居《ついゐ》て彼此《あちこち》と、見るを目四郎《めしらう》指《ゆび》さし示《しめ》して、

「是覧《これみそなは》せ浴館《ふろやかた》は、大小《だいしよう》総《すべ》て十余間《じうよま》あり。奥《おく》まりたる東《ひがし》の間《ま》は、藤白主《ふぢしろぬし》の臥房《ふしど》也。這次《このつぎ》の間《ま》に近習《きんじゆ》の侍者《さむらひ》、両三名《ふたりみたり》宿直《とのゐ》をしたり。西《にし》なる五間《いつま》は奥方《おくがた》と、給事《みやづかへ》の婢子們《をんなばら》、并《ならび》に両舎三瓦《くるわ》の歌妓們《うたひめら》が、紅粉舎《けはひべや》あり。又便室《またゐま》なりしを、けふ奥方《おくがた》は気賀《きが》の館《たち》へ、帰館《きくわん》せられて歌妓們《うたひめら》も、皆身《みなみ》の暇《いとま》を賜《たび》たらば、這頭《こゝら》に人影《ひとけ》はなかるべし。又小玄関《またこげんくわ》は南《みなみ》に在《あ》り。北《きた》なる子舎《へや》には若党処《わかたうを》り。庖湢《くりや》に隣《とな》るは雑色子舎《ざふしきべや》、中間《ちうげん》子舎《べや》は下《しも》にあり。*浴室《ふろや》は即乾《すなはちいぬゐ》の方《かた》と、坤《ひつじさる》にも筧二《かけひに》个所《かしよ》あり。巽《たつみ》に庭《には》あり、庭門《にはぐち》あり。這里《ここ》より奥《おく》に出口《でぐち》はなし。恁《かゝ》れば庭《には》よりうち入《い》りて、出居《いでゐ》の這方《こなた》を断截《たちき》らば、袋《ふくろ》の東西《もの》を探《さぐ》るが如《ごと》く、主従《しゆう〳〵》一個《ひとり》も漏《もら》すべからず。その期《ご》に及《およ》ばゞ小可《やつがれ》は、奥《おく》と面亭《おもて》の間《あはひ》なる、*這個杉戸《これこのすぎど》を目柴《まぶし》にして、走入《はしりい》

るもの、逃出《にげいづ》る、奴們《やつばら》あらば撃留《うちとめ》てん。おん身《み》は奥《おく》にうち入《い》りて、冤家《かたき》を撃捕《うちとり》給へかし。恁做《かうな》すときは幾人《いくたり》ありとも、逃《にが》すことでは候はず」、と手《て》に取る如《ごと》く聶《さゝや》き示《しめ》せば、小六《ころく》は相《み》つゝ点頭《うなづき》て、「俺《われ》も如右《しか》こそ思ふなれ。臨機応変《りんきおうへん》、時宜《じぎ》に依《よ》る、ものにしあれど進退《かけひき》を、今《いま》より茲《こゝ》に定《さだ》めたる、這画図《このゑづ》は現価千金《げにあたひせんきん》、是《これ》に優《まし》たる幇助《たすけ》はなし。誘《いざ》ゆくべし」、と身《み》を起《おこ》せば、目四郎《めしらう》は遽《いそが》しく、画図《ゑづ》を畳《たゝ》みて懐《ふところ》へ、夾《おさむ》る程《ほど》に山風《やまかぜ》に、吹《ふか》れて滅《きゆ》る蠟燭《らうそく》を、うち棄《すて》て倶《とも》にたつか弓《ゆみ》、わけ入《い》る山《やま》は谷河《たにがは》に、㽝堰《いはせ》く水《みづ》の滔々《たう〳〵》と、音凄《おとすさま》じき夏樹立《なつこだち》、*藐姑峯《はこね》楊櫨《うつぎ》は花零果《はなちりはて》て、烏夜《やみ》を照《てら》さん雪《ゆき》もなき、*芒種《さつき》の節《せち》の比《ころ》なれば、降《ふ》りみ降《ふ》らずみ*私雨《わたくしあめ》の、霽《はれ》んとしては又雲《またくも》る、峰歟《みねか》麓歟《ふもとか》杜鵑《ほとゝぎす》、*俺踰《われこえ》ゆけど伊豆《いづ》の海《うみ》や、澳《おき》の小嶋《こじま》は見えりけん

任俠慕孝義《じんけうこうぎをしたひ》　奸雄愛便佞《かんゆうべんねいをあいす》　有像第十五

花ぐはし箱根のねろにひもとけてさく似児くさはかれずやあ

小六　目四郎

麻太郎　さい九郎　きが八　めん九郎　多田蔵

さわん太　みめの介　藤白安とも　つゝ平

ねども、有繫《さすが》に深《ふか》き生《うみ》の恩《おん》、*仰《あふ》げば高《たか》き養《やしな》ひの、親《おや》にも返《かへ》す剣大刀《つるぎたち》、身《み》を捨《すて》てこそ武夫《もの〻ふ》の、*名《な》をも揚羽《あげは》の蝶鳥《てうとり》と、思ひぞ伊豆《いづ》の藤原《ふぢはら》の、曾我《そが》の霊堂《みだう》の這山本《このやまもと》に、ありとし聞《き》けば肝向《きもむか》ふ、心《こゝろ》に禱《いの》る健雄《ますらを》の、先《さき》に立《たち》つゝ闇《くら》き夜《よ》の、其首《そこ》とも見えぬ目四郎《めしらう》は、熟《な》れし路《みち》とて水茎《みづぐき》の、ふみも迷《まよは》ず急《いそ》ぎし随《まゝ》に、草鞋《わらじ》はきれて壌《つち》の入《い》る、底倉《そこくら》の館《たち》に着《つ》きにけり。

這時夜《このときよ》ははや子《ね》二刻時候《ふたつごろ》にて、*万籟声《ばんらいこゑ》なく寂寞《じやくまく》たる、「折《をり》こそよけれ」、と目四郎《めしらう》は、安同《やすとも》が浴館《ふろやかた》なる、庭門《にはぐち》に身《み》を倚《よ》せて、覘《うかゞ》ふこと半晌許《はんときばかり》、莞然《につこ》と笑《ゑみ》つゝ退《しりぞ》き来《き》て、小《こ》六《ろく》を喚《よび》かけ聶《さゝや》くやう、「奥《おく》には人声幽《ひとごゑかすか》に聞《きこ》ゆ。然《され》ども這頭《こゝら》に人影《ひとけ》はあらず。小可《やつがれ》は先潜入《まづしのびいり》て、なほも容子《ようす》を覘知《うかゞひし》るべく、弓《ゆみ》の弦《つる》をも断棄《きりすて》て、庭門《にはぐち》を開《ひら》くべし。戦飯《ひやうらう》の准備《ようい》もあり。宜《よろし》く腹《はら》を繕《つくら》ふて、姑且等《しばらくまた》せ給ひね」、といひつゝ軈《やが》て懐《ふところ》より、紙《かみ》に裹《つゝ》みし焼餅《やきもちひ》を、四五枚拿出《よついつゝとりいだ》しつ、そが内《うち》三枚《みつ》を又紙《またかみ》に、裹《つゝ》みて小六《ころく》に逓与《わた》すにぞ、小六《ころく》はやをら受《うけ》拿《とり》て、「こは慚愧《かたじけな》し。恁《かく》までに、行届《ゆきとゞ》かれし准備《ようい》は妙《めう》也。いふに及《およば》ぬことながら、只小心《たゞようじん》を旨《むね》として、はやく暗号《あひづ》をせよかし」、と聶《さゝや》く程《ほど》に目四郎《めしらう》は、餅一枚《もちひひとつ》をうち啖《くら》ひ、残《のこ》るを口《くち》に嚥《ほうば》りながら、はや板屏《いたべい》に手《て》を掛《かけ》て、閃《ひら》りと乗《の》りて、樹枝《このえだ》に、伝《つた》ふて庭《には》に下立《をりたち》けり。

爾程《さるほど》に、藤白隼人正安同《ふぢしろはいとのせうやすとも》は、嚮《さき》に湯治《とうぢ》の暇《いとま》を賜《たまは》り、鎌倉《かまくら》を立出《たちいで》しより、這底倉《このそこくら》も采邑《りやうぶん》なれば、石畳屋《いしだゝみや》と喚做《よびな》したる、第《だい》一番《ばん》の浴家《ふろや》を僦《かり》て、主人并《あるじならび》に妻子《やから》も奴婢《ぬび》も、皆別宅《みなべつたく》に移《うつ》らして、従類《じゆうるい》の外出入《ほかでいり》を允《ゆる》さず、夜《よ》も日《ひ》も酒宴遊興《しゆえんゆうきやう》に、吹鼓《うちはや》し儛踏《まひおど》らして、忌憚《いみはゞか》ることなかりしかども、這里《こゝ》は奥《おく》まりたる山里《やまざと》なれば、隣《となり》も遠《とほ》く外相罕《ひとめまれ》也。然《さ》らでも領主《りやうしゆ》の勢《いきほ》ひに、怕《おそ》れざるものあることなければ、湯治《とうぢ》の為《ため》に旅客《たびゞと》の、来《き》ぬるもよしを伝聞《つたへきゝ》て、他所《たしよ》の温泉《いでゆ》に浴《い》るもの多《おほ》かり。恁《かゝ》れば当日底倉《このごろそこくら》なる、浴家《ふろや》は総《すべ》て生活《なりはひ》の、便着《たつき》を喪《うしな》ひたりけれども、うち呟《つぶや》くのみ、愁訴《しうそ》に由《よし》なく、限《かぎ》りある日《ひ》を僂《かゞな》べて、「快立《とくたて》かし」、と不楽《わび》にけり。

故《ゆゑ》あるかな安同《やすとも》が、気賀《きが》には久《ひさ》しくをらずして、底倉《そこくら》なる浴館《ふろやかた》に、逗留《とうりう》の程驕奢《ほどおごり》を極《きは》めて、富貴《ふうき》を里人《さとびと》に示《しめ》す事、是小人《これしようじん》の傲慢《どうまん》にて、予《かね》て心《こゝろ》に思ふやう、「*八字生来武運《はちじせうらいぶうん》に称《かな》ふて、九个年《くかねん》已前《いぜん》脇屋《わきや》少将《しやう〳〵》義隆《よしたか》を撃捕《うちと》りしより、俺身《わがみ》猛可《にはか》に発迹《なりいで》て、底倉《そこくら》の荘《せう》を加増《かぞう》し賜《たまは》り、鎌倉殿《かまくらどの》に昵近《ちつきん》しつゝ、主君二代《しゆくんにだい》の寵臣《きりもの》に、做《なり》も登《のぼ》りて今《いま》に至《いた》れり。便是《すなはちこれ》底倉《そこくら》は、俺立身《わがりつしん》の吉地《きつち》なれば、いかで休暇《きうそく》《○キウカ》の折《をり》を得《え》ば、那首《かしこ》に赴《おもむ》き醮遊《さけもりあそ》びて、這歓《このよろこ》びを尽《つく》さんず」、と尋思《しあん》をしたることさへあれば、その宿念《しゆくねん》を果《はた》せし也。然《され》ばこそあれ石《いし》畳屋《だゝみや》は、曩《さき》に脇屋《わきや》義隆主《よしたかぬし》の、湯治《とうぢ》の為《ため》に寄宿《きしゆく》して、撃《うた》れ給ひし浴家《ふろや》也。第一番《だいいちばん》の大廈《たいか》にて、坐席《ざしき》の間数寡《まかずすくな》からねば、安同《やすとも》はその身《み》に取《とり》て、先功後栄《せんこうこうゑい》共《とも》に愛《めで》たし。逗留《とうりう》の程《ほど》那里《かしこ》をもて、俺浴館《わがふろやかた》にすべけれとて、妻子眷属《さいしけんぞく》相携《あひたづさへ》て、いぬる比《ころ》より這里《ここ》に処《を》り。既《すで》にして五十日《にち》の、期限《きげん》も才《わづか》になりけるに、「這年来怨《このとしごろうらみ》ある、野上史著演《のがみのふひとあきのぶ》を、陥《おとしい》るべき密策《みつさく》を、授《さづ》けて放遣《はなちつかは》したる、小賊《こぬすびと》目四郎《めしらう》が、信《おとづれ》いまだ聞《きこ》えぬは、綷露《ことあらは》れて、撃《うた》れはせずや。然《さら》ずは今《いま》に便宜《びんぎ》のあら伝《で》、空《あだ》にくらす歟《か》、逃《にげ》たる歟《か》、花開《はなさ》く山《やま》の雲《くも》ならで、心《こゝろ》にかゝらぬ日《ひ》はなけれども、俺鎌倉《われかまくら》へ還《かへ》ら伝《で》は、虚実《きよじつ》を探《さぐ》ること易《やす》からず。五十日《にち》の定限《じやうげん》も、季三四日《すゑみかよか》になりたれば、妻子《やから》を気賀《が》へ退《しりぞ》かして、俺《われ》も明日《あす》後日《あさて》の比《ころ》、鎌倉《かまくら》へかへりまゐるべし。恁《かゝ》れば帰府《きふ》の准備《ようゐ》に」とて、妻房《ないしつ》の長総《ながふさ》に、婢子們《をんなばら》と老党《ろうだう》と、若党《わかたう》さへ分《わか》ち冊《かしづ》けて、這日《このひ》気賀《きが》へ返《かへ》し遣《つかは》し、又遊《またゆう》興《きやう》の与《ため》に将《い》て来《き》ぬる、舞妓歌妓們《まひめうたひめら》にも、身《み》の暇《いとま》を取《とら》しつ、今宵《こよひ》は若党七名《わかたうなゝたり》と、雑色奴隷《ざふしきしもべ》十四五名《にん》、主僕合《しゆぼくあは》して二十余《よ》名《にん》、なほ底倉《そこくら》に残《のこ》りたり。

抑《そも〳〵》件《くだん》の若党《わかたう》に、底倉記我八《そこくらきがはち》、柚本再九郎《ゆもとさいくらう》と喚做《よびな》す二名《ふたり》は、藤白譜第《ふぢしろふだい》の家隷《けらい》にて、這宅《このよ》、名湯面九郎《なゝゆのめんくらう》、十布野左椀《とふのさわん》太《だ》、宮尉斗多田蔵《みやのしたゞざう》、堂樫麻太郎《だうがしまたらう》、足野井筩平《あしのゐつゝへい》なンど喚《よば》れたる五名《いつたり》は、曩《さき》に安同《やすとも》が夜撃《ようち》して、義隆朝臣《よしたかあそん》を害《がい》せし折《をり》、その催促《さいそく》に従《したが》ふて、倶《とも》に找《すゝ》みし野武士《のぶし》也。多《おほ》かる中《なか》に口才《こうさい》あり、武芸《ぶげい》も拙《をさな》からざりければ、発迹《なりいで》し折召《をりめし》よせて、軈《やが》て近《きん》習《じゆ》にしたる也。爾《され》ば又安同《またやすとも》は、婦女輩《をんなばら》を皆退《みなしりぞ》かして、猛可《にはか》に寂《さみ》しくなりたるに、思ひ出《いづ》れば九个年前《くかねんぜん》、義隆《よしたか》を撃捕《うちとり》たる、その月《つき》その日《ひ》の環《めぐ》り来《き》て、四月《うづき》廿四日《か》になりぬ。「当《たう》所《しよ》の名残《なごり》も今宵《こよひ》のみ。這那《これかれ》の寿《ことぶ》きに、今宵《こよひ》も亦酒醮《またさかもり》して、遊《あそ》ずばあるべからず。僉《みな》うち聚合《つどひ》て祝《しゆく》せ」とて、那七名《かのなゝたり》の若党《わかたう》を、身辺近《ほとりちか》く召《よび》よせつ、平生《つね》は面前《まなさき》へ出《いだ》さゞりける、庖丁人雑色們《りやうりにんざふしきら》さへ、席末《せきまつ》に侍《はべ》らして、酒宴《しゆえん》に興《きやう》を催《もよほ》したる、*折《をり》から最愛《さいあい》の竜陽《こしやう》也ける、庭拿三女介《にはとりみめのすけ》といふ美少年《びしやうねん》に、細腰鼓《こつゞみ》を拍《うた》せなどして、主僕快楽《しゆぼくけらく》に余念《よねん》もなかりし。そが中《なか》に記我八《きがはち》と、再九郎《さいくらう》は家子態《いへのこぶり》て、同僚《どうやく》に席《せき》を譲《ゆづ》らず、安同《やすとも》が与《さ》す盃《さかづき》を、会釈《ゑしやく》もなく受戴《うけいたゞ》きて、うち累《かさ》ねつゝ喫《の》む為体《ていたらく》を、傍痛《かたはらいた》しと思ひたる、左椀太《さわんだ》、多田蔵《たゞざう》、面九郎《めんくらう》、麻太郎《またらう》、箭平們《つゝへいら》は目《め》を注《くは》し、倶《とも》に安同《やすとも》にうち対《むか》ひて、「*今《いま》の世《よ》の曲子《こうた》にも、酒《さけ》には思ひ出《いだ》すといへど、相公《との》は忘《わす》れ給ひし歟《か》。曩《さき》に当所《たうしよ》の戦《たゝか》ひに、数《かず》にも足《た》らぬ敵《てき》ながら、那大刀《かのたち》風《かぜ》に斫立《きりたて》られて、找《すゝ》む躬方《みかた》のなかりしに、俺們《われ〱》五名《いつたり》先《さき》を蒐《かけ》て、船田小二郎隆友《ふなだのこじらうたかとも》を、撃捕《うちとり》たるは某《それがし》なりき」、といひつゝ見かへる左椀太《さわんだ》の、発語《ほつご》に取接《とりつ》ぐ面九郎《めんくらう》、*起身颺《たつみあがり》に膝《ひざ》を找《すゝ》めて、「然《さ》也。那折堀口五郎《かのをりほりぐちごらう》が、深痍《ふかで》に屈《くつ》せぬ死物狂《しにものぐる》ひに、雑兵許多撃《ざふひやうあまたうた》れしかども、某《それがし》烈《はげ》しく戦《たゝか》ふて、鎗《やり》もて矢庭《やには》に突仆《つきふ》せしを、感《かん》ぜぬものはなかりき」、といへば麻《ま》太郎鼻蠢《たらうはなうご》めかして、「然《さ》也。大将義隆《たいせうよしたか》は、防箭《ふせぎや》を射尽《いつく》して、退《しりぞ》きておん腹《はら》を、めされし坐席《ざしき》を今《いま》思へば、這次《このつぎ》の間《ま》でありけんかし。後《のち》に主人《あるじ》が造更《つくりかえ》て、家《いへ》は初《はじめ》の如《ごと》くならねど、かはらぬ武勇《ぶよう》は俺們《われ〱》五名《いつたり》、就中義隆《なかんづくよしたか》の、おん首《くび》を給はりしは、烏許《をこ》がましくも某《それがし》也。当時《たうじ》これをや功名《こうめう》の、第一番《だいゝちばん》といはまくのみ」、と誇《ほこ》れば点頭《うなづ》く宮尉斗多田蔵《みやのしたゞざう》、「然《さ》也。田子勇伝二《たこのゆでんじ》の、撃《うた》れし迹《あと》へ立替《たちかは》りて、首級《しるし》を揚《あげ》しは、和殿《わどの》の造化《しあはせ》、手剛《てごわ》かりしは鳥山七郎《とりやましちらう》、江田蔵人《えだのくらんど》なりけれども、其《そ》も漏《もら》さずに撃果《うちはた》せしは、此《こゝ》に侍《はべ》る同僚《どうやく》足野井箭平《あしのゐつゝへい》をいふ。と、某《それがし》が手柄《てがら》也。世《よ》には譜第《ふだい》よ家子《いへのこ》よとて、大平《たいへい》の日《ひ》はみづから允《ゆる》して、人《ひと》もなげなる上坐《じようざ》をしぬれど、却戦場《さてせんじやう》に臨《のぞ》みては、皆新参《みないまゝゐり》を盾《たて》にして、恥《はぢ》と思はぬもの多《おほ》かり。相公《との》は然《さ》りとも思《おぼ》さずや」、と過《すぎ》にし事をいひ出《いで》て、窘《たしな》めらるゝ再九郎《さいくらう》、記我八《きがはち》も倶《とも》に怫《むつ》として、怺難《こらへかね》たる声高《こゑたか》やかに、「見《み》も聞《きゝ》もせぬ人《ひと》ならば、似而非《ゑせ》広言《くわうげん》を真実《まこと》と思はん。那折《かのをり》は俺們《われ〱》も、おん馬前《うまさき》にて挊《かせ》ぎし武勇《ぶよう》を、相公《との》こそ知食《しろしめし》たりけめ。向《むか》ふに前《まへ》なき大刀風《たちかぜ》に、うち靡《なびか》したる高柳《たかやなぎ》、兵庫《ひやうご》に当《あた》るものなかりしを、俺們両個《われ〱ふたり》相撃《あひうち》にして、首《くび》を捕《と》りしを忘《わす》れし歟《か》。

船田《ふなだ》・鳥山《とりやま》、江田《えだ》・堀口《ほりぐち》、勇士《ゆうし》といへども深痍《ふかで》に堪《たへ》ず、*泥《どろ》に吻《いきつ》く鯽《ふな》に似《に》て、或《あるひ》は自害《じがい》し、刺違《さしちが》へたる、死首《しにくび》を捕《と》りめされしを、人《ひと》は知《しら》ずと思ひて歟《か》。嗚呼《をこ》なることを」、と詈《のり》回《かへ》せば、倶《とも》に性起《せきた》つ生酔《なまえひ》同士《どち》の、眼《まなこ》を瞪《いか》らし膝推向《ひざおしむけ》て、いと嚚《かしま》しく罵《のゝし》る程《ほど》に、事《こと》いで来《き》ぬべく見えたるを、安同《やすとも》「ヤヤ」と推鎮《おししづ》めて、「若們《なんぢら》ははや酔《えひ》たるな。俺《わが》いふよしを聞《きゝ》ねかし。主《しゆう》の与《ため》に身を見かへらで、敵《てき》に当《あた》るは武士《ぶし》の役《やく》、その一日《いちにち》の故《ゆゑ》をもて、耕《たがやし》させず、飽《あく》までに、啖《はま》する飯《いひ》に新《しん》旧《きう》ありとも、忠義《ちうぎ》に新兵古兵《しんぺいこべい》はなし。捷《かつ》も敗《まく》るも大将《たいせう》の、軍配《ぐんばい》に依《よ》るものなれば、当時《たうじ》《○ソノワリ》躬方《みかた》の功名《こうめう》は、皆安同《みなやすとも》が致《いた》す所《ところ》、誇《ほこ》らば俺《われ》こそ誇《ほこ》りもせめ。天飛《あまと》ぶ鷹《たか》も、地《ち》を走《はし》る、狗《いぬ》も朋輩《ほうばい》なるものを、無益《むやく》の口論《くちろん》、不敬《ふけい》にあらずや。向後《きやうご》を佶《きつ》と慎《つゝし》みね」、といはれて大家《みな〳〵》青菘《あをな》に塩《しほ》の、形《かたち》を改《あらた》め額《ぬか》をつきて、「仰《おふせ》うけばり奉《たてまつ》りぬ。御免《ごめん》のうへの酒興荒《しゆきやうくわう》じて、憶《おもは》ず口《くち》が*馬歯莧《すべりひゆ》、箸《はし》にも棒《ぼう》にも掛《かゝ》らざる、*蕁《ぬなは》を酒菜《さかな》に今一《いまいち》度《ど》、過《すぐ》させ給はゞ有《あり》がたからん。重々《ぢゆう〳〵》*過怠照文《あやまりせうもん》の、酔《よつ》《○エウ》て、件《くだん》の如《ごと》くなりける、無礼《ぶれい》を允《ゆる》させ給ひてよ」、と異口同音《ゐくどうおん》に陪話《わび》しかば、安同《やすとも》「呵々《かゝ》」とうち笑《わら》ひて、「然《さら》ば亦復《また〳〵》回醒《のみなほ》さん。若們《なんぢら》も回背《なかなほり》に、酒量《しゆりやう》を竭《つく》して喫《のみ》ねかし。過《すぎ》にし軍《いくさ》の剛臆《がうおく》は、左《と》まれ右《かく》まれ捨措《すておき》がたきは、那著演奴《かのあきのぶめ》が事也かし。這里《ここ》に侍《はべ》るは皆腹心《みなふくしん》にて、逆《かね》ての機密《きみつ》を知《し》らぬもなければ、今《いま》さら隠《かく》すべくもあらず。いぬる比《ころ》の盗児奴《ぬすびとめ》は、殺《ころ》すべかりし頭顱《かうべ》を接《つが》して、金《かね》さへ取《とら》せて遣《つかは》せしに、いかにしにけん若們《なんぢら》は、聞《きゝ》つることもなかりし歟《か》」、と問《と》へば大家《みな〳〵》、「さン候。現那《げにかの》事も候ひき。歹人《わるもの》ながら才《さえ》ありげにて、諾《うけ》ひ稟《まう》せし一大事《いちだいじ》を、做得《なしえ》たりとも、做《な》し得《え》ずとも、けふまで便《たよ》りの聞《きこ》えぬは、仇《あた》に知《し》られて撃《うた》れし歟《か》、倘《もし》からずは心変《こゝろかは》りて、逃亡《にげうせ》たる歟《か》、知《し》るべからず。探知《さぐりしら》まくおもへども、浮世《うきよ》に疎《うと》き這山里《このやまざと》の、おん僑居《かりずまひ》で便《びん》なし」、といふに安同《やすとも》頷《うなづ》きて、「その義《ぎ》もあれば鎌倉《かまくら》へ、帰《き》心今《しんいま》さら矢《や》のごとく、既《すで》に准備《ようい》をしたる也。明日《あす》は必気賀《かならずきが》へ還《かへ》りて、後日《あさて》は帰《き》府《ふ》に赴《おもむか》ん。靴《くつ》を隔《へだて》て癬《かゆき》を搔《か》く、憑甲斐《たのみがひ》なき盗児《ぬすびと》に、吊《つ》られてものを思はんより、俺鎌倉《われかまくら》へ還《かへ》りなば、著演奴《あきのぶめ》を結果《おしかたづく》る、計略《はかりごと》は幾《いくら》もあらん。今宵《こよひ》は浴室《ふろ》の名残《なごり》也。且喫《まづの》むべし」、と引受《ひきうけ》て、酌《くま》しては竭《ほ》す盃《さかづき》を、一人別《ひとり》〳〵に取《とら》すれば、然《さら》でも扠《すゝ》む壮佼們《わかものばら》、酒《さけ》には一人当千《いちにんたうせん》にて、敵《てき》を択《えら》まぬ乱盃雑盞《らんぱいざつさん》、泥《どろ》の如《ごと》くに酔《えは》ぬもなく、席《せき》にも堪《たへ》ず見えしかば、安同《やすとも》は、卒就寝《いざねまら》んとて、跉玎《よろめき》ながら身《み》を起《おこ》せば、「おん浮踏《あぶな》や」、と三女介《みめのすけ》が、手《て》を掖《ひ》き扶《たす》けてそが儘《まゝ》に、臥房《ふしど》に冊《かしづ》き入《い》れにけり。現常言《げにことわざ》にいへることあり、*豪家《がうか》の門《かど》に痩《やせ》たる狗《いぬ》なく、農夫《のうふ》の廩《くら》に、肥《こえ》たる鶏《とり》あり。安同《やすとも》に使《つかは》るゝ、奴隷《しもべ》も慾《よく》には才闌《さえたけ》たりけん、酒《さけ》を窃《ぬす》み餚《さかな》を隠《かく》して、鼠《ねずみ》の穴《あな》に引《ひ》く如《ごと》く、飲食《のみくら》はずといふものなければ、主《ぬし》より先《さき》に酔臥《えひふ》して、呼《よ》べども起《おき》ず、鎖《とざし》すら、忘《わす》れし門《かど》に衝《つ》く反吐《へど》の、声心裡悲《こゑうらがな》しく聞《きこ》えしも、還《かへ》り陟《のぼ》りし台所《だいどころ》、*水火既済《すいくわきせい》の数尽《すうつき》て、今宵撃《こよひうた》るゝ命《いのち》とは、知《し》らでぞ算《さん》を乱《みだ》したる、転寐言《うたゝねごと》と、轔《きし》る牙《は》と、鼾睡《いびき》の声《こゑ》のみ高《たか》かりけり。

爾程《さるほど》に館小六《たてのころく》は、浴館《ふろやかた》の庭門《にはぐち》なる、墻《かき》に添《そ》ひ身《み》を潜《ひそ》めて、目四郎《めしらう》が出《いで》て来《き》ぬるを、今《いま》か〳〵と等程《まつほど》に、結陰《かきくもり》たる天霽《そらはれ》て、二十四日《か》の月鮮明《つきあざやか》に、顕《あらは》れ出《いで》しを瞻仰《あほぎみ》れば、丑三時《うしみつど》候《ろ》になりにけり。等《まつ》こと久《ひさ》しかりければ、独連《ひとりしき》りに焦燥《いらだ》つ程《ほど》に、内《うち》よりして庭門《にはぐち》を、開《ひら》きて潜《しの》び出《いづ》るものあり。是則《これすなはち》目四郎《めしらう》也。小六《ころく》は霎時透相《しばしすかしみ》て、「首尾《しゆび》は什麼《いかに》」と問程《とふほど》に、目四郎声《めしらうこゑ》を密《ひそ》まして、「さぞ等不楽《まちわび》てをはしけん。那里《かしこ》は酒宴《しゆえん》の最中《もなか》にて、時《とき》はやければ出《いで》ても来《こ》ず、軈《やが》て奥《おく》まで潜《しのび》入《いり》て、覘《うかゞ》ひ済《すま》し候ひき。甲夜《よひ》にも知《しら》せ稟《まう》せし如《ごと》く、婦女輩《をんなばら》は気賀《きが》の邸《やしき》へ、皆《みな》かへされけん、一個《ひとり》もをらず。奥《おく》には主《しゆう》従十名《ぐじうにん》あまり、今宵《こよひ》は余波《なごり》の酒醼《さかもり》也とて、雑色奴隷《ざふしきしもべ》に至《いた》るまで、酔《えは》ぬものは候はず。九个年已前《くかねんいぜん》這浴家《このふろや》にて、脇屋殿《わきやどの》主従《しゆう〴〵》を、撃捕《うちとり》たりし功名話説《こうめうばなし》に、角口《ことばたゝかひ》したるもあり。藤《ふぢ》白《しろ》は亦野上《またのがみ》の大人《うし》の、事恁々《ことしか〴〵》といひ出《いで》て、いと憎《にく》さげに小可《やつがれ》の、噂《うはさ》せられて生憎《あやにく》に、嚏《はなひ》んとせし鼻《はな》を撮《つまみ》て、出《いだ》さじとせし折《をり》は、涙《なみだ》こぼれて困《こう》じたり。恁而只今夜務《かくてたゞいまよづめ》は退《ひけ》て、主従倶《しゆう〴〵とも》に酔臥《えひふし》たる、睡端《ねむりばな》にて候也。上下《かみしも》二十余名《よにん》なれども、要緊《まさか》の折《をり》に手《て》にあふものは、七八名《にん》に過《すぐ》べからず。徐《しづか》に入《い》らせ給ひね」、と辞《ことば》せわしく聶《さゝや》き報《つぐ》るを、うち听《き》く小《こ》六《ろく》は歯《は》を切《くひしば》りて、「原来這浴館《さてはこのふろやかた》は、曩《さき》に先考《せんこう》《○ナキチヽ》主従《しゆう〴〵》の、撃《うた》れ給ひし故迹《こせき》なりし歟《か》。処《ところ》も易《かへ》ず今宵《こよひ》その、祥月忌辰《せうつききしん》に怨《うらみ》を復《かへ》すは、武門《ぶもん》の冥加《みやうが》。折《をり》にあふ、追薦《ついぜん》これに優《ます》ものなし。冤家《かたき》の動静《どうじやう》、人数《ひとかず》まで、恷 詳《かうつまびらか》に聞知《きゝし》るは、目四郎《めしらう》、和主《わぬし》の賜《たまもの》なり。非除幾人盾籠《よしやいくたりたてこも》るとも、一念凝《いちねんこつ》ては*石《いし》に立《た》つ、箭《や》もあるものを漏《もら》さんや。快々憑《とく〳〵たの》む、案内《しるべ》をせよ」、と喘《はや》るを目四郎推鎮《めしらうおししづ》めて、「酔臥《えひふし》たりとも冤家《かたき》は多人数《たにんず》。徐《しづか》に来《き》ませ」、と聶《さゝや》きつ、心《こゝろ》を属《つけ》て先《さき》に立《た》つ、樹《こ》の下闇《したくら》き庭《には》の松《まつ》も、昔《むかし》を偲《しの》ぶ友《とも》ならで、見れば是《これ》さへ懐旧《くわいきう》に、堪《たへ》ぬ小六《ころく》は鮫柄《さめづか》の、刀《かたな》の鞴釘《めくぎ》舐潤《ひしめ》し、はや琫《こひぐち》を甘《くつろ》げて、一歩《いつぽ》を千歩《ちほ》とぞ找《すゝ》みける。

第《だい》十二回《くわい》

安同首《やすともかうべ》を温泉舎《おんせんしや》に喪《うしな》ふ
庶吉涙《ちかきちなみだ》を死節場《しせつじやう》に濺《そゝ》ぐ

却説客店目四郎《かくてはたごやのめしらう》は、小六《ころく》が潜入《しのびい》りたる折《をり》、先庭門《まづにはぐち》の戸《と》を引《ひき》よせて、戸尻《とじり》の*拮桿枢《さる》を下《おろ》しけり。こは逃出《にげいづ》るものゝあらん折《をり》、快《とみ》に開《ひらか》ぬ用心《ようじん》なるを、小六《ころく》は猜《すい》して既《すで》にはや、縁頬近《えんがはちか》く找《すゝ》みしを、目四郎《めしらう》は遽《いそがは》しく、袂《たもと》を掖《ひ》きつ指《ゆび》さして、「這坐席《このざしき》より一房隔《ひとまへだて》て、奥《おく》は主《ぬし》の臥房《ふしど》也。予謀合《かねてしめしあは》せしごとく、小可《やつがれ》は奥《おく》と面亭《おもて》の、方《かた》にこそ赴《おもむ》くべけれ。好《よく》し給へ」、と聶《さゝや》くを、小六《ころく》は听《きゝ》つゝ点頭《うなづき》て、倶《とも》に縁頬《えんがは》よりうち登《のぼ》るに、雨戸《あまど》は一枚外《ひとひらはづ》してあり。軈《やが》て其頭《そこ》より找入《すゝみいり》て、幾程《いくほど》もなく安同《やすとも》の、臥簟《ふしど》の頭《ほとり》に近《ちか》づきつゝ、と見ればその次《つぎ》の間《ま》に、近習《きんじゆ》の侍者両三名《さむらひふたりみたり》、皆酔臥《みなえひふし》て枕《まくら》もせず、足《あし》を伸《のば》し手《て》を開《ひらか》して、大《だい》の字《じ》に似《に》たるもあり、一個《ひとり》は一個《ひとり》の腹《はら》を枕《まくら》に、丁《ちやう》の字《じ》に似《に》たるもありしを、小六《ころく》は這們《これら》に目《め》もかけず、隔亮《ふすまど》の透間《すきま》より、且安同《まづやすとも》を覘《うかゞ》ふに、*山里《やまざと》なれば、蝑《か》のあらねばや、*青紗方巒《せいしやはうらん》の蚊帳《かちやう》を垂《た》れねど、円行灯《まるあんどん》の朧月《おぼろづき》、光幽《かげかすか》なる蒲団《ふとん》の上《うへ》に、綾《あや》の小襖《こよぎ》を打被《うちかつ》ぎたる、安同《やすとも》は三女介《みめのすけ》と、枕《まくら》を並《なら》べて臥《ふし》たりける。*小六《ころく》はこれを見てしより、些《ちつと》も擬議《ぎぎ》せず、隔亮《ふすまど》を、殺刺里《さらり》と開《あけ》て入《い》る程《ほど》に、三女介《みめのすけ》はこの折《をり》までも、いまだ熟睡《うまい》をせざりけん、忽地《たちまち》に頭《かうべ》を擡《もた》げて、小六《ころく》を見つゝ驚《おどろ》きながら、連《しき》りに主《しゆう》を揺覚《ゆりさま》して、「賊《ぞく》あり賊《ぞく》あり」、と喚《よば》りしを、三声《みこゑ》とも立《たて》させず、小六《ころく》は枕方踏鳴《まくらべふみな》らして、「藤白安同快起《ふぢしろやすともとくおき》よ。九个年已前《くかねんいぜん》、今月今日《こんげつこんにち》、汝《なんち》に撃《うた》れ給ひたる、脇屋陸奥少将義隆朝臣《わきやむつのしよう〳〵よしたかあそん》の奉為《おほんため》に、怨《うらみ》を雪《きよむ》る俺《われ》は是《これ》、源《みなもとの》助則《すけのり》也。豈《あに》強人《ごうにん》《〇ヌスビト》の類《たぐひ》ならんや。快々《とく〳〵》勝負《せうぶ》を決《けつ》せよ」、と名告《なのり》掛喚《かけよばゝ》りたる、声《こゑ》に安同《やすとも》駭覚《おどろきさめ》て、「こゝろ得《え》たり」、と枕方《まくらべ》なる、刀《かたな》を拿《とり》て身《み》を起《おこ》し、晃《きら》りと引抜《ひきぬ》く程《ほど》しもあらせず、小六《ころく》は谷《たに》を落《おと》せる獅子《しし》の、虎彪《こひやう》を此《こゝ》に駆《か》る如《ごと》く、礚《はた》と撃《うつ》たる刃《やいば》の光《ひかり》に、安同《やすとも》も亦眼《またまなこ》はやく、閃《ひら》りと錯《かは》せど、脱《のが》れぬ命運《めいうん》、寃《ねらひ》は聊《いさゝか》狂《くる》ひしかども、勇士《ゆうし》の刃尖《きつさき》愆《あやま》たず、安《やす》同《とも》が右《みぎ》の腕《かひな》を、ばらりずんと砍落《きりおと》して、余《あま》る刃《やいば》にそが身辺《ほとり》なる、三女介《みめのすけ》さへ肩尖《かたさき》より、乳《ち》の下《した》までぞ斫《き》られたる、主《しゆう》従《〳〵》等《ひとし》き深痍《ふかで》に得堪《えたへ》ず、這那《これかれ》一度《いちど》に「苦《あつ》」と叫《さけ》びて、倶《とも》に撻《だう》とぞ仆《たふ》れける。浩処《かゝるところ》に次《つぎ》の間《ま》に、酔臥《えひふし》たりける近習《きんじゆ》の侍者《さむらひ》、底倉記我八《そこくらきがはち》、堂樫麻太郎《だうがしまたらう》、十布野左椀太《とふのさわんだ》、這們《これら》の三名《みたり》が、物响《ものおと》に方僅《いま》夢覚《ゆめさめ》て、「仇《あたい》入りにき」、と思ふにぞ、駭《おどろ》きながら中刀《わきざし》を、手《て》に〳〵拿《とり》て入《い》らんとす。小六《ころく》は是《これ》を見《み》かへりて、冤家《かたき》の首級《くび》《〇シユキウ》を捕《と》る遑《いとま》なく、「物々《もの〳〵》しや」、と血刀《ちがたな》を、はや真額《まつかう》に振抗《ふりあげ》て、跳蒐《おどりかゝ》りつ稠入《こみい》る敵《てき》を、撃靡《うちなび》け趕退《おひしりぞ》けて、走《はし》り出《いで》つゝ次《つぎ》の間《ま》にて、先《さき》に立《たち》たる麻太郎《またらう》を、韓竹割《からたけわり》に斫《きり》仆《たふ》す。尖《するど》き修煉《しゆれん》の大刀風《たちかぜ》に、找難《すゝみかね》たる左椀太《さわんだ》・記我八《きがはち》、「逃《に》ぐるとも脱《にが》さじ」、と思ひにければ前後《ぜんご》より、引夾《ひきはさ》みて撃《うた》んとしつるを、小六《ころく》は「得《え》たり」、と引受《ひきうけ》て、左右《さゆう》に当《あた》る奮戟突戦《ふんげきとつせん》、霎時《しばし》こそあれ左椀太《さわんだ》の、刃《やいば》を礚《はた》と打落《うちおと》して、怯《ひる》むを透《すか》さず丁《ちやう》と砍《き》る、拳《こぶし》の冴《さえ》に左椀太《さわんだ》の、頭顱《かうべ》は遥《はるか》に滚《まろび》落《おち》て、血煙立《ちけぶりたて》てぞ仆《たふ》れける。既《すで》にして記我八《きがはち》も、眉間《みけん》に痛《いた》痍《で》を負《お》ひしかば、連《しき》りに声《こゑ》をふり立《たて》て、「人々《ひと〴〵》起《おき》よ。癖者《くせもの》あり。癖者入《くせものい》りぬ」、と喚立《よびたつ》る、声《こゑ》に駭《おどろ》く宮尉斗多田蔵《みやのしたゞぞう》、踏《ふま》るゝ足野井箭平《あしのゐつゝへい》も、醒《さめ》ぬ宿酒《しゆくしゆ》に頭顱《かうべ》は重《おも》く、乒乓《よろめ》く片膝《かたひざ》推立《おしたて》て、目《め》を磨《す》る柚本再九郎《ゆもとさいくらう》と、倶《とも》に名湯《なゝゆ》の面九郎《めんくらう》も、「刀《かたな》よ鎗《やり》よ」、と罵《のゝし》りて、薄闇室《うすくらがり》を捜《さぐ》るもあり、或《あるひ》は准備《ようゐ》の角弓《はんきう》を、手《て》には拿《と》れども、皆弦《みなつるき》断れて、彎《ひく》に引《ひか》れず空《あだ》し箭《や》の、数《かず》に漏《もれ》んはさすがにて、雑色奴隷《ざふしきしもべ》も喚覚《よびさま》しつゝ、多《た》勢《せい》を憑《たの》む破軍《はぐん》の剣戟《けんげき》、左手《ゆんで》に手燭《てび》《〇テシヨク》を秉《とる》さへありて、咸彼此《みなあちこち》より起《おき》て来《き》つ、競《きそ》ふて稠入《こみい》る程《ほど》しもあれ、小六《ころく》は既《すで》に記我《きが》八《はち》を、ふたゝび撻《だう》と砍仆《きりたふ》して、敵《てき》を択《えら》まぬ若武者《わかむしや》の、鋭《と》き刃尖《きつさき》は向《むか》ふに前《まへ》なく、*那牛孺《かのうしわか》の美濃路《みのぢ》の防戦《ばうせん》、又時致《またときむね》の十《じう》般斫《ばんぎり》も、是《これ》には優《まさ》じと見るまでに、大袈裟《おほげさ》、梨子割《なしわり》、腰車《こしぐるま》、引《ひか》んとしつるは後疵《うしろきず》、跡《あと》より推《お》すは、真額《まつかう》を、撃《うた》れて仆《たふ》る丶倶嚏《ともうめ》き、憂覩《うきめ》にあふたか、本意《ほい》なくも、*鮮血《ちしほ》は紅蓮《ぐれん》の花独楽《はなごま》を、柚本《ゆもと》さい九《く》の置土産《おきみやげ》、*宮尉斗附《みやのしつけ》て、多田蔵経《ただざうきやう》の、功徳《くどく》に疎《うと》く貪《むさぼ》りし、*銭筩平《ぜにつゝへい》は足野井《あしのゐ》の、足《あし》を砍《き》られて一足《いつそく》飛《とび》に、十万億土《じうまんおくど》へ死出《しで》の旅《たび》、翌《あす》より共《とも》に祀《まつ》られぬ、*鬼《おに》の面《めん》九《く》も臭《くさ》かりし、名湯《なゝゆ》の因果廻《いんぐわめぐ》り来《き》て、死《しに》に温泉《いでゆ》の焦熱地獄《しやうねつぢごく》を、面前《まのあたり》に観《み》る乱世《みだれよ》の、人《ひと》の心《こゝろ》の悍《たけ》かれば、這折雑色奴隷《このをりざふしきしもべ》まで、各《おの〳〵》宿酒《しゆくしゆ》の醒《さめ》ずして、匹夫《ひつぷ》の勇《ゆう》を好《この》むもの丶、みづから力《ちから》を料《はから》でや、慭《なまじい》に手《て》に値《あふ》たるは、皆共侶《みなもろとも》に撃《うた》れにけり。恁《かゝ》れば主僕《しゆぼく》十五六名《にん》、一個《ひとり》の小六《ころく》に砍立《きりたて》られて、鏖《みなごろ》しになりし為体《ていたらく》を、看官《みるひと》の訝《いぶか》りて、「相応《ふさは》しからず」、と思ふもあらん。しかれども戦《たゝか》ひの、勝負《せうぶ》は人《ひと》の多少《たせう》によらず、事《こと》に臨《のぞ》みて死《し》を極《きは》め、敵《てき》を怕《おそ》れざるものは、単身《みひとつ》にして十数《じつすう》人《にん》に、当《あた》るといへどもなほ利《り》あり。這藤白《このふぢしろ》が党《ともがら》は、躬方《みかた》の多勢《たせい》を憑《たの》むのみ、主《しゆう》の与《ため》に命《いのち》を惜《をし》まで、先《さき》を駆《かけ》んと思ふものなく、加《くはう》るに酩酊《めいてい》して、臥《ふし》て幾程《いくほど》もあらざりける、酔眼《すいがん》なれば甲《たれ》も乙《か》も、敵《てき》の多少《たせう》を認《みとめ》ずして、同士撃《どしうち》をさへしたりしかば、はやく痛手《いたで》を負《お》ふもの多《おほ》かり。然《され》ば小六《ころく》が勇敢《ゆうかん》武芸《ぶげい》の、千万人《せんまんにん》に儁《すぐ》れたる、孝義《かうぎ》に死《し》をだも見かへらで、鋭気《あいき》日属《ひごろ》に十倍《じうばい》したる、大刀風《たちかぜ》に向《むか》ふもの、誰《たれ》か一人《ひとり》も免《のが》るべき。命運時《めいうんとき》あり。神明仏陀《しんめいぶつだ》の、冥助《みやうぢよ》なしとすべからず。本意遂《ほいとげ》がたき讐《あた》なりしを、這折茲《このをりこゝ》に数《かず》を尽《つく》して、撃果《うちはた》せしは宜《むべ》ならずや。

間話休煩《あだしごとはさておきつ》。小六《ころく》は予《かね》て思ひし随《まゝ》に、居多《あまた》の仇《あた》を撃捕《うちとり》て、姑且《しばらく》息《いき》を吻《つ》きながら、「なほいで来《き》ぬる敵《てき》もやある」、と四下《あたり》に眼《まなこ》を配《くば》れども、寂寥《せきりやう》《○ヒツソリ》として音《おと》もせざれば、*反《のつ》たる大刀《たち》を柱《はしら》に当《あて》て、推直《おしなほ》し血《ち》を拭《ぬぐ》ふて、鞘《さや》に収《おさ》めて、安同《やすとも》の、臥房《ふしど》へふたゝび赴《おもむ》きて、相《み》れば竜陽《こせう》の少年《しやうねん》は、初大刀《しよたち》の深《ふか》痍《で》に息絶《いきたえ》て、血《ち》に塗《まみ》れつゝ俯《ふし》たるに、安同《やすとも》はまだ死《し》なず、剛才《いま》亦《また》小六《ころく》が找来《すゝみき》ぬる、跫响《あしおと》の耳《みゝ》にや入《い》りけん、やうやくに頭《かうべ》を擡《もた》げて、起《おき》んとすれど、腰立《こしたゝ》ず、「噫朽惜《あなくちを》しや」、と蠢動《うごめ》くを、小六《ころく》ははやく走《はし》り掛《かゝ》りて、項《うなぢ》を抓《つか》み引《ひき》よせて、席薦《たゝみ》に鼻《はな》を搨着《すりつけ》々〳〵、怒《いか》れる声《こゑ》をふり立《たて》て、「やをれ安同《やすとも》、思ひ知《し》るや。汝《なんぢ》は素《もと》より脇屋殿《わきやどの》に、結《むす》びし怨《うらみ》のありとしも聞《きこ》えず、且職分《かつしよくぶん》にもあらざるに、不意《ふゐ》に起《おこ》りて撃《うち》まつりしは、是足利家《これあしかゞけ》の与《ため》ならで、栄利《ゑのり》を料《はか》る小人《しようじん》の、忠義《ちうぎ》めかせし所行《わざ》なるを、よくも思はぬ鎌倉《かまくら》の、管領《くわんれい》に褒賞《ほうせう》せられて、発迹《なりいで》しより民《たみ》の膏腴《あぶら》を、絞《しぼ》りて飽《あく》まで驕奢《おごり》を極《きは》め、賢《けん》を娼《そね》みて野上《のがみ》の翁《おぢ》を、害《がい》せんと計較《もくろみ》たる、老奸積悪《ろうかんせきあく》、天《てん》の憎《にくみ》に、逼《せま》りし応報《おうほう》愆《あやま》たず、今助則《いますけのり》が手《て》にかけて、脇屋殿《わきやどの》の冤魂《ゑんこん》を、慰《なぐさ》めまつるそがうへに、*民《たみ》の蠹毒《とどく》を刈払《かりはら》ひて、世《よ》の為亦人《ためまたひと》の与《ため》に、心《こゝろ》を快《こゝろよ》くなすもの也。然《され》ば右少将《うしよう〱》の記念《かたみ》なる、這《この》短刀《たんたう》もて刑戮《けいりく》の、手《て》を下《くだ》さんず。覚期《かくご》をせよ」、と思ひの随《まゝ》に罵責《のゝしりせめ》て、晃《きら》りと引抜《ひきぬ》く菊一文字《きくいちもんじ》の、短刀右手《たんたうめて》に拿直《とりなほ》せば、「吐嗟《あなや》」、と悶搔《もが》く安同《やすとも》を、揉返《ねぢかへ》し仰反《のけぞ》らして、胸前《むなさき》禺殺《ぐさ》と刺徹《さしとほ》して、軈《やが》て首級《くび》をぞ捕《とり》たりける。

恁而小六《かくてころく》は、血《ち》の溜《したゝ》るゝ、刃《やいば》をやをら拭《ぬぐ》ひ収《おさ》めて、彼此《あちこち》と見かへりつ、安同《やすとも》の枕方《まくらべ》に、鼻紙台《はながみだい》のありけるを、是究《これくつ》竟《きやう》と引《ひき》よせて、見れば紙《かみ》あり香盆《かうがふ》あり。下壇《げだん》には料紙硯《りやうしすゞり》も、ありけるを皆拿卸《みなとりおろ》して、冤家《かたき》の首級《くび》をうち載《の》せて、西《にし》に推《おし》向《む》け身《み》を退《しりぞ》かして、合掌《がつしよう》しつゝ念《ねん》ずるやう、「先考尊霊《せんこうそんれい》、并《ならび》に五家臣《ごかしん》、船田《ふなだ》・鳥山《とりやま》、江田《えだ》・堀口《ほりぐち》、高柳們《たかやなぎら》も霊《りやう》あらば、今助則《いますけのり》が奠祭《たむけまつ》れる、冤家藤白安同《かたきふぢしろやすとも》の、首級《しゆきう》《○クビ》を饗《うけ》て、在《あ》りし世《よ》の、怨《うらみ》を霽《はら》し給ひねかし。報恩謝徳《ほうおんしやとく》、頓生菩提《とんせうぼだい》、弥陀仏《みだぶつ》、みだ仏《ぶつ》」、と唱《となふ》れば、然《さ》しも勇《いさ》みし健雄《ますらを》の、心《こゝろ》の猿《ましら》、腸《はらわた》を、断《たつ》ばかりなる悲《かな》しさの、亦《また》やるかたもなかりしを、却《さて》あるべきにあらざれば、硯筥《すゞりばこ》を引《ひき》よせて、墨磨流《すみすりなが》し、筆《ふで》を染《そめ》て、身《み》を起《おこ》しつゝ傍《かたへ》なる、雲母摺《きらゝずり》の重紙戸《ふすまど》に、「往応永《いぬるおうゑい》十年《ねん》、今月今日《こんげつこんにち》、於此浴館《このふろやかたにおいて》被撃《うたれ》太万《たま》比之《ひし》。奉為脇屋右少将《わきやうしよう〱のおほんために》、誅戮藤白隼人正安同主僕十数人者《ふぢしろはいとのせうやすともしゆぼくじつすうにんをちゆうりくせしものは》、源《みなもとの》　助則《すけのり》」と、墨黒《すみくろ》やかに大書《たいしよ》して、憶《おもは》ず莞然《につこ》とうち笑《ゑみ》しが、忽地《たちまち》心《こゝろ》に思ふやう、「さるにても目四郎《めしらう》は、いかにしつらん。今《いま》までも、影《かげ》だに見せぬはいと訝《いぶか》し。慭《なまじい》に面亭《おもて》のかたへ、立別《たちわか》れしより敵《てき》に当《あた》りて、痍《て》を負《お》ふたる歟《か》、撃《うた》れはせずや。心《こゝろ》もとなし。甚《いかに》ぞや」、と独語《ひとりごち》つゝ遽《いそがは》しく、円行灯《まるあんどん》の頭《ほとり》なる、白金《しろかね》の手燭《てしよく》を秉抗《とりあげ》、植《たて》たる蠟燭《ろうそく》に火《ひ》を移《うつ》して、出《いで》て彼此《あちこち》と尋《たづぬ》るに、面亭《おもて》のかたにも撃《うた》れしものゝ、尸骸三四個《しがいさんよにん》《○ミタリヨタリ》横《よこた》はりて、鮮血《ちしほ》に蹠《あとうら》を染《そむ》るのみ。目四郎《めしらう》は這里《ここ》にもをらず、この次《つぎ》の間《ま》は板席《いただゝみ》にて、庖湢《くりや》の通路《かよひぢ》にもやあるらん、其首《そこ》に措《おか》れし鉄行灯《かなあんどん》の、頭《ほとり》にも人《ひと》ありて、嚏《うめ》く声《こゑ》のしてければ、小《こ》六《ろく》はいよ〳〵胸安《むねやす》からず、なほ先後《あとさき》に小心《ようじん》しつゝ、走《はし》りて其首《そこ》に到《いた》りて見るに、是則《これすなはち》目《め》四《し》郎《らう》にて、既《すで》に痛痍《いたで》を負《お》ふたる也けり。登時《そのとき》小《こ》六《ろく》は声《こゑ》をかけて、

「やよや目《め》四《し》郎《らう》、痍《て》を負《お》ふたる歟《か》。俺《われ》は安同《やすとも》を肇《はじめ》として、十五六名撃捕《にんうちとり》たれば、奥《おく》には仇《あた》のあらずなりにき。見るに你《そなた》は浅痍《あさで》也。肩《かた》に被《かけ》て立退《たちの》くべし。快々《とく〳〵》立《たち》ね」、と慰《なぐさむ》れば、目《め》四《し》郎頭《らうかうべ》をうち掉《ふり》て、「喃小官人《なうわかだんな》歟《か》、歓《よろこば》しや。宿意《しゆくい》に錯《たが》はず居多《あまた》の仇《あた》を、咸撃果《みなうちはた》し玉ひしとな。それだに听《き》けば今生《こんぜう》に、念遺《おもひのこ》す事もなきに、存命《ながらへ》がたき身《み》を慭《なまじい》に、何処《いづこ》までか立退《たちの》くべき。小可《やつがれ》は向《さき》の程《ほど》、逆謀合《かねてしめしあは》せし如《ごと》く、這里《ここ》より奥《おく》へゆかまくしたる、雑色奴隷《ざふしきしもべ》を撃留《うちとめ》て、倶《とも》に志《こゝろざし》を果《はた》すものから、そが中《なか》には大刀《たち》筋《すぢ》の、捷《すぐれ》たるもありければ、憶《おもは》ずも膝頭《ひざがしら》を、砍《き》られて恁《かく》は痍《て》を負《おひ》ながら、辛《からく》して件《くだん》の敵《てき》を、皆刈払《みなかりはら》ふて、おん身《み》の与《ため》に、後安《うしろやす》くしたれども、這個深痍《これこのふかで》をいかゞはせん。腹《はら》を斫《きら》んと思ひつゝ、刀《かたな》を拿《とり》も直《なほ》せしが、いまだおん身《み》の安否《あんぴ》を知《し》らず。「今《いま》一トたび対面《たいめ》して、本《ほ》意《い》遂《とげ》給ひし趣《おもむき》を、听《き》かで死《しな》んはなほ早《はや》かり」、と思ひかへして候ひき」、と報《つぐ》るを小《こ》六《ろく》は聞《きゝ》あへず、

「やよ目《め》四《し》郎《らう》。今《いま》さらに、心弱《こゝろよは》きことをないひそ。数《す》十《じつ》个《か》所《しよ》なる痍《て》を負《お》ふても、窮所《きうしよ》を深《ふか》く傷《やぶ》られねば、本復《ほんぶく》せしもの世《よ》に多《おほ》かり。況《まいて》や和主《わぬし》は浅痍《あさで》のみ。非除定業限《よしやじやうごうかぎ》りありとも、俺恁仇《わがかうあた》を撃果《うちはた》せしは、多《おほ》く和主《わぬし》の幇助《たすけ》に依《よ》れり。死《し》ぬるとも活《いく》るとも、共侶《もろとも》にとこそ思ひしものを、相棄《みすて》て独《ひとり》立退《たちのか》んや。要《えう》なきことをいはんより、快々《とく〳〵》肩《かた》に被《かゝ》りねかし」、といひつゝ軈《やが》て手《て》を拿《と》るを、目《め》四《し》郎聴《らうきか》ず、振払《ふりはら》ひて、「御好意《みこゝろざし》は有《あり》がたきまで、最慚愧《いとかたじけな》くおもへども、おん身《み》の手杻足枷《てかせあしかせ》に、なりなば路次《ろぢ》の障《さわ》りあり。さでは跡《あと》より追隊《おつて》蒐《かゝ》りて、後度《ごど》の難義《なんぎ》に及《およ》ぶべし。然《さら》ば只這身《たゞこのみ》独《ひとつ》ならで、おん身も倶《とも》に危《あやう》かるべき、後悔《こうくわい》其首《そこ》に立《たち》がたかり。倩《つら〳〵》物《もの》を案《あん》ずるに、左《と》ても右《かく》ても小可《やつがれ》は、存命《ながらへ》がたき情由《わけ》さへあり」、といふに小《こ》六《ろく》は眉《まゆ》うち顰《ひそ》めて、

「死《し》*は易《やす》くして、生《せい》は難《かた》かり。纔《わづか》なる痍《て》に気《き》を屈《く》して歟《か》。

何等《なにら》の情由《わけ》のあるべきや」、といへば頭《かうべ》を又《また》うち掉《ふ》りて、「慰《なぐさ》めらるゝは贔屓《ひいき》の沙汰《さた》のみ。よく思ふても見給へかし。初《はじめ》小可這浴館《やつがれこのふろやかた》へ、偸盗《ぬすみ》の与《ため》に潜入《しのびい》りしに、藤白主《ふぢしろぬし》に捕《とら》へられしを、放遣《はなちや》られつ、剰《あまつさへ》、金《かね》十両《りやう》を恵《めぐま》れしは、是那主《これかのぬし》の慈悲《ぢひ》にはあらで、野上《のがみ》の大人《うし》を害《がい》すべき、与《ため》にしあれど、這身《このみ》に取《とり》て、その恩《おん》なしとすべからず。恁《かく》て爾後《そのゝち》野上《がみ》の大人《うし》の、徳沢義俠《とくたくぎけう》に濁《にごり》を祛《さり》て、清《きよき》に就《つ》きしは俺身《わがみ》の幸《さいは》ひ、藤白主《ふぢしろぬし》の不幸《ふこう》なれども、善悪邪正《ぜんあくじやせう》その差《しな》あれば、他《かれ》が約《やく》に背《そむ》きしを、世《よ》の人罪《ひとつみ》とせざるべし。然《され》ばおん身《み》の旅宿《たびね》に仕《つか》へて、大人《うし》に稟《うけ》たる恩徳《おんとく》に、答《こたへ》んものを、と思ひたる、的《まと》は外《はつ》れしおん身《み》の入水《じゆすい》に、事皆《ことみな》画餅《あだ》《○グワベイ》になるのみかは、大人《うし》も危《あやう》く、俺身《わがみ》すら、亦措所《またおくところ》なくなりたり。「山《やま》にも海《うみ》にも就《つき》がたき、命《いのち》を捨《すて》那人《かのひと》を、殺《ころ》して倶《とも》に死《しな》ばや」、と思ふ折《をり》から料《はか》らずも、おん身《み》に環《めぐ》り会《あひ》しより、夜撃《ようち》の案内《しるべ》に立《たち》たるは、是本来《これほんらい》の面目《めんもく》にて、論《ろん》に及《およ》ばぬことながら、今《いま》より後《のち》の命《いのち》を惜《をしみ》て、おん身《み》と共《とも》に立退《たちの》かば、真《まこと》の俠者《をとこ》にあらずかし。そをいかにぞといはれん歟《か》。藤白主《ふぢしろぬし》の奸悪《かんあく》は、世《よ》の人通《ひとなべ》て知《し》らぬもなかりし。民《たみ》の与《ため》には虎狼《こらう》なれども、俺《わが》身《み》は素《もと》より怨《うらみ》もあらず。撃《うた》れん頭顱《かうべ》を接《つが》されて、養《くれ》られたりける那金《かのかね》を、受《うけ》たる随《まゝ》に返《かへ》しも得《え》せず、方纔這折《いまこのをり》に死《しな》ずもあらば、心《こゝろ》に快《こゝろよか》らんや。覚期《かくご》極《きはめ》て候は」、といひつゝ刀《かたな》を拿抗《とりあげ》て、腹《はら》へ禺殺《ぐさ》と突立《つきたつ》るを、小六《ころく》は「吐嗟《あなや》」、と携《すがり》禁《とゞ》めて、

「狼狽《うろたへ》たる歟《か》。やよ听《きゝ》ね。その十両《りやう》の金所以《かねゆゑ》に、死《し》を急《いそ》ぎしは思慮《しりよ》浅《あさ》かり。俺身《わがみ》に路費《ろよう》の貯嚢《たくはへ》あり。然《さ》までに思《おも》はゞ安同《やすとも》の、尸骸《しがい》の頭《ほとり》に十金《じつきん》を、遺《のこ》して債《おひめ》を果《はた》させんに、惴《はや》りし事の疎鹵《おろか》さよ」、と憾《うら》めば目四郎息《めしらういき》を吻《つき》て、「否《いな》。然《さ》ばかりでは候はず。小可刃《やつがれやいば》に伏《ふ》すときは、藤白主《ふぢしろぬし》の敵手《あひて》あり。恁《かゝ》れば追隊《おつて》の沙汰《さた》に及《およ》ばで、おん身《み》の後安《うしろやす》かるべし。這《これ》を念《おも》ひ那《かれ》を思《おも》ふて、目今《たゞいま》死《し》ぬるは一事《いちじ》両用《りやうよう》、放《はな》ちて往生《わうぜう》さし給ひね」、と物《もの》いふ毎《ごと》に血《ち》は濆《ほとばし》りて、憑《たのみ》微《すくな》き光景《ありさま》に、小六《ころく》は只顧《ひたすら》感嘆《かんたん》して、「適得《あはれえ》がたき鯁忠《きやうちう》《○カタキマゴヽロ》義俠《ぎけう》。迷《まよ》へば半世《はんせ》の博《ばく》徒《と》なりしを、悟《さと》れば一日《ひとひ》の義士《ぎし》となりける、自殺《じさつ》の覚期《かくご》の健気《けなげ》さよ。俺親《わがおや》ながら徳高《とくたか》き、大人《うし》の教化《きやうげ》に憑《よ》るもの歟《か》。

「*朝《あした》に道《みち》を聴《きゝ》ぬれば、夕《ゆふべ》に死《し》すとも可《か》なり」といひけん、孔子《くし》の教《をしえ》も外《よそ》ならず。嗚呼《ああ》天《てん》なる乎《か》、命《めい》なる乎《か》。今《いま》は禁《とゞむ》る由《よし》もなし。倘《もし》いひ遺《のこ》すことあらば、苦痛《くつう》を忍《しの》びて告《つげ》よかし」、と心《こゝろ》を属《つけ》つ勦《いたは》れば、目四郎《めしらう》やうやく頭《かうべ》を擡《もたげ》て、「否《いな》。親《おや》もなく妻子《やから》もなき、身《み》は是野中《これのなか》の孤木《ひとつぎ》の、浮世《うきよ》の秋《あき》に先《さき》だつのみ。何処《いづこ》へとてか遺《のこ》すべき、言《こと》の葉《は》絶《たえ》てなけれども、嚮《さき》には大人《うし》の御庇《みかげ》によりて、初《はじめ》て思ふ親《おや》の恩《おん》、三十年《ねん》の非《ひ》を知《し》りては、天怕《そらおそろし》き不孝《ふかう》の罪《つみ》の、やるかたなきに就《つき》て亦《また》、心《こゝろ》に係《かゝ》る一筋《ひとすぢ》あり。いと恥《はづか》しきことながら、懺悔《さんげ》の為《ため》になりもやせん。笑《わらは》るゝともいふべき歟《か》」、といふに小六《ころく》は、なほ差添《さしそひ》て、

「そは何事《なにごと》か知《し》らねども、快々《とく〳〵》告《つげ》よ。甚麼《いかに》ぞや」、と屢問《しば〳〵とは》れて、目四郎《めしらう》は、心《こゝろ》を激《はげま》し眼《まなこ》を睜《みは》りて、「いふて益《やく》なきことながら、問《とは》せ給へば稟《まう》す也。小可故郷《やつがれこけう》に在《あ》りし時《とき》、年《とし》十六の春《はる》なりき。親《おや》の家《いへ》に使《つかは》れて、音間《おとま》と喚做《よびな》す炊婢《みづしめ》に、幾遍《いくたび》となく宵跂《よばひ》し程《ほど》に、腹胳肐《はらふくよか》になりにけり。霎時《しばし》は隠《かく》したりけれども、帯《おび》する比《ころ》になりしかば、そが保人《うけびと》の女房《にようばう》の、訪来《とひき》し折《をり》に見出《みいだ》して、事発憤《ことむづか》しくなりたるを、親《おや》の慈悲《ちひ》にて物数《ものかず》いはせず、金《かね》もて面《つら》を張《はら》れにければ、風波立《なみかぜたゝ》ず、音《おと》間《ま》には、身《み》の暇《いとま》を取《と》らせけり。恁而《かくて》音間《おとま》は泣《なき》つゝも、出《いで》てゆく折物蔭《をりものかげ》に、俺身《わがみ》を招《まね》きて聶《さゝや》くやう、「妾《わらは》が親《おや》は上野《かみつけ》なる、*新田《につた》の荘《せう》の百姓《ひやくせう》也。今《いま》より後《のち》の身《み》の往方《ゆくへ》、親里《おやざと》へがな送遣《おくりや》られて、身《み》ふたつにこそなるべけれ。然《さら》ば迭《かたみ》に音耗《おとづれ》がたかり。妾《わらは》は左《と》まれ右《かく》もあれ、産《うみ》も出《いだ》さばおん身《み》の胤《たね》なる、親子《おやこ》の証据《せうこ》になりぬべき、一種《ひとくさ》也とも賜《たび》ねかし」、といはれて「有理《げにも》」、と思ふのみ、猛可《にはか》の事にて遣《や》るべき東西《もの》なし。這身《このみ》の幼稚《をさな》かりし時《とき》、腰護符嚢《こしまもり》に附《つけ》られたる、迷子牌《まよひごふだ》は黄銅《しんちゆう》にて、形円金《かたちこばん》の似《ごと》くなりしに、「武蔵州荏原郡《むさしのくにえばらのこふり》、仮《か》名川客店《ながはのはたごや》、肝八之児子目四郎《かんぱちがせがれめしらう》」、と鏤着《ゑりつけ》られしを後々《のち〳〵》まで、喪《うしな》ひもせずありければ、年《とし》十五六の比《ころ》よりは、*夾《あてこ》小判《ばん》にして懐《ふところ》に、一日《ひとひ》も放《はな》さゞりけるを、思ひ出《いだ》しつ藻塩草《もしほぐさ》、一分《いちぶ》の金《かね》ともろ共《とも》に、軈《やが》て音間《おとま》に取《とら》せけり。是《これ》ぞ一期《いちご》の生別《いきわか》れにて、銭《ぜに》二三百《びやく》遺《おと》したる、心地《こゝち》せしのみ後々《のち〳〵》までは、思ひも出《いで》ず年《とし》を経《へ》て、今般《いまは》におもふ親《おや》の恩《おん》、子《こ》の往方《ゆくへ》さへ偲《しのば》

れて、果敢《はか》なき事を今《いま》さらに、愚痴《ぐち》と知《し》りつゝうち明《あけ》て、おん身に憑《たの》み奉《たてまつ》る。音間《おとま》が産《うみ》けん俺胤《わがたね》の、男児《をのこ》か女《め》の子《こ》歟《か》、知《し》らねども、恙《つゝが》もなくて成長《ひとゝな》らば、はや十四五になりぬべし。倘武者修行《もしむしやしゆぎやう》の折《をり》などに、爾《さ》る東西《もの》持《もて》る母歟子《はゝかこ》に、不図《ふと》遇《あひ》給ふことあらば、汝《なんぢ》が父《ちゝ》は恁々《しかぐ》と、告《つげ》も知《しら》させ給へかし」、といふに小六《ころく》は点頭《うなづき》て、

「その義《ぎ》は俺《われ》よくこゝろ得《え》たり。罕《まれ》なる義士《ぎし》に後《のち》なきを、遺憾《のこりをし》く思ひしに、落胤《らくいん》《○オトシダネ》あるは意外《いぐわい》の歓《よろこ》び、何事《なにごと》歟《か》亦《また》これに優《ま》すべき。上野《かうづけ》は俺本貫《わがほんごく》、新田《につた》は父祖《ふそ》の庿字《みやうじ》の地《ち》なれば、尋《たづ》ねゆくともけしうはあらず。必《かならず》よこゝろ安《やす》かるべし」、と答《こたふ》る辞《ことば》の訖《をは》らぬ折《をり》から、後《うしろ》のかたに人《ひと》ありて、忽地《たちまち》「よゝ」と密音《しのびね》に、泣《な》くをうち聞《き》く金瘡《てお》人《ひ》はさら也、小六《ころく》は「吐嗟《あなや》」、と駭《おどろ》きながら、其方《そなた》を佐《きつ》と見かへりて、「原来残《さてはのこ》

底倉小六撃父讐《そこくらにころくちゝのあたをうつ》　有像第十六

手がきゝて仇にかつをのおろしぎり今ぞうら身をかへす庖丁

藤白安同　みめの介　小六　きが八　さい九郎

めん九郎　多田蔵　つゝ平　さわん太　麻太郎

りし敵《てき》ありて、なほも躲《かくろ》ひをるにこそ。声《こゑ》は正《まさ》しく後方《あとべ》なる、板厨《とだな》の内《うち》に疑《うたが》ひなし。快々《とく〳〵》出《いで》よ」、と罵《のゝし》れば、応《いらへ》は得《え》せず、泣声《なくこゑ》の、只口《たゞくち》隠《ごも》りて聞《きこ》えしが、思ひかねけん内《うち》よりして、戸《と》を蹴《け》ひらきつゝ滾落《まろびおつ》るを、と見れば思ふに異《こと》なりける、年《とし》十四五なる男童《をのわらは》の、面《おもて》の色白《いろしろ》うして、笑《ゑま》ば愛敬《あいきやう》ありぬべき、優形《やさがた》なれども、身《み》はいと窶《やつ》れて、旧《ふり》たる木綿《もめん》の夾衣《あはせぎぬ》の、上《うへ》には*禅衣《おゆづり》を被《き》たりしを、団々巻《ぐる〳〵まき》に細《いましめ》て、布嚢《さるぐつわ》をさへ掛《かけ》たる也。小六《ころく》は今這光景《いまこのありさま》に、敵《てき》ならざりしを知《し》るものから、なほ疑《うたが》ひの釈《とけ》ざれば、先布嚢《まづさるぐつわ》と綁縛《いましめ》の、索《なは》を解捨《ときすて》て、扶起《たすけおこ》して、徐《しづか》によしを尋《たづね》けり。

　登時件《そのときくだん》の少年《しようねん》は、涙《なみだ》をとゞめ跪《ひざまづ》きて、小六《ころく》に対《むか》ひて告《つぐ》るやう、「俺名《わがな》は庶吉《ちかきち》と喚做《よびな》すものにて、今茲《ことし》は三五になりにたり。父親《てゝおや》は武士《ぶし》なりしに、薄命《ふしあはせ》《ハクメイ》にて主《しゆう》を喪《うしな》ひ、志《こゝろざし》を得遂《えとげ》ずして、竟《つひ》に旅宿《たびね》に世《よ》を去《さ》りにき。是《これ》より以来《このかた》いよゝます〳〵、所憑《よすが》もあらずなりしかば、俺身《わがみ》は母《はゝ》に携《たづさへ》られて、乞食《こじき》をしつゝ諸国《くに〴〵》なる、霊山霊地《れいざんれいち》をうち巡《めぐ》り、旅《たび》にあること既《すで》にして、今《いま》は六稔《むとせ》になりにけり。恁而今茲《かくてことし》は華洛《みやこ》のかたより、又東路《またあづまぢ》に赴《おもむ》く程《ほど》に、いぬる月《つき》の下浣《すゑつかた》、這山《このやま》を踰《こゆ》る折《をり》、母《はゝ》は猛可《にはか》に病着発《いたづきおこ》りて、路去《みちさ》りあへねば、山蔭《やまかげ》なる、小洞《こほら》の内《うち》を宿《やど》にして、間《ま》なく時《とき》なく看病《みとり》しかども、鍼灸薬《しんきうやく》餌《じ》は村胆《むらぎも》の、心《こゝろ》に儘《まか》せぬ他郷《たきやう》の便《びん》なさ、纔《わづか》に餬《もら》ふ*糧食《かていひ》の、薦《すゝま》ぬまでに衰果《おとろへはて》て、軈《やが》て空《むな》しくなりにしを、地方《ところ》の翁們《おぢら》の慈善《なさけ》にて、藐姑峯《はこね》の湖辺《こへん》に立《たゝ》せ給ふ、*地蔵堂《ぢざうだう》の傍《かたへ》なる、无縁墳《むえんづか》に埋葬《ほうむり》つ、はや三七日《みなのか》になり侍《はべ》り。堪《たへ》ぬ歎《なげ》きのやるかたなさに、倶《とも》に死《しな》まく思へども、いはれし事の羈《ほだし》となりて、一日《ひとひ》々々とながらふる、憂山河《うきやまかは》の湍《せ》をはやみ、往方《ゆくへ》も知《し》らぬ身《み》の措所《おきどころ》、なほ那小洞《かのこほら》に露宿《のじゆく》して、旅《たび》ゆく人《ひと》の袖《そで》に附《つ》き、又里人《またさとびと》の門《かど》に立《たち》て、やうやくに日《ひ》を弥《おく》る程《ほど》に、「這《この》浴館《ふろやかた》の庖湢《くりや》には、余《あま》れる飯《いひ》の多《おほ》かるを、*饐《あざ》らかしつゝ棄《すて》らるゝ」、と人《ひと》の噂《うはさ》に聞《きこ》えしかば、朝《あさ》な夕《ゆふ》なに外《と》に立《たち》て、その冷飯《ひやいひ》を乞《こひ》けるに、庖丁人《りやうりにん》にやあらんずらん、人鷹鬼《ひとくちおに》右衛《ゑ》門《もん》とか喚做《よびなし》たるが、その度毎《たびごと》に喚入《よびい》れて、飯《いひ》はさら也、羹菜《あはせもの》さへ、這那《これかれ》となく養《くれ》たりければ、最慚愧《いとかたじけな》く思ひつゝ、是《これ》にぞ饑《うゑ》を凌《しの》ぎたる、人《ひと》の情《なさけ》の憑《たの》もしさに、問《とは》るゝ随《まゝ》に恁々《しか〴〵》と、俺身《わがみ》のうへを報《つげ》しかば、那人《かのひと》いよ〳〵憐愍《あはれみ》て、母《はゝ》の精霊《みたま》に備《そな》へよとて、餅《もちひ》を取《と》らせ銭《ぜに》をも養《くれ》しを、稀《まれ》なる檀那《だんな》と思ふにぞ、けふも亦下晡《またなゝつさがり》に、夕飯《ゆふいひ》を乞《こひ》に来《き》つる折《をり》、那鬼右衛門《かのおにゑもん》独《ひとり》をり、その身《み》の子舎《へや》に招《まね》きよせて、思ひがけなき恋慕《れんぼ》のよしを、いと浅《あさ》ましく口説立《くどきたて》て、頑童《わかしゆ》にせんとて調戯《たはむ》れしを、腹立《はらだゝ》しさに罵辱《のりはぢし》めて、突倒《つきたふ》しつゝ脱《にげ》んとせしを、又《また》搔抱《かきいだ》きて放《はな》さねば、声《こゑ》を立《たて》つゝ角《すま》ひし程《ほど》に、其頭《そこら》にありける、軒礫児《さしみざら》の、一具韲粉《ひとくみみぢん》に砕《くだけ》けり。是《これ》にぞ駭《おどろ》く鬼右衛門《おにゑもん》は、忽地声《たちまちこゑ》を苛立《いらだて》て、「這乞丐奴《このかたゐめ》が大胆《だいたん》なる、人《ひと》なき折《をり》を覘《うかゞ》ふて、俺子舎《わがへや》に潜入《しのびい》りしは、東西《もの》を窃《ぬすま》ん為《ため》なるべし。さるを趕《おは》れて逃《にぐ》るとて、相公《との》のおん碟《さら》を摧《くだ》きしは、一トかたならぬ罪戾《つみとが》也。且綑《まづいまし》めて後《のち》にこそ、相公《との》に稟上《まうしあぐ》べけれ」とて、分説《いひわけ》させぬ伎倆《たくみ》の早縄《はやなは》、団々巻《ぐる〳〵まき》に綑《いまし》めて、手拭《てのごひ》をもて猿鑣《さるぐつわ》に、銜《はま》せて這個板厨《これこのとだな》の内《うち》へ、抱抗《いだきあげ》つゝ戸《と》を閉《たて》たり。折《をり》から他《かれ》が朋輩《ほうばい》なる、雑色《ざふしき》の甲乙《たれかれ》が、来《き》つゝ見聞《みき》くもなきにあらねど、偸児《ぬすびと》也といふにより、誰《たれ》とて憐《あはれ》むものはなし。料《はか》らざりける枉難《まがつみ》に、身《み》は囚徒《とらはれ》となりしより、世《よ》をも人《ひと》をも恨《うらめ》し、と思ふ甲斐《かひ》なき縲絏《しばりなは》、物《もの》もいはれず音《ね》に泣《な》くのみ。今《いま》さら思へば鬼右衛門《おにゑもん》が、慈悲《ちひ》は真《まこと》の慈悲《ちひ》ならで、只淫慾《たゞいんよく》の与《ため》なりしを、知《し》らで餌《ゑ》に寄《よ》り圏套《かけわな》に、掛《かけ》られたるこそ朽《くち》をしけれ。「恁《かゝ》れば今宵更闌《こよひこうたけ》て、慾《よく》を遂《とげ》んと欲《ほり》する歟《か》。然《さら》ずは主君《しゆくん》に聞《きこ》えあげて、罪《つみ》なはするにぞあらんずらん。透《すき》を得《え》ば立出《たちいで》て、脱去《のがれさ》らばや」、と尋思《しあん》をしつゝ、年来信《としごろしん》ずる観世音《くわんぜおん》の、御名《みな》を唱《となへ》て在《あり》ける程《ほど》に、その甲夜《よひ》の間《ま》は御酒宴《ごしゆえん》ありとて、庖厨揮《くりやばたら》き勤《いそ》しげにて、人《ひと》の往返《かよひ》の跡絶《とだえ》なければ、毫《つゆ》ばかりも爾《さ》る便《たより》を得《え》ず。小夜深《さよふけ》しより猛可《にはか》の騒動《そうどう》、撃《うつ》大刀音《たちおと》の烈《はげ》しく聞《きこ》えて、修羅《しゆら》の街衢《ちまた》に異《こと》ならねば、「俺身《わがみ》も倶《とも》に殺《ころ》さるゝ歟《か》」、と思ふ胸《むね》のみ轟《とゞろ》きて、活《いき》たる心地《こゝち》せざりしに、事果《ことはて》て、却《さて》金瘡《ておひ》人と思《おぼ》しき、這人《このひと》ざまの懺悔《さんげ》話説《ばなし》の、洩聞《もれきこ》えしより亡母親《なきはゝおや》に、いひ遺《のこ》されしことをしも、思ひ合《あは》しつ哀《かな》しさに、憶《おもは》ず泣声立侍《なきごゑたてはべ》り。這人《このひと》ざまは仮名川《かながは》なる、目四郎刀禰《めしらうどの》でましまさば、俺身《わがみ》の実《うみ》の父《ちゝ》なるべし。証据《せうこ》は方纔《いまがた》いはれしごとく、那腰着《かのこしつけ》の迷子牌《まよひごふだ》は、「是《これ》ぞ実父《じつぶ》の記念《かたみ》なる。環会《めぐりあ》ふ日《ひ》のありもせば、照契《あかし》にせよ」とて、いぬる比《ころ》、母御《はゝご》の逓与《わたし》給ひしを、護身嚢《まもりぶくろ》に蔵《おさ》めつゝ、肌膚《はだ》放《はな》さねば這里《ここ》に在《あ》り。是斁《これみそなは》せ」、と遽《いそがは》しく、項《えり》に掛《かけ》たる肌膚《はだ》神符《まもり》を、抜《ひら》きて出《いだ》す腰着牌《こしつけふだ》を、小六《ころく》ははやく受取《うけとり》て、手燭《てしよく》に照《てら》して、左見右見《とみかうみ》つ、「武蔵州荏原郡《むさしのくにえばらのこふり》、仮名川《かながは》客店《はたごや》、肝八之《かんぱちの》児子《せがれ》目四郎《めしらう》」、と声高《こゑたか》やかに読《よみ》ながら、且感《かつかん》じ且歓《かつよろこ》びて、

「目四郎《めしらう》正可《まさか》に听《きゝ》たる歟《か》。這個証据《これこのせうこ》のあるからは、這巡《このじゆん》礼《れい》の一少年《いつしようねん》、名《な》を庶吉《ちかきち》とか喚做《よびな》すものは、和主《わぬし》が落胤《らくいん》、疑《うたが》ひなからん。名告《なのり》をせよ」、と喚活《よびいく》る、声《こゑ》もろ共《とも》に庶吉《ちかきち》は、金瘡人《ておひ》に犇《ひた》と携着《すがりつき》て、「おん身《み》は俺們《われら》が爹々《てゝご》よの。冤屈《むじつ》の咎《とが》に囚《とらは》れたる、禍還《わざはひかへつ》て福《さいはひ》と、なりておん目《め》に掛《かゝ》りぬる、歓《よろこば》しさに就《つき》て亦《また》、最哀《いとかなし》きは這深痍《このふかで》、故《もと》の儘《まゝ》にてましまさば、なほも医療《いりやう》の届《とゞか》んに、左《ひだり》の腹《はら》へ刃尖《きつさき》を、突立《つきたて》給へばいとゞしく、苦痛《くつう》さこそと推量《おしはか》られて、憑《たのも》しからぬ今般《いまは》の対《たい》面《めん》、遭《あ》はで過《すぐ》さば恪《かく》までに、歎《なげ》きはせじを、現身《うつせみ》の、命《いのち》に限《かぎ》りありとても、なほ姑且《しばらく》は存生《ながらへ》て、思《おも》ひ隈《くま》なく宣《のたま》ふよしも、聞《きく》べきよしもいはしてよ。やよ喃々《なう〳〵》」、と揺動《ゆりうごか》して、

声《こゑ》を惜《をしま》ず泣《なき》にけり。這回《このだん》いまだ尽《つく》さねども、張数《ちやうすう》こゝに限《かぎ》りあれば、巻《まき》を更《かへ》て這次《このつぎ》に、復解分《またときわく》るを聴《きゝ》ねかし。

開巻驚奇侠客伝第二集巻之一　終

開巻驚奇俠客伝《かいくわんきやうきけうかくでん》　第二《だいに》集《しふ》　巻之二

東都　曲亭主人　編次

第《だい》十三回《くわい》

義烈《ぎれつ》を感《かん》じて俠民身首《けうみんしんしゆ》を斂《おさ》む
霊夢《れいむ》を説《とき》て聞人墓表《ぶんじんぼひやう》を建《た》つ
○ナダカキヒト○ハカジルシ

復説《またとく》巡礼庶吉《じゆんれいちかきち》が、初《はじめ》て実父《じつぷ》を認《みし》りぬる、その孝順《こうじゆん》の切《せつ》なるには、耳无山《みゝなしやま》も頷《うなづ》くべく、山梔花《くちなしのはな》も物《もの》いはん。況《まいて》や五《ご》*常《じやう》を具足《ぐそく》して、世《よ》に*万物《ばんもつ》の霊《れい》といはるゝ、*人木石《ひとぼくせき》にあらざれば、子《こ》ゆゑの闇《やみ》を今《いま》ぞ知《し》る、恩愛情状《おんあいじやうでう》、憂歎悲泣《ゆうたんひきう》に、死《し》苦《く》を忘《わす》れし目四郎《めしらう》は、愀然《しうねん》として頭《かうべ》を擡《もた》げ、且庶吉《まづちかきち》を左見《とみ》右見《かうみ》て、「原来孺子《さてはわくご》は音間《おとま》に産《うま》せし、這身《このみ》の胤《たね》でありけるよ。親《おや》といはんは面伏《おもぶせ》なる、這年来《このとしごろ》の俺《わが》うへは、予伝《かねてつた》へも聞《きゝ》つらん。和郎《わろ》が養父《やうふ》は、武士《ぶし》ならずや。六稔以来母共侶《むとせこのかたはゝもろとも》に、廻国《くわいこく》せしは什麼《いか》なる所以《ゆゑ》ぞ。浮世《うきよ》の余波《なごり》に听《きか》まほし」、といふ声細《こゑほそ》る霜枯《しもがれ》の、虫《むし》ならなくに露寒《つゆさむ》き、涙《なみだ》に哽《むせ》ぶ庶吉《ちかきち》は、やうやくに目《め》を推拭《おしぬぐ》ひて、

「俺身《わがみ》の養父《やうふ》は楫取老母介《かぢとりおもすけ》、朝行《ともゆき》と喚《よば》れたる、微禄《びろく》なれども新田《にった》の譜第《ふだい》、脇屋少将《わきやしようしよう》に仕《つか》へまつりて、*船田《ふなだ》殿《どの》の夥兵《くみこ》なり。最初新田《はじめにった》の城《しろ》に在《あ》りし時《とき》、生育《こそだて》なかりしそがうへに、前妻《ぜんさい》身《み》まかりたりければ、母御《はゝご》の俺身《わがみ》を携《たづさへ》て、那後妻《かのこうさい》になり給ひぬ、と年歴《としへ》て後《のち》に聞知《きゝし》りにき。恁而《かくて》爹々《てゝご》は程《ほど》もなく、右少将《うしようしよう》に倶《ぐ》しまつりて、陸奥《みちのく》の国府《こふ》に年《とし》を累《かさ》ね、義隆奥《よしたかおく》を落《おち》給ひても、なほおん伴《とも》にさむらひて、武蔵相模《むさしさがみ》にありける比《ころ》まで、俺身《わがみ》は母御《はゝご》と共侶《もろとも》に、なほ上野《かうづけ》に遺《のこ》されたり。恁而《かくて》九个年前《くかねんさき》つ夏《なつ》、義隆撃《よしたかうた》れ給ひし比《ころ》、爹々《てゝご》は、朋輩《ほうばい》の夥兵《くみこ》幾名《いくたり》と歟《か》、共侶《もろとも》に厚木《あつぎ》なる、御旅亭《ごりよてい》に留置《とゞめおか》れて、這底《このそこ》倉《くら》へは将《い》てゆかれず、纔《わづか》に近臣五名《きんしんいつたり》をのみ、従《したが》へ給ひし御《ご》運《うん》の微《はか》なさ、這里《ここ》にて亡《うせ》させ給ひしよしの、はやく厚木《あつぎ》に聞《きこ》えしかば、咸散々《みなちり〴〵》に落亡《おちうせ》たる、そが中《なか》に俺爹々《わがてゝご》のみ、世《よ》に従《したがは》ん事を欲《ほり》せず、「俺《われ》は微職《びしよく》の武夫《ものゝふ》なれども、三世《さんぜ》当家《たうけ》に仕《つかへ》まつりて、君恩《くんおん》尤《もつとも》浅《あさ》からず。然《さ》るを本処《ほんしよ》に留措《とゞめおか》れて、末期《まつご》のおん伴《とも》せざりしは、遺感《のこりをし》かることながら、今《いま》はしも

是非《ぜひ》に及《およ》ばず、切《せめ》て殉腹掻斫《おひばらかききり》て、五家臣達《ごかしんたち》に異《こと》ならぬ、世《よ》に忠信《ちうしん》の志《こゝろざし》を、果《はた》さんものを」、とおもひ決《さだ》めし、事情《ことのこゝろ》を恁々《しか〴〵》と、写《かき》も遺《のこ》してその夜艾《よさり》、竟《つひ》に刃《やいば》に伏《ふし》給ひぬ、と風《かぜ》の便《たよ》りに聞《きこ》えけり。母御《はゝご》の歎《なげ》きは然《さ》ぞありけん。俺身《わがみ》七才《なゝつ》の夏《なつ》也ければ、只憂《たゞうし》とのみ思ひつゝ、明《あか》し暮《くら》して三稔《みとせ》を歴《へ》たる、春《はる》の季《すゑ》より時疫流行《ときのけはやり》て、母御《はゝご》の親族《しんぞく》、爹々《てゝご》の氏族《うから》も、大《おほ》かたならず身《み》まかりて、憑《たの》む樹蔭《こかげ》のあらずなりたり。当《その》年母御《としはゝご》の宣《のたま》ふやう、「俺身《わがみ》你《そなた》を携《たづさへ》て、老母《おも》介主《すけぬし》に添《そ》ひしより、才《わづか》に一稔許《ひとゝせばかり》にして、峯上隔《をのへへだて》て山雞《やまどり》の、一所《ひとつ》に棲《すま》ず年《とし》を歴《へ》て、俟甲斐《まつかひ》もなくなりしより、有繋《さすが》に憑《たの》む弟兄《はらから》さへ、所《しよ》親《しん》も遺《おち》なく死亡《しにうせ》しに、憖《なまじい》に活残《いきのこ》りしは、過世《すくせ》の業報《ごうほう》竭《つき》ずやありけん。後《のち》の世《よ》さへに心《こゝろ》もとなし。這里《ここ》にて饑《うゑ》を等《また》んより、亡君亡父《ぼうくんぼうふ》の菩提《ぼだい》の与《ため》に、霊山霊地《れいざんれいち》を巡礼《じゆんれい》して、仏《ほとけ》の冥《みやう》助《ぢよ》を願《ねが》ふべし。如右《しか》こゝろ得《え》よ」、と告示《のりしめ》されし、逆旅《たびぢ》の准備《ようい》は杖《つゑ》と笠《かさ》の、外《ほか》に東西《もの》なき親《おや》と子《こ》が、馴《なれ》にし里《さと》を立出《たちいで》て、乞食《こじき》してゆく幾百里《いくひやくり》、坂東西国《ばんどうさいごく》六十余个所《よかしよ》の、観世音《くわんぜおん》を拝《おが》み奉《たてまつ》り、なほも諸井垂跡《しよぼさつすいじやく》の、霊場《れいじやう》をうち巡《めぐ》ること、既《すで》に六稔《むとせ》に及《およ》びしかば、「今茲《ことし》は藐姑峯《はこね》に赴《おもむ》きて、亡君《ぼうくん》を吊《とむら》ひまつり、厚木《あつぎ》の里《さと》に杖《つゑ》を曳《ひき》て、亡夫《なきつま》《○ボウフ》の墓《はか》に詣《まうで》ん」、といはれしにより共侶《もろとも》に、うち蹤来《こえき》ぬる這山路《このやまぢ》にて、思ひがけなき母御《はゝご》の病着《いたづき》、既《すで》に危《あやう》く見えし折《をり》、俺身《わがみ》を枕方《まくらべ》に召近《よびちか》着《づけ》て、「今《いま》まで具《つぶさ》に告《つげ》ざりしが、你《そなた》は実《うみ》の爹々《てゝご》あり。その故《ゆゑ》は箇様々々《かやう〳〵》」、とおん身《み》の事を告知《つげしら》され、親子《おやこ》の証据《せうこ》に贈《おく》られたる、迷子牌《まよひごふだ》の事までも、こゝろ得《え》さしつ頭陀袋《づだぶくろ》を、掻撈《かゝぐ》りて牌《ふだ》を逓与《わたし》給ひし、親《おや》の歎《なげ》きは後《のち》の事、「母只一人《はゝたゞひとり》子一人《こひとり》なる、旅宿《たびね》は心細《こゝろぼそ》かるに、俺身《わがみ》まからば誰《たれ》をかも、所縁《よすが》に浮世《うきよ》を渡《わた》りやせん。切《せめ》て廿《はたち》になるならば、牛《うし》にも馬《うま》にも踏《ふま》れじを、十五といへど*年不足《としよは》にて、季冬誕辰《しはすうまれ》の小胆児《うちきもの》、憂《うき》に熟《なれ》ても又《また》いくばくの、劬労《くろう》しつべし、痛《いた》ましや。実《うみ》の爹々《てゝご》はいとはやくより、身持歹《みもちわろ》くて家《いへ》を喪《うしな》ひ、往《ゆく》方《へ》も知《しら》ずなり給ひき、と程歴《ほどへ》て伝《つた》へ聞《きゝ》しかど、然《さり》とても鬼《おに》ならぬ、人《ひと》の心《こゝろ》のなからずやは。名告《なのり》も遇《あは》ば、親《おや》也子《と》也。断《きる》とも絶《き》れぬ血絡《ちすぢ》の恩愛《おんあい》、よも看殺《みごろ》しにはし給はじ。旧里《ふるさと》なれば仮名川人《かながはびと》に、問《とは》ば所在《ありか》の知《し》れもせん。尋《たづね》よかし」、といひ遺《のこ》されし、母御《はゝご》の霊《たま》の導《みちび》きてや、料《はか》らず環《めぐ》り会《あひ》ながら、親子《おやこ》の宿因短宵《ちなみみじかよ》の、明《あく》るを等《また》ぬ死別《しにわか》れ、轍《わだち》の鮒《ふな》の水《みづ》を喪《うしな》ひ、峯《みね》の猿《ましら》の樹《き》に離《はな》るゝも、俺歎《わがなげ》きにはよも倍《ま》さじ。悲《かなし》きかな」、と声立《こゑたて》て、腸《はらわた》を断孝子《たつこうし》の哀傷《あいじやう》、聞《き》くに得堪《えたへ》ぬ目《め》四郎《しらう》も、涙坐《なみだそゞろ》に吒《さしぐみ》て、

「原来和郎《さてはわろ》の養育親《やしなひおや》は、脇屋殿《わきやどの》の御内人《みうちびと》、船田主《ふなだぬし》の夥兵《くみこ》なりし歟《か》。這方《このかた》ざまこそ右少将家《うしやうくけ》の、公達《きんだち》にてましませば、則《すなはち》和郎《わろ》の御主君《ごしゆくん》也。養実二親《やうじつにしん》の志《こゝろざし》を、継《つぎ》て忠義《ちうぎ》を尽《つく》しねかし。さても〳〵」、とばかりに、舌《した》も剛《こわ》りし必死《ひつし》の苦《くるし》み、勦《いたは》りながら庶吉《ちかきち》は、小六《ころく》に対《むか》ひ、額《ぬか》をつきて、「世《よ》が世《よ》であらばおん目通《めどほ》りを、允《ゆる》さるべきものならねども、親《おや》の忠義《ちうぎ》を思食《おぼしめし》て、使《つかは》せ給はゞ有《あり》がたからん」、といふに小《こ》六《ろく》は感涙《かんるい》に、目《め》をしばたゝき頷《うなづ》きて、「貧賤憂苦《ひんせんゆうく》に人《ひと》となりても、物《もの》のいひざま鄙《ひな》ならぬ、才器《さいき》の程《ほど》もいと愛《めで》たき、孝子《こうし》の哀傷査《あいじやうさつ》したり。俺年来《われとしごろ》の志願《しぐわん》を遂《とげ》て、冤家藤白安同《かたきふぢしろやすとも》們《ら》を、恁余波《かうなごり》なく撃果《うちはた》せしは、你《そなた》の実父《じつぷ》目四郎《めしらう》の、案内《しるべ》の幇助《たすけ》に依《より》て也。今《いま》よりして何処《いづこ》まれ、倶《ぐ》して苦楽《くらく》を共《とも》にせばや、と思ふにも似《に》ず惴《はや》りし自殺《じさつ》は、本意《ほい》なかりしに、料《はから》ずも、今亦《いまゝた》こゝにその子《こ》を得《え》たり。人一善《ひといちぜん》に進《すゝ》むときは、則《すなはち》一善《いちぜん》の果報《くわほう》あり。又一悪《またいちあく》を行《おこな》ふときは、則《すなはち》一悪《いちあく》の業《ごう》報《ほう》あり。*譬《たとへ》ば環《たまき》の輪《めぐ》るが如《ごと》し。悪《あく》を去《さ》り善《ぜん》に与《くみ》して、且義《かつぎ》の為《ため》に死《し》して悔《くひ》なき、目四郎《めしらう》の終焉《しうゑん》に、その落胤《らくいん》の孝子《こうし》に値遇《ちぐ》して、後《のち》あることを知《し》る歓《よろこ》びは、陰徳陽報忒《いんとくやうほうあやま》たず、造《ぞう》化《くわ》の精巧《せいこう》、一大奇事《いちだいきじ》、神出鬼没《しんしゆつきぼつ》といはまくのみ。やよや目《め》四郎《しらう》、今《いま》よりして、這庶吉《このちかきち》は俺伴当《わがともびと》、且弟《かつおとゝ》ともおもひ做《な》して、久後《ゆくすゑ》までも看届《みとゞけ》ん。是《これ》を末期《まつご》の心《こゝろ》やりに、成仏《じやうぶつ》せよ」、と宣諭《のりさと》す、深《ふか》き情《なさけ》に親子《おやこ》の歓《よろこ》び、目四郎《めしらう》は血《ち》に染《そみ》たる、左《ひだり》の隻手《かたて》を推抗《おしあげ》て、戦《わなゝか》れつゝ幾遍《いくたびか》歟、小六《ころく》を拝《おが》む嬉《うれ》しさに、心寛《こゝろゆる》みて忽地《たちまち》に、絶《たえ》なんとせし気《き》を激《はげま》して、眼《まなこ》を睜《みは》る声《こゑ》細《ほそ》やかに、

「噫有《あなあり》がたき一期《いちご》の洪福《さいはひ》。親《おや》は衆目《しゆもく》を欺《あざむ》く与《ため》に、死《し》して栄《はえ》ある小官人《わかだんな》の、*おん身代《みがは》りに死天《しで》の旅《たび》。子《こ》は又二世《またにせ》の忠臣《ちうしん》と、做《なり》も登《のぼ》らん逆旅《たびぢ》のおん伴《とも》。那世這世《あのよこのよ》と身《み》ひとつを、わきてぞ憑奉《たのみたてまつ》る、孩児《せがれ》がうへは安《やす》かれども、なほ安《やす》からぬ

俺死《わがしに》ざま。美事《みごと》に腹《はら》を斫《き》らずもあらば、居多《あまた》の敵《てき》を殺尽《ころしつく》せし、本事《てなみ》に相応《ふさは》しからずとて、後《のち》に疑《うたが》ふものあらん、とは思へども朽《くち》をしや、武士《ぶし》ならぬ身は悍《たけ》くても、刃尖才《きつさきわづか》に一二寸《すん》、突立《つきたて》しより心後《こゝろおく》れて、思ひの随《まゝ》に引繞《ひきまは》す、事も得《え》ならで半生半死《はんせうはんし》の、容佳《ざまよか》らぬは俺《われ》ながら、矢傷野豬《ておひじし》にも劣《おと》りたり。長物《ながもの》がたりに天《よ》や明《あけ》なん。是《これ》まで也」、と右《みぎ》の拳《こぶし》に、左手《ゆんで》を掛《かけ》てキリ〱と、腹一文字《はらいちもんじ》に搔斫《かきき》る程《ほど》に、殺《さ》と濆《ほとばし》る鮮血《ちしほ》と共《とも》に、大腸小腸《みのわたほそわた》顕《あらは》れ出《いで》て、忽地《たちまち》変《かは》る面《おもて》の色《いろ》も、今《いま》ぞ浮世《うきよ》に別《わか》れの一呼吸《ひといき》、見るに得堪《えたへ》ぬ庶吉《ちかきち》は、涙《なみだ》に心《こゝろ》くれ竹《たけ》の、「よゝ」と泣《なき》つゝふし沈《しづ》む、「哀傷《あいじやう》さこそ」、と小六《ころく》が引接《いんぜふ》、「南無阿弥陀仏《なむあみだぶつ》、みだ仏《ぶつ》」、と唱《となふ》る六字《ろくじ》、四苦八苦《しくはつく》、七ッは過《すぎ》て向明《あけがた》の、鐘鎬々《かねかう〱》と鳴渉《なりわた》る、彼誰時《かはたれどき》を、「生滅々《しやうめつめつ》已《い》、寂滅為楽《じやくめつゐらく》」、と目四郎《めしらう》は、刃《やいば》を抜《ぬき》て吭頭《のどもと》を、搔《かゝ》んとしつゝ両三番《ふたゝびみたび》、突外《つきはづ》しつゝやうやくに、吭管《ふえ》搔斫《かききつ》てぞ俯《ふし》たりける。

登時《そのとき》小六《ころく》は身《み》を起《おこ》して、「やよや庶吉《ちかきち》。哀別《あいべつ》に、得堪《えたへ》ず歎《なげ》きに這天《このよ》を明《あか》さば、目四郎《めしらう》が死《し》は画餅《ぐわべい》《○アダ》となりて、身《み》も亦《また》倶《とも》に捕《とらは》れん。路次《ろち》の備《そなへ》に一刀《いつたう》を、分捕《ぶんどり》して快立《とくたち》ね。記念《かたみ》の牌《ふだ》は拿斂《とりおさ》めし歟《か》。東西《もの》な遺《わす》れそ」、と奨《はげま》せば、庶吉《ちかきち》やうやく涙《なみだ》を禁《とゞ》めて、身《み》を起《おこ》しつゝ那這《あちこち》なる、尸骸《しがい》の頭《ほとり》に遺散《おちちつ》たる、刀《かたな》を一口拿抗《ひとふりとりあげ》て、「這亡骸《このなきがら》は、那腹黒《かのはらぐろ》き、鬼《おに》右《ゑ》衛門《もん》にて候は」、といふに小六《ころく》は見かへりて、「原来其奴《さてはそやつ》は這頭《こゝら》に在《あ》りて、嚮《さき》に目四郎《めしらう》に撃《うた》れし也。その児《こ》の仇《あた》と知《し》らずして、撃《うち》しは愉快《ゆくわい》、撃《うた》れしは、因果覿面《いんぐわてきめん》、恪《かく》こそあらめ。快這方《とくこなた》へ」、と先《さき》に立《たち》て、又庭門《またにはぐち》より出《いで》んとするに、天結陰《そらかきくも》り雨《あめ》降《ふり》そゝぎて、垂明空《あけなんそら》はなほ闇《くら》かり。「いかにせまし」、と見かへれば、這縁頬《このえんがは》の片隅《かたすみ》に、蓑《みの》と笠《かさ》と多《おほ》くあり。こは安同《やすとも》の若党們《わかたうら》が、翌気賀《あすきが》へりの准備《ようい》なりしを、「是究竟《これくつきやう》」、と庶吉《ちかきち》に、拿出《とりいだ》さして共侶《もろとも》に、その蓑《みの》を被《き》つ、笠《かさ》を引提《ひさげ》て、主僕《しゆぼく》いそしく出《いで》てゆく。小六《ころく》は既《すで》に一丈《ひとつゑ》あまり、先《さき》に找《すゝ》みし左右《さゆう》の樹蔭《こかげ》に、思ひがけなき人《ひと》ありて、「癖者等《くせものまて》」、と喚《よび》禁《とむ》る、尖《するど》き声《こゑ》に、晃《きらめ》く白刃《はくじん》《○シラハ》。斫《きら》んとせしを、笠投着《かさなげつけ》て、身《み》を渝《しづま》せし小六《ころく》が修煉《しゆれん》に、這那足《これかれあし》を竦《すくは》れて、輾《まろ》ぶを透《すか》さず抜《ぬき》撃《うち》に、一人《ひとり》の首《かうべ》を撃落《うちおと》して、返《かへ》す刀《かたな》に又一人《またひとり》を、起《おこ》しも立《たて》ず丁《ちやう》と斫《き》る、窮所《きうしよ》の深痍《ふかで》に「苦《あ》」と叫《さけ》びて、仆《たふ》るゝ身辺《ほとり》へ、庶吉《ちかきち》は、走近《はしりちか》づき驚《おどろ》きながら、「浮踏《あぶな》き事や」、といふ声《こゑ》より、はやく小六《ころく》は透《すか》し見て、「庶吉其奴《ちかきちそやつ》が十々滅《とどめ》を刺《さし》ね。這們《これら》の外《ほか》に外面《とのかた》に、遺《のこ》りし敵《てき》はよもあらじ」、といふ間《はし》に庶吉《ちかきち》は、武抃《ぶべん》はじめに十々滅《とどめ》の一大刀《ひとたち》、さして往方《ゆくへ》は*足柄《あしがら》越《ごえ》を、「京師《みやこ》のかたに」、と共侶《もろとも》に、潜出《しのびいで》つゝ路《みち》なき路《みち》に、わけ入《い》る山《やま》は雨霽《あめはれ》ても、*袖《そで》は露《つゆ》けき蓑虫《みのむし》の、父《ちゝ》の横死《わうし》と亡《なき》母《はゝ》の、事のみ胸《むね》に有明《ありあけ》の、月《つき》を燭《あかし》に落《おち》てゆく、主《しゆう》に倶《ぐ》してぞいそぎける。

　原《たづ》るに庭前《にはさき》にて、小六《ころく》を拄《さゝ》えて撃《うた》れたる、一個《ひとり》は安同《やすとも》が奴隷《しもべ》の長《をさ》にて、竜巻耳朶八《たつまきじだはち》と喚做《よびな》すもの、又一個《またひとり》は廐介《まやすけ》と喚做《よびなし》たる、安同《やすとも》が馬《うま》の鑣奴《くちとり》也。這們《これら》は殊《こと》に酒《さけ》を嗜《たしみ》て、酔臥《えひふす》ときは醒《さむ》るまで、死人《しにん》に等《ひと》しき酒癖《さかぐせ》あり。譬《たとへ》ば那劉玄石《かのりうげんせき》が、一千日《いつせんにち》の酔《えひ》に似《に》たれば、この故《ゆゑ》に身《み》の務《つとめ》の、等閑《なほざり》になる事ありて、主《しゆう》の咎《とがめ》にあへりしも、数番《あまたゝび》なりければ、日属《ひごろ》は倶《とも》に禁酒《きんしゆ》して、をさ〳〵慎《つゝし》みたりけれども、主《しゆう》の安同《やすとも》が湯治《とうぢ》し果《はて》て、気賀《きが》がへりの前祝《さきいはひ》に、今宵《こよひ》も酒宴《しゆえん》あるよしを、耳《じ》朶八《だはち》はやく聞知《きゝし》りて、「恁《かゝ》る折《をり》にも俺《われ》ひとり、喫《のま》ずは生甲斐《いきがひ》なきに似《に》たり。夜《よ》は奉公《ほうこう》のなき身《み》なるに、甲夜《よひ》過《すぎ》てこそ喫《のむ》べけれ」、と尋思《しあん》をしつゝ酒餚《さけさかな》を、多《おほ》く窃《ぬす》みて准備《ようい》を整《とゝの》へ、却同病《さてどうびやう》を相憐《あひあはれ》む、廐介《まやすけ》をその身《み》の子舎《へや》に、招《まね》き寄《よ》せ、密意《みつい》を示《しめ》して、他《かれ》を敵手《あひて》に、献《さし》つ酬《さゝ》れつ、思ひの随《まゝ》に酔《えふ》たりければ、そが儘倶《まゝとも》に睡臥《ねむりこけ》て、主《しゆう》の安同《やすとも》が撃《うた》れしを知《し》らず。その暁《あけ》がたに耳朶八《じだはち》は、内逼《うちせま》りけん例《つね》より快《はや》く、眼《め》を覚《さま》し浄手《ちやうず》せんとて、起出《おきいで》し折大変《をりたいへん》を、初《はじめ》て知《し》りて酷《いた》く驚《おどろ》き、おそる〳〵覘《うかゞ》ふに、約莫這浴館《およそこのふろやかた》に、在《あり》と有《あ》る主《しゆう》も家隷《けらい》も、皆《みな》

　悉《こと〳〵く》撃果《うちはた》されて、残《のこ》るはその身《み》と廐介《まやすけ》のみ、仇《あた》は既《すで》に立《たち》退《のき》けん。そが中《なか》に痍《て》を負《お》ふて、退難《のきかね》たるが一両名《ひとりふたり》、面亭《おもて》のかたに在《あ》りと思《おぼ》しく、その声《こゑ》の聞《きこ》えしを、覘《うかゞ》ひ済《すま》し、窃歩《ぬぎあし》して、故《もと》の処《ところ》にかへり来《き》つ、却廐介《さてまやすけ》を幾番《いくたび》となく、揺覚《ゆりさま》しつゝ恁々《しか〴〵》と、件《くだん》の異変《ゐへん》を報知《つげしら》するに、廐介《まやすけ》も亦《また》驚《おどろき》呆《あき》れて、「いかにせまし」、と相譚《かたら》へば、耳朶八霎時沈吟《じだはちしばししうちあん》じて、「主従遺《しゆう〴〵おち》なく撃《うた》れしに、只俺們《たゞわれ〳〵》のみ恙《つゝが》もなきを、酔臥《えひふし》て、そを知《し》らずといふとも、聴《きか》るべき事にはあらず。逃《にげ》たるな

めりと疑《うたがは》れて、*縛頸《しばりくび》を刎《はね》られん。然《され》ばとて這儘《このまゝ》に、逐電《ちくでん》しては闇《くら》からぬ、身《み》を暗《くら》くして一生涯《いつせうがい》、世間陜《よのなかせま》くなりぬべし。所詮出処《しよせんでぐち》に埋伏《したまち》して、面亭《おもて》の賊《ぞく》の退《しりぞ》く折《をり》、不意《ふい》に起《おこり》て討捕《うちと》らば、俺《われ》と和主《わぬし》の功名《こうみやう》也。然《さる》ときは後難《こうなん》なく、面《おもて》を起《おこ》すのみならで、官府沙汰《おほやけざた》も宜《よろ》しからん。這義《このぎ》は奈何《いかに》」、と聶《さゝや》くを、廐介《まやすけ》听《きゝ》て一議《いちぎ》に及《およ》ばず、「然《さら》ば准備《ようい》をすべけれ」とて、身装《みごしらへ》しつ刃《やいば》を引提《ひさげ》て、又那這《またあちこち》と覘《うかゞ》ふに、庭《には》のかたなる縁頬《えんがは》の、雨戸《あまど》外《はづ》れてありければ、「原来《さては》賊《ぞく》は這里《ここ》より入《い》りたり。出《いづ》るも庭門《にはぐち》なるべし」、と倶《とも》に聶《さゝや》き頷《うなづ》きて、窃《ひそか》に庭《には》に立出《たちいで》て、雨《あめ》を樹蔭《こかげ》に凌《しの》ぎつゝ、「今《いま》か〳〵」、と等《まち》たるを、小六《ころく》は知《し》らず、庶吉《ちかきち》に、先《さき》だちてはや庭門《にはぐち》より、出《いで》んとしつるを耳朶八《じだはち》は、廐介《まやすけ》と声《こゑ》を合《あは》して、左右《みぎひだり》より撃《うた》んと找《すゝ》みし、計策《はかりごと》は図《づ》に当《あた》れども、技鈍《わざにぶ》ければ合期《がつご》せず、這那《これかれ》倶《とも》に小六《ころく》に撃《うた》れて、人《ひと》にも知《し》られずなりにけり。恁《かゝ》れば耳朶八《じだはち》・廐《まや》介《すけ》が、相謀《はから》ひたりける趣《おもむき》は、小六《ころく》といへども是《これ》を知《し》らず。況《まいて》安同《やすとも》が党《ともがら》は、這時通《このときすべ》て命《いのち》を隕《おと》して、後《のち》に伝《つたふ》るよしなかりしに、程経《ほどへ》て耳朶八《じだはち》が女房《にようばう》の、良人《をつと》の枉死《わうし》をうち歎《なげ》きて、*降巫《いちこ》《○アガタミコ》の元紘《おつる》に降《よ》せし折《をり》、綷恁々《ことしか〳〵》と詳《つばらか》に、報《つげ》たるにより件《くだん》のよしを、纔《わづか》に悟《さと》るもありけるとぞ。しかれども耳朶八《じだはち》は、その宵《よ》の仇《あた》を「小六《ころく》なりき」、と知《し》らで撃《うた》れしものなれば、降巫《いちこ》の招《くち》にも這義《このぎ》は降《よ》らず。こは是後話《これのちのはなし》也。看官宜《みるひとよろし》く査《さつ》すべし。

爾程《さるほど》に、底倉《そこくら》の邑長《さとをさ》は、けふ安同《やすとも》が気賀《きが》の宿所《しゆくしよ》へ、立還《たちかへ》るよし猛可《にはか》に聞《きこ》えて、昨宵《よんべ》夫役《ぶやく》を宛《あて》られたれば、石畳屋《いしだゝみや》の主人《あるじ》と倶《とも》に、土民《どみん》《○トコロノタミ》幾名敷《いくたりか》駆催《かりもよほ》して、小荷駝《こにだ》を牽《ひか》せ竹輿《かご》を吊《つら》せて、天明時候《よのあけしころ》浴館《ふろやかた》なる、門前《もんぜん》に伺候《しこう》しつ、門戸《かなど》の開《ひら》くを等《まち》たりけるに、日《ひ》ははや高《たか》く升《のぼ》るまで、寂寞《じやくまく》として音《おと》もせざれば、大家《みな〳〵》斉一《ひとしく》訝《いぶか》りて、怺《こら》へず門戸《かなど》を敲《たゝ》けども、絶《たえ》て応《いらへ》のなかりしかば、いよ〳〵疑惑《ぎわく》の胸安《むねやす》からず。この故《ゆゑ》に邑《さと》長《をさ》は、石畳屋《いしだゝみや》と連立《つれだち》て、外面《とのかた》を那這《あちこち》と、うち遶《めぐ》りつゝ覘《うかゞ》ふに、庭門《にはぐち》の戸《と》のみ開《ひら》きてありしを、訝《いぶか》りながら闖相《のぞきみ》るに、樹下《このもと》にむごく斫《き》られて、仆《たふ》れたるもの二人《ふたり》あり。「こは什麼《いかに》」、と驚譟《おどろきさわ》ぎて、先夫役們《まづぶやくら》に報知《つげしら》せ、大家裡面《みな〳〵うち》に找《すゝ》み入《い》りて、相《み》れば無慙《むざん》や安同《やすとも》は、主僕幷《しゆぼくならび》に数《かず》を尽《つく》して、身首《しんしゆ》

処《ところ》を異《こと》にしつ、鮮血《ちしほ》に塗《まみ》れし亡骸《なきがら》の、間毎々々《まごと〱》に累々《るい〱》たり。又奥《またおく》と面亭《おもて》の間《あはひ》に、腹掻斫《はらかききつ》て俯《ふ》したるあり。相《み》るに御内《みうち》の人《ひと》ならず、「仇《あた》なるべし」、と猜《すい》するのみ。後《のち》に安同《やすとも》の臥房《ふしど》なる、隔亮《ふすまど》に写遺《かきのこ》したる、数行《すこう》の文字《もんじ》を見出《みいだ》して、「昨宵《よんべ》藤白主従《ふぢしろしゆう〱》の、恁名《かくな》残《ごり》なく撃《うた》れしは、助則《すけのり》といふ猛者《もさ》が、脇《わき》屋義隆《やよしたか》のおん与《ため》に、旧《ふる》き怨《うらみ》を雪《きよ》めしなりき」、と初《はじめ》て越《こゝ》に悟《さと》るのみ。然而《さて》在《あ》るべきにあらざれば、邑長《さとをさ》は石畳屋《いしだゝみや》の、主人《あるじ》と倶《とも》に安同《やすとも》が、気賀《きが》の宿所《しゆくしよ》に赴《おもむ》きて、緈悿々《ことしか〲》と訴《うつた》へけり。然《され》ば藤白《ふぢしろ》の従類《じゆうるい》は、思ひがけなき凶変《きやうへん》に、一家《いつけ》の周章《しうせう》沸《わく》が如《ごと》く、老党若党《ろうだうわかたう》一騎《いつき》駆《がけ》に、多《おほ》く底倉《そこくら》に聚来《つどひき》て、亡骸《なきがら》を検《み》つ、衆議《しゆぎ》を凝《こ》らして、那這《あちこち》と部《てわけ》を定《さだ》め、或《あるひ》は汗馬《かんば》に鞭《むち》

這本文見第十四回　このほんもんだい十四くわいにみえたり　　有像第十七

底倉風聞著演窃探虚実《そこくらのふうぶんあきのぶひそかにきよじつをさぐる》

たのまれぬ世のことながら市に虎うたれにけりといふはまことか*

さよ二郎　長ふさ　礼作　智六

義ゑ　信三　仁兵　あきのぶ

を鳴《な》らし、鎌倉《かまくら》に赴《おもむ》きて、よしを管領家《くわんれいけ》に聞《きこ》えあげ、或《あるひ》は夥兵《くみこ》を従《したが》へて、仇《あた》の余類《よるい》を索《たづね》るもあり、又気賀《またきが》へ走還《はしりかへ》りて、安同《やすとも》の妻長総《つまながふさ》に、底倉《そこくら》の為体《ていたらく》、并《ならび》に老党《ろうだう》們が衆議《しゆぎ》の趣《おもむき》を、具《つぶさ》に注進《ちゆうしん》しつるも有《あり》けり。左右《とかく》する程《ほど》に、その次《つぎ》の日《ひ》、鎌《かま》倉管領《くらくわんれい》持《もち》氏《うぢ》の執事《しつじ》、上杉憲定入道《うへすぎのりさだにうどう》の沙汰《さた》として、*三浦新介《みうらのしんすけ》平時高《たひらのときたか》、検鑑使《けんかんし》を奉《うけたまは》り、伴当《ともびと》多《おほ》く従《したが》へて、底倉《そこくら》なる浴館《ふろやかた》に来着《らいちやく》しつ、且多《まづおほ》かる亡骸《なきがら》を、甲乙《それかれ》と検《けみ》し果《はて》て、安同《やすとも》の老《ろう》党《どう》、并《ならび》に邑長們《さとをさら》が稟《まう》すよしを、曲々《ひとり〳〵》に問糾《とひたゞ》せども、安同《やすとも》主従《しゆうじゆう》の撃《うた》れたる、その宵《よ》の事を知《し》るものなければ、衆口《しゆうこう》総《すべ》て分明《ふんみやう》ならず。「自殺《じさつ》したる一個《ひとり》の仇《あた》は、是則《これすなはち》遺墨《ゐぼく》《○カキヲキ》に見えたる、助則《すけのり》と喚做《よびな》すものにて、義隆《よしたか》の旧臣《きうしん》なるべし。しかれども単身《みひとつ》にて、恁居多《かうあまた》なる敵《てき》を、撃果《うちはた》さん事あるべうもあらず。顧《おも》ふに助大刀《すけだち》の支党《どうるい》ありて、はやく退散《たいさん》したらん歟《か》。其頭《そこら》の照験《てがゝり》あらずや」とて、緊《きび》しく質問《たゞしとは》れしかども、「大家《みな〳〵》知《し》らぬ事なれば」、とばかりにして云甲斐《いひがひ》なし。「倘這一個《もしこのひとり》の仇《あた》のみならば、数《かず》を尽《つく》して撃《うた》れたる、安同《やすとも》主従《しゆう〴〵》の不覚《ふかく》、言語同断《ごんごどうだん》。今戦国《いませんごく》の武士《ぶし》に似《に》げなき、狗死《いぬじに》といひつべし。さばれ主僕《しゆぼく》の亡骸《なきがら》は、汝達宜《なんたちよろし》く執斂《とりおさめ》て、後《のち》の御沙汰《ごさた》を等《まち》ねかし。又助則《またすけのり》は賊徒《ぞくと》也。はやく当所《たうしよ》に梟首《きやうしゆ》して、余兇《よけう》を懲《こら》すべきもの也」、と厳《おごそか》に宣掟《のりおきて》、却時高《さてときたか》は鎌《かま》倉《くら》へ、帰府《きふ》の馬蹄《ばてい》をはやめけり。

爾程《さるほど》に安同《やすとも》が、横死《わうし》の風声隠《ふうぶんかく》れなく、はや藤沢《ふぢさは》へも聞《きこ》えしかば、著演窃《あきのぶひそか》に是《これ》を訝《いぶか》り、みづから巷《ちまた》に立出《たちいで》て、なほそのよしをうち听《き》くに、「安同主僕《やすともしゆぼく》二十余名《よにん》、いぬる夜《よ》　源《みなもとの》助則《すけのり》といふ猛者《もさ》に、鏖《みなごろし》にせられたる、為体《ていたらく》は恁々《しか〴〵》也。那《かの》助則《すけのり》は義隆主《よしたかぬし》の、旧臣《きうしん》にこそありつらめ。年齢《としのよはひ》は三十許《みそぢばかり》歳、桃花面相《あからがほ》にて蒼髯《あをひげ》あり。箇様々々《かやう〳〵》の打扮《いでたち》にて、美事《みごと》に腹《はら》を斫《きり》たるが、藤白殿《ふぢしろどの》の臥房《ふしど》なる、隔亮《ふすまど》に遺墨《かきおき》《○ヰボク》あり。これによりて復讐《あたうち》の、事情《ことのこゝろ》の知《し》られしとぞ。こはきのふ観《み》て来《き》つる、人《ひと》より伝《つた》へし実説《じつせつ》也」とて、奇談《きだん》に誇《ほこ》るものさへありけり。その言大同小異《ことだいどうしようゐ》あれども、約《およそ》は里《さと》の戸毎《いへごと》に、額《ひたひ》を集《あつ》め耳《みゝ》を傾《かたむ》け、譚《かた》ふよしをうち聞《き》くに、皆這噂《みなこのうはさ》のみ也ければ、著演《あきのぶ》いよ〳〵疑惑《うたがひまど》ひて、左《と》さま右《かう》さま思ふやう、「世《よ》に同名《どうめい》の人多《ひとおほ》かれども、安同主僕《やすともしゆぼく》を撃《うち》たるものゝ、諱《いみな》と小六《ころく》がみづから撰《えら》みし、名乗《なのり》と同《おな》じきもいと奇《き》也。又《また》その人《ひと》の面貌《おもかげ》と、年齢《としのよはひ》を問考《とひかんがふ》るに、目四郎《めしらう》によく似《に》たり。非除同名也《よしやどうめい》といふとも、小六《ころく》は既《すで》に古人《こじん》になりぬ。又面貌《またおもかげ》と年齢《としのよはひ》と、似《に》たりといふとも目四郎《めしらう》が、小六《ころく》の諱《いみな》を知《し》るべくもあらず。知《し》らずして仮名《つくりな》の、暗合《あんがふ》したる事あればとて、目四郎《めしらう》なンどが本事《てなみ》にて、二十余名《よにん》の大敵《たいてき》を、撃果《うちはた》す事あるべしやは。憶《おも》ふに件《くだん》の助則《すけのり》は、実《じつ》に世《よ》の人《ひと》の猜《すい》せし如《ごと》く、脇屋殿《わきやどの》の旧《きう》臣《しん》ならん。そは誰《たれ》にもあらばあれ、単身《みひとつ》にして亡君《ばうくん》の、与《ため》にその仇《あた》二十余名《よにん》を、鏖《みなごろし》にせし武勇忠誠《ぶようちうせい》、今昔独歩《こんじやくどつぽ》の英《えい》雄《ゆう》也。俺不幸《われふこう》にして憾《かゝ》る人《ひと》に、交《まじは》ることを得《え》ざりしかども、新田《につた》の家臣《かしん》と聞《きゝ》ぬれば、*空谷跫音《くうこくきやうおん》の思《おも》ひあり。加之《しかのみならず》安同《やすとも》は、小六《ころく》が与《ため》には父《ちゝ》の讐《あた》、俺身《わがみ》にも亦怨《またうらみ》を結《むす》びて、害《がい》せんとのみ計較《もくろみ》たる、ものにしあるを料《はから》ずも、撃果《うちはた》されしは未《み》見《けん》の死友《しゆう》、俺身《わがみ》に執《とり》ても義侠《ぎけう》といはん。憾《かゝ》れば俺亦《われまた》その首《しゆ》《○クビ》級《きう》を、葬《はうむら》ずばあるべからず。要《えう》こそあれ」、と尋思《しあん》しつゝ、その宵《よ》妻《つま》の晩稲《おしね》にのみ、意衷《いちう》の機密《きみつ》を囁《さゝや》き示《しめ》して、次《つぎ》の日《ひ》の朝未明《あさまだき》に、独背門《ひとりせど》より出《いで》てゆきしを、奴婢們《ぬびら》は知《し》らで、なほ宿所《しゆくしよ》に、在《あ》りと思ふも多《おほ》かりけり。

却説野上著演《かくてのがみのあきのぶ》は、笠深《かさふか》く戴《いたゞ》きて、底倉《そこくら》を投《さし》て赴《おもむ》く程《ほど》に、日《ひ》の長《なが》ければ、路次《ろぢ》をいそがず、既《すで》にして黄昏時候《たそがれごろ》より、底倉《そこくら》の里《さと》に来《き》て、梟《かけ》たる首級《くび》を尋《たづ》ぬるに、けふははや第三日《だいみつか》になりぬ。「這山里《このやまざと》の申明亭《ふだのつぢ》《○シュキウ》に、尚《なほ》これあり」、と聞《きこ》えしかば、軈《やが》て其処《そこ》に赴《おもむ》く程《ほど》に、日《ひ》は暮果《くれはて》て烏夜《やみ》なれども、其里《そこ》に夜《よ》を戍《も》る土民們《どみんら》が、高張灯《たかちやうちん》を点《とも》し建《たて》て、火《ひ》を焼《た》くものさへありければ、其辺数《そのほとりす》間四《けんし》方《はう》は、月《つき》の宵《よ》よりも明《あか》かりけり。著演《あきのぶ》これに便《たより》を得《え》て、梟《かけ》たる首級《くび》を熟視《つら〱み》るに、噫這《あなこの》首級《しゆきう》《○クビ》は今《いま》さらに、疑《うたが》ふべくもあらざりける、目四郎《めしらう》なるにうち驚《おどろか》れて、瞬《またゝ》きもせず雖相《みれども》々々《〱》、些《ちつと》も差錯《ちがひ》なかりけり。「倘戍人《もしもるひと》の憖《なまじい》に、俺《われ》を怪《あやし》むこともや」、と思へば久《ひさ》しく歩《あし》を駐《とゞ》めず、其頭《そこら》を過《よぎ》る如《ごと》くにして、走退《はしりの》きつゝ又鵠立《またたゝずみ》て、肚《はらの》裏《うち》におもふやう、「那目四郎《あのめしらう》はいぬる比《ころ》、小六《ころく》が旅宿《たびね》の伴《とも》をせんとて、俺《われ》に約《やく》せし事あれども、小六《ころく》が横死《わうし》にその義《ぎ》を果《はた》さず。そを朽《くち》をしく思ふをもて、命《いのち》を棄《すて》て安同們《やすともら》を、撃果《うちはた》して自殺《じさつ》をしけん。這推量《このすいりやう》に差《たが》はずば、他一旦《かれいつたん》の恩義《おんぎ》を感《かん》じて、竟《つひ》に俺身《わがみ》に係《かゝ》るべき、枉難《まがつみ》を刈払《かりはら》ひし也。とは思へどもその遺墨《かきおき》に、源《みなもとの》助則《すけのり》と、署《しる》せし事こそこゝろ得《え》ね。その助則《すけのり》は小六《ころく》が諱《いみな》、他《かれ》がみづから撰《えら》みしを、俺《われ》すら知《しら》ず、死後《しご》に及《およ》びて、金《かね》を包《つゝ》みし惜字紙《ほぐ》の中《うち》より、初《はじめ》て見《み》出《いだ》したりけるを、はやく目四郎《めしらう》は知《しり》たる歟《か》。知《しら》ずば小六《ころく》が諱《いみな》を署《しる》して、孝義《こうぎ》を他《かれ》に譲《ゆづ》らんや。這等《これら》は凡夫《ぼんぶ》の了簡《りやうけん》に、及《およ》びがたかる大奇事《だいきじ》なるに、目四郎《めしらう》はその素生《すぜう》、親《おや》は仮名《かな》川《がは》の逆旅主人《はたごや》にて、那身《かのみ》は無頼《ぶらい》の博徒《ばくと》也。歹技《あしきわざ》には熟《なれ》たりとも、武芸勇悍《ぶげいゆうかん》、千万人《せんまんにん》に、捷《すぐ》れしものにはあらずかし。然《さ》るを只《たゞ》その身独《みひとつ》にて、二十余名《よにん》の大敵《たいてき》を、鏖《みなごろし》にしたりしは、奇中《きちう》の奇事《きじ》といひつべし。凡慮《ぼんりよ》の及《およ》ばぬ事ながら、その縁《よ》る所《ところ》を復推量《またおしはか》るに、嚮《さき》には本意《ほい》を得遂《えとげ》ずして、世《よ》を早《はや》うせし小六《ころく》の亡魂《なきたま》、那目四郎《あのめしらう》に奮縁《まつはり》て、実父《じつぷ》の与《ため》に怨《うらみ》を雪《きよ》め、且俺与《かつわがため》にも仇《あた》を倒《たふ》して、未然《みぜん》の利害《りがい》を除《のぞ》きしもの歟《か》。倘爾《もしさ》る鬼祐徹《つきものなか》りせば、目四郎《めしらう》なンどが本事《てなみ》にて、いかにしてよく做得《なしえ》んや。小六《ころく》が霊《りやう》の凴《つき》たればこそ、目四郎《めしらう》は知《し》るよしもなき、助則《すけのり》といふ諱《いみな》を、那遺墨《かのかきおき》に署《しる》せしならん。恷《かう》攷合《かんがへあは》すれば、初《はじめ》の疑《ぎ》《〇ウタガヒ》心氷解《しんひやうかい》して、思《おも》ひ半《なかば》に過《すぐ》るに似《に》たり。爾《さ》るにても目四郎《めしらう》は、当初安同《そのはじめやすとも》に、密事《みつじ》を憑《たのま》れたるものなれば、藤白《ふぢしろ》の若党《わかたう》が、認《みし》りたるもありけんに、厶們《それら》は遺《おち》なく撃《うた》れし歟《か》。今《いま》に至《いたり》て助則《すけのり》の、目四郎《めしらう》たるを知《し》るものなきは、こも亦一奇《またいつき》といはまくのみ。俺《われ》も初《はじめ》は這義《このぎ》を悟《さと》ら伝《で》、只《たゞ》その孤忠《こちう》を感《かん》ずる随《まゝ》に、いかで首級《しゆきう》を拿斂《とりおさ》めて、葬《はうむ》らばやと思ひつゝ、潜《しの》びて這里《ここ》に来《き》にけるに、思ひしよしはなほ疎鹵《おろか》にて、既《すで》に目四郎《めしらう》なりけるを、方纔面前《いままのあたり》に見るからは、手《て》を空《むなし》くして還《かへ》らんや。明日《あす》那首級《あのくび》《〇シユキウ》を拿卸《とりおろ》して、棄《すて》らるゝ折拾《をりひらは》ん歟《か》、更闌《こうたけ》て今宵奪《こよひうばゝ》ん歟《か》。いかにすべき」、と胸《むね》にのみ、思ひ難《かね》つゝ惆然《ちやうねん》と、なほも得去《えさ》ら伝在《であ》りける程《ほど》に、忽地後方《たちまちあとべ》の樹粒《こだち》の間《ひま》に、人四五名《ひとよたりいつたり》聚合来《つどひき》て、密談《みつだん》の声《こゑ》してければ、著演驚《あきのぶおどろ》き、且訝《かついぶか》りて、窃歩《ぬきあし》しつゝ其辺《そのほとり》に、稍近《やゝちか》着《づき》て窃聞《たちぎけ》ば、他們《かれら》は地方《ところ》の荘客《ひやくせう》ならん、そが一人《ひとり》の聶《さゝや》くやう、

「九个年以前《くかねんいぜん》この地方《ところ》を、藤白殿《ふぢしろどの》に賜《たまは》りて、領知《りやうち》せられしより以来《このかた》、年貢《としのみつぎ》は故例《これい》に倍《ま》して、譴債《せめはた》らるゝのみならず、

村《むら》に課役《くわやく》は間《ま》なく時《とき》なく、宛《あて》られて耕作《かうさく》の、便着《たつき》を喪《うしな》ふこと多《おほ》かり」、といへば又一個《またひとり》の伙家《なかま》が、「さればとよその事なれ。今番《こたび》の湯治遊興《とうぢゆうきやう》に、民《たみ》の歎《なげ》きを思はれねば、温泉《いでゆ》に生活做《なりはひな》すものゝ、坐《ざ》して啖《くら》ひし五十日《にち》、困窮至極《こんきうしごく》したるのみ、旅客聚合来《たびゞとつどひこ》ざりしかば、誰《たれ》とて泣《なか》ぬはなかりき」、といへば又一個《またひとり》の伙家《なかま》が、「患《うれひ》は俺里《わがさと》のみにもあらじ。山《やま》より東《ひがし》の農戸《ひやくせう》の、藤白殿《ふぢしろどの》に*爪《つめ》を剝《はが》され、身《み》の膏腴《あぶら》さへ這年来《このとしごろ》、採竭《とりつく》されしも多《おほ》からんに、主《ぬし》の横死《わうし》は没怪《もつけ》の幸《さいは》ひ、世《よ》の鄙語《ことわざ》に、「*疫鬼《えやみのかみ》もて、仇《あた》を報《むく》ふ」といふよしも、是等《これら》の情由《わけ》でありけんかし」、といへば大家《みな〳〵》笑《ゑ》坪《つぼ》に入《いり》て、「これに就《つき》ても梟首《きやうしゆ》せられし、助則《すけのり》と歟《か》いふ猛者《もさ》は、這一郷《このひとさと》の城隍《うぶすな》也。那人《あのひと》は新田《にった》の余類《よるい》、脇屋殿《わきやどの》のおん為《ため》に、命《いのち》を捨《すて》て大敵《たいてき》を、衂《みなごろし》にしたる大義精忠《たいぎせいちう》、世《よ》の人通《ひとなべ》て誉《ほめ》ぬはなし。因《より》て今《いま》より密談《みつだん》して、那亡骸《あのなきがら》を葬《はうむ》るべし、と俺《われ》も思ひ、人《ひと》もいへば、這頭《こゝら》へうちも聚合《つど》へし也。梟首《きやうしゆ》はけふまで三日《みつか》に及《およ》べば、明日《あす》は首級《しゆきう》をとり棄《すて》られん。その折窃《をりひそか》に軀《むくろ》をも、共《とも》に柩《ひつぎ》にうち斂《おさ》めて、里《さと》の寺院《じゐん》へ送《おく》るべし」、といふを一人《ひとり》が推禁《おしとゞ》めて、「否《いな》。葬《はうむ》るはよけれども、間近《まぢか》き寺《てら》へ遣《つかは》しなば、那方《かのかた》ざまに嗅着《かぎつけ》られて、菑害其首《わざはひそこ》に起《おこ》るべし」、といふに大家《みな〳〵》「有理《げにも》」と応《いらへ》て、「しからば左《と》せん、右《かう》せん歟《か》」とて、商量果《だんかふはて》しなかりしかば、一個《ひとり》の伙家《なかま》が沈吟《うちあん》じて、「這里《こゝ》よ那里《かしこ》と択《えら》まんより、藤沢《ふぢさは》なる遊行寺《ゆぎやうじ》へ、舁《かき》もてゆきて葬《はうむ》らば、路《みち》の程迥《ほどはるか》にして、後々《のち〳〵》までも後安《うしろやす》けん。且那首《かつかしこ》には福良長者《ふくろちやうじや》と、喚《よば》れ給ふ郷士《ごうし》あり。義《ぎ》の与《ため》には財《たから》を惜《をし》まで、人《ひと》の難義《なんぎ》を救《すくは》せ給ひし、広大無量《くわうだいむりやう》の慈悲功徳《ぢひくどく》の、風声《ふうぶん》這里《こゝ》にも聞《きこ》えたり。遊行寺《ゆぎやうじ》は那香華院《かのぼだいしよ》なれば、戦死《せんし》の髑髏《どくろ》一万許《いちまんばかり》を、拾集《ひらひあつ》めて葬《はうむ》り給ひき。それのみならず施主絶《せしゆたえ》たる、石塔《せきたう》には月々《つき〴〵》に、樒《はな》を手向《たむけ》、水《みづ》を沃《そゝ》ぎ、盂蘭盆毎《うらぼんごと》に厶《それ》們《ら》の与《ため》に、布施《ふせ》して菩提《ぼだい》を吊《とむら》ひ給ふ、その慈悲多《ぢひおほ》く枯骨《ここつ》に及《およ》びて、拿除《とりのぞ》かるべき墓碑石塔《ぼひせきたふ》も、歴然《れきねん》としてなほあり、と藤沢人《ふぢさはびと》の噂《うはさ》に聞《きゝ》にき。恁《かゝ》れば明日《あす》那助則《かのすけのり》の、首級《くび》を窃《ひそか》に遊行寺《ゆぎやうじ》に、舁《かき》もてゆきて恁々《しか〴〵》と、憑《たの》みまうして葬《はうむ》らば、福良長者《ふくろちやうじや》の聞知《きゝし》りて、後々《のち〳〵》までも無縁亡霊《むえんぼとけ》と、倶《とも》に香華《かふげ》を手《た》向《むけ》らるべし。這議《このぎ》は甚麼《いかに》」、と聶《さゝや》くを、大家《みな〳〵》听《きゝ》つゝ感心《かんしん》して、「その議《ぎ》寔《まこと》に精妙《せいめう》也。爾《さ》らば明日《あす》桶柩《はやおけ》に、首級《くび》と軀《むくろ》も窃《ひそか》に斂《おさめ》て、暮《く》るゝを等《まち》て擡出《もたげいだ》して、通宵《よもすがら》走《はし》りなば、暁《あけ》がたには那寺《かのてら》の、門前《もんぜん》に到《いた》るべし。伙家多《なかまおほ》きは漏易《もれやす》かり。這一《このいち》夥計《まき》にて事足《ことた》りてん。翌《あす》の術与《てぐみ》を錯《たが》えな」、と迭《かたみ》に諜《しめ》し合《あは》せけり。

爾程《さるほど》に著演《あきのぶ》は、料《はか》らず件《くだん》の密談《みつだん》を、遺《おち》もなく听果《きゝはて》て、潜《しのび》やかに退《しりぞ》きつゝ、更《さら》に心《こゝろ》におもふやう、「*善《ぜん》に与《くみ》して悪《あく》を癉《やめ》るは、通《なべ》ての人《ひと》の心《こゝろ》なれども、那里人們《あのさとびとら》が這地《このち》の主《ぬし》の、死《し》を歓《よろこ》びて、親《した》しからざる、目四郎《めしらう》を憐《あはれ》むは、是侠気《これをとこぎ》の所行《わざ》にして、安同《やすとも》が年来《としごろ》の、貪墨邪慳《どんぼくじやけん》を知《し》るに足《た》れり。恁《かゝ》れば今《こ》宵《よひ》俺手《わがて》を下《くだ》して、首級《しゆきう》を隠《かく》すに及《およ》ぶべからず。那里《あのさと》人們《びとら》が相謀《はから》ふ随意《まに〳〵》、俺香華院《わがぼだいしよ》へ送《おく》らせて、後《のち》に俺亦施《われまたせ》主《しゆ》になりて、目四郎《めしらう》の菩提《ぼだい》を吊《と》はゞ、世《よ》に知《し》らるゝことあらずして、後々《のち〳〵》までも安《やす》かるべし。吁爾也《あゝしか》」、と肚裏《はらのうち》に、分別《ふんべつ》はやく決《さだま》りけり。這時暮《このときくれ》て程《ほど》もなければ、著演《あきのぶ》は底倉《そこくら》にて、「急要《きうえう》あれば、藤沢《ふぢさは》の、近村《きんそん》へゆく旅客《たびゞと》也」、といひ誘《こしら》へつゝ轎夫《かごかき》を、央《やと》ふて足《そく》を多《おほ》く取《とら》せ、件《くだん》の竹輿《かご》にうち乗《の》りて、その通宵走《よもすがらはしら》せければ、天《よ》はまだ明《あけ》ず、藤沢《ふぢさは》なる、宿所近《しゆくしよちか》く乗着《のりつけ》けり。登時著演《そのときあきのぶ》は、藤沢《ふぢさは》の里《さと》の入処《いりぐち》にて、竹輿《かご》よりはやく立出《たちいで》て、轎夫們《かごかきら》を還《かへ》し遣《つかは》し、宿所《しゆくしよ》の背門《せど》に立在《たゝずみ》て、人《ひと》をば喚《よば》ず、戸《と》を開《ひらか》るゝを、等得《まちえ》て奥《おく》に赴《おもむ》きければ、出《いづ》る折《をり》も還《かへ》りし折《をり》も、知《し》るもの絶《たえ》てなかりけり。然而《さて》著演《あきのぶ》は妻《つま》の晩稲《おしね》に、底倉《そこくら》の為体《ていたらく》、及《また》目四郎《めしらう》が事《こと》の趣《おもむき》、箇様々々《かやう〳〵》と聶《さゝや》き示《しめ》せば、晩稲《おしね》は听《きゝ》つゝ胸《むね》を潰《つぶ》して、且感涙《かつかんるい》の進《すゝ》むを覚《おぼえ》ず、小六《ころく》が事さへいひ出《いで》て、霎時《しばし》は歎《なげ》きに堪《たへ》ざりしを、這時《このとき》までも貪眊《いぎたなく》て、母《はゝ》の傍《かたへ》に臥《ふし》たりし、奴婢介《ぬひのすけ》も目《め》を覚《さま》しけん、件《くだん》の綷《こと》の趣《おもむき》の、末《すゑ》をのみうち聞《きゝ》て、いまだ初《はじめ》を知《し》らざれば、身《み》を起《おこ》しつゝ母《はゝ》に対《むか》ひて、根掘《ねほ》り葉《は》を欲《ほ》り問《とひ》しかば、著演《あきのぶ》は隠《かく》すに由《よし》なく、軈《やが》て件《くだん》の趣《おもむき》を、聶《さゝや》き示《しめ》し口《くち》を禁《とゞ》めて、「あなかしこ是等《これら》のよしを、漏《もら》しなせそ」、と戒《いまし》めけり。恁《かゝ》れば約莫《およそ》江湖上《よのなか》に、目四郎《めしらう》が義死《ぎし》せしを、知《し》りたるものは野上《のがみ》親子《おやこ》、三名《みたり》の外《ほか》はいまだあらず。況《まいて》小六《ころく》が陽歿《そらじに》して、亡父《ばうふ》の怨《うらみ》を雪《きよ》めしよしは、神《かみ》ならぬ身《み》の悟《さと》るに由《よし》なく、歎《なげ》きは越《こゝ》に弥倍《いやまし》たり。

恁而《かくて》野上著演《のがみあきのぶ》は、なほ思ふよしあるをもて、這日《このひ》遊行寺《ゆぎやうじ》に参詣《さんけい》しけり。大檀那《だいだんな》の事なれば、住持《ちゆうぢ》の上人《しやうにん》そが儘《まゝ》に、方丈《はうぢやう》に招入《まねきい》れて、はやく対面《たいめん》し給ふ程《ほど》に、看茶《かんちや》の礼既《れいすで》に訖《をは》りて、四表八表《よもやも》の話次《はなしのなへ》に、著演《あきのぶ》は住持《ちゆうぢ》に対《むか》ひて、「恁稟《かうまう》さば何《なに》とやらん、浮《う》きたる言《こと》に似《に》たれども、昨宵《よんべ》某《それがし》霊夢《れいむ》を見たり。譬《たとへ》ば全身鮮血《みのうちちしほ》に染《そみ》たる、一個《ひとり》の勇士《ゆうし》忽然《こつねん》と、枕方《まくらべ》に立《たち》て告《つぐ》るやう、「俺《われ》はいぬる夜横死《よわうし》のもの也。底倉人《そこくらびと》の幇助《たすけ》によりて、明日《あす》遊行寺《ゆぎやうじ》に送葬《そう〳〵》《○ノベオクリ》せらる。願《ねが》ふは和殿施主《わどのせしゆ》になりて、菩提《ぼだい》を吊《とむら》ひ給ひねかし」、といふ歟《か》と思へば駭《おどろき》覚《さめ》にき。夢《ゆめ》は五臓《ござう》の疲労《つかれ》にて、憑《たの》むに足《た》らぬ事ながら、思ひがけなき奇夢《きむ》なれば、うちも措《おか》れず稟《まう》すのみ。這事果《このことはた》して応験《おうげん》ありて、けふ倘柩《もしひつぎ》を当蘭若《このみてら》に、送《おく》り来《き》ぬるものあらば、法慮《はうりよ》に称《かな》はぬよしありとても、その安葬《はうむり》を允《ゆる》させ給へ。異日《ゐじつ》に*官災《くわんさい》、その余《よ》も口説《くぜち》の、外《よそ》より興《おこ》ることしもあらば、某総《それがしすべ》て身《み》に引受《ひきうけ》て、左《と》も右《かく》も計《はから》ふべし。這義《このぎ》を憑稟《たのみまう》さん為《ため》に、拝謁《はいゑつ》を請《こ》ひまつりし也」、といふに住持《ちゆうぢ》は異議《ゐぎ》もなく、「いはるゝ趣《おもむき》こゝろ得《え》たり。*滅済《めつざい》は出家《しゆつけ》の所役《しよやく》。況剣《まいてけん》難横死《なんわうし》のものを、済度《さいど》は弥陀《みだ》の本願《ほんぐわん》也。もしさる事のあるならば、宜《よろし》く葬《はうむ》り得《え》さすべし」、と早《とみ》に承引《うけひき》給ひしかば、著演斜《あきのぶなゝめ》ならず歓《よろこ》びて、「しからば明日《あす》又参詣《またさんけい》して、夢《ゆめ》の当《たう》否《ひ》《○アタルヤイナヤ》を知《し》らまく欲《ほり》す。その折見参《をりげんざん》すべけれ」とて、告別《いとまごひ》して退出《まかで》にけり。

左右《とかく》する程《ほど》に、その次《つぎ》の日《ひ》になりしかば、著演《あきのぶ》は准備《ようい》の布施物《ふせもつ》を、伴当《ともびと》に齎《もたら》して、又遊行寺《またゆぎやうじ》に赴《おもむ》きけり。登時住持《そのときぢゆうぢ》の上人《しやうにん》は、はやく著演《あきのぶ》に対面《たいめ》して、「きのふ施主《せしゆ》の告《つげ》られたる、霊夢《れいむ》は果《はた》して応験《おうげん》あり。今朝未明《けさまだき》に底倉《そこくら》より、柩《ひつぎ》を舁《かき》もて送《おく》り来《き》ぬる、里人們《さとびとら》一火《ひとくみ》あり。そは仁兵《にひやう》、義右衛《ぎゑ》、礼作《れいさく》、智六《ちろく》、信三《しんざう》とか喚做《よびな》す五名《いつたり》也。寺門《じもん》を敲《たゝ》きて願《ねが》ふを聞《き》くに、「こは罪人《つみびと》の亡骸《なきがら》なれども、稀《まれ》なる義士《ぎし》で候へば、俺們《われ〳〵》窃《ひそか》に相謀《はからふ》て、当院《このみてら》の土《つち》に做《なさ》まく欲《ほり》す。いかで葬《はうむ》り給へ」、といひけり。よりて先役僧《まづやくそう》をもて、綷《こと》の仔細《しさい》を問《とは》せしに、件《くだん》の尸骸《しがい》はいぬる夜艾《よさり》、底倉《そこくら》なる浴館《ふろやかた》にて、藤白《ふぢしろ》隼人《はいと》主従《しゆう〳〵》を、名残《なごり》なく撃果《うちはた》して、故主《こしゆう》の怨《うらみ》を雪《きよ》めたる、脇《わき》屋《や》義隆《よしたか》の余類《よるい》にて、当坐《たうざ》に自殺《じさつ》したりしを、管領家《くわんれいけ》持《もち》氏《うぢ》の下知《げち》に依《より》て、梟首三日《きやうしゆみつか》に及《およ》びしよしまで、詳《つまびらか》に聞《きこ》えにけり。当下《そのとき》愚僧《ぐそう》思ふやう、「凡常《よのつね》変死《へんし》の亡骸《なきがら》也とも、容易執《たやすくとり》措《お》きがたかるに、況《まいて》や是《これ》は管領家《くわんれいけ》の、寵臣主僕《ちやうしんしゆぼく》を多《おほ》く害《がい》して、梟首《きやうしゆ》せられしものぞかし。非除那首《よしやかしこ》の里人們《さとびとら》が、忠義《ちうぎ》を感《かん》じて葬《はうむ》るとも、近《ちか》き道場《どうじやう》○テラに送《おく》らずして、遥々《はる〱》と俺寺《わがてら》へ、葬《はうむ》らんと欲《ほり》するは、故《ゆゑ》こそあらめ、こゝろ得《え》がたかり。倘《もし》這事《このこと》世《よ》に聞《きこ》えて、官府沙汰《おほやけざた》に及《およ》びなば、その禍《わざはひ》を俺寺《わがてら》に、移《うつ》さんとての所行《わざ》ならずや」、と思ひにければ、速《すみやか》に、允《ゆる》すまじき事なれども、昨日《きのふ》施主《せしゆ》の霊夢《れいむ》といひ、憑《たのま》れたることさへあれば、枉《まげ》て柩《ひつぎ》を留措《とゞめおか》して、那里人們《かのさとびとら》を還《かへ》したり。なれどもいまだ葬《はうむ》らず。をさ〱施主《せしゆ》の詣来《まうき》給ふを、等《まち》たるにこそ候へ」、と潜《しのび》やかに報《つげ》給ふを、著演《あきのぶ》つら〱うち聞《きゝ》て、「おん疑《うたが》ひは爾《さ》ることなれども、梟首三日《きやうしゆみつか》の後《のち》ならば、なでふ後難《こうなん》候べき。底倉人們《そこくらびとら》が里《さと》を隔《へだて》て、柩《ひつぎ》を当院《このみてら》に寄《よせ》たるは、上人《しようにん》の*不二《ふじ》法徳《はうとく》を、仰《あほ》ぎまつれる故《ゆゑ》なるべし。某《それがし》既《すで》に那義士《かのぎし》の、霊魂《れいこん》に憑《たのま》れたるを、果《はた》さずば倒《なか〱》に、祟《たゝり》を免《まぬがれ》がたからめ。好《よく》も歹《あしく》も著演《あきのぶ》が、あらん限《かぎ》りは毫《つゆ》ばかりも、御寺《みてら》に難義《なんぎ》を係奉《かけたてまつ》らじ。いかで葬《はうむ》り給へかし」、と請求《こひもとむ》ること切《せち》なりければ、住持《ぢゆうぢ》の上人《しようにん》黙止《もだす》に由《よし》なく、その意《い》に任《まか》し給ひけり。当下著演歓《そのときあきのぶよろこ》びて、聽《やが》て*納所《なつしよ》の老僧《ろうそう》を、招《まねか》しつよしを告《つげ》て、即便《すなはち》○サツク義士《ぎし》の葬式料《さうしきりやう》、七々《なのか〱》の読経料《どきやうりやう》、*大衆《だいしゆ》へ布施《ふせ》の銀子《ぎんす》まで、目録《もくろく》に合《あは》して逓与《わた》しけり。しかれども日《ひ》のある程《ほど》は、その憚《はゞかり》なきにあらず。この黄昏《たそがれ》に葬《はうむ》るべしとて、且《まづ》葬式《さうしき》の准備《ようい》あり。著演主僕《あきのぶしゆぼく》には茶《ちや》を薦《すゝ》め、夕《ゆふ》饌《ぜん》を羞《すゝ》めなどして、姑且時《しばらくとき》を移《うつ》す程《ほど》に、既《すで》に黄昏《たそがれ》になりしかば、道人們《てらをとこら》は鐘《かね》を鳴《な》らして、衆徒《しゆと》を本堂《ほんだう》に聚合《つどは》しめ、沐《もく》浴小舎《よくごや》に容措《いれおか》したる、那義士《かのぎし》の桶柩《はやをけ》を、擡出《もたげいだ》して本堂《ほんだう》なる、弥陀《みだ》の御前《みまへ》に舁居《かきすえ》けり。亡者《まうじや》は梟首《きやうしゆ》の密葬《みつそう》にて、観《み》る影《かげ》もなき柩《ひつぎ》なれども、施主《せしゆ》は当山《たうざん》の大檀那《だいだんな》なる、著演《あきのぶ》が財《たから》を捨《すて》て、恁執行《かうとりおこな》ふ葬式《さうしき》なれば、読経《どきやう》の大衆《だいしゆ》二十口《こう》、住持《ぢゆうぢ》は引導《いんどう》の偈句《げく》を唱《とな》へて、更《さら》に法坐《はうざ》を占《しめ》給へば、鉦《かね》を鳴《な》らし木魚《もくぎよ》を敲《たゝ》く、追薦《ついぜん》の法則《はうそく》叮寧《ねんごろ》也。綷果《ことはて》し折著演《をりあきのぶ》は、道人們《てらをとこら》に指揮《さしづ》して、件《くだん》の柩《ひつぎ》を小六《ころく》が墓《はか》の、傍《かたはら》に深《ふか》く瘞《うづ》め、*殯《かりもがり》を締《ゆは》せなどして、更闌《かうたけ》て宿所《しゆくしよ》に還《かへ》りぬ。這日《このひ》の伴《とも》に立《たち》たるは、字六《じろく》と画七《ゑしち》なりけるが、事情《ことのこゝろ》を知《し》らざれば、「又是老爺《またこれだんな》が事《こと》を好《この》みて、施主《せしゆ》なき亡者《まうじや》の施主《せしゆ》になりて、可惜鈔《あたらぜに》を費《ついや》すを、楽《たの》しげに見え給ふは」とて、窃《ひそか》にあざみ笑《わら》ひけり。是《これ》よりして著演《あきのぶ》は、目四郎《めしらう》が七々《なのか〳〵》の、忌日毎《きにちごと》に寺《てら》に詣《まうで》て、樒《はな》を手《た》向《むけ》ずといふことなく、その卒哭忌《そつごくき》《○ヒヤクカニチ》に墓石《ぼせき》《○ハカイシ》を建《たて》て、義士目郎《ぎしもくらう》之墓《のはか》といふ、六大字《ろくだいじ》を勒《ろく》しけり。

爾程《さるほど》に、底倉《そこくら》の里人《さとびと》、仁兵《にひやう》、義右衛《ぎゑ》、礼作《れいさく》、智六《ちろく》、信三《しんざう》們《ら》は、いぬる夜《よ》義士《ぎし》の柩《ひつぎ》を舁《かき》て、遊行寺《ゆぎやうじ》に赴《おもむ》きし折《をり》、住持《ぢゆうぢ》の早《とみ》には允《ゆる》し給はで、問答数回《もんだうあまたゝび》に及《およ》びしを、やうやくに乞《こひ》課《おほせ》て、一貫文《いつくわんもん》の鐚《び》*銭《た》と共《とも》に、桶柩《はやをけ》を役僧《やくそう》に、逓与《わた》して軈《やが》て逃《にぐ》るが似《ごと》く、走《はし》りて底倉《そこくら》にかへりし後《のち》は、ふたゝびゆくべき要《えう》はなけれど、心《こゝろ》に係《かゝ》らざるにあらねば、折々《をり〳〵》噂《うはさ》をしつるのみ。夏《なつ》は過《すぎ》て秋《あき》もはや、八九月《ぐわつ》になりし時候《ころ》、仁兵《にひやう》は人《ひと》に央《やとは》れて、鎌倉《かまくら》に赴《おもむ》きたる、かへさに遊行寺《ゆぎやうじ》に立寄《たちより》て、「那義士《かのぎし》の葬《はうむ》られけん、壙《おきつき》也とも観《み》ばや」、と思ひて、墓所《むしよ》に至《いた》りて那這《あちこち》と、多《おほ》かる石塔《せきたう》を相亘《みわた》すに、館某之墓《たてそれのはか》と勒《ろく》したる、墓《はか》の傍《かたへ》に尚新《まだあたら》しく、磨立《みがきたて》たる墓碑《ぼひ》ありて、義士《ぎし》目郎之墓《もくらうのはか》と勒《ろく》したり。是歟《これか》と猜《すい》して、なほよく相《み》るに、左《さ》右《ゆう》に誌《しる》せし歳月《としつき》は、応永《おうゑい》十八年《ねん》、四月《うづき》廿四日《か》とあり。「さればこそ是《これ》なめり。智六《ちろく》が逆《かねて》の了簡差《りやうけんたが》はず、こは那福良長《かのふくろちやう》者刀禰《じやどの》の、稍聞知《やゝきゝし》りて施《ほどこ》しに、石碑《せきひ》を建《たて》させ給ひにけめ」、と思ふものから当面《うちつけ》に、寺僧《じそう》に問《とは》んはさすがにて、そが儘《まゝ》底倉《そこくら》にかへり来《き》つ、然而《さて》義右衛《ぎゑ》、礼作《れいさく》、智六《ちろく》、信三《しんざう》、這《この》四名《よたり》にのみ恁恁《しかじか》と、件《くだん》のよしを報知《つげしら》すれば、大家本意《みな〳〵ほい》あることに覚《おぼえ》て、「現《げに》仁兵《にひやう》の猜《すい》せしごとく、その新墓《にひはか》は、福良《ふくろ》長者《ちやうじや》の、建《たて》給ひしに疑《うたが》ひなし。然《され》ば墓表《ぼひやう》《○ハカジルシ》に助則《すけのり》と、鐫着《ゑりつけ》られぬは世《よ》に憚《はゞか》りて、窃《ひそか》に斟酌《しんしやく》せられしならん。爾《さ》るを又目《またもく》郎《らう》とは、是甚《これいか》なる意《こゝろ》ぞや。猛者《もさ》は眼《まなこ》の細《ほそ》からで、皆円《みなつぶら》なるものなれば、大目子《おほめだま》といふ義《よし》にやあらん」、と窃《ひそか》にこれを評《ひやう》しけり。素《もと》より這里人們《このさとびとら》は、共《とも》に貧賤《まづし》きものなりしに、恁《かゝ》る陰徳《いんとく》あればにや、一家児《いへのうち》に病人稀《びやうにんまれ》にて、各々《おの〳〵》児子《こども》多《おほ》くあり。左《と》も右《かく》もして世《よ》を渡《わた》るに、飽《あく》ことなけれど、饑《うゑ》ず凍《こゞえ》ず、倶《とも》に上寿《じやうじゆ》を保《たも》ちしとぞ。こは是後《これのち》の話《はなし》也。這《この》五《いつたりの》侠民《をとこども》の事、是《これ》より下《しも》に話語《ものがたり》なし。

第《だい》十四回《くわい》

足柄踰《あしがらごえ》に長総《ながふさ》奸夫《かんぷ》を伴《ともな》ふ
吉野《よしの》山《やま》に小《こ》六女仙《ろくぢよせん》に遇《あ》ふ

話表《こゝにまた》、検鑑使《けんかんし》、三浦介時高《みうらのすけときたか》は、次《つぎ》の日《ひ》鎌倉《かまくら》に帰着《きちやく》して、執事憲定入道《しつじのりさだにうどう》に、底倉《そこくら》の為体《ていたらく》、幷《ならび》に安同《やすとも》の老党《ろうだう》、邑長們《むらをさら》を、質問《しつもん》の綷《こと》の趣《おもむき》、且賊徒《かつぞくと》助則《すけのり》を、梟首《きやうしゆ》の事まで、箇様《かやう》々々《〱》、と具《つぶさ》に演述《あんじゆつ》したりける。因《より》て憲定入道《のりさだにうどう》は、件《くだん》の綷《こと》の趣《おもむき》を、管領家《くわんれいけ》持《もち》氏《うぢ》へ聞《きこ》えあげて、更《さら》に又稟《またまう》すよしあり。軈《やが》て安同《やすとも》が気賀《きが》の従類《じゆうるい》に、厳命《げんめい》の旨《むね》を伝《つた》へて、是非《ぜひ》の憲断《けんだん》あらん折《をり》まで、一人《いちにん》も分散《ぶんさん》せで、仡《き》と慎《つゝし》み処《を》るべしといふ、下行状《くだしぶみ》を遣《つかは》しけり。爾後鎌倉《そのゝちかまくら》の営中《ゑいちう》には、執事《しつじ》*評定衆《ひやうじやうしゆ》うち聚会《つどひ》て、藤白隼人《ふぢしろはいと》安同《やすとも》の、横死《わうし》の是非《ぜひ》を詮議《せんぎ》あり。登時上杉《そのときうへすぎ》右衛門佐氏憲《ゑもんのすけうぢのり》が先《まづ》いひけるやう、「安同《やすとも》が那宵《かのよ》の不覚《ふかく》は、今《いま》さら論議《ろんぎ》に及《およ》ばぬ事歟《か》。その身《み》主従《しゆう〴〵》二十余名《よにん》、一個《ひとり》の敵《てき》に撃果《うちはた》されしは、婦幼《をんなわらべ》に異《こと》ならず。倘亦敵《もしまたてき》に助大刀《すけだち》ありて、はやく退去《しりぞきさ》りたりとも、そを一人《いちにん》も撃留《うちとめ》ざりしは、亦《また》是不覚《これふかく》といひつべし。左《と》にも右《かく》にも武士《ぶし》たるものゝ、風上《かざかみ》にも置《お》くべきにあらず。這義《このぎ》を以《もつて》その罪《つみ》を、定《さだめ》らるべきものにやあらん」、と憚《はゞか》る気色《けしき》もなく論《ろう》ぜしかば、執事憲定《しつじのりさだ》の嫡子《ちやくし》なりける、安房守憲基《あはのかみのりもと》も、共侶《もろとも》に膝《ひざ》を找《すゝ》めて、「恁《しか》のみならず安同《やすとも》は、この年来《としごろ》私《し》慾《よく》多《おほ》かり。陽《うへ》には倹素《けんそ》《○ケンヤク》を事《こと》としたれど、陰《した》には驕奢《きやうしや》《○オゴリ》を旨《むね》として、貪《むさぼ》れども飽《あく》ことなく、をさ〱民《たみ》を虐《しへた》げたる、奸曲《かんきよく》死後《しご》に発覚《あらは》れて、これをいふもの尠《すくな》からず。然《され》ばこそあれいぬる比《ころ》、他《かれ》は湯治《とうぢ》の暇《いとま》を賜《たまは》り、久《ひさ》しく底倉《そこくら》に逗留《とうりう》の程《ほど》、游女《ゆうぢよ》を携《たづさへ》酒宴《しゆえん》に耽《ふけ》り、盃盤《はいばん》伙家《かぐ》に、金銀《きん〴〵》をもて、造《つく》りたりしも多《おほ》くあり。その臥房《ふしど》には錦繍《にしき》を列《つら》ね、庖厨《くりや》には玉《たま》を炊《かし》き、桂《かつら》を薪《たきゞ》にしたるよし、今番三浦介《こたびみうらのすけ》が目撃《もくげき》して、既《すで》にその聞《きこ》えあり。恁《かゝ》る*贓罪《ざうざい》あるものなれば、縦横死《たとひわうし》の不覚《ふかく》はなくとも、何《なん》でふ免《のが》るゝ方《みち》あらんや。はやく采邑《りやうち》を召放《めしはな》ちて、そが妻子家僕們《やからかぼくら》を、退散《たいさん》せしめられん事、*法曹至要《ほつさうしえう》に明文《めいぶん》あり。何等《なにら》の疑《うたが》ひ候べき」、と言爽《ことさはやか》に議《ぎ》したりければ、評定故老《ひやうじやうころう》の甲乙《ひとびと》も、敢《あへ》て又異議《またゐぎ》に及《およ》ばず、「下官們《やつがれら》も予《かね》より、思《おも》はざるにあらねども、那安同《かのやすとも》は御先代《ごせんだい》より、出頭《しゆつとう》の寵臣《きりもの》なれば、上《うへ》の賢慮《けんりよ》に憚《はゞか》りて、憖《なまじい》にその罪《つみ》を、定《さだ》めかね候ひき。然《さ》るを佐殿《すけどの》・房《ばう》州《しう》の、宣《のたま》ふ趣《おもむき》公論《こうろん》也。誰《たれ》か感服《かんぷく》せざるべき。俺們《われ〳〵》とても、その余《よ》はあらず、御同意《ごどうい》にこそ候なれ」、と異口同音《ことばひとしくこた》へしを、執事《しつじ》憲定入道《のりさだにうどう》うち聞《きゝ》て、「衆議《しゆぎ》の一決《いつけつ》、律文《りつぶん》の、旨《むね》に称《かな》ふて珍重《ちんちやう》なり。他《かれ》を重用《ちやうよう》し給ひしは、上《うへ》のおん僻事《ひがごと》のみならず、愚老《ぐろう》も亦安同《またやすとも》を、「適御用《あはれごよう》に立《たつ》もの也」、と思ひにけるは便佞利口《べんねいりこう》に、惑《まよは》されたる愆《あやまち》なりき。現盗臣《げにたうしん》は一《いつ》箇《こ》の利《り》のみ。這聚斂《このしゆうれん》の臣《しん》の如《ごと》きは、民《たみ》を虐《しへた》げ毒《どく》を流《なが》して、その害億兆《がいおくちやう》に及《およ》ぶもの也。他《かれ》が横死《わうし》は公私《こうし》の幸《さいは》ひ、このうへやあるべき」、と快《こゝろよ》げに諾《うべな》ひけり。

恁而《かくて》憲定入道《のりさだにうどう》は、評定衆《ひやうじやうしゆ》と共侶《もろとも》に、件《くだん》の衆議《しゆぎ》の趣《おもむき》を、管《くわん》領家《れいけ》持《もち》氏《うぢ》に聞《きこ》えあげて、「安同《やすとも》が罪過《ざいくわ》の事、恁々《しか〳〵》也」、と稟《まう》せしかば、持氏聞《もちうぢきゝ》つゝ直《ひた》と呆《あき》れて、「俺《われ》はつや〳〵思はざりける、他《かれ》が奸曲《かんきよく》、言語同断《ごんごどうだん》。又《また》その横死《わうし》の為体《ていたらく》、寔《まこと》に沙《さ》汰《た》の限《かぎ》り也。然《さら》ば汝達《なんたち》の定《さだ》めし如《ごと》く、当《まさ》にその罪《つみ》に行《おこな》ふべし。自余《このよ》の事は恁々《しか〳〵》」、と厳《おごそか》に命《めい》ぜらる。憲定《のりさだ》これを奉《うけたまは》りて、即便《すなはち》○サツソク三浦介時高《みうらのすけときたか》を、又気賀《またきが》へ遣《つかは》して、安同《やすとも》が采邑《りやうち》はさら也、年来貪 貯《としごろむさぼりたくはへ》たる、金銀《きん〳〵》家伙《かざい》を籍《つけたて》て、皆 悉《みなこと〳〵く》没官《もつくわん》せられ、妻子《さいし》并《ならび》に従類《じゆうるい》は、遺《おち》なく本地《そのち》を逐《おは》れけり。然《され》ば安同《やすとも》が老党若党《ろうだうわかたう》、雑色奴隷《ざふしきしもべ》に至《いた》るまで、那宵底倉《かのよそこくら》にあらずして、死《し》を免《まぬか》れたる歓《よろこ》びは、又掌《またたなそこ》を反《かへ》すがごとく、禄《ろく》を喪《うしな》ひ家《いへ》を逐《おは》れて、私財雑具《しざいざふぐ》を拿出《とりいだ》せども、近頭《ちかきわたり》の里人《さとびと》も、荘客《ひやくせう》も皆憎《みなにく》むのみ、些《ちつと》も憐《あはれ》むものなければ、そを預《あづ》け措《お》く家《いへ》はあらず、多《おほ》くは途《みち》にうち棄《すて》て、只蟢《たゞくも》の子《こ》を散《ちら》すが如《ごと》く、纔《わづか》の由縁《ゆかり》を求《もと》めつゝ、皆八方《みなはつぱう》へ離散《りさん》して、往方《ゆくへ》も知《しら》ずなりにけり。

そが中《なか》に、安同《やすとも》の妻長総《つまながふさ》は、原是相模《もとこれさがみ》と甲斐《かひ》の封疆《さかひ》なる、*丹沢《たんざは》の荘官《せうくわん》、某甲《なにがし》の女児《むすめ》也。十稔許前《とゝせばかりさき》つ比《ころ》、二親《ふたおや》は身《み》まかりつ、家督《かとく》の兄《あに》も世《よ》を早《はや》うして、今《いま》は姪《おひ》の世《よ》なれども、旧里《ふるさと》なれば、その家《いへ》の、庇《かげ》に寓《よ》るべき事なるに、長総《ながふさ》は素《もと》より密夫《みそかを》あり。そは藤白《ふぢしろ》の家《いへ》の若党《わかたう》にて、衿笠小夜二郎《つまかささよじらう》と喚做《よびな》すもの也。長総《ながふさ》は這年来《このとしごろ》、その良人安同《をつとやすとも》に、嬖妾《おんなめ》も居多《あまた》あり、荒淫強酒《くわういんごうしゆ》なりけるを、喫酢《ねた》く思へど禁《とゞ》むべき、術《すべ》なき随《まゝ》に邪念起《じやねんおこ》りて、「卒然《いざさ》らば俺《われ》も亦《また》、道《みち》を守《まも》りて阿容《おめ》々々と、生涯《せうがい》巣戌《すもり》にせられんより、要《えう》こそあれ」、と尋思《しあん》をしつゝ、此彼《これかれ》と窃《ひそか》に択《えら》むに、近習《きんじゆ》の侍者《さむらひ》小夜二郎《さよじらう》は、初安同《はじめやすとも》の竜陽《こしよう》なりしに、三女介《みめのすけ》に寵《ちやう》を奪《うば》ゝれ、臘《あまさへ》年《とし》も長《ふけ》たれば、額髪《ひたひがみ》を刺除《そりおと》さして、近習《きんじゆ》の列《なみ》に侍《はべ》らしたり。然《され》ばその人《ひと》となり、男子態美《をとこぶりうるは》しく、且管絃《かついとたけ》の技《わざ》なども、大抵《おほかた》は習《ならひ》得《え》て、婦女子《をなご》に孝順《こうじゆん》なりければ、長総此《ながふさこれ》と密通《みつつう》して、早晩《いつしか》楽《たのし》みを取《と》ること多《おほ》かり。恷《かゝ》れば安同《やすとも》の撃《うた》れし折《をり》も、夫婦《ふうふ》の情義敦《じやうぎあつ》からず、悲泣《ひきう》の涙《なみだ》は外視《ひとめ》のみ、内心《したごゝろ》には小夜二郎《さよじらう》を、男妾《をとこめかけ》にせまく思ひて、忌憚《いみはゞか》ることなかりける、楽《たのし》みいまだ央《なかば》ならで、猛可《にはか》に離別《りべつ》の哀《かなし》みあり。当下長総《そのときながふさ》思ふやう、「丹沢《たんざは》は俺親里《わがおやざと》なれども、既《すで》にはや世《よ》を累《かさ》ねて、姪《おひ》の家督《かとく》になりたるに、叔母《をば》なればとて寓居《かゝりを》る時《とき》、刑余《けいよ》の人《ひと》ぞと貶《おと》しめられて、東態《あるじぶり》の憑《たのも》しからずば、進退其首《しんたいそこ》に谷《きはま》りて、後《のち》に悔《くや》しきことあらん。所詮他郷《しよせんたけう》へ赴《おもむ》くとも、幸《さいはひ》にして俺《わが》貯禄《たくはへ》の、*間銀《ほまちがね》の多《おほ》かるに、俺愛郎《わがまなをとこ》と共侶《もろとも》に、浮世《うきよ》を渡《わた》らば楽《たの》しかりてん。然《さ》は」とて軈《やが》て小夜二郎《さよじらう》に、綷恷々《ことしか〴〵》と密談《みつだん》して、猛可《にはか》に逆旅《たびぢ》の準備《ようい》を整《とゝの》へ、両三個《ふたりみたり》の老党《らうだう》にのみ、小《さ》夜二郎《よじらう》を将《い》て親里《おやざと》へ、赴《おもむ》くよしをいひしらするに、勢《いきほ》ひに附《つ》き栄利《ゑのり》を料《はか》りし、主従《しゆう〴〵》なれば、今這折《いまこのをり》に、主《しゆう》の安危《あんき》を思ふものなく、其身《そのみ》々々の損益《そんゑき》に、執《とり》も逆上《のぼせ》て見かへらず、従行《したがひゆか》んといふものなきを、長総《ながふさ》は倒《なか〳〵》に、「没怪《もつけ》の幸《さち》」、と詈《のり》も咎《とが》めず、俺《われ》には年《とし》の十《とを》あまり、三ッも四ッも弟《おとゝ》なりける、小夜二郎《さよじらう》と久後《ゆくすゑ》かけて、夫婦《ふうふ》にならんと思ふばかりに、人《ひと》より先《さき》に出《いで》てゆく、今《いま》を初《はじめ》の旅衣《たびごろも》、*俺所天《わがつま》ならぬ衿笠《つまがさ》と、投《さし》て往方《ゆくへ》は定《さだ》めねども、京師《みやこ》のかたを心当《こゝろあて》に、いくよ宿《やど》りにつく杖《つゑ》を、ちからに踰《こゆ》る足柄《あしがら》の、足《あし》に信《まか》して辿《たど》りけり。

話分両頭《ものがたりふたつにわかる》。爾程《さるほど》に、館小六助則《たてのころくすけのり》は、いぬる日《ひ》の暁《あけ》がたに、楫取庶吉《かぢとりちかきち》を従《したが》へて、足柄山《あしがらやま》にわけ登《のぼ》り、都路遠《みやこぢとほ》く赴《おもむ》く程《ほど》に、人迹絶《じんせきたえ》たる山路《やまぢ》にて、血《ち》に染《そみ》たる衣裳《いせう》をば、谷河《たにがは》にて洗浄《あらひきよ》め、身甲《はらまき》と手鎧臑盾《こてすねあて》と、庶吉《ちかきち》が被《き》たる禅衣《おゆづり》は、皆《みな》その流水《ながれ》に推沈《おししづ》めて、跡《あと》を埋《うづ》め形《かたち》を窶《やつ》し、却《さて》ゆくと行随《ゆくまゝ》に、雨《あめ》に飡《くら》ひ風《かぜ》に梳《くしけづ》る、旅宿《たびね》の憂苦《うさ》をものとも思《おも》はず、憂《うれ》ふる所《ところ》は養父《やうふ》のうへに、禍《わざはひ》なかれと、念《ねん》ずるのみ。約莫《およそ》一旬許《とをかばかり》にして、平安京《へいあんきやう》に来《き》にければ、三条大橋《さんでうおほはし》の頭《ほとり》なる、歇店《はたごや》に宿《やど》りを投《もと》めて、夏果《なつはつ》るまで這里《ここ》にをり。*曩《さき》に南北両朝廷《なんぼくふたみかど》の、おん和睦《わぼく》ませしより、京師《みやこ》は方僅《いま》も長閑《のどか》にて、前将軍義満《さきのせうぐんよしみつ》公《こう》は、いぬる応永《おうあい》十六年《ねん》に、薨《みまか》り給ひて三稔《みとせ》になりぬ。今《いま》は*足利《あしかゞ》四世《しせ》将軍《せうぐん》、義持《よしもち》の治世《ちせい》にて、賞罰正《せうばつまさ》しからねども、故老《ころう》の冢臣《ちやうしん》多《おほ》く補佐《ほさ》して、先代《せんだい》の武威《ぶゐ》余《あま》りあればや、叛《そむ》くものは立地《たちどころ》に、伏誅《ふくちゆう》して風波起《なみかぜた》ゝず、四民廃《しみんすた》れし家業《かぎやう》を興《おこ》して、なほいつまでも太平《たいへい》の、国安《くにやす》かれとぞ祈《いの》りける。然《され》ば小六《ころく》は世《よ》を潜《しの》ぶ身《み》の、這里《ここ》も外視《ひとめ》の厭《いとは》しければ、額髪《ひたひがみ》を剃《そ》り、成人《をとこ》になりて、名《な》を隠《かく》し氏《うち》を更《あらた》め、館《たて》に易《かゆ》るに達《だて》をもてして、達小六《だてのころく》と唱《となふ》るのみ。又助則《またすけのり》といふ名《な》を告《の》らず、ある時《とき》は亦関《またせき》とも唱《とな》へて、出生《しゆつせう》の地《ち》を表《ひやう》したり。是《これ》よりその名《な》漸々《しだい〳〵》に、江湖上《よのなか》に高《たか》く聞《きこ》えて、世《よ》に游侠《ゆうけう》〇ヲトコダテを数《かぞゆ》るものは、小六《ころく》を以巨擘《もつてきよはく》〇オホユビとしたり。こは是後《これのち》の事《こと》にして、世《よ》の人《ひと》いまだ知《しら》ざりけり。

間話休題《あだしごとはさておきつ》。却説小六《かくてころく》は逗留《とうりう》の程《ほど》、日毎《ひごと》々々《〳〵》に庶吉《ちかきち》を将《い》て、洛中洛外《らくちうらくぐわい》、這那《あちこち》となく、名所古迹《めいしよこせき》を歴覧《れきらん》して、地理《ちり》を考《かんが》へ、人気《じんき》を測《はか》るに、只憤《たゞいきどほ》り胸《むね》に満《みち》て、野花山月《やくわさんげつ》も楽《たの》しからず。嵯峨《さが》には太上天皇《だじようてんわう》南朝《なんちやう》の後亀《ごかめ》山天皇《やまてんわう》。も、東宮《とうぐう》にて渡《わた》らせ給ひし、小倉宮《をぐらのみや》も恙《つゝが》なく、御座《をはしま》すよし聞《きこ》えしかども、東路《あづまぢ》ならぬ京師《みやこ》にも、憚《はゞかり》の関多《せきおほ》かれば、今苟且《いまかりそめ》に思ひ立《たち》て、訪《とひ》奉《たてまつ》るべきよすがはあらず。左右《とかく》する程《ほど》にはや、三伏《さんぷく》の夏《なつ》過《すぎ》て、京《きやう》の北《きた》なる白河《しらかは》にも、秋風《あきかぜ》のたつ時候《ころ》になりけり。登時《そのとき》小六《ころく》は思ふやう、「由《よし》なや京師《みやこ》に旅宿《たびね》を累《かさ》ねて、只足《たゞあし》利家《かゞけ》の富貴《ふうき》を観《み》つゝ、遺恨《ゐこん》に胸《むね》を焦《こが》せるは、嗚呼《ああ》俺《われ》ながら隣《となり》の宝《たから》を、数《かぞう》るに似《に》て益《やく》なかりき。今《いま》より大和《やまと》に赴《おもむ》きて、吉野山《よしのやま》なる先帝《せんてい》の、山陵《みさゝぎ》を拝《おが》み奉《たてまつ》り、那首《かしこ》の旧跡古戦場《きうせきこせんじやう》を、又《また》吊《とむら》ふべけれ」、と尋思《しあん》をしつゝ、遂《つひ》に京師《みやこ》を立去《たちさ》りて、大和路《やまとぢ》に遊歴《ゆうれき》す。「*後醍醐天皇《ごだいごてんわう》の宮陵《みさゝぎ》は、吉野《よしの》の山《やま》の奥《おく》かとよ。如意輪寺《によいりんじ》の御堂《みだう》の背《うしろ》に、御座《をはしま》す也けり」、と予聞《かねてきゝ》しをよすがにて、峨々《がゝ》たる高峯《たかね》に攀登《よぢのぼ》るに、庶吉《ちかきち》も亦年来《またとしごろ》、逆旅《たびぢ》に熟《なれ》たる甲斐《かひ》ありて、後《あと》に跟《つ》き倶《とも》に找《すゝ》みて、那宮陵《かのみさゝぎ》に詣《まうで》つゝ、「是歟《これか》」、とばかり相《み》奉《たてまつ》れば、主僕《しゆぼく》且《まづ》懐旧《くわいきう》の、涙《なみだ》ひとしく吒《さしぐ》みたる、人間栄枯得失《にんげんゑいことくしつ》の、理《ことわり》を譬《たとふ》れば、杪《こずゑ》に匂《にほ》ひし春《はる》の花《はな》、峰《みね》に彩《いろど》る秋《あき》の楓《もみぢ》、*孰《いづれ》かその根《ね》に帰《かへ》らざるべき。

現夢《げにゆめ》の世《よ》の夢《ゆめ》なれや。貴《たか》き賤《いやし》き推並《おしなべ》て、盛《さかん》なる者《は》必《かならず》衰《おとろ》ふ。世《よ》に這生《このせい》を稟《うけ》たるもの、誰《たれ》か這死《このし》を免《のが》るべき。然《さ》しも十善《じうぜん》*の君《きみ》として、天日嗣知召《あまつひつぎしろしめ》す、御位《みくらゐ》の最《いと》も正可《まさか》に、三種《みくさ》の神《じん》器《き》を伝《つた》へ給ひて、六合曲《くにのうちくま》もなく、治《おさめ》させ給ひぬる、愛《めで》たき大御《おほみ》威徳《いきほひ》にも、任《まか》し給はぬ枉津日《まがつみ》あり。尊氏《たかうぢ》てふ賊臣《ぞくしん》の、暴逆《あらび》に江湖上復安《よのなかまたやす》からで、旧都《きうと》のおん住《すま》ひ克《かな》はせ給はず、這行宮《このかりみや》に年闌《としたけ》て、竟《つひ》に崩御《かんさり》○ホウギヨ給ひける、そのおん迹《あと》を弔奉《とひたてまつ》れば、青塚苔滑《せいちやうこけなめらか》にして、石泉《せきせん》*繊々《せん〳〵》と流《なが》れ、白楊早謝《はくやうはやくしや》して、落葉離々《らくえうりり》と乱《みだ》れたり。延元四年《ゑんげんよねん》是年興国《このとしこうこく》と改元《かいげん》。の八月《はつき》六日、這君崩《このきみかくれ》給ひし比《ころ》、一上達部《あるかんだちめ》一云《あるひはいふ》侍《じ》従忠房《じゆうたゞふさ》。の、這陵《このみさゝぎ》にて、「今《いま》ははや忘《わす》れ果《はつ》べきいにしへを、思ひいでよとすめる月《つき》かな」、と詠《よみ》たりしも、思へば今《いま》なほ一日《ひとひ》の如《ごと》し。「悲《かなし》きかな」、といへばえに、いは伝昔《でむかし》ぞ偲《しのば》るゝ。小六《ころく》は宝前《みまへ》に蹲《そん》

小六窃観室町花営《ころくひそかにむろまちのくわゐいをみる》　　有像第十八

かぶれずは瘡にはならじ花うるしむろまちに入る人のにぎはひ

小六　ちか吉

居《こ》して、合掌黙禱《がつせうもくとう》、時移《ときうつ》るまで、意衷《いちう》の所願《しよぐわん》を訴《うつたふ》れども、応《こたふ》るものは野《や》禽《きん》《キネン》の声《こゑ》、峰《みね》の松風音添《まつかぜおとそえ》て、凄愴《ものがなし》さぞ弥増《いやまし》ける。是《これ》より又《また》*後《ご》村上天皇《むらかみてんわう》の、宮陵《みさゝぎ》を拝《おが》み奉《たてまつ》り、後亀山天皇《ごかめやまてんわう》の、行宮《いでましどころ》《カリミヤ》の趾《あと》はさら也、諸司《しよし》百官《ひやくくわん》の宅地《やしきあと》、見《み》るに就《つ》き聞《き》くに就《つき》て、只断腸《たゞだんじやう》の媒《なかだち》と、なることのみぞ多《おほ》かりける。却山中《さてやまなか》の神社仏閣《じんじやぶつかく》、鳥路熊径《ちやうろゆうけい》の幽《かすか》なるを、葛《かづら》に携《すがり》嵒《いは》を伝《つた》ひて、遺《おち》なく巡礼《じゆんれい》し果《はて》しかば、更《さら》に又麓《またふもと》に下《くだ》りて、或《あるひ》は*笠木《かさぎ》の山《やま》に登《のぼ》り、或《あるひ》は南将《なんせう》の古城《こぜう》を尋《たづ》ねて、約《およそ》は大和《やまと》十五郡《ぐん》を、隈《くま》なく歴覧《れきらん》せし程《ほど》に、秋《あき》は尽《つき》て冬《ふゆ》もはや、十二月中浣《しはすなかば》になりにけり。登時《そのとき》小《こ》六《ろく》は又《また》思ふやう、「俺身《わがみ》幸《さち》なく、生《うま》るゝ日《ひ》の、遅《おそ》かりければ、南朝《なんちやう》の、奉為《おほんため》に一臂《いつぴ》の力《ちから》を、尽《つく》すことなしといへども、切《せめ》て一年三个月《いちねんさんがつき》、先帝《せんてい》の御廟《ごびやう》を衛《まも》りて、勤仕《きんし》の微忠《びちう》を表《ひやう》すべし。年《とし》はつかになりたるに、何処《いづこ》に春《はる》を迎《むかへ》んや」とて、遂《つひ》に吉野《よしの》に山籠《やまごもり》して、敢又麓《あへてまたふもと》に下《くだ》らず、*蔵王堂寺《ざわうだうじ》の坊舎《ばうしや》なる、空寮《あきりやう》を僦賃《かりもとめ》て、姑且《しばらく》其里《そこ》を宿《やど》としつ、後醍醐《ごだいご》幷《ならび》に後村上《ごむらかみ》の、宮陵《みさゝぎ》に参詣《さんけい》して、御垣《みかき》を払《はら》ひ、香華《かふげ》を献《たてまつ》るに、庶吉《ちかきち》もよくこれに仕《つか》へて、割籠《わりご》を駝《せお》ひ、谷水《たにみづ》を汲《くみ》などす。雪《ゆき》の朝雨《あしたあめ》の夕《ゆふべ》も、主僕《しゆぼく》の忠誠《ちうせい》、辛苦《しんく》を厭《いとは》ず、那《かしこ》に詣《まうで》、這《こゝ》に参《まゐり》て、最正首《いとまめやか》に勤行《つとめおこな》ふ程《ほど》に、今茲《ことし》は暮《くれ》て応永《おうゑい》も、十《とを》あまり九ッといふ、春二月《はるきさらぎ》の時候《ころ》になりけり。

恁《かゝ》りし程《ほど》に、有一日《あるひ》庶吉《ちかきち》は、些《ちと》の恙《つゝが》ありければ、小六《ころく》のみ快《とく》立出《たちいで》て、例《いつも》の如《ごと》く後醍醐《ごだいご》の、宮陵《みさゝぎ》に参仕《まゐりつか》へて、且山《まづやま》塵埃《ほこり》を掻払《かきはら》ひ、然而《さて》水《みづ》を汲《く》み樒《はな》を献《たてまつ》り、姑且《しばらく》祈念《きねん》しつる程《ほど》に、忽然《こちねん》として南《みなみ》の岑《を》に、琴《きん》の調《しらべ》の聞《きこ》えけり。「怪《あや》しや那方《かなた》は山又山《やままたやま》のみ。人《ひと》の住《す》むべき所《ところ》ならぬに、何《なに》にかあらん」、と思ひつゝ、念《ねん》じ果《はて》て退《しりぞ》く折《をり》、心《こゝろ》ともなく見かへれば、朧闌《ろうたけ》たる一個《ひとり》の丫鬟《めのわらは》の、何《いつ》の程《ほど》にか後《うしろ》にをり、莞《にこ》やかに小六《ころく》に対《むか》ひて、「刀禰《との》は脇屋《わきや》右少将《うしよう〳〵》の、郎君《わかぎみ》にこそをはすめれ。俺神仙嬢《わがかんやまつひじりめ》の、将《い》て来《こ》よと宣《のたま》はして、等《まち》て那首《あしこ》に在《いま》す也。卒這方《いざこなた》へ」、と先《さき》に立《たち》て、去向《ゆくて》も告《つげ》ず伴《ともな》ひけり。小六《ころく》はいよ〳〵訝《いぶか》りて、「こは狐狸《こり》などの所為《わざ》ならずや」、と思ふものから推辞《いなむ》に由《よし》なく、引《ひか》るゝ随《まゝ》に恍忽《うか〳〵》として、跡《あと》に跟《つき》ゆく路《みち》の程《ほど》、その幾十町《いくとまち》なるを記《おぼ》えず。ゆくこと既《すで》に迥《はるか》にして、と見れば嵒石《いはほ》の累《かさな》り立《たち》て、「五十尋《いそひろ》あまりも、あるべからん」、と思ふばかりなる頂上《いたゞき》に、嬋娟《せんけん》《○ミヤビヤカ》たる一個《ひとり》の女仙《やまひじりめ》《○チヨセン》、琴《きん》を膝《ひざ》にうち乗《の》して、端然《たんねん》として趺坐《ふざ》したる、身長《たけ》にも余《あま》る黒髪《くろかみ》は、肩《かた》より掛《かけ》て匂《にほ》やかなる、桃花《とうくわ》の脣《くちびる》、臥蚕《ぐわさん》の眉《まゆ》、玉《たま》よりも清白《きよらか》なる、肌膚《はだへ》衣《そ》徹《とほ》る綾羅《りやうら》の袂《たもと》は、翩《へん》飜《ぼん》として*天津五節《あまつごせち》の、舞楽《ぶがく》に降《ふ》らす花《はな》にも似《に》たり。金《こがね》做《な》す那身《かのみ》の光明《ひかり》は、赫奕《かくやく》として*蟾蜍霊兎《せんぢよれいと》の、殿裏《でんり》に遊《あそ》ぶ月《つき》かと思《おも》はる。五彩《ごしき》の瑞雲《ずいうん》腰《こし》を遶《めぐ》りて、身《み》は中天《なかぞら》に在《あ》る如《ごと》く、三十二相具足《さうぐそく》して、神仙《しんせん》なるを知《し》るに足《た》れり。とばかりにして其《そ》が頭《ほとり》に、近着《ちかづく》べき路《みち》はなし。「甚麼《いかに》するや」、と思ふ程《ほど》に、白雲油然《しらくもゆぜん》と足下《そくか》に起《おこ》りて、凝《こ》りて階梯《かけはし》になりしかば、小六《ころく》はなほも丫鬟《めのわらは》に、誘引《いざなは》れて梯《はし》を踏陟《ふみわた》るに、些《ちつと》も危《あやう》きことあらで、女仙《ぢよせん》の身辺《ほとり》に赴《おもむ》きたり。登時《そのとき》件《くだん》の丫鬟《めのわらは》は、跪《ひざまづ》き女仙《ぢよせん》に対《むか》ひて、小六《ころく》を倶《ぐ》して来《き》つるよしを、報《つげ》て側《かたへ》に侍《はべ》るにぞ、小六《ころく》も共《とも》にうち瞻仰《あほぎみ》て、跪坐《ついゐ》て気色《けしき》を伺《うかゞ》へば、女仙《ぢよせん》はやをら琴搔遣《きんかいや》りて、眼《まなこ》を開《ひら》き小六《ころく》に対《むか》ひて、「善哉勇士《よきかなゆうし》、近《ちか》く找《すゝ》みね。阿郎《おこと》は忠孝《ちうこう》世《よ》に捷《すぐ》れて、文武兼備《ぶんぶけんび》の才長《さえたけ》ながら、薄命《はくめい》《○フシアハセ》にして、志《こゝろざし》を、いまだ伸《のぶ》る所《ところ》なし。然《され》ばこそ、*鹿独《ろくどく》たる、戦馬《せんば》の間《あはひ》に生出《なりいで》て、親《おや》に別《わか》れ君《きみ》を喪《うしな》ひ、遂《つひ》にその身《み》を異姓《ゐせい》に寓《よ》せて、稍《やゝ》人《ひと》と成《な》ることを得《え》たり。恁而《かくて》其頭《そこら》の厄釈《やくとけ》て、男子《なんし》四方《しはう》の志《こゝろざし》を、果《はた》さんとしつるに及《およ》びて、先当山《まづこのやま》なる先帝《せんてい》の、宮陵《みさゝぎ》に仕《つか》へまつれる、丹精《たんせい》賞《せう》すべしといへども、後醍醐天皇《ごだいごてんわう》の大御霊《おほみたま》は、這所《このところ》にましまさず。今《いま》より*七十有三《なゝそぢあまりみ》年《とせ》前《さき》つ秋《あき》、天皇《てんわう》崩御《かんさり》《○ホウギヨシ》給ひし比《ころ》、賊徒《ぞくと》退治《たいち》の御執着《ごしうちやく》にて、御霊《ごりやう》は亡失《ほろびうせ》させ給はず、節《せつ》に死《し》したる文武《ぶんぶ》の諸臣《しよしん》の、冤魂《ゑんこん》を召聚《めしつど》へて、「這里《ここ》は旧都《きうと》へ程遠《ほどとほ》ければ、御《ご》本意《ほんい》を遂《とげ》させ給ふに、便《びん》なきをいかゞはせん。よりて叡慮《えいりよ》を旋《めぐ》らし給ふに、亀山《かめやま》の仙洞《せんとう》に、行幸《みゆき》を做《な》し給はん」とて、*宝輦《ほうさん》に御《め》して出《いで》させ給へば、百官前後《ひやくくわんぜんご》に従《したが》ひまつり、伶人《れいじん》は楽《がく》を奏《そう》して、那里《かしこ》へ遷御做《せんぎよな》しまゐらせしを、当時侍従《そのかみじじゆう》忠房《たゞふさ》と、京師《みやこ》の*夢想法師《むさうはうし》の夢《ゆめ》に、正可《まさか》に見つることありけり。忠房《たゞふさ》これを筆記《ひつき》して、遺忘《ゐばう》《○ワスレヌタメ》に備《そなへ》たりけれども、秘《ひ》して人《ひと》には見せざりければ、今《いま》なほ這義《このぎ》を知《し》るもの稀《まれ》也。恁《かゝ》れば先帝《せんてい》の大御霊《おほみたま》は、這御吉野《このみよしの》の山《やま》に在《いま》さず。然《さ》るを香華《かふげ》をまゐらせて、仕《つか》へまつるは益《やく》なき所行《わざ》也。この義《ぎ》を阿郎《おこと》に知《しら》せんとて、窃《ひそか》に招《まね》きよせにき」、と玉音妙《ぎよくおんたへ》に告《つげ》らるゝ、小六《ころく》は奇異《きゐ》の思《おも》ひを做《な》して、額《ぬか》づきたりける頭《かうべ》を擡《もた》げ、「仰《おほせ》うけばり候ひぬ。然《さら》ば今《いま》より何処《いづこ》を投《さし》て、立出《たちいで》てよからんや。又南北両帝《またなんぼくふたみかど》の、御誓約《ごせいやく》ませし如《ごと》く、小倉宮《をぐらのみや》は、当《たう》今《ぎん》の、東宮《とうぐう》に立《たち》給ひて、御世《みよ》を知召《しろしめす》べき歟《か》。この義《ぎ》も示《しめ》し給ひねかし」、と問《とふ》を女仙《ちよせん》はうち听《きゝ》て、

「阿郎《おこと》は這里《こゝ》に要《えう》なきよしを、今知《いまし》りて速《すみやか》に、立《たち》も去《さら》まく思ふとも、又料《またはから》ざる障《さわ》りいで来《き》て、清明《やよひ》の時候《ころ》に及《およ》ぶべし。偶《たま〳〵》這地《このち》に春《はる》を迎《むか》へて、開《さ》くべき花《はな》を等《また》で邁《いな》んは、遺憾《のこりをし》かる事なれば、急《いそ》がで自然《しぜん》に儘《まか》せよかし。却時《さてとき》を得《え》て下山《げさん》に及《およ》ばゞ、神風《かみかぜ》の伊勢《いせ》に遊《あそ》びね。那首《かしこ》は南将残燼《なんせうざんじん》の、北畠氏《きたばたけうぢ》国司《こくし》たり。勢《いきほひ》に附《つ》き世《よ》に遵《したが》ひて、憑《たのも》しき事あらずとも、思ひがけなく故人《こじん》《○フルキユカリ》にあはん。又小倉宮《またをぐらのみや》のおんうへは、這次《このつぎ》の御世知召《みよしろしめ》すべき、御前約《ごぜんやく》ありといへども、義満《よしみつ》・義持胸陝《よしもちむねせま》く、只南朝《たゞなんちやう》の皇胤《くわういん》を、絶《たち》まゐらせんと思ふのみにて、皇国《みくに》の治乱《ちらん》に遠慮《ゑんりよ》せず、驕慢不《きやうまんふ》信《しん》を旨《むね》として、執政《まつりごち》ぬる事多《おほ》かれば、いかにともすべからず。そは天《てん》いまだ定《さだま》らで、人天《ひとてん》に勝《か》つ折《をり》なれば、阿郎們《おことら》が純孝孤忠《じゆんこうこちう》も、徒事《いたづらごと》になるに似《に》たり。後《のち》の惑《まよ》ひを解《とく》べき与《ため》に、輪回《りんゑ》の理《ことわ》りを示《しめ》さん歟《か》。抑《そも〳〵》後醍醐天皇《ごだいごてんわう》の、おん過世《すくせ》を考《かんが》へ奉《たてまつ》れば、則《すなはち》*是天武天皇《これてんむてんわう》の、後身《さいらい》《○ウマレカヘリ》にてをはしましけり。又北朝《またほくちやう》なる*光明帝《くわうめうてい》は、当時天武《そのかみてんむ》天皇《てんわう》と、御位《みくらゐ》を争《あらそ》ひて、亡《ほろぼ》され給ひぬる、*大友天皇《おほともてんわう》の後身《さいらい》也。過世《すくせ》の御果報尽《ごくわほうつき》ざりければ、*最初後醍醐天皇《はじめごだいごてんわう》は、北条《ほうでう》高時入道《たかときにうどう》が、御位《みくらゐ》に即奉《つけたてまつ》りたる、持明院殿《ぢみやうゐんどの》光厳《くわうげん》帝《てい》を推退《おしりぞ》けて、建武《けんむ》に回復《くわいふく》まし〳〵たれども、いく程《ほど》もなく尊氏《たかうぢ》が、暴虐《あらび》によりて世間乱《よのなかみだ》れ、尊氏又光厳《たかうぢまたくわうげん》のおん弟《おとゝ》、光明帝《くわうみやうてい》を執《とり》立《たて》まつりて、武威《ぶゐ》を華夏《みやこ》に振《ふる》ひしかば、遂《つひ》に後醍醐天皇《ごだいごてんわう》は、吉野《よしの》に潜幸《せんこう》まし〳〵て、南北朝《なんぼくちやう》とわかれ給ひき。是《これ》より以降《このかた》五十余年《よねん》、諸国《しよこく》に*蝸角《くわかく》の戦《たゝか》ひ絶《たえ》ず、南朝《なんちやう》は*御三世《みみよ》を累《かさ》ねて、三種《みくさ》の神器《じんき》を伝《つた》へ給へば、文官武臣《ぶんくわんぶしん》、忠義《ちうぎ》の毎《ともがら》、家《いへ》を忘《わす》れ、命《いのち》を擲《なげう》ち、後覓《のちつひ》に一統《いつとう》の、御世《みよ》に做《なさ》まく欲《ほり》せしかども、時運至《じうんいた》らず画餅《ぐわべい》となりて、今《いま》は北朝御《ほくちやうご》一統《いつとう》の、大御世《おほみよ》とならせ給ふ事、前世《ぜんせ》に天武天皇《てんむてんわう》の、吉野《よしの》の宮《みや》より潜出《しのびいで》て、大友《おほとも》を討滅《うちほろぼ》し給ひし、輪回《りんゑ》によりて今生《こんぜう》には、後醍醐天皇《ごだいごてんわう》

と生出《なりいで》給ひて、那大友《かのおほとも》の後身《さいらい》なる、光明帝《くわうみやうてい》のおん為《ため》に、呉《くれ》竹《たけ》の世《よ》を陝《せば》められ、吉野《よしの》の宮《みや》にたつ霧《きり》の、霽《はれ》ぬ怨《うらみ》を慰難《なぐさめかね》て、竟《つひ》に崩御《かんさり》給ひし也。在昔《むかし》天武《てんむ》と大友《おほとも》の御位《みくらゐ》争《あらそ》ひは、原《もと》是《これ》天智《てんち》天皇《てんわう》の、*虚譲名聞《きよじやうみやうもん》を好《この》ませ給ひて、皇子《みこ》大友《おほとも》のありながら、そを皇太子《くわうたいし》に立《たて》給はで、皇太弟天武《おんおとゝみこのてんむ》をもて、東《とう》宮《ぐう》に倣《なし》まゐらせ給へど、そは那虚譲名聞《かのきよじやうみやうもん》にて、御本意《ごほんい》にあらざりしを、*天武《てんむ》のはやく猜《すい》し給ひて、悄々地《ひそか》に嫌忌《けんき》の禍《わざはひ》を、避《さけ》給はん為大友《ためおほとも》に、位《くらゐ》を譲《ゆづ》り祝髪《しゆくはつ》して、吉野《よしの》の山《やま》に世《よ》を不楽《わび》給ひし、こも御本意《ごほんい》にあらざれば、御隠謀《ごいんぼう》やをはしましけん。大友御《おほともみ》こゝろ安《やす》からず、*左大臣蘇我赤兄《さだいじんそがのあかえ》、右大臣中臣金《うだいじんなかとみのこがね》們《ら》と相計《はからひ》て、亡《うし》なひまゐらせんと欲《ほり》し玉へる、その事既《ことすで》に急《きう》也ければ、天武《てんむ》は吉野《よしの》を潜《しの》び出《いで》て、近江《あふみ》路《ち》にて、大友《おほとも》と、天下《てんか》併一《わけめ》の戦《たゝか》ひあり。大友竟《おほともつひ》に戦敗《たゝかひやぶ》れて、陣中《ぢんちう》に亡《ほろび》給ひしかば、金《こがね》は斬《き》られ、赤兄《あかえ》は謫《なが》され、残《ざん》党咸伏誅《たうみなふくちゆう》して、天武《てんむ》御位《みくらゐ》に即《つき》給ひしより、大和州《やまとのくに》、浄見《きよみ》原《はら》に宮造《みやづくり》して、世《よ》を御知《しろしめす》こと十五年《ねん》、*這朝《このみかど》より白鳳《はくほう》・朱鳥《しゆちやう》の、年号《ねんごう》を建立《たて》させ給ひて、姓《かばね》を八種《やくさ》に定《さだ》め給ひき。こを*中宗《ちうそう》と称《たゝえ》まつれる、聡明叡智《そうめいえいち》の聖主《せいしゆ》なれども、只《たゞ》御一代《ごいちだい》のみにして、崩御《ほうぎよ》《○カンサリ玉ヒシ》の後《のち》、*天武《てんむ》の皇后《きさき》、讃良皇女女帝《さゝらのひめみこによてい》と做《な》りて、天下《あめのした》を知食《しろしめし》にき。則是天智《すなはちこれてんち》の皇女《ひめみこ》、大友《おほとも》のおん女弟《いもうと》、持統《ぢとう》天《てん》皇《わう》にてをはします也。天武《てんむ》は本意《ほい》を遂《とげ》給へども、御一代《ごいちだい》にて又大友《またおほとも》の、おん女弟《いもうと》なる持統《ぢとう》天皇《てんわう》、御位《みくらゐ》に即《つ》き給ひしかば、是《これ》その本末《ほんまつ》あるに似《に》たり。譬《たとへ》ば北朝《ほくちやう》の光明帝《くわうみやうてい》は、尊氏《たかうぢ》に立《たて》られて、御《ご》本意《ほんい》を遂《とげ》給ひしかども、*観応《くわんおう》二年《ねん》に足利義詮《あしかゞよしなり》《○ノリ》が、南朝《なんちやう》の後《ご》村上天皇《むらかみてんわう》を迎《むかへ》まつりて、姑且降参《しばらくこうさん》したる時《とき》、北朝《ほくちやう》の光厳《くわうげん》、光明《くわうみやう》、崇光《しうくわう》《○ソウ》の三帝《さんてい》は、吉野《よしの》に拿《と》られ給ひしかば、*義詮又《よしなりまた》崇光帝《しうくわうてい》の御同母弟《おんおとゝ》《○ゴドウボテイ》を、北朝《ほくちやう》の君《きみ》に做《な》しまゐらせにき。後光《ごくわう》厳帝《げんてい》即是《すなはちこれ》也。恁而《かくて》義満《よしみつ》の時《とき》より後々《のち〱》は、持明院殿《ぢみやうゐんどの》の御《おん》嫡流《ちやくりう》、崇光院《しうくわうゐん》の御子孫《みすゑ》のみ、正統《ひつぎ》にならせ給はなん。然《され》ば当初《そのはじめ》、後醍醐天皇《ごだいごのてんわう》と、御位《みくらゐ》を、争《あらそ》ひ給ひし光明帝《くわうみやうてい》の、只《たゞ》御《ご》*一代《いちだい》なりし事、在昔《むかし》天武天皇《てんむてんわう》の、御一代《ごいちだい》なりしが如《ごと》し。扠《さて》又*尊氏《またたかうぢ》・直義《たゞよし》の前身《もとつみ》《○サキノヨ》は、在昔大友天皇《むかしおほともてんわう》に、薦《すゝ》めて天武天皇《てんむてんわう》

> 義詮の和訓《ワクン》太平記にハヨシノリとす。又一説《イツセツ》にヨシアキラとす。義《ヨシ》教《ノリ》・義昭《ヨシアキ》この子孫にあれバ、同訓《ドウクン》いぶかしきこと也。詮《セン》に就《シユ》の義《ギ》あれバ、実《ジツ》ハヨシナリなるべし。

を、亡《うしな》ひまゐらせんと謀《はか》りたる、金《こがね》・赤兄《あかえ》でありければ、今生《こんぜう》にても大友《おほとも》の、御後身《ごさいらい》なる光明帝《くわうみやうてい》に、仕《つか》へて素懐《そくわい》を遂《とげ》たる也。この宅《よ》南北両朝《なんぼくりやうちやう》に、名《な》ある文官武将《ぶんくわんぶせうら》們は、前世《ぜんせ》に或《あるひ》は大友《おほとも》に仕《つか》へ、或《あるひ》は天武《てんむ》を幇助《たすけ》まつりし百官《もゝのつかさ》の、宿業《しゆくごう》により今生《こんぜう》にも、又敵《またてきみ》躬方《かた》となりける歟《か》、是《これ》も亦《また》知《し》るべからず。然《され》ば天武《てんむ》も大友《おほとも》も、又南朝《またなんちやう》も北朝《ほくちやう》も、順逆《じゆんぎやく》その差《しな》あるものから、皆是天照皇太神《みなこれあめてらしますすめおほかみ》の、御子孫《みすゑ》にてをはしませば、その得失《とくしつ》は皇祖《みおや》の神《かみ》の、神慮《しんりよ》の係《かゝ》る所《ところ》なり。孰《いづれ》を是《ぜ》とし孰《いづれ》を非《ひ》とせん。畢竟《ひつきやう》は這風雲《このふううん》*の、会《くわい》に乗《じやう》じて栄利《ゑのり》を謀《はか》りし、*獍鴞《きやうくし》忮害《がい》の大悪物《だいあくぶつ》の、虎威《こゐ》を借《か》り、時運《じうん》を得《え》て、世《よ》を擾乱《かきみだ》したりけるを、皇祖《みおや》の神《かみ》も今速《いますみやか》に、禳鎮《はらひしづ》め給はん事の、克《かな》はせ給はぬをいかゞはせん。人多《ひとおほ》ければ天《てん》に勝《か》つ。時運《じうん》と天命《てんめい》を知《し》るものは、天《てん》をも恨《うら》みず、人《ひと》をも咎《とが》めず。

有像第十九

被丫鬟掖小六渡雲梯《あくわんにひかれてころくくものかけはしをわたる》

君ませしあとにさくらはいつまでもよしのを花のみやことおもはん

小六　仙童女　神仙娘

世《よ》に忠信《ちうしん》の狗《いぬ》となるとも、乱離《らんり》の人《ひと》にならじとのみ、念《ねん》じて英気《ゑいき》を養《やしな》ふべし。輪回《りんゑ》は仏《ほとけ》の説《と》く所《ところ》、賢《けん》となく不肖《ふせう》となく、料《はから》ざりける横難《まがつみ》に、遇《あへ》るを過世《すくせ》の業《ごう》といふ。忠臣孝子《ちうしんこうし》の不幸《ふこう》なる、義士貞女《ぎしていぢよ》の薄命《はくめい》なるも、皆是過世《みなこれすくせ》の業報《ごうほう》也、といふときは讐《あた》に報《むく》ふに、恩《おん》をもてする心起《こゝろおこ》らん。然《され》ばとて、事《こと》の不祥《ふせう》に遇《あ》ふ毎《ごと》に、「這《こ》も輪回《りんゑ》なり。那《かれ》も亦《また》、業報《ごうほう》也」、と生悟《なまざと》りして、君父《くんぷ》の為《ため》にも怨《うらみ》を雪《きよ》めず、その身《み》の仇《あた》を思《おも》はずば、形《かたち》の武士《ぶし》に似《に》たりとも、その行《おこな》ひは出家《しゆつけ》に同《おな》じ。恪《かく》ては五常《ごじやう》を蔑如《べつぢよ》《○ナイガシロ》して、蒙々《もう〳〵》たること未視《まだめのあか》ぬ、雛狗児《いぬのこ》に異《こと》ならず。抑《そも〳〵》亦悲《またかな》しからずや。然《さ》るを今慭《いまなまじい》に、輪回《りんゑ》の説《せつ》に憑《よ》るものは、後醍醐天皇《ごだいごてんわう》と光明帝《くわうみやうてい》と、各々《おのも〳〵》その御子孫《みすゑ》の、正統《ひつぎ》を得承《えうけ》給はざりける、理《ことわ》りを示《しめ》すのみ。亦那道《またかのどう》義法師《ぎはうし》義満《よしみつ》の法名《はうめう》。の如《ごと》きは、南北朝《なんぼくちやう》と立《たち》わかれて、麻《あさ》のごとくに乱《みだ》れたる、六十余州《よしう》を討《うち》も治《おさ》めし、大功《たいこう》あるに似《に》たれども、驕恣《おごりほしいまゝ》にして、君臣《くんしん》の礼義《いや》を思《おも》はず、不信不実《ふしんふじつ》の性《さが》なれば、善政罕《ぜんせいまれ》にて、虐令多《ぎやくれいおほ》かり。この故《ゆゑ》に、六十余歳《よさい》まで、有《たも》つべき命数《めいすう》なりしに、*帝星《ほくと》その算《とし》を奪《うば》ふて、五十一にて殂《みまか》りにき。是則《これすなはち》天誅《てんちゆう》なり。応報《おうほう》なしとすべからず。是等《これら》の意味《いみ》は*姑摩姫《こまひめ》に、対面《たいめん》の折《をり》を得《え》て、然而《さて》詳《つまびらか》に知《し》るよしあらん。いふべきことは是《これ》まで也。快々《とく〳〵》宿所《しゆくしよ》に退《まか》りねかし」、と促《うなが》しつ又諄返《またくりかへ》す、宏論奇弁《くわうろんきべん》に耳《みゝ》を澄《すま》せし、小六《ころく》は只顧感服《ひたすらかんぷく》して、「示教《じきやう》の趣《おもむき》肝胆《かんたん》に、銘《めい》じて承知《せうち》つかまつりぬ。爾《さ》るにても人歟神歟《ひとかかみか》、君《きみ》の素生《すぜう》の知《しら》まほし。又姑摩姫《またこまひめ》と宣《のたまは》せしも、何人《なにびと》なるや、猜《すい》しがたかり。這義《このぎ》も示《しめ》させ玉ひね」、と問《と》ふを女仙《ぢよせん》は聞《きゝ》あへず、「否《いな》とよ。俺身《わがみ》は這山《このやま》にも、又河内《またかはち》なる高峰《たかね》にも、遊《あそ》びて年《とし》を歴《へ》たるのみ。素《もと》より名《な》もなく、氏《うぢ》もなし。又姑摩姫《またこまひめ》の事はしも、阿郎《おこと》と宿縁《しゆくえん》あるものなり。そを今具《いまつぶさ》に告《つげ》ずとも、これも亦遐《またとほ》からず、思ひ合《あは》するよしあらん。天機《てんき》を漏《もら》すは要《えう》なきことぞ」、と諭《さと》して軈《やが》て側《かたへ》なる、瑠璃《るり》の壺《つぼ》の蓋掻遣《ふたかいや》りて、才《わづか》に三粒《みつぶ》の仙丹《せんたん》を、拿出《とりいだ》し紙《かみ》に拈《ひね》りて、小六《ころく》に贈《おく》りて、「やよ勇士《ゆうし》。たま〳〵這里《ここ》へ招《まね》きしかども、毫《つゆ》ばかりも款待《もてなし》あらず。よりてこれをまゐらする、一粒《いちりう》はこの処《ところ》にて、服《ふく》して効《こう》を試《こゝろ》み給へ。残《のこ》る二粒《にりう》は後々《のち〳〵》に、必用《かならずもちふ》る所《ところ》あらん。努等閑《ゆめなほざり》になし給ひそ」、と諭《さと》すを小六《ころく》は受載《うけいたゞ》きて、その一粒《いちりう》を吃下《のみくだ》せば、香気《かふき》忽地馥郁《たちまちふくいく》と、口中《こうちう》に充《みち》、脾胃《ひゐ》に走《はし》りて、快然《くわいねん》として清《すが》々しく、気力日属《きりよくひごろ》に十倍《じうばい》して、思慮《しりよ》を増《ま》し、智慧《ちゑ》を富《とま》し、是《これ》よりして日《ひ》を経《ふ》るまで、食《くらは》ざれども饑《うゑ》ざりけり。

　恁而《かくて》小六《ころく》は神女仙《かみつやまひめ》に、歓《よろこ》びを舒別《のべわか》れを報《つ》げ、又丫鬟《まためのわらは》に送《おく》られて、復那雲《またかのくも》の階梯《かけはし》を、渡《わた》りてかへりゆく程《ほど》に、丫鬟《めのわらは》は後方《あとべ》より、忽地《たちまち》に声《こゑ》をかけて、「やよや刀禰《との》。東《ひがし》なる、山峡《やまのは》を觀《みそなは》せ。はや初桜《はつざくら》の開侍《さきはべ》り」、といふに小六《ころく》は遽《いそがは》しく、見かへらんとせし程《ほど》しもあらず、愕然《がくねん》として、歩《あゆみ》を失《うしな》ふ。「雲《くも》の階梯中絶《かけはしなかたえ》て、身《み》を倒《さかさま》に千尋《ちひろ》の谷《たに》へ、陥《おちい》りにき」、と思《おも》ひしは、是仮寐《これうたゝね》の夢《ゆめ》にして、なほ先帝《せんてい》の宮陵《みさゝぎ》を、拝《おが》みまつりしそが儘《まゝ》に、額《ぬか》づき臥《ふし》て在《あ》りければ、駭覚《おどろきさめ》つゝ身《み》を起《おこ》し、惘然《まうねん》たる心《こゝろ》を定《しづ》めて、那這《あちこち》と見かへるに、眼《まなこ》に遮《さへぎ》るものもなし。夢歟《ゆめか》と思へば、口中《こうちう》に、薬《くすり》の香気《かふき》なほ耗《う》せず、残《のこ》れる二《に》粒《りう》も懐《ふところ》に在《あ》り。「原来那仙嬢《さてはかのやまひじりめ》の、幻《まぼろし》に見えて過《くわ》去未来《こみらい》を、説示《ときしめ》し給ひし也。噫有《あなあり》がたし、慚愧《かたじけな》し」、と独語《ひとりごち》身《み》を転《ひるがへ》して、其方《そなた》の高峰《たかね》を数回《あまたゝび》、伏拝《ふしおが》み黙禱《きねん》《○モクタウ》して、歇舎《やどり》にいそぐ春《はる》の日《ひ》の、山静《やましづか》にして那這《あちこち》と、霞空引時候《かすみたなびくころ》ながら、途果敢《みちはか》どらで黄昏《たそがれ》に、宿所《しゆくしよ》に辿《たど》り着《つき》つゝ相《み》れば、庶吉《ちかきち》は病《びやう》苦《く》に噎《うめ》きて、衣《きぬ》うち被《かつ》ぎて臥《ふ》したりしを、「こは甚麼《いかに》」、と驚《おどろ》きて、喚覚《よびさま》しつゝ容子《ようす》を問《と》へば、「今朝《けさ》は爾《さ》までにあらざりしに、午《ひる》より寒熱往来《かんねつわうらい》して、口《くち》さへ乾《かは》きて堪《たへ》ず」といひけり。よりて小六《ころく》は柴折焼《しばをりたき》て、白粥《しらがゆ》を煮沸《にかへ》しなどしつ、准備《ようい》の煎薬《せんやく》もろ共《とも》に、薦《すゝ》めて親切《ねんごろ》に勦《いたは》れども、然《さり》とて些《ちと》の効《しるし》もなし。次《つぎ》の日《ひ》は人《ひと》を央《やと》ふて、山脚《ふもと》の里《さと》より医師《くすし》を迎《むかへ》て、薬《くすり》を徴《もと》め術《て》を尽《つく》す、看病怠《かんびやうおこた》りなきものから、病着《いたづき》いよ〳〵劇《はげし》うなりて、この夕《ゆふべ》より衰果《おとろへはて》たる、庶吉《ちかきち》はその暁《あかつき》に、忽《こち》然《ねん》として呼吸絶《いきたえ》けり。小六《ころく》が憾《うらみ》はいかなりけん。享年纔《きやうねんわづか》に十六歳《さい》、命数越《めいすうこゝ》に尽《つき》たる歟《か》。そは又這次《またこのつぎ》の巻《まき》に、解分《ときわく》るを聴《きゝ》ねかし。

開巻驚奇俠客伝第二集巻之二　終

開巻驚奇俠客伝《かいくわんきやうきけうかくでん》 第二集《だいにしふ》 巻之三

東都 曲亭主人 編次

第十五回《だいくわい》

斉紈歌《せいぐわんうた》《○アフギニ》を遺《のこ》して助則《すけのり》隠逸《いんいつ》を知《し》る
臍蔕歳《さいたいとし》を志《しる》して老樹《おいき》以往《こしかた》《○イワウ》を話《わ》《ハナ》す

再説《ふたゝびとくだてのころく》達小六は、日属心《ひごろこゝろ》を尽《つく》したる、看病《かんびやうつひ》竟にその甲斐《かひ》もなく、庶吉《ちかきち》は呼吸《いき》絶果《たえはて》て、喚活《よびいく》れども応《いらへ》せぬ、顔《かほ》つく〴〵とうち目戍《まも》りて、嗟嘆《さたん》に堪《たへ》ずおもふやう、「人《ひと》の命《いのち》の長短《ながきみじか》き、過世《すくせ》に禀《うけ》たる定数《じやうすう》ありとも、幸《さいは》ひにして良医《りやうい》に遇《あは》ば、齢《よはひ》を延《のぶ》ることもあらんを、折《をり》も折《をり》とて重巒層峯《ちやうらんそうふ》《○カサナルタカネ》の、這御吉野《このみよしの》の旅宿《たびね》にあなれば、岐扁《ぎへん》*の術《じゆつ》に匱《とも》しくて、霜露《さうろ》の病痾《やまひ》も後終《のちつひ》に、救《すく》ひがたきに至《いた》りしを、悔《くひ》て及《およば》ぬことながら、俺料《われはから》ずも目四郎《めしらう》の、幇助《たすけ》によりて安同們《やすともら》を、思ひの随《まゝ》に撃果《うちはた》せしに、その歓《よろこ》びを云云《かにかく》と、述《のぶ》る間《ひま》なく又俺《またわ》が与《ため》に、自殺《じさつ》をしつる那俠者《かのをとこ》の、落胤《おとしだね》なる少年《しようねん》なれば、久後《ゆくすゑ》までも身《み》に従《したが》へて、いかで苦楽《くらく》を共侶《もろとも》に、せばやとて将《い》て来《き》にけるに、思ひしことは飛禽《とぶとり》の、鵤《いすか》*の觜《はしか》、咄齬《くひちが》ふ、死別《しにわか》れこそ悲《かな》しけれ。什麼何《そもなに》とせん」、とばかりに、頭《かうべ》を傾《かたむ》け手《て》を叉《こまぬ》きて、尋思《しあん》に闇《く》るゝ憂胸《うきむね》の、歎《なげ》きを遣《や》るかたなかりける、折《をり》から小六《ころく》は懐《ふところ》より、香気《かふき》忽地《たちまち》馥郁《ふくいく》と、薫《かほ》るに初《はじめ》てこゝろづきて、「噫忘《あなわす》れたることこそあれ。いぬる比那仙嬢《ころかのやまひじりめ》の、夢中《むちう》に授《さづ》け給ひたる、仙丹《せんたん》は覚《さめ》ての後《のち》も、俺懐《わがふところ》に在《あ》りける也。恁而《かくて》歇舎《やどり》にかへり来《き》にける、その黄昏《たそがれ》に庶吉《ちかきち》の、病着劇《いたづきはげ》しく見えしかば、うち驚《おどろ》きつ事《こと》に紛《まぎ》れて、那仙丹《かのせんたん》を、鈍《おぞ》ましや、久《ひさ》しくなるまで思《おも》ひも出《いで》ず、外《よそ》に薬《くすり》を徴《もと》めしは、珠玉《しゆぎよく》を忘《わす》れて瓦礫《ぐわれき》を愛《あい》し、和気《わけ》*・丹波《たんば》を訪《とは》ずして、博乱湯《はくらんたう》*を市《いち》に買《かひ》ぬる、田舎児《ゐなかうど》にも似《に》たりけり。然《さ》るにても那仙丹《かのせんたん》は、今《いま》まで失《う》せずありけるか、只《たゞ》その残香《うつりが》のみなる歟《か》」、と独語《ひとりごち》つゝ懐《ふところ》を、那這《あちこち》と搔撈《かゝぐ》るに、幸《さいは》ひにして仙丹《せんたん》は、那折《かのをり》、紙《かみ》に包《つゝみ》し儘《まゝ》にて、落《おち》て左《ひだり》の袂《たもと》に在《あ》りしを、稍《やゝ》拿出《とりいだ》しうち戴《いたゞ》きて、「原這薬《もとこのくすり》は三粒《みつぶ》なりしを、その一粒《ひとつぶ》は俺夢中《われむちう》に、腹《ふく》し試《こゝろ》みたりしより、記臆《きおく》《○モノオボエ》日属《ひごろ》に十倍《ばい》したり、と思ふに似《に》ず甚麽《いかに》ぞや、こを庶吉《ちかきち》の病着《いたづき》に、用《もち》ふべかりしを忘《わす》れしは、只是他《たゞこれかれ》が命運《めいうん》の、既《すで》に尽《つき》たる兆《さが》なる歟《か》。遮莫《さもあらばあれ》枯《かれ》たる苗《なへ》も、活《いく》るは雨露《うろ》の恵《めぐみ》にあり。要《えう》なからずや」、と右《め》手《て》を伸《のば》して、且庶吉《まづちかきち》が胸膈頭《むねのあたり》を、那這《あちこち》と拊試《なでこゝろみ》るに、全身《みのうち》既《すで》に闕冷《ひえ》たれども、中脘《ちうくわん》《○ミヅオチ》はなほ温《あたゝか》也。然《され》ばこそとて遽《いそがは》しく、身《み》を起《おこ》しつゝ提桶《ひさげ》《○テヲケ》の水《みづ》を、茶碗《ちやわん》に汲《くみ》とり火《ひ》を鑽被《きりかけ》て、然而那仙丹一粒《さてかのせんたんひとつぶ》を、撮拿《つまみと》り霎時《しばし》念《ねん》じて、庶吉《ちかきち》が口中《こうちう》に、水《みづ》もろ共《とも》に沃《そゝ》ぎ入《い》れて、その吭《のど》を拊胸《なでむね》を捺《さす》るに、薬《くすり》は胃中《ゐちう》に届《いた》りけん、現死《げにし》を起《おこ》し生《せい》に回《かへ》せる、神薬《しんやく》の効《こう》、時《とき》を移《うつ》さず、庶吉《ちかきち》は忽然《こつねん》と、甦生《よみがへ》り眼《まなこ》を開《ひら》きて、身《み》を起《おこ》さんとせし程《ほど》に、涎沫《あは》を吐《は》き汗出《あせいで》て、心地《こゝち》爽然《さはやか》になりにけり。小六《ころく》は今這仙《いまこのせん》丹《たん》の、奇効《きこう》を感《かん》ずる*不勝《ふせう》の歓《よろこ》び、なほ正首《まめやか》に勦《いたは》りて、然而《さて》粥《かゆ》を造《に》て薦《すゝ》めしを、庶吉《ちかきち》は二椀《にわん》啜《すゝ》りて、その宵《よ》は熟睡《うまい》をしたりける、詰旦《あけのあさ》に至《いた》りては、はやその病着瘥《いたづきおこた》り果《はて》て、小六《ころく》に対《むか》ひて看病《かんびやう》の、歓《よろこ》びを演《のべ》などす。登時《そのとき》小六《ころく》は庶吉《ちかきち》に、那《かの》仙丹《せんたん》の奇特《きどく》の顚末《もとすゑ》、いぬる日《ひ》独《ひとり》後醍醐帝《ごだいごてい》の、山陵《みさゝぎ》に詣《まうで》し折《をり》、憶《おもは》ずも仮寐《うたゝね》したる、夢中《むちう》に女仙《ぢよせん》に招《まねか》れて、告示《つげしめ》されし言《こと》のよしを、箇様《かやう》々々《〳〵》と報知《つげし》らして、「那折《かのをり》に授《さづけ》られたる、仙丹《せんたん》は三粒《みつぶ》なりしを、一粒《ひとつぶ》は女仙《ぢよせん》の薦《すゝ》めに、儘《まか》して夢中《むちう》に喫《のみ》たりき。「余《よ》の二粒《ふたつぶ》は後々《のち〳〵》に、必《かならず》用《もちふ》ることあらん」、といはれしよしすらうち忘《わす》れしを、和郎《わろ》の呼吸《いき》絶《たえ》たりし折《をり》、那仙丹《かのせんたん》の香気《かふき》によりて、思ひ出《いだ》しつ試《こゝろ》みに、哺《ふくま》せしより胃中《ゐちう》に届《とゞ》きて、這回陽《このくわいやう》の歓《よろこ》びあり。顧《おも》ふに人《ひと》の病厄《びやうやく》も、亦是時《またこれとき》あり日数《ひかず》ありて、死《し》に至《いた》るもの活《いく》るものも、必《かならず》遅速《ちそく》あるならん。然《され》ばにや初《はじめ》より、那仙丹《かのせんたん》を用《もち》ひずして、最後《さいご》に用《もち》ひて即効《そくこう》あり。是《これ》も亦神仙嬢《またかんひじりめ》の、逆《かねて》測《はか》らせ給ひたる、方便《はうべん》なる歟《か》」、と叮寧《ねんごろ》に、有《あり》つるよしを説示《ときしめ》せば、庶吉《ちかきち》いよ〳〵感佩《かんぱい》して、席《せき》を避《さ》け額《ぬか》をつき、「小人何等《やつがれなにら》の過世《すくせ》ありて歟《か》、半月《かたつき》《○ハンゲツ》あまりの大病《たいびやう》を、看《み》とられ奉《たてまつ》りたるのみならず、爾《さ》る仙薬《せんやく》の奇効《きこう》によりて、再生《ふたゝびいき》ぬる身《み》の歓《よろこ》びは、皆是君《みなこれきみ》の徳《とく》に憑《よ》る、一世《いつせ》の洪福《さいはひ》何《なに》もの歟《か》、これに優《ます》こと候べき。仰《あほ》げば高《たか》き今番《こたび》の御恩《ごおん》は、吉野《よしの》の山《やま》も数《かず》ならず。いかで犬馬《けんば》のちからを竭《つく》して、報《むく》ひまつらんと念《おも》ふのみ。他《あだ》し事《こと》なく候」、と答《こたへ》て是《これ》よりいよゝます

〱、小六《ころく》が与《ため》に心《こゝろ》を用《もち》ひて、最老実《いとまめ〱》しく仕《つか》へけり。

既《すで》にして春《はる》もはや、三月《やよひ》の初瀞《はじめ》になりしかば、山桜咸開《やまざくらみなさき》初《そめ》て、日毎《ひごと》に登山《とざん》の人多《ひとおほ》かり。登時《そのとき》小六《ころく》は起行《たびだち》の、准備《ようゐ》を更《さら》にいそがして、庶吉《ちかきち》に聶《さゝや》くやう、「嚮《さき》に俺夢《わがゆめ》に見え給ひぬる、仙嬢《やまひじりめ》の示現《じげん》によりて、先帝《せんてい》の大御霊《おほみたま》は、這吉野《このよしの》の山陵《みさゝぎ》に、をはしまさずと聞《きこえ》しより、快這山《とくこのやま》を立出《たちいで》て、亦復《また〱》他郷《たけう》に遊歴《ゆうれき》せばや、と思ひにけるを仙嬢《やまひじりめ》の、「然《さ》な急《いそ》ぎそ。いそぐとも、必障《かならずさは》る事ありて、開花時候《はなさくころ》になるべきぞ」、と示《しめ》されたるが、果《はた》して錯《たが》はず。その折去向《をりゆくて》を問《とひ》まつりしに、「神風《かみかぜ》の伊勢《いせ》に赴《おもむ》け。那里《かしこ》は今《いま》なほ南朝《なんちやう》の、北《きた》畠氏国司《ばたけうぢこくし》たり。憑《たのも》しきことあらずとも、思ひがけなく故《こ》人《じん》に遇《あは》ん」、と誨《をしえ》給ひしこともあり。加旃《しかのみならず》去歳《こぞ》の夏《なつ》、俺養育《わがやしなひ》の義父《おや》、野上《のがみ》の大人《うし》が、你《そなた》の実父《じつぷ》目四郎《めしらう》に、密談《みつだん》の折窃聞《をりたちぎゝ》たりしに、「俺身《わがみ》を延《おと》して遣《つかは》さん」、といはれし去向《ゆくて》も伊勢《いせ》なりき。給《かれ》と云恰《いひこれ》といひ、今《いま》さら他所《たしよ》を求《もと》むべからず。はやく那地《かのち》にゆくべし」とて、こゝろ得《え》さしつ、蔵王《ざわう》堂寺《だうじ》の、坊主《はうし》に歇舎《やどり》を返《かへ》したる、その詰旦《あけのあさ》庶吉《ちかきち》を、倶《ぐ》して前路《ゆくて》も桜開《さくらさ》く、*初瀬越《はつせごえ》して遠《とほ》からぬ、旅《たび》にしあれど二三日《ふつかみか》、這首《ここ》に立《たち》より、那首《かしこ》に遊《あそ》びて、第四日《だいよつか》の未牌時候《ひつじのころ》に、伊勢《いせ》路《ぢ》は此《こゝ》と*邑坂《いはさか》の、麓《ふもと》の里《さと》の*石名原《いしなはら》、うち踰来《こえき》ても未暮《まだくれ》ぬ、日永《ひなが》き甲斐《かひ》と*飼阪《かひさか》の、里稍尽処《さとはづれ》を過《よぎ》る程《ほど》に、旧《ふり》たる一座《いちざ》の仏堂《ぶつだう》ありけり。主僕《しゆぼく》斉一《ひとしく》找《すゝ》み入《い》りて、と見れば*霊験馬頭堂《れいげんばとうだう》と写《しる》したる、扁額《へんがく》を掲《かゝ》げたり。当下《そのとき》小六《ころく》は、庶吉《ちかきち》と、倶《とも》に観世音《くわんぜおん》を伏拝《ふしおが》みて、退《しりぞ》くときに見かへれば、堂《だう》の傍《かたへ》に盆池《ぼんち》あり。池《いけ》の頭《ほとり》の桜《さくら》が下《もと》に、葭簀《よしず》を掛亘《かけわた》したる茶店《ちやみせ》ありて、這店舗《このみせ》を戍《も》る一個《ひとり》の老者《おぢ》が、柱《はしら》に倚《もた》れて打盹《ゐねむり》をり。小六《ころく》は這里《ここ》にて多気《たげ》の城下《ぜうか》の、路程《みちのり》をも尋《たづ》ぬべく、北畠家《きたばたけけ》の動静《やうす》をも、問《とは》ばやと思ひしかば、「卒憩《いざいこは》ん」、といひながら、凳児《せうぎ》に尻《しり》をうち掛《かく》れば、庶吉《ちかきち》も下坐《しもくら》なる、凳児《せうぎ》に寄《より》て休息《きうそく》す。登時翁《そのときおきな》は客《きやく》を相《み》て、火《ひ》を吹起《ふきおこ》し、茶《ちや》を烹復《たぎら》して、薦《すゝ》めて去向《ゆくて》を問《とひ》などす。這頭《こゝら》は通《すべ》て北畠満泰卿《きたばたけみつやすけう》の采地《りやうぶん》にて、*多《た》気《げ》の城《しろ》へは路《みち》の程《ほど》、一里半《いちりはん》と聞《きこ》えたり。

抑《そも〱》北畠三位《きたばたけさんゐ》右衛門督《ゑもんのかみ》、源《みなもとの》村上《むらかみ》源氏《げんじ》満泰卿《みつやすけう》は、南朝棟梁《なんちやうとうりやう》の忠臣《ちうしん》なりける、中院一品入道《ちうゐんいつぽんにうどう》、親房公《ちかふさこう》の曾孫《ひまご》にて、三位《さんゐ》右衛門督《ゑもんのかみ》、兼伊勢守《けんいせのかみ》、顕泰卿《あきやすけう》の嫡子《ちやくし》也。乃祖《のうそ》《○ソノソ》*北畠《きたばたけ》親房公《ちかふさこう》は、その学和漢《がくわかん》を貫《つらぬ》きて、忠誠《ちうせい》*諸葛武侯《しよかつぶこう》《○コウメイ》の風《ふう》あり。*息女《そくぢよ》は、後村上天皇《ごむらかみてんわう》の、中宮《ちうぐう》に立《たち》給ひしかば、朝野《ちやうや》の尊敬《そんけう》大《おほ》かたならねど、*哺《ほ》を吐《は》きて士《し》に降《くだ》り、髪《かみ》を握《にぎ》りて客《きやく》を迎《むか》へしといふ、周公旦《しうこうたん》に異《こと》ならず。君《きみ》を補佐《ほさ》して私《わたくし》なく、戦馬《せんば》の間《あはひ》に年《とし》を歴《へ》て、勲功《くんこう》しば〳〵なりければ、*正平《せうへい》七年春正月《ねんのはるむつき》、准后《じゆごう》の宣下《せんげ》を蒙《かうむ》り給ひき。是《これ》より先《さき》、*興国元年《こうこくぐわんねん》には、常陸《ひたち》の小田《をだ》の城《しろ》に在《いま》して、神皇正統記《じんくわうせうとうき》、五巻《いつまき》を撰《えら》み給ひ、*その次《つぎ》の年春二月《としはるきさらぎ》に、職原抄《しよくげんせう》二《ふた》巻《まき》を編述《へんじゆつ》あり。もて*末代《まつだい》の亀鑑《きかん》とす。学術高明《がくじゆつこうめい》、推《おし》て知《し》るべし。後醍醐天皇《ごだいごてんわう》の*元徳二年《げんとくにねん》に、病《やまひ》により剃髪《ていはつ》して、法名宗元《ほうめうそうげん》とまうせしが、是《これ》より三十《みそとせ》許稔《ばかり》を経《へ》て、後村上天皇《ごむらかみてんわう》の、*正平《せうへい》十四年《よねん》に薨《みまかり》給ひぬ。享《きやう》年《ねん》六十七歳《さい》也。世《よ》に惜《をしま》れたる精忠節義《せいちうせつぎ》の、独這殿《ひとりこのとの》のみならず、児孫各々《じそんおの〳〵》朝家《ちやうか》の与《ため》に、死力《しりよく》を尽《つく》さゞるものあらず。*嫡《ちやく》子《し》中納言顕家卿《ちうなごんあきいへけう》は、足利氏《あしかゞうぢ》と数戦《すせん》の後《のち》、堺《さかひ》の浦《うら》の役《たゝかひ》に、年《とし》二十又二《ゆうに》にて、竟《つひ》に陣歿《うちじに》し給ひけり。時《とき》に延元《ゑんげん》三年《ねん》也。*又《また》親房公《ちかふさこう》の舎弟《しやてい》也ける、権中納言顕時卿《ごんちうなごんあきときけう》、幷《ならび》に五男《ごなん》、太宰大《だざいのだい》弐《に》信親卿《のぶちかけう》時《とき》に権中納《ごんちうな》言従三位《ごんしようさんゐ》。は、正平《せうへい》十三年秋七月《ねんあきふつき》、筑石《つくし》の戦《たゝか》ひに、陣歿《うちじに》の聞《きこ》えあり。時《とき》に顕時《あきとき》三十九歳《さい》、信親《のぶちか》は二十八歳《さい》なりき。そが中《なか》に、親房公《ちかふさこう》の三男《さんなん》、*右大臣顕能公《うだいじんあきよしこう》は、伊勢州一《いせのくにいち》志郡《しのこふり》、多気《たげ》の城《しろ》に在《いま》せしかば、多気《たげ》の御所《ごしよ》と称《せう》せらる。顕能《あきよし》の嫡子《ちやくし》、*左《さ》中将顕泰卿《ちうぜうあきやすけう》は、正《せう》平《へい》二十一年《ねん》に、伊勢国司《いせのこくし》に補《ふ》せられ給ひき。

多気は原《もと》多気ノ郡にあり。和名鈔に見ゆ。同名異地也。

時《とき》に従三位《しようさんゐ》右衛門督《ゑもんのかみ》、天授《てんじゆ》二年《ねん》に権中納言《ごんちうなごん》、弘和《こうわ》二年《ねん》に従二位《しようにゐ》の、亜相《あしよう》に昇進《せうしん》し給ひつ、元中元年夏四月《げんちうぐわんねんなつうづき》、四十*五歳《さい》にて薨《みまか》り給ひぬ。慤而《かくて》*顕泰《あきやす》の嫡男《ちやくし》、親能《ちかよし》の時《とき》に至《いたり》て、*勢《いきほ》ひいまだ衰《おとろ》へず、伊勢《いせ》 一州《しう》十四郡《ぐん》 大和《やまと》 宇多《うだ》一郡《いちぐん》 伊賀《いが》 名張《なばり》一郡《ぐん》 志摩《しま》 一州《しう》二郡《ぐん》 約《およそ》四个国《しかこく》、十八郡《ぐん》を管領《くわんりやう》して、*その身《み》は多気《たげ》の城《しろ》に在《あ》り。後《のち》に阿射賀《あざか》を居城《きよぜう》とす。嫡子顕雅《ちやくしあきまさ》は、大河内《おほかうち》の城《しろ》に在《あ》り、*舎弟俊泰《しやていとしやす》は、*垣内《かいとう》に在城《ざいぜう》す。這宅《このよ》、阿射賀《あざか》、玉丸《たまる》、関《せき》、上野《うへの》、神戸《かんべ》の城《しろ》には、*関《せき》の一党《いつたう》、神戸《かんべ》、峯《みね》、鹿伏兎《かぶと》、木造《きづくり》、川北《かはきた》、柘植《つげ》、山路《やまち》、*阿保《あぼ》の一族老党《いちぞくろうだう》、譜弟恩顧《ふだいおんこ》の志《こゝろざし》移《うつ》らず、故国司《もとのこくし》、顕泰卿《あきやすけう》の時《とき》よりして、譬《たとへ》ば*唐《たう》の節度使《せつどし》の如《ごと》く、実《じつ》に南朝《なんちやう》一方《いつぱう》の、捍城《おんまもり》《○カンゼウ》にてありければ、*いぬる元中《げんちう》九年《ねん》の冬《ふゆ》、南北《なんぼく》両朝御合体《りやうちやうごがつたい》の折《をり》、前将軍《さきのせうぐん》相国入道《しようこくにうどう》足利《あしかゞ》義満《よしみつ》も、北畠《きたばたけ》をのみ宜《よろし》く沙汰《さた》して、今《いま》なほ伊勢《いせ》の国司《こくし》たり。親能《ちかよし》も亦《また》その恩《おん》を感《かん》じて、太上皇《だじようくわう》後亀《ごかめ》山帝《やまてい》の太子《たいし》小倉《をぐらの》宮《みや》をもて、今上《きんじよう》後小《ごこ》松帝《まつてい》の東宮《とうぐう》に、立《たて》まゐらせんと誓《ちかは》れたる、約束《やくそく》あれば、足利家《あしかゞけ》に、恨《うらみ》を遺《のこ》すべからずとて、万事《よろづ》その意《い》に違《たが》ふことなく、いと叮寧《ねんごろ》にものせられしを、*義満《よしみつ》も亦《また》歓《よろこ》びて、なほも好《よしみ》を結《むすば》ん為《ため》に、諱《いみな》の一字《いちじ》を授《さづ》けにけり。これにより親能《ちかよし》は、名《な》を満《みつ》泰《やす》と改《あらた》めて、小倉宮《をぐらのみや》後亀山天皇《ごかめやまてんわう》の皇子《みこ》。上《かみ》に見えたり。の御位《みくらゐ》に、即《つき》給はん日《ひ》を果敢《はか》なくも、等《まつ》より外《ほか》に他事《たじ》もなく、はや年来《としごろ》を過《すぐ》されたり。

*間話休題《あだしごとはさておきつ》。却説《かくてこ》小六《ろく》は、飼阪《かひさか》の里稍尽処《さとはづれ》なる、馬頭堂《ばとうだう》の境内《きやうない》の、*煎茶店《みづちやみせ》に休《やすら》ひて、茶店《ちやみせ》の翁《おきな》に這処《このところ》より、多気《たげ》の城《しろ》へゆく路程《みちのり》と、那里《かしこ》の容子《ようす》を問《とひ》けるに、翁答《おきなこたへ》て、「満泰《みつやす》卿《けう》は、阿射賀《あざか》を居城《きよぜう》にし給はんとて、去歳《こぞ》より城普請《しろふしん》の御《ご》沙汰《さた》あれども、今《いま》なほ多気《たげ》に御座《をはします》也。又《また》おん子《こ》、伊勢《いせ》の御《おん》曹司《ぞうし》顕雅君《あきまさぎみ》は、大河内《おほかうち》の城《しろ》に在《いま》せば、約莫這両城下《およそこのふたぜうか》は、繁《はん》昌昔《ぜうむかし》にかはらず」といひけり。小六《ころく》はこれを聞《きゝ》ながら、傍《かたへ》の柱《はしら》を瞻仰《あほぎみ》るに、柱《はしら》に二箇《ふたつ》の針《くぎ》を打《うち》て、旧《ふり》たる扇《あふぎ》を掛《かけ》たるが、最美《いとうるは》しき手迹《しゆせき》にて、「学《まな》び得《え》てもなほ足《た》ることを知《し》らざりき、*親《おや》の書《ふみ》よむ子《こ》をしもたねば。五柳隠士《ごりういんし》」とありければ、愛《めで》つゝ連《しき》りにうち吟《ぎん》じて、「こは是博士《これはかせ》の歌《うた》なるべし。万葉集第五《まんえうしふだいご》なる、山上憶良《やまのへのおくら》の歌《うた》に、「銀《しろがね》もこがねも玉《たま》も何《なに》せんに、まされるたから子《こ》にしかめやも」、と詠《よみ》たるを取《と》れる也。憶良《おくら》が歌《うた》は子宝《こだから》といふ、世《よ》の常言《ことわざ》の起本《もと》なるべし。又這歌《またこのうた》は、情異《こゝろこと》也。「子《こ》は世《よ》の人《ひと》の皆挙《みなもて》り。そが中《なか》に不肖《ふせう》は多《おほ》く、賢《けん》なるは極《きはめ》て得《え》がたし。父賢《ちゝけん》にして子《こ》も賢《けん》ならば、親《おや》の書《ふみ》をよく読《よみ》て、志《こゝろざし》を紹《つ》ぐことあらん。これを真《まこと》の宝《たから》とすべし」、と詠《よみ》しは則《すなはち》述懐《じゆつくわい》にて、高《たか》き情《こゝろ》も知《し》られたり。這詠家《このうたよみ》は何処《いづこ》の人《ひと》ぞ」、と問《と》へば翁《おきな》は真実立《まめだち》て、「原来《さては》おん身《み》も歌《うた》を好《この》みて、詠《よみ》給ふにぞあらんずらん。這扇《このあふぎ》の歌主《うたぬし》の、うへにはいと哀《あは》れなる、話説《ものがたり》の候に、去向《ゆくて》を急《いそ》ぎ給はずば、話《はな》し稟《まう》さん聞《きゝ》給へ。おん身《み》も聽《やが》て過《よぎ》り給はん、這里《こゝ》よりは多気《たげ》のかたへ、約十《およそと》町《まち》ばかりなる、字《あざな》を五柳《いつやぎ》と喚做《よびな》す痩村《やせむら》に、稲城《いなぎ》右《う》膳《ぜん》守延《もりのぶ》といふ、学者気質《がくしやかたぎ》の

退禄人《らうにん》あり。原《もと》は国司《こくし》の御家臣《ごかしん》にて、俸禄《ほうろく》三百貫《くわん》を賜《たまは》りしに、南朝《なんちやう》北朝《ほくちやう》おん和睦《わぼく》ありし比《ころ》、国司《こくし》は京都前将軍家《きやうとぜんせうぐんけ》の、諱《いみな》の一字《いちじ》を賜《たまは》りて、満泰《みつやす》と改《あらた》め給ふを、守延主《もりのぶぬし》酷《いた》く諫《いさ》めて、その議《ぎ》を歹《わろ》しと稟《まう》ししを、朋輩《ほうばい》の讒言《さかしら》にて、野心《やしん》あるよし聞《きこ》えしかば、遂《つひ》に那身《かのみ》を禁錮《きんこ》《〇トヂコムル》せられて、百日《もゝか》あまりに及《およ》びしかども、野心《やしん》は実《じつ》なき事なれば、纔《わづか》に罪《つみ》を宥《なだめ》られて、身《み》の暇《いとま》を賜《たまは》りけり。恁而《かくて》稲城守延主《いなぎのもりのぶぬし》は、そが儘妻子《まゝつまこ》を携《たづさへ》て、那五柳《かのいつやぎ》に退隠《たいいん》しつゝ、字《あざな》を丈作《ちやうさく》と改《あらた》めて、其頭《そこら》の里《さと》の総角《あげまき》に、読書手蹟《どくしよしゆせき》を教《をしえ》などして、十稔許《とゝせばかり》を送《おく》りにけり。文学武芸《ぶんがくぶげい》大《おほ》かたならねば、京鎌倉《きやうかまくら》に赴《おもむ》きて、仕官《つかへ》《〇シクワン》を求《もと》め給ひなば、発迹《なりいづ》ること易《やす》からんを、「俺《われ》は国司《こくし》の譜第《ふだい》也。忠《ちう》を尽《つく》して用《もち》ひられず、冤屈《むじつのとが》に放《はなた》るゝとも、二君《にくん》に仕《つか》ふべからず」とて、細《ほそ》き煙《けぶり》を立《たて》ながら、なほ清貧《せいひん》を楽《たのし》みて、村《むら》の字《あざな》を家号《かごう》に取《と》りて、五柳隠士《ごりういんし》と唱《とな》へたり。「こは唐山《からくに》司馬晋《しばしん》の時《とき》、*陶淵明《たうゑんめい》とかいひし賢人《けんじん》の、門《かど》に五株《いつかぶ》の柳《やなぎ》ありしかば、則《すなはち》『五柳先生《ごりうせんせい》』、と称《たゝ》へし故事《こじ》に縁《よ》るものならん」、と有《ある》一長老《ちやうろう》の宣《のたま》ひき。恁《かく》まで愛《めで》たき性《さが》なれども、過世《すくせ》歹《わろ》くて男児《をのこゞ》あらず、才《わづか》に一個《ひとり》の女児《むすめ》あり。その名《な》を何《なに》といふやらん。今茲《ことし》は十六七なるべし。容止《かほばせ》の最美麗《いとうるはし》きに、心操《こゝろばへ》さへ鄙《ひな》ならず、縫刺《ぬひはり》の技《わざ》、いへばさら也、走書《はしりがき》亦《また》愛《めで》たくて、二親《ふたおや》に孝順《かうじゆん》也。筋目《すぢめ》好《よ》き豪家《がうか》より、「いかで娵《よめ》にせまくほし」・とて、氷人《なかうど》をもていはせしも、幾名歟《いくたりか》ありけんを、丈作刀禰《ちやうさくどの》は壻《むこ》を択《えらみ》て、まだ允《ゆる》されず、と聞《きこ》えたり。恁《かゝ》りし程《ほど》に国司《こくし》の権臣《きりもの》、*木造内匠親政大人《きづくりたくみちかまさうし》の嫡子《ちやくし》なる、木造木工介泰勝主《きづくりむくのすけやすかつぬし》が、件《くだん》の稲城《いなぎ》の女児《むすめ》の事、美女《びぢよ》なるよしさへ聞知《きゝし》りて、好色《いろごのみ》の癖《くせ》なれば、見ぬ恋《こひ》に胸《むね》や焦《こが》れけん、「いかで側室《そばめ》に娶《めと》らん」とて、利《り》をもて誘《こしらへ》られしかど、丈作刀禰《ちやうさくどの》の、「いかにして、女児《むすめ》を售《うり》て、時勢人《ときめくひと》の、妾《おんなめ》に遣《つかは》すべき。非除館《よしやゝかた》満泰《みつやす》をいふ。の御諚《ごぢやう》にて、女児《むすめ》を徴《め》させ給ふにより、俺身《わがみ》も倶《とも》に召返《めしかへ》されて、伊勢《いせ》半国《はんごく》を賜《たまは》るとも、妾《おんなめ》なンどにまゐらせんや。況《まいて》木造泰勝《きづくりやすかつ》が、父《ちゝ》と妖《あね》との権威《いきほひ》もて、利《り》に誘引《いざなは》んは、人《ひと》に依《よ》るべし。正妻《ほんさい》也とも婚姻《こんいん》を、允《ゆる》すべきものにはあらず」、と辞《ことば》を放《はな》ち敦圉《いきまき》て、一切《つや〳〵》承引《うけひか》ざりければ、泰勝主《やすかつぬし》も亦《また》怒《いか》りて、「その議《ぎ》ならばせん術《すべ》あり。必《かならず》思ひしらせんず」

とて、罵《のゝし》り狂《くる》ひ給ひしとぞ」、といひつゝ声《こゑ》を密《ひそ》まして、「こは是内所《これないしよ》の事ながら、然《さ》る腹黒《はらぐろ》き主《ぬし》なれば、腹心《ふくしん》の若《わか》党幾名《たういくたり》に歟《か》、機密《きみつ》を示《しめ》し隙《ひま》を張《うかゞ》ひ、丈作刀禰《ぢやうさくどの》の外《と》に出《いで》し折《をり》、矢庭《やには》に女児《むすめ》を奪略《うばひと》らしつ、宿所《しゆくしよ》に躱《かく》し措《おか》るゝよし。この事はやく聞《きこ》えしかば、丈作刀禰《ぢやうさくどの》は怨《うらみ》に得堪《えたへ》ず、次《つぎ》の日多気《ひたげ》へ赴《おもむ》きて、国司《こくし》に愬訴《しうそ》稟《まう》せしかども、然《さり》とて証据《せうこ》なき事なれば、木造主《きづくりぬし》は冤枉《むじつ》ぞとて、頼陳《いつはりちん》じて物《もの》ともせず。*老爺《おやぢ》は一チ二の権臣《きりもの》なるに、姉御《あねご》は館《やかた》のおん側室《そばめ》にて、引板屋殿《ひたやどの》と喚《よば》れ給ふ、這内外《このないぐわい》の幇助《たすけ》もありけん、国司《こくし》は薄情《うたて》や惑《まよは》せ

有像第二十

馬頭堂茶店小六聴不平之説話《ばとうだうのさてんにころくふへいのものがたりをきく》

真葛はふ垣にも耳のつく世とてよそのうらみもきけばわびしき

(扇面)まなび得てもなほ足ることをしらざりきおやのふみよむ子をしもたねば　五柳隠士

小六　茶店翁　ちか吉

すみわびんやどれる月もにごり江やそらのみ雲のかゝるものかは

ちか吉　小六　おいき

給ひて、証据《せうこ》なき事なればとて、御信用《ごしんよう》なかりしかば、有司達訴人《したちそにん》に諭《さと》して、訟状《うつたへぶみ》を返《かへ》せしとぞ。この故《ゆゑ》に丈作刀禰《ちやうさくどの》は、憤《いきどほ》り胸《むね》に満《みち》て、その冤《しへたげ》を叫《さけ》べども、事聴《こときか》れねばいひ甲斐《が》あらず、「所詮大河内《しよせんおほかうち》へ推参《すいさん》して、愁訴《しうそ》のよしを御曹司《おんぞうし》*に、歎《なげ》き稟《まう》さば万《よろづ》に一ッ、宜《よろし》き御沙汰《ごさた》のあらん歟《か》」とて、宿所《しゆくしよ》へ立《たち》もかへらずに、亦大河内《またおほかうち》へゆかまくしたる、その曛昏《ゆふぐれ》のことにやありけん、櫃阪山《ひつさかやま》*の頭《ほとり》にて、山賊《さんぞく》などの所為《わざ》なる歟《か》、憐《あはれ》むべし丈作刀禰《ちやうさくどの》は、猟箭《さつや》に胸《むね》膈を射徹《いとほ》されて、軈《やが》てむなしくなりにけり。その事多気《たげ》に聞《きこ》えしかば、五柳村《いつやぎむら》へ下知《げち》ありて、村長們《むらをさら》を召《よび》よせられ、尸骸《しがい》を逓与《わた》し給はりければ、五柳村《いつやぎむら》に舁《かき》もて返《かへ》して、送葬儀《のべおくりかた》のごとく、執行《とりおこな》ふて事《こと》は済《すみ》しが、痛《いた》ましきは主《ぬし》の内儀《うちかた》《○ナイギ》也。最愛《さいあい》の独女《ひとりむすめ》は、奪略《うばひと》られて、剰《あまつさへ》、良人《をつと》の横死《わうし》に、仇《あた》すら知《し》らず、只泣明《たゞなきあか》し泣暮《なきくら》して、飯《いひ》も薦《すゝ》まず夜《よ》の目《め》も合《あは》ず、一日《ひとひ》二日《ふたひ》と浩嘆疲労《なげきつかれ》て、病臥《やみふし》て在《いま》する、と人《ひと》の噂《うはさ》に聞《きゝ》たるのみ。却這《さてこの》扇《あふぎ》は丈作刀禰《ちやうさくどの》の、這里《ここ》の観世音《くわんぜおん》を信《しん》じまつりて、折々《をりをり》まゐり給ふ毎《ごと》に、咱們《われら》が店舗《みせ》に立《たち》よりて、茶《ちや》を喫《の》みて浮世雑《うきよざふ》談《だん》を、听《きゝ》もしつ話《はな》しもして、楽《たのし》みにせられしが、いぬる日《ひ》是《これ》を俺店舗《わがみせ》に、うち忘《わす》れて還《かへ》り給ひにけり。その次《つぎ》の日《ひ》のことにやありけん、件《くだん》の横難起《まがつみおこ》りしかば、かさねて来《き》給ふ暇《いとま》はあらで、黄泉《よみち》の客《ひと》となり給ひたる、主《ぬし》の記念《かたみ》で候へば、那内儀《かのうちかた》の参詣《さんけい》あらば、その折返《をりかへ》しまゐらせん、と思ふものから忘《わす》れぬ為《ため》に、柱《はしら》に掛《かけ》て措《お》きたりき。恷《かう》いふ情由《わけ》で候は」、と心長閑《こゝろのどけ》き物《もの》がたらひを、小六《ころく》は聞《きゝ》つゝ憶《おもは》ずも、拳《こぶし》を捺《さす》り歯《は》を切《くひしば》りて、「世《よ》には又听《またきく》に得堪《えたへ》ぬ、不平《ふへい》の事のありけるよ」、と敦圉《いきま》きつ又《また》その扇《あふぎ》を、つら〳〵見つゝうち吟《ぎん》じつゝ、連《しき》りに嘆息《たんそく》したりける。庶吉《ちかきち》も這長談《このちやうだん》《○ナガモノガタリ》を、聞果《きゝはつ》る折心《をりこゝろ》づきけん、暮初《くれそむ》る日《ひ》の空《そら》を瞻《なが》めて、「多気《たげ》まで一里《いちり》半《はん》とかいへば、けふの前路《ゆくて》のなほ遠《とほ》かり。卒《いざ》とよ立《たゝ》せ給はずや」、といふに小六《ころく》は頷《うなづ》きて、茶店《ちやみせ》の翁《おきな》に稲城《いなぎ》の宿所《しゆくしよ》を、よく問極《とひきは》めて立《た》つ折《をり》に、庶吉《ちかきち》はこゝろ得《え》て、茶価《ちやだい》を翁《おきな》に還《とら》しけり。

却説小六《かくてころく》は這池畔《このいけのべ》の、茶店《ちやみせ》を出《いで》てゆく程《ほど》に、心《こゝろ》におもふ趣《おもむき》を、庶吉《ちかきち》に聶示《さゝやきしめ》して、是《これ》より多気《たげ》の歇店《やどり》にいそがず、五柳村《いつやぎむら》に立《たち》よりて、那這《あちこち》と尋《たづぬ》るに、最《いと》も老《ふり》たる三株《みかぶ》の柳《やなぎ》を、そが儘《まゝ》に柱《はしら》に取《とり》て、樹垣《いけがき》を締遶《ゆひめぐら》したる、内《うち》に避塵《わび》しき茅屋《かやのや》あり。又二株《またふたかぶ》の大楊柳《おほやなぎ》の、背門《せど》のかたにも見えしかば、「是《これ》なるべし」、と庶吉《ちかきち》に、両折戸《もろをりど》を敲《たゝか》して、「稲城氏《いなぎうぢ》は這《こゝ》許《もと》よな。俺們《われ〳〵》は他郷《たけう》より、来《き》ぬる武夫《ものゝふ》で候が、問試《とひこゝろみ》んと思ふよしありて、故意立《わざとたち》より候也。こゝ開《あけ》て容《い》れ給はずや」、と声高《こゑたか》やかに喚門《おとな》へば、内《うち》より幽《かす》けき老婦《おんな》の声《こゑ》して、「稲城《いなぎ》の宿所《しゆくしよ》は這里《ここ》なれども、いぬる日《ひ》主人《あるじ》は世《よ》を去《さ》りて、留守《るす》する俺身《わがみ》は病着《いたづき》に、閉籠《とぢこめ》られて立《たつ》も懶惰《ものう》し。宿《やど》りを投《もと》め給ふとも、然《さ》る折《をり》なれば、承引《うけひき》がたかり。逆旅主人《はたごや》にてはあらずかし」、と推辞《いな》むを小六《ころく》は推返《おしかへ》して、「その義《ぎ》は予《かねて》承知《せうち》也。宿《やど》を乞《こは》んといふにはあらず。令愛《むすめご》のうへに就《つき》て、いかでちからにならばや、と思《おも》ふよしさへあるをもて、うち驚《おどろか》しまゐらせたり。病苦《びやうく》を忍《しの》びて対面《たいめ》あらば、その折意《をりい》衷《ちう》を罄《つく》すべし」、といふに老婦《おうな》はうちも措《おか》れず、「爾《しか》らば等《また》せ給ひね」、と答《こたへ》てやうやく身《み》を起《おこ》しつゝ、出《いで》て折戸《をりど》を推《おし》開《ひら》きて、相《み》れば小六《ころく》が人品骨相《じんぴんこつがら》、いと美《うるは》しき逆旅《たび》の武士《ぶし》にて、思ふにも似《に》ず年弱《としわか》かるに、その音声《こはざま》は疑《うたが》ひもなき、東国人《あづまびと》と思《おぼ》しきに、倶《ぐ》したる猴子《ともの》も趣《おもむき》ある、少年《しようねん》でありければ、「原来由《さてはよし》ある人《ひと》にして、又那寃家《またかのかたき》の間諜者《まはしもの》では、あらざるべし」、と猜《すい》しつゝ、「卒這方《いざこなた》へ」、と先《さき》に立《たち》て、母《おも》屋《や》に伴《ともな》ひ茶《ちや》を看《すゝめ》て、先《まづ》その来意《らいい》を諮《たづ》ねけり。登時《そのとき》小六《ころく》は這《この》老婦《おうな》を、「主人稲城守延《あるじいなぎもりのぶ》の、妻房《つま》なるべし」、と思ふにぞ、叮寧《ねんごろ》に時候《じこう》を舒《のべ》て、その病着《いたづき》を問慰《とひなぐさ》め、徐《しづか》に頭《かうべ》を回《めぐら》して、相《み》れば這家旧《このいへふり》たれども、坐席《ざしき》は三間敷《みまか》、四間《よま》ありて、主人《あるじ》の身《み》まかりたりしより、手習《てなら》ふ童《わらべ》の書机《ふづくゑ》なンどは、その家《いへ》〳〵にもて去《ゆき》たるにや、摺滾《すりこぼ》したる手習墨《てならひずみ》の、那這席薦《あちこちたゝみ》を塗《まみら》して、麑斑《かのこまだら》にならぬはなし。そが中《なか》に唐机《たうづくゑ》に、和漢《わかん》の書策《しよさく》を積登《つみのぼ》したる、頭《ほとり》には書箱《ほんばこ》あり。柱《はしら》に掛《かけ》たる鞭《むち》もあり。塗《ぬり》鞘《ざや》の稜剣《かどはげ》たる、*片鉤《かたかま》の鎗一条《やりひとすぢ》、坐席《ざしき》の承塵《なげし》に見えたるにぞ、「茶店《ちやみせ》の翁《おきな》が噂《うはさ》に錯《たが》はず、文《ぶん》あり武《ぶ》ありし隠士《いんじ》にこそ」、と思へばいとゞ惜《を》しかりける、余波《なごり》は哀《あは》れ白木《しらき》の木主《ゐはい》に、清白信士《せいはくしんじ》と写《しる》されしを、小机《こづくゑ》に安措《すゑおき》て、花《はな》あり水《みづ》あり、常《じやう》香盆《かうばん》の、煙《けぶり》と共《とも》に霽《はれ》やらぬ、「怨然《うらみさ》こそ」、と想像《おもひや》る、小《こ》

六《ろく》は老婦《おうな》にうち対《むか》ひて、

「某《それがし》は東国《あづま》の処士《らうにん》、達小六《だてのころく》と喚做《よびな》すものなり。当国司《たうこくし》に旧縁《きうえん》あれば、安否《あんぴ》を伺《うかゞ》ひ稟《まうさ》ん与《ため》に、今番《こたび》這地《このち》に来《き》つれども、いまだ多気《たげ》へは赴《おもむか》ず。けふしも人《ひと》の噂《うはさ》によりて、丈作主《ちやうさくぬし》の人《ひと》となり、その退隠《たいいん》の綷《こと》の顚末《もとすゑ》、令愛《むすめご》の事、今番《こたび》の横難《まがつみ》、主《ぬし》の横死《わうし》の事までも、大《おほ》かたならず聞知《きゝし》りたり。某《それがし》偏愚《へんぐ》の性《さが》として、不平《ふへい》の事《こと》を听《き》くときは、怒気《どき》《〇イカリ》胸《むね》に満《みち》て勝《たへ》られず。然《され》ば親疎《しんそ》の差別《けぢめ》なく、その冤《しへたげ》を伸恥《のべはぢ》を雪《きよ》めて、人《ひと》の患《うれひ》を払《はらは》んず、と思ふものから年弱《としわか》ければ、いまだその義《ぎ》を試《こゝろみ》ず。しかるに貴所《きしよ》の横難《まがつみ》は、某《それがし》国司《こくし》に旧縁《きうえん》あり、対面《たいめん》の折《をり》、時宜《じぎ》によりて、訴稟《うつたへまう》さば令愛《むすめご》を、拿復《とりかへ》す歓《よろこ》びあらん歟《か》。是《これ》も亦《また》知《し》るべからず。この義《ぎ》を商量《だんかふ》せまくほしさに、恪《かく》は推参致《すいさんいた》したり。実《じつ》にこれらの事あるや」、と問《とは》れて老婦《おうな》は感涙《かんるい》の、進《すゝ》むをしば〳〵推拭《おしぬぐ》ひて、「人《ひと》の凋落《おちめ》の折《をり》からは、親族故旧《しんぞくこきう》も疎《うと》くなりゆく、総《なべ》て浮世《うきよ》の習俗《ならひ》なるに、尚杪弱《なほうらわか》き方《かた》ざまの、人《ひと》の噂《うはさ》を身《み》に摘《つみ》て、いと親切《しんせち》なるおん計《はから》ひは、世《よ》に有《あり》がたき親子《おやこ》の幸《さいは》ひ、この上《うへ》や侍《はべ》るべき。既《すで》に推量《すいりやう》せられしごとく、奴家《わらは》は主人《あるじ》稲城丈作守延《いなぎちやうさくもりのぶ》が妻老樹《つまおいき》に侍《はべ》り。過世《すくせ》歹《あし》くて男児《をのこゞ》あらず、独女《ひとりむすめ》に壻招後《むことりおく》れて、去歳《こぞ》よ今茲《ことし》と過《すぐ》す間《ま》に、執念深《しうねき》人《ひと》に奪《うばゝ》れし、往方《ゆくへ》は其首《そこ》ぞと猜《すい》しても、証据《せうこ》なければ愁訴《しうそ》も得達《えたゝ》ず。剰《あまさへ》良人《をつと》の撃《うた》れたる、「仇《あた》は厶歟《それか》」と思へども、そも亦照験《またてがゝり》ある事なければ、いと朽《くち》をしくも哀《かな》しくも、堪《たへ》ぬ怨《うらみ》に身《み》を措《おき》かねて、病煩《やみわづら》ふのみ、婦女子《をなご》の甲斐《かひ》なさ。年来信《としごろしん》ずる観世音《くわんぜおん》の、御名《みな》を唱《とな》へし朝《あさ》な夕《ゆふ》な、祈念《きねん》に他事《たじ》もなきものから、喪中《もちう》に侍《はべ》れば拝《おがま》れぬ、神《かみ》も憐《あはれ》み給ひけん、菩薩《ぼさつ》は特更感応《ことさらかんおう》の、慈眼《ちげん》を回《かへ》し給ひてや、初《はじめ》ておん目《め》に掛《かゝ》りぬる、おん身《み》恪《かく》まで憑《たのも》しき、幇助《たすけ》によりて、奴家《わらは》が女児《むすめ》を、返《かへ》さるゝことありもせば、そは再生《さいせい》の御恩《ごおん》に侍《はべ》り。はや人伝《ひとづて》に知《し》られしごとく、女児《むすめ》の往方《ゆくへ》も良人《をつと》の横死《わうし》も、方僅《いま》問《とは》れたる趣《おもむき》に、些《ちつと》も違《ちが》ひ侍《はべ》らずかし。恪《かう》いはゞ誇皃《ほこりか》に、俺子《わがこ》を誉《ほむ》るに似《に》たれども、他《かれ》は幼稚《をさな》き比《ころ》よりして、親《おや》に孝順《かうじゆん》なりしのみ、浮《うき》たる方《かた》にはいと疎《うと》くて、なべての女《め》の子《こ》に異《こと》なりし、義理《ぎり》に賢《さか》しき性《さが》なれば、那仇人《かのあたびと》に掠略《かすめと》られて、日《ひ》を経《ふ》るとても身《み》をば儘《まか》さで、

怒《いかり》に触《ふれ》て殺《ころ》さるゝ、ことなからずや、恙《つゝが》もなきや」、と思ひ過《すぐ》しのせられ侍《はべ》り」、と歎《なげ》くを小六《ころく》は慰難《なぐさめかね》て、

「皇和《やまと》も漢土《から》も、今《いま》も昔《むかし》も、死《し》を怕《おそ》れずして操《みさを》を守《まも》り、身《み》を潔《いさぎよ》くせし烈女節婦《れつぢよせつぷ》の、戦世《みだれよ》には多《おほ》かれども、いかでか命《いのち》に及《およ》ぶべき。那好色《かのいろごのみ》の毎《ともがら》は、縦《たとひ》美女子《びぢよし》の強顔《つれな》くとも、心《こゝろ》長閑《のどけ》く哄誘《そゝのか》して、従《したが》へんとこそ欲《ほり》するらめ。その義《ぎ》は心安《こゝろやす》かるべし。就《つき》て某《それがし》多気《たげ》に到《いた》りて、国司《こくし》に見参《げんざん》せん折《をり》に、よしを訴稟《うつたへまう》すとも、令愛《むすめご》の名《な》さへ年《とし》さへ、知《し》らずば不便《ふべん》に候はん。具《つぶさ》に知《しら》し給ひね」、と問《と》へば老樹《おいき》は点頭《うなづき》て、

「宣《のたま》ふ趣《おもむき》こゝろ得《え》侍《はべ》り。女児《むすめ》は今茲《ことし》十八歳《さい》にて、応永《おうゑい》二年乙亥《ねんきのとのゐ》の秋《あき》、七月《ふづき》七日の誕生《たんぜう》にて、名《な》をば信夫《しのぶ》と喚做《よびな》し侍《はべ》り」、といふに小六《ころく》は眉根《まゆね》を顰《ひそ》めて、沈吟《うちあん》ずること半晌《はんとき》ばかり、やうやくに頭《かうべ》を擡《もた》げて、「そは又奇《またく》しき事もこそ候へ。某《それがし》も亦《また》義妹《いもとばん》《○ギリアルイモト》の、名《な》を信夫《しのぶ》と喚做《よびなし》たるあり。便是《すなはちこれ》、某《それがし》と同庚《おなじうまれどし》にて、応永《おうゑい》二年《ねん》、乙亥《きのとのゐ》の秋《あき》、七月《ふづき》七日に生《うま》れしよし、「臍帯裹《ほぞのをづゝみ》に写着《かきつけ》あり」、とぞが母親《はゝおや》の折々《をり〳〵》に、いひも出《いで》しを俺《わが》小耳《こみゝ》の、底《そこ》に留《とゞ》めて今《いま》に忘《わす》れず。しかるに女弟《いもと》は某《それがし》と、倶《とも》に陸奥《みちのく》にありし時《とき》、七才《なゝつ》になりける秋九月《あきながつき》、城隍神会《うぶすなまつり》を観《み》んとて出《いで》しに、人肉経紀《ひとあきびと》にや攫《さらは》れけん、往方《ゆくへ》も知《し》らずなりにけり。他《かれ》が二親《ふたおや》甲乙們《なにがしら》は、原《もと》某《それがし》が嬭母《めのと》なれども、養育《やういく》の恩浅《おんあさ》からねば、年来《としごろ》養父《やうふ》養母《やうぼ》と称《たゝ》へて、骨肉《こつにく》にしも異《こと》ならず。夫婦《ふうふ》忠誠艱苦《ちうせいかんく》の中《うち》に、果敢《はか》なくなりしいと惜《を》しさに、某《それがし》諸国《しよこく》を履歴《りれき》の折《をり》、信夫《しのぶ》が生死存亡《せうじそんぼう》を、いかで尋極《たづねきはめ》ん、と思ひし事も久《ひさ》しくなりぬ。最《いと》も无礼《なめ》なることながら、おん身の令愛《むすめご》信夫《しのぶ》刀禰《どの》は、実《うみ》の親子《おやこ》でをはする歟《か》」、と問《とふ》に老樹《おいき》は胸《むね》を潰《つぶ》して、「さても〳〵」、とばかりに、姑且《しばらく》応難《いらへかね》つゝも、涙咤《なみださしぐ》む目《め》を屢瞬《しばたゝ》きて、「訝《いぶか》り給ふは理《ことわ》り也。今《いま》さら隠《かく》すべくも侍《はべ》らず。既《すで》に推量《すいりやう》せられしごとく、信夫《しのぶ》は実《うみ》の女児《むすめ》にあらず。俺亡夫《わがなきつま》のゆくりもなく、拾《ひら》ひ拿《とり》つゝ養《やしな》ひしより、はや年来《としごろ》になり侍《はべ》り。その故《ゆゑ》は恁々《しか〳〵》也。箇様《かやう》々々《〳〵》」、と已往《こしかた》の、物語《ものがたり》にぞ及《およ》びける。

縁由《ことのよし》を原《たづぬ》るに、時《ころ》は応永《おうゑい》八年《ねん》の秋九月《あきながつき》。老樹《おいき》の良人《をつと》守延《もりのぶ》は、なほ北畠《きたばたけ》に仕《つか》へしかば、*この比《ごろ》陸奥《みちのく》の宝川《たからがは》へ、使《つかひ》を奉《うけたまは》りしかへるさに、八山巓《やつやまとほげ》をうち踰来《こえき》ぬる、越後州《ゑちごのくに》古志《こしの》

郡《こふり》、不毛山《やけやま》の麓路《ふもとぢ》にて、と見れば歳《とし》六ッ七ッ許《ばかり》なる、一個《ひとり》の女《め》の子《こ》の何《なに》にかあらん、最《いと》も老《ふり》たる樹杪《きのうら》に、攀登《よぢのぼり》て在《あ》りけるに、そが樹下《このもと》には尷尬《うさん》なる、一個《ひとり》の旅客《たびゞと》うち瞻仰《あほぎみ》て、「降《をり》よ〱」、と喚《よび》かけて、連《しき》りに招《まね》きなどせし程《ほど》に、件《くだん》の女《め》の子《こ》は守延《もりのぶ》の、行轎《たびのりもの》にうち乗《の》りて、鎗鎧櫃《やりよろひびつ》苛《いか》めしく、伴当十名許《ともびとじうにんばかり》を将《い》て、近着来《ちかづきき》ぬるを直下《みおろ》しけん、忽地声《たちまちこゑ》をふり立《たて》て、「やよや刀禰們《とのばら》助《たす》けてたびね。俺身《わがみ》はその歹人《わるもの》に、拐《かどはか》されたるものぞかし。救《すくは》せ給へ」、と叫《さけ》びけり。登時《そのとき》稲《いな》城《ぎ》守延《もりのぶ》は、はや轎子《のりもの》を駐《たて》させて、「原来《さては》其奴《そやつ》は癖者《くせもの》なり。搦捕《からめと》りね」、と烈《はげ》しき指揮《さしづ》に、「承《うけたまは》りぬ」、と若党中間《わかたうちうげん》、走《はし》り蒐《かゝ》りつ那癖者《かのくせもの》を、推捕稠《おつとりこめ》んとせし程《ほど》に、歹人《わるもの》はうち驚《おどろ》きながら、些《ちつと》も怯《ひるま》ぬ面色《おもゝち》して、「刀禰們卒爾《とのばらそつじ》し給ふな。那《あの》女《め》の子《こ》は俺姪《わがめひ》也。いぬる比《ころ》より心乱《こゝろみだ》れて、筋《すぢ》なきことを口《くち》走《ばし》れば、療治《りやうぢ》の為《ため》に医師許《くすしがり》、将《い》てゆかんとて搭駝《せおひ》つゝ、這《この》樹下《きのもと》を過《よぎ》る折《をり》、姪女《めひめ》は樹枝《きのえ》に手《て》を掛《かけ》て、背《そびら》を離《はな》れ杪《こずゑ》に登《のぼ》りて、喚《よ》べども下《を》りず、困《こう》じたり。恁《かう》いふ情由《わけ》で候へば」、と頼《いど》むを女《め》の子《こ》は推禁《おしとゞ》めて、「刀禰們《とのばら》その歹人《わるもの》の、いふことをな听《きゝ》給ひそ。俺身《わがみ》いかでか故《ゆゑ》なくて、這樹《このき》の上《うへ》に登《のぼ》らんや。願《ねが》ふは救《すく》はせ給へかし」、と哀《かなし》み請《こ》ふて已《やま》ざりける。その間《ひま》に守延《もりのぶ》は、旅轎《たびのりもの》より立出《たちいで》て、「兵們《ものども》其奴《そやつ》を走《はし》らせな。剛才《いま》這那《これかれ》の言語応対《げんぎよおうたい》、窃《ひそか》に虚実《きよじつ》を猜《すい》するに、女《め》の子《こ》の愁訴《しうそ》は実《じつ》にして、疑《うたが》ひは其奴《そやつ》にあり。猶予《ゆよ》する事歟《か》」、と敦圉《いきまき》たる、再度《さいど》の指揮《さしづ》に性急雄《はやりを》の、若党二名《わかたうふたり》、「阿《あ》」と応《いらへ》て、走蒐《はしりかゝ》りつ歹人《わるもの》の、利手《きゝて》を拿《とら》んと競《きそ》ふたる、又這綷《またこのこと》の勢《いきほ》ひに、「免《のが》れがたし」、と思ひけん、歹人《わるもの》は「吐嗟《あなや》」と叫《さけ》びて、搔潜《かいくゞ》り突退《つきのけ》て、驀地《まつしぐら》に逃走《にげはし》るを、伴当們《ともびとら》はなほ脱《にが》さじとて、大家《みな〱》斉一《ひとしく》趕《お》ふ程《ほど》に、這里《ここ》は山脚《ふもと》の一条路《ひとすぢみち》にて、右手《めて》には樹《こ》杈隙《だちひま》もなく、左手《ゆんで》は千仞《ちひろ》の谷《たに》なりければ、歹人《わるもの》は喘々《あへぎ〱》、趕《おひ》登《のぼ》さるゝ雨後《うご》の山《やま》の、葛藤《かづら》に足《あし》を縢《からま》れて、身《み》を横容《よこさま》に谷底《たにそこ》へ、忽地礑《たちまちはた》と滾落《まろびおち》て、生死《せうじ》も知《し》らずなりにけり。是《これ》により、伴当們《ともびとら》は、故《もと》の所《ところ》にかへり来《き》て、然而《さて》守延《もりのぶ》に、那癖者《かのくせもの》が、千仞《ちひろ》の谷《たに》へ滾落《まろびおち》たる、その為体《ていたらく》を報《つげ》しかば、守延《もりのぶ》听《きゝ》つゝ頷《うなづ》きて、

「然《さ》もこそあらめ。問《とは》ずとも、那身《かのみ》に悪事《あくじ》あればこそ、逃《にげ》

て深谷《みたに》へ陥《おちい》りたれ。その悪《あく》あらば冥罰《みやうばつ》にて、岊《いは》に撲《うた》し骨砕《ほねくだ》けて、必《かならず》即死《そくし》すべきものなり。然《さ》るにても這処《このところ》は、人家《さと》遠《とほ》ければ、樵夫《きこり》の外《ほか》に、人《ひと》の往還《ゆきゝ》の罕《まれ》ならんに、今那女《いまあのめ》の子《こ》を救《すくは》ずして、歎《なげ》きを遺《のこ》すは不便《ふびん》の事なり、とは思へども、八九尺《さく》は、足掛《あしがゝり》もなき巨樹《おほき》の杪《うら》に、攀登《よぢのぼ》らんこと容易《たやす》からず。什麼《いかに》すべき」、と問試《とひこゝろみ》るに、雨具籠《あまぎぬかご》を荷担《になへ》る奴隷《しもべ》の、故郷《こけう》は伊賀《いが》の山里《やまざと》にて、樵薪《きこり》を生活《なりはひ》にしたるあり。「在下《やつがれ》に仰付《おほせつけ》られなば、立地《たちどころ》に那樹《あのき》に登《のぼ》りて、女《め》の子《こ》を扶卸《たすけおろ》すべし」、といふに守延《もりのぶ》歓《よろこ》びて、「そは幸《さいは》ひなることぞかし。落《おと》さぬやうに快《とく》せよ」、といそがしつ女《め》の子《こ》にも、綷縩々《ことしかゞ》と喚《よばゝ》り示《しめ》して、主僕《しゆぼくこ》樹杪《ずゑ》を向上《みあげ》てをり。爾程《さるほど》に件《くだん》の奴隷《しもべ》は、細引《ほそびき》の麻索《あさなは》を、腰《こし》に挟《はさ》み幹《みき》を抱《いだ》きて、攀登《よぢのぼ》ること逸速《いちはや》く、瞬間《またゝくひま》に樹杪《こずゑ》に到《いたり》て、女《め》の子《こ》の腰《こし》に麻索《あさなは》を、結着《むすびつけ》つゝ下枝《しづえ》まで、小腋《こわき》に抱《いだ》きて下《くだ》り来《き》つ、其首《そこ》より徐《しづか》に手繰卸《たぐりおろ》すを、

隠慝可無作《いんどくなすことなかるべし》　暗裡有神明《あんりしんめいあり》

有像第廿一

木がくれし柳のあうむこゑすなりたつ折見ゆる雪のしら鷺

稲城もりのぶ　わるもの

下《した》なる若党《わかたう》受拿《うけとり》て、やをら抱《いだ》きて守延《もりのぶ》の、身辺《ほとり》へはやく扛《かき》居《すゑ》けり。女《め》の子《こ》は既《すで》に拯《すく》ひを得《え》ても、遠《とほ》く来《き》にける身《み》の所縁《よすが》、心《こゝろ》もとなく思へばぞ、只潸然《たゞさめぐ》とうち泣《な》きしを、守延《もりのぶ》相《み》つゝ慰《なぐさ》めて、那癖者《かのくせもの》の做《なし》し趣《おもむき》、女《め》の子《こ》の親《おや》の名《な》、里《さと》の名《な》を、叮寧《ねんごろ》に鞫《たづぬ》れば、女《め》の子《こ》はやうやく涙《なみだ》を斂《おさ》めて、

「俺《わ》が親里《おやざと》は陸奥《みちのく》なる、信夫郡《しのぶのこほり》の片頭《かたほとり》、関《せき》と渡瀬《わたるせ》の間《あはひ》なる、浪人某甲《らうにんなにがし》の女児《むすめ》なり。今茲《ことし》は甫《はじめ》の七歳《なゝつ》にて、名《な》をば信夫《しのぶ》と喚《よば》れ侍《はべ》り。いぬる日《ひ》、城隍《うぶすな》の神会《まつり》の折《をり》、四隣《あたり》の女《め》の子《こ》に誘引《さそは》れて、漫行《そゞろあるき》をしてけるに、那歹人《かのわるもの》に攫《さらは》れて、遠《とほ》く這里《ここ》まで倶《ぐ》せられたり。その通途幾番《みちすがらいくたび》か、脱去《のがれさ》らまく思《おも》ひしかども、昼《ひる》は背《そびら》に駝《お》ひもしつ、然《さ》らねば手《て》を挽《ひ》き推並《おしなら》びて、些《ちつと》も油断《ゆだん》せざりしかば、思ふのみにて便《たよ》りを得《え》ず、夜《よ》も亦《また》側《かたへ》に臥《ふ》したれば、せん術《すべ》あらずうち泣《な》く毎《ごと》に、那歹人《かのわるもの》が慰《なぐさ》めて、「左《と》ても右《かく》ても這里《ここ》まで来《き》ては、親里《おやざと》へは還《かへ》りがたかり。俺《われ》越後《ゑちご》なる*新潟歟《にひがたか》、三国湊《みくにみなと》へ将《い》てゆきて、愛《めで》たき家《いへ》に奉公《ほうこう》させん。その折《をり》俺們《われら》を小父公《をぢご》といひね。那里《かしこ》は人皆《ひとみな》富饒《ゆたか》にて、甘好東西《うまきもの》多《おほ》くあり。美衣《よききぬ》を被《き》せられて、最艶妖《いとうるは》しき諸姉妹《あねごたち》と、共侶《もろとも》に旦《あか》し暮《くら》さば、憂《うれひ》を転《かへ》して歓《よろこ》びと、做《な》す楽《たのし》みのなからずやは。そを泣《な》くこと歟《か》。勿泣《ななき》そ」、と間《ま》なく時《とき》なく賺《すか》しつゝ、餅《もちひ》を買《か》ふて取《と》らせなどして、けふは越路《こしぢ》に入《い》るといふ、山又山《やまゝたやま》の雲《くも》分《わ》きて、踰《こえ》つゝ来《く》れば麓路《ふもとぢ》なる、去向《ゆくて》に老《ふり》たる山樫《やまがし》あり。俺身《わがみ》は山路《やまぢ》に労《つか》れたり。那歹人《かのわるもの》も駝疲労《おひくたび》れて、俺身《わがみ》を肩《かた》にうち乗《の》せつ、既《すで》に件《くだん》の樹下《このもと》を、過《よぎ》らんとせし程《ほど》に、東《ひがし》へ差《さし》たる大枝《おほえだ》を、見れば間《あはひ》の遠《とほ》からず、手《て》を抗伸《あげのば》さば携《すが》らるゝ、こともやあらん、携得《すがりえ》て、身《み》を那樹梢《あのこずゑ》に脱《のが》れなば、人《ひと》の幇助《たすけ》を等《また》んず、と思ひつゝ将《い》てゆかるゝ程《ほど》に、料《はか》るに差《たが》はずその樹下《きのもと》を、過《よぎ》れる折《をり》に那《あの》大枝《おほえだ》に、両手《もろて》を掛《かけ》たる勢《いきほ》ひに、挑拿《もぎと》る如《ごと》く肩《かた》をはなれて、憶《おもは》ず樹上《このうへ》に返登《はねのぼ》され、辛《から》く毒手《どくしゆ》を脱《のが》れしかば、又《また》その上《うへ》なる大枝《おほえだ》に、携《すが》りて杪《こずゑ》に登《のぼ》りけり。登時歹人《そのときわるもの》驚譟《おどろきさわ》ぎて、或《あるひ》は罵《のゝし》り或《あるひ》は賺《すか》して、攀登《よぢのぼ》らんとしたれども、下《した》より枝《えだ》に手《て》は届《とゞ》かず、足《あし》を掛《か》くべき節《ふし》もなきにや、困《こう》じ果《はて》つゝ目戍《まもり》たり。恁《かゝ》る折《をり》から刀禰們《とのばら》の、おなじ山路《やまぢ》をうち踰《こえ》て、来《き》ませしは、是俺与《これわがため》に、天《てん》の助《たす》けと声《こゑ》ふり立《たて》て、救《すく》ひを求《もと》め侍《はべ》り

しに、うちも措《おか》れず那歹人《かのわるもの》を、深谷《みたに》の底《そこ》へ趕滾《おひまろば》して、拯《すくは》せ給ひし歓《よろこ》びは、詞《ことば》に述《のべ》も罄《つく》しがたかり。なほこのうへの御《ご》恩《おん》には、俺親里《わがおやざと》へ送《おく》らせ給へ。いかで〱」と諄返《くりかへ》す、年才《とし》に倍《ませ》たる怜利《さか》しさの、情形語言《こゝろことば》に見《あらは》れしを、連《しき》りに感《かん》ずる守延《もりのぶ》と、倶《とも》にうち听《き》く伴当們《ともびとら》さへ、耳《みゝ》を側《そばだ》て駭《おどろ》き嘆《たん》じて、世《よ》に亦儔《またたぐひ》なゝつなる、女《め》の子《こ》が奇《く》しき智慧《ちゑ》才学《さいがく》は、得《え》がたき所為《わざ》ぞと称《たゝ》へける。

第《だい》十六回《くわい》　不毛山麓路《やけやまのふもとち》に義士《ぎし》童女《どうによ》を憐《あはれ》む　野井地蔵堂《のゐのちざうだう》に俠客《けうかく》驟雨《むらさめ》を避《さ》く

爾程《さるほど》に、稲城守延《いなぎもりのぶ》は、世《よ》に有《あり》がたき神童女《くしわらはめ》の、奇才《きさい》に感《かん》じ且憐《かつあはれ》みて、背《そびら》を撫《なで》つゝ左見右見《とみかうみ》て、「適愛《あはれめで》たき這子《このこ》の怜悧《さかし》さ、心操《こゝろばへ》さへ縹致《きりやう》さへ、由緒《よし》ある武士《ぶし》の女児《むすめ》ならん。その親里《おやざと》は陸奥《みちのく》なる、信夫《しのぶ》と聞《き》けば路《みち》の程《ほど》、這里《ここ》より最《いと》も遥《はるか》にて、進退共《しんたいとも》に不便《ふべん》也。いかにすべき」、と沈吟《うちあん》じつゝ、更《さら》に女《め》の子《こ》にうち対《むか》ひて、「やよ、信夫《しのぶ》とやらんよく聴《きゝ》ね。俺《われ》は是伊勢《これいせ》の国司《こくし》、北畠殿《きたばたけどの》の御内人《みうちびと》、稲城《いなぎ》右膳守延《うぜんもりのぶ》、と喚《よび》做《なし》たるものにして、宿所《しゆくしよ》は伊勢《いせ》の多気《たげ》にあり。今番《こたび》おん使《つかひ》を奉《うけたまは》りて、奥《おく》の宝川《たからがは》へ赴《おもむ》きたる、帰途《かへるさ》にあなれども、俺《わが》私《わたくし》の旅《たび》ならねば、阿女《おこと》を送《おく》りて遥遠《はる〱》と、その里《さと》までは適《ゆき》がたかり。然《され》ばとて伴当《ともびと》に、所役《しよやく》なきものあらざれば、分《わか》ちて阿女《おこと》を送《おく》らする、その人《ひと》なきを争何《いかゞ》はせん。所詮《しよせん》伊勢《いせ》まで将《い》て還《かへ》りて、よしを主君《しゆくん》に稟《まう》しあげなば、人多《ひとおほ》く隷《つけ》させて、送《おく》らせ給ふこともあるべし。甚麼《いかに》この義《ぎ》を承引《うけひ》くや」、と問《と》へば信夫《しのぶ》は両袖《もろそで》に、顔《かほ》を掩《おほ》ふて又潸然《またさめざめ》と、泣《なき》つゝ答難《こたへかね》たるを、屢《しば〱》問《とは》れてやうやくに、思ひ絶《たえ》けん涙《なみだ》を斂《おさ》めて、「左《と》ても右《かく》ても単身《みひとつ》では、かへり得《え》がたき親里《おやざと》の、天《そら》なつかしく侍《はべ》れども、爾宣《しかのたま》へば術《すべ》もなし。けふより御庇《みかげ》に憑《よら》まく欲《ほり》す。宜《よろし》く計《はか》らせ給ひね」、といふに守延頷《もりのぶうなづ》きて、却伴当《さてともびと》にもこゝろを得《え》させ、行轎《のりもの》には信夫《しのぶ》を乗《の》して、その身《み》は歩行《かち》にて先《さき》に找《すゝ》みて、その宵歇店《よやどり》に着《つき》し折《をり》、嚮《さき》に信夫《しのぶ》を扶卸《たすけおろ》せし、奴隷《しもべ》幷《ならび》に若党們《わかたうら》を、労《ねぎら》ひつ賞禄《ほうび》を取《とら》せて、信夫《しのぶ》を身辺《ほとり》に招《まね》きていふやう、「嚮《さき》には阿女《おこと》が親里《おやざと》の、名《な》を恁々《しか〱》と聞《きゝ》たるのみ、いまだ父親《おやご》の名字《みやうじ》を知《し》らず。憶《おも》ふに必《かならず》由緒《よし》ある武家《ぶけ》の、退禄人《らうにん》にこそありつらめ。具《つぶさ》に報《つげ》よ。甚麽《いかに》ぞや」、と問《とふ》を信夫《しのぶ》は聞《きゝ》あへず、「そは宣《のたまは》することながら、問嘗《つね》に爹々《とと》さま奶々《はは》さまとのみ、唱《とな》へて実《まこと》の名《な》をいはねば、はやうち忘《わす》れ侍《はべ》りにき。そを今《いま》思ひ出《いだ》すとも、今返《いまかへ》さるゝ俺身《わがみ》ならねば、要《えう》なき事に侍《はべ》らずや」、と推辞《いなむ》を守《もり》延《のぶ》意衷《いちう》に猜《すい》して、「恁《かく》まで怜悧《さかし》き女《め》の子《こ》なるに、その親《おや》の名《な》も氏《うぢ》も素生《すぜう》も、知《しら》ざることのあるべきや。然《さ》るを隠《かく》すは故《ゆゑ》あることにて、目今送返《たゞいまおくりかへ》されぬ、その身《み》の安危不定《あんきふぢやう》也。

「名告《なの》らば親《おや》の羞《はぢ》なるべし」、と深《ふか》くも念《おも》ふよしあらん。是《これ》も亦庸常《またよのつね》なる、女《め》の子《こ》の及《およ》ばぬ事なりき」、と悄々地《ひそか》に感《かん》じて再問《ふたゝびとは》ず。「しかはあれども照験《てがゝり》に、なる書記《かきつけ》のあらん歟《か》」、と思へば信夫《しのぶ》が腰《こし》に附《つけ》たる、神符嚢《まもりぶくろ》を解《とか》して見るに、内中《うち》には陸奥《むつ》の*塩竈明神《しほがまみやうじん》、上野《かうづけ》なる赤城明神《あかぎみやうじん》、武蔵《むさし》の箕田八幡《みたはちまん》なンど、護身符《まもりふだ》三四枚《みひらよひら》と、紙《かみ》に包《つゝ》みし臍帯《ほぞのを》ありて、「応永二年《おうゑいにねん》、乙亥《きのとのゐ》の秋《あき》、七月《ふづき》七日《なのか》、午初刻生《うまのしよこくにうまる》。しのぶ」、とのみぞ写《しる》したる。これも亦《また》その親《おや》を知《し》る、よすがなければ故《もと》の如《ごと》く、嚢《ふくろ》に収《おさ》め腰《こし》に返《かへ》して、一日《ひとひ》二日《ふたひ》とゆく程《ほど》に、愛々《あい〳〵》しさも弥増《いやまし》て、遂《つひ》に捨《すて》がたき思《おも》ひあり。既《すで》にして日《ひ》を累《かさ》ねつゝ、多気《たげ》の城《しろ》に帰着《かへりつ》きしかば、先《まづ》信夫《しのぶ》には伴当《ともびと》を、隷《つけ》て宿所《しゆくしよ》へ遣《つかは》しつ、守延《もりのぶ》は城《しろ》に登《のぼ》り、返命《かへりごと》を聞《きこ》えあげて、休息《きうそく》の暇《いとま》を賜《たまは》り、その宵《よ》宿所《しゆくしよ》に退《しりぞ》きて、妻《つま》の老樹《おいき》に恁々《しか〴〵》と、信夫《しのぶ》が事を説示《ときしめ》して、「他《かれ》は女《め》の子《こ》の事なれば、今《いま》より渾家《そなた》に儘《まか》する也。宜《よろし》く勦《いたは》り給へかし」、といふに老樹《おいき》は愛《めで》懽《よろこ》びて、才《さえ》を感《かん》じ厄《やく》を憐《あはれ》み、世《よ》に隔《へだて》もなく款待《もてなし》ければ、信夫《しのぶ》はいよ〳〵恩義《おんぎ》を感《かん》じて、主人夫婦《あるじふうふ》を慕《した》ひけり。

爾程《さるほど》に守延《もりのぶ》は、信夫《しのぶ》が縡《こと》の趣《おもむき》を、いかで主君《しゆくん》に聞《きこ》えあげて、免許《めんきよ》を稟《うけ》て陸奥《みちのく》へ、送《おく》り遣《つかは》すべけれとて、姑且便宜《しばらくびんぎ》を覘《うかゞ》ひしに、主君北畠親能《しゆくんきたばたけちかよし》の、改名《かいめい》の事により、守延独《もりのぶひとり》その義《ぎ》を否《なみ》して、面《おもて》を犯《をか》し諫《いさ》めたる、是《これ》より不測《ふしぎ》の罪《つみ》を得《え》て、百日許禁錮《ひやくにちばかりとぢこ》められ、やうやくに宥《なだめ》られて、身《み》の暇《いとま》を賜《たまは》りければ、五柳村《いつやぎむら》へ退隠《たいいん》して、遂《つひ》に又仕官《またつかへ》を求《もと》めず。恁《かゝ》れば信夫《しのぶ》が陸奥《みちのく》なる、親《おや》を索《たづ》ねて遥々《はる〴〵》と、送遣《おくりつかは》す事も得《え》ならず。この故《ゆゑ》に守延《もりのぶ》は、妻《つま》の老樹《おいき》と商議《だんかふ》しつゝ、有一日《あるひ》信夫《しのぶ》を召《よび》近《ちか》づけて、最不楽《いとわび》しげに示《しめ》すやう、「予《かねて》は阿女《おこと》が親《おや》を索《たづ》ねて、故郷《こけう》へ送《おく》り返《かへ》さん、と思ひし事の画餅《あだ》《○グワベイ》となりて、今《いま》は浮浪《ふらう》の人《ひと》となりたり。這里《ここ》よりして陸奥《みちのく》までは、無慮《むりよ》《○スベテハ》千二三百里《り》六町一里の旅《たび》なれば、今《いま》さら企及《くはだておよば》しがたかり。なほ又《また》折《をり》もあるべきに、恁《かう》なる事も過世《すくせ》より、結《むす》びし縁《えに》しと思ひとりて、徐《しづか》に時《とき》を等《まち》ねかし。俺身《わがみ》貧《まづ》しくなりぬとも、阿女《おこと》一人《ひとり》は左《と》も右《かく》もして、鞠養《もりやしな》ひて人《ひと》と成《な》すべし。この義《ぎ》をこゝろ得《え》よかし」、と諭《さと》せば老樹《おいき》も共侶《もろとも》に、いと叮寧《ねんごろ》に慰《なぐさ》めて、「知《し》らるゝごとく俺們《われ〳〵》夫婦《ふうふ》は、過世《すくせ》歹《わろ》くて児子《こども》なし。寤寐《ねざめ》不楽《わび》しく寄《よ》る年波《としなみ》の、後々《のち〳〵》さへに思はれて、いと〳〵心細《こゝろぼそ》かりしに、年来深信《としごろしん〴〵》したてまつる、観音薩埵《くわんおんさつた》の利益《りやく》にて、授《さづけ》させ給ひし歟《か》。容止愛《かほばせめで》たきのみならず、なほ稚《をさな》きに才蘭《さえたけ》たる、你《そなた》を養育《やういく》しつること、思ひがけなき幸《さいは》ひ也。願《ねが》ふは今《いま》より俺們《われ〳〵》夫婦《ふうふ》を、親《おや》と思ひね、腹《はら》こそ借《か》さね、実《うみ》の女児《むすめ》と思ふべし。歓《よろこば》しきに就《つき》て又《また》、想像《おもひやら》るゝ旧里《ふるさと》の、二親《ふたおや》達《たち》の最痛《いといた》う、打歎《うちなげ》きてこそ在《いま》すらめ。其《そ》も胸苦《むねくる》しきことながら、目今大人《たゞいまうし》のいはれしごとく、猛可《にはか》に禄《ろく》に離《はな》れしは、俺們《われ〳〵》のみの不幸《ふこう》にあらず、你《そなた》の与《ため》には幸《さち》なきうへの、薄命《ふしあはせ》ぞと思ひ絶《たえ》て、やよや好《よ》き子《こ》ぞ、听分《きゝわけ》よ」、と迭代《かたみがはり》に理《ことわ》り切《せめ》て、諭《さと》す詞《ことば》の真実心《しんじつしん》は、羈《ほだし》となりて憑《たのも》しく、又悲《またかな》しさも八入《やしほ》増《ま》す、*蘇枋再染《すはうがへし》の紅涙《ちのなみだ》、袖《そで》に余《あま》りて苦《くる》しさを、しのぶに堪《たへ》ぬ身《み》ひとつの、秋《あき》かとぞ思ふ冬枯《ふゆがれ》に、開後《さきおく》れたる撫子《なでしこ》や、霜《しも》に痛《いた》める朝《あした》の原《はら》の、尾花《をばな》が裾《すそ》の蛬《きり〴〵す》、なくより外《ほか》に術《すべ》知《し》らぬ、信夫《しのぶ》は才《わづか》に頭《かうべ》を擡《もた》げて、「言《こと》をわけたるおん諭《さと》しは、有《あり》がたきまで慚愧《かたじけな》き、一期《いちご》の幸《さち》で侍《はべ》るめり。いぬるしは、比歹人《ころわるもの》に、拐《かどはか》されたる儘《まゝ》にして、倘《もし》おん救《すく》ひに遇《あは》ざりせば、浮身《うきみ》の宿《やど》に年長《としたけ》て、宿遊女《よねあそび》にこそせらるめれ。非除故郷《よしやこけう》へ還《かへ》されず、親《おや》には会《あは》ずなるとても、そを恨《うらめ》しと思はんや。願《ねが》ふは女児《むすめ》と思食《おぼしめし》て、おん憐愍《あはれみ》を垂《たれ》給はゞ、御杖《みつゑ》の下《した》にも寄《よら》まく欲《ほり》す。顧《おも》へば過世《すくせ》に結びたる、家尊家母《かぞいろは》にこそをはすめれ。俺身《わがみ》に隔《へだて》は侍《はべ》らぬものを」、といふに歓《よろこ》ぶ守延《もりのぶ》・老樹《おいき》、なほ云云《かにかく》と慰《なぐさ》めて、只掌《たゞたなそこ》の玉簪《たまかざし》の花《はな》と、慈愛《いつくし》むこと苟且《かりそめ》ならず。次《つぎ》の年《とし》より守延《もりのぶ》は、手本《てほん》を取《と》らせなどするにぞ、老樹《おいき》も亦縫刺《またぬひはり》の、技《わざ》を教《をしえ》て等閑《なほざり》なく、はや年来《としごろ》になりしかば、一《いち》を聞《きゝ》て二三《にさん》を知《し》る、才女《さいぢよ》なれども、性老実《さがおとな》しく、何事《なにごと》も二親《ふたおや》の、教《をしえ》を稟《うけ》てその智《ち》に誇《ほこ》らず、万事《よろづ》己《おのれ》を虚《むなし》くして、孝順《こうじゆん》大《おほ》かたならざりければ、髪《かみ》の飾《かざり》も身《み》の皮《かは》も、流行《はやり》を好《この》まず、驕奢《おごり》を厭《いと》ふて、養母《やうぼ》の幇助《たすけ》になること多《おほ》かり。恡而《かくて》はや、年《とし》十五六に及《およ》びては、京《きやう》にも多《おほ》く得《え》がたかるべき、羞月閉花《しうげつへいくわ》の面影《おもかげ》あり。この比《ころ》より那這《をちこち》の、風流《みやび》男子們聞知《をとこらきゝし》りて、婚姻《こんえん》《○イン》を欲《ほり》するもの、幾名歟《いくたりか》ありけれども、守延《もりのぶ》は壻《むこ》を択《えら》みて、一切《つや〳〵》承引《うけひか》ざりしかば、是《これ》より不測《ふしぎ》の殃難興《わざはひおこ》りて、信夫《しのぶ》は、国司《こくし》の権臣《きりもの》なりける、木造木工介泰《きづくりむくのすけやす》勝《かつ》に奪略《うばひと》られ、守延《もりのぶ》は横死《わうし》して、孤灯《ことう》の油竭《あぶらつき》ぬべき、家《いへ》は老樹《おいき》一名処《ひとりを》り。こは是応永《これおうゑい》八年《ねん》より、今《いま》十九年《ねん》に至《いた》るまで、十二个《か》年《ねん》の事なるを、先《いで》や看官《みるひと》に示《しめ》さんとて、約《つゞ》めて茲《こゝ》に写《しる》せし也。是《これ》よりして又老樹《またおいき》が、小六《ころく》に対《むか》ひて云云《かにかく》と、信夫《しのぶ》がうへを説明《ときあか》す、前回《ぜんだん》を継《つぐ》なれば、説話煩雑《ものがたりいりくみ》たり。前《ぜん》後《ご》を照《てら》し心《こゝろ》を属《つけ》て、見らるべき所《ところ》になん。

間話除煩《あだしごとはさておきつ》。却説老樹《かくておいき》は小六《ころく》に対《むか》ひて、是等《これら》のよしの要《えう》を摘《つ》み、繁《しげき》を芟《かり》て説示《ときしめ》す、哀惜限《あいじやうかぎ》りなかりける、涙《なみだ》を袖《そで》に推拭《おしぬぐ》ひて、「亡夫《なきつま》の料《はから》ずも、信夫《しのぶ》を養《やしな》ひとりし事、恡《かう》いふ情由《わけ》で侍《はべ》るから、そが旧里《ふるさと》なる二親《ふたおや》の、名《な》さへ氏《うぢ》さへ知《し》らねども、降誕辰《うまれしひ》のみ臍帯《ほぞのを》を、包《つゝ》みし紙《かみ》に写《しる》してあるを、うちも忘《わす》れず恡々《しか〴〵》と、告侍《つげはべ》りしより、そが義兄《あにぼん》なる、おん身《み》に名告会《なのりあひ》まゐらせて、幇助《たすけ》を得《え》つるは尽《つき》せぬ奇遇《きぐう》、*深雪《みゆき》ふる夜《よ》に贈《おく》らるゝ、炭《すみ》はものかは、祈《いのり》ても、得《え》がたかるべき幸《さち》ながら、又痛《またいた》ましきは那親達《かのおやたち》の、今《いま》は世《よ》になき人《ひと》の数《かず》に、入《い》り給ひぬ、と後竟《のちつひ》に、信夫《しのぶ》が听《き》かば甚《いか》ならん。世《よ》に実《うみ》の父母《おや》、養《やしな》ひの、父《ちゝ》さへ死天《しで》の旅衣《たびごろも》、かさねて着《き》ぬる身《み》の憂《うき》事《こと》は、知《し》るよしもなく身《み》ひとつの、憂苦《うき》にその身《み》を措難《おきかね》て、泣《なき》つゝあらん不便《ふびん》や」、といふも苦《くる》しく愚痴《ぐち》に凝《こ》る、胸《むね》の痞《つかえ》を推難《おしかね》て、涙《なみだ》と共《とも》に伏沈《ふししづ》めば、小六《ころく》は驚《おどろ》き、且慰《かつなぐさ》めて、「原来《さては》おん身《み》の令弱《むすめご》は、俺女弟《わがいもと》にてありしよな。おもひがけなき命《いのち》の恩人《おんじん》、十二个《か》年《ねん》の養育《やういく》は、実《うみ》の親《おや》にも異《こと》ならぬ、恩愛情義《おんあいじやうぎ》、感深《かんふか》かり。稲城主《いなぎぬし》の生前《せうぜん》に、這歓《このよろこ》びを演《のべ》もせば、迭《かたみ》に本意《ほい》に称《かな》ふべく、又那信夫《またかのしのぶ》が二親《ふたおや》の、猶《なほ》も這世《このよ》に在《あ》るならば、報《つげ》も知《しら》して怡悦《いゑつ》の眉《まゆ》を、開《ひら》くを見もし見すべきに、今《いま》はその甲斐《かひ》なき人《ひと》の、像見《かたみ》なりける女弟《いもと》すら、仇《あた》に拿《と》られて生死《いきしに》の、海《うみ》に漂《たゞよ》ふ无架身《たななしぶね》の、よるべの磯《いそ》は瀬《せ》に易《かは》る、世《よ》の転変《てんぺん》こそ悲《かな》しけれ。しかはあれども危窮《ききう》の折《をり》に、料《はから》ずも来《き》て一臂《いつぴ》の力《ちから》を、竭《つく》すは寔《まこと》に造化《ぞうくわ》の配剤《はいざい》、是切《これせめ》てもの幸《さいは》ひ也。初刀自《はじめとじ》の愛女《まなむすめ》の、素生《すぜう》を知《し》らぬ時《とき》だにも、冤苦《あんく》《○シヘタゲノクル》を聞《き》く《シミ》に堪《たへ》ざれば、某《それがし》既《すで》に兼愛《けんあい》の、情《こゝろ》を越《こゝ》に宗《むね》として、来《き》つゝ事問《ことゝひ》候ひしに、信夫《しのぶ》はおん身《み》の養女《やうじよ》にて、俺養父母《わがやうふぼ》の女児《むすめ》なりしを、方僅《いま》詳《つまびらか》に知《し》るうへは、怨初《うらみはじめ》に十倍《ばい》して、火《ひ》にも入《い》るべく、刃《やいば》も踏《ふま》ん。明日《あす》は夙早《つとめ》て、多気《たげ》に赴《おもむ》き、件《くだん》のよしを訴《うつたへ》て、言聴《こときか》るゝとも聴《きか》れずとも、信夫《しのぶ》が所在《ありか》を捜索《さぐりもと》めて、拿復《とりかへ》さずば已《やむ》べからず。然《さ》のみな歎《なげ》き給ひそ」、と敦圉《いきまき》ながら諭《さと》してぞ、義《ぎ》を見て勇《いさ》む壮士《ますらを》の、誠心《まごゝろ》は現《げに》良薬《りやうやく》にて、老樹《おいき》はやうやく胸開《むねひら》けて、又云云《またかにかく》と歓《よろこ》びの、詞《ことば》を小六《ころく》は推禁《おしとゞ》めて、「其頭《そこら》の口誼《こうぎ》は今《いま》さら要《えう》なし。はや初更《いつゝ》《○シヨコウ》にやなりぬらん。某《それがし》は村長許《むらをさがり》、ゆきて歇店《やどり》を求《もと》むべし」、といへば老樹《おいき》は頭《かうべ》を掉《ふり》て、「丁憂《きちう》の宿所《しゆくしよ》に侍《はべ》れども、信夫《しのぶ》が兄公《せうと》でをはすれば、親《した》しかるべき通家《あんじや》也。願《ねが》ふは這里《ここ》に天《よ》を明《あか》して、翌快多気《あすとくたげ》へ赴《おもむ》き給へ。然《さ》らば夜飯《やはん》をまゐらせん。嚮《さき》には才《わづか》に行灯《あんどん》を、出《いだ》せしのみにて、茶《ちや》だに薦《すゝ》めず、おん伴当《ともびと》の徒然《つれ〴〵》なりけん、這方《こなた》へ召《よば》せ給はずや」、といふに小六《ころく》は沈吟《うちあん》じて、「喪《も》中《ちう》也とて嫌《きら》ふにあらず。老《らう》弱《にやく》その差《しな》ありといへども、単身嫠居《ひとりやもめ》でをはするに、忌憚《いみはゞか》らで這里《ここ》に暁《あか》さば、*李下《りか》の冠《かんむり》、瓜田《くわでん》の履《くつ》、胸安《むねやす》からざる所《ところ》あり。夕饌《ゆふぜん》もまだ欲《ほ》しからねば、今宵《こよひ》ははやく相別《あひわか》れて、信《しの》夫《ぶ》を倶《ぐ》して来《き》たらん折《をり》、おん管待《もてなし》を受《う》くべけれ。那首《かしこ》に侍《はべ》る伴《とも》の小厮《こもの》は、楫取庶吉《かぢとりちかきち》と喚做《よびなし》たる、腹心《ふくしん》の家僕《かぼく》也。おん目《め》を給はり候へ」、といふに老樹《おいき》は見かへりて、「そは憑《たのも》しき人《ひと》なりしを、事《こと》に紛《まぎ》れて等閑《なほざり》なりける、無礼《ぶれい》を允《ゆる》し給ひねかし。やよ庶吉刀禰《ちかきちどの》とやらん、初《はじめ》ておん目《め》にかゝり侍《はべ》るに、其里《そこ》は酷《いた》く端近《はしぢか》也。這方《こなた》へ找《すゝ》み給はずや」、といひつゝも身《み》を起《おこ》せば、庶吉《ちかきち》は恭《うや〳〵》しく、老樹《おいき》に対《むか》ひ、安否《あんぴ》を諮《たづ》ねて、不幸《ふこう》の悔《くひ》を陳《のべ》などするに、老樹《おひき》も亦《また》思ひがけなく、幇助《たすけ》を得《え》たる歓《よろこ》びを、告《つぐ》る折《をり》から鎬鎬《かうかう》と、初更《しよこう》《○イツツ》の鐘声聞《かねのねきこ》えけり。登時《そのとき》小六《ころく》は身《み》を起《おこ》し来《き》て、老樹《おいき》を喚《よび》かけ、別《わかれ》を告《つげ》て、はや外面《とのかた》へ出《いで》んとせしを、老樹《おいき》は霎時《しばし》と推禁《おしとゞ》めて、「本村《このむら》には亡夫《なきつま》の、弟子《をしえご》の親《おや》多《おほ》くあり。村長《むらをさ》の宿所《しゆくしよ》より、なほ近《ちか》きも侍《はべ》るなる、一筆案内《ひとふでしるべ》をしはべらん。そをもてゆかせ給はずや」、といふを小六《ころく》は聞《きゝ》あへず、「そは幸《さいはひ》なることながら、那訴《かのうつたへ》の一義《いちぎ》あれば、おん身《み》母子《おやこ》と親《した》しかりける、事をし他人《たにん》に知《し》らすべからず。咱們《われら》に任《まか》し給ひね」、と詞《ことば》せわしく聶《さゝや》き示《しめ》して、刀《かたな》を引提《ひさげ》て立出《たちいづ》れば、庶吉《ちかきち》も亦《また》遽《いそがは》しく、辞別《いとまごひ》しつ、主従二《しゆうぐに》蓋《がい》の、笠《かさ》を拿《とり》つゝ従《したが》ひゆくを、老《おい》樹《き》は終《つひ》に留難《とゞめかね》て、後《のち》を契《ちぎ》りつ共侶《もろとも》に、門《かど》まで出《いで》て目送《みおく》りけり。

恁而《かくて》小六《ころく》は庶吉《ちかきち》を将《い》て、村長許《むらをさがり》赴《おもむ》きて、「咱們《われら》は国司《こくし》に旧縁《きうえん》ありて、東国《あづま》より来《き》ぬるもの也。けふしも路《みち》を貪《むさぼ》りて、多気《たげ》までゆかまく思《おも》ひしかども、初夜《しよや》過《すぎ》たれば不便《ふべん》也。宜《よろし》く計《はから》ひ給はるべし」、といふに村長《むらをさ》こゝろ得《え》て、「守《かみ》の所親《しよしん》でをはしなば、他所《たしよ》へ案内《しるべ》を致《いた》すに及《およ》ばず。在下《やつがれ》御宿《おやど》を仕《つかまつ》らん。這方《こなた》へ找《す》み玉へ」とて、姓名《せいめい》を問《と》ひ、疲労《つかれ》を勦《いたは》り、軈《やが》て客房《きやくざしき》に迎入《むかへい》れて、夕饌《ゆふぜん》を薦《すゝ》めたる、管待態《もてなしぶり》の大《おほ》かたならぬを、小六《ころく》は辞《いろ》ひて庶吉《ちかきち》と、倶《とも》に枕《まくら》に就《つき》にけり。春《はる》の夜《よ》なれば短《みじか》くて、はや向明《あけなん》とせし程《ほど》に、小六《ころく》ははやく庶吉《ちかきち》を、喚覚《よびさま》し起出《おきいで》て、共《とも》に早飯《あさいひ》を薦《すゝめ》られ、烏《からす》の茂林《もり》を離《はな》るゝ比《ころ》、村長《むらをさ》に辞《ち》し別《わか》れて、多気《たげ》を投《さし》ていそぐ程《ほど》に、既《すで》に城下《ぜうか》へ程近《ほどちか》かる、郊原《あらの》を過《よぎ》る程《ほど》しもあれ、三月《やよひ》の天《そら》も生憎《あやにく》に、花《はな》ちらすべき驟雨《むらさめ》の、忽地《たちまち》に颯《さ》と降《ふり》そゝぐに、笠宿《かさやどり》せん家《いへ》はあらず、只身《たゞみ》を容《い》るゝ可《ばかり》なる、十字仏堂《つぢだう》のありければ、主僕斉一《しゆぼくひとしく》走《はし》り入《い》りしに、風《かぜ》さへ猛《にはか》に烈《はげ》しくなりて、恁《かく》ても湿吹《しぶき》に濡《ぬ》らさるゝ、小六《ころく》は得堪《えたへ》ず、庶吉《ちかきち》に、「その戸《と》を閉《たて》よ」、と急《いそが》せども、門扇児《ひらきど》なれば、吹扇動《ふきあふら》れて、推閉《おしたつ》れども開《ひら》きけり。登時《そのとき》小六《ころく》は四下《あたり》を相《み》るに、這堂内《このだうない》は皆《みな》土席《どま》にて、正面《まむかひ》には立像《りうぞう》なる、石《いし》の地蔵菩薩《ちざうぼさつ》あり。この仏前《ぶつぜん》に布做《しきなし》たる、方四《はうし》《○シハウ》尺許《さくばかり》なる、一箇《ひとつ》の片石《ひらいし》ありけるを、是《これ》究竟《くつきやう》と引起《ひきおこ》して、扇発《あほ》る扉《とびら》に倚掛《よせかけ》て、相《み》れば件《くだん》の石《いし》の蹟《あと》は、方是乾井《まさにこれからゐ》にて、深一丈《ふかさひとつゑ》あまりなるべし。「什麼《そも》何故《なにゆゑ》に這《この》処《ところ》に、この井《ゐ》あるや」と呟《つぶや》けば、庶吉《ちかきち》も闚相《のぞきみ》て、こゝろ得《え》がたく思《おも》ひけり。恁《かゝ》る折《をり》から雨《あめ》に趕《おは》れて、這十字仏堂《このつぢだう》に寄《よ》るものあり。その徒二名《ひとふたり》とおぼしくて、扉《とびら》を推《おし》て入《い》らんとせしに、些《ちつと》も開《ひら》かざりければ、甲乙《これかれ》倶《とも》に訝《いぶか》りて、「生憎《あなにく》や。けふに限《かぎ》りて、戸《と》の開《ひら》かぬは殺生《せつせう》に、出《いで》たるにより野井《のゐ》の地蔵《ぢざう》の、嫌《きらは》せ給ふにあらずや」、といへば伴当舌《ともびとした》うち鳴《なら》して、「現《げに》いはるれば、その理《り》あり。抑《そも〳〵》這里《ここ》には昔《むかし》より、野《の》中《なか》の孤井《ひとつゐ》あるにより、夜行《よみち》を急《いそ》ぐ旅客《たびゞと》の、落《おち》て死《しに》たるもの多《おほ》かり。因《より》て地方《ところ》の農夫們《ひやくせうら》が、埋《うづめ》んとしてけるに、厶們《それら》が猛可《にはか》に病着発《いたづきおこ》りて、身故《みまか》りたるも尠《すくな》からねば、這井《このゐ》の霊《りやう》の祟《たゝ》りぞとて、遂《つひ》に又《また》これを埋《うづ》めず、そが儘石《まゝいし》を蓋《ふた》にして、落《おち》て死《し》したるものゝ与《ため》に、地蔵井《ぢざうぼさつ》を建立《こんりう》して、這堂内《このだうない》に安《あん》措《ち》○サクしたれば、今《いま》では野井《のゐ》の地蔵《ぢざう》と称《とな》へて、隣郷《りんがう》までも知《し》らぬはなし。恁《かゝ》る縁起《えんぎ》の石僊《せきぶつ》なるに、死《し》したるものゝ霊《りやう》もありて、殺生人《せつせうびと》を忌嫌《いみきらは》るゝ、その故《ゆゑ》なくはあるべからず。什麼《そも》けふの山猟《やまがり》は、何等《なにら》の御要《ごえう》で候ぞや」、と問《と》へば「然《さ》なり」、と点頭《うなづき》て、「けふの御要《ごえう》をまだ知《し》らずや。和郎《わろ》は那《かの》密事《ひめごと》にも、拘《かゝ》づらひたるものなれば、今《いま》さら隠《かく》すべくもあらず。俺家《わがいへ》の小官人《わかだんな》が、嚮《さき》に奪拿《うばひとり》給ひたる、稲城《いなぎ》の女児信《むすめしの》夫《ぶ》とやらンを、宿所《しゆくしよ》に隠《かく》し措《お》き給へども、まだ御《み》こゝろに従《したが》はず、「威勢《いきほひ》をもて迫《せま》りなば、本意《ほい》遂易《とげやす》き事なれども、然《さ》しては風味《ふうみ》厚《あつ》からず。いかで他《かれ》が心《こゝろ》から、思ひの随《まゝ》にうち靡《なびか》して、賞玩《せうぐわん》すべき便直《てだて》も欲得《がな》」、と其良方《そのりやうはう》を徴《もと》め給ふに、「*山獺《やまをそ》といふ獣《けだもの》あり。その性《さが》甚淫《いたくいん》なるものにて、同類《どうるい》ならぬ猿貉《さるうじな》、狸兎《たぬきうさぎ》に至《いた》るまで、その牝《め》を見れば趕逼《おひせま》りて、交《まじは》らずといふことなし。倘遇《もしあは》ずして敵手《あひて》を獲《え》ざれば、その情慾《じやうよく》のやる方《かた》なさに、漫《そゞろ》に山《やま》の樹《き》を抱《いだ》きて、幾日《いくか》歴《ふ》れども放《はな》れねば、立枯《たちがれ》になるものぞとよ。西戎《にしのえびす》はこれをもて、房《ねやの》薬《くすり》になす故《ゆゑ》に、その価最貴《あたひいとたか》かり。然《され》ば山獺《やまをそ》の血《ち》を拿《とり》て、酒《さけ》に雑《まじへ》て飲《のま》すれば、甚《いか》なる貞孀烈女《ていさうれつぢよ》でも、春心《はるのこゝろ》の発起《ぼつき》して、飽《あく》まで男《をとこ》を慕《した》ふこと、磁石《ぢしやく》の鉄《てつ》を吸《す》ふが如《ごと》し」、と有一《ある》医師《くすし》の稟《まう》ししかば、小官人歓《わかだんなよろこ》び給ひて、「その山獺《やまをそ》は本邦《わがくに》にも、山《やま》には罕《まれ》にありとし聞《き》けば、程遠《ほどとほ》からぬ*大坂山《おほさかやま》、国《くに》見岳《みのたけ》にもあるべき歟《か》、是《これ》も亦知《またし》るべからず。汝《なんぢ》は素《もと》より猟《かり》を好《この》みて、角弓《はんきう》をよく射《い》ぬれば、嚮《さき》にも与記《よき》右衛《ゑ》門《もん》と共侶《もろとも》に、俺那機密《われかのきみつ》を聶示《さゝやきしめ》して、丈作奴《ちやうさくめ》を結果《おしかたづ》けたる、本事《てなみ》によりて命《めい》ずる也。櫃阪山《ひつさかやま》を初《はじめ》として、其頭《そこら》の高峰《たかね》を渉猟《あさり》て見よ。那山獺《かのやまをそ》を射《い》て捉《と》らば、賞禄《ほうび》は先度《せんど》に十倍《ばい》して、何《なに》まれ彼《か》まれ取《とら》すべし。よくせよかし」、と叮寧《ねんごろ》に、仰付《おふせつけ》られたりければ、儀《かた》のごとくに准備《ようい》して、今朝未明《けさまだき》より出《いで》し折《をり》、天《そら》よく晴《はれ》て暖《あたゝか》なるに、這頭《こゝら》で雨《あめ》に遇《あは》んとは、心《こゝろ》もつかず、雨衣《あまぎぬ》を、忘《わす》れて来《き》ぬるは俺《われ》のみならず、敵介和郎《てきすけわろ》も脱落《ぬかり》にけり」、といへば敵介听惚《てきすけきゝほ》れて、「原来《さては》けふの山猟《やまがり》は、獲東西《えもの》次第《しだい》で咱們《われら》まで、御意《ぎよい》に預《あづか》る楽《たのし》みあり。勿論《もちろ》今番《こたび》の山獺《やまをそ》の、然《さ》る薬《くすり》になるものならば、欲《ほ》りし給ふもそのよしあり。今《いま》に解《げ》せぬは稲城《いなぎ》が事也。他《かれ》は小官人《わかだんな》の情人《おもひびと》、信夫《しのぶ》とやらゝが親《おや》なるに、喪《うしなは》れしよしを那未通女《かのをとめ》が、聞知《きゝし》らば必《かならず》怨《うら》みて、事《こと》の障《さわ》りになりぬべし。こも故《ゆゑ》ある歟《か》。甚麼《いかに》ぞや」、と密《ひそ》めき問《と》へば、潜《ひそ》めきて、「そをまだ知《しら》ずや、疎鹵《おろか》也。嚮《さき》に稲城守延《いなぎもりのぶ》が、女児《むすめ》を拿《とり》も復《かへ》さんとて、多気《たげ》へまゐりて訴《うつたへ》たれども、俺老爺《わがおやだんな》と引板屋殿《ひたやどの》の、おん威勢《いきほひ》に歯《は》は立《たゝ》ず、証据《せうこ》なき事なればとて、訴状《うつたへぶみ》を返《かへ》されたれば、後《うしろ》安《やす》きに似《に》たれども、倘大河内《もしおほかうち》へ越訴《ゑつそ》して、御曹司《おんぞうし》に歎《なげ》き稟《まう》さば、又妙《またみやう》ならぬ所《ところ》あり。そをいかにぞと推《おし》ても見よ。御《おん》曹司《ぞうし》は正室腹《ごほんばら》にて、引板屋殿《ひたやどの》と睦《むつま》じからず。這義《このぎ》によりて御曹司《おんぞうし》の、倘稲城奴《もしいなぎめ》を贔屓《ひき》給はゞ、*塏《あり》の塔《たう》より堤崩《つゝみくづ》るゝ、悔《くひ》あるべき歟《か》、測《はかり》がたかり。この故《ゆゑ》に守延《もりのぶ》を、暗撃《やみうち》にし給ひしは、亦是一事《またこれいちじ》両用《りやうよう》にて、信夫《しのぶ》にも山賊《やまだち》の、所為《わざ》なるよしにいひ做《なし》て、故意《わざと》この義《ぎ》を報知《つげしら》せ、「阿女心《おことこゝろ》を転《ひるがへ》して、今《いま》より俺《われ》に従《したが》はゞ、俺《われ》も亦阿女《またおこと》が親《おや》の、冤家《かたき》を索《たづ》ね搦捕《からめとり》て、為《ため》に怨《うらみ》を雪《きよ》むべし。恁《かく》ても推辞《いなむ》歟《か》、従《したがは》ずや」、と口説《くどき》給はゞ、孝女《こうぢよ》の事也、幇助《たすけ》によりて親《おや》の仇《あた》を、獲《え》られん与《ため》に靡《なびき》やせん、と深《ふか》くも計《はか》らせ給ひし也。這義《このぎ》は俺《われ》と与記右衛《よきゑ》門《もん》の、外《ほか》に知《し》りたるものはなきに、秘《ひめ》よ、外《よそ》にな洩《もら》しそ」、と聶《さゝや》き示《しめ》すをうち听《きゝ》たる、敵介只管甘心《てきすけひたすらかんしん》して、雨《あめ》の霽《は》るゝを覚《おぼえ》ぬまでに、姑且余念《しばらくよねん》なかりけり。然《され》ば小六《ころく》は初《はじめ》より、庶吉《ちかきち》と共侶《もろとも》に、這悪僕們《このあくぼくら》が密談《みつだん》を、听《きゝ》つゝ迭《かたみ》に目《め》を注《くは》して、憤然《ふんぜん》として怒《いかり》に勝《たへ》ず、惴《はや》る心《こゝろ》を推鎮《おししづ》めて、嚮《さき》に扉《とびら》に倚掛《よせか》けたる、石《いし》を悄々地《ひそか》に拿除《とりのぞ》きて、なほその言《こと》の果《はつ》るまで、戸《と》節《ふし》の穴《あな》より闖《のぞ》きつゝ、息《いき》を籠《こら》して在《あ》りける程《ほど》に、*驟雨《しふう》は朝《ちやう》を終《をへ》ずといひけん、道徳経《どうとくきやう》の言《ことあやまた》愆ず、雨《あめ》は歇《や》み雲《くも》斂《おさま》りて、朝日《あさひ》長閑《のどか》に昇《のぼ》りけり。

爾程《さるほど》に外面《とのかた》には、両個《ふたり》の悪党《あくたう》遽《いそがは》しく、濡《ぬれ》たる袂《たもと》を絞《しぼ》りなどして、敵介《てきすけ》は搭背《せおひ》たる、箙割籠《えびらわりご》を揺抗《ゆりあぐ》れば、又那一個《またかのひとり》の若党《わかたう》は、手拭《てのごひ》をもて角弓《はんきう》を、推拭《おしぬぐ》ひつゝ天《そら》を向上《みあげ》て、「卒《いざ》ゆくべし」とて共侶《もろとも》に、走去《はしりさ》らんとせし程《ほど》に、思ひがけなき堂内《だうない》より、「白徒等《しれものまて》」、と喚禁《よびとむ》る、声《こゑ》よりはやく戸《と》を蹴開《けひら》きて、顕《あらは》れ出《いづ》る小六《ころく》が勢《いきほ》ひ、宛《さながら》旋風《つむぢ》の回《ま》く如《ごと》く、驚《おどろ》き見かへる敵介《てきすけ》を、項髪《えりがみ》抓《つか》み引《ひき》よせて、礫《つぶて》に拿《とり》て二《に》三間《さんげん》、粘泥《べどろ》の中《なか》へ投着《なげつく》れば、倶《とも》に駭《おどろ》く若党《わかたう》を、撲地《はた》と蹴仆《けたふ》す白打《やわら》の精妙《せいめう》、蹴《け》られて叫《さけ》ぶ声《こゑ》と共《とも》に、觔斗《とんぼがへ》りて姑且《しばらく》は、息《いき》も吻《つき》得《え》ず、仰反《のけぞつ》たり。登時《そのときこ》小六《ろく》は声高《こゑたか》やかに、「*天《てん》に耳《みゝ》なし、人《ひと》をもて、よく聴《きか》しむる自然《しぜん》の応報《おうほう》。俺先《われさき》だちて這堂内《このだうない》に、在《あ》りしを知《し》らぬ若們《なんぢら》が、不問談《とはずがたり》に主《しゆう》の悪事《あくじ》を、具《つぶさ》にしたればば、紛《まぎ》れもなき、木造《きづくりむ》木工介泰勝《くのすけやすかつ》に、使《つかは》るゝ奴們《やつばら》ならん。その身《み》の姓名《せいめい》恁々《しかぐ》と、名告《なの》りてはやく綁縛《いましめ》の、索《なは》を受《うけ》よ」、と罵懲《のりこら》せば、稍《やゝ》身《み》を起《おこ》す両個《ふたり》の悪党《あくたう》、本事《てなみ》に怯《ひるま》ず、眼《まなこ》を睜《みは》りて、「啌《ほざ》きたり青猴子《あをにさい》。他郷《たけう》は知《し》らず本州《このくに》にて、天飛《そらと》ぶ鳥《とり》も、疾視《にらめ》ば隕《おつ》る、己們《おら》が大爺《だんな》のおん威勢《いきほひ》を、漫《そゞろ》に犯《をか》して後悔《こうくわい》すな。初《はじめ》は不意《ふい》を撃《うた》れし故《ゆゑ》に、其頭《そこら》の石《いし》に怪《け》し飛《とん》で、聊《いさゝか》不覚《ふかく》を取《とり》たれども、既《すで》に密事《みつじ》を窃聞《たちぎゝ》したる、癖者《くせもの》なればば允《ゆる》しがたかり。観念《くわんねん》せよ」、と両声《もろごゑ》に、罵《のゝし》りつ、左右《さゆう》より、刀《かたな》を晃《きら》りと抜閃《ぬきひら》めかして、砍《きら》んと拺《すゝ》むを引外《ひつぱづ》す、小六《ころく》が修煉《しゆれん》に手《て》も出《いで》ず、足《あし》も乱《みだ》れて取次《しどろ》なき、刃《やいば》を倶《とも》に打落《うちおと》されて、怯《ひる》むを蹴反《けかへ》し撃仆《うちたふ》す、拳《こぶし》の冴《さえ》に「苦《あ》」と叫《さけ》ぶ、二度《にど》の打擂《あてみ》に伏累《ふしかさな》りて、又起《またおき》んともせざりけり。当下《そのときこ》小六《ろく》は、敵介《てきすけ》が、腰《こし》に狭《はさ》みし*猟索《せこなは》を、「庶吉拿《ちかきちと》れ」、といそがして、その一条《ひとすぢ》もて若党《わかたう》を、引起《ひきおこ》しつゝ綑《いましむ》れば、庶吉《ちかきち》もこゝろ得《え》て、亦一条《またひとすぢ》の索《なは》をもて、疼痛《いたみ》に嘷《うめ》く敵介《てきすけ》が、両手《もろて》を緊《きび》しく結扭《しば》りけり。小六《ころく》はこれを左見右見《とみかうみ》て、「這個奴隷《これこのしもべ》は敵介《てきすけ》と、喚做《よびな》すよしを俺既《われすで》に、那里《あしこ》にありて聞知《きゝし》りたれども、若党奴《わかたうめ》が名《な》は何《なに》とかいふ。快々《とくく》名告《なの》れ。偽《いつは》らば、耳《みゝ》を殺《そ》ぎ、又鼻《またはな》をも劓《そが》ん。然《さ》でもいはずや、名告《なの》らずや」、と責懲《せめこら》されて、若党《わかたう》は、跪《ひざまづ》き声戦《こゑふるは》して、「嗚乎《ああ》令郎君《わかだんな》、允《ゆる》させ給へ。何地《いづく》の阿人《おひと》か知《しら》ねども、既《すで》に推量《すいりやう》せられし如《ごと》く、在下《やつがれ》は木《き》

造《づくり》の、家《いへ》に仕《つかふ》る若党《わかたう》にて、山勝杣内《やまがつそまない》と喚做《よびな》すもの也。朋輩《ほうばい》、斧田与記右衛門《おのだよきゑもん》と共侶《もろとも》に、泰勝《やすかつ》の密意《みつい》を稟《うけ》て、良《よか》らぬ事《こと》を做《なし》たれども、そは俺《わが》うへに干《あづか》らぬ、主命《しゆうめい》なれば、争何《いかゞ》はせん。這義《このぎ》を査《さつ》し給へかし」、と勧解《わぶ》れば亦敵介《またてきすけ》も、跪《ひざまづ》き額《ぬか》をつきて、「咱們《われら》は下司《げす》の事なれば、主《しゆう》の機密《きみつ》をよくも得《え》知《しら》ず。只那信夫《たゞかのしのぶ》を窃《もの》せし折《をり》、人数《にんず》に加《くは》へられしのみ。願《ねが》ふは放遣《はなちや》り給ひね。いかで〳〵」とうち陪話《わぶ》るを、小六《ころく》は听《きゝ》つゝ冷笑《あざわら》ひて、「若們何《なんぢらな》でふ罪《つみ》なからんや。俺先国司《われまづこくし》に訴《うつたへ》て、那里《かしこ》の沙汰《さた》に儘《まか》すべし。姑且這里《しばらくここ》にをれかし」、と蹐《せぐま》して、然而庶吉《さてちかきち》に、趕立《おひたて》させて、そが儘《まゝ》に、杣内《そまない》と敵介《てきすけ》を、堂内《だうない》に牽入《ひきい》れて、乾井《からゐ》に撲地《はた》と蹴落《けおと》して、那大石《かのおほいし》を軽《かろ》〴〵と、擡起《もたげおこ》して、旧《もと》の如《ごと》く、井《ゐ》の蓋《ふた》にしつ、息出《いきだ》しの、透《すき》間《ま》を開《あけ》て、二条《ふたすぢ》の、索《なは》の端《はし》を五尺《ごさく》あまり、引遺《ひきのこ》し結留《むすびとゞ》めて、「呵々《かやく〳〵》」とうち笑《わら》ひ、「やをれ杣内《そまない》、敵介《てきすけ》も、命惜《いのちをし》くば声《こゑ》

微音猶聞《びおんなほきくべし》　墻壁無耳《せうへきみゝなからんや》　有像第廿二

大和なる耳なし山もたのまれずいはでのつゝじ色にいづらん

ちか吉　小六　杣内　てき介

をな立《たて》そ。いはるゝよしの聞《きこ》ゆる歟《か》」、と喚《よ》べば杣内《そまない》・敵《てき》介《すけ》が、応《いらへ》は穴《あな》に隠口《こもりく》の、はつかに一声响《ひとこゑひゞ》きけり。

*恁而《かくて》小六《ころく》は、庶吉《ちかきち》に、搭駝《せおは》せ来《き》つる行裹《たびづゝみ》を、うち披《ひら》かして、准備《ようゐ》の衣裳《いせう》を、拿出《とりいだ》しつゝ遽《いそがは》しく、身装《みごしらへ》して、雀集《すゞめゐ》る、多気《たげ》の城《しろ》へと出《いで》てゆく。後方《あとべ》に従《したが》ふ庶吉《ちかきち》は、小六《ころく》が脱《ぬぎ》たる行衣《たびぎぬ》を、又袱《またふろしき》に推包《おしつゝ》み、やをら背《そびら》にうち掛《かけ》て、倶《とも》にゆくこと百歩《ひやくほ》に過《すぎ》ず、と見れば前路《ゆくて》の方《かた》よりして、叱吒《しつたく》《○タ》の声苛《こゑいか》めしく、轎子《のりもの》にうち乗《の》りたる、一個《ひとり》の貴人《あてびと》《○キニン》、陸続《りくぞく》たる、伴当《ともびと》約《およそ》百四五十名《にん》、*対《つい》の羽室鎗《けやり》に、二藍《ふたあい》の、紫紉《むらさきひも》の挟筥《はさみばこ》、台傘《だいがさ》建傘《たてがさ》、眉尖刀《なぎなた》も、尚巳時《まだみのとき》なる袋鞘《ふくろざや》、行列《ぎやうれつ》正《たゞ》しく牽駒《ひくこま》の、後《しり》に隷《つき》たる伴鎗《ともやり》は、枝《えだ》なき花《はな》と掉柳《さをやなぎ》、春《はる》の野面《のもせ》を徐々《しづ〳〵》と、倶《ぐ》して這方《こなた》へ近《ちか》づき来《き》ぬる、這貴人《このあてびと》は誰《たれ》なるぞ。こは次《つぎ》の巻首《まきのはじめ》に、解分《ときわく》るを聴《きゝ》ねかし。

開巻驚奇侠客伝第二集巻之三 終

開巻驚奇俠客伝《かいくわんきやうきけうかくでん》　第二《だいに》集《しふ》　巻之四

東都　曲亭主人　編次

第《だい》十七回《くわい》

満泰《みつやす》駕《が》を駐《とゞ》めて壮士《さうし》を見《み》る
助則《すけのり》馬《うま》を走《はしら》して奸党《かんたう》を捕《とら》ふ

話表《こゝにまた》、伊勢国司《いせのこくし》、北畠《きたばたけ》三位《さんゐ》右衛門督《ゑもんのかみ》満泰卿《みつやすけう》は、この日《ひ》、先妣《せんぴ》*多気《たげ》の夫人《ふじん》北畠顕泰《きたばたけあきやす》の室《つま》。四条亜相隆俊《でふのあせうたかとし》の女《むすめ》。○ナキハハ、四《し》の祥月忌辰《せうげつきしん》なりければ、香華院《ぼだいしよ》へ参詣《さんけい》の、例《れい》に儘《まか》して准備《ようい》あり。黎明《いなのめ》の時候《ころ》よりして、伴当居多従《ともびとあまたしたが》へて、多気《たげ》の城《しろ》を出《いで》ませし、去向《ゆくて》の野辺《のべ》に朝立《あさだち》の、雨霽亘《あめはれわた》る路草《みちくさ》の、露払《つゆはら》はしていそがるゝ、野井《のゐ》の地蔵《ちざう》の頭《ほとり》にて、年尚弱《としなほわか》き一個《ひとり》の武士《ぶし》、倶《ぐ》したる小廝《こもの》を遐離《とほざけ》て、袴《はかま》の稜《そば》を拿《とり》ながら、路《みち》の泥土《ぬかり》を厭気《いとひげ》もなく、満泰卿《みつやすけう》の轎子《のりもの》に、立向《たちむか》ひ声高《こゑたか》やかに、「目今這野《たゞいまこのの》を過《よぎ》らせ給ふは、国司《こくし》北畠殿《きたばたけどの》なるべし。中途《ちうと》の推参《すいさん》、不敬《ふけい》に似《に》たれど、大事《だいじ》の訴《うつたへ》、已《やむ》ことを得《え》ず、おん轎子《のりもの》に附《つか》んと欲《ほり》す。姑且留《しばらくとゞま》り給へかし」、と喚《よば》ゝりながら近着《ちかづき》けり。思ひがけなき事なれば、轎子隷《のりものづき》の老党若党《ろうだうわかたう》、「こは何事《なにごと》ぞ」、と駭《おどろ》きて、推退《おしりぞ》けんとしてけるを、満泰霎時《みつやすしばし》と喚禁《よびとゞ》めて、「何人《なにものか》歟知《しら》ねども、大《だい》事《じ》の訴訟《そせう》ありといへば、轎子《のりもの》を駐《たて》させん。快々仔細《とく〳〵しさい》を听《きか》ずや」、と速《とみ》の指揮《さしづ》にこゝろ得《え》たる、一個《ひとり》の老党声《ろうだうこゑ》ふり立《たて》て、「おん先姑且留《さきしばらくとゞま》りね」、と喚《よび》かけられて皆斉一《みなひとしく》、後方《あとべ》を見かへり、そが儘《まゝ》に、列《なみ》を乱《みだ》さず土居《ついゐ》たり。登時一個《そのときひとり》の青侍《わかざむらひ》、小六《ころく》が身辺《ほとり》に走《はし》り来《き》て、うち対《むか》ひつゝ孰視《つら〳〵み》て、「和殿《わどの》は何処《いづこ》の人氏《ちゆうにん》にて、目今何等《たゞいまなにら》の直訴《ぢきそ》ある、姓名宿所夙意《せいめいしゆくしよしゆくい》の趣《おもむき》、且听《まづき》くべし、と御諚《ごじやう》也。具《つぶさ》に稟上《まうしあげ》られよ」、といへば小六《ころく》は含笑《ほうゑみ》て、「仰《おふせ》こゝろ得《え》候ひぬ。俺身《わがみ》は国司《こくし》と旧《きう》縁《えん》あり。嗚乎《をこ》がましくは候へども、素生《すぜう》を明《あか》せば新田《につた》の一《いち》流《りう》、綽約《やごとな》き大人《うし》の由縁《ゆかり》にて、達小六《だてのころく》と喚做《よびな》すもの也。這年《このとし》来東国《ごろあづま》にて、人《ひと》と成《な》り候へば、知召《しろしめ》すべきよしなけれども、身《み》に着《つけ》たる証据《せうこ》あり」、といひつゝ腰《こし》なる短刀《たんたう》を、やをら手《て》に拿《と》り推立《おしたて》て、「這個後村上天皇《これはこれごむらかみてんわう》の、脇屋刑部卿《わきやぎやうぶけう》義《よし》助《すけ》に賜《たまは》りたる、菊一文字《きくいちもんじ》の御剣《ぎよけん》也。這義《このぎ》は国司《こくし》も口碑《こうひ》によりて、知食《しろしめし》てぞ在《いま》すらめ。是《これ》を御覧《ごらん》に入《い》れ給はゞ、おん疑《うたが》ひは即《そく》坐《ざ》に釈《とけ》ん。この余《よ》の一議《いちぎ》は見参《げんざん》ならで、人伝《ひとづて》には陳《のべ》がたかり。這意《このい》も披露《ひろう》を願《ねが》ふのみ」、といふに件《くだん》の青侍《わかざむらひ》は、沈吟《うちあん》じつゝ点頭《うなづき》て、「爾《しか》らばその短刀《たんたう》を、某《それがし》姑且《しばらく》預《あづか》りて、宜《よろし》く披露《ひろう》に及《およ》ぶべし」、と答《こたへ》て軈《やが》て短刀《たんたう》を、受拿《うけと》りつ遽《いそがは》しく、轎子《のりもの》の頭《ほとり》にまゐりて、小六《ころく》がいひつる趣《おもむき》を、箇様々々《かやう〳〵》と聞《きこ》えあげて、那短刀《かのたんたう》を見せまゐらすれば、満泰《みつやす》听《きゝ》つゝ手《て》に拿《とり》て、「現這菊一文字《げにこのきくいちもんじ》の御剣《ぎよけん》の事は、准后《じゆごう》北畠《きたばたけ》親房《ちかふさ》の日記《にき》に写《しる》されしを、俺《われ》も年来《としごろ》知りたれば、今《いま》さらに疑《うたが》ふべからず。恁《かゝ》れば那壮佼《かのわかうど》は、脇屋《わきや》義隆《よしたか》の余類《よるい》なること、証据《せうこ》既《すで》に分明《ふんみやう》也。対面《たいめ》せずばあるべからず。はやく覚児《せうぎ》を建《たて》させよ」、と詞《ことば》せわしく宣示《のりしめ》しつゝ、又短刀《またたんたう》を青侍《わかざむらひ》に、逓与《わた》して轎子《のりもの》を出《いで》給へば、青侍《わかざむらひ》はそが儘《まゝ》に、小六《ころく》が身辺《ほとり》に赴《おもむ》きて、国司《こくし》対面《たいめん》せらるべき、綷恁々《ことしかく〳〵》といひ知《しら》して、短刀《たんたう》を返《かへ》しけり。

爾程《さるほど》に達小六《だてのころく》は、青侍《わかざむらひ》を先《さき》に立《たゝ》して、些《ちつと》も阿容《おめ》たる気色《けしき》なく、既《すで》にして満泰主《みつやすぬし》の、身辺《ほとり》に找《すゝ》み近着程《ちかづくほど》に、老党若党《ろうだうわかたう》、その宅《よ》の伴当《ともびと》、主《しゆう》を守護《しゆご》して巍々堂々《ぎぎだう〳〵》と、咸羅列《みなゐながれ》たるそが中《なか》に、満泰主《みつやすぬし》は小六《ころく》を相《み》て、覚児《せうぎ》を放《はな》ち揖譲《あしやく》して、「此《これ》へこれへ」、と招《まねか》るゝ、小六《ころく》は一声《ひとこゑ》、「阿《あ》」と答《こたへ》て、うち朝《むか》ひ跪《ひざまづ》きて、「逆旅《ぎやくりよ》の浪人《らうにん》、みづから料《はか》らず、尊駕《そんが》を犯《をか》して大《だい》胆《たん》なる、忠訴《ちうそ》せんと請稟《こひまう》せしに、幸《さいは》ひにして遐棄《すて》《カキセ》られず、恁速《かうすみやか》に対面《たいめん》を、允《ゆる》さるゝこと分《ぶん》に過《すぎ》たり。願《ねが》ふは覚児《せうぎ》に着《つき》給ひね」、といふに満泰点頭《みつやすうなづき》て、「しからば許《ゆる》し給へかし」、と応《いらへ》て傍《かたへ》を見かへりて、「やよ、賓客《まろうど》に*円坐《わらふだ》《エンザ》を、快薦《とくすゝ》めずや」、といそがせしを、小六《ころく》は急《きう》に推禁《おしとゞ》めて、「その義《ぎ》は辞《いろ》ひ奉《たてまつ》る。中途《ちうと》の所望《しよまう》を海容《かいよう》せられて、意衷《いちう》を陳《のぶ》るはこよもなき、おん管待《もてなし》に候へば、且忠訴《まづちうそ》の趣《おもむき》を、聞召容《きこしめしいれ》らるべし。みづから先祖《せんぞ》を名告《なのら》んは、恥《はぢ》かゞやかしき所行《わざ》なれば、いはでも憲査《けんさつ》せられにけん。晩生苟《それがしいやしく》もその後《のち》として、南北両朝《なんぼくりやうちやう》、御合体《ごがつたい》ありし後《のち》、稍人《やゝひと》と成《な》り候へば、君父《くんぷ》の与《ため》に忠孝《ちうかう》を、尽《つく》しまつる所《ところ》なし。この故《ゆゑ》に去歳《こぞ》の夏《なつ》、初《はじめ》て西《にし》に赴《おもむ》きて、秋《あき》より吉野《よしの》に杖《つゑ》を駐《とゞ》め、後醍醐《ごだいご》、後村上《ごむらかみ》両《りやう》天皇《てんわう》の、宮陵《みさゝぎ》に仕《つか》へまつりて、いぬる日《ひ》までも候ひしが、国司《こくし》は、南朝歴代《なんちやうれきだい》の搢紳《おほみやびと》《シン〳〵》、文武兼備《ぶんぶけんび》のおん家柄《いへがら》にて、祖先《そせん》の余光今《よくわういま》もなほ、赫奕《かくやく》として衰《おとろ》へ給はず、*唐山姫周《からくにきしう》の朝鮮《ちやうせん》に、伯仲《はくちう》すべき名家《めいか》にをはせば、いかで安否《あんぴ》を訪《とひ》まゐらせて、故《ふり》にし事を知《しら》まくほしさに、思ひ起《おこ》しつ御吉野《みよしの》の、花《はな》の高峯《たかね》を立去《たちさ》りて、きのふ当所《たうしよ》に来《き》ぬる折《をり》、人《ひと》の噂《うはさ》に聞《きこ》えたる、尤不平《もともふへい》の一事《いちじ》あり。その故《ゆゑ》は箇様々々《かやう〳〵》」、と稲城《いなぎ》の女児信夫《むすめしのぶ》が事、その親丈作守延《おやぢやうさくもりのぶ》が、愁訴《しうそ》幷《ならび》に横死《わうし》の事、始《はじめ》より終《をはり》まで、その崖略《あらまし》を演説《ゑんぜつ》して、「この義《ぎ》は君《きみ》も予《かねて》より、聞食《きこしめし》たる事なるべし。信夫《しのぶ》は孝女《かうぢよ》の聞《きこ》えあり。且守延《かつもりのぶ》は養父《やうふ》にて、晩生《それがし》が孀母夫婦《めのとふうふ》、甲乙《なにがし》が女児《むすめ》なれども、年《とし》七才《なゝつ》の時《とき》、歹人《わるもの》に、拐《かどはか》されしを守延《もりのぶ》が、料《はから》ず拯《すく》ひ拿《と》りたるなり。その綷《こと》の趣《おもむき》は、今番初《こたびはじめ》て聞知《きゝし》りにき。恁《かゝ》れば信夫《しのぶ》は晩生《それがし》が、孀母《めのと》の女児《むすめ》で候へども、故《ゆゑ》ありて晩生《それがし》を、兄《あに》と称《たゝ》へ妹《いもと》と唱《とな》へて、骨肉《こつにく》にしも異《こと》ならず、自他《じた》七歳《しちさい》の秋九月《あきながつき》まで、共侶《もろとも》に生育《おひたち》たり。こは緊要《きんえう》の事ならねども、信夫《しのぶ》が実《うみ》の二親《ふたおや》の、世《よ》を去《さ》りし比《ころ》よりして、他《かれ》が所在《ありか》を索《たづ》ねん、と思ひつゝ来《き》ぬる這地《このち》にて、料《はから》ずも稲城《いなぎ》の孀婦《やもめ》、老樹《おいき》に名告《なのり》あひしかば、信夫《しのぶ》が事も恁々《しか〴〵》と、聞知《きゝし》ることを得《え》たる也。よりて忠訴《ちうそ》の一条《いちでう》は、*嚮《さき》に御家臣《ごかしん》木造木工《きづくりむく》、泰勝《やすかつ》に奪略《うばひと》られし、信夫《しのぶ》をいかで拿復《とりかへ》して、且泰勝《かつやすかつ》に撃《うた》れたる、信夫《しのぶ》が養父守延《やうふもりのぶ》の、復讐《あたうち》の願《ねが》ひ也。そを忠訴《ちうそ》と稟《まう》せしは、亦是国《またこれこく》司《し》のおん与《ため》にて、善《ぜん》を彰《あらは》し悪《あく》を誅《ちゆう》する、国家《こくか》の法度《はつと》を糾《たゞ》されなば、本州《このくに》いよ〳〵治《おさま》るべし、と思ふによりて今朝未明《けさまだき》より、歇店《やどり》を出《いで》て多気《たげ》の貴城《きぜう》へ、いそぐ折《をり》から幸《さいは》ひに、這里《ここ》にて御意《ぎよい》を得《え》ぬる事、是性急《これせいきう》の一得歟《いつとくか》。はやく泰勝《やすかつ》を召捕《めしとり》て、這義《このぎ》を糾《たゞ》し給ひねかし」、と陳《のぶ》る弁舌爽《べんぜつさはやか》に、些《ちつと》も権威《けんゐ》に憚《はばか》らで、その意《い》を罄《つく》す勇士《ゆうし》の魂《たましひ》、世《よ》に又儔多《またたぐひおほ》からぬ、器量《きりやう》もはやく顕《あらは》れしを、側聞《かたへぎゝ》せし伴当們《ともびとら》は、面《おもて》を照《あは》し目《め》を注《くは》して、「俺君侯《わがくんこう》のおん理会《さばき》、いかにやあらん」と思ひけり。満泰主《みつやすぬし》はつく〴〵と、听《きゝ》つゝ眉《まゆ》をうち顰《ひそ》めて、「いはるゝ趣《おもむき》こゝろ得《え》がたかり。*嚮《さき》に稲城守延《いなぎもりのぶ》が、女児《むすめ》の往方《ゆくへ》を索難《たづねかね》て、そを木造泰勝《きづくりやすかつ》の、所為《わざ》なるべしとて、告《こう》訴《そ》せし折《をり》、則《すなはち》泰勝《やすかつ》を召問《めしとは》して、然而《さて》対決《たいけつ》に及《およ》びしかども、素《もと》より証据《せうこ》なき事にて、只守延《たゞもりのぶ》が推量《すいりやう》の、臆説《おくせつ》なるを、争何《いかゞ》はせん。よりてその議《ぎ》を退《しりぞ》けて、訴状《うつたへぶみ》を返《かへ》せし也。又《また》守延《もりのぶ》が横死《わうし》の光景《ありさま》、「こは山賊《やまだち》の所為《わざ》なるべし」、と地方《ところ》の民們《たみら》が稟《まう》すにより、有司《ゆうし》に命《めい》じ、夥兵《くみこ》を出《いだ》して、緝捕《しふほ》《○トリテ》に由《ゆ》断《だん》なかりしかども、いまだその賊《ぞく》を獲《え》ず。然《さ》るを和殿《わどの》も聞《きゝ》僻《ひが》めて歟《か》、又泰勝《またやすかつ》を敵手《あひて》にせんとて、中途《ちうと》の嗷訴《どうそ》、大人気《おとなげ》なし。正《まさ》しき証据《せうこ》あるにあらずば、*狂人《きやうじん》を趕《おは》んとて、不狂《ふきやう》人《じん》も走《はし》るに似《に》たり。誰《たれ》か疎《そ》忽《こつ》といはざるべき。*三《み》たび思《おも》ふに優《ます》ことあらじ」、といと鷹揚《おうやう》に窘《たしな》めて、既《すで》に立《たゝ》まくせられしを、小六《ころく》は霎時《しばし》と推禁《おしとゞ》めて、「御諚《ごじやう》では候へども、晩生《それがした》他郷《けう》の人《ひと》として、尊駕《そんが》を犯《をか》す訴《うつたへ》に、証据《せうこ》なくて聴《きか》れんや。*那泰勝《かのやすかつ》が隠慝《いんどく》《○カクスアクジ》は、則《すなはち》他《かれ》が家《いへ》の若党《わかたう》、山勝杣内《やまがつそまない》、奴隷《しもべ》敵介《てきすけ》、這個二名《これこのふたり》の招了《はくでう》にて、綷既《ことすで》に分明《ふんみやう》也。その故《ゆゑ》は箇様《かやう》々々《〱》」と地蔵堂《ぢざうだう》の乾井《からゐ》の内《うち》に、捕蟄《とりこめ》措《おき》たる顚末《もとすゑ》を、詞《ことば》せわしく演説《ゑんぜつ》して、「なほ疑《うたがは》しく思《おも》ひ給はゞ、倶《ぐ》したる小廝《こもの》を案内《しるべ》に立《たて》ん。おん伴当《ともびと》を遣《つかは》されて、牽出《ひきいだ》さして覼《みそなは》せ。鄙語《ことわざ》にいふ論《ろん》より証据《せうこ》、今《いま》さら多弁《たべん》に及《およ》ぶべからず。みづから問《とは》せ給はずや」、といはれて満泰驚《みつやすおどろ》き羞《はぢ》て、「しからんには俺愆《われあやまて》り。嗚乎《ああ》愆《あやまち》ぬあやまちぬ」、と呟《つぶや》きつゝ遽《いそがは》しく、伴当《ともびと》を見かへりて、「英虞将曹《あごのせうそう》、明星二郎《あかぼしじらう》、若們《なんぢら》は那里《あしこ》なる、十字《つぢ》仏堂《だう》に快赴《とくおもむ》きて、達生《だてうち》に生拘《いけど》られたる、罪人們《つみびとら》を牽《ひき》もて来《こ》よ。快々《とく〱》せよ」、と火急《くわきう》の主命《しゆうめい》、「承《うけたまは》りぬ」、と応《いらへ》も果《はて》ず、はや身《み》を起《おこ》す件《くだん》の二名《ふたり》は、雑色奴隷《ざふしきしもべ》を相従《あひしたが》へて、然而《さて》庶吉《ちかきち》を案内《しるべ》にしつゝ、地蔵堂《ぢざうだう》に来《き》て見れば、野井《のゐ》には石《いし》を蓋《ふた》してあり。「那杣内《かのそまない》・敵介《てきすけ》は、這井《このゐ》の内《うち》に」、と庶吉《ちかきち》が、いふに大家《みな〱》こゝろを得《え》て、石《いし》を擡《もたげ》んとしたれども、些《ちつと》も動《うごか》ざりければ、「綷《こと》の肇《はじめ》に這石《このいし》を、誰《た》が拮揮《あげおろし》したるや」、と問《と》へば庶吉微笑《ちかきちほうゑみ》て、「敢人手《あへてひとで》を措《か》りしにあらず。俺東人《わがおやかた》《○シユジン》のひとりして、拿《とり》も卸《おろ》しもし給ひにき」、といふに大家《みな〱》駭呆《おどろきあき》れて、「然《さら》ば和郎《わろ》が御主人《ごしゆじん》は、什麼《そも》幾人《いくたり》のちからやあるらん。さても〱」、とばかりに、うち目戍《まも》りてありけるを、却已《さてやむ》べきにあらざれば、大家斉一《みな〱ひとしく》立懸《たちかゝ》り、力《ちから》を勠《あは》し辛《からく》して、纔《わづか》に石《いし》を拿除《とりのぞ》きて、杣内《そまない》と敵介《てきすけ》を、牽出《ひきいだ》し追立《おつたて》て、軈《やが》て国司《こくし》の面前《まなさき》へ、推居《おしすえ》つ恁々《しか〱》と、稟《まう》して索《なは》を扣《ひか》えてをり。奴隷《しもべ》は遠《とほ》く退《しりぞ》きて、非常《ひじやう》を戍《まも》るも多《おほ》かりけり。

爾程《さるほど》に杣内《そまない》と、敵介《てきすけ》は思ひがけなく、既《すで》に国司《こくし》の面前《まなさき》に、

牽居《ひきすえ》られていよゝますく、驚《おどろき》怕《おそ》れ膝折布《ひざをりしき》て、頭《かうべ》を擡得《もたげえ》ざりしを、小六《ころく》は「然《さ》こそ」、とうち対《むか》ひて、「やをれ杣内《そまない》、敵介《てきすけ》も、おん面前《まなさき》にて今一度《いまいちど》、向《さき》の如《ごと》くに招了《はくでう》せよ。快《とく》いはずや」、と責《せめ》らるゝ、勢《いきほ》ひ脱《のが》れがたければ、個悪僕們《このあくぼくら》はおそるく、即便主《すなはちしゆう》の泰勝《やすかつ》の、悪事《あくじ》の趣《おもむき》遺《おち》もなく、具《つぶさ》に招了《はくでう》してければ、国司《こくし》は小六《ころく》を見かへりて、「恁《かく》は和殿《わどの》の挦《はた》きにて、黒白分明《こくびやくふんみやう》なるからは、泰勝《やすかつ》が罪《つみ》、遁《のが》るべからず。けふは先妣《せんび》の忌辰《きしん》により、俺身《わがみ》廟墓《びやうぼ》に焼香《せふかふ》せんとて、這《この》処《ところ》まで来《き》ぬれども、料《はから》ずも殺伐《さつばつ》の、詮議《せんぎ》に不浄《ふじやう》を帯《おび》たれば、香華院《ぼだいしよ》へ赴《おもむ》きがたかり。這里《ここ》より城《しろ》に立《たち》かへりて、即便木《すなはちき》○サツソク造泰勝《づくりやすかつ》を、召捕《めしとら》して禁獄《きんごく》せん。且《まづ》よくこの意《い》を得《え》られよ」、といはれて小六《ころく》は些《ちつと》も礙議《ぎぎ》せず、「仰《おふせ》うけばり候へども、倘事遅《もしことち》々《ち》して、泰勝《やすかつ》が、悪事露顕《あくじろけん》を聞知《きゝし》らば、はやく逐電《ちくでん》

有像第廿三

小六途謁伊勢国司《ころくみちにいせのこくしにあつす》

きぬがさも心もみぢにかたむけんひさしきにます友とおもへば

あか星二郎　小六　あご将曹　みつやす

するとあらん。爾《しか》らば信夫《しのぶ》を将《い》て走《はし》る歟《か》、亦従《またしたが》はずば、殺《ころ》しもしつべし。願《ねが》ふは這里《ここ》より晩生《それがし》に、検鑑使《けんかんし》を添《そえ》させて、牽《ひか》せ給ひしおん馬《うま》と、雑兵《ざふひやう》十名許《にんばかり》借《か》し給はゞ、おん使《つかひ》として泰勝《やすかつ》の、宿所《しゆくしよ》に騎着《のりつ》け、搦捕《からめとり》て、信夫《しのぶ》を救《すく》ひ候はん。この義《ぎ》を許容《きよよう》あれかし」、といふに国司《こくし》は諾《うべな》ひて、「壮《さかん》なるかな勇士《ゆうし》の神速《じんそく》、その義《ぎ》寔《まこと》にしかるべし。なれども和殿《わどの》一騎《いつき》にて、はやく那首《かしこ》に赴《おもむ》きなば、泰勝主僕《やすかつしゆぼく》なほ疑《うたが》ひて、防戦《ばうせん》に及《およば》ん歟《か》。この義《ぎ》もいまだ知《し》るべからず。泰勝《やすかつ》の父《ちゝ》、木造親政《きづくりちかまさ》は、いぬる日《ひ》阿射賀《あざか》へ遣《つかは》したれば、目今《たゞいま》宿所《しゆくしよ》に在《あ》らずといへども、従類家僕《じゆうるいかぼく》なほ多《おほ》かり。よりて和《わ》殿《どの》に借《か》す東西《もの》あり」、と諭《さと》して近習《きんじゆ》に吩咐《いひつけ》て、轎子《のりもの》の内《うち》に措《おか》れたる、*木夾《かんさつ》一枚《ひとひら》拿寄《とりよし》て、「こは非常《ひじやう》の事《こと》あらん折《をり》、一人《いちにん》たりとも俺幹人《わがつかひびと》たる、その与《ため》の符契《わりふ》にて、当家《たうけ》相伝《さうでん》の烙字《やきいん》あり。俺身《わがみ》外出《よそで》の折《をり》といへども、必《かならず》その内一枚《うちひとひら》を、轎子《のりもの》に容《いれ》さして、随身《ずいじん》したれば這里《ここ》に在《あ》り。泰勝主僕《やすかつしゆぼく》相拒《あひこば》むとも、是《これ》を出《いだ》して示《しめ》しなば、皆謹《みなつゝしみ》て承伏《せうふく》せん。努々《ゆめ〱》疎略《そりやく》あるべからず」、と告示《のりしめ》しつゝ木夾《かんさつ》を、逓与《わた》して又英虞将曹《またあごせうそう》を、覺児《せうぎ》の側《かたへ》に召《よび》よせて、「汝《なんぢ》は達生《だてうち》と共侶《もろとも》に、雑兵《ざふひやう》を相従《あひしたが》へて、快泰勝《とくやすかつ》が宿所《しゆくしよ》に赴《おもむ》け。明星二郎《あかぼしじらう》はその悪僕們《あくぼくら》を、牽立《ひきたて》て俺《わ》が迹《あと》より、城内《ぜうない》へ将《い》てまゐるべし。這它《このよ》の事は恁々《しか〱》」、と掟《おきて》て小六《ころく》に別《わかれ》を告《つげ》て、「許《ゆる》し給へ」、と轎子《のりもの》に、移《うつ》る日影《ひかげ》の辰過《たつすぎ》て、みにまだならぬ春《はる》の花《はな》の、草《くさ》なき方《かた》へ繰返《くりかへ》す、伴当《ともびと》居多《あまた》先《さき》に立《たち》、後《あと》に跟《つ》きつゝ路直《みちなほ》き、多気《たげ》城投《ぜうさし》てかへりゆく。間隔《あはひへだて》て明星二郎《あかぼしじらう》は、奴隷《しもべ》に索《なは》を拿《とら》したる、杣内《そまない》と敵《てき》介《すけ》を、追立《おつたて》々々《〱》共侶《もろとも》に、旧来《もとき》し方《かた》へ赴《おもむ》きたる、そが中《なか》に英虞将曹《あごせうそう》は、土居《ついゐ》て主《しゆう》の轎子《のりもの》を、目送《みおく》り果《はて》て、稍身《やゝみ》を起《おこ》し、小六《ころく》に対《むか》ひて、検鑑使《けんかんし》を、奉《うけたまは》りしよしを告《つげ》て、牽残《ひきのこ》されし主《しゆう》の乗馬《じやうめ》を、鏁奴《くちつき》に牽寄《ひきよし》さして、「卒《いざ》」とて小六《ころく》に逓与《わた》しけり。登時《そのとき》小六《ころく》は、将曹《せうそう》と、雑兵們《ざふひやうら》を労《ねぎら》ひて、遥後方《はるかあとべ》に侍《はべ》りたる、庶吉《ちかきち》を召近着《よびちかづけ》て、綷《こと》の趣《おもむき》恁々《しか〱》と、這里《ここ》より去向《ゆくて》を指示《さししめ》して、「汝《なんぢ》は馬《うま》に附《つき》がたからん。英虞主《あごぬし》に従《したが》ひて、俺投《わがさす》かたに到《いた》るべし」、といひつゝ将曹《せうそう》にうち対《むか》ひて、*那木造《かのきづくり》の宿所《しゆくしよ》を問《とふ》に、将曹答《せうそうこたへ》て、「泰勝《やすかつ》は、父親政《ちゝちかまさ》と同居《どうきよ》にて、*手斧陝巷《てをのせこ》の居宅《やしき》に在《あ》り。又*三十蚊《またみそか》の里《さと》に別荘《べつさう》あれば、其里《そこ》に起臥《おきふし》する日《ひ》もあらん。孰《いづれ》に案内《しるべ》を致《いたさ》んや」、といふに小六《ころく》は眉根《まゆね》を顰《ひそ》めて、「本宅別荘二个所《ほんたくべつさうにかしよ》あらば、けふ泰勝《やすかつ》が在《を》る処《ところ》を、杣内《そまない》・敵介《てきすけ》に問《とふ》べかりしに、然《さり》とは知《し》らで脱落《ぬかり》にけり。什麼《そも》泰勝《やすかつ》は日勤《につきん》なるや」、と問《と》へば将曹頭《せうそうかうべ》を掉《ふり》て、「否《いな》。日勤《につきん》には候はず。這月《このつき》の某日《それのひ》より、病着《いたづき》ありと聞《きこ》えしのみ。その在《を》る処《ところ》は知《しら》ざりき」、といふに小六《ころく》は沈吟《うちあん》じて、「しからばその三十蚊《みそか》なる、別荘《べつさう》に赴《おもむ》くべし。顧《おも》ふに那泰勝《かのやすかつ》は、略奪《うばひとり》て隠《かく》し措《お》く、信夫《しのぶ》を父母《ふぼ》と倶《とも》に在《を》る、本宅《ほんたく》には憚《はゞか》るならん。況病着《まいていたづき》に推《かこつ》けて、うち籠《こも》り在《あら》んには、何処《いづこ》へか赴《おもむ》くべき。件《くだん》の里《さと》は何処《いづこ》ぞや」、と問《と》へば将曹《せうそう》点頭《うなづき》て、「亮査寔《りやうさつまこと》にその由《よし》あり。那別荘《かのべつさう》は這野辺《このゝべ》より、約莫《およそ》廿四五町《ちやう》あらん。その路筋《みちすぢ》は恁々《しか〴〵》也。箇様々々《かやう〳〵》に候」、と最叮寧《いとねんごろ》に差示《さししめ》すを、小六《ころく》は听《きゝ》つゝ記臆《むなおぼえ》《○キオク》して、「しからば路次《ろぢ》をいそぐべし。御免《ごめん》あれ」、と揖譲《ゐしやく》しつ、馬《うま》にうち乗《の》り、鐙《あぶみ》を蹴立《けたて》て、驀地《まつしぐら》に走《はし》らすれば、雑兵幷《ざふひやうならび》に庶吉《ちかきち》まで、皆《みな》「後《おく》れじ」、と足《あし》に信《まか》して、喘々《あへぎ〳〵》ぞ趕《おふ》たりける。

話分両頭《ものがたりふたつにわかる》。*爾程《さるほど》に、木造木工介泰勝《きづくりむくのすけやすかつ》は、嚮《さき》に信夫《しのぶ》を奪《うば》ひし折《をり》、父内匠親政《ちゝたくみちかまさ》は、新城修造《しんぜうしゆぞう》の摠執事《さうしつじ》にて、阿射賀《あざか》の里《さと》に赴《おもむ》きて、久《ひさ》しく還《かへ》らざりけれども、母親《はゝおや》にすら深《ふか》く秘《かく》して、三十蚊《みそか》の里《さと》なる別荘《べつさう》に、腹心《ふくしん》の奴婢《ぬび》を隷《つけ》て、うち潜《しのば》せて折々《をり〳〵》に、来《き》つゝ信夫《しのぶ》を挑《いど》みしかども、素《もと》より孝烈堅固《かうれつけんご》なる、妙《をとめ》なれば罵辱《のりはづかし》めて、日数《ひかず》経《ふ》れども従《したが》はず、迫《せま》らば自殺《じさつ》に及《およ》ぶべき、覚期《かくご》に懲《こ》りて、「心長閑《こゝろのどけ》く、日毎《ひごと》に術《て》を易科《かえしな》を替《かえ》なば、本意《ほい》を遂《とげ》ん」、と尋思《しあん》をしつゝ、いぬる日《ひ》より病痾《やまひ》に仮托《かこつけ》、将息《やうじやう》の与《ため》と唱《となへ》て、夜《よ》も日《ひ》も三十蚊《みそか》の別荘《べつさう》に在《あ》り。きのふ医師《くすし》の誨《をしえ》たる、那山獺《かのやまをそ》を獲《え》まくほしさに、若党杣内《わかたうそまない》にこゝろ得《え》さして、奴隷敵介《しもべてきすけ》共侶《もろとも》に、山猟《やまがり》せよとて今朝《けさ》未明《まだき》より、近《ちか》き高峰《たかね》へ遣《つかは》したる、爾後《そのゝち》に泰勝《やすかつ》は、独《ひとり》つら〳〵思ふやう、「聞《き》くがごときは那山獺《かのやまをそ》の、即効至妙《そくこうしめう》也といふとも、這頭《こゝら》の山《やま》になき東西《もの》ならば、労《ろう》して功《こう》を得《え》がたかるべし。けふは且術《まづて》を易《かえ》て、信夫《しのぶ》が親守延《おやもりのぶ》の、横死《わうし》のよしを報知《つげしら》して、「靡《なび》かば為《ため》に力《ちから》を尽《つく》して、仇《あた》を穿鑿《あなぐ》り撃果《うちはた》して、怨《うらみ》を雪《きよ》め得《え》させんず」、といはゞ必《かならず》親《おや》の与《ため》に、俺《われ》をちからに做《なさ》ざらんや。這計略《このけいりやく》は捷径《ちかみち》にて、孝女《かうぢよ》の心《こゝろ》を弱《よは》く做《な》すべき、その即効《そくこう》は山獺《やまをそ》に、優劣《まさりおとり》のなきものならん。嗚乎《ああ》爾《しか》也」、と肚裏《はらのうち》に、処致《ふんべつ》はやく決《さだ》まりければ、日属《ひごろ》信夫《しのぶ》を隠《かく》し措《お》く、矮楼《にかい》に登《のぼ》りて覘《うかゞ》ふに、信夫《しのぶ》は衣《きぬ》をうち被《かつ》ぎて、臥《ふし》たる随《まゝ》に睡《ねむ》りもせず、*涙流《なみだなが》るゝ塗枕《ぬりまくら》は、裏見《うらみ》の曝布《たき》も外《よそ》ならず、容顔毎《ようがんつね》に愁《うれ》ひを含《ふくみ》て、雨《あめ》に悩《なやめ》る漁村《ぎよそん》の柳《やなぎ》、風《かぜ》に傷《いため》る露台《ろだい》の花《はな》も、是《これ》には優《ま》さじ、と看惚《みほ》れたる、泰勝《やすかつ》やをら枕方《まくらべ》に、寄添《よりそ》ひつゝ慰《なぐさ》めて、然而《さて》いぬる日守延《ひもりのぶ》の、横死《わうし》の趣箇様《おもむきかやう》々々《〳〵》と、実事虚談口《まことそらごとくち》に信《まか》して、報知《つげしら》しつゝ又《また》いふやう、「是等《これら》の事を那折《かのをり》に、快知《とくしら》せんと思ひしかども、只《たゞ》山賊《やまだち》の所為《わざ》とのみ、聞《きこ》えて仇《あた》の安定《さだか》ならねば、歎《なげ》きを見るも胸苦《むねくる》しさに、けふまでは黙止《もだ》せしが、你《そなた》の心《こゝろ》ひとつにて、俺《われ》に靡《なび》かばその山賊《やまだち》は、是俺岳父《これわがしうと》の冤家《かたき》也。樹《き》を伐草《きりくさ》を芟《かり》払《はら》ひても、索求《たづねもと》めて怨《うらみ》を復《かへ》さん。然《さ》でも心《こゝろ》に従《したがは》ずや」、とその身《み》の悪事《あくじ》を外々《よそ〳〵》しく、恩《おん》に被《かけ》つゝ口説《くどき》けり。信夫《しのぶ》は親《おや》の横死《わうし》のよしを、聞《き》くに得堪《えたへ》ず、「吐嗟《あなや》」と叫《さけ》びて、身《み》を起《おこ》し又伏沈《またふししづ》む、駭嘆悲泣《がいたんひきう》、無量《むりやう》の憂苦《ゆうく》に、流《なが》るゝ涙《なみだ》は雨《あめ》より繁《しげ》く、声《こゑ》を惜《をし》まずうち泣《な》きしを、才《わづか》に思ひ返《かへ》しけん、猛《まう》然《ねん》として頭《かうべ》を擡《もた》げて、蛾眉《がび》を逆建《さかだて》、星眼《せいがん》を、睜開《みひら》きて、佶《き》と泰勝《やすかつ》を、疾視《にらま》へ声《こゑ》を戦《ふるは》して、「怨《うらめ》しや武弁《ぶべん》の奸賊《かんぞく》、良家《りやうか》の婦女子《をなご》を略奪《うばひとり》て、恥《はぢ》を知《しら》ざる綺語艶談《きぎよゑんだん》、只是人《たゞこれひと》を苦《くる》しめて、身《み》の楽《たのしみ》と做《な》すのみならず、俺親《わがおや》の死《し》をけふまでも、秘《かく》して更《さら》に恩《おん》がましく、「為《ため》に怨《うらみ》を雪《きよめ》ん」、といはるゝ義理歟《ぎりか》。無慙《むざん》の白物《しれもの》、女子《をなご》と思ひ侮《あなど》らば、返《かへ》すよしなき悔《くひ》あらん。嗚乎《ああ》哀《かな》しきかな、家尊《かぞ》の大人《うし》、俺身《わがみ》の所以《ゆゑ》にいくばくの、心《こゝろ》を苦《くる》しめ夜《よ》を犯《をか》して、命果敢《いのちはか》なくなり給ひけん、御運《ごうん》の末《すゑ》こそ痛《いた》ましけれ。什麼何《そもなに》とせん」、とばかりに、腸《はらわた》を断《た》つ孝女《かうぢよ》の哀情《あいじやう》、物狂《ものぐるは》しくなるまでに、猶《なほ》も怒《いか》りに堪《たへ》ざりけん、又泰勝《またやすかつ》にうち対《むか》ひて、「俺父《わがちゝ》身故《みまか》り給ひし事、汝《なんぢ》が殺《ころ》すにあらずとも、汝《なんぢ》が悪事《あくじ》の故《ゆゑ》をもて、身《み》の危《あやう》きを見かへらで、その禍《わざはひ》に遇《あひ》給へば、怨《うらみ》は則汝《すなはちなんぢ》にあり。思ひ知《し》るや」、と罵《のゝし》りて、泰勝《やすかつ》が傍《かたへ》に措《お》きたる、腋挿《わきざし》の短刀《たんたう》を、搔拿《かいと》りはやく身《み》を起《おこ》して、抜放《ぬきはな》さんとしてけるを、泰勝透《やすかつすか》さず打落《うちおと》して、小腕拿《こがひなとつ》て動《うごか》せず、怒《いか》れる声《こゑ》をふり立《たて》て、「噫物々《あなもの〳〵》しき腐女奴《くさりをんなめ》。うち靡《なびか》せんと思へばこそ、心長閑《こゝろのどけ》く慰《なぐさ》めたれ。恩《おん》も情《なさけ》も弁《わきま》へずとて、この儘《まゝ》にして允《ゆる》さんや。その義《ぎ》ならば手《て》を結扭《しば》り、足《あし》を繫《つな》ぎて本意《ほい》を遂《とげ》ん。這方《こなた》へ来《こ》よ」、と挔立《ひきたつ》るを、立《たゝ》じと角《すま》へど、女子《をなご》のちからに、克《かな》ふべくもあらざれば、稍《やゝ》振放《ふりはな》ち搔潜《かいくゞ》りても、脱《のが》るゝ方《かた》なき必死《ひつし》の覚期《かくご》に、「身《み》を汚《けが》されじ」、と矮楼《にかい》なる、欄干《らんかん》に衝《つ》と足踏《あしふみ》かけて、跳揚《おどりあが》りつ栽稠《うゑこみ》の、間《あはひ》へ撻《だう》と落《おち》たりける、這响喨《このものおと》に奴婢《ぬび》四五名《にん》、庖湢《くりや》のかたより走出《はしりいで》て、相《み》れば信夫《しのぶ》は巻石《とびいし》に、膳《あばら》をいたく撲《うた》しけん、はや息絶《いきたえ》たる光景《ありさま》に、「薬《くすり》よ水《みづ》よ」、と罵譟《のりさわ》ぐを、泰勝《やすかつ》は矮楼《にかい》より、直下《みおろ》しつゝ声《こゑ》をかけて、「やよ、然《さ》な譟《さわ》ぎそ。隠蔵東西《かくしもの》也。はやく納戸《なんど》へ引入《ひきい》れて、術幹《てあて》をせずや」、と諭《さと》すのみ、みづから其処《そこ》に赴《おもむ》きて、又劬《またいたはら》んはさすがにて、「活《いき》ずば日属《ひごろ》の心尽《こゝろづく》しの、画餅《あだ》にやならん」、と呟《つぶや》きつ、今《いま》さら短慮《たんりよ》を後悔《こうくわい》の、額《ひたひ》を病《やま》して忙然《ばうぜん》たる、胸安《むねやす》からず思ひけり。

*恁《かゝ》る折《をり》から、達小六助則《だてのころくすけのり》は、独騣馬《ひとりしゆんめ》に鞭《むち》を鳴《な》らして、三十蚊《みそか》の里《さと》なる泰勝《やすかつ》の、別荘《べつさう》に来《き》にければ、閃《ひら》りと下《をり》て、門内《もんない》へ、馬《うま》を牽入《ひきい》れ繫留《つなぎと》めて、呼門《おとなひ》もせず找《すゝ》み入《い》るに、一家児《いへのうち》の奴婢《ぬび》は咸《みな》、信夫《しのぶ》が即死《そくし》に聚譟《つどひさわ》ぎて、多《おほ》く納戸《なんど》のかたに在《あ》り。咎《とがむ》るものゝなかりしかば、小六《ころく》は四下《あたり》を看回《みめぐ》らすに、矮楼《にかい》にも人《ひと》ありとおぼしく、咳《しはぶき》の音《こゑ》聞《きこ》えしを、泰勝《やすかつ》ならんと猜《すい》したる、その機《き》に臨《のぞ》みて些《ちつと》も猶予《ゆよ》せず、忽地《たちまち》に声《こゑ》をかけて、「木工介殿《むくのすけどの》や在《いま》する。木工殿《むくどの》木工殿《むくどの》」、と喚《よば》ゝるにぞ、泰勝《やすかつ》は胸安《むねやす》からぬ、尋思《しあん》の折《をり》にその名《な》を喚《よば》れて、心《こゝろ》ともなく「応《おう》」といふ。答《こたへ》に小六《ころく》は突然《とつねん》と、矮楼《にかい》に登《のぼ》り来《き》にければ、泰勝《やすかつ》駭訝《おどろきいぶか》りて、「怪《あや》しや和殿《わどの》は何人《なにもの》ぞ」、と問《とは》せも果《はて》ず近《ちか》づきたる、小六《ころく》は仡《きつ》と立向《たちむか》ひて、「知《しら》ずや俺《われ》は国司《こくし》の使者《ししや》、達小六《だてのころく》と喚做《よびなし》たる、原是《もとこれ》東国《あづま》の浪人《らうにん》也。木造《きづくり》泰勝罪悪《やすかつざいあく》あり。その事《こと》露《ろ》顕《けん》に及《およ》びしかば、則《すなはち》国司《こくし》の密意《みつい》に儘《まか》して、俺召捕《われめしとら》ん与《ため》に来《き》たれり。覚期《かくご》をせよ」、と罵《のゝし》れば、泰勝《やすかつ》は「吐嗟《あなや》」とばかり、駭《おどろ》きながらなほ怯《ひる》まず、思ひ復《かへ》せし声苛《こゑいか》めしく、「這癖者《このくせもの》が何《なに》をかいふや。俺身《わがみ》に犯《をか》せし罪《つみ》あらず。非除《よしや》その罪《つみ》ありとても、封疆《ほうきやう》《○サカヒ》素《もと》より四州《ししう》に亘《わた》りて、一万五千の軍役《ぐんやく》を、出《いだ》させ給ふ俺君《わがきみ》は、智勇《ちゆう》の家《か》

臣匱《しんとも》しからぬに、流寓《ながれわた》りの浮浪人《ふらうにん》を、おん使《つかひ》に立《たて》られんや。憶《おも》ふに汝《なんぢ》は俺《わ》が機密《きみつ》を、泄聞《もれきゝ》たる事あるをもて、権《をど》して金《かね》にせんとてか、貴命《きめい》を詭《いつは》る騙賊《もがり》の魂胆《こんたん》、其頭《そこら》の術《て》に乗《の》る俺《われ》にはあらず。目《め》に物《もの》見せん」、と短刀《たんとう》を、晃《きら》りと引抜《ひきぬ》く勢《いきほ》ひ悍《たけ》く、砍《き》らんとせしを引外《ひきはづ》す、小六《ころく》は透《すか》さず扇《あふぎ》をもて、刃《やいば》を丁《ちやう》と打落《うちおと》して、怯《ひる》む利手《きゝて》を引肩被《ひきかつぎ》て、ちからに儘《まか》して投《なげ》たりければ、泰勝《やすかつ》は*真柱《まばしら》に、頭《かうべ》を撲《うた》し眼眩《まなこくら》みて、霎時《しばし》は起《おき》も得《え》ざりける、响《ひゞ》きに駭《おどろ》く斧田《おのだ》与記《よき》右衛門《ゑもん》、這宅《このよ》も若党《わかたう》奴隷《しもべ》まで、「こは何事《なにごと》ぞ」、と胆《きも》を潰《つぶ》して、推続《おしつゞ》きつゝ散動《どよ》々〳〵と、大家《みな〳〵》矮楼《にかい》にうち登《のぼ》る。そが中《なか》に与記《よき》右衛門《ゑもん》は、はやく真先《まさき》に找登《すゝみのぼ》りて、那為体《かのていたらく》に些《ちつと》も礙議《ぎぎ》せず、「主人《しゆじん》の冤家脱《かたきのが》さじ」、と名告《なのり》かけつゝ腋挿《わきざし》の、刀《かたな》を抜《ぬき》て面《おもて》も振《ふ》らず、撃《うつ》を小六《ころく》は扇《あふぎ》をもて、受流《うけなが》し踏込《ふみこみ》て、眉間《みけん》を礅《はた》と打悩《うちなや》せば、「吐嗟《あなや》」と叫《さけ》ぶ与記《よき》右衛門《ゑもん》、憶《おもは》ず刃《やいば》を戛里《からり》と捨《すて》て、蛉打《たぢろ》ぐ弱腰下高《よはごししたたか》に、蹴《け》られて俯走《のめ》る二三間《げん》、是《これ》も柱《はしら》に面《つら》を撲《うた》して、向歯《むかば》三枚摧《さんまいくだ》けにければ、流《なが》るゝ血《ち》さへ衄《はなぢ》さへ、*煎《せんじ》蘇枋《すはう》の大壜《おほどくり》、傾《かたむ》けらるゝに異《こと》ならず、嘯《うめ》き苦《くる》しむ声悲《こゑかな》しげに、壁《かべ》に朝《むか》ひて平張《へたばり》たり。後《おく》れて来《き》ぬる若党奴隷《わかたうしもべ》は、小六《ころく》が本事《てなみ》に胆落《きもおち》て、只囂《たゞがや》々〳〵と罵《のゝし》るのみ、推捕稠《おつとりこめ》たるのみにして、找《すゝ》むは稀《まれ》にもなかりけり。登時《そのとき》小六は声高《こゑたか》やかに、

「虎狼《こらう》の奸党《かんたう》、この期《ご》にも、なほ天罰《てんばつ》を知《しら》ざるや。俺《われ》は他《た》郷《けう》の旅客《たびゞと》なれども、義《ぎ》の与《ため》には親疎《しんそ》を択《えら》まず、弱《よはき》を助《たす》けて強《つよ》きを折《くぢ》き、冤《しへたげ》を伸怨《のべうらみ》を雪《きよ》めて、世《よ》の奸悪《かんあく》を鋤《すか》まく欲《ほり》する、宿念《しゆくねん》越《こゝ》に愆《あやまた》ず、けふその事の手刱《てはじめ》に、野井《のゐ》の地蔵《ちざう》の頭《ほとり》にて、泰勝《やすかつ》と同悪《どうあく》なる、杣内《そまない》・敵介《てきすけ》を生拘《いけどり》たり。こゝをもて信夫《しのぶ》が所在《ありか》、守延《もりのぶ》が撃《うた》れし趣《おもむき》、通《すべ》て泰勝《やすかつ》が悪事《あくじ》の顛末《もとすゑ》、他《かれ》們《ら》が招了《はくでう》により、露顕《ろけん》の折《をり》、料《はから》ず国司《こくし》は先妣《せんび》の廟所《びやうしよ》へ、参《さん》詣《けい》の与出《ためいで》まして、那野《かのの》を過《よぎ》り給ふ程《ほど》に、俺泰勝《われやすかつ》が罪犯《ざいぼん》を、恁々《しか〴〵》と訴《うつたへ》て、山勝杣内《やまがつそまない》・敵介們《てきすけら》を、国司《こくし》の従者《ずさ》に牽渡《ひきわた》し、且泰勝《かつやすかつ》を緝捕《しふほ》《〇トリテ》の与《ため》、則《すなはち》使節《しせつ》の木夾《かんさつ》を、預賜《あづけたまは》りたりければ、牽《ひか》せ給ひしおん馬《うま》を、借奉《かりたてまつ》りうち騎《のり》て、検鑑使《けんかんし》英虞将曹《あごのせうそう》們《ら》に、先《さき》だちて走《はし》らせ来《き》つ、方僅《いま》泰勝《やすかつ》に使節《しせつ》のよしを、示《しめ》したれども実事《まこと》とせず、那悪僕《あのあくぼく》と共侶《もろとも》に、こよなき無礼《ぶれい》に及《およ》びしかば、已《やむ》ことを得《え》ず掻抓《かいつか》みて、主従《しゆう〴〵》を投懲《なげこら》したり。

三十蚊別荘烈女飛楼《みそかのべつさうにれつぢよたかどのをとぶ》　有像第廿四

せかれても木の間くゞりて岩ばしりおちてくだくる滝のしら
玉

やす勝　よきゑもん　小竹生　小六

疑《うたがは》しくは是《これ》を見よ。英虞生《あごうぢ》、緝捕《とりて》の夥兵們《くみこら》も、程遠《ほどとほ》からず来《き》つべきぞ」、と詞《ことば》せわしく告示《のりしめ》しつゝ、懐《ふところ》を掻撈《かゝぐり》て、那木夾《かのかんさつ》を拿出《とりいだ》すを、見れば果《はた》して疑《うたが》ひもなき、国司《こくし》家伝《かでん》の烙字《やきいん》あり。「得実《さては》」、とばかり跪居《ひざまづ》く、若党奴隷《わかたうしもべ》、いへばさら也、泰勝并《やすかつならび》に与記右衛門《よきゑもん》は、這照鑑《このせうかん》にいよ〳〵遽《あはて》て、やうやくに身《み》を起《おこ》せども、撲傷《うちみ》の疼痛《いたさ》に勝《たへ》ざれば、腰《こし》さへ立《たゝ》ず且羞《かつはぢ》て、倶《とも》に頭《かうべ》を低《たれ》て在《を》り。小六《ころく》はこれを見かへりて、「やをれ泰勝《やすかつ》、従類們《じゆうるいら》。信夫《しのぶ》を何処《いづこ》に隠《かく》したる。快々《とく〳〵》這里《ここ》へ将《い》て来《こ》ずや」、といふに大家《みな〳〵》語言《ことば》ひとしく、「仰《おふせ》では候へども、件《くだん》の妙《をとめ》を今《いま》さらに、推隠《おしかく》して何《なに》にせん。信夫《しのぶ》は剛才《いまがた》這矮楼《このにかい》より、落《おち》て縡断《ことき》れ候ひぬ。その折《をり》は泰勝《やすかつ》のみ、這《この》処《ところ》に在《あり》しかば、甚《いか》なる故歟《ゆゑか》、その義《ぎ》は知《し》らず。又活《またいく》べうも候はず」、といふに小六《ころく》は駭嘆《おどろきたん》じて、「*已《やみ》なん〳〵他《かれ》が薄命《はくめい》《○フシアハセ》。

俺《われ》もし這里《ここ》へ来《く》ることの、一晌《ひとゝき》はやくば命《いのち》を隕《おと》す、愆《あやまち》はなからんに、命運茲《めいうんこゝ》に竭《つき》たる歟《か》。亡骸《なきがら》也とも扛《かき》もて来《き》て、俺《われ》に相《み》せよ」、と急《いそが》せば、「承《うけたまは》りぬ」、と答《こたへ》たる、そが中《なか》に両三名《ふたりみたり》、勤《いそ》しく階子《はしご》を下立《をりたち》て、信夫《しのぶ》を蒲団《ふとん》に推包《おしつゝ》み、手繰《てぐり》にしつゝ推登《おしのぼ》して、小六《ころく》の身辺《ほとり》に扛居《かきすえ》しを、小六《ころく》は蒲団《ふとん》を推《おし》ひらかして、相《み》れば寔《まこと》に呼吸《いき》絶《たえ》たる、死顔《しにがほ》ながら色《いろ》も変《かは》らず。迭《かたみ》に七才《なゝつ》なりし秋《あき》、相別《あひわか》れしより年闌《としたけ》ても、有繫《さすが》に残《のこ》る幼仆良《をさながほ》の、厶歟《それか》とばかり思ふのみ、画餅《あだ》《○グワベイ》になりたる再《さい》会《くわい》の、甲斐《かひ》もなげきを推隠《おしかく》す、小六《ころく》は独村胆《ひとりむらぎも》の、心《こゝろ》づきつゝ思ふやう、

「俺御《われみ》吉野《よしの》に在《あ》りし時《とき》、仙孃《やまひじりめ》の授給《さづけ》ひし、那仙丹《かのせんたん》はなほ一粒《ひとつぶ》、薬籠《やくろう》の内《うち》に在《あ》り。嚮《さき》に庶吉《ちかきち》が死《し》せし折《をり》、這妙薬《このみやうやく》の奇《き》効《こう》によりて、死《し》を起《おこ》しぬる例《ためし》もあるに、且仙孃《かつやまひじりめ》の示現《じげん》にも、「残《のこ》る二粒《にりう》は後々《のち〳〵》に、用《もちふ》ることあるべし」、と宣《のたま》はせしが、果《はた》して錯《たがは》ず。今又《いまゝた》これを用《もち》ひなば、信夫《しのぶ》を救《すく》ふことしもあらん」、とはやく尋思《しあん》をしたりしかば、又衆人《またもろびと》にうち対《むか》ひて、「信夫《しのぶ》は這里《ここ》より落《おち》し折《をり》、窮所《きうしよ》を撲《うた》して死《しゝ》たりとも、那身《かのみ》に受《うけ》たる傷《きず》は見えず。倘良薬《もしりやうやく》を用《もち》ひなば、息吹返《いきふきかへ》す事もあるべし。俺幸《われさいは》ひに腰《こし》に附《つけ》たる、薬籠《やくろう》に奇薬《きやく》あり。清浄水《きよきみづ》に火《ひ》を鑚掛《きりかけ》て、快《とく》もて来《こ》よ」、と吩咐《いひつく》れば、若党一名《わかたうひとり》こゝろを得《え》て、一個《ひとり》の奴隷共侶《しもべもろとも》に、遽《いそがは》しく下立《をりたち》て、時《とき》を移《うつ》さず件《くだん》の水《みづ》を、茶碗《ちやわん》に汲《くみ》とり、折敷《をしき》に載《のし》て、恭《うや〳〵》しくもて来《き》にけり。小六《ころく》はこれを傍《かたへ》に措《をか》して、信夫《しのぶ》が胸《むね》を拊試《なでこゝろみ》るに、聊温《いさゝかあたゝか》なりければ、軈《やが》て一粒《ひとつぶ》の仙丹《せんたん》を、拿出《とりいだ》して水《みづ》と共《とも》に、信夫《しのぶ》が口《くち》に沃《そゝ》ぎ入《い》れ、仙孃《やまひじりめ》を黙禱《きねん》して、姑且胸《しばらくむね》を拊《なつ》る程《ほど》に、信夫《しのぶ》は忽地《たちまち》「吐嗟《あなや》」と叫《さけ》びて、眼《まなこ》を開《ひら》き身《み》を起《おこ》す、蘇生《そせい》に大家《みな〳〵》うち驚《おどろ》きて「奇也々々《きなり〳〵》」と称《たゝ》へたる、中《なか》に小六《ころく》は歓《よろこ》びの、気色面《けしきおもて》に顕《あらは》れて、「やよや信夫《しのぶ》、心地《こゝち》は甚麼《いかに》。身節《みふし》はなほも痛《いため》る歟《か》。俺《われ》は国司《こくし》のおん使《つかひ》にて、泰勝們《やすかつら》が做《な》しし悪事《あくじ》の、既《すで》に露顕《ろけん》に及《およ》びしかば、召捕《めしとり》に向《むか》ひし折《をり》、阿娘《おこと》は剛才高《いまがたたか》きより、落《おち》て身故《みまか》りたりしよし、聞《きこ》えにければ試《こゝろみ》に、俺感得《わがかんとく》の仙丹《せんたん》あるを、拿出《とりいだ》して用《もち》ひしかば、即効《そくこう》既《すで》に愆《あやま》たで、恁《かゝ》る蘇生《そせい》の歓《よろこ》びあり。阿娘《おこと》は亦何等《またなにら》の故《ゆゑ》に、みづからその死《し》を急《いそ》ぎしぞや」、と問《とは》れて信夫《しのぶ》は恥省《はなじろみ》たる、

貌《かたち》を改《あらた》め額《ぬか》をつきて、「*諚使《じやうし》、上《かみ》に御座《をはしま》す、淡《あは》き女子《をなご》に侍《はべ》れども、自《みづから》迫《せま》りて死《し》を楽《たのしま》んや。奴《わらは》は親《おや》の撃《うた》れしよしを、けふまで知《し》らで身《み》の憂苦《うさ》をのみ、歎《なげ》きに堪《たへ》ず侍《はべ》りしに、嚮《さき》に那泰勝《あのやすかつ》が、箇様《かやう》々々にいひしかば、父《ちゝ》の横死《わうし》を稍聞知《やゝきゝし》りて、いよ〳〵怨《うらみ》のやる方《かた》なさに、撃果《うちはた》さんとしたれども、その事克《かな》はず拉《とりひしが》れて、剰《あまさへ》この身《み》を緬《いまし》めて、本意《ほい》を遂《とげ》んと挑《いどま》れたる、身《み》を汚《けが》されじ、と必死《ひつし》の覚期《かくご》を、極《きは》めて這里《ここ》より栽稠《うゑこみ》の、間《あはひ》へや落《おち》たりけん、それより後《のち》は覚《おぼえ》ざりしに、然《さ》る有《あり》がたき薬《くすり》の即効《そくこう》、再《ふたゝび》生《い》きぬる御洪恩《ごかうおん》、何《いづれ》の時《とき》にか忘《わす》るべき。なほこの上《うへ》のおん慈悲《ちひ》には、世《よ》になき父《ちゝ》の讐敵《あたかたき》を、撃《うち》も果《はた》して、現在《げんざい》の、母《はゝ》の歎《なげ》きを慰《なぐさむ》る、よすがも欲得《がな》、と願《ねが》ふのみ。いかで宜《よろし》くよろしく」、と憑《たの》む言葉《ことば》の露《つゆ》ばかりだも、国司《こくし》の使者《ししや》は実《うみ》の親《おや》の、守傅《もりかしづ》きし脇屋《わきや》の公達《きんだち》、小六丸《ころくまる》ぞ、とまだ知《しら》ねども、孝義《こうぎ》に厚《あつ》き烈女《れつぢよ》の誠心《まごゝろ》、小六《ころく》は不覚《そゞろ》に感涙《かんるい》の、拭《すゝ》むを人《ひと》に見《み》られじ、とうち紛《まぎ》らする咳《しはぶ》きと、共《とも》にしば〳〵嗟嘆《さたん》して、「その義《ぎ》は心安《こゝろやす》かるべし。阿娘《おこと》の父《ちゝ》を撃《うち》たるも、亦泰勝《またやすかつ》が所為《わざ》にして、若党杣内《わかたうそまない》・与記右衛《よきゑ》門《もん》に、密意《みつい》を示《しめ》し、遠箭《とほや》に掛《かけ》て、射《い》て殺《ころ》したる趣《おもむき》は、今朝《けさ》杣内《そまない》と敵介《てきすけ》を、俺料《われはから》ずも生拘《いけど》りて、他們《かれら》が招了《はくでう》により分明《ふんみやう》なれば、途《みち》にて国司《こくし》に訴稟《うつたへまう》して、事《こと》のこゝに及《およ》べる也。恁《かゝ》れば泰勝主僕《やすかつしゆぼく》の罪戻《ざいれい》*、今《いま》さら免《のが》るゝ所《ところ》なし。必《かならず》死《し》刑《けい》に処《しよ》せられて、件《くだん》の怨《うらみ》を雪《きよめ》ん事、日《ひ》を僂《かぞ》べて等《まつ》べきのみ。爾《しか》るに嚮《さき》に泰勝《やすかつ》は、憖《なまじい》に俺《われ》を疑《うたが》ひて、主僕無礼《しゆぼくぶれい》に及《およ》びしかば、已《やむ》ことを得《え》ず拉《とりひし》ぎて、聊《いさゝか》懲《こら》したりければ、見《み》らるゝ如《ごと》く撲傷《うちみ》に衰《よは》りて、半生半死《はんせうはんし》の為体《ていたらく》、*天網恢々《てんこうくわい〳〵》疎《そ》にして漏《もら》さず、心地快事《こゝちよきこと》ならずや」、と諭《さと》せば得便《げにも》と信夫《しのぶ》が歓《よろこ》び、なほ怨《うらめ》しげに泰勝《やすかつ》を、見かへりつ疾視《にらまへ》て、「虎狼《とらおほかみ》も獵夫《かりびと》に、獲《え》られて檻《をり》に入《い》るに及《およ》べば、鼠《ねずみ》にしかずなりにたり。是《これ》も亦《また》おん使《つかひ》の、御庇《みかげ》と思へば慰《なぐさ》め侍《はべ》り」、といふに小六《ころく》は頷《うなづ》きて、「那杣内《かのそまない》と相謀《はからひ》て、守延《もりのぶ》を射《い》て殺《ころ》したる、与記右衛《よきゑ》門《もん》も這里《ここ》にあらん。はや逃《にげ》たる歟《か》、甚麼《いかに》ぞや」、と問《とふ》に信《しの》夫《ぶ》は衆人《もろびと》の、答《こたへ》を等《また》ず指《ゆび》さして、「その与記右衛《よきゑ》門《もん》は那奴《かやつ》で侍《はべ》り。主共侶《ぬしもろとも》に投懲《なげこら》されて、腰脚《あしこし》立《たゝ》ずなり侍《はべ》りしは、竟《つひ》に漏《もら》さぬ天《てん》の羅《あみ》、報《むく》ひは恁《しか》ぞありけんかし」、と報《つぐ》る折から国司《こくし》の雑兵《ざふひやう》、幷《ならび》に庶吉《ちかきち》・英虞《あご》将曹《せうそう》も、漸々《しだい〳〵》に走着《はしりつき》て、こゝに来会《らいくわい》してければ、小六《ころく》は則《すなはち》泰勝《やすかつ》主僕《しゆぼく》の、事《こと》の趣《おもむき》、信夫《しのぶ》が自殺《じさつ》、そを仙丹《せんたん》の奇効《きこう》によりて、甦生《よみがへ》らせたる事まで、首《はじめ》より尾《をはり》まで、その崖略《あらまし》を説示《ときしめ》せば、誰《たれ》か感歎《かんたん》せざるべき。庶吉《ちかきち》は笑《ゑま》しげに、小六《ころく》に対《むか》ひて恭《うや〳〵》しく、遅参《ちさん》を陪話《わび》てそが儘《まゝ》に、主《しゆう》の後方《あとべ》に侍《はべ》りけり。

第《だい》十八回《くわい》

裡応《りおうぐわいがふはう》外合法を濫《みだ》る
理論方正《りろんはうせいまがれる》枉を縶《た》む

登時《そのときあ》英虞《ご》将曹《せうそう》は、小六《ころく》が武勇《ぶよう》の捍《はたら》きを、只顧《ひたすら》に賞讃《せうさん》して、然而《さて》泰勝《やすかつ》にうち対《むか》ひて、その身《み》の罪悪《ざいあく》露顕《ろけん》により、小六《ころく》を使《つかひ》に立《たて》られたる、君命《くんめい》を宣示《のりしめ》して、這別荘《このべつさう》に在《あ》る所《ところ》の、奴婢《ぬび》の名《な》を問《とひ》、人数《にんず》を糾《たゞ》すに、与記《よき》右衛門《ゑもん》と共《とも》に若党《わかたう》二名《ふたり》、奴隷《しもべ》は通《すべ》て三名《みたり》に過《す》ぎず、又婢妾《またつかへめ》《○ゲヂヨ》も三名《みたり》あり。厶們《それら》は嚮《さき》に駭《おどろ》き怕《おそ》れて、避《にげ》て那這《あちこち》に躱《かく》れしを、一個《ひとり》も漏《もら》さず召聚合《よびつどへ》て、日属《ひごろ》の始末《しまつ》を鞫《たづぬ》るに、若党奴隷《わかたうしもべ》は泰勝《やすかつ》が、信夫《しのぶ》を略奪《うばひとら》せし折《をり》、拘《かゝづ》らひたるものもあり、その宅《よ》は機密《きみつ》を知《しら》ずといへども、信夫《しのぶ》を隠措《かくしお》く悪事《あくじ》を、悟《さとら》ざることあるべきや。恁《かゝ》れば主《しゆう》と同悪《どうあく》の、罪《つみ》を免《のが》るゝ所《ところ》なし、一個《ひとり》も余《あま》すべからずとて、夥兵《くみこ》に下知《げぢ》して、男女斉一《なんによひとしく》、犇々《ひし〳〵》と緪《いまし》めて、更《さら》に一個《ひとり》の雑《ざふ》兵《ひやう》を、村長許遣《むらをさがりつかは》して、恁々《しか〳〵》と吩咐《いひつけ》けり。因《より》て三十《みそ》蚊《か》の村長《むらをさ》は、時《とき》を移《うつ》さず荘客們《ひやくせうばら》に、*箯輿《はにだのりもの》二挺《にちやう》を吊《つら》して、這別荘《このべつさう》に来《き》にければ、将曹《せうそう》 則《すなはち》村長《むらをさ》に、夫役《ぶやく》の所要《しよえう》を宣示《のりしめ》して、「木造《きづくり》泰勝《やすかつ》罪《つみ》あれば、主僕倶《しゆぼくとも》に召囚《めしとらは》る。泰勝《やすかつ》の父《ち》親政《ゝちかまさ》は、嚮《さき》に阿射賀《あざか》に赴《おもむ》きて、本宅《ほんたく》にはその妻在《つまあ》るのみ。且這処《かつこのところ》は別荘《べつさう》なれば、若們《なんぢら》姑且《しばらく》うち戍《まも》りて、後《のち》のおん下知《げぢ》を等《まち》 奉《たてまつ》るべし。この義《ぎ》を愆《あやま》つべからず」、と叮寧《ねんごろ》にこゝろ得《え》さして、その竹輿《かご》、一挺《いつちやう》には信夫《しのぶ》を乗《の》せ、又一挺《またいつちやう》には泰勝《やすかつ》をうち乗《の》せて、これには網《あみ》を掛《かけ》て、非常《ひじやう》の備《そなへ》とす。這宅《このよ》与記《よき》右衛門《ゑもん》を首《はじめ》として、数珠《ずず》繋《つなぎ》にせし奴婢《ぬび》を、雑兵們《ざふひやうら》に追立《おつたて》させて、小六《ころく》と共《とも》に別荘《べつさう》を、出《いで》て多気《たげ》にぞ還《かへ》りける。

爾程《さるほど》に、達小六助則《だてのころくすけのり》は、義俠《ぎけう》思ひの随《まゝ》に事成《ことな》りて、些《ちつと》も遺憾《ゐかん》《○ノコリヲシキコト》なかりしかば、その身《み》は庶吉《ちかきち》を従《したが》へて、又那馬《またかのうま》にうち跨《またが》り、将曹們《せうそうら》を咸先《みなさき》に立《たゝ》して、後《あと》より徐《しづか》に拍《うた》せけり。*この日《ひ》よりして遐邇《をちこち》の、士《し》民《みん》はやくも件《くだん》のよしを、伝聞《つたへきゝ》胆《きも》を潰《つぶ》して、小六《ころく》が義胆豪侠《ぎたんがうけふ》を、賞賛《せうさん》せざるものもなく、名《な》は神《かみ》風《かぜ》の伊勢《いせ》のみならず、後々《のち〱》に至《いた》りては、五畿七道《ごきしちどう》に隠《かく》れなく、唐山《からくに》なる*田仲《でんちう》・王公《わうこう》、劇孟《げきまう》也とも優《ます》べきやとて、皆《みな》慕《したは》しく思ひけり。

閒話休題《あだしごとはさておきつ》。却説《かくて》英虞《あご》将曹《せうそう》は、達小六《だてのころく》と共侶《もろとも》に、信夫《しのぶ》を勦《いたは》り、泰勝們《やすかつら》、主僕《しゆぼく》九名《くにん》を召捕《めしとり》て、多気《たげ》の城《しろ》へかへり来《き》にければ、予《かね》て君命《くんめい》を稟《うけ》たる、有司《ゆうし》幾名歟《いくたりか》、各々《おの〱》これを受拿《うけとり》て、先《まづ》小六《ころく》主僕《しゆぼく》を労《ねぎら》ひて、儲《まうけ》の旅舎《りよしや》へ、案内《しるべ》をするあり、或《あるひ》は問注所《もんちゆうじよ》に出仕《しゆつし》して、泰勝《やすかつ》主僕《しゆぼく》の罪悪《ざいあく》を、糾断《きうだん》せしも多《おほ》かりけり。登時《そのとき》有職《ゆうしよく》の毎《ともがら》は、泰勝《やすかつ》主僕《しゆぼく》、及《また》信夫《しのぶ》を、局内《つぼのうち》に召容《よびい》れて、先《まづ》泰勝《やすかつ》と与記《よき》右衛門們《ゑもんら》が、悪事《あくじ》の顚末《もとすゑ》を鞫問《たづねと》ふ折《をり》、山勝《やまがつ》杣内《そまない》・敵介《てきすけ》は、細《いましめ》られて傍《かたへ》に在《あ》り。既《すで》に他們《かれら》が招了《はくでう》にて、罪悪露顕《ざいあくろけん》の上《うへ》なれば、泰勝《やすかつ》も与記《よき》右衛門《ゑもん》も、頼陳《いつはりちん》ずることを得《え》ず、皆阿容々々《みなおめ〱》と罪《つみ》に伏《ふく》して、又《また》いふよしもなかりけり。恁而《かくて》有司《ゆうし》は信夫《しのぶ》に対《むか》ひて、日属《ひごろ》泰勝《やすかつ》に拿蟄《とりこめ》られたる、その身《み》の始末《しまつ》を鞫《たづぬ》るに、信夫《しのぶ》は犯《をか》し汚《けが》されず、けふしも自殺《じさつ》に及《およ》びしを、小六《ころく》が所蔵《しよざう》の奇薬《きやく》によりて、再生《ふたゝびいき》たる絳《こと》の趣《おもむき》、なほ詳《つまびらか》に聞《きこ》えしかば、有司們《ゆうしら》総《すべ》てその孝烈《かうれつ》を、賞《ほめ》てそが儘《まゝ》退《しりぞか》して、よしを国司《こくし》に聞《きこ》えあげ、その夜《よ》獄舎《ひとや》に繋《つなが》るゝもの、泰勝《やすかつ》幷《ならび》に与記《よき》右衛門《ゑもん》、杣内《そまない》・敵《てき》介《すけ》、この外《ほか》にも、主《しゆう》の悪《あく》を資《たすけ》たる奴隷《しもべ》二名《ふたり》あり。共《とも》に主僕《しゆぼく》六名《むたり》也。その余《よ》の奴婢《ぬび》は、親政《ちかまさ》が本宅《ほんたく》なる、老僕《おとな》某甲《なにがし》を召《めし》出《いだ》して、佶《き》と閉籠《とぢこめ》措《お》くべきよしを、下知《げぢ》して預《あづ》け遣《つかは》しけり。小六《ころく》はいまだ這義《このぎ》を知《しら》ず、「いかに〱」と思ふ程《ほど》に、次《つぎ》の日《ひ》英虞《あご》将曹《せうそう》は、小六《ころく》が旅宿《たびね》の徒然《つれ〲》を訪慰《とひなぐさ》めて、「昨夕《よんべ》泰勝《やすかつ》主僕《しゆぼく》六名《むたり》、ひとしく禁獄《きんごく》せられし事、幷《ならび》に泰勝《やすかつ》が父《ちゝ》、木造《きづくり》内匠《たくみ》親政《ちかまさ》は、阿射賀《あざか》の作事《さくじ》に、出役《しゆつやく》の折《をり》なれば、即便《すなはち》那首《かしこ》におん下知《げぢ》ありて、おん目前《まなさき》を允《ゆる》されず、そが儘《まゝ》慎《つゝしみ》居《を》るならん。又那《またかの》信夫《しのぶ》は、母親《はゝおや》老樹《おいき》と、五柳村《いつやぎむら》なる長隣人《をさりんじん》《〇トナリビト》們《ら》を、召寄《めしよせ》られて、只今《たゞいま》来《き》たれり。即便《すなはち》他們《かれら》に返《かへ》させ給ふ、おん下知《げぢ》のよし聞《きこ》えたり。国司《こくし》は貴客《きかく》に御対面《ごたいめん》、あるべしと仰《おほせ》られしが、昨夕《よんべ》より感冒《かんぼう》にや、聊《いさゝか》不例《ふれい》なるにより、いまだその義《ぎ》に及《およ》ばれず。「是等《これら》のよしを報知《つげしら》して、安心《あんしん》させよ」、と宣《のたま》はせし、内意《ないい》によりて来《き》つる也」、といふに小六《ころく》は歓《よろこ》びて、「そは慚愧《かたじけな》き事にこそ候へ。信夫《しのぶ》は晩生《それがし》が義妹《いもとぼん》にて、那養母《かのやうぼ》老樹《おいき》にも、予示《かねてしめ》せし事あれば、みづから送《おく》りて、那首《かしこ》に到《いた》る歟《か》、然《さら》ずは這里《ここ》にて老樹們《おいきら》に、対面《たいめん》をせまほしけれども、いまだ国司《こくし》に拝見《はいけん》せざれば、進退自由《しんたいじゆう》に致《いた》しがたかり。よりて伴当庶吉《ともびとちかきち》を、晩生《それがし》が代《かへ》として、信夫母女《しのぶおやこ》を送《おく》らして、五柳村《いつやぎむら》へ遣《つかは》すべし」、といふに将曹《せうそう》異議《ゐぎ》に及《およ》ばず、「そは左《と》も右《かく》も貴意《きい》に依《よ》るべし。爾《しか》らばはやく伴当《ともびと》を、恁々《しかぐ》の処《ところ》まで、出《いだ》し給はゞ便宜《びんぎ》ならん。某《それがし》は先《まづ》退《まか》りて、その義《ぎ》を五柳《いつやぎ》の村長《むらをさ》に、伝《つた》へてこゝろを得《え》さすべし。いそがせ給へ」、と期《ご》を推《お》して、告別《いとまごひ》して立《たち》にけり。

登時小六《そのときころく》は庶吉《ちかきち》を、身辺近《ほとりちか》く召《よび》よせて、「目今聞《たゞいまきゝ》けん情由《わけ》なれば、和郎《わろ》は信夫母女《しのぶおやこ》を送《おく》りて、五柳村《いつやぎむら》に赴《おもむ》くべし。勿論和郎《もちろわろ》も知《し》るごとく、老樹《おいき》の刀自《とじ》は病着《いたづき》あり。女児《むすめ》の窮阨《きうやく》稍解《やゝとけ》たる、歓《よろこば》しさに病苦《びやうく》を忘《わす》れて、這里《ここ》までは来《き》ぬるとも、いまだ本復《ほんぷく》せざるべし。況信夫《まいてしのぶ》は実《うみ》の親《おや》の、世《よ》になくなりたる事をしも、听《き》かば憂《うれ》ひに憂《うれ》ひを累《かさね》し、哀傷然《あいじやうさ》こそと想像《おもひや》れば、是《これ》も亦不便《またふびん》也。和郎《わろ》は那里《かしこ》に留《とゞま》りて、朝夕《あさゆふ》の所為《わざ》、何《なに》まれ彼《か》まれ、心《こゝろ》を用《もち》ひて幇助《たすけ》になりね。俺《わが》うへは世《よ》に秘《かく》すといへども、那母子《かのおやこ》には憚《はゞか》りもなし。和郎《わろ》が見もしつ、聞《きゝ》ぬる限《かぎ》り、信夫《しのぶ》に報《つげ》て慰《なぐさ》めよ。俺《われ》は国司《こくし》に再謁《ふたゝびあつ》して、那木夾《かのかんさつ》を返《かへ》しまつらば、その折《をり》ゆきて、意衷《いちう》を罄《つく》さん。この義《ぎ》をこゝろ得《え》よかし」、といふに庶吉沈吟《ちかきちうちあん》じて、「そは承《うけたまは》り候へども、小人《やつがり》こゝに侍《はべ》らずば、万事《よろづ》に便《びん》なくをはすべし。那里《かしこ》に止宿《ししゆく》の一条《いちでふ》は、望《のぞま》しからず候」、と推辞《いなむ》を小六《ころく》は聞《きゝ》あへず、「そは益《やく》もなき遠慮《ゑんりよ》也。三《み》たびの餞《ぜん》も、その余《よ》の東西《もの》も、皆国司《みなこくし》より貺《たまは》れば、和郎《わろ》が側《かたへ》に在《あ》らずとて、俺身《わがみ》に便《びん》なき事はなし。稲城《いなぎ》の母女《おやこ》を慰《なぐさ》めて、幇助《たすけ》にならんは誰《た》が与《ため》ぞ。俺身《わがみ》に代《かは》るよしを思《おも》はゞ、そこらの惑《まよ》ひなかるべし。よくせよかし」、と叮寧《ねんごろ》に、諭《さと》して軈《やが》て懐《ふところ》なる、*裹肚《ひねりぶくさ》《〇ウチガヘ》の端《はし》を開《ひら》きて、拿出《とりいだ》す金《かね》十両《りやう》を、数《かぞ》へて紙《かみ》に推包《おしつゝ》みしを、庶吉《ちかきち》に遞与《わた》していふやう、「和郎《わろ》が件《くだん》の母女《おやこ》を送《おく》りて、稲城《いなぎ》の宿所《しゆくしよ》に到《いた》りて後《のち》に、それを老樹《おいき》の刀自《とじ》に贈《おく》りて、「俺《わが》おこせし」、と言伝《ことづて》せよ。嫈居主人《やもめあるじ》の事にしあれば、故意手簡《わざとてがみ》は遣《つかは》さず。拿《とり》な遺《おと》しそ。袱《ふろしき》に、よく巻《まき》稠《こめ》て腰《こし》に纏《つけ》よ。快々《とく〳〵》せよ」、といそがして、理《ことわ》り切《せめ》たる主《しゆう》命《めい》に、庶吉《ちかきち》は且感《かつかん》じ、且畏《かつかしこみ》て更《さら》に辞《いろ》はず、「仰《おふせ》こゝろ得《え》候ひぬ。及《およば》ずとても誠心《まごゝろ》の、届《とゞか》ん限《かぎ》り母女《おやこ》の与《ため》に、憂《うれひ》を分《わか》ちて幇助《たすけ》になりてん。御心安《みこゝろやす》く思《おぼ》されよ」、と答《こたへ》て聴《やが》て遽《いそがは》しく、身装《みごしらへ》する程《ほど》しもあれ、一個《ひとり》の奴隷《しもべ》が走《はし》り来《き》て、「おん客人《きやくじん》の伴当《ともびと》よ。稲城《いなぎ》の母女《おやこ》は問注所《もんちゆうじよ》を、退《まか》りて村長共侶《むらをさもろとも》に、目今宿所《たゞいましゆくしよ》へ還《かへ》る也。「このよし告《つげ》よ」、と英虞殿《あごどの》の、指揮《さしづ》によりて叫《よび》まうす。卒案内《いざしるべ》をせん。快来《とくき》ませ」、といふに庶吉応《ちかきちいらへ》をしつゝ、小六《ころく》に対《むか》ひて恭《うや〳〵》しく、告別《いとまごひ》しつ件《くだん》の奴隷《しもべ》に、引《ひか》れて出《いで》てゆきにけり。

　案下某生更題《そはさておきてこゝにまた》、木造内匠親政《きづくりたくみちかまさ》の宿所《しゆくしよ》には、泰勝《やすかつ》が事はやく聞《きこ》えて、罪悪脱《ざいあくのが》るゝ所《ところ》なく、既《すで》に禁獄《きんごく》せられしを、母親《はゝおや》痛《いた》く駭《おどろ》き歎《なげ》きて、親族《しんぞく》を聚合《つどへ》、衆議《しゆぎ》を凝《こら》し、救拿《すくひとら》まく思《おも》へども、術計出《てだてのいづ》る所《ところ》なし。「折《をり》から良人《をつと》は城修造《しろしゆぞう》の、摠執事《さうしつじ》にて阿射賀《あざか》に在《あ》り。憑《たの》む所《ところ》は女児《むすめ》のみ。他《かれ》は国司《こくし》の側室《そばめ》にて、引板屋殿《ひたやどの》と称《せう》せらる、鍾愛今《しやうあいいま》に盛《さかん》なれば、父親政《ちゝちかまさ》が権臣《きりもの》に、倣登《なりのぼ》りしも女児《むすめ》の庇《かげ》也。然《され》ば又泰勝《またやすかつ》とは、*箸折縢《はしをりから》む同胞《はらから》なれば、せん術《すべ》あらん」、と尋思《しあん》をしつゝ、その黄昏《たそがれ》より潜《ひそ》やかに、轎子《のりもの》に乗走《のりはし》らして、引板屋《ひたや》の局《つぼね》に赴《おもむ》きつ、閑談数刻《かんだんすこく》に及《およ》びしを、人大《ひとおほ》かたは知《しら》ざりけり。恁而泰勝《かくてやすかつ》の母親《はゝおや》は、その詰旦未明《あけのあさまだき》に還《かへ》りて、腹心《ふくしん》の老僕們《おとなら》に、機密《きみつ》を示《しめ》し、こゝろを得《え》さして、「その筋《すぢ》なる有司《ゆうし》はさら也。獄卒《ごくそつ》までも漏《もら》すことなく、多《おほ》く人情《おくりもの》を齎《もたら》して、泰勝《やすかつ》がうへを憑《たの》み、日毎《ひごと》に獄舎《ひとや》に食餌《しよくじ》を餽《おく》りて、洊《かさね》て問《とは》るゝことあらば、箇様々々《かやう〳〵》にいふべし」、と悄々地《ひそか》に助言《ちよごん》したりける。恁《かゝ》りし程《ほど》に、泰勝《やすかつ》が做《な》しし悪事《あくじ》は、只那信夫《たゞかのしのぶ》のみならず、年来《としごろ》姉《あね》と父親政《ちゝちかまさ》の、勢《いきほ》ひを仮《か》りて忌憚《いみはゞか》らず、或《あるひ》は人《ひと》の妻妾《さいせふ》と姦《かん》淫《いん》し、或《あるひ》は民間《みんかん》の美女《びぢよ》を豪奪《がうだつ》《○ムリニトル》して、犯《をか》して後《のち》に返《かへ》せしもあり、留《とゞ》めて妾《おんなめ》にしたるもありしを、今番《こたび》いふもの多《おほ》かりしかば、有司《ゆうし》亦復《また〳〵》泰勝《やすかつ》を、獄舎《ひとや》より牽出《ひきいだ》して、これらの虚実《きよじつ》を鞫問《きくもん》せしに、泰勝即便陳《やすかつすなはちちん》ずるやう、「今《いま》おん鞫《たづね》の趣《おもむき》は、某《それがし》一切《つや〳〵》覚《おぼえ》あらず。そは怨《うらみ》あるものゝ、流言《りうげん》《○ナガシゴト》にこそ候はめ。恔《かう》いへば身《み》の非《ひ》を知《し》らで、言《こと》を飾《かざ》るに似《に》たれども、信夫《しのぶ》也とて故《ゆゑ》なくて、奪拿《うばひとら》せたるにあらず。初《はじめ》某《それがし》媒妁《なかだち》をもて、娶《めと》らんと欲《ほり》せしに、那親《かのおや》稲城守延《いなぎもりのぶ》が、飽《あく》まで罵辱《のゝしりはづかし》めたる、口《くち》の憎《にく》さに怒《いかり》に得《え》堪《たへ》ず、正《まさ》なき事をしたれども、然《さり》とても某《それがし》が、若党杣内《わかたうそまない》・与記《よき》右衛《ゑ》門《もん》に、吩咐《いひつけ》て守延《もりのぶ》を、射殺《いころ》させたるに候はず。那若党們《かのわかたうら》も守延《もりのぶ》に、罵《のゝし》られたる怨《うらみ》あれば、殺《ころ》して後《のち》に某《それがし》に、告《つげ》て忠義《ちうぎ》にしたる也。其情《そのじやう》かくの如《ごと》くなりしを、然《さり》とて証据《せうこ》あるにあらねば、陳《ちん》ずるとても甲斐《かひ》なからん、と思ふて黙止《もだし》候へども、再度《さいど》の譴責《けんせき》、已《やむ》ことを得《え》ず、陳《のぶ》る所是実《ところこれじつ》也。願《ねが》ふは杣内《そまない》・与記《よき》右衛《ゑ》門《もん》を、拷問《がうもん》あらば詳《つばら》に知《し》られん。某《それがし》漫《そゞろ》に罪《つみ》を犯《をか》して、命《いのち》を惜《をし》むにあらねども、この事聞《きこ》えず、斧鉞《ふゑつ》に就《つ》かば、親《おや》さへ姉《あね》さへ安《やす》からで、家門《かもん》の破滅《はめつ》に及《およ》ぶべし。這意《このい》を査《さつ》し給へかし」、と喞言《かごと》がましく頼陳《いつはりちん》じて、哀請《かなしみこ》ふて已《やま》ざりければ、有司《ゆうし》は憶《おもは》ず面《おもて》を照《あは》して、倶《とも》に肚裏《はらのうち》に思ふやう、「現這木造泰勝《げにこのきづくりやすかつ》は、不《ふ》行状《ぎやうでう》の癖者《くせもの》なれども、父《ちゝ》は一二《いちに》の権家《きりもの》にて、姉《あね》は館《やかた》の御寵《ごちやう》愛《あい》、大《おほ》かたならぬ側室《そばめ》也。その方《かた》ざまより俺們《われ〱》へ、人情《おくりもの》しば〱ありしに、今《いま》この便宜《びんぎ》を退《しりぞ》けて、方便《はうべん》なくば怨《うら》みられて、身《み》の上《うへ》に及《およ》びやせん。要《えう》こそあれ」、と各々《おのも〱》、言《こと》に出《いで》ねど小人《しようじん》の、尋思斉一理《しあんひとしくり》を枉《まげ》て、又獄舎《またひとや》より杣内《そまない》と、与記《よき》右衛《ゑ》門《もん》を牽出《ひきいだ》さして、方僅《いま》泰勝《やすかつ》が陳《ちん》じたる、趣《おもむき》をもて責《せめ》問《とふ》に、這悪僕們《このあくぼくら》は承伏《せうふく》せず、争《あらそ》ひ果《はて》しなかりしかば、有司《ゆうし》們《ら》連《しき》りに焦燥《いらだち》て、拷問数刻《がうもんすとく》に及《およ》ぶ程《ほど》に、杣内《そまない》も与記《よき》右衛《ゑ》門《もん》も、苦痛《くつう》に堪《たへ》ず、心《こゝろ》にも、あらで首状《はくでう》してければ、この日《ひ》の庁《ちやう》は果《はて》にけり。

*恁而《かくて》有司《ゆうし》は、再断《さいだん》の、趣《おもむき》を聞《きこ》えあげて、泰勝《やすかつ》が罪一等《つみいつとう》を、降《くだ》さんと請稟《こひまう》せしを、満泰《みつやす》の主諾《ぬしうべな》ひて、「しからんには泰勝《やすかつ》は、罪《つみ》ありとても死《し》に至《いた》らず。信夫《しのぶ》を豪奪《がうだつ》《○ムリニトル》したりしは、是賊情《これぞくじやう》に似《に》たれども、強姦《きやうかん》《○ムリニヲカス》せしにあらざれば、是《これ》も亦罪重《またつみおも》からず。只守延《たゞもりのぶ》を射《い》て殺《ころ》したる、杣内《そまない》・与記《よき》右衛《ゑ》門《もん》を市《いち》に棄《すて》て、泰勝《やすかつ》、幷《ならび》に敵介們《てきすけら》の、従僕三名《じゆうぼくみたり》は五十扳《いそたゝき》、笞撻懲《むちうちこら》して追放《ついはう》すべし。その余《よ》はさせる罪《つみ》あらず。赦《ゆる》すべし、免《ゆる》すべし」、と速《すみやか》に下知《げぢ》せられけり。以《ゆゑ》あるかな、泰勝《やすかつ》の姉引《あねひ》板屋《たや》の方《かた》は、弟《おとゝ》の禁獄《きんごく》せられし日《ひ》より、閉蟄《とぢこも》り、憂悶《うれひもだ》へて、敢又召《あへてまためし》に応《おう》ぜず。国司《こくし》はこれに驚《おどろ》きて、局《つぼね》に立《たち》より病痾《やまひ》

を問《とふ》て、みづから慰《なぐさ》め給ふこと、両三番《ふたゝびみたび》に及《およ》びしかば、引《ひ》板屋《たや》の方《かた》は思ひの随《まゝ》に、弟《おとゝ》の与《ため》に愁訴《しうそ》して、何《なに》とか口説《くどき》まうしけん、よくも聞知《きゝし》るものはなけれど、*現女謁内奏《げにによゑつないそう》は、和漢国家《わかんこくか》の蔽政《へいせい》にて、賞罰是《せうばつこれ》より乱《みだ》るゝこと、今《いま》に刱《はじめ》ぬ沿習《ならひ》にあなれば、満泰主《みつやすぬし》も倶《とも》に憂《うれ》ひて、便宜《びんぎ》もあらば泰勝《やすかつ》を、助《たすけ》んと思ひ給ふものから、然《さ》しも法度《はつと》を私情《しじやう》に儘《まか》して、自由《じゆう》にせんはさすがにて、*模稜《もりやう》の手段《しゆだん》に一旬《とをか》あまり、徒《いたづら》に過《すぐ》されしに、けふ有司們《ゆうしら》が稟《まう》せしよしの、料《はから》ずその欲《よく》に称《かな》へば、敢又尋思《あへてまたしあん》に及《およ》ばず、綷速《ことすみやか》に命《めい》ぜられて、杣内《そまない》・与《よ》記《き》右衛門《ゑもん》は、首《かうべ》を刎《はね》られ、泰勝幷《やすかつならび》に敵介們《てきすけら》は、倶《とも》に追放《ついはう》せられけり。

　這時《このとき》までも達小六《だてのころく》は、なほ城内《ぜうない》の旅舎《りよしや》に在《あ》り。国司《こくし》に対《たい》面《め》せらるゝを、けふか明日《あすか》歟と等程《まつほど》に、英虞将曹《あごせうそう》と、明星《あかぼし》二郎《じらう》は、主君《しゆくん》の内意《ないい》あればとて、日毎《ひごと》に小六《ころく》を訪慰《とひなぐさ》めて、ある時《とき》は江湖上《よのなか》の、物《もの》がたらひに銷《くら》す日《ひ》もあり。又《また》ある時《とき》は武《ぶ》を講《かう》じ、古今《こゝん》の治乱《ちらん》を論《ろう》じなどして、叮寧《ねんごろ》に管待《もてなし》ければ、小六《ころく》は国司《こくし》の安否《あんぴ》を問《とふ》に、「病着《いたづき》は稍瘥《やゝおこた》り給へど、いまだ沐《かみあ》げ浴《ゆあ》みをせられず。なれども程遠《ほどとほ》からず、沙汰《さた》あるべし」、と答《こたふ》るのみ。長《なが》き春《はる》の日《ひ》慰難《なぐさめかね》たる、隣耳房《となりながや》の晩《おそ》桜《ざくら》、夕《ゆふべ》の風《かぜ》に零果《ちりはて》て、新樹《わかば》に更《かは》る三月《やよひ》の天《そら》も、下三四日《すゑみかよか》になりし時候《ころ》、「国司対面《こくしたいめ》あるべし」とて、将曹《せうそう》が案内《しるべ》に立《たゝ》せし、走卒《はしりづかひ》《○ツカヒカチ》の来《き》にければ、小六《ころく》は労《ねぎら》ひ姑且等《しばらくまた》して、軈《やが》て準備《ようい》の礼服《れいふく》に、更《あらた》めて出《いで》にけり。登時英虞将曹《そのときあごせうそう》は、内玄関《ないげんくわん》に出迎《いでむか》へて、儲《まうけ》の席《むしろ》に誘引《いざな》ふ程《ほど》に、国司北畠満泰主《こくしきたばたけみつやすぬし》は、書院《しよゐん》に在《いま》して対《たい》面《めん》せらる。こは旧縁《きうえん》の義《ぎ》を以《もつて》、貴賤《きせん》を分《わか》たず、うち解《とけ》て、心復《ふくしん》の近習《きんじゆ》をのみ、多《おほ》く左右《さゆう》に侍《はべ》らして、相譚《かたらは》ん与《ため》なれば、僅《わづか》に賓主《ひんしゆ》の坐《ざ》を隔《へだて》、身辺近《ほとりちか》く招《まねか》れしを、小六《ころく》は阿容《おめ》ず膝《ひざ》を找《すゝ》めて、病後《びやうご》の安否《あんぴ》を問《とひ》まうせば、満泰《みつやす》は又《また》いぬる日《ひ》の、挊《はたら》きを褒労《ほめねぎら》ひて、「快《とく》にも対面《たいめ》すべかりしに、憶《おもは》ず風邪《ふうじや》に冒《をか》されて、那歓《かのよろこ》びを舒《のべ》ず過《すぐ》せし、怠慢《たいまん》の罪《つみ》を得《え》たり。就《つき》て木造木工介泰勝《きづくりむくのすけやすかつ》が罪過《ざいくわ》の事、なほ疑《うたがは》しきよしもあれば、屢《しば〳〵》虚実《きよじつ》を糺《たゞ》させしに、その情《じやう》やうやく発覚《あらはれ》たり。事《こと》の起本《もと》を原《たづぬ》るに、稲城守延《いなぎもりのぶ》を射《い》て殺《ころ》せしは、泰勝《やすかつ》の所行《わざ》にあらず、若党杣内《わかたうそまない》・与記右衛門《よきゑもん》が、守延《もりのぶ》に罵《のゝし》られたる、怨《うらみ》によりて遠箭《とほや》にかけて、殺《ころ》して後《のち》に泰勝《やすかつ》に、告《つげ》てその身《み》の功《こう》にせしよし、招了《はくでう》かさねて明白《めいはく》なり。恁《かゝ》れば是泰勝《これやすかつ》が、罪過聊《ざいくわいさゝかかろ》軽きに似《に》たり。勿論《もちろ》信夫《しのぶ》を豪奪《がうだつ》して、別荘《べつさう》に隠《かく》し措《お》きしは、賊罪《ぞくざい》をもて断《だん》ずべし。なれども信夫《しのぶ》は幸《さいは》ひに、犯《をか》されずしてなほ処女《しよぢよ》《○キムスメ》也、とみづからも報《つげ》、有《ゆう》司《し》們《ら》が、稟《まう》す所《ところ》も右《みぎ》の如《ごと》し。袷《かれ》と云恰《いひこれ》といひ、重罪《ぢゆうざい》は両個《ふたり》の若党《わかたう》、泰勝《やすかつ》は二《に》*の町《まち》也。こゝをもて杣内《そまない》と、与記《よき》右衛門《ゑもん》を死刑《しけい》に行《おこな》ひ、泰勝并《やすかつならび》に敵介《てきすけ》們《ら》を、杖罪《ちやうざい》《○タヽキノツミ》に処《しよ》して追放《ついはう》したり。この義《ぎ》をこゝろ得《え》られよかし」、と人《ひと》もなげにぞ告《つげ》らるゝ。小六《ころく》は听《きゝ》つゝ冷笑《あざわら》ひて、「最憚《いとはゞか》りなることながら、そは御諚《ごじやう》とも覚《おぼえ》ず候。非除泰勝《よしややすかつ》が吩咐《いひつけ》て、稲城《いなぎ》守延《もりのぶ》を射《い》させずとも、害《がい》せしよしを告《つげ》し折《をり》、那杣内們《かのそまないら》を罪《つみ》とせず、允《ゆる》して倶《とも》に秘《かく》したる、泰勝《やすかつ》が罪重《つみおも》からずや。君那晋《きみかのしん》*の史董狐《ふひととうこ》が、「趙盾《ちやうとん》、君《きみ》を弑《しい》せり」、と写《しる》せしよしを聞《きゝ》給はずや。晋《しん》の霊公《れいこう》は、不徳《ふとく》の君《きみ》にて、その性酷《さがいた》く傲《おご》りたり。又趙盾《またちやうとん》は晋《しん》の正卿《かろう》《○セイケイ》、その心操忠節《こゝろばへちうせつ》なれば、よく霊公《れいこう》を諫《いさむ》れども、霊《れい》公听《こうき》かず、鬱悒《いぶせ》く思ひて、殺《ころ》さんとしぬる事、両三番《ふたゝびみたび》に及《およ》びしかば、趙盾脱去《ちやうとんのがれさら》まく欲《ほり》して、いまだ晋《しん》の境《さかひ》を出《いで》ず。時《とき》に将軍趙穿《せうぐんちやうせん》と喚做《よびな》すもの、霊公《れいこう》を桃園《もゝぞの》に、襲《おそ》ふてこれを殺《ころ》しにけり。これによりて趙盾《ちやうとん》は、かへり来《き》て位《くらゐ》に復《ふく》せしを、晋《しん》の太史董狐《おほふひととうこ》が書《しる》して、「趙盾《ちやうとん》、君《きみ》を弑《しい》せり」とて、掲《かゝげ》て朝《まんどころ》に示《しめ》せしを、趙盾《ちやうとん》見つゝ訝《いぶか》りて、「弑《しい》せしものは趙穿《ちやうせん》也。俺罪《われつみ》なし」といへりしを、董狐《とうこ》は听《き》かず、「さればよ、子《し》は晋《しん》の正卿《かろう》なるに、亡《にげ》たれども境《さかひ》を出《いで》ず。反《かへり》て国《くに》の乱《らん》を誅《ちう》せず。子《し》にあらずして誰《たそ》や」、といひけり。孔子《こうし》これを聞《きゝ》給ひて、「董狐《とうこ》は是古《これいにしへ》の、良史《よきふひと》にこそありけれ。法《はう》を書《しる》して隠《かく》すことなし。宣子《せんし》趙盾《ちやうとん》を云《いふ》。も良大夫《よきかろう》也。法《はう》の為《ため》に悪《あく》を受《うけ》たり。惜《をしい》かな疆《さかひ》を出《いで》なば、免《まぬかれ》ん」、といはれしとぞ。語《ご》は左伝《さでん》及史記《またしき》に見《み》えたり。這故事《このふること》は泰勝《やすかつ》の、罪悪《ざいあく》と異《こと》なれども、その理《り》は是一致《これいつち》也。君《きみ》は文武《ぶんぶ》の名家《めいか》にてをはするに、かばかりの理《り》に惑《まよは》せ給ふは、素《もと》より故《ゆゑ》ある事なる歟《か》。今諫《いまいさむ》るは六日《むいか》の菖蒲《あやめ》、その甲斐《かひ》あるに候はねども、法《はつ》度《と》は君《きみ》の出《いだ》す所《ところ》、君亦《きみまた》みづから破《やぶ》り給はゞ、民焉《たみいづくに》ぞ従《したがは》んや。孟軻《まうか》*は境《さかひ》に入《い》る毎《ごと》に、国《くに》の大禁《たいきん》を問《と》ふといへり。法律《はうりつ》

暗《くら》くば、罪《つみ》を得易《えやす》し。はや身《み》の暇《いとま》を賜《たま》はりてん。允《ゆる》させ給へ」、と告別《いとまごひ》して、立《た》ゝんとせしを、満泰主《みつやすぬし》は、慌《あはたゞ》しく喚返《よびかへ》さして、

「いはるゝ趣《おもむき》、道理《どうり》至極《しごく》。赧然《たんねん》*として汗《あせ》するまでに、最恥《いとはつ》かしく思《おも》へども、今《いま》さらにせんかたなし。恁《かう》いはゞ愆《あやまち》を、飾《かざ》るに似《に》て烏許《をこ》なれども、泰勝《やすかつ》*が祖《おほぢ》、木造政勝《きづくりまさかつ》は、後村上《ごむらかみ》天皇《てんわう》の、河内《かはち》に巡狩《じゆんしう》ましませし折《をり》、陪臣《ばいしん》ながら軍功《ぐんこう》あり。その折先大父《をりせんたいふ》、多気《たげ》の右大臣《うだいじん》顕能《あきよし》の感状《かんでう》に、「今番《こたび》の軍功抜《ぐんこうばつ》群《くん》也。縦《たとひ》子孫《しそん》に罪《つみ》ありとても、七代《しちだい》までは赦《ゆる》すべし」、と写《かゝ》れしよしを予《かね》て、伝聞《つたへきゝ》たることあるに、泰勝《やすかつ》が陳《ちん》ずる所《ところ》と、杣内《そまない》・与記右衛門《よきゑもん》が後度《ごど》の招《はくでう》と、甲乙吻合《これかれふんがふ》しつるを

含情引板屋請恩赦《じやうをふくんでひたやおんしやをこふ》　有像第廿五

露とだには〻このこ〻ろつみも見よたへぬなげきは弟切の草　みつやす

小六再謁国司《ころくふたゝびこくしにあつす》

水に入り火をふむよりもかたかるはたかきをかすいさめこ
との葉　ひたやの方　将曹　小六

もて、儀《かた》の如《ごと》くに計《はから》ひにき。この義《ぎ》を亮査《りやうさつ》あれかし」、と故実《こじつ》を引《ひか》るゝ当坐《たうざ》の陳謝《ちんしや》に、小六《ころく》はなほも膝《ひざ》を找《すゝ》めて、「御諚余義《ごぢやうよぎ》なきことながら、然《さ》る由緒《ゆいしよ》あるものならば、初《はじめ》よりして緝捕《とりて》の沙汰《さた》に、御斟酌《ごしんしやく》もあるべきに、既《すで》に禁獄《きんごく》せられて後《のち》に、古昔《こじやく》の由緒《ゆいしよ》を云云《かにかく》と、思召出《おぼしめしいだ》されしは、憚《はゞか》りながら前後不都合《ぜんごふつがふ》、愚意《ぐい》に得《え》がたきことなれども、晩生《それがし》他《た》郷《けう》の孤客《こかく》にして、貴《たか》きを犯《をか》し是非《ぜひ》を論《ろん》じて、又稟《またまう》すべきよしもなし。いまだ信《しん》ぜられずして、諫《いさむ》るときは譏《そし》ると思はれ、志《こゝろざし》同《おな》じからで、交《まじは》るときは悠々《ゆう〳〵》たる、*行路《ぎやうろ》の心《こゝろ》なきことを得《え》ず。恁《かゝ》れば且泰勝《まづやすかつ》の、罪過《ざいくわ》は左《と》まれ右《かく》もあれ、他《かれ》が祖《おほぢ》の忠義《ちうぎ》に顧《めで》て、恩免《おんめん》の議《ぎ》を加《くは》えられなば、信夫《しのぶ》が親守《おやもり》延《のぶ》の、忠義《ちうぎ》を思召《おぼしめさ》れずや。伝聞《つたへきゝ》にき守延《もりのぶ》は、忠臣《ちうしん》にして文《ぶん》武《ぶ》に長《たけ》たり。曩《さき》に国司《こくし》のおん改名《かいめい》は、京都将軍義満公《きやうとせうぐんよしみつこう》の、諱《いみな》の一字《いちじ》を授《さづけ》られ、その議《ぎ》に及《およ》び給ひぬる、当日《たうじつ》(○ソノヲリ)稲城《いなぎ》守延《もりのぶ》は、只管《ひたすら》にその非《ひ》を陳《のべ》て、面《おもて》を犯《をか》して諫稟《いさめまう》せし、咎《とがめ》により放《はな》れたれども、他郷《たけう》に去《さ》らず二君《にくん》に仕《つか》へず、猶当国《なほたうごく》の逸民《いつみん》に、なりて非命《ひめい》に身故《みまか》りしを、思ひ復《かへ》させ給はぬは、いよゝ妻子《やから》の不幸《ふかう》也。且《かつ》その女児《むすめ》は二親《ふたおや》に、孝行《かう〳〵》の聞《きこ》えあり。守延《もりのぶ》の忠《ちう》、信夫《しのぶ》の孝《かう》は、後々《のち〳〵》までの美談《びだん》ならんを、憐《あはれ》み給ふことなくば、何《なに》をもて民《たみ》の父母《ふぼ》とせん。願《ねが》ふは稲城《いなぎ》の後《のち》を立《たて》て、その忠《ちう》を賞《せう》せられ、信夫《しのぶ》が孝《かう》を、*門閭《もんりよ》に表《ひやう》して、善《ぜん》を勧《すゝ》め給ひなば、懲《こら》さずして悪徒《あくと》は走《はし》り、乱臣賊子《らんしんぞくし》怕《おそ》るべし。古《いにしへ》の有道者《みちあるひと》は、*人《ひと》に贈《おく》るに言《こと》をもてす。晩生弱冠《それがしじやくくわん》鄙陋《ひろう》なる、身《み》の分限《ぶんげん》を見かへらで、博士態《はかせぶり》つゝ備《そなは》らん、事をし越《こゝ》に求《もとむ》るにあらず。惶《かしこ》うも先《さき》つ世《よ》に、同朝歴仕《どうちやうれきし》の旧縁《きうえん》あれば、人《ひと》のいはざる所《ところ》を挙《あげ》て、忠告《ちうこう》せまく欲《ほり》するのみ。罪《つみ》いと多《おほ》し、最多《いとおほ》かり。不敬《ふけい》を允《ゆる》し給ひねかし」、と肝胆《かんたん》を吐《は》く明弁理論《めいべんりろん》に、英虞将曹《あごのせうそう》、この它《よ》の近習《きんじゆ》も、酔《えへ》るが如《ごと》く醒《さむ》るが如《ごと》く、且感《かつかん》じ且阽《かつあやぶ》みて、背《そびら》に汗《あせ》を流《なが》しけり。そが中《なか》に満泰主《みつやすぬし》は、心窃《こゝろひそか》に怒《いか》るといへども、素《もと》より長者《ちやうじや》の事なれば、気色《けしき》にも顕《あらは》さず、つら〳〵と听果《きゝはて》て、「いはるゝ趣《おもむき》、亦是理《またこれり》あり。信夫《しのぶ》が孝《かう》はまだ聞《きか》ねども、然《さ》るものならば賞《せう》すべし。但守延《たゞもりのぶ》を忠臣《ちうしん》と、いはるゝことのみ信《うけ》がたし。南朝北朝《なんちやうほくちやう》いとめでたく、おん中直《なかなほ》らせ給ひにければ、足利氏《あしかゞうぢ》を今《いま》さらに、忌嫌《いみきら》ふべきよしもなし。義満《よしみつ》懇意《こんい》の旨《むね》を表《ひやう》して、諱《いみな》の一字《いちじ》を授《さづけ》られしは、是当家《これたうけ》の面目《めいぼく》なるに、守延独《もりのぶひとり》これを否《なみ》して、衆議《しゆぎ》に愜《あは》ねば罪《つみ》を得《え》たり」、と諭《さと》すを小六《ころく》は聞《きゝ》あへず、「否《いな》。愚意《ぐい》は、御諚《ごじやう》と異《こと》也。鹿《ろく》苑院殿《おんゐんどの》義《よし》満《みつ》当将軍《たうせうぐん》義《よし》持《もち》も、信寡《まことすけな》く、表裏多《ひやうりおほ》かり。そを誓約《せいやく》に背《そむ》くことなく、この次《つぎ》の御位《みくらゐ》に、小倉宮《をぐらのみや》の即《つけ》られ給はゞ、君《きみ》が御改名《ごかいめい》もその甲斐《かひ》あらん。*足利氏倘約《あしかゞうぢもしやく》に背《そむ》きて、宮《みや》を退《しりぞ》け奉《たてまつ》らば、その折国司《をりこくし》も必怒《かならずいか》りて、那宮《かのみや》のおん与《ため》に、塹《ほり》を深《ふか》くし塁《るい》○イシガキを高《たか》くし、甲兵三万《かうへいさんまん》、足利氏《あしかゞうぢ》と、戦《たゝか》ひ給ふこともあるべし。その折《をり》おん名《な》の満《みつ》の字《じ》を、何処《いづこ》にか措《おき》給はん。返《かへ》さんとすとも得《う》べからず、そが儘名告《まゝなの》るも快《こゝろよ》からず、後悔其首《こうくわいそこ》に立《たつ》よしなくば、世《よ》の胡盧《ものわらひ》になり給はん歟《か》。是《これ》も亦知《またし》るべからず。守延《もりのぶ》この義《ぎ》を思ふをもて、面《おもて》を犯《をか》して諫《いさ》めけん。その忠《ちう》その義《ぎ》、知《し》るべきのみ。最《いと》も惶《かしこ》きことながら、*むかし後醍醐天皇《ごだいごてんわう》は、新田《につた》・楠《くすのき》には軍功《ぐんこう》の、大《いた》く劣《おと》りし高氏主《たかうぢぬし》に、御諱《おんいみな》の一字《いちじ》を賜《たまは》り、高《かう》の字《じ》を尊《そん》に更《かへ》て、尊《たか》氏《うぢ》に成《な》されしに、那人《かのひと》はやく叛《そむ》きまつりて、終《つひ》に南朝《なんちやう》に臣《しん》たらず。この折《をり》にしも名《な》の尊《そん》の字《じ》を、拿復《とりかへ》し給ふこと、力《ちから》及《およ》ばせ給はねば、後々《のちゝ》までの御失策《ごしつさく》、いと朽《くち》をしきことなるを、国司《こくし》も心《こゝろ》づき給はずば、*前車後轍相続《ぜんしやこうてつあひつぎ》て、反覆《はんぷく》の悔《くひ》、警《いましめ》がたかり。恪《かく》ても悟《さと》り給はずや」、といはれて満泰忙然《みつやすばうぜん》と、初《はじめ》て酔《えひ》の醒《さむ》るが如《ごと》く、羞《はぢ》たる貌《かたち》を更《あらた》めて、「高《たかい》かな才子《さいし》の妙論《みやうろん》、人《ひと》の視聴《しちやう》を驚《おどろか》して、後学《こうがく》になること多《おほ》かり。那稲城守延《かのいなぎもりのぶ》の、後《のち》を立《たつ》るはかたくもあらねど、男児《をのこゞ》なきを争何《いかゞ》はせん。和殿今《わどのいま》より蔽藩《へいはん》を、幇助《たすけ》て長《なが》く留《とゞま》り給はゞ、俸禄《ほうろく》は請《こふ》に依《よ》るべし。然《さ》るときは俺媒妁《われなかだち》して、信夫《しのぶ》を和殿《わどの》に妻《めあは》せん。則《すなはち》是守延《これもりのぶ》の、忠《ちう》を賞《せう》する与《ため》なれば」、と生諭《なまさと》しして含笑《ほうゑま》れたる、老婆親切皃《ろうばしんせつがほ》なるを、小六《ころく》は得堪《えたへ》ず、艴然《むつ》として、「そは何事《なにごと》を宣《のたま》ふやらん。信夫《しのぶ》は晩生《それがし》が妹《いもと》也。寔《まこと》は嬭母《めのと》の子《こ》也といふとも、いかにして娶《めと》るべき。御懇切《ごこんせつ》は有《あり》がたきまで慚愧《かたじけな》く候へども、*父母《ふぼ》の遺体《ゐたい》を禽獣《とりけもの》に、比《ひ》することを得《え》ざる也。顧《おも》ふに国司《こくし》は晩生《それがし》が、稲城《いなぎ》母子《おやこ》を憐《あはれみ》て、那泰勝《かのやすかつ》を憎《にく》みしを、「信夫《しのぶ》に情《こゝろ》ある故《ゆゑ》ならん」、と思ひ給ふにあらんずらん。千尋《ちひろ》の海《うみ》を測《はか》るとも、人《ひと》の心《こゝろ》は量《はか》るべからず。かへす〴〵も物体《もつたい》なし。その義《ぎ》は御免《ごめん》を被《かうむ》るべし。且晩生《かつそれがし》は*紈袴《ぐわんこ》の為《ため》に、籠中《こちう》の鳥《とり》となることを願《ねが》はず。「なほ国内《くに〴〵》を武者修行《むしやしゆぎやう》して、よく筋骨《きんこつ》を鉡《ためさ》ん」、と欲《ほり》する外《ほか》は候はず。嚮《さき》に預《あづか》り奉《たてまつ》りたる、木夾《かんさつ》を返進《へんしん》すべく、辞別《ちべつ》の思《おも》ひも久《ひさ》しくなりぬ。快身《とくみ》の暇《いとま》を給はるべし」、と強面《つれな》く推辞《いなみ》て、懐《ふところ》より、那木夾《かのかんさつ》を拿出《とうで》つゝ、恭《うや〳〵》しく扇《あふぎ》に載《のせ》て、近習《きんじゆ》に逓与《わた》さんとしてけるを、国司《こくし》は急《きふ》に推禁《おしとゞ》めて、「そは且《まづ》その儘措《まゝおか》れよかし。当地《たうち》に在留願《ざいりうねがは》しからずば、今《いま》さらに力及《ちからおよ》ばず。然《さら》ば俺《われ》、足利家《あしかゞけ》へ、和殿《わどの》の事を聞《きこ》えあげて、旧族《きうぞく》の独子《ひとりご》なれば、俺弟《わがおと〳〵》に等《ひと》しきもの也。武者修行《むしやしゆぎやう》の与《ため》、廻国《くわいこく》すなれば、伝馬旅亭《てんまりよてい》に障《さわ》りなく、下知《げち》せられんことを請《こは》ん。因《より》てその木夾《かんさつ》は、なほも和殿《わどの》の懐《ふところ》にして、異《ゐ》日《じつ》の証据《せうこ》にせられよかし。曩《さき》に*南北両朝《なんぼくふたみかど》、御合体《ごがつたい》ませし折《をり》、鹿苑院《ろくおんゐん》の沙汰《さた》として、「北畠《きたばたけ》は名家《めいか》也。何《なに》まれ彼《か》まれ願《ねがは》れよ。三个条《さんかでふ》は允《ゆる》すべし」、と叮寧《ねんごろ》にいはれしかば、第一《だいゝち》は小倉宮《をぐらのみや》を、この次《つぎ》の御位《みくらゐ》に、即奉《つけたてまつ》らるべき事、第二《だいに》は当《たう》家子々孫々《けしゝそん〳〵》、伊勢《いせ》の国司《こくし》たらん事、とばかりにして第三个《だいさんか》の、所望《しよまう》をいまだ報《つげ》ざりき。慭《かゝ》れば今番《こたび》和殿《わどの》のうへを、承《うけ》引《ひか》れんこと疑《うたが》ひなし。こは旧縁《きうえん》と忠告《ちうこう》の、実義《じつぎ》に答《こたふ》る寸志《すんし》なれば、必《かならず》な推辞《いなみ》給ひそ」、と懇切《ねんごろ》に説示《ときしめ》して、又路《またろ》費《よう》の資《たすけ》にとて、金一百両二包《かねいつぴやくりやうふたつゝみ》を、目録《もくろく》に添《そへ》て牽《ひか》れにければ、小六《ころく》は推辞《いなむ》ことを得《え》ず、歓《よろこ》びを演別《のべわかれ》を告《つげ》て、又将曹《またせうそう》に引《ひか》れつゝ、退《しりぞ》き去《さら》んとしたりしに、亦別席《またべつせき》にて饗応《けうおう》ありけり。登時小六《そのときころく》は、将曹《せうそう》に、就《つき》て所望《しよまう》の一義《いちぎ》あり。そは何事《なにごと》をいふやらん。又《また》この次《つぎ》の巻首《まきのはじめ》に、解分《ときわく》るを聴《きゝ》ねかし。

開巻驚奇俠客伝第二集巻之四　終

開巻驚奇俠客伝《かいくわんきやうきけうかくでん》 第二集《だいにしふ》 巻之五

東都　曲亭主人　編次

第《だい》十九回《くわい》

鴻便《かうべん》に託《よせ》て義児書信《ぎじしよしん》を齎《もたら》す
豺狼《さいらう》を避《さけ》て母女海船《ぼぢよかいせん》に附《つ》く

再《ふたゝび》説《とく》達《だての》小六《ころく》は、満泰卿《みつやすけう》に見参《げんざん》し果《はて》て、又別席《またべつせき》にて饗応《けうおう》の折《をり》、英虞《あご》将曹《せうそう》にうち対《むか》ひて、「某《それがし》させる功《こう》もなきに、二百金《きん》を賜《たまは》ること、罪得《つみえ》がましき事《わざ》なれども、懇命推辞《こんめいいなむ》に由《よし》なくて、受奉《うけたてまつ》り候ひしは、又願《またねがは》しき一条《いちでふ》の、これある故《ゆゑ》に候ひき。那木造泰勝《かのきづくりやすかつ》は、既《すで》に追放《ついはう》せられしかども、信夫《しのぶ》が与《ため》には親《おや》の仇《あた》なり。男魂《をとこだましひ》なきにあらねば、倘復讐《もしあたうち》を願《ねがは》ん歟《か》。爾《さ》る志願《こゝろざし》あるならば、某《それがし》も亦義《またぎ》に仗《より》て、倶《とも》に冤家《かたき》の往方《ゆくへ》を索《たづね》て、助太刀《すけだち》せずばあるべからず。憖《かゝ》れば這金半《このかねなかば》を分《わか》ちて、稲城母女《いなぎおやこ》に賜《たまひ》ねかし。他們《かれら》は女流《をなご》の事なれば、大《たい》望《まう》その義《ぎ》に及《およば》ずとも、這恩禄《このおんろく》に預《あづか》らば、則是守延《すなはちこれもりのぶ》が、旧《きう》忠《ちう》越《こゝ》に空《むな》しからで、君恩枯骨《くんおんここつ》に洎《およ》べる也。他們《かれら》いよ〳〵復讐《あたうち》を、思起《おもひおこ》すことあらば、免許《めんきよ》の状《でう》を賜《たまは》りてん。こは某《それがし》が願《ねがひ》也。この義《ぎ》を稟《まうし》給ひねかし」、と恃《たの》めば将曹《せうそう》異議《ゐぎ》もなく、耳《みゝ》を傾《かたむ》けうち听《きゝ》て、「その義《ぎ》こゝろ得《え》候ひぬ。なれどもけふは綷果《ことはて》たり。明朝《みやうちやう》必《かならず》聞《きこ》えあげて、回答《いらへ》を通《つう》達致《だついた》すべし。先盃《まづさかづき》をとり抗《あげ》給へ」、といふに小六《ころく》はその意《い》に任《まか》して、歓《よろこ》びを陳席《のべせき》《○ムシロ》に着《つき》て、又管待《またもてなし》を受《うく》る程《ほど》に、明星二《あかぼしじ》郎以《らうい》下《か》の甲乙《たれかれ》、小六《ころく》が義勇《ぎゆう》を慕《した》ふものは、将曹《せうそう》と共侶《もろとも》に、盃《さかづき》を薦《すゝ》め餚《さかな》を添《そえ》て、興《きやう》を催《もよほ》すもなきにあらねど、多《おほ》くは那引板屋方《かのひたやのかた》と、泰勝《やすかつ》が親《おや》なりける、木造親政《きづくりちかまさ》に憚《はゞか》りて、這頭《こゝら》へ立《たち》も入《いら》ざりければ、小六《ころく》ははやくその機《き》を猜《すい》して、屢《しば〳〵》辞《いろ》ひて、酔《えひ》を尽《つく》さず、稍盃椀《やゝはいわん》を収《おさめ》さして、旅館《りよくわん》に退《まか》らんとしつる折《をり》、又将曹《またせうそう》にうち対《むか》ひて、「某今《それがしいま》は当所《たうしよ》に要《えう》なし。翌《あす》は那五柳《かのいつやぎ》なる、稲城許《いなぎがり》赴《おもむ》きて、那里《かしこ》に四五日逗留《にちとうりう》すべし。嚮《さき》に憑《たの》みまゐらせたる、願事《ねぎごと》のおん回答《いらへ》は、那里《かしこ》へ仰下《おほせくだ》さるべし。自由《じゆう》の至《いた》りに候へども、和殿《わどの》を労《ろう》し奉《たてまつ》らん、この義《ぎ》をこゝろ得《え》給ひてよ」、といふに将曹応《せうそういらへ》をしつゝ、内玄関《ないげんくわん》まで送《おく》り出《いで》て、亦復《また〳〵》一個《ひとり》の走卒《はしりづかひ》を、隷《つけ》て旅舎《りよしや》へぞ遣《つかは》しける。

恁而《かくて》小六《ころく》は黄昏時候《たそがれごろ》に、例《いつも》の旅廬《やどり》にかへり来《き》つ、走卒《はしりづかひ》を労《ねぎら》ひて、門《かど》より返《かへ》して、只《たゞ》ひとり、找入《すゝみい》らんとせし程《ほど》に、裡面《うち》より出《いで》て迎《むかふ》るものあり。是則《これすなはち》別人《ことびと》《○ベツジン》ならず、楫取庶吉《かぢとりちかきち》なりければ、小六《ころく》は相《み》つゝ訝《いぶか》りて、「庶吉《ちかきち》、和郎《わろ》は何《いつ》の程《ほど》に、来《き》つゝ留守《るす》して在《あ》りけるぞや。稲城《いなぎ》の母女《おやこ》に恙《つゝが》もなきや」、と問《と》へば庶吉《ちかきち》、「さン候。老樹《おいき》の刀自《とじ》の病着《いたづき》は、既《すで》に瘥《おこた》り給ひにき。信夫刀禰《しのぶどの》も恙《つゝが》はあらねど、這里《こゝ》と東国《あづま》と三《み》柱《はしら》の、爹々奶々《てゝごはゝご》の事をのみ、問《とひ》もしついひも出《いで》て、涙《なみだ》に袖《そで》の朽《くつ》るまで、湿《しめ》りがちなる宿《やど》なれば、慰難《なぐさめかね》て困《こう》じたり。爾程《さるほど》に刀自《とじ》も妙《をとめ》も、おん身のかへり来《き》給ふを、けふか翌歟《あすか》と等《まち》給へども、久《ひさ》しう音耗聞《おとづれきこ》えねば、小可《やつがれ》も亦胸安《またむねやす》からず、安否《あんぴ》を諮《たづ》ねまうさんとて、未牌《ひつじ》の時候《ころ》に這里《こゝ》に来《き》つ、「折《をり》から館《やかた》に招《まね》かれて、見参《げんざん》の為出《ためいで》ましたれば、暮《くれ》ずば還《かへ》らせ給はじ」、と＊幹僕隷《かしづけびと》のいひしかど、「いかでおん目《め》に掛《かゝ》らん」、と思ひにければその人《ひと》を、退《しりぞ》かし立代《たちかは》りて、かへらせ給ふを等《まち》たりき」、といふに小六《ころく》は頷《うなづ》きて、「そは幸《さいは》ひのこと也かし。俺《われ》は明朝《みやうちやう》辞し去《さり》て、稲城《いなぎ》の宿所《しゆくしよ》へゆかまく欲《ほり》す。然《さ》るを料《はか》らず和郎《わろ》が来《き》て、伴《とも》に立《たち》なば極《きはめ》てよし。なれども今宵《こよひ》かへらずば、又那母女《またかのおやこ》が等不楽《まちわび》て、胸苦《むねくる》しくこそありつらめ」、といへば庶吉頭《ちかきちかうべ》を掉《ふり》て、「否《いな》。五柳《いつやぎ》を出《いづ》る折《をり》、「久《ひさ》しう身辺《ほとり》に侍《はべ》らねば、主《ぬし》の御用《ごよう》も多《おほ》からん。然《され》ば今宵《こよひ》は那里《かしこ》に明《あか》して、翌《あす》こそ還《かへ》りまゐらめ」、とよく期《ご》を推《お》して候へば、等不楽《まちわび》らるゝことにはあらず」、といふに小六《ころく》は微笑《ほうゑみ》て、「そはよく心《こゝろ》づきたりき。まだ夕飯《ゆふいひ》をたべずや」、と問《と》ふ間《はし》に幹奴《つけびと》の、夕饌《ゆふぜん》を饋《おく》り来《き》にけるを、小六《ころく》はたうべず、庶吉《ちかきち》に、譲《ゆづ》りて飽《あく》まで啖《はま》しけり。

恁而又《かくてまた》その次《つぎ》の日《ひ》に、早飯《あさいひ》も果《はて》し比《ころ》、英虞将曹《あごせうさう》より消息《せうそこ》して、「けふ五柳《いつやぎ》へ赴《おもむ》き給はゞ、伴当《ともびと》をまゐらすべく、馬《うま》をも牽《ひか》し候はん。時刻《じこく》を知《しら》せ給へ」、とありしを、小六《ころく》は一切《つや〳〵》これを推辞《いなみ》て、「嚮《さき》に稲城《いなぎ》許《がり》遣《つかは》したる、小廝《こもの》の折《をり》よく来《き》にければ、東西《もの》持《もた》すべき伴当《ともびと》あり。況《まいて》二里《にり》には足《た》らざる路次《ろち》也。騎馬《きば》の義《ぎ》も辞《ぢ》し奉《たてまつ》る。なほこのうへのおん管待《もてなし》には、きのふ憑《たの》みまうせし一義《いちぎ》を、聞《きこ》えあげ給はるべし」、と回翰《かへし》を写《したゝ》め、使《つかひ》を返《かへ》しつ、然而《さて》幹奴《つけびと》に別《わかれ》を告《つげ》て、家伙《かぐ》も*夜物《やぶつ》も有《あり》つる儘《まゝ》に、逓与《わた》して軈《やが》て庶吉《ちかきち》を、倶《ぐ》して*千竿《ちもと》の多《た》気城《げぜう》を、立出《たちいで》て又糸《またいと》に糾《よ》る、五柳村《いつやぎむら》へ赴《おもむ》きけり。

爾程《さるほど》に稲城《いなぎ》の宿《やど》には、信夫《しのぶ》はさら也、老樹《おいき》さへ、小六《ころく》が来《き》ぬるを等不楽《まちわび》て、きのふ庶吉《ちかきち》を遣《つかは》せしに、他《かれ》すらいまだかへり来《こ》ざれば、「いかに〳〵」と思ふ程《ほど》に、この日《ひ》小六《ころく》は庶吉《ちかきち》を将《い》て、やうやくに来《き》にければ、老樹《おいき》・信夫《しのぶ》は共侶《もろとも》に、遽《あはたゞ》しく出迎《いでむか》へて、上坐《かみくら》に推薦《おしすゝ》め、寒暖《かんだん》を演《のべ》、恙《つゝが》なきを祝《しゆく》したる、看茶《かんちや》の管待《もてなし》初《はじめ》に倍《まし》て、尊敬大《そんけうおほ》かたならざりける、そが中《なか》に信夫《しのぶ》のみ、吒《さしぐ》む涙禁難《なみだとゞめかね》て、母《はゝ》の後方《あとべ》に侍《はべ》りたり。登時先老樹《そのときまづおいき》がいふやう、「嚮《さき》には最《いと》も憑《たのも》しく、慰《なぐさ》め給ひしおん詞《ことば》の、毫《つゆ》ばかりも差《たが》はせ給はで、信夫《しのぶ》を救拿《すくひと》り給ひぬる、その折《をり》の趣《おもむき》は、庶吉刀禰《ちかきちどの》の話《はなし》にて、はやく聞知《きゝし》り侍《はべ》りにき。*須弥《しゆみ》做《な》す御恩《ごおん》の高《たか》かるを、伊勢《いせ》の浜荻節短《はまおぎふしみじか》なる、詞《ことば》に陳《のべ》も罄《つく》しがたかり。そも義《ぎ》の与《ため》と思食《おぼしめし》けん。掛向《かけまく》は最《いと》も畏《かしこ》き、信夫《しのぶ》が与《ため》には三世《さんぜ》の御主君《ごしゆくん》、脇屋少将義隆《わきやしよう〳〵よしたか》さまの、公達《きんだち》にて御座《をはしま》せしを、知《し》らねばこそあれいぬる日《ひ》の、無礼《ぶれい》を允《ゆる》し給へかし」、と陪話《わぶ》るを小六《ころく》は聞《きゝ》あへず、「盛衰時《せいすいとき》あり。昔《むかし》はむかし、今《いま》は今《いま》なる俺《わが》うへを、明々地《あからさま》に称《たゝへ》らるゝは、恥《はぢ》かゞやかしきことながら、信夫《しのぶ》が養母《やうぼ》でをはすれば、忌《いむ》に及《およ》ばで庶吉《ちかきち》が、云云《かにかく》とはや告《つげ》たるならん。只是《たゞこれ》「信夫《しのぶ》が義兄《あにぼん》ぞ」、と思はれなば相応《ふさは》しからめ。忘《わす》れても今《いま》いはれしよしを、必《かならず》な外《よそ》に漏《もら》し給ひそ。俺乃者《われこのごろ》、多気《たげ》の旅館《りよくわん》に、抑留《よくりう》せられて在《あ》りける程《ほど》に、稲城主《いなぎぬし》を射《い》て害《がい》したる、杣《そま》内《ない》・与記右衛門《よきゑもん》は首《かうべ》を刎《はね》られ、犯人木造泰勝《ぼんにんきづくりやすかつ》と、敵助們《てきすけら》は追放《おひはな》されたり。譎断律《けつだんりつ》の旨《むね》に称《かな》はず、甘心《かんしん》しがたき沙汰《さた》なれども、こは是素《これもと》より故《ゆゑ》ある事にて、泰勝《やすかつ》の姉引板屋《あねひたや》とやらん、幷《ならび》にその父親政《ちゝちかまさ》の、権勢《いきほひ》に憚《はゞか》りけん、有司《ゆうし》の毎外《ともがらぐわい》合《がふ》して、*稟掠《まうしかすめ》し情由《わけ》さへあるを、国司《こくし》も亦得意《またとくい》にて、衆議《しゆぎ》に憑《よ》られしを争何《いかゞ》はせん。その事果《ことはて》てやうやくに、昨日対《きのふたい》面《め》せられし折《をり》、俺件《われくだん》の非《ひ》を論《ろう》じもしつ、稲城主《いなぎぬし》の忠節《ちうせつ》なりしを、諭《さと》して「後《のち》を立《たて》給へ」、と請薦《こひすゝ》め稟《まう》せしかども、国司《こくし》は半醒半酔《はんせいはんすい》《○ナカバサメナカバヱフ》にて、綷就《ことな》るべくもあらざりき」、と報《つげ》て信《しの》夫《ぶ》にうち対《むか》ひて、「やよ信夫《しのぶ》、恙《つゝが》もなきや。嚮《さき》に三十蚊《みそか》の別荘《べつさう》にて、你《そなた》の厄《やく》を拯《すく》ひし折《をり》、名告《なの》るに便《たよ》り宜《よろ》しからねば、故意《わざと》素生《すぜう》を告《つげ》ざりき。你《そなた》の実《うみ》の両親《ふたおや》の、忠誠《ちうせい》并《ならび》に世《よ》になき人《ひと》と、なりにしことの大《おほ》かたは、はや庶吉《ちかきち》が報《つげ》たりけん。相別《あひわか》れしより*天《てん》の一方《いつぱう》、年来《としごろ》胸《むね》に忘《わす》れはせねど、面《おもて》を照《み》ても名告《なのら》ずば、迭《かたみ》に知《し》るよしなきまでに、絶《たえ》て久《ひさ》しき再会《さいくわい》の、本意《ほい》を遂《とげ》ぬる歓《よろこ》びは、俺《われ》のみならず、亡親《なきおや》の、魂魄《たましひ》今《いま》も亡《ほろ》びずば、さぞな嬉《うれ》しく思はれん」、といひつゝ徐《しづか》に懐《ふところ》なる、畳紙《たゝうがみ》を打《うち》ひらきて、拿出《とりいだ》す戒名《かいめう》を、扇《あふぎ》の上《うへ》にうち乗《の》せて、

「これも歎《なげ》きを倍《ま》す種《たね》ながら、亦慰《またなぐさむ》るよしもあらん。二《ふた》親達《おやたち》の戒名《かいめう》ぞ。涙《なみだ》を禁《とゞ》めて拝《おがま》ずや」、といはれて信夫《しのぶ》は堪《たへ》かねし、一声高《ひとこゑたか》く「よゝ」と泣《な》く、袖《そで》の驟雨《むらさめ》小《を》休《やみ》なく、ふる里《さと》の事、親《おや》のうへ、聞《き》けば思へば端《あぢ》きなき、浮世《うきよ》と知《し》れど今《いま》さらに、覚《さめ》て悔《くや》しき夢《ゆめ》の跡《あと》に、残《のこ》るは法《のり》の名《な》にのみぞ、あふぎを拿《とり》つ戴《いたゞ》きつ、伏《ふ》しつ拝《おが》めばはら〳〵と、かゝる涙《なみだ》に看《み》もわかで、腸《はらわた》を断孝女《たつこうぢよ》の哀《かなし》み、怺々《こらえ〳〵》し憂心《うきむね》の、*猿《ましら》も駒《こま》も起騒《たちさわ》ぐ、悲泣《ひきう》にひとしく愀然《しうねん》たる、老樹《おいき》・庶吉左右《ちかきちさゆう》より、語言斉一《ことばひとしく》慰《なぐさむ》れば、信夫《しのぶ》はやうやく志《こゝろざし》を、奨《はげま》しつ頭《かうべ》を擡《もた》げて、

「おん諭《さと》しの趣《おもむき》は、よく弁《わきま》へて侍《はべ》るかし。「東《あづま》なりける亡《なき》親《おや》の、事をのみ最惜《いとをし》みて、うち歎《なげ》く歟《か》」、と思はれけん。それ将哀《はたかな》しからぬにあらねど、俺身《わがみ》の過世《すくせ》歹《あし》ければや、親《おや》を四柱《よはしら》もちながら、幼稚《をさな》き比《ころ》より養《やしな》はれたる、爹々《てゝ》公《ご》を喪《うしな》ひ侍《はべ》りぬる、折《をり》も折《をり》とて旧里《ふるさと》の、便《たよ》り聞《きこ》えて、又実《またうみ》の、二親《ふたおや》ながらあふことの、絶《たえ》も果《はて》にし本意《ほい》なさは、孰《いづれ》を孰《いづれ》とわけがたき、養育《やういく》の恩《おん》、生産《うみ》の恩《おん》、稟《うけ》たるのみに反《かへ》すべき、ことも克《かな》はぬ、女子《をなご》の甲斐《かひ》なさ、身《み》にしみ〴〵と悲《かな》しみの、やる方《かた》もなくうち泣《な》きし、心《こゝろ》を猜《すい》し給へかし」、といひつゝ貌《かたち》を改《あらた》めて、小六《ころく》に対《むか》ひ額《ぬか》をつきて、「絶《たえ》て久《ひさ》しき見《げん》参《ざん》に、幼稚《をさな》き折《をり》を思ひ出《いづ》れば、夢《ゆめ》のごとくに侍《はべ》れども、然《され》ばとて亦忘《またわす》れはせず。実《うみ》の親《おや》の相計《はからひ》て、外視《ひとめ》を潜《しの》ぶ与《ため》にのみ、妹《いもと》と喚《よば》れ奉《たてまつ》りたる、その秘事《ひめごと》も親《おや》の名《な》も、這里《ここ》なる養《やう》父《ふ》養母《やうぼ》にすら、今《いま》までいはで過《すぐ》せしは、生《な》さぬ中《なか》とて初《はじめ》より、隔《へだて》たるには侍《はべ》らずかし。おもひ浅《あさ》くて歹人《わるもの》に、拐《かどはか》され

し身《み》の往方《ゆくへ》、怙《たの》む甲斐《かひ》なき実《うみ》の親《おや》に、生別《いきわか》れつゝ足曳《あしびき》の、山《やま》さへ海《うみ》さへ幾百里《いくひやくり》、遠離《とほざか》りてはあふよしの、なからんものを、慭《なまじい》に、名告《なの》るは要《えう》なき事《わざ》にして、親《おや》の恥《はぢ》也。幼君《わかぎみ》の、おん与《ため》にも歹《あし》かりてん、と思ひしよしのあれば也。恷《かう》思ひつゝ年《とし》を歴《へ》て、思ひがけなや俺《わ》が厄難《やくなん》を、救《すく》はせ給ひし大恩《だいおん》人《じん》の、素生《すぜう》を問《と》へば実《うみ》の親《おや》の、守《もり》も傅《かしづ》き奉《たてまつ》りたる、主君《しゆくん》にをはしまさんとは。歓《よろこば》しきに就《つき》て又《また》、哀《かな》しさも倍《ま》す世《よ》の転《てん》変《べん》、最寠寠《いとやつやつ》しきおん旅宿《たびね》の、情由《わけ》さへ听《き》けば「幸《さち》なし」、と歎《なげ》きし這身《このみ》は数《かず》ならず、痛《いた》ましき事限《かぎ》りもなきを、智《ち》勇《ゆう》兼備《けんび》の徳長《とくたけ》給ひし、重々《かさね〳〵》の御庇《みかげ》によりて、親類《しんるい》もなき母《はゝ》さへ子《こ》さへ、力《ちから》つきぬる一期《いちご》の幸《さいは》ひ、旧里《ふるさと》の事詳《つばら》に聞《きこ》えて、親《おや》の忌日《きにち》を知《し》ることも、有繫《さすが》に殫《つき》せぬ主従《しゆう〳〵》の、三世《さんぜ》の御縁《ごえん》にはべらまし。寔《まこと》に不思議《ふしぎ》の御再会《ごさいくわい》、有《あり》がたきまで忝《かたじけな》き、御恩《ごおん》にこそ」、と徐《しづ》やかに、陳《のぶ》る言葉《ことば》の露《つゆ》よりも、脆《もろ》き涙《なみだ》ぞ找《すゝ》みける。思ひはおなじ操做《みさをな》す、老樹《おいき》も鼻《はな》をうちかみて、「嚮《さき》には言《こと》のいと多《おほ》くて、まだ歓《よろこ》びを稟《まう》しも尽《つく》さず。多気《たげ》の旅館《りよくわん》に留《とゞ》められて、御座《をはしま》せし初《はじめ》より、御《み》こゝろ属《つけ》て庶吉《ちかきち》刀禰《どの》を、遣《つかは》されたりければ、幇助《たすけ》を得《え》たるのみならず、君《きみ》の来路《こしかた》、信夫《しのぶ》が親《おや》の、忠信節義《ちうしんせつぎ》の綷《こと》の趣《おもむき》、又藤沢《またふぢさは》なる野上《のがみ》の大人《うし》の、儔稀《たぐひまれ》なる陰徳義俠《いんとくぎけう》、又庶吉刀禰《またちかきちどの》の爹々《てゝど》の事、養《やう》実倶《じつとも》に忠義《ちうぎ》の顚末《もとすゑ》、見聞《みきゝ》しよしを記臆《おぼえ》よく、日毎《ひごと》に告《つげ》られたりければ、信夫《しのぶ》はさら也奴家《わらは》まで、歓《よろこ》びもしつ泣《なき》もして、艱苦《かんく》を慰《なぐさ》め侍《はべ》りたり。就《つき》て贈《おく》り賜《たまは》りたる、円金《こばん》十枚《とひら》はそが儘《まゝ》に、所要《しよえう》なければ使《つか》ひもせず。苟且《かりそめ》ならぬ御恩《ごおん》なるに、推辞《いなみ》まつるは惶《かしこ》けれども、限《かぎ》り知《し》られぬおん旅宿《たびね》には、盤費《ろよう》こそ肝要《かんえう》ならめ。願《ねが》ふは返《かへ》しまつらまし。這義《このぎ》を許《ゆる》し給ひね」、といひつゝもはや立《たゝ》まくせしを、小六《ころく》は禁《とゞ》めて、頭《かうべ》をうち掉《ふ》り、「そは亦要《またえう》なき辞譲《ぢじやう》なり。俺做《わがな》す所《ところ》は信夫《しのぶ》が与《ため》に、この年来養育《としごろやういく》の、恩《おん》に答《こたふ》る母御《はゝご》へ寸志《すんし》、事原《ことのもと》を推《お》すときは、主従《しゆう〳〵》なれども養父母《やうふぼ》の、思ひをなせし英直《ひでなほ》・母《おも》屋《や》の、忠誠苦節《ちうせいくせつ》に報《むくは》んと、思欲《おもほ》して做《な》せし事《わざ》なるに、盤費《ろよう》の多少《たしよう》を論《ろん》ぜんや。爾《しか》るにきのふ国司《こくし》より、金二包《かねふたつゝみ》を贈《おく》られたり。恷《かゝ》れば盤費《ろよう》に匱《とも》しからず。其頭《そこら》の事には掛念《けねん》せで、信夫《しのぶ》も倶《とも》に听《きゝ》ねかし。昨日《きのふ》国司《こくし》に見参《げんざん》し果《はて》て、又別席《またべつせき》にて饗応《けうおう》の折《をり》、俺又英虞将曹《われまたあごせうそう》をもて、稟入《まうしい》れたる二个条《にかでふ》あり。その一条《いちでふ》は、件《くだん》の金《かね》を、分《わか》ちて稲城母女《いなぎおやこ》のものへ、恩禄《おんろく》にせられん事、又一条《またいちでふ》は、烈女信夫《れつぢよしのぶ》が、親《おや》の冤家《かたき》を撃《うた》まく願《ねが》はゞ、免許《めんきよ》の状《でう》を賜《たまは》るべき事、この義《ぎ》を稟試《まうしこゝろみ》たる、回答《いらへ》はいまだ聞《きこ》えねども、復讐《あたうち》の一条《いちでふ》は、必免許《かならずめんきよ》あるべからず。そを知《し》りつゝも請稟《こひまう》せしは、泰勝《やすかつ》の罪《つみ》を寛《ゆる》くして、追《つい》放《はう》せられし国司《こくし》の非法《ひはう》を、いと朽《くち》をしく思へば也。縦免許《たとひめんきよ》の状《でう》を得《え》ずとも、他郷《たけう》に在《あり》て撃捕《うちと》らば、国司《こくし》も禁《とゞ》めがたかるべし。遮莫信夫《さばれしのぶ》は女流《をなご》の事也。親《おや》の讐《あた》を撃《うた》ずとも、孝義《かうぎ》の道《みち》に虧《かく》るにあらず。俺遊歴《われゆうれき》の次《ついで》をもて、那泰勝《かのやすかつ》の在処《ありか》を索《たづ》ねて、你《そなた》に代《かは》りて撃果《うちはた》さん。この義《ぎ》を俺《われ》に任《まか》するが、則母御《すなはちはゝご》へ孝行《かう〳〵》ならん。然《さ》るを惑《まよ》ふてみづから料《はか》らず、父《ちゝ》に孝義《かうぎ》を尽《つく》さんとて、老《おい》たる母御《はゝご》に仕《つか》へずば、孝義両《かうぎふたつ》ながら画餅《あだ》となりて、命《いのち》も倶《とも》に有《たも》ちがたき、後悔其里《こうくわいそと》に立《たつ》べからず。甚麼俺意《いかにわがい》に従《したが》ふや」、と問《と》ふに老樹《おいき》は歓《よろこ》びて、信夫《しのぶ》が答《こたへ》を等《ま》たでいふやう、「恁《かゝ》る折《をり》には男子《をとこ》でも、世《よ》に捷《すぐ》れたるものならずば、好了簡《よきりやうけん》のなからんに、淡《あは》き母《はゝ》也女児《むすめ》也、生賢《なまさかしら》なるこゝろもて、御教諭《ごきやうゆ》に悖《もと》り侍《はべ》らんや。信夫《しのぶ》、お承《うけ》を稟《まう》さずや」、といはれて信夫《しのぶ》は沈吟《うちあん》じたる、頭《かうべ》を擡《もた》げ嗟嘆《さたん》して、

「目今母《たゞいまはゝ》の稟《まう》せしごとく、大刀《たち》抜《ぬ》く術《すべ》も知《し》らぬ身《み》の、心《こゝろ》ばかりは悍《たけ》くとも、及《およ》ばぬ事をいかゞはせん。御庇《みかげ》によりて親《おや》の仇《あた》を、撃《うち》も捕《と》らるゝことあらば、「*平二《へいじ》が耕《たがや》し耘《くさぎ》る瓜《うり》を、源太《げんた》が坐《ざ》して啖《くら》ふ」といひけん、鄙語《ことわざ》に似《に》たる果報《くわはう》に侍《はべ》り。左《と》に就《つき》ても、又右《またかく》に就《つき》ても、甲斐《かひ》なきものは女子《をなご》にこそ」、といひつゝ涙《なみだ》を推拭《おしぬぐ》へば、小六《ころく》は「然《さ》也」、と頷《うなづ》きて、「しからば又商議《またたんかふ》あり。信夫《しのぶ》の母御《はゝご》も听《きゝ》たまへ。きのふ国司《こくし》より贈《おく》られたる、金《かね》を分《わか》ちてまゐらせなば、饑喝《きかつ》を免《まぬが》るべけれども、那泰勝《かのやすかつ》には、親《おや》あり姉《あね》あり。倶《とも》に国司《こくし》に重信《ちやうしん》せられて、党《たう》を植君《たてきみ》を惑《まよは》し、権威内外《いきほひうちと》に充満《みち〳〵》たれば、必《かならず》おん身母女《みおやこ》を憎《にく》みて、*睚眦《がいさい》《○ニラミミル》の思《おも》ひをなさん。然《さ》るときは最危《いとあやふ》かるべし。今愚意《いまぐい》をもて計《はか》らんには、速《すみやか》に当所《たうしよ》を去《さり》て、他郷《たけう》へ避《さく》るに優《ます》ことなし。予伝《かねてつた》へも聞《きか》れけん、俺義父《わがぎふ》、野上史著演大人《のがみのふひとあきのぶうし》は、海内独歩《かいだいどつぽ》の豪俠《がうけう》にて、義《ぎ》の与《ため》には財《たから》

を惜《をし》まず、善《ぜん》に与《くみ》して憂《うれひ》を分《わか》ち、悪《あく》を拉《とりひし》ぎて禍《わざはひ》を辞《ぢ》せず。俺身《わがみ》九才《こゝのつ》なりし時《とき》より、嬭母《めのと》と倶《とも》に那大人《かのうし》の、養《やしな》ひを受《うけ》たるに、いまださせる報《むく》ひをせず。只俺父《たゞわがちゝ》の讐敵《あたかたき》、藤白隼人《ふぢしろはいと》は、義父《ぎふ》にも讐《あた》也。そを撃果《うちはた》して禍《わざはひ》を、禳《はらは》ん与《ため》に入水《じゆすい》を示《しめ》して、世《よ》さへ親《おや》さへ欺《あざむ》きて、本意《ほい》を遂《とげ》つゝ庶吉《ちかきち》を、倶《ぐ》して京師《みやこ》に旅宿《たびね》の比《ころ》、世《よ》の風声《ふうぶん》を捜聞《さぐりきゝ》しに、義父《ぎふ》の上《うへ》には恙《つゝが》もあらず。只那藤白安同《たゞかのふぢしろやすとも》は、主従不覚《しゆうくふかく》の咎《とがめ》あり、年来私欲《としごろしよく》の贓罪《ざうざい》すら、那折露顕《かのをりろけん》に及《およ》びしかば、遂《つひ》に所領《しよれう》を没官《もつくわん》せられて、妻子《さいし》幷《ならび》に従類《じゆうるい》を、追放《おひはな》されし、綷恁々《ことしかく》、と正可《まさか》にいふもの多《おほ》かりき。恁《かゝ》れば今《いま》は後安《うしろやす》かり。苟且《かりそめ》ながら一碁稔《まるひとゝせ》、親《おや》に物《もの》を思《おもは》せたるに、なほ信《おとづれ》をせずもあらば、実《じつ》に不孝《ふこう》の人《ひと》といはれん。こも胸苦《むねくる》しき事《わざ》なれば、いかで悄々地《ひそか》に庶《ちか》吉《きち》を、藤沢《ふぢさは》へ遣《つかは》して、親《おや》の心《こゝろ》を慰《なぐさ》めばや、と乃者思《このごろおも》ひ決《さだ》めたり。刀自《とじ》も信夫《しのぶ》も、庶吉《ちかきち》と、共侶《もろとも》に那地《かのち》に到《いた》りて、野上《のがみ》

有像第廿六

相会情未竭《あひあふてじやういまだつくさず》　明朝亦別君《みやうちやうまたきみにわかる》

かたみぞときくもなみだの玉くしげふたおやながらあはずなりけり

小六　ちか吉　小竹生　おいき　あご将曹

の庇《かげ》に寓《よ》るならば、千万人《せんまんにん》の幇助《たすけ》に倍《まし》て、久後《ゆくすゑ》までも安《やす》かるべし。庶吉《ちかきち》も膝《ひざ》を找《すゝ》めて、よく听果《きゝはて》てこゝろ得《え》よ。和郎《わろ》が那地《かのち》に赴《おもむ》きなば、野上《のがみ》の宿所《しゆくしよ》に留《とゞま》りて、信夫《しのぶ》と倶《とも》に、大人《うし》夫婦《ふうふ》、奴婢助們《ぬひのすけら》に仕《つかふ》るが、是則《これすなはち》 忠《ちう》也孝《かう》也。そを「什麼《いかに》ぞ」、と推《おし》ても見よ。和郎《わろ》が実父《じつぷ》目四郎《めしらう》は、大人《うし》に恩義《おんぎ》を稟《うけ》たるもの也。又信夫《またしのぶ》が実《うみ》の親《おや》、英直翁《ひでなほおぢ》は、その死《し》後《ご》に、孤忠苦節《こちうくせつ》を大人《うし》に知《し》られて、白紙《はくし》の空翰《からぶみ》、計《はか》りしごとく、俺身《わがみ》と倶《とも》に你《そなた》の実母《じつぼ》、母屋《おもや》の刀自《とじ》さへ年許多《としあまた》、養《やしなは》れたる恩《おん》を復《かへ》さば、是実《これうみ》の親《おや》の与《ため》にして、俺身《わがみ》に代《かは》る忠《ちう》也孝《かう》也。俺做《わがな》し足《た》らざる孝《かう》と義《ぎ》を、庶吉《ちかきち》・信夫《しのぶ》力《ちから》を勠《あは》して、代《かは》りて野上親子《のがみおやこ》に尽《つく》さば、老樹《おいき》の刀自《とじ》も所《ところ》を得《え》て、今《いま》の憂苦《ゆうく》を忘《わす》るゝ日《ひ》あらん。是良全《これりやうぜん》の計策《はかりごと》、那里《かしこ》に優《まし》たる去向《ゆくて》はなし。そを云云《かにかく》と意《い》を陳《のべ》て、辞《いろ》はゞ俺知《わがし》る所《ところ》にあらず。はやく*心《こゝろ》を丹田《たんでん》に、落着《おとしつけ》て後悔《こうくわい》すな。信夫《しのぶ》の母御《はゝご》も、否《いな》にはあらじ。倶《とも》に尋思《しあん》をし給ひね」、と聶《さゝや》き示《しめ》す遠謀智略《あんぼうちりやく》に、誰《たれ》か感服《かんぷく》せざるべき、听果《きゝはて》て吻《ほ》と息《いき》するまでに、返《かへ》す詞《ことば》もなきものから、別《わかれ》を惜《をし》む庶吉《ちかきち》は、頭《かうべ》を搔《か》きつ膝《ひざ》を捺《さす》りて、

「最《いと》も惶《かしこ》き御教訓《ごきやうくん》。鈍《にぶ》き耳《みゝ》にもよく聞《きこ》えて、推辞《いなみ》奉《たてまつ》るべうは候はねど、便《たよ》りなき身《み》を倶《ぐ》せられて、姑且吉野《しばらくよしの》に在《あ》りし比《ころ》、既《すで》に必死《ひつし》の病厄《びやうやく》を、救《すくは》せ給ひし高恩《かうおん》あり。苟且《かりそめ》ならぬ三世《さんぜ》の宿因《しゆくいん》。*驥尾《ときうまのを》に附《つ》く蠅《はへ》の、千里《ちさと》の外《ほか》にゆくまでも、仕《つか》へまつりて報《むく》はめ、と思ひしものを今《いま》さらに、おん別《わか》れこそ本意《ほい》ならね。なほせん術《すべ》の候はずや」、と口説《くどけ》ば信夫《しのぶ》も涙《なみだ》を拭《ぬぐ》ひて、

「稟《まう》すも无礼《なめ》なることながら、兄《あに》とし称《たゝ》へまつりぬる、昔《むかし》を思へば亡父母《なきちゝはゝ》に、相見《あひみ》る心地《こゝち》せられたる、その歓《よろこ》びは幾《いく》日《か》もあらで、又《また》おん別《わか》れになりぬべき、身《み》の往方《ゆくへ》こそ果敢《はか》なけれ。いかにせまし」、と密音《しのびね》に、*歎《なげ》きの杜《もり》は偽《いつは》りの、なき言《こと》の葉《は》や、世《よ》は春《はる》ながら、秋《あき》より悲《かな》しき物思《ものおも》ひ、露《つゆ》けき袖《そで》を又濡《またぬら》す、胸《むね》の湿嚔《しぐれ》の雨障《あまざは》り、霽間《はれま》は絶《たえ》てなかりけり。

小六《ころく》は恁《かゝ》る光景《ありさま》を、左見右見《とみかうみ》つゝ嗟嘆《さたん》して、「信夫《しのぶ》は余波《などり》を惜《をし》むとも、庶吉《ちかきち》までが女々《めめ》しげに、益《やく》なき諄言《くりごと》、傍痛《かたはらいた》かり。縦何時《たとひいつ》まで俺後《わがしり》に、跟《つき》て旅宿《たびね》をしたりとも、甚《いか》ばかりの事あらんや。快藤沢《とくふぢさは》に赴《おもむ》きて、大人《うし》に仕《つか》へて、奴婢助《ぬひのすけ》

の、陪堂《とぎ》にもならば、文学武芸《ぶんがくぶげい》を、習《なら》ふよすがもあるべきに、そを思《おもは》ぬ歟《か》、愚魯《おろか》也。身《み》に一芸《いちげい》を備《そな》へてこそ、主《しゅう》の与《ため》にもなるよしあらめ。別《わかれ》を惜《をし》むが忠歟義歟《ちうかぎか》。信夫《しのぶ》も這義《このぎ》を思《おも》ひねかし。你《そなた》の親《おや》の冤家《かたき》の事、俺撃捕《われうちとら》んと思へども、倘《もし》藐姑峯《はこね》より東《ひがし》に在《あ》らば、俺那山《われかのやま》を踰《こえ》がたかり。山《やま》より東《ひがし》、鎌倉頭《かまくらわたり》を、那泰勝《かのやすかつ》が徘徊《はいくわい》做《な》さば、野上《のがみ》の大人《うし》に恁々《しかじか》と、告《つげ》て信夫《しのぶ》の助大刀《すけだち》を、做《な》すは庶吉《ちかきち》、和郎《わろ》が役《やく》。その折武芸《をりぶげい》に疎《うと》からば、何《なに》をもてよく仇《あた》を撃《うつ》べき。恁《かゝ》れば久《ひさ》しく俺大人《わがうし》に、従《したが》ふときは、その身《み》に利《り》あり。然《さ》でも否歟《いなか》」、と理《り》を推《おし》て、奨《はげま》されてぞ稍暁得《やゝさと》る、庶吉《ちかきち》・信夫《しのぶ》は共侶《もろとも》に、貌《かたち》を改《あらた》め額《ぬか》をつきて、「寔《まこと》に愆《あやま》り候ひぬ。おん旨《むね》に従《したが》ひまつりて、藤沢《ふぢさは》へこそ赴《おもむ》くべけれ。宜《よろし》く計《はから》せ給ひね」、と願《ねが》へば小六《ころく》も歓《よろこ》びて、「そは一段《いちだん》の了簡《りやうけん》也。去向《ゆくて》は陸歟《くがか》、水行《ふなぢ》にせん歟《か》、いまだ思決《おもひさだ》めねども、野上《のがみ》の大人《うし》にまゐらする、書翰《しよかん》は多気《たげ》に在《あ》りし日《ひ》に、既《すで》に写《した》め措《おき》たる也。汝達那地《なんたちかのち》に到《いた》りなば、信夫《しのぶ》は母御《はゝご》と歇店《やどや》〇ハタゴヤに遺《のこ》りて、庶吉《ちかきち》ひとり俺消息《わがせうそこ》を、懐《ふところ》にして藤沢《ふぢさは》なる、野上《のがみ》の宿所《しゆくしよ》に赴《おもむ》きて、悄々地《ひそか》に大人《うし》に対面《たいめん》を、請《こ》ふて書状《しよでう》をまゐらせよ。さらば刀自《とじ》をも信夫《しのぶ》をも、必 召取《かならずよびと》り給はなん。然而《さて》大人《うし》の汝達《なんたち》が、素生《すじよう》をなほも問《とひ》給はゞ、信夫《しのぶ》は養父守延主《やうふもりのぶぬし》の、忠義《ちうぎ》の趣《おもむき》、その身《み》の顚末《もとすゑ》、庶吉《ちかきち》は亦養父《またやうふ》の殉死《じゆんし》、及実《またうみ》の親目《おやめ》四郎《しらう》の、義死《ぎし》の趣恁々《おもむきしかじか》〇カクノゴトシと、潜《しのび》やかに報稟《つげまう》しね。その余《よ》の事は書中《しよちう》に在《あ》り。但俺《たゞわが》事を問《とは》れずば、汝達《なんたち》決《けつ》して告《つぐ》べからず。倘問《もしとひ》給はゞ見《み》聞《きゝ》し随《まゝ》に、報稟《つげまう》すともけしうはあらねど、大《おほ》かたは問《とは》れぬならん。倶《とも》にこの義《ぎ》をこゝろ得《え》よ。なほ首途《かどいで》の日《ひ》を卜《さだめ》なば、その折《をり》に又説示《またときしめ》さん。刀自《とじ》は特更《ことさら》東西《もの》拿裒《とりあつ》めて、逆旅《たびぢ》の准備《ようゐ》をし給へかし」、と言正首《ことまめやか》なる前路《ゆくて》の指南《しなん》に、ひとしく勇《いさ》む庶吉《ちかきち》・信夫《しのぶ》、老樹《おいき》も倶《とも》に承歓《うけよろこ》びて、商議《だんかふ》やうやく果《はて》にけり。這閑談《このかんだん》に日景《ひかげ》は闌《たけ》て、未牌《ひつじ》の時候《ころ》になりしかば、老樹《おいき》・信夫《しのぶ》は小六《ころく》主僕《しゆぼく》に、夕饌《ゆふぜん》を薦《すゝ》めんとて、辞《ぢ》して庖湢《くりや》に赴《おもむ》けば、庶吉《ちかきち》も亦手伝《またてつだ》ふて、炊《かし》*きに暇生柴《いとまなましば》を、折焼《をりた》く煙《けぶり》に咽《むせ》びては、是《これ》さへ涙《なみだ》の種独活《たねうど》も、薹《たう》に立《たち》たる女児《むすめ》と母《はゝ》が、壜《とくり》を醺《した》む逆手嶋《さかてしま》に、柚《ゆ》の酢掛《すかけ》たる糸和海藻《いとわかめ》、

坂手嶋《サカテシマ》は伊勢の地名《チメイ》、当所の産物《サンブツ》に糸和《イトワ》海藻《カメ》あり。長《ナガ》く糾りて緒《ヲ》のごとし。その味《アヂ》尤《モットモ》佳。

折《を》布《しき》に小皿《こざら》二三枚《ふたひらみひら》、湯漬《ゆづけ》ながらの蔬菜物《あはせもの》、卒《いざ》とて早《とみ》の管待《もてなし》に、時分《じぶん》よければ歓《よろこ》びを、陳《のぶ》る小六《ころく》は箸《はし》とり抗《あげ》て、*腹《はら》に実《み》の登《い》る去歳《こぞ》の秋《あき》の、茄子《なすび》養歯《やうじ》を使《つか》ふまで、給侍《きうじ》し果《はて》て又庶吉《またちかきち》に、*羞《すゝむ》る飯《いひ》の高装《たかもり》の、親椀子《おやわんこ》弁《かさ》、強上手《しひじやうず》、阿漕《あこぎ》の浦《うら》と思へども、ふたみ《蓋身二見》に受《うけ》て幾番歟《いくたびか》、たうべ果《はて》たる庶吉《ちかきち》は、*折《を》布《しき》を手自擡《てづからもた》げてぞ、はやく庖湢《くりや》へ退《まか》りける。

慆《かゝ》る折《をり》から外面《とのかた》に、若党奴隷《わかたうしもべ》三四名《さんよにん》、従《したが》へ来《き》ぬる一個《ひとり》の武士《ぶし》あり。稲城《いなぎ》の門《かど》に立在《たゞずみ》て、「物言《ものまう》さん」、と呼門《おとなは》する、声《こゑ》に老樹《おいき》は立出《たちいで》て、相《み》れば聊面《いさゝかみ》善《し》れる如《ごと》し。「何里《いづこ》よりぞ」、と諮《たづぬ》るに、件《くだん》の武士《ぶし》は微笑《ほうゑみ》て、「老樹《おいき》の刀自《とじ》、うち絶《たえ》候。英虞《あご》将曹《せうそう》で候ぞや」、と名告《なの》るに老樹《おいき》は心《こゝろ》つきて、「現《げに》英虞主《あごぬし》にをはしけり。程遠《ほどとほか》らぬ里《さと》に在《あ》りながら、守延《もりのぶ》が退隠《たいいん》より、十稔《とゝせ》あまりを歴《へ》にければ、鈍《おぞ》や相《み》遺《わす》れ侍《はべ》りたり。誘這方《いざこなた》へ」、と先《さき》に立《たち》て、客房《きやくざしき》へ案内《しるべ》をす。賓主《ひんしゆ》の席《むしろ》、迭《かたみ》の辞譲《ぢじやう》、寒暖《かんだん》を陳《のべ》、恙《つゝが》なきを、祝《しゆく》しなどせし程《ほど》に、庶吉《ちかきち》が遽《いそがは》しく、汲《くみ》もて薦《すゝむ》る茶《さ》礼《れい》も果《はて》て、却将曹《さてせうそう》がいひけるやうは、「稲城主《いなぎぬし》の勤仕《きんし》の折《をり》、某《それがし》同僚《どうやく》なりければ、交《まじはり》も亦疎《またうと》からざりしに、不慮《ふりよ》の事にて退隠《たいいん》の、後《のち》は迭《かたみ》に憚《はゞか》りあり。人《ひと》の批評《ひひやう》も影護《うしろめた》さに、胡越《こゑつ》のごとく候ひき。いぬる日《ひ》は息女《そくぢよ》の事にて、刀自《とじ》のみづから問注所《もんちゆうじよ》へ、まゐり給ひし折《をり》からも、その職役《しよくやく》にあらざれば、対面《たいめ》も得《え》せでけふに及《およ》べり。主《ぬし》の遠行《ゑんとう》、息女《そくぢよ》の窮阨《きうやく》、心苦《こゝろぐる》しき事のみなりしに、料《はから》ずも好幇助《よきたすけ》を得《え》られて、愁訴《しうそ》の筋《すぢ》も空《むな》しからず、綷団円《ことまろやか》に理《おさま》りしは、蔭《かげ》ながら歓《よろこ》び思《おも》ふ、不幸《ふかう》の中《なか》の幸《さち》なりけり。最《いと》も愛《めで》たく候」、といふに老樹《おいき》は涙吒《なみだぐみ》て、応《いらへ》するのみいふべき事も、邑間《いはま》隠《がく》れの苔清水《こけしみづ》、胸《むね》に堰《せか》るゝ心地《こゝち》やしけん、惆然《ちやうねん》として姑且《しばらく》は、頭《かうべ》を擡《もた》げ得《え》ざりしを、将曹《せうそう》「然《さ》こそ」、と意《い》中《ちう》に猜《すい》して、連《しき》りに*蟹目《かなめ》走《はし》らする、扇《あふぎ》を畳《たゝ》み、傍《かたへ》に措《お》きて、「喃刀自《なうとじ》。那達生《かのだてうぢ》は、這許《こゝもと》にこそ在《いま》すらめ。「将曹《せうそう》が訪来《とひき》にけり」、とこのよし伝《つた》へ給へかし」、といふに老樹《おいき》は頭《かうべ》を擡《もた》げて、「宣《のたま》ふごとく那人《かのひと》は、嚮《さき》に御館《みたち》を退来《しりぞきき》て、今《いま》なほ奥《おく》に在《いま》す也。爾《さ》は」とて軈《やが》て身《み》を起《おこ》しつゝ、辞《ち》して奥《おく》へぞ罷《まか》りける。権且《しばらく》して達小六《だてのころく》は、袴《はかま》を着《つけ》て出《いで》て来《き》つ、将曹《せうそう》にうち対《むか》ひて、迭《かたみ》の口誼《こうぎ》、言訖《ことをは》れば、将曹《せうそう》やをら膝《ひざ》を找《すゝ》めて、

「嚮《さき》に憑《たのま》れ奉《たてまつ》りたる、那二《かのに》个《か》条《でう》の御所望《ごしよまう》を、寡君《くわくん》《○ワガキミ》に披露《ひろう》仕《つかまつ》りて、その旨《むね》を伺《うかゞ》ひしに、寡君《くわくん》則《すなはち》宣《のたま》ふやう、「達生《だてうち》に贈《おく》りし金子《きんす》を、分《わか》ちて稲城《いなぎ》守延《もりのぶ》の、妻子《やから》には取《とら》せがたかり。そは達生《だてうち》のこゝろもて、左《と》も右《かく》もせらるべし。俺《わ》が指揮《さしづ》せんことにはあらず。又信夫《またしのぶ》が復讐《あたうち》の願《ねが》ひの事、那泰勝《かのやすかつ》は罪《つみ》定《さだま》りて、既《すで》に追放《ついはう》したるもの也。そを又信夫《またしのぶ》に復讐《あたうち》の、免《めん》許《きよ》の状《でう》を遣《つかは》すときは、法律立《はうりつた》ゝず、道理《どうり》に違《たが》へり。倘他郷《もしたけう》にて撃捕《うちと》らば、俺《わ》が知《し》る所《ところ》にあらざる也。よりて老樹《おいき》・信夫《しのぶ》們《ら》は、冤家《かたき》の往方《ゆくへ》を索《たづね》ん与《ため》に、当国《たうごく》を立去《たちさら》まく思《おも》はゞ、勿《もち》論《ろ》他們《かれら》が随意《まに〱》なるべし。倘亦泰勝《もしまたやすかつ》が立還《たちかへ》りて、俺封疆《わがりやうぶん》に潜在《しのびを》らば、再犯《さいぼん》の罪許《つみゆる》すべからず。搦捕《からめとら》せて首《かうべ》を刎《はね》ん。這《この》旨《むね》をもて達生《だてうち》へ、答《こた》ふべし」、と仰《おほせ》られたり。御所望不如《ごしよまうふによ》意《い》、是非《ぜひ》に及《およ》ばず。この義《ぎ》をこゝろ得《え》給へかし」、と報《つぐ》るを小六《ころく》はうち听《きゝ》て、

「御諚《ごじやう》の趣《おもむき》承《うけたまは》りぬ。いと憚《はゞかり》あることながら、法律《はうりつ》その度《ど》に錯《たがは》れずば、復讐《あたうち》の議《ぎ》も起《おこ》るべからず。然《さら》ば免許《めんきよ》の状《でう》を得《え》ずとも、那泰勝《かのやすかつ》は信夫《しのぶ》が与《ため》に、親《おや》の冤家《かたき》に相違《さうゐ》もなし。撃《うつ》ことあらば天運《てんうん》に、儘《まか》するにこそ候はめ。所望《しよまう》も称《かなは》ず候へば、*使札《しさつ》なりとも弁《べん》ずべきに、みづから来訪《らいはう》せられしにて、疎略《そりやく》なかりし御深志《ごしんし》見《あらは》れ、感謝《かんしや》に勝《たへ》ず候」、といふに将曹《せうそう》嗟嘆《さたん》して、「寔《まこと》に不思議《ふしぎ》の良縁《りやうえん》にて、拝顔数度《はいがんすど》に及《およ》びしかば、実《じつ》に*莫逆《ばくぎやく》の思《おも》ひあり。なほも当所《たうしよ》に逗留《とうりう》あらば、折々《をり〱》に訪《とひ》まつりて、教《をしえ》を受《うけ》んと思《おも》ひしに、某《それがし》今番《このたび》鎌倉《かまくら》へ、年始《ねんし》の使《つかひ》を命《めい》ぜられて、首途《かどいで》もはや近《ちか》きにあり。異日《ゐじつ》の再《さい》会《くわい》料《はか》りがたかる、残念《ざんねん》この義《ぎ》に候」、といふを小六《ころく》は訝《いぶか》りて、「そはいと遅《おそ》き、年首《ねんしゆ》の嘉義《かぎ》也。故《ゆゑ》ある事に候歟《か》」、と問《と》へば将曹頭《せうそうかうべ》を掉《ふ》りて、「否《いな》。故《ゆゑ》あるに候はねども、鎌倉《かまくら》殿《どの》へまゐらせらるゝ、使《つかひ》は年《とし》に一度《いちど》にて、例《いつも》水行《ふなぢ》を便宜《びんぎ》とす。正月二月《むつききさらぎ》は海上《かいぜう》の、風波《ふうは》穏《おだやか》ならざれば、三月《やよひ》に到《いた》りて這義《このぎ》あり。今茲《ことし》は某《それがし》使命《しめい》を稟《うけ》て、後日首途致《あさてかどいでいた》す也」、といふに小六《ころく》は沈吟《うちあん》じて、「そは幸《さいは》ひなる事にこそ候へ。知《し》らるゝ如《ごと》く稲城《いなぎ》母女《おやこ》は、当所《たうしよ》にて親族《しんぞく》の、後見《うしろみ》をすべきものなし。因《より》て東国《あづま》の所親許《しよしんがり》、遣《つかは》さんと思《おも》ひつゝ、商議既《だんかふすで》に整《とゝの》ふものから、伴《とも》に立《たゝ》するものとては、尚少年《なほしようねん》なる庶吉《ちかきち》の

み。百里《ひやくり》に及《およ》ぶ長旅《ながたび》なれば、心《こゝろ》もとなさ限《かぎ》りもあらず。「いかにせまし」、と思ひ難《かね》たる、折《をり》から恁《かゝ》る便宜《びんぎ》あり。倘《もし》附船《びんせん》を允《ゆる》されなば、寔《まこと》に*附驥《ふき》の大幸《たいこう》也。この義《ぎ》を許容《きよよう》あるべきや」、と問《とへ》ば又《また》将曹《せうそう》も、霎時《しばし》頭《かうべ》を傾《かたむ》けて、「そは易《やす》きことながら、俺《わが》私《わたくし》の旅《たび》ならぬ、使命《しめい》の船《ふね》なるをもて、上裁《じようさい》《○ウヘノサバキ》を経《ふ》るにあらざれば、承引《うけひき》がたきことなれども、畢竟《ひつきやう》貴所《きしよ》の御所望《ごしよまう》也。這意《このい》を以《もつて》聞《きこ》えあげなば、必《かならず》障《さは》りなかるべし。某《それがし》こゝろ得《え》候ひぬ。行装《たびよそほひ》を急《いそが》せ給へ。首途《かどいで》は後日《あさて》にて、*志摩《しま》の鳥羽《とば》より乗船《じやうせん》す。那里《かしこ》へ来会《らいくわい》致《いた》さるべし」、といふに小六《ころく》は歓《よろこ》びて、「そは慚愧《かたじけな》きこと也かし。爾《しか》らば老《お》樹《い》・信夫《しのぶ》にも、告知《つげしら》して歓《よろこ》ばせん。その義《ぎ》を仰聞《おほせきけ》られよ」、と応《いらへ》て軈《やが》て庶吉《ちかきち》を、喚近着《よびちかづけ》て、恁々《しかじか》と、詞《ことば》せわしく吩咐《いひつく》れば、庶吉《ちかきち》はこゝろ得果《えはて》て、走《はし》りて奥《おく》へ退《まか》りけり。

爾程《さるほど》に老樹《おいき》・信夫《しのぶ》は、倶《とも》に衣服《いふく》を更《あらた》めて、出《いで》て客房《きやくざしき》に来《き》にければ、庶吉《ちかきち》も亦《また》後《しり》に跟《つき》て、そが席末《せきまつ》に侍《はべ》りけり。登時《そのとき》小六《ころく》は、老樹們《おいきら》に、那附船《かのびんせん》の幸《さち》あるよしを、箇様々々《かやうかやう》と説《とき》示《しめ》せば、老樹《おいき》・信夫《しのぶ》は異議《ゐぎ》もなく、母女《おやこ》ひとしく将曹《せうそう》に、その歓《よろこ》びを陳《のぶ》るにぞ、将曹《せうそう》連《しき》りに頷《うなづ》きて、「那船中《かのせんちう》は男子《をとこ》のみにて、詞敵《ことばがたき》になるものなければ、さぞ徒然《つれづれ》にあらんずらん。遮莫風《さばれかぜ》だに歹《あし》からねば、幾日《いくか》もあらで東《あづま》に到《いた》らん。翌《あす》只《たゞ》一日《ひとひ》の暇《いとま》になりぬ。猛可《にはか》の起行《たびだち》、所為《わざ》多《おほ》かりなん。なほ又《また》鳥羽《とば》にて面談《めんだん》せん。快々《とくとく》准備《ようい》をし給へ」、と最正首《いとまめやか》に慰《なぐさ》めて、告別《いとまごひ》しつ身《み》を起《おこ》せば、小六《ころく》も倶《とも》に歓《よろこ》びを、陳《のべ》て斉一《ひとしく》目送《みおく》りたる、折《をり》から五柳《いつやぎ》の村長《むらをさ》は、嚮《さき》に小六《ころく》が稲城許《いなぎがり》、来《き》にけるよしを聞知《きゝし》りて、安否《あんぴ》を問《とひ》つゝ来《き》にければ、老樹《おいき》は軈《やが》て喚入《よびい》れて、小六《ころく》と倶《とも》に対面《たいめん》す。登時《そのとき》老樹《おいき》は村長《むらをさ》に、猛可《にはか》に東国《あづま》へ移徒《わたまし》の、綷《こと》の趣《おもむき》を告知《つげしら》して、「些《ちと》の田園《たはた》と家《か》宅《たく》さへ、翌《あす》一チ日《にち》に沽《うら》まく欲《ほり》す。この義《ぎ》を計《はから》せ給はんや」、と恃《たの》むを村長《むらをさ》うち听《きゝ》て、「そはいと火速《くわそく》の事なりき。*田地《でんち》は素《もと》より沽券《こけん》《○ウリテガタ》あり。家宅《かたく》も買《かは》んといふものなくば、鯫生《それがし》且《まづ》引受《ひきうけ》て、金子《きんす》を調進《ちやうたつ》致《いた》すべし。けふは退《まか》りて那這《あちこち》へ、商量《だんかふ》もしつ、よく考《かんがへ》て、翌《あす》の朝開《あさけ》に又《また》来《き》てん。等《また》せ給へ」、となほ親切《しんせつ》《○ネンゴロ》に、慰《なぐさ》めて出《いで》てゆきにけり。這夜《このよ》は小六《ころく》が来路《こしかた》を、なほ詳《つまびらか》に听《きか》んとて、老樹《おいき》・信夫《しのぶ》は、茶《ちや》をも烹《に》つ、果子《くわし》を薦《すゝ》めて管待《もてなし》たる、団坐《まどゐ》に漏《もれ》ぬ庶吉《ちかきち》さへに、耳新《みゝあらた》なる心地《こゝち》して、更闌《こうたけ》たるを知《しら》ざりけり。却説《かくて》その詰旦《あけのあさ》、村長《むらをさ》ははやく来《き》て、老樹《おいき》・小六《ころく》に面談《めんだん》の、趣《おもむき》をうち听《き》けば、「稲城《いなぎ》の田園《たはた》、家《か》宅《たく》と共《とも》に、八十五金《きん》に買拿《かひと》るべし。なほ価《あたひ》よく售《うら》んとならば、外《よそ》へ商量《だんかふ》し給へ」、といふに老樹《おいき》は応難《いらへかね》て、霎時《しばし》小六《ころく》と商量《だんかふ》しつゝ、竟《つひ》にその意《い》に儘《まか》せしかば、村長《むらをさ》は写来《したゝめき》ぬる、券書《てがた》二通《につう》を懐《ふところ》より、拿出《とりいだ》し打《うち》ひらきて、老樹《おいき》に見《み》せ、又《また》小六《ころく》に見せて、則《すなはち》小六《ころく》を保人《うけびと》にて、花押《くわあふ》《○カキハン》を請《こふ》て、券書《てがた》を収《おさ》め、金《かね》を遁与《わた》しつ首途《かどいで》を、祝《しゆく》して宿所《しゆくしよ》へ還《かへ》りけり。

爾程《さるほど》に、老樹《おいき》・信夫《しのぶ》は、守延《もりのぶ》の後世《ごせ》の事を、香華院《ぼだいしよ》へ憑《たのま》んとて、亦復《また〱》小六《ころく》に商量《だんかふ》しつゝ、その相計《はからひ》にうち任《まか》し、庶《ちか》吉《きち》に留守《るす》を委《ゆだ》ねて、老樹《おいき》・信夫《しのぶ》は小六《ころく》と倶《とも》に、稲城《いなぎ》氏《うぢ》の香華院《ぼだいしよ》なる、*実証寺《じつせうじ》へ赴《おもむ》きて、住持《ぢゆうぢ》の和尚《おせう》に対面《たいめん》を、請《こ》ふて東国《あづま》へ移徙《わたまし》の、よしを陳別《のべわかれ》を告《つげ》て、且《かつ》守延《もりのぶ》の墓碑料《ぼひりやう》として、金《かね》十両《りやう》、又《また》稲城《いなぎ》氏《うぢ》代々《だい〱》の、祠堂料《しだうりやう》に金《かね》二十両《りやう》、共《とも》に三十金《きん》をまゐらせければ、住持《ぢゆうぢ》は驚《おどろ》き慰《なぐさ》め難《かね》て、茶果《ちやくわ》を薦《すゝ》めて管待《もてなし》さる。当下《そのとき》小六《ころく》は、住持《ぢゆうぢ》に対《むか》ひて、「某《それがし》は東国《あづま》より、初《はじめ》て来《き》ぬる信夫《しのぶ》が兄《あに》也。他們《かれら》を鳥羽《とば》まで送果《おくりはて》て、再《ふたゝび》当寺《たうじ》へ参詣《さんけい》しつべし。石工《せきこう》《○イシヤ》をいそがして、その折《をり》までに件《くだん》の墓《ぼ》碑《ひ》を、建《たて》させ給へ」、と期《ご》を推《お》せば、住持《ぢゆうぢ》は異議《ゐぎ》なくうち点頭《うなづき》て、「その義《ぎ》こゝろ得《え》候ひぬ。祠堂金《しだうきん》は寺記《じき》に載《のせ》て、墓《はか》には忌日《きにち》に香華《かふげ》を手向《たむけ》、永代記録《ゑいたいきろく》の旨《むね》を伝《つた》へて、廻向《ゑこう》に間断《かんだん》あることなからん。この義《ぎ》もこゝろ安《やす》かるべし」、と答《こたへ》て聴《やが》て納所《なつしよ》の僧《はうし》に、手実《てがた》を写《かゝ》せて遁与《わた》されけり。這綷果《このことはて》て老樹《おいき》・信夫《しのぶ》は、小六《ころく》と倶《とも》に守延《もりのぶ》の、墳墓《おきつき》へ詣《まうで》けり。尚《なほ》殯《かりもがり》のみなれば、莽草《しきみ》を挿水《さしみづ》を沃《そゝ》ぐ、小六《ころく》も倶《とも》に合掌《がつしやう》の、こゝろの中《うち》に繰返《くりかへ》す、年来《としごろ》信夫《しのぶ》を養育《やういく》の、歓《よろこ》びを告《つげ》、奇遇《きぐう》を称《たゝ》へて、弥陀仏《みだぶつ》々々〱々と念《ねん》ずれば、老樹《おいき》・信夫《しのぶ》はいとゞなほ、けふを限《かぎ》りの墓参《はかまゐり》、程遠《ほどとほ》からず建《たて》られん、墓表《はかじるし》だも見ることの、ならずなりゆく身《み》の往方《ゆくへ》、*別《わかれ》をしか《牡鹿》の妻《つま》よ子《こ》よ、夢野《ゆめの》の秋《あき》にあらねども、思《おも》ひ絶《たえ》ねば見もわかぬ、芽出《めだし》楓《もみぢ》の紅涙《ちのなみだ》、花《はな》なき里《さと》に音《ね》をぞ泣《な》く、哀慟《あいどう》限《かぎり》なかりしを、小《こ》六《ろく》は諫《いさ》め奨《はげま》して、倶《ぐ》して宿所《しゆくしよ》へ還《かへ》りけり。是《これ》よりして起行《たびだち》の、准備《ようい》に暇《いとま》なき折《をり》から、近隣《きんりん》の荘客《ひやくせう》、老樹《おいき》が遠族《ゑんぞく》、或《あるひ》は守延《もりのぶ》が弟子《をしえご》の、親《おや》たるものさへ件《くだん》のよしを、伝聞別《つたへきゝわかれ》を惜《をし》みて、各々《おの〳〵》来《き》つゝ共侶《もろとも》に、幇助《たすけ》て行荷《たびに》を造《つく》り果《はて》て、翌《あす》の啓行《かしまだち》を送《おく》らんとて、うち連立《つれだち》て還《かへ》りゆく、混雑《こんざつ》いふべうもあらざりけり。日暮果《ひくれはて》てやうやくに、其頭《そこら》の事《こと》も整《とゝの》ひければ、小六《ころく》は門戸《かど》を鎖《とざ》さして、老樹《おいき》・信夫《しのぶ》・庶吉們《ちかきちら》を、灯下《ともしびのもと》に招《まね》き聚合《つどへ》て、国司《こくし》より贈《おく》られたる、二百金《きん》を遺《おち》なく出《いだ》して、五十金《きん》を遺《のこ》し留《とゞ》め、則《すなはち》一百五十金《きん》を、三《みつ》に分《わか》ちて件《くだん》の三名《みたり》へ、一個々々《ひとり〳〵》に遞与《わた》していふやう、「こは餞別《うまのはなむけ》に、各々《おの〳〵》へ寸志《すんし》也。裏肚《ひねりぶくさ》《○ウチガヘ》を三嚢《みふくろ》製《つく》りて、よく懐《ふところ》に収《おさ》め給へ。然而《さて》藤沢《ふぢさは》に赴《おもむ》きて、俺《わが》大人《うし》許落着《がりおちつき》なば、その金《かね》はそが儘《まゝ》に、皆《みな》大人《うし》にまゐらせて、衣食《いしよく》の費《つひえ》に充《みつ》るを佳《よし》とす。大人《うし》は素《もと》より義《ぎ》の与《ため》に、財《たから》を惜《をし》み給はねども、然《され》ばとて初《はじめ》より、大人《うし》の厄会《やくくわい》たらんこと、各々《おの〳〵》本意《ほんい》ならざるべし。縦《たとひ》野上《のがみ》に障《さわ》りありて、同居《どうきよ》の願《ねが》ひ遂《とげ》がたくとも、その金《かね》あれば時宜《じぎ》に儘《まか》して、進退《しんたい》を定《さだ》め易《やす》かり。是併《これしかしながら》国司《こくし》の恩禄《おんろく》、各々《おの〳〵》の身《み》に及《およ》ぶもの也。等閑《なほざり》にな思ひ給ひそ。国司《こくし》はその性《さが》、君子《くんし》の風《ふう》あり。惜《をし》むべし思慮《しりよ》浅《あさ》ければ、惑《まよ》ひ易《やす》くて是非《ぜひ》に暗《くら》かり。俺《われ》復讐《あたうち》の一条《いちでふ》を、信夫《しのぶ》に代《かは》りて乞稟《こひまう》せしは、那泰勝《かのやすかつ》を当国《たうごく》に、隠《かく》し措《おか》せじと思ひし故《ゆゑ》のみ。又那英虞《またかのあご》将曹《せうそう》も、才子《さいし》にはあらざれども、心《こゝろ》ざま老実《まめやか》にて、当今《たゞいま》浮薄《ふはく》の武士《ぶし》に似《に》ず。こゝをもておん身《み》母女《おやこ》の、附船《びんせん》を憑《たの》みし也。なれども那船中《かのせんちう》は、総《すべ》て敵地《てきち》と思做《おもひな》して、昼夜《ちうや》由断《ゆだん》すべからず。但那船中《たゞかのせんちう》のみにもあらず、昨《きのふ》もけふも、這里《ここ》も那里《かしこ》も、木造《きづくり》が与《ため》に狗《いぬ》となりて、這方《こなた》の動静《やうす》を覗《うかゞ》ふものあらん。鳥羽《とば》の港口《みなと》に至《いた》りても、各々《おの〳〵》詞寡《ことばずくな》にして、要《えう》なきことをいふべからず。勿論《もちろ》別離《べつり》の情《じやう》に逼《せま》りて、うち泣《なき》て笑《わらは》れ給ふな。この義《ぎ》は刀自《とじ》と信夫《しのぶ》が与《ため》に、そのこゝろ得《え》を示《しめ》すもの也。庶吉《ちかきち》も恁《しか》こゝろ得《え》よ」、と諭《さと》して又懐《またふところ》より、書翰一封《しよかんいつぷう》を拿《とり》出《いだ》して、「庶吉《ちかきち》、きのふ示《しめ》せしごとく、這一通《このいつつう》は野上《のがみ》の大人《うし》へ、悄々地《ひそか》にまゐらすべきものぞかし。こは金《かね》と一所《ひとつ》にせで、衣《きぬ》の襟《えり》に縫収《ぬひおさ》めて、もてゆくを妙《みやう》とすべし。俺手迹《わがしゆせき》は大人《うし》のよく、認《みし》りてをはすべけれども、なほ相添《あひそゆ》るものこそあれ。俺行裹《わがたびづゝみ》をもて来《こ》よ」、と吩咐《いひつけ》つ、拿寄《とりよ》せて、手親《てづから》ひらきて、そが内《うち》より、*半隻《かた〳〵》なる庭草履《にはざうり》を、遽《いそがは》しく拿出《とりいだ》して、小六が半隻履《ハンセキリ》をもて不死《フシ》を示《シメ》せしは、亦《マタ》菩提達磨《ボダイダルマ》の葱嶺《ソウレイ》の故事《フルコト》に憑《ヨ》れる也。便《スナハチ》是前集《コレゼンシフ》に著演《アキノブ》が小六の半隻《ハンセキ》履《リ》を葬《ホウム》りたると照応掲焉《セウオウイチシロシ》。達磨《ダルマ》脱履《ダツリ》の顚《モト》末《スヱ》は詳《ツマビラカ》に伝《デン》灯録《トウロク》に見えたり。

件《くだん》の書翰共侶《しよかんもろとも》に、庶吉《ちかきち》に遁与《わた》していふやう、「その草履《ざうり》は去稔《こぞ》の四月《うづき》、俺狂乱《われきやうらん》のおもゝちして、入水《じゆすい》を相模河《さがみがは》に示《しめ》せし折《をり》、穿《はき》て出《いで》たる庭草履《にはざうり》也。那折《かのをり》に、俺《われ》その半隻《かた〳〵》は、渡船《わたしぶね》の内《うち》に留《とゞ》め、又半隻《またかた〳〵》は後徴《のちのしるし》に、収措《おさめおき》たるものぞかし。そを俺大人《わがうし》に見せまゐらせなば、立地《たちどころ》に疑《うたが》ひ解《と》けん。勿論《もちろ》外視《ひとめ》を憚《はゞか》りて、傍《かたへ》に人《ひと》のなき折《をり》に、無礼《ぶれい》を陪話《わび》て、見せまゐらせよ。這《この》余《よ》の事は嚮《さき》に示《しめ》しぬ。短夜《みじかよ》なれば、再《ふたゝび》いはず。通途《みちすがら》もよく胸《むね》に復《ふく》して、必《かならず》よ忘《わす》るべからず。老樹《おいき》の刀自《とじ》は村長《むらをさ》より、受《うけ》とり給ひし八十五金《きん》の、残《のこ》りなほ多《おほ》かり。俺《わ》がまゐらせたる十金《きん》と、共侶《もろとも》に秘蔵《ひざう》して、有用《うよう》の用《よう》を弁《べん》じ給へ。野上《のがみ》の宿所《しゆくしよ》に欹《かゝ》り在《を》らば、東西《もの》の没《い》ることなしといへども、信夫《しのぶ》が与《ため》に然《さ》ばかりの、貯禄《たくはへ》なくばあるべからず。今《いま》は足利《あしかゞ》一統《いつとう》の、世界《せかい》やうやく静《しづか》にて、海陸《かいりく》の通行《つうこう》かたくもあらねど、然《さり》とても海賊《かいぞく》の、患《うれ》ひなしとすべからず。只謹慎《たゞきんしん》《ツヽシミ》を宗《むね》として、用心《ようじん》に優《ます》ことなし。信夫《しのぶ》も倶《とも》に掛念《けねん》して、身《み》を愛《あい》し親《おや》を慰《なぐさむ》るを、第一《だいゝち》の懋《つとめ》にせよ。人皆行《ひとみなゆく》も住《とゞま》るも、前知《ぜんち》しがたきこと多《おほ》かり。俺御吉野《われみよしの》に旅宿《たびね》せし比《ころ》、仙嬢《やまひじりめ》の示現《じげん》*あり。夢《ゆめ》に去向《ゆくて》を問《とひ》まつりしに、這神風《このかみかぜ》の伊勢《いせ》に赴《おもむ》け。世《せい》家《か》の国司《こくし》北畠《きたばたけ》は、是南朝《これなんちやう》の残燼《ざんじん》《モエノコリ》ながら、憑《たのも》しきことなしといふとも、旧故《きうこ》《フルキユカリ》に遇《あは》んと誨《をしえ》給ひし、仙言《せんげん》果《はた》して験《しるし》あり。料《はから》ず女弟《いもと》に環会《めぐりあひ》にき。これを思へば離合聚散《りがふしゆさん》も、皆命運《みなめいうん》の中《うち》に在《あ》り。又時至《またときいた》らば復相見《またあひまみえ》て、今《いま》の憂苦《ゆうく》を共侶《もろとも》に、昔《むかし》がたりに做《な》す日《ひ》もあらん。万事心《よろづこゝろ》を鬼《おに》にして、不覚《ふかく》をな取《とり》給ひそ」、と聶《さゝや》き示《しめ》す論弁教諭《べんろんきやうゆ》に、信夫《しのぶ》はさら也庶吉《ちかきち》も、老樹《おいき》も倶《とも》に感涙《かんるい》の、找《すゝ》む頭《かうべ》を擡難《もたげかね》て、「推辞《いなま》ば又《また》や叱《しか》られん」、と思《おも》へば返《かへ》す詞《ことば》もなく、各々金《おの〳〵かね》をうち戴《いたゞ》きて、応《いらへ》するのみ左《と》も右《かく》も、いはぬはいふに十寸鏡《ますかゞみ》、照《てら》さぬ方《かた》もなき英雄《えいゆう》の、影《かげ》を仰《あほ》ぎてやうやくに、その歓《よろこ》びを陳《のべ》にけり。

第《だい》二十回《くわい》

姑摩姫《こまひめ》夜夜《よな〳〵》神祇《じんぎ》に禱《いの》る
九六媛《くろひめ》月下《げつか》に剣侠《けんけう》を譚《だん》ず

却説《かくて》その次《つぎ》の日《ひ》の遅明《いなのめ》に、昨宵《よんべ》の村人《むらびと》一名《ひとり》も遺《のこ》らず、或《あるひ》は馬《うま》を牽《ひく》もあり、行轎子《たびのりもの》さへ舁《かき》もて来つゝ、老樹《おいき》・信夫《しのぶ》を送《おくら》んとて、稲城《いなぎ》の門傍《かどべ》に聚合《つどひ》しを、老樹《おいき》ははやく出迎《いでむか》へて、労《ねぎら》ひつ推辞《いなめ》ども、些《ちつと》も听《きか》ず動揺《どよ》めきて、特《こと》に親《した》しき村人《むらびと》は、件《くだん》のそが儘坐席《まゝざしき》に找入《すゝみい》りて、手《て》に〳〵行荷《たびに》を擡《もた》げ出《いだ》して、馬《うま》に搭《つけ》などす。然《さり》けれども老樹們《おいきら》は、行轎子《たびのりもの》は要《えう》なしとて、信夫《しのぶ》も倶《とも》に辞《いろ》ひしを、大家《みな〳〵》听《きか》ず、諸声《もろごゑ》に、「そは亦益《またやく》なき口誼《こうぎ》也。俺村《わがむら》なる毎《ともがら》の、仁義五常《じんぎごじやう》の片端《かたはし》をも、甲乙《たれかれ》となく弁《わきまへし》知りしは、這里《ここ》のなき人《ひと》さまの、折々《をり〳〵》説《とき》も示《しめ》し給ひし、御庇《みかげ》と思へば恩深《おんふか》かり。況《まいて》や児子孫們《こどもうまごら》の、手習《てならは》されて眼《まなこ》の見ゆるは、只是大人《たゞこれうし》の丹誠《たんせい》を、尽《つく》し給ひし御恩《ごおん》なるに、惜《を》しや大人《うし》の世《よ》を去《さ》りて、その迹立《あとたゝ》ず、妻子達《やからたち》の、遠《とほ》く東《あづま》の所親許《しよしんがり》、移住《いぢゆう》の首途《かどで》を送《おく》るとて、恁《か》ばかりの事せざらんや。這里《ここ》より鳥羽《とば》へ路《みち》の程《ほど》、二宿《ふつかぢ》にはいと易《やす》かり。然《され》ば小《こ》荷駝《にだ》と轎子《のりもの》は、那港口《かのみなと》まで送着《おくりつけ》てん。その余《よ》は二三里許《りばかり》にして、其頭《そこら》で袂《たもと》を分《わか》たん、と皆商量《みなだんかふ》して来《き》にければ、誰《たれ》とて還《かへ》るものはなし。やよ任用《うちまか》して出《いで》給へ。快出《とくいで》給へ」、と催促《さいそく》す。誠多《まことおほ》かる田舎児《ゐなかうど》の、立去《たちさ》るべうもあらざれば、老《おい》樹《き》・信夫《しのぶ》は云云《かにかく》と、又推辞《またいなま》んはさすがにて、且感《かつかん》じ且労《かつねぎら》ふ、小六《ころく》と倶《とも》に住棄《すみすて》し、家《いへ》を村長《むらをさ》に遁与《わた》しつゝ、烏《からす》の茂林《もり》をはなるゝ時候《ころ》、行装《たびよそほひ》して立出《たちいづ》れば、村人《むらびと》は等着《まちつけ》て、則《すなはち》二挺《にちやう》の行轎子《たびのりもの》に、老樹《おいき》と信夫《しのぶ》をうち乗《の》して、迭代《かたみがはり》に舁《かゝ》まくす。又小《またこ》荷駝《にだ》二疋《にひき》には、小六《ころく》と庶吉《ちかきち》をうち乗《の》して、人馬斉一《にんばひとしく》整々《せい〳〵》と、後《あと》に跟《つ》き先《さき》に立《たち》て、既《すで》に足掻《あがき》を早《はやむ》れば、老樹《おいき》・信《しの》夫《ぶ》は住馴《すみな》れし、里離《さとはな》れゆく憂涙《うきなみだ》、膝《ひざ》に流《なが》れて玉走《たまばし》る、竹轎《かご》に揺《ゆら》るゝ*鳥自物《とりじもの》、音《ね》にこそ啼《なか》ね春寒《はるさむ》き、天《そら》も名残《なごり》の別霜《わかれじも》、思《おも》ひ消《け》ぬべき歎《なげ》きして、はや*西条《さいでふ》まで来《き》にければ、村人們《むらびとら》は這処《このところ》にて、齎《もたら》したる割籠《わりご》をひらき、盃《さかづき》を勧《すゝ》めなどして、辞《ぢ》して家路《いへぢ》に還《かへ》りけり。そが中《なか》に馬《うま》を牽《ひ》き、轎子《のりもの》を舁《かく》ものと、年来《としごろ》特《こと》に親《した》しかりける、隣人甲乙《となりびとたれかれ》は、倶《とも》に鳥羽《とば》まで送《おく》らんとて、推辞《いなむ》を听《きか》ず相倶《あひぐ》して、その夜《よ》は*玉丸《たまる》に宿《やどり》を投《もと》め、次《つぎ》の日《ひ》港口《みなと》に送着《おくりつけ》て、旅店《やどり》を倶《とも》に投《とら》まくす。

爾程《さるほど》に達小六《だてのころく》は、鳥羽《とば》の馬頭上《ふなば》の歇店《はたごや》に、稲城母女《いなぎおやこ》を憩《いこは》しつ、庶吉《ちかきち》をその門《かど》に立《たゝ》して、英虞《あご》が来《き》ぬるを等程《まつほど》に、且《しばらく》して英虞将曹《あごせうそう》は、伴当《ともびと》約《およそ》十余《じうよ》名《にん》、并《ならび》に鎌倉《かまくら》管領《くわんれい》氏《うぢ》持《もち》へ、

晋物《しんもつ》の長韓櫃《ながからびつ》を、*夫役《ぶやく》に舁《かゝ》し先《さき》に立《たゝ》して、その身《み》は轎子《のりもの》にうち乗《のり》つゝ、港口《みなと》の旅館《りよくわん》に来《き》にければ、小六《ころく》はみづからゆき迎《むか》へて、稲城《いなぎ》母女《おやこ》を送《おく》り来《き》ぬる、よしを報去向《つげゆくて》を恃《たの》むに、将曹《せうそう》敢《あへて》異議《ゐぎ》に及《およ》ばず、「御所望《ごしよまう》の趣《おもむき》を、家老達《かろうたち》へ聞《きこ》えあげて、綷整《こととゝの》ひ候へば、附船《びんせん》の義《ぎ》に障《さは》りなし。出帆《しゆつばん》は順風《おいて》によりて、翌《あす》の旦開《あさけ》に候はめ。勿論《もちろ》女儀《にようぎ》の事なれば、船中《せんちう》は一《ひと》間《ま》を慦《しき》りて、那人々《かのひと〴〵》を処《を》らすべし。鎌倉《かまくら》までは某《それがし》が、仡《き》と預《あづか》り候ひぬ。総《すべ》て御心安《みこゝろやす》かるべし」、といふに小六《ころく》は歓《よろこ》びて、翌《あす》の出船《でふね》を契《ちぎ》りつゝ、故《もと》の歇店《はたごや》にかへり来《き》て、老樹《おいき》・信夫《しのぶ》に、将曹《せうそう》が、いひつるよしを恁々《しか〴〵》と、報《つげ》て明《あく》る天《よ》を等《まち》にけり。予《かねて》いはれしよしあれば、老樹《おいき》・信夫《しのぶ》は今《いま》さらに、心細《こゝろぼそ》さのやる方《かた》なきを、倶《とも》に然《さ》らぬおもゝちして、甲夜《よひ》より枕《まくら》に就《つき》たれども、夢《ゆめ》も結《むす》ばず、浦風《うらかぜ》に、吹驚《ふきおどろか》されて魂《たましひ》

鳥羽湊小六送東行船《とばのみなとにころくとうこうのふねをおくる》　有像第廿七

水やそら鳥羽のいでふね真帆あげてかすみに入りぬ風のまに〳〵

いらご崎　小六　おいき　小竹生　ちか吉

を、傷《いたま》しめずといふことなし。

　爾程《さるほど》に、詰旦《あけのあさ》、英虞《あご》将曹《せうそう》より使《つかひ》をもて、「順風《おひて》よければ乗船《じやうせん》す。快出《とくいで》給へ」、といはせにければ、小六《ころく》は軈《やが》て稲城《いなぎ》の母女《おやこ》を、いそがし立《たて》て出《いで》んとす。登時《そのときこ》這里《こ》まで送来《おくりき》ぬる、五柳人們《いつやぎびとら》は、稲城《いなぎ》の担物《にもつ》を、擡《もた》げ起《おこ》し船《ふね》に運《はこ》びて、其頭《そこら》に立《たち》て、目送《みおく》りけり。小六《ころく》は亦庶吉《またちかきち》に、「鎌倉《かまくら》へ着船《ちやくせん》の、その折《をり》は箇様《かやう》々々」、と聶《さゝや》き示《しめ》す言《こと》の訖《をは》りに、「行担物《たびにもつ》は、牛《うし》まれ馬《うま》まれ、央《やと》ふて藤沢《ふぢさは》へ倶《ぐ》していね。思ひ錯《たが》へな、よくせよ」、と心《こゝろ》を属《つ》けつ、皆共侶《みなもろとも》に、水際《みぎは》に立《たち》て等程《まつほど》に、将《せう》曹《そう》も出《いで》て来《き》つ、迭《かたみ》の口誼《こうぎ》言訖《ことをは》れば、老樹《おいき》・信夫《しのぶ》も将曹《せうそう》に、歓《よろこ》びを陳去向《のべゆくて》を怙《たの》みて、庶吉《ちかきち》さへに船人《ふなびと》に、扶《たす》けられつゝ乗移《のりうつ》る、憂苦《うき》を重荷《おもに》の蓬庫《ふなやかた》、留《とゞま》るものは海上《かいじやう》の、安寧無異《あんねいぶゐ》を祈《いの》るのみ、船《ふね》なるものは再会《さいくわい》を、契《ちぎ》る詞《ことば》も口隠《くご》もりて、涙《なみだ》は胸《むね》に盈潮《みちしほ》の、順風《おいて》に真帆《まほ》を引抗《ひきあげ》られて、見えずなりゆく哀別離苦《あいべつりく》、予期《かねてご》したることながら、堪《たへ》ぬ歎《なげ》きは*松浦《まつら》なる、鏡《かゞみ》の宮《みや》の故事《ふるごと》も、恁《かく》やと思《おも》ひしら波《なみ》に、揺《ゆ》られ〳〵て安《やす》からぬ、母《はゝ》も女児《むすめ》も両腕《もろがひな》、額《ひたひ》に当《あて》て臥《ふし》にける。おなじ思ひをいへばえに、嵒越《いはこ》す浪《なみ》に浮宿鳥《うきねどり》、憂《うき》には漏《もれ》ぬ庶吉《ちかきち》も、慰《なぐさ》めかねつ惆然《ちやうねん》と、倶《とも》に頭《かうべ》を病《やま》しけり。老樹《おいき》・信夫《しのぶ》・庶吉們《ちかきちら》、并《ならび》に英虞《あご》将曹《せうそう》の事《こと》、この下《しも》に話説《ものがたり》なし。

　却説《かくて》小六《ころく》は、件《くだん》の船《ふね》を目送《みおく》り果《はて》て、五柳人們《いつやぎびとら》を、労《ねぎら》ひつ、別《わかれ》を告《つげ》て、「某《それがし》は是《これ》よりして、*山田《やまだ》内外《うちと》のおん宮《みや》へ、参詣《さんけい》せまく欲《ほり》する也。いぬる日《ひ》稲城《いなぎ》の墓碑《ぼひ》の事を、那香華院《かのぼだいしよ》へ誂《あつら》へたれば、かへさに亦復立寄《またまたたちより》て、各位《おの〳〵がた》にも対面《たいめん》せん」、といふを大家《みな〳〵》うち听《きゝ》て、「しからんには馬《うま》まれ竹轎《かご》まれ、又《また》うち乗《のり》てゆかせ給へ。俺們《われ〳〵》も共侶《もろとも》に、太神宮《だいじんぐう》に参《まゐ》るべし。この議《ぎ》に任《まか》し給ひね」、と薦《すゝ》めて果《はて》しなかりしを、小六《ころく》はなほも詞《ことば》を尽《つく》して、推辞《いなみ》て馬《うま》も轎子《のりもの》も、やうやくに返し遣《かへつかは》し、強《しい》て案内《しるべ》に立《たゝ》んといふ、村人《むらびと》二名許《ふたりばかり》を倶《ぐ》して、軈《やが》て山《やま》田《だ》へ赴《おもむ》きけり。鳥羽《とば》より三里《さんり》に過《すぎ》ざれば、這日《このひ》内宮外宮《ないきうげきう》を拝《おがみ》て、*朝熊《あさま》二見《ふたみ》の浦《うら》までも、漏《もら》すことなく巡歴《じゆんれき》しつゝ、又《また》両宿《ふたとまり》か三宿《みとまり》にて、五柳村《いつやぎむら》にかへり来《き》つ、径《たゞち》に実証寺《じつせうじ》に赴《おもむ》きて、墓碑《ぼひ》の事を諮《たづぬ》るに、石工《せきこう》いまだ功《こう》を卒《をへ》ねば、四五日寺《にちてら》に留《とゞめ》らる。左右《とかく》する程《ほど》に守延《もりのぶ》の、墓表成就《はかじるしじやうじゆ》してければ、小《こ》六《ろく》は住持《ぢゆうぢ》に相譚《かたらふ》て、そを建《たつ》る日《ひ》に追薦《ついぜん》の、法莚《ほうゑん》を開《ひら》き経《きやう》を読《よま》して、嚮《さき》に老樹《おいき》・信夫《しのぶ》を送《おく》りし、五柳《いつやぎ》の村人《むらびと》を、遺《おち》なく寺《てら》へ招《まね》き聚合《つどへ》て、終日饗応《ひねもすけうおう》したりけり。好事訖《ほうじをは》りて、小六《ころく》は又《また》、守延《もりのぶ》の一周忌《いつしうき》、三回七回《みめぐりなゝめぐり》の読経料《どきやうりやう》まで、逆皆寺《かねてみなてら》へ布《ふ》施《せ》して、追薦叮寧《ついぜんねんごろ》なりけるを、住持《ぢゆうぢ》はさらなり、村人們《むらびとら》は、いよゝます〳〵感佩《かんばい》して、得《え》がたき施主《せしゆ》とぞ称《たゝ》へける。

当下《そのときこ》小六《ろく》は思ふやう、「俺去歳《われこぞ》の夏西《なつにし》に到《いた》りて、久《ひさ》しく吉《よし》野《の》に在《あ》りしかば、いまだ五畿内《ごきない》だも視尽《みつく》さず。伊勢《いせ》、伊賀《いが》、河内《かはち》、和泉《いづみ》、摂津《せつゝ》、紀伊《きい》の浦《うら》までも、原是南朝《もとこれなんちやう》の御領《ごりやう》なりき。就中摂河泉《なかんづくせつかせん》には、楠氏《なんし》の旧蹟多《きうせきおほ》かるべし。那三州《かのさんしう》を初《はじめ》として、四国鎮西《しこくちんぜい》の尽処《はて》までも、曲《くま》なく偏歴《へんれき》すべけれ」、と尋思《しあん》をしつゝ、村人們《むらびとら》の、留《とゞむ》るを見もかへらず、飄然《ひやうねん》として只《たゞ》ひとり、万里《ばんり》の逆旅《たび》に赴《おもむ》きけり。

案下某生更説《そはさておきてこゝにまた》。河内州石川郡《かはちのくにいしかはのこふり》、*金剛山《こんごうせん》の麓《ふもと》なる、*字《あざな》を八九《やこ》と喚做《よびなし》たる山里《やまざと》に、孝烈無双《かうれつぶさう》の才女《さいぢよ》ありけり。その祖先《そせん》を原《たづぬ》るに、*故河摂泉三州《もとのかせつせんさんしう》の守《かみ》、贈正三位近衛中将《ぞうじようさんゐこんゑのちうじよう》、橘朝臣正成卿《たちばなのあそんまさしげけう》の為《ため》には曾孫《ひまご》、*従五位下《しようごゐのげ》河内守《かはちのかみ》、楠正元《くすのきのまさもと》左馬頭正儀《さまのかみまさのり》の二男《じなん》。左衛門尉正勝弟《さゑもんのぜうまさかつのおとゝ》。の女児《むすめ》にて、その名《な》を姑摩姫《こまひめ》と称《たゝ》へらる。応永四年《おうゑいよねん》の誕生《たんぜう》也けり。父正元《ちゝまさもと》は、その兄正勝《いろねまさかつ》と共侶《もろとも》に、*千剣破赤坂《ちはやあかさか》の要害《えうがい》に籠城《ろうぜう》して、数年《すねん》の忠戦《ちうせん》、父祖《ふそ》に劣《おと》らず。いぬる*建徳元年《けんとくぐわんねん》に、正勝《まさかつ》・正元《まさもと》の父《ちゝ》なりける、左馬頭正儀《さまのかみまさのり》は、恢復《くわいふく》の計略《けいりやく》を、屢《しば〳〵》奏《そう》しまつりしに、文弱狐疑《ぶんじやくこぎ》の卿相《けいしよう》雲客《うんかく》、これを阽《あやぶ》みて綷成《ことな》らず。折《をり》から武家《ぶけ》より反間《はんかん》の、計《はかりごと》に陥《おと》されて、帝《みかど》を恨《うら》み奉《たてまつ》り、正成《まさしげ》・正行《まさつら》その身《み》と共《とも》に、三代相承《さんだいさうじよう》の忠誠《ちうせい》を、遂《つひ》に落花流水《らくくわりうすい》に、附《ふ》して北朝《ほくちやう》に降《くだ》りし折《をり》も、*正勝《まさかつ》・正元弟兄《まさもとはらから》は、倶《とも》に大父《おほぢ》正《まさ》成《しげ》の遺訓《ゐくん》を守《まも》りて、敢《あへ》て親《おや》の不義《ふぎ》に与《くみ》せず、和田正武《わだまさたけ》と計議《けいぎ》を凝《こら》して、正儀《まさのり》を攻《せめ》、且賊徒《かつぞくと》を討《うち》て、なほ南朝《なんちやう》へ忠《ちう》を尽《つく》せし、その綷《こと》の趣《おもむき》は、旧記実録《きうきじつろく》に遺文《ゐぶん》あり。看官承知《みるひとせうち》の事なれば、今亦《いまゝた》こゝに具《つぶさ》にせず。恁而元中九年《かくてげんちうくねん》の秋《あき》より、南北両朝《なんぼくりようちやう》、御合体《ごがつたい》の和議《わぎ》ありて、使臣往来《ししんわうらい》してけるに、楠氏《なんし》の一族《いちぞく》*和田正武《わだまさたけ》和田高家《わだたかいへ》の子《こ》。従五位下《しようごゐのげ》和泉守《いづみのかみ》。は、去稔元中八年《きよねんげんちうはちねん》に、五十四歳《さい》にて身故《みまか》りければ、楠氏《なんし》の軍威稍衰《ぐんゐやゝおとろ》へ、一族従類兜《いちぞくじゆうるいかぶと》を脱《ぬぎ》て、*北将畠《ほくせうはたけ》山《やま》義深《よしふか》基国《もとくに》に、降参《こうさん》せしもの多《おほ》かりしかば、惜《をし》むべし、*千剣破《ちはや》赤阪《あかさか》の城《しろ》も、畠山《はたけやま》が与《ため》に攻破《せめやぶ》られ、*左衛門尉《さゑもんのぞう》正勝《まさかつ》は、残兵《ざんぺい》十名許《じうにんばかり》を将《い》て、吉野《よしの》十津川《とつがは》に没落《ぼつらく》しつゝ、迹《あと》を埋《うづ》め光《ひかり》を包《つゝ》み、「*寧《むしろ》首陽《しゆやう》に餓死《うゑし》するとも、豈足利《あにあしかゞ》に臣《しん》たらんや」とて、往方《ゆくへ》も知《しら》ずなりにけり。*そが中《なか》に正元《まさもと》は、累代君父《るいだいくんぷ》の讐敵《あたかたき》、

正元京に入て戦没《ウチジニ》の事、諸《シヨ》説《セツ》多《オホ》く元中《ゲンチウ》九年五月とす。こゝには一説《イツセツ》に憑れる也。

足利義満《あしかゞよしみつ》を狙撃《ねらひうた》んとて、なほも河内《かはち》に跡《あと》を潜《ひそ》め、応永五年《おうゑいごねん》の春《はる》の時候《ころ》、悄々地《ひそか》に京師《みやこ》に赴《おもむ》きて、有一日《あるひ》義満将軍《よしみつせうぐん》の、参内《さんだい》の折士卒《をりしそつ》に紛《まぎ》れて、やうやく近《ちか》づきたりけれども、車《くるま》を砕《くだ》く*蒼海公《さうかいこう》の、幇助《たすけ》もあらぬ単身《みひとつ》にて、宿望遂《しゆくまうとげ》ず、緈発覚《ことあらは》れて、千変万化《せんぺんばんくわ》と術《て》を摧《くだ》く、必死《ひつし》の刀尖《きつさき》、向《むかふ》に前《まへ》なく、矢庭《やには》に従者《じゆうしやす》数十名《じうにん》を、或《あるひ》は砍臥《きりふ》せ痍《て》を負《おは》せしかど、その身《み》鉄石《てつせき》にあらざれば、大刀《たち》折《を》れ勢《いきほ》ひ窮《きはま》りて、竟《つひ》に戦歿《うちじに》したりける、時《とき》に年《とし》三十五歳《さい》、武勇《ぶよう》を当時《たうじ》に顕《あらは》して、名《な》は後世《のちのよ》まで赫奕《かくやく》たる、義烈《ぎれつ》に世《よ》の人驚《ひとおどろ》き感《かん》じて、密々《しのび〳〵》に正元《まさもと》の、菩提《ぼだい》を吊《と》ふもの多《おほ》かりけり。這年《このとし》姑摩《こま》姫才《ひめわづか》に二歳《さい》、母御前《はゝごぜ》は河内《かはち》の人氏《ぢゆうにん》、故右馬允《もとのうまのぜう》、*桜井直忠《さくらゐなほたゞ》の女児《むすめ》也。*湯浅熱河《ゆあさにゑかは》、恩地《おんち》桜《さくら》井《ゐ》、山本野上《やまもとのがみ》、平石《ひらいし》の党《ともがら》は、皆是楠氏《みなこれなんし》の所親《しよしん》なれども、零《れい》落死《らくし》亡《ばう》せしもの多《おほ》く、残《のこ》るは畠山《はたけやま》に降参《かうさん》して、憑《たのも》しきものなかりけり。恁《かゝ》れば楠《くすのき》正元《まさもと》は、潜《しの》びて京師《みやこ》に赴《おもむ》く折《をり》、大父正成《おほぢまさしげ》の忠臣《ちうしん》なりける、*隅屋与市《すやよいち》が嫡孫《ちやくそん》に、小一郎惟盈《こいちらうこれみつ》と喚做《よびな》すものあり、その妻縫殿《つまぬひ》は姑摩《こま》姫《ひめ》の、嬭母《めのと》にてありければ、正元《まさもと》則《すなはち》内室《ないしつ》《○オクガタ》息女《そくぢよ》に、惟盈夫婦《これみつふうふ》を傅《かしづ》けて、金剛山《こんごうせん》の麓《ふもと》の山里《やまざと》、*森屋村《もりやむら》の属村《えだむら》なる、八九《やこ》の尼寺《あまでら》にぞ潜《しのば》せける。抑《そも〳〵》件《くだん》の尼寺《あまでら》は、如意宝珠院《によいほうじゆゐん》と喚做《よびな》したる、地蔵菩薩《ぢざうぼさつ》の霊《れい》場《じやう》也。当寺《たうじ》の住持《ぢゆうぢ》智《ち》正禅尼《せうぜんに》は、桜井直忠《さくらゐなほたゞ》の長女《ちやうぢよ》にて、正《まさ》元《もと》の内室《おくがた》《○ナイシツ》と、箸折《はしをり》縢《から》む姉妹《はらから》《○オトヽヰ》なれば、いと憑《たのも》しく慰《なぐさ》めて、方《はう》丈《ぢやう》の傍《かたはら》に、分根亭《はなれざしき》を造《つく》らしつ、其里《そこ》を母女《おやこ》の子舎《へや》にして、叮寧《ねんごろ》に扶持《ふち》せらる。恁《かゝ》りし程《ほど》に正元《まさもと》は、復讐《あたうち》の志願時至《しぐわんときいた》らず、緈立地《ことたちどころ》に発覚《あらは》れて、竟《つひ》に戦死《うちじに》の為体《ていたらく》、はやく河内《かはち》へ聞《きこ》えしかば、正元《まさもと》の内室《おくがた》は、予覚期《かねてかくご》のことながら、又今《またいま》さらに堪《たへ》がたき、哀慟悲泣《あいどうひきう》に腸断離《はらわたちぎ》れて、竟《つひ》に身故《みまか》り給ひけり。痛《いた》ましきかな姑摩《こま》姫《ひめ》は、まだ東西《とうざい》だも弁《わきま》へざりける、年二三才《としふたつみつ》の比《ころ》よりぞ、孤《みなしご》になり給ひしかば、憑《たの》むは伯母《をば》の尼御前《あまごぜ》のみ、緈問《こととと》ふものは檐《のき》の松風《まつかぜ》、峯《みね》の猿《ましら》の声《こゑ》のみなれ

ども、*隅屋《すや》小《こ》一郎《いちらう》惟盈《これみつ》夫婦《ふうふ》は、忠誠《ちうせい》その祖《そ》、与市《よいち》に劣《おと》らず、独子《ひとりご》なりける復市《またいち》をば、襁褓《むつき》の中《うち》より大和《やまと》へ遣《つかは》し、由縁《ゆかり》のものに養《やしな》はして、一ト《ひと》たびも見かへらず、只《たゞ》仂《いはけな》き姫《ひめ》うへを、守字《もりはぐゝ》む外《ほか》に他事《たじ》もなし。現那主君《げにかのしゆくん》あれば、這家《このか》臣《しん》あり。正元京師《まさもとみやこ》へ赴《おもむ》く折《をり》、軍要金《ぐんえうきん》の残《のこ》れるを、後々《のち〱》までの与《ため》にとて、皆惟盈《みなこれみつ》に逓与《わたし》にければ、惟盈件《これみつくだん》の金《かね》をもて、*坊料《ばうりやう》と倡《とな》へ、近頭《ちかきわたり》に、荘園《せうゑん》を購求《あがなひもと》めて、姑摩《こま》姫《ひめ》の衣食《いしよく》の料《りやう》とし、又暇《またいとま》ある折々《をり〱》は、陳笠《ちんがさ》を張《は》り、弓弦《ゆづる》を作《つく》りて、鬻《ひさ》ぎて夫婦《ふうふ》の使用《しよう》とす。こゝをもて、富《とむ》にあらねど、寺院《じゐん》の東西《もの》を費《つひや》すことなく、奴婢《ぬび》四五名《にん》を役使《かりつか》ふて、耕作《かうさく》を掌《つかさど》らせ、且節《かつせつ》倹《けん》を旨《むね》とすれども、姫《ひめ》うへの与《ため》には費《つひえ》を厭《いと》はで、衣裳調度《いせうちやうど》、苟且《かりそめ》の、玩弄物《もてあそびもの》までも、よろづ好《この》みに儘《まか》しけり。

爾程《さるほど》に姑摩《こま》姫《ひめ》は、その性怜利《さがさかし》かりければ、五六才《いつゝむつ》の時《ころ》よりして、いまだ学《まな》ばで色葉字《いろはじ》を、よく読《よ》みもしつ、写《かく》ことありしを、智正禅尼《ちせうぜんに》愛歓《めでよろこ》びて、七才《なゝつ》の春《はる》より手習《てならは》し、経文《きやうもん》を教《をしえ》給ふに、一ト《ひと》たび听《きゝ》て、忘《わす》るゝことなく、特《こと》に読書《どくしよ》を好《この》みつゝ、北畠准后《きたばたけじゆごう》の神皇正統紀《じんくわうせうとうき》、この余《よ》も世々《よよ》の軍記《ぐんき》はさら也、果敢《はか》なき冊子《さうし》物語《ものがたり》を看《み》ても、君臣《くんしん》の得失《とくしつ》、古今《ここん》の治乱《ちらん》、勧善懲悪《くわんぜんちやうあく》の旨《むね》あるよしを、独《ひとり》みづから感悟《かんご》して、家《か》譜《ふ》を問《と》ひ祖訓《そくん》を仰《あほ》ぎ、「いかで儒書《じゆしよ》をもよく学《まな》びて、智《ち》を増《まさ》ばや」、と念《ねん》じたる、賢才《けんさい》はやく見《あらは》れしを、伯母《をば》の尼公《にこう》はいよ〱奇《き》として、「這子《このこ》を女僧《あま》に做《な》すならば、*当麻寺《たいまでら》なる中将姫《ちうぜうひめ》、又陸奥《またみちのく》なる如蔵尼《によざうに》にも、なほ超然《ちやうねん》たる智識《ちしき》にならん。親族《しんぞく》通家《ゑんじや》、忠義《ちうぎ》の与《ため》に、陣歿《うちじに》したるもの多《おほ》かり。氏《うぢ》も縹致《きりやう》も世《よ》に捷《すぐ》れつゝ、楠氏《なんし》の女児《むすめ》に生《うま》れても、世《よ》の盛《せい》衰《すい》とはいひながら、城陥《しろおちい》り国亡《くにほろ》びて、はやく孤《みなしご》になりしより、俺仏門《わがぶつもん》に身《み》を寓《よせ》たるも、過世《すくせ》ありての事ならん。今《いま》よりおん経《きやう》の紉《ひも》を解《とか》して、後住《ごぢゆう》に做《な》さん」、と思ひつゝ、連《しき》りに読経《どきやう》を薦《すゝ》め給へど、姑摩《こま》姫《ひめ》の情愿《じやうぐわん》は、敢《あへ》て菩提《ぼだい》の道《みち》にあらねば、読《よむ》といへども深《ふか》くは信《しん》ぜず、字《じ》を覚《おぼゆ》るを宗《むね》として、一日々々《ひとひ〱》と送《おく》りぬる、嘗《つね》に不平《ふへい》の思《おも》ひあり。「俺身女子《わがみをなご》にあなれども、正成卿《まさしげけう》の曾孫《ひまご》にて、正元朝臣《まさもとあそん》の嫡女《ちやくぢよ》也。父《ふ》祖《そ》の忠義《ちうぎ》を承嗣《うけつぎ》て、足利義満《あしかゞよしみつ》・義持《よしもち》を、一刀《ひとたち》也とも撃《うつ》ことあらば、死《し》するといふとも憾《うらみ》なし、とは思へども文学武芸《ぶんがくぶげい》、共《とも》に良師《よきし》に従《したが》ふて、年《とし》を累《かさ》ね、熟得《じゆくとく》の、時運《じうん》も其里《そこ》に至《いた》らずば、いかにして本意《ほい》を遂《とげ》ん。「適良師《あはれよきし》のあれかし」、と願《ねが》ふ心《こゝろ》を色《いろ》にも出《いだ》さず、年《とし》も稍《やゝ》八才《やつ》になりける、応永《おうゑい》十一年《ねん》の春《はる》の時候《ころ》より、夜《よ》な〳〵臥房《ふしど》を抜出《ぬけいで》て、庭《には》に立《た》つこと半《はん》晌許《ときばかり》、先大和《まづやまと》の方《かた》に朝《むか》ひて、後醍醐《ごだいご》・後村上《ごむらかみ》両天皇《りやうてんわう》の、大神霊《おほみたま》を拝《おが》み奉《たてまつ》り、次《つぎ》に当国《たうごく》なる、諸名神《もろ〳〵のみやうじん》を礼拝祈請《らいはいきせう》し、*又建水分《またたけみわけ》の末社《まつしや》なる、家祖《かそ》南木《なんぼく》の神《かみ》を拝《おが》み、亦河内郡《またかはちのこふり》六《ろく》万寺《まんじ》村《むら》、*岩滝山往生院《がんりうざんわうぜうゐん》なる、正行《まさつら》の墓《はか》 正成《まさしげ》の塔《たう》も亦《また》同所《どうしよ》にあり。 を遥拝《ようはい》し、幷《ならび》に先考《せんこう》《○ナキチヽ、》河州《かしう》正元《まさもと》、先妣《せんぴ》《○ナキハヽ、》桜井氏《さくらゐうぢ》の法号《はうごう》を、唱《とな》へて祈念《きねん》を凝《こら》せしを、知《し》るもの絶《たえ》てなかりけり。

*原《たづぬ》るに金剛山《こんごうせん》は、河内大和《かはちやまと》に跨《またが》りて、山中《やまなか》に精舎《せうじや》あり。転法輪寺《てんぱうりんじ》、即是《すなはちこれ》也。這寺内《このじない》に奇石《きせき》あり。その形《かたち》、彫成《ありな》せる、大黒天《だいこくてん》に似《に》たるをもて、人喚做《ひとよびなし》て福石《ふくいし》とす。福石《ふくいし》よりして東《ひがし》は大和《やまと》、西《にし》は則河内《すなはちかはち》なり。役優婆塞《えんのうばそく》の開《ひら》く処《ところ》、弘《こう》法大師《ばうだいし》の造《たつ》る所《ところ》、大黒堂《だいこくだう》、行者堂《ぎやうじやだう》、弁天祠《べんてんのやしろ》、閼伽井《あかゐ》あり。蓋這山《けだしこのやま》の嶮峻《けんしゆん》たる、深谷地《ふかきたにち》を帯《めぐ》りて、崖岸《きりぎし》の形《かたち》を鑿《のみ》もて穿《うが》ち、高嶺天《たかきみねてん》に横《よこたは》りて、嶺巒《をのへ〳〵》の勢《いきほひ》を、刀《かたな》して削《けづ》るに似《に》たり。然《され》ば煙霞《ゑんか》の子細《こまやか》なる、泉石《せんせき》の分明《ほがらか》なる、実《じつ》に天上《てんぜう》の霊奇《れいき》にして、人間《にんげん》の妙絶《めうぜつ》也。こゝをもて、元弘建武《げんこうけんむ》の擾乱《みだれ》より、楠氏《なんし》嶮岨《けんそ》に拠《より》て、百万《ひやくまん》の東兵《とうへい》を鏖《みなごろし》にし、足利《あしかゞ》猊将《きやうせう》《○タケキタイセウ》を遣《つかは》して、遶《めぐり》て攻《せめ》たるも克《かた》ず。*千剣破《ちはや》の城趾《しろあと》は、山《やま》の半腹《なから》にあり。赤阪《あかさか》の城跡《しろあと》は、水分《すいぶん》の上《かみ》つ方《かた》、亦是山《またこれやま》の半腹《なから》にあり。下赤《しもあか》阪《さか》は、森屋村《もりやむら》の巽《たつみ》のかた、東条川《とうでふがは》の西岸《にしのきし》に在《あ》り。本不見山《もとみずやま》、小根田《をねた》の故城《こぜう》、水分《すいぶん》の塁《でじろ》と共《とも》に、当日楠公勤王《そのかみなんこうきんわう》の、籌策《ちうさく》に成《な》れる也。這地《このち》に楠氏《なんし》の第趾《やしきあと》二个所《にかしよ》、下赤阪《しもあかさか》の城門頭《きどのほとり》と、切山村《きりやまむら》の中《うち》にあり。又水分村《またすいぶんむら》の頭《ほとり》なる、山《やま》の井《ゐ》といふ地方《ところ》を、楠公誕生《なんこうたんぜう》の処《ところ》とす。皆是金剛山《みなこれこんごうせん》の麓路《ふもとぢ》也。就中《なかんづく》、建水《たてみ》分《わけ》の本社《ほんしや》の左《ひだり》に、祭《まつ》る所《ところ》の楠木霊社《なんぼくれいしや》は、後醍醐天皇《ごだいごてんわう》の勅建《ちよくけん》にて、正成《まさしげ》の霊《れい》を鎮座《ちんざ》す。楠明神《くすのきめうじん》即是《すなはちこれ》也。這宅《このよ》正成《まさしげ》の塔《たう》、正行《まさつら》の墓《はか》、なほ当国《たうごく》に二三个所《かしよ》あり。*天定《てんさだま》りて人欺《ひとあざむ》かず、所云《いはゆる》死《し》して滅《ほろび》ざるもの、その忠《ちう》その義《ぎ》、書策《しよさく》に伝《つた》ふ。征客《せいかく》《○タビヾト》必《かならず》馬《うま》を駐《とゞ》め、行人《こうじん》《○タビヾト》各《おの〳〵》衿《えり》を潤《うるほ》す、千載不易《せんざいふゑき》の旧跡《きうせき》と、なるべかりける夢《ゆめ》の跡《あと》、目今《たゞいま》は只山林野草《たゞさんりんやさう》に、鬼燐《おにび》を発《おと》すのみなるべし。

閒話休題《あだしごとはさておきつ》。又説《またとく》楠《くすのき》姑摩姫《こまひめ》は、霜天《しもてん》に満《みつ》る春《はる》の宵《よ》も、風地《かぜち》を払《はら》ふ秋《あき》の夜《よ》も、勤行《つとめおこな》ひて多《おほ》く睡《ねむ》らず、雨降《あめふ》り雪《ゆき》の積《つむ》折《をり》も、外《と》に出《いで》、檐下《のきば》に鵠立《たゝずみ》て、遥拝黙禱《ようはいもくとう》せし程《ほど》に、*烏飛《からすと》び兎走《うさぎはし》りて、この年《とし》の秋八月《あきはつき》、十五夜《や》になりにける。今《こ》宵《よひ》は名《な》におふ清光玉輪《せいくわうぎよくりん》、去歳《こぞ》にも優《まし》ていと愛《めで》たし。心《こゝろ》に掛《かゝ》る雲《くも》もなくて、楽《たのし》く月《つき》を眺《み》る者《ひと》は、詩歌管絃《しいかくわんげん》の種々《くさ〴〵》なる、興《きやう》を添《そゆ》るも多《おほ》からんを、*外視《ひとめ》も草《くさ》も枯《かれ》ぬべき、寂寥増《さびしさまさ》る山《やま》里《ざと》は、虫《むし》の音《ね》さへに物悲《ものがな》しくて、亦慰《またなぐさむ》るよしもなき、姑《こ》摩姫《まひめ》は例《いつも》の如《ごと》く、更闌人《こうたけひと》の定《しづま》りて、悄々地《ひそか》に庭《には》に立出《たちいで》て、諸神幷《しよじんならび》に先霊《せんれい》を、伏拝《ふしおが》み、又拝《またおが》み果《はて》て、憶《おもは》ず月《つき》を瞻仰《みあぐ》れば、巽《たつみ》に一朶《いちだ》の白雲《しらくも》あり。看間《みるま》に変化疆《へんくわきはま》りなく、宛《さながら》白練《ぬの》を引《ひ》くごとく、靉靆《あいたい》たるその中《なか》に、端然《たんねん》として美麗《うるはし》き、*一個《ひとり》の神女出現《しんによしゆつげん》の、左右《さゆう》に従《したが》ふ仙童女《せんどうによ》《○メノワラハ》が、*翳《は》を執《と》り書巻《しよくわん》を携《たづさへ》て、雲《くも》を踏《ふみ》つゝ徐々《しづ〳〵》と、倶《とも》に庭前《ていぜん》に降《くだ》り来《き》つ、姑摩姫《こまひめ》と相距《あひさ》ること、七八歩《ぼ》には過《すぎ》ざりけり。登時件《そのときくだん》の神仙女《しんせんぢよ》《○カンヤマヒメ》は、姑摩姫《こまひめ》にうち対《むか》ひて、「善哉《よいかな》、孝烈尚義《こうれつせうぎ》の童女《どうによ》。はやく大願《だいぐわん》を発《おこ》したる、至誠天地《しせいてんち》に感通《かんつう》して、神《かみ》は驚《おどろ》き鬼《おに》は哭《な》く。幽冥人《ゆうめいにん》間遠《げんとほ》きにあらねど、人知《ひとし》ることを得《え》ざるのみ。俺《われ》その孝義《こうぎ》を憐《あはれ》む与《ため》に、今宵《こよひ》みづから影向《えうごう》しつ。阿女《おこと》を教導《きやうどう》せんとて也。快找《とくすゝ》みね」、と招《まねか》るゝ、姑摩姫課《こまひめさわ》がず、佶《きつ》と視《み》て、「怪《あや》しや、和女郎《わぢよろ》は野婆歟《やまうばか》。亦只魑魅歟《またたゞすだまか》、妖怪歟《えうくわいか》。神明仏陀《しんめいぶつだ》は、凡夫《ぼんぶ》の与《ため》に、霊応利益《れいおうりやく》ありといへども、よくその形貌《すがた》を顕《あらは》して、凡夫《ぼんぶ》に教《をしえ》給ひしことを聞《き》かず。烏許《をこ》をなせそ」、として、疾視《にらまへ》て、非常《ひじやう》の与《ため》に隠《かく》し帯《おび》たる、枕刀《まくらがたな》を抜《ぬか》んとせしに、腕麻癱《たゞむきしびれ》て術《すべ》なかりしを、神女《しんによ》は「さこそ」、と含笑《ほうゑみ》て、「やよ童女惑《どうによまよ》へる歟《か》。狐疑《こぎ》《○ソラウタガヒ》は凡夫《ぼんぶ》の常情《じやうじやう》なれども、幼小《をさな》きに似《に》ず用心奇《ようじんき》也。倘俺《もしわが》うへを詳《つばら》に告《つげ》ずば、その疑《うたが》ひを釈《とく》よしなからん。心《こゝろ》を鎮《しづ》めて听《きゝ》ねかし。俺《われ》は是葛城山《これかづらきやま》に、幾百《いくもゝ》歳《とせ》を歴《へ》たりける、女仙九六媛《ちよせんくろひめ》即是《すなはちこれ》なり。在昔天武《むかしてんむ》天皇《てんわう》の、なほ東宮《とうぐう》にまし〳〵て、吉野《よしの》に世《よ》を避《さけ》給ひし折《をり》、俺那宮《われかのみや》に給事《みやづかへ》せし、*命婦《めうぶ》にてありければ、名《な》を九六姫《くろひめ》と召《めさ》れたり。しかるに俺性《わがさが》として、和漢《わかん》の史伝《しでん》を読《よむ》ことを、大《おほ》かたならず好《この》みつゝ、やうやくにして字義《じぎ》に通《つう》じ、五常八行《ごじやうはつこう》、是非《ぜひ》邪正《じやせう》の、道理《どうり》を発明《はつめい》したりしかば、*皇大弟《くわうたいてい》 天武《てんむ》をまうす。 の大友《おほとも》

に、皇位《みくらゐ》を譲《ゆづ》りながら、又大友《またおほとも》と皇位《みくらゐ》を、争《あらそは》んとて謀《はから》せ給ひし、その折諫書《をりいさめぶみ》を献《たてまつ》りて、那議《かのぎ》を否《なみ》し稟《まう》せしかども、「その職《しよく》ならぬ非礼《ひれい》の婦言《ふげん》、舌最長《したいとなが》し」、と憎《にくま》せ給ひて、「罪《つみ》せらるべし」、と聞《きこ》えしかば、世《よ》ははや恷《かう》と思ひつゝ、跡《あと》を闇《くらま》し亡命《ちくでん》して、山又山《やままたやま》に入《い》りしより、復人間《またにんげん》に立《たち》もかへらず、*真《しん》を修《しゆ》し形《かたち》を煉《ね》り、霞《かすみ》を呑《の》み露《つゆ》を舐《ねぶ》り、只松実《たゞまつのみ》を粮《かて》として、天地《てんち》と共《とも》に衰《おとろ》へず、仙《せん》たることを得《え》たりしかば、或《ある》ときは雲《くも》を踏《ふ》み、ある時《とき》は鶴《つる》に駕《の》りて、*大日霊尊《おほひるめのむち》に朝《ちやう》し奉《たてまつ》り、且*天上《かつてんぜう》の列宿《れつしゆく》と、月宮《げつきう》の姮娥《じやうが》にも、交《まじは》ることを許《ゆる》されたり。よりて日《ひ》の*神姿《かみわらは》をもて、春《はる》は佐保山《さほやま》に花《はな》を守《まも》らせ、秋《あき》は竜田《たつた》に黄葉《もみぢ》を護《まも》らせ、夏天冬月《なつのひふゆのつき》に至《いた》りては、毒《どくある》虫猛獣《むしたけきけもの》の、世《よ》の人《ひと》に害《がい》あるを、征服《せいふく》せしめ給ひしに、*功《こう》

有像毎集有賛歌《ゆうぞうまいしふさんかあり》
本集画賛一十六歌《ほんしふぐわさんいちじうろくか》亦是作者所自題《またこれさくしやみづからだいするところ也》

有像第廿八

感義烈女仙降莎庭《ぎれつをかんじてぢよせんさていにくだる》

百伝ふ楠のなりぬる岩のへにみさをもたかくおふる姫松

九六媛　こま姫

課《くわ》やうやく積《つも》りしかば、*无上玄通神仙孃《むじやうげんつうしんせんじやう》といふ、名号《めうごう》を賜《たまは》りて、吉野《よしの》葛城両峯《かづらきふたみね》の、*山祇《やまずみ》に倣《な》されたり。知《しら》ずや南朝北《なんちやうほく》朝《ちやう》の、この年来《としごろ》のおん争《あらそ》ひは、昔天武《むかしてんむ》と大友《おほとも》の、御位争諍《みくらゐあらそひ》に似《に》たるよしあり。こゝをもて、俺人間《われにんげん》に在《あ》りし日《ひ》の、事《こと》をし思《おも》ひ合《あは》するに、天意《てんい》と人事《じんじ》と両《ふたつ》ながら、免《まぬか》れがたき応《おう》報《ほう》あり。しかるに、阿女《おこと》は生得《うまれえ》て、忠魂義胆《ちうこんぎたん》、父祖《ふそ》に劣《おと》らず、*身《み》は雌伏《しふく》にして、心《こゝろ》は雄飛《ゆうひ》し、年小《としわつか》にして才長《さえたけ》たり。「教《をしえ》て本意《ほい》を遂《とげ》させばや」、と思ふ心《こゝろ》を初《はじめ》より、告《つげ》ざりければ惑《まよ》ひにけん。恪《かく》てもいまだ覚《さめ》ずや」、と玉音妙《ぎよくおんたへ》に諭《さと》さるゝ、姑摩姫言下《こまひめごんか》に感悟《かんご》して、貌《かたち》を更《あらた》め跪《ひざまづ》き、合掌礼拝《がつせうらいはい》両三番《ふたゝびみたび》、膝《ひざ》を找《すゝ》めて稟《まう》すやう、

「思ひがけなき慈恩《ぢおん》の仙教《せんきやう》、承《うけたまは》り侍《はべ》りにき。玉《たま》と石《いし》とを弁《わく》よしもなき、凡眼稚蒙《ぼんがんちもう》の推量《すいりやう》をもて、漫《そゞろ》に犯《をか》せし不敬《ふけい》の罪《つみ》を、いかで允《ゆる》させ給へかし。冥助《みやうぢよ》によりて復讐《あたうち》の、大望《たいまう》をだに果《はた》しなば、身《み》を八裂《やつざき》に劈《つんざか》れて、*永劫地獄《えうごうぢごく》に落《おつ》るとも、毫《つゆ》ばかりも厭《いとは》しからず。只《たゞ》おん教《をしえ》に憑《よら》まく欲《ほり》す。教《をしえ》させ給へかし」、と願《ねが》へば九六媛《くろひめ》、「さもこそ」、とうち頷《うなづ》きつ左見右見《とみかうみ》て「阿女《おこと》の心願《しんぐわん》、寔《まこと》に切《せつ》也。いかでかは教《をしえ》ざらん。学《まな》ぶこと五个年《ごかねん》にして、その術初《じゆつはじめ》て成就《じやうじゆ》すべく、六年《ろくねん》にして本意《ほんい》を遂《とげ》ん。しかれども、新田《につた》・楠《くすのき》両英雄《りやうゑいゆう》の、忠戦義《ちうせんぎ》兵《へい》もその甲斐《かひ》なかりし、高運勝天《こううんせうてん》の大敵《たいてき》を、孤女落魄《こぢよらくはく》の身《み》単《ひとつ》にて、いかにして撃《うつ》ことを得《え》ん。その撃《うち》がたきを撃《うた》まく欲《ほり》せば、剣侠《けんけう》の術《じゆつ》に優《ます》ものなし。阿女那唐山《おことかのからくに》なる、剣侠女《けんけうぢよ》侠《けう》の事を聞《きけ》りや。*夫剣侠《それけんけう》は、一派《いつぱ》の仙術《せんじゆつ》、出没不測《しゆつぼつふしぎ》、名《な》もなく迹《あと》なし。その做《な》す所善《ところぜん》を扶《たす》けて、よく悪《あく》を除《のぞ》くを事《こと》とす。こゝをもて、剣《けん》を飛《とば》して仇《あた》を撃《う》ち、これを借《かり》て仙《せん》と成《な》る。則是剣術《すなはちこれけんじゆつ》也。国俗《みくにびと》の撃剣《たちうち》を、剣術《けんじゆつ》といふと同《おな》じからず。この術周末戦国《じゆつしうまつせんごく》より、唐《たう》に至《いた》りて盛《さかん》也。又女仙《またぢよせん》にも剣《けん》侠《けう》あり。これを剣侠女子《けんけうぢよし》といふ。好事《こうず》の者類聚《ものるいじゆ》して、侠客《けうかく》伝《でん》の一書《いつしよ》あり。又侠女伝《またけうぢよでん》の一書《いつしよ》あり。女侠《ぢよけう》は則紅線女子《すなはちこうせんぢよし》、聶隠娘《しよういんぢやう》、香丸女子《かふぐわんぢよし》、崔妾《さいせふ》、侠嫗《けううん》、解洵婦《かいしゆんがつま》、車中女《しやちうぢよ》、十一《じういち》娘《ぢやう》の毎《ともがら》あり。枚挙《かぞへあぐ》るに遑《いとま》あらず。是真仙《これしんせん》の派《は》にあらねども、幻術左道《げんじゆつさどう》の儔《たぐひ》と異《こと》也。*世《よ》に伝《つた》ふ剣侠《けんけう》は、その術唐《じゆつたう》の時《とき》に起《おこ》りて、宋《さう》に至《いた》りて竟《つひ》に絶《たえ》たり。*胡元《こげん》と今《いま》の明国《みんこく》には、

この事なしといふものあれども、その実《じつ》はしかるにあらず。*往古黄帝《いにしへくわうてい》、この術《じゆつ》を、九天玄女《きうてんげんぢよ》に伝《つた》へしより、その臣風后《しんふうこう》これを習《なら》ふて、もて蚩尤《しゆう》を亡《ほろぼ》したり。爾後黄帝《そのゝちくわうてい》この術《じゆつ》を、人《ひと》の妄《みだり》に用《もち》ひんことを、怕《おそ》れ戒《いまし》めて、宣揚《のべほどこ》さず。世《よ》降《くだ》りて秦《しん》の始皇《しくわう》の時《とき》、*韓国《かんこく》の張良《ちやうりやう》が、蒼海公《さうかいこう》と共侶《もろとも》に、始皇《しくわう》を狙《ねらひ》撃《うち》し折《をり》、惴《はやり》て本意《ほんい》を遂《とげ》ざれども、幸《さいはひ》にして脱《まぬか》れしは、剣術《けんじゆつ》あるの所以《ゆゑ》也かし。この它《よ》*梁王武《りやうわうぶ》が、袁盎《ゑんあふ》を殺《ころ》したる、*公孫述《こうそんじゆつ》が、来歙《らいしん》を殺《ころ》したる、亦《また》*李師道《りしどう》が武元衡《ぶげんかう》を殺《ころ》せしも、皆剣俠《みなけんけう》の奇術《きじゆつ》にして、そが中《なか》に正《せい》あり邪《じや》あり。*邪《よこしま》なるは祟《たゝり》を受《うけ》たり。*漢《かん》の史遷《しせん》が伝《でん》したる、刺客《しかく》の儔《たぐひ》にあらざれども、上帝大《しやうていいた》く戒《いまし》め給ひて、これを妄《みだり》に人《ひと》に伝《つた》へ、妄《みだり》に人《ひと》を殺《ころ》すことを、許《ゆる》し給はぬものぞかし。*蓋剣俠《けだしけんけう》の人《ひと》を殺《ころす》に、私怨《わたくしのうらみ》をもてせず。或《あるひ》は民《たみ》の父母《ふぼ》たるに、無道《ぶどう》にして傲《おご》れるもの、或《あるひ》は国《くに》の大臣《だいじん》にして、貪《むさぼ》りて奸悪《かんあく》なるもの、或《あるひ》は巨商《こせう》《○オホアキビト》豪農《がうみん》《○トム百セウ》の、其身《そのみ》一箇《いつこ》の利《り》を謀《はか》りて、毒《どく》を市井《しせい》に流《なが》すもの、或《あるひ》は浮屠《ふと》《○ホウシ》覡巫《かんなぎ》の、邪説《じやせつ》を倡《とな》へて、隠慝《いんどく》《○アクジ》あるもの、約莫《およそ》かくの如《ごと》きものにあらざれば、妄《みだり》に殺《ころ》すことを得《え》ず。*この故《ゆゑ》に、趙元昊《ちやうげんこう》の遺《つかは》したる、剣俠《けんけう》は韓魏公《かんぎこう》を殺《ころ》さず、劉正彦《りうせいげん》の遺《つかは》したる、刺客《しのび》《○シカク》の張徳遠《ちやうとくゑん》を殺《ころ》さゞりしも、是《これ》戒《いましめ》を怕《おそ》るゝ所以《ゆゑ》也。倘善人《もしぜんにん》を殺害《せつがい》して、戒《いましめ》を破《やぶ》るものは、身《み》も亦《また》屠戮《とりく》《○ホフリコロサル》を免《まぬか》れず。*又那《またかの》無道《ぶどう》の暴君《ばうくん》也とも、命運《めいうん》いまだ竭《つき》ざれば、剣俠《けんけう》もこれを撃《うつ》ことかたかり。那張良《かのちやうりやう》が秦《しん》の始皇《しくわう》を、得殺《えころ》さゞりけるは、暴君《ばうくん》ながら天資《てんのたすけ》あり。命運《めいうん》いまだ尽《つき》ざれば也。かゝる故《ゆゑ》に、鄙語《ことわざ》にいはずや、*医《い》は死《しな》ざる病人《びやうにん》を治《ち》すと。その死病《しびやう》に至《いた》りては、*倉公《さうこう》・華陀《くわだ》も争何《いかゞ》はせん。この義《ぎ》を先《まづ》よく思ふべし。抑《そも〳〵》剣俠《けんけう》の奇術《きじゆつ》たるや、所云《いはゆる》無道《ぶどう》、不仁不義《ふじんふぎ》、不忠不孝《ふちうふこう》の甚《はなはだし》き、貪婪《どんらん》《○ムサボル》にして勢《いきほ》ひあり、民《たみ》を虐《しへた》げ罪《つみ》なきを殺《ころ》し、党《たう》を植《たて》て君上《きみ》を惑《まよ》はし、誓《ちかひ》を破《やぶ》りて鬼神《きしん》を怕《おそ》れず、奸詐毒悪《かんそどくあく》の恣《ほしいまゝ》なるも、時運《じうん》によりて、斧鉞《ふゑつ》を免《まぬか》れ、王法誅《わうばうちゆう》せず、天雷《てんらい》も震《ふるは》ず、民憤《たみいきどほ》りに堪《たへ》ざるものは、剣俠必《けんけうかならず》これを殺《ころ》して、人《ひと》の心《こゝろ》を快《こゝろよ》くす。*その悪虐《あくぎやく》を殺《ころ》すの術《じゆつ》も、亦必同《またかならずおな》じからず。或《あるひ》はその首《くび》《○カウベ》を拿《と》るに、忽来《たちまちき》たり忽去《たちまちさり》て、妻子《やから》といへどもこれを知《しら》ず。或《あるひ》はその吭《のんど》を拉《とりひし》ぎて、睡眠中《ねむりのうち》にこれを殺《ころ》し、*或《あるひ》は神箭《しんせん》を射《い》出《いだ》して、五臓《ござう》を傷《やぶ》りて、身《み》に傷《きずつ》けず。こゝをもてその家眷《やから》は、只是暴死《たゞこれとんし》と思做《おもひな》して、その術《じゆつ》を得知《えし》ることとなし。*唐《たう》の時《とき》、節度使《せつどし》に、這奇術《このきじゆつ》を愛《めづ》るものあり。奇踪異跡《きそうゐせき》の人《ひと》を延《ひき》て、請徴《こひもと》めたるにより、即便罔貪《すなはちもうたん》の毎《ともがら》の、好《よき》も歹《あしき》も見かへらで、来《き》つゝ所用《しよよう》を做《な》しゝかば、剣俠《けんけう》は唐《たう》の時《とき》に、盛《さかん》なりといふめれど、総《すべ》て是等《これら》の輩《ともがら》は、最《いと》惨刻《いらひど》き祟《たゝり》を稟《うけ》て、倶《とも》に非命《ひめい》に終《をは》りにき。神奇《しんき》の術《じゆつ》を売弄《もてあそ》びて、那戒《かのいましめ》を破《やぶ》りし故《ゆゑ》なり。阿女《おこと》この義《ぎ》をこゝろ得《え》て、よく戒《いましめ》を守《まも》りなば、俺《われ》剣術《けんじゆつ》を教《をし》ゆべし。努慎《ゆめつゝしめ》よ。忘《わす》るな」、といはれて姑摩姫《こまひめ》怡悦《いゑつ》に勝《たへ》ず、うち朝《むか》ひ礼拝《らいはい》して、「宣《のたま》ふ趣《おもむき》胆《きも》に銘《めい》じ、骨《ほね》に刻《きざ》みて守《まも》り侍《はべ》らん。*九六媛《くろひめ》教導《をしえみちび》き給ひねかし」、と只顧請《ひたすらこ》ふて已《やま》ざりければ、即《すなはち》仙童女《せんどうによ》《〇メノワラハ》に持《もた》したる、仙書三巻《せんしよみまき》と、香一裹《かふひとつゝみ》を姑摩姫《こまひめ》に、手親授《てづからさづ》けて示《しめ》すやう、「阿女《おこと》這書《このしよ》を繙《ひもと》きて、密々《しのび〳〵》に熟読《じゆくどく》せば、みづから了解《りやうかい》《〇サトル》することあらん。倘解《もしげ》しがたき条《くだり》あらば、夜更闌《よるこうたけ》てその香《かふ》を、焼《たき》て煙《けぶり》に従《したが》ひて、外《と》に出《いで》なば、忽地《たちまち》に、俺仙家《わがせんか》に到《いた》るべし。その折俺《をりわれ》その義《ぎ》を解《とき》て、口授《くじゆ》して奥旨《おうし》を得《え》さしめん。今《いま》より*夜々禱《よな〳〵いの》らずとも、心《こゝろ》に誠《まこと》を失《うしな》はずば、何《いづれ》の神《かみ》か守《まも》らざるべき。よく苦学《くがく》して懈《おこた》らずば、五稔《いつとせ》にして成《な》ることあり。六稔《むとせ》にして本意《ほんい》を遂《とげ》ん。非除親類嬭母也《よしやしんるいめのと》とも、深《ふか》く秘《かく》して知《しら》すべからず。謹《つゝし》みね慎《つゝし》みね。やよ由断《ゆだん》して後悔《こうくわい》すな」、と告示《のりしめ》し又雲《またくも》に駕《の》りて、葛城山《かづらきやま》に還《かへ》り給ふ。左右《さゆう》に従《したが》ふ仙童女們《せんどうによら》《〇メノワラハ》も、倶《とも》に中天《なかぞら》に立躱《たちかく》れて、忽地《たちまち》見えずなりにけり。畢竟《ひつきやう》姑摩姫《こまひめ》、仙書《せんしよ》を受《うけ》て、後《のち》の話説《ものがたり》甚麼《いかに》ぞや。其《そ》は第三集《だいさんしふ》の首巻《はじめのまき》に、解分《ときわく》るを聴《きゝ》ねかし。

這回《コノダン》は応永《オウエイ》十一年の秋《アキ》の事なれば、前回《マヘノダン》より九个年《カネン》已《イ》前《ゼン》也。この年小六は十才にて母屋《オモヤ》と共に野上《ノガミ》の家《イヘ》にあり。話説《モノガタリ》の歳《トシ》月《ツキ》に前後《ゼンゴ》なきことを得ず、看官《ミンヒト》これを思ふべし。

開巻驚奇俠客伝第二集巻之五 終

○曲亭翁手集新刊侠客伝第二集画工筆工剞劂目次

有像一十七頁　柳川重信

全巻浄書　谷　金川

巻一二五　桜木藤吉

剞劂巻　三　横田　守

巻　四　田中三八

○曲亭翁新編国字稗史略目　書林　群玉堂 文渓堂 合梓

開巻驚奇侠客伝第三集
毎集五巻　初集　渓斎英泉画
第二集以下　柳川重信画
第三集当癸巳の十二月無遅滞出板

近世説美少年録第四輯
第一輯より第三輯まで先年追々に売出し置候。第四輯当巳冬十二月出板　毎輯五巻　柳川重信画

水滸略伝第壱集
この書は水滸伝百八人の列伝を一人別に略述して、巻毎に出像あり。加るに古人未発の批評をもてす。一トたびこれを繙くときは、水滸伝の妙所を知るに足れり。世に稗史を好む君子の珍重すべき一奇書也。近刻

水滸後画伝第一集
この書は水滸後伝四十回を翻訳通俗して、加るにさし画を以し、且原本作者のあやまりを正し、その宜しからざる所を筆削して、全美の一書とす。よのつねの通俗本と同じからず。亦是一大奇書といふべし。近刻

曲亭主人閲
美少侠客衆議評判記
諸才子評定　一名岡観八目
この冊子は美少年録・侠客伝の二書を批評して、作者の隠微と妙所を詳に知らしむ。よくこれを見るときは原本のすぢ具にわかりて、おもしろみ格別なること犬夷評判記に十倍すといふ。初編中本二冊、当巳ノ十二月出板

本房曾テ文渓堂と相謀て毎年刊布の国字小説美少年録・侠客伝の二書、世評高妙、月に日に続刻を促し給ふ諸君多かり。こゝをもて、尚亦本集の作者曲亭翁に乞て、年々二書共に各一集五巻を刊行せまく欲す。しかるに美少年録は既に三輯に至るといへども、侠客伝は稍《やうやく》第二集を見せ奉ることを得たり。かくて明年第三集を続キ出すに及びなば、二書相並びて四集五集と発販必《かならず》ひとしかるべし。伏て稟《まう》す、雲顧の君子この記を認《みとめ》て、とこしなへに盛覧を給へかし。

書林　群玉堂敬識

〇家伝神女湯 婦人ちのみち 諸病の妙薬 一包代百銅

此くすりは家秘の良方にして、産前さん後ちのみちに即功あり。よのつねなるふり出しのたぐひにあらず。症にしたがひてよく用れば、諸病に功あらざることなし。

〇精製奇応丸 大包代金弐朱 中包代壱匁五分 小包代五分 はしたうり不仕候。

薬種をえらみ製方をつまびらかにし、ぶんりやう家伝の加げんをもつてす。此ゆゑにその功百倍あたかも神のごとし。功のういづれもつゝみ紙につぶさなり。

〇熊胆黒丸子 くまのい汁をもつて丸ず。多くのりをまじへず。 一包代五分

〇婦人つぎむしの妙薬

つぎむしはさら也、さん後をり物の滞りに用ひて、けつくわいのうれひなし。一包六十四銅 半包三十二銅

製薬本家 神田明神下同朋町東横町 滝沢氏

弘 所 元飯田町中坂下南側よもの向 たき沢氏

〇古今無類御おしろい仙女香 一つゝみ四十八文 黒油美玄香 一包四十八文

江戸京橋南へ二丁目東側角 坂本氏

天保四年癸巳春正月吉日発行

書林 江戸小伝馬町三町目 丁子屋平兵衛

大阪心斎橋筋博労町 河内屋茂兵衛板

開巻驚奇俠客伝　第三集

底本略書誌　天保五年(一八三四)春刊。初印あるいは早印。半紙本五巻五冊。

表紙は、白地に墨で細かい網目(網目の親疎で木目のような横波線も表れている)、中に蛍(墨、頭に朱、尻に黄色を使用)を描く。角包は淡縹色。題簽は、淡柿色に陰刻で雪の結晶の地紙に、墨印で「開巻驚奇俠客伝　第三集　壱(―五)」。見返しは、縹色で飾匡郭。文学は墨印。右下の鼎印と左下の書肆印は朱。蔵書印は第一集に同じ。

梗概　姑摩姫は九六媛から与えられた仙書の学習に日々を送る。仙術の他、九六媛のもとに通い文学武芸兵法まで身につける。九六媛は南北朝の争いの宿因順逆の理を説き、足利義満暗殺の期が熟したことを告げる。姑摩姫は学んだ術により、義満暗殺に成功する。九六媛は姑摩姫に教えを残し、別れを告げる。姑摩姫は足利義持の暗殺をも狙うが、一休に見破られ捕らわれる。

惟盈は姑摩姫護送の一行を襲うが、これは徒党の者を駆り出そうとする畠山満家の計策であり、轎子の中は石であった。負傷した惟盈を、幼い頃より養子に出ていた彼の実子石倉安次が救い出す。惟盈は姑摩姫のことを安次に頼み、自害する。

姑摩姫は叔父楠正直の預りとなる。惟盈の妻縫殿は、夫が死に、自分にも捕手が向うと聞き、安次が伴ってきた女性垣衣を逃がしてから自害する。安次と垣衣が姑摩姫に仕えることとなる。正直の娘苫子は疱瘡を病み、宝珠院に祈禱を頼むが、そのため後に姑摩姫は苫子の誕生年月日を知ることになる。

小六によって殲滅された藤白家の妻長総は、密通相手の小夜二郎と駆け落ちするが、途中護摩の灰に騙され金銀を奪われる。その後、強盗殺人の疑いをかけられたことにより小夜二郎は殺され、長総も牢に繋がれる。同じく牢に繋がれていた木綿張荷二郎は牢番の塚見木兎六を騙して殺害する。

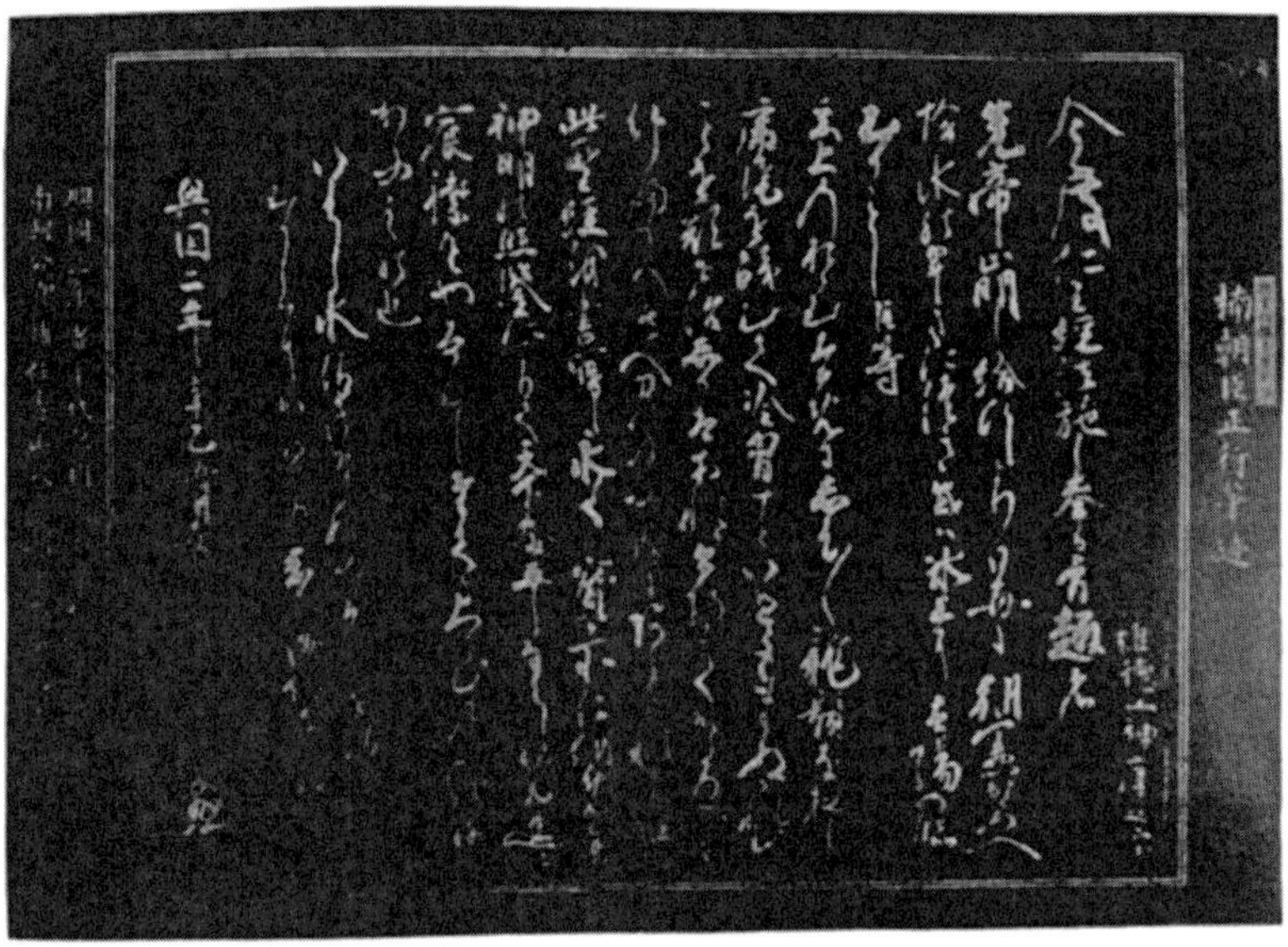

楠当作橘是原刻誤
楠朝臣正行筆迹

雄徳山神庫之印

今度仁王経法施し奉る旨趣者
先帝崩じ給ひしより日毎に朝憲おとろへ
恰《あたかも》水の卑《ひく》きにつき或は氷上に春陽の臨
むがごとし。臣等
主上のおゝむためにしば〳〵竜鬚《りょうしゅ》を撫《ぶ》し
虎尾を践《ふ》むで冷胸すといへどもまぬかれむ
ことを難《かたく》せず。しかはあれど今将《まさに》かくおとろへさせ
給ふうへは人力の及ぶ処にあらざれば謹《つつしみ》て
此聖経を書写し永く宝前に納め奉り
神明の照鑑によりて天下泰平ならしめ速ニ
宸襟をやすんじたてまつらむ事をね
がふもの也

いはし水清きながれのたえせずは
むかしにかへせ君が御代をば

興国二年辛巳五月十日　（花押）

興国二年者年代記・国史略等係ニ暦応三年庚辰一。今按ニ南朝公卿輔*任・青山氏皇朝史略一辛巳正当也。

俠客伝 第三集 引

今茲夏月、本集亦脱稿。是日、得二拓本一張於浪華書賈群玉堂一。閲、是楠廷尉正行朝臣、所レ禱二男山神宮一之書也。左方有レ歌。忠誠不朽、筆蹟如二一日一。其幽緘但有二華押一。不レ署二官職姓名一。即以二丸山可澄氏華押藪一比二校之一、真蹟無レ疑者也。意、楠廷尉文武兼備。而其諷詠、太平記及吉野拾遺所レ載、各纔一歌、与二今所レ見一共為二三歌一。其它佳作猶有。惜泯滅不レ伝。是書、可レ謂二崑山片玉一矣。本集多言二楠氏事一。因翻二刻所レ得拓本一、以剿二入首巻一。四方君子、尚鑑レ焉。虚中有レ実。知レ非二游戯一、則拙編亦増レ光。

天保四年暑月之吉焼レ樟払レ蝠、題二于夜学灯下一

蓑笠漁隠

董斎盛義書

今茲《ことし》夏月《ろくがつ》、本集亦《また》脱稿す。是《こ》の日、拓本一張を浪華の書賈《こ》群玉堂に得《う》。閲《けみ》するに、是《こ》れ楠廷尉正行朝臣、男山神宮に禱《いの》る所の書なり。左方に歌有り。忠誠不朽、筆蹟一日の如《ごと》し。其れ幽緘して但《た》だ華押有るのみ。官職姓名を署《しる》さず。即ち*丸山可澄氏の華押藪《そう》を以て之を比校するに、真蹟疑ひ無き者なり。意《おも》ふに、楠廷尉は文武兼ね備ふ。而して其の諷詠は、太平記及び吉野拾遺に載《の》する所、各《おの》おの纔《わづ》かに一歌、今見る所と共に三歌と為す。其の它《ほか》佳作猶《な》ほ有り。惜しむらくは*泯滅《びんめつ》して伝はらず。是《こ》の書、*崑山の片玉と謂ふ可し。本集多く楠氏の事を言ふ。因つて得る所の拓本を翻刻し、以て首巻に剿入《さうにふ》す。四方の君子、尚《ねが》はくは焉《ここ》を鑑《み》よ。虚中に実《じつ》有り。游戯に非《あら》ざるを知れば、則ち拙編亦《また》光を増さん。

天保四年暑月《ろくがつ》の吉《ついたち》、樟を焼《た》いて蝠《か》を払ひ、夜学の灯下に題す。

蓑笠漁隠

董斎盛義書

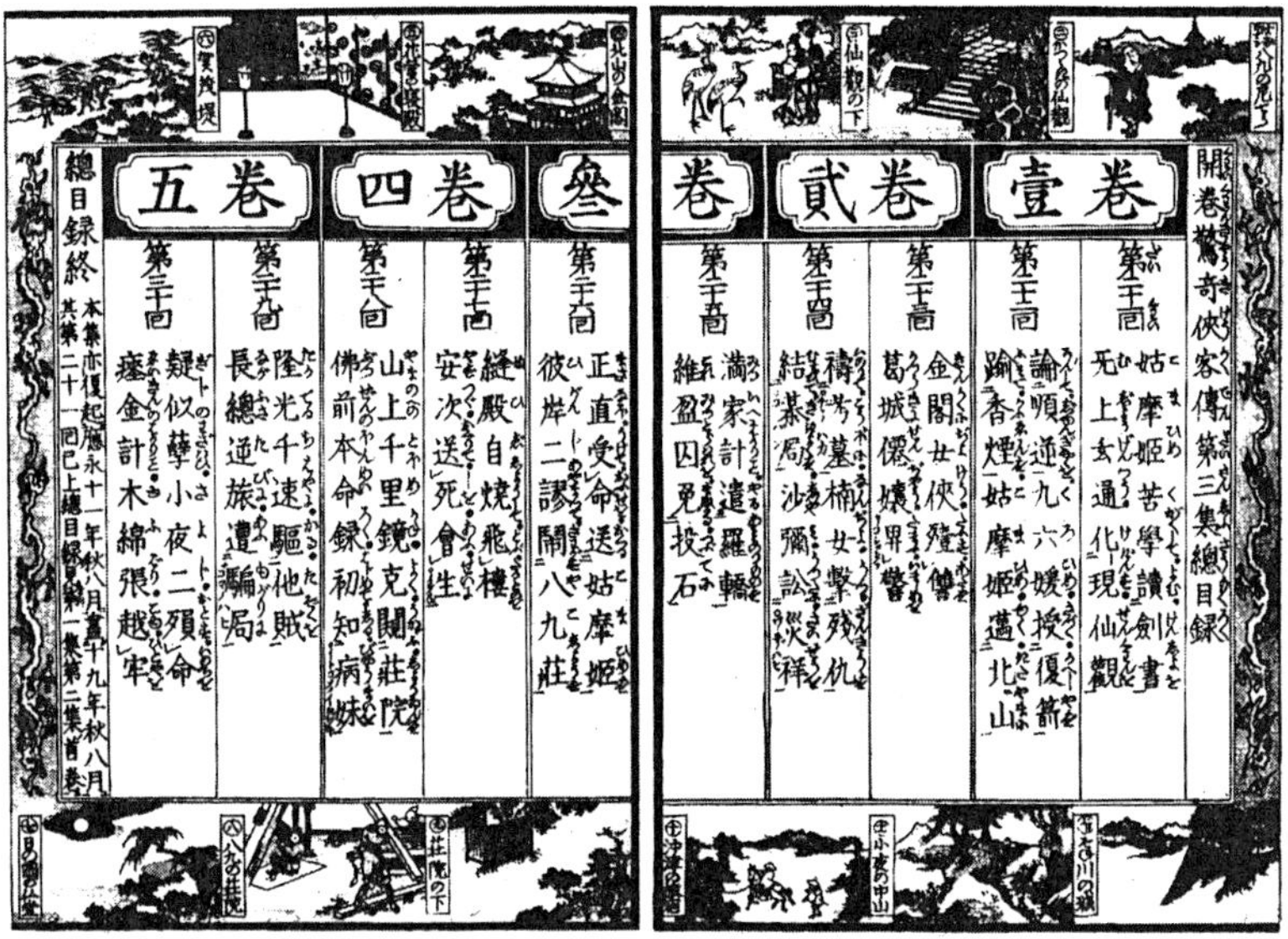

開巻驚奇俠客伝《くわいくわんきやうきけうかくでん》 第三集《だいさんしふ》 総目録《さうもくろく》

総目録終

本集亦復起《テ》二応永十一年秋八月《ニ》一、尽《ク》二十九年秋八月《ニ》一。
其第二十一回已上総目録《ハ》見《エタリ》二第一集第二集《ノ》首巻《ニ》一。

よみ出し八九の尼でら　㊁かづらきの仙観　㊂仙観の下　㊃北山の金閣　㊄花営の寝殿　㊅賀茂堤　㊆日の岡の仏堂　㊇八九の荘院　㊈荘院の下　㊉沖津の旅宿　⑪小夜の中山　⑫そね川の城

像賛第十三

忠魂義胆、女中の丈夫。美にして艶ならず、
剣術豈麤《あにそ》ならんや。仙娘妙に扶けて、野史心誅す。
奇才後れたりと雖《いへど》も、祖徳何ぞ孤ならん。勧懲懞《ぼう》を啓《ひらき》て、
口碑朽つること罔《な》し。補天石を以つてして、欠陥創《つく》りて敷《あまね》し。

楠姑摩姫を賛す

玄同散仙

赤松五郎則助《あかまつごろうのりすけ》　楠姑摩姫《くすのきこまひめ》

像賛第十四

ふるさとにかざる錦もなき世かな
みやこの楠を秋のそめねば

楠正直を賛す

信天翁

木綿張荷二郎《ゆふばりにじらう》　楠式部少輔正直《くすのきしきぶのせうゆうまさなほ》

像賛第十五

孤忠薄命、志伸びずと雖《いへど》も、
天賜後有り、櫝を摧《くだい》て珉《びん》を得たり。

隅屋維盈を賛す

鷲斎野叟

管領《くわんれい》畠山満家《はたけやまみついへ》　隅屋《すやと》小一郎《いちらう》維盈《これみつ》

像賛第十六

むねの火はもゆるいづみになりぬとも
なみだのかはちかはきたにせよ

節婦縫殿を賛す

愚山人

八九《やこの》奴隷《しもべ》彼岸二《ひがんじ》　節婦縫殿《せつぷぬひ》

像賛第十七

而は是皇朝の没羽箭*、
良姻果して褰瓊英《さいけいえい》を得たり。
安次を賛す

蓑笠漁隠

嵒倉《いはくら》復市《またいち》安次《やすつぐ》　紫野《むらさきの》大徳寺《だいとくじ》沙弥《しゃみ》宗純《そうじゅん》

像賛第十八

九重にありし昔もみよし野に
さくらはひとへ八重の山うば
女仙九六媛を賛す

雷水老禿

葛城《かづらきの》九六《くろ》媛《ひめ》

俠客伝《けうかくでん》 第三集《だいさんしふ》 列伝追加姓名目録《れつでんついかせいめいもくろく》

将相 足利義満《あしかゞよしみつ》 足利義持《あしかゞよしもち》 ○以下係ル二于室町家臣ニ一 斯波義将《しばよしまさ》 斯波義《しばよし》教《のり》 細川満元《ほそかはみつもと》 畠山満家《はたけやまみついへ》 楠正直《くすのきまさなほ》 熊谷満実《くまがやみつざね》 宮満重《みやみつしげ》 赤松則助《あかまつのりすけ》 曾根川高春《そねがはたかはる》 遊佐就盛《ゆさなりもり》

武士 邑倉復市安次《いはくらまたいちやすつぐ》 篠持媒鳥《しのもちをとり》 橋高猟九郎有幸《はしたかかりくらうありゆき》 塚見木《つかみづ》 兎六《くろく》

市人 澳津逆旅主人《おきつのはたごやのあるじ》 名字佚す 藪坂皺三《やぶさかしはざう》

奴隷 彼岸二《ひがんじ》 手作《てさく》

荘客 四老村長《しおいのむらをさ》 名字佚す 八九四老二《やこしおいふた》 村荘客数名《むらのひやくせうすにん》 名字佚す

婦人 木石《このいし》 苫子《とまこ》 垣衣《かきぎぬ》 鈍梅《おぞめ》

浮屠 沙弥宗純《しやみそうじゆん》 女僧智円《あまちゑん》

小女仙 多豆《たづ》 知止湍《ちとせ》

強人 五十槌電次隆光《いかづちでんじたかてる》 五十槌雷九郎隆成《いかづちらいくらうたかなり》 曾曾利鼠坊八《そそりそぼはち》 雲館奇峯五《くもだてきほうご》 白鮫振平《しらさめふりへい》 出水挺頭三《でみづのふかざう》 木綿張荷二郎《ゆふばりにじらう》 野狐《のぎつね》 紺二《こんじ》 小田貫無地内《こだぬきむちない》 這二名荷二郎伙家小賊也《このふたりはにじらうがなかまのこぬすびとなり》 本文ニ不レ載セ名字ヲ因テ出ス

于茲ニ通計《つうけい》三十八名《にん》 荘客名字ノ佚者《イツスルモノ》多《タ》有《リ》不レ数《へ》焉 与ニ第一集第二集所レ録《スル》列伝七十二名ニ共ニ一百十名 追加姓名目録終。

開巻驚奇侠客伝《かいくわんきやうきけうかくでん》 第三集《だいさんしふ》 巻之一

東都　曲亭主人　編次

第《だい》二十一回《くわい》

姑摩姫《こまひめ》苦学《くがく》剣書《けんしよ》を読《よ》む
无上玄通仙観《むじようげんつうせんくわん》を化現《けげん》す

再説《ふたゝびとく》楠《くすのき》姑摩姫《こまひめ》は、仙書《せんしよ》を九六媛《くろひめ》に受《う》けしより、密々《しのび〱》に繙《ひもと》きて、熟読《じゆくどく》に日《ひ》を累《かさ》ねつゝ、学《まなび》の窓《まど》に蛍雪《けいせつ》の、思《おも》ひを耽《ふけ》らしたりけるに、初《はじめ》の程《ほど》は懜《まう》として、霧《きり》の籬《まがき》に立《た》つごとく、文字《もじ》は読《よめ》ども、理義解《りぎげ》しがたく、靴《くつ》を隔《へだて》て癬《かゆき》を掻《か》く、心地《こゝち》のみして甲斐《かひ》なかりしを、「勉学《つとめまな》びて怠《おこた》らず、只寝《たゞしん》食《しよく》を忘《わす》るゝまでに、思《おも》はぬ間《ひま》はなきものから、まだ一巻《ひとまき》だも解《げ》し得《え》ずして、いはれし随《まゝ》に名香《めいかふ》を、焼《たき》て女仙《ぢよせん》に見参《げんざん》して、教《をしえ》を受《うけ》んは面《おも》ぶせ也」、と思ふ心《こゝろ》を励《はげま》して、なほも研《けん》究《きう》したりしを、知《し》るよしもなき伯母御前《をばごぜ》智正尼《ちせうに》、隅屋維盈《すやのこれみつ》、その妻縫殿們《つまぬひら》は、病痾《やまひ》の所為歟《わざか》、と問慰《とひなぐさ》めて、「いぬる比《ころ》より何《なに》となく、おん面色《おもゝち》の常《つね》ならで、物思《ものおも》はしげに見えさせ給ふは、夜《よ》となく日《ひ》となくおん物学《ものまな》びに、うち蟄《こも》りてのみ在《いま》すれば、鬱瘂《うつせう》にこそをはすめれ。稚《をさな》き程《ほど》は春《はる》の草《くさ》の、向萌《もえなん》とするにひとしきを、大人《おとな》し過《す》ぎては倒《なか〱》に、養生《やうじよう》の与《ため》宜《よろ》しからず。手毬《てまり》遣羽子《やりはご》、何《なに》まれ彼《か》まれ、庭《には》へも折々《をり〱》出《いで》まして、みづから頤《やしな》ひ給へかし」、といはるゝ毎《ごと》に疎《うとま》しく、「あらずもがな」、と思へども、十回《とたび》に一度《いちど》はその意《い》に儘《まか》して、同庚《おなじとし》なる小比丘尼《こびくに》を、敵手《あひて》に縫殿《ぬひ》さへうち聚合《つどは》して、春《はる》は裙野《すその》の草結《くさむす》び、夏《なつ》は菖蒲《あやめ》の根合《ねあはせ》に、長《なが》き日《ひ》ぐらしこゝろにも、あら伝《で》ぞ人《ひと》を慰《なぐさむ》る、戯《たはむ》れながら都備《みやこび》し、鄙《ひな》の遊《あそ》びに折添《をりそゆ》る、桜《さくら》を見《み》ても偲《しのば》るゝ、吉野内裡《よしのだいり》の夢《ゆめ》の跡《あと》、覚《さめ》て悔《くや》しくなほおもふ、*新葉集《しんえうしふ》の歌骨牌《うたかるた》、上《かみ》を読《よま》して下《しも》を拿《と》る、*順逆《じゆんぎやく》の理《り》はありながら、合《あは》ぬ恨《うらみ》は乱《みだ》れ世《よ》の、細小叢竹《いさゝむらたけ》うち戦《そよ》ぐ、その曛昏《ゆふぐれ》になるまでに、惜《をし》みもあへず可惜日《あたらひ》を、空《あだ》に消《くら》しつ折々《をり〱》の、童蒙遊戯《わらべあそび》は、外視《ひとめ》のみ、姑摩姫《こまひめ》は志《こゝろざし》、移《うつ》るべきにあらざれば、いよ〱仙書《せんしよ》を黙読《もくどく》《○コヽロデヨム》して、又月属《またつきごろ》を歴《ふ》る程《ほど》に、やうやくにその意《い》を得《え》て、思《おも》ひ半《なかば》に過《すぐ》る随《まゝ》に、発明《はつめい》しぬる条《くだり》もありけり。初解《はじめげ》しがたかりし折《をり》だにも、倦《う》まで学《まな》びしことなるに、既《すで》に佳境《かきやう》に入《い》らまくしたる、歓《よろこば》しさに就《つき》てなほ、こゝろ得《え》がたき条々《くだり〳〵》の、那這《あちこち》となく多《おほ》かれば、今《いま》は恷《かう》と思ひつゝ、心斎《ものいみ》すること七日《なのか》許《ばかり》、一夕《あるよひ》悄々《そか》地に起出《おきいで》て、曩《さき》に九六媛《くろひめ》の授《さづ》けたる、香《かふ》を焼《た》き、誨《をしえ》に儘《まか》して、煙《けぶり》に跟《つ》きつゝゆく程《ほど》に、憶《おもは》ずも外《と》に出《いで》て、葛城山《かづらきやま》にやあらんずらん、嵯峨《さが》たる高峰《たかね》に来《き》たりけり。

*折《をり》から月《つき》の明《あか》かりけるに、但見《とみ》れば一座《いちざ》の楼閣《ろうかく》あり。茂林《もり》の間《ひま》より顕《あらは》れたる、甍《いらか》は雲《くも》に聳《そび》えたり。姑摩姫《こまひめ》迥《はるか》に瞻仰《あほぎみ》て、且訝《かついぶか》り且歓《かつよろこ》び、「これなるべし」、と思ふにぞ、そが儘走《まゝはし》り近着《ちかづき》て、見《み》れば門扉《かなど》は鎖《とざ》したり。呼門《おとなひ》せんもさすがにて、なほ那這《あちこち》と見かへるに、視熟《めなれ》ぬ草木《くさき》多《おほ》くあり。樹《き》毎《ごと》に咲《さけ》る花《はな》の香《か》は、馥郁《ふくいく》として尋常《よのつね》ならぬ、*三千年《みちとせ》に熟《な》る桃《もゝ》にやあらん。月光《つきあかり》に啼《なく》は*慈悲心鳥《ぢひしんちやうか》歟。清亮《せいりやう》としてその声妙《こゑたへ》に、浮世《うきよ》の外《ほか》の調《しらべ》に似《に》たり。砌《みぎり》に匍匐《はらば》ふ純白《ましろ》の鹿《しか》は、人《ひと》を見て駭《おどろ》かず、遠《とほ》く翥《はた》搏《たゝ》く丹頂《たんちやう》の鶴《つる》は、客《きやく》ありとしも報《つぐ》るにや。耳《みゝ》に聆《きゝ》目《め》に看《み》るもの、愛《めで》たからずといふことなく、*「那桃源《かのとうげん》に帰路《かへさち》を忘《わす》れ、竜宮《たつのみやこ》に老《おい》を思《おも》はぬ、浦嶋《うらしま》の子《こ》も、武陵《ぶりやう》の民《たみ》も、恷《かう》ありけん」、と思へども、思ひ難《かね》つゝ鵠立《たゝず》む程《ほど》に、忽地《たちまち》裏面《うち》に跫然《きやうねん》と、人《ひと》の出来《いでく》る歩响《あしおと》して、やをら門扉《かなど》を推開《おしひら》くを、と見れば是別人《これことびと》《○ベツジン》ならず、嚮《さき》に九六媛《くろひめ》に倶《ぐ》して来《き》ぬる、両個《ふたり》の仙童女《めのわらは》《○センドウニヨ》にぞありける。登時件《そのときくだん》の仙女童《めのわらは》們《ら》は、姑摩姫《こまひめ》にうち対《むか》ひて、「こは姫上《ひめうへ》来《き》ませしな。甲夜《よひ》よりして仙嬢《やまひじりめ》《○センチヤウ》の、等寂《まちわび》ています也。卒這方《いざこなた》へ」、といひかけて、一個《ひとり》は走《はし》りて奥《おく》に赴《おもむ》き、一個《ひとり》は姑摩姫《こまひめ》の先《さき》に立《たち》て、軈《やが》て案内《しるべ》をしたりけり。

爾程《さるほど》に姑摩姫《こまひめ》は、些《ちつと》も怯《おめ》たる気色《けしき》なく、仙女童《めのわらは》們《ら》に愛々《あい〳〵》しく、歓《よろこ》びを舒揖譲《のべゑしやく》して、掖《ひか》れて内《うち》に入《い》りつゝ見るに、玉《ぎよく》《○タ》樹瑤草《じゆようさう》《マノキ○タマノクサ》の種々《くさ〴〵》なる、黄金《こがね》成《な》す甃石《いしだゝみ》は、踏渡《ふみわたら》んとするに瞑映《まばゆ》く、伽羅《きやら》もて造《つく》りし歩廊《わたどの》は、*蕙蘭《あらゝぎ》の室《むろ》に入《い》る歟《か》と思ふ。瑪《め》瑙《なう》の柱《はしら》、瑠璃《るり》の床《とこ》、皆人間《みなにんげん》の東西《もの》ならぬ、奇麗《きれい》壮観《さうくわん》画《ゑがけ》る如《ごと》く、目覚《めざま》しからずといふことなし。恷《かゝ》る高峯《たかね》にありとしも、思ひがけなき楼閣《ろうかく》の、美《び》を尽《つく》したる光景《ありさま》は、「夢歟《ゆめか》現《うつゝ》歟《か》、然《さ》るにても、こは仙嬢《やまひじりめ》の神術《しんじゆつ》にて、奴家《わらは》に信《しん》を増《ま》させんとて、この楼閣《ろうかく》を幻《まぼろし》に、見せ給ふにぞあらんずらん。然《さ》らずば這頭《こゝら》に有《あり》がたき、大廈高楼《たいかこうろう》也けり」、と思ひつゝ奥《おく》に入《い》る程《ほど》に、既《すで》に幾間《いくま》歟《か》うち過《す》ぎたる、南面《みなみおもて》に匾額《へんがく》あり。心《こゝろ》ともなく瞻仰《あほぎみ》れば、「*无上玄通仙観《むじようげんつうせんくわん》」、と六金字《むつのきんじ》を題《だい》したる、前面遥《むかひはるか》に高座《たかくら》の、正面《まさめ》に裀《しとね》を累布《かさねしか》して、九六《くろ》媛《ひめ》は其《そ》首《こ》に処《を》り。錦綉《にしきおりもの》の色々《いろ〳〵》なる、衿襲《つまがさね》の衣匂《きぬにほ》やかにて、緑鬢《りよくびん》肩《かた》より背《そびら》に垂《たれ》たる、その黒髪《くろかみ》の*衣融《そとほ》りて、「神歟《かみか》人歟《ひとか》」、と怪《あやし》まる。*高《たか》く捲《まか》せし珠簾《たまのすだれ》は、焼占《たきしめ》たる香炉峯《かふろほう》の、雪《ゆき》に旭《あさひ》の照添《てりそ》ふに似《に》たり。掛亘《かけわた》したる綾帳《あやのとばり》は、風《かぜ》に靡《なび》く五朶雲《ごしきのくも》の、緘《とぢめ》に花《はな》を降《ふら》すが如《ごと》し。既《すで》にして九六《くろ》媛《ひめ》は、姑摩《こま》姫《ひめ》が仙童女《めのわらは》に、案内《しるべ》をせられ来《き》ぬるを見て、はやく後方《あとべ》に侍《はべ》りたる、又那一個《またかのひとり》の仙女童《めのわらは》に、こゝろ得《え》さしつ立迎《たちむかは》して、招《まね》き寄《よ》せ裀《しとね》を分《わか》ちて、傍《かたへ》に坐《を》らし、莞《にこ》やかに、やをら背《そびら》を掻拊《かいなで》て、「善哉《よきかな》、稀世《きせい》の神童女《しんどうにょ》。誨《をしえ》しよしに差《たが》ふことなく、仙書《せんしよ》を覌《うかゞ》ひ研究《けんきう》して、はや一稔《ひとゝせ》に及《およ》びたる、苦学賞《くがくせう》するにあまりあり。最《いと》も愛《めで》たし、めでたし」、といはれて姑摩《こま》姫《ひめ》遽《いそがは》しく、裀《しとね》を掻遣《かいや》り席《せき》を避《さけ》て、「そは思ひがけもなく、褒《ほめ》られまつるは倒《なか〳〵》に、心裡《うら》恥《はづか》しく侍《はべ》るなる。曩《さき》に那書《かのしよ》を受《うけ》まつりしより、密々《しのび〳〵》に学《まな》べども、なほ解《げ》しがたき事多《おほ》かり。問《とひ》まつらずばいかにして、胸《むね》の挟霧《さぎり》の霽《は》るゝ時《とき》、あらじと逆《かねて》思ひつゝ、今宵《こよひ》悄々《ひそか》地に焼試《たきこゝろみ》たる、香《かふ》の烟《けぶり》に従《したが》ひて、来《く》るとも知《しら》ず這仙観《このせんくわん》に、来《き》つゝおん目《め》に掛《かゝ》りぬる、歓《よろこば》しさは、才《さえ》浅《あさ》き、詞《ことば》に尽《つく》し易《やす》からず。教《をしえ》させ給へかし」、と冀《こひねが》ひつゝ懐《ふところ》より、三巻《みまき》の仙書《せんしよ》を拿出《とりいだ》せば、九六《くろ》媛《ひめ》やをら受掌《うけと》りて、うちも開《ひら》かず書案《ふづくゑ》に、並措《ならべお》き微笑《ほうゑみ》て、

「そはその該《はづ》の事也かし。疑《うたがは》ざれば学術進《がくじゆつすゝ》まず、疑《うたが》ふ故《ゆゑ》に邪路《じやろ》にも入《い》らん。什麼《そも》疑《うたが》ふを可《よし》とやせん、疑《うたがは》ざるを可《よし》とやせん、心《こゝろ》に問《と》はゞ分明《ふんみやう》ならん。譬《たとへ》ば我這仙観《わがこのせんくわん》の、深山《みやま》に似《に》げなき壮観《さうくわん》なるを、和女郎《わぢよろ》は這《これ》さへ疑《うたが》ひぬ。知《しら》ずや大廈高《たいかこう》楼《ろう》も、又柴門《またしばのと》も白屋《くさのや》も、只住《たゞす》む人《ひと》の心《こゝろ》にあり。然《され》ば富貴《ふうき》を羨《うらや》まで、足《た》ることを知《し》り分《ぶん》を守《まも》れば、宮殿《みや》も藁屋《わらや》も異《こと》ならず。又足《またた》ることを知《しら》ざれば、千席《せんせき》の室《いへ》に坐《ざ》すれども、なほ万席《まんせき》を羨《うらや》めり。此是悟《こはこれさと》りのうへならで、凡夫《ぼんぶ》の迷《まよ》ひを醒《さま》すべき、捷径《ちかみち》にあらざれば、神社仏閣華美《じんじやぶつかくくわび》を尽《つく》して、凡夫《ぼんぶ》の

信《しん》を増《まさ》まく欲《ほり》す。我這仙《わがこのせん》観楼閣《くわんろうかく》も、譬《たとへ》ば蜃気《しんき》海市《かいし》の如《ごと》し。実《じつ》にこの事あるべしや。ありと思へば則《すなはち》有《あ》り、なしと思へば則《すなはち》無《な》し。これを命《なづ》けて幻境《げんきやう》《○マボロシノサカヒ》とす。又只這山《まただゞこのやま》のみならず、浮世《うきよ》は総《すべ》て幻境《げんきやう》なるを、悟《さと》らぬ故《ゆゑ》に夢《ゆめ》の中《うち》に、遊《あそ》びくらすも五十年《ねん》、夢《ゆめ》なるよしを誰《たれ》か知《し》るべき。上古《あがれるよ》《○イニシヘ》は俗《ひと》質朴《しつぼく》にて、民《たみ》はさら也貴人《あてびと》も、*茅茨《ぼうじ》《○カヤブキ》不剪《きらず》、采椽《さいてん》《○タルキ》不斲《けづらず》、*宮室《きうしつ》を卑《いやし》うして、力《ちから》を溝洫《こういき》《○ミヅノミチ》に尽《つく》したる、那唐山《かのからくに》にて聖《ひじり》といはるゝ、*堯《ぎやう》・禹《う》の質素《しつそ》に倣《なら》ふにしも及《およ》ばず。我神風《わがかみかぜ》の伊勢《いせ》山田《やまだ》なる、天照皇大神《あめてらしますすめおほかみ》の、大宮所《おほみやどころ》を拝《おが》みまつらば、浮世《うきよ》の人《ひと》は神《しん》慮《りよ》に背《そむ》きて、華美《くわび》を好《この》み、外物《ぐわいぶつ》《○ウハベ》を飾《かざ》り、驕《おご》れる故《ゆゑ》に長久《ちやうきう》ならで、子孫廃絶《しそんはいぜつ》致《いた》すを暁《さと》らん。抑《そも〳〵》亦悲《またかな》しからずや、富貴《ふうき》四海《しかい》を有《たも》ち給ふ、天皇《てんわう》と稟《まう》すとも、*御祖《みおや》の神《かみ》の神慮《しんりよ》に差《たが》ひて、驕奢《おごり》の為《ため》に民《たみ》を労《つか》らし、宮殿《きうでん》に美《び》を尽《つく》し給へば、菑害《わざはひ》踵《きびす》を旋《めぐら》すより快《はや》かり。建武《けんむ》の壊乱《みだれ》即《すなはち》是《これ》也。況《いはんや》《○マイテ》世《よ》を避《さけ》、跡《あと》を埋《うづ》め、神仙《しんせん》と成《な》り、仏菩薩《ぶつぼさつ》と称《たゝ》へられ、久方《ひさかた》の乾坤《あめつち》と、倶《とも》に長久《ちやうきう》なるものが、*暴秦阿房《ばうしんあばう》の余材《よざい》を討《もと》め、身《み》を九層《きうそう》の楼台《うてな》に坐《をら》して、楽《たの》しと思はゞ何《なに》をもて、凡夫《ぼんぶ》に異《こと》なるものとせん。然《さ》るを仙家《せんか》を慕《した》ふものは、*紫微宮殿《しびきうでん》に居《をら》まく欲《ほり》し、又成仏《またじやうぶつ》を願《ねが》ふものは、天堂《てんだう》の快楽《けらく》を欲《ほり》す。その惑《まよ》ひ甚《はなはだ》し。知《しら》ずや濁世《ぢよくせ》を厭《いと》ふものは、*流《ながれ》に嗽《くちすゝ》ぎ石《いし》を枕《まくら》にし、身《み》を雲水《くもみづ》に儘《まか》するのみ、絶《たえ》て求《もとむ》る所《ところ》なければ、東西《もの》として足《た》らざることなし。世《よ》に知《し》らるゝ事なければ、人《ひと》に求《もと》めらるゝこともあらず。こゝをもて、心高《こゝろたか》けれども危《あやふ》からず、身《み》は低《ひく》けれども跌《つまづ》かで、天地《てんち》と倶《とも》に升降《せうこう》す。これを名《な》づけて*山中《さんちう》の宰相《さいしやう》といふ也けり。和女郎《わちよろ》にこの義《ぎ》を諭《さと》さんとて、茲《こゝ》に仙観《くわん》を化現《けげん》せり。先《まづ》よくこれを思ひねかし」、といはれて姑《こ》摩姫《まひめ》豁然《くわつねん》たる、頭《かうべ》を擡《もた》げうち拝《おが》みて、

「有《あり》がたきまで忝《かたじけな》き、金言玉音《きんげんぎよくおん》面前《まのあたり》に、听《き》くことを得《え》ざりせば、疑《うたが》ひの霧霽《きりはれ》がたからんを、最叮寧《いとねんごろ》なるおん諭《さとし》にて、稚蒙《ちもう》の惑《まよ》ひは釈《とけ》ながら、なほ学《まな》ぶ日《ひ》の浅《あさ》くして、修行《しゆぎやう》足《た》らねば今速《いますみやか》に、行《おこな》ふことはかたかるべし。就《つき》て又問《またとひ》まつらん。約莫《およそ》学問《がくもん》の要領《えうりやう》は、発明《はつめい》をもて専務《せんむ》《○モツパラノツトメ》とす。経書《をしえふみ》の種々《くさ〴〵》なる、信《しん》じて後《のち》に疑《うたが》ふことあり。疑《うたがは》ざれば学術《がくじゆつ》の、進《すゝ》みがたしと聞《きゝ》ぬるに、そを疑《うたが》はずば何《なに》をもて、発明《はつめい》するよし侍《はべ》

らんや。この義《ぎ》を教給《をしえ》へかし」、といへば九六媛《くろひめ》点頭《うなづき》て、「そは勿論《もちろん》の事也かし。悟《さと》りはその師《し》の教《をしえ》を待《また》ず、感《かん》じて聽《やが》て悟《さと》ることあり。那学問《かのがくもん》はその身《み》に益《えき》あり。益《えき》して後《のち》に損《そん》するを、名《な》づけて悟道《ごどう》といふ也けり。然《され》ば世《よ》の与人《ためひと》の与《ため》に、教訓《きやうくん》の書《しよ》を著《あらは》すものも、その身《み》聖人《せいじん》ならざれば、瑕疵《きず》なきことを得《え》ざる也。瑕疵《きず》ある故《ゆゑ》に学《まな》ぶもの、稍《やゝ》疑《うたが》ふてその非《ひ》を知《し》る。孔子《こうし》の遺書《いしよ》、老仏《ろうぶつ》の経典《きやうてん》は、皆聖人《みなせいじん》の教誨《をしえ》にて、瑕疵《きず》なき故《ゆゑ》に人疑《ひとうたが》はず。倘聖人《もしせいじん》を疑《うたが》はゞ、必《かならず》邪路《じやろ》に入《い》らんのみ。和女郎《わぢよろ》この義《ぎ》を忘《わす》るゝことなく、我書《わがしよ》を読《よ》むに至誠《まこと》をもてして、絶《たえ》て疑《うたが》ふことなくば、今面前《いまのあたり》に指示《さししめ》さずとも、終《つひ》に剣術《けんじゆつ》を学《まな》び得《え》て、進退随意《かけひきまに〳〵》《○シンタイ》ならんのみ。然《さ》るときは香《かふ》を焼《たき》て、烟《けぶり》を郷導《みちしるべ》に做《な》すに及《およ》ばず、人《ひと》に知《し》られ伝《で》這仙家《このせんか》へ、往還自由《ゆきゝじゆう》を得《え》ざらんや。懋《つとめ》よや勉《つと》めよや、時《とき》は得《え》がたくして、失《うしな》ひ易《やす》かり。いふべき事は是《これ》まで也。復《また》こそ会《あは》め、快々《とく〳〵》」、といそがし立《たて》つゝ傍《かたへ》なる、仙書三巻《せんしよみまき》を拿抗《とりあげ》て、「卒《いざ》」とてそが儘返《まゝかへ》すにぞ、姑摩姫《こまひめ》これを受収《うけおさ》めて、歓《よろこ》びを演別《のべわかれ》を告《つげ》、身《み》を起《おこ》さんとせし程《ほど》に、仙童女們《めのわらはら》がこゝろ得《え》て、香炉《かふろ》を拿《とり》て恭《うや〳〵》しく、女仙《ぢよせん》の身辺《ほとり》に差寄《さしよ》すれば、九六媛《くろひめ》は香盒《かふばん》なる、香一撮《かふひとつまみ》とり出《いだ》して、徐《しづか》に熏《くゆ》らす濃煙《こきけむり》《○ノウエン》の、忽地《たちまち》に雲《くも》と做《な》りて、はや姑摩姫《こまひめ》をうち乗《の》せつ、窓《まど》より出《いで》てゆく歟《か》と思へば、奇《き》なる哉《かな》姑摩姫《こまひめ》は、瞬息間《またゝくひま》に如意宝珠院《によいほうじゆゐん》の、その身《み》の臥房《ふしど》に還《かへ》りしを、知《し》るもの絶《たえ》てなかりけり。

是《これ》よりして姑摩姫《こまひめ》は、仙書《せんしよ》を読《よ》むこと初《はじめ》に似《に》ず、傍《かたへ》に人《ひと》のなき折々《をり〳〵》に、香《かふ》を焼《たき》て身《み》を浄《きよ》め、无上玄通神仙孃《むじようげんつうしんせんぢやう》の名《みやう》号《ごう》を、念《ねん》ずること百遍許《もゝたびばかり》、恁而《かくて》徐《しづか》に繙《ひもと》きて、文義《ぶんぎ》を討《たづ》ね、奥妙《おうめう》を探《さぐ》るに、智《ち》を祛《しりぞ》けて疑《うたが》ふことなく、只深信《たゞしん〳〵》を宗《むね》として、学《まな》ぶこと又二稔《またふたとせ》ばかり、初学《しよがく》の年《とし》を加《くはう》れば、茲《こゝ》に三稔《みとせ》に及《およ》びしかば、学術進《がくじゆつすゝ》み自得《じとく》して、至《いた》らざる所《ところ》なし。年歳《とし》は纔《わづか》に十歳《さい》にて、乳臭遺《ちのかのこ》れる童女《わらはめ》なれども、その賢才《けんさい》の*老着《およづけ》たる、和漢《わかん》の閨秀淑女《をとめよきをなご》《○ケイシウ○シユクヂヨ》にも、儔《たぐひ》多《おほ》かるべくもあらず。況《まいて》仙術《せんじゆつ》を得《え》てしより、身《み》の軽《かろ》きこと毛《け》の如《ごと》く、奔走升降《ほんそうせうこう》《○ノボリクダリ》意《こゝろ》の随《まゝ》にて、食《くらは》ざれども、饑《うゑ》をおぼえず、睡《ねむ》らざれども、労《つかれ》を知《し》らず、その奇《き》その妙意表《めういひやう》に出《いで》て、我《われ》を怪《あやし》む可《ばかり》なれども、光《ひかり》を包《つゝ》み智《ち》を秘《かく》して、色《いろ》にも見《み》することなければ、伯《を》母《ば》の尼御前《あまごぜ》、隅屋夫婦《すやふうふ》は、恷《かう》あるべしと知《し》らねども、姑摩《こま》姫《ひめ》の性《さが》、大人備《おとなび》て、容止漸々《かほばせしだい》に美麗《うるは》しきを、月《つき》に擬《なぞら》へ花《はな》に比《たぐ》へて、「恷《かゝ》る妙《をとめ》を情《なさけ》なく、祝髪黒衣《しゆくはつこくえ》の*優婆姨《うばゐ》に倣《なし》て、浮世《うきよ》の花《はな》を散《ちら》さんや。なほ三四年歴《ねんへ》たらんには、佳壻君《よきむこぎみ》を討索《たづねもと》めて、絶《たえ》たる楠氏《なんし》を興《おこ》さんず」、と維盈《これみつ》・縫殿《ぬひ》は思ひけり。

間話休煩《あだしごとはさておきつ》。爾程《さるほど》に姑摩姫《こまひめ》は、学術既《がくじゆつすで》に奥義《おうぎ》を極《きは》めし、歓《よろこ》びいふべうもあらざれば、「師《し》の仙孃《せんぢやう》《〇ヤマヒジリメ》によしを報《つげ》て、この歓《よろこ》びを稟《まう》さめ」、と思ひにければその夜艾《よさり》、悄々地《ひそか》に臥房《ふしど》を起出《おきいで》て、口《くち》に呪文《じゆもん》を唱《となふ》れば、戸節《とふし》の竅《あな》より忽然《こちねん》と、はや外面《とのかた》に出《いで》にけり。「恷《かく》ては進退《しんたい》《〇カケヒキ》やすかりけり」、と思ひつゝ又唱《またとなふ》る呪文《じゆもん》と、倶《とも》に身《み》は只飛鳥《たゞひちやう》のごとく、突然《とつねん》たる足《あし》は、地《ち》を踏《ふ》まず、瞬息間《またゝくあはひ》に葛城山《かづらきやま》なる、仙観《せんくわん》に来《き》にければ、九六媛《くろひめ》これを召近着《よびちかづけ》て、その術《じゆつ》を賞《ほ》め、側《かたへ》に坐《を》らして、別《べつ》後《ご》の安否《あんぴ》を問《とひ》などす。登時両個《そのときふたり》の仙童女《めのわらは》は、姑摩姫《こまひめ》に茶《ちや》を看《すゝ》め、浮世《うきよ》の事を問慰《とひなぐさ》めて、管待初《もてなしはじめ》に彌倍《いやま》しけり。少選《しばらく》して姑摩姫《こまひめ》は、師《し》の女仙《ぢよせん》にうち対《むか》ひて、「曩《さき》に諭《さと》させ給ひぬる、おん口訣《くけつ》に遵《したが》ひまつりて、智《ち》を袪《しりぞ》けて疑《うたが》はず、既《すで》にして学《まな》ぶこと、稍年来《やゝとしごろ》になる随《まゝ》に、学術成就《がくじゆつじやうじゆ》の時至《ときいた》りけん、心神《たましひ》毎《つね》に清朗《すがやか》にて、身《み》の軽《かろ》きこと毛《け》の如《ごと》く、走《はし》ること飛鳥《ひちやう》に捷《まさ》れり。この歓《よろこ》びを稟《まう》さんとて、初《はじめ》て術《じゆつ》を試《こゝろみ》しに、果《はた》して奔走神速《ほんそうしんそく》にて、地《ち》を踏《ふま》ずして来《き》ぬる也。恷《かく》ては宿念障《しゆくねんさは》りなく、讐《あた》を討《う》つこと易《やす》かるべしや」、と問《と》へば九六媛《くろひめ》点頭《うなづき》て、「然《さ》也。仙術成熟《せんじゆつじやうじゆく》しぬれば、復讐《あたうち》の義《ぎ》は心安《こゝろやす》かり。なれども時《とき》まだ至《いた》らねば、今《いま》より等《まつ》こと三稔《みとせ》に洎《および》て、宿望《しゆくまう》を遂《とげ》させん。素仙伝《もとせんでん》の剣侠《けんけう》は、嚮《さき》にもおさ〳〵示《しめ》せし如《ごと》く、こは已《やむ》ことを得《え》ざる所行《わざ》にて、毎《つね》に施《ほどこ》すものならず。その術成就《じゆつじやうじゆ》したりとも、文武《ぶんぶ》の道《みち》に疎《うと》くもあらば、なほ闕《かけ》たる所《ところ》あり。今《いま》より夜々《よな〳〵》這里《ここ》に来《き》て、文《ぶん》を学《まな》び武《ぶ》を講《こう》じなば、後《のち》に用《もちふ》ることとあらん。亦這義《またこのぎ》をな懈《おこた》りそ」、といはれて姑《こ》摩《ま》姫《ひめ》怡悦《いゑつ》に勝《たへ》ず、即便這夜《すなはちこのよ》《〇サツソク》を初《はじめ》として、夜毎々々《よごと〳〵》にかよひ来《き》つ、儒書《じゆしよ》は、*十三経《ぎやう》を旨《むね》として、史伝《しでん》に渉《わた》り、医卜《いぼく》を学《まな》び、*老荘関尹《ろうそうくわんいん》、諸子百家《しよしひやくか》の書《しよ》、兵法《へいはう》の七書《しちしよ》、*武備志《ぶびし》の類《たぐひ》、皆悉《みなこと〴〵く》講《こう》を聴《きゝ》て、儒学《じゆがく》も既《すで》に疎《おろか》ならず。武芸《ぶげい》は、*唐山《からくに》の十八般《ばん》、本邦《わがくに》の*鞍馬八流《くらまはちりう》、習《ならは》ずといふ所《ところ》なし。そが撃剣《たちうち》の敵手《あひて》には、両個《ふたり》の仙童女《めのわらは》を出《いだ》されたり。原這両個《もとこのふたり》の仙童女《めのわらは》は、*多豆《たづ》と喚《よば》れ、知止湍《ちとせ》と呼《よば》れて、年《とし》十一ヶ二に見ゆれども、倶《とも》に九六媛《くろひめ》に仕《つかふ》ること、幾百年《いくもゝとせ》になるやらん、よく仙《せん》術《じゆつ》を伝受《でんじゆ》して、*鍾離《せうり》権《けん》が青竜《せいりやう》の、剣法《けんばう》までも得《え》たりしかば、初《はじめ》は姑摩姫《こまひめ》他們《かれら》に及《およ》ばず、学《まな》ぶこと稍久《やゝひさ》しうして、他們《かれら》は及《およ》ばずなりにけり。登時《そのとき》九六媛《くろひめ》教《をしえ》ていふやう、「撃剣《たちうち》は是《これ》士卒《しそつ》の技《わざ》也。大将《たいせう》は弓馬《きうば》を能《よく》して、陣法《ちんばう》を宗《むね》とすべし。遮莫這撃剣《さばれこのたちうち》は、只是《たゞこれ》士卒《しそつ》の技《わざ》也とて、大将《たいせう》たるもの学《まな》ばずば、近《ちか》づく敵《てき》を払《はら》ふことかたかり。爾《しか》りとも只大刀《たゞたち》をもて、人《ひと》を斫《きら》んと欲《ほり》すれば、人《ひと》も亦大刀《またたち》をもて、必我《かならずわれ》を斫《きら》んと欲《ほり》す。這時勝負《このときせうぶ》不定《ふじやう》也。何《なに》をもてその敵《てき》に勝《かた》ん。勝《かつ》こと必技《かならずわざ》にあらず。一心《いつしん》をもて仇《あた》を防《ふせ》ぎ、一心《いつしん》をもて敵《てき》を征《せい》せば、必勝《かならずかた》ずといふことなし。然《され》ば仙家《せんか》に、青竜剣《せいりやうけん》の真《しん》法《ばう》あり。又《また》*禅家《ぜんか》にも、活人殺人《くわつにんさつにん》の剣法《けんばう》あり。仙仏《せんぶつ》その方異《みちこと》なれども、敵《てき》にあふて死《し》を忘《わす》れ、一心逆決定《いつしんかねてけつじやう》して、自若《じじやく》としてこれに当《あた》らば、*柔《じゆう》よく剛《ごう》を征《せい》すべき、その理《り》は即《すなはち》一致《いつち》也。這義《このぎ》をよく胸《むね》に蔵《おさ》めて、機《き》に臨《のぞ》みて乱《みだ》れずば、撃剣《たちうち》は既《すで》に足《た》れり。なほ又弓馬《またきうば》を学《まな》ぶべし」、といひつゝ*軈《やが》て一枚《ひとひら》の、紙《かみ》を折《を》り馬《うま》に造《つく》りて、口《くち》に呪文《じゆもん》を唱《となふ》れば、忽地一箇《たちまちひとつ》の白馬《はくば》に做《な》りて、鞍《くら》も鐙《あぶみ》も具足《ぐそく》しつ、はやくも庭《には》に立《たち》たりける、登時又九六媛《そのときまたくろひめ》は、姑摩姫《こまひめ》に教《をしゆ》るやう、「*馬《うま》の進退《かけひき》は手綱《たづな》にあり。敵《てき》に手綱《たづな》を砍《き》らるゝときは、瞽者《めしい》の杖《つゑ》に離《はな》るゝに異《こと》ならず。是故《このゆゑ》に「手綱《たづな》には、細鉄鏁《こぐさり》を縫蔵《ぬひおさめ》よ」、と義貞記《よしさだき》に識《しる》されたり。大将《たいせう》の用心《ようじん》は、只這一条《たゞこのいちでふ》のみならず、*千軍万馬《せんぐんばんば》の中《うち》といふとも、大将騎馬《たいせうきば》に修煉《しゆれん》して、乗走《のりはし》らすること旋風《つむぢ》の如《ごと》く、些《ちつと》も礙滞《ぎたい》あることなければ、「敵只《てきたゞ》これを撃《うた》まくするに、馬《うま》の脚《あし》を斫《き》ること克《かな》はず。箭《や》を射出《いいだ》しても中《あた》らぬものぞ」、とこも又新田贈中納言《またにつたぞうちうなごん》の、軍記《ぐんき》に識着《しるしつけ》られたり。恁《かゝ》れば騎馬《きば》は軍旅《ぐんりよ》の緊要《きんえう》、いはでもしるきことながら、必《かならず》よ善学《よくまな》ぶべし」、と諭《さと》して是夜《このよ》は馬《ば》術《じゆつ》を教《をし》え、又次《またつぎ》の夜《よ》は的《まと》を掛《かけ》て、射法《ゆみいるわざ》を教《をしえ》らる。恁《かゝ》りしかば姑摩姫《こまひめ》は、其甲夜《そのよひ》々《〱》に宿所《しゆくしよ》を出《いで》て、独仙家《ひとりせんか》に赴《おもむ》けども、窃《ひそか》に分身《ぶんしん》の法《はう》を設《まうけ》て、臥房《ふしど》に熟睡《うまい》せしごとく、形貌《かたち》を遺《のこ》したりければ、毎《つね》に側《かたへ》に添臥《そひぶし》すなる、嬭母《めのと》の縫殿《ぬひ》すら夢《ゆめ》にだも、然《さ》ることありとは知《し》らざりけり。

恁而《かくて》*光陰荏苒《くわういんじんぜん》して、又《また》二三年《ねん》を歴《へ》にければ、姑摩姫《こまひめ》は仙書《せんしよ》を得《え》てより、久《ひさ》しくぞ思ふ茲《こゝ》に五稔《いつとせ》、その身《み》の年《とし》も這《この》春《はる》は、十二歳《さい》にぞなりにける。*時《とき》に応永《おうゑい》十五歴《れき》、這年《このとし》の春《はる》京師《みやこ》には、入道相国源《にうどうしようこくみなもとの》義満公《よしみつこう》、主上《みかど》後小松《ごこまつ》天皇《てんわう》を北山《きたやま》の山《さん》荘《せう》へ、行幸《みゆき》成《な》し奉《たてまつ》らんとて、正月《むつき》の時候《ころ》より這沙汰《このさた》あり。現足利家《げにあしかゞけ》の世盛《よざか》りにて、吹《ふか》ねど靡《なび》く青人草《あをひとくさ》の、夫役《ぶやく》に参《まゐ》るも多《おほ》かりければ、姑摩姫《こまひめ》は這風声《このふうぶん》を、聞《きゝ》つゝ窃《ひそか》に思ふやう、「曩《さき》に我《われ》、初《はじめ》て神仙孃《やまひじりめ》に値遇《ちぐ》せし折《をり》、剣術《けんじゆつ》の書《しよ》を授《さづ》け給ひて、「今《いま》よりして学《まな》ぶこと、五稔《いつとせ》にして仙術成就《せんじゆつじやうじゆ》し、六稔《むとせ》にして復讐《あたうち》の、志願《しぐわん》を遂《とげ》ん」、と宣《のたま》ひしに、又只剣術《またたゞけんじゆつ》のみならず、御庇《みかげ》によりて文学武芸《ぶんがくぶげい》も、大《おほ》かたならず学《まな》び得《え》たるに、非除一稔《よしやひとゝせ》はやくとも、このよしをもて願《ねが》ひ稟《まう》して、本意《ほい》を遂《とげ》ん」、と只管《ひたすら》に、勇《いさ》む心《こゝろ》のいそがれて、この夜《よ》仙《せん》家《か》に赴《おもむ》きしに、多豆《たづ》と知止湍《ちとせ》が遽《いそがは》しく、出迎《いでむか》へて報《つぐ》るやう、「我仙孃《わがせんぢやう》《○ヤマヒジリメ》は今朝《けさ》未明《まだき》に、日《ひ》の神《かみ》に年《とし》の首《はじめ》の、寿詞《よごと》を奏《そう》しまつらんとて、衣裳《いせう》を更《あらた》め雲《くも》に駕《のり》て、天宮《あまつみや》に赴《おもむ》き給ひぬ。その折咱們《をりわれ〳〵》に仰《おふす》るやう、「我《われ》は久《ひさ》しく天上《てんじやう》の、姮娥列宿《どうがれつしゆく》に見《げん》参《ざん》せず。這宅外国《このよとつくに》なる*西王母《せいわうぼ》、*太上老君《だぜうろうくん》、名山《めいざん》の諸仙《しよせん》をも、訪《とは》ばやと思ふ也。恁《かゝ》ればかへり来《き》ぬる日《ひ》は、春《はる》の季《すゑ》か、夏《なつ》の孟畯《はじめか》、然《さら》ずば五六月《ぐわつ》の時候《ころ》に及《およば》ん。姑摩姫《こまひめ》が又来《またき》なば、これらのよしを報知《つげしら》して、『我《わが》かへり来《く》る日《ひ》まで、這里《こゝ》に往返《ゆきゝ》をせんは要《えう》なし。宿所《しゆくしよ》に在《を》るこそよかめれ』、と報《つげ》て禁《とゞ》めよ」、と宣《のたま》ひにき」、といふを姑摩姫《こまひめ》うち聞《きゝ》て、忽地《たちまち》望《のぞみ》を失《うしな》へども、却《さて》あるべきにあらざれば、告別《いとまごひ》しつ、宿所《しゆくしよ》に還《かへ》りて、更《さら》に又《また》思ふやう、「我師《わがし》は飛行自在《ひぎやうじざい》にて、万里《ばんり》の路《みち》もその日《ひ》の中《うち》に、往《ゆき》も還《かへ》りもし給はんに、正月《むつき》よりして、四五月《ぐわつ》までの、遊歴《ゆうれき》はこゝろ得《え》がたかり。我復讐《わがあたうち》を予《かねて》より、卜《さだ》めの年《とし》は近《ちか》づけども、足利《あしかゞ》の武威《ぶゐ》真盛《まさかり》なれば、仙《せん》伝至妙《でんしめう》の剣術《けんじゆつ》にも、尚撃《なほうち》がたきよしあるを、今《いま》さら如右《しか》はいひがたさに、「遊歴《ゆうれき》しつ」、といひ誘《こしら》へて、対面《たいめ》を許《ゆる》し給はぬにあらずや。倘《もし》しからんには孰《いづれ》の年《とし》、孰《いづれ》の時《とき》に宿意《しゆくい》を遂《とげ》ん。悲《かな》しきかな」、といへばえに、いは伝《で》苦《くる》しき胸《むね》の火《ひ》を、鎮《しづ》めて再《ふたゝび》おもふやう、「噫我《あなわれ》ながら愚痴《ぐち》なりき。得《え》が

たき事《わざ》も誠《まこと》を尽《つく》して、疑《うたがは》ざれば成就《じやうじゆ》すと、予《かね》ていはれしよしさへあるに、漫《そゞろ》に性起《はやり》て、恩高《おんたか》き、師《し》を疑《うたが》ひしは、罪深《つみふか》かり。允《ゆる》させ給へ」、と合掌黙禱《がつせうもくたう》、懺悔《さんげ》に胸《むね》はひらけても、まだ明《あけ》ぬ天《よ》に思寐《おもひね》の、枕《まくら》を摧《くだ》く烈女《れつぢよ》の才幹《さいかん》、思慮《しりよ》置《とも》しきにあらねども、仇《あた》はさらなり、師《し》の女仙《ぢよせん》にも、今《いま》あふよしはなかりけり。

第《だい》二十二回《くわい》

順逆《じゆんぎやく》を論《ろん》じて九六媛《くろひめ》返矢《かへしや》を授《さづ》く
香煙《かふゑん》を踏《ふみ》て姑摩姫《こまひめ》北山《きたやま》に適《ゆ》く

待《まて》ば一日《ひとひ》も千秋《ちあき》に似《に》たる、姑摩姫《こまひめ》は復讐《あたうち》の、大望頻《たいまうしき》りに急《いそ》がれて、心窃《こゝろひそか》に焦燥《いらだて》ども、「三月《やよひ》の季歟《すゑか》、四五月《ぐわつ》ならでは、還《かへ》り給はじ」、と聞《きこ》えし女仙《ぢよせん》を、幾日《いくか》もあらで又仙観《またせんくわん》へ、ゆきて問《とは》んはさすがにて、庭《には》に含《つぼめ》る花《はな》を見ても、毎《つね》より遅《おそ》き心地《こゝち》せし。梅《うめ》は過《す》ぎ、桜《さくら》は未《まだ》し、開《さけ》ば散《ち》れ、散《ち》らね

有像第廿九
読尽仙書奇女又学文武《せんしよをよみつくしてきぢよまたぶんぶをまなぶ》
をとめ子が深山にげなし柴栗のしば〳〵ならふわざにこるらん
九六媛　ちとせ　こまひめ　たづ

ば春《はる》も暮果《くれはて》ぬ、長《なが》き日《ひ》ぐらし思ひ難《かね》て、五十余日《いそかあまり》を過《すぐ》しつゝ、「今《いま》はよき比《ころ》なるべし」、と思へばその夜《よ》葛城山《かづらきやま》なる、仙観《せんくわん》に赴《おもむ》きしに、師《し》はまだかへり給はずとて、多豆《たづ》と知止《ちと》淵《せ》と、二名《ふたり》のみをり。是《これ》より後《のち》は日《ひ》を隔《へだて》て、ゆくこと屢《しば〱》なりけれども、なほ那女仙《かのぢよせん》はかへり来《こ》ず。春過《はるすぎ》て夏《なつ》も稍《やゝ》、降《ふり》みふらずみ雨頻《あめしげ》く、乾《かは》かぬ檐《のき》に菖蒲葺《あやめふ》く、端午《たんご》の節供《せく》になりにけり。姑摩姫《こまひめ》は、「今宵又《こよひまた》、師《し》の仙観《せんくわん》に赴《おもむ》きて、帰観《きくわん》の有無《うむ》を問《とは》ばや」、と思ふにも似《に》ず黄昏時候《たそがれごろ》より、尼公《にこう》の方丈《はうぢやう》へ招《まねか》れて、法談《はうだん》を听《きか》せらる。短夜《みじかよ》なれば更闌《こうたけ》て、葛城《かづらき》山《やま》へ竟《つひ》に得《え》ゆかず、次《つぎ》の日《ひ》は未牌時候《ひつじのころ》より、又分身《またぶんしん》の法《はう》を設《まうけ》て、その身《み》の代《かえ》を宿所《しゆくしよ》に遺《のこ》し、時《とき》を移《うつ》さず葛城《かづらき》なる、仙《せん》観《くわん》に来《き》にければ、多豆《たづ》と知止淵《ちとせ》と出迎《いでむか》へて、「姫上《ひめうへ》などて遅《おそ》かりける。我師《わがし》はきのふ還《かへ》り給ひて、おん身を等《まち》てをはします。卒《いざ》給へ」とていそがせば、姑摩姫歓《こまひめよろこ》び且羞《かつはぢ》て、掖《ひか》れて奥《おく》にぞ赴《おもむ》きける。然《さり》けれども九六媛《くろひめ》は、*曲彔《きよくろく》に肱《ひぢ》を倚《よせ》掛《か》け、紋紗《もんしや》の団扇《うちは》を顔《かほ》に翳《かざ》して、仮寐《うたゝね》して*死灰《しくわい》に似《に》たり。姑摩姫《こまひめ》は這光景《このありさま》に、「折歹《をりわろ》かり」、と思ふのみ、呼覚《よびさま》さんはさすがにて、等《まつ》こと約莫半晌《およそはんとき》あまり、九六媛《くろひめ》やうやく頭《かうべ》を擡《もた》げて、声朗《こゑほがらか》に誦《じゆ》するを听《き》けば、

侠概惟推古剣仙《けうはおほむねこれおす、こけんせん》。忠魂雪恨只香煙《ちうこんうらみをきよむたゞかふゑん》。
誰知勇士生奇女《たれかしらん、ゆうし、きぢよをしようじて》。隻手能翻宿世寃《せきしゆよくひるがへすしゆくせいゑん》。

慿吟《かうぎん》じつゝ身《み》を起《おこ》せば、姑摩姫《こまひめ》はやく找向《すゝみむか》ひて、「仙嬢《せんぢやう》かへらせ給ひし歟《か》。曩《さき》に示《しめ》させ給ひぬる、復讐《あたうち》の時《とき》を等《まち》しより、一日《ひとひ》も千夜《ちよ》を歴《ふ》る心地《こゝち》して、剛才五稔《いまはいつとせ》になりにたり。「なほ早《はや》くとも請稟《こひまう》さん」、と思ひしかども正月《むつき》より、這《この》仙観《せんくわん》にましまさねば、春過《はるすぎ》て夏《なつ》も亦《また》、五月《さつき》の天《そら》になり侍《はべ》り。今茲《ことし》は本意《ほい》を遂《とげ》がたきや」、と問《と》へば九六媛点頭《くろひめうなづき》て、「然《さ》也。初《はじめ》に六稔《むとせ》といひしは、天機《てんき》を洩《もら》さぬ与《ため》にして、その実《じつ》は今《こ》茲《とし》にあり。然《され》ばとて惴《はや》るべからず。稍復讐《やゝあたうち》の時《とき》は来《き》ぬれど、左《と》にも右《かく》にも人力《じんりき》には、撃易《うちやす》からぬ大敵《たいてき》なり。善順逆《よくじゆんぎやく》の理《り》を正《たゞ》し、那罪戻《かのざいれい》を天《てん》に告《つげ》て、爾後《しかしてのち》に手《て》を下《くだ》すべし。いで〱」、といひながら、傍《かたへ》に措《おか》れし白金《しろかね》の、香炉《かふろ》に香《かふ》を焼《たき》熏《くゆ》らして、貌《かたち》を改《あらた》め眼《まなこ》を閉《とぢ》て、默然《もくねん》たること半晌許《はんときばかり》、稍《やゝ》合《がつ》掌《せう》の手《て》を解《とき》て、「やよや姑摩姫這方《こまひめこなた》へ找《すゝみ》ね。嚮《さき》に南北両朝《なんぼくふたみかど》

の、蝸角《くわかく》の戦《たゝか》ひ五十余年《いそとせあまり》、原是《もとこれ》宿因《しゆくいん》あることとなるを、和女《わちよ》郎《ろ》は具《つぶさ》に知《し》りたる歟《か》」、と問《と》へば姑摩《こま》姫《ひめ》膝《ひざ》を找《すゝ》めて、「そは仰《おふせ》では侍《はべ》れども、奴家《わらは》聞《きく》こと多《おほ》からず。思《おも》ひ足《た》らねば縁故《ことのもと》を、考《かんがへ》極《きは》め侍《はべ》らねども、そは尊氏《たかうぢ》と直義《たゞよし》們《ら》が、*悖逆《ぼつぎやく》奸詐《かんそ》の做《な》す所《ところ》、世《よ》の人《ひと》通《なべ》て知《し》らぬはあらじ」、といふに九六媛《くろひめ》嗟嘆《さたん》して、「そは勿論《もちろん》の事ながら、那《かの》内乱《ないらん》には起本《きほん》《○モトノオコリ》あり。*昔年《せきねん》北条貞時《ほうでふさだとき》が奸計《かんけい》にて、最《いと》も惶《かしこ》き皇統《みくらゐすぢ》《○クワウトウ》を、二流《ふたつ》に做《な》し奉《たてまつ》り、天子《てんし》の大威徳《おほんいきほひ》を、分《わか》ちまゐらせんと揣《はか》りしにより、「*大覚寺殿《だいかくじどの》と持明院殿《ぢみやうゐんどの》と、御子孫《ごしそん》各々《おの〳〵》迭代《かたみがはり》に、皇位《みくらゐ》に即《つき》給ふべし」、と奏《そう》し定《さだ》めまゐらせにき。抑《そも〳〵》大覚寺殿《だいかくじどの》とまうし奉《たてまつ》るは、*亀山天皇《かめやまてんわう》の御子孫《ごしそん》也。然《され》ば亀山天皇《かめやまてんわう》脱履《をりゐ》《○ダツリ》の後《のち》は、嵯峨《さが》なりける*大覚寺《だいかくじ》を、仙居《せんきよ》に做《な》し給ひしかば、是《これ》よりしてその皇統《みくらゐすぢ》を、大覚寺殿《だいかくじどの》と称《たゝへ》まうすなり。又《また》*持明院殿《ぢみやうゐんどの》とまうすは、*後深草天皇《ごふかくさてんわう》の皇統《みくらゐすぢ》にて、中古《なかむかし》、後堀川天皇《ごほりかはてんわう》の外祖《ぐわいそ》《○ハヽカタノオホヂ》なる、持明院基家卿《ぢみやうゐんもといへけう》の宅《いへ》をもて、仙居《せんきよ》に做《な》し給ひしより、幾代《いくよ》の天皇《てんわう》這処《このところ》を、仙院《せんゐん》になし給ひしかば、後深草《ごふかくさ》の皇統《みくらゐすぢ》を、持明院殿《ぢみやうゐんどの》とまうす也。しかれども、*梅松論《ばいせうろん》に拠《よ》るときは、*後嵯峨天皇《ごさがてんわう》の、御譲位《みくらゐゆづり》の勅詔《みことのり》に、「一《いち》の御子《みこ》当《まさ》に第二子《だいにのみこ》に作《つく》るべし。久仁親王《ひさひとしんわう》後深草《ごふかくさの》院《ゐん》是《これ》也。御即位《ごしよくゐ》あるべし。脱履《をりゐ》の後《のち》は、後白河法皇《ごしらかははうわう》の御遺領《ごゐりやう》なる、長講堂領《ちやうこうだうりやう》、百八十箇所《かしよ》の荘園《せうゑん》を御領《ごりやう》として、御子孫《ごしそん》永《なが》く御即位《ごしよくゐ》の、望《のぞみ》を止《とゞ》めらるべきものなり。却《さて》次々《つぎ〳〵》は、後深草《ごふかくさ》の御母弟《おんはらから》、恒仁親王《つねひとしんわう》亀山院《かめやまのゐん》是《これ》なり。御即位《ごしよくゐ》ありて、御治世《ごちせい》は後々《のち〳〵》まで、御断絶《ごだんぜつ》あるべからず。仔細《しさい》あるによりてなり」、と定《さだめ》させ給ひにけり。これにより、亀山天皇《かめやまてんわう》の東宮《とうぐう》、*後宇多院《ごうだのゐん》御即位《ごしよくゐ》ありしを、*後々《のち〳〵》に至《いた》りては、那北条《かのほうでふ》が拒《こば》みまうして、後宇多《ごうだ》、後深草両《ごふかくさりやう》天皇《てんわう》の、御子孫《ごしそん》をかはる〴〵に、皇位《みくらゐ》に即《つけ》まつりしかば、*伏見《ふしみ》後深草帝《ごふかくさのみかど》第二《だいに》の子《みこ》。後伏見《ごふしみ》伏見帝《ふしみのみかど》第一子《だいいちのみこ》。後二条《ごにでふ》後宇多帝《ごうだのみかど》第一《だいいち》の子《みこ》。花園《はなぞの》伏見帝《ふしみのみかど》第三《だいさん》の子《みこ》。後醍醐天皇《ごだいごてんわう》後宇多帝《ごうだのみかど》第二《だいに》の子《みこ》。に至《いた》らせ給ふまで、多《おほ》くは御子《みこ》に皇位《みくらゐ》を、伝《つた》へ給ふこと得《え》ならず。こゝをもて、*北条高時《ほうでふたかとき》が計《はから》ひ稟《まう》して、後伏見帝《ごふしみのみかど》第二《だいに》の御子《みこ》、量仁親王《かずひとしんわう》光厳帝《くわうげんてい》是《これ》なり。を後醍醐《ごだいご》の、東宮《とうぐう》に立《たて》奉《たてまつ》りぬ。是故《このゆゑ》に、持明院殿《ぢみやうゐんどの》伏見《ふしみ》、後伏見《ごふしみ》、花園《はなぞの》の三院《さんゐん》。の方《かた》ざまにては、快《とく》当今《たうぎん》を推退《おろし》まつりて、東宮《とうぐう》光厳《くわうげん》院《ゐん》の皇位《みくらゐ》に、即《つか》せ給はんことを欲《ほ》りし、又大覚寺殿《またゞいかくじどの》後醍醐《ごだいごの》帝《みかど》の方《かた》ざまは、「後嵯峨天皇《ごさがてんわう》の遺詔《ゐじよう》のごとく、*只当今《たゞたうぎん》の御子孫《ごしそん》の、継《けい》体《たい》の君《きみ》たるべきを、武家《ぶけ》北条《ほうでふ》をいふ。の悖逆《ぼつぎやく》、世《よ》を累《かさ》ね、陪臣《ばいしん》にして皇位《みくらゐ》を、自由《じゆう》に致《いた》すことやある。高時一家《たかときいつけ》を誅戮《ちゆうりく》して、先皇《せんくわう》後鳥羽《ごとば》并《ならび》に亀山天皇《かめやまてんわう》。泉下《せんか》の御鬱憤《ごうつぷん》を、慰《なぐさめ》させ給へかし」、と思はぬものはなかりけり。是内乱《これないらん》の根本《こんぽん》也。

爾程《さるほど》に後醍醐天皇《ごだいごてんわう》は、「北条一家《ほうでふいつけ》をうち滅《ほろぼ》して、公家一統《くげいつとう》の大御世《おほみよ》に、なさんずものを」、と思食《おぼしめし》たる、御隠謀已《ごいんぼうやむ》ときなく、*中納言資朝《ちうなごんすけとも》、右少弁俊基們《うせうべんとしもとら》と、悄々地《ひそか》に仰合《おふせあは》されしを、東宮《とうぐう》光厳《くわうげん》帝《てい》のおん方《かた》より、鎌倉《かまくら》へ告《つげ》給ひしかば、東使《とうし》猛可《にはか》に上洛《しやうらく》して、帝《みかど》を拿《とり》まつらんとす。故《ゆゑ》に後醍醐天皇《ごだいごてんわう》は、笠着《かさぎ》に潜幸《せんかう》ませしかど、終《つひ》には武家《ぶけ》に拿《とら》はれて、*隠岐《おき》の離宮《りきう》に遷《うつ》され給ひ、却高時《さてたかとき》が制度《さた》として、東宮《とうぐう》光厳《くわうげん》帝《てい》位《くらゐ》に即《つけ》られて、正慶《せうけい》と改元《かいげん》す。是《これ》より*江湖《よのなか》大《いた》く乱《みだ》れて、北条高時《ほうでふたかとき》、そが一族《いちぞく》まで、新田義貞《につたよしさだ》に誅滅《ちゆうめつ》せられ、両六波羅《りやうろくはら》仲時《なかとき》。時益《ときます》。は、赤松円心《あかまつゑんしん》、足利尊氏們《あしかゞたかうぢら》が為《ため》に首《かうべ》を喪《うしな》ひ、千剣破《ちはや》の城《しろ》に向《むか》ひたる、十万余《まんよ》騎《き》の東軍《とうぐん》は、皆正成《みなまさしげ》に剿滅《しようめつ》せられて、*天皇《てんわう》後醍醐《ごだいご》船《ふね》の上《うへ》伯耆《はうき》にあり。より還幸《くわんかう》あり、高時《たかとき》が立《たて》まゐらせたる、*光厳帝《くわうげんてい》を退《しりぞ》けて、正慶《せうけい》の号《がう》を削《けづ》られ、又元弘《またげんこう》にかへし給ひし、聖運《せいうん》茲《こゝ》に掲焉《いちじろく》、貴《たか》き賤《いやし》きおしなべて、皆聖徳《みなせいとく》を仰《あほ》ぐものから、*素懐《そくわい》を遂《とげ》させ給ひしより、帝《みかど》の御《み》こゝろ傲《おご》らせ給ひて、大内裏《だいだいり》の造営《ざうゑい》に、士民《しみん》の恨《うら》みを見かへり給はず、剰《あまさへ》女謁内奏《によゑつないそう》にて、贔屓《ひいき》の制度《さた》のみ多《おほ》かりければ、賞罰当《せうばつあた》らず、士庶相怨《ししよあひうら》みて、亦復《またく》*建武《けんむ》の逆乱《ぎやくらん》あり。*むかし異朝唐《もろこしたう》の玄宗《げんそう》は、那身臨淄王《かのみりんしわう》たりし時《とき》、韋后《ゐこう》中宗《ちうそう》の后《きさき》。の乱《らん》を討夷《うちたひら》げて、父相王《ちゝさうわう》睿宗《えいそう》帝《てい》也。を位《くらゐ》に即《つ》け、幾《いく》ほどもなく禅《ゆづり》を受《うけ》て、治世《ちせい》四十余《よ》年《ねん》に及《およ》べり。そが中《なか》に、開元《かいげん》の初《はじめ》には、精《せい》を厲《はげま》し政《まつりごと》に親《したし》み、国治《くにおさま》り民安《たみやす》くして、中興《ちうこう》の君《きみ》といはれしに、天宝《てんぽう》の年《とし》に至《いた》りては、やうやくに心傲《こゝろおご》りて、奸臣《かんしん》を登用《あげもち》ひ、艶妃楊太真《ゑんぴやうたいしん》に惑溺《まよひおぼ》れて、安禄山《あんろくざん》の虐乱《ぎやくらん》あり。是《これ》より唐祚《たうそ》衰《おとろ》へて、太平《たいへい》の日《ひ》は稀《まれ》なりき。最《いと》も惶《かしこ》きことながら、初《はじめ》後醍醐天皇《ごだいごてんわう》も、徳《とく》を修《おさ》め政《まつりごと》に親《したし》み、善万民《よくばんみん》の心《こゝろ》を得《え》て、武家《ぶけ》北条《ほうでふ》誅伐《ちゆうばつ》の叡慮《えいりよ》を苦《くるし》め、権威強暴《けんゐきやうぼう》、四海《しかい》に満《みち》たる、北条高時入道《ほうでふたかときにうどう》を、うち滅《ほろぼ》し給ふまでは、盛徳《せいとく》の君《きみ》なりしに、還幸《くわんこう》の後御《のちみ》こゝろ驕《おご》りて、＊中納言藤房《ちうなごんふぢふさ》の、諫言《いさめごと》を容《いれ》給はず、＊賸《あまさへ》奸詐《かんそ》第一《だいゝち》なる、高氏《たかうぢ》・直義《たゞよし》を愛《めで》給ひて、功《こう》に過《す》ぎたる恩賞《おんせう》は、虎《とら》に翼《つばさ》を添《そゆ》るに似《に》たる、後《のち》の患《うれ》ひを思召《おぼしめさ》れず、＊相模二郎時行《さがみじらうときゆき》を、追討《ついたう》の折《をり》、請《こふ》に儘《まか》して、征夷将軍《せいゐせうぐん》にさへなされしは、初《はじめ》の叡慮《えいりよ》に齟齬《そご》したり。約莫《およそ》これらのおん愆《あやまち》は、那唐《かのたう》の玄宗《げんそう》に、似《に》させ給ひし所《ところ》あり。最惜《いとをし》かりける事ならずや。

＊倩《つら〲》当時《たうじ》《〇ソノヲリ》の軍功《ぐんこう》を思ふに、初楠正成《はじめくすのきまさしげ》が、纔《わづか》なりける隊兵《てぜい》をもて、千剣破赤阪《ちはやあかさか》の城《しろ》に籠《こも》りしより、東軍凡《とうぐんおよそ》八十万《まん》、囲《かこん》でこれを攻《せむ》れども捷《かた》ず。こゝをもて忠義《ちうぎ》の毎《ともがら》、なほ官軍《くわんぐん》に眼《まなこ》を属《つけ》て、その機《き》を待《まつ》もの尠《すくな》からず。爾程《さるほど》に義貞《よしさだ》・円心《ゑんしん》、東西《とうざい》に義旗《はた》《〇ギキ》を揚《あげ》て、勤王《きんわう》の功虚《こうむな》しからず。これに由《より》て論《ろう》ずれば、その功正成《こうまさしげ》を第一《だいゝち》とすべし。次《つぎ》に新田義貞《にったよしさだ》は、鎌倉《かまくら》を討夷《うちたひら》げて、その巣穴《さうけつ》を払《はら》ひしかば、もて第二《だいに》の功《こう》とすべし。又《また》その次《つぎ》は円心《ゑんしん》・高氏《たかうぢ》、六波羅《ろくはら》を攻滅《せめほろぼ》し、＊名和長年《なわながとし》は、船《ふね》の上山《うへやま》に、佐々木清高《さゝききよたか》を討走《うちはし》らして、皇居《くわうきよ》を守護《しゆご》し奉《たてまつ》り、旧都《きうと》に還幸《くわんこう》なしまゐらせたる、その功這那甲乙《こうこれかれかふおつ》なし。第三《だいさん》番《ばん》と做《な》すべきのみ。＊しかるに足利高氏《あしかゞたかうぢ》は、世々《よゝ》北条《ほうでう》と通家《えんじや》にて、官職《くわんしよく》あり、所領《しよりやう》も多《おほ》かり。こゝをもて世《よ》の人《ひと》の、尊《そん》敬大《きやうおほ》かたならざりければ、帝《みかど》も憑《たのも》しく思食《おぼしめし》たるに、＊高氏《たかうぢ》悄々地《ひそか》に准后《じゆごう》諱《いみな》は廉子《かどこ》。後村上天皇《ごむらかみてんわう》の母后《ぼこう》。新待賢門院是《しんたいけんもんゐんこれ》也。に媚《こび》て、屢《しば〲》内奏《ないそう》を経《へ》たりしかば、その功《こう》に大《いた》く過《す》ぎたる、三位《さんゐ》に叙《じよ》し、治部卿《ちぶけう》になされ、剰《あまさへ》おん諱《いみな》の一字《いちじ》を賜《たまは》りて、尊氏《たかうぢ》と召《めさ》れたる、朝恩《ちやうおん》尤洪大《もつともこうだい》なり。＊そが中《なか》に赤松円心《あかまつゑんしん》のみ、軍功《ぐんこう》あれども賞《せう》を得《え》ず。こはその子《こ》律師則祐《りつしそくゆう》が、大塔宮《だいたうのみや》に仕《つか》へしを、准后《じゆごう》の忌《いま》せ給ふにより、歹《わろ》く執成《とりな》し給ひたるにや、＊佐用《さよ》の荘《せう》のみ賜《たまは》りて、播磨《はりま》の守護《しゆご》を召放《めしはな》されにき。円心《ゑんしん》は這恨《このうら》みにて、初尊氏《はじめたかうぢ》が反逆《ほんぎやく》の折《をり》、はやく賊首《ぞくしゆ》に随従《したがひ》て、那悪《かのあく》を資《たす》けしかば、官軍他《くわんぐんかれ》に＊殺所《せつしよ》を捕《と》られて、戦《たゝか》ひ難義《なんぎ》に及《およ》びしこと尠《すくな》からず。これを思ふに円心《ゑんしん》は、初六波羅《はじめろくはら》を攻《せめ》たりしも、その身《み》の栄利《ゑのり》に做《な》せしのみ、朝廷《みかど》のおん与《ため》にはあらざりき。聞《きか》ずや＊孟子《まうし》の教《をしえ》には、「君《きみ》の臣《しん》を見《み》つること、草芥《あくた》のごとくし給へば、臣《しん》も亦君《またきみ》を見ること、讐敵《あたかたき》の如《ごと》くす」、といひしは素是故《もとこれゆゑ》ある事にて、君《きみ》たる人《ひと》を箴《いましむ》るのみ。臣《しん》たるも

のにいふにあらず。この故《ゆゑ》に、*孔安国《こうあんこく》は、孝経《こうきやう》の序《じよ》に、「君《きみ》は君《きみ》たらずといふとも、臣《しん》はもて臣《しん》たらずば、あるべからず」、といへるになん。円心忠義《ゑんしんちうぎ》の心《こゝろ》あらば、恩賞《おんせう》は功《こう》に当《あた》らずとも、時《とき》の不祥《ふせう》と思ひ做《な》して、臣《しん》たる道《みち》を尽《つく》すべきに、利《り》の与《ため》に朝廷《みかど》を恨《うら》みて、虎狼野心《こらうやしん》の本性《ほんせう》を見《あらは》し、陡地反逆《たちまちほんぎやく》に荷担《かたん》《○カタヲイル》して、尊氏《たかうぢ》が股肱《ここう》と做《な》りたる、行状爪弾《ぎやうでうつまはぢき》を做《な》すに堪《たへ》たり。然《され》ば*宋《さう》の儒者《はかせ》、朱熹《しゆき》の言《ことば》に、「人《ひと》は只曹操《たゞそうさう》が、漢賊《かんぞく》なるを知《し》れるのみ。孫権《そんけん》も亦漢賊《またかんぞく》なるを、知《し》らず」といひしに異《こと》ならず。*我恐《われおそ》らく後々《のち〳〵》まで、南帝御子孫《なんていごしそん》の与《ため》に害《がい》を做《な》すものは、必赤松《かならずあかまつ》が党《ともがら》にて、且弑逆《かつしいぎやく》のものあらん。

円心《ゑんしん》すらかくの如《ごと》し、*又尊氏《またたかうぢ》の奸詐《かんそ》をいはゞ、初高時《はじめたかとき》の催促《さいそく》に従《したが》ひて、名護屋高家《なごやたかいへ》と共侶《もろとも》に、*伯耆《はうき》を投《さし》て出陣《しゆつぢん》の折《をり》、高時《たかとき》に疑《うたがは》れて、誓書《ちかひぶみ》を呈《てい》し、その子《こ》を質《しち》とし、却六波羅《さてろくはら》に到《いた》りても、東西《とうざい》の勝負《せうぶ》を揣《はか》りて、軍馬《ぐんば》を*篠村《しのむら》に駐《とゞ》めて動《うご》かず、高家陣歿《たかいへうちじに》しつと聞《きゝ》て、猛可《にはか》に官軍《くわんぐん》に従《したが》ひまつりて、赤《あか》松円心《まつゑんしん》、千種忠顕《ちくさたゞあきら》們と共侶《もろとも》に、六波羅《ろくはら》を攻破《せめやぶ》りて、第一《だいゝち》の功《こう》也と思へり。*爾後鎌倉《そのゝちかまくら》に在《あ》りて謀反《むほん》の折《をり》、義貞節度使《よしさだせつどし》を奉《うけ給は》りて、追討《ついたう》の通途《みちすがら》、官軍屢《くわんぐんしば〳〵》利ありと聞《きゝ》て、尊氏慌《たかうぢあはて》て頭髻《たぶさ》を剪《きり》て、*建長寺《けんちやうじ》に入《い》りし内心《したごゝろ》、真実逆罪《しんじつぎやくざい》を怕《おそ》れしにあらず。「然《さ》しも朝恩浅《ちやうおんあさ》からざりしに、叛《そむ》きまつるは讒者《ざんしや》の所為《わざ》にて、是已《これやむ》ことを得《え》ざるなりき」、と世《よ》の人《ひと》に思はする、奸計《かんけい》に出《いで》たる也。*爾後京《そのゝちきやう》にて軍敗《いくさやぶ》れて、筑紫《つくし》を投《さし》て走《はし》りし折《をり》、闘戦《たゝかひ》を君《きみ》と君《きみ》との、おん争《あらそ》ひになさんとて、後伏《ごふし》見院御在世《みのゐんございせ》の日《ひ》に、窃《ひそか》に院宣《ゐんぜん》を稟《まう》し賜《たまは》り、新院《しんゐん》光厳大《くわうげんだ》上皇《じやうくわう》も亦《また》共侶《もろとも》に、尊氏《たかうぢ》に一味《いちみ》ませしかば、*尊氏遂《たかうぢつひ》に光厳帝《くわうげんてい》のおん弟《おとゝ》、光明帝《くわうめうてい》を推立《おしたて》て、御位《みくらゐ》に即《つけ》まつりて、*延元《ゑんげん》の号《ごう》を用《もち》ひず。こも尊氏《たかうぢ》の奸計《かんけい》にて、光厳帝《くわうげんてい》は、高時《たかとき》が、立《たて》まゐらせたる君《きみ》なれば、尊氏重祚《たかうぢちやうそ》を稟《まう》し薦《すゝ》めず、その弟光明帝《おとゝくわうめうてい》後伏見《ごふしみ》第四子《だいしのみこ》を、御位《みくらゐ》に即《つけ》まゐらせしは、廃立《はいりう》の功《こう》をもて、己《おの》が随意《まに〳〵》せんとて也。*この故《ゆゑ》に後醍醐天皇《ごだいごてんわう》は、叡山《えいざん》に行幸《みゆき》し、旧都《きうと》に幽《とら》はれ、竟《つひ》に吉野《よしの》に皇居《くわうきよ》を卜《しめ》て、南北朝《なんぼくちやう》と分《わか》れ給ひき。*恁《かゝ》りけれども尊氏《たかうぢ》は、北朝《ほくちやう》のおん与《ため》に、忠義《ちうぎ》を尽《つく》さんとにはあらず。皇統《みくらゐすぢ》は左《と》まれ右《かく》まれ、這風雲《このふううん》の会《くわい》に乗《まか》して、只我《たゞわが》家《いへ》を興《おこ》さんと、逆伎倆《かねてたくみ》し事なれば、*南朝後村上天皇《なんちやうごむらかみてんわう》の、正《せう》平六年冬十月《へいろくねんふゆかみなづき》、尊氏《たかうぢ》・直義《たゞよし》不和《ふわ》により、*北京無勢《ほくきんぶぜい》なりければ、姑且危窮《しばらくききう》を避《さけ》ん為《ため》、尊氏《たかうぢ》・義詮父子《よしなりふし》詭《いつは》りて、南朝《なんちやう》へ降《こう》参《さん》せし折《をり》、南朝《なんちやう》の君臣《くんしん》も、その機《き》を猜《すい》して勅免《ちよくめん》あり、北朝《ほくちやう》の*剣璽《けんじ》をば、南朝《なんちやう》へ渡《わた》しまゐらせて、北主崇光帝《ほくしゆしうくわうてい》を退《しりぞ》けて、太上皇《だじようくわう》の尊号《そんごう》をまゐらせらる。*その次《つぎ》の年《とし》正平《せうへい》七年《ねん》春二月《はるきさらぎ》、官《くわん》軍《ぐん》の大将《たいせう》*楠 正儀《くすのきまさのり》、北畠顕能《きたばたけあきよし》、千種顕経《ちくさあきつね》們、桂河《かつらがは》より攻入《せめい》りし折《をり》、*足利義詮《あしかゞよしなり》敗走《やぶれはし》りて、美濃州《みのゝくに》へ逃《にげ》たる折《をり》、持明院《ぢみやうゐん》の三院《さんゐん》を、情《なさけ》なくも棄措《すておき》て、御安危《ごあんき》を見かへらず。この故《ゆゑ》に、光厳《くわうげん》、光明《くわうめう》、崇光《しうくわう》の三院《さんゐん》は、南朝《なんちやう》に拿《と》られ給ひて、*加名生《かなふ》の別宮《べつきう》に幽《ゆう》せらる。*爾後《そのゝち》尊氏《たかうぢ》・義詮們《よしなりら》詮議《せんぎ》して、崇光院《しうくわうゐん》のおん母弟《はらから》、後光厳院《ごくわうげんゐん》をあなぐり出《いだ》して、御位《みくらゐ》に即《つけ》まゐらせけり。これに由《より》て観《み》るときは、尊氏《たかうぢ》・義詮《よしなり》が做《な》す所《ところ》、北朝《ほくちやう》に忠《ちう》あるにもあらず、只国賊《たゞこくぞく》といはれぬ与《ため》に、立《たて》まゐらせし君《きみ》なれば、君臣《くんしん》の名《な》はありながら、万機《ばんき》の政事《まつりごと》は毫《つゆ》ばかりも、御《み》こゝろに儘《まか》せ給はず、是《これ》より王室卑《わうしついやし》うして、*風俗《ふうぞく》陵夷《りやうゐ》に及《およ》びし事、歎《なげ》くにもなほあまりあり。

*在昔保元《むかしほうげん》の内乱《ないらん》は、新院《しんゐん》崇徳太上皇《しゆとくだじようくわう》と後白河天皇《ごしらかはてんわう》と、皇統《みくらゐすぢ》のおん争《あらそ》ひに事起《ことおこ》りて、君《きみ》は弟兄《はらから》、臣《しん》も弟兄《はらから》、忠通《たゞみち》。頼長《よりなが》。武臣《ぶしん》も亦父子兄弟《またふしきやうだい》、為義《ためよし》。義朝《よしとも》。為朝《ためとも》等。鏃《やじり》を磨《と》ぎ釧《しのぎ》を削《けづ》りし、*三綱《さんこう》乱《みだ》れて、国治《くにおさま》らず。*亦復《また〳〵》平治《へいぢ》の逆乱《ぎやくらん》あり。平 清盛《たひらのきよもり》武功《ぶこう》によりて、独兵権《ひとりへいけん》を執《と》りしより、推《おし》て天子《てんし》の外戚《ぐわいせき》に做陟《なりのぼ》りて、残忍《ざんにん》悖逆《ぼつぎやく》、せざる事なく、官家《みかど》《○クワンカ》はあれども无《なき》が如《ごと》し。是時《このとき》に当《あた》りて、*源 頼朝《みなもとのよりとも》、義旗《ぎき》《○ハタ》を伊豆《いづ》の配所《はいしよ》に揚《あげ》て、平家《へいけ》を西海《さいかい》に討滅《うちほろぼ》し、凱歌《がいか》を京師《みやこ》に奏《そう》せしかば、後白河法皇叡感《ごしらかはのはうわうえいかん》のあまり、摠追捕使《さうついぶし》を授《さづけ》らる。*是《これ》より武家《ぶけ》は繁昌《はんぜう》して、威《ゐ》を八荒《はつくわう》に輝《かゞやか》し、朝家《ちやうか》はやうやく衰《おとろ》へて、*武断《ぶだん》に憑《よ》らずといふことなし。*頼朝《よりとも》の児子們《こどもら》亡《ほろ》びてより、*北条義時陪臣《ほうでふよしときばいしん》として、国《こく》命《めい》を執《と》りて、四方《しはう》を威伏《ゐふく》し、*承久《せうきう》の乱起《らんおこ》るに及《およ》びて、後鳥《ごと》羽《ば》、土御門《つちみかど》、順徳《じゆんとく》の三皇《さんくわう》を、孤嶋《ことう》に遷《うつ》しまゐらせて、暴威《ばうゐ》を子孫《しそん》に伝《つた》へたり。*爾後《そのゝち》伏見院《ふしみのゐん》のおん時《とき》に、亀山法皇御隠《かめやまはうわうごいん》謀《ぼう》あり、那北条《かのほうでふ》を滅《ほろぼ》して、承久《せうきう》の御遺恨《ごゐこん》を、雪《きよ》めまゐらせんと思食《おぼしめし》けるに、浅原八郎為頼父子《あさはらはちらうためよりおやこ》が、内裡《だいり》に走《はし》り入《い》りて自殺《じさつ》せしにより、御隠謀《ごいんぼう》の事世《ことよ》に聞《きこ》えしに、*当今伏見院《たうぎんふしみのゐん》は、

北条貞時《ほうでふさだとき》が、厚《あつ》く管待《もてなし》奉《たてまつ》りて、後嵯峨《ごさが》天皇《てんわう》の御遺詔《ごゐじよう》に遵《したが》ひ奉《たてまつ》らず、推《おし》て皇位《みくらゐ》に即《つ》けまゐらせしを徳《とく》として、よしを鎌倉《かまくら》へ報《つげ》給ひしかば、「中《なか》の院《ゐん》亀山《かめやま》新院《しんゐん》後宇多《ごうだ》をも、六波羅《ろくはら》へ遷《うつ》しまゐらすべし」、と聞《きこ》えしを、亀山法皇《かめやまはふわう》駭《おどろ》き給ひて、一切《つや〳〵》知召《しろしめさ》ざるよしを、誓《ちかひ》のおん消息《せうそこ》さへ、貞時《さだとき》に賜《たまは》りければ、事《こと》の怱劇《さはぎ》は静《しづま》りにき。

それより又御四世《またみよよ》を歴《へ》て、後醍醐天皇御即位《ごだいごてんわうごしよくゐ》の初《はじめ》より、いかで高時《たかとき》を誅戮《ちゆうりく》して、後鳥羽《ごとば》・亀山両皇《かめやまりやうくわう》の、御遺恨《ごゐこん》を雪《きよ》めまゐらせんとて、年来御隠謀《としごろごいんぼう》頻《しき》りなりしに、東宮《とうぐう》光厳帝《くわうげんてい》は、北条高時《ほうでふたかとき》が相謀《はからひ》て、立《たて》まゐらせしを徳《とく》として、よしを鎌倉《かまくら》へ告《つげ》させ給ひ、高時竟《たかときつひ》に滅《ほろ》びては、又尊氏《またたかうぢ》に、御心《みこゝろ》を寄《よせ》給ひて、後醍醐帝《ごだいごてい》とは苟且《かりそめ》ならぬ、御父子《ごふし》の義《ぎ》あることを思召《おぼしめさ》れず。是《これ》より朝廷南北《みかどなんぼく》に立分《たちわか》れて、天《そら》に両《ふたつの》大陽《ひ》あるに似《に》たり。那北条《かのほうでふ》が悖逆《ぼつぎやく》なる、義時《よしとき》は三皇《さんくわう》を、孤島《ことう》に遷《うつ》しまゐらせたれども、なほ弑虐《しいぎやく》の惨酷《はなはだしき》○シンコクに至《いた》らず。又那尊*氏《またかのたかうぢ》・直義《たゞよし》が残忍《ざんにん》なる、大塔宮護良親王《だいたうのみやもりながしんわう》、一《いち》の宮尊良親王《みやたかながしんわう》を始《はじめ》奉《たてまつ》り、南朝《なんちやう》の皇子皇孫《わうじくわうそん》、他們《かれら》が与《ため》に幾位歟《いくはしらか》、おん命《いのち》を喪《うしな》ひ給ひし。その事軍記《ことぐんき》に載《のせ》たるも、漏《もれ》たるもなほあるべし。又只*南朝竹園《またたゞなんちやうちくゑん》の、金枝玉葉《きんしぎよくえう》のみならず、北朝《ほくちやう》の君《きみ》も亦《また》、闘戦難義《たゝかひなんぎ》に及《およ》ぶ毎《ごと》に、尊氏《たかうぢ》・義詮們《よしなりら》に棄《すて》られて、*或《あるひ》は敵《てき》の虜《とりこ》となり、或《あるひ》は近江《あふみ》の山里《やまざと》に伶仃《さそら》ひて、万機《ばんき》の政事《まつりごと》は夢《ゆめ》にだも、知召《しろしめ》すこともなし。南朝《なんちやう》はおん威勢《いきほひ》、武家《ぶけ》足利《あしかゞ》をいふ。に及《およ》ばせ給はねども、政《まつりごと》は朝廷《みかど》より、出《いで》たるに劣《おと》り給はずや。初《はじめ》よりして保元《ほうげん》の、乱原《らんげん》を思召《おぼしめし》なば、後嵯峨帝《ごさがのみかど》の遺詔《ゐじよう》に縁《より》て、大覚寺殿《だいかくじどの》・持明院殿《ぢみやうゐんどの》、御執着《ごしうじやく》の御私欲《ごしよく》なく、高時誅滅《たかときちゆうめつ》の時《とき》に当《あた》りて、御合体《ごがつたい》ましまさば、非除尊氏猛威《よしやたかうぢまうゐ》を振《ふる》ふて、四海《しかい》を呑《のま》んと欲《ほり》するとも、その憑《よ》る所《ところ》あらずして、竟《つひ》に自滅《じめつ》に至《いた》るべし。此《これ》は是持明院殿《これぢみやうゐんどの》の、おん愆《あやまち》をまうすのみ。又後醍醐天皇《またごだいごてんわう》の、御失策《ごしつさく》も多《おほ》かりき。*初北条高《はじめほうでふたか》時《とき》を、滅《ほろぼ》さんと思召《おぼしめ》せし比《ころ》、一日御隠謀《あるひごいんぼう》の趣《おもむき》をもて、中原《なかはらの》章房《あきふさ》に、仰合《おふせあは》さるゝことありけるに、那章房《かのあきふさ》は儒学《じゆがく》の達人《たつじん》、忠信正首《ちうしんまめやか》なりければ、その事しかるべからずとて、悄々地《ひそか》に諫奉《いさめたてまつ》りしを、他《かれ》が口《くち》より洩《もれ》もやせんとて、闇撃《やみうち》に撃《うた》し給ひけり。*夫天道《それてんどう》は、善《ぜん》に福《さいはひ》して淫《いん》に禍《わざはひ》す。その臣若罪《しんもしつみ》あらば、法度《はつと》を明《あきらか》にして、誅《ちゆう》し給ふべきに、章房《あきふさ》素《もと》より罪《つみ》あらず。只忠信《たゞちうしん》の心《こゝろ》もて、諫稟《いさめまう》せしが影護《うしろめた》しとて、窃《ひそか》に撃《うた》し給ふ事、絶《たえ》て至尊《しそん》のおん所行《わざ》にあらず。*爾後《そのゝち》笠着《かさぎ》の戦《たゝか》ひ破《やぶ》れて、六波羅《ろくはら》に幽《とらは》れ給ひし折《をり》、「快々《とく〳〵》三種《みくさ》の神器《かんだから》を、持明《ぢみやう》院殿《ゐんどの》へ渡《わた》しまゐらせ、御譲位《ごじやうゐ》あるべし」と、譴稟《せめまう》せしに、云云《かにかく》といひ哄《こしらへ》て、出《いだ》し給はざりしよし、太平記《たいへいき》に載《のせ》たれど、この折《をり》に那贋物《かのにせもの》の神器《かんだから》を、造措《つくりおき》給ひしなるべし。*爾後《そのゝち》又尊《またたか》氏《うち》に賺《すか》されて、叡山《えいざん》より還幸《くわんこう》の折《をり》、叡慮《えいりよ》にも似《に》ず幽閉《とぢこめ》られて、尊氏《たかうち》が需《もとめ》を、拒《こば》むに由《よし》なく、予造置《かねてつくりおか》したる、三種《みくさ》の神《かん》器《だから》の贋物《にせもの》を、持明院殿《ぢみやうゐんどの》へ渡《わた》し給ひけり。蓋《けだし》三種《みくさ》の神器《かんだから》は、御祖神《みおやのかみ》の御遺宝《ごゐほう》にて、外邦《とつくに》に比類《たぐひ》あることなし。然《され》ば天日《あまつひ》嗣知召《つぎしろしめ》す、継体《けいたい》の君授受《きみじゆく》まし〳〵て、皇位《くわうゐ》を万歳《ばんぜい》万々歳《ばん〳〵ぜい》に、伝《つた》へさせ給ふなる、至神至妙《ししんしめう》の霊宝《れいほう》を、一時《いちじ》の権謀《けんぼう》なればとて、その贋物《にせもの》を造出《つくりいだ》して、逆徒《ぎやくと》を紿《あざむ》き給ひにければ、尊《たか》氏《うぢ》も亦私《またわたくし》に、*閏位《じゆんゐ》の君《きみ》を造立《ぞうりう》して、*那紫《かのむらさき》の朱《あけ》を奪《うば》ふ、南《なん》北沖殺《ぼくちうさつ》の禍《わざはひ》を致《いた》したり。よりて思ふに、這君《このきみ》後醍醐《ごだいご》は、外《うへ》剛《こわく》して内柔《うちよわ》かり。*初御隠謀《はじめごいんぼう》の縡《こと》の趣《おもむき》、鎌倉《かまくら》へ聞《きこ》えし折《をり》、御《ご》告文《こうぶん》を賜《たまは》りて、神《かみ》に誓《ちかひ》て、高時《たかとき》が、怒《いかり》を寛《なだ》め給ひしは、那《かの》正応《せうおう》に亀山帝《かめやまてい》の、御先蹤《ごせんしやう》ありといふとも、天子《てんし》のなさるべき事にあらず。然《され》ばにや、孔子《くし》のいへらく、「*古《いにしへ》の愚《ぐ》は直《なほ》かり。今《いま》の愚《ぐ》は詐《いつは》るのみ」、匹夫匹婦《ひつぷひつぷ》も詐《いつは》れば、人《ひと》これを笑《わらは》ぬはなし。そを天子《てんし》にして佯《いつは》り給はゞ、民焉《たみいづく》にぞ従《したが》はん。恁《かゝ》る故《ゆゑ》に孔子《くし》のいへらく、「*晋《しん》の文公《ぶんこう》は、譎《いつはり》て正《たゞ》しからず。斉《せい》の桓公《くわんこう》は、正《たゞし》うして譎《いつは》らず」、那桓文《かのくわんぶん》は*五覇《ごは》の随一《ずいゝち》、善《よく》諸侯《しよこう》を会盟《くわいめい》して、周室《しうしつ》を尊《たつと》びたる、その功斉一《こうひとしき》に似《に》たれども、*葵丘践土《きゝうせんど》の二会《にくわい》に于《おい》て、その甲乙《かふおつ》を論《ろん》ぜらる。「*詐《いつは》るものは正《たゞ》しからず。その身正《みたゞ》しかりければ、令《れい》せざれども行《おこな》はる。その身正《みたゞ》しからざれば、令《れい》すといへども従《したが》はず」、と亦是孔子《またこれくし》は教《をし》えたり。*這君件《このきみくだん》のおん僻事《ひがごと》の、初《はじめ》よりして多《さは》なりければ、一旦素懐《いつたんそくわい》を遂《とげ》給へども、始《はじめ》ありて終《をはり》なく、幾程《いくほど》もなく世《よ》は又乱《またみだ》れて、旧都《きうと》へ還幸《くわんこう》、事成《ことな》らず。剰《あまさへ》多《おほ》く皇子達《みこたち》を、賊徒《ぞくと》の与《ため》に喪《うしなは》れたる、おん憤《いきどほ》り挟霧《さぎり》と做《な》りて、吉野《よしの》の宮《みや》に隠《かく》れ給ひ、*孫帝後《うまごのみかどご》亀山《かめやま》の、義満《よしみつ》に紿《あざむか》れて、御《ご》誓約《せいやく》の画餅《あだ》になりしは、御祖神《みおやのかみ》の嫌《きらは》せ給ふ、後醍醐帝《ごだいごてい》のおん詐欺《いつはり》の、応報《おうほう》なるを争何《いかゞは》せん。最痛《いといたま》しきことならずや」、といふに姑摩《こま》姫歎息《ひめたんそく》の、涙《なみだ》を*霎時《しばし》推禁《おしとゞ》めて、「然《さ》まで具《つぶさ》に知《し》りがたかりし、治乱《ちらん》の顚末《もとすゑ》、*宏論麈譚《くわうろんしゆだん》、このうへや侍《はべ》るべき。*那御告文《かのごこうぶん》の事はしも、「当日相模入道《そのかみさがみにうどう》が、斎藤太郎《さいとうたらう》左衛門利行《ざゑもんとしゆき》に読《よま》せて听《きゝ》けるに、『叡心不偽処《ゑいしんいつはらざるところ》、任天照《てんのせうらんにま》覧《かす》』、と遊《あそば》されける条《くだり》を読《よみ》ける折《をり》に、利行猛《としゆきにはか》に眩《めくるめ》き、衂垂《はなぢたり》ければ、読果《よみはて》ずして退出《たいしゆつ》す。その日《ひ》よりして喉下《のどもと》に、悪瘡《あしきかさ》出《いで》て苦痛《くつう》に堪《たへ》ず、病悩《びやうなう》七日《なのか》にして死《しに》き」、と太平記《たいへいき》に見え侍《はべ》り。皇威然《くわうゐさ》までに灼然《いやちこ》ならば、この後笠着《のちかさぎ》の没落《もつらく》に、拿《とらは》れ給ふこともあるまじく、又尊氏《またたかうぢ》・直義《たゞよし》が、叛《そむ》きまつりし後々《のち〳〵》まで、爾事《さること》なかりしはいかにぞや」、と問《と》へば九六《くろ》媛微笑《ひめほうゑみ》て、「*そは那事《かのこと》を記《しる》せしものゝ、皇威《くわうゐ》を神《かみ》にせまく欲《ほ》りして、如右《しか》、文《ぶん》を飾《かざ》りし也。常楽記《じやうらくき》を検《けみ》するに、那斎《かのさい》藤利行《とうとしゆき》は、正中三年《せうちうさんねん》、五月七日死去《しきよ》とあり。又高時《またたかとき》に、御《ご》告文《こうぶん》を賜《たまは》りしは、正中元年《せうちうぐわんねん》のことぞかし。恁《かゝ》れば御告文《ごこうぶん》の事ありてより、三稔《みとせ》を歴《へ》て、利行《としゆき》は死《しに》き。記《しる》せしものゝ誤《あやま》り知《し》るべし。但《たゞ》この事のみならず、太平記《たいへいき》には、尊氏《たかうぢ》の、与《ため》にせし文尠《ぶんすくな》からず。*就中保暦間記《なかんづくほうりやくかんき》、梅松論《ばいせうろん》は、記《しる》せしものゝ、足利氏《あしかゞうぢ》に佞媚《ねいび》して、順逆《じゆんぎやく》の理《り》に違《たが》ふこと多《おほ》かり。現成敗《げにせいばい》に惑《まよ》ふ人心《ひとごゝろ》、「*尽《こと〴〵》く書《しよ》を信《しん》ぜば、書《しよ》なきに不如《しかず》」、と孟軻《まうか》のいひけん。寔《まこと》にしかぞ侍《はべ》るなる」、といふに姑摩《こま》姫感歎《ひめかんたん》して、「それにて疑《うたが》ひ解侍《とけはべ》りぬ。又後醍醐天皇《またごだいごてんわう》は、「外剛《うへこは》くして内柔《うちよは》し」、と宣《のたま》はせしは、甚《いか》なる故《ゆゑ》ぞ」、と再問《ふたゝびと》へば、

「然《され》ばとよ。那君英武《かのきみゑいぶ》にましませども、おん智慧《ちゑ》は欠《かけ》たる所《ところ》あり。そをよくも思《おも》はずや。当時朝廷《たうじみかど》の御微力《ごびりき》にて、「一天四海《いつてんしかい》に猛威《まうゐ》を振《ふる》ひし、高時《たかとき》を誅《ちゆう》せん」、と思食立《おぼしめしたち》しより、無量《むりやう》の患苦《かんく》を凌《しのが》せ給ひて、御本意《ごほんい》を遂《とげ》給ひしは、*中《ちう》主《しゆ》のよくすべきにあらず。*是英武心術《これゑいぶしんじゆつ》の、広大《くわうだい》なるによりて也。しかれども、時《とき》と勢《いきほひ》を知召《しろしめさ》ねば、昔《むかし》の如《ごと》く公家《くげ》一統《いつとう》の、大御世《おほみよ》に倣《な》さんとて、*士庶《ししよ》の歎《なげ》きを見かへらで、はやく大内裡《だいだいり》を造営《ぞうゑい》せられ、*文武《ぶんぶ》両《ふたつ》ながら公卿《くげう》をもて、掌《つかさど》らせ給ひしかば、頼朝以来華《よりともこのかたはな》やぎて、肩《かた》を尖《とが》らし肘《ひぢ》を張《はり》たる、武士《ぶし》はあれどもなきが如《ごと》く、京家《きやうけ》の奴《やつこ》に倣《な》るに似《に》たれば、

太平《たいへい》の世《よ》を喜《よろこ》ばず、乱《みだれ》を楽《ねが》ふもの多《おほ》かり。爾程《さるほど》に尊氏《たかうぢ》が、反逆《ほんぎやく》の旗《はた》を建《たて》しより、栄利《ゑのり》を思ふ武弁《ぶべん》の毎《ともがら》、水《みづ》の低《ひく》きに就《つ》くごとく、咸尊氏《みなたかうぢ》に従《したが》ひて、朝家《みかど》を物《もの》の屑《かず》ともせず。*怯《かゝ》れば尊氏《たかうぢ》が武略《ぶりやく》に長《たけ》て、連師《れんすい》の徳《とく》あるにもあらじ。只是時《たゞこれとき》と人《ひと》の和《くわ》を、得《え》たるによりて利運《りうん》になりぬ。この時《とき》にしも大《たい》志《し》あるもの、*那義時《かのよしとき》が顰《ひそみ》に倣《なら》ふて、一呼《いつこ》せば世界《せかい》の武士《ぶし》は、悉《ことごとく》　皆左袒《みなさだん》せん。這勢《このいきほ》ひを思召《おぼしめさ》れず、南朝《なんちやう》にては後々《のちのち》まで、軍旅《ぐんりよ》の事《こと》には最疎《いとうと》かる、仁柔《じんじゆう》の宮達《みやたち》を、征夷将軍《せいゐせうぐん》に倣《な》しまゐらせ、且文弱《かつぶんじやく》なる公卿《くげう》、生上達部《なまかんだちめ》を、新田《につた》・楠《くすのき》の上《かみ》に立《たゝ》して、そを大将《たいせう》になされしかども、*北畠父子弟兄《きたばたけおやこはらから》と、*護良親王《もりながしんわう》を除《のぞ》きては、是《これ》ぞといはん武功《ぶこう》もあらず、要緊《まさか》の折《をり》には狼狽《らうばい》して、手足縁貪《あしでまとひ》になりしのみ。古《いにしへ》は諸司《しよし》百官《ひやくくわん》に、文官武弁《ぶんくわんぶべん》の差別《けぢめ》なし。事《こと》ある折《をり》はその器《き》を択《えらみ》て、征伐《せいばつ》を任《まか》し給ひしとて、今《いま》も古轍《こてつ》を踏《ふま》れしは、時《とき》と勢《いきほひ》を知召《しろしめさ》れず、*船《ふね》に刻《きざ》して剣《つるぎ》を求《もとむ》る、おん惑《まよひ》といはまくのみ。又那護《またかのもり》良親王《ながしんわう》は、*唐《たう》の太宗《たいさう》の亜流《ありう》にて、*元弘《げんこう》の武功大《ぶこうおほ》かたならず。はやく件《くだん》の親王《しんわう》を、東宮《とうぐう》に立《たて》まゐらせて、正成《まさしげ》をもて大将《たいせう》軍《ぐん》になされ、且義貞《かつよしさだ》を副将軍《ふくせうぐん》にして、倶《とも》に尊氏《たかうぢ》を討《うた》し給はゞ、官軍《くわんぐん》の軍威《ぐんゐ》　必振《かならずふる》ふて、乱《みだれ》を撥《おさむ》る大功《たいこう》あらんに、*讒《ざん》言《げん》を信容《うけいれ》て、護良親王《もりながしんわう》を罪《つみ》なひ給ひ、剰《あまさへ》　直義《たゞよし》にこれを預《あづ》けて、鎌倉《かまくら》へ下《くだ》し給ひしは、仇《あた》に刃《やいば》を借《か》すよりも、なほ酷《はなはだ》しきおん愆《あやまち》ならずや。這君大智《このきみたいち》にましまさねば、叡慮《えいりよ》の不足《ふそく》これのみならず、*又建武《またけんむ》二年秋七月《ねんあきふづき》、相模《さがみ》二郎時行《じらうときゆき》が蜂起《ほうき》して、大軍《たいぐん》を将《い》て、鎌倉《かまくら》に攻入《せめい》りし折《をり》、帝《みかど》後醍醐《ごだいご》　駭《おどろ》き怯《おびえ》給ひて、尊氏《たかうぢ》を討手《うつて》の大将《たいせう》になされ、則《すなはち》他《かれ》が乞《こ》ふ所《ところ》の、関八州《くわんはつしう》の管領《くわんれい》と、征夷大将軍《せいゐたいせうぐん》たらん事さへ、立地《たちどころ》に勅許《ちよくきよ》ありて、御後悔《ごこうくわい》ませし事、*又延元元年冬十月《またゑんげんぐわんねんふゆかみなづき》、比叡坂本《ひえさかもと》の戦《たゝか》ひ難義《なんぎ》の折《をり》、帝《みかど》は尊氏《たかうぢ》に賺《すか》されて、新田《につた》以下《いか》の忠義《ちうぎ》の武臣《ぶしん》の、苦戦《くせん》を忘《わす》れ給ひしごとく、忽地逆臣《たちまちぎやくしん》と和睦《わぼく》ありて、京師《きやうと》へ還幸《くわんこう》ませし事、約莫《およそ》これらの御失策《ごしつさく》は、時《とき》の不祥《ふせう》におん胆落《きもおち》て、慌《あはて》給ひし外《ほか》はあらず。こゝをもて帝《みかど》のおん性《さが》、外《うへ》は剛《こわ》くましませども、内《うち》は柔《よわ》しといへる也。

理《り》に違《たが》ふこと是《これ》のみならで、後村上《ごむらかみ》、後亀山《ごかめやま》のおん時《とき》に至《いた》りても、*兄《あに》に背《そむ》きし足利直義《あしかゞたゞよし》、*父《ちゝ》に悖《もと》りし足利直冬《あしかゞたゞふゆ》、主《しゆう》

に叛《そむ》きし*細川清氏《ほそかはきようぢ》、*桃井直常《もゝのゐなほつね》、*山名氏清《やまなうぢきよ》、*大内義弘《おほうちよしひろ》、*赤松《あかまつ》則祐《そくゆう》に至《いた》るまで、その降参《かうさん》を勅免《ちよくめん》ありて、大将《たいせう》に做《な》し給ひしは、大《おほ》かたならぬ御失策《ごしつさく》、誰《たれ》かその非《ひ》を知《しら》ざるべき。夫《それ》忠孝《ちうかう》は国家《こくか》の起本《きほん》、賞罰治乱《せうばつちらん》の係《かゝ》る所《ところ》、忽諸《ゆるがせ》にすべからず。こゝをもて、不孝《ふかう》の子《こ》、不忠《ふちう》の臣《しん》は、*法曹《ほうさうか》借さず、匹夫《ひつぷ》も容《い》れず。御方《みかた》に参《まゐ》るが憑《たのも》しとて、当時《たうじ》の詮議《せんぎ》茲《こゝ》に曁《およ》ばで、侯景《こうけい》を譏《そしり》を後世《のちのよ》に貽《のこ》し給ひしは、*梁《りやう》の高祖《かうそ》が利《り》に惑《まよ》ふて、侯景《こうけい》を信用《うけもち》ひたる、愆《あやまち》に似《に》て、歎《なげ》くに堪《たへ》たり。然《され》ばこそ那党《かのともがら》は、不孝不忠《ふかうふちう》の癖《くせ》なれば、叨《みだり》に南朝《なんちやう》の皇威《くわうゐ》を借《か》りて、野心《やしん》を遂《とげ》まく欲《ほり》せし所以《ゆゑ》に、霎時《しばし》の*脚滞《あしだまり》にしたるのみ。或《あるひ》は戦《たゝか》ひ一時《いちじ》に敗《やぶ》れて、屍《かばね》を敵《てき》の馬蹄《ばてい》に懸《かけ》られ、然《さ》らぬは忽地《たちまち》叛《そむ》きまつりて、皇居《くわうきよ》に対《むか》ひて箭《や》を発《はな》つ、他們《かれら》に虚実《きよじつ》を知《し》られ給ふ、損《そん》ありて得《とく》あることなき、南朝《なんちやう》の聖運《せいうん》の、長《なが》からざりしは、これらに由《よ》れり。又按《またあん》ずるに、南朝後村上天皇《なんちやうごむらかみてんわう》の、*正平《せうへい》の

青年十二娘《せいねんじうにぢやう》　剣侠希天朝《けんけうてんちやうにまれなり》　　有像第三十

入りしより道のふかさを今ぞしるかづらき山にたつ雲を見て

ちとせ　九六媛　たづ　こまひめ

年号《ねんごう》は、唐山《からくに》梁《りやう》の蕭正徳《しようせいとく》が、偽年号《ぎねんごう》と相同《あひおな》じ。梁書《りやうしよ》五十六 侯《こう》景伝《けいでん》を検《けみ》せしに、伝《でん》に曰《いはく》「十一月、景《けい》、蕭正徳《しようせいとく》を立《たて》て帝《みかど》として、偽位《ぎゐ》に儀賢堂《ぎけんだう》に即《つか》しむ。年《とし》を改《あらため》て正平《せうへい》といふ。初《はじめ》童謡《わざうた》に、正平《せうへい》の言《こと》あり。故《ゆゑ》に号《ごう》を立《たて》て、これに応《おう》ず」、とあり。恠《かゝ》れば正平《せうへい》の年号《ねんごう》は、先蹤是不《せんしようこれふ》祥《せう》也。当時《たうじ》の儒臣《じゆしん》これを知《し》らずや。穿鑿疎忽《せんさくそこつ》、是非《ぜひ》に及《およ》ばず。幸《さいは》ひにして二十四年《ねん》の、久《ひさ》しきに至《いた》りしかども、なほ南山《なんざん》に世《よ》を不楽《わび》て、竟《つひ》に崩御《かんさり》給ひぬる、前兆茲《ぜんちやうこゝ》に彰然《せうぜん》たり。約莫《およそ》これらの論弁《ろんべん》は、南帝御《なんていみ》三世《みよ》に及《およ》ばせ給ふ、おん愆《あやまち》をいへる也。

然《され》ばとて、只君《たゞきみ》の非《ひ》を算立《かぞへたて》て、説短説長《さかしらぶら》んは、忠臣義士《ちうしんぎし》の、素《もと》よりせざる所《ところ》也。*君《きみ》は君《きみ》たらずといふとも、臣《しん》は臣《しん》たる道《みち》を尽《つく》して、臣《しん》たらずばあるべからず。事《こと》を謀《はか》るは、人智《ひとのち》にあり。事《こと》を做《な》すは人力《ひとのちから》にあり。しかれども成《な》ることあり、成《なら》ざることあり。成《なる》と不成《ならざる》は天命《てんめい》也。善悪応報《ぜんあくおうほう》なきに似《に》たるも、天定《てんさだま》りて人《ひと》に勝《か》つ。*果《はた》せるかな尊氏《たかうぢ》は、背《そびら》に癰瘡《ようのかさ》出来《いでき》て、五十四歳《さい》にて鬼籍《きせき》に入《い》りぬ。*そは神箭《しんせん》に射《い》られしを、世《よ》の人通《ひとなべ》て知《し》らざるのみ。*又直義《またたゞよし》は鴆死《どくがい》せられ、*義詮《よしなり》幷《ならび》に基氏《もとうぢ》も、歳《とし》を享《う》くること長《なが》からず。義詮《よしなり》は三十八歳《さい》、その弟《おとうと》、鎌倉《かまくら》の基氏《もとうぢ》は、二十八歳《さい》にて身故《みまか》りたり。子孫《しそん》はいよ〳〵盛《さかり》なれども、素積悪《もとせきあく》の家《いへ》なれば、余殃《よわう》なしといふべからず。方僅《いま》義満《よしみつ》が世《よ》に方《あた》りて、南北一統《なんぼくいつとう》しつといへども、寔《まこと》に一統《いつとう》したるにあらず。那人権詐《かのひとけんそ》の癖《くせ》なれば、いかで三種《みくさ》の神器《かんだから》を、拿復《とりかへ》さんと思ふばかりに、南帝《なんてい》を紿《あざむ》きまつりて、和順《わじゆん》に及《およ》びし事なれば、這後《このゝち》とても、世《よ》は又乱《またみだ》れん。その内心《したごゝろ》を覘《うかゞ》へば、*穿窬《せんゆ》の盗《ぬすびと》に異《こと》ならず。只是衣冠《たゞこれいくわん》の罪人《つみびと》なるかな。那身《かのみ》に鍾《あつま》る時運《じうん》に乗《まか》して、五六十年乱《ねんみだ》れたる、世《よ》を理《おさ》めたりけれども、驕恣《おごりほしいまゝ》にして、礼節《れいせつ》に疎《うと》かり。こゝをもて、*その身《み》三十七歳《さい》の時《とき》、相国《しようこく》たらんと請稟《こひまう》せしに、「平清盛《たひらのきよもり》の外《ほか》、その例《れい》なし」とて、輒《たやす》く勅許《ちよくきよ》なかりしかば、義満《よしみつ》怒罵《いかりのゝし》りて、「しからんにはせんすべあり。公《く》家《げ》の御領《ごりやう》を遺《おち》なく抑《おさ》へて、我身《わがみ》みづから国王《こくわう》に做昇《なりのぼ》り、斯《し》波《ば》・細川《ほそかは》・畠山們《はたけやまら》を、*摂家《せつけ》清花《せいくわ》に做《な》すべきぞ。其折《そのをり》思ひ知《し》り給へ」とて、頻《しき》りに焦燥《いらだち》たりければ、朝議《ちやうぎ》これに避易《へきゑき》して、勅許《ちよくきよ》ありき、と聞《きこ》えたり。*驕慢《きやうまん》かくの如《ごと》く也ければ、親族譜第《しんぞくふだい》の毎《ともがら》まで、陽《うへ》には靡《なび》き従《したが》へども、陰《した》には各々《おの〳〵》鬼胎《おそれ》を抱《いだ》きて、野心《やしん》のもの尠《すくな》からず。*鎌倉《かまくら》の管領《くわんれい》足利氏満《あしかゞうぢみつ》、*その子《こ》満兼《みつかね》に至《いた》りても、世《よ》を謀《はか》らんと思ひしかども、*短命《たんめい》にして事成《ことなら》ざりき。*然《され》ば山名《やまな》・大内《おほうち》が、兵乱《ひやうらん》*蕭墻《しやう〳〵》の内《うち》より起《おこ》りて、危《あやふ》かりしを討滅《うちほろぼ》せしは、幸《さいは》ひにして免《まぬか》れたる也。上《かみ》は天子《てんし》を敬《うやま》ひまつらず、*下《しも》はその子《こ》義《よし》持《もち》と不和《ふわ》にして、二《じ》郎《らう》の義嗣《よしつぐ》をのみ愛《あい》しつゝ、後《のち》の患《うれ》ひを見かへらず。こは只《たゞ》一家《いつけ》の事ながら、その世《よ》の安危《あんき》も知《し》られたり。*却第一《さてだいゝち》の不《ふ》忠不義《ちうふぎ》は、我大皇国《わがおほみくに》に例《ためし》もなき、外邦《とつくに》に臣《しん》と倡《とな》へ、*明《みん》の成《せい》祖《そ》の冊封《さくほう》を受《うけ》て、日本国王《につぽんこくわう》に封《ほう》ぜられしを、一期《いちご》の栄《さかえ》と思ひしは、*大辟無状《たいへきむでう》、万死《ばんし》に当《あた》れり。這它《このよ》の不義《ふぎ》は忍《しの》ぶとも、南帝《なんてい》を紿《あざむ》きまつりて、誓《ちかひ》に背《そむ》く一条《いちでふ》と、明《みん》の冊封《さくほう》を受《うけ》たるは、是国体《これこくたい》に係《かゝ》る処《ところ》、*讞然《げつぜん》として饒《ゆる》すべからず。縦宿怨《たとひしゆくゑん》あらずとも、天《てん》に替《かは》りて道《みち》を行《おこな》ひ、その非《ひ》を正《たゞ》すべきものなるに、況《まいて》や君父《くんぷ》の讐敵《あたかたき》とて、年来《としごろ》和女郎《わちよろ》が撃《うた》まく欲《ほり》する、情願《じやうぐわん》道理《どうり》に称《かな》ひたり。我弁論《わがべんろん》を惜《をしま》ずして、順逆《じゆんぎやく》の理《り》を解《とき》諦《あか》せしは、剣俠《けんけう》の義《ぎ》を示《しめ》さん与《ため》也。宿望成就《しゆくまうじやうじゆ》は今宵《こよひ》にあり。先《まづ》よく邪念《じやねん》を袪《しりぞ》けて、徐《しづか》に准備《ようい》をせよかし」、と言詳《ことつまびらか》に諭《さと》さるゝ、理論《りろん》に姑摩姫《こまひめ》、奮雄十倍《ふんゆうじふばい》、勇《いさ》む心《こゝろ》を推鎮《おししづ》めて、「理非明弁《りひめいべん》なる、自他《じた》の得失《とくしつ》。「仇《あた》なりとても他《かれ》に理《り》ありて、我《われ》に理《り》なくば賊《ぞく》する也。仇《あた》ならずとも義満《よしみつ》の、如《ごと》きは罪《つみ》を正《たゞ》すべし」、と宣《のたまは》するこそ剣俠《けんけう》の、要領《えうりやう》にこそ侍《はべ》るめれ。快北山《とくきたやま》に赴《おもむ》きて、三世《さんぜ》の怨《うらみ》を雪《きよ》めてん。許《ゆる》させ給へ」、と只管《ひたすら》に、惴《はや》るを、「霎時《しばし》」と推禁《おしとゞ》めて、「冤家《かたき》也とも、国家《こくか》の大臣《だいしん》、撃《うつ》にも必礼《かならずれい》あり儀《ぎ》あり。戎衣《いくさぎぬ》に更《あらた》めて、宜《よろし》く弓箭《ゆみや》を携《たづさ》ふべし」、といふに両個《ふたり》の仙女童《めのわらは》、多豆《たづ》と知止湍《ちとせ》がこゝろ得《え》て、奥《おく》よりもて来《く》る肱甲《こて》臑盾《すねあて》、網鐖戦襲《くさりかたびら》、大刀《たち》匕首《あひくち》、草鞋《わらじ》も倶《とも》に姑摩姫《こまひめ》に、卒《いざ》と薦《すゝむ》る六種《むくさ》の戦服《ものゝぐ》。姑摩姫《こまひめ》は恭《うや〳〵》しく、受拿《うけと》りつ退《しりぞ》きて、身装《みごしらへ》して立出《たちいづ》れば、九六媛《くろひめ》は准備《ようゐ》の弓箭《ゆみや》を、左右《まて》に拿《とり》つゝ「こや〳〵」と、姑摩姫《こまひめ》を又召近着《またよびちかづけ》て、「這個弓箭《これこのゆみや》は我贐《わがはなむけ》に、これを和女郎《わちよろ》にまゐらせん。就中《なかんづく》這征箭《このそや》は、*往《いぬ》る建武二年《けんむにねん》乙亥《きのとのゐ》の冬《ふゆ》十一月、逆臣足利尊氏《ぎやくしんあしかゞたかうぢ》が、鎌倉《かまくら》に在《あ》りて謀反《むほん》の折《をり》、*箱根《はこね》竹下《たけのした》の殺所《せつしよ》にて、官軍《くわんぐん》を拄《さゝえ》ん与《ため》に、服《おび》たる*上挿《うはざし》の尖箭《とがりや》也。是則《これすなはち》他《かれ》が本心《ほんしん》、*獍梟《きやう〳〵》の虐《ぎやく》を見《あらは》して、朝廷《みかど》に弓《ゆみ》を彎《ひき》たりける、事《こと》の椒《はじめ》の東西《もの》なれば、和女郎《わちよろ》今亦《いまゝた》這箭《このや》をもて、その孫義満《まごよしみつ》を射《い》て仆《たふ》さば、*是返矢《これかへしや》の故実《こじつ》に称《かなは》ん。太古千《いにしへち》剣振神《はやぶるかみ》の御代《みよ》に、高皇産霊尊《たかみむすびのみこと》より、天稚彦《あめわかひこ》に賜《たまは》りし、天鹿《あめのか》児弓《こゆみ》、天羽《あめのは》々《は》矢《や》あり。天稚彦《あめわかひこ》その弓矢《ゆみや》をもて、无名雉《なゝしきじ》を射《い》て斃《ころ》せしに、その矢《や》雉《きじ》の胸《むね》を洞達《とほし》て、高皇産霊尊《たかみむすびのみこと》の御座《をはしま》す、面前《まのあたり》になん達《たつ》たりける。高皇産霊尊《たかみむすびのみこと》、そを御覧《ごらん》ずるに、鏃《やじり》に鮮血塗《ちしほまみ》れたり。よりてその矢《や》を拿《とり》給ひて、還《かへ》し擲《なげう》ち給ひしかば、過《あやまた》ず天稚彦《あめわかひこ》の、胸前《むなさか》に禺《ぐ》殺《さ》と中《たち》て、仰反倒《のけぞりたふ》れて死《しに》にけり。是《これ》より世《よ》の人《ひと》、返矢《かへしや》を、怕《おそ》るゝといふ縁故《ことのもと》、神代紀《かみよのまき》に見《あらは》れたり。世《よ》は是澆季《これぎやうき》*に洎《およ》ぶといへども、今《いま》も足《あし》利尊氏《かゞたかうぢ》が、官軍《くわんぐん》を射《い》たる征矢《そや》を返《かへ》して、そが孫《まご》を射《い》て仆《たふ》しなば、拿《とり》も易《なほ》さぬ天《てん》の冥罰《みやうばつ》、これに優《まし》たる東西《もの》あらんや。六十余年《よねん》の昔《むかし》より、新田《につた》・楠両家《くすのきりやうけ》の子孫《しそん》の、縁《えん》あるものに授《さづけ》んとて、未然《みぜん》を察《さつ》して蔵措《おさめおき》たる、我《われ》さへ素懐《そくわい》を遂《とげ》たるなり。卒々《いざ〳〵》」といひながら、逓《わ》与《た》す弓箭《ゆみや》を姑摩姫《こまひめ》は、受拏《うけとり》つうち戴《いたゞ》きて、莞爾《につこ》と笑《ゑみ》て、小脇《こわき》に引着《ひきつけ》、「遺《のこ》る方《かた》なきおん諭《さと》し、殊更《ことさら》に這恩貺《このたまもの》は、得《え》がたかりける怨《うらみ》を復《かへ》し矢《や》、*天《あめ》の羽々矢《ははや》も外《よそ》ならぬ、神《かみ》の冥助《みやうぢよ》と師《し》の御庇《みかげ》にて、宿意《しゆくい》を果《はた》すは瞬《またゝ》く間《ひま》、程《ほど》なくかへりまゐりてん」、と応《いらへ》て立《たつ》を九六《くろ》媛《ひめ》は、亦復《また〳〵》「霎時《しばし》」と推禁《おしとゞ》めて、「*京《きやう》の北《きた》なる義満《よしみつ》の、金《きん》閣《かく》までは遥《はるか》也。けふ初《はじめ》てゆく旅《たび》なるに、飛行《ひぎやう》の術《じゆつ》を得《え》たりとも、指南《しなん》あらずば迷《まよひ》やせん。然《され》ば亦這香《またこのかふ》の、煙《けぶり》を路《みち》の導引《しるべ》にせよ。那里《かしこ》に到《いた》りて讐《あた》に遇《あ》はゞ、名告被《なのりかけ》て射《い》て仆《たふ》すとも、身《み》に傷着《きずつけ》ず、五臓《ござう》を破《やぶ》りね。剣術《けんじゆつ》の妙《めう》、其首《そこ》に在《あ》り。その折人《をりひと》は知《しら》ずもあれ、速《すみやか》にして還《かへ》るを佳《よし》とす。這旨《このむね》を忘《わす》れ給ふな」、と誨《をしえ》て更《さら》に焼占《たきしむ》る、香《かふ》の煙《けぶり》のうち靡《なび》く、方《かた》を郷導《しるべ》に姑摩姫《こまひめ》は、告別《いとまごひ》しつ歓《よろこ》びを、演《のぶ》る暇《いとま》も夏《なつ》の日《ひ》の、暮《くれ》ぬ程《ほど》に、と身《み》を跳《おど》らして、忽地《たちまち》見えずなりにけり。畢竟這《ひつきやうこの》日姑摩姫《ひこまひめ》が、金閣《きんかく》に赴《おもむ》きて、君父《くんぷ》の怨《うらみ》を復《かへ》すや、否《あらず》や。そは次《つぎ》の巻《まき》に、解分《ときわく》るを聴《きゝ》ねかし。

開巻驚奇侠客伝第三集巻之一　終

開巻驚奇侠客伝《かいくわんきやうきけうかくでん》 第三集《だいさんしふ》 巻之二

東都　曲亭主人　編次

第《だい》二十三回《くわい》

金閣《きんかく》に女侠讐《ちよけうあた》を殪《たふ》す
葛城《かづらき》に仙孃《せんちやう》 警《いましめ》を畀《た》る ○ノコシアタフ

*応永《おうゑい》十五年戊子《つちのえね》の夏《なつ》、五月《さつき》六日の晡時《さるのころ》に、姑摩姫《こまひめ》は仙《せん》伝至妙《でんしみやう》の、剣術《けんじゆつ》をもて北山《きたやま》なる、*金閣《きんかく》を投《さし》て飛行《ひぎやう》せし折《をり》、九六媛《くろひめ》は、其方《そなた》の天《そら》を、目送《みおく》りつ独点頭《ひとりうなづき》て、なほも思ふよしやありけん、手親香炉《てづからかふろ》を携《たづさへ》て、葛城山《かづらきやま》の絶頂《いたゞき》へ、飛鳥《ひちやう》の如《ごと》くうち登《のぼ》りて、卧石《いはほ》に坐《ざ》を占《し》め、うち仰《あほ》ぎて、姑且祈念《しばらくきねん》を凝《こら》しけり。その意念《こゝろ》、「姑摩姫《こまひめ》の、宿望那首《しゆくまうかしこ》に虚《むな》しからで、世《よ》を累《かさ》ねたる怨敵《おんてき》を、撃得《うちえ》て孝義心烈《こうぎしんれつ》を、果《はた》させ給へ」、と天神《あまつかみ》、地祇《くにつかみ》に禱《いの》るなるべし。既《すで》にして九六媛《くろひめ》は、点燭時候《ひともしごろ》に峯上《をのへ》を下《くだ》りて、徐《しづか》に姑摩姫《こまひめ》を等程《まつほど》に、這夜初更《このよしよこう》○イッツの比及《ころおひ》に、外面《とのかた》に颯《さ》と音《おと》して、窓《まど》より内《うち》に入《い》るものありけり。是則《これすなはち》姑摩姫《こまひめ》なりしを、はやくも猜《すい》せし多豆《たづ》と知止湍《ちとせ》は、遽《いそが》はしく立迎《たちむか》へて、持《もつ》たる弓《ゆみ》を受拿《うけとり》て、うち扇《あふ》ぎ、茶《ちや》を薦《すゝ》めて、よしを九六媛《くろひめ》に報《つげ》にけり。

爾程《さるほど》に姑摩姫《こまひめ》は、そが儘奥《まゝおく》に赴《おもむ》きしを、九六媛《くろひめ》は笑《ゑま》しげに、招《まね》きよせ労《ねぎら》ひて、那里《かしこ》の首尾《しゆび》を鞫《たづぬ》るに、姑摩姫《こまひめ》は意気《いき》揚々《やう〳〵》と、乱《みだ》れし鬢《びん》を掻拊《かきなで》て、詞徐《ことばしづか》に答《こたふ》るやう、「奴家《わらは》飛行《ひぎやう》の術《じゆつ》をもて、時《とき》を移《うつ》さず北山《きたやま》なる、金閣《きんかく》に赴《おもむ》きつ、且案内《まづあんない》を知《しら》ん与《ため》に、那這《あちこち》と張《うかゞ》ひしに、那首《かしこ》の為体《ていたらく》は恁々《しか〴〵》也。又《また》復讐《あたうち》の趣《おもむき》は、箇様《かやう》々々《〳〵》に侍《はべ》りき」とて、言詳《ことつまびらか》に報知《つげしら》するを、側《かたへ》に侍《はべ》る多豆《たづ》・知止湍《ちとせ》さへ、倶《とも》に興《きやう》ある心持《こゝち》して、膝《ひざ》を找《すゝ》めてうち听《き》くに、足利相国義満入道《あしかゞしやうこくよしみつにうどう》の金閣《きんかく》は、山城《やましろの》州葛野郡《くにかどのゝこふり》、北山《きたやま》の麓《ふもと》なる、平林《ひらばやし》の中《うち》に在《あ》り。是《これ》より北《きた》を大《お》北山《きたやま》、南《みなみ》を小《こ》*北山《きたやま》と喚做《よびなし》たり。京《きやう》より乾《いぬゐ》に当《あた》れども、古《いにしへ》より這名《このな》あり。這地《このち》は当初《そのかみ》、西園寺《さいおんじ》、公経公《きんつねこう》の山荘《さんさう》なりしを、*往《いぬ》る応永四年《おうゑいよねん》の夏四月《なつうづき》、義満這処《よしみつこのところ》に金閣《きんかく》を造《つく》るに洎《およ》びて、換地《かえち》をまゐらせ、他郷《たけう》に移《うつ》して、その身退隠《みたいいん》の楽所《らくしよ》にしたり。閣《かく》は則三層《すなはちさんぢゆう》○ソウにて、各《おの〳〵》金字《きんじ》の匾額《へんがく》あり。上《うへ》よりこれを数《かぞふ》れば、第一層《だいいちぢゆう》は究竟頂《くきやうちやう》、第二層《だいにぢゆう》は潮音洞《ちやうおんどう》、第三層《だいさんぢゆう》は法水《はうすい》院《ゐん》是《これ》也。土木《どぼく》の精工巧《せいこうたくみ》を尽《つく》せし、其楼閣《そのろうかく》の広大《くわうだい》なる、屋棟《やね》を*宝形造《ほうぎやうづくり》にして、棟《むね》に滅金《めつき》の鳳凰《ほうわう》あり。その高《たかさ》三尺《ざく》八寸《すん》、屋根裏《やねうら》、天井《てんじよう》、柱《はしら》、勾欄《こうらん》、咸遺《みなおち》もなく最上《さいじよう》の、金鉑《きんぱく》を麗《おし》〇ツケたれば、光輝四下《くわうきあたり》に散徹《さんてつ》して、観《み》るに射眼《まばゆ》き黄金世略《わうごんせかい》、現世《げによ》挙《こぞつ》て金閣《きんかく》の、御所《ごしよ》と喚《よべ》るも以《ゆゑ》ある哉《かな》。又漱清《またさうせい》と号《がう》するは、四方縁《しはうえん》なる*懸造《かけづくり》にて、閣《かく》より西《にし》の徂徠戸《いりぐち》とす。前面《むかひ》に池《いけ》あり、鏡湖《きやうこ》と名《なづ》く。水中《すいちう》処々《しよ〳〵》に築嶋《つきしま》あり。奇石《きせき》は九山八海石《きうざんはつかいせき》、夜泊石《やはくせき》、赤松石《あかまついし》、畠山石《はたけやまいし》、无名石《むみやうせき》、*宋《さう》の徽宗《きそう》の嗜《たし》む処《ところ》、米《べい》元章《げんしやう》が弄《もてあそ》ぶ処《ところ》、屈曲名状《くつきよくめいでう》すべからず。池《いけ》は広《ひろ》くして底《そこ》清《きよ》く、春《はる》の花散《はなちり》ては、杪倒《こずゑさかさま》に粒《たて》るが如《ごと》く、秋《あき》の月宿《つきやど》りては、水敷《みづか》天敷《そらか》と疑《うたがは》る。三尺《さんざく》の鯉魚《りぎよ》〇コヒ、*舶来《はくらい》の金魚《きんぎよ》、波《なみ》を趕《お》ひ水《みづ》に戯《たはむ》れて、屢《しば〳〵》高《たか》く浮跳《うきおど》れども、*魚鷹鶋鵰《みさごしまつどり》の患《うれ》ひあることを知《しら》ず。亀《かめ》は荷葉《はちすば》〇カエウに登《のぼ》りて、朝日《あさひ》を迎《むか》へ、鶴《つる》は沙石《いさご》に彳《たゞずみ》て、夕陽《せきやう》に鳴《な》く。翠做《みどりな》す汀渚《みぎは》の松《まつ》は、颯々《さつ〳〵》として風《かぜ》に吟《ぎん》じ、*亭々《てい〳〵》たる籓籬《まがき》の竹《たけ》は、猗々《いい》として雨《あめ》に戦《そよ》ぐ。奇《き》樹異《じゆゐ》草《さう》の種々《くさ〳〵》なる、通《すべ》て得《え》がたきを旨《むね》として、集尽《あつめつく》さずといふことなし。這宅《このよ》、安民沢《あんみんたく》は、閣《かく》の北《きた》にあり。*佳夕亭《かせきてい》は、沢《たく》の東《ひがし》にあり。竜門《りうもん》の瀑布《たき》、化竜《くわりやう》の鯉魚石《りぎよせき》、嵒下《がんか》の水《みづ》、銀河《ぎんが》の泉《いづみ》、三層《さんぢゆう》の浮屠《たふ》、三間半《さんげんはん》の仏壇《ぶつだん》あり。天子《てんし》の御座《ぎよざ》、御遊《ぎよゆう》の間《ま》には、玉《たま》を鏤《ちりば》め錦《にしき》を席《しきもの》とす。七宝《しちほう》茲《こゝ》に延満《ゑんまん》して、八珍《はつちん》の美饌《びぜん》に鼎《かなゑ》を列《つら》ねたる、近臣《きんしん》の勤所《つめしよ》、遠侍《とほざむらひ》、男房女房《なんばうにようばう》の局《つぼね》に至《いた》りては、枚挙《かぞへあぐ》るに遑《いとま》もあらず。*義満《よしみつ》既《すで》に相国《しようこく》を辞《ぢ》し奉《たてまつ》りて、将軍《せうぐん》を、嫡子義持《ちやくしよしもち》に譲《ゆづ》りてより、祝髪入道《しゆくはつにうどう》して、法名《はうめう》を道義《どうぎ》と称《たゝ》へ、這山荘《このさんさう》に退隠《たいいん》の、春秋十回《はるあきとかへり》に余《あま》れども、然《さり》とて寔《まこと》の隠遁《いんとん》ならねば、*国家《こくか》の政事《まつりごと》は大小《だいしよう》となく、みづから沙汰《さた》し給ひけり。然《され》ば*三管領《さんくわんれい》、四職《ししよく》、七頭《しちとう》の評定衆《ひやうじやうしゆ》、御内《みうち》はさら也、外様《とざま》まで、日毎《ひごと》に山荘《さんさう》に出仕《しゆつし》して、旨《むね》を伺《うかゞ》はずといふことなし。

*恷《かゝ》りし程《ほど》に、入道相国《にうどうしやうこく》満《みつ》義《よし》は、いぬる四月《うづき》廿一日より、霜露《かりそめ》の病着《いたづき》あり。こゝをもて、*尚薬《せうやく》の老医《ろうい》、各々《おの〳〵》医案《いあん》を演《のべ》、衆議《しゆぎ》の良薬《りやうやく》をまゐらせて、朝夕《あさゆふ》の胗脈《しんみやく》、夜毎《よごと》の宿直《とのゐ》、誰《たれ》か怠《おこた》るものあらん。室町殿《むろまちどの》のおん使《つかひ》はさら也、摂家《せつけ》搢紳《れき〳〵》の訪問《とひおとづれ》、日《ひ》に〳〵櫛《くし》の歯《は》を挽《ひ》くごとく、御内外様《みうちとざま》の大小名《だいしようめう》

も、常《つね》より頻《しげ》く伺候《しこう》して、門前《もんぜん》宛市《さながらいち》の如《ごと》く、*諸社諸山《しよしやしよざん》の加持祈禱《かぢきたう》さへ、疎略《そりやく》なかりける験《しるし》にや、*五月《さつき》に至《いた》りて病着《いたづき》の、大抵《おほかた》は瘥《おこた》り給ふものから、いまだ浴湯《ゆあみ》をし給はねば、端午《たんご》の節礼《せつれい》を受《うけ》給はず、無益《むやく》の出仕《しゆつし》を禁《とゞ》めさせて、六日《むいか》には、身辺親《ほとりちか》き、青侍《わかざむらひ》のみ仕《つか》へたり。今茲《ことし》は暑熱《あつさ》のはやかるに、五月《さつき》といへども雨稀《あめまれ》なれば、*呉牛《ごぎう》も月《つき》に喘《あへ》ぐなるべし。「*兎道《うぢ》より蛍《ほたる》を拿寄《とりよ》せて、おん池《いけ》の畔《ほとり》に放散《はなちち》らし、黄昏《たそがれ》時候《ごろ》より饗《みそなは》さば、姑且垂籠《しばらくたれこめ》てをはしましたる、御鬱散《ごうつさん》なるべし」とて、稟薦《まうしすゝむ》るものありしかば、その義寔《ぎまこと》にしかるべしとて、二三日已前《にさんにちいぜん》より、をさ〳〵その准備《ようい》あり。有司《ゆうし》奉《うけ給は》りて、兎道《うぢ》なる蛍《ほたる》を、いくらともなく択採《えらみと》らして、萌《もえ》葱《ぎ》の紗《しや》の、大《おほ》きなる籠《かご》に、草《くさ》を植水《うゑみづ》を沃《そゝ》ぎ、この日北山《ひきたやま》の御所《ごしよ》にまゐらせければ、「法水院《はうすいゐん》にて饗《みそなは》さん」とて、その時刻《じこく》を定《さだ》めらる。珍《めづら》しかるべき快楽《けらく》也。

爾程《さるほど》に楠姑摩姫《くすのきこまひめ》は、隠形《いんぎやう》の術《じゆつ》をもて、件《くだん》の縡《こと》の趣《おもむき》さへ、遺《おち》なく見《み》もし聞《きゝ》もしつ、今《いま》は慤《かう》と思ひしかば、金閣《きんかく》の斜《なゝめ》前《むかひ》なる、庭《には》の樹蔭《こかげ》に立躱《たちかく》れて、這日《このひ》の暮《く》るゝを等程《まつほど》に、嚮《さき》に師《し》の九六媛《くろひめ》の、授《さづ》けたる那返矢《かのかへしや》を、つら〳〵とうち見るに、筈下《はづもと》に朱《しゆ》の漆《うるし》して、源尊氏《みなもとのたかうぢ》と写《しる》したり。「玄通観《げんつうくわん》を出《いづ》る折《をり》は、こゝろも属《つ》かでもて来《き》にけるに、我師《わがし》の示《しめ》し給ひしごとく、こは尊氏《たかうぢ》が征箭《そや》なる事、今《いま》さらに疑《うたが》ふべからず。然《され》ばとてこの儘《まゝ》にて射《い》て返《かへ》さんは、なほ事足《ことた》らず。要《えう》こそあれ」、と尋思《しあん》をしつゝ、腰《こし》なる刀《かたな》に附《つけ》られたる、小《こ》刀子《がたな》を抜拿《ぬきとり》て、件《くだん》の箭竹《やたけ》へ、刃尖《きつさき》をもて、「暴虐雄《あらびを》の、上《うは》挿《ざし》の征箭年《そやとし》を歴《へ》て、返《かへ》すうらみを神《かみ》はしるらん」、と三十《みそ》一字《ひともじ》を鐫着《えりつけ》て、莞爾《につこ》と笑《ゑみ》つゝ弦舐湿《つるくひしめ》し、入道相国義満《にうどうしようこくよしみつ》の、端近《はしちか》く出《いで》て来《き》ぬるを、今《いま》か〳〵と等《まち》たりける。慤《かゝ》りし程《ほど》に、最長《いとなが》かりし夏《なつ》の日《ひ》の、やうやくに暮初《くれそめ》て、入相《いりあひ》の鐘《かね》の响《ひゞ》く時候《ころ》、法水院《はうすいゐん》の檐裏《のきうら》に、草《くさ》の花《はな》を画《ゑが》きたる、絹張《きぬばり》の灯籠《とうろう》を、処窄《ところせき》まで掛亘《かけわた》したる、内《うち》には許多《あまた》の*菊灯台《きくとうだい》に、銀燭《ぎんしよく》を点《とも》したりければ、明亮《めいりやう》として八隅《やすみ》まで、照《てら》さぬ隈《くま》はなかりけり。

爾程《さるほど》に、入道相国《にうどうしようこく》は、近臣多《きんしんおほ》く従《したが》へて、儲《まうけ》の裀《しとね》に着《つき》給ふ。時刻《じこく》を錯《たが》へぬ蛍《ほたる》の役人《やくにん》、先《さき》より池《いけ》の頭《ほとり》にをり。手《て》に手《て》に籠《かご》

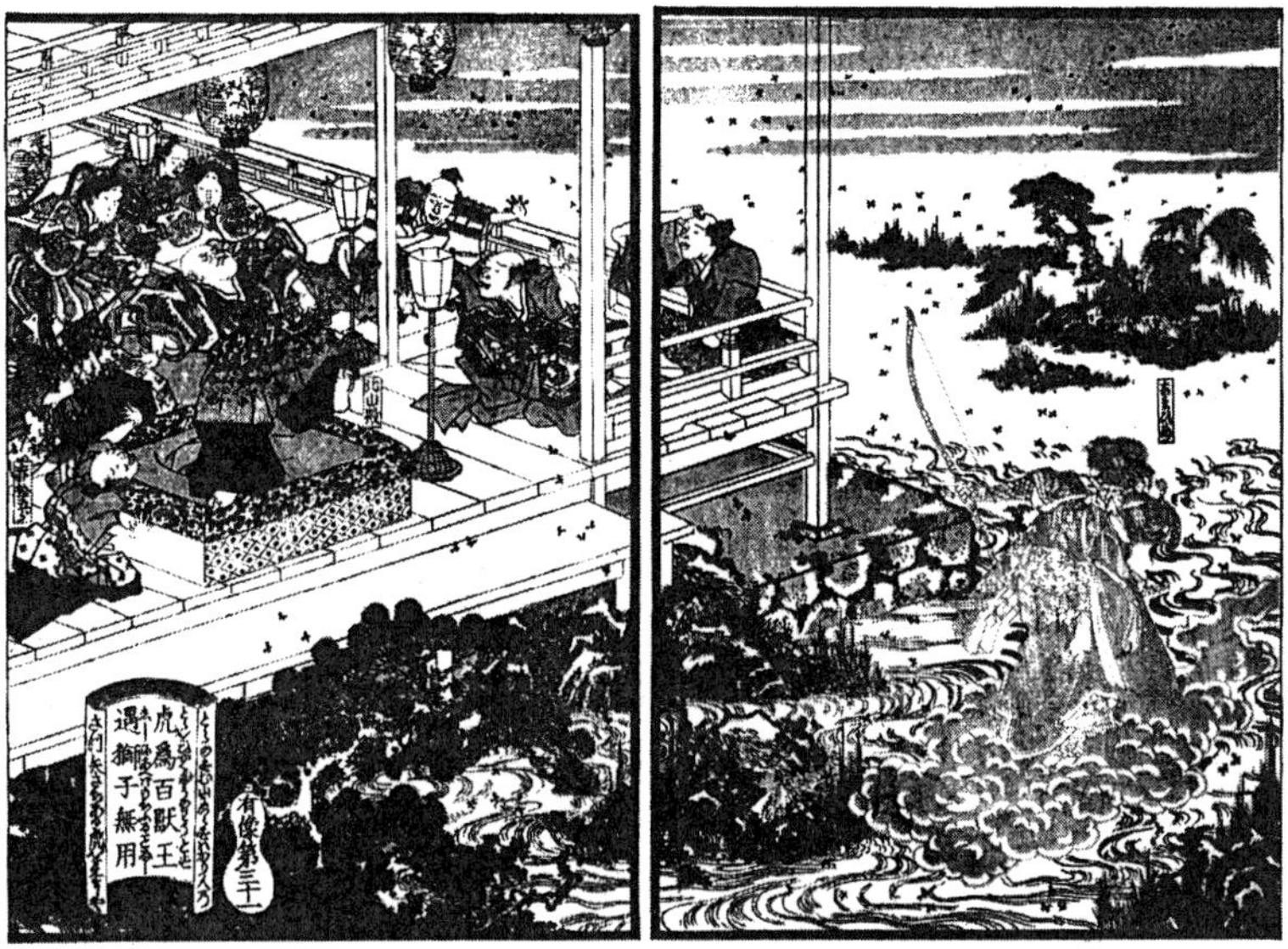

の戸《と》を開《ひら》きて、扇《あふ》ぎ立《たて》て出《いだ》すもあり、或《あるひ》は綟子《もじ》に包《つゝ》みし蛍《ほたる》の、囊《ふくろ》を解《と》きて散《ちら》すもあり。数万《すまん》の蛍散乱《ほたるさんらん》して、草《くさ》に隠《かく》れ樹《き》に晃《きら》めき、或《あるひ》は一団《いちだん》の猛火《みやうくわ》と見えて、水《みづ》に落《おち》て颯《さ》と砕《くだ》け、流《なが》れて潑《ばつ》と飛颺《とびのぼ》る、その事《こと》の為体《ていたらく》、只是筑《たゞこれつくし》石《いし》の不識火《しらぬひか》歟、然《さら》ずは天上《てんじやう》の嘒星《ぬかぼし》の、限《かぎ》り墜《おち》てや石《いし》になるらん、おもしろの光景《ありさま》や、こゝにも燃《もゆ》る篝火《かゞりび》の、鵜川《うかは》に似《に》たる眺《なが》めあり、「奇也《きなり》々々〳〵」、と余念《よねん》なく、主従笑《しゆうぐゑ》𦜝《つぼ》に入《い》りたりける。浩《かゝる》処《ところ》に姑摩姫《こまひめ》は、庭《には》の樹蔭《こかげ》を立出《たちいで》て、突然《とつねん》として縁前《えんさき》に、走《はし》り近着《ちかづ》き声高《こゑたか》やかに、「逆賊義満正可《ぎやくぞくよしみつまさか》に听《き》け。我《われ》は是《これ》、贈《ぞう》正三位近衛中将《しやうさんゐこんゑのちうぜう》、正成卿《まさしげけう》の為《ため》には曾孫《ひまご》、楠《くすのき》河内守《かはちのかみ》橘《たちばな》正元《のまさもと》が、嫡女姑摩姫《ちやくぢよこまひめ》即《すなはち》是也《これ》。我身《わがみ》女流《をなご》にあなれども、忠臣《ちうしん》勇士《ゆうし》の胤《たね》として、世《よ》を累《かさ》ねたる君父《くんぷ》の讐《あた》と、倶《とも》に天地《あめつち》の間《あはひ》に立《たゝ》んや。我携《わがたづさへ》たる這征箭《このそや》は、汝《なんぢ》が大父尊氏《おほぢたかうぢ》が、鎌倉《かまくら》に

有像第三十一

虎為百獣王《とらをひやくじうのわうとす》　遇獅子無用《ししにあへばもちふることなし》

とらのすむ山にいらずばかり人のさつ矢さちある虎をえましや

こまひめ　北山殿　赤松五郎

在《あ》りて叛逆《ほんぎやく》の折《をり》、朝廷《みかど》に向《むか》ひ奉《たてまつ》りて、射《い》て発《はな》ちたる暴虐箭《あらびや》なれば、児孫《じそん》に返《かへ》す天《てん》の冥罰《みやうばつ》、三世《さんぜ》の悖逆免《ぼつぎやくのが》るゝ路《みち》なし。受《うけ》ても見よや」、と名告被《なのりかけ》て、彎《ひき》ぞ固《かたむ》る怨《うらみ》の*角弓《かこゆみ》、しかはあれども仙伝至妙《せんでんしめう》の、是剣術《これけんじゆつ》の所行《わざ》なれば、其首《そこ》に多《おほ》かる近臣們《きんしんら》の、目《め》には得《え》見えず、耳《みゝ》にも聞《きこ》えず、只義満《たゞよしみつ》のみ分《ふん》明《みやう》に、言《こと》の心《こゝろ》を得《え》られけん、駭《おどろ》きながら傍《かたへ》に掛《かけ》たる、佩刀《はかせ》を手親拿抗《てづからとりあげ》て、身《み》を起《おこ》さんとせられし処《ところ》を、立《たゝ》しも果《はて》ず、姑摩姫《こまひめ》が、箭声尖《やごゑするど》く殺《きつ》て発《はな》せし、寃差《ねらひたが》はず義満《よしみつ》の、胸前禺《むなさきぐ》殺《さ》と射洞《いとほ》したる、その箭《や》は後方《あとべ》に侍《はべ》りぬる、年《とし》十三なる童《わらは》扈従《ごしやう》の、乳《ち》の下《した》より背《そびら》まで、裏串《うらかく》までに中《たつ》ものから、這《この》主従《しゆう〳〵》の五臓《ござう》を破《やぶ》りて、那身《かのみ》に些《ちつと》も矢瘡《やきず》見えねば、恁《かゝ》るべしとは知《し》るものもなく、「御所《ごしよ》には猛可《にはか》に御不例《ごふれい》也。やよおん薬《くすり》よおん水《みづ》よ」、と罵《のゝし》りつ群立噪《むらだちさは》ぎて、上《うへ》を下《した》へと返《かへ》したる、周章限《しうせうかぎ》りなかりけり。登時《そのとき》姑摩姫《こまひめ》思ふやう、「我身《わがみ》、仙孃《せんぢやう》の伝授《でんじゆ》により、今義満《いまよしみつ》を射《い》て仆《たふ》して、累代《るいだい》の怨《うらみ》を復《かへ》すこと、得《え》がたかりける歓《よろこ》びなれども、絶《たえ》て那身《かのみ》に傷着《きずつけ》ねば、我所為《わがわざ》なるを、誰《たれ》か知《し》るべき。這事後《このことのち》に露覚《あらは》れて、こよなき祟《たゝり》に遭《あは》ば逢《あ》へ。只今寃家《たゞいまかたき》の首級《くび》《○カウベ》を捕《とり》て、先帝并《せんていならび》に父祖類《ふそるい》族《ぞく》の、諸霊《しよれい》に献《そなへ》て祭《まつ》らずば、後悔厥首《こうくわいそこ》に達《たち》がたからん。いで〳〵」、と独言《ひとりごち》て、刀《かたな》を抜《ぬき》て縁頬《えんがは》より、走陟《はしりのぼ》らんとせし程《ほど》に、忽地《たちまち》に瞑眩《めくるめ》きて、心神悩乱《しん〳〵なうらん》、身《み》も麻癱《なえしびれ》て、一歩《いつぽ》も運《はこ》びがたければ、「こは什麼《そも》いかに」、と訝《いぶか》りて、我《われ》を怪《あやし》む可《ばかり》なる、心《こゝろ》を鎮《しづ》め刃《やいば》を収《おさ》めて、旧《もと》の樹蔭《こかげ》に退《しりぞ》きて、左《と》さま右《かう》さま思惟《おもひみ》るに、「嚮《さき》には仙孃誡《せんぢやういまし》め給ひて、「仇《あた》に遭《あふ》て射《い》て仆《たふ》すとも、五臓《ござう》を破《やぶ》りて、身《み》に傷《きず》つけな。速《すみやか》にして還《かへ》るべし」、と教《をしえ》給ひし言《こと》の随《まゝ》に、行《おこな》ふたれば本意《ほい》を遂《とげ》けめ。そをなほ飽《あか》ぬ心地《こゝち》して、教誨《をしえ》に悖《もと》り、漫《そゞろ》に找《すゝ》みて、頭顱《しるし》を捕《とら》んとせし故《ゆゑ》に、眼眩《まなこくら》み身《み》も麻癱《なえしび》れて、進退不便《しんたいふべん》なりけんかし。然《さ》るを悟《さと》らで、足《た》ることを、知《しら》ずば神《かみ》の憎《にく》みに逼《せま》りて、禍《わざはひ》に身《み》を殺《ころ》しやすらん。これに就《つき》ても道徳不可思議《どうとくふかしぎ》。仙《せん》孃《じやう》の徳仰《とくあほ》ぐべし。嗚呼爾也《ああしかなり》」、と思ひかへして、弓《ゆみ》を携《たづさ》へ、飛行《ひぎやう》の術《じゆつ》もて、時《とき》を移《うつ》さず葛城山《かづらきやま》なる、玄通観《げんつうくわん》にかへり来《き》つ、却《さて》九六媛《くろひめ》に恁々《しか〴〵》と、報知《つげしら》すること前条《くだり》の如《ごと》し。身《み》の歓《よろこ》びを演《のべ》にけり。九六媛《くろひめ》これをうち听《きゝ》て、「和女郎今宵《わちよろこよひ》は宿《しゆく》所《しよ》に退《まか》りて、七日《なのか》許《ばかり》経《へ》て、又来《またき》給へ。その時候《ころ》までには京師《みやこ》の風声《ふうぶん》、大《おほ》かたならず這地《このち》に聞《きこ》えて、思ひ合《あは》することとあらん。来《き》ぬる折《をり》には仙書《せんしよ》三巻《みまき》を、必《かならず》よ携《たづさ》へ給へ。なほ又《また》示《しめ》す要《えう》ある也。多豆《たづ》と知止端《ちとせ》は姑摩姫《こまひめ》に、戦服《ものゝぐ》を解卸《ぬぎおろ》さして、夕饌《ゆふぜん》食《おま》していなしねかし」、といふに両個《ふたり》の仙童女《めのわらは》は、こゝろ得果《えはて》て、姑摩姫《こまひめ》と、倶《とも》に次《つぎ》の間《ま》に退《しりぞ》きて、准備《ようい》の款待《もてなし》叮寧《ねんごろ》なれば、憶《おもは》ず時《とき》を移《うつ》しけり。

恁而《かくて》二更《にこう》○ヨツの比及《ころおひ》に、姑摩姫《こまひめ》は仙孃《せんぢやう》に、別《わかれ》を告《つ》げ宿所《しゆくしよ》に還《かへ》りて、遺《のこ》し置《おき》たる分身《ぶんしん》の、法《はふ》を悄々地《ひそか》に返《かへ》し収《おさ》めて、然《さら》ぬ容《さま》にてありけるに、はや三四日《みかよか》と過《すぐ》す随《まゝ》に、京師《みやこ》の風声《ふうぶん》漸次《しだい》に聞《きこ》えて、其頭《そこら》の秘密《ひみつ》を知《し》りたるものゝ、人《ひと》に話《はな》すを洩聞《もれき》くに、「北山殿《きたやまどの》義満《よしみつ》をいふ。には前月《せんげつ》より、おん病着《いたづき》をはしませしに、五月《さつき》に至《いた》りて瘧《おこた》り給ひぬ。是《これ》により、いぬる六《む》日《か》の黄昏時候《たそがれごろ》、兎道《うち》より拿寄《とりよし》給ひたる、許多《あまた》の蛍《ほたる》を金閣《きんかく》の、池《いけ》の頭《ほとり》に放《はな》さして、法水院《はうすいゐん》にて翫《みそなは》せしに、憶《おもは》ずも夜気《やき》に感《かん》じて、御悩《ごなう》再発《さいほつ》し給ひけん、暴《にはか》に薨《かくれ》給ひにけり。*爾《しか》るに最《いと》不思議《ふしぎ》なりしは、折《をり》からおん後方《あとべ》に、侍《はべ》りたる童扈従《わらはごしやう》は、赤松律師《あかまつりつし》則祐《そくゆう》の孫《まご》にて、赤松五郎《あかまつごらう》則助《のりすけ》、と喚做《よびな》す少年《せうねん》也けるに、病痾《やまひ》もあらで上共侶《うへもろとも》に、その坐《ざ》を去《さ》らず暴死《とんし》をしたり。綷《こと》の奇怪《きくわい》は是《これ》のみならで、誰人《なにもの》がもて来《き》にけん、源《みなもとの》尊氏《たかうぢ》と、朱漆《しゆうるし》をもて写《しる》したる、征箭《そや》一条《ひとすぢ》、御座《ござ》の頭《ほとり》にあり。何《なに》とやらんいふ歌《うた》さへ、箭竹《やたけ》に彫着《ゑりつけ》てありけるを、当直《たうちよく》の老輩《ろうはい》一両名《いちりやうにん》、そを逸快《いちはや》く見出《みいだ》して、いよゝます／＼怪《あやし》むのみ。恁《かゝ》る東西《もの》を披露《ひろう》せば、世《よ》の風声《ふうぶん》の宜《よろ》しからで、疑《うたが》ひを伝《つたふ》るに似《に》たり。焼棄《やきすつ》るに優《ま》すことなしとて、快拿秘《とくとりかく》したりければ、是《これ》を知《し》るもの多《おほ》からず、と然《さ》る方《かた》ざまより聞《きこ》えたり。

*北山殿《きたやまどの》の御運《ごうん》愛《めで》たき、冠位《くらゐ》は人臣《じんしん》の上《うへ》を極《きは》めて、従一位《じやういちゐ》准三宮《じゆさんぐう》に、倣升《なりのぼ》り給ひしに、御他界《ごたかい》の後《のち》、幾日《いくか》もあらで、そがうへに又太上天皇《まただじようてんわう》の、尊号《そんどう》を贈《おく》り給はり、*数日《すじつ》の廃朝《はいちやう》、諒闇《りやうあん》に異《こと》ならず。御葬式《ごそうしき》の厳重《げんぢゆう》なる、本日《そのひ》はいまだ聞《きこ》えねども、*御法号《ごはうどう》は鹿苑院殿《ろくおんゐんでん》、天山道義公《てんざんどうぎこう》と唱奉《となへたてまつ》る。おん年《とし》は五十一歳《いそぢあまりひとつ》也。爾《しか》はあれども室町殿《むろまちどの》義持《よしもち》の、太上皇《だじようくわう》は惶《かしこ》しとて、辞《いろ》ひ稟《まう》させ給ひしとぞ。扠《さて》しも鹿苑院殿《ろくおんゐんどの》は、*おん年《とし》

三十八也ける六月《みなつき》三日応永《おうあい》二年《ねん》、相国《しやうこく》を辞《ぢ》し給ひて、御落飾《ごらくしよく》ませしかども、海内《くにのうち》の政事《まつりごと》を、新将軍《しんせうぐん》義《よし》持《もち》に任《まか》し給はず、御《ご》二男義嗣卿《じなんよしつぐけう》を鍾愛《しようあい》のあまり、そを関白《くわんばく》の上坐《かみくら》に、居《を》らして威勢《いきほひ》を示《しめ》さんとて、*今兹《ことし》の春三月《はるやよひ》四日に、当今《たうぎん》後小松《ごこまつ》天皇《てんわう》を北《きた》山《やま》なる、金閣《きんかく》に行幸《みゆき》做奉《なしたてまつ》り、幾日《いくか》も花宴《はなのえん》の御遊《ぎよゆう》ありけり。万事皆《よろづみな》かくの如《ごと》く、思ひの随《まゝ》になされしかども、盛者必衰《せいじやひつすい》の理《ことわ》り、無常迅速《むじやうじんそく》の風《かぜ》の与《ため》には、露《つゆ》の玉《たま》の緒《を》を、拿駐《とりとゞ》め給ふこと克《かな》はず、なほ惜《をし》かるべきおん齢《よはひ》にて、*返《かへ》らぬ夜台《やだい》に升《のぼ》り給ひぬ。*因《より》て北山《きたやま》の金閣《きんかく》は、「義嗣卿《よしつぐけう》に譲《ゆづら》ん」、と逆仰《かねておふ》せしよしあれば、義嗣軈《よしつぐやが》て住《すま》せ給ふ。こゝをもて北山《きたやま》へ、なほも出仕《しゆつし》の大小名《だいせうめう》、曩日《さきのひ》にしも異《こと》ならねば、宛《さながら》京師《みやこ》に両柱《ふたはしら》の、将軍《せうぐん》をはしますに似《に》て、世《よ》を阽《あやぶ》むもの尠《すくな》からず。なれども管領斯波殿《くわんれいしばどの》義《よし》将《まさ》の、当将軍《たうせうぐん》を推尊《おしたふとみ》て、嫡庶《ちやくしよ》の差別《けぢめ》を立《たて》給へば、北山殿《きたやまどの》へ参《まゐ》るものの、終《つひ》には寡《すけな》くなりぬべし。そは左《と》まれ右《かく》もあれ、*鹿苑院《ろくおんゐん》の薨去《こうきよ》のよしを、明朝《から》へも仰《おふせ》遣《つかは》されて、諡《おくりな》を請《こひ》給ふといへば、約莫這土《およそこのど》にあらんもの、摂家清花《せつけせいくわ》の大臣《だいじん》より、御内外様《みうちとざま》の大小名《だいせうめう》、法師巫覡《はうしかんなぎ》に至《いた》るまで、僉後《みなおく》れじと上洛《しやうらく》して、吊《とぶら》ひまつらざるはなし。是《これ》より、*当国《たうごく》の守護《しゆご》、遊佐殿《ゆさどの》河内守《かはちのかみ》、藤《ふぢ》原就盛《はらのなりもり》。も、京師《みやこ》へ赴《おもむ》き給ひき」とて、知情貌《わけしりがほ》に多弁《たべん》なる、浮世《うきよ》の噂《うはさ》も山寺《やまでら》へは、疎《うと》くて耳《みゝ》に入《い》りがたかりしを、姑摩姫《こまひめ》は又仙術《またせんじゆつ》にて、密々《しのび〳〵》に外《と》に出《いで》て、其頭《そこら》の噂《うはさ》を那這《あちこち》と、窃聞《たちぎゝ》しつゝ虚実《きよじつ》を択《えら》むに、その言大抵差《ことおほかたたが》はねば、約七日許《およそなのかばかり》経《へ》て、又分身《またぶんしん》の法《はう》を設《まう》けて、独玄通観《ひとりげんつうくわん》に赴《おもむ》きつ、師《し》の仙孃《せんちやう》に見参《げんざん》して、世《よ》の風声《ふうぶん》の趣《おもむき》を、箇様々々《かやう〳〵》と報告《つげしら》して、「いぬる日《ひ》、奴家《わらは》が北山《きたやま》にて、義満《よしみつ》と共侶《もろとも》に、射《い》て仆《たふ》したる童扈従《わらはごせう》は、赤松律師則祐《あかまつりつしそくゆう》が孫《まご》にて、赤松五郎則助《あかまつごらうのりすけ》と、喚《よび》做《なさ》るゝものに侍《はべ》り。*那則祐《かのそくゆう》は当初《そのはじめ》、大塔宮《だいたうのみや》に仕《つか》へまつりて、元弘二年《げんこうにねん》夏六月《なつみなづき》、十津河《とつがは》の御難《ごなん》の折《をり》、「宮《みや》のおん命《いのち》に替《かはり》まつらん」、と稟《まう》せしにも似《に》ず、*父円心《ちゝゑんしん》と、倶《とも》に尊氏《たかうぢ》に従《したが》ひて、*宮《みや》は足利直義《あしかゞたゞよし》に、弑《ころ》○シイされ給ひしを恨《うらみ》とせず、をさ〳〵賊《ぞく》の股肱《ここう》と做《なり》て、*一期《いちご》栄《さかえ》て身故《みまか》りしを、則祐《そくゆう》は応安《おうあん》四年《ねん》、十一月九日に卒《しゆつ》す。享年《きやうねん》六十歳《さい》。最朽惜《いとくちをし》く思ひしに、そが孫《まご》なりとも射《い》て仆《たふ》せしは、こも天罰《てんばつ》で侍《はべ》らんかし」、といふに九六媛《くろひめ》点頭《うなづき》て、「*那則祐《かのそくゆう》が子《こ》は、義則《よしのり》也。その義則《よしのり》に児子《こども》多《おほ》かり。嫡子《ちやくし》は満祐《みつすけ》、次《つぎ》は祐《すけ》之《ゆき》、次《つぎ》は則繁《のりしげ》、次《つぎ》は義雅《よしまさ》とぞいふなる。恁《かゝ》ればその則助《のりすけ》の、ことはしも聞知《きゝしら》ねども、そのもの独射《ひとりい》たればとて、千枝《ちえだ》の中《なか》なる一葉《ひとは》におなじ。甚《いか》ばかりの事あるべきや。只聞《たゞきく》にしも堪《たへ》がたきは、那義満《かのよしみつ》に太上天皇《だじようてんわう》を、贈《おく》られしといふ一条《いちでふ》のみ。これらの事は叡慮《えいりよ》より、出《いで》たるにはあらずして、武《ぶ》威《ゐ》に憚《はゞか》り給ふの所以《ゆゑ》のみ。大皇国《おほみくに》は人臣《じんしん》として、皇位《わうゐ》を犯《をか》せしものあらず。事情《ことのこゝろ》を得《え》ぬ白徒《しれもの》は、こを只武家《たゞぶけ》の面目《めんもく》也とて、羨《うらや》むも世《よ》にあるべけれども、これらによりても義満《よしみつ》の、僭称不臣《せんしようふしん》の悪名《あくみやう》を、後《のち》に伝《つたふ》る外《ほか》はあらず。譬《たとへ》ば正成《まさしげ》・義貞《よしさだ》の如《ごと》き、忠義抜群《ちうぎばつくん》なるをもて、陣歿《うちじに》の後《のち》、南朝《なんちやう》にて、贈官贈位《ぞうくわんぞうゐ》ありけるこそ、子孫《しそん》の面目《めんもく》なるべけれ。今足利《いまあしかゞ》の勢《いきほ》ひもて、望《のぞま》ば何事歟《なにごとか》遂《とげ》ざるべき。こは蔽政《へいせい》の致《いた》す所《ところ》、些《ちと》も羨《うらや》むべき事にはあらず。その欲茲《よくこゝ》に極《きはま》りぬれば、必《かならず》子孫《しそん》に禍害《わざはひ》あらん。幸《さいは》ひにして義持《よしもち》の、辞《ぢ》し稟《まう》せしは切《せめ》てもの、罪滅《つみほろぼ》しであるべきに、そを明国《みんこく》の君《きみ》に告《つげ》て、謚《おくりな》を得《う》るを栄《さかえ》とおもはゞ、亦義持《またよしもち》も罪《つみ》を免《まぬか》れず。古《いにしへ》は、*親魏倭王《しんぎわわう》之《の》印《いん》あり。そは魏志《ぎし》に見えて国史《こくし》になし。古《いにしへ》僭称《せんせう》の逆臣《ぎやくしん》の、唐山《からくに》へ佞媚《ねいび》せしのみ、朝廷《みかど》の上《うへ》には干《あづか》らず。義満《よしみつ》の罪《つみ》、類《るい》して知《し》るべし。曩《さき》にいひつる仙書三巻《せんしよみまき》を、もて来《き》給ひし歟《か》、いかにぞや」、と問《とは》れて姑摩姫《こまひめ》遽《いそがは》しく、「即這里《すなはちこゝ》に」、と懐《ふところ》より、拿出《とりいだ》して恭《うや〳〵》しく、遞与《わた》すを九六媛《くろひめ》受拿《うけとり》て、「けふは特《こと》さらいふべきよしあり。膝《ひざ》を找《すゝ》めて听《きゝ》給へ。和《わ》女郎《ぢよろ》はその性《さが》、江湖上《よのなか》の、婦女子《ふぢよし》に大《いた》く立優《たちまさ》りて、稚少《をさな》き時《とき》より男子魂《をとこだましひ》あり。人《ひと》の及《およ》ばぬ忠孝心烈《ちうこうしんれつ》、天地《てんち》の鬼神《きしん》を感動《かんどう》して、已《やむ》べからざる勢《いきほ》ひあれば、我《われ》その誠心《まごゝろ》を憐《あはれ》む与《ため》に、大皇国《おほみくに》には儔《たぐひ》なき、剣俠《けんけう》の術《じゆつ》を伝《つた》へて、その宿望《しゆくまう》を果《はた》さしたり。既《すで》に怨《うらみ》を復《かへ》せし上《うへ》は、けふより剣術《けんじゆつ》を排斥《おしりぞ》けて、再《ふたゝび》これを行《おこな》ふべからず。唐山《からくに》にてその名《な》聞《きこ》えたる、那剣《かのけん》俠《けう》の女子《をなご》也とも、その怨《うらみ》を復《かへ》して後《のち》は、再《ふたゝび》術《じゆつ》を行《おこな》ひしものあらず。倘《もし》その術《じゆつ》を弄《もてあそ》びて、屢《しば〳〵》すれば禍《わざはひ》あり。昔唐山《むかしからくに》、*東海《とうかい》の黄公《くわうこう》は、符《ふ》をもて虎《とら》を役使《つかひ》しに、後《のち》に年老《としおい》て、術《じゆつ》行《おこなは》れず、虎《とら》に啖《はま》れて死《し》したりき。もて警《いましめ》となすべきのみ。こを後々《のち〳〵》まで忘《わす》るゝことなく、仡《き》とその術《じゆつ》を擯斥《すてしりぞ》けて、怕《おそれ》慎《つゝし》みて犯《をか》すべからず。夫剣術《それけんじゆつ》は一派《いつぱ》の仙伝《せんでん》、是真仙《これしんせん》の義《ぎ》にあらねども、これを借《か》りて真仙《しんせん》に、倣升《なりのぼ》りしも多《おほ》くあり。遮莫止《さばれとゞま》る所《ところ》を知《し》らで、恣《ほしいまゝ》に行《おこな》へば、神明仏陀《しんめいぶつだ》の憎《にく》みを受《うけ》て、その身《み》に捷《まさ》る敵《てき》に遭《あは》ん。和漢今昔《わかんこんじやく》、義士勇婦《ぎしゆうふ》の、剣術《けんじゆつ》を知《しら》ざるも、怨《うらみ》を雪《きよ》めざるにあらねど、和女郎《わちよろ》の讐《あた》は剣術《けんじゆつ》ならで、得撃《えうち》がたきよしあれば、権且術《しばらくじゆつ》を借《か》したるのみ。

その事既《すで》に果《はて》たれば、仙書《せんしよ》を拿《とり》も返《かへ》せし也。*那軍陣《かのぐんぢん》に将《せう》たる術者《じゆつしや》の、藁《わら》を剪《き》り豆《まめ》を散《ちら》して、軍兵《ぐんびやう》に倣《な》し、軍馬《ぐんば》に倣《な》して、一旦《いつたん》その利《り》を得《え》たるもあれど、そは幻術《げんじゆつ》の所行《わざ》なれば、方正英雄《はうせいゑいゆう》の敵《てき》にあふときは、破《やぶ》られずといふことなし。我《わが》剣術《けんじゆつ》は仙伝《せんでん》にて、その類《たぐひ》にあらねども、屢《しば〱》すれば破敗《はばい》に至《いた》らん。その理《り》は是一致《これいつち》也。対沖《かけまく》は最《いと》も惶《かしこ》き、当今《たうぎん》後小松《ごこまつ》天皇《てんわう》は、小倉太上天皇《をぐらのだじようてんわう》後亀《ごかめ》山《やま》の、おん禅《ゆづり》を受《うけ》給ひて、三種《みくさ》の神器《かんだから》を伝《つた》へ給へば、疑《うたが》ひもなき正統《せいとう》の、天皇《すべらみこと》にこそをはしますなれ。非除這後々《よしやこのゝち〱》まで、御誓約《ごせいやく》の差《たが》ふとも、そは義満《よしみつ》に似《に》たる義《よし》持們《もちら》が、妬忌偏執《ときへんしう》の所為《わざ》なれば、朝廷《みかど》を恨《うら》み奉《たてまつ》るべからず。普天《あめ》の下《した》、卒土《そと》の浜《はま》、皇土皇民《くわうどくわうみん》ならぬもなければ、朝々《ちやう〱》夜々《やゝ》に当今《たうぎん》の、御代《みよ》長久《ちやうきう》を祈《いの》るこそよけれ。この義《ぎ》をこゝろ得《え》給へかし」、と諭《さと》せば姑摩姫《こまひめ》額《ぬか》をつきて、

「仰具《おふせつぶさ》に承侍《うけはべ》りぬ。何《なん》でふ背《そむ》きまつらんや」、といふに九《く》六媛《ろひめ》身辺《ほとり》に措《お》きたる、仙書《せんしよ》に向《むか》ひ、呪文《じゆもん》を唱《とな》へて、息《いき》を吻《ふつ》と吹掛《ふきかく》れば、その息忽地猛火《いきたちまちみやうくわ》と倣《な》りて、三巻《みまき》の仙書《せんしよ》を燔《やき》にけり。姑摩姫《こまひめ》これにうち驚《おどろ》きて、「噫最惜《あないとを》しや」、とばかりに、慌《あはて》て立《たゝ》んとしてけるを、九六媛《くろひめ》、「ヤヤ」と推禁《おしとゞ》めて、「既《すで》に棄《すて》たる剣術《けんじゆつ》の、書《しよ》を喪《うしな》ふとも惜《をし》むことかは。伝授《でんじゆ》は只《たゞ》その人《ひと》に限《かぎ》りて、子《こ》にも伝《つた》へず、弟子《でし》にも授《さづけ》ず、世《よ》に遺《のこ》すべきものならねば、儀《かた》のごとくにしたる也。縦這書《たとひこのしよ》のあらずとも、和女郎《わちよろ》が年来学《としごろまな》びたる、趣《おもむき》はなほ記《おぼえ》たらん。そを行《おこな》ふとも、行《おこな》はじとも、這書《このしよ》に憑《よ》らず、心《こゝろ》にあり。倩《つら〱》和女郎《わちよろ》を相《さう》するに、四五年《ねん》の程《ほど》に変卦《けちがひ》○ヘンゲありて、みづから作《な》せる孽《わざはひ》に遭《あは》ん。その折幇助《をりたすけ》を喪《うしな》ひて、爾後《そのゝち》に亦幇助《またたすけ》を得《え》つべし。新田《につた》の余類《よるい》にあふことあらば、そは宿縁《しゆくえん》の結《むす》ぶ所《ところ》、苦楽《くらく》を倶《とも》にすべきものなり。倘吉凶《もしきつけう》をいかにと問《と》はゞ、

「遭一必敗《いちにあふてかならずやぶれ》　会六有歓《ろくにあふてよろこびあり》、垣衣粘石《ゑんいいはにつきて》　虧盈復《みつるをかきてまた》

安《やすし》」、この四句《しく》をよく記憶《きおく》せば、思ひ合《あは》するよしあらん」、といふに姑摩姫件《こまひめくだん》の四句《しく》を、屢《しば〳〵》吟《ぎん》じ服膺《ふくよう》して、「この義《ぎ》は奴家《わらは》が一生涯《いつせうがい》の、吉凶《きつけう》に侍《はべ》る歟《か》」、と問《と》へば九六媛頭《くろひめかうべ》を掉《ふり》て、「否《いな》。生涯《せうがい》の事にはあらず。然《され》ばとて又一生涯《またいつせうがい》の、事ならぬにもあらずかし。和女郎《わぢよろ》は、その性《さが》、俠気《をとこぎ》あり。この故《ゆゑ》に身《み》を苦《くる》しめ、この故《ゆゑ》に名《な》を成《な》さん」、といひつゝ傍《かたへ》の壺《つぼ》の内《うち》より、枯草《かれくさ》十《と》茎《くき》あまり拿出《とりいだ》して、「喃姑摩姫《なうこまひめ》、這神草《このしんさう》は、*唐山梁《からくにりやう》の任昉《じんばう》が、述異記《じゆつゐき》に載《の》せし活人草《くわつにんさう》也。這草《このくさ》、むかし日支国《につしこく》にあり。今《いま》は世《よ》に絶《たえ》て得《え》がたし。約中毒金瘡《およそちうどくきんさう》、温疫霍乱《うんえきくわくらん》、万病通《まんびやうすべ》て危窮《ききう》のもの、一旦死《いつたんし》に至《いた》るとも、これを一茎用《ひとくきもちふ》れば、死《し》を起《おこ》し生《せい》に回《かへ》して、時《とき》を移《うつ》さず本復《ほんぶく》す。その病痾緩《やまひゆる》やかならば、清水《しみづ》をもて煎《せん》じ用《もち》ひ、若急《もしきう》ならば、推揉《おしもみ》て、粉《こ》にしてその面部《かほ》に吹掛《ふきかく》べし。病痾《やまひ》なしともこれを服《ふく》せば、剣戟《けんげき》にも傷《やぶ》られず、矢石《しせき》もその身《み》に中《たつ》ことなく、年《とし》を延《のべ》て衰《おとろ》へず、実《じつ》に神効《しんこう》あるものなれば、是《これ》を和女郎《わぢよろ》にまゐらせん。嚢《ふくろ》に収《おさ》め身《み》を放《はな》さずば、後《のち》に用《もちふ》ることもあるべし。忽諸《ゆるがせ》になし給ひそ。いふべきよしは尽《つく》せしに、けふより長《なが》く別《わか》れてん。和女郎義俠《わぢよろぎけう》の志《こゝろざし》移《うつ》らで、行《おこな》ふ所非理《ところひり》なくば、我復来会《われまたらいくわい》する日《ひ》あらん。その折《をり》までになほ修行《しゆぎやう》して、同志《どうし》の義士節婦們《ぎしせつぷら》と、倶《とも》に解脱《げだつ》の時《とき》を等《まち》ね。「卒々《いざ〳〵》」、と呼《よび》かけて、持《もつ》たる活人草《くわつにんさう》を逓与《わた》すにぞ、姑摩姫《こまひめ》これを受《うけ》とりて、歓《よろこ》びを舒別《のべわかれ》を惜《をし》み、なほ久後《ゆくすゑ》の事までも、問極《とひきはめ》んと思ふ程《ほど》に、女仙《ぢよせん》の後方《あとべ》に侍《はべ》りたる、外豆《たづ》と知止湍《ちとせ》は忽然《こちねん》と、丹頂白毛《たんちやうはくもう》、年老《としおい》たる、二隻《ふたつ》の鶴《つる》に変《へん》じつゝ、羽《はね》を合《あは》して立《たち》ければ、九六媛《くろひめ》閃《ひら》りと鶴《つる》の背《そびら》に、倚《よ》るをそが儘《まゝ》うち駕《の》して、快中天《はやなかぞら》に翺翔《まひのぼ》り、往方《ゆくへ》も知《しら》ずなりにけり。

姑摩姫《こまひめ》は忙然《ばうぜん》と、霎時厥方《しばしそなた》を目送《みおく》りて、うち念《ねん》じ伏拝《ふしおが》み、更《さら》に四下《あたり》を見かへるに、有《あり》つる仙観楼閣《せんくわんろうかく》は、忽然《こちねん》と消滅《きえうせ》て、身《み》は迹絶《とだえ》たる深山《みやま》の奥《おく》の、嵓崛《いはむろ》の内《うち》に在《あ》りけり。「原来我《さてはわが》師《し》の仙術《せんじゆつ》にて、這里《ここ》に大廈《たいか》《○オホイヘ》を化現《けげん》して、富貴利達《ふうきりたつ》も一炊《いつすい》の、夢《ゆめ》なるよしを示《しめ》し給へり。現天上《げにてんじやう》の*紫微玉殿《しびぎよくでん》も、又西方《またさいはう》の極楽浄土《ごくらくじやうど》も、思へば皆這類《みなこのたぐひ》なるべし。こゝに至《いた》りて初《はじめ》て悟《さと》りぬ。那両個《かのふたり》の仙童女《めのわらは》の、多豆《たづ》・知止湍《ちとせ》と喚《よば》れたる、多豆《たづ》は即鶴《すなはちくわく》の和名《わめう》、*和名鈔《わめうせう》に、「鶴《くわく》は多豆《たづ》、一名《いちめう》は豆流《つる》」と見えたり。知止湍《ちとせ》は即《すなはち》千《ち》歳《とせ》にて、千歳《せんざい》雌雄《しゆう》の老鶴《おひつる》なるを、思《おもは》ざりしは鈍《おぞ》ましかりき。仙孃《せんぢやう》最《いと》も叮寧《ねんごろ》に、誡《いましめ》を遺《のこ》し給ひて、且再会《かつさいくわい》を契《ちぎ》り給へば、師恩《しおん》を頭上《かうべ》に戴《いたゞ》きて、仙骨《せんこつ》成《じやう》熟《じゆく》の時《とき》を等《また》ん。嗚呼《ああ》爾《しか》なり」、と独語《ひとりごち》て、飛行《ひぎやう》して宿所《しゆくしよ》に還《かへ》るに、仙師《せんし》に別《わか》れの惜《をし》かる故歟《ゆゑか》、又那仙書《またかのせんしよ》を燔《やか》れし故歟《ゆゑか》、走《はし》ること如意《にょい》ならで、来《き》ぬるには似《に》ず遅《おそ》かりければ、通宵《よすがら》いそぎてその暁《あかつき》に、やうやく帰着《かへりつ》きにけり。

爾程《さるほど》に姑摩姫《こまひめ》は、窃《ひそか》に分身《ぶんしん》の法《はふ》を収《おさ》めて、又剣侠《またけんけう》の事《わざ》を行《おこな》はず、をさ〳〵仙孃《せんぢやう》の箴《いましめ》を守《まも》りて、飛行《ひぎやう》の事は忘《わす》れしごとく、文武《ぶんぶ》の奥義《おうぎ》を胸《むね》に復《ふく》して、義勇《ぎゆう》の志《こゝろざし》は撓《たゆま》ねども、陽《うへ》には面和《おもわ》を整《とゝのへ》て、烈《はげ》しく言《ものい》はず、怒《いかり》を見《あら》はさず、*窈窕《えうちやう》たる深窓《ふかきまど》の、未通女《をとめ》にてありければ、神《かみ》ならぬものその心術《しんじゆつ》を、知《し》るよし絶《たえ》てなかりけり。

恁《かくて》又《また》両三年《ふたとせみとせ》過《すぐ》す程《ほど》に、姑摩姫《こまひめ》は年《とし》十四になりぬ。向燃《もえなん》とする初花《はつはな》の、気色《けしき》いよ〳〵臈闌《ろうたけ》て、沈魚落鴈《ちんぎよらくがん》の面影《おもかげ》あり。しかれども山院《やまでら》の、境内《けいだい》に成長《ひとゝな》りぬれば、*夜光《やくわう》いたづらに卞室《べんしつ》に埋《うづも》れて、人這美玉《ひとこのびぎよく》を知《しら》ざりけり。

間話休題《あだしごとはさておきつ》。この年《とし》、二月《きさらぎ》十五日には雨《あめ》ふりて、*涅槃会《ねはんゑ》に詣来《まうでく》る、道俗《どうぞく》の稀《まれ》也ければ、姑摩姫《こまひめ》は、独本堂《ひとりほんだう》に赴《おもむ》きて、本尊幷《ほんぞんならび》に涅槃像《ねはんぞう》を、拝《おが》み奉《たてまつ》り、亡父母《なきかぞいろは》の菩提《ぼだい》を念《ねん》じて、かへさに方丈《はうちやう》に音告《おとづれ》て、伯母《をば》の尼公《にこう》の安否《あんぴ》を訪《とひ》けり。登時《そのとき》住持《ちゆうぢ》智正禅尼《ちせうぜんに》は、毎《いつも》のごとく対面《たいめ》して、時移《ときうつ》るまで法談《はうだん》あり。却《さて》いはるゝやう、「予《かねて》も薦《すゝ》めまゐらせたるごとく、亡《なき》父母《ちゝはゝ》の菩提《ぼだい》の与《ため》に、いかで儞《そなた》を女僧《あま》にして、後住《ごぢゆう》になさまく思ふ也。よりて稚《をさな》かりし時《とき》、経文《きやうもん》を教《をしえ》たれども、我身《わがみ》左《と》右多病《かくたびやう》にて、中絶《ちうぜつ》しても久《ひさ》しくなりぬ。人《ひと》は貌《かたち》を更《あらた》めねば、業《わざ》も進《すゝ》まぬものなるに、今茲《ことし》の五月《さつき》は儞《そなた》の爹々《てゝご》、正元《まさもと》主《ぬし》の十三回忌《くわいき》、又十一月《またしもつき》は嬶々《はゝご》さへ、おなじ遠忌《ゑんき》に丁《あた》りぬれば、五月《さつき》の忌辰《きしん》に飾《かざり》を落《おろ》して、仏門《ぶつもん》に入《い》り給へかし。*一《いつ》子《し》出家《しゆつけ》するときは、九族天《きうぞくてん》に升《のぼ》るといふ、功徳何事《くどくなにごと》かこれに優《まさ》すべき。這義《このぎ》をこゝろ得《え》給ひてよ」、といはれて姑摩《こま》姫些《ひめちつと》も推辞《いな》まず、「仰承《おふせうけ給は》り侍《はべ》りにき。出家《しゆつけ》は素《もと》より情願《じやうぐわん》なれども、性愚《さがおろか》にて、その徳《とく》なければ、後住《ごぢゆう》の事は及《およ》びがたけん。只《たゞ》おん教《をしえ》に憑《よ》らんのみ」、といふに智正尼《ちせうに》歓《よろこ》びて、

管待常《もてなしつね》に彌増《いやまし》けり。

その曛昏《ゆふぐれ》に姑摩姫《こまひめ》は、分根亭《はなれざしき》にかへり来《き》て、嚮《さき》に智正尼《ちせうに》にいはれしよしを、維盈《これみつ》・縫殿《ぬひ》們《ら》に報知《つげし》らするに、件《くだん》の夫《ふ》婦《ふ》は眉《まゆ》を顰《ひそ》めて、「そは思ひがけなき事也。出家《しゆつけ》の功徳《くどく》は然《さ》ることながら、楠氏《なんし》の御子《ごし》孫多《そんおほ》くもあらず。非除御女子《よしやごによし》にましますとも、這山院《このやまでら》に迹《あと》を絶《たえ》て、住持《ぢゆうぢ》と做《な》して何《なに》にせん。などてや推辞《いなみ》給はざりける。既《すで》に約束《やくそく》し給ひては、後《こう》悔《くわい》その期《ご》に達《たち》がたかり。さても〳〵」、とばかりに、言語《ことば》斉一《ひとしく》怨《ゑん》ずるを、姑摩《こま》姫聞《ひめき》つゝ微笑《ほうゑみ》て、「否《いな》。我身《わがみ》なればとて、出家《しゆつけ》を楽《ねが》ふにあらねども、仏《いはけな》きより御庇《みかげ》に縁《よ》りて、親《おや》にひとしき伯母君《をばぎみ》の、教《をしえ》に悖《もと》るは不孝《ふこう》也。然《され》ばとて這儘《このまゝ》に、

仙家豈無生別《せんかあにせいべつなからんや》　仏閣何悲死喪《ぶつかくなんぞしそうをかなしまん》　有像第三十二

しおりせしこゝろの花のかをとめておくある山のはるなわすれそ

こまひめ　九六媛

せきづるのはりあるこゝろしらま弓それとすゝむるやこのあまでら

これみつ　ぬひ　こまひめ　智正尼

埋《うも》れ果《はて》なば実《うみ》の親《おや》の、志《こゝろざし》に違《たが》ふに似《に》たり。縦約束《たとひやくそく》したりとも、五月《さつき》まではなほ程《ほど》あり。その期《ご》に及《およ》びてせんすべあらん。只《たゞ》うち儘《まか》して措《おき》ねかし」、といふに夫婦《ふうふ》は慰《なぐさ》め難《かね》て、心《こゝろ》もとなく思ひけり。原《たづぬ》るに、今姑摩姫《いまこまひめ》の如右答《しかこたへ》て、悔《くふ》る気色《けしき》のなかりしは、この折既《をりすで》に先見《せんけん》あり。「伯母《をば》の尼公《にこう》の多病《たびやう》なる、その色相《しきさう》に拠《より》て思惟《おもひみ》るに、命数已《めいすうすで》に竭《つき》給へば、悲《かなし》きかな、遷化《せんげ》○イロアヒ遠《とほ》かるべからず。曩《さき》に仙孃《せんぢやう》の賜《たまは》りし、神草《しんさう》這里《ここ》にありといへども、命数既《めいすうすで》に竭《つき》たる人《ひと》に、用《もち》ひてその効《こう》あるべくもあらず。然《さ》るをその生前《せうぜん》に、薦《すゝ》め給へる出家《しゆつけ》を推辞《いなみ》て、意《い》に悖《もと》らんは*こゝろにず。縦今《たとひいま》いはれし随《まゝ》に、那義《かのぎ》を承引侍《うけひきはべ》るとも、遂《とげ》らるべき事にはあらず」、と当坐《たうざ》に了簡《りやうけん》したりしかば、儀《かた》のごとくに応《いらへ》たる、心《こゝろ》の内《うち》には哀《あい》戚《せき》の、涙《なみだ》ぞ遺湍《やるせ》なかりける。こは那仙書《かのせんしよ》の妙奥《めうおう》と、*素問衛《そもんゑい》生《せい》の医術《いじゆつ》にて、人《ひと》の知《しら》ざることをしも、知《し》りつゝ悄々地《ひそか》にうち歎《なげ》くを、維盈《これみつ》・縫殿們《ぬひら》に恁々《しか〳〵》と、解諭《ときさと》さんはさすがにて、後々《のち〳〵》までも黙止《もだ》せしに、不幸《ふこう》にして先見差《せんけんたが》はず、三月《やよひ》の下澣《すゑ》より智正尼《ちせうに》は、重病《ぢゆうびやう》に犯《をか》されて、鍼灸薬餌《しんきうやくじ》の験《しるし》もあらず。この故《ゆゑ》に姑摩姫《こまひめ》は、日夜《にちや》枕方後方《まくらべあとべ》に侍《はべ》りて、看病《かんびやう》等閑《なほざり》ならざりければ、霎時《しばし》も分根亭《はなれざしき》へ退《まか》らず、「倘《もし》や」と思ひて活人草《くわつにんさう》を、手親煎《てづからせん》じて薦《すゝ》めたれども、定業《じやうごう》なればや、その効《しるし》もなし。既《すで》にして智正尼《ちせうに》は、病着一旬許《いたづきとをかばかり》に及《およ》びたる、四月《うづき》八日の朝《あさ》、姑摩姫《こまひめ》を、枕方《まくらべ》に召近着《よびちかづけ》て、「予你《かねてそなた》の祝《しゆく》髪《はつ》を、五月《さつき》の遠忌《ゑんき》に遂《とげ》させん、と思ひしよしの画餅《あだ》になりて、露命旦夕《ろめいたんせき》に逼《せま》りたり。恁《かゝ》れば且出家《まづしゆつけ》の事は、折《をり》を等《まつ》こそよかンめれ。後住《ごぢゆう》は徒弟《でし》○トテイの智円《ちゑん》を、と逆定《かねてさだ》めたりければ、今《いま》より智円《ちゑん》に従《したが》ひて、読経《どきやう》を習《なら》ひ給へかし。我身《わがみ》稚《をさな》かりし時《とき》より、脾疳《ひかん》に嬰《より》て目《め》も歹《わろ》く、漸々《しだい〳〵》に痩衰《やせおとろ》へて、命危《いのちあやふ》かりけるを、二親達《ふたおやたち》の歎《なげ》き給ひて、当院《このみてら》の本尊地蔵井《ほんぞんちざうぼさつ》に、深《ふか》くも祈《いの》り給ひたる、利益《りやく》に縁《より》て命根《たまのを》を、拿《とり》も留《とゞ》めし歓《よろこ》びに、「地蔵井《ちざうぼさつ》にまゐらせん」とて、女僧《あま》にせられて四十年《ねん》、徳《とく》薄《うす》けれども、住持《ぢゆうぢ》に做《な》りて、如干《いくたり》名の徒弟《でし》さへあり。戒行《かいぎやう》やうやく成就《じやうじゆ》して、彌陀《みだ》の迎《むかひ》を受奉《うけたてまつ》れば、思ひ遺《のこ》すこともなし。願《ねが》ふは後世《ごせ》を旨《むね》として、出家《しゆつけ》の功徳《くどく》を遂《とげ》給へ」とて、最叮寧《いとねんごろ》に告聞《のりきこ》えて、この日竟《ひつひ》に大往生《だいわうぜう》の、素懐《そくわい》を遂《とげ》給ひけり。「生死《しやうじ》は人《ひと》の一呼吸《いつこきう》の如《ごと》し。逝《ゆく》ものあれば、来《き》つるものあり。然《さ》るを仏生日《ぶつせうにち》に丁《あた》りて、愛《めで》たく遷化《せんげ》し給ひしは、羨《うらや》むべき事也けり」とて、その徒《ともがら》は尊《たふと》みける。

爾程《さるほど》に姑摩《こま》姫《ひめ》は、哀別《あいべつ》の涙乾《なみだかは》く隙《ひま》なく、愁《なましい》に先見《せんけん》の、当《あた》りて剃度《ていど》《○シユツケ》を免《のが》れても、免《のが》れがたきは死喪《しそう》の悲《かなし》み、遣《や》る方《かた》もなき歎《なげ》きをしつゝ、荼毘安葬《だびあんそう》の事果《ことはて》て、初《はじめ》て宿所《しゆくしよ》に退《まか》りけり。這年《このとし》智円尼《ちゑんに》後住《ごぢゆう》に做《な》りて、寄宿《きしゆく》の尼《あま》も甲乙《これかれ》と、交代《かうたい》せしも多《おほ》かりければ、是《これ》より寺風《じふう》綷易《ことかは》りて、憑《たのも》し気《げ》なくなりにけり。恁而《かくて》その次《つぎ》の年《とし》、智正禅尼《ちせうぜんに》の一周忌《いつしうき》果《はて》し比《ころ》、有一日《あるひ》現住《げんぢゆう》智円尼《ちゑんに》は、隅屋《すや》小《こ》一郎維盈《いちらうこれみつ》と、その妻《つま》縫殿《ぬひ》を方丈《はうぢやう》へ、招《まね》きよせて談《だん》ずるやう、「恁《かう》いはゞ何《なに》とやらん、言改《ことあらたま》るに似《に》たれども、姑摩刀禰《こまどの》、年来当院《としごろたうゐん》の、地内《ちない》に住《すま》ひ給ふこと、先住《せんぢゆう》とは姨姪《をばめい》の、親《したし》みさへありけるに、仆《いはけな》かりし比《ころ》よりなれば、然《さ》しも外視《ひとめ》に達《たゝ》ざりき。今《いま》ははや生情《なまごゝろ》の、憑《つき》給ふ時候《ころ》なるに、容止《かほばせ》特《こと》に美《うるは》しければ、影護《うしろめた》きよしなきに侍《はべ》らず。且《かつ》*和殿《わどの》夫婦《ふうふ》也、農僕《のうをとこ》なンどさへ、丙丁《たれかれ》となく仕《つかふ》るを、後々《のち〳〵》までも舎蔵措《かくまひおき》ては、外聞《ひとぎゝ》歹《わろ》く侍《はべ》りてん。然《さり》とても今速《いますみやか》に、追出《おひいだ》さんといふにあらず。和殿們《わどのら》先《まづ》このこゝろを得《え》て、左《と》も右《かく》もし給へかし」、といふに維盈《これみつ》一議《いちぎ》に及《およ》ばず、「仰《おふせ》の趣《おもむき》寔《まこと》に爾《しか》なり。姫上《ひめうへ》に告稟《つげまう》して、おん答《こたへ》を仕《つかまつ》るべし」、と諾《うけ》ひて縫殿《ぬひ》も共侶《もろとも》に、分根亭《はなれざしき》へ退《まか》りつゝ、却《さて》姑摩《こま》姫《ひめ》に恁々《しか〴〵》と、院主《ゐんしゆ》智円尼《ちゑんに》にいはれしよしを、遺《おち》もなく報知《つげしら》すれば、姑摩《こま》姫《ひめ》聞《きゝ》つゝ歎息《たんそく》して、「そは所以《ゆゑ》あることならん。現住《げんぢゆう》は世才《せさえ》ありて、利《り》に疎《うと》からぬ性《さが》なるに、年来《としごろ》我主従《わがしゆう〴〵》の、地《ち》を塞《ふた》げつゝ僦賃《やどちん》を、出《いだ》さで処《を》るを厭《いとは》るゝ、口状《こうでう》とこそ聞《きこ》ゆるなれ。幸《さいは》ひに維盈《これみつ》が、購求《あがなひもと》めたる荘園《せうゑん》あれば、快《と》く其頭《そこら》へ宅《いへ》を造《つく》りて、退《しりぞ》くこそ宜《よろ》しからめ。是《これ》より外《ほか》に思念《しあん》はあらじ」、といふに維盈異議《これみつゐぎ》もなく、「在下《それがし》とても御同意《ごどうい》也。年来《としごろ》の貯禄《たくはへ》あれば、左《と》も右《かく》も仕《つかまつ》らん」、と応《いらへ》て次《つぎ》の日《ひ》智円禅尼《ちゑんぜんに》の、方丈《はうぢやう》に赴《おもむ》きて、よしを報《つ》げ、番匠《たくみ》を聚合《つどへ》、寺《てら》より十町《とまち》あまり山脚《ふもと》なる、八九《やこ》の村《むら》稍尽処《はづれ》に、一座《いちざ》の荘院《せうゐん》を造建《つくりたつ》るに、冬《ふゆ》に至《いた》りて、土木《どもく》の工《こう》、やうやくに落成《をはり》しかば、這冬《このふゆ》の十一月《しもつき》に、姑摩《こま》姫《ひめ》は移徙《わたまし》すとて、住持《ぢゆうぢ》の禅尼《ぜんに》、同宿《どうじゆく》の女僧達《あまたち》にも、人情《おくりものとも》匱しからず、歓《よろこ》びを舒別《のべわかれ》を告《つげ》て、維盈夫婦《これみつふうふ》、いへばさら也、奴婢《ぬび》農僕《のうをとこ》を従《したが》へて、八九《やこ》の新宅《しんたく》に移《うつ》りけり。嗚呼《ああ》鄙吝《いやし》きかな智円尼《ちゑんに》は、言《こと》を設《まうけ》て今《いま》より後《のち》まで、分根亭《はなれざしき》の僦賃《やどちん》を、多《おほ》く拿《とら》まく欲《ほり》せしに、その縡《こと》はやく咼齬《くひちが》ひて、姑摩姫《こまひめ》主僕《しゆぼく》辞《ち》し去《さ》りければ、只《たゞ》うち呟《つぶや》くのみ、腹《はら》は立《たて》ども、人《ひと》に報《つぐ》べき事ならねば、只《たゞ》喫酢《ねた》しとのみ思ひけり。

第《だい》二十四回《くわい》

考墓《こうぼ》《○チヽノハカ》に禱《いのり》て楠女残仇《なんぢよざんきう》《○ノコルアタ》を撃《う》つ
棊局《ききよく》《○ゴバン》を結《むす》びて沙彌《しやみ》災祥《さいしよう》《○ワザハヒノサガ》を訟《うつた》ふ

却説《かくて》楠《くすのき》姑摩姫《こまひめ》は、八九《やこ》の荘院《せうゐん》に移住《うつりすみ》ては、如意宝珠《によいほうじゆ》院《ゐん》に在《あ》りし時《とき》より、いよゝ謹慎《きんしん》《○ツヽシミ》を旨《むね》として、苟且《かりそめ》にも里人《さとびと》と面《おもて》を対《あは》せず、「遮莫《さばれ》一荘園《いつせうゑん》の主《ぬし》なれば、名号《めうごう》なくばあるべからず」、と村長《むらをさ》のいふもあれど、世《よ》に憚《はゞか》りて楠《くすのき》を名告《なの》らず、即《すなはち》地方《ところ》の字《あざな》を取《とり》て、*八九《やこ》の姑摩姫《こまひめ》とぞ喚《よば》せける。今茲《ことし》は家作移徙《かさくわたまし》にて、事多《ことおほ》かればはやくも暮《くれ》て、明《あく》れば応永《おうえい》十九年《ねん》、姑摩姫《こまひめ》は年《とし》二八になりぬ。浮世《うきよ》の女子《をなご》は春《はる》の日《ひ》を、鎖《くら》しかねつゝ花《はな》を索《たづ》ね、鳥《とり》さへ愛《めづ》る習俗《ならひ》なるに、姑摩《こま》姫《ひめ》は垂簾《たれこめ》たる、起臥毎《おきふしごと》に思ふやう、「我身《わがみ》仙孃《せんちやう》に別《わか》れまつりしより、はや五稔《いつとせ》になりにけり。曩《さき》には師恩《しおん》を戴《いたゞ》きて、剣術《けんじゆつ》なれば、正可《まさか》に怨敵義満《おんできよしみつ》を、射《い》て仆《たふ》したりけれども、那身《かのみ》を傷《やぶ》らず、その折遺《をりのこ》せし返矢《かへしや》は、はやく近臣某甲們《きんしんなにがしら》が、拿秘《とりかく》せしと聞《きこ》えしかば、人《ひと》の知《し》るべき拠《よし》もあらず。実《じつ》に我《わが》做《な》せし事ながら、今《いま》さら思へば夢《ゆめ》に似《に》て、かへり見をせん証据《あかし》《○セウコ》もなし。疑《うたが》ひまつるにあらねども、往《いぬ》る北山《きたやま》の復讐《あたうち》は、只是我師《たゞこれわがし》の仙術《せんじゆつ》にて、幻《まぼろし》に見せて、我年来《わがとしごろ》の、怨《うらみ》を慰《なぐさ》めたまひし歟《か》。是《これ》も亦《また》知るべからず。仙孃別《せんちやうわかれ》に莅《のぞ》みし折《をり》、後《のち》を契《ちぎ》りて叮寧《ねんごろ》なる、誡《いましめ》を貽《のこ》し玉ひしかば、五稔以来忘《いつとせこのかたわす》れしごとく、苟且《かりそめ》にも剣術《けんじゆつ》を、弄《もてあそ》びたることあらず。なれども北《きた》山《やま》の復讐《あたうち》は、今《いま》さら心《こゝろ》に慊《あきた》らず、那義持《かのよしもち》も親《おや》に似《に》て、胸窄《むねせま》ければ、僻事多《ひがごとおほ》かり。他《かれ》が親《おや》の譲《ゆづり》を受《うけ》て、大将軍《たいせうぐん》たりしより、十八九年《ねん》になりぬれども、なほ前約《ぜんやく》に背《そむ》きまつりて、小倉宮《をぐらのみや》を東宮《とうぐう》に、立《たて》まゐらする沙汰《さた》もなし。「今茲《ことし》は義持《よしもち》計《はから》ひ稟《まう》して、*今上第一《きんじようだいゝち》の皇子《みこ》実仁親王《さねひとしんわう》に、御受禅《みくらゐゆづり》あるべし」、と風聞《ふうぶん》す。しからんには後々《のち〳〵》まで、小倉《をぐら》の太上天皇《だじようてんわう》後亀山院《ごかめやまのゐん》の、叡慮《えいりよ》は画餅《あだ》にならんのみ。いかで我《われ》、京師《みやこ》に赴《おもむ》き潜入《しのびい》りて、那義持《かのよしもち》が首級《かうべ》《○クビ》を捕《とり》て、誓約《ちかひ》に背《そむ》く怨《うらみ》を復《かへ》さば、今世《このよ》後世《あのよ》の君《きみ》と親《おや》に、尽《つく》す忠孝両全《ちうこうりやうぜん》にて、夢歟《ゆめか》とぞ思ふいぬる年《とし》の、北山撃《きたやまうち》の類《たぐひ》にあらず。証迹《せうせき》其《そ》里《こ》に分明《ふんみやう》にて、脱《のが》れがたくはその坐《ざ》を去《さ》らず、刃《やいば》に伏《ふ》して名《な》を遺《のこ》さば、這山《このやま》里《ざと》に世《よ》を不楽《わび》て、老死《おいし》するには杳《はるか》に優《ます》べし。恩言《おんげん》尊《たか》き仙孃《せんぢやう》の、教誨《をしえ》に悖《もと》るは、罪深《つみふか》けれども、聞《き》く事毎《ごと》に憂《うれは》しき、世《よ》にいつまでか存命《ながらへ》ん。允《ゆる》させ給へ」、と念《ねん》じつゝ、尋思《しあん》の臍《ほぞ》を固《かた》めしを、気色《けしき》にも見《あら》はさず、三月《やよひ》も向尽《つきなん》としたる時候《ころ》、有一日《あるひ》縫殿《ぬひ》と維盈《これみつ》を、側《かたへ》に招《まね》きて、却《さて》いふやう、「我身《わがみ》総角《あげまき》なりし比《ころ》より、「亡父母《なきかぞいろは》のおん与《ため》に、高野山《かうやさん》《○タカノヽヤマ》へ詣《まうで》ん」、と思ひ起《おこ》したりけれども、独《ひとり》ゆかるゝ路《みち》ならねば、思ひながらも黙止《もだ》せしに、打《うち》も続《つゞ》きて両夕《ふたよさ》ばかり、心《こゝろ》にかゝる夢《ゆめ》を見たれば、いかで今茲《ことし》は那《かの》おん山《やま》へ、詣《まうで》て宿願《しゆくぐわん》を果《はた》さん、と欲《ほり》するこゝろ頻《しき》りになりぬ。よりて這義《このぎ》を告《つぐ》る也。其頭《そこら》の准備《ようい》をせよかし」、と寔《まこと》しやかに誘《こしらゆ》れば、縫殿《ぬひ》はさら也、維盈《これみつ》も、沈吟《うちあん》じつゝ面《おもて》を照《あは》して、「御所望《ごしよまう》余義《よぎ》なく候へども、そは又折《またをり》も候はん。最杪嫩《いとうらわか》きおん身《み》にて、旅宿《たびね》に不測《ふしぎ》の殃危《わざはひ》あらば、後悔其《こうくわいそ》里《こ》に達《たち》がたかり。稍《やゝ》年来《としごろ》になり給へば、おん壻君《むこぎみ》を得《え》まく欲《ほ》りして、悄々地《ひそか》に択《えら》み候へども、いまだ宜《よろ》しき所因《よすが》を得《え》ず。これらに就《つき》ても御旅行《ごりよこう》は、世《よ》の聞《きこ》えしかるべからず、思ひ止《とゞま》り給へかし」、と苦《にが》りて只顧諫《ひたすらいさむ》れば、縫殿《ぬひ》は傍痛《かたはらいた》くや有《あり》けん、それとはなしに詞《ことば》を添《そえ》て、只云云《たゞかにかく》と慰《なぐさ》めけり。恪《かく》て已《やむ》べき事ならねば、姑摩姫《こまひめ》はその次《つぎ》の日《ひ》に、又件《またくだん》の嬭母夫婦《めのとふうふ》に、起行《たびだち》の事をいひ出《いで》て、「昨日《きのふ》大《いた》く諫《いさ》められしを、思はで我意《がい》を推《お》すにはあらず。女子《をなご》は封疆《さかひ》を出《いで》ずといふ、教《をしえ》は誰《たれ》も知《し》りながら、世《よ》に捨《すて》られては遠国他郷《ゑんごくたけう》に、伶仃《さすら》ふも多《おほ》かるべし。亡《なき》親《おや》のおん与《ため》に、霊山霊地《れいざんれいち》に詣《まうづ》るものが、途《みち》にて禍害《わざはひ》あらん歟《か》とて、いなで已《やま》んは不孝《ふこう》に似《に》たり。思ひ決《さだ》めし物詣《ものまうで》を、何《なに》かは歹《わろ》しとて伴《とも》に立《たゝ》れずば、我身《わがみ》ひとつで首途《かどいで》をせん。何《なに》かは苦《くる》しかるべき」、と頻《しき》りに找《すゝ》む意《こゝろ》の駒《こま》に、羈《ほだし》とならんよしもなき、維盈貎《これみつかたち》を更《あらた》めて、「然《さ》までに思召《おぼしめす》ならば、今《いま》さらに又何《またなに》をか稟《まう》さん。在下《それがし》おん伴仕《ともつかまつ》るべし。縫殿《ぬひ》も従《したが》ひまつらずば、御不自由《ごふじゆう》なるべけれども、這《これ》が在《あ》らではおん留守《るす》を、委《ゆだぬ》るものゝ候はず。然《され》ばとてこゝろも得《え》ぬ、婢妾《をなごども》毎を倶《ぐ》し給はゞ、倒《なか》〳〵に路次《ろち》の煩《わづら》ひならん。綷《こと》の不便《ふべん》はこれのみならで、分苗時《うゑつけどき》の近着《ちかづけ》ば、農僕們《のうをとこら》におん轎子《のりもの》を、舁《かゝ》せんことも倣《な》しがたかり。この義《ぎ》はいかゞ仕《つかまつ》らん」、といふを姑摩《こま》姫聞《ひめきゝ》あへず、「否《いな》。婢児伴《をなごども》はあらでもよし。潜詣《しのびまうで》の事にしあれば、轎子《のりもの》は好《このま》しからず。是《これ》に就《つき》ても思ひぞ出《いづ》る、汝達《なんたち》の独子《ひとりご》なる、復市《またいち》とか聞《きこ》えしは、我身《わがみ》の生《うま》れたりし比《ころ》、親知《おやしら》ずとかいふ約束《やくそく》にて、大和《やまと》なる人《ひと》に取《とら》せしにあらずや。家頼《けらい》の児《こ》とはいひながら、我身《わがみ》の与《ため》には乳兄弟《ちきやうだい》、其《そ》が今《いま》まで在《を》るならば、万事幇助《よろづたすけ》になるべきを、時《とき》の不祥《ふせう》にあなれども、生別《いきわかれ》こそ悲《かな》しけれ。爾後音耗《そのゝちおとづれ》あらずや」、と問《とは》れて縫殿《ぬひ》は屢瞬《しばたゝ》く目《め》に、涙坐《なみだそゞろ》に吒《さしぐ》みて、「識《し》られまつらぬ復市《またいち》が、事さへ今《いま》に痛気《いたいけ》に、思召出《おぼしめしいだ》さるゝ、おん情《なさけ》こそ有《あり》がたけれ。千剣破赤坂《ちはやあかさか》の城没落《しろもつらく》の後《のち》、姫上《ひめうへ》誕生《たんぜう》ませし比《ころ》、賤妾《わらは》を嬭母《めのと》になされしに、「児子《こども》ありては後々《のちのち》まで、羈《ほだし》ならん」、と小一郎《こいちらう》が、心《こゝろ》ひとつに計《はから》ひて、大和《やまと》の*宇多《うだ》の郡《こふり》なる、石《いは》倉蜂六《くらはちろく》といふ農戸《ひやくせう》に、*生涯不通《せうがいふつう》の約束《やくそく》にて、其《そ》が養嗣《やうし》に遣《つかは》しにき。那里《かしこ》は伊勢《いせ》の国司《こくし》なる、北畠殿《きたばたけどの》の封邑《りやうぶん》なるに、些《ちと》の由縁《ゆかり》のあるものにて、「妻《つま》はあれども生育《こそだて》なし」、と聞《きこ》えしにより媒妁《なかだち》をもて、遣《つかは》したるは復市《またいち》が、年稍《としやゝ》三歳《みつ》の春《はる》なりき。恐《おそ》れながら姫上《ひめうへ》には、二歳《ふたつ》の兄《あに》で侍《はべ》るから、今茲《ことし》は既《すで》に十八歳《さい》の、弱冠《わかうど》にこそなりつらめ。しかるに件《くだん》の蜂六《はちろく》は、農戸《ひやくせう》なれども武芸《ぶげい》を嗜《たしみ》て、射《ゆみい》る技《わざ》を善《よく》すとて、伊勢《いせ》へ徴《め》されて多気城《たげぜう》の、軽卒《あしがろ》になりにき、と風《かぜ》の便《たより》に聞《きこ》えしのみ、音耗《おとづれ》とては侍《はべ》らずかし」、といふを維盈《これみつ》推禁《おしとゞ》めて、「噫《あな》益《やく》もなき過去雑譚《こしかたざうたん》、忠義《ちうぎ》の与《ため》には恩愛《おんあい》を、断《たゝ》ねば*岐道《ぎどう》の不《ふ》覚《かく》あり。鄙語《ことわざ》にいふ殤《し》せし子《こ》の、年《とし》を算《かぞう》るに異《こと》ならず。最《いと》烏許《をこ》也」、と叱《しか》りしを、姑摩姫《こまひめ》寛解《なだ》め、且慰《かつなぐさ》めて、「聞《き》くに就《つき》ても汝達夫婦《なんたちふうふ》の、忠心義胆《ちうしんぎたん》感深《かんふか》かり。復市《またいち》の事はしも、絶《たえ》て音耗聞《おとづれきこ》えずとも、命《いのち》あらば時《とき》ありて、環会日《めぐりあふひ》のなからずやは。徐《しづか》に折《をり》を等《まち》ねかし。只等《たゞまた》れぬは今番《こたび》の起行《たびだち》、一日《ひとひ》もはやくゆかまほし」、といふに維盈《これみつ》再議《さいぎ》に及《およ》ばず、この日《ひ》よりして縫殿《ぬひ》共侶《もろとも》に、逆旅《たびぢ》の准備《ようい》を急《いそ》ぎにければ、幾日《いくか》もあらで東西《もの》整《とゝの》ひぬ。

折《をり》から夏《なつ》の肇《はじめ》にて、日《ひ》はいと永《なが》く暖《あたゝか》なれば、旅《たび》には究竟《くきやう》の気候《きこう》也。伴《とも》には隅屋維盈《すやのこれみつ》と、彼岸二《ひがんじ》と喚做《よびな》す奴僕《しもべ》の、心《こゝろ》ざま老実《まめやか》なるを、農僕們《のうをとこら》に舁《かゝ》すべく、纔《わづか》に一名《ひとり》従《したがは》して、轎子《のりもの》は二三里《り》の程《ほど》、其里《そこ》よりして先々《さきぐ》は、*駅奴《うまやびと》を央《やとは》んとて、主従三名《しゆうぐみたり》、その天未明《あさまだき》に、紀《き》の路《ぢ》を投《さし》て立出《たちいで》けり。従《したが》ひゆく夫《をつと》、留《とゞま》る妻《つま》も、いふよしあり、聞《き》くよしあり、別《わかれ》を惜《をし》みをしまるゝ、心尽《こゝろづく》しをいへばさら也、一家《いへのうち》児なる奴婢《ぬび》までも、立尽《たちつく》したる目送《みおく》りの、首途《かどで》の光景《ありさま》、さぞあらんを、縡煩《ことしげ》ければ、写《うつし》も尽《つく》さず、看官《みるひと》宜《よろし》く猜《すい》すべし。時《とき》に応永《おうゑい》十九年《ねん》、夏《なつ》四月《うづき》初旬《はじめつかた》、第二集巻《だいにしふまき》の五に見えたる、小六《ころく》が鳥羽《とば》の港口《みなと》に稲城《いなぎ》母女《おやこ》の出船《いでふね》を、送《おく》りし折《をり》と同歳月《おなじとしつき》也。姑摩姫《こまひめ》は、高野《たかの》《○コウヤ》の山《やま》を、投《さし》てゆくこと一日《ひとひ》にあらず、素《もと》よりその志《こゝろざし》、菩提《ぼだい》の与《ため》にあらざれども、なほおもふよしあれば、日数《ひかず》を縮《ちゞ》め路次《ろぢ》を急《いそ》ぎて、高野山《こうやさん》に詣《まうづ》るに、女人禁断《によにんきんだん》の山《やま》なれば、女人堂《によにんだう》まで巡礼《じゆんれい》して、麓《ふもと》に下《くだ》らんとせし折《をり》に、維盈《これみつ》に聶《さゝや》くやう、「先考《ちゝうへ》《○センコウ》京師《みやこ》にて戦歿《うちじに》ませし折《をり》、由縁《ゆかり》のものがおん亡体《なきがら》を、葬《はうむ》りまゐらせたるにあらずや。いかで今番《こたび》の旅宿《たびね》の序次《ついで》に、索《たづ》ねて拝《おがま》ばやと思ふ也。去向《ゆくて》のこゝろ得《え》あれかし」、といふことの理《ことわ》りなれば、維盈《これみつ》は異議《ゐぎ》もなく、「現《げに》古《こ》殿《との》のおん墓《はか》は、在下《それがし》当時《たうじ》《○ソノヲリ》の風声《ふうぶん》により、聞知《きゝし》りて候へば、折《をり》を得《え》ば詣《まうで》ん、と思ひしことも久《ひさ》しくなりぬ。よき折《をり》からにこそ候へ。然《さら》ばおん伴仕《ともつかまつ》らん」、と答《こたへ》て京《きやう》へぞ倶《ぐ》したりける。

姑摩《コマ》姫《ヒメ》飛行《ヒギヤウ》の術《ジユツ》をもて京師《ミヤコ》へゆかずして歩行《カチ》より高野《コウヤ》山《サン》に詣《マウデ》、さらに又京師《ミヤコ》へ赴《オモム》くこと迂遠《ウエン》に似《ニ》たり。この訳《ワケ》後《ノチ》の巻《マキ》に具《ツブサ》也。

爾程《さるほど》に姑摩姫《こまひめ》は、又二三日《またふつかみか》旅宿《たびね》をしつゝ、京師《みやこ》に赴《おもむ》き、歇店《やどり》を卜《さだ》めて、その次《つぎ》の日《ひ》に父正元《ちゝまさもと》の、墓《はか》を索《たづね》て参詣《さんけい》す。標石《しるしのいし》は苔《こけ》に埋《うづま》れ、是歟《これか》と思ふばかりなるを、掻払《かきはら》ひつゝ水《みづ》を沃《そゝ》ぎ、莽草《しきみ》を手向《たむけ》て、主僕《しゆぼく》ひとしく、回向《ゑかう》に時《とき》を移《うつ》したる、哀慕懐旧《あいぼくわいきう》の涙《なみだ》のみ、生憎《あやにく》にはふり落《おち》て、その面影《おもかげ》は見るよしもなし。人詣《ひとまうで》ねば墳荒《つかあ》れて、白楊《はくやう》いたづらに風《かぜ》に戦《そよ》ぎ、狐兎《こと》《○キツネウサギ》茲《こゝ》に棲《すみか》を得《え》たり。万夫《ばんぷ》を欺《あざむ》く勇将義烈《ゆうせうぎれつ》も、大刀《たち》折《を》れ威力《いきほひ》究《きはま》りては、死《し》して千載《せんざい》の恨《うらみ》を遺《のこ》す。四大《かたち》は壊《つち》に帰《かへ》れども、芳名《かうばしきな》は雲《くも》の上《うへ》までも、隠《かく》れなげきぞ彌倍《いやまさ》る、姑《こ》摩姫《まひめ》は意衷《こゝろのうち》に、「今番這地《こたびこのち》に来《き》にけるは、怨敵足利義持《おんてきあしかゞよしもち》を、撃捕《うちとら》んと思ふに在《あ》り。願《ねが》ふは尊霊力《そんれいちから》を勠《あは》して、本意《ほい》を遂《とげ》させ給ひね」、と念《ねん》じて徐《しづか》に身《み》を起《おこ》す、後方《あとべ》に跪居《ついゐ》し維盈《これみつ》は、事情《ことのこゝろ》を知《しら》ねども、「憂《うき》には漏《もれ》ぬ袖《そで》の露《つゆ》、うち払《はら》へども結陰《かきくも》る、迎梅雨《うのはなくだち》かゝるや」、と天《そら》を眺《ながめ》て惆然《ちやうねん》と、主《しゆう》に跟《つき》てぞ又《また》故《もと》の、歇店《やどり》を投《さし》て急《いそ》ぎける。是《これ》よりして又姑摩《またこま》姫《ひめ》は、京師《みやこ》の旧跡名所《きうせきなどころ》を、観《み》てこそ還《かへ》り去《ゆか》めとて、四五日逗留《にちとうりう》せし程《ほど》に、昼《ひる》は行轎《たびかご》の内《うち》に坐《ざ》して、山水《さんすい》を眺《なが》め、地理《ちり》を考《かんが》へ、夜《よ》は又悄々《またひそか》地に臥房《ふしど》を出《いで》て、室町将軍《むろまちせうぐん》の*花営《はなのごしよ》に、潜入《しのびい》ること三回《みたび》にして、義持公《よしもちこう》の寝所《しんじよ》《○ネヤ》まで、その案内《あんない》を知《しり》たりければ、「方才遺憾《いまはゐかん》なかるべし」、と思決《おもひさだ》めつ又《また》の夜《よ》は、次《つぎ》の間《ま》に臥《ふし》たりける、維盈們《これみつら》が睡息《ねいき》を覘《うかゞ》ひ、先活人草《まづくわつにんさう》を一茎腹《ひとくきふく》して、刀剣《たうけん》の禦《ふせ》ぎを固《かた》くし、且仙術《かつせんじゆつ》をもて准備《ようい》して、秘《かく》し措《おき》たる身甲《はらまき》を、拿出《とりいだ》し身《み》を固《かた》めて、先祖相伝《せんぞさうでん》の短刀《たんたう》の、菊水《きくすい》と名《な》づけたる、長《なが》サ九寸《すん》五分《ぶ》なるを、抜放《ぬきはな》ち見つ、莞爾《につこ》と笑《ゑみ》て、鞘《さや》に収《おさ》め腰《こし》に穿《おび》て、呪文《じゆもん》を唱《とな》へて外面《とのかた》へ、出《いづ》ると軈《やが》て一息間《ひといき》に、室町柳営《むろまちごしよ》に赴《おもむ》きて、潜入《しのびい》りつゝ義持公《よしもちこう》の、寝所《しんじよ》へはやく近着程《ちかづくほど》に、夜《よ》は丑三《うしみつ》にぞなりにける。

話分両頭《ものがたりふたつにわかる》。這時《このころ》洛外《らくぐわい》紫野《むらさきの》の*大徳寺《だいとくじ》に、名《な》は宗純《そうじゆん》、法号《はうごう》を、*一休《いつきう》と喚做《よびなし》たる、一個《ひとり》の沙彌《しやみ》ありけり。此《これ》は是後《これご》小松帝《こまつのみかど》の、御落胤《おんおとしだね》なりけれども、その母卑《はゝいや》しかりければ、民間《みんかん》に降《くだ》りて誕生《たんぜう》す。剰《あまつさへ》母親《はゝおや》は、産後幾程《さんごいくほど》もなく身故《みまか》りけり。この故《ゆゑ》に、親族相計《しんぞくはからひ》て、「その子《こ》を法師《はうし》にすべけれ」とて、五六歳《さい》なりし比《ころ》より、大徳寺《だいとくじ》へまゐらせたり。しかるに這一休《このいつきう》は、菩提達摩《ぼだいだるま》の再誕《さいたん》にやありけん、叡悟聡達《えいごそうたつ》凡《よのつね》ならねば、経典《きやうてん》として読《よま》ざることなく、他宗《たしう》といへども渉《わたら》ざることあらず。既《すで》にして大徳寺《だいとくじ》なる、*宗曇花叟和尚《そうどんくわそうおせう》を師《し》とし学《まな》びて、出藍《しゆつらん》の誉《ほま》れあり。こゝをもて、*教化《きやうげ》別伝《べつでん》の止観《しくわん》の窓《まど》には、松風蘿月《せうふうらげつ》を友《とも》として、魔仏本来空《まぶつほんらいくう》の眼《まなこ》を開《ひら》き、不立文字《ふりうもんじ》の坐禅《ざぜん》の床《ゆか》には、意馬心猿《いばしんゑん》を鞭《むちう》ちて、有漏無功徳《うろむくどく》の塵《ちり》を払《はら》ふ。一柄《いつぺい》の払子《ほつす》、一枝《いつし》の如意《によい》、至《いた》らずといふ所《ところ》なく、月《つき》を指《さし》て指《ゆび》を忘《わす》れ、*花《はな》を拈《ひねり》て微《すこし》く笑《ゑ》む、*蒲団上《ふとんじやう》の工夫《くふう》、*一葦《いちゐ》の西来意《さいらいい》、情景両《じやうけいふたつ》ながら棄却《ききやく》して、*八宗九旨《はつしうきうし》を看破《かんば》したり。然《され》ば這沙彌《このしやみ》、年少《としわか》けれども、上《かみ》は公武貴族《こうぶきぞく》より、下《しも》は村翁野娘《そんおうやぢやう》《○ヰナカヂヾ○ヰナカバヾ》まで、尊信《そんしん》せずといふものなし。是《これ》により室町殿《むろまちどの》足利《あしかゞ》義持《よしもち》も、折々《をり〳〵》一休《いつきう》を屈招《くつせう》《○マネク》して、その法談《はうだん》を聴聞《ちやうもん》し、或《あるひ》は局《きよく》に対《むか》ひ棋《ご》を囲《かこま》して、成敗理《せいばいり》乱《らん》の道理《どうり》を問《と》はる。

却説《かくて》応永《おうゑい》壬《みづのえ》辰《たつ》夏《なつ》四月《うづき》中旬《ちゆうじゆん》、室町殿《むろまちどの》には毎《いつも》の如《ごと》く、一《いつ》休《きう》を招請《せうせう》して、法談《はうだん》の後《のち》囲棋《ゐご》ありけり。締果《ことはて》て一休《いつきう》は、局《きよく》を退《しりぞ》きて稟《まう》すやう、「先《さき》より上《うへ》を相《さう》しまつるに、今宵《こよひ》必死《ひつし》のおん厄《やく》あらん。御小心《ごようじん》あれかし」、といふに義持《よしもち》驚《おどろ》き給ひて、「そは安《やす》からぬ事也けり。病難《びやうなん》なる歟《か》、仔細《しさい》はいかに」、と問《とは》れて一休《いつきう》、「然《さん》候。御病厄《ごびやうやく》には候はじ。御凶相《ごけうさう》あるそがうへに、今日《こんにち》の囲棋《ゐご》、君《きみ》が石《いし》に、咸殺気《みなさつき》見《あらは》れたり。且《かつ》三番《みたび》囲《かこ》み給ひて、三番《みたび》ながら輸《まけ》給ひたる、石《いし》の不足《ふそく》は四《し》目《もく》二《に》度《ど》、末局《まつきよく》は三目《さんもく》なり。四《し》*は是陰《これいん》の数《すう》なれば、死門《しもん》よりして死門《しもん》に入《い》る。四《し》を合《あは》すればその数八《すうやつ》也。是《これ》によりて推《お》すときは、剣難《けんなん》なること疑《うたが》ひなし。幸《さいは》ひなるは末局《まつきよく》の、三《さん》目《もく》は陽《やう》に属《ぞく》す。輸《まく》るといへども死門《しもん》より、生門《せいもん》に倚《よ》る象《かたち》あり。顧《おも》ふに今宵《こよひ》丑三《うしみつ》に、勁敵《きやうてき》ありて御寝所《ごしんじよ》を、張《うかゞ》ふこともや候はん。最《いと》も危《あやう》く候」、と未然《みぜん》を示《しめ》す智識《ちしき》の明断《めいだん》、疑《うたが》ふべくもあらざれば、義持《よしもち》霎時《しばし》沈吟《うちあん》じて、「そはいかにして免《のが》れんや」、と再問《ふたゝびとは》れて、「さン候。今宵《こよひ》は悄々地《ひそか》に御寝《ごしん》所《じよ》を、易《かへ》給ふに優《ます》ことなし。恐《おそ》れながら拙禿《それがし》《○セツトク》は、常《つね》の御寝《ごしん》所《じよ》に坐禅《ざぜん》して、仇倘《あたもしき》来たらば対治《たいぢ》せん。這義《このぎ》勿論《もちろん》隠密《おんみつ》にして、究竟《くつきやう》の緝捕《とりて》二十名《にん》を、屛風《びやうぶ》の左右《さゆう》に伏措《ふせお》きて、搦捕《からめとら》し給へかし」、といふに義持《よしもち》点頭《うなづき》て、且《かつ》感悦《かんゑつ》斜《なゝめ》ならず、近臣《きんしん》にのみ恁々《しか〳〵》と、機密《きみつ》を示《しめ》し部《てわけ》を定《さだ》めて、黄昏時候《たそがれごろ》より准備《ようい》を整《とゝの》へ、一休《いつきう》を留置《とゞめおき》て、別席《べつせき》にて饗応《けうおう》ありけり。

恁而《かくて》亥中《ゐなか》の比及《ころおひ》より、一休《いつきう》は室町殿《むろまちどの》の、常《つね》の寝所《しんじよ》に坐禅《ざぜん》して、仇《あた》もや来《く》ると等程《まつほど》に、武芸力量覚《ぶげいりきりやうおぼえ》ある、勇士《ゆうし》二十名《にん》二隊《ふたて》に分《わか》れて、屛風《びやうぶ》の左右《さゆう》に埋伏《ふしかく》れ、眼《まなこ》に遮《さへぎ》るものあらば、手捕《てどり》にせんとて夜《よ》と倶《とも》に、暗号《あひづ》を定《さだ》めて扣《ひか》えたり。

案下某生再説《そはおきてふたゝびとく》。姑摩姫《こまひめ》は敵《てき》にもはやく、恁《かゝ》る備《そなへ》のあるべしと、思ひもかけず室町家《むろまちけ》の、奥深《おくふか》く潜入《しのびい》りて、案内知《あんないしつ》たる義持《よしもち》の、寝所《しんじよ》の紙門《ふすま》踢《け》開《ひら》きて、找入《すゝみい》らんとせし程《ほど》に、年尚少《としなほわか》き一個《ひとり》の法師《はうし》が、蒲団《ふとん》の上《うへ》に趺坐《ふざ》して在《を》り。「是《これ》は」、とばかり訝《いぶか》りながら、「なほよく見ん」、と踏込《ふみこ》む折《をり》から、

件《くだん》の法師《はうし》の眉間《みけん》より、白光颯《びやくくわうさつ》と晃《きらめ》きたる、光《ひかり》に姑摩姫《こまひめ》憶《おも》はずも、眼《まなこ》を射《い》られて眴眩《めくるめ》き、両三歩乒乓〳〵《ふたあしみあしたぢ〳〵》《○ヨロ〳〵》と、伶仃《よろめ》くを僉《みな》観済《みすま》して、一度《いちど》に起《おこ》る居多《あまた》の力士《りきし》們《ら》、屛風《びやうぶ》の左右《さゆう》に見《あらは》れて、一チ二を争《あらそ》ふ惴雄《はやりを》の、壮佼《わかもの》二名《ふたり》左右《さゆう》より、組《く》むを組《くま》せず、身《み》を反《かへ》して、項髪顋《えりがみつかん》で二―三ン間《げん》、觔斗《もどり》を拍《うた》して投退《なげのく》る。透《すき》もあらせず二―三ンの力士《りきし》が、寄《よ》するを踢倒《けたふ》し撻悩《うちなや》す、烈《はげ》しき本事《てなみ》の剽捷《はやわざ》は、女子《をなご》に似《に》げなき奮撃勁勇《ふんげききやうゆう》、撓《たゆま》ぬ修煉《しゆれん》も身《み》ひとつにて、短刀《たんたう》抜《ぬ》く間《ま》もあら手《て》の力士《りきし》們《ら》、なほ懲《こり》ずまに競蒐《きそひかゝ》るを、姑摩姫《こまひめ》は物《もの》ともせず、左《ひだり》に拄《さゝ》え右《みぎ》に当《あた》りて、些《ちつと》も組《くま》せず投伏々々《なげふせ〳〵》、呪文《じゆもん》を唱《とな》へ、形《かたち》を隠《かく》して、逃去《のがれさら》んとせし程《ほど》に、一休《いつきう》はやく身《み》を起《おこ》して、找来《すゝみき》ぬるを、姑摩姫《こまひめ》は、噪《さは》がず佶《きつ》と見かへりて、「物々《もの〳〵》しや」、と短刀《たんたう》を、晃《きら》りと抜《ぬ》く手《て》も見せばこそ、真額莅《まつかふのぞん》で丁《ちやう》と撃《う》つ、刃《やいば》の光共侶《ひかりもろとも》に、一《いつ》

違教之悔《ゐきやうのくひ》　女侠苦戦《ぢよけうくせんす》　　有像第三十三

なるかみのひゞきにひらくばせを葉の雨にはなどてもろくやぶるゝ

こまひめ　みつざね　みつしげ　よしもち　宗純

休《きう》やをら身《み》を斜《なゝめ》にして、数珠《ずず》揮抗《ふりあげ》て姑摩《こま》姫《ひめ》の、眉間《みけん》を礮《はた》と打《うち》しかば、姑摩《こま》姫《ひめ》憶《おも》はず刃《やいば》を捐《すて》て、臀居《しりゐ》に撻《だう》と伏《ふ》す処《ところ》を、「獲《え》たり」と罵《のゝし》る、幾名《いくたり》の、力士《りきし》們《ら》斉一《ひとしく》推累《おしかさな》りて、押《おさ》へて索《なは》をぞ被《かけ》にける。登時《そのとき》宿直《とのゐ》の頭人《とうにん》なりける、*熊谷近江介満《くまがやあふみのすけみつ》実《ざね》、宮下野満重《みやしもつけみつしげ》們《ら》、二之隊《にのて》の力士《りきし》を従《したが》へて、寝所《しんじよ》の前後《ぜんご》を守護《しゆご》して在《を》り、既《すで》にして癖者《くせもの》の、搦捕《からめと》られしを見て找出《すゝみいで》て、先《まづ》一休《いつきう》の道徳《どうとく》を賞賛《せうさん》し、更《さら》に姑摩《こま》姫《ひめ》にうち向《むか》ひて、「賊婦《ぞくふ》何等《なにら》の所欲《しよよく》ありて、上《うへ》の御寝所《ごしんじよ》を犯《をか》したる。一休和尚《いつきうおせう》の法《はう》験《げん》なくば、由々《ゆゆ》しき大事《だいじ》に及《およ》ぶべき、大胆無敵《だいたんぶてき》、言語同断《ごんごどうだん》、意《おも》ふに必支党《かならずどうるい》あらん。姓名《せいめい》を告《の》り、同悪《どうあく》を、はやく招了《はくでう》せよかし」、といはせも果《はて》ず姑摩《こま》姫《ひめ》は、冷笑《あざわら》ひ疾視《にらまへ》て、「*斗《と》筲《そう》の小人《しようじん》、何《なに》をかいふや。我《われ》は南朝股肱《なんちやうここう》の忠臣《ちうしん》、楠正成《くすのきまさしげ》が孫《まご》也ける、河内守正元《かはちのかみまさもと》が嫡女《ちやくぢよ》にて、八九《やこ》の姑摩《こま》姫《ひめ》と喚《よば》るもの也。足利《あしかゞ》は是君父《これくんぷ》の怨敵《おんでき》、義満《よしみつ》・義持《よしもち》誓約《ちかひ》に背《そむ》きて、南帝《なんてい》を紿《あざむ》きまつりし、罪悪《ざいあく》既《すで》に極《きはま》れり。こゝをもて、父祖《ふそ》の遺忠《ゐちう》を嗣《つが》ん与《ため》に、今宵必《こよひかならず》義持《よしもち》の、首級《かうべ》《○クビ》を捕《とら》んと思ひしに、事成《ことな》らざるは、天《てん》なり命《めい》也。この宅《よ》の事は義持《よしもち》に、対《たい》面《め》して具《つぶさ》にいはん。若們《なんぢら》が知《し》ることにはあらず」、と敦圉《いきまき》猛《たけ》く罵《のゝし》れば、満実《みつざね》・満重《みつしげ》怒《いかり》に堪《たへ》ず、「喑《ほざ》きたり賊婦《ぞくふ》が広言《くわうげん》。骨《ほね》を拆《くぢ》きて支党《どうるい》を、招了《はくでう》させん」、と焦燥《いらだ》つを、一休《いつきう》霎時《しばし》と推禁《おしとゞ》め、姑摩《こま》姫《ひめ》にうち対《むか》ひて、「烈女《れつぢよ》さこそは遺恨《ゐこん》なるらめ。怒《いかり》を鎮《しづ》めて听《きゝ》給へ。和女郎《わちよろ》は勁勇《きやうゆう》あまりあれども、行《おこな》ふ所正《ところたゞ》しからず。実《じつ》に恨《うらみ》を雪《きよめ》んと思はゞ、戦場《せんじやう》に相莅《あひのぞみ》て、旗《はた》を進《すゝ》め鼓《つゞみ》を鳴《な》らし、撃果《うちはた》してこそ、大功《たいこう》ともいはめ。然《さ》るを何《なに》ぞや、垣《かき》を踰穴隙《こえけつげき》を鑽《き》り、刺客夜盗《しかくやたう》《○シノビノモノ○ヨヌスビト》の状態《でうたい》を事《こと》として、仮令《たとひ》怨《うらみ》を復《かへ》すとも、そは良将《りやうせう》のせざる所《ところ》、勇士《ゆうし》の恥《はぢ》とする所《ところ》也。こゝをもて、我小和尚《われせうおせう》一休宗純《いつきうそうじゆん》、その機《き》を査《さつ》して、将軍家《せうぐんけ》に代《かは》りまゐらせ、和女郎《わちよろ》を這里《ここ》に等《まち》たるは、勇《ゆう》婦《ふ》を辱《はづかしめ》ん与《ため》にあらず。天道《てんどう》は淫《いん》に禍《わざはひ》す。和女郎《わちよろ》が行《おこな》ふ所《ところ》、不正《ふせい》の罪《つみ》あり。みづから作《な》せる孽《わざはひ》にあらずや。しかれども、人《ひと》を救《すく》ふは出家《しゆつけ》の本意《ほい》也。因《より》て今宵《こよひ》は将軍《せうぐん》の、大阨《だいやく》を救《すく》ひまゐらせ、明日《あす》は又和女郎《またわちよろ》の必死《ひつし》を、救《すくは》んと思ふのみ。先《まづ》よく這意《このい》を得《え》られよかし」、と諭《さと》せば姑摩《こま》姫《ひめ》驚《おどろ》きながら、うち仰見《あほぎみ》つ頭《かうべ》を俯《たれ》て、羞《はぢ》て応《いらへ》をせざりけり。

慆而宮《かくてみや》・熊谷《くまがや》の両頭人《りやうとうにん》は、且《まづ》姑《こ》摩《ま》姫《ひめ》を一室内《ひとまのうち》に、最《いと》も緊《きび》しく閉籠《とぢこめ》て、居多《あまた》の力士《りきし》にうち戍《まも》らせ、却一休《さていつきう》と共侶《もろとも》に、よしを君公《くんこう》に注進《ちゆうしん》す。爾程《さるほど》に義持公《よしもちこう》は、癖者《くせもの》ありと聞《きこ》えしより、近習《きんじゆ》を多《おほ》く従《したが》へて、手《て》づから眉尖刀《なぎなた》を挟《わきばさ》み、奥《おく》まりたる便宜《びんぎ》の一室《ひとま》に、甃児《せうぎ》に掛《かゝ》りて、在《いま》せしかば、そが儘《まゝ》注進《ちゆうしん》の趣《おもむき》をうち听《きゝ》て、綷《こと》の歓《よろこ》び斜《なゝめ》ならず、一休《いつきう》を労《ねぎら》ひ、徳《とく》を謝《しや》して、「天《よ》も明《あけ》ば我身《わがみ》みづから、那賊女子《そのぞくぢよし》姑摩《こま》とやらんが、いふよしを听《き》くべき也。願《ねが》ふは和僧《わそう》その折《をり》まで、なほ当庁《たうちやう》に淹留《とゞま》りて、賞罰《せうばつ》の助言《ちよごん》あるべし」、と又他事《またたじ》もなく仰《おふ》すれば、一休《いつきう》は、「仔細《しさい》候はじ」、と応《いらへ》て次《つぎ》の間《ま》へ退《まか》りけり。慆《かゝ》りし程《ほど》に姑《こ》摩《ま》姫《ひめ》は、屠所《としよ》の羊《ひつじ》に異《こと》ならぬ、一室《ひとま》にありても物《もの》とも思《おも》はず、「快隠形《とくいんぎやう》の術《じゆつ》をもて、脱去《のがれさ》り手段《てだて》を易《かえ》て、又義持《またよしもち》を撃果《うちはた》さんず」、と尋思《しあん》をしつゝ数回《あまたゝび》、件《くだん》の呪文《じゆもん》を唱《となふ》るに、些《ちつと》も験《しるし》なかりしかば、「こはいかに」、と訝《いぶか》りて、つく〲と思惟《おもひみ》るに、「嚮《さき》には仙孃叮寧《せんぢやうねんごろ》に、箴《いましめ》を遺《のこ》し仙書《せんしよ》を熸《やき》て、「再《ふたゝび》術《じゆつ》を弄《もてあそ》ばゞ、禍害《わざはひ》あらん」と宣《のたま》ひしを、理《ことわ》りならずと思はねども、我北山《わがきたやま》の復讐《あたうち》は、化現《けげん》にして、人《ひと》に知《し》られず、我《われ》さへ疑《うたが》ふばかりなるに、「義持《よしもち》も亦親《またおや》にひとしく、南北御合体《なんぼくごがつたい》の誓約《ちかひ》に背《そむ》きて、今茲当今《ことしたうぎん》の御受禅《みくらゐゆづり》も、又義持《またよしもち》が計《はから》ひ稟《まう》して、小倉宮《をぐらのみや》を退《しりぞ》け奉《たてまつ》り、当今《たうぎん》の一《いち》の皇子《みこ》を、皇位《みくらゐ》に即《つ》けまゐらする」、と世《よ》の風声《ふうぶん》を聞《き》くにすら、最朽《いとくち》をしく堪《たへ》られねば、恩師《おんし》の教誨《をしえ》に悖《もと》りぬる、罪多《つみおほ》かりと知《し》りながら、又剣術《またけんじゆつ》を行《おこな》ひて、撃《うた》まく欲《ほり》せし仇《あた》の与《ため》に、竟《つひ》に這身《このみ》を囚《とらは》れて、慆《かゝ》る縲絏《なはめ》の辱《はづかしめ》に、あへるはみづから作《な》す孽《わざはひ》にて、師《し》の誡《いましめ》に悖《もと》りし所以《ゆゑ》也。然《され》ばこそあれ今隠形《いまいんぎやう》の、術《じゆつ》を行《おこな》はんとするに行《おこな》はれず。縦我術《たとひわがじゆつ》破《やぶ》れずとも、那一休《かのいつきう》とやらんいふ小法師《こはうし》の、議論《ぎろん》を思へば慭《なまじい》に、形《かたち》を隠《かく》し脱去《のがれさ》りては、命《いのち》を惜《をし》むに似《に》て潔《いさぎよ》からず。什麼《そも》一休《いつきう》に打《うた》れし故《ゆゑ》に、我術茲《わがじゆつこゝ》に破《やぶ》れし歟《か》。或《あるひ》は又仙孃《またせんぢやう》の、逆今宵《かねてこよひ》の事を鑑《かゞみ》て、術《じゆつ》を破《やぶ》らし給へる歟《か》。それかあらぬ歟《か》、然《さ》るにても、仙孃《せんぢやう》別《わか》れに莅《のぞ》みし折《をり》、那四言四句《かのしげんしく》を授《さづ》けて、「遇一必敗《いちにあはゞかならずやぶる》」、とあるは即今宵《すなはちこよひ》の敗績《はいせき》、一《いち》は則一休《すなはちいつきう》也。下《しも》の三句《さんく》は何事《なにごと》やらん、思《おも》ひ合《あは》するよしなけれども、仙孃《せんぢやう》の遺教《ゐきやう》、その言錯《ことたが》はず、自業自得《じごうじとく》といはまくのみ。君父《くんぷ》の与《ため》に心《こゝろ》を尽《つく》して、その事成《な》らず、死《し》して已《やま》んは、予覚期《かねてかくご》のうへなれば、歎《なげ》くに足《た》らぬ事ながら、然《さり》とは知《し》らぬ維盈《これみつ》・縫殿《ぬひ》們《ら》が、年来忠《としごろまめ》なる養育《やういく》の、甲斐《かひ》もなげきを遺《のこ》す事、有繫《さすが》に是《これ》も不便《ふびん》也。就中維盈《なかんづくこれみつ》は、「旅宿《たびね》の伴《とも》に立《たち》ながら、主《しゆう》の先途《せんど》にあはず」とて、悔《くひ》もせん恨《うらみ》やせん。這《これ》を思ひ那《かれ》を思へば、疑《うたが》ふまじき事をしも、疑《うたが》ひし過歟《とがか》、師《し》に受《うけ》し、恩《おん》を仇《あた》なる身《み》の終焉《おはり》、允《ゆる》させ給へ」、と念《ねん》じつゝ、死《し》を等《ま》つ外《ほか》はなかりけり。

却説《かくて》その詰朝《あけのあさ》、室町殿《むろまちどの》には姑摩姫《こまひめ》を、誅伐《ちゆうばつ》の事に就《つき》て詮《せん》議《ぎ》あり。義持《よしもち》みづから姑摩姫《こまひめ》の、怨訴《ゑんそ》の趣《おもむき》を听《きか》んとて、*巳牌《みのとき》の土圭《とけい》と共《とも》に、公文庁《まんどころ》に出《いで》給へば、*前管領《さきのくわんれいし》斯波義将《ばのよしまさ》入道《にうどう》、管領《くわんれいし》斯波義教《ばのよしのり》、斯波義淳《しばのよしひろ》〇キヨ、畠山満家《はたけやまみついへ》、細川満元《ほそかはみつもと》、幷《ならび》に四職七頭《ししよくしちとう》の評定衆《ひやうじやうしゆ》、這宅《このよ》も有司《ゆうし》数十名《すじうにん》、列《なみ》を正《たゞ》し左右《さゆう》に分《わか》れて、斉々整々《せいくせいく》として侍坐《じざ》したり。既《すで》に時分《じぶん》になりしかば、室町将軍義持公《むろまちせうぐんよしもちこう》は、当庁《このまんどころ》の正面《まおもて》に、紫《むらさき》の幔幕《まんまく》を高《たか》く繃《しぼ》らせ、金屏《きんびやう》を背《うしろ》にしたる、上壇《かみくら》に着《つき》給へば、熊谷満実《くまがやみつざね》、宮満重《みやみつしげ》、稟接《まうしつぎ》を奉《うけ給は》り、先《さき》より相分《あひわか》れて、縁頬《えんがは》の左右《さゆう》に在《を》り。速《すみやか》に下知《げぢ》を伝《つた》へて、恁々《しかぐ》と叫《よばゝ》れば、力士《りきし》三名《さんにん》、姑摩姫《こまひめ》に、重縄被《やへなはかけ》つゝ牽出《ひきいだ》し来《き》て、*大床近《おほゆかちか》く推居《おしすえ》たり。登時管領《そのときくわんれい》*畠《はたけ》山満家《やまみついへ》は、列《なみ》をはなれて找《すゝ》み出《いで》、姑摩姫《こまひめ》にうち向《むか》ひて、夜《よ》撃《うち》の意趣《いしゆ》を鞫《たづぬ》れば、姑摩姫怯《こまひめおめ》たる気色《けしき》もなく、「言朽《ことあだ》らしき鞫問《とひごと》かな。忠孝《ちうこう》は国家《こくか》の枢要《すうえう》、我身《わがみ》女流《をなど》にあなれども、父祖《ふそ》の忠義《ちうぎ》を承嗣《うけつぎ》て、室町殿《むろまちどの》を撃果《うちはた》さん、と思ひし外《ほか》に他《た》事《じ》あらず」、といふを満家《みついへ》うち笑《わら》ひて、「曩《さき》に南北相分《なんぼくあひわか》れて、戦《たゝか》ひ間《ひま》なき折《をり》ならば、然《さ》る怨《うらみ》のありもせめ。今《いま》は南北御合《なんぼくごがつ》体《たい》ましくて、足利家《あしかゞけ》の徳沢《とくたく》を、戴《いたゞか》ずといふものなければ、和女《わちよ》も亦是室町殿《またこれむろまちどの》の民《たみ》也。その民《たみ》として上《かみ》を犯《をか》せば、是《これ》則《すなはち》国賊《こくぞく》也。必《かならず》同悪《どうあく》の逆徒《ぎやくと》あらん。はやく余党《よたう》を招了《はくでう》して、呵責《かしやく》の笞《しもと》を免《まぬが》れよ」、といはせも敢《あへ》ず姑摩姫《こまひめ》は、一声《ひとこゑ》「吻々《ほゝ》」と冷笑《あざわら》ひて、「疎鹵《おろか》也管領《くわんれい》。曩《さき》に太上天皇《だじようてんわう》後亀《ごかめ》山《やま》は、世《よ》を憐愍《あはれみ》の叡慮《えいりよふか》深く、当時足利義満《たうじあしかゞよしみつ》が、請稟《こひまう》せし義《ぎ》を勅許《ちよくきよ》ましくて、数个条《すかでう》のおん約束《やくそく》を定《さだ》められ、即便《すなはちみ》三種《くさ》の神《かん》器《だから》を、当今《たうぎん》に渡《わた》し給ひて、御受禅《みくらゐゆづり》の義《ぎ》を行《おこなは》れしに、義満《よしみつ》も義持《よしもち》も、虎狼《こらう》の心《こゝろ》を改《あらた》めず、初《はじめ》の誓《ちかひ》に背《そむ》きまつりて、今《いま》までも小倉宮《をぐらのみや》を、東宮《とうぐう》に立《たて》まゐらせず。この故《ゆゑ》に南朝《なんちやう》の、忠《ちう》臣義士《しんぎし》は、歯《は》を切《くひしば》りて、義満《よしみつ》・義持《よしもち》が誕妄権詐《たんもうけんそ》を、恨《うら》み怒《いか》らざるはなし。恁《かゝ》れば南北《なんぼく》の御《ご》和順《わじゆん》も、今《いま》はその甲斐《かひ》なきに似《に》たるを、誰《たれ》か足利《あしかゞ》一統《いつとう》の、天《あめ》の下《した》と思はんや。我身《わがみ》生《うま》れてやうやくに、東西《にしひがし》を知《し》る比《ころ》より、父《ちゝ》の戦歿《うちじに》、君《きみ》の御《ご》不《ふ》幸《かう》、聞《き》くに就《つ》き見るに就《つき》て、怨骨髄《うらみこつずい》に徹《とほ》りて堪《たへ》がたければ、*苫《とま》に臥《ふ》し、干《たて》を枕《まくら》にし、習記《ならひおぼ》えし神箭《しんせん》をもて、義満《よしみつ》を射《い》て仆《たふ》せしかども、人知《ひとしら》ざれば嘸《あきた》らず、なほ義持《よしもち》をも撃果《うちはた》して、死《しな》んと思ひ決《さだ》めしに、事成《ことな》らざりしは天命《てんめい》也。素《もと》より同志《どうし》の士卒《しそつ》はなし。心《こゝろ》ひとつ身《み》ひとつにて、大事《だいじ》を思ひ起《おこ》さずば、鉄門重壁《てつもんちやうへき》、入《い》ることかたき、這柳営《このりうゑい》に潜寄《しのびよ》りて、独《ひとり》力《ちから》を尽《つく》さんや。是《これ》より外《ほか》にいふべきことなし。快々《とく〳〵》頸《かうべ》を刎《はね》給へ。世《よ》に在《あ》る程《ほど》は忘《わす》るゝ隙《ひま》なき、梟悪無慙《きやうあくむざん》の大逆賊《だいぎやくぞく》、終《つひ》には思ひ知《しら》せんず」、と飽《あく》まで罵《のゝし》る義烈《ぎれつ》の怨言《ゑんげん》、側聞《かたへぎゝ》せし有司《ゆうし》們《ら》は、胆《きも》を冷《ひや》し舌《した》を巻《ま》きて、迭《かたみ》に面《おもて》を照《あは》したり。義持《よしもち》主《ぬし》は、姑摩姫《こまひめ》の、権威《けんゐ》に屈《くつ》せぬ無敵《ぶてき》の過言《くわごん》に、得《え》堪《たへ》ず、義《よし》将《まさ》を召近着《よびちかづけ》て、「聞《きか》ずや賊婦《ぞくふ》が尾陋《びろう》の悪言《あくげん》、許《ゆる》すべきものならず。快《とく》牽出《ひきいだ》して八創《やつざき》に、斬切《きりさいな》みて後《のち》を懲《こら》せ。満家《みついへ》が拷《がう》問《もん》は、最手寛《いとてぬる》し」、と怒《いかり》給へば、義将《よしまさ》承《うけ給は》りて諫《いさむ》るやう、「御諚寔《ごじやうまこと》に然《さ》ることながら、死活《しくわつ》を知《し》らぬ兇賊《けうぞく》也とも、いはゞ一個《ひとり》の婦女子《をなご》也。且他《かつかれ》が昨夜更闌《よんべこうたけ》て、御所《ごしよ》へ潜入《しのびい》りたるは、什麼《そも》天《そら》より降《くだ》りし歟《か》、又地《またち》より涌出《わきいで》し歟《か》、進退共《しんたいとも》に奇怪《きくわい》也。矧《いはんや》その言語応対《げんぎよおうたい》、絶《たえ》て女子《をなご》の気質《きしつ》にあらず。必《かならず》是《これ》地狗《ちく》《○キツネ》天狗《てんぐ》なンどの、那身《かのみ》に憑《つき》て狂《くる》はする歟《か》、是《これ》も亦《また》知《し》るべからず。恁《かゝ》る烏許《をこ》の癖者《くせもの》を、一旦《いつたん》のおん怒《いか》りに任《まか》せられ、再度《さいど》の詮議《せんぎ》に及《およ》ばずして、矢庭《やには》に死刑《しけい》に処《しよ》し給はゞ、世評《せいひやう》いかゞ候はん。只寛仁《たゞくわんじん》の御沙汰《ごさた》こそ、あらまほしけれ」、と稟《まう》すにぞ、義持《よしもち》纔《わづか》に点頭《うなづき》て、「然《さら》ばいかに行《おこな》ふべき。その義《ぎ》も稟《まう》せ。甚麼《いかに》ぞや」、と緊《きび》しく問《とは》れて義将《よしまさ》は、霎時《しばし》頭《かうべ》を傾《かたむ》けて、「最愚按《いとぐあん》には候へども、大徳寺《だいとくじ》の一休《いつきう》は、年少《としわか》けれども博識宏才《はくしきくわうさい》、その道徳《どうとく》は世《よ》以《もつて》知《し》れり。幸《さいは》ひ昨夕《よんべ》留《とゞ》められて、今《いま》なほ御所《ごしよ》に候へば、那一休《かのいつきう》にも云云《かにかく》と、御《ご》商量《だんかふ》ましまさば、おん為《ため》になることもあるべし。この義《ぎ》はいかゞ」、と真実立《まめだち》たる、一老臣《いちろうしん》の当座《たうざ》の意見《いけん》に、義持《よしもち》やうやく怒解《いかりと》けて、「然《さら》ば賊婦《ぞくふ》を獄舎《ひとや》に繋《つな》ぎね。再度《さいど》の詮議《せんぎ》に依《よ》るべけれ。衆皆《みな〱》この意《い》を得《え》よかし」、と厳《おごそか》に言掟《のりおきて》、本日《このひ》の庁《ちやう》は果《はて》にけり。恬《かゝ》りけれども、義持《よしもち》の、怒気《どき》〇イカリ残《のこ》らざるにあらざれば、席《せき》を更《かえ》て一休《いつきう》を、坐右《ざゆう》に招《まね》き、云云《かにかく》と、姑摩姫《こまひめ》の過言《くわごん》の趣《おもむき》、幷《ならび》に那折斯波《かのをりしば》義将《よしまさ》の、意見《いけん》のよしさへ箇様々々《かやう〱》と、みづから具《つぶさ》に説示《ときしめ》して、綷《こと》の利害《りがい》を問《とは》れにければ、一休倩《いつきうつら〱》うち听《きゝ》て、「最憚《いとはゞか》りなる言《こと》ながら、女子《をなご》は敵手《あひて》にならぬもの也。且《かつ》その情《じやう》を推《おす》ときは、上《うへ》のおん与《ため》には悖逆《ぼつぎやく》なれども、他《かれ》が与《ため》には忠孝《ちうこう》也。君子《くんし》は、怒《いかり》をもつて人《ひと》を誅《ちゆう》せず。前管領《さきのくわんれい》の意見《いけん》、道理《どうり》に庶《ちか》かり。既《すで》に臠《みそなは》したるごとく、姑摩姫《こまひめ》は嬋娟《せんけん》たる、二八可《ばか》りの少女《をとめ》なり。しかるに言語進止《げんぎよたちふるまひ》は、勇士《ゆうし》といへども及《およ》ぶべからず。こゝをもて猜《すい》すれば、実《じつ》に地狗《ちく》天狗《てんぐ》なンどの、憑《つき》たるにこそ候はめ。倘物《もしもの》の怪《け》により心乱《こゝろみだ》れて、憶《おもは》ずも罪人《つみびと》に、なりたらんには故《ことさ》らに、憐《あはれ》むべきものに候はずや。拙僧新作《せつそうしんさく》の譬諭品《ひゆぼん》*あり。女人《によにん》も必成仏《かならずじやうぶつ》せん。願《ねが》ふは聞召《きこしめ》されよ」、といふに義持含《よしもちほう》笑《ゑみ》て、覚《おぼえ》ず膝《ひざ》を找《すゝ》めらる。畢竟和尚《ひつきやうおせう》の善巧方便《ぜんこうはうべん》、いかなる事を説出《ときいだ》せる。そは次《つぎ》の巻《まき》に、解分《ときわく》るを聴《きゝ》ねかし。

開巻驚奇侠客伝第三集巻之二終

開巻驚奇侠客伝《かいくわんきやうきけうかくでん》 第三集《だいさんしふ》 巻之三

東都 曲亭主人 編次

第《だい》二十五回《くわい》

満家《みついへ》 計《はかりごと》 羅轎《あみのりもの》を遣《や》る
維盈《これみつ》囚《とらはれ》を投石《つぶて》に免《まぬか》る

再説《ふたゝびとく》大徳寺《だいとくじ》の沙弥《しやみ》一休《いつきう》は、姑摩姫《こまひめ》を刑戮《けいりく》の、評議《ひやうぎ》に就《つき》て義持主《よしもちぬし》に、その好歹《よしあし》を問《とは》れしかば、一休答《いつきうこたへ》て、「さン候。貧道《それがし》《○ヒンドウ》新作《しんさく》の譬諭品《ひゆぼん》あり。上《うへ》のおん与《ため》に講《こう》ずべし。昔一個《むかしひとり》の婆羅門《ばらもん》あり。世尊《せそん》《○シャカ》に出家《しゆつけ》の功徳《くどく》を問《と》ひしに、世尊答《せそんこたへ》給ふやう、「出家《しゆつけ》は慈悲《ちひ》を功徳《くどく》とす。*縦五逆《たとひごぎやく》の罪人《つみびと》也とも、そを教化《きやうげ》して悪《あく》を洗《あらは》せ、無垢《むく》の*善信士女《ぜんしんしちよ》と做《な》すべし」、是如《これによ》来《らい》の本願《ほんぐわん》なり。こゝをもて五戒《ごかい》の内中《うち》に、殺生《せつせう》を第一義《だいゝちぎ》とす。俗家《ぞくか》はしからず、法律《はうりつ》あり。人《ひと》もし人《ひと》を殺《ころ》すときは、その殺《ころ》したる人《ひと》を殺《ころ》して、その死《し》を償《つぐのは》ざることなく、人《ひと》もし人《ひと》の財《たから》を窃《ぬす》めば、その盗児《ぬすびと》を捕《とら》へ殺《ころ》して、罪《つみ》を倡《とな》へ悪《あく》を懲《こ》らす、是所云法律《これいはゆるはうりつ》也。この故《ゆゑ》にその罪《つみ》に、死《し》するもの多《おほ》けれども、罪人《つみびと》はいよ〳〵絶《たえ》ず、甚《はなはだ》しきに至《いた》りては、その刑罰《けいばつ》の場《には》に于《おい》て、人《ひと》の懐《ふところ》にせし東西《もの》を、掻攫《かきさら》ふ*須利草《すりさう》あり。是《これ》に由《より》て観《み》るときは、その法度《はつと》を犯《をか》すに及《およ》びて、捕《とらへ》てこれを殺《ころ》さんより、いまだ犯《をか》さゞる前《さき》に、教《をしえ》て善人《ぜんにん》に做《な》すにはしかず。然《され》ばこそ孔子《くし》もいはずや、「*訟《うつたへ》を聴《き》くこと吾猶人《われなほひと》のごとし。必《かならず》や訟《うつたへ》なからしめん」、とぞ。仏《ほとけ》の慈悲《ちひ》、儒《はかせ》の仁義《じんぎ》、欲《ほり》する所《ところ》、一理《いちり》也。元弘建武《げんこうけんむ》の擾乱《みだれ》より、今《いま》に至《いた》りて七十余年《よねん》、残暴弑逆《ざんぼうしいぎやく》せざることなく、党《たう》を結《むす》びて従《したがは》ざるを征《せい》し、人《ひと》を殺《ころ》してその郡県《ぐんけん》を、奪《うば》ふをみづから賢《けん》として、法度《はつと》に憑《よ》らず、律令《りつりやう》を屑《ものゝかず》とせず。大道廃《だいどうすた》れて仁義《じんぎ》あり。その仁義《じんぎ》だも廃《すた》れては、孰《たれ》か天日《あまつひ》を観《み》るよしあらんや。事《こと》極《きはま》れば変易《へんゑき》す。這時民《このときたみ》に父母《ふぼ》たるもの、慈悲広大《ちひくわうだい》、阿弥陀《あみだ》の如《ごと》く、忠恕惻隠《ちうぢよそくいん》、孔子《こうし》の如《ごと》く、*残《ざん》に勝殺《かちさつ》を去《さ》り、衆生《しゆぜう》の与《ため》に悪《あく》を洗《あら》ひて、教《をしえ》て殺《ころ》すことなくば、世《よ》の人通《ひとなべ》て恥《はぢ》を知《し》りて兼愛《けんあい》して殺《ころす》《○サツ》を嗜《たしま》ず、暴行窃盗《ばうこうせつたう》、漸次《しだい》に絶《たえ》て、国家《こくか》是《これ》より泰平《たいへい》ならん。蓋一人《けだしいちにん》の御心《みこゝろ》は、千万人《せんばんにん》の心《こゝろ》也。この故《ゆゑ》に、

*上《かみ》の教《をしえ》給ふ所《ところ》は、民必《たみかならず》これを学《まな》び、上《かみ》の欲《ほり》し玉ふ所《ところ》は、民《たみ》も亦《また》これを欲《ほり》す。猶《なほ》その子《こ》は父母《ふぼ》の教《をしえ》に憑《よ》り、欲《よく》をその親《おや》に倣《なら》ふがごとし。是則民《これすなはちたみ》に父母《ふぼ》たる、人君《うへざま》《○ジンクン》の専務《せんむ》也。譬《たとへ》ば今将軍《いませうぐん》は、衆生《しゆぜう》の為《ため》に阿弥陀《あみだ》のごとし。既《すで》にその職阿《しよくあ》弥陀《みだ》に似《に》て、毫《ちと》も阿弥陀《あみだ》の慈悲《ちひ》なくば、木偪《もくぶつ》にだも不及《しかず》とせん歟《か》。そを甚麼《いかに》ぞとならば、木偪《もくぶつ》だも信《しん》ずれば、必是《かならずこれ》利益《りやく》あり。形状偪《かたちほとけ》に似《に》たればなり。「*世《よ》に堯舜《ぎやうしゆん》たらぬものも、堯舜《ぎやうしゆん》の服《ふく》を衣《き》て、堯舜《ぎやうしゆん》の事《こと》を行《おこな》へば、便是堯舜也《すなはちこれぎやうしゆん》」、と儒者《はかせ》のいひしも、その理《り》はおなじ。最憚《いとはゞかり》ある言《こと》ながら、阿弥陀《あみだ》の慈悲《ちひ》を御心《みこゝろ》にして、一切衆生《いつさいしゆぜう》を覶《みそなは》さば、木偪《もくぶつ》に優《ま》す利益《りやく》なからんや。小鳥《ことり》にだも慈悲心《ちひしん》あり。人《ひと》として慈悲《ちひ》なくば、天飛《あまと》ぶ鳥《とり》の名《な》にも恥《はづ》べし。なれども*生賢《なまさかしら》なる衆人《もろびと》は、*愚衷《ぐちう》を迂遠《まはりどほ》しとて、冷笑《あざわら》ふも候はん。「*下士《かし》道《みち》を聞《き》けばこれを笑《わら》ふ。笑《わらは》ざれば道《みち》とするに、足《た》らず」と*列御寇《れつぎよこう》がいへるは是《これ》也。抑《そも〱》*一年《いちねん》の計《はかりごと》は、元日《ぐわんじつ》にあり。妻《つま》に誨《をしゆ》るは、初見《しよけん》に在《あ》り。饒《ゆる》しがたきを饒《ゆる》し給ふ、仁政今《じんせいいま》より刱《はじ》め給はゞ、是元日《これぐわんじつ》より節倹《せつけん》にして、年中《ねんぢう》その利《り》ある如《ごと》く、初見《しよけん》より妻《つま》に誨《をしゆ》れば、生涯家法《せうがいかはう》に遵《したが》ふと、亦何《またなに》ぞ異《こと》なるべき。*昔唐山《むかしからくに》なる晋《しん》の趙無恤《ちやうぶじゆつ》は、義士予譲《ぎしよじやう》を殺《ころ》さずして、趙氏《ちやうし》是《これ》より盛《さかり》なりき。漢《かん》の高祖《かうそ》は、田横《でんくわう》を、誅《ちゆう》せずして国安《くにやす》く、四百余年《よねん》の基《もとい》を開《ひら》けり。這義《このぎ》によりて左《と》も右《かく》も、寛仁《くわんじん》の御《ご》沙汰《さた》あらば、当家《たうけ》の御武運長久《ごぶうんちやうきう》ならん。貧道《それがし》けふは師父《しふ》の命《めい》ぜし、緊要《きんえう》の法務《はうむ》あり。身の暇《いとま》を賜《たまは》るべし」、といふに義持《よしもち》留《とゞ》めかねて、「示教《じきやう》の趣《おもむき》、道理《どうり》に称《かな》へり。老臣們《ろうしんら》にこゝろ得《え》さして、穏便《おんびん》の沙汰《さた》に及《およ》ぶべし。昨夜《よんべ》の功徳《くどく》、感《かん》ずるにあまりあり。大義《たいぎ》にこそ」、と労《ねぎら》ひて、近習《きんじゆ》に送《おく》らし給ひけり。

既《すで》にして義持主《よしもちぬし》は、一休《いつきう》の譬諭方便《ひゆはうべん》にて、怒《いかり》十二分《ぶん》に解《とけ》しかば、管領四職《くわんれいししよく》を召聚合《よびつどへ》て、「嚮《さき》に禁獄《きんごく》したる姑摩姫《こまひめ》が事、つら〱と思惟《おもひみ》るに、他《かれ》は楠《くすのき》の余類《よるい》といへども、纔《わづか》に一個《ひとり》の少女《をとめ》也。且《かつ》その進止《たちふるまひ》の奇怪《きくわい》なる、他《かれ》が昨夜《よんべ》の狼籍《らうぜき》は、現道将《げにどうせう》斯波《しば》義将《よしまさ》の法名《はうみやう》。の鑑定《かんてい》の如《ごと》く、物《もの》の怪《け》なンどの所為《わざ》にやあらん。「罪《つみ》の疑《うたがは》しきは殺《ころ》さず」といふ、本文《ほんもん》もこれあれば、放《はな》ちて故郷《こけう》へ還《かへ》すべし。汝達《なんだち》這義《このぎ》を何《なに》とか思《おも》ふ」、と問《とは》れて大家《みな〱》異議《ゐぎ》もなく、「寛仁大度《くわんじんたいど》の御善政《ごぜんせい》、このうへや候べき。然《さ》でも野心《やしん》を改《あらため》ずして、以後《いご》又不軌《またふき》*の聞《きこ》えあらば、その折誅《をりちゆう》し給ふとも、遅《おそ》かるべき事にあらず。実《じつ》に赦免《しやめん》の恩《おん》命《めい》は、有《あり》がたくこそ候へ」、と衆口斉一答《ことばひとしくこた》へたる、そが中《なか》に満家《みついへ》畠《はたけ》山《やま》のみ、眉根《まゆね》を顰《ひそ》め沈吟《うちあん》じて、「衆議《しゆぎ》既《すで》に異同《ゐどう》なき、御諚《ごじやう》を返《かへ》し奉《たてまつ》るは、恐《おそ》れあるに似《に》たれども、唐山《からくに》には婦人《ふじん》にも、*唐賽児《たうさいじ》とやらんがごとき、幻術左道《げんじゆつさどう》を行《おこな》ひたる、叛逆《ほんぎやく》のものありとか聞《き》けば、那姑摩姫《かのこまひめ》も厶們《それら》の亜流歟《たぐひか》。是《これ》も亦知《またし》るべからず。縦今番《たとひこたび》の一大奇事《いちだいきじ》は、幻術左道《げんじゆつさどう》の所行《わざ》ならで、狂疾鬼病《きやうしつきびやう》の所以《ゆゑ》也とも、悄々地《ひそか》に他《かれ》を哄誘《そゝのか》したる、悪党《あくたう》あらん歟《か》、測叵《はかりがた》かり。這義《このぎ》を思召《おぼしめ》されずや」、といはれて義持酔《よしもちゑへ》るが如《ごと》く、憶《おもは》ずも太息《といき》を吻《つき》て、「其頭《そこら》の遠慮《ゑんりよ》、極《きは》めてよし。然《さら》ば那姑摩姫《かのこまひめ》を、恩赦《おんしや》の事は、姑且措《しばらくおき》て、そが支党《どうるい》の有无《ありなし》を、穿鑿《あなぐり》せん歟《か》、いかにぞや」、と問返《とひかへ》されて満家《みついへ》は、頭《かうべ》を傾《かたむ》け沈吟《うちあん》じて、「恐《おそ》れながら拙策《せつさく》あり。箇様々々《かやう〱》に謀《はか》りなば、支党必《どうるいかならず》姑摩姫《こまひめ》を、奪拿《うばひとら》んと欲《ほり》すべし。若又支党《もしまたどうるい》あらずして、一チ二の伴当《ともびと》のみならば、謀《はか》るといふとも力及《ちからおよ》ばで、その義《ぎ》を思ひ起《おこ》すべからず。是支党《これどうるい》の有無《うむ》《○アリナシ》を知《し》る、捷径《ちかみち》に候はずや。河内《かはち》は臣《それがし》《○シン》が封内《りやうぶん》なれば、自余《じよ》の人々《ひと〲》と同《おな》じからず。後日《ごにち》に異変《ゐへん》あらせじ、と思ふばかりに候」、といふに義持《よしもち》うち点頭《うなづき》て、「爾也爾《しかなりしか》なり。如右《しか》計《はから》ひて、事《こと》なくば赦免《しやめん》せん。倘事《もしこと》あらば支党《どうるい》と、共侶《もろとも》に首《かうべ》を刎《はね》て、はやく禍《わざはひ》の根《ね》を断《たつ》べし。宜《よろし》く手段《てだて》を旋《めぐら》して、後悔《こうくわい》なからしめよ」、とて、悄々地《ひそか》に命《めい》じ給ひけり。

　話分両頭《ものがたりふたつにわかる》。爾程《さるほど》に、隅屋小一郎維盈《すやこいちらうこれみつ》は、その夜艾姑摩《よさりこま》姫《ひめ》の、臥房《ふしど》に在《を》らずなりけるを、天明《よあけ》て知《しり》て、「こは什麼《そも》いかに」、と胸《むね》を潰《つぶ》し且訝《かついぶか》りて、主人并《あるじならび》に奴婢們《ぬびら》にも、よしを示《しめ》して問質《とひたゞ》すに、毫《ちと》も照験《てがゝり》なかりしかば、いよ〱疑《うたが》ひ、ます〱憂《うれ》ひて、彼岸二《ひがんじ》を将《い》て外《と》に出《いで》て、或《あるひ》は売卜《ばいぼく》に就《つき》て、去向《ゆくて》を考《かんが》へ、或《あるひ》は神社仏閣《じんじやぶつかく》に、詣《まうで》て無異《ぶゐ》を祈《いの》るのみ。食《くらは》ざれども飯《いひ》を欲《ほり》せず、憩《いこは》ざれども疲《つかれ》を覚《おぼえ》ず、心焦燥《こゝろいらち》て狂《くる》ふがごとき、我身《わがみ》走《はし》れば倶《とも》に走《はし》る、彼岸二《ひがんじ》は只呆《たゞあき》れ惑《まよ》ふて、折々《をり〱》要《えう》なき事をいふのみ、詞敵《ことばがたき》になるべくもあらず。「姫上《ひめうへ》は年来《としごろ》の、おん学問《ものまなび》に気病発《きびやうおこ》りて、狂乱《きやうらん》し給ふこともや」、と思へばかへさは賀茂河原《かもがはら》を、心《こゝろ》にかけて来《き》ぬれども、浮屍骸《うきしがい》に似《に》たるものもなし。憶《おもは》ず路《みち》に日《ひ》を消《くら》して、その夜歇店《よやどり》に還《かへ》りにければ、逆旅主人《やどのあるじ》は慌《あはたゞ》しげに、維盈《これみつ》に聶《さゝや》くやう、「客人《きやくじん》いまだ那噂《かのうはさ》の、おん耳《みゝ》に入《い》り候はずや。嚮《さき》に這頭《こゝら》の風声《ふうぶん》を聞《きゝ》候ひしに、「昨夜更闌《よんべこうたけ》し時候《ころ》、室町《むろまち》の御所《ごしよ》に癖者《くせもの》あり。御寝所近《ごしんじよちか》く潜入《しのびい》りて、撃奉《うちたてまつ》らんと欲《ほり》せしに、御運愛《ごうんめで》たく見出《みいだ》されて、上《うへ》には恙《つゝが》ましまさず。その癖者《くせもの》は女子《をなご》なりしを、矢庭《やには》に搦捕《からめと》られしとぞ。却件《さてくだん》の癖者《くせもの》は、仔細《しさい》を拷問《ごうもん》せられしに、旧里《ふるさと》は河内《かはち》なる、楠殿《くすのきどの》の余《よ》類《るい》にて、姑摩姫《こまひめ》とか喚做《よびなし》たる、二八可《ばかり》の美女《びぢよ》なり」、と正可《まさか》にいふもの候ひき。似《に》たるを以疑《もつてうたが》ふは、最《いと》も無礼《なめ》なることながら、客人《きやくじん》のおん連《つれ》なりし、女中《ぢよちう》と年《とし》の齢《よはひ》さへ、吻合《ふがふ》したるも亦奇《またき》也。然《さ》る方《かた》ざまで候はゞ、おん宿《やど》は克《かな》ひ候はず。何里《いづこ》へ也とも快立去《とくたちさ》りて、我々毎《われ〳〵ども》に連係《まきぞひ》の、祟《たゝり》をなあらせ給ひそ」、といふに維盈《これみつ》「吐嗟《あなや》」と騒《さは》ぐ、胸苦《むねくる》しさを推鎮《おししづ》めて、気色《けしき》にも見《あらは》さず、「そはいはるゝことながら、見られし如《ごと》く我倶《わがぐ》したる、少女《をとめ》は深窓《ふかきまど》の下《もと》に、成長《ひとゝな》りにしものなれば、鍼《はり》より外《ほか》に持《も》つちからもなき、日属《ひごろ》に似《に》げなく夜《よ》を深《こめ》て、爾《さ》る無正事《まさなごと》をせられんや。疑《うたが》ひは人《ひと》によるべし。非除疑似《よしやぎじ》の惑《まよ》ひにて、官府沙汰《おほやけざた》に及《およ》ぶとも、その人《ひと》ならずば、我《わが》いひ解《と》くを、等《また》ずして分明《ふんみやう》ならん。其頭《そこら》に掛念《けねん》し給ふな」、といふに主人《あるじ》は強難《しひかね》て、心《こゝろ》もとなく思ふのみ、辞《ぢ》して奥《おく》へぞ退《まか》りける。

恁而隅屋維盈《かくてすやこれみつ》は、軈《やが》て枕《まくら》に就《つき》たれども、胸安《むねやす》からねば、寐《い》も睡《ね》られず、左《と》さま右《かう》さま思惟《おもひみ》るに、「我姫上《わがひめうへ》は幼稚《をさなき》より、文学《ぶんがく》をのみ旨《むね》として、武芸《ぶげい》に疎《うと》くをはしませしに、甚《いか》なれば一夜《ひとよ》の程《ほど》に、御心猛可《みこゝろにはか》に悍《たけ》くなりて、室町殿《むろまちどの》を撃《うた》んとて歟《か》、那里《かしこ》に潜入《しのびい》りたまひけん。寔《まこと》しからざることなれども、既《すで》にその名《な》を知《しり》ていへれば、あらずとは決《さだ》めがたかり。風声実《ふうぶんまこと》ならんには、そは狂病《きやうびやう》の所為《わざ》にして、御本心《ごほんしん》にはあらざるべし。這義《このぎ》を以室町殿《もつてむろまちどの》へ、自訴《じそ》して赦免《しやめん》を請稟《こひまう》さん歟《か》。否《いな》、まだ虚実《きよじつ》を知《しら》ずして、漫《みだり》に惴《はや》らば毛《け》を吹《ふき》て、疵《きず》を求《もとむ》ることもやあらん。いかにすべき」、と肚《はら》に問《と》ひ、腹《はら》に答《こたへ》て通宵《よもすがら》、千々《ちぢ》に枕《まくら》を摧《くだ》けども、その甲斐《かひ》とては夏の夜《よ》の、暁《あく》ともしらず明《あけ》にけり。

恁而《かくて》その詰朝《あけのあさ》、逆旅主人《やどのあるじ》は貸坐席《かしざしき》の、容子《ようす》を覘《うかゞ》ひ独来《ひとりき》て、又維盈《またこれみつ》に聶《さゝや》くやう、「昨夜《よんべ》話《はな》しまうしたる、那女癖者《かのをんなくせもの》は、管領畠山殿奉《くわんれいはたけやまどのうけ給は》りて、けふ黄昏《たそがれ》に賀茂河原《かもがはら》にて、首《かうべ》を刎《はね》らるゝと聞《きこ》えたり。因《より》て這頭《こゝら》の甲乙《たれかれ》も、路次《ろぢ》の障《さは》りを警《いましめ》の与《ため》、夫役《ぶやく》に出《いづ》るものさへあり。幸《さいは》ひにして那罪人《かのつみびと》の、宿所《しゆくしよ》を穿《あな》ぐり問《とは》れねども、左《と》にも右《かく》にも影護《うしろめた》かり。快々《とく〱》出《いで》てゆき給へ。もし不承知《ふせうち》の不《ふ》の字《じ》でも、いはれなば是非《ぜひ》に及《およ》ばず、官府《おほやけ》ざまへ訴稟《うつたへまう》して、後《のち》の祟《たゝり》を免《まぬが》るべし。その折怨《をりうら》み給ふな」、といはれて維盈又《これみつまた》さらに、憂《うれひ》に患《うれひ》を累《かさ》ねたる、主君《しゆくん》の先途《せんど》に腸断離《はらわたちぎ》れて、存命《ながらふ》べくは思《おもは》ねども、却《さて》あるべきにあらざれば、やうやくにうち頷《うなづ》きて、「いはるゝ趣理《おもむきことわ》り也。その罪人《つみびと》は我倶《わがぐ》したる、少女《をとめ》ならじ、と思へども、いまだ見《み》ざれば今這里《いまこゝ》にて、相論《あらそは》んは無益《むやく》に似《に》たり。我《われ》も河原《かはら》に立出《たちいで》て、その女子《をなご》を見て後《のち》にこそ、自他《じた》の疑《うたが》ひを解《と》くべけれ。望《のぞみ》に任《まか》して今宵《こよひ》より、異宿《ことやど》を求《もとむ》るとも、かたくもあらぬことながら、玉敷石敷《たまかいしか》を見《み》もわか伝《で》、然《さ》までに強顔《つれな》くいふことかは」、と苦々《にがにが》しげに窘《たしな》めて、そが儘主人《まゝあるじ》を退《しりぞ》かして、更《さら》に又《また》おもふやう、「綷既《ことすで》に十《とを》にして、八ッ九ッは実《じつ》を得《え》たる、姫上一期《ひめうへいちご》の大厄難《だいやくなん》を、今《いま》さらに疑《うたが》ふことかは。縦《たとひ》その罪極《つみきはま》るとも、素是女儀《もとこれによぎ》の事なれば、乱心《らんしん》也と訴《うつたへ》て、恩赦《おんしや》を乞《こ》ふても允《ゆる》されずば、共侶《もろとも》に死《し》なんのみ。是《これ》より外《ほか》にせん術《すべ》なし」、と思ひ決《さだ》めつ、行裹《たびづゝみ》より、袴《はかま》を出《いだ》して遽《いそがは》しく、身装《みごしらへ》して彼岸二《ひがんじ》に、去向《ゆくて》を示《しめ》しこゝろ得《え》させて、逆旅主人《やどのあるじ》に然気《さりげ》なく、告別《いとまごひ》しつ、種卸《たねおろ》す、畠山満家《はたけやまみついへ》が、第《やしき》を投《さし》てゆく程《ほど》に、維盈猛《これみつにはか》に胸痛《むねいた》みて、心地《こゝち》死《し》ぬべく覚《おぼえ》しかば、路傍《みちのべ》なる茶店《ちやみせ》《○サテン》に立《たち》よりて、覺児《せうぎ》に尻《しり》を掛《かけ》たれども、ものいふべくもあらざれば、彼岸二《ひがんじ》は驚《おどろ》きて、背《そびら》を捺《さす》りなどするに、*闕所《けつしよ》を知《しら》ねば効《こう》もなし。已《やむ》ことを得《え》ず薬《くすり》《○キ》店《うるみせ》《グスリヤ》を、諮《たづ》ねて薬《くすり》を買拿来《かひとりき》て、茶店《ちやみせ》の家々《かゝ》に湯《ゆ》を請《こ》ふて、維盈《これみつ》に薦《すゝ》めけり。これによりてや維盈《これみつ》は、僅《わづか》に死《しな》ざることを得《え》て、息《いき》する程《ほど》になりたれども、なほ出《いで》てゆく気力《きりよく》はあらず、独頻《ひとりしき》りに焦燥《いらだち》つ、うち嘆《なげ》きつゝ思ふやう、「常《つね》には病《やま》ぬ心痛《しんつう》の、恁猛可《かうにはか》に発《おこ》りしは、昨《きのふ》の朝《あさ》より今《いま》までも、只《たゞ》姫上《ひめうへ》のおん与《ため》に、千万无量《せんまんむりやう》の苦労《くらう》をしたる、故《ゆゑ》にこそありつらめ。なほ些《すこ》し瘥《おこた》らば、非除杖《よしやつゑ》に携《すが》りても、投《さす》かたへ快《とく》ゆかざらんや」、と只管《ひたすら》に気《き》を奨《はげま》すのみ、病痾《やまひ》に勝《かた》んよしのなければ、晷《ひかげ》は既《すで》に傾《かたむ》きて、下晡《なゝつさがり》になりにけり。

爾程《さるほど》に維盈《これみつ》は、病着《いたづき》やうやく瘥《おこた》りて、立出《たちいで》んとして又《また》思ふやう、「姫上《ひめうへ》の御際期《ごさいご》は、今日《けふ》黄昏時候《たそがれごろ》にして、賀茂《かも》河原《がはら》ぞと聞《きゝ》たるに、今《いま》よりして管領《くわんれい》の、第《やしき》へ邁《ゆか》ば*轍《わだち》の鮒《ふな》を、枯魚《ひうを》の市《いち》に訪《と》ふに似《に》て、心尽《こゝろづく》しも奈麻与美《なまよみ》の、甲斐《かひ》なき所為《わざ》になりぬべし。屠殺《とさつ》の途《みち》に出迎《いでむか》へ、縡恁々《ことしかじか》と訴《うつたへ》て、听《きか》れずばそれまで也。人手《ひとで》に掛《かけ》ず姫上《ひめうへ》を、刺殺《さしころ》し奉《たてまつ》りて、冥土《よみぢ》のおん伴《とも》したらんには、是切《これせめ》てもの事なるべし。吁爾《あゝしか》なり」、と肚裏《はらのうち》に、処分《ふんべつ》はやく定《さだま》りければ、茶店《ちやみせ》の家々《かゝ》に云云《しかじか》と、歓《よろこび》を紓《の》べ、茶銭《ちやだい》を還《とら》して、彼岸二《ひがんじ》を将《い》ておぼつかなくも、いそしく出《いで》てゆく程《ほど》に、黄昏近《たそがれちか》くなりにけり。浩《かゝる》処《ところ》に人居多《ひとあまた》、東西《にしひがし》へ走《はし》り違《ちが》ひて、「いぬる夜御所《よごしよ》へ潜入《しのびい》りたる、那女癖者《かのをんなくせもの》を、三条河原《さんでうがはら》で斬《きら》るゝとて、這方《こなた》を投《さし》て来《き》ぬるぞや。路《みち》の程《ほど》は某《それ》の町《まち》より、厶《それ》の町《まち》にて今観《いまみ》たり。河原《かはら》で等《また》ん、皆《みな》ゆきね」、と呼《よび》かけつ罵《のゝし》りて、賀茂河投《かもがはさし》て急《いそ》ぎたる、縡《こと》の忽劇《さはぎ》に維盈《これみつ》は、轟《とゞろ》く胸《むね》を鎮《しづ》めもあへず、「彼岸二《ひがんじ》続《つゞ》け」、と見かへりて、頻《しき》りに走《はし》る衆人《もろびと》を、栞《しをり》にしつゝ路《みち》の程《ほど》、はや六七町《ちやう》ゆく前面《むかひ》より、居多《あまた》の士卒《しそつ》苛《いか》めしく、うち戍《まも》り来《き》ぬる網轎子《あみのりもの》は、「問《とは》でもしるき姫上《ひめうへ》ならん」、と思へばいよ〳〵足《あし》を早《はや》めて、近《ちか》づく随《まゝ》によく見れば、満家《みついへ》の士卒《しそつ》なるべし、雑兵《ざふひやう》約《およそ》十四五名《にん》、鋠 叉《もぢりさすまた》 捍棒《よりぼう》を、引提《ひさげ》て前後《ぜんご》を戍《まも》るもあり、路次《ろぢ》の准備《ようい》に蕉火材《たいまつしろ》を、縢《から》げて肩《かた》にしたるもありて、先《さき》を逐《おは》する声高《こゑたか》やかに、間僅《あはひわづか》になりしかば、維盈透《これみつすか》さず声《こゑ》をかけて、「人々《ひと〳〵》霎時《しばし》等《まち》給へ。その轎子《のりもの》の内《うち》なるは、世《よ》の風声《ふうぶん》に聞《きこ》えたる、姑摩《こま》姫刀禰《ひめどの》に候はずや。在下《それがし》は姫《ひめ》の伴当《ともびと》、隅屋小一郎維盈《すやのこいちらうこれみつ》、と喚《よば》るゝもので候なり。隔昨《おとつひ》の夜艾歇店《よさりやどり》にて、姫上《ひめうへ》在《いま》さずなり給ひしを、天明《よあけ》て知《しり》て、昨《きのふ》も今《けふ》も、往方《ゆくへ》を索《たづ》ねまゐらせしに、風声《ふうぶん》により驚《おどろ》き思ふ、その夜《よ》の狼籍《らうぜき》、言語同断《ごんごどうだん》、縡《こと》の趣奇《おもむきき》怪《くわい》なれども、在下年来《それがしとしごろ》傅養《もりやしな》ひたる、乳母夫《めのとを》で候へば、人《ひと》と做《な》りを知《しら》ざることなし。素是《もとこれ》女性《によせう》の事なれば、万事優《よろづやさ》しく嫋《なよ》やかにて、暴《あら》き風《かぜ》だに斁《いとは》れしに、魂《たましひ》猛《にはか》に入変《いりかは》りしは、鬱瘂《うつせう》により心乱《こゝろみだ》れし、故《ゆゑ》にこそ候はめ。在下這義《それがしこのぎ》を管領家《くわんれいけ》へ、訴稟《うつたへまう》して恩免《おんめん》を、請《こひ》まつらんと思ひしに、今朝《けさ》より猛可《にはか》に心痛《しんつう》の、病痾《やまひ》に嬰《よ》りて路去《みちさり》あへず、意《こゝろ》ならずも将息《やうじやう》に、時《とき》を移《うつ》して今《いま》に暨《およ》べり。各々這義《おの〳〵このぎ》を承引《うけひき》て、後《のち》の御沙《ごさ》汰《た》を等《また》んとならば、在下今《それがしいま》より管領家《くわんれいけ》の、おん宿所《しゆくしよ》へ推参《すいさん》して、恩免《おんめん》を願《ねが》ひまつるべし。然《さり》とも既《すで》にこの期《ご》に及《およ》びて、承引《うけひき》がたしと思はれなば、主従《しゆう〳〵》一期《いちご》の辞別《いとまごひ》、霎時《しばし》見参《げんざん》せまくほし。この義《ぎ》を允《ゆる》し給ひね」、といひつゝ聽《やが》て立《たち》よるを、推隔《おしへだて》たる警固《けいご》の頭人《たうにん》、篠持媒鳥《しのもちをとり》と喚做《よびな》す似而非《ゑせ》猛者《もさ》、獼猴《ましら》に似《に》たる眼《まなこ》を瞪《いか》らし、豕児《ゐのこ》のごとき声苛立《こゑいらだて》て、「こは狼籍《らうぜき》なる白物《しれもの》かな。女子《をなご》也とも大辟不赦《たいへきふしや》の、罪讞《つみさだま》りて斬《きら》るゝを、伴当《ともびと》にもあれ、輎子《のりもの》の、網《あみ》を外《はづ》して汝《なんぢ》に見せんや。況恩赦《まいておんしや》を願《ねが》ふとて、御館《みたち》へまゐりて還《かへ》るまで、殺戮《さつりく》の手《て》を駐《とゞ》めよ、といはるゝこと歟《か》。武士《ぶし》には似《に》げなく、法《はつ》度《と》を知《し》らぬ烏許《をこ》の身勝手《みがつて》、必是支党《かならずこれどうるい》にて、愁訴《しうそ》に言託《ことよ》せ、罪人《つみびと》を、奪略《うばひと》るべき奸計《かんけい》ならん。這奴《こやつ》が外《ほか》にも隙《ひま》を覗《うかゞ》ふ、同悪《どうあく》の余《よ》党躱《たうかくろ》ひて、這頭四下《こゝらあたり》になほあらん。兵們先《ものどもまづ》這奴《こやつ》より、搦捕《からめと》りね」、と呼《よば》ゝれば、「承《うけ給は》りぬ」、と両三名《りやうさんにん》、捕索手《とりなはた》繰《ぐ》り、衡《つ》と寄《よ》せて、はや維盈《これみつ》の左右《さゆう》より、「肱臂捉《こがひなとら》ん」、と閧《ひしめ》きたる、猝《こと》の勢《いきほ》ひ寛《なだむ》るよしなき、維盈《これみつ》は倒《なか〳〵》に、逆覚《かねてかくご》期のうへなれば、「身《み》単《ひとつ》也とも這衆人《このもろびと》を、殺散《きりちら》して姫上《ひめうへ》を、奪《うばひ》拿奉《とりたてまつ》る歟《か》、そも克《かなは》ずば姫上《ひめうへ》を、刺殺《さしころ》しまゐらせて、冥土《よみぢ》のおん伴《とも》すべけれ」、と死《し》を訣《きは》めたる勇悍十倍《ゆうかんじうばい》、寄《よ》るをそが儘攫抓《まゝかいつか》みて、觔斗《もどり》を打《うた》する両手《もろて》の挣《はたら》き、「原来癖者《さてはくせもの》逃《にが》すな」、と嚾《わめ》く雑兵《ざふひやう》十余名《よにん》、鋑叉捍棒《もぢりさすまたよりぼう》を、閃《ひら》めかしうち揮《ふり》て、競蒐《きそひかゝ》るを物《もの》ともせざりし、維盈《これみつ》は二尺有余《にさくあまり》の、刀《かたな》を晃《きら》りと引抜《ひきぬき》て、敵手《あひて》を択《えらま》ず、殺立《きりたて》々々、四方《しはう》に当《あた》る、千変万《せんぺんばん》化《くわ》、了得《さすが》に楠氏《なんし》の股肱《こゝう》の一人《いちにん》、目覚《めざま》しかりける戦《たゝか》ひの、初《はじめ》よりして彼岸二《ひがんじ》は、怕《おそ》れて近《ちか》くは立《たち》よらず、最《いと》も劇《はげ》しき大刀音《たちおと》に、眼眩《まなこくら》み胆落《きもおち》て、怺《こら》ふべくもあらざれば、慌惑《あはてまど》ひつ、暮初《くれそむ》る、闇《やみ》を討《たづ》ねて逃亡《にげうせ》けり。爾程《さるほど》に雑兵們《ざふひやうら》は、維盈《これみつ》一人《ひとり》に殺散《きりちら》されて、頭人媒鳥共侶《とうにんをとりもろとも》に、網輎子《あみのりもの》さへ器械《うちもの》さへ、棄《すて》て敗北《はいぼく》したりける。「快《とく》この間《ひま》に」、と息吻《いきつき》あへぬ、維盈《これみつ》

は外肱《ひぢのはづれ》と、太股《ふともゝ》より流《なが》るゝ鮮血《ちしほ》の、痛瘡《いたで》に屈《くつ》せず轎子《のりもの》に、掛《かけ》たる網《あみ》を血刀《ちがたな》もて、斫払《きりはら》ひつゝ戸《と》を推開《おしひら》きて、と見ればこは什麼《そも》いかにぞや、這轎子《このりもの》の内《うち》なるは、是《これ》姑摩姫《こまひめ》にあらずして、四五十斤《きん》もあるべかりける、一箇《ひとつ》の円石《まろいし》なりければ、うち驚《おどろ》きつ且呆《かつあき》れて、

「原来《さては》敵《てき》に謀《はか》られたり。今《いま》は千万悔《せんまんくひ》ても返《かへ》らず。這里《ここ》にて狗死《いぬじに》したらんより、なほ姫上《ひめうへ》の御先途《ごせんど》を、見果《みはて》てこそ」、と独語《ひとりごち》て、走《はし》り去《さ》らんとせし程《ほど》に、後《おく》れて来《き》ぬる二《に》の隊《て》の雑兵《ざふひやう》、その夥約《くみおよそ》四五十名《にん》、前《さき》に逃《にげ》たる雑兵們《ざふひやうら》も、又引返《またひきかへ》し競来《きそひき》て、「癖者《くせもの》はなほ那首《あしこ》にあり。逃《にが》すな遣《や》るな」、と喚《よば》はるのみ、初《はじめ》に懲《こ》りて近《ちか》くは寄《よ》せず、「遠箭《とほや》に掛《かけ》て射《い》て捕《と》れ」とて、間《ひま》なく発《はな》つ乱箭《みだれや》を、維盈《これみつ》は刀《かたな》をもて、砍払《きりはら》ひ又《また》斫落《きりおと》し、高《たか》く来《く》る箭《や》は淪《しづみ》て脱《はづ》し、低《ひく》きは蜚越遣錯《とびこえやりちがは》して、這《こゝ》

竹裡投石能砕衆兵乱箭《たかむらのつぶてよくしゆうへいのらんせんをくだく》　有像第三十四

おとさえてふる葉の木ずゑすぐる夜はながめあられも折にこそあへ　*さよ二郎

これみつ　おとり

を先途《せんど》と防《ふせ》げども、其身《そのみ》鉄石《てつせき》ならざれば、肩尖外脛《かたさきそとはぎ》、那這《あちこち》と、射削《いけづ》られたる数个処《すかしよ》の矢傷《やきず》に、憶《おもは》ずも瞑眩《めくるめ》きて、忽地《たちまち》撻《だう》と仆《たふ》れけり。登時雑兵二三名《そのときざふひやうにさんにん》、「索《なは》を掛《かけ》ん」、と衆人《もろびと》に、先《さき》だちて走《はし》り寄《よ》る程《ほど》に、思ひがけなく傍《かたへ》なる、一叢竹《ひとむらたけ》の裏《うち》よりして、礫《つぶて》を打《うつ》こと螽《いなご》のごとく、先《さき》に找《すゝ》みし雑兵《ざふひやう》は、眉間《みけん》両眼鼻梁《りやうがんはなばしら》、各々窮所《おの〱きうしよ》を痛《いた》く打《うた》れて、斉一《ひとしく》「苦《あつ》」と叫《さけ》びつゝ、象棋倒《しやうぎだふし》に輾転《ふしまろ》ぶ、程《ほど》もあらせず那竹叢《かのたかむら》より、なほ打《うち》出《いだ》す礫《つぶて》の精妙《せいめう》、或《あるひ》は十間《けん》二十間《けん》、遠《とほ》しといへども免《のが》るゝもののなく、弓手《いて》の雑兵《ざふひやう》七八名《にん》、その余《よ》も大《いた》く打破《うちやぶ》られて、怺《こらへ》ず潑《ばつ》と退《のい》たりける。時《とき》に件《くだん》の竹叢《たかむら》より、武士《ぶし》と覚《おぼ》しき一個《ひとり》の旅客《たびゞと》、忽然《こちねん》と走《はし》り出《いで》て、逃《にぐ》る敵《てき》には目《め》もかけず、遽《いそがは》しく維盈《これみつ》を、扶起《たすけおこ》し肩《かた》に掛《かけ》て、飛《とぶ》が似《ごと》くに走《はし》り去《さ》るを、迥《はるか》に見かへる雑兵們《ざふひやうら》は、「那《あれ》よ〱」、と叫《さけ》ぶのみ。「竹藪蔭《たかやぶかげ》になほ敵《てき》ありて、又礫《またつぶて》を打《うつ》こともやあらん」、と思へば左右《さう》なく趕《おは》ざりけり。這時既《このときすで》に日《ひ》は没果《いりはて》て、十七日《にち》の月《つき》いまだ出《いで》ず。這里《ここ》は二《に》条《でう》と三条《さんでう》の間《あはひ》にて、河原《かはら》に近《ちか》く人家《じんか》稀《まれ》也。今《いま》こそあれ近比《ちかごろ》までの、兵火《ひやうくわ》に焼《やけ》も残《のこ》りたる、古樹緑竹《こじゆりよくちく》のみ処々《ところ〲》に、路《みち》を遮《さへぎ》り叢立《むらだち》て、去向安定《ゆくてさだか》に見《み》え分《わか》ねば、那雑兵們《かのざふひやうら》は跕《あやぶ》みて、躊躇《たゆた》ふ程《ほど》に阿容々々《おめ〱》と、維盈《これみつ》をすら捕《とり》も留《とゞ》めず、姑且《しばらく》して叢竹《むらたけ》の、頭《ほとり》へ近《ちか》づき、箭《や》を射《い》かけて、敵《てき》の有无《ありなし》を試《こゝろ》みたるに、寂寞《じやくまく》として音《おと》もせざれば、「原来他們《さてはかれら》二名《ふたり》の外《ほか》に、支党《どうるい》はなかりしに、無益《むやく》の擬勢《ぎせい》、毛《け》を吹《ふき》て、疵《きず》を求《もと》めし鈍《おぞ》ましさよ」、といへば、「然《さ》也」、と篠持媒鳥《しのもちをとり》も、困《こう》じ果《はて》たる面色《おもゝち》にて、沈吟《うちあん》じつゝ却《さて》いふやう、「衆人《もろびと》逆知《かねてし》るごとく、這空轎子《このからのりもの》の御計略《ごけいりやく》は、「那姑摩姫《かのこまひめ》の支党《どうるい》の、有无《ありなし》を知《しら》ん与《ため》にて、尚中途《なほちうと》にて狼籍《らうぜき》に、及《およ》ぶ癖者《くせもの》あるならば、漏《もら》さず搦捕《からめと》るべし」、と仰付《おふせつけ》られたりけるに、纔《わづか》に一個《ひとり》の伴当《ともびと》の、維盈《これみつ》とかいふ奴《やつ》が、途《みち》にて愁訴《しうそ》したればとて、狼籍《らうぜき》とはいひがたかり。そを壮佼們《わかうどら》が大《いた》く性起《はや》りて、搦捕《からめとら》んとしたるにより、還《かへつ》て他《かれ》に殺立《きりたて》られて、我《われ》すら不覚《ふかく》を拿《とり》たる也。所詮立《しよせんたち》かへりて稟《まう》さんには、「僕們《やつがれら》、那網轎子《かのあみのりもの》を守護《しゆご》しつゝ、三条河原《さんでうがはら》まで赴《おもむ》きたるに、中途《ちうと》にて狼籍《らうぜき》に、及《およ》びしものは候はず。但姑摩姫《たゞこまひめ》の伴当《ともびと》にて、隅屋《すや》維盈《これみつ》とか喚做《よびな》すあり。そのもの愁訴《しうそ》のよしありとて、途《みち》にて轎子《のりもの》を遮《さへぎ》り留《とゞ》め、『いぬる夜《よ》姑《こ》摩《ま》姫《ひめ》の狼籍《らうぜき》は、素乱心《もとらんしん》の所以《ゆゑ》にして、憶《おも》はず罪《つみ》を醸《かも》せし也。在下《それがし》管領家《くわんれいけ》へ推参《すいさん》して、這義《このぎ》を自訴《じそ》して恩免《おんめん》を、乞《こひ》まつらんとて来《き》つる也。権且《しばらく》留《とゞま》り給ひね』とて、喞言《かごと》がましく口説《くど》きしを、一チ二の壮佼《わかもの》聞《きゝ》僻《ひが》めて、計策《はかりごと》ぞと思ひしかば、搦捕《からめとら》んとしつるにより、他《かれ》も亦《また》大《いた》く怒《いか》りて、憶《おも》はず闘諍《とうじやう》に及《およ》びし程《ほど》に、浅痍《あさで》を負《お》ひしものはあれども、多勢《たぜい》なれば捕稠《とりこめ》て、撃悩《うちなや》し追走《おひはしら》して、姑且《しばらく》其首《そこ》に屯《たむろ》をしつゝ、四下《あたり》を渉猟《あさり》候ひしに、件《くだん》の維盈《これみつ》のみにして、支党《どうるい》とては候はず。こゝをもて衆共侶《みなもろとも》に、立《たち》かへり候ひき」、と恅報《かうつげ》まつらば咎《とがめ》はあらじ。皆《みな》よく這義《このぎ》をこゝろ得《え》て、問《とは》るゝならば口《くち》を合《あは》しね。脱落《ぬかり》なせそ」、と密語《さゝや》けば、大家《みな〳〵》「然《さ》也」、と点頭《うなづき》て、「現阿頭《げにおかしら》の方便妙《はうべんめう》也。然《さ》しも多勢《たぜい》の俺們《われ〳〵》が、這那疵《これかれきず》を稟《うけ》ながら、纔《わづか》に一個《ひとり》の維盈《これみつ》とやらに、辟易《へきゑき》しつと聞《きこ》えなば、罪《つみ》を免《のが》るゝ処《ところ》なし。そを云云《かにかく》と彩《いろ》を附《つけ》て、方僅阿頭《いまおかしら》の宣《のたま》ふごとく、稟《まう》さば越度《をちど》なかるべし。皆《みな》こゝろ得《え》て候」と、いはれて媒鳥《をとり》は髯掻撫《ひげかきなで》て、「然《さら》ば退《まか》らん、准備《ようい》をせよ。快々《とく〳〵》立《たち》ね」、といそがせば、雑兵《ざふひやう》們《ら》は断破《きりやぶ》られたる、網《あみ》を結《むす》びて轎子《のりもの》へ、うち被《かけ》て擡起《もたげおこ》すもあり、或《あるひ》は燧《ひ》を鑽《うち》、蕉火《たいまつ》を、点《とも》して先《さき》に立《たつ》もあり、その余《よ》は棄《すて》たる器械《うちもの》を、*拾抗《ひらひあ》げ列《なみ》を整《たゞ》して、篠持媒鳥共侶《しのもちをとりもろとも》に、金瘡《てきず》を隠《かく》す陣笠《ぢんがさ》の、黒《くろ》きも折《をり》に合号《あひじるし》、袖号《そでじるし》さへ破《やぶ》れては、疼痛《いたみ》に浮腫《はれ》も満家《みついへ》の、第《やしき》を投《さし》ていそぎけり。

　案下某生再説《そはおきてふたゝびとく》。那折維盈《かのをりこれみつ》を肩《かた》に掛《かけ》て、走《はし》り去《さり》たる逆旅《たび》の武士《ぶし》は、烏夜《やみ》に紛《まぎ》れて逸快《いちはや》く、三条橋《さんでうばし》をうち渡《わた》して、*日《ひ》の岡《おか》のかたに赴《おもむ》くこと、既《すで》にして幾町《いくまち》也けん、人家離《さとはな》れたる樹粒《こだち》の間《ひま》に、褊小《さゝやか》なる仏堂《ぶつだう》ありて、木像《もくぞう》の観世音《くわんぜおん》、蟢子《くも》の巣《す》に絨《とち》られて、台座《だいざ》の上《うへ》に立《たち》給へり。這堂《このだう》頽破《やぶれかたむ》きて、守《も》る人絶《ひとたえ》てなかりしかば、「是究竟《これくつきやう》」、と維盈《これみつ》を、やをら下《げ》壇《だん》に卸《おろ》す程《ほど》に、下弦《しもゆみはり》の月《つき》さし升《のぼ》りて、影隈《かげくま》もなく明《あか》かりけり。登時《そのとき》件《くだん》の旅客《たびゞと》は、懐《ふところ》探《さぐ》りて遽《いそが》はしく、定心丹《きつけぐすり》を拿出《とりいだ》して、左手《ゆんで》に維盈《これみつ》を抱《いだ》き起《おこ》し、固《かた》く閉《とぢ》たる歯《は》を推甘《おしくつろ》げ、薬《くすり》を推入《おしい》れて、喚活《よびいけ》などす。介抱等閑《かいはうなほざり》ならざればや、維盈《これみつ》ややく息出《いきいで》て、眼《まなこ》を開《ひら》きて左見右見《とみかうみ》るに、いまだ認《みし》らぬ壮佼《わかうど》に、勦《いたは》られたるこゝろを得《え》ねば、且訝《かついぶか》り且歓《かつよろこ》びて、「抑《そも〳〵》

和殿《わどの》は何里《いづこ》の人《ひと》ぞ。我身《わがみ》を敵《てき》の手《て》に渡《わた》さで、扶助《たすけ》て這里《こと》へ倶《ぐ》し給ひたる、情《なさけ》の程《ほど》こそ有《あり》がたけれ。所以《ゆゑ》いかにぞや、名《な》告《の》らせ給へ」、といはれて件《くだん》の壮佼《わかうど》は、落《おつ》る涙《なみだ》を振縮《ふりしぼ》りて、「おん身《み》は楠《くすのき》譜《ふ》第《だい》の忠臣《ちうしん》、隅屋《すや》小《こ》一郎《いちらう》橘《たちばなの》維盈《これみつ》さまでをはすべし」、と問返《とひかへ》されて維盈《これみつ》は、疑《うたが》ひながら点頭《うなづき》て、「問《とは》るゝごとく我《われ》こそは、数《かず》ならねども楠氏《なんし》の老党《らうだう》、隅屋《すや》維盈《これみつ》で候ぞや」、といふに壮佼《わかうど》堪難《たへかね》けん、泣《なか》んとしつゝ声《こゑ》を呑《のみ》て、

「然《さら》ば我身《わがみ》の実《うみ》の親《おや》、なつかしかりき家尊《かぞ》の大人《うし》。我身《わがみ》三歳《みつ》の比《ころ》かとよ、生涯不通《しやうがいふつう》の約束《やくそく》にて、大和《やまと》の宇多《うだ》の石倉《いはくら》氏《うぢ》へ、養嗣《やうし》に拿《と》らし給ひたる、是復市《これまたいち》にて候ぞや」、と名《な》告《の》るに驚《おどろ》く維盈《これみつ》は、歓《よろこば》しさも八《や》しほ増《ま》す、鮮血《ちしほ》に塗《まみ》れし深《ふか》痍《で》の苦痛《くつう》を、忘《わす》るゝまでに手《て》を拿《とり》て、「原来《さては》和郎《わろ》は復市《またいち》なりし歟《か》。我児《わがこ》といへど見もおぼえねど、有繫《さすが》に残《のこ》る乳貌《をさながほ》、何里《どこ》やら母《はゝ》に肖《に》たりけり。そも訝《いぶか》しき今宵《こよひ》の再会《さいくわい》、絶《たえ》て久《ひさ》しき和郎《わろ》親子《おやこ》、今《いま》は大和《やまと》に在《あ》らずして、伊勢《いせ》の多気《たげ》にと戦《そよ》吹《ふ》く風《かぜ》の、便《たよ》りに伝聞《つたへきゝ》しのみ、見《み》ることかたき這身《このみ》の果《はて》は、京師《みやこ》を死天《しで》の旅衣《たびごろも》、きつゝ苦《くる》しき胸紐《むなひも》の、這里《こと》にて環《めぐ》りあはんとは、嘆《なげ》きの中《なか》の幸《さち》ながら、やよ、いかにして我危窮《わがきゝう》を、はやくも知《し》りて資《たす》けたる、その縁由《わけ》報《つげ》よ。快々《とく〳〵》」、と問《と》へば復市《またいち》瞼《まぶた》を拭《ぬぐ》ひて、「言長《ことなが》くとも稟《まう》すべし。苦《くる》しからずば听《きゝ》給へ。児《それがし》養父《やうふ》に携《たづさへ》られて、伊勢《いせ》の壹志《いちし》の多気城《たげぜう》へ、移《うつ》り住《すみ》しは六歳《むつ》の春《はる》、十三年《ねん》の昔《むかし》なり。這年《このとし》の秋《あき》養《やしな》ひの、奶々《はゝご》身故《みまか》り給ひしかば、やる方《かた》もなく哀《かな》しかりしを、爹々《てゝご》は折々《をり〳〵》慰《なぐさ》めて、「勿《な》泣《なき》そ。奶々《はゝご》にあはせんず」とて、その明《あけ》の春《はる》後妻《のちぞひ》を、はやくも娶《めと》り給ひけり。しかるに後《のち》の奶々《はゝご》には、携子《つれご》ありて、五歳《いつゝ》になりぬ。こも亦男児《またをのこゞ》なりければ、そが儘《まゝ》に我弟《わがおとゝ》にせられて、倶《とも》に孚《はぐゝ》み給ふものから、万事《よろづ》初《はじめ》の奶々《はゝご》に似《に》ず、折《をり》に触《ふれ》ては堪《たへ》がたき、事しもあるを得《え》ぞ知《し》らぬ、爹々《てゝご》は陰《かげ》と陽《ひなた》なく、特《こと》さらに児《それがし》を、慈《いつくし》みつゝ八《やつ》九歳《こゝのつ》より、手《て》をも習《ならは》せ、武芸《ぶげい》を教《をしえ》て、螟蛉《やしなひご》なるよしは、秘《かく》して毫《ちと》も告《つげ》られねば、実《うみ》の親《おや》ぞと思ひしに、後《のち》の奶々《はゝご》は其頭《そこら》のよしを、はやく爹々《てゝご》に聞知《きゝし》りけん、意《こゝろ》に愜《かなは》ぬ事ある折《をり》は、いと仂《はした》なく罵《のゝし》りて、「和郎《わろ》は大人《うし》の子《こ》にあらず。素《す》

生《じやう》は河内《かはち》の楠《くすのき》浪人《らうにん》、隅屋《すや》小《こ》一郎《いちらう》維盈《これみつ》、と喚做《よびな》す者《ひと》の独子《ひとりご》なりしを、年《とし》三ッの比《ころ》に蜂六刀禰《はちろくどの》が、生涯《せうがい》不《ふ》通《つう》の約束《やくそく》にて、恁《かう》養《やしなひ》拿《と》り給ひたり。そを這家《このいへ》にて生《うま》れしごとく、冢子《うひご》態《ぶる》こそ傍痛《かたはらいた》けれ。二郎《じらう》も大人《うし》には義理《ぎり》あるを、我《わ》が与《ため》には血《ち》を分《わけ》たる、子《こ》也とて誉《ほむ》るにあらねど、万事《よろづ》に就《つき》て大人《おとな》しきを、恥《はぢ》ず、心太《しぶと》く、親《おや》のいふ、こと听《きか》ずや」、と叱《しか》られしを、初《はじめ》は非《あらず》と聞流《きゝなが》し、後《のち》は疑《うたが》ひ、度累《たびかさな》りては、「然《さ》もありけん」、と思不楽《おもひわび》て、よしを爹々《てゝご》に問《と》ひしかば、爹々《てゝご》は遂《つひ》に秘《かく》し難《かね》て、這身《このみ》の素生恁々《すじやうしか〴〵》と、おん身《み》の孤忠《こちう》の綷《こと》の趣《おもむき》、姑摩姫上《こまひめうへ》を養育《やういく》の、与《ため》に這身《このみ》を遠離《とほざけ》て、異姓《ゐせい》の人《ひと》の子《こ》に做《な》されたる、情由《わけ》を初《はじめ》て告《つげ》られしより、世《よ》に端《あぢき》なき身《み》をぞ知《し》る、涙《なみだ》の河内《かはち》なつかしく、心《こゝろ》に祈《いの》る神風《かみかぜ》の、伊勢《いせ》にも高《たか》き山《やま》はあれど、深《ふか》き歎《なげ》きはうみの恩《おん》、いかで寔《まこと》の二親《ふたおや》に、あはまくほしう思へども、随意《まに〳〵》ならぬ世《よ》をうち不楽《わび》て、幾《いくそ》の年《とし》を過《すぐ》したる、去歳《こぞ》は児《それがし》遊倅《へやずみ》より、軽卒隊《あしがろぐみ》に召出《めしいだ》され、某甲《なにがし》の手《て》に属《つけ》られて、石倉復市安次《いはくらまたいちやすつぐ》と喚《よば》れたり。そを又奶々《またはゝご》の酷《ねた》くやありけん、屢《しば〳〵》爹々《てゝご》に譏《さかしら》して、いはれしことの多《さは》なりし歟《か》、爹々《てゝご》も亦児《またそれがし》を、漸々《しだい〳〵》に疎《うと》み果《はて》て、「二郎《じらう》に家《いへ》を嗣《つが》せん」、と思ふ気色《けしき》の見《あらは》れたり。恁《かう》いふ情由《わけ》で候へば、「這身《このみ》ありては一家児《いへのうち》に、一日《ひとひ》も口舌絶《くぜちたえ》がたかり。然《され》ば窃《ひそか》に身《み》退《しりぞ》きて、二親達《ふたおやたち》の情願《じやうぐわん》の、随《まゝ》に二郎《じらう》に譲《ゆづら》ん」、と既《すで》に深念《しあん》をしたれども、「仯《いはけな》きより養育《やういく》の、親《おや》に答《こたふ》る孝《かう》も尽《つく》さず、卑職《ひしよく》也とも君《きみ》の禄《ろく》を、食《はみ》ながら甚麼《いかに》ぞや。寸功《すんこう》もなく己《おの》が随《まゝ》に、辞《ぢ》し稟《まう》さずして影《かげ》を隠《かく》さば、只是不義《たゞこれふぎ》也、不忠《ふちう》也。折《をり》を等《まつ》にはしくことあらじ」、と思ひつゝありける程《ほど》に、*這月《このつき》の初旬《はじめつかた》、公役《くやく》の伴《とも》に立《たち》たる途《みち》にて、憶《おもは》ず必死《ひつし》の厄難《やくなん》ありしを、脱《のが》れて浪華《なには》の浦《うら》に来《き》にけり。登時児《そのときそれがし》おもふやう、「嚮《さき》に這身《このみ》は死地《しち》に入《い》りて、人命活《ひとみないけ》りとせざりしに、存命《ながらへ》ぬるは甦生《そせい》に似《に》たり。這折《このをり》をもて身退《みしりぞ》かば、親《おや》の心《こゝろ》の安《やす》かるべく、君《きみ》に不忠《ふちう》の咎《とがめ》もあらじ。這里《ここ》より河内《かはち》に赴《おもむ》きて、いかで実《うみ》の二親達《ふたおやたち》に、対面《たいめ》してよしを報稟《つげまう》し、却爾後《さてそのゝち》に進退《しんたい》を、定《さだめ》んものを」、と尋思《しあん》をしたる、折《をり》から一個《ひとり》の行伴《みちづれ》あり。こも捨《すて》がたきよしあれば、相倶《あひぐ》して河内《かはち》へ赴《おもむ》き、予聞《かねてきゝ》たる八九村《やこむら》を、諸《たづ》ねて奶々《はゝご》に再会《さいくわい》しつゝ、我《わが》うへ又養家《またやうか》の事《こと》、詳《つまびらか》に告稟《つげまう》せしかば、奶々《はゝご》の歓《よろこ》び大《おほ》かたならず、泣《なき》もしつ笑《ゑみ》もして、「大人《うし》はいぬる日《ひ》、姫上《ひめうへ》の、高野詣《かうやまうで》のおん伴《とも》に、立《たち》給ひしより日数《ひかず》を歴《へ》たるに、けふまで還《かへ》らせ給はぬは、姫上《ひめうへ》の御所望《ごしよまう》にて、都見物《みやこけんぶつ》なされんとて、京《きやう》へや立《たち》より給ひけん、とは猜《すい》しても奈《いかに》せん。二夜《ふたよ》艾《さ》夢寐《ゆめみ》の歹《わろ》かれば、いとゞ心《こゝろ》に掛《かゝ》る也。折《をり》から思ひがけもなく、儞《そなた》の来《き》ぬるぞ幸《さち》也ける。いかで京《きやう》まれ高野《かうや》まれ、快《とく》赴《おもむ》きて御安否《ごあんぴ》を、訪《とひ》まつり給はらば、我胸《わがむね》は稍安《やゝやす》かりてん。遮莫《さばれ》日数《ひかず》の過《すぎ》たれば、高野《かうや》には在《いま》すべからず。京《きやう》へゆきなばあふよしの、なからずやは、と思ふものから、正《まさ》しき実《うみ》の父子《おやこ》でも、面認《おもみし》らねば不便《ふべん》ならん。案内《しるべ》に一個《ひとり》の伴《とも》を隷《つく》べし。この義《ぎ》を承引《うけひき》給はずや」、と宣《のたま》ふことの理《ことわ》りなるに、児《それがし》も亦《また》一ト日《ひ》もはやく、大人《うし》に対面《たいめん》せまほしければ、一《いち》議《ぎ》に及《およ》ばで諾《うけ》ひ稟《まう》しつ。那行伴《かのみちづれ》はそが儘《まゝ》に、八九《やこ》の宿所《しゆくしよ》に留措《とゞめおき》て、手作《てさく》とかいふ農僕《のうをとこ》を、案内《しるべ》の与《ため》に従《したが》へて、京師《みやこ》を投《さし》て急《いそ》ぐ程《ほど》に、件《くだん》の手作《てさく》は鞋瘡《わらじくひ》*に、足《あし》を破《やぶ》られて後《おく》るゝを、等《まつ》に及《およ》ばず「恁々《しかじか》の、地方《ところ》で会《あは》ん」と契《ちぎ》りつゝ、児《それがし》独先《ひとりさき》だちて、昨夕《よんべ》京師《みやこ》に着《つき》しかば、五条頭《ごでうわたり》に歇店《やどり》を投《もとめ》て、手作《てさく》を等《まて》どもいまだ来《こ》ず。折《をり》から厮宿《あひやど》の旅客們《たびゞとら》が、その徒《ともがら》に話《はな》すを聞《き》くに、

「河内《かはち》の楠殿《くすのきどの》の余類《よるい》なる、八九《やこ》の姑摩姫《こまひめ》とか、喚做《よびなし》たる勇婦人《ゆうふじん》、いぬる夜《よ》室町《むろまち》の御所《ごしよ》に潜入《しのびいり》て、上《うへ》を撃奉《うちたてまつ》らんとしたる折《をり》、忽地《たちまち》に事顕《ことあらは》れて、那身《かのみ》を搦捕《からめと》られたり。因《より》て明日《あす》の曛昏《ゆふぐれ》に、三条河原《さんでうがはら》へ牽出《ひきいだ》されて、首《かうべ》を刎《はね》らるゝと聞《きこ》えたり。こは未曾有《みぞうう》の異聞珍説《ゐもんちんせつ》、却《さて》も世《よ》に凄《すさ》まじき、女子《をなご》もあればありけるよ」、といふに胸先《むねまづ》うち騒《さは》がれて、夜一《よひと》夜睡《ねむ》らず思ふやう、「姫上《ひめうへ》搦捕《からめと》られ給はゞ、大人《うし》もいかでか脱《のが》れ給はん。然《さり》とて今《いま》さらせん術《すべ》あらず。明日《あす》其河原《そのかはら》に赴《おもむ》きて、事実《ことじつ》ならば劊手《たちとり》○キリテを、撃《うち》て君父《くんぷ》と倶《とも》に死《し》なん。倘又《もしまた》其処《そこ》に武運《ぶうん》尽《つき》ずば、警固《けいご》の奴們《やつばら》殺尽《きりつく》して、姫上《ひめうへ》幷《ならび》に家尊《かぞ》の大人《うし》を、拯《すく》ふて共《とも》に影《かげ》を躲《かく》さん。孰《いづれ》の方《みち》にも二策《ふたつ》に一策《ひとつ》、やは愆《あやま》つ」、と気《き》を励《はげま》して、天明《よあけ》て歇店《やどり》を出《いづ》るまで、那手《かのて》作《さく》はいまだ来《こ》ねば、河内《かはち》へよしを報《つげ》まゐらする、便着《たつき》はあらず、思ひ捨《すて》て、終日《ひねもす》街衢《ちまた》を徘徊《はいくわい》しつゝ、猶《なほ》風声《ふうぶん》を聞定《きゝさだ》む

るに、いよ〳〵実《じつ》を得《え》たりけり。左右《とかく》する程《ほど》にはや、黄昏《たそがれ》邇《ちか》くなりしかば、「御際期《ごさいご》の時《とき》に後《おく》れじ」とて、悄々《ひそか》地に縡《こと》の准備《ようい》を做《な》すに、武芸《ぶげい》は覚《おぼえ》なきにあらず、見給ふごとく身材《たけ》高《たか》ければ、膂力《ちから》も人《ひと》に劣《おとら》んや。且我身《かつわがみ》幸《さいは》ひに、年《とし》十一二の比《ころ》よりして、心《こゝろ》ともなく擲覚《なげおぼえ》たる、礫《つぶて》に熟《なれ》て、我《われ》ながら、百発百中《ひやくぱつひやくちう》の修煉《しゆれん》あれば、布嚢《ぬのぶくろ》を買拿《かひとり》て、手応《てごろ》の小《こ》石《いし》を多《おほ》く蔵《おさ》め、身装《みごしらへ》しつ、そを携《たづさへ》て、河原《かはら》を投《さし》て急《いそ》ぐ程《ほど》に、途《みち》にて亦復《また〳〵》風声《ふうぶん》あり、「目今《たゞいま》恁々《しか〴〵》の処《ところ》にて、恁々《しか〴〵》の捕賊《とりもの》あり。その故《ゆゑ》は箇様《かやう》々々《〳〵》」、といふは正可《まさか》に件《くだん》の事《こと》を、遠見《とほめ》に看《み》つゝ間道《わきみち》を、走《はし》りて来《き》ぬるものなるべし。「恁《かゝ》ればその網《あみ》轎子《のりもの》の、内《うち》なるは姑摩《こま》姫上《ひめうへ》、及《また》管領《くわんれい》の雑兵《ざふひやう》に、捕稠《とりこめ》られて挑戦《いどみたゝか》ふ、武士《ぶし》は必《かならず》我大人《わがうし》ならん」、とはやくも猜《すい》して、些《ちつと》も礙議《ぎぎ》せず、飛《とぶ》が似《ごと》くにその投《さす》かたに、走近着《はしりちかづき》て悄々《ひそか》地に見るに、斫破《きりやぶ》られたる網轎子《あみのりもの》には、大《おほ》きなる円石《まろいし》あるのみ、姫上《ひめうへ》は見え給はず。大人《うし》は居多《あまた》の雑兵《ざふひやう》が、射出《いいだ》す征箭《そや》を防難《ふせぎかね》て、既《すで》に危窮《きゝう》の折《をり》なれば、「吐嗟《あなや》」、と駭《さわ》ぐ身《み》は単《ひとつ》にて、弓箭《ゆみや》を持《もて》る多勢《たぜい》に向《むか》はゞ、薪《たきゞ》を負《おふ》て火《ひ》に近《ちか》づき、石《いし》を抱《いだ》きて淵《ふち》に臨《のぞ》む、無謀《むぼう》の勇戦《ゆうせん》、死《し》して功《こう》なし、要《えう》こそあれと、其頭《そこら》なる、竹藪《たかやぶ》に身《み》を潜《ひそま》しつゝ、予自得《かねてじとく》の礫《つぶて》を飛《とば》して、近着《ちかづ》く敵《てき》を打仆《うちたふ》し、甘《くつろ》ぎを得《え》て、我大人《わがうし》の、必死《ひつし》を拯《すく》ひまゐらせしは、是切《これせめ》てもの事ながら、心《こゝろ》もとなし姫上《ひめうへ》は、什麼《そも》いかになり給ひしぞや」、と問《とひ》つ歎《なげ》きつ、過去来《こしかた》と、今《いま》の憂患《うれひ》を云云《かにかく》と、報《つぐ》るを漏《もら》さず聞《きゝ》とりけん、維盈《これみつ》は俯垂《うなだれ》たる、頭《かうべ》を擡《もたげ》て憶《おもは》ずも、含笑《ほうゑま》れつゝうち頷《うなづ》きて、

「適《あはれ》微妙《いみじ》き和郎《わろ》が挊《はたら》き。那轎子《かののりもの》には姫上《ひめうへ》在《いま》さず。そは満《みつ》家《いへ》の計略《はかりごと》にて、支党《どうるい》あらば囮引出《おびきいだ》して、搦捕《からめとら》せん与《ため》なりき。我《われ》は然《さ》るよしあるを思《おも》はず、「姫上今番《ひめうへこたび》のおん挙動《ふるまひ》は、是《これ》御鬱気《ごうつき》の変癥《へんせう》にて、御心乱《みこゝろみだ》れし故《ゆゑ》ならん」、と猜《すい》しにければ、「管領家《くわんれいけ》へ、自訴《じそ》して恩赦《おんしや》を乞稟《こひまう》さん」、と尋思《しあん》をしつゝ歇店《やどり》を出《いで》しに、猛可《にはか》に心痛劇《しんつうはげ》しくて、路去《みちさり》あへず、期《ご》に後《おく》れたり。「恁《かゝ》れば河原《かはら》へ赴《おもむ》きて、他手《ひとで》にかけず姫上《ひめうへ》を、刺殺《さしころ》しまゐらせて、冥土《よみぢ》のおん伴《とも》すべけれ」、と思ひ決《さだ》めつ急《いそ》ぐ途《みち》にて、那轎子《かののりもの》に遇《あ》ひしかば、よしを告推留《つげおしとゞ》めて、云云《かにかく》と陪話《わび》たるを、警固《けいご》の頭人《たうにん》、なほ疑《うたが》ふて、搦捕《からめとら》んとし

つるにより、已《やむ》ことを得《え》ず苦戦《くせん》して、初《はじめ》は這奴們《しやつら》を殺散《きりちら》し、網輤子《あみのりもの》をうち啓《ひら》きて、見れば姫上《ひめうへ》ましまさず。「謨《はか》られけり」、と躊躇《たゆた》ふ程《ほど》に、推捕稠《おつとりこめ》たる新隊《あらて》の雑兵《ざふひやう》、近《ちか》くは找《すゝ》まで射掛《いかく》る衆箭《もろや》を、霎時《しばし》は防《ふせ》ぎたりけれども、這身《このみ》鉄石《てつせき》ならざれば、終《つひ》には恁《かゝ》る深痍《ふかで》に倒《たふ》れて、喚活《よびいけ》らるゝ折《をり》までは、我《われ》にもあらで在《あ》りけんかし。よりて憶《おも》ふに姫上《ひめうへ》は、今《いま》もなほ存命《ながらへ》て、囹圄《ひとや》の中《うち》に在《いま》すらめ。面目《めんぼく》なきは我不小心《わがおこたり》。いぬる日《ひ》姫上《ひめうへ》夜《よ》を深《こめ》て、潜出《しのびいで》させ給ひしを、夢《ゆめ》にも知《しら》ず、天明《よあけ》てより、うち駭《おどろ》きつ、おん往方《ゆくへ》を、索難《たづねかね》つゝ世《よ》の人《ひと》の、噂《うはさ》によりて、囚《とらは》れ給ひし、綷《こと》の趣《おもむき》稍《やゝ》聞知《きゝし》りて、做事毎《なすことごと》に齟齬《くひちが》ふ、しかるも天歟《てんか》、命《めい》なるかな。忠義《ちうぎ》の与《ため》に遠離《とほざけ》て、年《とし》を歴《へ》にける独子《ひとりご》の、幇助《たすけ》によりて仇《あた》の手《て》に、捕《とら》れん首級《くび》を拿留《とりとめ》て、終《つひ》には西《にし》に入《い》りぬべき、今宵《こよひ》の月《つき》と日《ひ》の岡《おか》の、観音堂《くわんおんだう》を死所《しにどころ》、亡《な》き世《よ》の後《のち》の仏廾《ぶつぼさつ》より、憑《たの》むは復市和郎《またいちわろ》のみぞ。聞《き》くがごときは養家《やうか》の口舌《くぜち》に、身《み》を退《しりぞ》かして養父母《やうふぼ》の、意《こゝろ》に慊《かな》ふよしあらば、不孝《ふかう》にあらず、義《ぎ》に庶《ちか》かり。死《し》ぬべかりける大厄《だいやく》ゆゑに、そが儘立《まゝたち》もかへらずとて、豈《あに》甚《はなはだ》しき不忠《ふちう》ならんや。思へば奇《く》しきけふの再会《さいくわい》、棄《すて》ても絶《たえ》ぬは、血脈《ちすぢ》の天縁《てんえん》。恁《かゝ》る今般《いまは》に憑《よ》る瀬《せ》あり。挙《もつ》べきものは子《こ》也けり。願《ねが》ふは今《いま》より我志《わがこゝろざし》を、接《つぎ》て又只姫上《またたゞひめうへ》の、御《ご》際期《さいご》までを看奉《みたてまつ》りて、拯《すくは》るべくは救《すく》ひまつりね。及《およ》びがたくはおん亢《しるし》を、奪拿《うばひと》り深《ふか》く隠《かく》して、御菩提《ごぼだい》を弔《と》ひまつれかし。それも克《かな》はぬものならば、一人《いちにん》也とも怨敵《おんてき》を、撃捕《うちとり》て姫上《ひめうへ》の、死天《しで》のおん伴《とも》したらんには、適孝《あはれかう》也、忠《ちう》也義《ぎ》なり。河内《かはち》へ還《かへ》らぬ我魂《わがたま》は、影《かげ》に立形《たちかたち》に添《そふ》て、よにたのもしく思《おも》はなん。遇《あひ》がたかりける独子《ひとりご》に、あふて今般《いまは》の遺言《ゆいげん》に、死《し》ねと誨《をしゆ》る親《おや》ごゝろ、忠義《ちうぎ》の二字《にじ》の徼《なか》りせば、恁《かう》はあらじを物部《ものゝふ》の、意地《いぢ》ほど苦《くる》しきものはなし」、といふこと毎《ごと》に息絶《いききれ》て、憑徼《たのみすくな》き光景《ありさま》に、復市《またいち》悲歎《ひたん》遣《や》る方《かた》なく、

「こは何言《なにごと》ぞ、家尊《かぞ》の大人《うし》。数个所《すかしよ》也とも痍《て》は浅《あさ》かり。便宜《びんぎ》の方《かた》へ倶《ぐ》しまゐらせて、医療《いりやう》を尽《つく》さば本復《ほんぶく》あらん。死《し》して益《えき》あることかは」、と慰《なぐさむ》れども維盈《これみつ》は、耳《みゝ》にも被《かけ》ず、頭《かうべ》を掉《ふり》て、「やをれ復市《またいち》、愚《おろか》也。生《いき》がたき親《おや》に抅《かゝ》づらひて、憑《たの》みし事の疎略《そりやく》にならば、環会《めぐりあは》ぬに劣《おと》るべし。いでや我《われ》から手《て》

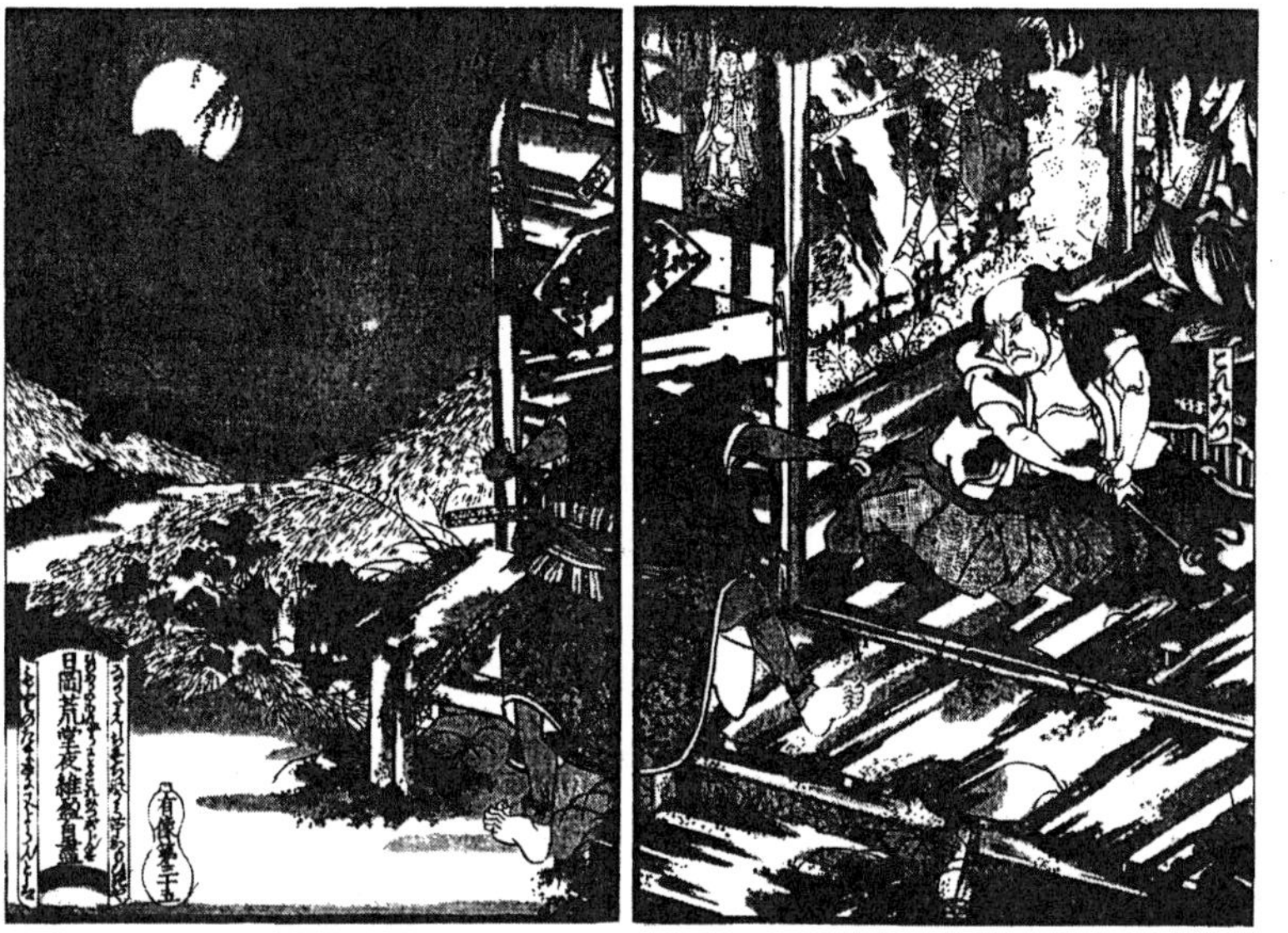

療治《りやうぢ》に、和郎《わろ》が心《こゝろ》を安《やす》くせん。介錯憑《かいしやくたの》む」、と腋挿《わきざし》の、刀《かたな》をはやく引抜《ひきぬ》きて、袖巻添《そでまきそえ》て脇腹《わきばら》へ、刀尖《きつさき》禺殺《ぐさ》と突立《つきたつ》れば、「吐嗟《あなや》」と駭《おどろ》く復市《またいち》は、有繋《さすが》に親《おや》の義勇《ぎゆう》に羞《はぢ》て、拿《とり》も禁《とゞ》めず、「南無阿弥陀仏《なむあみだぶつ》。弥陀仏《みだぶつ》々《〱》々々々《みだぶつ》」、と頻《しき》りに薦《すゝむ》る六字《ろくじ》の唱名《せうめう》。維盈頭《これみつかうべ》をうち掉《ふり》て、「鈍《おぞ》や復市《またいち》。後際《すゑ》限《かぎ》りなき、菩提《ぼだい》を茲《こゝ》に念《ねん》ぜんより、快介錯《とくかいしやく》して、屍骸《しがい》を隠《かく》しね。快々《とく〱》立《たち》ね」、と急《いそ》がせども、復市《またいち》なほも立難《たちかね》て、「そは理《ことわ》りに侍《はべ》れども、年来《としごろ》見まく欲《ほし》かりし、一念届《いちねんとゞ》きて実《うみ》の親《おや》に、会《あ》ふ幸《さいは》ひはありながら、自殺《じさつ》の折《をり》に環《めぐ》り来《き》て、又遇《またあひ》がたき哀別離苦《あいべつりく》に、腕《たゞむき》癱《しび》れ、足痿《あしなえ》て、立《たつ》に起《たゝ》れず、大刀《たち》も拿《と》られず、いふ甲斐《かひ》なしとて叱《しか》らるゝとも、親《おや》を撃《うつ》べき刃《やいば》はなし。その義《ぎ》ばかりは許《ゆる》させ給へ」、といひかけて「よゝ」と伏沈《ふししづ》めば、維盈《これみつ》も今《いま》さらに、いよ〳〵衰《よは》る気《き》を励《はげま》して、

有像第三十五

日岡荒堂夜維盈自尽《ひのおかのあれだうによるこれみつじじんす》

なかたえしちすぢのうみ苧おもひきやもとのたまきに又よらんとは

これみつ

「好々《よし〳〵》、然《さ》らば和郎《わろ》をば憑《たの》まず。和郎《わろ》幸《さいは》ひに恙《つゝが》なく、河内《かはち》へ還《かへ》る日《ひ》もあらば、我死《わがしに》ざまを母《はゝ》に報《つげ》て、その折菩提《をりぼだい》を吊《とは》しもせよ。欲去《さらば》々〳〵」、といふ声細《こゑほそ》る、苦痛《くつう》に屈《くつ》せぬ勇敢《ゆうかん》無双《ぶさう》、思ひの随《まゝ》に右手《めて》のかたへ、引繞《ひきめぐ》らしたる血刀《ちがたな》を、抜《ぬき》拿抗《とりあげ》つゝ項《うなぢ》に当《あて》て、両手《もろて》を掛《かけ》て身《み》みづから、頸掻落《くびかきおと》して俯《ふし》たりける。噫勇《あゝゆう》なる哉《かな》、維盈《これみつ》は、その性柔和温順《さがにうわおんじゆん》にて、老実《まめやか》ならずといふことなく、絶《たえ》て怒《いかり》を見《あらは》さず、言寡《ことすくな》うして長者《ちやうじや》の風《ふう》あり。しかれども、事《こと》に臨《のぞみ》て死《し》をだも辞《ぢ》せず、肚裡《とり》《○ハラノ》只《ウチ》忠魂義《たゞちうこんぎ》胆《たん》あるのみ。こゝをもて正元《まさもと》の、択《えらみ》にあふて、託《たく》《○ミ》孤《こ》の命《めい》《ナシゴヲタノムオフセ》あり。不幸《ふかう》にして功《こう》いまだ全《まつた》からず。身《み》は乱箭《らんせん》の与《ため》に射《い》られて、屍《かばね》を野径《やけい》に瘞《うづ》むといへども、天又《てんまた》その子《こ》を復《かへ》し与《あたへ》て、よく忠義《ちうぎ》を嗣《つぐ》ことあらしむ。惜《をしい》かなその智《ち》に于《おい》て、なほ足《た》らざる所《ところ》あり。是《これ》を目四郎《めしらう》に比《くらぶ》れば、その終焉《しうゑん》はよく相似《あひに》て、その趣同《おもむきおな》じからず。且《かつ》その忠信捷《ちうしんまさ》れること万《ばん》万《ばん》也。是《これ》を館英直《たてひでなほ》に較《くらぶ》れば、智慧《ちゑ》は維盈《これみつ》、英直《ひでなほ》に及《およ》ばず、武勇《ぶよう》は維盈《これみつ》、英直《ひでなほ》に勝《まさ》れり。宇宙《うちう》の間《あはひ》、往《ゆく》として、何《いづれ》の処《ところ》にか*照対《せうたい》なからんや。野史《やし》みづから批《ひ》して云《いふ》、維盈《これみつ》は是真《これしん》勇《ゆう》、英直《ひでなほ》は是真智《これしんち》。智勇《ちゆう》その差《しな》ありといへども、孤忠苦節《こちうくせつ》は甲乙《かふおつ》なし。嗚呼《あゝ》忠《ちう》なる哉《かな》、噫嘻《あゝ》忠《ちう》たり。倶《とも》に侠中《けうちう》の奇士《きし》といふべし。

自評《じひやう》に云《いはく》。姑摩姫《こまひめ》河内《かはち》に在《あ》りし時《とき》、剣侠飛行《けんけうひぎやう》の術《じゆつ》をもて、ふたゝび京師《みやこ》へ赴《おもむ》きて、足利義持《あしかゞよしもち》を撃《うた》ずして、言《こと》を高野山詣《かうやさんまうで》に仮託《かこつけ》て、維盈《これみつ》を将《い》て、京師《みやこ》に旅宿《たびね》し、夜艾《よさり》に独室町《ひとりむろまち》なる、営中《ゑいちう》に入《い》るに及《およ》びて、事発覚《ことあらは》れて、身《み》は捕捉《とらは》れ、維盈《これみつ》をすら殺《ころ》すに至《いた》れり。「是求《これもとめ》て自《みづから》作《な》せる、孽《わざはひ》にあらずや」、と看官《みるひと》批《ひ》するも多《おほ》かるべし。豈《あに》しからんや、然《しか》らんや。嚮《さき》に姑摩姫《こまひめ》、その師《し》の別《わか》れに、誡《いましめ》を稟且剣書《うけかつけんしよ》を燔《やか》れて、当夜宿所《そのよしゆくしよ》に還《かへ》るに及《およ》びて、飛行《ひぎやう》の術衰《じゆつおとろ》へて、初《はじめ》に似《に》ざるよしを知《し》れり。しかれども今茲《ことし》の春《はる》より、御受禅《みくらゐゆづり》の風声《ふうぶん》あれば、余怨再煽《よゑんふたゝびさかり》にて、堪《たへ》んとするに勝《たへ》がたく、又義持《またよしもち》を撃《うた》まく思ふに、既《すで》に仙孃《せんぢやう》の誡《いましめ》あり。是《これ》を破《やぶ》れば違誡《ゐかい》の罪《つみ》あり、破《やぶ》らじと欲《ほり》すれば、余怨《よゑん》を洩《もら》す処《ところ》なし。且剣侠《かつけんけう》は、素是一派《もとこれいつぱ》の仙術《せんじゆつ》なれども、行《おこな》ふ所真法《ところしんばう》にあらず。姑摩姫《こまひめ》その師《し》の遺誡《ゐかい》によりて、曉得《さとりえ》たるよしさへあるに、那北山《かのきたやま》の復讐《あたうち》を、世《よ》に知《し》られねば、足《た》れりとせず。愆《かゝ》る故《ゆゑ》に、重《かさね》て京師《みやこ》に到《いた》るに及《およ》びて、復飛行《またひぎやう》の術《じゆつ》を用《もて》せず、窃《ひそか》に先考《なきちゝ》の墓《はか》に禱《いのり》て、成敗《せいばい》を天《てん》に儘《まか》したり。これを維盈《これみつ》に告《つげ》ざりしは、他《かれ》を死地《しち》に置《おか》ん与《ため》にあらず。告《つぐ》るときは諫《いさめ》られて、事《こと》の做《なし》がたきを知《し》れば也。女俠《ぢよけう》の心《こゝろ》、君父《くんぷ》の為《ため》に、素《もと》よりして一死《いつし》を辞《ぢ》せず。縦憐愍《たとひあはれみ》の実情《じつじやう》ありとも、その伴当《ともびと》の安危存亡《あんきそんばう》を、茲《こゝ》に見かへる遑《いとま》あらんや。未然《みぜん》に這義《このぎ》を諭《さと》すよしは、前回《かみのだん》に仙孃《せんぢやう》の、四言《しげんし》四句《く》に亮々《りやう〳〵》《○アキラカ》なり。作者《さくしや》の用意《ようい》を知《し》るに足《た》らん歟《か》。按《あん》ずるに、石《いし》を投《なげ》てよく物《もの》に中《あつ》るもの、むかし唐山《からくに》に三四名《みたりよたり》あり。水滸伝《すいこでん》なる没羽箭張清《ぼつうせんちやうせい》は、世《よ》の人《ひと》これを知《しら》ざるはなし。張清《ちやうせい》は、その名《な》*宣和遺事《せんわゐじ》に出《いで》たり。投石《つぶて》の事は、水滸《すいこ》の作者《さくしや》の*寓言《ぐうげん》也。這它《このよ》、*明《みん》の呉門《ごもん》の彭興祖《ほうこうそ》が弟彭某《おとゝほうそれ》、小石《こいし》を袖中《そでのうち》に蔵《おさめ》て、もて鳥雀《ことり》に擲《なげうつ》に、手《て》に応《おう》じて殪《たふ》れざることなかりしよし、五雑組《ござつそ》人《じんの》部《ぶ》に見えたり。*又曹国《またさうこく》の武大智《ぶだいち》といふもの、幼《いとけなき》より自得《じとく》したる、投石《つぶて》の技《わざ》に精妙《せいめう》にて、十歩《じつぽ》の外《ほか》、中《あた》らざることなし。後《のち》に武挙《ぶげいにてりつしん》《○ブキヨ》して、秦中令《しんちうのつかさ》になりぬ。因《より》て地方《ところ》の歹人《わるもの》を捕《とら》ふるに、石《いし》を擲《なげう》ちて、もて殪《たふ》すこと尠《すくな》からず。そが中《なか》に、人《ひと》を劫《おびやか》して害《がい》を做《な》す、虎氏《うち》の三兄弟《さんきやうだい》も、武大智《ぶだいち》の石《いし》に砕《くだか》れて捕《とら》はれたり。又猱《またたう》飛《ひ》と喚做《よびな》す偸児《ぬすびと》あり。武大智《ぶだいち》これを釈《ゆる》して、且捕賊使《かつとりてやく》に做《な》して、投石《つぶて》の技《わざ》を教《をしゆ》るに、猱飛《たうひ》よくその技《わざ》を学得《まなびえ》て、倶《とも》に功《こう》ありけるよし、六合内外瑣言《りくがふないぐわいさげん》巻《まきの》十六猱飛《たうひ》編《へん》に載《のせ》たり。皇国《みくに》には、源為朝《みなもとのためとも》の従軍《じゆうぐん》に、*八町礫紀《はつちやうつぶてのき》平次《へいじ》大夫《たいふ》あり、保元物語《ほうげんものがたり》に見えたり。しかれども、投石《つぶて》の技《わざ》あるよしを載《の》せず。只《たゞ》その綽号《あだな》に拠《より》て推量《おしはか》れば、是《これ》も投石《つぶて》の妙手《じようず》なるべし。八町礫《はつちやうつぶて》の事は、拙編弓張月《せつへんゆみはりづき》に載《のせ》て、既《すで》にことふりにたれども、又本集《またこのさうし》に一人《いちにん》あり。上《かみ》に録《ろく》せしものを合《あは》して、和漢六個《わかんむたり》の投石人《つぶてうち》と做《な》すべし。

第《だい》二十六回《くわい》

正直命《まさなほめい》を稟《うけ》て姑摩姫《こまひめ》を送《おく》る
彼岸《ひがんじ》二謬《あやまつ》て八九《やこ》荘《しよう》を鬧《さはが》す

却説《かくていは》石倉復市《くらまたいち》は、父《ちゝ》の自殺《じさつ》の勇《いさ》ましさに、羞《はぢ》て泣音《なくね》を立《たて》ねども、やる方《かた》もなき哀傷《あいしやう》に、雨做《あめな》す涙《なみだ》を拭《ぬぐ》ひつゝ、先《まづ》本《ほん》尊《ぞん》を拝《おが》みまつりて、亡父《ばうふ》の頓生菩提《とんせうぼだい》を念《ねん》じ、次《つぎ》に父《ちゝ》の亡骸《なきがら》に、うち向《むか》ひ額《ぬか》をつきて、生《いけ》るが如《ごと》く慰《なぐさむ》る、回向《ゑこう》に時《とき》を移《うつ》しけり。却《さて》あるべきにあらざれば、外《と》に立出《たちいで》て那這《あちこち》と、見れば這御堂《このみだう》の背《うしろ》に、老《ふり》たる一株《ひともと》の垂楊柳《いとやなぎ》あり。又十《またと》歩許《あしばかり》東《ひがし》のかたに、山《やま》の井《ゐ》ありて、吊桶《つるべ》はなし。しかれども井《ゐ》の水溢《みづあふ》れて、纖々《ちよろ〳〵》と流《なが》れゆく、其方《そなた》に深《ふか》き藪《やぶ》の中《なか》に、箍《たが》の緩《ゆる》み阿伽桶《あかおけ》ありけり。這頭《こゝら》は総《すべ》て土潤《つちうるほ》ひて、最柔《いとやわらか》なりければ、左右《とかく》して穿掘《ほりうがち》て、亡骸《なきがら》を深《ふか》く埋《うづ》め、父《ちゝ》の刀《かたな》をも土中《どちう》に蔵《おさ》めて、巨石《こせき》○オホイシを居《すゑ》て表《しるし》にしけり。爾後《そのゝち》件《くだん》の阿伽桶《あかおけ》の、箍《たが》を推固《おしかた》め水《みづ》を汲《くみ》て、堂内《だうない》に塗《まみ》れたる、血《ち》を洗《あら》ふこと数回《あまたゝび》、その事《こと》やうやく果《はて》し比《ころ》、夏《なつ》の夜《よ》なれば短《みじか》くて、月《つき》は傾《かたむ》き東《ひがし》は且明《しら》む、彼誰時《かはたれどき》になりにけり。登時《そのとき》復市《またいち》思ふやう、「親《おや》の遺命《ゐめい》の重《おも》ければ、姑摩姫上《こまひめうへ》と共侶《もろとも》に、生死《しやうじ》を其里《そこ》に決《さだめ》んこと、今《いま》さら尋思《しあん》に及《およ》ばねども、世《よ》の風声《ふうぶん》を聞漏《きゝもら》さば、竟《つひ》に那期《かのご》にあひがたからん。大人《うし》の推量《すいりやう》に差《たが》ふことなく、姫《ひめ》上《うへ》はなほ存命《ながらへ》て、囹圄《ひとや》にこそ在《いま》すらめ。無益《むやく》の尋思《しあん》に天《よ》を明《あか》さば、詣《まうづ》る人《ひと》に怪《あやし》まれん。昨《きのふ》の歇店《やどり》へいそがん歟《か》、京師《みやこ》の町《まち》を徘徊《はいくわい》して、暮《くれ》て那里《かしこ》へ宿《やどら》ん歟《か》」、と思ひ難《かね》つゝ惆然《ちやうねん》と、鵠立程《たゝずむほど》に天《よ》は明《あけ》て、茂林《もり》を離《はな》るゝ鴉《からす》の声《こゑ》に、うち驚《おどろ》きつ遽《いそがは》しく、父《ちゝ》の新墓伏拝《にひばかふしおが》み、伏《ふし》おがみつゝ立鳥《たつとり》の、翅《つばさ》まだ乾《ひ》ぬ鴨河原《かもがはら》、三条橋《さんでうばし》は昨夕《よべ》の事、影護《うしろめた》さに路易《みちかえ》て、五条《ごでう》のかたへぞ赴《おもむ》きける。

爾程《さるほど》に、管領畠山尾張守満家《くわんれいはたけやまをはりのかみみついへ》は、家臣篠持媒鳥們《かしんしのもちをとりら》が注進《ちゆうしん》により、姑摩姫《こまひめ》には支党《どうるい》の、なかりしよしを聞知《きゝし》りければ、次《つぎ》の日《ひ》営中《ゑいちう》へ出仕《しゆつし》して、義持公《よしもちこう》に稟《まう》すやう、「臣《それがし》○シン御《ご》諚《じやう》に従《したが》ひまつりて、那計略《かのけいりやく》の趣《おもむき》を、家僕們《かぼくら》にこゝろ得《え》さして、をさ〳〵試《こゝろみ》候ひしに、姑摩姫《こまひめ》に荷担《かたん》したる、悪党《あくたう》は候はず、唯隅屋某甲《たゞすやなにがし》とか喚做《よびな》したる、伴当《ともびと》一二名《ひとりふたり》あり。那轎子《かののりもの》を途《みち》に遮《さへぎ》りて、愁訴《しうそ》あるよしを稟《まう》せしかども、家僕們《かぼくら》これを聴《きか》ずして、追走《おひはし》らしたりければ、爾後《そのゝち》は轎子《のりもの》に、障《さは》るものもあらざりき、と慥《たしか》に聞《きこ》え候也。遮莫《さばれ》、*那姑摩姫《かのこまひめ》が父《ちゝ》、楠正元《くすのきまさもと》は、曩《さき》に京師《みやこ》に潜登《しのびのぼ》りて、鹿苑院殿《ろくおんゐんどの》義満《よしみつ》を狙《ねら》ひ奉《たてまつ》りしに、事立地《ことたちどころ》に発覚《あらは》れて、誅《ちゆう》せられしを懲《とり》ずまに、そが女児《むすめ》として今番《こたび》の重罪《ちゆうざい》、赦《ゆる》されがたきものならんを、又格別《またかくべつ》なる御仁政《ごじんせい》にて、赦免《しやめん》の御沙汰《ごさた》候を、恐《おそ》れながら猜《すい》しまつるに、嚮《さき》に南帝《なんてい》と御誓約《ごせいやく》の、まに〱ならぬよしもあれば、那方《かのかた》ざまの憤《いきどほ》りを、洩《もら》して世《よ》を長閑《のど》やかに、治《おさめ》んとての賢慮《けんりよ》ならん。倘《もし》その義《ぎ》に候はゞ、愚計《ぐけい》なきにも候はず」、といふに義持《よしもち》うち微笑《ほうゑみ》て、「現猜《げにすい》されたるよしもあり。又《また》「那少女《かのをとめ》が狼籍《らうぜき》は、狂乱鬼病《きやうらんきびやう》の故《ゆゑ》ならん」、といふものもこれ多《おほ》かり。且一休《かついつきう》の云云《かにかく》と、論《ろう》じ稟《まう》せしよしもあれば、恩免《おんめん》の沙汰《さた》に及《およ》びにき。なれども寔《まこと》の狂病《きやうびやう》ならずば、虎《とら》を放《はな》ちて山《やま》へ還《かへ》す、後患《こうくわん》《○ノチノウレヒ》なしとすべからず。その計略《けいりやく》は甚麼《いか》なる事ぞ」、と問《とは》れて満家《みついへ》、「さゝ候」、と応《いらへ》かけつゝ膝《ひざ》を拕《すゝ》めて、屢《しば〲》四下《あたり》を見かへるに、近習《きんじゆ》は迥後方《はるかあとべ》に侍《はべ》りて、左右《さゆう》に人《ひと》のなかりしかば、「折《をり》こそよけれ」、と声《こゑ》を低《ひく》めて、「今姑摩姫《いまこまひめ》を赦免《しやめん》して、河内《かはち》へ還《かへ》し給ふとも、遠《とほ》からず結果《おしかたづ》けて、後《のち》の患《うれひ》を除《のぞ》くべき、籌策《はかりごと》は余《よ》の義《ぎ》に候はず。那《かの》女子《をなご》を恩赦《おんしや》の折《をり》、その忠孝《ちうこう》を賞《ほめ》させ給ひて、金千両《かねせんりやう》を賜《たまは》るべし。姑摩姫居多《こまひめあまた》の銭財《たから》を得《え》ば、猛武《たけし》といふとも婦人《ふじん》の情《じやう》なり、忽然《たちまち》に心驕《こゝろおご》りて、衣食《いしよく》の快楽《けらく》に及《およ》ぶべし。且河内《かつかはち》には山賊多《さんぞくおほ》かり。件《くだん》の金《かね》を奪《うば》はんとて、夜稠《よごみ》に打入《うちい》ることあらん。那家従類稀《かのいへじゆうるいまれ》なれば、姑摩姫《こまひめ》みづから衆賊《しゆぞく》に当《あた》りて、命《いのち》を其里《そこ》に殞《おと》すべし。君《きみ》は他《かれ》を赦免《しやめん》のうへに、千金《せんきん》を賜《たまは》る御仁心《ごじんしん》、世《よ》以《もつて》感《かん》じ奉《たてまつ》るべく、姑摩姫《こまひめ》をば山賊《さんぞく》の、手《て》を借《か》りて殺《ころ》さし給はゞ、一事両得《いちじりやうとく》、後患《こうくわん》なし。この義《ぎ》はいかゞ」、と聶《さゝや》き稟《まう》すを、義持《よしもち》つら〱うち聴《きゝ》て、「その籌策《はかりごと》よしといへども、那少女《かのをとめ》は理義《りぎ》に強《つよ》かり。縦忠孝《たとひちうこう》を賞《せう》すといふとも、我賜《わがたま》ものを受《うく》べからず。這義《このぎ》にこゝろ属《つか》ずや」、といはれて満家沈吟《みついへうちあん》じて、「その義《ぎ》もせん術《すべ》候也。件《くだん》の金《かね》一千両《りやう》は、小倉《をぐら》の院《ゐん》後《ご》亀山《かめやま》天皇《てんわう》より賜《たまは》るよしに、仰渡《おふせわた》され候はゞ、推辞《いな》むことを得《う》べからず。若又金《もしまたかね》を賜《たまは》りても、山賊《さんぞく》の手《て》に死《し》なずもあらば、別《べつ》に亦愚計《またぐけい》あり。そは又異日《またゐじつ》稟《まうし》上《あげ》ん。河内《かはち》は臣《それがし》が封内《りやうぶん》にて、遊佐《ゆさ》河内守《かはちのかみ》ありといへども、姑摩姫《こまひめ》の進止《たちふるまひ》を、よく知《し》ることはかたかるべし。茲《こゝ》に究竟《くつきやう》の一人《いちにん》あり。密諚《みつじやう》をもて那少女《かのをとめ》の、隠秘眼目《かくしめつけ》になされなば、万事便宜《よろづびんぎ》に候はん」、といふを義持訝《よしもちいぶか》りて、「そは何人《なにびと》ぞ」

と問給《とひ》へば、満家答《みついへこたへ》て、「さン候。件《くだん》の御要《ごえう》に立《たつ》べきものは、別人《ことびと》にも候はず。無来当家《としごろたうけ》に仕《つか》へまつりて、弐《ふたごゝろ》ありとは見えぬ、*楠《くすのき》式部少輔《しきぶのしようゆう》正直《まさなほ》也。上《うへ》にも知召《しろしめ》す如《ごと》く、他《かれ》は楠《くすのき》左兵衛督《さひやうゑのかみ》正儀《まさのり》が三男《さんなん》也。往《いぬ》る応安《おうあん》三年《ねん》南朝《なんちやうの》建《けん》徳元年《とくぐわんねん》に、正儀当《まさのりたう》家《け》へ降参《こうさん》の折《をり》、鹿苑院殿《ろくおんゐんどのうたが》疑ひ給ひて、輒《たやす》く御《ご》許容《きよよう》なかりしかば、正儀即便《まさのりすなはち》、その子《こ》、三郎《さぶらう》正直《まさなほ》を質《しち》として、御所《ごしよ》へまゐらせたりければ、「この上《うへ》は」とて御許容《ごきよよう》あり。軈《やが》て召上《めしのぼ》せて御対面《ごたいめん》の折《をり》、*正儀竜尾《まさのりたつのを》といふ大刀《たち》を進《まゐ》らせけり。しかれども、久《ひさ》しく京師《みやこ》に召措《めしおか》れず、大和河内《やまとかはち》の扞城《おさえ》として、那身《かのみ》の城《しろ》へ還《かへ》し給ひしに、精悍《かひぐ〵》しき軍功《ぐんこう》もあらで、*永和《えいわ》四年《ねん》南朝《なんちやうの》天《てん》授《じゆ》四年《ねん》三月《やよひ》廿八日《にち》に薨《みまか》りにき。然《され》ば件《くだん》の正直《まさなほ》は、そが儘《まゝ》鹿苑院殿《ろくおんゐんどの》に昵近《ちつきん》して、奉公老実《ほうこうまめやか》なりければ、采邑壱万貫《ちぎやういちまんぐわん》を宛行《あておこなは》れて、式部少輔《しきぶのしようゆう》になされけり。しかるに*応永《おうゑい》十五年四月《ねんうづき》六日、鹿苑院殿薨御《ろくおんゐんどのこうぎよ》の折《をり》、正《まさ》直謬《なほあやまて》る事あるにより、出仕《しゆつし》を禁《とゞ》め籠居《ろうきよ》して、はや年来《としごろ》になりにたり。いかで這回召出《このたびめしいだ》して、河内《かはち》に于《おい》て些《ちと》ばかり、荘園《せうゑん》を賜《たまは》らば、正直再勤《まさなほさいきん》の御恩《ごおん》を感《かん》じて、奉公他事《ほうこうたじ》あるべからず。且正直《かつまさなほ》は姑摩姫《こまひめ》の、正《まさ》しき叔父《をぢ》で候へば、姑摩姫《こまひめ》心悍《こゝろたけ》くもあれ、竟《つひ》には他《かれ》に制《せい》せられて、頭《かうべ》を擡《もたぐ》ること克《かな》ふべからず。若又逆意《もしまたぎやくい》ありとても、正直《まさなほ》はやく注進《ちゆうしん》せば、誅伐《ちゆうばつ》尤《もつとも》便宜《びんぎ》也。こは妙計《めうけい》に候はずや」、と誇貌《ほこりか》に聶《さゝや》き稟《まう》せば、義持《よしもち》屢《しば〳〵》頷《うなづ》きて、「その義《ぎ》寔《まこと》に宜《よろ》しからん。然《さら》ば自余《じよ》の管領《くわんれい》と、四職《ししよく》の毎《ともがら》をも召《よぶ》べし」とて、前管《さきのくわん》領義将入道《れいよしまさにうどう》、*義教《よしのり》・義淳《よしひろ》・満元《みつもと》們、この宅《よ》も遺《おち》なく聚会《つどは》して、よしを示《しめ》して再議《さいぎ》の上《うへ》、満家《みついへ》の謀《はかりごと》、立地《たちどころ》に行《おこなは》れて、姑摩姫《こまひめ》は赦免《しやめん》せられ、楠《くすのきまさなほ》正直は、蟄居《ちつきよ》を免《ゆる》されて、次《つぎ》の日出仕《ひしゆつし》して、拝謁《はいゑつ》の折《をり》、義持即便満家《よしもちすなはちみついへ》をもて、「姑摩姫《こまひめ》の罪過《ざいくわ》の顚末《もとすゑ》、幷《ならび》に他《かれ》を赦免《しやめん》の事、就《つき》て楠正《くすのきまさ》直《なほ》には、本貫河内《ほんごくかはち》の石川《いしかは》にて、荘園《せうゑん》五百貫《くわん》を賜《たま》ふべし。姑《こ》摩《ま》姫《ひめ》を俱《ぐ》して、那地《かのち》に赴《おもむ》き、居宅《やしき》を八九《やこ》の辺《ほとり》に造《つく》りて、悄々《ひそか》地に姑摩姫《こまひめ》の動静《やうす》を覘《うかゞ》ひ、他《かれ》が異謀《ゐぼう》あるを知《し》らば、遊《ゆ》

正儀降参の事、南朝編年紀略に正平廿四年正月二日とす。諸説互に異同あり。○楠木式部少輔正直は、花営三代記、康暦元年七月廿五日、右大将家拝賀散状并ニ路次ノ義、供奉ノ布衣馬打参リ、次第の条下に見えたり。

斯波義教《シバヨシノリ》を京都将軍譜《ノフ》には義重《ヨシシゲ》とす。系《ケイ》図《ヅ》に憑《ヨ》れば義重は義淳《ヨシヒロ》が子にて早世《サウセイ》とあり。猶考《ナホカムガ》ふべし。

佐河内守就盛《さかはちのかみなりもり》と謀《しめ》し合《あは》して、速《すみやか》に注進《ちゆうしん》すべき事、その宅《よ》の厳命偲々《げんめいしかく》」、と詳《つまびらか》に伝達《でんたつ》して、「君恩《くんおん》かくの如《ごと》くなれば、和殿万事《わどのよろづ》に小心《ようじん》して、大功《たいこう》を立《たて》らるべし。「功《こう》あらば旧領《きうりやう》を、返《かへ》し給ふべし」、と仰《おふせ》らる、尊意《そんい》を得《え》られ候へ」、といふに正直《まさなほ》謹《つゝしみ》て、言承《ことうけ》を稟《まう》すにぞ、満家《みついへ》「然《さ》こそ」と点頭《うなづき》て、「那姑摩姫《かのこまひめ》は後日《あさて》の比《ころ》、河内《かはち》へ還《かへ》ることを得《え》つべし。和殿速《わどのすみやか》に準備《ようい》して、宅眷《やから》を携《たづさ》へ、姑摩姫《こまひめ》と、共侶《もろとも》に首途《かどいで》すべし。又那少女《またかのをとめ》の伴当《ともびと》に、隅屋《すや》甲《なにがし》と歟《か》喚做《よびな》すもの、一両名《ひとりふたり》ありと聞《きこ》えたり。今《いま》も這地《このち》に躱《かく》れをらん歟《か》。よしを毎坊《まちごと》の故老《としより》に徇示《ふれしめ》し、厶們《それら》を索出《たづねいだ》さして、姑摩姫《こまひめ》に隷《つけ》て、返《かへ》し遣《つかは》すべし。這義《このぎ》もこゝろ得《え》られよ」、と最《いと》詳《つまびらか》に示《しめ》さるゝ、正直歓《まさなほよろこ》び意外《いぐわい》に出《いで》て、君恩《くんおん》を拝《はい》し、身暇《みのいとま》を賜《たまは》りて、いそしく退《まか》り出《いで》にけり。

爾程《さるほど》に這日《このひ》より、姑摩姫《こまひめ》の伴当《ともびと》を、京《きやう》の坊毎《まちごと》に索《たづね》られしかば、石倉復市《いはくらまたいち》が宿投《やどとり》たる、那五条《かのごでう》なる客店《はたごや》へも、綷《こと》の趣《おもむき》聞《きこ》えけり。這時復市安次《このときまたいちやすつぐ》は、世《よ》の風声《ふうぶん》を捞《さぐ》らんとて、昼《ひる》は那這《あちこち》と徘徊《はいくわい》せし程《ほど》に、那案内者《かのしるべびと》手作《てさく》が、鞋瘡《わらじくひ》稍《やゝ》愈《いえ》て、尋来《たづねき》ぬるに遇《あ》ひにけり。折《をり》から姑摩姫《こまひめ》を赦免《しやめん》の事、幷《ならび》に伴当隅屋《ともびとすや》甲們《なにがしら》を、召出《めしいだ》し主《しゆう》に隷《つけ》て、河内《かはち》へ還《かへ》すべしとある、正直《まさなほ》が下知状《くだしぶみ》を、巷毎《ちまたごと》に懸《かけ》られければ、復市《またいち》はやくこれを見て、且歓《かつよろこ》び且疑《かつうたが》ひて、肚裏《はらのうち》に思ふやう、「今故《いまゆゑ》もなく姫上《ひめうへ》の、罪《つみ》を免《ゆる》され給ふとは、寔《まこと》しからぬ事也かし。我《わが》身伊勢《みいせ》に在《あ》りし折《をり》、人《ひと》の噂《うはさ》に聞《きゝ》たることあり。那楠正直《かのくすのきまさなほ》主《ぬし》は、正儀卿《まさのりけう》の三男《さんなん》にて、親共侶《おやもろとも》に南朝《なんちやう》に、叛《そむ》きまつり武《ぶ》家《け》に仕《つか》へて、栄利《ゑのり》を得《え》たる人《ひと》なれば、非除那身《よしやかのみ》は姫上《ひめうへ》の、叔父公《をぢご》也とてうち解《とけ》がたかり。こは那主《かのぬし》の計策《はかりごと》にて、姫上《ひめうへ》の伴当《ともびと》を、囮引寄《をびきよ》せ搦捕《からめとり》て、倶《とも》に誅《ちゆう》せん与《ため》なるべし」、と思ひつゝ手作《てさく》を倶《ぐ》して、五条《ごでう》の歇店《やどり》に還《かへ》りて聞《き》くに、姑摩《こま》姫《ひめ》を赦免《しやめん》の事、幷《ならび》に正直《まさなほ》も共侶《もろとも》に、河内《かはち》の八九《やこ》に赴《おもむ》きて、今番新恩《こたびしんおん》の荘園《せうゑん》に、移住《うつりす》むといふ事まで、詳《つまびらか》に聞《きこ》えしかば、復市窃《またいちひそか》に歓《よろこ》びて、「原来寓言《さてはそらごと》ならざるべし。縦計略《たとひけいりやく》なればとて、狐疑《こぎ》して名告《なの》り出《いで》ずもあらば、怯《おく》して主《しゆう》を棄《すつ》るに似《に》たり。然《さ》るときは我身《わがみ》ひとつならで、君父《くんぷ》の与《ため》に恥辱《ちぢよく》也。左《と》にも右《かく》にも姫上《ひめうへ》と、安危《あんき》を倶《とも》にすべけれ」、と処分《ふんべつ》既《すで》に決《さだま》りければ、逆旅主人《やどのあるじ》を招《まね》きよせて、「咱們《われら》は嚮《さき》に河内《かはち》より、姑摩姫上《こまひめうへ》に倶《ぐ》して来《き》たる、隅屋復一郎安次《すやまたいちらうやすつぐ》、并《ならび》に奴隷《しもべ》手作《てさく》といふもの也。楠殿《くすのきどの》へこのよしを、訴稟《うつたへまうし》給へかし」、といふに主人《あるじ》は一議《いちぎ》に及《およ》ばず、「しからば御沙汰《ごさた》あらん折《をり》まで、明日《あす》より漫行《そゞろあるき》をせで、徐《しづか》に等《また》せ給へかし。宜《よろし》く計《はから》ひ候はん」、と答《こたへ》て聽《やが》て遽《いそがは》しく、外面投《とのかたさし》て出《いで》にけり。

案下某生再説《そはおきてふたゝびとく》。室町《むろまち》の営中《ゐいちう》には、楠正直再勤出仕《くすのきまさなほさいきんしゆつし》の日《ひ》に、罪人《つみびと》楠《くすのき》姑摩《こま》姫《ひめ》を、獄舎《ひとや》より出《いだ》して赦免《しやめん》あり。将軍《せうぐん》義《よし》持《もち》異日《ゐじつ》○チカキウチに關《みそなは》さんとて、那身《かのみ》を正直《まさなほ》に預《あづ》けらる。正直《まさなほ》これを奉《うけ給は》りて、且《まづ》姑摩姫《こまひめ》を宿所《しゆくしよ》に伴《ともな》ひ、宅眷《やから》に管《あづ》けて勦《いたは》りけり。正直《まさなほ》と姑摩姫《こまひめ》とは、年来《としごろ》義絶《ぎぜつ》の叔父姪《をぢめひ》なれば、這時初《このときはじめ》て対面《たいめん》す。然《され》ば正直《まさなほ》の宅眷《やから》といへども、なほ迭《かたみ》に介意《かいい》○コヽロオキして、うち解《とけ》たることもなし。恁而《かくて》見参《げんざん》の日《ひ》になりしかば、正直《まさなほ》即便《すなはち》姑摩姫《こまひめ》に、浴湯結髪《ゆあみかみあげ》を促《いそが》して、准備《ようい》の礼服《れいふく》に更《あらため》させ、轎子《のりもの》にうち乗《の》して、倶《ぐ》して営中《ゐいちう》に、赴《おもむか》んとせし折《をり》にいふやう、「姪女《めいぢよ》の伴当《ともびと》、隅屋復一郎安次《すやまたいちらうやすつぐ》、并《ならび》に奴隷《しもべ》手作《てさく》と喚做《よびな》すもの、五条《ごでう》の飯屋《はたごや》に在《あ》り、と聞《きこ》えしかば、今朝《けさ》召《めし》よせて、耳房《ながや》に置《おき》たり。伴当《ともびと》は這方《こなた》より、隷《つく》れば不足《ふそく》なけれども、他們《かれら》も伴《とも》に立《たゝ》んといふ也。這義《このぎ》をこゝろ得《え》給へかし」、といふに姑摩姫眉《こまひめまゆ》を顰《ひそ》めて、「我伴当《わがともびと》は維盈《これみつ》なるに、復一安次《またいちやすつぐ》と名告《なの》りしは、是奈《これいか》なることろぞや。その復市《またいち》は、維盈《これみつ》が独子《ひとりご》にて、仯《いはけな》き時石倉《ときいはくら》とやらに、生涯不通《せうがいふつう》の約束《やくそく》にて、そが養嗣《やうし》に拿《と》らしたり、と予《かね》て聞《き》くのみ。復市《またいち》が、這里《こゝ》に来《き》たらん該《はづ》はなし。是《これ》のみならで我将《わがい》て来《き》つる、奴隷《しもべ》は彼《ひ》岸二《がんじ》なりけるに、代《かは》りて手作《てさく》が来《き》ぬるにや。最訝《いといぶか》しきことなりき」、と思へども恁々《しか〴〵》と、詰《なじ》り問《とは》んはさすがにて、「仰《おふせ》こゝろ得《え》侍《はべ》りたり」、とばかり答《こたへ》て、この它《よ》をいはず、肚裏《はらのうち》にはなほ疑《うたが》ふて、胸安《むねやす》からず思ひけり。

爾程《さるほど》に正直《まさなほ》は、這日巳牌《このひよつ》の比及《ころおひ》に、姑摩姫《こまひめ》を伴《ともな》ひて、室町柳営《むろまちごしよ》へ赴《おもむ》く程《ほど》に、復市《またいち》は手作《てさく》と倶《とも》に、主《しゆう》の轎子《のりもの》の後《しり》に跟《つき》て、正直《まさなほ》が伴当們《ともびとら》と、斉一《ひとしく》柳営《ごしよ》へぞまゐりける。この日《ひ》出仕《しゆつし》の毎《ともがら》は、三管領《さんくわんれい》、四職《ししよく》、七頭《しちとう》の、人々《ひと〴〵》を首《はじめ》として、熊谷満実《くまがやみつざね》、宮満重們《みやみつしげら》に至《いた》るまで、坐席《ざせき》を正《たゞ》し、威儀《ゐぎ》を整《とゝの》へ、

咸正庁《みなまんどころ》に羅列《ゐながれ》たり。当下《そのとき》楠正直《くすのきまさなほ》は、姑摩姫《こまひめ》を伴《ともな》ふて、席末《せきまつ》に侍《はべ》る程《ほど》に、姑且《しばらく》して義持公《よしもちこう》は、管領満家《くわんれいみついへ》を先《さき》に立《たゝ》し、小扈従《こごしやう》に大刀《たち》を持《もた》して、出《いで》て上壇《かみくら》に着《つき》玉へば、近習《きんじゆ》們翠簾《みす》を捲揚《まきあぐ》るを、暗号《あひづ》に大家《みな》額《ぬか》づきけり。

時《とき》に満家仰《みついへおふせ》を受《うけ》、先《まづ》姑摩姫《こまひめ》を召近着《めしちかづけ》て、室町殿《むろまちどの》を拝《はい》せしむ。しかれども姑摩姫《こまひめ》は、長揖《ゑしやく》して拝敢《あへてはい》せず、其方《そなた》を佐《きつ》と見る程《ほど》に、満家仰《みついへおふせ》を伝《つた》へていはく、「楠姑摩姫《くすのきこまひめ》承《うけ給は》れ。汝《なんぢ》が父楠正元《ちゝくすのきまさもと》は、往《いぬ》る応永《おうゑい》五年《ねん》の比《ころ》、先大君鹿苑相国《せんたいくんろくおんしようこく》を、犯《をか》し奉《たてまつ》らんと欲《ほり》せしに、縡立地《ことたちどころ》に発覚《あらは》れて、誅《ちゆう》せられしを知《しら》ざる歟《か》。先度《せんど》に懲《こり》ず、今番《こたび》の狼籍《らうぜき》、その罪実《つみじつ》に万死《ばんし》に当《あた》れり。しかはあれどもその做《な》す所《ところ》、素是《もとこれ》狂疾鬼病《きやうしつきびやう》の故《ゆゑ》にて、その本心《ほんしん》にあらざるよし、寛解稟《なだめまう》すもの多《おほ》くあり。そ

室町柳営姑摩姫謁義持《むろまちのりうゑいにこまひめよしもちにゑつす》　　有像第三十六

くねれども人みなめづれをみなへし露のいのちをのべのながめに　　正直

こまひめ　しばよしあつ　みついへ　よしまさ入道　よしもち

みつしげ　みつざね　赤松よしのり　よししげ　みつもと

は左《と》まれ右《かく》もあれ、欲《ほり》する所忠孝《ところちうこう》の、拠《よりどころ》なきにもあらざるに、その身《み》女流《をなご》の事なれば、格外《かくぐわい》のおん仁慈《じんぢ》をもて、その罪悪《ざいあく》を糾《たゞ》すに及《およば》れず。即《すなはち》禁獄《きんごく》を釈免《ときゆる》して、故郷《こけう》へ帰《かへ》し遣《つかは》さる、世《よ》に有《あり》がたき国恩《こくおん》を、いよ〳〵頭《かうべ》に載《いたゞ》きて、後々《のち〳〵》まで忘《わす》るゝことなく、叔父《をぢ》正直《まさなほ》に従《したが》ふて、勉《つとめ》て良善《りやうぜん》の婦人《ふじん》となるべし。折《をり》から嵯峨《さが》の太上天皇《だじようてんわう》後《ご》亀《かめ》山《やま》綷《こと》の由《よし》を聞食《きこしめし》けん、路費《ろよう》の与《ため》一千《いつせん》の、おん金《かね》を下《くだ》さるべきよし、仰合《おふせあは》されたりければ、*仙院《せんゐん》御資料《ごしりやう》の内《うち》をもて、数《かず》のごとく賜《たま》ふものなり。是《これ》併《しかしながら》祖先《そせん》の忠義《ちうぎ》と、その身《み》の孤独《こどく》を憐《あはれ》み給ふ、叡慮《えいりよ》の係《かゝ》る処《ところ》なるべし。快拝受《とくはいじゆ》して、退《まか》りねかし」、と厳《おごそか》に言示《のりしめ》せば、金司《かねづかさ》の甲乙両三名《たれかれふたりみたり》、千両箱《せんりやうばこ》を台《だい》に載《の》して、吊《つり》もて姑《こ》摩姫《まひめ》に遁与《わた》しけり。しかれども姑摩姫《こまひめ》は、歓《よろこ》びたる気色《けしき》もなく、満家《みついへ》にうち対《むか》ひて、「御諚《ごじやう》承《うけ給は》り侍《はべ》りにき。妾過世《わらはすくせ》の夛《あし》かりし、雌伏《しふく》にしてみづから量《はか》らず、*螳螂《いぼじりむし》の斧《たつき》をもて、隆車《りうしや》に対《むか》ひし祟《たゝり》は覿面《てきめん》、助《たすか》りがたき命《いのち》ならんを、許《ゆる》させ給ふは幸《さいは》ひなる歟《か》、抑《そも〳〵》這身《このみ》の不幸《ふこう》なる歟《か》、是歟非歟《ぜかひか》、愚《ぐ》なれば弁《わきま》へがたかり。*昔異邦漢《むかしもろこしかん》の高祖《かうそ》は、蒯徹《くわいてつ》を誅《ちゆう》せずして、寛仁《くわんじん》の君《きみ》といはれたり。今番《こたび》の赦免《しやめん》も、*跖《せき》が狗《いぬ》の、尭《ぎやう》を吠《ほえ》たる類《たぐひ》ならん歟《か》。妾《わらは》がこゝろは、尭《ぎやう》の狗《いぬ》の、跖《せき》を吠《ほえ》たる咎《とがめ》にこそ、と稟《まう》さば傍痛《かたはらいた》かるべし。況《まいて》や思ひがけもなき、小倉《をぐら》の太上天皇《だじようてんわう》より、這千金《このせんきん》を賜《たまは》るに、指腰《およびごし》なる武家《ぶけ》を憑《たの》みて、言依《ことよ》さし給ふ事、有《あり》がたかるべき御恩《ごおん》也。願《ねが》ふは今《いま》より後々《のち〳〵》まで、御誓約《ごせいやく》差《たが》ふことなく、持明院殿《ぢみやうゐんどの》、大覚寺殿《だいかくじどの》、迭代《かたみがはり》に天日嗣《あまつひつぎ》を、知召《しろしめ》すものならば、妾《わらは》が病着瘥《いたづきおこた》り果《はて》て、罪得《つみえ》がましき事《こと》を要《えう》せず、室町殿《むろまちどの》の御武徳《ごぶとく》を、辱《かたじけな》く思ひ侍《はべ》るべし。これらのよしを斟酌《しんしやく》なく、聞《きこ》えあげ給はんことのみ、願《ねがは》しくこそ侍《はべ》れ」といふ、言爽《ことさはやか》なる弁論《べんろん》に、大家《みな〳〵》呆《あき》れて酔《えへ》るが如《ごと》く、「現逞《げにたくま》しき義女《ぎぢよ》の魂《たましひ》、恁《かゝ》る儔《たぐひ》は和漢《わかん》にあらじ。再《ふたゝび》罪《つみ》を得《え》ぬるや」、と跕《あやぶま》ぬものなかりけり。恁《かゝ》りけれども満家《みついへ》は、聞《きか》ぬ態《ふり》してそが儘《まゝ》に、且《まづ》姑摩姫《こまひめ》を退《しりぞ》かし、又正直《またまさなほ》を召出《めしいだ》して、仰《おふせ》を伝《つたふ》ること初《はじめ》のごとく、「今日午《こんにちご》後《ご》〇ヒルスギに及《およ》ぶとも、はやく姑摩姫《こまひめ》に相倶《あひぐ》して、河内《かはち》へ首途致《かどいでいた》すべし。雑兵《ざふひやう》居多《あまた》隷《つけ》らるれども、道中由断《どうちうゆだん》すべからず。勿論《もちろん》那《かの》地《ち》に到《いた》りては、予《かね》て仰付《おふせつけ》られしごとく、いよ〳〵間《ま》なくこゝろを属《つけ》て、那狂病《かのきやうびやう》を看《み》とるべし。功《こう》により恩賞《おんせう》あらん。快々《とく〳〵》退《まか》り出《いで》候へ」、と詞《ことば》せわしき火速《くわそく》の伝達《でんたつ》、正直推辞《まさなほいな》む気色《けしき》なく、言承果《ことうけはて》て姑摩姫《こまひめ》を、倶《ぐ》して宿所《しゆくしよ》へ退《まか》る折《をり》、件《くだん》の金《かね》は復市《またいち》に、遁与《わた》して手作《てさく》にうち駝《おは》しつゝ、その身《み》の宿所《しよ》に還《かへ》り来《き》ぬれば、はや聚合《つどひ》たる差遣《さけん》《○サシツカハサル、》の雑兵《ざふひやう》、*略戎衣《はんものゝぐ》にて百四五十名《にん》、宅眷《やから》并《ならび》に姑摩姫《こまひめ》の、伴当《ともびと》小荷駄《こにだ》を合《あは》しては、二百余名《よにん》と聞《きこ》えたり。猛可《にはか》の起行《たびだち》なりければ、只眉《たゞまゆ》に火《ひ》のつくごとく、上《うへ》を下《した》へと復《かへ》したる、冗紛《こつぷん》《○トリコミ》いふべうもあらざりしを、やうやくに東西《もの》とり収《おさ》めて、下晡《なゝつさがり》に京師《みやこ》を発《たち》けり。愆《かゝ》れば今宵《こよひ》は二三里《り》ゆきて、其里《そこ》に宿《やど》りを定《さだ》めんとて、頻《しき》りに路次《ろぢ》をぞ急《いそ》ぎける。

這回《このだん》に看官《みるひと》の、猜《すい》し得《え》がたき情由《わけ》これあり。原《たづぬ》るに満家《みついへ》が、姑摩姫《こまひめ》を害《がい》せんとて、悄々地《ひそか》に智計《ちけい》を旋《めぐ》らして、義持《よしもち》主《ぬし》に説薦《ときすゝ》めしは、素是所以《もとこれゆゑ》ある事なりき。*満家《みついへ》が大父畠山義深《おほちはたけやまよしふか》、并《ならび》に父基国《ちゝもとくに》が時《とき》よりして、しば〳〵河内《かはち》へ推寄《おしよ》せて、和田《わだ》・楠《くすのき》を攻撃《せめうつ》こと、いくその年《とし》を歴《ふ》る程《ほど》に、南朝元中《なんちやうげんちう》の年《とし》に至《いたり》て、和田正武《わだまさたけ》は病死《びやうし》しつ、正勝《まさかつ》翼《たすけ》を喪《うしな》ひて、孤城《こぜう》を守《まも》る勢《いきほ》ひ窮《きはま》り、千剣破《ちはや》を没落《もつらく》したりしかば、這時将軍《このときせうぐん》足利義満《あしかゞよしみつ》、その軍功《ぐんこう》の賞《せう》として、*河内《かはち》を基国《もとくに》に賜《たまは》りて、加恩《かおん》の地《ち》と做《な》せしより、その身《み》は京師《みやこ》に在《を》るをもて、遊佐就盛《ゆさなりもり》を遣《つかは》して、守護代《しゆごだい》として今《いま》に至《いた》れり。しかるに這回《こたび》姑摩姫《こまひめ》が、搦捕《からめと》られて詮議《せんぎ》の折《をり》、満家《みついへ》肚裏《はらのうち》に思ふやう、「那姑摩姫《かのこまひめ》は女流《をなご》に似《に》げなき、心烈《しんれつ》武勇《ぶよう》の勁敵《きやうてき》なるに、武断《ぶだん》に疎《うと》き沙弥《しやみ》一休《いつきう》の、法談助言《はうだんじよごん》を容《いれ》られて、赦《しや》に遇《あ》ふて河内《かはち》へ還《かへ》らば、我封内《わがりやうぶん》の患《うれ》ひ也。上《うへ》のおん怒《いか》りの冷《さめ》ざる間《はし》に、誅《ちゆう》して後《のち》に聞《きこ》えあげん」、とはやく尋思《しあん》をしたりしかば、訟獄司《ひとやづかさ》に旨《むね》を示《しめ》して、首《くび》を撃《うた》せんと欲《ほり》せしに、姑摩姫《こまひめ》は仙骨《せんこつ》あり、且活人草《かつくわつにんさう》を服《ふく》したる、神効《しんこう》により、その刃《やいば》、或《あるひ》は折《を》れ、或《あるひ》は曲《まが》りて、那身《かのみ》を戕《そこな》ふこと克《かな》はず。「然《さ》らば絞殺《くびりころ》せ」とて、二三回《ふたゝびみたび》絞《くび》らせしに、布《ぬの》まれ索《なは》まれ、皆断離《みなちぎれ》て、殺《ころ》すことを得《え》ざりしかば、満家《みついへ》驚《おどろ》き、且怪《かつあやし》みて、又鴆毒《またちんどく》を用《もち》ひしに、それすら験《しるし》なかりしかば、「原来那奴《さてはかやつ》は、神仏《かみほとけ》の冥助《みやうちよ》ある、*盛久《もりひさ》・景清《かげきよ》の儔《たぐひ》ならん。食《しよく》を禁《とゞ》めて乾枯《ほしころ》せ」とて、その日《ひ》よりして一ﾄたびも、水《みづ》だに与《あた》へざりけれども、姑《こ》摩《ま》姫《ひめ》は自若《じじやく》として、饑渇《きかつ》の気色《けしき》なかりけり。是《これ》より満家又《みついへまた》術《て》を易《かへ》て、姑摩姫《こまひめ》の支党《どうるい》を、搦捕《からめとら》せんと欲《ほり》せしに、その計《はかりごと》亦当《またあた》らず、既《すで》に赦免《しやめん》の沙汰《さた》定《さだま》りて、誰何《いかに》ともせん術《すべ》なければ、「更《さら》に義持主《よしもちぬし》に薦《すゝ》め、那千金《かのせんきん》を餌食《ゑば》にして、もて姑摩姫《こまひめ》の心《こゝろ》を蕩《とらか》し、且楠《かつくすのき》正直《まさなほ》を、倶《とも》に河内《かはち》へ遣《つかは》して、他《かれ》が厭勝《おさえ》にすべけれ」、と計較《もくろみ》たること右《みぎ》の如《ごと》し。然《され》ば又《また》義持主《よしもちぬし》も、*劉邦《りうはう》・頼朝《らいちやう》を師表《しひやう》にすべき、寛仁大度《くわんじんたいど》の君子《くんし》ならねど、一休《いつきう》の諷諫《ふうかん》に、妬忌《ときき》暴慢《ばうまん》の熱腸《ねつちやう》を、残《なご》りなく洗《あらは》れて、心裏《うら》恥《はづか》しき事多《おほ》かるに、「今姑摩姫《いまこまひめ》を赦《ゆる》しなば、南朝《なんちやう》の残将們《ざんせうら》まで、徳《とく》を感《かん》じ後《のち》を憑《たの》みて、叛《そむ》くことなかるべし。然《さら》ば一個《ひとり》の賊婦《ぞくふ》を赦《ゆる》して、億兆《おくちやう》の人《ひと》の心《こゝろ》を攬《と》る、妙計《めうけい》也」と思ふものから、然《さり》とて快《こゝろよ》からねば、又満家《またみついへ》が稟《まう》し薦《すゝむ》る、計《はかりごと》を信容《うけい》れて、儀《かた》のごとくに行《おこな》ひけり。当時《たうじ》《○ソノトキ》の人情《にんじやう》想像《おもひや》るべし。

間話休題《あだしごとはさておきつ》。爾程《さるほど》に姑摩姫《こまひめ》は、その夜逆旅《よたび》の歇舎《やどり》にて、那隅屋《かのすや》復一郎安次《またいちらうやすつぐ》と名告《なのる》といふ、伴当《ともびと》を召近着《よびちかづけ》て、初《はじめ》て対《たい》面《め》してけるに、まだ見《み》も認《しら》ぬ壮佼《わかうど》也。訝《いぶか》しき事限《かぎ》りなければ、問《とは》まく欲《ほ》しう思へども、側《かたへ》に叔父《をぢ》正直《まさなほ》の、宅眷《やから》あれば黙止《もだし》たり。復市《またいち》も亦父《またちゝ》の事、我《わが》うへさへに恁々《しかぐ》と、報《つぐ》る便《たよ》りを得《え》ざりしかば、只恙《たゞつゝが》なく帰郷《きけう》に及《およ》びし、歓《よろこ》びを舒《のべ》などして、言語寡《ことばすくな》く退《しりぞ》きけり。登時《そのとき》姑摩姫《こまひめ》思ふやう、「那復一《かのまたいち》は、維盈《これみつ》にも、縫殿《ぬひ》にも肖《に》たる処《ところ》あり。且維盈《かつこれみつ》が子《こ》の名《な》は復市《またいち》、他《かれ》が名《な》も復一《またいち》なれば、別人《ことびと》《○ベツジン》にはあるべからず。什麼《そも》いかにして我窮阨《わがきうやく》を、はやくも知《し》りて尋来《たづねき》て、今番《こたび》の伴《とも》に立《たち》にけん。寔《まこと》に奇《く》しき事なるに、維盈《これみつ》があらずなりしは、捕《とら》はれて害《がい》されし歟《か》、然《さら》ずは夜撃《ようち》の大望《たいまう》を、秘《かく》して歇店《やどり》に遺《のこ》し置《お》きしを、痛《いた》く恨《うら》みて自殺《じさつ》をしたる歟《か》、胸安《むねやす》からぬことなるに、問《とふ》べき人《ひと》のありながら、問《とは》れぬは現靴《げにくつ》を隔《へだて》て、癬《かゆき》を掻《か》くに似《に》たりけり。大凡《おほよそ》は会《あふ》も別《わか》るゝも、前知《ぜんち》しがたきものなるに、今問《いまとは》ずとも八九《やこ》へかへらば、聞知《きゝし》る暇《いとま》はいくらもあらん」、と窃《ひそか》に思ひかへしても、只生憎《たゞあやにく》に維盈《これみつ》の、事のみ心《こゝろ》にかゝりしを、八九《やこ》の宿所《しゆくしよ》へ帰着《かへりつく》まで、便宜《びんぎ》の折《をり》を得《え》ざりしかば、報《つげ》られもせず、問《とひ》もせで、空閑《あだ》に旅宿《たびね》を過《すぐ》しけり。

話分両頭《ものがたりふたつにわかる》。春秋《はるあき》の、おなじ刻《きざ》みに過《す》ぎもせず、及《およば》ざるなき彼岸二《ひがんじ》は、いぬる日《ひ》隅屋《すや》維盈《これみつ》が、篠持媒鳥《しのもちをとり》に捕稠《とりこめ》られて、已《やむ》ことを得《え》ず雑兵《ざふひやう》の、十手《じつて》を防《ふせ》ぎ戦《たゝか》ひし折《をり》、戦慄《おのゝきおそ》れ慌惑《あはてまど》ひて、逃走《にげはし》ること一里《いちり》あまり、その夜《よ》を洛外《らくぐわい》なる、客店《はたごや》に暁《あか》せしより、竟《つひ》に京師《みやこ》に足《あし》を駐《とゞ》めず、「なほも追隊《おつて》のかゝらん歟《か》」、と思へばいとゞ影護《うしろめた》さに、昼《ひる》は樹《こ》の間《ひま》、山《やま》の蔭《かげ》に立《たち》くらし、夜《よ》を旨《むね》としつ、路次《ろち》を急《いそ》ぎて、八九《やこ》の荘《しよう》院《いん》にかへり来《き》て、「悄々地《ひそか》に報稟《つげまう》すべき事あり」、といひしかば、縫殿《ぬひ》は驚《おどろ》き、且訝《かついぶか》りて、奥《おく》へ召入《よびい》れて対面《たいめん》す。登時《そのとき》彼岸二《ひがんじ》は、いぬる日《ひ》独《ひとり》姑摩姫《こまひめ》が、室町家《むろまちけ》へ夜撃《ようち》して、搦《からめ》捕《と》られしといふ事《こと》の顚末《もとすゑ》、爾後《そのゝち》隅屋《すや》維盈《これみつ》は、途《みち》に管領《くわんれい》の士《し》卒《そつ》に捕稠《とりこめ》られて、必死《ひつし》の血戦《けつせん》に及《およ》びし事、聞《きゝ》もしつ見もせし随《まゝ》に、詞《ことば》せわしく聶《さゝや》き報《つげ》て、「痛《いたま》しきかな姫上《ひめうへ》は、網《あみ》轎子《のりもの》に乗《の》せられて、既《すで》に河原《かはら》へ赴《おもむ》き給へば、程《ほど》なく撃《うた》れ給ひけん。その折《をり》に隅屋主《すやぬし》も、居多《あまた》痛瘡《いたで》を負《おひ》給ひしかば、助《たす》かるべき命《いのち》にあらず。小可一己辛《やつがれひとりからく》して、虎《とら》の腮《あぎと》を脱《のが》れしかば、一ト日もはやく這大変《このたいへん》を、告《つげ》まうさんと思ふばかりに、窃《ひそか》にかへり候ひぬ」、といふに胸先塞《むねまづふたが》りし、縫殿《ぬひ》は「こは什麼《そも》いかにせん。甚《いか》にすべき」、とばかりに、涙忽地雨《なみだたちまちあめ》のごとく、拭《ぬぐ》ひもあへず伏沈《ふししづ》みて、絶没《たえい》るまでにうち泣《な》きしを、やうやくに思ひかへせば、「姫上日属《ひめうへひごろ》のおん行状《ぎやうでう》にて、然《さ》る勇悍《たけ〴〵》しき挙動《ふるまひ》を、いかにして做《な》されんや。縦《たとひ》その事ありとても、然《さ》までにあらぬを彼岸二《ひがんじ》が、聞愆《きゝあやま》ち思ひ僻《ひが》めて、見《み》たるごとくにいふにやあらん。*人言《ひとごと》聞《きゝ》て惑《まよ》ふときは、市《いち》に虎《とら》を致《いた》すとやらん、いふ常言《ことわざ》もありと歟聞《かきけ》ば、譟《さは》ぐは要《えう》なきことなるべし。幸《さいは》ひにして復市《またいち》を、往日京師《いぬるひみやこ》へ遣《つかは》したれば、左《と》まれ右《かく》まれ信《おとづれ》あらん。便《たよ》りを等《まつ》に優《ます》ことあらじ」、と尋思《しあん》をしつゝ彼岸二《ひがんじ》に、口《くち》を禁《とゞ》めて、一家児《いへのうち》なる、奴婢《ぬび》に知《しら》せず、深《ふか》く秘《かく》して、後《のち》の音耗《おとづれ》を等程《まつほど》に、坊間《ちまた》の風声《ふうぶん》漸《しだ》次《い》に聞《きこ》えて、姑摩姫《こまひめ》の夜撃《ようち》、禁獄《きんごく》の事、又維盈《またこれみつ》の事までも、彼岸二《ひがんじ》が報《つげ》たるごとく、這那吻合《これかれふがふ》すること多《おほ》かり。縫殿《ぬひ》はこれさへうち听《きゝ》て、「原来虚談《さてはそらごと》ならざりき」、と思へばいよ〳〵哀傷悲泣《あいしやうひきう》の、やる方《かた》とてはなけれども、了得《さすが》に隅屋《すや》維盈《これみつ》の、妻《つま》なるをもて宗々《むね〴〵》しき、雄胆《をとこだましひ》ありければ、独《ひとり》熟《つら〳〵》思惟《おもひみ》るに、「姫上《ひめうへ》并《ならび》に我所天《わがつま》の、横死《わうし》は千回百千回《ちたびもゝちたび》、うち歎《なげ》きても返《かへ》しがたかり。縡已《ことすで》に分明《ふんみやう》なれば、這里《ここ》へも捕兵《とりて》を向《むけ》らるべし。零落《おちぶれ》たりとも、楠氏《なんし》の迹《あと》也。愸《なまじい》に逃迷《にげまよ》ふて、嘲《あざけ》りを世《よ》に遺《のこ》さんより、その期《ご》に及《およ》ばゞ家《いへ》に火《ひ》を放《か》け、潔《いさぎよ》く自害《じがい》して、煙《けぶり》と倣《な》りて死天《しで》の旅《たび》、先《さき》だち給ひし姫《ひめ》上《うへ》と、良人《をつと》に趕《おひ》も着《つか》んのみ。嗚呼爾《ああしか》なり」、と胸《むね》の中《うち》に、はやく覚期《かくご》をしたりしかば、倒《なか〳〵》にうちも譟《さは》がず、なほその折《をり》の便宜《びんぎ》を思ふに、「いぬる日《ひ》復市《またいち》が倶《ぐ》して来《き》ぬるは、いと美《うるは》しき少女《をとめ》にて、故郷《こけう》を問《と》へば、伊勢《いせ》也と答《こた》へ、その名《な》を問《と》へば、垣衣《かきぎぬ》とぞいふなる。然《さら》ば我児《わがこ》復市《またいち》が、結髪《ゆひなづけ》の妻《つま》にして、倶《とも》に養家《やうか》を走《はし》りしにやあらん。切《せめ》て他《かれ》をば這世《このよ》に留《とゞ》めて、姫上《ひめうへ》并《ならび》に我們《われ〳〵》夫婦《ふうふ》の、いかで菩提《ぼだい》を吊《とは》せん」、と思ふこゝろを色《いろ》にも見せず、却《さて》垣衣《かきぎぬ》に示《しめ》すやう、「復市《またいち》がまだかへり来《こ》ねば、さぞ徒然《つれ〳〵》にあらんずらん。這里《ここ》よりは程近《ほどちか》かる、如意《によい》宝珠院《ほうじゆゐん》といふ女僧道場《あまでら》は、我姫上《わがひめうへ》の香華院《ぼだいしよ》にて、先住《せんぢゆう》は姫上《ひめうへ》の、伯母御前《をばごぜ》にてをはしましにき。今《いま》の住持《ぢゆうぢ》はその御弟子《みでし》にて、智円禅尼《ちゑんぜんに》と喚《よば》れ給ふが、近曾《ちかごろ》縫刺《ぬひはり》を掌《つかさど》る、比丘尼《びくに》の在《あ》らずなりしとぞ。央鍼妾《やとひしんめう》の欲《ほ》しかるべし。物縫《ものぬ》ひ給はゞ、復市《またいち》が、かへり来《く》るまで那御寺《かのみてら》へ、紹介《ひきつけ》てまゐらせん。那里《かしこ》へゆきて等《まち》給はずや」、と事《こと》もなげにぞ相譚《かたら》ひける。

畢竟縫殿《ひつきやうぬひ》が垣衣《かきぎぬ》を、宝珠院《ほうじゆゐん》へ遣《つかは》して、後《のち》の話説《ものがたり》甚麼《いかに》ぞや。其《そ》は又次《またつぎ》の巻《まき》に、解分《ときわく》るを聴《きゝ》ねかし。

開巻驚奇俠客伝第三集巻之三 終

開巻驚奇俠客伝《かいくわんきやうきけうかくでん》　第三集《だいさんしふ》　巻之四

東都　曲亭主人　編次

第《だい》二十七回《くわい》

縫殿《ぬひ》自焼《じしやう》して楼《たかどの》を飛《と》ぶ
安次《やすつぐ》死《し》を送《おく》りて生《いける》○セイに会《あ》ふ

*一犬形《いつけんかたち》に吠《ほゆ》るときは、群犬声《ぐんけんこゑ》に相従《あひしたが》ふ。虚実《きよじつ》の間《さかひ》に惑《まよは》ぬものゝ、世《よ》に多《おほ》からぬ、習俗《ならひ》にあなれば、縫殿《ぬひ》は既《すで》に彼岸《ひがん》二《じ》が、報《つげ》も知《しら》せし京師《みやこ》の凶変《けうへん》、剰《あまさへ》里《さと》の風声《ふうぶん》の、這那符節《これかれふせつ》を合《あは》せしごとく、疑《うたが》ふべくもあらざれば、「這里《ここ》へも緝捕使《とりて》を向《むけ》られん、その折《をり》には潔《いさぎよ》く、死《しな》ばや」とのみ、胆向《きもむか》ふ、心《こゝろ》ひとつに覚期《かくご》をしても、言《こと》に出《だ》さねば得《え》ぞ知《し》らで、*生《あや》に纏縁《まつは》る垣衣《かきぎぬ》を、救《すくは》ん与《ため》に恁々《しかぐ》と、誘《こしら》へつ宝珠院《ほうじゆゐん》へ、*央《やとひ》鍼妾《しんみやう》にいねといひしを、垣衣《かきぎぬ》つら〳〵うち听《きゝ》て、「寔《まこと》に不思《ふし》議《ぎ》のおんえにしにて、御厄会《ごやくくわい》になり侍《はべ》れば、左《と》にも右《かく》にもおん計《はから》ひに、遵《したが》はじといふにはあらねど、縫刺《ぬひはり》の技《わざ》はしも、いと〳〵拙《をさな》く侍《はべ》るなる。然《さ》るを御寺《みてら》へ参《まゐ》りても、尼御前《あまごぜ》さまの御《み》こゝろに、称《かな》はずば争何《いかゞ》はせん」、と辞《いろ》ふを縫殿《ぬひ》は听《きゝ》あへず、「否《いな》。晴《はれ》がましき事《わざ》には侍《はべ》らず。大概《おほかた》は旧衣《ふるぎぬ》の、解洗《ときあら》ひのみなるべきに、やよ、うち儘《まか》し給ひね」、とこゝろ得《え》さしつ、推薦《おしすゝ》めて、立《たつ》もいそしき納戸《なんど》より、拿出《とりいだ》し来《き》ぬる手匣《てばこ》には、昨夜《よんべ》悄々地《ひそか》に準備《ようい》をしたる、亡君正元夫妻《ぼうくんまさもとふさい》の木主《ゐはい》、菊水《きくすい》の旗《はた》、金銀《きんぐ》までも、蔵《おさ》めしを傍《かたへ》に措《お》きて、後方《あとべ》に居《すゑ》たる一箇《ひとつ》の衣箱《つゞら》を、見かへりつ指示《さししめ》して、「喃垣《なうかき》衣刀禰《ぎぬどの》。這内《このうち》には、夏冬《なつふゆ》の衣《きぬ》幾箇《いくつ》歟《か》あり。こは咸《みな》おん身《み》にまゐらせん。小霎時《しばし》也とも他《あだ》し宿《やど》に、歇《かゝ》るは便《びん》なきものなれば、涼《すゞし》き朝《あした》暑《あつ》き日《ひ》に、随意《まに〳〵》拿出《とうで》て被給《き》へかし。又這手匣《またこのてばこ》は要《えう》ある東西《もの》也。復市《またいち》がかへり来《き》ぬるまで、共《とも》に御寺《みてら》へもてゆきて、智円禅尼《ちゑんぜんに》に恁々《しかぐ》と、告稟《つげまう》して預《あづ》けまつりなば、おん臂近《ひぢちか》に措《おか》るべし。這義《このぎ》もこゝろ得《え》給ひてよ」、と然気《さりげ》も見せず誂《あつら》へて、情由《わけ》は有繋《さすが》に石倉《いはくら》の、媳婦《よめ》と思へば後《のち》の事《こと》、逆《かね》てぞ憑《たの》む苦《くる》しさは、けふを限《かぎ》りに復《また》あふことの、*紀念《かたみ》贈《おく》りの憂染衣《うきそめぎぬ》も、包《つゝ》みし随《まゝ》に四手《して》掛《かけ》て、色《いろ》に出《だ》さねど

名《な》にしあふ、縫殿《ぬひ》に引《ひか》るゝ垣衣《かきぎぬ》は、深《ふか》き情《なさけ》に感涙《かんるい》を、拭《ぬぐ》ひもあへず、額《ぬか》づきて、「過世《すくせ》甚麼《いか》なる罪障《ざいせう》にや。幸《さち》なきうへに幸《さち》なくて、流離《さそら》ひしより今《いま》さらに、よるべも夏《なつ》の草枕《くさまくら》、這里《ここ》に旅宿《たびね》はきのふけふ、まだおん馴染《なじみ》もなき奴家《わらは》を、出《いで》ていねとも宣《のたま》はで、御寺《みてら》へ寓《よ》さし給ふすら、得《え》がたかるべき御恩《ごおん》なるに、多《おほ》かる衣《きぬ》を賜《たま》へばとて、受奉《うけたてまつ》る功《こう》はなし。その義《ぎ》は免《ゆる》し給ひね」、と推辞《いなめ》ど听《き》かず、頭《かうべ》を掉《ふり》て、「そは益《やく》もなき口誼《こうぎ》に侍《はべ》り。這衣箱《このつゞら》の内《うち》なるは、我少《わがわか》かりし時被《ときき》旧《ふる》して、今《いま》は要《えう》なき東西《もの》に侍《はべ》り。おん身《み》の素生《すじよう》も、流寓《さそらへ》の、情由《わけ》も問《とは》んはさすがにて、いまだ具《つぶさ》に聞知《きゝし》らねども、絶《たえ》て久《ひさ》しき復市《またいち》に、伴《ともな》はれつゝ来《き》ましたる、人《ひと》ならざりせば恁《かく》までに、隔《へだて》もあらず思はんや。駝《おは》し遣《や》りてん、もてゆき給へ」、といそがし立《たつ》るを垣衣《かきぎぬ》は、ふたゝびは得固辞難《えいなみかね》て、その歓《よろこ》びを舒《のぶ》るにぞ、縫殿《ぬひ》は「然《さ》こそ」、と点頭《うなづき》て、写措《したゝめお》きたる手書《ふみ》一通《いつゝう》と、住持幷《ぢゆうぢならび》に同宿《どうじゆく》の、比丘尼《びくに》達《たち》へも幾包《いくつゝみ》歟《か》、*布施《ふせ》は阿弥陀《あみだ》の御手《みて》の糸《いと》、掛《かけ》て願《ねが》ひを白楮線《しろみづひき》に、昆布《こぶ》熨斗《のし》添《そえ》て拵《こしら》へしを、折敷《をしき》と倶《とも》に推裹《おしつゝ》む、単袱児《ひとへぶくさ》の隅拿《すみとり》て、折返《をりかへ》しても余《あま》りある、こゝろを属《つけ》し夜《よる》の物《もの》、櫛笥《くしげ》鏡台《きやうだい》、這《これ》那《かれ》と、婢妾毎《をなごども》にも手伝《てつだは》しつゝ、皆端近《みなはしちか》く出《いだ》さして、却《さて》農《のう》僕《をとこ》一両名《ひとりふたり》を、喚《よび》よせて恁々《しか〴〵》と、詞《ことば》急迫《せわ》しく吩咐《いひつけ》て、身装《みごしらへ》せし垣衣《かきぎぬ》に、「卒《いざ》」とばかりに会釈《えしやく》をすれば、又改《またあらた》めて告別《いとまごひ》、尽《つき》ぬ言葉《ことば》の露《つゆ》なれや、脆《もろ》き涙《なみだ》ぞ找《すゝ》みぬる。人《ひと》の情《なさけ》と形《あぢ》きなき、身《み》の不楽《わび》しさに立難《たちかね》し、垣衣《かきぎぬ》よりも縫殿《ぬひ》はなほ、胸《むね》に鍼刺《はりさ》す心地《こゝち》して、泣《なか》じとすれど生憎《あやにく》に、悲《かな》しさやる瀬《せ》なかりしを、思ひかへしつ目送《みおく》る程《ほど》に、農僕們《のうをとこら》は搭駝《せお》ひ抗《あぐ》る、衣箱小包大裹《つゞらこづゝみおほづゝみ》、背《そびら》に載《の》せつ引提《ひきさげ》もして、「去向《ゆくて》は右《みぎ》よ左《ひだり》よ」、と声《こゑ》をかけつゝ垣衣《かきぎぬ》が、後《あと》に跟《つき》てぞ*六道《ろくどう》の、岐路《ちまた》に熟《なれ》し走一《ひと》走《はし》り、能《のう》化貌《けがほ》する似而非《ゑせ》引接《いんぜふ》は、地蔵《ぢざう》の持《もて》る如意宝珠《によいほうじゆ》、女僧院《あまでら》投《さし》ていそぎける。

按《あん》ずるに、*俳諧師《はいかいし》鬼貫《おにつら》が、雛雀《すゞめこ》の発句《ほつく》あり。作得《つくりえ》ていと〳〵佳《よし》。其句《そのく》にいへらく、「人《ひと》の親《おや》の烏《からす》追《お》ひけり雀《すゞめ》の子《こ》」、夫俳諧《それはいかい》は*巴人《はじん》の短《たん》

鬼貫《オニツラ》が雛雀《スヾメコ》の短冊《タンザク》は、亡友《ボウユウ》琴魚《キンギヨ》の遺愛《ヰアイ》なりしを、魚子《ギヨシ》の老兄《ロウケイ》末亡人《ナキヒトノツマ》と倶《トモ》に、紀《カタミ》にもとて予《ヨ》に贈《オク》れり。今この条《クダリ》を綴《ツヾ》るに及びて、はからずもこゝに感《カン》あり。琴魚は天保二年十一月廿一日に没《ボツ》しぬ。享年四十四、伊勢松坂寂光山願証寺に葬《ホウム》る。法号《ハウゴウ》櫟亭道香《レキテイドウカウ》といふと云《イフ》。

曲《きよく》、纔《わづか》に十有七言《とあまりなゝもじ》なれども、よくその情《じやう》を穿《うが》つこと、かくの如《ごと》くに至《いた》れるあり。こは是縫殿《これぬひ》が必死《ひつし》の覚期《かくご》に、今垣衣《いまかきぎぬ》を出《いだ》し遣《や》る、こゝろは似《に》たり人《ひと》の親《おや》の、鴉《からす》を追《お》へる類《たぐひ》なるべし。

間話休題《あだしごとはさておきつ》。恁而《かくて》這日《このひ》の黄昏時候《たそがれごろ》に、垣衣《かきぎぬ》を送《おく》りたる、農僕們《のうをとこら》はかへり来《き》つ、縫殿《ぬひ》が身辺《ほとり》に赴《おもむ》きて、「宝珠院《ほうじゆゐん》には障《さは》りもあらで、歓《よろこ》びて那女中《かのぢよちう》を、留《とゞ》められ候ひき」とて、那里《かしこ》の口状《こうでう》、絳《こと》の容子《ようす》を、箇様《かやう》〳〵と報知《つげしら》して、住持《ぢゆうぢ》の回《かへし》翰《ぶみ》を遁与《わた》しにければ、縫殿《ぬひ》は受《うけ》とりひらき見《み》て、心安《こゝろやす》しと思ふになん、その甲夜《よひ》の間《ま》に奴婢《ぬび》農僕《のうをとこ》を、遺《おち》なく奥《おく》に召聚《よびつど》へて、潜《しのび》やかに示《しめ》すやう、「汝達伝《なんたちつた》へも聞《きゝ》たる歟《か》。「今番姫《こたびひめ》上京師《うへみやこ》にて、恁々《しか〴〵》の事《こと》ありて、撃《うた》れさせ給ひし折《をり》、我所天《わがつま》も亦《また》その途《みち》にて、命果敢《いのちはか》なくなりけん」、と曩《さき》に彼岸二《ひがんじ》が報《つげ》たるに、世《よ》の風声《ふうぶん》さへ吻合《ふがふ》して、疑《うたが》ふべくもあらざれば、這里《ここ》へも緝捕使《とりて》を向《むけ》られん。然《され》ばとて譟《さわ》ぐべからず。その期《ご》に及《およ》ばゞ汝達《なんたち》は、はやく家《いへ》に火《ひ》を放《かけ》て、何里《いづこ》也とも身《み》を躲《かく》しね。各々《おの〳〵》奴婢《ぬび》の事なるに、他郷《たけう》へ走《はし》らばそが儘《まゝ》にて、後難《こうなん》を免《まぬか》るべし。因《より》て吩咐《いひつく》ることこそあれ。彼岸二《ひがんじ》は明日《あす》の旦開《あさけ》より、京師《みやこ》のかたへ半里余《はんみちあま》りも、日毎《ひごと》に出《いで》て遠見《とほみ》をしつゝ、緝捕使《とりて》向《むか》ふと知《し》るならば、走還《はしりかへ》りて快報《とくつげ》よ。這外《このほか》に亦誰《またたれ》にもあれ、こゝろ得《え》たるもの一両名《ひとりふたり》、遊佐殿《ゆさどの》の城《しろ》の頭《ほとり》へ、潜《しのび》やかに赴《おもむ》きて、那里《かしこ》の動静《やうす》を覘《うかゞ》ふべし。城《しろ》より緝捕使《とりて》を出《いだ》されなば、火速《くわそく》の注進緊要《ちゆうしんきんよう》也。遺《のこ》れるものは焼《やき》草《ぐさ》を、採集《とりあつ》め准備《ようい》をして、雑譚多言《ざふたんたげん》すべからず。各々《おの〳〵》これを腰《こし》に纏《まと》ひて、期《ご》に及《およ》ばゞ立退《たちの》く折《をり》の、盤纏《ろよう》にせらるべき東西《もの》ぞ」とて、人別《ひとごと》に金三両《かねさんりやう》と、銭壱貫文《ぜにいつくわんもん》を拿《とら》せけり。大家《みな〳〵》これをうち听《きゝ》て、且驚《かつおどろ》き且感《かつかん》ずる、面《おもて》を照《あは》し共侶《もろとも》に、嗟嘆《さたん》をしつゝ額《ぬか》をつきて、「宣《のたま》ふ趣《おもむき》承《うけ給は》りぬ。その期《ご》に及《およ》ばゞ我們《われ〳〵》は、煙《けぶり》に紛《まぎ》れて逃《にげ》もせん。おん身《み》は何里《いづこ》へ走《はし》らせ給ふ。倶《ぐ》し給はずや、おん伴《とも》せん」、といふを縫殿《ぬひ》は听《きゝ》あへず、「我身《わがみ》は独《ひとり》せん術《すべ》あり。其頭《そこら》の事には掛念《けねん》せで、徐《しづか》に准備《ようい》を憑《たのむ》ぞや」、と然《さ》しも譟《さわ》がず言示《のりしめ》さるゝ、大家《みな〳〵》その意《い》に従《したが》ふのみ、心《こゝろ》もとなく思へども、這年来《このとしごろ》仕《つかは》れたる、恩《おん》を思へば期《ご》に先《さき》だちて、逃《にげ》も得亡《えう》せず困《こう》じたる、明《あけ》の朝《あさ》より部《てわけ》して、外《と》に出《いづ》るものは割籠《わりご》を携《たづさ》へ、遺《のこ》るは各々《おの〳〵》身《み》の覚《かく》期《ご》、東西失《ものうしな》はじと袱《ふろしき》に、包《つゝ》む秘事《ひめごと》、姫松葉《ひめまつば》、密々《しのび〳〵》に採入《とりい》れて、受破《すは》といふ折焼立《をりやきたて》んとて、先《さき》は見えねどいそがるゝ、自焼《じしやう》の準備做果《やうゐなしはて》ては、倶《とも》に客等《きやくま》つ心地《こゝち》して、一日々々《ひとひ〳〵》と過《すぐ》したる、不楽《わび》しさ限《かぎ》りなかりけり。

　爾程《さるほど》に、楠式部少輔正直《くすのきしきぶのせうゆうまさなほ》は、居多《あまた》の士卒《しそつ》共侶《もろとも》に、姑摩《こま》姫主僕《ひめしゆぼく》を伴《ともな》ふて、京師《みやこ》を出《いで》てひな鳥《どり》の、一日《ひとひ》二日《ふたひ》とふる里《さと》に、飾《かざ》る錦《にしき》の花散《はなち》りて、丹楓《もみぢ》は未《まだ》し、新樹做《わかばな》す、高峯過《たかねすぎ》ゆく杜鵑《ほとゝぎす》、声喚《こゑよび》かはし、河内路《かはちぢ》や、*おちかへり来《き》つ珍《めづ》らしき、二四《にし》八《はち》ならぬ八九《やこ》村《むら》の、荘院近《せうゐんちか》くなる随《まゝ》に、駒《こま》の足掻《あがき》を早《はや》めけり。

　惸《かゝ》りし間《から》に彼岸二《ひがんじ》は、這日《このひ》も途《みち》に立出《たちいで》て、等《ま》つとはなしにつく〴〵と、観《み》れば認熟《みな》れぬ居多《あまた》の士卒《しそつ》を、是姑摩姫《これこまひめ》が正直《まさなほ》に、送《おく》られてかへり来《き》ぬるとは、思ひもかけず胸《むね》うち騒《さわぎ》て、「他《あれ》は正可《まさか》に京師《みやこ》より、我方《わがかた》ざまに向《むけ》らるゝ、緝捕《とりて》の大将《たいせう》士卒《しそつ》にこそ」、と思へば頻《しき》りに駭怕《おどろきおそ》れて、飛《とぶ》が似《ごと》くに八九《やこ》の宿所《しゆくしよ》へ、走還《はしりかへ》りつ、息吻《いきつき》あへず、「御注進々々々《ごちゆうしん〳〵》」、と叫《さけ》ぶに駭《おどろ》く奴婢《ぬび》農僕們《のうをとこら》、「緈《こと》こそあれ」、と立譟《たちさわ》ぐを、縫殿《ぬひ》は奥《おく》より喚禁《よびとゞ》めて、出《いで》て容子《ようす》を鞫《たづ》ねけり。登時《そのとき》彼岸二《ひがんじ》、額《ひたひ》より、流《なが》るゝ汗《あせ》を推抗拭《おしあげぬぐ》ひて、膝突立《ひざつきたつ》る声慌《こゑあはたゞ》しく、「さン候都路《みやこぢ》より、推寄来《おしよせき》ぬる緝捕《とりて》の大将《たいせう》、騎馬《きば》苛《いか》めしく四下《あたり》を払《はら》ふ、那隊《かのて》の士卒《しそつ》二三百名《にん》、その猛《たけ》きこと峯《みね》より降《おろ》す、虎《とら》の羊《ひつじ》を趕《お》ふごとく、その速《はや》きこと野《の》に揚《あが》る、鷹《たか》の雀《すゞめ》を抓《つか》むに似《に》て、当《あた》るべうも候はず。今《いま》ははや相距《あひさ》ること、五六町《ちやう》には過《すぐ》べからず。予用意《かねてようい》はけふの為《ため》、其頭《そこら》は余人《よじん》に任用《うちまか》して、快々《とく〳〵》背門《せど》より落《おち》給へ。卒《いざ》おん伴《とも》を仕《つかまつ》らん。やよ出《いで》給へ快々《とく〳〵》」、と声叫涸《こゑよびから》す、*気《き》を悶瞀《もゝじり》に、立《たゝ》まくしつゝいそがせども、縫殿《ぬひ》は譟《さわ》がず、衆人《もろびと》を、那這《あちこち》と見かへりて、「聞《きか》るゝごとく這期《このご》に迫《せま》りて、緈《こと》を議《ぎ》すべき暇《いとま》はあらず。我身《わがみ》は東面《ひがしおもて》なる、矮楼《にかい》に登《のぼ》りて遠見《とほみ》をせん。緝捕《とりて》の士卒《しそつ》近《ちか》づかば、上《うへ》より声《こゑ》を被《かく》べきに、その折《をり》に快火《とくひ》を放《はな》ちて、煙《けぶり》に紛《まぎ》れて後門《うらぐち》より、走《はし》るとも遅《おそ》きにあらず。いで〳〵」といひつゝも、はやく納戸《なんど》に退《しりぞ》きて、身装《みごしらへ》して、短刀《たんたう》を、引提《ひさげ》て矮楼《にかい》へうち登《のぼ》るを、斉一《ひとしく》直上《みあぐ》る奴婢《ぬび》農僕《のうをとこ》は、彼岸二《ひがんじ》を招《まね》き

よせて、「和主正可《わぬしまさか》に見て来《き》ぬる、緝捕《とりて》の大勢近着《たいせいちかづき》たらんに、矮楼《にかい》の暗号《あひづ》を聞漏《きゝもら》さば、期《ご》に後《おく》れて捕《とら》はれん。快々出《とく〳〵いで》て復《また》見ずや」、といふに彼岸《ひがんじ》二こゝろ得《え》て、門《かど》まで出《いで》て、そが儘《まゝ》に、引《ひき》かへし来《き》つ声戦《こゑふるは》して、「衆位《みな〳〵》立《たち》ね。近《ちか》づきたり。緝捕使《とりて》の先隊《さきて》の見ゆるぞや。做《なす》べき事して逃《にげ》ずや」、と頻《しき》りに惴《はや》る火速《くわそく》の催促《さいそく》、大家《みな〳〵》倶《とも》に怺難《こらえかね》て、「原来免《さてはのが》れぬ処《ところ》也。矮楼《にかい》の暗号《あひづ》を等《まつ》までもなし。左《と》せよ右《かう》せん、後《おく》るな」、と左右《さう》に立《たち》たる諸慌《もろあはて》、手《て》に〳〵准備《ようい》の焼草《やきぐさ》へ、火《ひ》を投《さす》もあり、先《さき》だつは、逃《にげ》て往方《ゆくへ》もしら雲《くも》に、紛《まが》ふ煙《けぶり》は天引《たなびき》て、はや起升《たちのぼ》る猛火《みやうくわ》の勢《いきほ》ひ、風《かぜ》に靡《なび》きて煽々《せん〳〵》たり。

恁《かゝ》る折《をり》から正直《まさなほ》は、八九《やと》の宿所《しゆくしよ》へ近《ちか》づく随《まゝ》に、心《こゝろ》ともなく件《くだん》の煙《けぶり》を、うち仰《あほ》ぎ瞻《み》つ驚《おどろ》きて、「兵毎他《ものどもあれ》をまだ知《しら》ずや。那荘院《あれせうゐん》に失火《しつくわ》あり。走《はし》り聚《つど》ひて快《とく》うち滅《け》しね。我《われ》に続《つゞ》け」、

有像第三十七

兵燹《へいせん》自焼《じしよう》節婦《せつぷ》可憐《あはれむべし》
○イクサノヒ

うたがへば鬼もいで来ぬこゝろよりなきものさへや見するなるらむ

ぬひ　正直

と鐙《あぶみ》を拍《あは》して、驀地《まつしぐら》にぞ走《はし》らする、馬《うま》に引添《ひきそ》ふ先隊《さきて》の雑兵《ざふひやう》、非常《ひじやう》の与《ため》に携《たづさ》へたる、錑叉《もぢりさすまた》捍棒《よりぼう》を、挟《わきばさ》みつゝ逸足蜚《いちあしとば》して、猛《たけ》く勇《いさめ》る勢《いきほ》ひは、千軍万馬《せんぐんばんば》の中《なか》也とも、摧《くだ》きて入《い》るべき為体《ていたらく》を、縫殿《ぬひ》は遥《はるか》に仡《きつ》と見て、「現《げ》に夥《おびたゞ》しき緝捕《とりて》の兵《つはもの》、猶《ゆ》予《よ》せば這里《ここ》へも稠入《こみい》らん。是《これ》まで也」、と短刀《たんたう》を、引抜《ひきぬ》きつ拿直《とりなほ》して、念仏《ねんぶつ》高《たか》く十遍許《じつぺんばかり》、唱《とな》へも果《はて》ず、刃尖《きつさき》を、咽喉《のんど》へ禺殺《ぐさ》と突串《つきたて》て、廂《ひさし》に移《うつ》る猛火《みやうくわ》の中《なか》へ、身《み》を跳《おど》らして飛入《とびい》りけり。

嗚呼《ああ》憐《あはれ》むべし義烈《ぎれつ》の勇婦《ゆうふ》、一旦《いつたん》繂《こと》の錯誤《まちがひ》にて、死《し》して功《こう》なく、*禍鬼《まがつみ》に、かゝる恨《うら》みをしらきの琴《こと》の、良人《をつと》も嚮《さき》に京師《みやこ》にて、迷《まよ》ひは同《おな》じ死天《しで》の旅《たび》、地方替《ところかは》れば品降《しなさが》る、鄙《ひな》にも猛《たけ》き*剣刀《つるぎたち》、身《み》を捨《すて》し妻《つま》よ、束《つか》の間《ま》に、栄枯《えいこ》得失《とくしつ》、幸不幸《かうふかう》、憂苦《ゆうく》歓楽《くわんらく》、主従《しゆう〲》の、這世《このよ》那土《あのよ》へ別路《わかれぢ》や、遇《あは》ぬ歎《なげ》きを知《し》るよしもなき、姑摩姫《こまひめ》は八九《やこ》の宿所《しゆくしよ》に、失火《しつくわ》ありと聞《きゝ》しより、うち驚《おどろ》きつ復市《またいち》と、手作《てさく》を先《さき》へ走《はし》らして、路《みち》の傍《かたへ》に轎子《のりもの》を、歇《たて》たる随《まゝ》に時移《ときうつ》るまで、火《ひ》の鎮《しづま》るを等《まち》にけり。

恁《かゝ》りし程《ほど》に正直《まさなほ》は、馬《うま》に拍《かく》いれ、八九《やこ》荘院《せうゐん》の、門前《もんぜん》にはや騎着《のりつけ》て、只管《ひたすら》下知《げち》して、雑兵《ざふひやう》を、繰入《くりいれ》々〱火《ひ》を滅《け》さすれば、近《ちか》き里《さと》なる荘客們《ひやくせうら》も、皆那這《みなあちこち》より走《はし》り来《き》て、水《みづ》を汲《くみ》かけ、柱《はしら》を倒《たふ》して、諸骨折《もろほねをり》つゝ挊《はたら》きしに、幸《さいは》ひにして山風《やまかぜ》の、烈《はげ》しくもなかりしかば、東《ひがし》のかたのみ焼失《やきうしなは》れて、その它《よ》は過半残《くわはんのこ》りにけり。既《すで》にして繂鎮《ことしづま》る程《ほど》に、正直《まさなほ》は、復市《またいち》と、両個《ふたり》の雑兵《ざふひやう》を遣《つかは》して、姑摩姫《こまひめ》、并《ならび》にその身《み》の宅眷《やから》を、召《よび》聚合《つどへ》つゝ恁々《しか〲》と、繂《こと》のよしを報知《つげしら》するに、姑摩姫《こまひめ》は縫殿《ぬひ》が往方《ゆくへ》を、問《とへ》ども誰《たれ》も知《し》るものなく、「東《ひがし》のかたなる焼迹《やけあと》に、煤《すゝ》びたる女《をんな》の屍骸《しがい》あり。手《て》に短刀《たんたう》を抜持《ぬきもち》たるが、なほも放《はな》さず候」、と告《つぐ》るもののみありければ、驚《おどろ》き疑《うたが》ふ姑摩姫《こまひめ》よりも、復市《またいち》は母《はゝ》のうへ、心《こゝろ》にかゝれば小霎時《しばし》もあらず、走《はし》りて其首《そこ》に赴《おもむ》きて、件《くだん》の屍骸《しがい》をよく見つれども、焼《やか》れて真《ま》黒《くろ》になりたれば、なほ疑《うたが》ひは釈《とけ》ざりけり。正直《まさなほ》これをうち听《きゝ》て、「縫殿《ぬひ》とやらんは左《と》まれ右《かく》まれ、一家児《いへのうち》なる奴婢毎《ぬびども》の、今《いま》まで一人《ひとり》もかへり来《こ》ざるは、こゝろ得《え》がたき事なりかし。快索《とくたづ》ねずや」、と急《いそが》し立《たつ》る、下知《げち》に遵《したが》ふ雑兵《ざふひやう》と、倶《とも》に復市《またいち》・手作們《てさくら》も、走《はし》り出《いで》つゝ那這《あちこち》と、部《てわけ》をしつゝ渉猟《あさ》る程《ほど》に、五六町西《いつまちむまちにし》のかたなる、山路《やまぢ》に仰反仆《のけぞりたふ》れしものあり。手作《てさく》ははやくこれを見て、「そは彼岸二《ひがんじ》にあらずや」、と喚《よび》かけられて彼岸二《ひがんじ》は、頭《かうべ》を擡《もた》げ得《とく》と見て、「手作歟《てさくか》。和主《わぬし》は京師《みやこ》より、何《いつ》の程《ほど》にか還《かへ》りたる。咱家《われら》は緝捕《とりて》を脱《のが》れんとて、家《いへ》に火《ひ》を放《か》け、後門《うらぐち》より、人《ひと》に後《おく》れず逃《にげ》たれども、命《めい》運歹《うんわろ》く、這頭《こゝら》にて、他那石《あれあのいし》に跌《つまづ》きて、転輾《ふしまろ》びし折《をり》、腰骨《こしぼね》を、下隆《したたか》に撲差《うちちがは》しけん、立《たつ》に起《たゝ》れず、疼楚《いたみ》に堪《たへ》ねば、鈍《おぞ》や今《いま》まで臥《ふし》てをり。やよ引起《ひきおこ》し給ひね」、といふ間《はし》に復市《またいち》と、雑兵《ざふひやう》四五名《にんき》来にければ、手作《てさく》は聽《やが》て復市們《またいちら》に、彼岸二《ひがんじ》を指《ゆびざ》し示《しめ》して、「他《かれ》は我方《わがかた》ざまの奴隷《しもべ》にて、彼岸二《ひがんじ》と喚做《よびな》すもの也。箇様箇様《かやうかやう》の事により、憶《おもは》ず石《いし》に跌《つまづ》きて、這頭《こゝら》に在《を》り」といふよしを、詞《ことば》せわしく報知《つげし》らすれば、大家《みな〳〵》倶《とも》に訝《いぶか》りて、「そは所以《ゆゑ》あらん、尷尬《うさん》也。何等《なにら》の与《ため》に京師《みやこ》より、緝捕使《とりて》の向《むか》ふことあらんや。況《まいて》や家《いへ》に火《ひ》を放《かけ》て、逃亡《にげうせ》たらば、罪軽《つみかろ》からず。捕《とり》な逭《にが》しそ、牽《ひき》もてゆきて、楠殿《くすのきどの》正直《まさなほ》をいふ。に稟上《まうしあげ》ん。快々《とく〳〵》立《たち》ね」、と暴《あら》やかに、手《て》を拿《と》り足《あし》を吊抗《つりあげ》て、八九《やこ》の宿所《しゆくしよ》へ将《い》て来《き》つゝ、則《すなはち》縡《こと》の趣《おもむき》を、正直《まさなほ》に報《つげ》しかば、正直《まさなほ》聽《やが》て端近《はしちか》く、出《いで》てその事を鞫《たづ》ぬるに、姑摩姫《こまひめ》も驚《おどろ》きながら、障子《せうじ》の陰《かげ》に身《み》を靠《よせ》て、縁由《ことのよし》を听《きか》まくす。

登時《そのとき》彼岸二《ひがんじ》は、やうやくに膝折布《ひざをりしき》て、縡恁々《ことしか〳〵》と招了《はくでう》す。その趣《おもむき》は「京師《みやこ》にて、維盈《これみつ》は管領《くわんれい》の、士卒《しそつ》の為《ため》に痍《て》を負《お》ふて、既《すで》に必死《ひつし》と見えし折《をり》、自己《おのれ》ははやく逃走《にげはし》りて、辛《から》く河内《かはち》へかへり来《き》つ、姑摩姫《こまひめ》、幷《ならび》に維盈《これみつ》の、撃《うた》れたらんと思ふよしを、維盈《これみつ》の妻《つま》縫殿《ぬひ》に報《つげ》しに、折《をり》から京師《みやこ》の風声《ふうぶん》の、這頭《こゝら》へもはやく聞《きこ》えて、彼岸二《ひがんじ》が報《つげ》たるよしと、這那《これかれ》吻合《ふがふ》したりしかば、縫殿《ぬひ》は遂《つひ》に疑《うたが》はず、「然《さら》ば這里《こゝ》へも京師《みやこ》より、必《かならず》緝捕使《とりて》を向《むけ》られん。その期《ご》に及《およ》ばゞ汝達《なんたち》は、家《いへ》に火《ひ》を放《かけ》て逃亡《にげうせ》よ」とて、先焼草《まづやきぐさ》を准備《ようい》せられ、却《さて》人別《ひとごと》に盤費《ろよう》を賜《たまは》り、小可《やつがれ》をば都路《みやこぢ》へ、又《また》遊佐殿《ゆさどの》の城《しろ》のかたへも、人《ひと》を遣《つかは》して見せられしに、けふしも二三百《びやく》のおん勢《せい》の、這方《こなた》へ推寄来《おしよせき》給ひしを、小可《やつがれ》遥《はるか》に見てければ、「是《これ》必《かならず》京師《みやこ》より、向《むか》はせ給ふ緝捕使《とりて》ならん」、と思ひにければ走《はし》りかへりて、よしを縫殿刀禰《ぬひどの》に報《つげ》けるに、「然《さら》ば我身《わがみ》は矮楼《にかい》に登《のぼ》りて、見定《みさだ》めて声《こゑ》を被《かけ》ん。その折《をり》に火《ひ》をものせよ」

とて、短刀《たんたうひ》引提《さげ》て遽《いそがは》しく、うち登《のぼ》り給ふ程《ほど》に、御勢《ごせい》のはやく近《ちか》づきしかば、件《くだん》の暗号《あひづ》を等《まつ》にしも及《およ》ばず、大家《みな〳〵》慌《あはて》て那這《あちこち》に、火《ひ》を放《はな》ちつゝ共侶《もろとも》に、走《はし》りて背門《せど》より逃《にげ》し折《をり》、小可《やつがれ》は山路《やまぢ》なる、石《いし》に怪《け》し蜚《と》び骨《ほね》を損《そこ》ねて、仆《たふ》れて今《いま》まで候ひき」、と有《あり》つる随《まゝ》に陳褒《のべつめ》し、顚末分明《もとすゑふんみやう》なりけれども、縫殿《ぬひ》は既《すで》に枉死《わうし》して、片言《かたくち》なれば、正直《まさなほ》の、疑《うたが》ひはなほ解《とけ》ざりしを、側聞《かたへぎゝ》せし復市《またいち》と、躱《かく》れてうち聞《き》く姑摩姫《こまひめ》の、歎《なげ》き弥倍《いやま》す憂患悲泣《ゆうくわんひきう》、「原来那手《さてはかので》に刃《やいば》を持《もち》たる、亡骸《なきがら》は縫殿《ぬひ》ならん」、「我母《わがはゝ》なりき」、と思《おも》ふのみ、言《こと》に出《だ》さんはさすがにて、詮議《せんぎ》の果《はつ》るを等程《まつほど》に、正直《まさなほ》「呵々《かか》」とうち笑《わら》ひて、「聞《き》くがごときは、縫殿《ぬひ》とやらンが、疑心暗鬼《ぎしんあんき》に迷《まよは》されたる、疎忽《そこつ》の自滅《じめつ》、是非《ぜひ》に及《およ》ばず。こは是女流《これをんな》の事なれば、深《ふか》く咎《とがむ》るに足《た》らねども、一家児《いへのうち》なる奴婢毎《ぬびども》は、各々《おの〳〵》盤費《ろよう》を受《うけ》ながら、暗号《あひづ》を等《また》ず火《ひ》を放《はな》ち、逃《にげ》て縫殿《ぬひ》を焼殺《やきころ》したる、その罪《つみ》孰《いづれ》か免《のが》るべき。就中《なかんづく》、彼岸二《ひがんじ》が疎忽《そこつ》なる、姑摩姫《こまひめ》は初《はじめ》より、網輴子《あみのりもの》に乗《の》せられて、街衢《ちまた》を牽《ひか》れし事はなし。又《また》維盈《これみつ》とかいふ伴当《ともびと》の、撃《うた》れしといふ事も、我《われ》は一切聞知《つや〳〵きゝし》らず。我《われ》すら知《し》らぬ事なるに、這奴《こやつ》が知《しら》ん該《はづ》はなし。そを云云《かにかく》と縫殿《ぬひ》に告《つげ》て、鬧《さはが》せしより那這人《をちこちびと》も、その虚《きよ》を伝《つた》へて喋々《てう〳〵》しく、緝捕使《とりて》の事さへいへるならん。知《しら》ずや姑摩姫《こまひめ》は恙《つゝが》もなく、恩赦《おんしや》によりて正直《まさなほ》が、送《おく》りて返《かへ》し来《き》にけるに、何里《いづこ》へ緝捕使《とりて》を向《むけ》らるべき。意《おも》ふに這蠢物《このしれもの》は、狐狸《きつねたぬき》に魅《ばか》されし歟《か》。なき事をのみ唱衜《となへふ》らして、家《いへ》を焼《やか》して縫殿《ぬひ》を殺《ころ》せし、その罪《つみ》わきて軽《かろ》からず。よしを遊佐氏《ゆさうぢ》に告知《つげしら》して、逐電《ちくでん》したる奴婢們《ぬびら》をも、索出《たづねいだ》して後《のち》にこそ、那首《かしこ》の沙汰《さた》に及《およば》れん。仡《き》と細《いまし》めて措《おく》べし」とて、雑兵們《ざふひやうら》にぞ預《あづ》けける。こゝに至《いた》りて彼岸二《ひがんじ》は、初《はじめ》て夢《ゆめ》の覚《さめ》たるごとく、眼《まなこ》を睜《みは》り舌《した》を吐《は》きて、いはんとするに解《と》くよしなければ、黄蘗《きはだ》を舐《ねぶ》り、唖児《おふし》のごとく、独苦《ひとりくる》しき身《み》の科《とが》は、*今《いま》さらせん方欹頸《かななげくび》に、思念《しあん》せん間《ま》も暴《あら》やかに、牽立《ひきたて》られて退出《まかで》けり。

恁《かゝ》りし程《ほど》に復市《またいち》は、膝《ひざ》を找《すゝ》めて恭《うや〳〵》しく、正直《まさなほ》に稟《まう》すやう、「方才《いま》彼岸二《ひがんじ》が招了《はくでう》にて、那焼死《かのやけし》したる一婦人《ひとりのをなご》は、縫殿《ぬひ》なることも疑《うたが》ひなし。件《くだん》の縫殿《ぬひ》は在下《それがし》が、母親《はゝおや》で候へば、安葬《はうむり》の義《ぎ》を許《ゆる》させ給へ」、と願《ねが》ふを正直《まさなほ》うち听《きゝ》て、「縫殿《ぬひ》も疎忽《そこつ》の罪《つみ》あれども、身故《みまか》りたれば、沙汰《さた》に及《およ》ばず。安葬《はうむり》の事は姑摩姫《こまひめ》に、告《つげ》て左《と》も右《かく》もせよ。我《われ》は遊佐就盛《ゆさなりもり》の、城《しろ》に赴《おもむ》き対面《たいめ》して、*今番《こたび》の台命《たいめい》、管領《くわんれい》の、下知状《くだしぶみ》を遁与《わた》すべし。恁《かゝ》れば那里《かしこ》の時宜《じぎ》により、拙眷《やから》は明日《あす》歟《か》、後日《あさて》の比《ころ》、招拿《よびとら》んと思ふ也。姑摩姫《こまひめ》は奴婢《ぬび》毎《ども》の、一人《ひとり》も在《あ》らずなりしかば、万事《よろづ》に不便《ふべん》なるべけれ。汝達《なんたち》いよ〱等閑《なほざり》なく、仕《つか》へよかし」、と宣掟《のりおきて》て、いそしく奥《おく》へ退《まか》りつゝ、件《くだん》の義《よし》を姑摩姫《こまひめ》と、宅眷《やから》に示《しめ》し、こゝろ得《え》さして、遊佐《ゆさ》の城《しろ》へぞ赴《おもむ》きける。是《これ》により雑兵們《ざふひやうら》は、辞《ち》して京師《みやこ》へ還《かへ》るも多《おほ》かり。その它《よ》は彼岸二《ひがんじ》を篊《はにだ》に乗《の》して、皆正直《みなまさなほ》に従《したが》ひければ、八九《やこ》の宿所《しゆくしよ》に留《とゞま》るものは、正直《まさなほ》の妻女児《つまむすめ》に、倶《ぐ》して来《き》ぬる男女《なんによ》の伴当《ともびと》と、復市《またいち》・手作《てさく》のみなりければ、復市《またいち》は稍便《やゝたよ》りを得《え》て、姑《こ》摩姫《まひめ》に母縫殿《はゝぬひ》の、枉死《わうし》の趣《おもむき》安葬《はうむり》の事《こと》、恁々《しか〴〵》と報知《つげしら》して、香華院《ぼだいしよ》を問《と》ひなどす。主従倶《しゆう〴〵とも》に涙吒《なみださしぐ》みて、心《こゝろ》の憂《うれ》ひ限《かぎ》りなけれど、側《かたへ》に人《ひと》の多《おほ》かれば、迭《かたみ》に意衷《いちう》を尽《つく》すに由《よし》なく、姑《こ》摩姫《まひめ》は、縫殿《ぬひ》が亡骸《なきがら》を、宝珠院《ほうじゆゐん》へ葬《はうむ》るべしとて、住持《ぢゆうぢ》の尼《あま》智円《ちゑん》に贈《おく》る、消息《せうそこ》をさへ遁与《わた》されけり。是《これ》により復市《またいち》は、手作《てさく》を将《い》て市《いち》に赴《おもむ》き、柩《ひつぎ》を求《もと》めなどする程《ほど》に、長《なが》き日《ひ》ながら暮果《くれはて》て、かへさは小夜《さよ》の深《ふけ》しかば、次《つぎ》の日《ひ》、里人《さとびと》を央《やと》ひ、柩《ひつぎ》を舁《かゝ》して、宝珠院《ほうじゆゐん》に送《おく》りゆく、その路《みち》すがら思ふやう、

「我身《わがみ》の天命《てんめい》かくの如《ごと》き歟《か》。仱《いはけな》きより別《わか》れたる、親《おや》を尋《たづね》て来《き》にけるに、相見《あひみ》しは只《たゞ》一ト日《ひ》にて、二親《ふたおや》ながら皆綷《みなこと》の、差《たが》ひし故《ゆゑ》に陽炎《かぎろひ》の、命果《いのちは》敢《か》なくなり給ひたる、そは禍鬼《まがつみ》の所為《わざ》なるを、今《いま》さらに何《なに》とかいはん。奶々《はゝご》の自殺《じさつ》は、婦人《をんな》に罕《まれ》なる、奮勇義烈《ふんゆうぎれつ》が倒《なか〱》に、その身《み》の仇《あた》になりたるならん。倘尋常《もしよのつね》の女子《をなご》なりせば、恁《かう》はあらじを、左《と》に就《つき》ても、右《かく》に就《つき》ても世間《よのなか》に、幸《さち》なきものは我身《わがみ》也。然《さ》るにてもいぬる日《ひ》に、八九《やこ》の宿所《しゆくしよ》に留《とゞ》め置《おか》れし、妙《をとめ》はいかになりつらん。きのふ奴婢們《ぬびら》と共侶《もろとも》に、逃走《にげはし》るとも投《さし》てゆく、地方《ところ》なければ迷《まよ》ふらん。是等《これら》のよしも我父《わがちゝ》の、自殺《じさつ》のよしも姫上《ひめうへ》に、告《つげ》奉《たてまつ》る折《をり》を得《え》ず、けふまで空《あだ》に過《すぐ》す本意《ほい》なさ、いかになりゆくことやらん」、と思ひ難《かね》つゝうち歎《なげ》く、涙《なみだ》も露《つゆ》の玉《たま》に繇《よ》る、如意《によい》ならねども如意《によい》といふ、宝珠院《ほうじゆゐん》へはやく来《き》にけり。

這里《こゝ》は山寺《やまでら》の事なれば、姑摩姫《こまひめ》の事、具《つぶさ》には聞《きこ》えず、八《や》九《こ》の宿所《しゆくしよ》の焼《やけ》たると、姑摩姫《こまひめ》は京師《みやこ》より、叔父正直《をぢまさなほ》に送《おく》られて、昨《きのふ》かへり着《つき》たる事のみ、今朝《けさ》やうやくに聞知《きゝし》りたる、智円禅尼《ちゑんぜんに》は、姑摩姫《こまひめ》の、消息《せうそこ》により、その意《い》を得《え》て、軈《やが》て復市《またいち》を客殿《きやくでん》に、召入《よびい》れて対面《たいめ》しけり。登時復市《そのときまたいち》は、智円禅《ちゑんぜん》尼《に》にうち対《むか》ひて、「僕《やつがれ》は隅屋小一郎維盈《すやこいちらうこれみつ》が、独子《ひとりご》にて、復《また》市安次《いちやすつぐ》と喚做《よびなす》もの也。聞《きゝ》も及《およば》せ給ひし歟《か》。仦《いはけな》き時故《ときゆゑ》ありて、他郷《たけう》に赴《おもむ》き、やうやくに、成長《ひとゝな》り候ひき。恁而《かくて》いぬる日《ひ》這《この》地《ち》に来《き》ぬるに、その折母《をりはゝ》の憑《たのみ》に儘《まか》して、京師《みやこ》に赴《おもむ》き、父維《ちゝこれ》盈《みつ》にも、対面《たいめ》の望《のぞみ》を遂《とげ》たれども、幾日《いくか》もあらで維盈《これみつ》は、猛可《にはか》に身故《みまか》り候ひし、哀傷《あいぜう》《カナシミ》の涙《なみだ》を袖《そで》に裹《つゝ》みて、姑摩姫上《こまひめうへ》に倶《ぐ》し奉《たてまつ》り、再《ふたゝび》這地《このち》にかへり来《き》ぬる日《ひ》、母《はゝ》は猛火《みやうくわ》の為《ため》に焼《やか》れて、亦復《また〳〵》怙《たのみ》を失《うしな》ひぬる、不幸《ふかう》を査《さつ》し給へかし。即便母《すなはちはゝ》の亡骸《なきがら》は、御寺《みてら》の土《つち》になさまく欲《ほり》す。こは我情願《わがじやうぐわん》のみならず、主君《しゆくん》の指揮《さしづ》によりて也。是等《これら》のよしも消息《せうそこ》に、載《のせ》られてや候はん。宜《よろし》く憑《たの》み奉《たてまつ》る」、といふに智円尼《ちゑんに》数珠《ずず》繰止《くりとゞ》めて、「そは胸苦《むねくる》しき事に侍《はべ》り。隅屋主《すやぬし》といひ、縫殿刀禰《ぬひどの》まで、うちも続《つゞ》きておなじ月《つき》に、喪《うしな》ひ給ひし姫上《ひめうへ》は、さぞな便《びん》なくおぼすらめ。况和殿《まいてわどの》の愁傷《しうせう》を、いへばさらなる会者《ゑしや》常離《じやうり》、泡沫夢幻《はうまつむげん》の世《よ》也けり。安葬《はうむり》の事はしも、こゝろ得《え》て侍《はべ》る也。読経《どきやう》の准備《ようい》に程《ほど》あらん。柩《ひつぎ》を本堂《ほんだう》へうち登《のぼ》して、姑且休息《しばらくきうそく》し給ひね」、と叮寧《ねんごろ》に慰《なぐさ》めらる。

恁《かゝ》る折《をり》から一個《ひとり》の女子《をなご》の、*台笥《だいす》の方《かた》より出《いで》て来《き》つ、復市《またいち》に茶《ちや》を薦《すゝむ》るを、と見れば是別人《これことびと》《ベツジン》ならず、嚮《さき》に復市《またいち》が相伴《ともな》ひ来《き》て、八九《やこ》の宿所《しゆくしよ》に留《とゞ》め置《おき》たる、垣衣《かきぎぬ》にてありければ、復《また》市《いち》は呆《あき》るゝまでに、胆《きも》を潰《つぶ》しつ、左見右見《とみかうみ》て、「怪《あや》しき人《ひと》の往方《ゆくへ》かな。おん身《み》は昨燬《きのふひ》を避《さけ》んとて、宿所《しゆくしよ》の奴婢們《ぬびら》共侶《もろとも》に、去向《ゆくて》も知《し》らずなりけるよ、と思ひたりしに恙《つゝが》もなく、今這御寺《いまこのみてら》に在《あ》らんとは、思ひがけなき対面《たいめ》也。所以《ゆゑ》こそあらめ、甚麼《いかに》ぞや」、と問《と》ふを智円尼《ちゑんに》推禁《おしとゞ》めて、「訝《いぶか》り給ふな。這女中《このぢよちう》は、いぬる日《ひ》おん身《み》の母大人《はゝうし》が、消息《せうそこ》しておこし給ひき。その折使《をりつかひ》の口状《こうでう》にも、「是《これ》は他郷《たけう》の客《きやく》で侍《はべ》れど、縫《ぬひ》刺《はり》をよくす也。行伴人《みちづれびと》のかへり来《く》るまで、権且《しばらく》御寺《みてら》に留《とゞ》め置《おき》て、甲《なに》まれ乙《か》まれ使《つかは》せ給へ」、と他事《たじ》なく憑《たのま》れたりければ、そが儘《まゝ》這里《ここ》に留《とゞ》めたり。しかるに昨失火《きのふしつくわ》の折《をり》、はやく煙《けぶり》の見えしかば、這垣衣《このかきぎぬ》が最痛《いといたう》、縫殿刀禰《ぬひどの》のうへをのみ、左《と》やらん右《かく》やあらんとて、起《たち》て見居《みゐ》て見《み》、苦《く》にせられしかど、男《をとこ》に匱《とも》しき女僧院《あまでら》には、誰《たれ》とて遣《やら》ん人《ひと》のなければ、共侶《もろとも》に気《き》を悶《もみ》たるのみ。恁《かゝ》れば這個垣衣《これこのかきぎぬ》は、自焼《じしよう》の事に干《あづ》からず。然《さ》るを訝《いぶか》ることかは」、といへば亦垣衣《またかきぎぬ》も、涙吒《なみださしぐ》む瞼《まぶた》を拭《ぬぐ》ひて、「嚮《さき》にはおん身《み》の娘々君《はゝぎみ》の、苟且《かりそめ》ならぬおん情《なさけ》、奴家《わらは》を御寺《みてら》へ憑《よ》さし給ひし、その折《をり》に貺《たまは》りたる、一《ひと》衣箱《つゞら》の衣《きぬ》もあり。おん身《み》が京《きやう》より還《かへ》り給ふ、折《をり》までとて預《あづ》け玉ひし、手匣《てばこ》も這里《ここ》に侍《はべ》るかし。情由《わけ》は巨細《つばら》に知《しら》ねども、今《いま》は紀《かたみ》になりにたる、おん別《わかれ》こそ哀《かな》しけれ」、といひつゝ「よゝ」と泣沈《なきしづ》めば、復市《またいち》も堰留難《せきとめかね》たる、眼水《なみだ》を楚《しか》と閉緘《とぢしぼ》りて、肚裏《はらのうち》に思ふやう、「原来奶々《さてはゝご》は、自焼《じしよう》の覚期《かくご》に、はやく少女《をとめ》を這女僧院《このあまでら》へ、頼《たの》みおこして緊要《きんえう》の、手匣《てばこ》を預《あづ》け給ひけん。その事なくば垣衣《かきぎぬ》も、火《ひ》に焼《やか》れずば迷《まよ》ひ出《いで》て、往方《ゆくへ》も知《しら》ずなりなまし。我身《わがみ》に拿《とり》て大《おほ》かたならぬ、義理《ぎり》ある女子《をなご》なるよしを、親《おや》にはいまだ告《つげ》ざりしに、恪《かく》まで敦《あつ》く計《はから》はれたる、我親《わがおや》ながら逞《たくま》しき、志《こゝろざし》こそ微妙《いみじ》けれ。我《われ》は不及々々《およばず〳〵》」、と徳義《とくぎ》を感《かん》ずる今《いま》さらに、遺憾《なごりをし》さは弥増《いやま》せども、人《ひと》に告《つぐ》べきことならねば、貌《かたち》を更《あらた》め恭《うや〳〵》しく、智円尼《ちゑんに》にうち対《むか》ひて、「僕《やつがれ》は昨姫上《きのふひめうへ》に、倶《ぐ》して這地《このち》に還《かへ》りしかば、我母《わがはゝ》が這妙《このをとめ》を、御寺《みてら》へ預《あづ》けまゐらせたる、ことしも知《し》らで恥《はづか》しき、過言《くわごん》を允《ゆる》させ給へかし。就《つき》て宿所《しゆくしよ》の奴婢毎《ぬびども》は、昨《きのふ》遺《おち》なく逐電《ちくでん》したれば、姫上《ひめうへ》の臂近《ひぢちか》く、使《つかは》るゝもの候はず。自由《じゆう》の至《いた》りに候へども、垣衣《かきぎぬ》を返《かへ》し給はるべし。宿所《しゆくしよ》へ倶《ぐ》してゆかまく欲《ほり》す。這義《このぎ》を願《ねが》ひ奉《たてまつ》る」、と他事《たじ》なくいふを智円尼《ちゑんに》は、听《きゝ》つゝ屢《しば〳〵》点頭《うなづき》て、「そはいと易《やす》き事に侍《はべ》り。おん宿所《しゆくしよ》は半分焼《なかばやけ》て、その它《よ》は恙《つゝが》なしと敷聞《かき》けども、其頭《そこら》の修復果《しゆふくはつ》るまで、姫上《ひめうへ》は又我寺《またわがてら》に、在《いま》すともけしうはあらず。先住《せんぢゆう》の建《たて》られたる、離根亭《はなれざしき》も侍《はべ》るは」、といふ間《はし》に本《ほん》堂《だう》へ、衆徒《しゆと》を聚《あつむ》る鐘《かね》の声《こゑ》、鎬々《こう〳〵》と聞《きこ》ゆるにぞ、智円禅尼《ちゑんぜんに》は遽《いそがは》しく、辞《ぢ》して方丈《はうぢやう》へ退《しりぞ》きつ、はやく法衣《はうえ》を更《あらた》めて、本《ほん》堂《だう》に出《いで》て来《き》ぬれば、徒弟《をしえご》の比丘尼《びくに》六七口《むたりなゝたり》、木魚《もくぎよ》を鳴《な》らし羅列《ゐなが》れて、経《きやう》を誦《よむ》こと半晌許《はんときばかり》、復市《またいち》は初《はじめ》より、独施《ひとりせ》主《しゆ》の席《むしろ》に在《を》り。葬礼《そうれい》訖《をは》り、焼香《しようかふ》果《はて》て、母親《はゝおや》縫殿《ぬひ》の亡骸《なきがら》は、正元夫《まさもとふう》婦《ふ》の墓《はか》の側《かたへ》に、推降《おしさげ》て葬《はうむ》りけり。

既《すで》にして復市《またいち》は、住持《ぢゆうぢ》并《ならび》に比丘尼《びくに》達《たち》に、別《わかれ》を告徳《つげとく》を称《たゝ》へて、垣衣《かきぎぬ》を促《うなが》すに、垣衣《かきぎぬ》は逸早《いちはや》く、身装《みごしらへ》して等《まち》てをり。往《いぬる》日《ひ》縫殿《ぬひ》が預《あづ》けたる、手匣《てばこ》を智円尼《ちゑんに》に請《こひ》もて出《いで》て、復市《またいち》に遁与《わた》しけり。登時《そのときまたいち》復市は、垣衣《かきぎぬ》が衣箱《つゞら》、その它《よ》の東西《もの》をも、央奴們《やとひびとら》にうち駝《おは》して、垣衣《かきぎぬ》を将《い》てかへり去程《ゆくほど》に、真実《まめ》なる比丘尼《びくに》幾名《いくたり》歟《か》、出《いで》て垣衣《かきぎぬ》を労《ねぎら》ひつ、斉一立《ひとしくたち》て目送《みおく》りけり。是《これ》より程歴《ほどへ》て、復市《またいち》は、身《み》の暇《いとま》ある折《をり》に、姑摩姫《こまひめ》に意衷《いちう》を告《つげ》て、正元《まさもと》の葬所《むしよ》をたづね、悄々地《ひそか》に京《きやう》に赴《おもむ》きて、正元《まさもと》并《ならび》に父維盈《ちゝこれみつ》の、枯骨《ことつ》を出《いだ》し壺《つぼ》に斂《おさ》め、土中《どちう》の両刀《りやうたう》をもて還《かへ》りて、倶《とも》に宝珠院《ほうじゆゐん》へ改葬《かいそう》しけり。父母《ふぼ》忠《ちう》なれば、子《こ》にも亦《また》、かくの如《ごと》き忠孝《ちうこう》あり。*夫《それ》鸞鳳《らんぽう》の卵《かひこ》たるや、その雛《ひな》必《かならず》鸞鳳《らんぽう》也。玉樹《ぎよくじゆ》の花《はな》さく、その実《み》も玉《たま》也。藍《あゐ》より出《いで》て藍《あゐ》よりも、青《あを》かるものは復市歟《またいちか》。こは是後《これのち》の話《はなし》也。

第《だい》二十八回《くわい》

山上《やまのへ》の千里鏡《とほめがね》克荘院《よくしようゐん》を闚《うかゞ》ふ
仏前《ぶつぜん》の本命録《ほんめいろく》初《はじめ》て病妹《びやうまい》を知《し》る
○イトコメノヤマヒ

却説《かくて》石倉《いはくら》復市《またいち》は、垣衣《かきぎぬ》を将《い》てその黄昏《たそがれ》に、八九《やこ》の荘院《せうゐん》にかへり来《き》て、と見れば内外《うちと》に人多《ひとおほ》からず。いと訝《いぶか》しく思ひつゝ、軈《やが》て手作《てさく》を喚近着《よびちかづけ》て、這頭《こゝら》の事を鞫《たづぬ》るに、手作答《てさくこたへ》て、「然《され》ばとよ。正直《まさなほ》さまは遊佐殿《ゆさどの》の、城内《ぜうない》に宿所《しゆくしよ》あり。権且《しばらく》其首《そこ》に住《すみ》給へばとて、奥方并《おくがたならび》に息女《そくぢよ》さへ、召拿《よびと》らし給ひしは、亭午《まひる》の時候《ころ》で候ひき。恁《かゝ》れば我姫上《わがひめうへ》の、万事《よろづ》に便《たより》なかるべしとて、老《おい》たる伴当両三名《ともびとふたりみたり》を、留《とゞ》めて這里《こゝ》へ隷《つけ》られたり」、といふに復市点頭《またいちうなづき》て、又垣衣《またかきぎぬ》を伴《ともな》ふて、そが儘奥《まゝおく》へ找《すゝ》み入《い》るに、果《はた》して姑摩姫《こまひめ》の身辺《ほとり》には、絶《たえ》て人気《ひとけ》のなかりしかば、且垣衣《まづかきぎぬ》を次《つぎ》の間《ま》に、留《とゞ》めて独《ひとり》姑摩姫《こまひめ》の、身辺《ほとり》に赴《おもむ》き、額《ぬか》をつきて、「恐《おそ》れながら稟上《まうしあげ》ん。僕《やつがれ》不慮《ふりよ》に故郷《こけう》に還《かへ》りて、京《きやう》よりおん伴仕《ともつかまつ》りしは、則親《すなはちおや》の遺訓《ゐくん》によれり。是《これ》切《せめ》てものことながら、曩《さき》に京師《みやこ》を出《いで》しより、今朝《けさ》までもおん側《かたへ》に、人多《ひとおほ》かれば親《おや》のうへ、我《わが》うへさへに恁々《しかじか》と、告《つげ》

奉《たてまつ》る折《をり》なかりしかば、さぞ訝《いぶか》しく思食《おぼしめし》けん。昨日《きのふ》仰《おふせ》を承《うけ》たる如《ごと》く、母縫《はゝぬ》殿《ひ》が亡骸《なきがら》を、宝珠院《ほうじゆゐん》へ葬《ほうむ》りて、目今《たゞいま》かへり来《き》にければ、正直主《まさなほぬし》のおん老小《やから》の、皆遊《みなゆ》佐《さ》殿《どの》の城内《ぜうない》へ、迎《むかへ》拿《と》られ給ひしを、初《はじめ》て承知《せうち》仕《つかまつ》り、「這折《このをり》をもて乃者《このごろ》の、意《い》衷《ちう》を尽《つく》し奉《たてまつ》らん」、と思ふによりて大胆《だいたん》なる、身《み》に二親《ふたおや》の忌《き》服《ぶく》あれども、異変《ゐへんりよぐわい》慮外の折《をり》なれば、喪《も》にも蟄《こも》らず麻衣《あさぎぬ》の、浅《あさ》ましき世《よ》を争何《いかゞ》はせん。許《ゆる》させ給はゞ聞《きこ》えあげて、おん疑《うたが》ひを解《と》くべき歟《か》」、といふを姑摩《こま》姫《ひめ》うち听《きゝ》て、「そは我望《わがのぞ》む所《ところ》也。叔父《をぢ》君《ぎみ》の伴当《ともびと》の、遺《のこ》されたるも二人《ふたり》歟《か》三人《みたり》、ありとは聞《き》けど、這里《こゝ》へは遠《とほ》かり。京師《みやこ》にて維盈《これみつ》が、在《あ》らずなりしをいといたう、心《こゝろ》もとなく思ひしに、那彼《かのひ》岸二《がんじ》が招了《はくでう》にて、世《よ》になき人《ひと》となりけんよしを、窃聞《たちぎゝ》しより惜《をし》めども、うち歎《なげ》けども、悔《くや》めども、返《かへ》すよしなき縫《ぬ》殿《ひ》も亦《また》、倡差《となへたが》へ

窮女得処家宝再帰《きうぢよところをえてかほうふたゝびかへる》　有像第三十八

家の風ふかずなれどもふるさとのたかねにのこるあまつはた雲

かきぎぬ　こまひめ　やすつぐ

し人言《ひとごと》の、仇《あた》と做《な》りつゝ雄々《をを》しさに、惴《はや》りて自殺《じさつ》せられしは、我愆《わがあやまち》の故《ゆゑ》にして、霜夜《しもよ》の炭《すみ》と憑《たのも》しき、忠臣節婦《ちうしんせつぷ》を喪《うしな》ひにき。不幸《ふかう》は你《そなた》のみならず、我身《わがみ》の為《ため》にも一大不幸《いちだいふかう》、面目《めんぼく》もなきことながら、縫殿《ぬひ》が噂《うはさ》に予知《かねてし》る、你《そなた》がかへり来《く》べしとは、思ひがけなくかへり来《き》て、親《おや》の忠義《ちうぎ》を承《うけ》も嗣《つ》ぐ、その誠心《まごゝろ》を猜《すい》しても、情由《わけ》を詳《つばら》に聞知《きゝしら》ねば、靴《くつ》を隔《へだて》て癬《かゆき》を掻《か》く、心地《こゝち》のみして本意《ほい》なかりき。快々《とく〳〵》告《つげ》よ、甚麼《いかに》ぞや」、と問《とは》れて復市愁然《またいちしうねん》たる、貌《かたち》を改《あらた》め声《こゑ》を密《ひそ》めて、「父《ちゝ》維盈《これみつ》が京師《みやこ》にて、管領畠山満家《くわんれいはたけやまみついへ》の、士卒《しそつ》の為《ため》に深痍《ふかで》を負《お》ふて、竟《つひ》に自殺《じさつ》に及《およ》びたる、首《はじめ》をいへば恁々《しか〴〵》也。尾《をはり》は又箇《またか》様々々《やう〳〵》」、とその折《をり》の遺言《ゆいげん》まで、報知《つげしら》すること半晌許《はんときばかり》、「又小可《またやつがれ》がゆくりなく、故郷《こけう》へかへり来《き》にけるは、恁《かゝ》る情由《わけ》にて候」とて、養家《やうか》に飽《あか》れし縡《こと》の趣《おもむき》、「「後《のち》の養母《やうぼ》の携《つれ》子《ご》なる、二郎《じらう》に家《いへ》を嗣《つが》せん」、と思ふ折《をり》から出役《しゆつやく》の、途《みち》にて必死《ひつし》の大阨《だいやく》ありしを、辛《から》く免《のが》れて浪華《なには》に来《き》にけり。「這時《このとき》影《かげ》を躱《かく》さずば、退身《たいしん》の折《をり》あるべからず」、と思ふに一個《ひとり》の行伴《みちづれ》あり。他《かれ》は女子《をなご》で候へば、捨《すつ》るに忍《しの》ばず相倶《あひぐ》して、遂《つひ》に故郷《こけう》へかへり来《き》つ、絶《たえ》て久《ひさ》しき母親《はゝおや》に、再会《さいくわい》の本意《ほい》を遂《とげ》たれども、「父維盈《ちゝこれみつ》は姫上《ひめうへ》の、高野詣《かうやまうで》に倶《ぐ》し奉《たてまつ》りて、いまだ還《かへ》らず」、と聞《きこ》えたり。その折母《おりはゝ》の推量《すいりやう》に、「姫上皇城《ひめうへみやこ》を覦《みそなは》さんとて、京《きやう》へ赴《おもむ》き給ひしにやあらん。いぬる夜《よ》歹《わろ》き夢《ゆめ》を見つ、心《こゝろ》にかゝるよしあれば、はやく京師《みやこ》へ赴《おもむ》きて、訪《と》ひ奉《たてまつ》れ」、といはれしかば、行伴《みちづれ》なる女子《をなご》をば、そが儘《まゝ》八九《やと》の宿所《しゆくしよ》に留《とゞ》めて、手作《てさく》を案内《しるべ》に隷《つけ》られたれば、暁《あかつき》に出夜《いでよ》に宿《やど》る、路次《ろぢ》を只管《ひたすら》急《いそ》ぎつゝ、はやく京師《みやこ》に到《いた》りしに、姫上《ひめうへ》獄舎《ひとや》に繋《つなが》れ給ひし、風声《ふうぶん》詳《つまびらか》に聞《きこ》えしかば、うち驚《おどろ》きつ那這《あちこち》と、独徘徊《ひとりはいくわい》せし程《ほど》に、父維盈《ちゝこれみつ》が満家《みついへ》の、士卒篠持媒鳥《しそつしのもちをとり》們《ら》に、捕稠《とりこめ》られつ、遠箭《とほや》に射《い》られて、既《すで》に深痍《ふかで》を負《お》ひし折《をり》、料《はから》ず其首《そこ》に赴《おもむ》きて、予修煉《かねてしゆれん》の礫《つぶて》を飛《とば》して、仇《あた》を矢庭《やには》に撃《うち》退《しりぞ》け、既《すで》に仆《たふ》れし維盈《これみつ》を、肩《かた》に引掛《ひきか》け走去《はしりさ》りて、日《ひ》の岡《おか》の頭《ほとり》なる、観音堂《くわんおんだう》に憩《いこは》して、親《おや》なるよしも、子《こ》なりしよしも、迭《かたみ》に名《な》告《の》り名《な》告《の》られて、会《あふ》を別《わか》れの旦暮迫《だんまつま》、外《よそ》には降《ふら》ぬ驟《むら》雨《さめ》を、袖《そで》に湛《たゝえ》し行潦《にはたづみ》、ながらへがたしと覚悟《かくご》の父《ちゝ》は、「思《おも》ひ旋《めぐら》す後《のち》の事《こと》、只姫上《たゞひめうへ》の御先途《ごせんど》を、看奉《みたてまつ》れ」、と叮寧《ねんごろ》に、いひ遺《のこ》したる忠誠勇猛《ちうせいゆうまう》、禁《とむ》るを听《き》かず奮激《ふんげき》して、みづから刎《くびは》ね候ひき。父《ちゝ》が枉死《わうし》は満家主《みついへぬし》の、網轎子《あみのりもの》の秘計《ひけい》をもて、姫上《ひめうへ》の支党《どうるい》あらば、搦捕《からめとら》んと欲《ほ》りせしを、知《し》るよしもなく乗《の》せられて、縡《こと》皆《みな》画餅《あだ》になりたるを、後悔《こうくわい》の外《ほか》候はず。那《かの》彼岸二《ひがんじ》が招了《はくでう》に、網轎子《あみのりもの》の事候ひしを、正直主《まさなほぬし》は知《しら》ざる歟《か》、「搗鬼也《そらごと》」といはれたり。這一条《このひとくだり》は満家主《みついへぬし》の、秘策《ひさく》なれば後々《のち〱》まで、情由《わけ》を知《し》るもの罕《まれ》なるべし。恁《かく》て当晩《そのよさり》小可《やつがれ》は、父維盈《ちゝこれみつ》の亡骸《なきがら》を、観音堂《くわんおんだう》の頭《ほとり》に瘞《うづめ》て、又洛中《またらくちう》に赴《おもむ》きつ、「姫上《ひめうへ》撃《うた》れ給はん日《ひ》に、拯《すく》ひ奉《たてまつ》ること克《かな》はずば、一人《ひとり》也とも仇《あた》を殺《ころ》して、冥土《よみぢ》のおん伴《とも》すべけれ」、と思ひ決《さだ》めてなほ那這《あちこち》の、風声《ふうぶん》を探《さぐ》り候ひしに、赦《しや》に遇《あ》ひ給ふ縡《こと》の趣《おもむき》を、申明牌《たかふだ》に写《しる》されて、「伴当《ともびと》あらば正直主《まさなほぬし》の、第《やしき》へはやく参《まゐ》るべし」、と徇示《ふれしめ》さるゝ事分明《ことふんめう》にて、疑《うたが》ふべくもあらざれば、歓《よろこ》び忽地《たちまち》意表《いひやう》に出《いで》て、親《おや》に代《かは》りつ手作《てさく》を将《い》て、正直主《まさなほぬし》に見《げん》参《ざん》しつゝ、姫上《ひめうへ》帰郷《きけう》のおん伴《とも》に、立《た》つことを得《え》て候なり。爾《しか》るに嚮《さき》に僕《やつがれ》が、這里《ここ》に留《とゞ》め置《おき》たりし、女子《をなご》の往方《ゆくへ》知《し》れざりければ、「自焼《じしやう》の折《をり》に婢妾們《をんなばら》と、倶《とも》にや迷《まよ》ひ出《いで》たりけん」、と推量《すいりやう》して候ひしに、他《かれ》はいぬる日《ひ》より、宝珠院《ほうじゆゐん》に在《を》り、けふ料《はから》ずも対面《たいめ》して、縁由《ことのよし》を鞫《たゞ》ねしに、いぬる日《ひ》に我母《わがはゝ》が、恁々《しか〱》といひ誘《こしら》へ、那里《かしこ》へ遣《つかは》したりける也。その折《をり》小可《やつがれ》がかへり来《く》るまでとて、最重《いとおも》やかなる一箇《ひとつ》の手匣《てばこ》を、件《くだん》の女子《をなご》に預《あづ》け遣《つかは》し、這宅《このよ》、衣裳調度《いせうちやうど》なンど、多《おほ》く拿《とら》せたりといふ、事《こと》の情《こゝろ》を猜《すい》するに、母縫殿《はゝぬひ》は只管《ひたすら》に、彼岸二《ひがんじ》が似而非《ゑせ》注《ちゆう》進《しん》と、世《よ》の風声《ふうぶん》に惑《まよは》されて、「姫上《ひめうへ》も維盈《これみつ》も、京《みやこ》にて撃《うた》れ給ひぬ」、と思ふによりて、「緝捕使《とりて》向《むか》はゞ、自焼《じしやう》して死《しな》んず」、と既《すで》に覚期《かくご》をしたる折《をり》、小可《やつがれ》が行伴《みちづれ》なる、女子《をなご》をいかで助《たす》けんとて、縡云云《ことしか〱》と誘《こしら》へて、那女僧院《かのあまでら》へ予《かね》より、遣《つかは》したるに疑《うたが》ひなし。*件《くだん》の女子《をなご》は名《な》を垣衣《かきぎぬ》と、喚做《よびなし》たるものにして、故郷《こけう》は伊勢《いせ》なる某《それ》の里《さと》也。由緒《よし》ある武士《ぶし》の女児《むすめ》なれども、過世《すくせ》歹《わろ》くて小可《やつがれ》と、窮阨《きうやく》を倶《とも》にしつ、這地《このち》に伶仃《さそら》ひ来《き》にければ、有繫《さすが》に揮《ふり》も棄《すて》がたかり。折《をり》からおん宿所《しゆくしよ》の婢妾毎《をなごども》の、一人《ひとり》も在《あら》ずなりしかば、智円禅尼《ちゑんぜんに》に請稟《こひまう》して、そが儘倶《まゝぐ》してかへり来《き》たれり。先那《まづかの》手匣《てばこ》を御覧《ごらん》に入《い》れん」、といひつゝ後方《あとべ》を見かへりて、宝珠院《ほうじゆゐん》よりもて来《き》ぬる、手《て》匣《ばこ》を拿《とり》て恭《うや〳〵》しく、姑摩姫《こまひめ》にぞまゐらせける。

爾程《さるほど》に姑摩姫《こまひめ》は、听《き》くこと毎《ごと》に後悔《こうくわい》の、額《ひたい》を病《やま》し嗟嘆《さたん》して、「維盈《これみつ》といひ縫殿《ぬひ》といひ、或《あるひ》は敵《てき》の為《ため》に謀《はか》られ、或《あるひ》は躬方《みかた》に愆《あやま》れて、命果敢《いのちはか》なくなり亡《う》せしは、皆是我身《みなこれわがみ》の越度《おちど》にて、師《し》の誡《いましめ》を守《まも》らざりける、祟《たゝり》と知《し》れば罪多《つみおほ》かり。思ふに倍《まし》たる夫婦《ふうふ》の心烈《しんれつ》、その甲斐《かひ》なきに似《に》たれども、仏《いはけな》きより遠離《とほざけ》たる、その独子《ひとりご》なる復市《またいち》が、料《はから》ず故郷《こけう》へかへり来《き》て、親《おや》の忠義《ちうぎ》を接《つ》ぐことは、是花謝《これはなしや》して実《み》を結《むす》ぶ、三世《さんぜ》の天縁《てんえん》最憑《いとたのも》し。然《され》ばぞ縫殿《ぬひ》が遺《のこ》したる、手匣《てばこ》は必要《かならずえう》あるべし。何《なに》にかあらん、見よかし」、といふに復市《またいち》こゝろ得《え》て、やをら手匣《てばこ》を引《ひき》よせて、重封皮《やへふうじ》せし韓組紉《からくみひも》を、解返《ときかへ》し又《また》とき返《かへ》して、開《ひら》けば内《うち》に正元夫婦《まさもとふうふ》の、木主幷《ゐはいならび》に菊水《きくすい》の旗《はた》、這宅《このよ》は金銀多《きんぎんおほ》くあり。只一枚《たゞひとひら》なる目録《もくろく》の、左編《をはり》に金《かね》の多寡《たくわ》を写《うつ》して、「おん木主《ゐはい》は祠堂《しだう》へ納《おさ》む。おん旗《はた》は什物《じうもつ》として、秘《ひめ》措《おか》るべきもの也」、と短《みじか》く遺《のこ》す筆《ふで》の迹《あと》、勢《いきほ》ひ宛決然《さながらけつぜん》たる、男優《をとこまさ》りの女文字《をんなもじ》、その子《こ》の為《ため》には一行《ひとくだり》だも、いはぬ今般《いまは》の忠心義胆《ちうしんぎたん》を、深《ふか》く感《かん》ずる主従《しゆう〴〵》は、憶《おもは》ず面《おもて》を照《あは》しつゝ、感涙《かんるい》の外《ほか》なかりけり。且《しばらく》して姑摩姫《こまひめ》は、木主《ゐはい》と旗《はた》を拿抗《とりあげ》て、額《ひたひ》に翳《かざ》しうち念《ねん》じて、手匣《てばこ》に蔵《おさ》め瞼《まぶた》を拭《ぬぐ》ひて、「喃復市《なうまたいち》、撃《うた》れにけりと思《おもは》れたる、我身《わがみ》ばかりは恙《つゝが》もなく、縫殿《ぬひ》が今般《いまは》に*選仏場《せんぶつじやう》へ、秘《かく》さんとせし家《いへ》の重器《ちやうき》の、はやくも我手《わがて》に還《かへ》りしは、凶中《けうちう》の吉《きつ》、禍中《くわちう》の福《さいは》ひ。火《ひ》にも焼《やか》れず、人《ひと》にも渡《わた》さず、倚伏《きふく》は糾《あざな》ふ纆《なは》に似《に》たり。定《さだ》めなき世《よ》の起住《たゞずま》ひ、神《かみ》ならずして知《し》るべきや」、といふに復市慰難《またいちなぐさめかね》て、姑且倶《しばらくとも》に惆然《ちやうねん》たり。

登時《そのとき》姑摩姫《こまひめ》は、「果《はて》しなげきに甲夜過《よひすぎ》ぬらん」、と思へば四下《あたり》を見かへりて、「やよ復市《またいち》。你《そなた》が倶《ぐ》して来《き》つと聞《きこ》えし、垣衣《かきぎぬ》と歟《か》いふ女子《をなご》は、甚麽《いかに》ぞやまだ見えぬは」、といはれて復市心《またいちこゝろ》づきて、「寔《まこと》にその義《ぎ》も候ひき。這那《これかれ》と稟《まう》すことの、多《さは》なりければうち紛《まぎ》れて、見参遅滞《げんざんちたい》に及《およ》びたり。先《さき》より他《かれ》をばおん次《つぎ》の間《ま》に、侍《はべ》らしたれば等不楽《まちわび》けん。いで〳〵」、といひながら、遽《いそがは》しく身《み》を起《おこ》して、「やよ垣衣女《かきぎぬぢよ》、這方《こなた》へ」、と喚立《よびたゝ》しつゝ会釈《ゑしやく》をすれば、垣衣《かきぎぬ》は「阿《あ》」と応《いらへ》て、找入《すゝみい》りつゝ見参《げんざん》す。当下《そのとき》姑摩姫《こまひめ》は、灯《ともしび》の下《もと》よりして、垣衣《かきぎぬ》を熟視《つら〱み》るに、二八あまりの女子《をなご》にて、容止《かほばせ》の艶麗《あてやか》なる、挙動《たちふるまひ》も鄙《ひな》ならず、「現復市《げにまたいち》がいへるに差《たが》はず、由緒《よし》ある武士《ぶし》の女児《むすめ》にこそ」、と思へば近《ちか》く招《まね》きよせて、「こは初《はじめ》て遇《あ》ひ侍《はべ》り。憂《うき》には漏《も》れぬ我身《わがみ》を摘《つみ》て、艱難《かんなん》さこそと想像《おもひや》る、和女郎《わちよろ》も故郷《こけう》は伊勢《いせ》ならずや。復市《またいち》に由縁《ゆかり》ある、人《ひと》と聞《き》けば初見参《うひげんざん》より、最憑《いとたのも》しき心地《こゝち》ぞする。奴婢《ぬび》に匱《とも》しき折《をり》なれば、さぞ使《つか》ふこと多《おほ》からめ。この義《ぎ》をこゝろ得《え》玉ひてよ」、と最懇《いとねんごろ》なる言《こと》の葉《は》を、挿頭《かざし》の花《はな》と垣衣《かきぎぬ》は、感涙《かんるい》坐《そゞろ》に額《ぬか》づきて、「世《よ》に有《あり》がたき御《ご》懇命《こんめい》、まうすは面《おも》なきことながら、いかなる星《ほし》の祟《たゝり》にや、身《み》は神風《かみかぜ》の伊勢路《いせぢ》より、流《なが》れよるべの河内《かはち》には、相識《しるひと》もあらず侍《はべ》るなる。そを憐《あはれ》ませ給ひなば、薪水《かしき》の事《わざ》でも厭《いとは》ねど、鄙《ひな》の田舎《ゐなか》に生育《おひたち》て、心《こゝろ》づきなきことのみなるを、いかで允《ゆる》させ給ひねかし」、といふを姑摩姫《こまひめ》聞《きゝ》あへず、「否《いな》。物々《もの〱》しき主《しゆう》には侍《はべ》らず。這里《ここ》も田舎《ゐなか》の僑居《わびずま》ひ、富貴《ふうき》にして礼節《れいせつ》を、知《し》るとかいへる宿《やど》ならぬに、隔《へだて》ありてはゆきも届《とゞ》かず。復市《またいち》は三世《さんぜ》の譜第《ふだい》、我身《わがみ》の与《ため》には俗《よ》にもいふ、乳兄弟《ちきやうだい》にて侍《はべ》るから、万事《よろづ》を憑《たの》むものなれども、有繫《さすが》に男女《なんによ》の差別《けぢめ》あり。身辺《ほとり》親《ちか》く使《つかは》んもの、伱《そなた》に優《ま》すことあるべしや」、といと憑《たの》もしく示《しめ》さるゝ、垣衣《かきぎぬ》歓《よろこ》び且感服《かつかんぷく》して、是《これ》より側《かたへ》を離《はな》るゝことなく、万事《よろづ》正首《まめやか》に仕《つか》へしかば、姑摩姫《こまひめ》も歓《よろこ》びて、夜《よる》は臥房《ふしど》を倶《とも》にするまで、聊《いさゝか》も介意《かいい》せず、独心《ひとりこゝろ》に思ふやう、「垣衣《かきぎぬ》は才長《さえたけ》て、且心《かつこゝろ》ざまも虚華《あだ》ならず。他《かれ》は必復市《かならずまたいち》が、結髪《ゆひなづけ》の妻《つま》にして、倶《とも》に故郷《こけう》を走《はし》りしならん。今《いま》はしも復市《またいち》が、二親《ふたおや》の忌服《きぶく》あり。他等《かれら》は謹慎《つゝし》むべき時《とき》なるに、その情縁《じやうえん》のことをしも、質問《たゞしと》ひなば恥《はぢ》ざらんや。一稔等《ひとゝせまち》て、復市《またいち》が、親《おや》の服《ぶく》の闋《あけ》し折《をり》、我身《わがみ》必媒妁《かならずなかだち》して、夫婦《ふうふ》になすべきもの也」、とはやく尋思《しあん》をせし程《ほど》に、忽地《たちまち》に悟《さと》るやう、「曩《さき》に我師《わがし》の別《わか》れに莅《のぞ》みて、示《しめ》させ給ひし三四《さんし》の句《く》に、「垣衣粘石《ゑんいいはにつきて》、虧盈復《みつるをかきてまた》安《やすし》」とは、則今《すなはちいま》の事にして、*垣衣《ゑんい》は是《これ》かきぎぬ也。他《かれ》は石倉復市《いはくらまたいち》に、伴《ともなは》れつゝ来《き》にければ、石《いは》に粘《つく》といへる也。折《をり》しもあれ維盈夫婦《これみつふうふ》は、禍鬼《まがつみ》に身《み》を殺《ころ》すといへども、その子《こ》復市安次《またいちやすつぐ》が、不思議《ふしぎ》に伊勢《いせ》よりかへり来《き》て、我身《わがみ》復安《またやす》かるよしを、四言二句《しげんにく》に尽《つく》されて、盈《みつる》を虧《かく》とは、維盈夫婦《これみつふうふ》の、斸《かく》るものから復安《またやす》き、帰村《きそん》にその子《こ》を得《え》たりしも、是偶然《これぐうぜん》の事ならず。又前《またまへに》二句《く》の、「遇一必破《いちにあふてかならずやぶれん》」とある、一《いち》は一休《いっきう》たりしこと、既《すで》に是分明《これふんみやう》也。只《たゞ》「会六有歓《ろくにあふてよろこびあり》」、と示《しめ》されたるのみ今《いま》もなほ、思ひ合《あは》するよしなけれども、我仙孃《わがせんぢやう》の神機《しんき》妙算《めうさん》、後《のち》に必悟《かならずさと》ることあらん。然《され》ばこそ我《われ》は京師《みやこ》にて、敵一人《てきいちにん》も撃得《うちえ》ずして、身《み》には縲絏《なはめ》の辱《はづかしめ》を、受《うけ》て股肱《ここう》の隅屋夫婦《すやふうふ》を、喪《うしな》ひぬるは違教《ゐきやう》の科《とが》也。縦奇術《たとひきじゆつ》は破《やぶ》れずとも、又剣俠《またけんけう》の技《わざ》を要《えう》せず。今《いま》より女俠《ぢよけう》にならまくのみ」、と独心《ひとりこゝろ》に誓《ちか》ひつゝ、深念《しあん》の臍《ほぞ》を固《かた》めけり。

恁而有一日《かくてあるひ》姑摩姫《こまひめ》は、復市《またいち》に事吩咐《ものいひつく》る語次《ことのついで》に、「你《そなた》は既《すで》に養家《やうか》を去《さり》て、実父《うみのおや》の迹《あと》を嗣《つぎ》たるに、なほ石倉《いはくら》を名乗《なの》るは要《えう》なし。隅屋《すや》復《また》一郎安次《らうやすつぐ》という姓名《せいめい》は、嚮《さき》に京師《みやこ》に在《あ》りし折《をり》、三管領《さんくわんれい》にも知《し》られしにあらずや。伊勢《いせ》へ憚《はゞか》るよしあらずとも、他《ひと》の姓《かばね》を冒《をか》さんより、隅屋《すや》と名告《なの》らば相応《ふさは》しからめ。この義《ぎ》に心属《こゝろつか》ざる歟《か》」、といはれて復市《またいち》、「阿《あ》」とばかりに、羞《はぢ》て小霎時《しばし》は応《いらへ》を得《え》せず、やうやくにして答《こたふ》るやう、「仰寔《おふせまこと》にその理《り》あり。小可《やつがれ》も亦件《またくだん》の義《ぎ》を、思《おも》はざるに候はねども、争何《いかに》せん、石倉氏《いはくらうぢ》には、稟《うけ》たる養育《やういく》の恩《おん》、一朝《いつちやう》の事にあらず。縦養父母《たとひやうふぼ》の欲《ほり》するまに〳〵、義弟《ぎてい》《○オトトボン》に家督《かとく》を譲《ゆづ》らん与《ため》に、伊勢《いせ》へ還《かへ》らずなりぬとも、いまだ辞別《ぢべつ》に及《およ》ばねば、切《せめ》て養家《やうか》の氏《うぢ》を冒《をか》して、徳《とく》を忘《わす》れぬ志《こゝろざし》を、表《あらは》さんとは思ひしかども、宣《のたま》はすれば是《これ》も亦《また》、*耳《みゝ》を塞《ふさ》ぎて鈴《すゞ》を盗《ぬす》むといふ、常言《ことわざ》にも似《に》たるべし。仰《おふせ》によりて僕《やつがれ》は、今《いま》より本《もとの》《○ホン》姓《かばね》《セイ》に立復《たちかへ》るべし。後《のち》に至《いた》りて幸《さいは》ひに、児子二人《こどもふたり》も生《もつ》《○ウム》ならば、一人《ひとり》は必石倉氏《かならずいはくらうぢ》を、冒《なの》らして本来《ほんらい》の、志《こゝろざし》を全《まつた》うせん。この義《ぎ》を許《ゆる》させ給ひねかし」、といふに姑摩姫感嘆《こまひめかんたん》して、「現《げに》安次《やすつぐ》が老実《まめやか》なる、一椀《いちわん》の糧《かて》、一夜《いちや》の宿《やどり》も、報《むく》ふは義士《ぎし》の志《こゝろざし》、況年来《まいてとしごろ》養育《やういく》せられし、報恩然《ほうおんさ》こそ」と感嘆《かんたん》して、却荘院《さてしやうゐん》を修復《しゆふく》の事、幷《ならび》に奴婢《ぬび》農僕《のうをとこ》を、新《あらた》に養《かゝ》《○ヤシナ》ふべき事、そを村長《むらをさ》に商量《だんかふ》せば、他等《かれら》は通《すべ》て我父祖《わがふそ》の、徳《とく》を忘《わす》れぬものなれば、幇助《たすけ》になることあるべしとて、又這一義《またこのいちぎ》を談《だん》ぜらる。「費用《ひよう》は曩《さき》に室町《むろまち》の営中《ゑいちう》にて、小倉院《をぐらのゐん》より賜《たまは》りぬとて、渡《わた》されし千金《せんきん》あり。然《さら》でも縫殿《ぬひ》が貯《たくはへ》たる、財用《ざいよう》こゝに匱《とも》しからず。小霎時《しばし》も猶予《ゆうよ》することかは」、といふに復市《またいち》こゝろ得《え》て、次《つぎ》の日《ひ》村長《むらをさ》と故老們《としよりひやくせうら》に、件《くだん》のよしを告知《つげし》らして、縡《こと》の便宜《びんぎ》を徴《もとむ》るに、約莫当国《およそたうごく》の農戸《ひやくせう》、商賈《あきびと》まで、皆正《みなまさ》成《しげ》の遺徳《ゐとく》を慕《した》ふて、忘《わす》るゝことなきものどもなるに、今番《こたび》姑摩姫《こまひめ》が京師《みやこ》にて、復讐《あたうち》の為体《ていたらく》、その縡《こと》はやく発覚《あらは》れて、宿望《しゆくまう》を遂《とげ》ずといへども、愉快《ゆくわい》《○コヽロヨキ》の事の多《おほ》かりしを、語《かた》り接聞《つぎきゝ》伝《つた》へて、憑《たのも》しく思ふ折《をり》なれば、件《くだん》のよしを相譚《かたらは》れて、更《さら》に憚《はゞか》る色《いろ》もなく、隣郷《りんごう》までもうち聚合《つどへ》て、商量《だんかふ》速《とみ》に整《とゝの》ひければ、男女《なんによ》の児孫《こども》多《おほ》かるものは、相応《ふさは》しきを迭《かたみ》に択《えらみ》て、各々《おの〳〵》八九《やこ》の荘院《しやうゐん》へ遣《つかは》し、或《あるひ》は奴婢《ぬび》と倣《な》し、農僕《のうをとこ》にしてければ、姑摩姫《こまひめ》に仕《つかふ》るもの、初《はじめ》より多《おほ》くなりぬ。こゝをもて、嚮《さき》に正直《まさなほ》より隷《つけ》られたる、老伴当二三名《おいともびとふたりみたり》には、東西《もの》を拿《とら》せ労《ねぎら》ひて、主《ぬし》に返《かへ》し遣《つかは》しけり。恁《かく》て又村人《またむらびと》の、山《やま》あるものは、木《き》を伐出《きりいだ》し、貧《まづ》しきものは、夫役《ぶやく》に出《いで》て、力《ちから》を戮《あは》して、荘院《しやうゐん》の、焼《やけ》たる処《ところ》を修復《しゆふく》せしかば、家《いへ》も亦初《またはじめ》より、最奇麗《いときら》やかになりたれども、姑摩姫《こまひめ》は思ひしより、銭財《たから》を多《おほ》く費《つひや》さで、落成《らくせい》《○デキヲハリ》速《すみやか》なりければ、只是祖先《たゞこれそせん》の恩徳《おんとく》と、村長并《むらをさならび》に村人們《むらびとら》の、俠気《けうき》の致《いた》す所《ところ》也とて、その間日毎日毎《あはひひごとひごと》に、飯《いひ》はさら也、酒《さけ》を餽《おく》りて、いと叮寧《ねんごろ》に労《ねぎら》ひければ、咸歓《みなよろこ》びて粉骨《ふんこつ》を、尽《つく》さゞるものなかりけり。

然《され》ば又楠正直《またくすのきまさなほ》は、家宅《やしき》の地所《ちしよ》を這那《あちこち》と、只管《ひたすら》に択《えら》みつゝ、姑摩姫《こまひめ》の宿所《しゆくしよ》より、六七町東《むまちなゝまちひがし》のかたに、山川《やまかは》ある処《ところ》を占《しめ》て、孤山《はなれやま》を内《うち》にし、細小川《いさゝをがは》を、前《まへ》にして家《いへ》を造《つく》るに、招《まねき》に応《おう》ずる番匠們《たくみら》罕《まれ》にて、作事《さくじ》遅滞《ちたい》に及《およ》びしかば、秋《あき》に至《いた》りてやうやくに、移徙《わたまし》をしてけるに、憶《おもは》ず病鬼《びやうき》に祟《たゝ》られて、苦心《くしん》いふべうもあらざりけり。其頭《そこら》の事を原《たづぬ》るに、正直《まさなほ》に一個《ひとり》の女児《むすめ》あり。名《な》を苫子《とまこ》と喚做《よびなし》て、今茲《ことし》二八になりにければ、姑摩姫《こまひめ》と同庚《おなじとし》也。遮莫《さばれ》標致《きりやう》は二の町《まち》にて、額広《ひたひひろ》く頬《ほう》胞腊《ふくだみ》て、*鳩槃荼《かもうりのばけもの》《○キウバント》に似《に》たるべければ、花《はな》の傍《かたはら》なる深山樹《みやまぎ》ならで、日《ひ》を同《おなじ》うして邛氏《たかしひくし》を、論《あげつら》ふべくもあらざるを、這秋《このあき》痘瘡《もがさ》を患《やみ》けるに、怕《おそ》るべき難痘《なんたう》にて、医師《くすし》は匙《さぢ》を捐《すて》て、召《よ》べども来《こ》ず、験者《げんざ》は壇《だん》を降《くだ》りて、効《こう》なしといふめり。この故《ゆゑ》に正直夫婦《まさなほふうふ》は、憂悶《うれひもだ》へて寝食《しんしよく》を安《やす》くせず、いかにすべきとうち譚《かたら》ふに、「這里《ここ》より程遠《ほどとほ》からぬ、如意宝珠院《によいほうじゆゐん》といふ女僧道場《あまでら》なる、本尊地蔵大菩薩《ほんぞんぢざうだいぼさつ》は、人《ひと》の病厄《やまひ》《○ビヤウヤク》に利益《りやく》あり。

特《こと》に婦女子《をなご》の難病平愈《なんびやうへいゆ》を、禱《いの》るに応験《おうげん》あらざることなし。住持《ぢゆうぢ》の尼前《あまぜ》に祈禱《きとう》を憑《たの》みて、護符《ごふう》を乞《こ》ひ給はずや」、と薦《すゝむ》るものありければ、正直言議《まさなほこのぎ》を信容《うけいれ》て、その日《ひ》妻《つま》の木石《このいし》を、宝珠院《ほうじゆゐん》へ遣《つかは》しけり。

爾程《さるほど》に、正直《まさなほ》の渾家《つま》木石《このいし》は、伴当《ともびと》幾名《いくたり》か傔従《したが》へて、轎子《のりもの》を飛《とば》しつゝ、はやく宝珠院《ほうじゆゐん》へ赴《おもむ》きて、地蔵菩薩《ぢざうぼさつ》を拝《おが》み奉《たてまつ》り、住持智円尼《ぢゆうぢちゑんに》に対面《たいめ》して、女児《むすめ》の病瘥《びやうせう》を告《つ》げ、祈禱《きとう》を憑《たの》み、苫子《とまこ》の肌膚衣《はだぎ》と、生《うま》れし歳月《としつき》の小録《こかきつけ》と、祈禱料《きとうりやう》の金一包《かねひとつゝみ》をまゐらせければ、禅尼《ぜんに》速《すみやか》に承引《うけひき》て、「けふより祈念《きねん》すべし」とて、先《まづ》護符《ごふう》を与《あた》へけり。是《これ》よりして木石《このいし》は、日《ひ》毎々々《ごと〳〵》に宝珠院《ほうじゆゐん》へ、*専使《をさめつかひ》を遣《つかは》して、護符《ごふう》を乞《こは》せたりけるに、菩薩《ぼさつ》の利益《りやく》 愆《あやま》たで、やうやくに日《ひ》を歴《へ》にければ、苫子《とまこ》の難《なん》痘稍瘥《たうやゝおこた》りて、既《すで》に*結痂《かせ》《○ケツカ》に及《およ》ぶまで、辛《から》く命根《たまのを》を係留《つなぎと》めたれ

明鏡一望千里眼《めいきやういちまうせんりがん》　有像第三十九

あめつちをいかにつゞめて*離妻が目の玉のかゞみはちかく見すらむ

まさなほ　かきぎぬ　こまひめ　安つぐ

ども、痘瘢《もがさのあと》酷《いた》く遺《のこ》りて、いよ〳〵醜婦《しこめ》になりにけり。正直《まさなほ》は是等《これら》の所以《ゆゑ》に、久《ひさ》しく八九《やこ》の荘院《しやうゐん》に赴《おもむ》きて、姑摩姫《こまひめ》の挙動《たちふるまひ》を、看《み》ることを得《え》ざりしかば、悄々地《ひそか》に人《ひと》を遣《つかは》して、那首《かしこ》の動静《やうす》を覘《うかゞは》するに、なほ詳《つまびらか》には、知《し》ることを得《え》ざりしに、一日《あるひ》みづから宅地《やしき》の内《うち》なる、孤山《はなれやま》にうち登《のぼ》りて、那《あち》這《こち》と観亘《みわた》すに、姑摩姫《こまひめ》の宿所《しゆくしよ》の光景《ありさま》、残《なご》りなく見えたりしを、是究竟《これくつきやう》と歓《よろこ》びて、後《のち》には千里鏡《とほめがね》をもて、日毎《ひごと》に那里《かしこ》を覘《うかゞ》ふに、わきて姑摩姫《こまひめ》の折々《をり〳〵》出《いづ》る、庭《には》より坐席《ざしき》の半分《なかば》まで、鮮明《あざやか》に見えざるなく、「那《かれ》は奴婢《ぬび》也、こは姑摩姫《こまひめ》ぞ」、と知《し》らるゝ便《たよ》り多《おほ》かりければ、正直《まさなほ》窃《ひそか》に歓《よろこ》びて、「我《われ》みづから那里《かしこ》にゆくとも、姑摩姫《こまひめ》必《かならず》小心《ようじん》して、うち解《とく》ることなからんに、這眼鏡《このめがね》をもて居《ゐ》ながらに、那里《かしこ》の動静《やうす》を覘《うかゞ》へば、他《かれ》が馬脚《ばきやく》を露《あらは》すを、見出《みいだ》すにいと易《やす》かり。嗚呼《ああ》我《われ》ながら妙《みやう》なる哉《かな》」、と独頻《ひとりしき》りに自負自賛《じふじさん》して、那里《かしこ》の動静《やうす》を覘《うかゞ》ふ毎《ごと》に、遊佐《ゆさ》の城《しろ》へ消息《せうそこ》して、「昨《きのふ》は姑摩姫《こまひめ》が宿所《しゆくしよ》にて、恁《かゝ》ることの候ひき。けふは又恁々《またしか〳〵》」、と間《ま》なく時《とき》なく報《つぐ》るのみ。然《さり》とて京師《みやこ》へ聞《きこ》えあぐべき、密謀《みつぼう》の筋《すぢ》あるにあらねば、就盛《なりもり》は冷笑《あざわら》ひて、そを労《ねぎら》ふことなきにより、正直《まさなほ》も亦勢《またいきほ》ひ衰《おとろ》へ、漸々《しだい〳〵》に懈《おこた》りて、自親《みづから》は又孤山《またはなれやま》に登《のぼ》らず、折々《をり〳〵》家頼《けらい》に吩咐《いひつけ》て、*見てのみ外《よそ》に已《やみ》ぬべき、高間《たかま》の山《やま》の雲《くも》ならで、拿《と》るべきよしもなかりけり。

　恁《かゝ》りし程《ほど》に姑摩姫《こまひめ》は、叔父《をぢ》正直《まさなほ》が稍久《やゝひさ》しく、訪《とひ》も来《こ》ざるは女児苫子《むすめとまこ》の、痘瘡《もがさ》の重《おも》かる故《ゆゑ》なりしを、知《し》るよし絶《たえ》てなけれども、疎《うと》きは還《かへつ》て得意《とくい》にて、「後安《うしろやす》し」と思ひつゝ、折《をり》からの風声《ふうぶん》を、心《こゝろ》ともなく伝聞《つたへき》くに、「那彼岸二《かのひがんじ》はいぬる比《ころ》、正直《まさなほ》に搦捕《からめと》られしより、遊佐就盛《ゆさなりもり》が沙汰《さた》として、彼岸二《ひがんじ》と共侶《もろとも》に、逃亡《にげうせ》たる奴婢《ぬび》農僕們《のうをとこら》も、往方《ゆくへ》を渉猟《あさ》り搦《からめ》捕《と》りて、遺《おち》なく獄舎《ひとや》に繋《つな》ぎつゝ、拷問数回《がうもんあまたゝび》に及《およ》びしかども、他等《かれら》は悪意《あくい》あるにもあらず、那折縫殿《かのをりぬひ》の暗号《あひづ》を等《ま》たで、快《とく》火《ひ》を放《はな》ち逃去《にげさ》りたる、その罪同《つみおな》じかりし事、彼岸二《ひがんじ》が招了《はくでう》と、異《こと》なるよしもなかりけり。左右《とかく》する程《ほど》に、彼岸二《ひがんじ》幷《ならび》に一両個《ひとりふたり》の、奴隷農僕《しもべのうをとこ》の老《おい》たるは、日毎《ひごと》の呵責《かしやく》に勝《たへ》ざりけん、獄舎《ひとや》の内《うち》に身故《みまか》りければ、這等《これら》を縡《こと》の本人《ほんにん》として、その它《よ》は背《そびら》を一百扳《いつぴやくたゝき》、撻《うた》して追放《ついほう》せられたり」といふ。姑摩姫《こまひめ》これを憐《あはれ》みて、那折《かのをり》の勢《いきほ》ひを、つら〳〵と思惟《おもひみ》るに、「彼岸《ひがん》二《じ》が疎忽《そこつ》より、縫殿《ぬひ》は自焼《じしやう》に及《およ》びしかども、然《され》ばとてなき事を、佯《いつは》りて報《つげ》たるにあらず。皆是言《みなこれこと》の錯誤《まちがひ》にて、誰《たれ》も討《もとめ》てせし事《こと》ならねど、賤《いやし》きものは智慧《ちゑ》浅《あさ》ければ、漫《そゞろ》にはやく火《ひ》を放《はな》ちて、逃亡《にげうせ》たればその罪《つみ》を、竟《つひ》に免《のが》るゝよしなくて、彼岸二《ひがんじ》幷《ならび》にその它《よ》のものも、命《いのち》を殞《おと》せし不便《ふびん》さよ。明日《あす》は縫殿《ぬひ》が満百《まんひやく》の、卒哭忌《そつこくき》にも丁《あた》りたれば、他等《かれら》が与《ため》にも経《きやう》を読《よま》して、菩提《ぼだい》を吊《とぶら》ひ得《え》させんず」、と思《おも》ふこゝろを恁々《しか〳〵》と、復市《またいち》に聞《きこ》え知《しら》して、宝珠院《ほうじゆゐん》へ好事《ほうじ》のよしを、叮寧《ねんごろ》に憑《たの》み遣《つかは》し、次《つぎ》の日《ひ》に復市《またいち》と、奴婢三四名《ぬびみたりよたり》を将《い》て、轎子《のりもの》にうち乗《の》りつゝ、那女僧院《かのあまでら》へ詣《まうで》、墓参《はかまゐり》して、読経《どきやう》の間《あはひ》、姑摩姫《こまひめ》は、本《ほん》堂《だう》の傍《かたへ》なる、*伊予簾《いよす》を垂《たれ》たる内《うち》に在《を》り、つら〳〵と見亘《みわた》すに、承塵《なげし》に掛《かけ》たる漆牌《ぬりふだ》に、「丁丑年《ひのとのうしのとし》、五月《さつき》廿八日、夜《よる》八ツ時出生《どきしゆつせう》の女子《をなご》、痘難解除《たうなんかいぢよ》の祈禱《きとう》、七月《ふづき》廿九日より、八月《はづき》五日まで、願主《ぐわんしゆ》楠氏《くすのきうぢ》」、と白墨《しらすみ》をもて写《しる》したり。こゝろ得《え》がたく思ふにぞ、法莚果《はうゑんはて》て、客殿《きやくでん》にて、住持《ぢゆうぢ》智円尼《ちゑんに》と晤《ご》《○サシ》譚《だん》《ムカヒバナシ》の折《をり》、四表八表《よもやも》の語次《ことのついで》に、那承塵《かのなげし》に掛《かけ》られたる、漆牌《ぬりふだ》の事を問《と》ふに、智円尼《ちゑんに》听《きゝ》つゝ微笑《ほうゑみ》て、「おん身《み》はいまだ知《しろ》し召《めさ》ずや。那《あれ》は叔父公《をぢご》正直主《まさなほぬし》の息女《そくぢよ》、苫子小姐《とまこごりやう》がいぬる比《ころ》、疱瘡《もがさ》にて命危《いのちあやふ》かりし折《をり》、尼《あま》が祈禱《きとう》を憑《たのま》れて、本尊延命地蔵《ほんぞんゑんめいぢざう》菩薩《ぼさつ》に、七日《なのか》祈念《きねん》し侍《はべ》りしかば、果《はた》して利益《りやく》をはしまして、日数《ひかず》のごとく、瘥《おこた》り給ひき。よりてその生年月《うまれとしつき》を、忘《わす》れぬ与《ため》に写《うつ》したり。恁《かゝ》る事は折々《をり〳〵》侍《はべ》り。今番《こたび》に限《かぎ》る所行《わざ》にはあらず」、といふに姑摩姫《こまひめ》稍悟《やゝさと》りて、「苫子《とまこ》は奴家《わらは》と同庚《おなじとし》なる、ことのみ予聞《かねてきゝ》たれども、誕生月《たんぜうづき》と日《ひ》と時《とき》は、御牌《みふだ》によりて初《はじめ》て知《し》れり。那少女《かのをとめ》は今茲《ことし》まで、痘瘡《もがさ》をいまだ果《はた》さゞりし歟《か》。小父《をぢ》の久《ひさ》しく見え給はぬは、是等《これら》の障《さは》りなりけんを、毫《ちと》も知《しら》せられざれば、我従父女弟《わがいとこめ》の病着《いたづき》ありしを、御寺《みてら》へ詣《まふで》てけふ初《はじめ》て、聞知《きゝし》るは反覆《うらうへ》にて、恥《はづか》しくこそ侍《はべ》るなれ」、と陪話《わぶ》るを智円尼《ちゑんに》慰《なぐさ》めて、「然《さ》な宣《のたま》ひそ。世《よ》の鄙語《ことわざ》に、灯《とう》台還《だいかへつ》て下暗《もとくら》し、といふは是等《これら》の故《ゆゑ》にこそ。いへばさらなることながら、当寺《たうじ》の延命地蔵尊《ゑんめいぢざうそん》は、わきて女人《によにん》に御利益《ごりやく》多《おほ》かり。先住智正大禅尼《せんぢゆうちせうだいぜんに》は、稚《をさな》かりし時大病《ときたいびやう》にて、十死一生《じつしいつせう》なりけるを、這里《ここ》の御仏《みほとけ》に救《すくは》れて、遂《つひ》に本復《ほんぶく》し給ひければ、その仏恩《ぶつおん》を報《ほう》ぜん与《ため》に、女僧《あま》になり給ひしとぞ。こは是《これ》おん身《み》の伯母御前《をばごぜ》なれば、予聞知《かねてきゝし》り給ふなるべし。現世《げんぜ》の利生灼然《しやういやちこ》なれば、身後《しご》の引接勿論《いんぜふもちろん》也。けふ追薦《ついぜん》の亡者達《もうじやたち》、隅屋氏夫婦《すやうぢふうふ》、彼岸二《ひがんじ》の毎《ともがら》、熟《いづれ》か成仏《じやうぶつ》せざるべき。深信《しんぐ》怠《おこた》り給ふな」、と鼻蠢《はなをご》めかして示《しめ》さるゝ、姑摩姫《こまひめ》は恭《うや〳〵》しく、応《いらへ》をしつゝその言果《ことはて》て、辞別《いとまごひ》して立《た》つ折《をり》に、智円禅尼《ちゑんぜんに》は遽《いそがは》しく、昨日贈《きのふおく》られし読経料《どきやうりやう》の、歓《よろこ》びを舒《のべ》などしつゝ、知客《ちか》の女僧《あま》を先《さき》に立《たゝ》して、玄関近《げんくわんちか》く送《おく》りけり。恁《かく》て又姑摩姫《またこまひめ》は、轎子《のりもの》にうち乗《の》りて、宿所《しゆくしよ》へかへりゆく程《ほど》に、つく〴〵と思ふやう、「*約莫人《およそひと》の*本命《ほんめい》は、生《うま》れし年月日時《ねんげつじつじ》の枝幹《しかん》《〇エトジツカン》を、神《かみ》にも訟《うつたへ》、仏《ほとけ》にも、告《つげ》て冥福《みやうふく》を祈《いの》るものなるに、けふ宝珠院《ほうじゆゐん》にて見たる苫子《とまこ》が本命《ほんめい》は、十幹兄弟《じつかんえと》を用《もち》ひずして、月《つき》の数《かず》日《ひ》の数《かず》を、写着《かきつけ》られしは、こゝろ得《え》ね。意《おも》ふに八字生来《はちじしやうらい》と、いふことを知《し》らぬにこそ」、と心《こゝろ》に挟《さみ》し宿所《しゆくしよ》に還《かへ》りて、その甲夜《よひ》の間《ま》に、惜字箱《ほぐつゞら》より、十六ケ年以前《かねんいぜん》なる、応永四年《おうゑいよねん》丁丑《ひのとのうし》の、旧暦《ふるごよみ》を索《たづ》ね出《いだ》して、独灯燭《ひとりともしび》の下《もと》に検《けみ》しつゝおもふに、「這年《このとし》五月二十八日は、小暑《しやうしよ》六月の節《せつ》にして、即《すなはち》丁未《ひのとのひつじ》の月《つき》也。又《また》二十八日は、是辛未《これかのとのひつじ》の日《ひ》也。這暁八《このあかつきやつ》鼓《どき》は、己丑《つちのとうし》の時《とき》に当《あた》れり。恁《かゝ》れば苫子《とまこ》の八字生来《はちじしやうらい》は、丁《ひのとの》丑《うし》、丁未《ひのとのひつじ》、辛未《かのとのひつじ》、己丑《つちのとのうし》の、本命《ほんめい》なること疑《うたが》ひなし。*我身《わがみ》も同庚《おなじとし》なれども、壬子《みづのえね》の月《つき》、乙巳《きのとのみ》の日《ひ》、己卯《つちのとう》の時《とき》に生《うま》れしかば、八字《はちじ》の吉凶大《きつけういた》く異《こと》なり。苫子《とまこ》が八字《はちじ》を考《かんがふ》るに、丁丑《ひのとのうし》丁未《ひのとのひつじ》は、比沖《ひちう》にて是凶《これけう》也。恁《かゝ》れば年《とし》と月《つき》と応《ふさは》しからず。又年《またとし》の丁丑《ひのとのうし》と、日《ひ》の辛未《かのとのひつじ》とは、天剋地沖《てんこくちちう》、亦凶《またけう》也。但年《たゞとし》の丑《うし》と時《とき》の丑《うし》と、比肩《ひけん》なれば凶《けう》なきのみ。女《をんな》は男《をとこ》に愛《めで》らるゝも、忌《いま》るゝもその容止《かほばせ》の、美《よき》と醜《わろき》によるものなるに、他《かれ》は素《もと》より美人《びじん》にあらず。然《さ》るを痘瘡《もがさ》に損《そこなは》れなば、売難《うれかね》てさぞ憂《う》かるべし。いと痛《いたま》しきことなりき」、と人《ひと》を思へば身《み》の不楽《わび》しさも、*十寸穂《ますほ》の芒色《すゝきいろ》に出《いで》て、秋風戦《あきかぜそよ》ぐ庭《には》に鳴《な》く、虫《むし》の音《ね》聞《き》けば、殺気《さつき》あり。「怪《あや》しや、今宵《こよひ》は事《こと》あらん」、と思ふものから人《ひと》には告《つげ》ず、独睡《ひとりねむ》らで小夜《さよ》深《ふ》くるまで、些《ちつと》も由断《ゆだん》せざりけり。畢竟姑摩姫《ひつきやうこまひめ》が、今宵《こよひ》の先見差《せんけんたがは》ずば、又甚麼《またいか》なる事《こと》かある。そは巻《まき》を更《かへ》て這次《このつぎ》に、解分《ときわく》るを聴《きゝ》ねかし。

開巻驚奇俠客伝第三集巻之四　終

開巻驚奇侠客伝《かいくわんきやうきけうかくでん》　第三集《だいさんしふ》　巻之五

東都　曲亭主人　編次

第《だい》二十九回《くわい》

隆光千速《たかてるちはや》に他賊《たぞく》を駆《か》る
長総逆旅《ながふさたび》に騙局《もがり》《○ヘンキヨク》に遭《あ》ふ

姑摩姫《こまひめ》が那夜艾《かのよさり》、庭《には》に鳴《な》く虫《むし》の音《ね》に、殺気《さつき》あるを聞知《きゝし》りたる、綷《こと》の顚末《もとすゑ》は、且休題《しばらくおきて》、先説《まづとく》。当日《そのころ》、河内州《かはちのくに》、石川《いしかはの》郡《こふり》なる、千剣破村《ちはやむら》の稍尽処《かたほとり》に、五十槌電次隆光《いかづちでんじたかてる》と喚做《よびな》したる、強人《ぬすびと》の頭領《とうりやう》ありけり。初《はじめ》は、*山名陸奥守氏清《やまなむつのかみうぢきよ》が隊《て》に隷《つき》たる、紀路《きのぢ》の野武士《のぶし》なりけるに、北朝《ほくちやう》の康応元年《こうおうぐわんねん》南朝文中六年《なんちやうぶんちうねん》、己巳《つちのとみ》の冬十一月《ふゆしもつき》、氏清謀反《うぢきよむほん》により、滅亡《めつぼう》の折《をり》、隆光《たかてる》は辛《から》くして、戦場《せんじやう》を脱《のが》れてより、河内《かはち》の千剣破《ちはや》なる由縁《ゆかり》に就《つき》て、楠正《くすのきまさ》勝《かつ》に従《したが》ひけれども、正勝敢《まさかつあへて》これを用《もち》ひず。左右《とかく》する程《ほど》に、*南朝《なんちやう》の、元中《げんちう》の季《すゑ》に至《いた》りて、楠《くすのき》の武略行《ぶりやくおこな》はれず、正勝竟《まさかつつひ》に千剣破《ちはや》を落《おち》て、迹《あと》を十津川《とつがは》に埋《うづ》めし折《をり》、隆光《たかてる》は畠山《はたけやま》基《もと》国《くに》に、降参《こうさん》せまく欲《ほり》せしかども、心術表裏《しんじゆつひやうり》の癖者《くせもの》なるよし、その聞《きこ》えあるにより、基国《もとくに》これを退《しりぞ》けて、その降参《こうさん》を受《うけ》ざりければ、隆光《たかてる》はせん術《すべ》なさに、千剣破村《ちはやむら》に僑居《わびずまひ》せんとて、人《ひと》の空房《あきいへ》を求《もと》め、膝《ひざ》を容《い》れて、武芸《ぶげい》を那這人《をちこちびと》に教《をしえ》などしつ、稍《やゝ》生活《なりはひ》にしたれども、口《くち》を餬《もら》ふに足《た》らざれば、飢渇《きかつ》に及《およ》ぶ日《ひ》も多《おほ》かり。人窮《ひときう》すれば、邪智起《じやちおこ》る。隆光素《たかてるもと》より武芸《ぶげい》ありて、膂力《ちから》は十人《にん》に敵《てき》すべく、穿窬《しのび》の術《じゆつ》さへ克《よく》せしものから、鄙語《ことわざ》にいふ*万能《まんのう》も、一心《いつしん》の善《よき》にはしかず、残忍無慙《ざんにんむざん》の癖《くせ》なれば、早晩不良《いつしかふりやう》の心発《こゝろおこ》りて、遠《とほ》く野《の》に出《いで》、山《やま》にも立《たち》て、剪径《ひはぎ》を宗《むね》とせし日《ひ》もあり。或《あるひ》は墻《かき》を踰梁《こえうつばり》を渡《わた》りて、窃《ひそか》に*金山《かなやま》・袴垂《はかまだれ》が、迹《あと》を接《つが》まく欲《ほり》するに、同気相求《どうきあひもとむ》る、這那《あちこち》の歹人們《わるものら》、やうやくに聞知《きゝし》りて、武芸《ぶげい》の弟子《をしえご》に倣《な》り、乾児《こぼん》と倡《とな》へて、悪事《あくじ》を幇助《たすく》るもの多《おほ》かれば、隆光是《たかてるこれ》より猛可《にはか》に富《とみ》て、家《いへ》を広《ひろ》くし*郷士《ごうし》と称《たゝ》へて、陽《うへ》には武芸《ぶげい》の師範《しはん》なれども、陰《した》には夜挊《よかせ》ぎを宗《むね》と做《な》すに、石川郡《いしかはごふり》の民家《みんか》を犯《をか》さず。倘他《もした》郷《けう》より来《き》ぬる盗児《ぬすびと》ありて、五十槌《いかづち》が隊《て》に隷《つか》ざれば、隆光《たかてる》必《かならず》これを知《し》りて、憎《にく》むこと仇《あた》のごとく、住処《すみか》を渉猟《あさ》り、搦捕《からめと》らして、立地《たちどころ》に殺《ころ》してけり。こゝをもて、外《よそ》より来《き》ぬる盗児《ぬすびと》はさら也、地方《ところ》の奸民悪少年《かんみんあくしようねん》も、悄々地《ひそか》に怕《おそ》れ相《あひ》警《いまし》めて、窃盗《ぬすみ》の悪事《あくじ》を做《な》すものなければ、一郡通《いちぐんすべ》て粛静《しづか》にて、*路《みち》に遺《おち》たるを拾《ひら》ふことなく、夜鎖《よるとざゝ》でも患《うれ》ひなき、民《たみ》の歓《よろこ》び、いへばさら也、本州《このくに》の守護《しゆご》、遊佐《ゆさ》就盛《なりもり》も、件《くだん》のよしを伝聞《つたへきゝ》て、這隆光《このたかてる》を強人《ぬすびと》の、頭領《とうりやう》也とは思ひもかけず、他《かれ》が如《ごと》きは多《おほ》く得《え》がたき、地方《ところ》の*扞城《ふせぎ》なるべしとて、最憑《いとたのも》しく思ひたり。

然《され》ば又這隆光《またこのたかてる》が独子《ひとりご》に、雷九郎隆成《らいくらうたかなり》と喚做《よびなし》たる、獍勇《きやうゆう》の癖者《くせもの》あり。乳臭耗《ちのかうせ》ざる後生《わかもの》なれども、身長《みのたけ》五尺《さく》七八寸《すん》、武《ぶ》芸力量穿窬《げいりきりやうしのび》の術《じゆつ》まで、親《おや》に劣《おと》らぬ修煉《しゆれん》あれば、年《とし》十三四なりし比《ころ》より、隆光《たかてる》と共侶《もろとも》に、近国他郷《きんごくたけう》に赴《おもむ》きて、夜掙《よかせ》ぎを事《こと》とせしも、はや年来《としごろ》になる随《まゝ》に、父《ちゝ》が折々《をり〳〵》他郷《たけう》に到《いた》るを、有一日《あるひ》悄々地《ひそか》に諫《いさむ》るやう、「世《よ》の鄙語《ことわざ》に、盗児《ぬすびと》にも、仁義《じんぎ》ありと欺《か》いふめれど、そは時宜《じぎ》によるべきのみ。顧《おも》ふに、這石川《このいしかは》の郡内《ぐんない》には、寺《てら》に七堂伽藍《しちだうがらん》あり。民《たみ》にも豪農富《がうのうふ》《〇オホ百セウ》商《せう》《ヨキアキビト》多《おほ》かり。這臂近《このひぢちか》なる貨財《たから》を拿《と》らで、遥《はるか》に他郷《たけう》に赴《おもむ》き給へば、些《ちと》の獲《え》ものゝ有《あ》りとても、往返《ゆきゝ》の盤纒《ろよう》に費《つひや》せば、労《ろう》するのみにて功多《こうおほ》からず。恁迂遠《かうまはりどほ》き掙了《かせぎ》をせんより、千剣破《ちはや》、赤坂《あかさか》、*竜泉寺《りうせんじ》、*水越嶺《みづこしとほげ》の這方《こなた》なる、荘院《せうゐん》を却《おびやか》して、奪《うば》はゞ他郷《たけう》に赴《おもむ》くより、労《ろう》せずして大利《たいり》あらん。這議《このぎ》に儘《まか》し給はずや」、と賢達《さかしらだち》て聶《さゝや》きしを、隆光聴《たかてるき》かず、頭《かうべ》を掉《ふ》りて、「和郎《わろ》が意見《いけん》は近《ちか》き利《り》を見《み》て、遠《とほ》き患《うれ》ひを知《し》らざる也。我《わが》身《み》年来《としごろ》這里《ここ》に在《あ》りて、徒党《ととう》を聚合《つどへ》て、*緑林白波《りよくりんはくは》の、夜掙了《よかせぎ》を旨《むね》とすれども、這地《このち》を犯《をか》すことなければ、地方《ところ》の人《ひと》に愛敬《あいけい》せられて、真面目《しんめんもく》を知《し》るものあらず。然《さ》るを和郎《わろ》がいふ如《ごと》く、今《いま》より這地《このち》を掠奪《りやうだつ》せば、綷遂《ことつひ》に発覚《あらは》れて、遊佐《ゆさ》より緝捕使《とりて》を向《むけ》られん。その折戦《をりたゝか》ふて利《り》ありとも、そは長久《ちやうきう》の計《はかりごと》にあらず。小児輩《こども》の意見《いけん》、烏許《をこ》也」、と誇皃《ほこりか》に叱懲《しかりこら》して、折々《をり〳〵》雷九郎隆成《らいくらうたかなり》を、他郷《たけう》へ掙了《かせぎ》に遣《つかは》すに、村人《むらびと》には佯《いつはり》て、武者修行《むしやしゆぎやう》の与《ため》と唱《とな》へて、雲館奇峯《くもだてきほうご》五、曾々利鼠坊《そそりそぼ》八、白鮫振平《しらさめふりへい》、出水挺頭三《でみづのふかざう》、木綿張荷二郎《ゆふばりにじらう》なンど喚做《よびなし》たる、宗徒《むねと》の強人《ぬすびと》を厮従《あひしたがは》して、その身《み》は毎《つね》に宿所《しゆくしよ》に在《を》り、*浮《うかめ》る雲《くも》の富《とみ》に儘《まか》して、酒《さけ》ならざれば、楽《たのし》みとせず、色《いろ》ならざれば、歓《よろこ》びとせず、酔《えふ》て睡《ねむ》り、覚《さめ》て又喫《またの》む、人間《にんげん》《ヨノナカ》の歓楽《くわんらく》は、この外《ほか》あらじ、と思ひたる。

這電次隆光《このでんじたかてる》が、妻《つま》は嚮《さき》に世《よ》を逝《さ》りて、近属《ちかごろ》一個《ひとり》の側室《そばめ》を得《え》たり。姿《すがた》の花《はな》は盛過《さかりす》ぎて、年《とし》は四十《よそぢ》に近《ちか》からんを、打見《うちみ》は三十許《みそぢばかり》なる、気色空華《けはひあだ》めきてよく媚《こぶ》れば、隆光只顧愛《たかてるひたすらめで》歓《よろこ》びて、一家児《いへのうち》を任用《まか》しけり。是等《これら》の事は且休題《しばらくおきて》、另《べつ》に解《とき》出《いだ》すべき、二三ヶ回《くわい》の長説話《ながものがたり》あり。看官猜《みるひとすい》し得《え》ざるもあらん。そを何事《なにごと》ぞ、と尋《たづね》るに、曩《さき》に、衿笠小夜二郎《つまかささよじらう》と共侶《もろとも》に、相模《さがみ》の気賀《きが》を立退《たちの》きたる、藤白安同《ふぢしろやすとも》の鬼妻長総《ごけながふさ》が、旅宿《たびね》の事《こと》の顚末《もとすゑ》なり。姑摩姫殺気《こまひめさつき》を知《し》る段《だん》より、茲《こゝ》に至《いたり》て説話《ものがたり》、三路《みすぢ》に分《わか》れて、後竟《のちつひ》に、一路《ひとすぢ》に合《あ》ふよしあるを、看官徐《みるひとしづか》に思ふべし。

間説休題《あだしごとはさておきつ》。扠《さて》も爾後長総《そのゝちながふさ》は、良人藤白安同《をっとふぢしろやすとも》が、死後《しご》にその罪見《つみあらは》れて、従類気賀《じゆうるいきが》を逐《おは》れし折《をり》、竜陽出身《こしようあがり》の小夜二郎《さよじらう》と、いかで夫婦《ふうふ》にならんとて、間財《ほまちがね》を腰《こし》にしつゝ、衣裳《いせう》も綾《りやう》《アヤ》羅錦綉《らきんしう》《ニシキ》をのみ、行裏《たびづゝみ》に蔵《おさ》めしを、小夜二郎《さよじらう》に駝《おは》しつゝ、足《あし》柄山《がらやま》をうち踰《こえ》て、*遠《とほ》きを花《はな》の都路《みやこぢ》へ、おぼつかなくもゆく程《ほど》に、駿河《するが》の*喜瀬川《きせがは》の頭《ほとり》より、年《とし》は二十五六にて、尷尬《うさん》なる旅客《たびゞと》の、細小《さゝやか》なる二箇《ふたつ》の行裏《たびづゝみ》を、肩《かた》の前後《ぜんご》へうち被《かけ》て、菅笠《すげがさ》を戴《いたゞ》きたるが、後《あと》に跟《つ》き先《さき》にも立《たち》て、折々《をり〳〵》ものをいひかくるを、小夜二郎《さよじらう》は長総《ながふさ》に、目《め》を注《くは》して応《いらへ》せず、快卻《とくはつ》さんと思ひつゝ、故意《わざと》茶店《さてん》《チヤミセ》に立《たち》よりて、憩《いこ》へば亦他《またかれ》も憩《いこ》ひ、猛可《にはか》に出《いで》て快走《とくはし》れば、他《かれ》も亦快走《またとくはし》りて、生憎《あやにく》に賫縁《まつは》るを、せん術《すべ》もなく困《こう》じたる、小夜二郎《さよじらう》は傾《かたむ》く日影《ひかげ》を、うち仰《あほ》ぎ瞻《み》つ、然気《さりげ》なく、長総《ながふさ》をいそがして、卒富士川《いざふじがは》をうち渡《わた》して、今宵《こよひ》の歇店《やどり》に着《つか》んとて、走《はし》りて馬頭上《ふなば》に赴《おもむ》きて、前岸《むかひ》より漕寄《こぎよ》する、船《ふね》を姑且等《しばらくま》つ程《ほど》に、旅《たび》ゆく経紀人《あきびと》にもやあるらん、一個《ひとり》の伴当《ともびと》と共侶《もろとも》に、先《さき》に来《き》て船《ふね》を等《まち》て在《を》り。方僅《いま》小夜二郎們《さよじらうら》に跟《つ》きて来《き》ぬる、歹人《わるもの》を熟《つら〳〵》視《み》つゝ、忽地《たちまち》声《こゑ》をふり立《たて》て、「噫《あな》、窃盗奴《ぬすびとめ》が大胆《だいたん》なる。這方《このかた》さまは鎌倉《かまくら》にて、我生活《わがなりはひ》の花主《とくい》なるに、圏套《てくだ》に掛《かけ》んと欲《ほり》するや。我《われ》は這東海道《このとうかいどう》を、年《とし》には六回《むたび》も七回《なゝたび》も、往還《ゆきもど》りする甲斐《かひ》に、汝《なんぢ》が面《つら》は認《みし》りたり。然《さ》でもいなずや。なほ賫縁《まつは》らば、いで荘《せう》官許《くわんがり》牽《ひき》もてゆきて、目《め》に物《もの》見せん」、と敦圉《いきま》き猛《たけ》く、罵《のゝし》りながら立向《たちむか》へば、歹人《わるもの》驚《おどろ》き推禁《おしとゞ》めて、「やよ親方《おやかた》よ、そは邪猜《じやすい》也。這方《このかた》さまが旅熟《たびなれ》ずとて、去向《ゆくて》を屢《しば〳〵》問《とは》れしかば、黙止《もだし》がたくて共侶《もろとも》に、来《き》ぬるを痛《いた》く叱《しか》ることかは。噫我《あなわれ》ながら鈍《おぞ》ましや。市場《いちば》の茶店《ちやみせ》に憩《いこ》ひし折《をり》、要《えう》ある東西《もの》をうち遺《わす》れて、拿《と》らず来《き》にけり、那里《かしこ》にあらん。いで走一《ひとはしり》走いて見て来《こ》ん」、といひ瞞《くろ》めても夕照《ゆふてり》に、掛損《かけそこ》ねたる叢雲《むらくも》の、果敢《はか》なく剝《はぐ》る五月《さつき》の天《そら》の、「暮《くれ》ぬ程《ほど》に」、と遽《いそがは》しく、東《ひがし》を投《さし》てかへりゆく、其方《そなた》を小霎時《しばし》目送《みおく》りたる、長総《ながふさ》は小夜二郎《さよじらう》と面《おもて》を照《あは》し、吻《ほ》と息《いき》つきて、倶《とも》に件《くだん》の旅客《たびゞと》に、うち向《むか》ひ揖譲《あしやく》して、思ひがけなき好意《なさけ》にて、毒蛇《どくじや》の腮《あぎと》を脱《のが》れたる、歓《よろこ》びを陳《のぶ》る程《ほど》に、艄父《ふなびと》は船《ふね》を操《あやつ》りて、辛《から》く這方《こなた》へよせにければ、旅客《たびゞと》は応《いらへ》も果《はて》ず、「卒《いざ》」とばかりに皆共侶《みなもろとも》に、いそしく船《ふね》にうち乗《の》りて、漕《こが》して前面《むかひ》へ渡《わた》しけり。

恁而《かくて》件《くだん》の旅客《たびゞと》は、小夜二郎《さよじらう》們《ら》とうち連立《つれだち》て、澳津《おきつ》までとてゆく路《みち》すがら、詞徐《ことばしづか》に告《つぐ》るやう、「在下《それがし》は鎌倉《かまくら》の本町《ほんまち》にて、夏織屋《なおりや》絹七《きぬしち》と喚做《よびなし》たる、経紀人《あきびと》で候が、京師《みやこ》には老舗《ほんだな》あり。那里《かしこ》よりおこせる東西《もの》を、鎌倉《かまくら》にて売《う》りもしつ、又《また》東《あづま》なる名物《めいぶつ》を、京師《みやこ》へも遣《つかは》して、交易《こうゑき》を旨《むね》とすなれば、年《とし》の内《うち》には両三度《ふたゝびみたび》、上下《のぼりくだ》りをせざることなし。今番《こたび》は京師《みやこ》に賖《かけ》もあれば、そを拿《とら》ん与《ため》に、東西《もの》を齎《もた》せず、恁《かく》は身軽《みかろ》く旅《たび》をする也。見まゐらすれば故《ゆゑ》ある事歟《か》、猶杪若《なほうらわか》き方《かた》さまの、脚小《あしよは》を伴《ともな》ひて、何里《いづこ》を投《さし》て赴《おもむ》き給ふぞ。這頭《こゝら》には、*護摩灰《ごまのはひ》と、喚做《よびなし》たる小賊《こぬすびと》の、多《おほ》く徘徊《はいくわい》することあるを、不知案内《ふちあんない》の旅客《たびゞと》は、他們《かれら》が為《ため》に謀《はか》られて、盤費《ろよう》はさら也、行裹《たびづゝみ》まで、奪略《うばひとら》れぬは稀《まれ》也とぞ。在下《それがし》這義《このぎ》を知《し》りたれば、嚮《さき》に和君二《わぎみふた》かたの、護摩灰《ごまのはひ》に跟《つけ》られて、最《いと》も難義《なんぎ》に見え給ひしを、はやくも猜《すい》して禍鬼《まがつみ》を、禳《はら》ひまゐらせ候ひき。然《され》ばとて、又《また》那奴《かやつ》が、引返《ひきかへ》し跟《つけ》て来《き》て、賫縁《まつは》るべき歟《か》、料《はか》りがたかり。*這中《このなか》の江《え》と吹上津《ふけいつ》の間《あはひ》には、七難阪《しちなんざか》と喚做《よびなし》たる、最《いと》も難義《なんぎ》の荒磯《ありそ》あり。那里《かしこ》にて旅客《たびゞと》の、剪径《ひはぎ》に殺《ころ》されたりけるも、幾名《いくたり》歟《か》ありと聞《きゝ》にき。七難《しちなん》の名《な》は爾《さ》る所以《ゆゑ》ならん。倘京師《もしみやこ》へ赴《おもむ》き給はゞ、在下伴《それがしともな》ひまゐらせん。在下《それがし》は定宿《じやうやど》あり。今《こ》宵《よひ》は*澳津《おきつ》へ到《いたら》んと欲《ほり》す。いそがせ給へ」、と憑《たのも》しく、慰《なぐさ》められても怖気《こはげ》生《つ》く、「七難阪《しちなんざか》は何里《いづこ》ぞ」、と四下《あたり》見かへる長《なが》

総《ふさ》を、扶抜《たすけひ》きたる小夜二郎《さよじらう》は、絹七《きぬしち》に答《こたふ》るやう、「洞査差《どうさつたが》はず、我們《われく》は、這回《このたび》が初旅《うひたび》にて、這脚小《このあしよは》は我妹《わがあね》也。家《いへ》の艱《なやみ》に身《み》を措難《おきかね》て、相模《さがみ》より京師《みやこ》なる、所親《しよしん》を便着《たつき》に適《ゆか》まく欲《ほり》す。見《み》らるゝ如《ごと》く婦人《ふじん》を倶《ぐ》したる、進退不便《しんたいふべん》の旅《たび》なるに、今朝《けさ》より歹人《わるもの》に跟《つけ》られて、幾回歟《いくたびか》「卻《はつ》さん」、と欲《ほり》したれども不如意《ふによい》にて、殆《ほと〳〵》困《こう》じたりけるに、料《はから》ず和殿《わどの》に救《すくは》れて、初《はじめ》て安堵《あんど》の思ひをなしぬ。和殿《わどの》も京師《みやこ》へ赴《おもむ》き給はゞ、そは幸《さいは》ひの事也かし。なほも幇助《たすけ》を願《ねが》ふのみ」、といへば長総《ながふさ》も共侶《もろとも》に、又歓《またよろこ》びを陳《のべ》ていふやう、「旅《たび》は行伴《みちづれ》、世《よ》は好意《なさけ》と歟《か》、外《よそ》に聞《きゝ》たる世《よ》の常言《ことわざ》も、思へば今《いま》の我上《わがうへ》なりき。那《あの》歹人《わるもの》に牽縁《まつはら》れて、せんかたなかりしその折《をり》の、心《こゝろ》を猜《すい》し給へかし。倘《もし》おん救《すく》ひに遇《あは》ざりせば、東西《もの》を喪《うしな》ふのみならぬ、七難阪《しちなんざか》の頭《あたり》にて、命果敢《いのちはか》なくなりもやせん。危《あやふ》き事で侍《はべ》り

富士川馬頭絹七徽騙賊《ふじがはのふなばにきぬしちもがりをこらす》　有像第四十

わたすだにふじ川ぶねのあやふきをのぼらばいかにみねのし
ら雲

むぢ内　きぬ七　ごまのはひこん二　さよ二郎　長ふさ

にき」、といへば絹七点頭《きぬしちうなづき》て、「然《さ》也。在下《それがし》なればとて、初《はじめ》よりして二《ふた》かたを、面善《みし》りて救《すく》ひし事ならねども、憶《おも》はず其首《そと》にて好造化《よきしあはせ》に、遇《あ》ひ給ひしは神仏《かみほとけ》の、利益《りやく》にこそ候はめ。現深信《げにしんく》はすべきものぞ、と思ふに就《つき》て一条《ひとくだり》の、過去来《こしかた》話説《ものがたり》の候也。長途《ちやうど》の疲労《つかれ》を慰《なぐさむ》る、与《ため》にもならば听《きゝ》給へ。在下幼稚《それがしをさな》かりし折《をり》、日毎《ひごと》に鶴岡《つるがおか》の社壇《しやだん》に詣《まうで》て、遊《あそ》び銷《くら》し候ひしに、有一日《あるひ》かへさに社前《しやぜん》なる、石階《いしざか》を下《くだ》るとて、上《うへ》一チ二段《だん》の程《ほど》よりぞ、漫《そゞろ》に足《あし》を踏外《ふみはづ》して、譬《たとへ》ば米苞《たはら》を輾《まろば》す如《ごと》く、幾十数《いくじつすう》の石階《いしざか》を、下《した》まで滚落《まろびおち》しかば、頭《かうべ》を破《やぶ》り、手足《てあし》を損《そこ》ねて、忽地息絶《たちまちいきたえ》候ひしを、親《おや》が年来八幡宮《としごろはちまんぐう》を、信《しん》じまつりし冥助《みやうぢよ》にや憑《よ》りけん、その夜艾甦生《よさりよみぢがへ》りつ、日《ひ》を経《へ》て痍《きず》は愈《いえ》たれども、見給ふごとく額頤《ひたひおとがひ》、手《て》にも足《あし》にも、旧瘡《ふるきず》の、瘢多《あとおほ》かるは那折《かのをり》に、稟《うけ》たる撲傷《うちみ》の残《なご》り也。こゝをもて在下《それがし》も、八幡宮《はちまんぐう》を初《はじ》め奉《たてまつ》り、諸神諸𦬇《しよしんしよぼさつ》を念《ねん》ずること、一ト日も懈《おこた》り候はねば、おのづから冥助《みやうぢよ》もあるらん、本銭《もとで》を多《おほ》く腰《こし》に纏《まと》ひて、京師《みやこ》へ赴《おもむ》き候ても、賊難《ぞくなん》に遇《あひ》しことあらず。各位《おの〳〵がた》も大《おほ》かたならぬ、信者《しんじや》にこそをはすらめ。然《さら》ずばけふの厄難《やくなん》を、輙《たやす》く免《まぬか》れ給はんや」、といふに長総《ながふさ》も小夜二郎《さよじらう》も、「寔《まこと》に然《さ》也」、と答《こたふ》るのみ、窃《ひそか》に面《おもて》を照《あは》してぞ、心裏《うら》恥《はづか》しく思ひける。姑《しばら》くして絹七《きぬしち》は、小夜二郎《さよじらう》を見かへりて、「噫《あな》、心属《こゝろづか》ざりき。背《そびら》にし給ふ行裹《たびづゝみ》の、最《いと》も重《おも》げに見え給ふに、我伴当《わがともびと》に駝《おは》し給へ。他《かれ》は俗《よ》に*上下《じやうげ》と喚《よば》る、旅《たび》ゆく人《ひと》の伴《とも》に立《たち》て、主《ぬし》の行李《とり》を肩《かた》にしつ、道中《どうちう》の諸雑費《しよざつぴ》の、損益《そんゑき》を知《し》るものなれば、央《やと》ふて倶《ぐ》して来《き》ぬる也。駝《おは》し給ひね、けしうはあらず」、といふに件《くだん》の伴当《ともびと》は、立留《たちどま》りつゝ、遽《いそがは》しく、小夜二郎《さよじらう》にうち対《むか》ひて、「卒《いざ》おん担物《にもつ》を駝《お》ひまゐらせん。解卸《ときおろ》し給はずや」、といふを小夜二郎《さよじらう》はなほ推辞《いなみ》て、「そは辱《かたじけな》く候へども、今宵《こよひ》の歇店《やどり》も近着《ちかづき》ぬらん。この儘《まゝ》駝《お》ふていなんのみ」、といふに伴当《ともびと》は強難《しひかね》て、後《あと》に跟《つ》きつゝゆく程《ほど》に、並樹《なみき》の頭《ほとり》に馬《うま》を繋《つな》ぎて、旅客《たびゞと》を等《ま》つ一個《ひとり》の馬奴《まご》あり。小夜二郎們《さよじらうら》を喚《よび》かけて、「かへさ馬《うま》なり、*足廉《そくやす》くせん。澳津《おきつ》まで乗《のり》給はずや。やよ遣《や》るべし」、と薦《すゝむ》るを、絹七《きぬしち》はやく立対《たちむか》ひて、価《あたひ》を論《ろう》じ馬《うま》を央《やと》ふて、小夜二郎《さよじらう》が行裹《たびづゝみ》を、鞍下《くらした》に附《つけ》させて、却《さて》長総《ながふさ》を乗《の》する折《をり》、絹七《きぬしち》は馬《うま》の尻骨《しりぼね》を、見《み》つゝやをら掻撫《かいなで》て、「やよや馬奴《まご》、心《こゝろ》を属《つけ》よ。夏《なつ》の馬《うま》は蠅《はひ》に悩《なや》みて、鞍安《くらやす》からぬものぞかし。*小篠折《をざゝをり》もて蠅《はひ》を払《はら》ひね。跌《つまづか》せな。よく追《おふ》てよ」、といふを馬奴《まご》は聞《きゝ》あへず、「そは宣《のたま》ふな、こゝろ得《え》たり。我馬《わがうま》は性《さが》も足掻《あがき》も、徐《しづか》なれば鞍味妙《くらあぢめう》也。いそがせ給へ、暮《くれ》もやせん」、と答《こたへ》も果《はて》ず牽出《ひきいだ》せば、上《うへ》に揺《ゆら》めく長総《ながふさ》は、「噫阽《あなあぶ》なや」、と手《て》を掛《かく》る、鞍《くら》に引添《ひきそ》ふ小夜二郎《さよじらう》、「落《おと》しはせじ」、と慰《なぐさ》めて、絹七《きぬしち》主僕共侶《しゆぼくもろとも》に、馬《うま》に続《つゞ》きて走《はし》りしかども、*薩埵山《さつたやま》を踰果《こえはつ》る時候《ころ》、日《ひ》は既《すで》に暮《くれ》しかば、辛《から》く澳津《おきつ》の駅《しゆく》に来《き》にけり。

登時《そのとき》絹七《きぬしち》は、我定宿《わがじようやど》なればとて、駅尽処《しゆくはづれ》なる飯店《はたごや》の、門《かど》傍《べ》に馬《うま》を駐《とゞ》めさして、長総《ながふさ》を扶下《たすけおろ》し、馬奴《まご》には、行裹《たびづゝみ》を解《とか》し、銭《ぜに》を還《とら》して、大家裏面《みな〳〵うち》に找《すゝ》み入《い》れば、這里《こゝ》なる雛婢《こをんな》出《いで》迎《むかへ》て、「はやう着《つか》せ給ひにき」、といひかけて湯《ゆ》を汲入《くみい》るゝ、盥《たらひ》を譲《ゆづ》る絹七《きぬしち》・小夜二《さよじ》、口誼《こうぎ》も迭《かたみ》に長総《ながふさ》を、先《さき》へ各々《おの〳〵》足《あし》を洗《あら》ふて、引《ひか》れて坐《ざ》する客《きやく》の間《ま》に、早《とみ》の馳走《ちそう》は薄明《うすあか》き、行灯《あんどん》一ッを中坐席《なかざしき》、「横臥《よころび》給へ」、と拿出《とりいだ》す、*木枕《きまくら》四《よ》ッは油染《あぶらじみ》て、箱《はこ》にも似《に》たり。四人《よたり》の外《ほか》に、斯宿《あひやど》の客《きやく》なかりしかば、猛可《にはか》に焼《た》く風炉《ふろ》、炊《かし》く飯《いひ》、遅《おそ》き夜食《やしよく》を等不楽《まちわび》て、腹《はら》の虫鳴《むしな》く草《くさ》枕《まくら》、旅《たび》にしあれど笥《け》にも装《も》る、*中酒《ちうしゆ》の餚《さかな》は絹七《きぬしち》が、今宵《こよひ》の東道《あるじ》と誂《あつら》へし、*澳津《おきつ》棘鬛《だひ》の浜炙《はまやき》に、薩埵浦《さつたうら》なる栄螺《さゞえ》の殻焼《からやき》、「こは是《これ》けふの*推驚《むしおさへ》、恙《つゝが》もあらで最愛《いとめで》たし。過《すぐ》し給へ」、と羞《すゝ》めたる、人《ひと》の誠《まこと》に推辞《いなみ》もあへぬ、酒《さけ》には余念長総《よねんながふさ》も、沙量《げこ》ならねばぞ円坐《まどゐ》して、深《ふく》るも知《し》らぬ小夜二郎《さよじらう》、「隔昨《おとつひ》気賀《きが》を立出《たちいで》しより、左《と》にも右《かく》にも影護《うしろめた》くて、昨夜《よんべ》の歇店《やど》では宿《い》も睡《ねぶ》らず。けふはいよ〳〵疲労《つかれ》しに、料《はから》ずも好伴侶《よきつれ》を得《え》て、今宵《こよひ》は枕《まくら》を高《たか》う寝《ぬ》る、賀《よろこ》び酒《ざけ》は我們《われ〳〵》が、東道《あるじ》すべきを反覆《うらうへ》なる、情《なさけ》にこそ」、と受《うけ》て竭《ほ》す、*大原盃《おはらさかづき》やせ《八瀬痩》臑《すね》を、顕出《あらは》に崩《くづ》す炙魚肉《やきざかな》、夾《はさ》めば口《くち》を指出《さしだ》して、軈《やが》て嚥《ほうば》る無礼酒《なめしゆ》興《きやう》、葛烹《くずに》の薯蕷《いも》もうち解《とけ》て、辷《すべ》れば箸《はし》を突立《つきたて》て、さしつさゝれつ睦《むつま》じき、浮世雑談《うきよざふだん》、時移《ときうつ》るまで、酔《えひ》を尽《つく》して、盃《さかづき》を、収《おさむ》る折《をり》に長総《ながふさ》は、浄手《ちやうず》に立《たつ》を小夜二郎《さよじらう》、「咱們《われら》も倶《とも》に」、と身《み》を起《おこ》す、坐席《ざしき》のうらへ䠇脚《ちどりあし》、扶甲斐《たすけがひ》なく乒乓《よろめ》きても、鍱児離《つがひはな》れぬ縁頬《えんがは》の、扇戸開《ひらきどあけ》て小解《こよう》を達《た》して、「許《ゆる》し給へ」」、と絹七《きぬしち》に、辞《ち》して臥簞《ふしど》に入《い》りしかば、絹七主僕《きぬしちしゆぼく》は次《つぎ》の間《ま》へ、幮《かや》を吊《つら》しつ、行灯《あんどん》を、二房《ふたま》の間《あはひ》に措更《おきかえ》さして、倶《とも》に枕《まくら》に就《つ》きにけり。

　夏《なつ》の夜《よ》なれば短《みじか》きに、小夜二郎《さよじらう》と長総《ながふさ》は、連日長途《れんじつちやうど》に苦《く》辛《しん》したるに、今宵《こよひ》のみ稍《やゝ》帮助《たすけ》を得《え》て、心《こゝろ》おちゐしそが上《うへ》に、小夜深《さよふく》るまで酒《さけ》うち喫《のみ》て、酔《えふ》て熟睡《うまい》をしたりしかば、鴉鳴《からすな》き日《ひ》は升《のぼ》りても、枕《まくら》を双《なら》べて臥《ふし》たるを、歇店《やど》の婢児《をなご》に喚覚《よびさま》されて、うち驚《おどろ》きつゝ遽《いそがは》しく、身《み》を起《おこ》しつゝ次《つぎ》の間《ま》を、見れば絹七主僕《きぬしちしゆぼく》は在《を》らず。「何里《いづこ》へゆきし」、と婢児《をなご》に問《と》へば、「那二《かのふた》かたのおん伴侶《つれ》さまは、緊要《きんえう》の事あればとて、未明《まだき》に出《いで》てゆき給ひぬ」、といふに小夜二《さよじ》も長総《ながふさ》も、倶《とも》に驚《おどろ》き且訝《かついぶか》りて、蒲団《ふとん》の下《した》に秘措《ひめお》きたる、盤纏《ろよう》を急《きう》に搔撈《かゝぐ》るに、悲《かな》しや財嚢《さいふ》はなかりけり。只是《たゞこれ》のみにあらずして、小夜二郎《さよじらう》が両刀《りやうたう》、行裹《たびづゝみ》、腰着《こしつけ》の銭《ぜに》と倶《とも》に、枕方《まくらべ》に解《とき》て措《お》きたる、男女二条《なんによふたすぢ》の帯《おび》までも、搔攫《かきさらは》れけん、東西《もの》皆《みな》あらず。「原来那《さてはか》奴們《やつら》も歹人夥計《わるものなかま》の、騙児《もがり》にてありけるを、悟《さと》らで心《こゝろ》を緩《ゆる》せしは、千慮《せんりよ》の一失《いつしつ》、悔《くや》しや」、と敦圉《いきま》き罵《のゝし》る小夜《さよ》二郎《じらう》を、慰《なぐさ》め難《かね》たる長総《ながふさ》も、色《いろ》を失《うしな》ひ呆惑《あきれまよ》ひて、「こはいかにせん。いかにせん」、と声戦《こゑふるは》しても敵手《あひて》なければ、小夜二郎《さよじらう》は歇店《やど》の婢児《をなご》の、立《たゝ》んとせしを喚禁《よびとゞ》めて、「やをれ*衒妻《げんさい》、且等《まづまち》ね。縦両個《たとへふたり》の奴們《やつばら》が、未明《まだき》に出《いで》てゆくとても、若們《なんぢら》我《われ》に告《つげ》ずして、出《いだ》し遣《や》ることやある。恁《かく》ては済《すま》ず、亭主《ていしゆ》を召《よび》ね。快召《とくよば》ずや」、と苛高《いらたか》き、声《こゑ》に主人《あるじ》は走来《はしりき》て、寛解《なだめ》て仔細《しさい》を諮《たづぬ》るにぞ、小夜二郎《さよじらう》は東西《もの》皆耗《みなうせ》たる、縡《こと》の趣《おもむき》、箇《か》様《やう》々々《〳〵》、と詞急《ことばせわ》しく舒示《のべしめ》して、「猜《すい》するに那二人《かのふたり》が、奪《うば》ふて未明《まだき》に走《はし》りし也。若們《なんぢら》情由《わけ》を知《しら》ずといふとも、その折我《をりわれ》に告《つげ》ずして、出《いだ》し遣《や》りしは越度《をちど》也。況這《まいてこ》里《こ》は那奴《かやつ》們《ら》が、定宿《じやうやど》也と聞《きこ》えたり。しからば*騙児《もがり》の中宿歟《なかやどか》。這疑《このうたが》ひを解《とか》んとならば、快那《とくか》奴們《やつら》を趕蒐《おひかけ》て、牽搨戻《ひきずりもど》して証《あかし》を立《たて》よ。事克《ことかな》はずば、金銀《きん〴〵》両刀《りやうたう》、衣裳《いせう》も遺《おち》なく償《つぐのは》せん。孰《いづれ》の方《みち》にも脱《のが》れはあらじ。応《いらへ》をせよ」、と膝《ひざ》うち鳴《なら》して、思ひの随《まゝ》に譴《せむ》れども、主人《あるじ》は听《き》かず、嘆息《たんそく》して、

「そは宣《のたま》ふことながら、先《さき》に出《いで》てゆき給ひたる、二《ふた》かたも今番《こたび》が初宿《うひやど》にて、何里《いづこ》の人歟《ひとか》、咱們《われら》は認《みし》らず。おん身《み》こそ親《した》しげにて、歇店《やどり》を倶《とも》にし給ひければ、咱們《われら》は同国同行《どうこくどうぎやう》の、

一隊《ひとむれ》と思ひ候ひき。爾《しか》るに那二《かのふた》かたは、「緊要《きんえう》の事あれば、立寄《たちよ》る里《さと》へ快《とく》ゆきて、残《のこ》る伴侶《つれ》には途《みち》にて会《あは》ん。這義《このぎ》は予《かね》て両個《ふたり》の伴侶《つれ》も、領意《せうち》なれば」、といはれしかば、「然《さ》もあるべし」、と思ひしのみ、毫《ちと》も疑《うたが》ふ筋《すぢ》ならぬに、禁《とゞ》めておん身《み》に告《つ》ぐべきや。盤纏《ろよう》幷《ならび》に行裹《たびづゝみ》の、皆耗《みなうせ》たりと宣《のたま》へども、然《さ》る大切《たいせつ》の東西《もの》ならば、などてや甲夜《よひ》に小可《やつがれ》に、信《き》と預《あづ》け玉はざる。倘預《もしあづか》りて喪《うしな》ふ歟《か》、外《よそ》より入《い》りたる盗児《ぬすびと》ならば、償《つぐの》ひもすべけれど、預《あづ》けも得《え》せず、同行《どうぎやう》の、先《さき》へもてゆきたればとて、罵《のゝし》り給ふは、こゝろ得《え》がたし。疑《うたが》へば両個《ふたり》の伴達《ともだち》に、東西《もの》皆齎《みなもた》し、出《いだ》し遣《や》りて、還《かへつ》て主人《あるじ》を責《せめ》らるゝ、伎倆《たくみ》も世《よ》にはなき事ならず。抑《そも〳〵》おん身《み》は孰《いづれ》の里《さと》より、何里《いづこ》へ赴《おもむ》き給ひぬる。又那両個《またかのふたり》の同行人《みちづれびと》は、甚麼《いか》なる好《よしみ》で最親《いとした》しく、歇店《やどり》を倶《とも》にし給ひたる、本貫《ほんごく》、姓名《せいめい》、去向《ゆくて》まで、名《な》告《の》らせ給へ。駅長《しゆくをさ》に、訴《うつた》へて明々暗々《あかさくらさ》を立《たて》ん。騙児《もがり》の中宿《なかやど》なるべしなンど、いはれては外聞《ひとぎゝ》歹《わろ》くて、活業《なりはひ》の障《さは》り也。快々《とく〳〵》名告《なのり》給はずや」、と弱《よは》く見えても、理《り》に強《つよ》き、執箆返《しつぺがへ》しに小夜二郎《さよじらう》、「それは」、とばかり息逼《いきづま》る、肚裏《はらのうち》に思ふやう、

「主人《あるじ》の論弁《ろんべん》、極《きは》めて理《り》あり。我身《わがみ》逆旅《たびぢ》に熟《なれ》ざる故《ゆゑ》に、盤纏《ろよう》を預《あづく》ることを知《しら》ず。且那騙児絹七們《かつかのもがりきぬしちら》は、富士川《ふじがは》よりの同行《どうぎやう》なるに、最《いと》も親《した》しき友《とも》のごとく、小夜《さよ》深《ふく》るまで酒《さけ》うち喫《のみ》て、熟睡《うまい》して走《はし》らせしとて、還《かへつ》て人《ひと》を咎《とがむ》るは、よくも思《おも》はぬ惑《まよ》ひなりき。矧本貫《いはんやほんごく》、旧主《きうしゆ》の姓名《せいめい》、今番旅行《こたびりよこう》の情由《わけ》までも、主人《あるじ》に報《つげ》んは妙《めう》ならず。いかにすべき」、と思《おも》ひ難《かね》つゝ、悄《そ》と長総《ながふさ》の袂《たもと》を曳《ひき》て、倶《とも》に次《つぎ》の間《ま》に退《しりぞ》きて、綷《こと》の難渋恁々《なんじふしかく》と、思ふよしを聶《さゝや》き示《しめ》して、なほその意見《いけん》を尋《たづぬ》るに、長総《ながふさ》は只呆果《たゞあきれはて》て、計《はかりごと》の出《いづ》る所《ところ》を知《し》らず。「左右《とかく》に術《すべ》よくし給へかし」、といふより外《ほか》に分別《ふんべつ》なければ、小夜二郎《さよじらう》はいよ〳〵困《こう》じて、又長総《またながふさ》と共侶《もろとも》に、旧《もと》の坐席《ざしき》に出《いで》て来《き》つ、面《おもて》を和《やわ》らげ主人《あるじ》に対《むか》ひて、「目今《たゞいま》いはれし綷《こと》の趣《おもむき》、思へばその理《り》なきにあらず。我《われ》は鎌倉《かまくら》の人氏《ちゆうにん》にて、衿笠小夜二郎《つまかささよじらう》と喚做《よびなす》もの也。佗《き》とせし主君《しゆくん》ありといへども、今番《こたび》は妭《あね》を京師《みやこ》へ送《おく》る、私《わたくし》の旅《たび》なれば、主君《しゆくん》を明々地《あからさま》には名告《なの》りがたかり。又那両個《またかのふたり》の旅客《たびゞと》は、箇様々々《かやう〳〵》の事により、けふ半日《はんにち》の行伴《みちづれ》なれども、路《みち》に賊難《ぞくなん》を拯《すくは》れたる、好意《なさけ》を感《かん》じ、誘引《いざなは》

れて、歇店《やどり》を倶《とも》にしたる也。しかるに又那奴們《またかやつら》も、已前《いぜん》の賊《ぞく》の夥計《なかま》なりけん、那圏套《かのかけわな》《○テクダ》に掛《かけ》たりしを、我年少《われとしわか》しといひながら、然《さ》しも悟《さと》らで甚麼《いかに》ぞや、武士《ぶし》たるものが両刀《りやうたう》まで、奪《うば》ひ去《さ》られし一期《いちご》の不祥《ふせう》、今《いま》さらに面目《めんもく》なし。既《すで》に東西《もの》皆《みな》喪《うしな》ひては、進退越《しんたいこゝ》に谷《きはま》りたり。這義《このぎ》を以《もつて》駅長《しゆくをさ》に、告《つげ》て両個《ふたり》の歹人《わるもの》の、往方《ゆくへ》を索《たづ》ね給ひねかし。縡《こと》の便宜《びんぎ》を得《う》るまでは、幾日《いくか》も逗留《とうりう》すべきのみ」、といふに主人《あるじ》は又呆《またあき》れて、「原来《さては》縡皆《ことみな》おん身《み》の由断《ゆだん》、甘《うま》く乗《の》せられ給ひし也。縦駅長《たとひしゆくをさ》によしを告《つげ》て、賊《ぞく》の往方《ゆくへ》を索《たづぬ》るとも、いかにして虚々《うか〳〵》と、這頭《こゝら》に足《あし》を駐《とゞめ》んや。今《いま》はしも尻《しり》に帆掛《ほかけ》て、*亜細亜《あじや》、欧邏巴《ゑうろつぱ》へがな走《はし》りつらん。なれども俗《よ》にいふ*念彛《ねんばら》しに、駅長《しゆくをさ》に訴《うつたへ》て、往方《ゆくへ》を索《たづ》ね候はん。勿論《もちろ》逗留久《とうりうひさ》しければ、僦賃《しゆくちん》も岌《かさ》むべし。扠《さて》這義《このぎ》をこゝろ得《え》給ひね」、と利《り》に疎《うと》からず期《ご》を推《お》して、駅長《しゆくをさ》によしを報《つげ》て、地方《ところ》の法度《はつと》に任《まか》するのみ。那歹人們《かのわるものら》の出処実名《しゆつしよじつめう》、聞定《きゝさだ》めたる事ならねば、*風《かぜ》を趕《お》ひ影《かげ》を拿《とる》といふ、常言《ことわざ》に似《に》て、毫《ちと》ばかりも、縡《こと》の便《たよ》りを得《え》ざりける、小《さ》夜二郎《よじらう》と長総《ながふさ》は、飯店《やど》の款待《もてなし》、初《はじめ》に似《に》ず、三次《みたび》の饌《ぜん》も茶淘《ちやづけ》冷飯《いひ》のみ。喚《よ》べども応《いらへ》するものもなき、徒然《つれづれ》に堪《たへ》ずして、出《いで》ていなんと欲《ほり》すれば、鐚一文《びたいちもん》の盤纏《ろよう》なし。這里《こゝ》に留《とゞま》らんと欲《ほり》すれば、僦賃《しゆくちん》の債《おひめ》多《おほ》くなるべし。苦《くる》しき胸《むね》を慰《なぐさ》め難《かね》て、おなじ言《こと》のみ繰返《くりかへ》したる、商量《だんかふ》果《はて》しなかりしかば、「照験《てがゝり》もなき騙賊們《もがりら》の、捕《とら》るゝを等《また》んより、左《と》も右《かく》もして京《きやう》へゆかば、資《たす》くる人《ひと》のあらずとも、繁華《はんくわ》の地《ち》なれば生活《なりはひ》の、便着《たつき》を得《う》ることなからんや」、と雌雄纔《めをとわづか》に尋思《しあん》をしたる、這日《このひ》主人《あるじ》を招《まね》きよせて、小夜二郎《さよじらう》が先《まづ》いふやう、「不《ふ》慮《りよ》の事にて五三日《ごさんにち》、厄会《やくくわい》になりし甲斐《かひ》もなく、那騙賊們《かのもがりら》が往方《ゆくへ》知《し》れねば、この後《のち》とても吉左右《きつさう》を、聞《きか》んことはかたかるべし。今《いま》はしも思ひ捨《すて》て、投《さ》すかたへこそ赴《おもむ》くべけれ、とは稍《やゝ》尋思《しあん》したれども、售《うり》て盤費《ろよう》にすべき東西《もの》なし。但我《たゞわが》妖《あね》の頭《かうべ》に挿《さし》たる、玳瑁《たいまい》《○ベツカフ》の笄《かうがい》と、白銀《しろかね》の釵児二枝《かんざしふたつ》は、いぬる夜放《よはな》さで臥《ふし》たれば、幸《さい》はひにして奪去《うばひさ》られず。こは崑山《こんざん》の片玉《へんぎよく》也。いかで宜《よろし》き財主《とくい》を索《たづ》ねて、沽却《うりしろな》して給ひねかし」、と憑《たの》む傍《かたへ》に長総《ながふさ》は、嗟嘆《さたん》をしつゝ手《て》を抗《あげ》て、頭髻《たぶさ》に挿《さし》たる釵児《かんざし》と、笄《かうがい》を徐《そ》と抜拿《ぬきと》れば、解《とけ》んとしたる黒髪《くろかみ》を、紈《わが》ねて

*養歯《やうじ》を挿更《さしかえ》て、鼻紙《はながみ》をもて笄《かうがい》の、脂膏《あぶら》をやをら拭祛《ぬぐひすて》て、「這笄《このかうがい》は旧舶《こわたり》の、玳瑁《たいまい》をもて造《つく》らしたれば、輝《てり》もよし疵《きず》もなし。製作《こしらゆ》る折《をり》は十金余《じうりやうあま》りを、費《つひや》したるものなるを、售《う》るは可愛《かあゆ》き子《こ》を棄《すつ》るより、世《よ》に最惜《いとを》しく思へども、薄情《うたて》や宝貨《たから》は、身《み》の差替《さしかえ》にて、飽《あか》ぬ別《わか》れになり侍《はべ》り。又這白銀《またこのしろかね》の釵児《かんざし》は、*面挿《まへざし》も背挿《うしろざし》も、八九銭《もんめ》の秤目《おもみ》あり。損《そん》は預知《せうち》のことながら、一匁《いちもんめ》でも価《あたひ》よく、媒妁《なかだち》をして給ひね」、と喞語《かごと》がましくうち不楽《わび》て、遁与《わたす》を主人《あるじ》は受拿《うけとり》て、障子《せうじ》に翳《かざ》し、左見右見《とみかうみ》て、「現《げに》よろしくは見ゆれども、恁《かゝ》る東西《もの》は素人《しろうと》の、眼《まなこ》の届《とゞ》くべくもあらず。非除初《よしやはじめ》はいかばかりの、金《かね》を費《つひや》し給ふとも、売《う》る折《をり》は世話《せわ》にいふ、只是二足三文《たゞこれにそくさんもん》にて、御意《ぎよい》には称《かな》ひがたかるべし。且預《まづあづか》りて、那這《あちこち》へも、見せて挣《はたら》き候はん。小可《やつがれ》とても拿《と》る銭《ぜに》あれば、一肩《ひとかたい》入れて候に、なでふ疎《おろか》に思ふべき。姑且等《しばらくまた》せ給ひね」、と最憑《いとたのも》しげに応《いらへ》をしつゝ、件《くだん》の粧具《せうぐ》《○カミノカザリ》を携《たづさへ》て、いそしく奥《おく》へ退《まか》りけり。

恁《かく》てこの日《ひ》も果敢《はか》なく暮《くれ》て、夕饌《ゆふぜん》を果《はた》せし時候《ころ》、主人《あるじ》は外《よそ》よりかへり来《き》て、小夜《さよ》二郎《じらう》們《ら》に報《つぐ》るやう、「嚮《さき》に憑《たのま》れまゐらせたる、笄《かうがい》と釵児《かんざし》を、駅《しゆく》の香具《かうぐ》経紀人們《あきびとら》に、当《ふま》して値《あたひ》を問《と》ひ候ひしに、思ふにも似《に》ず廉《やす》かりければ、素人《しろと》にも那《あち》這《こち》と、見せて買《かは》せんと欲《ほり》せしに、玉敷《たまか》石敷《いしか》も得《え》ぞ知《し》らぬ、人多《ひとおほ》かれば綷整《こととゝの》はず。せんかたなさに町尻《まちじり》なる、解庫《しちみせ》へもてゆきしに、笄《かうがい》釵児《かんざし》三種《みくさ》にて、銀《ぎん》七拾五匁《もんめ》ならば、解《おき》ね当《とら》んといはれたり。売《うら》んとすれば六十匁《もんめ》の、内外《うちそと》にしてなほ廉《やす》かり。そを典物《しちもつ》に做《な》すときは、十三四匁《もんめ》売登《うりのぼ》して、受復《うけもど》さんも自由《じゆう》也」、といふを長総《ながふさ》うち听《きゝ》て、小夜《さよ》二郎《じらう》が応《いらへ》を等《また》ず、膝《ひざ》を扻《すゝ》め主人《あるじ》に対《むか》ひて、「非除《よしや》七十五匁《もんめ》也とも、嚮《さき》にいはれし二足三文《にそくさんもん》、然《さり》とては情《なさけ》なき、時価外《さうばはづ》れで侍《はべ》らんを、いはるゝごとく典物《しちもつ》ならば、ふたゝび手《て》に入《い》ることもあるべし。それより上《うへ》は借《か》さずや」、と問《と》ふを主人《あるじ》は听《きゝ》あへず、「否《いな》。七十五匁《もんめ》も、幾回《いくたび》となく討論《おしあふ》て、決着《けつちやく》したる事なれば、そが上《うへ》は力及《ちからおよ》びがたかり。なれども薦《すゝ》めまうすにあらず。左《と》にも右《かく》にも商量《だんかふ》して、後悔《こうくわい》をなし給ひそ」、といへば小夜《さよ》二郎《じらう》点頭《うなづき》て、「現時価《げにさうば》に当《あた》らずとて、値《あたひ》を論《ろう》ずる折《をり》にあらず。今茲《ことし》は*星《ほし》の祟《たゝ》りにやありけん、箸《はし》だに持《もた》ぬ乞丐《かたゐ》になるとも、*輪有《まはりもち》なる銭財《ぜにかね》に、何日《いつ》までか憎《にく》るべき。京師《みやこ》に到《いた》り、便《たよ》りに就《つき》て、受復《うけもど》す与《ため》なれば、枉《まげ》て七《しち》の字《じ》しかるべし。那議《かのぎ》に儘《まか》し給はずや」、といふに長総嘆口気《ながふさしたうちなら》して、「随《まゝ》よ、*彔《ろく》なる商量《だんかふ》ならねば、質《しち》と決《さだ》めて*蜂掃《はちはら》ひ、苦《く》になるは只身《たゞみ》の往方《ゆくへ》、盤纏《ろよう》に足《た》らぬ金《かね》ながら、なきには優《ます》べし。奴家《わらは》も決着《けつちやく》、思ひ絶《たえ》て侍《はべ》るかし」、といへば主人《あるじ》は懐《ふところ》より、報条一通《かきだしいつゝう》拿出《とりいだ》して、

「しからば金子《きんす》は且小可《まづやつがれ》が、巴易《とりかえ》て勘定仕《かんじやうつかまつ》らん。僦賃《しゆくちん》は、いぬる夜《よ》の、初歇《うひどまり》が四人前《よたりまへ》、いはでもしるき銀六匁《ぎんろくもんめ》、当晩《そのよ》の酒《さけ》と餚《さかな》の値《あたひ》が、拾六匁《もんめ》五分也。その次《つぎ》の日《ひ》よりおん二人《ふたり》前《まへ》、一个日《いつかにち》が三匁《さんもんめ》、五个日合《ごかにちあは》して拾五匁《もんめ》、這那大約今宵《これかれおよそこよひ》まで、摠多寡《さうたくわ》三拾七匁《もんめ》、五分《ふん》は渡《わた》し下《くだ》さるべし。そを七拾五匁《もんめ》にて、差引見《さしひきみ》れば、金弐分弐朱《きんにぶにしゆ》、卒々受拿《いざ〳〵うけとり》玉へかし」、といひつゝふたゝび懐《ふところ》より、件《くだん》の金《かね》を拿出《とうで》つゝ、うち開《ひら》きたる報条《かきだし》に、乗《の》して恭《うや〳〵》しく逓与《わた》すにぞ、倶《とも》に呆《あき》るゝ長総《ながふさ》・小夜二《さよじ》、面《おもて》を照《あは》し艴然《むつ》として、「御亭主《ごていしゆ》、そは貪慾《どんよく》ならん。我們二名《われらふたり》の僦賃《しゆくちん》は、当然《あたりまへ》なることながら、那歹人們《かのわるものら》が僦賃《しゆくちん》と、那奴們《かやつら》が買拿《かひとり》たる、酒餚《さけさかな》の値《あたひ》まで、差引拿《さしひきと》られて可《よか》らんや。その議《ぎ》は決《けつ》して受引《うけひき》がたし」、と男女斉一《なんによひとしく》敦圉《いきま》くを、主人《あるじ》は听《きか》ず、推禁《おしとゞ》めて、「発憤《むづか》り給ふな、一文《いちもん》でも、受《うけ》まじき銭《ぜに》を拿《と》るにあらず。いぬる朝《あさ》、先《さき》へ出《いで》てゆかれし、那《かの》両個《ふたり》のおん行伴《みちづれ》を、仇《あた》のごとくに宣《のたま》へども、片言《かたくち》なれば、行伴《みちづれ》に、あらずとせらるゝ証《あかし》はなし。しかるをいはんやまうさんや、那夜分《かのよさり》の酒餚《さけさかな》は、おん身二《みふた》かた飽《あく》までに、飲《のみ》もたうべもし給ひしを、白喫《くひにげ》せんとは、人歹《ひとわろ》かり。経紀人《あきびと》は聊《いさゝか》なる、利《り》を顧《み》て宅眷《やから》を養《やしな》ふに、損《そん》して何《なに》を所依《よすが》にせん。恁《かう》いふてもなほ諍《あらそ》ひ給はゞ、是非《ぜひ》に及《およ》ばず、駅長《しゆくをさ》に、報《つげ》て地方《ところ》の法則《おきて》に儘《まか》せん。その折後悔《をりこうくわい》し給ふな」、と譴《せむ》るを云云《かにかく》いひ解《と》きても、解《とけ》ぬ*縲絏《なはめ》に掛《かけ》させし、質《しち》を捉《と》られし上《うへ》なれば、小夜二郎《さよじらう》も長総《ながふさ》も、争《あらそ》ひ輸《まけ》ては、なほ立腹《たつはら》を、*又手《よこで》に押《おし》て黙然《もくねん》たり。姑且《しばらく》して長総《ながふさ》は、小夜二郎《さよじらう》を見かへりて、「窮《きう》するときは鈍《おぞ》くなるといふ、鄙語《ことわざ》もけふは外《よそ》ならぬ、星殺《まはりあはせ》が歹《わろ》ければ、損《そん》の上《うへ》なる損《そん》の卦《け》を、今建更《いまたてなほ》すべくもあらねど、主《ぬし》も奴家《わらは》も窃《ぬすま》れて、帯《おび》なくなりしを、争何《いかゞ》

はせん。非除旧手《よしやふるて》*の布帯《ぬのおび》でも、二条買《ふたすぢか》はゞ、這弐分弐朱《このにぶにしゆ》も、残微《のこりすけな》くなりぬべし。然《さ》では盤費《ろよう》にいよ〳〵足《た》らず、足《た》らねばとても媛御前《ひめごぜ》*の、裸《はだか》で道中《どうちう》做《な》るべき歟《か》。這商議《このだんかふ》をせまほしけれ」、といへば小夜二郎《さよじらう》有理有理《げにげに》と、頷《うなづ》きながら主人《あるじ》に対《むか》ひて、「听《きか》るゝ如《ごと》き造化《しあはせ》なれば、我《われ》はともあれ婦人帯《をんなおび》、一条《ひとすぢ》を求《もとむ》るばかりの、勘弁《かんべん》を憑《たの》むのみ。報条《かきだし》の中一个条《うちいつかでふ》、酒餚《さけさかな》の値《あたひ》拾六匁《もんめ》、分釐《なにがし》を小霎時《しばし》貸給《かし》ひね。京師《みやこ》に到《いた》らば便《たよ》りに就《つき》て、仡《き》と返《かへ》さんこと遠《とほ》かるべからず。いかで〳〵」、と長総《ながふさ》も、口説《くど》くを主人《あるじ》は听《きゝ》あへず、「小可《やつがれ》とても鬼《おに》ならねば、最痛《いといたま》しく思へども、連年活業不如意《れんねんなりはひふによい》にて、人《ひと》に貸《か》すべき余財《よざい》なし。いぬる比旅客達《ころたびゞとたち》の、養《く》れていなれし小荷駝圧《ふとんはり》《○コニダオサエ》*の、破《やぶ》れたるが一条《ひとすぢ》あり。長《たけ》は二丈《にぢやう》に近《ちか》かるべし。目今《たゞいま》拿出《とうで》てまゐらせん。そを二ッにして結《むす》び給はゞ、夏《なつ》の帯《おび》に究竟《くきやう》ならん。いで〳〵」、と遽《いそがは》しく、身《み》を起《おこ》し納戸《なんど》に退《まか》りて、件《くだん》の布《ぬの》をもて来《き》ぬるを、見れば薑黄《うこん》*と油緑《あいみるちや》の、段段筋《だんだらすぢ》の染布《そめぬの》の、下哺《なゝつさがり》になりにたる、色《いろ》ともわかず糾《よ》れ垢脂《あかじ》染《み》て、長汀曲浦《ちやうていきよくほ》*に漁火《いさり》する、蜑戸《あま》が椦縄《たくなは》に似《に》たりしを、長総《ながふさ》は爪弾《つまはぢき》して、「世《よ》が世《よ》でありし折《をり》からは、寝間被帯《ねまきおび》にも、繻子歟綸子《しゆすかりんず》*を、腰《こし》に纏《まと》ひし身《み》にしあるを、貧富栄辱《ひんぷゑいぢよく》、地《ち》を易《かえ》て、今《いま》は逆旅《たびぢ》に流浪《さそら》へばとて、這《この》破布《やれぬの》を争何《いかゞ》はせん」、といふを小夜二郎《さよじらう》は慰《なぐさ》めて、「縦帯《たとひおび》のみ人並《ひとなみ》でも、盤費《ろよう》なくては明日《あす》より露宿《のじゆく》、何《いづれ》の日《ひ》に歟京師《かみやこ》に到《いた》らん。雲《くも》*と喚《よば》るゝ駅奴《うまやびと》は、稿索《わらなは》を帯《おび》に做《な》すもあるを、壺折《つぼを》*る衣《きぬ》を引揚《ひきあげ》て、垂《たら》し隠《かく》さば、なきには優《ま》してん。姑且《しばらく》堪忍《かんにん》し給へ」、と屢〳〵《しば〳〵》諭《さと》し頷《うなづか》せて、二ッに裁《きり》て帯《おび》にする、藍《あゐ》*染川《ぞめがは》にあらねども、吉備《きび》の中山《なかやま》なか〳〵に、真金纔《まがねわづか》に弐分弐朱《にぶにしゆ》の、路費《ろよう》の与《ため》に随《まゝ》ならぬ、人視《ひとめ》も恥《はぢ》も今《いま》さらに、潜《しの》び難《かね》たる長総《ながふさ》は、再三次《ふたゝびみたび》嘆口気《したうちなら》して、「恁《かう》なるべし、と予《かね》てより、兎毛《うのけ》の杪《うら》に措《お》く露《つゆ》ばかりも、知《し》るよしあらば丹沢《たんざは》なる、我親里《わがおやざと》に赴《おもむ》きて、姪《おひ》に寓《かゝ》りて後《のち》にこそ、亦左《またと》も右《かく》もすべかりしに、悔《くや》しき事をしてけり」、と臍《ほぞ》を噬《か》めども返《かへ》るべき、路《みち》しなければ明日《あす》よりの、去向苦《ゆくてくる》しき煩襟《ものおも》ひ、「寝《ね》て忘《わすれ》ん」、と呟《つぶや》くのみ。做《な》す事なさに頃日《このごろ》は、甲夜《よひ》盹癖《ねぐせ》憑く夏《なつ》の日《ひ》の、適才暮《いまがたくれ》て程《ほど》もなき、小夜二郎《さよじらう》と共侶《もろとも》に、主人《あるじ》に翌《あす》の朝立《あさだち》の、別《わかれ》を告《つげ》て入《い》る幮《かや》の、吊緒《つりを》もいとゞ短夜《みじかよ》や、遠州《ゑんしう》臥坐《ござ》を敷栲《しきたへ》の、枕《まくら》にはやく就《つき》にけり。

第《だい》三十回《くわい》

疑似《ぎじ》の孽《わざはひ》小夜二《さよじ》命《いのち》を殞《おと》す
瘞金《ゑいきん》の計《はかりごと》木綿張牢《ゆふばりひとや》を越《こ》ゆ

却説《かくて》袷笠《つまかさ》小夜二郎《さよじらう》は、長総《ながふさ》を扶掖《たすけひ》きて、京師《みやこ》を投《さし》てゆく程《ほど》に、この日《ひ》は、七八里《り》（三十六町一里）の路《みち》を走《はし》りて、*藤江田《ふぢえだ》の里《さと》に宿《やどり》を投《もと》め、その次《つぎ》の日《ひ》の巳牌時候《みのころ》に、嶋田《しまだ》の駅《しゆく》に来《き》にけるに、折《をり》から五月《さつき》の天《そら》なれば、大堰河《おほゐがは》の水倍《みづま》して、渡《わた》りあらずと聞《きこ》えしかば、已《やむ》ことを得《え》ず這駅《このうまやち》なる、客店《はたごや》に杖《つゑ》を駐《とゞ》めて、水《みづ》の落《おつ》るを等《まち》たるに、その夜《よ》より又雨降《またあめふ》りて、幾《いく》日《か》も霽間《はれま》なかりしかば、逗留十日《とうりうとをか》あまりに及《およ》びて、稍渡《やゝわた》すことを得《え》たれども、*盤費《ろよう》は逗留《とうりう》の宿賃《やどちん》と、歩渡《かちわたし》の人足賃《にんそくちん》に、残《なご》りなく使《つか》ひ果《はた》して、*金谷《かなや》の里《さと》に到《いた》りし折《をり》、はや黄昏《たそがれ》になりたれども、宿《やどり》を求《もとめ》ん便着《たつき》はあらず。窮鬼《きうき》（○ビンボウガミ）愘《かく》まで身《み》に逼《せま》りて、憂《うれ》ひに患《うれ》ひを累《かさ》ねたる、小夜二郎《さよじらう》は、長総《ながふさ》と、倶《とも》に路傍《みちのべ》に立在《たゞずみ》て、宿借《やどか》る人《ひと》を羨《うらやま》しげに、目送《みおく》る程《ほど》に日《ひ》は没果《いりはて》て、*夕轟《ゆふとゞろ》きに門鎖《かどさ》す家《いへ》の、其里《そこ》ともわかずなりしかば、涙《なみだ》迭《かたみ》に吒《さしぐ》みて、恨《うら》めしくも哀《かな》しさに、悔《くひ》の八千遍《やちたび》、百千遍《もゝちたび》、甲斐《かひ》なき事を繰返《くりかへ》す、苧環《をだまき》ならで*糸《いと》に糾《よ》る、心細《こゝろぼそ》さを慰《なぐさ》めつ、慰《なぐさ》められて共侶《もろとも》に、金谷阪《かなやざか》までゆく程《ほど》に、山田《やまだ》の頭《ほとり》に、野猪《しし》逐《お》ふ*穂屋《ほや》あり。そを戍《も》る人《ひと》のなかりしかば、今宵《こよひ》は這里《ここ》に明《あか》さんとて、件《くだん》の穂屋《ほや》に臥《ふ》したれども、饑疲《うゑつか》れたるそが上《うへ》に、山川《やまがは》の音凄《おとすさま》じくて、睡《ねむ》らんとするにいもねられず、短夜《みじかよ》ながら今宵《こよひ》のみ、生憎《あやにく》に長《なが》く覚《おぼえ》て、稍暁《やゝあけ》がたになりし時候《ころ》、旅客《たびゞと》を乗《のせ》てや行《ゆく》らん、馬《うま》の鈴《すゞ》の音《ね》聞《きこ》えしかば、小夜二郎《さよじらう》は、長総《ながふさ》を、又扶掖《またたすけひ》き山路《やまぢ》を登《のぼ》りて、*菊川《きくがは》のかたへ辿《たど》りゆくに、明《あけ》なんと思ひたる、夜《よ》はなほ明《あけ》ず、二十町《はたまち》余《あま》りも、来《き》ぬらんと思ふ程《ほど》に、小夜二郎《さよじらう》は憶《おも》はずも、足《あし》に戛哩《からり》と蹴掛《けかけ》し東西《もの》あり。驚《おどろ》きながら拿抗《とりあげ》て、月《つき》を燭《あかし》に熟《つら〳〵》視《み》れば、長二《ながさに》尺計《さくばかり》なる、*糸柄《いとづか》の刀《かたな》也。莞爾《につこ》と笑《ゑみ》つゝうち戴《いたゞ》きて、「*刀自《とじ》（長総《ながふさ》をいふ。）これを見給ひね。憶《おも》はずも今足《いまあし》に蹴掛《けか》けて、這個刀《これこのかたな》を拾《ひら》ひにき」、といへば長総《ながふさ》も含笑《ほうゑみ》て、「現捨《げにすつ》る神《かみ》あれば、助《たすく》る神《かみ》もありと聞《き》く。我們《われ〳〵》二名《ふたり》が命運《めいうん》も、なほ憑《たの》しき所《ところ》あり。且《まづ》見せ給へ」、と手《て》に拿《とり》て、「刃《み》の好歹《よしあし》は知《し》らねども、*鮫《さめ》もあり、表装《こしらへ》の、いともの〳〵しげなるに、售《う》らば必《かならず》盤費《ろよう》にならん。愛《めで》たや阿足《おあし》は出来《でき》たり」、と祝《しゆく》して遁与《わた》すを、小夜二郎《さよじらう》は、受拿《うけとり》つ、腰《こし》に帯《おび》て、「是《これ》を今宵《こよひ》の歇店《やどり》にて、主人《あるじ》に示《しめ》して售《うら》ん」といはゞ、那笄《かのかうがい》より釵児《かんざし》より、*適方《ゆきみち》はやくて、価好《あたひよか》らん。是《これ》で気蝕《きしよく》を医《なほ》したり。卒《いざ》ゆき給へ」、と先《さき》に立《た》つ、慾《よく》には饑《うゑ》も忘《わす》れ草《ぐさ》、路《みち》の夏草《なつくさ》踏《ふみ》わきて、又幾町《またいくまち》か登《のぼ》りゆく、左《ひだり》のかたを見かへれば、乾浄《かけはなれ》たる樹下《このもと》に、山神《やまのかみ》の禿倉《ほこら》ありけり。長総《ながふさ》は小夜二郎《さよじらう》に、掖《ひか》れて這頭《こゝら》へ来《き》ぬる折《をり》、天《よ》は稍明《やゝあけ》て、茂林《もり》を離《はな》るゝ、鴉《からす》の声《こゑ》は聞《きこ》ゆれども、なほ人跡《ひとあし》の絶《たえ》たれば、姑且《しばらく》那里《かしこ》に憩《いこは》んとて、聊《いさゝか》路《みち》を横行《よこぎり》て、件《くだん》の禿倉《ほこら》に立寄《たちよ》りしに、主《ぬし》なき一箇《ひとつ》の箱籠《つゞら》あり。小夜二郎《さよじらう》も長総《ながふさ》も、「そを何人歟《なにびとか》卸《おろ》し措《おき》て、*出恭《はこし》にやゆきつらん」、と思へば敢掛念《あへてけねん》せず、嚮《さき》に拾《ひら》ひし刀《かたな》を拿出《とうで》て、迭《かたみ》に見つゝ価《あたひ》を料《はか》りて、憶《おもは》ず時《とき》を移《うつ》せども、箱籠《つゞら》の主《ぬし》は出《いで》ても来《こ》ず。小夜二《さよじ》は猛可《にはか》に心《こゝろ》づきて、長総《ながふさ》に聶《さゝや》くやう、「おん身《み》はいかに見給ひたる。這箱籠《このつゞら》の重《おも》げなる、内《うち》なるは衣物《きるもの》ならん。然《さ》るを恁《かゝ》る山中《やまなか》に、うち棄《すて》たるは尷尬《うさん》也。こは盗児《ぬすびと》の所為《わざ》なる歟《か》、然《さら》ずとも所以《ゆゑ》なからずや。そは左《と》まれ右《かく》もあれ、*天《てん》の与《あたふ》るを拿《と》らざれば、還《かへつ》て咎《とが》めを受《うく》ると歟《か》いふ、古語《ふるごと》あるを誰《たれ》にか聞《きゝ》にき。悄々地《ひそか》に他所《たしよ》へもてゆきて、售《う》らば盤費《ろよう》に余《あま》りあり。京師《みやこ》に到《いた》る日《ひ》生活《なりはひ》の、本銭《もとで》にならんも知《し》るべからず。先々《いで〳〵》内《うち》を一見《いつけん》して、当値《ねぶみ》をせん」、と*籢索《れんざく》に、手《て》を掛《かけ》て曳寄《ひきよ》せんとせしを、長総急《ながふさきう》に推《おし》禁《とゞ》めて、四下《あたり》を見かへり声《こゑ》を潜《ひそ》めて、「見給へ這箱籠《このつゞら》には、最大《いとおほ》きなる鎖《じやう》を鏁《さし》たるに、廝鑰《あひかぎ》なきをいかにして、速《すみやか》に披《ひら》かるべき。其頭《そこら》に暇《いとま》を費《つひや》す程《ほど》に、倘這主《もしこのぬし》がかへり来《き》て、駝《おひ》もて去《いな》ば、争何《いかゞ》はせん。今《いま》うち披《ひら》きて見ずとても、衣《きぬ》ならずして何《なに》かあらん。快々《とく〳〵》他所《たしよ》へもていなずば、宝《たから》の山《やま》へ入《い》りながら、手《て》を空《むなし》うする悔《くひ》なからずや」、といふに小夜二《さよじ》郎点頭《らうなづき》て、「いはるれば現《げに》その理《り》あり。今又《いままた》思へば這刀《このかたな》も、箱籠《つゞら》と共《とも》に贓《もの》せし奴《やつ》が、拿遺《とりおと》せし歟《か》、料《はか》りがたかり。非除《よしや》然《さ》る東西《もの》ならずとも、主《ぬし》に見られれば拿復《とりかへ》されん。幸《さち》ある天《てん》

の錫《たまもの》を、猶予《ゆよ》して時《とき》を移《うつ》さんや。這山《このやま》の名《な》と異《こと》ならぬ、*我名《わがな》も小夜《さよ》の明《あけ》てより、好造化《よきしあはせ》に安波《あは》が嶽《たけ》、無間《むけん》の鐘《かね》は撞《つか》ねども、金《かね》になるべき一箱籠《ひとつゞら》、吁奇《あゝき》なる哉《かな》、*腰《こし》かけて、まづ駝《お》ふべしと重《おも》い荷《に》や、*衣裳《いせう》也けり紗綾《さや》の中綿《なかわた》。然《さ》らば駝《おひ》てん、手伝《てつだ》ひ給へ」、と誇《ほこ》る虚口《あだくち》、軽《かろ》けれど、重《おも》き箱籠《つゞら》を端近《はしちか》く、引摺《ひきずりよ》寄せつ、斂索《れんざく》に、肩《かた》を容《いれ》ても非力《ひりき》の悲《かな》しさ、声《こゑ》のみ曳《ゑい》や、*艶冶郎《ゑんやらう》、「是《これ》はゆかぬ」、とうち卸《おろ》すを、「いひ甲斐《がひ》なし」、と長総《ながふさ》は、背《うしろ》に立《た》ちつ、手伝《てつだ》ふて、「目《め》立《だ》ゝぬ為《ため》に」、と両個《ふたつ》の笠《かさ》を、箱籠《つゞら》の上《うへ》より結吊《むすびさげ》て、下《した》に手《て》を掛《か》け推揚《おしあぐ》るを、掔《ちから》に「ヤツ」と、小夜二郎《さよじらう》は、擡起《もたげおこ》せし脚踏固《あしふみかた》めて、「慿身《かうみ》に附《つけ》ても、なほ重《おも》かり。後《あと》より徐《しづか》に推《おし》給へ。卒《いざ》ゆくべし」、と*先《さき》にたつか弓《ゆみ》、張《はり》ある心《こゝろ》、昨夜《よんべ》よ

新古今集羇旅　西行法師
としたけて又こゆべしと思ひきやいのちも也けり小夜の中山

古廟箱籠暗害小夜二郎《こびやうのつゞらくらくさよじらうをがいす》　有像第四十一

なほくらし小夜の中山あけぬれどつゞらをりなるみちのあさつゆ

長ふさ　さよ二郎

り、饑《うゑ》ても努力《ど》十倍《りきばい》の、慾《よく》に屈《くつ》せぬ手《て》を叉《く》めど、折々《をり〳〵》兵《よろめ》く足曳《あしびき》の、山路《やまぢ》を辿《たど》りゆく程《ほど》に、前面《むかひ》より来《く》る一隊《ひとむれ》の、荘客《ひやくせう》約莫《およそ》十名許《にんばかり》、手《て》に〳〵棒《ぼう》を引提《ひきさげ》て、近《ちか》づく随《まゝ》に小夜《さよ》二郎《じらう》が、駝《おへ》る箱籠《つゞら》を認《みし》りけん、迭《かたみ》にはやく目《め》を注《くは》して、立《たち》留《とゞま》るあり、走《はし》るあり、前後《まへうしろ》より這雌雄《このめをと》を、犇々《ひし〳〵》と捕稠《とりこめ》て、「やをれ強人《ぬすびと》、逃《にが》さんや。胡奴郎《うぬれ》*は昨夜《よんべ》初更《よひ》の間《ま》に、咱家《われら》が村《むら》なる皺三《しはざう》の、宿所《しゆくしよ》を張《うかゞ》ひ潜入《しのびいり》て、主人《あるじ》を惨《むご》く殺《ころ》せしな。屍骸《しがい》は那里《かしこ》に見えねども、臥房《ふしど》に遺《のこ》る鮮血《ちしほ》にて、撃《うた》れし事の分明《ふんみやう》なるに、その折一箇《をりひとつ》の衣箱籠《きぬつゞら》の、失《うせ》しによりて盗賊《たうぞく》の、所為《わざ》なりけり、と知《し》られしよしを、皺三《しはざう》の老小鈍梅《によろばうおぞめ》が、うち外《よそ》よりかへり、来《き》て報《つげ》しかば、時《とき》を移《うつ》さず村人《むらびと》が、聚合《つど》ひ詮議《せんぎ》して、皺三《しはざう》が亡骸《なきがら》と、賊《ぞく》の往方《ゆくへ》を那這《あちこち》と、終夜《よもすがら》索《たづ》ねしに、這里《ここ》にて遭《あ》ひしは天《てん》の冥罰《めうばつ》、縦《たとひ》「非《あら》ず」と争《あらそ》ふとも、その衣箱籠《きぬつゞら》の籢索《れんざく》は、鈍梅《おぞめ》が蔽布《ぼろ》の小裁《こぎれ》をもて、手《て》造《づくり》にしたりといふ、染色《そめいろ》さへも詳《つばらか》に、聞《きゝ》しに違《たがは》ぬ、正《まさ》しき証据《せうこ》。今《いま》はしも脱《のが》るゝ路《みち》なし。はやく箱籠《つゞら》をうち卸《おろ》して、索《なは》に係《かゝ》れ」、と諸声猛《もろごゑたけ》く、棒突鳴《ぼうつきなら》して閧《ひしめ》くのみ。素是田野《もとこれでんや》の民《たみ》なれば、小夜二郎《さよじらう》が腰《こし》に帯《おび》たる、刀《かたな》に武勇《ぶよう》を料《はか》り難《かね》て、左右《さう》なく撃《うち》も蒐《かゝ》らねど、駭怕《おどろきおそ》るゝ長総《ながふさ》を、背《うしろ》に隔《へだつ》る小夜《さよ》二郎《じらう》は、慌《あはて》たる声《こゑ》ふり立《たて》て、「衆人《もろびと》姑且《しばらく》鎮《しづま》りて、我《わが》いふよしを听《きゝ》ねかし。我身《わがみ》は妖《あね》を携《たづさへ》て、京師《みやこ》へ赴《おもむ》く旅客《たびゞと》なるが、這里《ここ》より五町許後方《いつまちばかりあとべ》なる、山神廟《やまのかみのやしろ》に憩《いこ》ひし折《をり》、這箱籠《このつゞら》のありしかば、「こは盗児《ぬすびと》の所為《わざ》にやあらん。重《おも》くとも里《さと》へもてゆきて、主《ぬし》を尋《たづ》ねて逓与《わた》さばや」、と思ふ慈善《ぢぜん》の心《こゝろ》もて、背《そびら》にしたるを甚麼《いかに》ぞや、濡衣《ぬれぎぬ》を被《き》せん与歟《ためか》。人《ひと》を害《がい》して東西《もの》を奪《うば》ひし、強人《ぬすびと》ならんとせらるゝは、尤疎忽《もともそこつ》といはまくのみ。既《すで》に主《ぬし》ある箱籠《つゞら》ならば、卒返《いざかへ》すべし、受拿《うけと》り給へ」、といはせも果《はて》ず又嚾《またわめ》く、大家《みな〳〵》眼《まなこ》を瞪《いから》して、「誘《こしら》へたりあ強人奴《ぬすびとめ》が。その箱籠《つゞら》には脚《あし》もなきに、独這頭《ひとりこゝら》へ来《く》るよしあらんや。偸《ぬす》みし東西《もの》を見られても、然《さ》はあらずとて浅《あさ》はかに、いひ瞞《くろむ》るとも詎《たれ》やは听《きか》ん。ものないはせそ、息《いき》の音《ね》止《と》めよ」、と競《きそ》ふ壮佼《わかもの》三ン四名《にん》、持《もつ》たる棒《ぼう》を閃《ひらめか》して、撃《うた》んと找《すゝ》む勢《いきほ》ひを、禁《とゞ》むべくもあらざれば、小夜二郎《さよじらう》は、「吐嗟《あなや》」とばかりに、刀《かたな》を晃《きら》りと引抜《ひきぬ》きて、寄《よ》せじと角《すま》へど、身単《みひとつ》ならで、後方《あとべ》に叫《さけ》ぶ長総《ながふさ》と、駝搭《せお》ひし箱籠《つゞら》に心《こゝろ》さへ、肩《かた》も引《ひか》れて進退不便《しんたいふべん》の、受大刀《うけだち》取次《しどろ》に乒乓《よろめ》きて、怯《ひる》む眉間《みけん》を下《した》高《たか》に、撃《うた》れて「苦《あつ》」と叫《さけ》びもあへず、臀居《しりゐ》に撐《だう》と平張《へたば》る郤舎《はづみ》に、駝《お》ひし箱籠《つゞら》の底抜《そこぬ》けて、内《うち》より出《いづ》るは衣物《きるもの》ならず、斫《き》られし人《ひと》の亡骸《なきがら》也。いよ〳〵駭《おどろ》く長総《ながふさ》より、大家《みな〳〵》はやくこれを見て、「原来這奴《さてはこやつ》は、皺三《しはざう》が、屍骸《しがい》を人《ひと》に見せじとて、箱籠《つゞら》と共《とも》にもて出《いで》て、衣《きぬ》を転《こか》して空箱籠《あきつゞら》へ、推隠《おしかく》したる亡《なき》骸《がら》の、顕《あらは》れ出《いで》しは天罰《てんばつ》也。虚滅《そらじに》ならん、逃《にがす》な」、と罵《のゝし》りつ又撃《またう》つ棒《ぼう》の、盾《たて》になりたる長総《ながふさ》は、「噫悲《あなかな》しや」、と声立《こゑたて》て、泣《なき》つ叫《さけ》びつ俯累《ふしかさな》りて、禁《と》めても听《き》かぬ、血気《けつき》の壮佼《わかもの》、「這《この》衒妻奴《げんさいめ》も同類《どうるい》ならん。妨《さまた》げすな」、と襟上《えりがみ》を、搔抓《かいつか》み引摺《ひきずり》寄《よ》せて、軈《やが》て索《なは》をぞ掛《か》けにける。

登時大家《そのときみな〳〵》棒《ぼう》をもて、仆伏《たふれふ》したる小夜二郎《さよじらう》を、突動《つきうごか》し、又《また》突動《つきうごか》して、見れば初《はじめ》の一撃《ひとうち》に、酷《いた》く眉間《みけん》を破《やぶ》られたる、窮《きう》所《しよ》なればや思ふにも似《に》ず、三魂六魄五《さんこんろくばくご》体《たい》を去《さ》りて、又生《またい》くべくもあらざれば、先《まづ》このよしを村長《むらをさ》に、報《つげ》て領主《りやうしゆ》に訴《うつたへ》んとて、部《てわけ》をしつゝ一両名《ひとりふたり》、麓《ふもと》を投《さし》て走《はし》るもあり、或《あるひ》は程遠《ほどとほ》からぬ、山里人《やまざとびと》によしを報《つげ》て、地方《ところ》の法則《おきて》に憑《よ》るもあり。這宅《このよ》は両個《ふたり》の亡骸《なきがら》と、長総《ながふさ》をうち戍《まも》りて、姑且便宜《しばらくびんぎ》を等程《まつほど》に、皺三《しはざう》が妻鈍梅《つまおぞめ》は、走《はし》り還《かへ》りし村人《むらびと》に、緈《こと》の趣《おもむき》を聞知《きゝし》りて、泣腫《なきはら》しては翳《かす》む目《め》に、わかぬ山路《やまぢ》をいそぎ来《き》て、歎《なげ》き弥増《いやま》す良人《をつと》の屍骸《しがい》に、携着《すがりつ》きつゝ伏沈《ふししづ》む、涙《なみだ》の間《ひま》に小夜二《さよじ》郎《らう》が、亡骸《なきがら》を見つ、長総《ながふさ》を、佗《き》と疾視《にらま》へたる恨《うらみ》の星眼《まなざし》、狂《くる》ふが如《ごと》く罵《のゝし》る折《をり》から、近《ちか》き山里《やまざと》の毎《ともがら》も、那這《あちこち》より聚《つど》ひ来《き》つ、麓路《ふもとぢ》なる村長《むらをさ》は、這地《このち》の領主《りやうしゆ》、曾根《そね》川権頭高春《がはごんのかみたかはる》の家臣《かしん》、橋高獵九郎有幸《はしたかかりくらうありゆき》に案内《しるべ》をしつゝ、倶《とも》に這里《こゝ》にぞ聚合《つどひ》ける。恁《かく》は領主《りやうしゆ》の家臣《かしん》さへ、速《すみやか》に出《いで》て来《き》ぬるを、看官訝《みるひといぶか》しく思ふもあらん。こも亦別《またこと》なる故《ゆゑ》にあらず。「昨夜皺三《よんべしはざう》が宿所《しゆくしよ》に強人《ぬすびと》入《い》りて、衣箱籠《きぬつゞら》を窃去《ぬすみさ》りし折《をり》、皺三《しはざう》は在《を》らずなりて、臥房《ふしど》に鮮血《ちしほ》恁々《しか〳〵》」、とはやく村長《むらをさ》が訴《うつたへ》により、その強人《ぬすびと》を穿鑿《せんさく》の与《ため》、橋高獵九郎《はしたかかりくらう》は夥兵《くみこ》を将《い》て、件《くだん》の村《むら》に来《き》ぬる折《をり》、村人們《むらびとら》が小夜《さよ》の中山《なかやま》にて、那強人《かのぬすびと》を撃仆《うちたふ》し、そが支党《どうるい》なる、一個《ひとり》の女《をんな》を、搦捕《からめとり》たる緈《こと》の趣《おもむき》を、村長《むらをさ》に報《つげ》しかば、獵九郎《かりくらう》は村長《むらをさ》に、よしを聞《きゝ》案内《しるべ》に立《たゝ》して、来《き》つゝ詮議《せんぎ》に及《およ》びし也。

登時鰕三《そのときしはざう》が妻鈍梅《つまおぞめ》は、涙《なみだ》を禁《とゞ》めて恭《うや〳〵》しく、獦九郎《かりくらう》にうち対《むか》ひて、「惶《かしこ》けれども稟上《まうしあげ》ん。賤妾《わらは》は、御采邑《ごりやうぶん》*四《し》老村《おいむら》の小《こ》経紀《あきびと》藪坂鰕三《やぶさかしはざう》が妻《つま》、鈍梅《おぞめ》と喚做《よびな》すものに侍《はべ》り。嚮《さき》に村長《むらをさ》をもて訴《うつた》へまつりしごとく、良人鰕三《をっとしはざう》は、年来疝積《としごろせんしやく》の持病《ぢびやう》あり。昨日《きのふ》の黄昏《たそがれ》に、買売《あきなひ》し果《はて》てかへりし折《をり》、猛可《にはか》に持病《ぢびやう》の発《おこ》りしとて、そが儘《まゝ》うち臥《ふ》し侍《はべ》りしかば、賤妾《わらは》は「薬《くすり》を買《かひ》もて来《き》て、はやく薦《すゝ》めん」、と思ひつゝ、些《ちと》の銭《ぜに》を懐《ふところ》にして、走《はし》りて隣村《となりむら》に赴《おもむ》きて、還《かへ》りて見れば、良人《をっと》は在《を》らず、臥房《ふしど》に鮮血《ちしほ》夥《おびたゞ》しく、*跖《あとうら》を浸《ひた》せしかば、駭《おどろ》き叫《さけ》びて四下《あたり》を見しに、傍《かたへ》の板厨《とだな》に容措《いれお》きたる、衣箱籠《きぬつゞら》さへ失《うせ》しかば、「原来《さては》繂皆強人《ことみなぬすびと》の、所為《わざ》なるべし」、と思ふにも、心《こゝろ》もとなき良人《をっと》のうへを、四隣《あたり》の村人《むらびと》に報《つげ》しかば、大家《みな〳〵》驚《おどろ》き譟立《さはぎたち》て、「然《さ》らば往方《ゆくへ》を渉猟《あさら》ん」とて、通宵環索《よすがらたづねめぐ》られしに、嚮《さき》に件《くだん》の強人《ぬすびと》の、這里《ここ》に在《あ》りしを見出《みいだ》して、撃仆《うちたふ》したるよしを、報《つげ》られしかば走《はし》り来《き》て、問《と》へば良人《をっと》の亡骸《なきがら》は、強人《ぬすびと》の背《そびら》にしたる、贓物《ぬすみもの》の箱籠《つゞら》より、顕《あらは》れ出侍《いではべ》りしとぞ。それのみならで強人《ぬすびと》の、腰《こし》にしたる中刀《わきざし》は、鰕三《しはざう》が家《いへ》の什物《じうもつ》也。箱籠《つゞら》と共《とも》に板厨《とだな》の内《うち》に、秘措《ひめお》きたるを那強人《あのぬすびと》が、奪拿《うばひと》りしに疑《うたが》ひなし。良人《をっと》の仇《あた》は村人們《むらびとら》に、撃殺《うちころ》され侍《はべ》りしかば、怨《うらみ》を雪《きよむ》るに似《に》たれども、なほ支党《どうるい》の賊婦《ぞくふ》あり。這它《このよ》の事は村人《むらびと》に、問《とは》せ給はゞ分明《ふんみやう》ならん」、といへば四老《しおい》の村人們《むらびとら》も、共侶《もろとも》に找《すゝ》み出《いで》て、「恐《おそ》れながら稟上《まうしあげ》ん。小可毎《やつがれども》は、鰕三《しはざう》が隣人《となりびと》、某甲乙《なにがしら》で候也。目今鰕三《たゞいましはざう》が妻鈍梅《つまおぞめ》が、聞《きこ》えあげ候ひしごとく、小可毎《やつがれども》は鰕三《しはざう》と、強人《ぬすびと》の往方《ゆくへ》を索《たづね》て、天明《よあけ》て這処《ここ》へ来《き》ぬる折《をり》、那強人《あのぬすびと》が箱籠《つゞら》を駝搭《せお》ふて、女子《をなご》を倶《ぐ》したるに撞見《でくは》せしに、箱籠《つゞら》は予聞知《かねてきゝし》りたる、籢索《れんざく》に記《おぼえ》あるをもて、「賊《ぞく》也けり」、とはやくも猜《すい》して、搦捕《からめとら》んとしてければ、強人《ぬすびと》は刃《やいば》を抜《ぬき》て、殺払《きりはらひ》々々〳〵、脱去《にげさら》んとしたりしを、なほ脱《のが》さじと、撃《う》つ棒《ぼう》に、賊《ぞく》は眉間《みけん》を破《やぶ》られて、脆《もろ》くも息絶《いきたえ》候ひき。却支党《さてどうるい》なる賊婦《ぞくふ》をも、逃《にが》さず𩳐《やが》て縛《いまし》めて、その来歴《らいれき》を譴問《せめと》ひしに、頼《いつはりちん》陳じて罪《つみ》に伏《ふく》せず。勿論《もちろ》那頭領《あのとうりやう》の強人《ぬすびと》は、搦《からめ》捕《と》るべきものなりしを、那手《かのて》に刃《やいば》を持《もち》たれば、多勢《たぜい》なれども、不如意《ふにょい》にて、撃殺《うちころ》し候ひしは、聊《いさゝか》疎忽《かそこつ》に似《に》たれども、勢《いきほ》ひ実《じつ》に已《やむ》ことを得《え》ず。この義《ぎ》を査《さつ》し給へかし」、とおそる〳〵稟《まう》すにぞ、獦九郎《かりくらう》うち听《きゝ》て、皺三《しはざう》と小夜二郎《さよじらう》が、亡骸《なきがら》を検《けみ》する折《をり》、村長們《むらをさら》を見かへりて、「現皺三《げにしはざう》は肩《かた》と胸《むね》に、刀瘡《たちきず》刃尖瘡《つききず》二ヶ所《しよ》あり。這肩《このかた》の痍《きず》は初大刀《しよだち》にて、胸《むね》は十々《とゞ》滅《め》を刺《さし》たる也。亦這強人《またこのぬすびと》は、なほ新《あたら》しき*花田紬《はなだつむぎ》の、単衣《ひとへぎぬ》を被《き》たるには似《に》げなく、海松《みる》のごとくに播垂《かきたれ》たる、破布《やぶれぬの》を帯《おび》にしたり。身《み》の皮皆具《かはかいぐ》せざりしも、是歹人《これわるもの》の証据《せうこ》也。こを生拘《いけど》りなば、なほ支党《どうるい》を、穿鑿《せんさく》の照験《てがゝり》あらんを、撃殺《うちころ》せしは惜《をし》むべし。先《いで》や賊婦《ぞくふ》を拷問《がうもん》せん」、といふに村人們《むらびとら》はこゝろ得《え》て、長総《ながふさ》を牽立《ひきたゝ》して、獦九郎《かりくらう》が面前《まなさき》へ、索拿迫《なはとりつめ》て推居《おしすゑ》けり。

当下《そのとき》橋高《はしたか》獦九郎《かりくらう》は、長総《ながふさ》を佗《き》と疾視《にらまへ》て、出処来歴姓名《しゆつしよらいれきせいめい》と、夜盗《よたう》の顚末《もとすゑ》を責問《せめと》ふに、長総涙吒《ながふさなみださしぐみ》て、やうやくに陳《ちん》ずるやう、「奴家《わらは》は相模《さがみ》の某《それ》の里《さと》より、京師《みやこ》の所親許《しよしんがり》赴《おもむ》くものにて、這人々《このひと〴〵》に疑《うたがは》れ、撃殺《うちころ》されしは我弟《わがおとゝ》、衿笠小夜二郎《つまかささよじらう》と喚做《よびな》すもの、奴家《わらは》は名《な》を長総《ながふさ》と、喚《よば》るゝ孀婦《やもめ》で侍《はべ》るかし。昨夜《よんべ》は金谷《かなや》に明《あか》したる、歇店《やどり》をはやく立出《たちいで》て、初《はじめ》て踰《こゆ》る這《この》山路《やまち》なる、荒祠《あれやしろ》に憩《いこ》ひし折《をり》、社壇《しやだん》に在《あ》りし那箱籠《あのつゞら》を、小夜《さよ》二郎《じらう》が見出《みいだ》して箇様《かやう》々々《〳〵》といふにより、「然《さら》ば里《さと》へもてゆきて、主《ぬし》あらば主《ぬし》に返《かへ》しね。なくば竭《つき》たる盤費《ろよう》の資《たすけ》に、なりもやせん」とて駝《おは》せしのみ。いぬる日《ひ》に我們《われ〳〵》は、騙児《もがり》の為《ため》に盤費《ろよう》さへ、行裹《たびづゝみ》さへ咸窃《みなぬすま》れて、被《き》たる儘《まゝ》なる帯《おび》だにも、あらずなりにし苦《くる》しさに、悔《くや》しや駝《おは》せし箱籠《つゞら》の故《ゆゑ》に、「人《ひと》を殺《ころ》せし盗児《ぬすびと》ならん」、といはるゝは夢《ゆめ》にだも、思ひがけなき誣言《しひごと》也。只痛《たゞいた》ましきは弟《おとゝ》が枉死《わうし》、冤屈《むじつ》の科《とが》は釈《とく》るとも、誰《たれ》を憑携《よすが》に遥《はるか》なる、京師《みやこ》へ独《ひとり》いなるべき。哀《かな》しきかな」、と声立《こゑたて》て、「よゝ」とばかりに泣沈《なきしづ》むを、獦九郎《かりくらう》は聞《きゝ》あへず、「呵々《かや〳〵》」とうち笑《わら》ひて、「賊婦奴《ぞくふめ》、頼《いつは》り陳《ちん》ずるとも、只《たゞ》その箱籠《つゞら》のみならず、小夜二郎《さよじらう》とかいふ那強人《あのぬすびと》の、帯《おび》たる刀《かたな》は皺三《しはざう》が、秘蔵《ひざう》の中刀《わきざし》也といふ、妻《つま》の訴《うつたへ》証据明白《せうこめいはく》、左《と》ても右《かく》ても脱《のが》るゝ路《みち》なし。有《あり》つる随《まゝ》に招了《はくでう》せずや」、と責《せむ》れば長総涙《ながふさなみだ》を拭《ぬぐ》ひて、「那中刀《あのわきざし》は、来《き》ぬる路《みち》にて、小夜二郎《さよじらう》が不意《ゆくりな》く、足《あし》に蹴掛《けか》けて拾《ひら》ひにき。窃《ぬす》みし事は侍《はべ》らずかし」、といはせも果《はて》ず獦九郎《かりくらう》は、眼《まなこ》を瞪《いから》し声苛立《こゑいらだて》て、「這奴《こやつ》酷《はなはだ》胆太《きもふと》し。然《さ》る浅々《あさ〳〵》しき搗鬼《そらごと》に、小児《せうに》也とも欺《あざむか》れんや。

抑《そも〳〵》若們《なんぢら》が旧里《ふるさと》は、相模《さがみ》にて何《いづれ》の里《さと》ぞ。良人《をつと》の姓名《せいめい》、その身《み》の素生《すぜう》、今番《こたび》投《さし》てゆくといふ、京師《みやこ》の所親《しよしん》は、甚麼《いか》なる者《もの》ぞ。快詳《とくつまびらか》に稟《まう》さずや」、と緊《きび》しく問《とは》れて、長総《ながふさ》は、「それは」、とばかり口訥《くちごも》る、顔赧《かほあか》やかになるまでに、答《こたへ》難《かね》しをやうやくに、思ひかへしつ頭《かうべ》を擡《もた》げて、「我亡夫《わがなきつま》は鎌倉《かまくら》にて、威勢《いきほ》ひありし武士《ぶし》なれども、這身《このみ》になりて恁々《しか〴〵》と、名告《なの》らば羞《はぢ》を増《まさ》んのみ、その義《ぎ》は允《ゆる》し給ひねかし。又《また》京師《みやこ》には憑《たのも》しき、親族《しんぞく》あるにあらねども、馴《なれ》し東《あづま》に住不楽《すみわび》て、舎弟《いろと》と倶《とも》に苟且《かりそめ》に、思ひ立《たち》ぬる旅宿《たびね》に侍《はべ》り」、といふを獦九郎《かりくらう》は冷笑《あざわら》ひて、「扠《さて》も這奴《こやつ》が口《くち》の強《こは》さよ。女流《をんな》なれば手暴《てあら》くせで、問《と》ひ究《きはめ》んと思ひしに、守《かみ》を欺《あざむ》く烏許《をこ》の癖者《くせもの》、背《そびら》を痛《いた》く鞭懲《むちうちこら》して、招了《はくでう》させよ」、と敦圉《いきま》きたる、下知《げち》に従《したが》ふ橋高《はしたか》の、夥兵們《くみこら》斉一《ひとしく》「阿《あ》」と応《いらへ》て、走《はし》り蒐《かゝ》りつ長総《ながふさ》が、背《そびら》を悩《なや》す十手《じつて》の電光《いなづま》、撻《うた》れて叫《さけ》ぶ長総《ながふさ》の、いふよし初《はじめ》にかはらねば、獦九郎《かりくらう》は、「さのみは」とて、夥兵《くみこ》に呵責《かしやく》を止《とゞ》めさせて、鈍梅《おぞめ》丼《ならび》に村長《むらをさ》と、両所《りやうしよ》の村人們《むらびとら》に示《しめ》すやう、「賊婦《ぞくふ》は実《じつ》を吐《はか》ねども、恁《かく》まで証据《せうこ》亮然《りやうねん》《○アキラカ》たれば、皺三《しはざう》を害《がい》したる、強人《ぬすびと》は問《とは》ずもしるき、那小夜二郎《あのさよじらう》に極《きはま》れり。恁《かゝ》れば梟首《きやうしゆ》せられんものぞ。守《かみ》よりおん下知《げち》あらん折《をり》まで、屍《し》骸《がい》を栴陀羅《せんだら》に戍《まも》らすべし。又皺三《またしはざう》が亡骸《なきがら》は、鈍梅《おぞめ》が随意《まに〳〵》葬《はうむ》らせよ。なほ鞫《たゞ》ぬべき事もあらば、異日《ゐじつ》の沙汰《さた》に及《およ》ぶべし」、と厳《おごそか》に宣掟《のりおきて》て、曾根川《そねがは》の城《しろ》にかへりゆく程《ほど》に、村長《むらをさ》と村人《むらびと》は、長総《ながふさ》を牽立《ひきたて》て、夥兵《くみこ》の後《しり》に従《したが》ひつゝ、城内《ぜうない》までぞ送《おく》りける。

這日《このひ》よりして長総《ながふさ》は、久《ひさ》しく獄舎《ひとや》に繋《つなが》れて、拷問《がうもん》数回《あまたゝび》に及《およ》びしかども、苦痛《くつう》を忍《しの》びて、些《ちつと》も屈《くつ》せず。「奴家《わらは》はさら也、小夜二郎《さよじらう》は、箱籠《つゞら》を窃《ぬす》まず、人《ひと》を殺《ころ》さず。似《に》たるによりて疑《うたがは》れしは、是薄命《これふしあはせ》《○ハクメイ》にこそ侍《はべ》れ。縦責殺《たとひせめころ》さるゝとも、知《しら》ざる事を做《な》せりとは、得《え》こそまうすまじけれ」とて、冤枉《むじつ》を叫《さけ》ぶのみ也けり。その志勇《こゝろざしゆう》にして、恥《はぢ》を知《し》るにはあらねども、身《み》にも易《かへ》じと思ひぬる、小夜二郎《さよじらう》を殺《ころ》されたる、怨《うらみ》によりて死《し》を怕《おそ》れず、「その冤《しへたげ》を雪《きよめ》てこそ、倶《とも》に死《しな》め」、と思ふのみ。こゝをもて有司們《ゆうしら》も、やうやくに疑念起《ぎねんおこ》りて、罪《つみ》を定《さだ》むることを得《え》ず、よしを主君《しゆくん》に聞《きこ》えあげて、綷《こと》の理会《さばき》を問《とひ》ければ、高春《たかはる》曾根川《そねがは》権頭《ごんのかみ》頭《かうべ》を傾《かたむ》けて、「係《かゝ》る疑獄《ぎごく》*は、縡《こと》を急《いそ》がで、時《とき》を等《また》ばおのづから、虚実《きよじつ》を知《し》らるゝ照験《てがゝり》あらん。いよゝ緝捕《とりて》の雑兵《ざふひやう》をもて、封内《りやうぶん》なる歹人《わるもの》を、駆捕《かりとら》せよ」、と命《めい》ぜらる。よりて秋《あき》より冬《ふゆ》に至《いたり》て、搦捕《からめとら》るゝもの多《おほ》かり。そは無頼《ぶらい》の博徒《ばくと》ならねば、白日搶《ひるかせぎ》の小賊《こぬすびと》にて、長総《ながふさ》が疑獄《ぎごく》の与《ため》に、照験《てがゝり》になるべくもあらず、その罪重《つみおも》きは首《かうべ》を刎《はね》られ、軽《かろ》きは追放《ついはう》せられたる、

爾後《そのゝち》一個《ひとり》の罪人《つみびと》あり。こは木綿張荷二郎《ゆふばりにじらう》と喚做《よびなし》たる、出没不測《しゆつぼつふしぎ》の草賊《ぬすびと》也。此《これ》が獄舎《ひとや》に繫《つなが》るゝ折《をり》、牽《ひか》れて女囚牢《をんなろう》の頭《ほとり》を過《よぎ》りしかば、憶《おもは》ずも長総《ながふさ》と、自他面《これかれおもて》を照《あは》せしに、長総《ながふさ》は何《なに》とやらん、面善《みおぼえ》あるに似《に》たれども、折《をり》から曛昏《ゆふぐれ》の事にして、よく相定《みさだめ》ねば、掛念《けねん》せず。那荷二郎《かのにじらう》は長総《ながふさ》を、見かへりつ、又《また》見かへりて、隣《とな》れる獄舎《ひとや》に繫《つなが》れけり。この時在囚《ときざいしふ》の罪人《つみびと》は、荷二郎《にじらう》と長総《ながふさ》と、只這男女二名《たゞこのなんによふたり》のみ。獄舎《ひとや》は雌《め》雄《を》の差別《けぢめ》《○サベツ》あれども、板壁一隔《いたかべひとへ》なりければ、咳《しはぶ》く声《こゑ》まで聞《きこ》えながら、面《おもて》を相《み》ることかたかりける。這獄舎預《このひとやあづかり》は、塚見《つかみ》木兎六《づくろく》と喚做《よびなし》たる、その性刻薄貪婪《さがこくはくどんらん》にて、地獄《ぢごく》の沙汰《さた》も黄金仏《わうごんぶつ》の、光《ひか》りによりて賞罰《せうばつ》あり。長総《ながふさ》と荷二郎《にじらう》は、素《もと》より銭《ぜに》あるものならねば、木兎六《づくろく》は毫《つゆ》ばかりも、仏眼《ぶつがん》をもて他們《かれら》を相《み》ず、時《とき》に鳥雀求食難《ちやうじやくあさりかね》て、夕陽《せきやう》《○ユウヒ》に啼《な》き、鴻雁烏夜《こうがんやみ》に声《こゑ》して、雨雪《うせつ》を催《もよほ》す、年《とし》の尾《をは》りになりしかば、獄舎《ひとや》に囚徒《とらはれ》稀《まれ》なれども、荷二郎《にじらう》と長総《ながふさ》は、尋常《よのつね》の罪人《つみびと》ならず、聞《きこ》えし癖者《くせもの》なればとて、木兎六《づくろく》は獄卒《ごくそつ》の、懈《おこた》れるを罵《のゝし》り懲《こら》して、間《ま》なく時《とき》なくこれを戌《まも》らせ、その身《み》も日《ひ》に三次《みたび》、夜《よ》も三次《みたび》、うち輪《めぐ》り心《こゝろ》を属《つけ》て、些《ちつと》も等閑《なほざり》ならざりしに、既《すで》に日《ひ》を僂《かゞなふ》る、十二月下旬《しはすのすゑ》に至《いた》りては、春《はる》を迎《むかふ》る縡多《ことおほ》ければや、木兎六《づくろく》すら稍怠《やゝおこた》りて、日夜《にちや》六番《むたび》うちも巡《めぐ》らず、況獄卒們《まいてごくそつら》は火《ひ》を索《たづね》て、獄屋《ひとや》の頭《ほとり》に在《あ》らぬ折多《をりおほ》かり。荷二郎《にじらう》は、これに便《たよ》りを得《え》て、有一日《あるひ》悄々地《ひそか》に板壁《いたかべ》を、ほと〳〵とうち敲《たゝ》きて、長総《ながふさ》に聶《さゝや》くやう、「喃長総刀禰《なうながふさどの》とやらん、おん身《み》は我《われ》を忘《わす》れし歟《か》。我《われ》はおん身《み》を認《みし》りたり」、といふに長総訝《ながふさいぶか》りて、「しかいふ和殿《わどの》は何里《いづこ》の人《ひと》ぞ」、と問《と》へば荷二郎《にじらう》、「さればとよ。我《われ》はいぬる五月《さつき》の時候《ころ》、夏織屋絹七《なおりやきぬしち》といふ偽名《つくりな》して、富士川《ふじがは》の頭《ほとり》より、おん身們《みら》を騙局《もがり》に掛《かけ》て、澳津《おきつ》の浦《うら》の歇店《はたごや》にて、

盤費《ろよう》行裹《たびづゝみ》、その宅《よ》の東西《もの》まで、咸《みな》搔攪《かきさら》ひて走《はし》りたる、陸奥《みちのく》生育《そだち》の*物師《ものし》にて、寔《まこと》の名《な》は木綿張《ゆふばり》荷二郎《にじらう》、我《われ》ながら出没《しゆつぼつ》不測《ふしぎ》の、本事《てなみ》を年来《としごろ》自負《じふ》したる、由断《ゆだん》は大敵《たいてき》、這地《このち》にて、いぬる日緝捕使《ひとりて》に捕《とら》へられ、鈍《おぞ》や獄舎《ひとや》に繫《つなが》れたり」、と報《つぐ》るに長総《ながふさ》、「さては」、とばかり、且驚《かつおどろ》き且恨《かつうら》めしき、過去来《すぎこしかた》を思《おも》ひ出《いで》て、胸《むね》に満《みち》たる憤《いきどほ》りの、やる瀬《せ》もあらず睨《にらま》へて、小霎時《しばし》応《いらへ》もせざりしを、荷二郎《にじらう》、「さこそ」、と慰《なぐさ》めて、「腹立《はらたて》給ふな。世話《せわ》にいふ、地獄《ちごく》にも相識《しるひと》あり。きのふは怨敵《おんてき》、けふは同病《どうびやう》、相憐《あひあはれ》むが是人情《これにんじやう》。歹《わる》う思ふていふにはあらず」、と諭《さと》せば長総冷笑《ながふさあざわら》ひて、

詞敵《ことばがたき》もなき獄舎《ひとや》の、艱苦《かんく》に堪《たへ》ぬ折《をり》也とて、和郎《わろ》がいふこと聞《き》く耳《みゝ》あらんや。嚮《さき》には和郎《わろ》に謀《はか》られて、東西《もの》皆喪《みなうしな》ひたりしより、饑渇《きかつ》に逼《せま》りし、逆旅《たびぢ》の艱難《かんなん》。そが所以《ゆゑ》にこそ我《わが》弟《おとゝ》は、冤屈《むじつ》の科《とが》に狗死《いぬじに》して、我身《わがみ》も這里《ここ》に囚《とらは》れたれ。世《よ》を累《かさ》ね生《せう》を易《かゆ》るとも、怨《うらみ》は尽《つき》ぬ仇人《あたびと》の、おなじ獄舎《ひとや》に繫《つなが》れしは、祈《いの》らぬ神《かみ》も我与《わがため》に、慰《なぐさ》め給ふ天《てん》の冥罰《めうばつ》、身《み》は是冤枉《これむじつ》の罪《つみ》に死《し》すとも、和郎《わろ》が首《かうべ》を刎《はね》らるゝを、見て我命《わがいのち》終《をは》りなば、快《こゝろよ》く目《め》を閉《とぢ》んのみ。悔《くや》しからずや、争奈《いかに》ぞ」、と敦圉《いきま》き迫《せめ》て怨《ゑん》ずれば、荷二郎《にじらう》も亦冷笑《またあざわら》ひて、「恨《うら》み給ふな、そは愚痴《ぐち》也。人《ひと》を騙局《もがり》に掛《かけ》て略《と》るは、是則《これすなはち》我《わ》が生活《なりはひ》、謀《はか》られたるは、おん身《み》の浅慮《あさはか》《○センリヨ》、智《ち》の足《た》らざりしを見かへらで、人《ひと》を恨《うらむ》るは愚魯《おろか》ならずや。然《され》ば禍《わざはひ》も胎《はじめ》あり、又福《またさいはひ》も基《はじめ》あり。おん身《み》は那青年児《かのわかうど》を、弟々《おとゝ〳〵》と宣《のたま》へども、情郎《いろ》なることは那《かの》折《をり》に、我只《われたゞ》一見《ひとめ》で猜《すい》したり。意《おも》ふに那青年児《かのわかうど》は、素是《もとこれ》おん身《み》の密夫《みそかを》にて、他郷《たけう》で夫婦《ふうふ》にならんとて、惑《まよ》ひ出《いで》たるにあらんずらん。しからんには好《よか》らぬ情由《わけ》にて、旅宿《たびね》をしたれば、禍《わざはひ》あり。是《これ》その始《はじめ》を原《たづぬ》れば、身《み》より出《いで》たる錆刀《さびがたな》、みづから命《いのち》を絶《た》つに似《に》たる、青年児《わかうど》の狗死《いぬじに》も、おん身《み》が獄舎《ひとや》に繫《つなが》れしも、我《われ》に盤費《ろよう》を奪《うばゝ》れたる、故《ゆゑ》也とな思ひ給ひそ。恁《かく》てもいまだ悟《さと》らずや」、といはれて長総忙然《ながふさぼうぜん》と、初《はじめ》て酔《えひ》の醒《さめ》たるごとく、悔《くや》しく思へば且羞《かつはぢ》て、又《また》いふよしもなかりけり。姑且《しばらく》して荷二郎《にじらう》は、ふたゝび声《こゑ》を密《ひそ》まして、「喃長総刀禰《なうながふさどの》。我《われ》ゆくりもなくおん身《み》と倶《とも》に、屠所《としよ》の羊《ひつじ》になりしより、窃《ひそか》に憐《あはれ》む心《こゝろ》あり。今《いま》より我《われ》に従《したが》はゞ、我必《われかならず》

おん身《み》を拯《すくは》ん。然《さ》るときは怨《うらみ》を転《かへ》して、命《いのち》を延《のぶ》る幸《さいは》ひあり、とばかりにして具《つぶさ》に告《つげ》ずば、なほ訝《いぶか》しく思はれん。その疑《うたが》ひを解《と》く与《ため》に、我年来做《わがとしごろな》しし悪事《あくじ》を、一ッ二ッ懺悔《さんげ》せん。這方《こなた》へ耳《みゝ》を靠《よ》せ給へ。我身《わがみ》年《とし》十五の春《はる》、親《おや》に勘当《かんだう》せられしより、悪《あく》としてせざる事なく、初《はじめ》は陸奥《おく》の信夫《しのぶ》にあり。*今《いま》より十稔余《とゝせあま》り前《さき》つ秋《あき》、渡瀬《わたるせ》の城隍神会《うぶすなまつり》の折《をり》、年《とし》七ッ許《ばかり》なる、一個《ひとり》の女《め》の子《こ》を拐《かどはか》しつ、越路《こしぢ》へ遣《や》りて売《うら》んと思ひて、倶《ぐ》して越後《ゑちご》へ赴《おもむ》く程《ほど》に、件《くだん》の女《め》の子《こ》は年《とし》に倍《まし》たる、その性怜悧《さがさかし》かりけるを、我《われ》は然《さ》までに心《こゝろ》もつかず、不毛山《やけやま》の麓路《ふもとぢ》を、肩《かた》にうち乗《の》して過《よぎ》る程《ほど》に、女《め》の子《こ》は路《みち》の樹《き》の枝《えだ》に、携登《すがりのぼ》りて、喚《よ》べども下《くだ》らず。困《こう》じて其里《そこ》に立在《たゝずみ》たる、折《をり》から旅《たび》ゆく武士《ぶし》ありて「我《われ》を良《よか》らぬものならん」、と猜《すい》して搦捕《からめとら》んとせられし、そが件当《ともびと》さへ多《おほ》かりければ、辛《から》うじて逃走《にげはし》る、山路《やまぢ》の葛藤《かづら》に脚《あし》を引《ひか》れて、幾百仞《いくもゝひろ》なる谷底《たにそこ》へ、落《おち》たる儘《まゝ》に息絶《いきたえ》たり。なれども命運尽《めいうんつき》ざれば、その次《つぎ》の日《ひ》の暁《あけ》がたに、やうやくに我《われ》に復《かへ》りて、独歓《ひとりよろこ》ぶ再生《さいせい》の、福《さいは》ひはありながら、趕《おは》れて滾落《まろびおち》し折《をり》、樹《き》の根《ね》啚《いは》の稜《かど》に身《み》を拓傷《すりやぶ》りて、額《ひたひ》頤《おとがひ》、手《て》も脚《あし》も、血《ち》に塗《まみ》れたる疼痛《いたみ》に得堪《えたへ》ず。遮莫《さばれ》なほ幸《さち》なるは、照《てり》つゞく日《ひ》に渓水《たにみづ》涸《か》れて、身《み》を浸《ひた》すに至《いた》らねども、然而《さて》あるべきにあらざれば、左右《とかく》して又旧《またもと》の、山路《やまぢ》にかへり登《のぼ》りつゝ、越《こし》の温泉《いでゆ》に赴《おもむ》きて、二十日《はつか》許《ばかり》湯治《とうぢ》して、拓傷《すりきず》は稍《やゝ》愈《いえ》たり。今《いま》もなほ我全身《わがみのうち》に、旧瘡《ふるきず》の瘢《あと》多《おほ》かる、寔《まこと》は恁《かゝ》る故《ゆゑ》なれども、嚮《さき》におん身《み》に虚談《きよだん》して、「幼稚《をさな》き時《とき》に鎌倉《かまくら》なる、八幡宮《はちまんぐう》の石階《いしざか》にて、恁々《しかぐ》の事ありけり」、といひ瞞《くろ》めたる*内陣《ないぢん》を、今《いま》うち開《あけ》て拝《おが》まする、縁起《えんぎ》は又只《またたゞ》これのみならず。恁《かく》て越後《ゑちご》の*寺泊《てらどまり》、或《あるひ》は新潟《にひがた》、越前《ゑちぜん》なる、三国《みくに》なンどを徘徊《はいくわい》しつゝ、這里《こゝ》に半年《かたとし》、那首《かしこ》に三月《みつき》、年《とし》を累《かさ》ねつ、近属《ちかごろ》は、東海道《とうかいどう》に流《なが》れ来《き》て、一両個《ひとりふたり》の伙家《なかま》と倶《とも》に、上下《のぼりくだ》りの旅客《たびゞと》を、騙局《もがり》に掛《かけ》て略《と》る銭《ぜに》は、世《よ》にいふ護摩《ごま》の灰《はひ》なれば、身《み》を温《あたゝむ》るまでもなく、賭銭《かけ》と酒《さけ》とに皆立滅《みなたちきえ》て、*做《なし》ても三百、六十日《にち》、已《やめ》んとすれど、已《やめ》られぬ、秘密《ひみつ》の約束《やくそく》ありければ、おん身《み》を騙局《もがり》に掛《か》けて後《のち》、先《さき》へ走《はし》りて這地《このち》に来《き》つゝ、却人《さてひと》の与身《ためみ》の与《ため》に、又一挊《またひとかせ》ぎ行《おこな》ひしに、計《はか》る随意《まにくな》做りしかば、聊所《いさゝかしよ》得《とく》なきにあらず。又那伙家両個《またかのなかまふたり》の奴們《やつら》は、配分鈔拿《わけまへとり》て、澳《おき》津《つ》にて、別《わか》れて鎌倉《かまくら》に赴《おもむ》きしに、年来《としごろ》の悪事《あくじ》発覚《あらは》れて、終《つひ》に首《かうべ》を喪《うしな》ひたる、その事後《のち》に聞《きこ》えしかども、我身《わがみ》ばかりは恙《つゝが》もなく、這地《このち》に今茲《ことし》をくらす程《ほど》に、人《ひと》に密訴《みつそ》やせられけん、不意《ふい》を討《うた》れて、いぬる日《ひ》に、鈍《おぞ》くも搦捕《からめと》られたり。遮莫《さばれ》我《われ》は死《し》ぬべからず、「恁《かゝ》る事もあらん歟《か》」、と予《かね》て思ひしよしもあれば、計較《もくろみ》措《お》きたる一条《ひとすぢ》の、活路《にげみち》に憑《よ》り、牢《ひとや》を越《こえ》て、脱《のが》れて他郷《たけう》へ走《はしら》んと欲《ほり》す。倘《もし》旧悪《きうあく》を思ふことなく、おん身《み》咱家《われら》に従《したが》ふて、ふたゝび春《はる》に値《あは》んとならば、おん身《み》はけふより我妹子《わぎもこ》也。脱《のが》るゝ折《をり》に拯《すく》ひ出《いだ》して、苦楽《くらく》を倶《とも》にせざらんや。こは真実《しんじつ》の商議《だんかふ》也。左《と》にも右《かく》にも深念《しあん》を決《さだ》めて、後悔《こうくわい》をなし給ひそ」、と聶《さゝや》き示《しめ》す奸賊《かんぞく》の、魂胆意外《こんたんいぐわい》に出《いで》しかば、長総《ながふさ》は聞《き》くこと毎《ごと》に、いよ〳〵駭《おどろ》き、ます〳〵嘆《たん》じて、肚裏《はらのうち》に思ふやう、「我恁《わがかう》なりしも、小夜二郎《さよじらう》が、枉死《わうし》も原《もと》は這歹人《このわるもの》に、盤費《ろよう》を窃《ぬすま》れたる故《ゆゑ》なれども、そを憎《にく》しとて従《したが》はずば、我身《わがみ》は冤屈《むじつ》の罪《つみ》にこそ死《し》ぬらめ。毒薬《どくやく》も亦病瘖《またやまひ》によりて、用《もち》ひて人《ひと》の死《し》を救《すく》ふ、効《こう》なきにしもあらざれば、姑且他《しばらくかれ》がいふに任《まか》して、死《し》を免《まぬが》れて後《のち》にこそ、又《また》せん術《すべ》もあるべけれ」、と尋思《しあん》をしつゝ声《こゑ》を細《ほそ》めて、「いはるゝ趣《おもむき》こゝろ得《え》たり。過世《すくせ》に結《むす》びしよしもやある、今生《こんぜう》にては腐縁《くさりえん》、不思議《ふしぎ》といふもあまりある、再会《さいくわい》で侍《はべ》るかし。その議《ぎ》、浮《う》きたることならで、後々《のち〳〵》までも神《かみ》かけて、相伴《ともなは》れなば、こよなき幸《さいは》ひ、後《のち》の世《よ》までも従《したがは》ざらんや。必違《かならずたが》へ給ふな」、と即便《とみ》《サツソク》の応《いらへ》に荷二郎《にじらう》は、大《おほ》かたならず歓《よろこ》びて、なほ懇切《ねんごろ》に慰《なぐさ》めけり。

浩《かゝ》る処《ところ》に跫然《きやうねん》と、人《ひと》の足响《あしおと》してければ、荷二郎《にじらう》も長総《ながふさ》も、「鬼《おに》こそ来《き》つれ」、と板壁《いたかべ》の、頭《ほとり》をはやく立距《たちはな》れて、身《み》を縮《ちゞま》して在《あ》りけるに、来《き》ぬるは果《はた》して別人《ことびと》《ベツジン》ならず、獄舎長《ひとやをさ》と聞《きこ》えたる、又那塚見木兎六《またかのつかみづくろく》也。四下《あたり》を屢見《しば〳〵み》かへりて、「噫《あな》、等閑《なほざり》なる獄卒們《ひとやびとら》《ゴクソツラ》が、一人《ひとり》も在《を》らぬは、いかにぞや。出《いで》よ〳〵」、と喚立《よびたつ》るを、荷二郎急《にじらうきう》に推禁《おしとゞ》めて、「やよ大人《うし》、小霎時《しばし》等《また》せ給へ。悄々地《ひそか》に稟《まう》すべき一議《いちぎ》あり。こは只大人《たゞうし》のおん与《ため》なるに、願《ねが》ふは人《ひと》を召《よび》給はで、這方《こなた》へ入《い》らせ給ひねかし」、といへば木兎六訝《づくろくいぶか》りて、「這奴何等《こやつなにら》の願事《ねぎごと》ある。益《やく》なき事にあらずや」、と問《とひ》つゝ鎖《とざし》をうち開《ひら》きて、獄舎《ひとや》の内《うち》に入《い》りしかば、荷二郎《にじらう》は身辺近《ほとりちか》く、跪《ひざまづ》き声《こゑ》を密《ひそ》めて、「小可積悪《やつがれせきあく》の天罰《てんばつ》にて、既《すで》に禁獄《きんごく》せられしかば、露命久《ろめいひさ》しかるべからず。こは是自業自得《これじごうじとく》にて、悔《くひ》て返《かへ》らぬ事ながら、大人《うし》のおん慈悲莫大《ぢひばくだい》にて、禁獄《きんごく》の初《はじめ》より、いまだ笞《しもと》の呵責《かしやく》を受《うけ》ず。得《え》がたき御恩《ごおん》を報《ほう》ぜんと、思ふものからその甲斐《かひ》もなき、身《み》は是檻《これおり》の獣《けもの》にて、まゐらすべき東西《もの》候はず。因《より》て告奉《つげたてまつ》る。小可《やつがれ》はいぬる比《ころ》、金五両《かねごりやう》と、*元祐銭壱貫文《げんゆうせんいつくわんもん》を、一箇《ひとつ》の竹《たけ》の筩《つゝ》に収《おさ》めて、這里《ここ》よりは程遠《ほどとほ》からぬ、恁々《しかぐ》の山《やま》に瘞措《うづめお》き候ひき。その山《やま》は箇様《かやう》々〱、恁々《しかぐ》の処《ところ》にて、栞《しをり》には松《まつ》あり岊《いは》あり。悄々地《ひそか》に其処《そこ》に赴《おもむ》きて、みづから拿《とら》せ給へかし。さばれ小可《やつがれ》は小術《ちとのじゆつ》ありて、件《くだん》の筩《つゝ》を封《ふう》じたれば、輒《たやす》く開《ひら》きがたかるべし。そを打砕《うちくだ》き給ひなば、金《かね》も銭《ぜに》も立地《たちどころ》に、耗《うせ》ておん手《て》に入《い》るべからず。そが儘《まゝ》に携来《たづさへき》て、小可《やつがれ》に見せ給はゞ、術《じゆつ》を復《かへ》し封《ふう》を開《ひら》きて、まゐらせんこといと易《やす》かり。この義《ぎ》をこゝろ得《え》給ひね」、と示《しめ》すに心動《こゝろうご》きたる、木兎六外面《づくろくとのかた》見かへりて、「その金実《かねじつ》にあるならば、尋《たづ》ねゆきて拿《とり》もせん。なれども我《われ》は獄舎《ひとや》の長《をさ》也。罪人《つみびと》の隠財《かくしがね》を、私《わたくし》に拿《と》るよしあらんや。必守《かならずかみ》に聞《きこ》えあげて、おん旨《むね》に憑《よ》る事なれども、然《さ》しては汝《なんぢ》が忠告《ちうこう》を、仇《あた》に做《な》すに似《に》て不便《ふびん》也。好々《よし〱》、そはこゝろ得《え》たり。秘《ひめ》よ、外《よそ》にな漏《もら》しそ」、と口《くち》を鉗《つぐ》めて遽《いそが》はしく、立出《たちいづ》るとき旧《もと》のごとく、楚《しか》と鎖《とざ》して退《まか》りけり。

その次《つぎ》の日《ひ》に木兎六《づくろく》は、独宿所《ひとりしゆくしよ》を立出《たちいで》て、昨日《きのふ》荷二郎《にじらう》が誨《をし》えたる、山辺《やまべ》に赴《おもむ》き、栞《しをり》を索《たづね》て、件《くだん》の筩《つゝ》を掘出《ほりいだ》して、見れば果《はた》して口《くち》を封《ふう》じて、符《ふ》を写《しる》してありければ、金《かね》の耗《うせ》なんことを怕《おそ》れて、そが儘袱《まゝふろしき》に包《つゝ》み、携還《たづさへかへ》りて、その夜《よ》獄舎《ひとや》にもてゆきて、荷二郎《にじらう》に見せしかば、荷二郎《にじらう》姑《しばら》く呪文《じゆもん》を唱《となへ》て、軈《やが》て筩《つゝ》をうち披《ひら》くに、数《かず》も差《たが》はず宋銭《さうせん》と、五枚《いつひら》の金《かね》、内《うち》に在《あ》り。木兎六《づくろく》は含笑《ほうゑみ》ながら、筩共侶《つゝもろとも》に受収《うけおさ》めて、感歎《かんたん》すること大《おほ》かたならず、皺備《しはび》たる手《て》を額《ひたひ》に加《くは》えて、「適汝《あはれなんぢ》は賊徒《ぞくと》に似《に》げなく、賢《けん》を愛《あい》する心《こゝろ》あり。夜分《よさり》は枷《くびかせ》を除《のぞ》き得《え》させん。今宵《こよひ》よりして快《こゝろよ》く、睡《ねむ》れよかし」、と聶《さゝや》きて、腰《こし》に着《つけ》たる鍵児《かぎ》をもて、その枷《くびかせ》を拿卸《とりおろ》せば、荷二郎《にじらう》歓《よろこ》び額《ぬか》をつきて、「恁《かゝ》る御恩《ごおん》を受《うけ》たれば、なほおん報《むく》ひを

仕《つかまつ》らん。小可《やつがれ》はその外《ほか》にも、瘞《うづ》めたる金《かね》三十両《りやう》と、宋銭《さうせん》二貫余《にくわんあま》りあり。そも大《おほ》きなる箭《つゝ》に蔵《おさめ》て、又件《またくだん》の山路《やまぢ》にあり。昨日《きのふ》の処《ところ》を相距《あひさ》ること、十歩許東《とあしばかりひがし》なる、葛石《かづらいし》の下《もと》にこそ、那箭《かのつゝ》は候なれ。勿論穿拿《もちろほりとり》給ふとも、秘符《ひふ》あれば今宵《こよひ》のごとく、そが儘《まゝ》にもて来《き》給へ。呪《じゆ》を唱《とな》へうち披《ひら》きて、咸大人《みなうし》にまゐらせん。今《いま》は要《えう》なき銭財《ぜにかね》より、後世《ごせ》こそ人《ひと》の大事《だいじ》なれ。なからん後《のち》は一遍《いつぺん》の、廻向《ゑかう》を憑《たの》みまつるのみ」、といへば木兎六《づくろく》頷《うなづ》きて、「その義《ぎ》はいはでもこゝろ得《え》たり。翌又《あすまた》あはん」、と戸《と》を鎖《さ》して、宿所《しゆくしよ》に還《かへ》りて、老小《つま》にも告《つげ》ず、肚裏《はらのうち》に思ふやう、「歳暮《としのくれ》には罪人稀《つみびとまれ》にて、些《ちと》の人情《おくりもの》も獲《え》がたきに、*我児《わがこ》は放蕩無頼《はうとうぶらい》にて、親《おや》の東西《もの》を、東西《もの》とも思はず、窃出《ぬすみいだ》して色《いろ》と賭銭《かけ》とに、使喪《つかひうしな》ふそが上《うへ》に、愛女《まなむすめ》を某甲《なにがし》に、

有像第四十二

閃短刀荷二郎刺木兎六《たんたうをひらめかしてにじらうづくろくをさす》

糸を吐くたくみは似てもあさましきかひこの柘《つみ》に蜘蛛のおこなひ

長ふさ　荷二郎　づく六

有像賛詠一十五歌

亦是作者自ら題する所也

遺嫁《よめら》すれば、散財多《ものいりおほ》かり。然《さ》るを那荷二郎《あのにじらう》が、瘞《うづめお》措きたる金五両《かねごりやう》すら、思ひがけなき獲《え》ものなるに、又《また》三十両二貫文《りやうにくわんもん》、ありと告《つげ》しは妙《めう》なるかな」、と独楽《ひとりたの》しき胸算用《むなざんよう》に、その終夜《よもすがら》いもねられず、次《つぎ》の日半日《ひはんにち》の暇《いとま》を偸《ぬす》みて、又那山路《またかのやまぢ》に赴《おもむ》きて、這里《ここ》歟《か》と思ふ石《いし》の下《もと》を、穿《ほ》れば果《はた》してこゝにも亦《また》、長《なが》く太《ふと》やかなる篰《つゝ》ありけるを、拿出《とりいだ》して又袱《またふろしき》に、包《つゝみ》て宿所《しゆくしよ》にもて還《かへ》り、その夜更闌《よこうたけ》し時候《ところ》、夜巡《よまは》りに仮托《かこつけ》て、獄舎《ひとや》に入《い》りて件《くだん》の篰《つゝ》を、荷二郎《にじらう》に見せければ、荷二郎受拿《にじらううけと》り呪文《じゆもん》を唱《とな》へて、うち披《ひら》く

> 這回《コノダン》は上《カミ》にいへる話説《モノガタリ》三路《ミスヂ》にわかれたることのみにして、いまだ一《ヒト》路《スヂ》にあふよしを詳《ツマビラカ》にせざれば、看官《ミルヒト》こゝろ得がたく思ふこともあるべし。余は第四集三十一回に具《ツブサ》にす。四集《シシフ》も程《ホド》なくつぎ出《イダ》せば、これかれ合《アハ》し見られんことをほりすといふ。

篰《つゝ》の内《うち》には、銭《ぜに》も金《かね》もあらずして、九寸《すん》五分《ぶ》なる匕首《よろひどほし》《○アヒクチ》と、綰《わが》ねし鈎索《かぎなは》多《おほ》くあり。木兎六《づくろく》は張灯《ちやうちん》の、火光《ほかげ》に見つゝ訝《いぶか》りて、「それは甚麼《いかに》」、と問《とは》せも果《はて》ず、荷二郎《にじらう》は件《くだん》の刃《やいば》を、晃《きら》りと抜《ぬき》て、木兎六《づくろく》が、左《ひだり》の脇腹《わきばら》禺殺《ぐさ》と刺《さ》す。刺《さゝ》れて一《ひと》声《こゑ》「苦《あ》」と叫《さけ》ぶを、突仆《つきたふ》し乗《の》し掛《かゝ》つて、再《ふたゝび》串《つらぬ》く十々滅《とどめ》の濆《ほとばし》る血《ち》は燕脂木兎《べにづく》の、纛《はたゝ》きもせで息絶《いきたえ》けり。

這段《このだん》いまだ尽《つく》さねども、楮数《かみかず》、巻毎《まきごと》に定限《じやうげん》あれば、又編《またへん》を続《つ》ぎ巻《まき》を更《あらため》て、第四集《だいししふ》三十一回《くわい》に、解分《ときわく》るを聴《きゝ》ねかし。

開巻驚奇侠客伝第三集巻之五　終

○著作堂手集精刊俠客伝第三集画工筆工剞劂目次

有像一十七頁　五渡亭国貞

全巻浄書　谷　金川

剞劂　第壱巻　朝倉伊八
　　第二ヨリ至第五　桜木藤吉

○曲亭翁新編国字稗史略目

群玉堂
文渓堂　合梓発行

開巻驚奇俠客伝第四集

第三集出板後推つゞきて発行遅延なし。第三集に局面詳ならざるもの、本集に至て悉く分解す。且小六と姑摩姫と初面会の段第四集にあり。三集四集と合し見るときはその興いよ〳〵深長なるべし。△毎集五巻

おなじく第壱集第二集　毎集五巻　共ニ十巻、前年売出シ置候。

第五集来未正月開板。

近世説美少年録第四輯

俠客伝追々開板の故をもて、本集の続刻頗遅延に及べり。こゝをもて、賜顧の君子待わび給ふよしその聞えあれば、作者曲亭翁に乞ひ促して、俠客伝四集と共に刊行す。発販近きにあり。△毎集五巻

同書第一輯第二輯第三輯　毎輯五巻　共ニ十五巻、既に刊布訖ぬ。

第五輯来未正月発販。

水滸略伝　第壱集

水滸伝百八人の列伝を一人別に略述して、批評を加へんと也。水滸伝の妙所を知ることこれにますものなし。近刻

水滸後画伝　第壱集

水滸後伝四十回を翻訳通俗して、原本の趣向宜しからざる処を筆削す。よのつねの通俗本と同じからず。近刻

俠客少年二書衆議評判記第一集

この書によれば原本のすぢ詳にわかりて、おもしろみ十倍すといふ。
曲亭翁閲　諸才子評定　近日出来

南総里見八犬伝第九輯

本輯は犬阪毛乃犬山道節が復讐の段をつぎ出し、且犬江親兵衛の列伝に至ると云。俠客美少年の二伝。第四集の稿本出来の後、つぎて是を綴らんと也。刊行十巻、当午の秋冬の比にあるべし。

俠客伝第三集稿成るの後、かねては文渓堂が美少年録第四輯を綴らんことを作者曲亭翁に乞ひまうせしに、本集五巻は楠姑摩姫の紀事のみにて、小六助則と面会の段に至らず、こゝをもて看官飽ぬ心地し給ふもあるべしといふ翁の斟酌により、又次編第四集五巻を推つゞけて綴られたり。こは本房の幸ひ甚し。かゝれば三集四集と陸続刊布の次に、美少年録第四輯をもつぎ

出されんこと遅延あるべからず。是等のよしを四方雲顧の諸君子に報ゲまつるになん。群玉堂謹白

天保五年甲午春正月吉日発行

書林　江戸小伝馬町三町目　丁子屋平兵衛
　　　大阪心斎橋筋博労町　河内屋茂兵衛板

新 日本古典文学大系 87
開巻驚奇俠客伝 上

1998年10月28日　第1刷発行
2024年12月10日　オンデマンド版発行

校注者　横山邦治《よこやまくにはる》　大高洋司《おおたかようじ》

発行者　坂本政謙

発行所　株式会社 岩波書店
〒101-8002 東京都千代田区一ツ橋 2-5-5
電話案内 03-5210-4000
https://www.iwanami.co.jp/

印刷／製本・法令印刷

ISBN 978-4-00-731508-4　　Printed in Japan